아름다운
우리 소설 34

강진호, 김경수, 류보선, 박진숙, 박종홍, 서경석, 이재봉, 장수익, 정호웅 엮음

『아름다운 우리 소설 34』를 펴내며

여기 우리 현대소설 34편을 묶어 『아름다운 우리 소설 34』를 펴낸다. 지난 100년여 한국소설사가 낳은 수많은 작품 가운데 가려 뽑은 '아름다운' 소설들이다.

여기에는 당대 한국사회의 현실에 대응하여 그 현실을 해석하고 나아갈 길을 찾고자 하는 소설, 인간 존재 일반의 깊은 곳을 탐구하여 인간 이해의 새 차원을 여는 소설, 한국소설사에 대한 반성을 바탕으로 새로운 소설 형식을 실험하는 소설 등 여러 측면에서 의미 있는 작품들이 담겨 있다.

이 '아름다운' 소설들을 담고 있는 이 선집은 저마다 개성적인 내용과 형식으로 피어 있는 '아름다운' 꽃들의 잔치판이다. 한국 현대소설사가 얼마나 풍성한지, 얼마나 넓고 깊은지를 보여주는 잔치판.

우리는 시기 별로 당대 한국 소설을 대표하는 작품을 수록하여 이 선집을 읽는 것만으로 한국 현대소설사의 전개를 파악하는 일이 가능하도록 하였다. 어느 경우에나 작품으로서의 완성도가 높아야 하며 그 시기 소설계에 우뚝한 작가의 작품이어야 한다는 원칙을 지키고자 했음은 물론이다.

『아름다운 우리 소설 34』가 한국 현대소설을 공부하는 학생들, 우리 현대소설사를 실제 작품을 통해 경험하고 싶은 독자들, 소설 창작에 뜻 둔 젊은 문학인들에게 좋은 길잡이가 되기를 바란다.

2014년 여름

『아름다운 우리 소설 34』 공동 편집위원

강진호, 김경수, 류보선, 박진숙, 박종홍
서경석, 이재봉, 장수익, 정호웅

차례

아름다운 우리 소설 34

차례

1부

모색의 응전의
소설

1부 모색의 응전의 소설

서구의 위협과 개항, 갑오개혁 등으로 이어진 구한말 일련의 사건들은 문학의 환경에도 큰 변화를 불러일으켰다. 이제 소설은 이전 시대처럼 구전에 의존하거나 한정된 독자층을 전제로 한 것이 아니라 신문과 잡지 등 근대 매체에 실려 익명의 무한 독자들과 만나는 것이 되었다. 소설은 새로운 시대가 낳은 새로운 문화 형식으로 자리 잡아 갔다. 소설은 이제 새로운 현실에 대응하여 새로운 담론을 만들어내고 확산하는 역할을 담당하게 되었다. 물론 새로운 담론의 가장 핵심적인 내용은 근대 국민국가를 상상하는 것이었다. 근대 초기의 작가들은 소설이 허구라는 점, 현실에 적극적으로 대응해야 하는 양식이라는 점도 뚜렷이 인식하고 있었다.

그러나 1905년 을사보호조약과 1910년의 강제 병합은 상황을 크게 바꾸어 놓는다. 새로운 시대상황에 적극적으로 대응하고자 한 많은 담론이 지하로 숨어들거나 망명지로 이동하게 된다. 이를 따라 소설에서의 정치적인 상상력이 크게 위축되는데 그 결과 소설은 현실적인 정치와는 거리를 두고 교육을 통한 계몽성을 전면에 내세우는 경향을 뚜렷이 띠게 된다. 이 같은 특성을 지닌 이 시기 소설은 조선의 상황을 일본이나 서구 등과 비교해 언제나 결여의 상태로 인식한다는 점에서 일정한 한계를 지닌 것이기도 했다.

흔히 무단정치라 불리는 차별적인 식민지 지배정책이 낳은 온갖 모순은 마침내 3·1 만세 운동이라는 거대한 민중 저항을 불렀고 이를 계기로 문학의 현실 응전력이 되살아난다. 식민지 시기 강력한 대항 이데올로기로 기능한 민족주의 사상은 이 시기 소설에 큰 영향력을 행사하고 있었다. 또한 이 시기 도입된 사회주의 사상은 한국 소설의 흐름을 일거에 뒤바꿔 놓았다. 가난을 소재로 한 소설이 대거 등장하는데 이는 필연적으로 사회주의 사상과 연결된다. 뚜렷한 목적의식을 지니고 사회의 혁명적 변화를 도모하는 사회주의 사상에 근거한 이 시기 소설들의 한복판에 혁명적인 낙관성이 깃들어 있음은 이와 관련된 것이다. 각각 민족주의 사상과 사회주의 사상을 바탕으로 한 이 같은 두 흐름은 때로는 갈등하고 때로는 협력하면서 우리 소설사를 이끌었다.

핍박

현상윤 (1893 ~ 1950?)

평북 정주 출생. 일본 와세다 대학 사학과 졸업. 1917년 단편 「핍박」을 발표하였으며, 1919년 민족대표 49인의 한 사람으로 옥고를 치렀다. 1946년 고려대 초대 총장을 역임하였고 1950년 납북되었다.

"얘 이놈아, 우리 이마에 흐르는 땀을 먹는다소니 조곰이나 미안이나 고통이 있을쏘냐 …… 어리고 철없는 놈아 무엇이 어째. 권리니 의무니 윤리니 도덕이니 평등이니 자유니 무엇이 어째. 나는 다 모른다"를 연해 연방 부른다. 빨리 걸어도 뜨게 걸어도 이 소리는 그치지 아니한다.

나는 인생과 행락(行樂)이란 것을 생각하다. 생각할수록에 가슴이 답답하다. 목은 더욱 타고 손은 더욱 단다.

1

이즘은 병인가 보다. 그러나 무엇으로든지 병일 이유는 없다. 신선한 공기가 막힘 없이 들어오고 영롱한 광선이 가림 없이 비치고 새는 울고 꽃은 웃고 샘은 맑고 산은 아름다운데, 조금도 병일 까닭은 없다.

그러나 병은 병이로다. 낮에는 먹는 밥이 달지 아니하고 밤에는 잠이 편치 못하며 얼굴은 파리하고 살은 깎이며 피는 왕성치 못하고 힘줄은 신축이 자유롭지 못하고 반가운 친구를 만나도 웃음이 발하지 아니하고 남에게 칭예(稱譽)를 받아도 기쁨이 나오지 아니한다.

그러나 아무리 생각하여도 병일 이유는 없다. 부모는 평강히 계시고 형제는 단란히 즐기며 아내는 해죽이 웃고, 썩지 않은 생선이 몇 가지 상에 오르고 더럽지 않은 채소가 가끔 그릇에 담기매 도무지 병일 사실은 없다.

비록 병이라 할지라도 가슴을 붙안고 객혈을 하는 폐결핵도 아니요, 머리를 짚고 신음을 마지않는 말라리아도 아니요, 조금 하면 뇌충혈이 되어 두통과 현훈(眩暈)이 되는 신경쇠약도 아니요, 걸핏하면 복뢰(腹雷)가 울고 트림이 나는 위확장도 아니건마는 맥이 폭 풀리고 기운이 나른하여 도무지 견딜 수가 없나니 어쨌든지 병은 병이로다.

그러나 무슨 병인지는 나도 스스로 알 수가 없다. 오직 이편 저편에서 쏘아오는 시선이 나로 하여금 못살게 군다. 얘 이놈아, 정신차려라 하는 듯하다. 이편에서는 휩싸고 때리는 듯하면 저편에서는 내리쓸며 달래는 듯하다.

"엑, 이놈아! 용렬한 놈아……"

"얘 미욱한 놈아, 말 들어라……"

라고 하는 듯이 생각한즉 몸이 후루룩 떨리며 땀이 바싹 흐르매 지릅뜨고 보던 눈은 더욱 꺼지는 듯하다.

머리를 지꾸로 바싹 갈라붙인 이웃집 신사도 나를 본다. 은실 같은 수염을 흔드는 곁집 노인도 나를 본다. 때묻은 수건을 휘휘 둘러 감고 지겟짐을 지고 가던 앞집 박선달도 나를 본다. 웃음을 반쯤 띠고 분 바른 뒷집 임서방(林書房) 댁네도 나를 본다. 목말 타고 가던 아이들도 나를 본다.

"이놈아 약한 놈아! 하기에 게으르고 배우기에 게으른 이놈아!"

하는 한 소리는 그치지 않고 들린다. 몸둘 바를 모르겠다. 이리로 가도 이놈아 저리로 가도 이놈아 하는 소리에 목쟁이목쟁이 구석구석이 공포의 힘이 층층이 내리누른다. 몸은 꼼짝할 수가 없다. 가슴은 천근만근이 더한 듯하고 목은 불이 갈피갈피 타는 듯하다.

아아 이것이 무슨 병이냐? 그러나 과연 병은 병이로다. 속일 수는 없는 병이로다.

2

나는 신문을 본다. 혹 잡지나 서적도 본다. 아침에 변하고 저녁에 고치는 신경질의 세상도 추이(趨移)를 대강은 짐작하고, 웃음 있고 눈물 있고 정 있고 피 있는 시나 소설도 읽으며, 일찍이 학교에도 좀 다니어서 공기의 온도가 크면 비나 눈이 오고, 눈이나 비가 올 때면 공기의 온도가 높아지는 이치도 적이 알고, 수박은 사질양토(沙質壤土)에 적당하고 가지는 윤작(輪作)이 좋지 못하다는 농사상 지식도 약간 있다.

또한 나는 곤궁한 자를 긍측(矜惻)히 여기고 슬픈 자에게 떨어뜨리는 동정의 눈물도 있다. 저문 날에 짧은 막대를 짚고 절름걸음을 간신히 옮기는 비렁뱅이를 보면 한 술 밥과 한 푼 돈도 아낌이 없고, 길을 가다가도 보지 못하는 소경이 좁은 다리를 건널 때에 막대를 두르면서 손발을 떨고 걸음을 머뭇거리는 것을 보면 손 당기어 인도하여줌도 꺼리지 아니하여 희생의 관념과 자선(慈善)의 귀한 줄도 안다.

그리하고 나는 반지빠른 재주(?)도 있다. 또한 다소의 칭예(?)도 있노라.

"걱정 없다. 잘 놀아라."

하고 속으로서 무슨 주사(嗾唆)가 나온다.

"아, 너 같으면 다시 부러울 것이 무엇이냐."

하고 옆에 앉았던 벗이 이런 말을 끼운다.

그러나 나는 떨린다! 사방으로 들어오는 핍박(逼迫)이 각일각(刻一刻) 급하여간다.

맥이 더욱 풀리고 머리가 더욱 아프다.

3

하루는 볼일이 있어서 정주성내(定州城內)에를 들어가다. 남제교(南濟橋)를 건너서니 발 벗은 이, 구두 신은 이, 샐쭉경(鏡) 쓴 이, 양복 입은 이, 칼 찬 이, 수건 동인 이, 여러 사람이 좌로 우로 가며 오고, 파리하고 여윈 당나귀, 지축지축 가는 소, 통발로 통통 가는 말, 여러 가지 짐승이 이리저리로 달아난다. 지날 때마다 달아날 때마다 나를 뚫어질 듯이 본다……

오리장(五里場) 거리를 지나 남문 밖에를 이르니 가고 오는 사람이 더욱 많다. 따라서 건너다 보는 눈도 많다. 저편으로 긴 칼 늘인 보조원도 심상치 않게 나를 본다. 그러나 내가 일찍이 강도나 사기 취재(詐欺取財) 같은 범과(犯科)가 없거니 아무 경관에게 포박될 일도 없다. 그러나 그가 나를 본다. 나를 꾸짖는 듯하다. 나를 잡으려는 듯하다. 발을 내놓을 때마다 그가 바싹바싹 다가드는 듯하다.

나는 다시 걸을 수가 없다. 나는 땀이 흐른다.

"이놈아!" 소리가 완연히 들린다. 다시 할 수가 없다. 돌아올 수밖에 별로 도망할 계책이 없다.

몸은 더욱 떨리고 맥은 더욱 풀린다…… 거북고개를 넘어서니 조금 숨이 쉬어진다.

4

저녁밥을 먹고 너무 무료하여서 농부들의 집회한 곳을 찾아가다. 긴 담뱃대 문 존위(尊位)님도 앉았고 웃음소리 잘하는 외돌이 아버지도 앉았고 코장단(長短) 잘하는 수길이 형도 앉았고 누구누구

여러 사람이 앉았는데 모두 다 나를 보고는 입술이 한편으로 찢어지면서 비죽비죽 웃는 모양이다.

아무리 생각하여도 웃음받을 만한 일은 없다. 그러므로 무엇이 웃을 만한 것이 머리에 있나 하여 머리를 쓸어보아도 아무것도 없다. 옷에나 있나 하여 옷을 털어보아도 또한 없다. 그러면 무엇이 웃을 만한 것일까?!

한참이나 아무 말도 없이 앉았던 좌중의 정적이 깨어진다. 웃음소리 잘하는 아비가 떠듬떠듬한 목소리로

"임자 공부도 잘했다니 일 안 하고 돈 모으는 법이 무엇임마?"

하고 말을 낸즉 옆에 앉았던 코장난 잘하는 수길이 형은 거짓 외돌이 아비를 비웃는 양으로

"여보소 그런 소리 그만두게…… 저 사람 덕에 우리가 다 살 터인데…… 아, 우리야 야만(野蠻)이 아니기에 그럼마 흥."

하고 말을 끼우니 잠자코 앉아 듣던 존위님은 담뱃대 든 긴 활개를 한 깃 펼치면서

"얘 ○○야, 너 내가 참말이다. 그만치 공부를 하였으면 판임관(判任官)이나는 하기가 아조 쉽겠고나. 거 제일이더라. 저 건넌골 백선달(白先達) 아들도 벌써 토지조사국 기수(技手)라든가 했다구 저 어른도 기뻐하더니 접때 잠깐 단길러 왔다는 것을 보니 과연 그럴듯하더라. 싯누런 금줄을 두르고 길쭉한 검(劍)을 늘였는데 참말 좋더라. 너도 그걸 해 보아라."

하고 권면적 은근한 말을 준다.

좌중이 씻은 듯이 고요하고 밤은 캄캄하게 어두웠다. 나는 웬 셈인지 이 말에 몸이 내리눌린다. 숨이 답답하여지고 가슴이 욱여드는 듯하다.

외돌이 아비는 웃는다. 좌중이 모두 웃는다. 뒷산에 거멓게 서 있는 나무도 웃고 공중에 금강석 가루 모양으로 깔린 별도 나를 웃고 복남이네 집 대문 기둥도 나를 웃는 듯하다.

고개는 더욱 숙여지고 손 맥은 더욱 놓인다.

하도 하릴없이 되어서 집으로 돌아와 자리에 거꾸러지다.

5

나는 마을 앞 세거리길에 섰다. 서편 산머리에 비낀 해가 차차차차 붉은 구름에 싸여 넘어간다. 하늘은 담홍색이 흐른다. 이 집 저 집으로 나오는 밥 짓는 연기가 점점 동구를 쇠잠아간다.

뒷고개로서 장단 있는 조자(調子)로 허튼 가래침을 곤두르면서 때묻은 관(冠)을 벗어 들고 팔을 반쯤 벌리고 비틀걸음을 하며 오는 취객 하나가 있다. 나 서서 있는 길을 거짓 다닫더니 벗었던 관을 다시 쓰면서 헛웃음을 "하하" 웃는다.

"인생 칠십이 고래희(古來稀)렷다. 살아생전에 먹지 않고 놀지 않고 무엇하리. 하하……"
하면서 나를 빙긋이 본다. 나는 고개를 숙이고 이를 생각한다. 취객이 지나간다.

얼마 있더니 들 밖으로서 농군의 떼가 들어온다. 가래 멘 이도 있고 호미 멘 이도 있고 쇠스랑 든 이도 있고 낫 든 이도 있다. 얼굴은 뙤약볕에 타서 검붉었으며 손은 갈바람에 툭툭하게 터졌다. 무에라고 단순하고 평범한 회화를 사괴며 무리무리 지나간다.

나는 이것을 생각하였다. 온종일 허리를 구부리고 붉은 땀을 흘리면서 일하다가 이때에 황혼을 띠고 각각 집으로 들어가면 문에서 반가이 나오는 어린아이들과 뜰에서 위로하는 부모와 함께 맛있고 좋은 저녁을 짓고 있던 아내와 함께 들어가 모여서 웃으며 즐기고 마시며 먹는 것을.

아아, 이는 사랑에서와 즐거움에서와 웃음에서

오녀! 참으로 이는 부자도 못 빼앗는 곳이요 귀한 이도 못 빼앗는 것이로다.

나는 걸음을 옮긴다. 옮길 때마다 취객과 농군들이 눈앞에 보이면서 나를 물끄러미 보며 비웃는 듯하다.

슬프다. 이것이 인생이다. 아니, 이것이 인생의 다수로다.

"얘 이놈아, 우리 이마에 흐르는 땀을 먹는다소니 조곰이나 미안이나 고통이 있을쏘냐 …… 어리고 철없는 놈아 무엇이 어째. 권리니 의무니 윤리니 도덕이니 평등이니 자유니 무엇이 어째. 나는 다 모른다"를 연해 연방 부른다. 빨리 걸어도 뜨게 걸어도 이 소리는 그치지 아니한다.

나는 인생과 행락(行樂)이란 것을 생각하다. 생각할수록에 가슴이 답답하다. 목은 더욱 타고 손은 더욱 단다.

6

핍박! 핍박!

도무지 견딜 수가 없다. 몸 피할 곳이 전혀 없다.

친구 대하여도 여행을 하여도 마을에 산보를 하여도 앉아도 서도 조금도 나를 덮어둘 곳이 없다.

"이놈아, 약하고 게른 놈아."
하는 말은 사방에서 들린다. 비웃고 꾸짖고 욕하고 미워하고 비방(誹謗)한다. 이것이 곧 병된 이유로다.

아아 핍박! 못살게 구는 핍박!

(1913년 5월 27일 夜)

[1917]

배따라기

김동인 (1900 ~ 1951)

평남 평양 출생. 1916년 일본 메이지대학 중학부 졸업. 1919년 『창조』를 창간했으며 1921년 「배따라기」를 발표했다. 「감자」 「태형」 등의 작품이 있으며 『대수양』을 위시한 장편 역사소설들이 있다.

"고향이 영유요?"

"예, 머, 영유서 나기는 했디만 한 이십 년 영윤 가보디두 않았시요."

"왜, 이십 년씩 고향엘 안 가요?"

"사람의 일이라니 마음대로 됩데까?"

그는, 왜 그러는지, 한숨을 짓는다.

"거저, 운명이 데일 힘셉디다."

운명의 힘이 제일 세다는 그의 소리는 삭이지 못할 원한과 뉘우침이 섞여 있다.

좋은 일기이다.

좋은 일기라도, 하늘에 구름 한 점 없는—우리 '사람'으로서는 감히 접근 못할 위엄을 가지고, 높이서 우리 조고만 '사람'을 비웃는 듯이 내려다보는, 그런 교만한 하늘은 아니고, 가장 우리 '사람'의 이해자인 듯이 낮추 뭉글뭉글 엉기는 분홍빛 구름으로서 우리와 서로 손목을 잡자는 그런 하늘이다. 사랑의 하늘이다.

나는, 잠시도 멎지 않고 푸른 물을 황해로 부어 내리는 대동강을 향한, 모란봉 기슭 새파랗게 돋아나는 풀 위에 뒹굴고 있었다.

*

이날은 삼월 삼질, 대동강에 첫 뱃놀이하는 날이다. 까맣게 내려다보이는 물 위에는, 결결이 반짝이는 물결을 푸른 놀잇배들이 타고 넘으며, 거기서는 봄향기에 취한 형형색색의 선율이, 우단보다도 부드러운 봄공기를 흔들면서 날아온다. 그러고 거기서 기생들의 노래와 함께 날아오는 조선 아악(雅樂)은 느리게, 길게, 유창하게, 부드럽게, 그러고 또 애처롭게, 모든 봄의 정다움과 끝까지 조화하지 않고는 안 두겠다는 듯이, 대동강에 흐르는 시커먼 봄물, 청류벽에 돋아나는 푸르른 풀 어음, 심지어 사람의 가슴속에 봄에 뛰노는 불붙는 핏줄기까지라도, 습기 많은 봄공기를 다리 놓고 떨리지 않고는 두지 않는다.

봄이다. 봄이 왔다.

부드럽게 부는 조고만 바람이, 시커먼 조선 솔을 꿰며, 또는 돋아나는 풀을 슬치고 지나갈 때의 그 음악은, 다른 데서는 듣지 못할 아름다운 음악이다.

아아, 사람을 취케 하는 푸르른 봄의 아름다움이여! 열다섯 살부터의 동경(東京) 생활에, 마음껏 이런 봄을 보지 못하였던 나는, 늘 이것을 보는 사람보다 곱 이상의 감명을 여기서 받지 않을 수 없다.

평양성 내에는, 겨우 툭툭 터진 땅을 헤치면 파릇파릇 돋아나는 나무새기와 돋아나려는 버들의 어음으로 봄이 온 줄 알 뿐 아직 완전히 봄이 안 이르렀지만, 이 모란봉 일대와 대동강을 넘어 보이는 가나안 옥토를 연상시키는 장림(長林)에는 마음껏 봄의 정다움이 이르렀다.

그러고 또 꽤 자란 밀보리들로 새파랗게 장식한 장림의 그 푸른빛. 만족한 웃음을 띠고 그 벌에 서서 내다보는 농부의 모양은 보지 않아도 생각할 수가 있다.

구름은 자꾸 하늘을 날아다니는 모양이다. 그 밀 위에 비치었던 구름의 그림자는 그 구름과 함께 저편으로 물러가며, 거기는 세계를 아까 만들어 놓은 것 같은 새로운 녹빛이 퍼져 나간다. 바람이나 조곰 부는 때는 그 잘 자란 밀들은 물결같이 누웠다 일어났다 일록일청(一綠一靑)으로 춤을 춘다. 그러고 봄의 한가함을 찬송하는 솔개들은, 높은 하늘에서 동그라미를 그리면서 더욱더 아름다운 봄에 향기로운 정취를 더한다.

"다스한 봄정에 솟아나리다. 다스한 봄정에 솟아나리다."

나는 두어 번 소리나게 읊은 뒤에 담배를 붙여 물었다. 담뱃내는 무럭무럭 하늘로 올라간다.

하늘에도 봄이 왔다.

하늘은 낮았다. 모란봉 꼭대기에 올라가면 넉넉히 만질 수가 있으리만큼 하늘은 낮다. 그러고 그 낮은 하늘보담 오히려 더 높이 있는 듯한 분홍빛 구름은 뭉글뭉글 엉기면서 이리저리 날아다닌다.

나는 이러한 아름다운 봄경치에 이렇게 마음껏 봄의 속삭임을 들을 때는 언제든 유토피아를 아니 생각할 수 없다. 우리가 시시각각으로 애를 쓰며 수고하는 것은, 그 목적은 무엇인가. 역시 유토피아 건설에 있지 않을까. 유토피아를 생각할 때는 언제든 그 '위대한 인격의 소유자'며 '사람의 위대함을 끝까지 즐긴' 진나라 시황(秦始皇)을 생각지 않을 수 없다.

우리가 어찌하면 죽지를 아니할까 하여, 소년

삼백을 배에 태워 불사약을 구하려 떠나보내며, 예술의 사치를 다하여 아방궁을 지으며, 매일 신하 몇천 명과 잔치로써 즐기며, 이리하여 여기 한 유토피아를 세우려던 시황은, 몇만의 역사가가 어떻다고 욕을 하든, 그는 참말로 인생의 향락자이며 역사 이후의 제일 큰 위인이라고 할 수가 있다. 그만한 순전한 용기 있는 사람이 있고야 우리 인류의 역사는 끝이 날지라도 한 '사람'을 가졌었다고 할 수 있다.

"큰사람이었었다."

하면서 나는 머리를 흔들었다.

이때다, 기자묘 근처에서 무슨 슬픈 음률이 봄 공기를 진동시키며 날아오는 것이 들렸다.

나는 무심코 귀를 기울였다.

'영유 배따라기'다. 그것도 웬만한 광대나 기생은 발꿈치에도 밎지 못하리만큼, 그만큼 그 배따라기의 주인은 잘 부르는 사람이었다.

　　비나이다, 비나이다.
　　산천후토 일월성신 하나님전 비나이다.
　　실낱 같은 우리 목숨 살려 달라 비나이다.
　　에―야, 어그여지야.

여기까지 이르렀을 때에 저편 아래 물에서 장고(長鼓) 소리와 함께 기생의 노래가 울리어 오며 배따라기는 그만 안 들리게 되었다.

나는 이 년 전 한여름을 영유서 지내본 일이 있다. 배따라기의 본고장인 영유를 몇 달 있어본 사람은 그 배따라기에 대하여 언제든 한 속절없는 애처로움을 깨달을 것이다.

영유, 이름은 모르지만 ×산에 올라가서 내다보면 앞은 망망한 황해이니, 그곳 저녁때의 경치는 한 번 본 사람은 영구히 잊을 수가 없으리라. 불덩이 같은 커다란 시뻘건 해가 남실남실 넘치는 바다에 도로 빠질 듯 도로 솟아오를 듯 춤을 추며, 거기서 때때로 보이지 않는 배에서 '배따라기'만 슬프게 날아오는 것을 들을 때엔 눈물 많은 나는 때때로 눈물을 흘렸다. 이로 보아서, 어떤 원의 아내가 자기의 모든 영화를 낡은 신같이 내어던지고 뱃사람과 정처 없는 물길을 떠났다 함도 믿지 못할 말이랄 수가 없다.

영유서 돌아온 뒤에도 그 '배따라기'는 내 마음에 깊이 새기어져 잊으려야 잊을 수가 없었고, 언제 한 번 다시 영유를 가서 그 노래를 한번 더 들어 보고 그 경치를 다시 한 번 보고 싶은 생각이 늘 떠나지를 않았다.

　　　　　　　　*

장고 소리와 기생의 노래는 멎고 배따라기만 구슬프게 날아온다. 결결이 부는 바람으로 말미암아 때때로는 들을 수가 없으되, 나의 기억과 곡조를 종합하여 들은 배따라기는 이 대목이다.

　　강변에 나왔다가
　　나를 보더니만
　　혼비백산하여
　　꿈인지 생시인지
　　와르륵 달려들어
　　섬섬옥수로 부쳐잡고
　　호천망극하는 말이
　　'하늘로서 떨어지며
　　땅으로서 솟아났나
　　바람결에 묻어 오고
　　구름길에 쌔여 왔나
　　이리 서로 붙들고 울음 울 제
　　인리 제인이며
　　일가 친척이 모두 모여

여기까지 들은 나는 마침내 참지 못하고 벌떡 일어서서 소나무 가지에 걸었던 모자를 내려 쓰고, 그곳을 찾으러 모란봉 꼭대기에 올라섰다. 꼭대기는 좀 더 노랫소리가 잘 들린다. 그는, 배따라기의 맨 마지막, 여기를 부른다.

　　밥을 빌어서

죽을 쑬지라도
제발 덕분에
뱃놈 노릇은 하지 마라
에—야 어그여지야

그의 소리로써 방향을 찾으려던 나는 그만 그 자리에 섰다.

"어딘가? 기자묘? 혹은 을밀대(乙密臺)?"

그러나 나는 오래 서 있을 수가 없었다. 어떻든 찾아보자 하고, 현무문으로 가서 문밖에 썩 나섰다. 기자묘의 깊은 솔밭은 눈앞에 쫙 퍼진다.

"어딘가?"

나는 또 물어보았다.

이때에 그는 또다시 배따라기를 시초부터 부른다. 그 소리는 왼편에서 온다.

왼편이구나 하면서, 소리 나는 곳을 더듬어서 소나무 틈으로 한참 돌다가, 겨우, 기자묘치고는 그중 하늘이 넓고 밝은 곳에 혼자서 뒹굴고 있는 그를 찾아내었다. 나의 생각한 바와 같은 얼굴이다. 얼굴, 코, 입, 눈, 몸집이 모두 네모나고 그의 이마의 굵은 주름살과 시커먼 눈썹은 고생 많이 함과 순진한 성격을 나타낸다.

그는 어떤 신사가 자기를 들여다보는 것을 보고 노래를 그치고 일어나 앉는다.

"왜? 그냥 하지요."

하면서 나는 그의 곁에 가 앉았다.

"머……."

할 뿐 그는 눈을 들어서 터진 하늘을 쳐다본다.

좋은 눈이었다. 바다의 넓고 큼이 유감없이 그의 눈에 나타나 있다. 그는 뱃사람이라 나는 짐작하였다.

"고향이 영유요?"

"예, 머, 영유서 나기는 했디만 한 이십 년 영윤 가보디두 않았시요."

"왜, 이십 년씩 고향엘 안 가요?"

"사람의 일이라니 마음대로 됩데까?"

그는, 왜 그러는지, 한숨을 짓는다.

"거저, 운명이 데일 힘셉디다."

운명의 힘이 제일 세다는 그의 소리는 삭이지 못할 원한과 뉘우침이 섞여 있다.

"그래요?"

나는 다만 그를 건너다볼 뿐이다.

한참 잠잠하니 있다가 나는 다시 말하였다.

"자, 노형의 경험담이나 한번 들어봅시다. 감출 일이 아니면 한번 이야기해 보소."

"머, 감출 일은……."

"그럼, 어디 들어 봅시다그려."

그는 다시 하늘을 쳐다보았다. 그러나 좀 있다가,

"하디요."

하면서 내가 담배를 붙이는 것을 보고 자기도 담배를 붙여 물고 이야기를 꺼낸다.

"닛히디두 않는 십구 년 전 팔월 열하룻날 일인데요."

하면서 그가 이야기한 바는 대략 이와 같은 것이다.

*

그의 살던 마을은 영유 고을서 한 이십 리 떠나 있는, 바다를 향한 조고만 어촌이다. 그의 살던 조고만 마을(서른 집쯤 되는)에서는 그는 꽤 유명한 사람이었다.

그의 부모는 모두 열댓 세 났을 때 돌아갔고, 남은 사람이라고는 곁집에 딴살림하는 그의 아우 부처와 그 자기 부처뿐이었다. 그들 형제가 그 마을에서 제일 부자이고 또 제일 고기잡이를 잘하였고 그중 글이 있었고 배따라기도 그 마을에서 빼나게 그 형제가 잘 불렀다. 말하자면 그 형제가 그 동네의 대표적 사람이었다.

팔월 보름은 추석 명절이다. 팔월 열하룻날 그는 명절에 쓸 장도 볼 겸, 그의 아내가 늘 부러워하는 거울도 하나 사올 겸, 장으로 향하였다.

"당손네 집에 있는 것보다 큰 것이요. 닛디 말구요."

그의 아내는 길까지 따라나오면서 잊지 않도록

부탁하였다.

"안 닛어."

하면서 그는 떠오르는 새빨간 햇빛을 앞으로 받으면서 자기 마을을 나섰다.

그는 아내를 (이렇게 말하기는 우습지만) 고와했다. 그의 아내는 촌에는 드물도록 연연하고도 예쁘게 생겼다. (그는 나에게 이렇게 말하였다.)

"성내(평양) 덴줏골(갈보촌)을 가두 그만한 거 쉽디 않갔시요."

그러니까 촌에서는, 그리고 그 당시에는 남에게 우습게 보이도록 그 내외의 새는 좋았다. 늙은이들은 계집에게 혹하지 말라고 흔히 그에게 권고하였다.

부처의 새는 좋았지만―아니 오히려 좋으므로 그는 아내에게 샘을 많이 하였다. 그리고 그의 아내는 시기를 받을 일을 많이 하였다. 품행이 나쁘다는 것이 아니라, 그의 아내는 대단히 천진스럽고 쾌활한 성질로서 아무에게나 말 잘 하고 애교를 잘 부렸다.

그 동네에서는 무슨 명절이나 되면, 집이 그중 정결함을 핑계삼아 젊은이들은 모두 그의 집에 모이고 하였다. 그 젊은이들은 모두 그의 아내에게 '아즈마니'라 부르고, 그의 아내는 '아즈바니 아즈바니' 하며 그들과 지꺼리고 즐기며, 그 웃기 잘하는 입에는 늘 웃음을 흘리고 있었다. 그럴 때마다 그는 한편 구석에서 눈만 힐근거리며 있다가 젊은이들이 돌아간 뒤에는 불문곡직하고 아내에게 덤벼들어 발길로 차고 때리며, 이전에 사다 주었던 것을 모두 걷어올린다. 싸움을 할 때에는 언제든 곁집에 있는 아우 부처가 말리러 오며, 그렇게 되면 언제든 그는 아우 부처까지 때려주었다.

그가 아우에게 그렇게 구는 데는 이유가 있었다. 그의 아우는, 시골 사람에게는 쉽지 않도록 늠름한 위엄이 있었고, 맨날 바닷바람을 쏘였지만 얼굴이 희었다. 이것뿐으로도 시기가 된다 하면 되지만, 특별히 아내가 그의 아우에게 친절히 하

는 데는, 그는 속이 끓어 못 견디었다.

그가 영유를 떠나기 반 년 전쯤―다시 말하자면 그가 거울을 사러 장에 갈 때부터 반 년 전쯤 그의 생일날이었다. 그의 집에서는 음식을 차려서 잘 먹었는데, 그에게는 괴상한 버릇이 있었으니, 맛있는 음식은 남겨두었다가 좀 있다 먹고 하는 것이 습관이었다. 그의 아내도 이 버릇은 잘 알 터인데 그의 아우가 점심때쯤 오니까, 아까 그가 아껴서 남겨두었던 그 음식을 아우에게 주려 하였다. 그는 눈을 부릅뜨고 '못 주리라'고 암호하였지만 아내는 그것을 보았는지 못 보았는지 그의 아우에게 주어버렸다. 그는 마음속이 자못 편치 못하였다. '트집만 있으면 이년을……' 그는 마음먹었다.

그의 아내는 시아우에게 상을 준 뒤에 물러오다가 그만 그의 발을 조금 밟았다.

"이년!"

그는 힘껏 발을 들어서 아내를 냅다 찼다. 그의 아내는 상 위에 거꾸러졌다가 일어난다.

"이년, 사나이 발을 짓밟는 년이 어디 있어!"

"거 좀 밟아서 발이 부러졌쉐까?"

아내는 낯이 새빨개져서 울음 섞인 소리로 고함친다.

"이년! 말대답이……."

그는 일어서서 아내의 머리채를 휘어잡았다.

"형님! 왜 이리십니까."

아우가 일어서면서 그를 붙잡았다.

"가만있거라, 이놈의 자식."

하며 그는 아우를 밀친 뒤에 아내를 되는 대로 내리찧었다.

"죽일 년, 이년! 나가거라!"

"죽에라, 죽에라! 난, 죽어도 이 집에선 못 나가!"

"못 나가?"

"못 나가디 않구. 뉘 집이게……."

이때다. 그의 마음에는 그 '못 나가겠다'는 아내의 마음이 푹 들이박혔다. 그 이상 때리기가 싫었

다. 우두커니 눈만 흘기고 있다가 그는,

"망할 년, 그럼 내가 나갈라."

하고 그만 문밖으로 뛰어나와서,

"형님, 어디 갑니까."

하는 아우의 말에는 대답도 안 하고, 곁동네 탁주 집으로 뒤도 안 돌아보고 가서, 거기 있는 술 파는 계집과 술상 앞에 마주 앉았다.

그날 저녁 얼근히 취한 그는 아내를 위하여 떡을 한 돈 어치 사가지고 집으로 돌아왔다.

이리하여 또 서너 달은 평화가 이르렀다. 그러나 이 평화가 언제까지든 계속될 수가 없었다. 그의 아우로 말미암아 또 평화는 쪼개져 나갔다.

오월 초승부터 영유 고을 출입이 잦던 그의 아우는, 오월 그믐께부터는 고을서 며칠씩 묵어오는 일이 많았다. 함께, 고을에 첩을 얻어두었다는 소문이 퍼졌다. 이 소문이 있은 뒤는 아내는 그의 아우가 고을 들어가는 것을 벌레보다도 더 싫어하고, 며칠 묵어나 오는 때면 곧 아우의 집으로 가서 그와 담판을 하며 심지어 동서 되는 아우의 처에게까지 못 가게 하지 않는다고 싸우는 일이 있었다. 칠월 초승께 그의 아우는 고을에 들어가서 열흘쯤 묵어온 일이 있었다. 이때도 전과 같이 그의 아내는 그의 아우며 제수와 싸우다 못하여, 마침내 그에게까지 와서 아우가 그런 못된 데를 다니는 것을 그냥 둔다고, 해 보자 한다. 그 꼴을 곱게 보지 않았던 그는 첫마디로 고함을 쳤다.

"네게 상관이 무에가? 듣기 싫다."

"못난둥이. 아우가 그런 델 댕기는 걸 말리디두 못하구!"

분김에 이렇게 그의 아내는 고함쳤다.

"이년, 무얼?"

그는 벌떡 일어섰다.

"못난둥이!"

그 말이 채 끝나기 전에 그의 아내는 악 소리와 함께 그 자리에 거꾸러졌다.

"이년! 사나이에게 그따윗 말버릇 어디서 배

완!"

"에미네 때리는 건 어디서 배왔노! 못난둥이."

그의 아내는 울음소리로 부르짖었다.

"샹년 그냥? 나갈, 우리집에 있디 말구 나갈."

그는 내리찧으면서 부르짖었다. 그리고 아내를 문을 열고 밀쳤다.

"나가디 않으리!"

하고 그의 아내는 울면서 뛰어나갔다.

"망할년!"

토하는 듯이 중얼거리고 그는 그 자리에 주저앉았다.

그의 아내는 해가 져서 어두워져도 돌아오지 않았다. 일단 내어쫓기는 하였지만 그는 아내의 돌아옴을 기다리고 있었다. 어두워져도 그는 불도 안 켜고 성이 나서 우들우들 떨면서 아내의 돌아오기를 기다렸다. 그러나 그의 아내의 참 기쁜 듯이 웃는 소리가 그의 아우의 집에서 밤새도록 울리었다. 그는 움쩍도 안 하고 그 자리에 앉아서 밤을 새운 뒤에, 새벽 동터 올 때 아내와 아우를 죽이려고 부엌에 가서 식칼을 가지고 들어와서 문을 벌컥 열었다.

그의 아내로서 만약 근심스러운 얼굴을 하고 그 문밖에 우두커니 서서 문을 들여다보고 있지 않았다면, 그는 아내와 아우를 죽이고야 말았으리라.

그는 아내를 보는 순간 마음에 가득 차는 사랑을 깨달으면서, 칼을 내던지고 뛰어나가서 아내의 머리채를 휘어잡고, 이년 하면서 들어와서 뺨을 물어뜯으면서 함께 이리저리 자빠져서 뒹굴었다.

그런 이야기를 다 하려면 끝이 없으되 다만 '그' '그의 아내' '그의 아우' 세 사람의 삼각관계는 대략 이와 같았다.

각설—

거울은 마침 장에 마음에 맞는 것이 있었다. 지금 것과 대보면 어떤 때는 코도 크게 보이고 입이 작게도 보이는 것이지만, 그 당시에는, 그리고 그런 촌에서는 둘도 없는 귀물이었다.

거울을 사가지고 장을 본 뒤에 그는 이 거울을 아내에게 주면 그 기뻐할 모양을 생각하며, 새빨 간 저녁 햇빛을 받는 넘치는 듯한 바다를 안고, 자기 집으로, 늘 들러오던 탁주집에도 안 들러서 돌아왔다.

그러나 그가 그의 집 방 안에 들어설 때에는 뜻 도 안 하였던 광경이 그의 눈에 벌이어 있었다.

방 가운데는 떡상이 있고, 그의 아우는 수건이 벗어져서 목 뒤로 늘어지고 저고리 고름이 모두 풀어져 가지고 한편 모퉁이에 서 있고, 아내도 머 리채가 모두 뒤로 늘어지고 치마가 배꼽 아래 늘 어지도록 되어 있으며, 그의 아내와 아우는 그를 보고 어찌할 줄을 모르는 듯이 움쩍도 안 하고 서 있었다.

세 사람은 한참 동안 어이가 없어서 서 있었다. 그러나 좀 있다가 마침내 그의 아우가 겨우 말했다.

"그놈의 쥐 어디 갔니?"

"흥! 쥐? 훌륭한 쥐 잡댔구나!"

그는 말을 끝내지도 않고 짐을 벗어던지고 뛰어 가서 아우의 멱살을 그러잡았다.

"형님! 정말 쥐가—"

"쥐? 이놈! 형수하고 그런 쥐 잡는 놈이 어디 있 니?"

그는 아우를 따귀를 몇 대 때린 뒤에 등을 밀어서 문밖에 내어던졌다. 그런 뒤에 이제 자기에게 이를 매를 생각하고 우들우들 떨면서 아랫목에 서 있는 아내에게 달려들었다.

"이년! 시아우와 그런 쥐 잡는 년이 어디 있어!"

그는 아내를 거꾸러뜨리고 함부로 내리찧었다.

"정말 쥐가…… 아이 죽겠다."

"이년! 너두 쥐? 죽어라!"

그의 팔다리는 함부로 아내의 몸 위에 오르내 렸다.

"아이, 죽갔다. 정말 아까 적으니(시아우)가 왔 기에 떡 먹으라구 내놓았더니—"

"듣기 싫다! 시아우 붙은 년이, 무슨 잔소릴

……."

"아이, 아이, 정말이야요. 쥐가 한 마리 나 ……."

"그냥 쥐?"

"쥐 잡을래다가……."

"샹년! 죽어라! 물에래두 빠데 죽얼!"

그는 실컷 때린 뒤에, 아내도 아우처럼 등을 밀 어 내어쫓았다. 그 뒤에 그의 등으로,

"고기 배때기에 장사해라!"

하고 토하였다.

분풀이는 실컷 하였지만, 그래도 마음속이 자못 편치 못하였다. 그는 아랫목으로 가서 바람벽을 의지하고 실신한 사람같이 우두커니 서서 떡상만 들여다보고 있었다.

한 시간…… 두 시간…….

서편으로 바다를 향한 마을이라 다른 곳보다는 늦게 어둡지만, 그래도 술시(戌時)쯤 되어서는 깜 깜하니 어두웠다. 그는 불을 켜려고 바람벽에서 떠나서 성냥을 찾으러 돌아갔다.

성냥은 늘 있던 자리에 있지 않았다. 그래서 여 기저기 뒤적이노라니까, 어떤 낡은 옷뭉치를 들칠 때에 문득 쥐 소리가 나면서 무엇이 후덕덕 뛰어 나온다. 그리하여 저편으로 기어서 도망한다.

"역시 쥐댔구나."

그는 조그만 소리로 부르짖었다. 그리고 그만 그 자리에 맥없이 덜썩 주저앉았다.

아까 그가 보지 못한 때의 광경이 활동사진과 같이 그의 머리에 지나갔다.

아우가 집에를 온다. 아우에게 친절한 아내는 떡을 먹으라고 아우에게 떡상을 내놓는다. 그때에 어디선가 쥐가 한 마리 뛰어나온다. 둘(아우와 아 내)에서는 쥐를 잡노라고 돌아간다. 한참 성화시 키던 쥐는 어느 구석에 숨어버린다. 그들은 쥐를 찾느라고 뒤룩거린다. 그럴 때에 그가 집에 들어 선 것이다.

"샹년, 좀 있으믄 안 들어오리……."

그는 억지로 마음먹고 그 자리에 드러누웠다.

그러나 아내는 밤이 가고 날이 밝기는커녕 해가 중천에 올라도 돌아오지를 않았다. 그는 차차 걱정이 나서 찾아보러 나섰다.

아우의 집에도 없었다. 동네를 모두 찾아보아도 본 사람도 없다 한다.

그리하여, 낮쯤 한 삼사 리 내려가서 바닷가에서 겨우 아내를 찾기는 찾았지만 그 아내는 이전 같은 생기로 찬 산 아내가 아니요, 몸은 물에 불어서 곱이나 크게 되고, 이전에 늘 웃음을 흘리던 예쁜 입에는 거품을 잔뜩 문, 죽은 아내였다.

그는 아내를 업고 집으로 돌아오기까지 정신이 없었다.

이튿날 간단하게 장사를 하였다. 뒤에 따라오는 아우의 얼굴에는,

"형님, 이게 웬일이오니까."

하는 듯한 원망이 있었다.

장사를 지낸 이튿날부터 아우는 그 조그만 마을에서 없어졌다. 하루 이틀은 심상히 지냈지만, 닷새 엿새가 지나도 아우는 돌아오지 않았다. 그래서 알아보니까, 꼭 그의 아우같이 생긴 사람이 오륙 일 전에 멧산자 보따리를 하여 진 뒤에 시뻘건 저녁해를 등으로 받고 더벅더벅 동쪽으로 가더라 한다. 그리하여 열흘이 지나고 스무 날이 지났지만 한번 떠난 그의 아우는 돌아올 길이 없고, 혼자 남은 아우의 아내는 매일 한숨으로 세월을 보내게 되었다.

그도 이것을 잠자코 보고 있을 수가 없었다. 그 불행의 모든 죄는 죄 그에게 있었다.

그도 마침내 뱃사람이 되어, 적으나마 아내를 삼킨 바다와 늘 접근하며 가는 곳마다 아우의 소식을 알아보려고, 어떤 배를 얻어 타고 물길을 나섰다.

그는 가는 곳마다 아우의 이름과 모습을 말하여 물었으나, 아우의 소식은 알 수가 없었다.

이리하여 꿈결같이 십 년을 지내서 구 년 전 가을, 탁탁히 낀 안개를 꿰며 연안(延安) 바다를 지나가던 그의 배는, 몹시 부는 바람으로 말미암아 파선을 하여, 벗 몇 사람은 죽고, 그는 정신을 잃고 물 위에 떠돌고 있었다.

그가 겨우 정신을 차린 때는 밤이었다. 그리고 어느덧 그는 뭍 위에 올라와 있었고 그를 말리느라고 새빨갛게 피워놓은 불빛으로 자기를 간호하는 아우를 보았다.

그는 이상히도 놀라지도 않고 천연하게 물었다.

"너, 어떻게 여기 완?"

아우는 잠자코 한참 있다가 겨우 대답하였다.

"형님, 거저 다 운명이외다."

따뜻한 불기운에 깜빡 잠이 들려다가 그는 화닥닥 깨면서 또 말했다.

"십 년 동안에 되게 파랬구나."

"형님, 나두 변했거니와 형님두 몹시 늙으셨쉐다."

이 말을 꿈결같이 들으면서 그는 또 혼혼히 잠이 들었다. 그리하여 두어 시간, 꿀보다도 단 잠을 잔 뒤에 깨어보니, 아까같이 새빨간 불은 피어 있지만 아우는 어디로 갔는지 없어졌다. 곁엣사람에게 물어보니까, 아우는 형의 얼굴을 물끄러미 한참 들여다보고 있다가 새빨간 불빛을 등으로 받으면서 터벅터벅 아무 말 없이 어둠 가운데로 스러졌다 한다.

이튿날 아무리 알아보아야 그의 아우는 종적이 없어지고 알 수 없으므로 그는 하릴없이 다른 배를 얻어 타고 또 물길을 떠났다. 그리하여 그의 배가 해주에 이르렀을 때, 그는 해주 장에 들어가서 무엇을 사려다가 저편 맞은편 가게에 걸핏 그의 아우 같은 사람이 있으므로 뛰어가서 보니 그는 벌써 없어졌다. 배가 해주에는 오래 머물지 않으므로 그의 마음은 해주에 남겨두고 또다시 바닷길을 떠났다.

그 뒤 삼 년을 이리저리 돌아다녔어도 아우는 다시 볼 수가 없었다.

그리하여 삼 년을 지내서 지금부터 육 년 전에, 그의 탄 배가 강화도를 지날 때에, 바다를 향한 가파로운 뫼켠에서 바다를 향하여 날아오는 '배따라기'를 들었다. 그것도 어떤 구절과 곡조는 그의 아우 특식으로 변경된, 그의 아우가 아니면 부를 사람이 없는, 그 '배따라기'이다.

배가 강화도에는 머무르지 않아서 그저 지나갔으나, 인천서 열흘쯤 머무르게 되었으므로, 그는 곧 내려서 강화도로 건너가 보았다. 거기서 이리저리 찾아다니다가 어떤 조그만 객주집에서 물어보니, 이름도 그의 아우요 생긴 모습도 그의 아우인 사람이 묵어 있기는 하였으나, 사나흘 전에 도로 인천으로 갔다 한다. 그는 곧 돌아서서, 인천으로 건너와서 찾아보았지만, 그 조그만 인천서도 그의 아우를 찾을 바가 없었다.

그 뒤에 눈 오고 비 오며 육 년이 지났지만, 그는 다시 아우를 만나보지 못하고 아우의 생사까지도 알 수가 없다.

*

말을 끝낸 그의 눈에는 저녁해에 반사하여 몇 방울의 눈물이 반득인다.

나는 한참 있다가 겨우 물었다.

"노형 계수는?"

"모르디요. 이십 년을 영유는 안 가봤으니깐요."

"노형은 이제 어디루 갈 테요?"

"것두 모르디요. 덩처가 있나요? 바람 부는 대로 몰려댕기디요."

그는 다시 한 번 나를 위하여 배따라기를 불렀다. 아아, 그 속에 잠겨 있는 삭이지 못할 뉘우침, 바다에 대한 애처로운 그리움.

노래를 끝낸 다음에 그는 일어서서 시뻘건 저녁해를 잔뜩 등으로 받고 을밀대로 향하여 더벅더벅 걸어간다. 나는 그를 말릴 힘이 없어서 멀거니 그의 등만 바라보고 앉아 있었다.

그날 밤, 집에 돌아와서도 그 배따라기와 그의

숙명적 경험담이 귀에 쟁쟁히 울리어서 잠을 못 이루고, 이튿날 아침 깨어서 조반도 안 먹고 기자묘로 뛰어가서 또다시 그를 찾아보았다. 그가 어제 깔고 앉았던, 풀은 모두 한편으로 누워서 그가 다녀감을 기념하되, 그는 그 근처에 보이지 않았다. 그러나, 그러나 배따라기는 어디선가 쟁쟁히 울리어서 모든 소나무들을 떨리지 않고는 안 두겠다는 듯이 날아온다.

"모란봉(牡丹峰)이다. 모란봉에 있다."

하고 나는 한숨에 모란봉으로 뛰어갔다. 모란봉에는 사람이 하나도 없다. 부벽루(浮壁樓)에도 없다.

"을밀대다."

하고 나는 다시 을밀대로 갔다. 을밀대에서 부벽루를 연한, 지옥까지 연한 듯한 골짜기에 물 한 방울을 안 새이리라고 빽빽히 난 소나무의 그 모든 잎잎은 떨리는 배따라기를 부르고 있지만, 그는 여기도 있지 않다. 기자묘의, 하늘을 향하여 퍼져나간 그 모든 소나무의 천만의 잎잎도, 그 아래쪽 퍼진 천만의 풀들도, 모두 그 배따라기를 슬프게 부르고 있지만, 그는 이 조고만 모란봉 일대에서 찾을 수가 없었다.

강가에 나가서 알아보니 그의 배는 오늘 새벽에 떠났다 한다.

그 뒤에 여름과 가을이 가고 일 년이 지나서 다시 봄이 이르렀으되, 잠깐 평양을 다녀간 그는 그 숙명적 경험담과 슬픈 배따라기를 남겨두었을 뿐, 다시 조고만 모란봉에 나타나지 않는다.

모란봉과 기자묘에 다시 봄이 이르러서, 작년에 그가 깔고 앉아서 부러졌던 풀들도 다시 곧게 대가 나서 자줏빛 꽃이 피려 하지만, 끝없는 뉘우침을 다만 한낱 '배따라기'로 하소연하는 그는, 이 조고만 모란봉과 기자묘에서 다시 볼 수가 없었다. 다만 그가 남기고 간 '배따라기'만 추억하는 듯이 기념하는 듯이 모든 잎잎이 속삭이고 있을 따름이다.

[1921]

암야

闇夜

염상섭 (1897 ~ 1963)

서울 출생. 일본 와세다 대학 수학. 1920년 '폐허' 동인에 가담. 「표본실의 청개구리」「제야」「만세전」 등의 단편을 발표했으며 『삼대』『무화과』『취우』 등의 장편소설이 있다.

눈을 뜨며 깜짝 놀라서 벌떡 일어 앉는 그의 머릿속에는, '이같이 구구히 무슨 까닭에 사느냐?'는 몽롱한 의식이 가장 민속(敏速)하게 전뢰(電雷)와 같이 반짝하다가 스러졌다. 담배에 피로한 머릿속은 납덩어리가 목에 걸린 듯이 무겁고 괴로웠다. 그는 얼 없이 가만히 앉았다가 불이 번쩍 켜지는 데에 정신을 소스라쳐 방안을 휘돌아보았다. 책상에 놓인 사진은 여전히 눈을 말똥말똥 뜨고 그의 일거일동을 냉연히 마주보고 앉았다.

1

"오늘은 부디 낮잠 자지 말고, 둘째집 좀 가보려무나."

아침을 먹고 어슬렁어슬렁 뜰로 내려오는 그의 뒷모양을 근심스러운 눈으로 물끄러미 내려다보던 그의 모친은 또 한 번 주의를 시켰다.

'이번이 벌써 세 번째로군……' 속으로 좀 불쾌한 듯이 생각하며, 그는 무엇이라고 대답을 하려다가 잠자코 자기 방으로 소리 없이 몸뚱어리를 숨겼다.

별로 춥지는 않으나 미닫이를 꼭 닫고, 그는 무슨 궁리나 하는 사람처럼 뒷짐을 진 채 눈을 내리깔고 십 분 동안쯤이나 방 안을 빙빙 돌아다니다가 책상 앞에 털썩 주저앉았다. 그는 일전에 창경원에 놀러갔다가 동물원에서 본 철창 안의 검은곰(黑熊)이 생각나서, 불쾌한 듯이 눈살을 찌푸리다가 기가 막힌 듯이 "아아" 선하품 같은 한숨을 쉬고 두발을 내던지며 벽에 기대었다. 그 순간에 그는 무엇을 생각하였는지 신랄한 냉소가 입가에 살짝 지나갔다. 누가 곁에서 보는 사람이 있다면, 그는 단지 깊은 사색에 헤매치거나, 혹은 뼈에 맺힌 상사병 씨이나 앓는 사람이라고 생각하였을지 모르나, 실상은 그의 머릿속에는 아무 그림자도 비치지 않았다. 무엇을 생각하는 것도 아니요, 생각하려는 것도 아닌 완전한 실신 상태에 포로가 된 것이다. 얼빠진 사람처럼 왼팔을 먼지 앉은 책상에 던져놓고 반시간 동안이나 멀거니 앉았다가, 그래도 무엇을 하여야겠다는 듯이 몸을 소스라쳐 정신을 차리고 책상에 정면(正面)하여 도사리고 앉았다. 그러나 또 화석같이 두 팔죽지를 책상 위에 짚고 머리를 움켜싸고 앉았다. 그는 대관절 무엇을 해야 좋을지 몰랐다. 다만 머릿속이 불난 터 모양으로 와글와글하며 홀연히 마음이 조 비비듯할 뿐이었다. 그러면서도 무엇이든지 하여야 하겠다는 생각은 한시도 떠나지 않았다. 어느 때까지 머리를 에워싸고 눈만 껌벅거리며 앉았던 그는 겨우 결심한 듯이 원고지를 꺼내놓고, 잉크병 마개에서 손에 묻은 먼지를 씻은 후에 펜을 들었다. 그가 원고에 펜을 든 것은 거의 삼사삭(三四朔) 만이었다.

펜에 잉크를 찍어가지고 나서도 한참 꾸물꾸물하다가,

'진리의 탐구자여'라고 그리듯이 한 자씩 똑똑하게 박아 써놓고, 또 한참 들여다보고 앉았다가, 눈살을 찌푸리며 박박 긁어버렸다. 너무 천박하고도 과장한 구조(句調)라고 생각함이다. 석 줄 넉 줄 북북 긁은 뒤를, 처음에는 타원형으로 까맣게 잉크칠을 하다가, 나중에는 별 모양을 그려보더니, 철필대를 던지고, 조끼 호주머니에서 궐련을 꺼내 피워 물었다. 볼이 메도록 힘껏 빨아 내뿜는 연기가 꾸물꾸물 흘러 오르는 모양을 말똥말똥 치어다보다가, 그래도 못 잊은 듯이 다시 펜을 들었다. 이번에는,

'소위 진리의 탐구자여! 그대의 이름은 얼마나 장미(壯美)하고, 그대의 사업은 얼마나 엄숙한가. 생명을 도(賭)하여도 아즉 족함을 깨닫지 못하는 그대의 기개(氣槪), 그대의 노력은, 얼마나 용감하고 얼마나 감격한 일인가.

그러나 무엇을 위한 탐구인고? 탐구함이 유의의(有意義)하다 함과 같이, 탐구치 않음도 역시 유의의하다고는 못할까. 또 탐구치 않음이 무의의(無意義)함과 같이 탐구함이 또한 무의의하다고는 못할까……

그 욕구조차 없는 자, 행동의 효모가 고사(枯死)된 자―애(愛)의 존영(尊影)을 소실(燒失)한 자, 일체의 정화(情火)가 신회(燼灰)의 잔해(殘骸)만을 남겨준 자에게, 그 무엇이 의의(意義) 있고 힘있으리요. 그 무엇이 장미하고 엄숙히 보이리요……'

그는 겨우 여기까지 써놓고, 종이에 구멍이 뚫어질 만치 붓을 든 채 들여다보고 앉았다가, 또 궐련을 꺼내 물고 부산히 무엇을 찾기 시작하였다. 서류가 난잡히 흐트러진 책상 위를 이리저리 휘저

어보았다. 금방 쓰고 난 성냥통을 찾는 것이었다. 앉은 자리를 휘돌아보아도 역시 없다. 또다시 조급히 책상 위를 휘저어 찾았다. 그 사품에 원고지와 소맷자락에 걸린 잉크병은 붙잡을 새도 없이 거꾸러졌다. 청흑색의 고름 같은 농즙(濃汁)은 방금 붓을 뗀 원고지 위에 꿀꺽 토하여 나왔다.

겨우 담배를 피워 문 그는 지면에 번져나가는 잉크를 잠깐 노려보고 앉았다가 처치하기 시작하였다…… 잉크를 훔치던 손을 멈추고, 그는 젖은 원고를 들어 한번 묵독(黙讀)하여본 뒤에, 그대로 두 손으로 똘똘 비벼서 재떨이에 던지고 벌떡 일어나서 길로 난 들창에 기대어 밖을 내어다보며 담배를 뻑뻑 빨고 섰었다.

추석을 지낸 지 며칠 안 되는 높은 하늘은 구름 한 점 없이 푸르고 맑았다. 호젓한 골짜기에는 건너편 빈터에 김장 고추 말리는 것을 지키는 아이가 고추 멍석 끝에 무료히 앉았을 뿐이었다. 뒷집 절뚝발이 아이다. 내 얼굴을 본 그 아이는 무인도에서 사람 냄새나 맡은 듯이 부자유한 두 발을 엉거주춤 세우고 간신히 일어나서 반기며 인사를 한다. 그도 빙긋 웃으며 인사 대답을 하고, 그 아이 앉았던 자리에 얼레가 놓인 것을 물끄러미 건너다보다가,

"너 벌써 연(紙鳶) 날리니?" 하며 물었다.

"그럼요! 추석이 지났는데요" 하고 그 아이는 호젓한 웃음을 띠고 섰다가, 얼레를 들어서 여기저기 만지며 있다. 그는 '저 아이가 어떻게 날리누' 하는 호기심이 나서, 좀 날려보라고 하려다가,

"연은 동무가 있어야 날리지, 너 혼자 날리겠니?" 하고, 의미 없이 빙긋 웃었다. 그 소년은 무슨 모욕이나 당한 듯이,

"왜요, 재미있어요" 하며 호젓한 낯빛으로 냉랭히 대꾸를 하고, 평지로 절름절름 내려와 두어 간통 떼어서 연을 올리고 얼레를 솔솔 돌리며 절뚝절뚝 뒷걸음질 쳐서 언덕으로 올라가다가, 다시 실을 급히 감기 시작하였다. 손바닥만 한 방패연

은 속히 감아들이는 인력에 끌리어서 이삼 척쯤 뜨다가 다시 빙그르르 돌아서 지면에 화닥닥하며 부딪혔다. 절뚝발이 소년은 눈살을 찌푸리고, 또다시 절름절름 뒷걸음질을 치며 한 칸쯤 물러서서 힘없는 짧은 팔을 획획 돌렸다. 이번에는 아까보다는 좀 높이 올랐으나, 역시 팽팽 돌아 꼬리를 쳐들고 땅바닥에 거꾸로 박혔다. 가련하고 고적(孤寂)한 병신 소년은 좀 어색한 듯이 여전히 호젓한 미소를 띠며 우두커니 내려다보며 섰는 그를 힐끔 치어다보고 줄을 감아서 연을 발 밑까지 끌어다 놓고 이번에는 위치를 변하여 그가 서 있는 창 밑으로 오더니 역시 안간힘을 깽깽 쓰며 급속히 실을 감았다. 그러나 원래 바람이 없는 온정(穩靜)한 천기(天氣)에 조그만 방패연쯤 오를 리가 없다. 불쌍한 절름발이 소년은, 더욱 초민증(焦悶症)이 생긴 듯이 오른손에 얼레를 추켜들고 힐끔힐끔 돌아보며, 절름절름 절름절름하고 골짜기 속으로 기어들어갔다. 부지중에 연은 자기 키만큼 올랐으나, 또다시 획획 돌아서 펄펄 날아 앉았다. 그는 어느 때까지 무심한 듯이 그 아이의 발꿈치와 연 꼬리를 쫓아보며 섰다가, 긴 한숨을 휘 쉬며 창 앞을 떠나 다시 책상머리로 와서 앉았다.

그는 왼손으로 뺨을 괴고 책상에 비스듬히 기대어 앉았다가,

'……대체 사람과 사람 사이에는, 얼만한 거리가 있는가?……'

속으로 이렇게 생각하며 재떨이에 놓인 잉크가 뒤발린 원고 수셉이에 시선을 던졌다.

'한 자 두 자 오르다가 떨어지는 연과, 한 자 두 자 그리다가 찢어버리는 원고, 다리를 절며 오르지 않는 연이라도 올리지 않으면 심심해 못 견디겠다는 절름발이 소년과…… 그러나 나에게는 그런 행복도 없지 않은가. 그런 노력조차…… 오르지 않는 연을 올리려는 데에, 아니, 용이히 오르지 않기 때문에, 무한한 고민과 행복을 느끼지 않는가…… 아니 이것은 이론이다. 이치를 따지면 아

무 말이라도 할 수 있지. 그러나…… 나에게 저 아이를 불쌍하다고 할 권리가 있다고 생각하는 것이 벌써 틀린 수작이다.'

그는 생각하던 것을 더 계속할 힘도 없는 것같이, 문지방을 베고 반듯이 드러누웠다. 그러나 웬셈인지 침정(沈靜)할 수가 없다. 머릿속이 썩는 것 같다. 간혹 맷돌 같은 것으로 머리를 짓누르는 것 같기도 하다. 찌부드드하여 잠이 올 것 같다. '또 자나!' 혼자 묻듯이 생각하다가, 벌떡 일어나서 주섬주섬 양복을 주워입고 나서 궐련갑을 포켓에 집어넣으려다가, 저고리 주머니에서 갸름한 사진틀을 꺼내들고 한참 들여다본 후, 책상 한구석에 버티어놓고 방 안으로 빙빙 돌아다녔다. 사진틀에는 어떠한 처녀가 샐쭉한 눈을 말똥말똥 뜨고 그의 거동을 치어다보듯이 마주 보며, 조그마한 갑 속에 끼여 있다. 그것은 그가 늘 지갑 속에 넣어가지고 다니던 그의 약혼자인 N의 사진을, 어떠한 이성(異姓)의 친구가, 자기의 사진틀에 끼워준 것을 그대로 넣고 다니던 것이었다.

'러-브, 엥게이지멘트, ……흐흥, 나 같은 놈에겐 과분한 일이다……'

양복 저고리 앞을 헤치고 바지 포켓에다가 두 손을 찌른 채 두세 번 빙빙 돌며 속으로 이같이 부르짖은 뒤에, 사진 앞에 와서 물끄러미 내려다보다가, '가엾게! ……너도 내 일생의 연밖에 안 되겠고나…… 대체 내가 너를 사랑하는가. ……사랑한다면 무슨 이유로? ……응! 이유 없는 것이 진정한 사랑이래! ……그러나 아직 사랑할 능력과 권리가 남았다 할 수 있을까? 이성(異姓) 앞에서 부르르 떠는, 어머니 젖꼭지에서 떨어진 채 그대로 있는 순결한 처녀에 대한 정신적 매춘부와 같은 정열의 방사자(放射者)! 분도(奔焰)와 같은 초련(初戀)의 가슴에, 이지(理智)의 눈이 푸르게 뜬 찬돌이 안길제, ……아아, 울 것이다. ……아아 사기(詐欺)다! 최고 도덕으로 죄악이다!'

그는 정처 없는 이런 생각을 꿈속같이 머릿속에 이어가다가 급작스레 천진한 N이 불쌍한 증이 나서 사진을 들어 한참 들여다보다가 키스를 하고 다시 놓았다. 요사이 그의 또 한 가지 고통은 의식적이 아니고는 사람을 사랑할 수 없는 것이다. 불쌍한 여자다. 자기의 불순으로 상대자의 순결을 더럽히는 죄악의 대상(代償)으로라도, 그를 사랑하여야 하겠다는 의식이나 조건이 없고는, 사람을 사랑할 수 없는 것이 그에게는 일종의 고통인 동시에 비애이었다. 예술이냐? 연애냐? 그에게 대하여는 이 두 가지를 전연(全然)히 부정할 수도 없고, 전연히 긍정할 수도 없다. 그 일(一)을 취하고 그 일을 버릴 수도 없다. 여기에 그의 딜레마가 있는 것이다. 그에게도 연, 절뚝발이 소년의 연 이외에는 아무것도 없다.

구두를 신으려 안으로 들어가는 그의 머릿속에는 문득 N의 사진을 끼워준 그의 친구, Y여사의 일이 생각났다.

'대체 나와 Y간의 거리가 얼마나 되나? 결국은 연을 얻었다는 것과 얻으려 한다는 차이밖에 없지 않은가. 무슨 까닭에 Y의 장래를 염려하는가……' 언젠지 Y더러 "정열의 부단(不斷)의 남용(濫用)적 방사는 방종이라는 결과밖에 가져오지 않는다. 진정한 새로운 연인을 택하여가지고 인제는 정심(靜沈)한 생활을 하여야 하지 않느냐"고 충고 비슷한 말을 한 것을 생각하고 혼자 고소(苦笑)하였다.

'와일드는 현명한 자이다. 전천(專擅)이란 것은 사람의 생활에 간섭한다는 것이 아니라, 타인에게 자기와 같이 하라고 강요하는 것이라 하였다. 적절한 말이다. ……Y가 소위 진정한 연인을 얻더라도, 역시 연 이상은 못 될 것이다. ……충고인지 무엇인지, 주제넘은 되지못한 생각이다.'

그는 구두끈을 매면서도 얼빠진 사람처럼 이 생각 저 생각 꼬리를 이어나갔다.

마루 끝에서 부스럭부스럭하는 소리에, 그의 모친은 반개(半開)하였던 미닫이를 활짝 열고, "지금 가니?" 하며, 또 둘째집 방문건을 제의하였다. "인간 대사를 당하였는데, 지척에 있으면서 안 가뵈면 시비난다."

"가 뵙죠." 그는 힘없는 대답을 하고 나서, 사촌 형 혼인의 부조일을 하느라고 무색 헝겊 조각을 벌여놓고 앉은 누이동생을 힐끔 돌려다보며,

"너는 언제나 인간 대사를 치르련?" 반쯤 냉소를 띠고 조롱 한마디를 하고,

"지금 나가서 하나 골라오마. 오빠보다 잘나고 돈 많고 인물 좋은…… 그리고 말 잘하는…… 핫핫핫, 응, 거기 모자 좀 떼다오."

"하하하 너희들 노래에 있는 것처럼 반벙어리 새서방을 주워오련! 하하하" 하며 어머니는 웃었다. 얼굴이 빨개진 십칠팔 세의 해끄무레한 처녀는 나오는 웃음을 참고 외면을 하며 일어나서 장(欌) 안의 모자를 꺼내주었다. 그는 모자를 받으며,

"왜 싫으냐? 흐흥."

"듣기 싫어요. 누가 시집간답디까?…… 오빠나, 어서…… 공연히 남의 집 계집애를 잔뜩 붙들어놓고……"

"응! 중매 행세를 톡톡히 하려는구나…… 쓸데없는 걱정 말고 어서 골라라. 하하하."

N은 그의 누이의 학교 동무이었다. 그는 안방에서 흘러나오는 모녀의 웃음소리를 뒤에 두고, 다소 화기(和氣)를 띠며 길에 나왔다.

2

약간 명쾌한 기분으로 집을 나선 그는 야조현(夜照峴) 시장 부근에 들끓는 사람 틈바구니를 뚫고 나오느라고 또다시 눈살을 찌푸리게 되었다.

오른편 앞으로 고개를 비뚜름히 숙이고 한 손은 바지 포켓에 찌른 채, 비슷이 좌편으로 기울어진 어깨 위에 무엇이나 올려놓은 듯이, 완만한 보조(步調)로 와글와글하는 속을 가만가만히 기어서 큰길로 나와 겨우 고개를 들고 숨을 휘 쉬었다. 그는 지금 잡답(雜遝)한 길에 나와서도, 자기가 사람 사는 인간계에 있는 것 같은 생각은 조금도 없었

다. 가장 추악한 금시로 거꾸러질 듯한 망량놀이, 움질움질하는 뿌연 구름 속을 휘저으면서 정처 없이 흘러가는 것 같았다. 생활이란 낙인이 교활과 탐람이라는 이름으로 찍힌 얼굴들을 볼 때마다, 그는 손에 들었던 단장(短杖)으로 대번에 모두 때려 누이고 싶다고 생각하였다.

'대체 너희들은 무슨 까닭에 이다지 분주히 왔다 갔다 하느냐? 어느 때까지 이것을 계속하다가 꺼꾸러지려느냐?'고 소리를 버럭 지르고 싶었다. 그는 대한문(大漢門)으로 향하여 정신없이 일이정(一二町) 가다가 무슨 생각이 났던지 광화문을 바라보고 돌아서며, '무덤이다'라고 혼자 속으로 부르짖었다. 전차 선로를 건너서 체신국 앞까지 온 그는, 공조(工曹) 뒷골로 들어서려다가,

'무엇이 인간 대사냐? 조상(弔喪)이나 하러 가라면 가지!' 목에 걸린 담(痰)이나 토하듯이 뱃속으로 한마디 토하고, 둘째집 들어가는 골목을 지나쳤다.

'……피차에 코빼기도 못 본, 어떤 개뼉다귄지 말뼉다귄지도 모르는 남녀가, 일생의 운명에 간음적(姦淫的) 최후 결단을 선고하는 것이 무에 그리 경사란 말인가. 인천 미두(米豆) 이상의 더러운 도박을 하면서도 즐거우니 반가우니……' 그는 속으로 이같이 생각하며, 분노를 못 이기는 듯이 입술을 뿌루퉁 내밀고 미친 사람처럼 혼자 흥흥 콧소리를 내며 걷다가, 우편 어느 관사 틈바구니에 사복개천(司僕開川)으로 통한 호젓한 길이 있는 것을 생각하고, 큰길을 건너서 좌우벽을 검은 판장(板墻)으로 둘러막은 으슥한 골목으로 찾아 들어섰다. 물론 어디를 가려는 향방이 있어 그런 것은 아니었다. 사람 그림자 없는 길을 단독(單獨)히 걸어보려는 것이었다. 이 길이 영원히 연속되었으면 하며 생각할 새도 없이 벌써 천변(川邊)이 되었다. 그는 어디로 향할까 잠깐 머뭇머뭇 망설이다가 도로 집으로 향하기도 싫증이 나서, A를 찾아가보기로 결심을 하고 다리를 건너 섰다.

A는 마침 화실에서 나와서 햇빛이 쨍쨍히 비치는 마루 끝에 섰다가, 자취 없이 가만가만 기어들어오는 그를 보고, 잠깐 적막한 때 마침 잘 왔다는 듯이 반기며 자기 방으로 인도하였다. 그는 A를 따라 들어가는 길에, 자기 방 속에 문을 닫고 들어앉았는 B와 두어 마디 인사를 하고 나서, B의 방문을 열어보았다. B와 책상을 격(隔)하여 앉아서 엎드려 무엇을 쓰고 있던 연필을 쉬고 돌아다보며 목례(目禮)를 하는 묘령(妙齡)의 두 여자를 본 그는, 그대로 방문을 닫고 A의 방으로 돌아섰다.

"그동안에 무엇 했소? 왜 한 번도 안 왔어……"

A는 그의 침울한 얼굴을 들여다보며 물었다.

"하긴 뭘 해. ……아아!" 그는 선하품을 쉬며, "같은 얼굴을 매일 쳐다보는 것도 귀찮아서……"

"일엽락이천하지추(一葉落而天下知秋)가 아니라 일엽락이인생지추(一葉落而人生知醜)인가. 하하하, 아니, 우용지추(友容知醜)로군" 하며 A는 웃었다.

회구(繪具) 상자에는 사생판(寫生板)에 그리다가 둔 초상화가 끼여 있었다.

"이거야말로 추면(醜面)이로군…… B군이 아닌가. 그러나 그는 어쩐 셈이야?" 그는 B가 귀를 앓는 것을 생각하며, 귀를 그릴 데가 여백(餘白)대로 남아 있는 것을 손가락으로 문대보면서 물었다.

"응, 요사이 선생, 귀머거리가 되어서." A는 빙긋 웃으면서,

"지금 보았지? 선생, 그저께부터 제자가 생기어서, 벌써, 아이 라이크 유, 두유 라이크 미? 를 가르치기에 앓는 귀가 점점 더 멀어가는 모양이야, 아하하…… 벌써 연화(軟化)하여가는 모양이니까, 지금쯤은, 이만큼은 되었겠지." A는 또다시 파안대소하며, 책상 끝에 떨어트린 그의 손등을 붙잡으며 흉내를 내었다. 그도 따라서 껄껄 웃으며,

"추색(秋色)이 방란(芳蘭)이라, 마음이 싱숭생숭하는데 그런 재미라도 있어야지…… 결국 사람은 자기가 자신을 속여야만 살 수 있는 동물이야!"

이같이 한마디 하고 나서 그는 절뚝발이 아이를 생각하고 "B군의 연은 기생 제자로군" 하며, 속으로 민소(悶笑)하였다. 제자가 돌아간 후 B도 A의 방으로 와서 제자들을 중심으로 한 쓸데없는 잡담을 이삼십 분간이나 하다가 그는 집으로 향하였다. 도중에서 C, D 양인을 만났다. C는 그를 만나는 길로 "색시 구했어?" 하고 물었다. 요사이 C에게는 장가를 가겠다고 뭇사람더러 구혼하여달라고 부탁을 하는 일종의 버릇이 생기었다. 그러나 본인도 실없는 농담이려니와, 듣는 사람도 귓가로 들었다. 그는 "E에게 칼침을 맞게!" 하며 농담의 대답을 하고 나서, D에게 향하여,

"요사이 셈평이 좋소?" 하고 물었다.

"셈평? 셈평이 좋고 언짢은 것이 문제가 아니라, 죽겠느냐 살겠느냐 문제요…… X군, 요사이 조금도 보이지 않기에, 죽었나 살았나 하였더니 그래도 살아 있었구먼 하하하……" D의 웃음에는 공허하면서도 침통한 심각미(深刻美)가 있고 경취(京取)에 실패한 D의 얼굴에는 표현할 수 없는 음영이 가리워 있었다. A의 집으로 향하는 양인과 작별하고 돌아선 그는 단장을 득득 끌면서 고개를 숙이고 사복개천 천변으로 나왔다.

'……오늘날의 우리같이 천박한 것들이 또 있을까…… 자기 자신까지 우롱하지 않으면 만족할 수 없다는 영리한 듯한 우물(愚物)의 무리다……' 그는 불쾌하여 못 견디겠다는 듯이 입을 악물었다가, 헷 하며 혀를 한 번 차고 또다시 속으로 생각을 계속하였다.

'……유희적 기분을 빼놓으면 그들에게 무엇이 남는가! 생활을 유희하고, 연애를 유희하고, 교정(交情)을 우롱하고 결혼 문제에도 유희적 태도에…… 소위 예술에까지 유희적 기분으로 대하는 말종들이 아닌가. 진지, 진검(眞劍), 성실, 노력이란 형용사는, 모조리 부정하고 덤비는 사이비 데카당스다. ……고뇌? 인간고(人間苦)? ……그런 게 있을 리가 있나! A두, B두, C두, D두, E두……

모두 한씨다. ……엣! ……그러나 대체 그들이란 누구냐? 그들이라 하며 매도하는 자기 자신이 벌써 그한 분자(分子)가 아닌가? 아닌가가 아니다. 그 수괴(首魁)다. ……아아—'

그는 어느 틈에 숙주감 다리까지 왔다. 동십자각(東十字角)을 돌아서려다가 좀 더 호젓한 길을 걸어보려고 삼청동을 향하고 큰길로 발을 떼어놓았다. 종친부(宗親府) 다리까지 와서 잔잔히 흐르는 개천 속을 들여다보다가, 종친부 대문 앞 잔디밭에 무릎을 세우고 앉았다. 석양을 재촉하는 햇발은 아직도 뜨거웠다. 낮잠을 못 잔 그는 눈이 아물아물하여 오고, 눈찌가 간지럽게 꼿꼿하고 아팠다. 점점 몽롱하여오는 머릿속에 그는 또다시 생각을 계속하였다.

'……예술이니 무엇이니 하여도, 결국은 물질생활의 노예밖에는 안 된다. 소위 고뇌라는 것도 결국 밥이 부족하여서 나오는 것이 아닌가. 깊은 데 근저를 둔 내부에서 타는 인간고라는 것은 약에 쓰려 해도 없다. ……그들이 괴로워 괴로워 하며 개성의 자유로운 발현이 무리하게 억압되는 것을 한탄하며 인생 문제니, 염세주의니 떠드는 것은, 밥이 부족하다는 애소(哀訴)에 분칠하는 것에 불과한 것이다. 주머니가 묵직하면 서재에서 뛰어나오는 사이비의 예술가가 아닌가…… 군의 그 침울하고 비통한 음영의 주권(株券)만 폭등하면 하일(夏日)의 조로(朝露)다. ……흥 생사의 문제다! 뒤주 밑이 긁히니까, 생사의 문제가 아닌 것은 아니지만 우리가 한 번이라도 일생애의 사업을 위하여, 자기의 예술의 궁전을 위하여, 인생의 아름답고 순결한 정서를 발로하는 연애를 위하여, 심각하고 영원한 고뇌를 위하여, 생애의 문제다! 라고 부르짖을 일이 있었나? ……모든 것이 연이다. 절뚝발이 아이의 연에서 넘치지 않는다. ……자기만족, 자기 우롱…… 이외에 무엇이 있었는가?'

졸음은 어느덧 스러졌으나 사지가 찌뿌드드하여진다. 그는 벌떡 일어나서 다리를 다시 건너 큰길로 나오며,

'그러나 취할 점은 하나 있다. 속되지 않다는 것! 속중(俗衆)과는 동화치 않는다는 것! 이것뿐이다……'

그는 이같이 속으로 부르짖으며, 집으로 향하였다.

집에 들어온 그는 가만가만히 구두를 벗고 자기 방으로 바로 들어가서 옷을 벗어던지고 드러누웠다. 눈을 감고 누워서 잠을 청하여보다가 다시 일어나서, 불규칙하게 쌓아논 책더미에서 유도무랑(有島武郎)의 『생활의 고뇌』라는 단편집을 빼서 들고 다시 누웠다.

3

육십 페이지쯤 한숨에 읽은 그의 눈에는 까닭 없는 눈물이 글썽하였다. 그는 일부러 씻어버리려고도 아니하고 그대로 벽을 향하여 누운 채 다시 첫 페이지부터 재독(再讀)을 하였다. 그의 눈물은 아직도 마르지 않았다. 십 페이지, 이십 페이지쯤 가서 그는 손에 들었던 책을 편 채 가만히 곁에 놓고, 눈물이 마른 눈을 꼭 감고 누웠다. 그의 일생에 처음 경험하는 눈물이었다. 인정미(人情美)에 감격한 눈물은 여행 중 찻간에서도 흘려본 적이 있었다. 의분이나 열분(熱憤)에 못 이겨서 몸을 떨며 운 일도 있었다. 그와 반대로 월하(月下)에 이별을 애석하여 눈물짓는 처녀의 손을 붙들고도, 냉연(冷然)히 돌아설 만큼 누선(淚腺)이 고갈한 때도 있었다. 그러나 이 눈물은 자기 자신도 알 수 없는 눈물이었다. ……그는 그대로 잠이 들었다.

상 받으라고 흔들려 깨인 때는 방 안이 어둑어둑하였다. 선잠을 깨인 그는 사지의 피로는 풀린 모양이나 기력이 더 한층 무거웠다. 눈을 뜨며 깜짝 놀라서 벌떡 일어 앉는 그의 머릿속에는, '이같이 구구히 무슨 까닭에 사느냐?'는 몽롱한 의식이 가장 민속(敏速)하게 전뢰(電雷)와 같이 반짝하다가 스러졌다. 담배에 피로한 머릿속은 납덩어

리가 목에 걸린 듯이 무겁고 괴로웠다. 그는 얼 없이 가만히 앉았다가 불이 번쩍 켜지는 데에 정신을 소스라쳐 방 안을 휘돌아보았다. 책상에 놓인 사진은 여전히 눈을 말똥말똥 뜨고 그의 일거일동을 냉연히 마주 보고 앉았다. 그는 사진과 시선이 마주칠 때 깜짝 놀랐다. '이 사람이 전 생애를, 전 운명을, 나에게 걸고 있구나! ……이 나에게! 나를 이 세상에서 하늘같이 치어다보는 사람도 이 사람밖에는 없다……' 사진을 마주보며 이런 생각을 할 때 그의 등에서는 식은땀이 흐르는 것 같았다. 동시에 수치와 모욕을 당한 것 같았다.

그는 안으로 끌려들어가 저녁상을 받았다. 오늘은 무슨 생각이 났던지 얼마 동안 끊은 반주(飯酒)를 찾았다. 식사를 마치고 화끈화끈 다는 얼굴에 바람을 쏘이려고 길거리로 정처 없이 나왔다. 솔솔 뺨을 핥고 가는 가을 저녁 바람은 유쾌하였다. 서십자각(西十字角)을 돌아서서, 경복궁을 바라보고 느럭느럭 내려왔다. 종점에 와서 닿는 전차마다 토하여내는 기갈과 피로에 허덕이며 비슬비슬하는 허연 그림자가 하나둘씩 물러감을 따라, 육조대로(六曹大路)의 긴 무덤에는 차차 밤이 들어가고 드문드문 높이 달린 전등 불빛은 묘전(墓前)의 도깨비불같이 엷은 저녁 안개에 어룽어룽 번쩍

거리었다. 그는 단장을 힘껏 휘저으며 먼 하늘의 별을 치어다보고 걷다가, 몸부림을 하며 울고 싶은 증이 나서 캄캄한 길 한중턱에 우뚝 섰다…… 공상은 또 그의 머리를 점령하였다. 그는 속으로 부르짖었다.

'……아, 대지에 엎드러져 이 눈에서 흘러 떨어지는 쓰고 짠 눈물을 이 붉은 입술로 쪽쪽 빨며 대지와 포옹하고 뺨을 문지를까! ……머리 위에 길이 내린 야광주(夜光珠) 같은 뭇별의 영원히 끊어지지 않는 금은의 굳센 실(蘚)로 이 전신을 에워매고, 영원의 앞에 무릎을 꿇고 영원이시여! 이 가련한 작은 생명에게 힘을 내리소서. 그렇지 않으면 이 작고 약하고 추한 그림자가 영원히 비추이지 마소서 하며 기도를 바치고 싶다' 하고 그는 혼자 생각하였다.

그의 눈에는 눈물이 그렁그렁 괴고 그의 심장에는 간절하고 애통한 마음이 미어져서 전혈관을 압착(壓搾)하는 듯하였다……

그는 확실치 못한 발 밑을 조심하며, 무한히 뻗친 듯한 넓고 긴 광화문통 태평통(太平通)을 뚜벅뚜벅 걸어나갔다.

[1922]

홍염

최서해 (1901 ~ 1932)

함북 성진 출생. 1924년 『조선문단』에 「고국」을 발표하면서 등단. 1925년 카프에 참가했다. 「홍염」 「해돋이」 「탈출기」 등의 작품이 있으며, 장편으로 『호외시대』가 있다.

……차디찬 별─억만 년 변함이 없을 듯하던 별까지 녹아 내릴 것 같이 검은 연기는 하늘을 덮고 붉은 빛은 깜깜하던 골짜기에 차 흘러서 어둠을 기회로 모여들었던 온갖 요귀(妖鬼)를 몰아내는 것 같다. 불을 질러놓고 뒷숲 속에 앉아서 내려다보는 그 그림자─딸과 아내를 잃은 문서방은,

"하하하."

시원스럽게 웃고 가슴을 만지면서 한 손으로 꽁무니에 찼던 도끼를 만져 보았다.

1

겨울은 이 가난한, 백두산 서북편 서간도 한 귀통이에 있는 이 가난한 촌락 '빼허(白河)'에도 찾아들었다. 겨울이 찾아들면 조그마한 강을 앞에 끼고 큰 산을 등진 빼허는 쓸쓸히 눈 속에 묻혀서 차디찬 좁은 하늘을 쳐다보게 된다.

눈보라는 북국의 특색이다. 빼허의 겨울에도 그러한 특색이 있다. 이것이 빼허의 생령들을 괴롭게 하는 것이다.

오늘도 눈보라가 친다.

북극의 얼음세계나 거쳐오는 듯한 차디찬 바람이 우– 하고 몰려오는 때면 산봉우리와 엉성한 가지 끝에 쌓였던 눈들이 한꺼번에 휘날려서 이 좁은 산골은 뿌연 눈안개 속에 들게 된다. 어떤 때는 강골 바람으로 빙판에 덮였던 눈이 산봉우리로 불리게 된다. 이렇게 교대적으로 산봉우리의 눈이 들로 내리고 빙판의 눈이 산봉우리로 올리달려서 서로 엇바뀌는 때면 그런 대로 관계치 않으나, 하늬(北風)와 강바람이 한꺼번에 불어서 강으로부터 올리달는 눈과 봉우리로부터 내리달는 눈이 서로 부딪치고 어우러지게 되면 눈보라와 바람 소리에 빼허의 좁은 골짜기는 터질 듯한 동요를 받는다.

등진 산과 앞으로 낀 강 사이에 게딱지처럼 끼어 있는 것이 이 빼허의 촌락이다. 통틀어서 다섯 호밖에 되지 않는 집이나마 밭을 따라서 이리저리 흩어져 있다. 모두 커다란 나무를 찍어다가 우물 정(井) 자로 틀을 짜 지은 집인데 여기 사람들은 이것을 '귀틀집'이라 한다. 지붕은 대개 조짚이요, 혹은 나무껍질로도 이었다. 그 꼴은 마치 우리 내지(간도서는 조선을 내지라 한다)의 거름집(堆肥舍)과 같다. 심하게 말하는 이는 도야지굴과 같다고 한다.

이것이 남부여대로 서간도 산골을 찾아들어서 사는 조선 사람의 집들이다. 빼허의 집들은 그러한 좋은 표본이다.

험악한 강산, 세찬 바람과 뿌연 눈보라 속에 게딱지처럼 붙어서 위태위태하게 침묵을 지키고 있는 이 모든 집에도 언제든지 공도(公道)가—위대한 공도가 어그러지지 않으면, 언제든지 꼭 한때는 따뜻한 봄볕이 지나리라. 그러나 이렇게 눈발이 날리고 바람이 우짖으면 그 어설궂은 집 속에 의지 없이 들어박힌 넋들은 자기네로도 알 수 없는 공포에 몸을 부르르 떨게 된다.

이렇게 몹시 춥고 두려운 날 아침에 문서방은 집을 나섰다. 산산이 흐트러진 머리카락을 뿌연 상투에 휘휘 거둬 감고 수건으로 이마를 질끈 동인 위에 까맣게 그을은 대팻밥 모자를 끈 달아 썼다. 부대처럼 툭툭한 토수래(베실을 삶아서 짠 것이다) 바지저고리는 언제 입은 것인지 뚫어지고 흙투성이가 되었는데 바람에 무겁게 흩날린다.

"문서뱅이 발써 갔소?"

문서방은 짚신에 들막을 단단히 하고 마당에 내려서려다가 부르는 소리에 머리를 돌렸다. 펄쩍 문을 열면서 때가 찌덕찌덕한 늙은 얼굴을 내미는 것은 한관청(韓官廳)이었다.

"왜 그러시우?"

경기 말씨가 그저 남아 있는 문서방은 한 발로 마당을 밟고 한 발로 흙마루를 밟은 채 한관청을 보았다.

"엑, 바름두! 저, 엑 흑…….."

한관청은 몰아치는 바람이 아츠러운지 연방 흑흑 느끼면서,

"저, 일절 욕을 마오! 그게…… 엑, 워쩐 바름이 이런구. 그게 되놈인데, 부모두 모르는 되놈(胡人)인데…….."

하는 양은 경험 있는 늙은 사람의 말을 깊이 들으라는 어조이다.

"나는 또 무슨 말씀이라구! 아 그늠이 이번두 그러면 그저 둔단 말이오?"

문서방의 소리는 좀 분개하였다.

눈을 몰아치는 바람은 또 몹시 마당으로 몰아들었다. 그 판에 문서방은 바람을 등지고 돌아서

고 한관청의 머리는 창문 안으로 자라목처럼 움츠렸다.

"글쎄 이 늙은 거 말을 듣소! 그늠이 제 가새비를 잘 알겠소! 흥……."

한관청은 함경도 사투리로 뇌면서 다시 머리를 내밀었다.

"염려 마슈! 좋게 하죠."

문서방은 더 들을 말 없다는 듯이 바람을 안고 획 돌아섰다.

"그새 무슨 일이나 없을까?"

밭 가운데로 눈을 헤갈면서 나가던 문서방은 주춤하고 돌아다 보면서 혼자 뇌었다.

눈보라 때문에 눈도 뜰 수 없거니와 지척을 분간할 수 없이 되어서 집은커녕 산도 보이지 않았다.

"그새 무슨 일이 날라구!"

그는 또 이렇게 혼자 뇌고 저고리 섶을 단단히 여미면서 강가로 내려가다가 발을 돌려서 언덕길로 올라섰다. 강얼음을 타고 가는 것이 빠르지만 바람이 심하면 빙판에서 걷기가 거북하여 언덕길을 취하였다. 하 다니던 길이니 짐작으로 걷지 눈에 묻히어서 길이 보이지 않았다.

언덕길에 올라서니 바람은 더 심하였다. 우와 하고 가슴을 치어서 뒤로 휘딱 자빠질 것은 고사하고 눈발에 아츠럽게 낯을 치어서 눈도 뜰 수 없고 숨도 바로 쉴 수 없었다. 뻣뻣하여 가는 사지에 억지로 힘을 주어가면서 이를 악물고 두 마루턱이나 넘어서 '달리소' 강가에 이르니 가슴에서는 잔나비가 뛰노는 것 같고 등골에는 땀이 흘렀다. 그는 서리가 뿌연 수염을 씻으면서 빙판을 건너갔다. 빙판에는 개가죽 모자 개가죽 바지에 커단 올레를 신은 중국 파리꾼들이 기다란 채쭉을 휘휘 두르면서,

"뚜-어, 뚜-어, 딱딱."

하고 말을 몰아간다.

"꺼울리 날취(저 조선 거지 어디 가나)?"

중국 파리꾼들은 문서방을 보면서 욕을 하였으나 문서방은 허둥허둥 빙판을 건너서 높다란 바위 모롱이를 지나 언덕에 올라섰다.

여기가 문서방이 목적하고 온 달리소라는 땅이다. 이 땅 주인은 '인(殷)'가라는 중국 사람인데 그 인가는 문서방의 사위이다. 저편 밭 가운데 굵은 나무로 울타리를 한 것이 인가의 집이다. 그 밖으로 오륙 호나 되는 게딱지 같은 귀틀집은 지팡살이하는 조선 사람들의 집이다. 문서방은 바위 모롱이를 돌아 언덕에 오르니 산이 서북을 가리어서 바람이 좀 잠즉하여 좀 푸근한 느낌을 받았으나, 점점 인가—사위의 집 용마루가 보이고 울타리가 보이고 그 좌우의 같은 조선 사람의 집이 보이니 스스로 다리가 움츠러지면서 걸음이 떠졌다.

"엑 더러운 되놈! 되놈에게 딸 팔아먹은 놈!"

그것은 자기 스스로 한 일은 아니지만 어디선지 이런 소리가 귀청을 징징 치는 것 같은 동시에 개기름이 번지르하여 핏발이 올올한 눈을 흉악하게 굴리는 인가—사위의 꼴이 언뜻 눈앞에 떠올라서 그는 발끝을 돌릴까 말까 하고 주저거렸다. 그러다가도,

"여보 용례가 왔소? 용례 좀 데려다주구려!"

하고 죽어가는 아내의 애원하는 소리가 귓가에 울려서 다시 앞을 향하였다.

"이게 문서방이! 또 딸 집을 찾아가옵느마?"

머리를 수굿하고 걷던 문서방은 불의의 모욕이나 받는 듯이 어깨를 툭 떨어뜨리면서 머리를 들었다. 그것은 길 옆에서 도야지 우리를 치던 지팡살이꾼의 한 사람이었다.

"네! 아아니……."

문서방은 대답도 아니요 변명도 아닌 이러한 말을 하고는 얼른얼른 인가의 집으로 향하였다. 온 동리가 모두 나서서 자기의 뒤를 비웃는 듯해서 곁눈질도 못하였다.

여기는 서북이 가리어서 빼허처럼 바람이 심하지 않았다. 흐릿하나마 볕도 엷게 흘렀다.

2

"여보! 저 인가가 또 오는구려!"

가을볕이 쨍쨍한 마당에서 깨를 떨던 아내는 남편 문서방을 보면서 근심스럽게 말하였다.

"오면 어쩌누? 와도 허는 수 없지!"

뒤줏간 앞에서 옥수수 껍질을 바르던 문서방은 기탄없이 말하였다.

"엑, 그 단련을 또 어찌 받겠소?"

아내의 찌푸린 낯은 스스로 흐리었다.

"참 되놈이란 오랑캐……."

"여보 여기 왔소."

문서방의 높은 소리를 주의시키던 아내는 뒤줏간 저편을 보면서,

"아, 오셨소!"

하고 어색한 웃음을 웃었다.

"예 왔소! 장구재 있소?"

지주 인가는 어설픈 웃음을 지으면서 마당에 들어서다가 뒤줏간 앞에 앉은 문서방을 보더니,

"응 저기 있소!"

하고 손가락질을 하면서 그 앞에 가 수캐처럼 쭈그리고 앉았다.

서천에 기운 태양은 인가의 이마에 번지르르 흘렀다.

"어디 갔다 오슈?"

문서방은 의연히 옥수수를 바르면서 하기 싫은 말처럼 힘없이 끄집어내었다.

"문서방! 그래 올에두 비들 못 가프겠소?"

인가는 문서방 말과는 딴전을 치면서 담뱃대를 쌈지에 넣는다.

"허허, 어제두 말했지만 글쎄 곡식이 안 된 거 어떡하오?"

"안 돼! 안 돼! 곡시기 자르 되고 모 되구 내가 알으오? 오늘은 받아 가지구야 가겠소!"

인가는 담배를 피우면서 버티려는 수작인지 땅에 펑덩 들어앉았다.

"내년에는 꼭 갚아 드릴게 올만 참아주오! 장

구재도 알지만 흉년이 되어서 되지두 않은 이것을 모두 드리면 우리는 어떻게 겨울을 나라우? 응!…… 자, 내년에는 꼭 하하 ……."

인가를 보면서 넋없는 웃음을 치는 문서방의 눈에는 애원하는 빛이 흘렀다.

"안 되우! 안 돼! 퉁퉁(모두) 디 주! 모두두 많이 많이 부족이오."

"부족이 돼두 하는 수 없지. 글쎄 뻔히 보시면서 어떡하란 말이오! 휴."

"어째 어부소? 응 늬디 어째 어부소 마리해! 울리 쌀리디, 울리 소금이디, 울리 강냉이디 …… 늬디 입이(그는 입을 가리키면서)디 안 먹어? 어째 어부소? 응."

인가는 낯빛이 거무락푸르락해서 소리를 고래고래 질렀다. 문서방은 더 말이 나오지 않았다.

언제나 이놈의 소작인 노릇을 면하여 볼까? 경기도에서도 소작인 십 년에 겨죽만 먹다가 그것도 자유롭지 못하여 남부여대로 딸 하나 앞세우고 이 서간도로 찾아들었더니 여기서도 그네를 맞아주는 것은 지팡살이였다. 이름만 달랐지 역시 소작인이다. 들어오던 해는 풍년이었으나 늦게 들어와서 얼마 심지 못하였고 그 이듬해에는 흉년으로 말미암아 일 년 내 꾸어먹은 것도 있거니와 소작료도 못 갚아서 인가에게 매까지 맞고 금년으로 미뤘더니 금년에도 흉년이 졌다. 다른 사람들도 빚을 지지 않은 바가 아니로되 유독 문서방을 조르는 것은 음흉한 인가의 가슴속에 문서방의 딸 용례(금년 열일곱)가 걸린 까닭이었다. 문서방은 벌써 그 눈치를 알아채었으나 차마 양심이 허락지 않았다. 인가의 욕심만 채우면 밭맥이나 단단히 생겨서 한평생 기탄이 없을 것을 모르지는 않지만 무남독녀로 고이 기른 딸을 되놈에게 주기는 머리에 벼락이 내릴 것 같아서 죽으면 그저 굶어 죽었지 차마 할 수 없었다. 그는 그런 것 저런 것 생각할 때마다 도리어 내지가 그리웠다. 쪼들려도 나

서 자란 자기 고향에서 쪼들리던 옛날이—삼 년 전의 그 옛날이 그리웠다. 그러나 그것도 한 꿈이었다. 그 꿈이 실현되기에는 그네의 경제적 기초가 너무도 어줄이 없었다. 빈 마음만 흐르는 구름에 부쳐서 내지로 보낼 뿐이었다.

"어째서 대답이 어부소, 응? 그래 울리 비디디 안 가파? 창우니! 빠피야(이놈 껍질 벗긴다)."

인가는 담뱃대를 꽁무니에 찌르면서 일어나 앉더니 팔을 걷는다. 그것을 본 문서방 아내는 낯빛이 파랗게 질려서 부들부들 떨면서 이 편만 본다. 문서방도 낯빛이 까맣게 죽었다.

"자, 그러면 금년 농사는 온통 드리지요!"

문서방의 목소리는 힘없이 떨렸다. 마치 종아리 채를 든 초학 훈장 앞에 엎드린 어린애의 소리처럼…….

"부요우(일없다)…… 퉁퉁디…… 모모 모두 우리 가져가두 보미(옥수수) 쓰단(4石), 쌔옌(소금) 얼씨진(20斤), 쑈미(좁쌀)디 빠단(8石)디 유아(있다)…… 니디 자리 알라 있소! 그거 안 줘?"

검붉은 인가의 뺨은 성난 두꺼비 배처럼 불떡불떡하였다.

"나머지는 내년에 갚지요!"

문서방은 머리를 뚝 떨어뜨렸다.

"슴마(무엇)? 창우니 빠피야!"

인가의 억센 손은 문서방의 멱살을 잡았다. 문서방은 가만히 받았다. 정신이 아찔하였다.

"에구, 장구재…… 흑흑…… 장구재…… 제발 살려줍쇼! 제발 살려주시면 뼈를 팔아서라두 갚겠습니다. 장구재 제발!"

문서방의 아내는 부들부들 떨면서 인가의 팔에 매달렸다. 그의 애걸하는 소리는 벌써 울음에 떨렸다.

"내 보미 워디 소금이 낼라! 아니 줬소? 아니 줬소? 어 어째서 아니 줬소?"

인가의 주먹은 문서방의 귓벽을 울렸다.

"아이구!"

문서방은 땅에 쓰러졌다.

"엑 에구…… 응응응…… 에구 장구재! 제발 제제…… 흑 제발 좀 살려줍소…… 응응."

쓰러지는 문서방을 붙잡던 아내는 인가를 보면서 땅에 엎드려서 손을 비빈다.

"이 상느므 샛지(상놈의 자식)…… 늬디 로포(아내) 워디(내가) 가져가!"

하고 인가는 문서방을 차더니 엎드려서 손이야 발이야 비는 문서방의 아내의 손목을 잡아끌었다.

"늬디 울리 집이 가! 오늘리부터 늬디 울리 에미네(아내)!"

"장구재…… 제발…… 에이구 응응……."

"에구, 엄마!"

집 안에서 바느질하던 용례가 내달았다. 인가는 문서방의 아내를 사정없이 끌고 자기 집으로 향한다.

"나를 잡아가라! 나를!"

쓰러졌던 문서방은 인가의 팔을 잡았다.

"타마나!"

하는 소리와 같이 인가의 발길은 문서방의 불거름으로 들어갔다. 문서방은 거꾸러졌다.

"아이구 어머니! 왜 울 어머니를 잡아가요? 응응…… 흑."

용례는 어머니의 팔목을 잡은 중국인의 손을 물어뜯었다. 용례를 본 인가는 문서방의 아내는 놓고 문서방의 딸 용례를 잡았다.

"이 개새끼야! 이것 놔라…… 응응 흑…… 아이구 아버지…… 엄마!"

억센 장정 인가에게 티끌같이 끌려가는 연연한 처녀는 몸부림을 하면서 발악을 하였다.

"용례야! 아이구 우리 용례야!"

"에이구 응…… 너를 이 땅에 데리구 와서 개 같은 놈에게……."

문서방의 내외는 허둥지둥 달려갔다.

낯빛이 파랗게 질린 흰옷 입은 사람들은 쭉 나와서 섰건마는 모두 시체 같이 서 있을 뿐이었다.

여편네 몇몇은 치맛자락으로 눈물을 씻었다.

의연히 제 걸음을 재촉하는 볕은 서산 위에 뉘엿뉘엿하였다. 앞강으로 올라오는 찬바람은 스르르 스쳐가는데 석양에 돌아가는 까마귀 울음은 의지 없는 사람의 넋을 호소하는 듯 처량하였다.

"에구 용례야! 부모를 못 만나서 네 몸을 망치는구나! 에구 이놈에 돈이 우리를 죽이는구나!"

문서방 내외는 그 밤을 인가의 집 울타리 밖에서 새웠다. 누구 하나 들여다보지도 않는데 인가의 집에서 내놓은 개들은 두 내외를 잡아먹을 듯이 짖으며 덤벼들었다.

이리하여 용례는 영영 인가의 손에 들어갔다. 며칠 후에 인가는 지금 문서방이 있는 빼허에 땅 날갈이나 있는 것을 문서방에게 주어서 그리로 이사시켰다. 문서방은 별별 욕과 애원을 하였으나 나중에 인가는 자기 집 일꾼들을 불러서 억지로 몰아내었다. 이리하여 문서방은 차마 생목숨을 끊기 어려워서 원수가 주는 땅을 파먹게 되었다. 그것이 작년 가을이었다. 그 뒤로 인가는 절대로 용례를 밖으로 내보내지 않을 뿐만 아니라 그 어버이 되는 문서방 내외에게도 보이지 않았다.

"용례는 매일 밥도 안 먹고 어머니 아버지만 부르고 운다."

하는 희미한 소식을 인가의 집에 가까이 드나드는 중국인들에게서 들을 때마다 문서방은 가슴을 치고 그 아내는 피를 토하였다.

이리하여 문서방의 아내는 늦은 여름부터 아주 병석에 드러누웠다. 그는 병석에서 매일 용례만 부르고 용례만 보여달라고 졸랐다. 그래서 문서방은 벌써 세 번이나 인가를 찾아가서 말했으나 효과가 없었다.

이번까지 가면 네 번째다. 이번은 어떻게 성사가 될는지?(간도 있는 중국인들은 조선 여자를 빼앗아 가든지 좋게 사가더라도 밖에 내보내지도 않고 그 부모에게까지 흔히 면회를 거절한다. 중국인은 의심이 많아서 그런다고 한다.)

3

문서방은 울긋불긋한 채필로 '관운장'과 '장비'를 무섭게 그려 붙인 집 대문 앞에 섰다. 문밖에서 뼈다귀를 핥던 얼룩개 한 마리가 웡웡 짖으면서 달려들더니 이 구석 저 구석에서 개 무리가 우아하고 덤벼들었다. 어떤 놈은 으르렁 으르고, 어떤 놈은 뒷다리 사이에 바짝 끼면서 금방 물 듯이 송곳 같은 이빨을 악물었고, 어떤 놈은 대어들었다가는 뒷걸음을 치고 뒷걸음을 쳤다가는 대어들면서 산천이 무너지게 짖고, 어떤 놈은 소리도 없이 코만 실룩실룩하면서 달려들었다. 그 여러 놈들이 문서방을 가운데 넣고 죽 돌아서서 각각 제 재주대로 날뛴다. 그러지 않아도 지금 개 때문에 대문 밖에서 기웃거리던 문서방은 이 사면초가를 어떻게 막으면 좋을지 몰랐다. 이러는 판에 한 마리가 획 들어와서 문서방의 바짓가랑이를 물었다.

"으악…… 꺼우디(개를)!"

문서방은 소리를 치면서 돌멩이를 찾느라고 엎드리는 것을 보더니 개들은 일시에 뒤로 물러났으나 또다시 덤벼들었다.

"창우니 타마나가비(상소리다)!"

안에서 개가죽 모자를 쓰고 뛰어나오는 일꾼은 기다란 호밋자루를 두르면서 개를 쫓았다. 개들은 몰려가면서도 몹시 짖었다.

문서방은 조짚 수수깡이가 지저분하게 널려 있는 마당을 지나서 왼편 일꾼들 있는 방문으로 들어갔다. 누릿하고 뀌쿠한 더운 기운이 후끈 낯을 스칠 때 얼었던 두 눈은 뿌연 더운 안개에 스르르 흐려서 어디가 어딘지 잘 분간할 수 없었다.

"윈따야 랠라마(문영감 오셨소)?"

캉(구들)에서 지껄이는 중국인 중에서 누군지 첫인사를 붙였다.

"에헤 랠라 장구재 유(있소)?"

문서방은 어색한 웃음을 지었다. 얼었던 몸은 차츰 녹고 흐렸던 눈앞도 점점 밝아졌다.

"쌍캉바(구들로 올라오시오)!"

구들 위에서 나는 틱틱한 소리는 인가였다. 그는 일꾼들과 무슨 의논을 하던 판인가? 지껄이던 일꾼들은 고요히 앉아서 담배를 피우면서 호기심에 번득이는 눈을 인가와 문서방에게 보냈다.

어느 천 년에 지은 집인지? 거미줄이 얼키설키 서린 천장과 벽은 아궁이 속 같이 꺼먼데 벽에 붙여놓은 삼국풍진도(三國風塵圖)며 춘야도리원도(春夜桃李園圖)는 이리저리 찢기고 그을었다. 그을음과 담배 연기에 싸여서 눈만 반짝반짝하는 무리들은 아귀도를 생각게 한다. 문서방은 무시무시한 기분에 몸을 부르르 떨었다.

"치옌바(담배 잡수시오)!"

인가는 웬일인지 서투른 대로 곧잘 하던 조선말은 하지 않고 알아도 못 듣는 중국말을 쓰면서 담뱃대를 문서방 앞에 내밀었다.

"여보 장구재! 우리 로포가 딸을 못 봐서 죽겠으니 좀 보여주, 응?……."

문서방은 담뱃대를 받으면서 또 전처럼 애걸하였다. 인가는 이마를 찡그리면서 볼을 불렀다.

"저게 마지막 죽어가는데 철천지 한이나 풀어야 하지 않겠소, 응! 한 번만 보여주! 어서 그러우! 내가 용례를 만나면 꼬일까 봐…… 그럴 리 있소! 이렇게 된 밧자에 …… 한 번만…… 낯이나…… 저 죽어가는 제 에미 낯이나 한 번 보게 해주! 네? 제발……."

"안 되우! 보내지 모하겠소. 우리 지비 문 바께 로포 나갔소. 재미 어부소."

배짱을 부리는 인가의 모양은 마치 전당포 주인과 같은 점이 있었다. 문서방의 가슴은 죄었다. 아쉽고 안타깝고 슬픔이 어우러지더니 분한 생각이 났다. 부뚜막에 놓은 낫을 들어서 인가의 배를 왁 긁어놓고 싶었으나 아직도 행여나 하는 바람과 삶에 대한 애착심이 그 분을 제어하였다.

"그러지 말고 제발 보여주오! 그러면 내 아내를 데리고 올까? 아니 바람을 쏘여서는…… 엑 죽어두 원이나 끄고 죽게 내가 데리고 올게 낯만 슬쩍

보여주오…… 네…… 흑…… 꼭…… 제발……."

이십 년 가까이 손끝에서 자기 힘으로 기른 자기 딸을 억지로 빼앗긴 것도 원통하거든 그나마 자유로 볼 수 없이 되는 것을 생각하니…… 더구나 그 우악한 인가에게 가슴과 배를 사정없이 눌리는 연연한 딸의 버둥거리는 그림자가 눈앞에 언뜻하여 가슴이 꽉 막히고 사지가 부르르 떨리면서 주먹이 쥐어졌다. 그러나 뒤따라 병석의 아내가 떠오를 때 그의 주먹은 풀리고 머리는 숙었다.

"낼리 또 왔소 이야기하오! 오늘리디 울리디 일이디 푸푸디! 많이 있소!"

인가는 문서방을 어서 가라는 듯이 자기 먼저 캉에서 내려섰다.

"제발 그리지 말구! 으흑 흑…… 제제…… 제발 단 한 번만이라두 낯만…… 으흑흑 응!"

문서방은 인가를 따라서 밖으로 나오면서 울었다. 등 뒤에서는 웃음소리가 들렸다. 그러나 그 웃음소리는 이때의 문서방에게는 아무러한 자극도 주지 못하였다.

"자 이게 적지만!"

마당에 한참이나 서서 무엇을 생각하던 인가는 백조(百吊)짜리 관체(官帖) 석 장을 문서방의 손에 쥐었다. 문서방은 받지 않으려고 했다. 더러운 놈의 더러운 돈을 받지 않으려 하였다. 그러나 지금 부쳐먹는 밭도 인가의 밭이다. 잠깐 사이 분과 설움에 어리어서 튀기던 돈은—돈 힘은 굶고 헐벗은 문서방을 누르지 않을 수 없었다. 그는 못 이기는 것처럼 삼백 조를 받아넣고 힘없이 나오다가,

'저 속에는 용례가 있으려니!'

생각하면서 바른편에 놓인 조그마한 집을 바라볼 때 자기도 모르게 발길이 도로 돌아섰다. 마치 거기서는 용례가 울면서 자기를 부르는 것 같았다. 그러나 인가는 문서방을 문밖에 내보내고 문을 닫아 잠갔다.

문밖에 나서니 천지가 아득하였다. 발길이 돌아가지 않았다. 사생을 다투는 아내를 생각하면 아

니 가진 못할 일이고 이 울타리 속에는 용례가 있거니 생각하면 눈길이 다시금 울타리로 갔다.

그가 바위 모롱이 빙판에 올 때까지 개들은 쫓아나와 짖었다. 그는 제 분김에 한 마리 때려잡는다고 얼른 돌멩이를 집어들었다가, 작년 가을에 어떤 조선 사람이 어떤 중국 사람의 개를 때려죽이고 그 사람이 주인에게 총 맞아 죽은 일이 생각나서 들었던 돌멩이를 헛뿌렸다.

돋아 떨어지는 겨울 해는 어느새 강 건너 봉우리 엉성한 가지 끝에 걸렸다. 바람은 좀 자고 날씨는 맑으나 의연히 추워서 수염에는 우물가처럼 얼음 보쿠지가 졌다.

4

눈옷 입은 산봉우리 나뭇가지 끝에 남았던 붉은 석양볕이 스르르 자취를 감추고 먼 동쪽 하늘가에 차디찬 연자줏빛이 싸르르 돌더니 그마저 스러지고 쌀쌀한 하늘에 찬 별들이 내려다보게 되면서부터 어둑한 황혼빛이 '빼허'의 좁은 골에 흘러들어서 게딱지 같은 집 속까지 흐리기 시작하였다.

꺼먼 서까래가 드러난 수수깡 천장에는 그을은 거미줄이 흐늘흐늘 수없이 드리우고, 빈대 죽인 자리는 수묵으로 댓잎(竹葉)을 그린 듯이 흙벽에 빈틈이 없는데 먼지가 수북한 구들에는 구름깔개를 깔아놓았다. 가마 저편 바닥에는 장작개비가 흩어져 있고 아궁이에서는 벌건 불이 훨훨 붙는다.

뜨끈뜨끈한 부뚜막에는 문서방의 아내가 누덕이불에 싸여 누웠고 문 앞과 윗목에는 이웃 집 사람들이 모여 앉았는데 지금 막 달리소 인가의 집에서 돌아온 문서방은 신음하는 아내의 가슴에 손을 얹고 앉았다.

등꽂이에 켜놓은 등불은 환하게 이 실내의 이 모든 사람을 비쳤다.

"용례야! 용례야! 용례야!"

고요히 누웠던 문서방의 아내는 마지막 소리를 좀 크게 질렀다. 문서방은 아내의 가슴을 지그시 눌렀다.

"에구, 우리 용례! 우리 용례를 데려다주구려!"

그는 눈을 번쩍 뜨면서 몸을 흔들었다.

"여보 왜 이러우. 용례가 지금 와요! 금방 올걸!"

어린애를 달래듯 하면서 땀때가 께저분한 아내의 얼굴을 내려다보는 문서방의 눈은 흐렸다.

"에구, 몹쓸늠두! 저런 거 모르는 체하는가? 음!"

윗목에 앉은 늙은 부인은 함경도 사투리로 구슬피 뇌었다.

"허, 그렇게 되놈이라지! 그놈덜께 인륜(人倫)이 있소?"

문 앞에 앉았던 한관청은 받아치었다.

"용례야! 용례야! 흥 저기 저기 용례가 오네!"

문서방의 아내는 쑥 꺼진 두 눈을 모들떠서 천장을 뚫어지게 보면서 보기에 아츠러운 웃음을 웃었다.

"어디? 아직은 안 오! 여보, 왜 이러우? 정신을 채리우. 응!"

문서방의 목소리는 떨렸다.

"저기 엑…… 용…… 용례…….""

그는 눈을 더 크게 뜨고 두 뺨의 근육을 경련적으로 움직이면서 번쩍 일어났다. 문서방은 아내의 허리를 안았다. 그는 또 정신에 착각을 일으켰는지 창문을 바라보고 뛰어나가려고 하면서, "용례야! 용례 용례…… 저 저기 저기 용례가 있네! 용례야 어듸 가니? 용례야! 네 어디 가느냐? 으응."

고함을 치고 눈물 없는 울음을 우는 그의 눈에서는 퍼런 불빛이 번쩍하였다. 좌중은 모진 짐승의 앞에나 앉은 듯이 모두 숨을 죽이고 손을 들었다. 문서방은 전신의 힘을 내어서 아내의 허리를 안았다.

"하하하…… (그는 이상한 소리를 내어 웃다가 다시 성을 잔뜩 내면서)…… 용례! 용례가 저리로 가는구나! 으응…… 저놈이 저놈이 웬 놈이냐?"

하면서 한참 이를 악물고 창문을 노려보더니,

"저 저…… 이놈아! 우리 용례를 놓아라! 저 되놈이, 저 되놈이 용례를 잡아가네! 이놈 놔라! 이놈 모가지를 빼놓을 이 이……."

그의 눈앞에는 용례를 인가에게 빼앗기던 그때가 떠올랐는지? 이를 빡 갈면서 몸을 번쩍 일어 창문을 향하고 내달았다.

"여보, 정신을 차리오! 여보, 왜 이러우! 아이구! 응."

쫓아 나가면서 아내의 허리를 안아서 뒤로 끌어들이는 문서방의 소리는 눈물에 젖었다.

"이놈아! 이게 웬 놈이 남을 붙잡니? 응 으윽."

그는 두 손으로 남편의 가슴을 밀다가도 달려들어서 남편의 어깨를 물어뜯으면서,

"이것 놔라! 에그 용례야, 저게 웬 놈이…… 에구구…… 저놈이 용례를 깔고 앉네!"

하고 몸부림을 탕탕 하는 그의 눈엔 핏발이 서고 낯빛은 파랗게 질렸다.

이때 한관청 곁에 앉았던 젊은 사람은 얼른 일어나서 문서방을 조력하였다. 끌어들이려거니 뛰어나가려거니 하여 밀치고 당기는 판에 등꽂이가 넘어져서 등불이 펄렁 죽어 버렸다. 방 안이 갑자기 깜깜하여지자 창문만 히슥하였다.

"조심들 하라니! 엑 불두!"

한관청은 등대를 화로에 대고 푸푸 불면서 툭덕툭덕하는 사람들께 주의를 시켰다. 불은 번쩍하고 켜졌다.

"우우 쏴ー 스르륵."

문을 치는 바람 소리가 요란하였다.

"엑, 또 바람이 나는 게로군! 날쎄두 폐릅다."

한관청은 이렇게 뇌면서 등꽂이에 등대를 꽂고 몸부림하는 문서방 내외와 젊은 사람을 피하여 앉았다.

"이것 놓아주오! 아이구! 우리 용례가 죽소! 저 흉한 되놈에게 깔려서…… 엑, 저 저 저…… 저것 봐라! 이놈 네 이놈아! 에이구 용례야! 용례야! 사람 살려주오! (소리를 더욱 높여서) 우리 용례를 살려주! 응으윽 에엑응……."

그는 마지막으로 오장육부가 쏟아지게 소리를 지르다가 검붉은 핏덩어리를 왈칵 토하면서 앞으로 거꾸러졌다.

"으윽!"

"응 끔직두 한 게!"

하면서 여러 사람들은 거꾸러진 문서방의 아내 앞에 모여들었다.

"여보! 여보! 아이구 정신 좀……."

떨려 나오는 문서방의 소리는 절반이나 울음으로 변하였다.

거불거불하는 등불 속에 검붉은 피를 한 말이나 토하고 쓰러진 그는 낯이 파랗게 되어서 숨결이 없었다.

"허! 잡싱(雜神)이 붙었는가? 으흠 응! 으흠 응! 각황제방 심미기(角亢氏房心尾箕), 두우열로 구슬벽(斗牛女虛危室壁)……."

여러 사람들과 같이 문서방의 아내를 부뚜막에 고요히 뉘어놓은 한관청은 귀신을 쫓는 경문이라고 발음도 바로 못하는 이십팔수를 줄줄줄 읽었다.

"으응응…… 흑흑…… 여 여보!"

문서방의 목메인 울음을 받는 그 아내는 한관청의 서투른 경문 소리를 듣는지 마는지? 손발은 점점 식어가고 낯은 파랗게 질렸는데, 무엇을 보려고 애쓰던 눈만은 멀거니 뜨고 그저 무엇인지 노리고 있다. 경문을 읽던 한관청은,

"엑 인제는 늙어가는 사람이 울기는? 우지 마오! 살아날꼐!"

하고 문서방을 나무라면서 문서방의 아내 앞에 다가앉더니 주머니에서 은동침(어느 때에 얻어둔 것인지?)을 내어서 문서방 아내의 인중(人中)을 꾹 찔렀다. 그러나 점점 식어가는 그는 이마도 찡그리지 않았다. 다시 콧구멍에 손을 대어보았으나 숨결은 없었다.

바람은 우우 쏴— 하고 문에 눈을 들이쳤다. 여러 사람은 약속이나 한듯이 두려운 빛을 띤 눈으로 창을 바라보았다.

"으응 에이구! 여보! 끝끝내 용례를 못 보고 죽었구려…… 잉잉…… 흑."

문서방은 울기 시작하였다. 그 울음소리는 고요한 방 안 불빛 속에 바람 소리와 함께 처량하게 흘렀다.

"에구 못된 놈두 있는 게!"

"에구 참 불쌍하게두!"

"흥 우리두 다 그 신세지!"

무시무시한 기분에 싸여서 낯빛이 푸르러가는 여러 사람들은 각각 한마디씩 뇌었다. 그 소리는 모두 갈 데 없는 신세를 호소하는 듯하게 구슬프고 힘없었다.

5

문서방의 아내가 죽던 그 이튿날 밤이었다. 그날 밤에도 바람이 몹시 불었다. 그 바람은 강바람이어서 서북에 둘린 산 때문에 좁한 바람은 움쩍도 못하던 달리소(문서방의 사위 인가의 땅)까지 범하였다. 서북으로 산을 등지고 앞으로 강 건너 높은 절벽을 대하여 강골밖에 터진 데 없는 달리소는 강바람이 들이차면 빠질 데는 없고 바람과 바람이 부딪쳐서 흔히 회오리바람이 일게 된다. 이날 밤에도 그 모양으로, 달리소에는 회오리바람이 일어서 낟가리가 날리고 지붕이 날리고 산천이 울려서 혼돈이 배판할 때 빙(氷)세계나 트는 듯한 판이라 사람은커녕 개와 도야지도 굴 속에서 꿈쩍 못하였다.

밤이 썩 깊어서였다.

차디찬 별들이 총총한 하늘 아래, 우렁찬 바람에 휘날리는 눈발을 무릅쓰고 달리소 앞 강 빙판을 건너서 달리소 언덕으로 올라가는 그림자가 있다. 모진 바람이 스치는 때마다 혹은 엎드리고 혹은 우뚝 서기도 하면서 바삐바삐 가던 그 그림자는 게딱지 같은 지팡살이집 근처에서부터 무엇을 꺼리는지 좌우를 슬멋슬멋 보면서 자취를 숨기고 걸음을 느리게 하여 저편으로 돌아가 인가의 집 높은 울타리 뒤로 돌아간다.

"으르릉 웡웡."

하자 어느 구석에선지 개가 한 마리, 두 마리, 세 마리 뒤이어 나와서 짖으면서 그 그림자를 쫓아간다. 그 개소리는 처량한 바람 소리 속에 싸여 흘러서 건너편 산을 스르룽스르룽 울렸다.

"꽝! 꽝꽝!"

인가의 집에서는 개짖음에 홍우재나 몰아오는가 믿었던지 헛총질을 너댓 방이나 하였다. 그 소리도 산천을 울렸다. 그 바람에 슬근슬근 가던 그림자는 획 돌아서서 손에 들었던 보자기를 개 앞에 던졌다. 보자기는 터지면서 둥글둥글한 것이 우르르 쏟아졌다. 짖으면서 달려오던 개들은 짖음을 그치고 거기 모여들어서 서로 물고 뜯고 빼앗아 먹는다. 그러는 사이에 그림자는 인가의 울타리 뒤에 산같이 쌓아놓은 보릿짚더미에 가서 성냥을 쭉 긋더니 뒷산으로 올리닫는다.

처음에는 바람 속에서 판득판득하던 불이 삽시간에 그 산 같은 보릿짚더미에 붙었다.

"휘쓰(불이야)!"

하고 고함과 같이 사람의 소리는 요란하였다. 모진 바람에 하늘하늘 일어서는 불길은 어느새 보릿짚더미를 살라버리고 울타리를 살라버리고 울타리 안에 있는 집에 옮았다.

"푸우 우루루루루 쏴아……."

동풍이 몹시 이는 때면 불기둥은 서편으로, 서풍이 몹시 부는 때면 불기둥은 동으로 쓸려서 모진 소리를 치고 검은 연기를 뿜다가도 동서풍이 어울치면 축융(火神)의 붉은 혓발은 하늘하늘 염염이 타올라서 차디찬 별—억만 년 변함이 없을 듯하던 별까지 녹아 내릴 것 같이 검은 연기는 하늘을 덮고 붉은 빛은 깜깜하던 골짜기에 차 흘러서 어둠을 기회로 모여들었던 온갖 요귀(妖鬼)를

몰아내는 것 같다. 불을 질러놓고 뒷숲 속에 앉아서 내려다보는 그 그림자―딸과 아내를 잃은 문서방은,

"하하하."

시원스럽게 웃고 가슴을 만지면서 한 손으로 꽁무니에 찼던 도끼를 만져보았다.

일 동리 사람들과 인가의 집 일꾼들은 불붙는 데 모여들었으나 모두 어쩔 줄을 모르고 떠들고 덤비면서 달려가고 달려올 뿐이었다.

그러는 사이에 울타리는 물론 울타리 속에 엉큼히 서 있던 큰 집 두 채도 반이나 타서 쓰러졌다.

이런 불 속으로부터 여러 사람이 오고가는 밭 가운데로 튀어나가는 두 그림자가 있었다. 하나는 커다란 장정이요, 하나는 작은 여자이다. 뒷간 숲에서 이것을 본 문서방은 그 두 그림자를 향하고 내리뛰었다. 그는 천방지방 내리뛰었다. 독살이 잔뜩 올라서 불빛에 번쩍이는 그의 눈에는 이 두 그림자밖에는 아무것도 보이지 않았다.

"으윽 끅."

문서방이 여러 사람을 헤치고 두 그림자 앞에 가 섰을 때, 앞에 섰던 장정의 그림자는 땅에 거꾸러졌다. 그때는 벌써 문서방의 손에 쥐었던 도끼가 장정 인가의 머리에 박혔다. 도끼를 놓은 문서방의 품에는 어린 여자의 그림자가 안겼다. 용례가……

그 바람에 모여 섰던 사람들은 혹은 허둥지둥 뛰어버리고 혹은 뒤로 자빠져서 부르르 떨었다. 용례도 거꾸러지는 것을 안았다.

"용례야! 놀라지 마라! 나다! 아버지다! 용례야!"

문서방은 딸을 품에 안으니 이때까지 악만 찼던 가슴이 스르르 풀리면서 독살이 올랐던 눈에서 뜨거운 눈물이 떨어졌다. 이렇게 슬픈 중에도 그의 마음은 기쁘고 시원하였다. 하늘과 땅을 주어도 그 기쁨을 바꿀 것 같지 않았다.

그 기쁨! 그 기쁨은 딸을 안은 기쁨만이 아니었다. 작다고 믿었던 자기의 힘이 철통 같은 성벽을 무너뜨리고 자기의 요구를 채울 때 사람은 무한한 기쁨과 충동을 받는다.

불길은―그 붉은 불길은 의연히 모든 것을 태워버릴 것처럼 하늘하늘 올랐다.

[1927]

낙동강

조명희 (1894 ～ 1938)

충북 진천 출생. 일본 동양대학에서 수학. 1925년 카프에 참가했다. 1927년 「낙동강」을 발표했으며, 1928년 소련으로 망명 후 1938년 총살되었다.

　　그러나 역사는 또 한 바퀴 구르려고 한다. 소낙비 앞잡이 바람이다. 깃발이 날리었다. 갑오동학이다. 을미운동이다. 그 뒤에 이 땅에는 아니, 이 반도에는 한 괴물이 배회한다. 마치 나래 치고 다니는 독수리같이. 그 괴물은 곧 사회주의다. 그것이 지나치는 곳마다 기어가는 암나비 궁둥이에 수없는 알이 쏟아지는 셈으로 또한 알을 쏟아놓고 간다. 청년운동, 농민운동, 형평운동, 노동운동, 여성운동…… 오천 년을 두고 흘러가는 날씨가 인제는 먹장구름에 싸여간다. 폭풍우가 반드시 오고야 만다. 그 비 뒤에는 어떠한 날씨가 올 것은 뻔히 알 노릇이다.

낙동강 칠백 리, 길이길이 흐르는 물은 이곳에 이르러 곁가지 강물을 한 몸에 뭉쳐서 바다로 향하여 나간다. 강을 따라 바둑판 같은 들이 바다를 향하여 아득하게 열려 있고 그 넓은 들 품 안에는 무덤무덤의 마을이 여기저기 안겨 있다.

이 강과 이 들과 저기에 사는 인간─강은 길이길이 흘렀으며, 인간도 길이길이 살아왔었다. 이 강과 이 인간 지금 그는 서로 영원히 떨어지지 않으면 아니 될 것인가?

봄마다 봄마다
불어 내리는 낙동강 물
구포벌에 이르러
넘쳐 넘쳐 흐르네.
흐르네─ 에─ 헤─ 야.

철렁철렁 넘친 물
들로 벌로 괴지면
만 목숨 만만 목숨의
젖이 된다네─
젖이 된다네─ 에─ 헤─ 야.

이 벌이 열리고─
이 강물이 흐를 제
그 시절부터
이 젖 먹고 자라왔네
자라왔네─ 에─ 헤─ 야.

천 년을 산, 만 년을 산
낙동강! 낙동강!
하늘 가에 간들
꿈에나 잊을쏘냐─
잊힐쏘냐─ 아─ 하─ 야.

어느 해 이른 봄에 이 땅을 하직하고 멀리 서북 간도로 몰려가는 한 떼의 무리가 마지막 이 강을 건널 제, 그네들 틈에 같이 끼여가는 한 청년이 있어 뱃전을 두드리며 구슬프게 이 노래를 불러서, 가뜩이나 슬퍼하는 이사꾼들로 하여금 눈물을 자아내게 하였다 한다.

과연 그네는 뭇강아지 떼같이 이 땅 어머니의 젖꼭지에 매달려 오래오래 동안 살아왔다. 그러나 그 젖꼭지는 벌써 자기네 것이 아니기 시작한 지도 오래였다. 그러던 터에 엎친 데 덮친다고 난데없는 이리떼 같은 무리가 닥쳐와서 물어 박지르며 빼앗아 먹게 되었다. 인제는 한 모금의 젖이라도 입으로 들어가기 어렵게 되었다. 하는 수 없이 이 땅에서 표박하여 나가게 되었다. 이렇게 된 것을 우리는 잠깐 생각하여보자.

이네의 조상이 처음으로 이 강에 고기를 낚고, 이 벌에 곡식과 열매를 딸 때부터 세지도 못할 긴 세월을 오래오래 두고 그네는 참으로 자유로웠다. 서로서로 노래 부르며 서로서로 일하였을 것이다. 남쪽 벌도 자기네 것이요, 북쪽 벌도 자기네 것이었다. 동쪽도 자기네 것이요, 서쪽도 자기네 것이었다.

그러나, 역사는 한 바퀴 굴렀었다. 놀고 먹는 계급이 생기고, 일하여 먹여주는 계급이 생겼다. 다스리는 계급이 생기고 다스려지는 계급이 생겼다. 그럼으로부터 임자 없던 벌판에 임자가 생기고 주림을 모르던 백성이 굶주려가기 시작하였다. 하늘에 햇빛도 고운 줄을 몰라가게 되고 낙동강의 맑은 물도 맑은 줄을 몰라가게 되었다. 천 년이다. 오천 년이다. 이 기나긴 세월을 불평의 평화 속에서 아무 소리 없이 내려왔었다. 그네는 이 불평을 불평으로 생각지 아니하게까지 되었다. 흐린 날씨를 참으로 맑은 날씨인 줄 알듯이. 그러나 역사는 또 한 바퀴 구르려고 한다. 소낙비 앞잡이 바람이다. 깃발이 날리었다. 갑오동학이다. 을미운동이다. 그 뒤에 이 땅에는 아니, 이 반도에는 한 괴물이 배회한다. 마치 나래 치고 다니는 독수리같이. 그 괴물은 곧 사회주의다. 그것이 지나치는 곳마다 기어가는 암나비 궁둥이에 수없는 알이 쏟아지는 셈으로 또한 알을 쏟아놓고 간다. 청년운동, 농민운동, 형평운동, 노동운동, 여성운동…… 오천 년을 두고 흘러가는 날씨가 인제는 먹장구름에 싸여간다. 폭풍우가 반드시 오고야 만다. 그 비 뒤에는 어떠한 날씨가 올 것은 뻔히 알 노릇이다.

이른 겨울의 어두운 밤, 멀리 바다로 통한 낙동강 어귀에는 고기잡이 불이 근심스러이 졸고 있고, 강기슭에는 찬 물결이 울리는 소리가 높아질 때다. 방금 차에서 내린 일행은 배를 기다리느라고 강 언덕 위에 웅기중기 등불에 얼비쳐 모여섰다. 그 가운데에는 청년회원, 형평사원, 여성동맹원, 소작인조합 사람, 사회운동 단체 사람들이 대부분을 차지하였다. 동저고릿바람에 헌 모자 비스듬히 쓰고 보따리 든 촌사람, 검정 두루마기, 흰 두루마기, 구지레한 양복, 혹은 루바시카 입은 사람, 재킷 깃 위에 짧은 머리털이 다팔다팔하는 단발랑(斷髮娘), 혹은 그대로 틀어얹은 신여성, 인력거 위에 앉은 병인, 그들은 ○○감옥의 미결수로 있다가 병이 위중한 까닭으로 보석 출옥하는 박성운이란 사람을 고대, 차에서 받아서 인력거에 실어가지고 마을로 들어가는 길이다.

"과연, 들리는 말과 같이 지독했구만. 그같이 억대호 같던 사람이 저렇게 될 때야 여간 지독한 형벌을 하였겠니. 에라 이 몹쓸 놈들."

이 정거장에 마중을 나와서야 비로소 병인을 본 듯한 사람의 말이다.

"그래 가두고도 죽으면 병이 나서 죽었다 카겠지."

누가 받는 말이다.

"그러면, 와 바로 병원을 갈 일이지, 곧장 이리 온단 말고?"

"내사 모른다. 병인 당자가 한사코 이리 온다카니……."

"이기 와 이리 배가 더디노?"

"아, 인자 저기 뱃머리 돌렸다. 곧 올라간다."

한 사람이 저쪽 강기슭을 바라보며 지껄인다. 인력거 위의 병인을 쳐다보며

"늬 춥지 않나?"

"괜찮다, 내 안 춥다."

"아니, 늬 춥거든, 외투 하나 더 주까?"

"언제. 아니다 괜찮다."

병인의 병든 목소리의 대답이다.

"보소, 배 좀 빨리 지으소."

강 저편에서 뱃머리를 인제 겨우 돌려서 저어오는 뱃사공을 보고 소리를 친다.

"예—"

사이 뜨게 울려오는 소리다. 배를 저어오다가 다시 멈추고 섰다.

"저 뭘 하고 있노?"

"각중에 담배를 피워 무는 모양이라구나. 에라, 이 문둥아."

여러 사람의 웃음은 와그르르 쏟아졌다. 배는 왔다. 인력거 탄 사람이 먼저다.

"보소, 늬 인력거, 사람 탄 채 그대로 배에 오를 수 있능가?"

한 사람이 인력거꾼 보고 묻는 말이다.

"어찌 그럴 수 있능기요."

"아니다, 내사 내리겠다."

병인은 인력거에서 내리며 부축되어 배에 올랐다. 일행이 오르자 배는 삐걱삐걱하는 노 젓는 소리와 수라수라 하는 물 젓는 소리를 내며 저쪽 기슭을 바라보고 나아간다. 뱃전에 앉은 병인은 등불빛에 보아도 얼굴이 참혹하게도 야위어졌음을 알 수 있다.

"보소, 배 부리는 양반, 뱃소리나 한마디 하소, 예."

"각중에 이 사람, 소리는 왜 하라꼬?"

옆에 앉은 친구의 말이다.

"내 듣고 싶다…… 내 살아서 마지막으로 이 강을 건너게 되는지도 모를 일이다……."

"에라 이 백주 짬 없는 소리만 탕탕……."

"아니다, 내 참 듣고 싶다. 보소, 배 부리는 양반. 한마디 아니 하겠소?"

"언제, 내사 소리할 줄 아능기오."

"아, 누가 소리해 줄 사람이 없능가? ……아, 로사! 참 소리하소, 의…… 내가 지은 노래 하소."

옆에 앉은 단발랑을 조른다.

"노래하라꼬?"

"응, '봄마다 봄마다' 해라, 의."

　　봄마다 봄마다
　　불어 내리는 낙동강 물
　　구포벌에 이르러
　　넘쳐 넘쳐 흐르네
　　흐르네- 에- 헤- 야.
　　………

경상도의 독특한 지방색을 띤 민요 '닐리리조'에다가 약간 창가조를 섞은 그 노래는 강개하고도 굳센 맛이 띠어 있다. 여성의 음색으로서는 핏기가 과하고 음률로서는 선이 좀 굵다고 할 만한, 그러나 맑은 로사의 육성은 바람에 흔들리는 강물결의 소리를 누르고 밤하늘에 구슬프게 떠돌았다. 하늘의 별들도 무엇을 느낀 듯이 눈을 끔벅끔벅하는 것 같았다. 지금 이 배에 오른 사람들이 서북간도 이사꾼들은 비록 아니었지마는 새삼스러이 가슴이 울리지 아니할 수는 없었다.

그 노래 제3절을 마칠 때에 박성운은 몹시 히스테리컬하여진 모양으로 핏대를 올려가지고 합창을 한다.

　　천 년을 산 만 년을 산
　　낙동강! 낙동강!
　　하늘 가에 간들
　　꿈에나 잊을쏘냐
　　잊힐쏘냐- 아- 하- 야.

노래는 끝났다. 성운은 거진 미친 사람 모양으로 날뛰며, 바른팔 소매를 걷어들고 강물에다 잠그며, 팔에 물을 적셔보기도 하며, 손으로 물을 만지기도 하고 끼얹어보기도 한다. 옆사람이 보기에

딱하던지,

"이 사람, 큰일났구만. 이 병인이 지금 이 모양에, 팔을 찬물에다 잠구고 하니, 어쩌잔 말고."

"내사 이래 죽어도 좋다. 늬 너무 걱정 마라."

"늬 미쳤구나…… 백죄……."

그럴수록에 병인은 더 날뛰며 옆에 앉은 여자에게 고개를 돌려,

"로사! 늬 팔 걷어라. 내 팔하고 같이 이 물에 잠궈보자, 의."

여자의 손을 잡아다가 잡은 채 그대로 물에다 잠그며 물을 저어본다.

"내가 해외에 가서 다섯 해 동안을 떠돌아다니는 동안에도, 강이라는 것이 생각날 때마다 낙동강을 잊어본 적은 없었다…… 낙동강이 생각날 때마다, 내가 이 낙동강의 어부의 손자요, 농부의 아들임을 잊어본 적도 없었다…… 따라서, 조선이란 것도."

두 사람의 손이 힘없이 그대로 뱃전 너머 물 위에 축 처져 있을 뿐이다. 그는 다시 눈앞의 수면을 바라다보며 혼잣말로

"그 언제인가 가을에 내가 송화강을 건늘 적에, 이 낙동강을 생각하고 울은 적도 있었다…… 좋은 마음으로 나간 사람 같고 보면 비록 만리 밖을 나가 산다 하더라도 그같이 상심이 될 리 없으련마는……."

이 말이 떨어지자, 좌중은 호흡조차 은근히 끊어지는 듯이 정숙하였다. 로사는 들었던 고개가 아래로 떨어지며 저편의 손이 얼굴로 올라갔다. 성운의 눈에서도 한 방울의 굵은 눈물이 뚝 떨어졌다.

한동안 물소리만 높았다. 로사는 뱃전에 늘어져 있던 바른손으로 사나이의 언 손을 꼭 잡아당기며

"인제 그만둡시대, 의."

이 말끝 악센트의 감칠맛이란 것은 경상도 여자의 쓰는 말 가운데에도 가장 귀염성이 드는 말투였다. 그는 그의 손에 묻은 물을 손수건으로 씻어

주며 걸었던 소매를 내려준다.

배는 저쪽 언덕에 가 닿았다. 일행은 배에서 내리자, 먼저 병인을 인력거 위에다 싣고는 건너 마을을 향하여 어둠을 뚫고 움직여나갔다.

그의 말과 같이, 박성운은 과연 낙동강 어부의 손자요, 농부의 아들이었다. 그의 할아버지는 고기잡이로 일생을 보내었었고 그의 아버지는 농사꾼으로 일생을 보내었었다. 자기네 무식이 한이 되어 그 아들이나 발전을 시켜볼 양으로 그리하였던지, 남 하는 시세에 좇아 그대로 해보느라고 그리하였던지, 남의 논밭을 빌려 농사를 지어 구차한 살림을 하여나가면서도, 어쨌든 그 아들을 가르쳐놓았다. 서당으로, 보통학교로, 도립 간이농업학교로…….

그가 농업학교를 마치고 나서, 군청 농업조수로도 한두 해를 있었다. 그럴 때에 자기 집에서는 자기 아들이 무슨 큰 벼슬이나 한 것같이 여기며, 만나는 사람마다 자기 아들 자랑하기가 일이었다. 그러할 것 같으면 동네 사람들은 또한 못내 부러워하며, 자기네 아들들도 하루 바삐 어서 가르쳐 내놓을 마음을 먹게 되었다.

그러다가, 마침 독립운동이 폭발하였다. 그는 단연히 결심하고 다니던 것을 헌신짝같이 집어던지고는 독립운동에 참가하였다. 일마당에 나서고 보니 그는 열렬한 투사였다. 그때쯤은 누구나 예사이지마는 그도 또한 일 년 반 동안이나 철창 생활을 하게 되었었다.

그것을 치르고 집이라고 나와보니 그동안에 자기 모친은 돌아가고, 늙은 아버지는 집도 없게 되어 자기 딸(성운의 자씨)에게 가서 얹혀 있게 되었다. 마침 그해에도 이곳에서 살 수가 없게 되어 서북간도로 떠나가는 이사꾼이 부쩍 늘 판이다. 그들의 부자도 그 이사꾼들 틈에 끼어 멀리 고향을 등지고 떠나가게 되었다(아까 부르던 그 낙동강 노래란 것도 그때 성운이가 지어서 읊던 것이었다).

서간도로 가보니, 거기도 또한 편안히 살 수가 없는 곳이었다. 그 나라의 관헌의 압박, (호인의) 횡포, (마적의) 등쌀은 여간이 아니었다. 그의 부자도 남과 한가지로 이리저리 떠돌았다. 떠돌다가, 그야말로 이역 타향에서 늙은 아버지조차 영원히 잃어버리게 되었었다.

그 뒤에 그는 남북만주, 노령, 북경, 상해 등지로 돌아다니며, 시종이 일관하게 독립운동에 노력하였었다. 그러는 동안에 다섯 해의 세월이 갔다. 모든 운동이 다 침체하고 쇠퇴하여갈 판이다. 그는 다시 발길을 돌려 고국으로 향하게 되었다. 그가 조선으로 들어올 무렵에, 그의 사상상에는 큰 전환이 생기었다. 그것은 다른 것이 아니라 이때껏 열렬하던 민족주의자가 변하여 사회주의자로 되었다는 말이다.

그가 갓 서울로 와서, 일을 하여보려 하였으나 그도 뜻과 같이 못하였다. 그것은 이 땅에 있는 사회운동 단체라는 것이 일에는 힘을 아니 쓰고 아무 주의주장에 틀림도 없이, 공연히 파벌을 만들어 가지고, 동지끼리 다투기만 일삼는 판 때문이다. 그는 자기와 뜻이 같은 사람끼리 어울려, 양방의 타협운동도 일으켰으나 아무 효과도 없었고, 여론을 일으켜보기도 하였으나 파쟁에 눈이 뻘건 사람들의 귀에는 그도 크게 울리지 못하였다. 그는 분연히 떨치고 일어서며

"이 파벌이란 시기가 오면 자연히 괴멸될 때가 있으리라."
고 예언같이 말을 하여 던지고서는, 자기 출생지인 경상도로 와서 남조선 일대를 망라하여 사회운동 단체를 만들어서 정당한 운동에만 힘을 쓰게 되었다. 그리고 자기는 자기 고향인 낙동강 하류 연안 지방의 한 부분을 떼어맡아서 일을 보게 되었다.

그리고 그는 이 땅의 사정을 보아,
"대중 속으로(브 나로드)-"
하고 부르짖었다.

그가 처음으로, 자기 살던 옛 마을을 찾아와 볼

때에 그의 신세(심사)는 서글프기 가이없었다. 다섯 해 전 떠날 때에는 백여 호 대촌이던 마을이 그동안에 인가가 엄청나게 줄었다. 그 대신에 예전에는 보지도 못하던 크나큰 함석지붕 집이 쓰러져가는 초가집들을 멸시하고 위압하는 듯이 둥두렷이 가로 길게 놓여 있다. 그것은 묻지 않아도 동척 창고임을 알 수 있다. 예전에 중농이던 사람은 소농(小農)으로 떨어지고, 소농이던 사람은 소작농으로 떨어지고, 예전에 소작농이던 많은 사람들은 거의 다 풍비박산하여 나가게 되고 어렸을 때부터 정들었던 동무들도 하나도 볼 수 없었다. 그들은 모두 도회로, 서북간도로, 일본으로 산지사방 흩어져갔었다. 대대로 살아오던 자기네 집터에는 옛날의 흔적이라고는 주춧돌 하나 볼 수 없었고(그 터는 지금 창고 앞마당이 되었으므로) 다만 그 시절에 사립문 앞에 있던 해묵은 느티나무만이 지금도 그저 그 넓은 마당 터에 홀로 우뚝 서 있을 뿐이다. 그는 쫓아가서 어린아이 모양으로 그 나무 밑동을 껴안고 맴을 돌아보았다, 뺨을 대어보았다 하며 좋아서 또는 슬퍼서 어찌할 줄을 몰랐다. 그는 나무를 안은 채 눈을 감았다. 지나간 날의 생각이 실마리같이 풀려나갔다. 어렸을 때에 지금 하듯이 껴안고 맴돌기, 여름철에 꼭대기까지 기어올라가 매미 잡다가 대머리 벗어진 할아버지에게 꾸지람당하던 일, 마을의 젊은이들이 그네를 매고 놀 때엔 자기도 그네를 뛰겠다고 성화 바치던 일, 앞집에 살던 순이란 계집아이와 같이 나무 그늘 밑에서 소꿉질하고 놀 제 자기는 신랑이 되고 순이는 새악시가 되어 시집가고 장가가는 흉내를 내던 일, 그러다가 과연 소년 때에 이르러 그 순이란 처녀와 서로 사모하게 되던 일, 그 뒤에 또 그 순이가 팔려서 평양인가 서울로 가게 될 제, 어둔 밤 남모르게 이 나무 뒤에 숨어서 서로 붙들고 울던 일, 이 모든 일이 다 생각에서 떠돌아 지나가자 그는 흐르륵 느껴지는 숨을 길게 한 번 내쉬고는 눈을 딱 떴다.

"내가 이까짓 것을 지금 다 생각할 때가 아니다…… 에잇…… 쨰……." 하고 혼자 중얼거리고는 이때껏 하던 생각을 떨어 없애려는 듯이 휙 발길을 돌려 걸어나갔다. 그는 원래 정(情)의 사람이었다. 그러나 그는 근래에 그 감정을 의지로 누르려는 노력이 많은 터이다.

'혁명가는 생무쇠쪽 같은 시퍼런 의지(意志)의 마음씨를 가져야 한다!'

이것이 그의 생활의 지표이다. 그러나 그의 감정은 가끔 의지의 굴레를 벗어나서 날뛸 때가 많았다.

그는 먼저 일할 프로그램을 세웠다. 선전, 조직, 투쟁—이 세 가지로. 그리하여 그는 먼저 농촌 야학을 실시하여가지고 농민 교양에 힘을 썼다. 그네와 감정을 같이할 양으로 벗어붙이고 들어덤비어 그네들 틈에 끼여 생 일도 하고, 농사 일터나, 사랑 구석에 모인 좌석에서나, 야학 시간에서나, 기회가 있는 대로 교화에 전력을 썼다.

그 다음에는 소작조합을 만들어가지고 지주, 더구나 대지주인 동척의 횡포와 착취에 대하여 대항 운동을 일으켰다.

첫해 소작쟁의에는 다소간 희생자도 내었지마는 성공이다. 그 다음 해에는 아주 실패. 소작조합도 해산 명령을 받았다. 야학도 금지다. 동척과 관영의 횡포, 압박, 이루 말할 수가 없었다. 아무리 열정이 있으나, 아무리 참을성이 있으나, 이 땅에서는 어찌할 수가 없었다. 모든 것이 침체되고 말 뿐이었다. 그리하여 작년 가을에 그의 친구 하나는 분연히 떨치고 일어서며

"내 구마 밖으로 갈른다. 여기에서 무슨 일을 할 수 있는가? 하자면 테로지. 테로밖에는 더 없다."

"아니다. 그래도 여기 있어야 한다. 우리가 우리 계급의 일을 하기 위하여는 중국에 가서 해도 좋고 인도에 가서 해도 좋고 세계의 어느 나라에 가서 해도 마찬가지다. 하지마는 우리 경우에는 여기 있어 일하는 편이 가장 편리하다. 그리고 우

리는 죽어도 이 땅 사람들과 같이 죽어야 할 책임감과 애착을 가지고 있다."

이 같은 권유도 하였으나, 필경에 그는 그의 가장 신뢰하던 동무 하나를 떠나보내게 되고 만 일도 있었다.

졸고 있는 이 땅, 아니 움츠러들고 있는 이 땅, 그는 피칠할 일이 생기고 말았다. 그것은 다른 것이 아니다. 이 마을 앞 낙동강 기슭에 여러 만 평 되는 갈밭이 하나 있었다. 이 갈밭이란 것도 낙동강이 흐르고 이 마을이 생긴 뒤로부터, 그 갈을 베어 자리를 치고 그 갈을 털어 삿갓을 만들고 그 갈을 팔아 옷을 구하고, 밥을 구하였었다.

　　기러기 떴다. 낙동강 우에
　　가을 바람 부누나 갈꽃이 나부낀다.

이 노래도 지금은 부를 경황이 없게 되었다. 그 갈밭은 벌써 남의 물건이 되고 말았다. 그것은 이 촌민의 무지로 말미암아, 십 년 전에 국유지로 편입이 되었다가 일본 사람 가등이란 자에게 국유 미간지 처리(拂)라는 명의로 넘어가고 말았다. 이 가을부터는 갈도 벨 수가 없었다. 도 당국에 몇 번이나 사정을 하였으나, 아무 효과가 없었다. 촌민끼리 손가락을 끊어 맹서를 써서 혈서동맹까지 조직하여 항거하려 하였다. 필경에는 모두가 다 실패뿐이다. 자기네 목숨이나 다름없이 알던 촌민들은 분김에 눈이 뒤집혀가지고 덮어놓고 갈을 베어제쳤다. 저편의 수직꾼하고 시비가 생겼다. 사람까지 상하였다. 그 끝에 성운이가 선동자라는 혐의로 붙들려가서 가뜩이나 검찰 당국에서 미워하던 끝에 지독한 고문을 당하고 나서 검사국으로 넘어가서 두어 달 동안이나 있다가 병이 급하게 되어 나온 터이다.

그런데 여기에 한 에피소드가 있다. 그것은 이해 여름 어느 장날이다. 장거리에서 형평사원들과 장꾼―그중에도 장거리 사람들과 큰 싸움이 일어났다. 싸움 시초는 장거리 사람 하나가 이곳

형평사 지부 앞을 지나면서 모욕하는 말을 한 까닭으로 피차에 말이 오락가락하다가 싸움이 되고 또 떼싸움이 되어서 난폭한 장거리 사람들이 몽둥이를 들고 형평사원 촌락을 습격한다는 급보를 듣고, 성운이가 앞장을 서서, 청년회원, 소작인조합원 심지어 여성동맹원까지 총출동을 하여가지고 형평사원 편을 응원하러 달려갔었다. 싸움이 진정된 후, "늬도 이놈들, 새 백정이로구나." 하는 저편 사람들의 조소와 만매(慢罵)를 무릅쓰고도 그는

"백정이나 우리나 다 같은 사람이다…… 다만 직업의 구별만 있을 따름이다…… 무릇 무슨 직업이든지, 직업이 다르다고 사람의 귀천이 있는 것은 결코 아니다. 그것은 옛날 봉건시대 사람들의 하는 말이다…… 더구나 우리 무산 계급은 형평사원과 같이 손을 맞붙잡고 일을 하여나가지 않으면 아니 된다…… 그러므로 형평사원을 우리 무산 계급은 한 형제요 동무로 알고 나아가야 한다……." 하고 여러 사람 앞에서 열렬히 부르짖은 일이 있었다.

이 뒤에, 이곳 여성동맹에는 동맹원 하나가 더 늘었다. 그것이 곧 형평사원의 딸인 로사다. 로사가 동맹원이 된 뒤에는 자연히 성운과도 상종이 잦아졌다. 그럴수록에 두 사람의 사이는 점점 가까워지며 필경에는 남다른 정이 가슴속에 깊이 들어 배게까지 되었었다.

로사의 부모는 형평사원으로서 그도 또한 성운의 부모와 마찬가지로 딸일망정 발전을 시켜볼 양으로 그리하였던지 서울을 보내어 여자고등보통학교를 졸업시키고 사범과까지 마친 뒤에 여훈도가 되어 멀리 함경도 땅에 있는 보통학교에 가서 있다가 하기 방학에 고향에 왔던 터이다. 그의 부모는 그 딸이 판임관이라는 벼슬을 한 것이 천지개벽 후에 처음 당하는 영광으로 알았었다. 그리하여 그는

"내 딸이 판임관 벼슬을 하였는데, 나도 이 노릇

을 더 할 수 있는가?" 하고는, 하여오던 수육업이라는 직업도 그만두고, 인제 그 딸이 가 있는 곳으로 살러가서 새 양반 노릇을 좀 하여볼 뱃심이었다. 이번에 딸이 집에 온 뒤에도 서로 의논하고 작정하여놓은 노릇이다. 그러나 천만 뜻밖에 그 몹쓸 큰 싸움이 난 뒤부터 그 딸이 무슨 여자청년회 동맹이니 하는 데 푸떡푸떡 드나들며, 주의자니 무엇이니 하는 사나이 틈바구니에 끼어 놀고 하더니, 그만 가 있던 곳도 아니 가겠다, 다니던 벼슬도 내어놓겠다 하고 야단이다. 그리하여 이네의 집안에는 제일 큰 걱정거리가 생으로 하나 생겼다. 달래다, 구슬리다, 별별 소리로 다 타일러야 그 딸이 좀처럼 듣지를 않는다.

필경에는 큰소리까지 나가게 되었다.

"이년의 가시내야! 늬 백정놈의 딸로 벼슬까지 했으면 무던하지, 그보다 무엇이 더 나은 것이 있더노?"

하고 그의 아버지가 야단을 칠 때에

"아배는 몇백 년이나 조상 때부터 그 몹쓸 놈들에게 온갖 학대를 다 받아왔으며, 그래도 그 몹쓸놈들의 썩어자빠진 생각을 그저 그대로 가지고 있구만. 내사 그까짓 더러운 벼슬이고 무엇이고 싫소구마…… 인자 참 사람 노릇을 좀 할란다."

하고 딸이 대거리를 할 것 같으면

"아따 그년의 가시내, 건방지게…… 늬 뭐라 캤노? 뭐라 캐?……"

그의 어머니는 옆에서 남편의 말을 거드느라고

"야, 늬 생각해 보아라. 우리가 그 노릇을 해가며 늬 공부시키느라고 얼마나 애를 먹었노. 늬 부모를 생각키로 그럴 수가 있능가? 자식이라고 딸자식 형제에서 늬만 공부를 시킨 것도 다 늬 덕을 보자꼬 한 노릇이 아니냐?"

"그러면 어매 아배는 날 사람 노릇 시킬라고 공부시킨 것이 아니라, 돼지 키워서 이(利) 보듯이 날 무슨 덕 볼라고 키워논 물건으로 알았는 게오?"

"늬 다 그 무슨 쏘리고? 내사 한마디 못 알아든

겠다…… 아나. 늬 와 이라노? 와?"

"구마, 내 듣기 싫소…… 내 맘대로 할라요."

할 때에, 그 아버지는 화가 버럭 나서

"에라 이…… 늬 이년의 가시내, 내 눈앞에 뵈지 마라. 내사 딱 보기 싫다구마."

하고는 벌떡 일어나 나가버린다.

이리하고 난 뒤에 로사는 그 자리에 푹 엎으러져서 흑흑 느껴가며 울기도 하였다. 그것은 그 부친에게 야단을 만나고 나서 분한 생각을 참지 못하여 그러는 것만도 아니었다. 그의 부모가 아무리 무지해서 그렇게 굴지마는, 그 무지함이 밉다가도 도리어 불쌍한 생각이 난 까닭이었다.

이러할 때도 로사는 으레 성운에게로 달려가서 하소연한다. 그럴 것 같으면 성운은

"당신은 최하층에서 터져나오는 폭발탄 같아야 합니다. 가정에 대하여, 사회에 대하여, 같은 여성에 대하여, 남성에 대하여, 모든 것에 대하여 반항하여야 합니다."

하고 격려하는 말도 하여준다. 그럴 것 같으면 로사는 그만 감격에 떠는 듯이 성운의 무릎 위에 쓰러져 얼굴을 파묻고 운다. 그러면 성운은 또

"당신은 또 당신 자신에 대하여서도 반항하여야 되오. 당신의 그 눈물─약한 것을 일부러 자랑하는 여성들의 그 흔한 눈물도 걷어치워야 되오…… 우리는 다같이 굳센 사람이 되어야 합니다."

이같이, 로사는 사랑의 힘, 사상의 힘으로 급격히 변화하여가는 사람이 되었다. 그의 본 성명도 로사가 아니었다. 어느 때 우연히 로사 룩셈부르크의 이야기가 나올 때에 성운이가 웃는 말로

"당신 성도 로가고 하니, 아주 로사라고 지읍시다. 의."

그리고 참말 로사가 되시오 하고 난 뒤에, 농이 참 된다고, 성명을 아주 로사로 고쳐버린 일이 있었다.

병든 성운을 둘러싼 일행이 낙동강을 건너 어둠

을 뚫고 건너 마을로 향하여 가던 며칠 뒤 낮절이었다. 갈 때보다도 더 몇 배 긴긴 행렬이 마을 어귀에서부터 강 언덕을 향하고 뻗쳐 나온다. 수많은 깃발이 날린다. 양렬로 늘어선 사람의 손에는 긴 외올 베자락이 잡혀 있다. 맨 앞에 선 검정 테 두른 기폭에는

'고 박성운 동무의 영구'

라고 써 있다.

그 다음에는 가지각색의 기다. 무슨 '동맹', 무슨 '회', 무슨 '조합', 무슨 '사', 각 단체 연합장임을 알 수 있다. 또 그 다음에는 수많은 만장이다.

"용사는 갔다. 그러나 그의 더운 피는 우리의 가슴에서 뛴다."

"갔구나. 너는- 날 밝기 전에 너는 갔구나! 밝는 날 해맞이 춤에는 네 손목을 잡아볼 수 없구나."

"……"

"……"

이루 다 셀 수가 없다. 그 가운데에는 긴 시구같이 이렇게 벌려서 쓴 것도 있었다.

"그대는 평시에 날더러 너는 최하층에서 터져 나오는 폭발탄이 되라, 하였나이다. 옳소이다. 나는 폭발탄이 되겠나이다.

그대는 죽을 때에도 날더러 너는 참으로 폭발탄이 되라, 하였나이다.

옳소이다. 나는 폭발탄이 되겠나이다."

이것은 묻지 않아도 로사의 만장임을 알 수 있었다.

이 해의 첫눈이 푸뜩푸뜩 날리는 어느 날 늦은 아침, 구포역에서 차가 떠나서 북으로 움직여 나갈 때이다. 기차가 들녘을 다 지나갈 때까지, 객차 안 들창으로 하염없이 바깥을 내다보고 앉은 여성이 하나 있었다. 그는 로사이다. 아마 그는 돌아간 애인의 밟던 길을 자기도 한번 밟아보려는 뜻인가 보다. 그러나 필경에는 그도 멀지 않아서 다시 잊지 못할 이 땅으로 돌아올 날이 있겠지.

[1927]

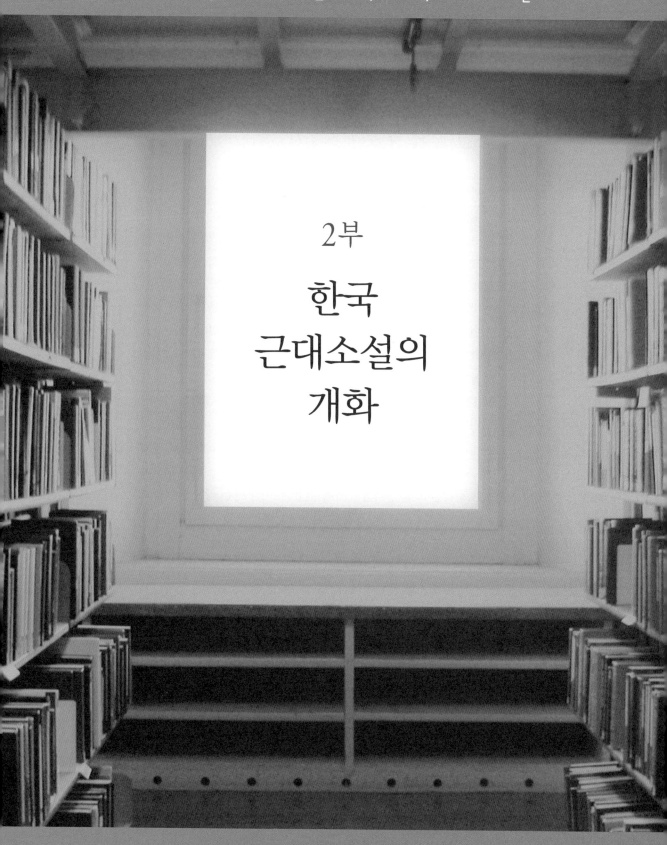

2부

한국
근대소설의
개화

2부 한국 근대소설의 개화

　1930년대에 이르면 소설의 양상은 매우 다양해진다. 근대 문학이 시작된 지 3~40년의 역사를 지니게 되었고 지식인 계층이 이전보다 두터워지면서 다양한 흐름을 형성할 수 있었기 때문이다. 식민의 성격을 강하게 지니긴 했지만 경성이라는 거대 도시의 형성은 사람들의 감수성에 많은 변화를 일으켰고, 이는 이른바 도시소설 계열의 작품을 형성하였다. 영화 등 다른 장르와의 교류가 활발해지면서 소설의 기법이 세련되고 다양해졌다. 한편 카프 맹원들의 잇따른 검거와 조직의 해체를 거치면서 사회주의 문학은 크게 위축되었다. 1930년대의 소설은 다양한 기법을 실험하면서 우리 소설의 폭을 넓혀 나갔다. 이른바 신세대 작가들이 등장하여 기성의 작가들과 긴장관계를 형성하기도 하였다.

　그러나 중일전쟁, 태평양전쟁으로 이어지는 1930년대 말, 1940년대에 이르면 소설은 존립의 근거를 위협받는 상황에 놓이게 된다. 고노에 내각의 신체제론에서 볼 수 있는 것처럼 조선은 이제 일본이라는 제국의 한 지방으로 재편되기에 이른다. 여기에 조선어 사용 금지, 총력동원체제 등으로 이어지는 엄혹한 상황이 덮치니 작가들은 심각한 고민에 빠질 수밖에 없었다. 이와 같은 상황을 어떻게 받아들이느냐에 따라 문학은 서로 다른 방향을 선택할 수밖에 없었다. 어떤 작가들은 새로운 상황에 재빠르게 적응하여 제국의 논리를 그대로 따랐고, 어떤 작가들은 절필을 선언하며 맞섰다. 물론 대부분의 작가는 그 두 극단의 사이에 자리 잡고 흔들리며 어려운 시기를 견뎌야 했다. 그렇지만 문학은 어떻게든 존재해야만 했다. 일부는 골방에서 창작을 이어가기도 했고 조선어와 일본어 사이에서 갈등하면서 제국의 언어에 적극적으로 균열을 일으키기도 했다.

달밤

이태준 (1904 ~ ?)

강원도 철원 출생. 일본 상지(上智)대학 수학. 1925년 『시대일보』에 「오몽녀」를 발표하면서 등단. 조선문학가동맹 가담 후 월북. 소설집 『달밤』 『까마귀』 『사상의 월야』 『해방전후』 등이 있다.

서울이라고 못난이가 없을 리야 없겠지만 대처에서는 못난이들이 거리에 나와 행세를 하지 못하고, 시골에선 아무리 못난이라도 마음놓고 나와 다니는 때문인지, 못난이는 시골에만 있는 것처럼 흔히 시골에서 잘 눈에 뜨인다. 그리고 또 흔히 그는 태고 때 사람처럼 그 우둔하면서도 천진스런 눈을 가지고, 자기 동리에 처음 들어서는 손에게 가장 순박한 시골의 정취를 돋워 주는 것이다.

성북동(城北洞)으로 이사 나와서 한 대엿새 되었을까, 그날 밤 나는 보던 신문을 머리맡에 밀어 던지고 누워 새삼스럽게,

"여기도 정말 시골이로군!"

하였다.

무어 바깥이 컴컴한 걸 처음 보고 시냇물 소리와 쏴— 하는 솔바람 소리를 처음 들어서가 아니라 황수건이라는 사람을 이날 저녁에 처음 보았기 때문이다.

그는 말 몇 마디 사귀지 않아서 곧 못난이란 것이 드러났다. 이 못난이는 성북동의 산들보다 물들보다, 조그만 지름길들보다 더 나에게 성북동이 시골이란 느낌을 풍겨주었다.

서울이라고 못난이가 없을 리야 없겠지만 대처에서는 못난이들이 거리에 나와 행세를 하지 못하고, 시골에선 아무리 못난이라도 마음놓고 나와 다니는 때문인지, 못난이는 시골에만 있는 것처럼 흔히 시골에서 잘 눈에 뜨인다. 그리고 또 흔히 그는 태고 때 사람처럼 그 우둔하면서도 천진스런 눈을 가지고, 자기 동리에 처음 들어서는 손에게 가장 순박한 시골의 정취를 돋워주는 것이다.

그런데 그날 밤 황수건이는 열 시나 되어서 우리 집을 찾아왔다.

그는 어두운 마당에서 꽥 지르는 소리로,

"아, 이 댁이 문안서……."

하면서 들어섰다. 잡담 제하고 큰일이나 난 사람처럼 건넌방 문 앞으로 달려들더니,

"저, 저 문안 서대문 거리라나요, 어디선가 나오신 댁입쇼?"

한다.

보니 합비는 안 입었으되 신문을 들고 온 것이 신문 배달부다.

"그렇소, 신문이오?"

"아, 그런 걸 사흘이나 저, 저 건너쪽에만 가 찾었습죠. 제기……."

하더니 신문을 방에 들이뜨리며,

"그런뎁쇼, 왜 이렇게 죄꼬만 집을 사구 와 곕쇼. 아, 내가 알었더면 이 아래 큰 개와집도 많은 걸입쇼……."

한다. 하 말이 황당스러워 유심히 그의 생김을 내다보니 눈에 얼른 두드러지는 것이 빡빡 깎은 머리로되 보통 크다는 정도 이상으로 골이 크다. 그런데다 옆으로 보니 장구 대가리다.

"그렇소? 아무튼 집 찾느라고 수고했소."

하니 그는 큰 눈과 큰 입이 일시에 히죽거리며,

"뭘입쇼, 이게 제 업인뎁쇼."

하고 날래 물러서지 않고 목을 길게 빼어 방 안을 살핀다. 그러더니 묻지도 않는데,

"저는입쇼, 이 동네 사는 황수건이라 합니다……."

하고 인사를 붙인다. 나도 깍듯이 내 성명을 대었다. 그는 또 싱글벙글하면서,

"댁엔 개가 없구먼입쇼."

한다.

"아직 없소."

하니,

"개 그까짓 거 두지 마십쇼."

한다.

"왜 그렇소?"

물으니, 그는 얼른 대답하는 말이,

"신문 보는 집엔입쇼, 개를 두지 말아야 합니다."

한다. 이것 재미있는 말이다 하고 나는,

"왜 그렇소?"

하고 또 물었다.

"아, 이 뒷동네 은행소에 댕기는 집엔입쇼, 망아지만 한 개가 있는뎁쇼, 아, 신문을 배달할 수가 있어얍죠."

"왜?"

"막 깨물랴고 덤비는걸입쇼."

한다. 말 같지 않아서 나는 웃기만 하니 그는 더욱

신을 낸다.

"그눔의 개 그저, 한번, 양떡을 멕여 대야 할 텐데……."

하면서 주먹을 부르대는데 보니, 손과 팔목은 머리에 비기어 반비례로 작고 가느다랗다.

"어서 곤할 텐데 가 자시오."

하니 그는 마지못해 물러서며,

"선생님, 참 이선생님 편안히 주뭅쇼. 저이 집은 여기서 얼마 안 되는 걸입쇼."

하더니 돌아갔다.

그는 이튿날 저녁, 집을 알고 오는데도 아홉 시가 지나서야,

"신문 배달해 왔습니다."

하고 소리를 치며 들어섰다.

"오늘은 왜 늦었소?"

물으니,

"자연 그럽죠."

하고 다른 이야기를 꺼냈다.

자기는 워낙 이 아래 있는 삼산학교에서 일을 보다 어떤 선생하고 뜻이 덜 맞아 나왔다는 것, 지금은 신문 배달을 하나 원배달이 아니라 보조배달이라는 것, 저희 집엔 양친과 형님 내외와 조카 하나와 저희 내외까지 식구가 일곱이라는 것, 저희 아버지와 저희 형님의 이름은 무엇무엇이며, 자기 이름은 황가인데다가 목숨 수(壽) 자하고 세울 건(建) 자로 황수건이기 때문에, 아이들이 노랑수건이라고 놀리어서 성북동에서는 가가호호에서 노랑수건 하면, 다 자긴 줄 알리라고 자랑스럽게 이야기하다가 이날도,

"어서 그만 다른 집에도 신문을 갖다줘야 하지 않소?"

하니까 그때서야 마지못해 나갔다.

우리 집에서는 그까짓 반편과 무얼 대꾸를 해가지고 그러느냐 하되, 나는 그와 지껄이기가 좋았다.

그는 아무것도 아닌 것을 가지고 열심스럽게 이야기하는 것이 좋았고, 그와는 아무리 오래 지껄이어도 힘이 들지 않고, 또 아무리 오래 지껄이고 나도 웃음밖에는 남는 것이 없어 기분이 거뜬해지는 것도 좋았다. 그래서 나는 무슨 일을 하는 중만 아니면 한참씩 그의 말을 받아주었다.

어떤 날은 서로 말이 막히기도 했다. 대답이 막히는 것이 아니라 무슨 말을 해야 할까 하고 막히었다. 그러나 그는 늘 나보다 빠르게 이야깃거리를 잘 찾아냈다. 오뉴월인데도 '꿩고기를 잘 먹느냐?'고도 묻고, '양복은 저고리를 먼저 입느냐 바지를 먼저 입느냐?'고도 묻고 '소와 말과 싸움을 붙이면 어느 것이 이기겠느냐?'는 둥, 아무튼 그가 얘깃거리를 취재하는 방면은 기상천외로 여간 범위가 넓지 않은 데는 도저히 당할 수가 없었다. 하루는 나는 '평생 소원이 무엇이냐?'고 그에게 물어보았다. 그는 '그까짓 것쯤 얼른 대답하기는 누워서 떡먹기'라고 하면서 평생 소원은 자기도 원배달이 한번 되었으면 좋겠다는 것이었다.

남이 혼자 배달하기 힘들어서 한 이십 부 떼어 주는 것을 배달하고, 월급이라고 원배달에게서 한 삼 원 받는 터이라 월급을 이십여 원을 받고, 신문사 옷을 입고, 방울을 차고 다니는 원배달이 제일 부럽노라 하였다. 그리고 방울만 차면 자기도 뛰어다니며 빨리 돌 뿐 아니라 그 은행소에 다니는 집 개도 조금도 무서울 것이 없겠노라 하였다.

그래서 나는 '그럴 것 없이 아주 신문사 사장쯤 되었으면 원배달도 바랄 것 없고 그 은행소에 다니는 집 개도 상관할 바 없지 않겠느냐?' 한즉 그는 뚱그래지는 눈알을 한참 굴리며 생각하더니 '딴은 그렇겠다'고 하면서, 자기는 경난이 없어 거기까지는 바랄 생각도 못하였다고 무릎을 치듯 가슴을 쳤다.

그러나 신문사 사장은 이내 잊어버리고 원배달만 마음에 박혔던 듯, 하루는 바깥마당에서부터 무어라고 떠들어 대며 들어왔다.

"이선생님? 이선생님 곕쇼? 아, 저도 내일부턴 원배달이올시다. 오늘 밤만 자면입쇼……."

한다. 자세히 물어보니 성북동이 따로 한 구역이 되었는데, 자기가 맡게 되었으니까 내일은 배달복을 입고 방울을 막 떨렁거리면서 올 테니 보라고 한다. 그리고 '사람이란 게 그렇게 무어든지 끝을 바라고 붙들어야 한다'고 나에게 일러주면서 신이 나서 돌아갔다. 우리도 그가 원배달이 된 것이 좋은 친구가 큰 출세나 하는 것처럼 마음속으로 진실로 즐거웠다. 어서 내일 저녁에 그가 배달복을 입고 방울을 차고 와서 쭐럭거리는 것을 보리라 하였다.

그러나 이튿날 그는 오지 않았다. 밤이 늦도록 신문도 그도 오지 않았다. 그 다음날도 신문도 그도 오지 않다가 사흘째 되는 날에야, 이날은 해도 지기 전인데 방울 소리가 요란스럽게 우리 집으로 뛰어들었다.

'어디 보자!'

하고 나는 방에서 뛰어나갔다.

그러나 웬일일까, 정말 배달복에 방울을 차고 신문을 들고 들어서는 사람은 황수건이가 아니라 처음 보는 사람이다.

"왜 전엣사람은 어디 가고 당신이오?"

물으니 그는,

"제가 성북동을 맡았습니다."

한다.

"그럼, 전엣사람은 어디를 맡았소?"

하니 그는 픽 웃으며,

"그까짓 반편을 어딜 맡깁니까? 배달부로 쓸랴다가 똑똑지가 못하니까 안 쓰고 말았나 봅니다."

한다.

"그럼 보조배달도 떨어졌소?"

하니,

"그럼요, 여기가 따루 한 구역이 된걸요."

하면서 방울을 울리며 나갔다.

이렇게 되었으니 황수건이가 우리 집에 올 길은 없어지고 말았다. 나도 가끔 문안엔 다니지만 그의 집은 내가 다니는 길 옆은 아닌 듯 길가에서도 잘 보이지 않았다.

나는 가까운 친구를 먼 곳에 보낸 것처럼, 아니 친구가 큰 사업에나 실패하는 것을 보는 것처럼, 못 만나는 섭섭뿐이 아니라 마음이 아프기도 하였다. 그 당자와 함께 세상의 야박함이 원망스럽기도 하였다.

한데 황수건은 그의 말대로 노랑수건이라면 온 동네에서 유명은 하였다. 노랑수건 하면 누구나 성북동에서 오래 산 사람이면 먼저 웃고 대답하는 것을 나는 차츰 알았다.

내가 잠깐씩 며칠 보기에도 그랬거니와 그에겐 우스운 일화도 한두 가지가 아니었다.

삼산학교에 급사로 있을 시대에 삼산학교에다 남겨놓고 나온 일화도 여러 가지라는데, 그중에 두어 가지를 동네 사람들의 말대로 옮겨보면, 역시 그때부터도 이야기하기를 대단 즐기어 선생들이 교실에 들어간 새 손님이 오면 으레 손님을 앉히고는 자기도 걸상을 갖다 떡 마주 놓고 앉는 것은 무론, 마주 앉아서는 곧 자기류의 만담 삼매로 빠지는 것인데, 한번은 도 학무국에서 시학관이 나온 것을 이 따위로 대접하였다. 일본말을 못 하니까 만담은 할 수 없고 마주 앉아서 자꾸 일본말을 연습하였다.

"센세이 히, 오하요 고자이마스카(선생님, 안녕하세요)?…… 히히 아메가 후리마스(비가 옵니다). 유키가 후리마스카(눈이 옵니까)? 히히……."

시학관도 인정이라 처음엔 웃었다. 그러나 열 번 스무 번을 되풀이하는 데는 성이 나고 말았다. 선생들은 아무리 기다려도 종소리가 나지 않으니까, 한 선생이 나와보니 종 칠 것도 잊어버리고 손님과 마주 앉아서 '오하요 유키가 후리마스카……' 하는 판이다.

그날 수건이는 선생들에게 단단히 몰리고 다시는 안 그러겠노라고 했으나, 그 버릇을 고치지 못해서 그예 쫓겨 나오고 만 것이다.

그는,

"너의 색시 달아난다."

하는 말을 제일 무서워했다 한다. 한번은 어느 선생이 장난엣말로,

"요즘 같은 따뜻한 봄날엔 옛날부터 색시들이 달아나기를 좋아하는데 어제도 저 아랫말에서 둘이나 달아났다니까 오늘은 이 동리에서 꼭 달아나는 색시가 있을걸……."

했더니 수건이는 점심을 먹다 말고 눈이 휘둥그래졌다 한다. 그리고 그날 오후에는 어서 바삐 하학을 시키고 집으로 갈 양으로 오십 분 만에 치는 종을 이십 분 만에, 삼십 분 만에 함부로 다가서 쳤다는 이야기도 있다.

하루는 나는 거의 그를 잊어버리고 있을 때,

"이선생님 곕쇼?"

하고 수건이가 찾아왔다. 반가웠다.

"선생님, 요즘 신문이 걸르지 않고 잘 옵쇼?"

하고 그는 배달 감독이나 되어 온 듯이 묻는다.

"잘 오, 왜 그류?"

한즉 또,

"늦지도 않굽쇼, 일쯕이 제때마다 꼭꼭 옵쇼?"

한다.

"당신이 돌을 때보다 세 시간은 일쯕이 오고 날마다 꼭꼭 잘 오."

하니 그는 머리를 벅적벅적 긁으면서,

"하루라도 걸르기만 해라. 신문사에 가서 대뜸 일러바치지……."

하고 그 빈약한 주먹을 부르댄다.

"그런뎁쇼, 선생님?"

"왜 그류?"

"삼산학교에 말씀예요, 그 제 대신 들어온 급사가 저보다 근력이 세게 생겼습죠?"

"나는 그 사람을 보지 못해서 모르겠소."

하니 그는 은근한 말소리로 히죽거리며,

"제가 거길 또 들어가 볼랴굽쇼, 운동을 합죠."

한다.

"어떻게 운동을 하오?"

"그까짓 거 날마당 사무실로 갑죠. 다시 써달라고 졸라 댑죠. 아, 그랬더니 새 급사란 녀석이 저보다 크기도 무척 큰뎁쇼, 이 녀석이 막 불근댑니다그려. 그래 한번 쌈을 해야 할 턴뎁쇼, 그 녀석이 근력이 얼마나 센지 알아야 뎀벼들 턴뎁쇼……허."

"그렇지, 멋모르고 대들었다 매만 맞지."

하니 그는 한 걸음 다가서며 또 은근한 말을 한다.

"그래섭쇼, 엊저녁엔 큰 돌멩이 하나를 굴려다 삼산학교 대문에다 놨습죠. 그리구 오늘 아침에 가보니깐 없어졌는뎁쇼. 이 녀석이 나처럼 억지루 굴려다 버렸는지, 뻔쩍 들어다 버렸는지 그만 못 봤거든입쇼, 제-길……."

하고 머리를 긁는다. 그러더니 갑자기 무얼 생각한 듯 손뼉을 탁 치더니,

"그런뎁쇼, 제가 온 건입쇼, 댁에선 우두를 넣지 마시라구 왔습죠."

한다.

"우두를 왜 넣지 말란 말이오?"

한즉,

"요즘 마마가 다닌다구 모두 우두들을 넣는뎁쇼, 우두를 넣으면 사람이 근력이 없어지는 법인뎁쇼."

하고 자기 팔을 걷어 올려 우두 자리를 보이면서,

"이걸 봅쇼. 저두 우두를 이렇게 넣기 때문에 근력이 줄었습죠."

한다.

"우두를 넣으면 근력이 준다고 누가 그립디까?"

물으니 그는 싱글거리며,

"아, 제가 생각해 냈습죠."

한다.

"왜 그렇소?"

하고 캐니,

"뭘…… 저 아래 윤금보라고 있는데 기운이 장산뎁쇼. 아 삼산학교 그 녀석두 우두만 넣었다면 그까짓 것 무서울 것 없는뎁쇼, 그걸 모르겠거든 입쇼……."

한다. 나는,

"그렇게 용한 생각을 하고 일러주러 왔으니 아주 고맙소."

하였다. 그는 좋아서 벙긋거리며 머리를 긁었다.

"그래 삼산학교에 다시 들기만 기다리고 있소?"

물으니 그는,

"돈만 있으면 그까짓 거 누가 고스카이(用人) 노릇을 합쇼. 밑천만 있으면 삼산학교 앞에 가서 뻐젓이 장사를 할 턴뎁쇼."

한다.

"무슨 장사?"

"아, 방학될 때까지 차미 장사도 하굽쇼, 가을부턴 군밤 장사, 왜떡 장사, 습자지, 도화지 장사 막 합쇼. 삼산학교 학생들이 저를 어떻게 좋아하겝쇼. 저를 선생들보다 낫게 치는뎁쇼."

한다.

나는 그날 그에게 돈 삼 원을 주었다. 그의 말대로 삼산학교 앞에 가서 뻐젓이 참외 장사라도 해보라고. 그리고 돈은 남지 못하면 돌려오지 않아도 좋다 하였다.

그는 삼 원 돈에 덩실덩실 춤을 추다시피 뛰어나갔다. 그리고 그 이튿날,

"선생님 잡수시라굽쇼."

하고 나 없는 때 참외 세 개를 갖다 두고 갔다.

그리고는 온 여름 동안 그는 우리 집에 얼른하지 않았다.

들으니 참외 장사를 해 보긴 했는데 이내 장마가 들어 밑천만 까먹었고, 또 그까짓 것보다 한 가지 놀라운 소식은 그의 아내가 달아났단 것이다.

저희끼리 금실은 괜찮았건만 동서가 못 견디게 굴어 달아난 것이라 한다. 남편만 남 같으면 따로 살림나는 날이나 기다리고 살 것이나 평생 동서 밑에 살아야 할 신세를 생각하고 달아난 것이라 한다.

그런데 요 며칠 전이었다. 밤인데 달포 만에 수건이가 우리 집을 찾아왔다. 웬 포도를 큰 것으로 대여섯 송이를 종이에 싸지도 않고 맨손에 들고 들어왔다. 그는 벙긋거리며,

"선생님 잡수라고 사왔습죠."

하는 때였다. 웬 사람 하나가 날쌔게 그의 뒤를 따라 들어오더니 다짜고짜로 수건이의 멱살을 움켜쥐고 끌고 나갔다. 수건이는 그 우둔한 얼굴이 새하얗게 질리며 꼼짝 못하고 끌려 나갔다.

나는 수건이가 포도원에서 포도를 훔쳐온 것을 직각하였다. 쫓아나가 매를 말리고 포돗값을 물어주었다. 포돗값을 물어주고 보니 수건이는 어느 틈에 사라지고 보이지 않았다.

나는 그 다섯 송이의 포도를 탁자 위에 얹어놓고 오래 바라보며 아껴 먹었다. 그의 은근한 순정의 열매를 먹듯 한 알을 가지고도 오래 입안에 굴려보며 먹었다.

어제다. 문안에 들어갔다 늦어서 나오는데 불빛 없는 성북동 길 위에는 밝은 달빛이 깁을 깐 듯하였다.

그런데 포도원께를 올라오노라니까 누가 맑지도 못한 목청으로,

"사…… 케…… 와 나…… 미다카 다메이…… 키…… 카……."

를 부르며 큰길이 좁다는 듯이 휘적거리며 내려왔다. 보니까 수건이 같았다. 나는,

"수건인가?"

하고 아는 체하려다 그가 나를 보면 무안해 할 일이 있는 것을 생각하고 휙 길 아래로 내려서 나무 그늘에 몸을 감추었다.

그는 길은 보지도 않고 달만 쳐다보며, 노래는 그 이상은 외우지도 못하는 듯 첫 줄 한 줄만 되풀이하면서 전에는 본 적이 없었는데 담배를 다 퍽 퍽 빨면서 지나갔다.

달밤은 그에게도 유감한 듯하였다.

[1933]

만무방

김유정 (1908 ~ 1937)

강원도 철원 출생. 일본 상지(上智)대학 수학. 1925년 『시대일보』에 「오몽녀」를 발표하면서 등단. 조선문학가동맹 가담 후 월북. 소설집 『달밤』 『까마귀』 『사상의 월야』 『해방전후』 등이 있다.

가뿐하니 꾀 말가웃이나 될는지. 이까짓 걸 요렇게까지 해가려는 그 심정은 실로 알 수 없다. 벼를 논에다 도로 털어 버렸다. 그리고 아내의 치마이겠지, 검은 보자기를 척척 개서 들었다. 내 걸 내가 먹는다―그야 이를 말이랴. 하나 내 걸 내가 훔쳐야 할 그 운명도 얄궂거니와 형을 배반하고 이 짓을 벌인 아우도 아우렷다. 에―이 고얀 놈, 할 제 볼을 적시는 것은 눈물이다.

산골에, 가을은 무르녹았다.

아름드리 노송은 빽빽이 늘어박혔다. 무거운 송낙을 머리에 쓰고 건들건들. 새새이 끼인 도토리, 벚, 돌배, 갈잎 들은 울긋불긋. 잔디를 적시며 맑은 샘이 쫄쫄거린다. 산토끼 두 놈은 한가로이 마주 앉아 그 물을 할짝거리고. 이따금 정신이 나는 듯 가랑잎은 부스스 하고 떨린다. 산산한 산들바람. 귀여운 들국화는 그 품에 새뜻새뜻 넘논다. 흙내와 함께 향긋한 땅김이 코를 찌른다. 요놈은 싸리버섯, 요놈은 잎 썩은 내, 또 요놈은 송이—아니, 아니, 가시넝쿨 속에 숨은 박하풀 냄새로군.

응칠이는 뒷짐을 딱 지고 어정어정 노닌다. 유유히 다리를 옮겨놓으며 이 나무 저 나무 사이로 홀라들인다. 코는 공중에서 벌렸다 오므렸다 연신 이러며 훅, 훅. 구붓한 한 송목 밑에 이르자 그는 발을 멈춘다. 이번에는 지면에 코를 얄이 갖다 대고 한 바퀴 비잉, 나물 끼고 돌았다.

'아하, 요놈이로군!'

썩은 솔잎에 덮이어 흙이 봉곳이 돋아 올랐다.

그는 손가락을 꾸짖으며 정성스레 살살 헤쳐본다. 과연 귀여운 송이. 망할 녀석, 조금만 더 나오지, 그걸 뚝 따들고 뒷짐을 지고 다시 어슬렁어슬렁. 가끔 선하품은 터진다. 그럴 적마다 두 팔을 떡 벌리곤 먼 하늘을 바라보고 늘어지게도 기지개를 늘인다.

때는 한창 바쁠 추수 때이다. 농군치고 송이파적 나올 놈은 생겨나도 않았으리라. 하나 그는 꼭 해야만 할 일이 없었다. 싫으면 하고 말면 말고 그저 그뿐. 그러함에는 먹을 것이 더러 있느냐면 있기는커녕 부쳐 먹을 농토조차 없는, 계집도 없고 집도 없고 자식도 없다. 방은 있대야 남의 곁방이요 잠은 새우잠이요. 하지만 오늘 아침만 해도 한 친구가 찾아와서 벼를 털 텐데 일 좀 와 해달라는 걸 마다하였다. 몇 푼 바람에 그까짓 걸 누가 하느냐보다는 송이가 좋았다. 왜냐면 이 땅 삼천리 강산에 늘여 놓은 곡식이 말짱 뉘 것이람. 먼저 먹는

놈이 임자 아니야. 먹다 걸릴 만치 그토록 양식을 쌓아두고 일이 다 무슨 난장맞을 일이람. 걸리지 않도록 먹을 궁리나 할 게지. 하기는 그도 한 세 번이나 걸려서 구메밥으로 사관을 틀었다. 마는 결국 제 밥상 위에 올라앉은 제 몫도 자칫하면 먹다 걸리긴 매일반……

올라갈수록 덤불은 우거졌다. 머루며 다래, 칡, 게다 이름 모를 잡초. 이것들이 위아래로 이리저리 서리어 좀체 길을 내지 않는다. 그는 잔디길로만 돌았다. 넓적다리가 벌쭉이는 찢어진 고의자락을 아끼며 조심조심 사려 딛는다. 손에는 칡으로 엮어 든 일곱 개 송이. 늙은 소나무마다 가선 두리번거린다. 사냥개 모양으로 코로 쿡, 쿡, 내를 한다. 이것도 송이 같고 저것도 송이 같고. 어떤 게 알짜 송이인지 분간을 모른다. 토끼똥이 소보록한데 갈잎이 한 잎 뚝 떨어졌다. 그 잎을 살며시 들어보니 송이 대구리가 불쑥 올라왔다. 매우 큰 송이인 듯. 그는 반색하여 그 앞에 무릎을 털썩 꿇었다. 그리고 그 위에 두 손을 내들며 열 손가락을 다 펴들었다. 가만가만히 살살 흙을 헤쳐본다. 주먹만 한 송이가 나타난다. 얘 이놈 크구나. 손바닥 위에 따 올려놓고는 한참 들여다보며 싱글벙글한다. 우중충한 구석으로 바위는 벽같이 깎아질렀다. 그 중턱을 얽어 나간 칡잎에서는 물이 쪼록쪼록 흘러내린다. 인삼이 썩어 내리는 약수라 한다. 그는 돌 위에 걸터앉으며 또 한 번 하품을 하였다. 간밤 쓸데없는 노름에 밤을 팬 것이 몹시 나른하였다. 따사로운 햇발이 숲을 새어든다. 다람쥐가 솔방울을 떨어치며, 어여쁜 할미새는 앞에서 알씬거리고. 동리에서는 타작을 하느라고 와글거린다. 흥겨워 외치는 목성, 그걸 억누르고 공중에 응, 응, 진동하는 벼 터는 기계 소리. 맞은쪽 산속에서 어린 목동들의 노래는 처량히 울려온다. 산속에 묻힌 마을의 전경을 멀리 바라보다가 그는 눈을 찌긋하며 다시 한 번 하품을 뽑는다. 이 웬놈의 하품일까. 생각해 보니 어젯저녁부터 여태껏

창자가 곯렸던 것이다. 불현듯 송이꾸러미에서 그 중 크고 먹음직한 놈을 하나 뽑아들었다.

응칠이는 그 송이를 물에 써억써억 비벼서는 떡 벌어진 대구리부터 걸쌍스레 덥석 물어 떼었다. 그리고 넓죽한 입이 움질움질 씹는다. 혀가 녹을 듯이 만질만질하고 향기로운 그 맛. 이렇게 훌륭한 놈을 입맛만 다시고 못 먹다니. 문득 옛 추억이 혀끝에 뱅뱅 돈다. 이놈을 맛보는 것도 참 근자의 일이다. 감불생심이지 어디 냄새나 똑똑히 맡아보리. 산속으로 쏘다니다 백판 못 따기도 하려니와 더러 딴다는 놈은 행여 상할까 봐 손도 못 대게 하고 집에 내려다 묻고 묻고 하는 것이다. 그러나 요행히 한 꾸러미 차면 금시로 장에 가져다 판다. 이틀 사흘씩 공들인 거로되 잘 하면 사십 전, 못 받으면 이십오 전. 저녁거리를 기다리는 아내를 생각하며 좁쌀 서너 되를 손에 사들고 어두운 고개를 터덜터덜 올라오는 건 좋으나 이 신세를 뭐에 쓰나 하고 보면 을프냥궂기가 짝이 없겠고—이까짓 걸 못 먹어, 그래 홧김에 또 한 놈을 뽑아 들고 이번엔 물에 흙도 씻을 새 없이 그대로 텁석거린다. 그러나 다른 놈들도 별 수 없으렷다. 이 산골이 송이의 본고향이로되 아마 일 년에 한 개조차 먹는 놈이 드물리라.

"흠, 썩어진 두상들!"

그는 폭넓은 얼굴을 일그리며 남이나 들으란 듯이 이렇게 비웃는다. 썩었다 함은 데생겼다 모멸하는 그의 언투였다. 먹다 나머지 송이 꽁댕이를 바로 자랑스러이 입에다 치뜨리곤 트림을 섞어가며 우물거린다.

송이 두 개가 들어가니 이제는 더 먹을 재미가 없다. 뭔가 좀 든든한 걸 먹었으면 좋겠는데. 떡, 국수, 말고기, 개고기, 돼지고기 그렇지 않으면 쇠고기냐. 아따 궁한 판이니 아무 거나 있으면 속중으로 여러 가질 먹으며 시름없이 앉았다. 그는 눈꼴이 슬그러미 돌아간다. 웬놈의 닭인지 암탉 한 마리가 조 아래 무덤 앞에서 **뺑뺑** 맨다. 골골거리

며 감도는 걸 보매 아마 알자리를 보는 맥이라. 그는 돌에서 궁뎅이를 들었다. 낮은 하늘로 외면하여 못 본 척하고 닭을 향하여 저켠으로 널찍이 돌아내린다. 그러나 무덤까지 왔을 때 몸을 돌리며,

"후, 후, 후, 이 자식이 어딜 가 후—"

두 팔을 벌리고 쫓아간다. 산꼭대기로 치모니 닭은 허둥지둥 갈 길을 모른다. 요리 매낀 조리 매낀, 꼬꼬댁거리며 속만 태울 뿐. 그러나 바위틈에 끼어 와살스러운 그 주먹에 모가지가 둘로 나기에는 불과 몇 분 못 걸렸다.

그는 으슥한 숲 속으로 찾아들었다. 닭의 껍질을 홀랑 까고서 두 다리를 들고 찢으니 배창이 옆구리로 꿰진다. 그놈은 긁어 뽑아서 껍질과 한데 뭉치어 흙에 묻어버린다.

고기가 생기고 보니 연하여 나느니 막걸리 생각. 이걸 부글부글 끓여놓고 한 사발 떡 켰으면 똑 좋을 텐데 제—기. 응칠이의 고기는 어디 떨어졌는지 술집까지 못 가는 고기였다. 아무려나 고기 먹고 술 먹고 거꾸론 못 먹느냐. 그는 닭의 가슴패기를 입에 들여대고 쭉 찢어 가며 먹기 시작한다. 쫄깃쫄깃한 놈이 제법 맛이 들었다. 가슴을 먹고 넓적다리, 볼기짝을 먹고 거반 반쯤을 다 해내고 나니 어쩐지 맛이 좀 적었다. 결국 음식이란 양념을 해야 하는군. 수풀 속으로 그냥 내던지고 그는 설렁설렁 내려온다. 솔숲을 빠져 화전께로 내리려 할 때 별안간 등 뒤에서,

"여보게, 저 응칠이 아닌가."

고개를 돌려보니 대장간 하는 성팔이가 작달막한 체수에 들갑작거리며 고개를 넘어온다. 그런데 무슨 긴한 일이나 있는지 부리나케 달려들더니,

"자네 응고개 논의 벼 없어진 거 아나?"

응칠이는 그만 가슴이 덜컥 내려앉았다. 이 바쁜 때 농군의 몸으로 응고개까지 앨 써 갈 놈도 없으려니와 또한 하필 절 보고 벼의 없어짐을 말하는 것이 여간 심상치 않은 일이었다.

잡담 제하고 응칠이는,

"자넨 어째서 응고개까지 갔던가?"

하고 대담스레 그 눈을 쏘아보았다. 그러나 성팔이는 조금도 겁먹은 기색 없이,

"아 어쩌다 지났지 뭘 그래."

하며 도리어 얼레발을 치고 덤비는 수작이다. 고얀 놈, 응칠이는 입때 다녀야 동무를 팔아 배를 채우는 그런 비열한 짓은 안 한다. 낯을 붉히자 눈에 불이 보이며,

"어쩌다 지났다?"

응칠이가 이 동리에 들어온 것은 어느덧 달이 넘었다. 인제는 물릴 때도 되었고, 좀 떠보고자 생각은 간절하나 아우의 일로 말미암아 망설거리는 중이었다. 그는 오라는 데는 없어도 갈 데는 많았다. 산으로 들로 해변으로 발부리 놓이는 곳이 즉 가는 곳이었다.

그러나 저물면은 그대로 쓰러진다. 남의 방앗간이고 헛간이고 혹은 강가, 시새장. 물론 수가 좋으면 괴때기 위에서 밤을 편히 잘 적도 있었다. 이렇게 하여 강원도 어수룩한 산골로 이리 넘고 저리 넘고 못 간 데 별로 없이 유람 겸 편답하였다.

그는 한구석에 머물러 있음은 가슴이 답답할 만치 되우 괴로웠다.

그렇다고 응칠이가 본시 역마 직성이냐 하면 그런 것도 아니다. 그도 오 년 전에는 사랑하는 아내가 있었고 아들이 있었고 집도 있었고, 그때야 어딜 하루라도 집을 떨어져 보았으랴. 밤마다 아내와 마주 앉으면 어찌 하면 이 살림이 좀 늘어볼까 불어볼까, 애간장을 태우며 갖은 궁리를 되하고 되하였다마는, 별 뾰족한 수는 없었다. 농사는 열심으로 하는 것 같은데 알고 보면 남는 건 겨우 남의 빚뿐. 이러다가는 결말엔 봉변을 면치 못할 것이다. 하루는 밤이 깊어서 코를 골며 자는 아내를 깨웠다. 밖에 나가 우리의 세간이 몇 개나 되는지 세어보라 하였다. 그리고 저는 벼루에 먹을 갈아 붓에 찍어 들었다. 벽에 바른 신문지는 누렇게 그을었다. 그 위에다 아내가 불러주는 물목대로 일이 내려 적었다. 독이 세 개, 호미가 둘, 낫이 하나로부터 밥사발, 젓가락, 짚이 석 단까지 그 다음에는 제가 빚을 얻어온 데, 그 사람들의 이름을 쪽 적어놓았다. 금액은 제각기 그 아래다 달아놓고, 그 옆으론 조금 사이를 떼어 역시 조선문으로 나의 소유는 이것밖에 없노라. 나는 오십사 원을 갚을 길이 없으매 죄진 몸이라 도망하니 그대들은 아예 싸울 게 아니겠고 서로 의논하여 억울치 않도록 분배하여 가기 바라노라 하는 의미의 성명서를 벽에 남기자 안으로 문들을 걸어 닫고 울타리 밑구멍으로 세 식구가 빠져나왔다.

이것이 응칠이가 팔자를 고치던 첫날이었다. 그들 부부는 돌아다니며 밥을 빌었다. 아내가 빌어다 남편에게, 남편이 빌어다 아내에게. 그러자 어느 날 밤 아내의 얼굴이 썩 슬픈 빛이었다. 눈보라는 살을 에인다. 다 쓰러져 가는 물방앗간 한구석에서 섬을 두르고 어린애에게 젖을 먹이며 떨고 있더니 여보게유 하고 고개를 돌린다. 왜, 하니까 그 말이, 이러다간 우리도 고생일 뿐더러 첫째 어린애를 잡겠수, 그러니 서로 갈립시다, 하는 것이다. 하긴 그럴 법한 말이다. 쥐뿔도 없는 것들이 붙어다닌댔자 별수는 없다. 그보다는 서로 갈리어 제 맘대로 빌어먹는 것이 오히려 가뜬하리라. 그는 선뜻 응낙하였다. 아내의 말대로 개가를 해가서 젖먹이나 잘 키우고 몸 성히 있으면 혹 연분이 닿아 다시 만날지도 모르니깐, 마지막으로 아내와 같이 땅바닥에서 나란히 누워 하룻밤을 새고 나서 날이 훤해지자 그는 툭툭 털고 일어섰다.

매팔자란 응칠이의 팔자이겠다. 그는 버젓이 게트림으로 길을 걸어야 걸릴 것은 하나도 없다. 논맬 걱정도, 호포 바칠 걱정도, 빚 갚을 걱정, 아내 걱정, 또는 굶을 걱정도. 희동그란히 털고 나서니 팔자 중에는 아주 상팔자다. 먹고만 싶으면 도야지고, 닭이고, 개고, 언제나 옆을 떠날 새 없겠지, 그리고 돈, 돈도……

그러나 주재소는 그를 노려보았다. 툭하면 오

라, 가라 하는데 학질이었다. 어느 동리고 가 있다가 불행히 일만 나면 누구보다도 그부터 붙들려 간다. 왜냐면 그는 전과 사 범이었다. 처음에는 도박으로, 다음엔 절도로, 또 고 담에는 절도로, 절도로……

그러나 이번 멀리 아우를 방문함은 생활이 궁하여 근대러 왔다거나 혹은 일을 해 보러 온 것은 결코 아니었다. 혈족이라곤 단 하나의 동생이요, 또한 오래 못 본지라 때없이 그리웠다. 그래 모처럼 찾아온 것이 뜻밖에 덜컥 일을 만났다.

지금까지 논의 벼가 서 있다면 그것은 성한 사람의 짓이라 안 할 것이다. 응오는 응고개 논의 벼를 여태 베지 않았다. 물론 응오가 베어야 할 것이다. 누가 듣던지 그 형 응칠이를 먼저 의심하리라. 그럼 여기에 따르는 모든 책임을 응칠이가 혼자 지지 않으면 안 될 것이다. 응오는 진실한 농군이었다. 나이 서른하나로 무던히 철났다 하고 동리에서 쳐주는 모범 청년이었다. 그런데 벼를 베지 않는다. 남은 다들 거둬 들였고 털기까지 하련만 그는 벨 생각조차 않는 것이다. 지주라든 혹은 그에게 장리를 놓은 김참판이든 뻔찔 찾아와 벼를 베라 독촉하였다.

"얼른 털어서 낼 건 내야지."
하면 그 대답은,
"계집이 죽게 됐는데 벼는 다 뭐지유—"
하고 한결같이 내뱉는 소리뿐이었다.

하기는 응오의 아내가 지금 기지 사경이매 틈은 없었다 하더라도 돈이 놀아서 약을 못 쓰는 이 판이니 진시 벼라도 털어야 할 것이다.

그러면 왜 안 털었던가.

그것은 작년 응오와 같이 지주 문전에서 타작을 하던 친구라면 묻지는 않으리라. 한 해 동안 애를 졸이며 홑자식 모양으로 알뜰히 가꾸던 그 벼를 거둬들임은 기쁨에 틀림없었다. 꼭두새벽부터 엿, 엿, 하며 괴로움을 모른다. 그러나 캄캄하도록 털고 나서 지주에게 도지를 제하고, 장리쌀을 제하고, 삭초를 제하고 보니 남은 것은 등줄기를 흐르는 식은땀이 있을 따름. 그것은 슬프다 하기보다 끝없이 부끄러웠다. 같이 털어주던 동무들이 뻔히 보고 섰는데 빈 지게로 덜렁거리며 집으로 돌아오는 건 진정 열적기 짝이 없는 노릇이었다. 참다 참다 못해 응오는 눈에 눈물이 흘렀던 것이다.

가뜩한데 엎치고 덮치더라고 올해는 고나마 흉작이었다. 샛바람과 비에 벼는 깨깨 비틀렸다. 이놈을 가을하다간 먹을 게 남지 않음은 물론이요, 빚도 다 못 가릴 모양. 에라, 빌어먹을 거 너들끼리 캐다 먹든 말든 멋대로 하여라, 하고 내던져 두지 않을 수 없다. 벼를 거뒀다고 말만 나면 빚쟁이들은 우— 몰려들 거니깐.

응칠이의 죄목은 여기에서도 또렷이 드러난다. 국으로 가만만 있었더면 좋은 걸 이 사품에 뛰어들어 지주의 뺨을 제법 갈긴 것이 응칠이었다.

처음에야 그럴 작정이 아니었다. 그는 여러 곳물을 마신 이만치 어지간히 속이 튄 건달이었다. 지주를 만나 까놓고 썩 좋은 소리로 의논하였다. 올 농사는 반실이니 도지도 좀 감해 주는 게 어떠냐고. 그러나 지주는 암말 없이 고개를 모로 흔들었다. 정 이러면 하여튼 일 년 품은 빼야 할 테니 나는 그 논에다 불을 지르겠수, 하여도 잠자코 응치 않는다. 지주로 보면 자기로도 그 벼는 넉넉히 거둬 들일 수는 있다마는, 한번 버릇을 잘못 해 놓으면 어느 작인까지 행실을 버릴까 염려하여 겉으로 독촉만 하고 있는 터이었다. 실상이야 고까짓 벼쯤 있어도 고만, 없어도 고만, 그 심보를 눈치채고 응칠이는 화를 벌컥 낸 것만은 좋으나 저도 모르게 대뜸 주먹뺨이 들어갔던 것이다.

이렇게 문제 중에 있는 벼인데 귀신의 놀음 같은 변괴가 생겼다. 다시 말하면 벼가 없어졌다. 그것도 병들어 쓰러진 쭉정이는 제쳐놓고 무얼로 그랬는지 알짬 이삭만 따갔다. 그 면적으로 어림하면 아마 못 돼도 한 댓 말 가량은 되는지!

응칠이가 아침 일찍이 그 논께로 노닐자 이걸 발견하고 기가 막혔다. 누굴 성가시게 굴려고 그러는지. 산속에 파묻힌 논이라 아직은 본 사람이 없는 모양 같다. 하나 동리에 이 소문이 퍼지기만 하면 저는 어느 모로든 혐의를 받아 폐는 좋이 입어야 될 것이다.

응칠이는 송이도 송이려니와 실상은 궁리에 바빴다. 속중으로 지목 갈 만한 놈을 여럿 들어보았으나 이렇다 찍을 만한 증거가 없다. 어쩌면 재성이나 성팔이 이 둘 중의 짓이리라, 하고 결국 이렇게 생각던 것도 응칠이가 아니면 안 될 것이다.

원수는 외나무다리에서 만났다.

응칠이는 저의 짐작이 들어맞음을 알고 당장에 일을 낼 듯이 성팔이의 눈을 들이 노렸다. 성팔이는 신이 나서 떠들다가 그 눈총에 어이가 질려서 고만 벙벙하였다. 그리고 얼굴이 핼쑥하여 마주 대고 쳐다보더니,

"그래, 자네 왜 그케 노하나. 지나다 보니깐 그렇길래 일테면 자네보고 얘기지 뭐."

하고 뒷갈망을 못하여 우물쭈물한다.

"노하긴 누가 노해!"

응칠이는 뻐팅겼던 몸에 좀 더 힘을 올리며,

"응고개를 어째 갔더냐 말이지?"

"놀러 갔다 오는 길인데 우연히……."

"놀러 갔다, 거기가 노는 덴가?"

"글쎄, 그렇게까지 물을 게 뭔가. 난 응고개 아니라 서울은 못 갈 사람인가?"

하다가 성팔이는 속이 타는지 코로 후응 하고 날숨을 길게 뽑는다.

이렇게 나오는 데는 더 물을 필요가 없었다. 성팔이란 놈도 여간내기가 아니요, 구장네 솥인가 뭔가 떼다 먹고 한 번 다녀온 놈이었다. 많이 사귀지는 못했으나 동리 평판이 그놈과 같이 다니다가는 엉뚱한 일 만난다 한다. 이번에 응칠이 저 역시 그 섭수에 걸렸음을 알고,

"그야 응고개라고 못 갈 리 없을 테……."

하고 한 번 엇먹다. 그러나 자네두 알다시피 거 어디야, 거기 바로 길이 있다든지 사람 사는 동리라면 혹 모른다 하지마는 성한 사람이야 응고개에 뭘 먹으러 가나, 그렇지 자네야 심심하니까, 하고 앞을 꽉 눌러 등을 떠본다.

여기에는 대답 없고 성팔이는 덤덤히 쳐다만 본다. 무엇을 생각했는가 한참 있더니 호주머니에서 단풍갑을 꺼낸다. 우선 제가 한 개를 물고 또 하나를 뽑아내 대며,

"궐련 하나 피우게."

매우 듬직한 낯을 해보인다.

이놈이 이에 밝기가 몹시 밝은 성팔이다. 턱없이 궐련 하나라도 선심을 쓸 궐자가 아니리라, 생각은 하였으나 그렇다고 예까지 부르대는 건 도리어 저의 처지가 불리하다. 그것은 짜장 그 손에 넘는 짓이니,

"아 웬 궐련은 이래."

하고 슬쩍 눙치며,

"성냥 있겠나?"

일부러 불까지 거 대게 하였다.

응칠이에게 액을 떠넘기어 이용하려는 고 야심을 생각하면 곧 달려들어 다리를 꺾어놔야 옳을 것이다. 그러나 이 마당에 떠들어대고 보면 저는 드러누워 침 뱉기. 결국 도적은 뒤로 잡지 앞에서 어르는 법이 아니다. 동리에 소문이 퍼질 것만 두려워하며,

"여보게, 자네가 했건 내가 했건 간."

하고 과연 정다이 그 등을 툭 치고 나서,

"우리 둘만 알고 동리에 말은 내지 말게."

하다가 성팔이가 이 말에 되우 놀라며 눈을 말똥말똥 뜨니,

"그까짓 벼쯤 먹으면 어떤가!"

하고 껄껄 웃어버린다.

성팔이는 한 굽 접히어 말문이 메었는지 얼떨떨하여 입맛만 다신다.

"아예 말은 내지 말게, 응 알지."

하고 다시 다질 때에야 겨우 주저주저 입을 열어,

"내야 무슨 말을 내겠나."

하고 조금 사이를 떼어 또,

"내야 무슨 말을…… 그건 염려 말게."

하더니 비실비실 몸을 돌리어 저 갈 길을 내걷는다. 그러나 저 앞 고개까지 가는 동안에 두 번이나 돌아다보며 이쪽을 살피고 한 것만은 사실이었다.

응칠이는 그 꼴을 이윽히 바라보고 입안으로 죽일 놈, 하였다. 아무리 도적이라도 같은 동료에게 제 죄를 넘겨 씌우려 함은 도저히 의리가 아니다.

그건 그렇다 치고 응오가 더 딱하지 않은가. 기껏 힘들여 지어놓았다 남 좋은 일 한 것을 안다면 눈이 뒤집힐 일이겠다.

이래서야 어디 이웃을 믿어보겠는가. ─확적히 증거만 있어 이놈을 잡으면 대번에 요절을 내리라 결심하고 응칠이는 침을 탁 뱉어 던지고 산을 내려온다. 그런데 그놈의 행티로 가늠 보면 응칠이 저만치는 때가 못 벗은 도적이다. 어느 미친놈이 논두렁에까지 가위를 들고 오는가. 격식도 모르는 풋둥이가 그러려면 바로 조 낟가리나 수수 낟가리 말이지 그 속에 들어앉아 가위로 속닥거려야 들킬 리도 없고 일도 편하고 두 포대고 세 포대고 마음껏 딸 수도 있다. 그러나 틈 보고 집으로 나르면 그만이지만 누가 논의 벼를 다…… 그렇게도 벼에 걸신이 들었다면 바로 남의 집 머슴으로 들어가 한 달포 동안 주인 앞에 얼렁거리며 신용을 얻어오다가 주는 옷이나 얻어입고 다들 잠겯든 볏섬이나 두둑이 짊어메고 덜렁거리면 그뿐이다. 이건 맥도 모르는 게 남도 못살게 굴려고 에─이 망할 자식두…… 그는 분노에 살이 다 부들부들 떨리는 듯 싶었다. 그러나 이런 좀도적이란 봉이 나기 전에는 바짝 물고 덤비는 법이었다.

오늘 밤에는 요놈을 지켰다 꼭 붙들어 가지고 정강이를 분질러 노리라. 밥을 먹고는 태연히 막걸리 한 사발을 껄떡껄떡 들이켜자,

"커! 가을이 되니깐 맛이 행결 낫군!"

그는 주먹으로 입가를 쓱쓱 훔친 다음 송이 꾸럼에서 세 개를 뽑는다. 그리고 그걸 갈퀴같이 마른 주막 할머니 손에 내어 주며,

"옛수, 송이나 잡숫게유."

하고 술값을 치렀으나,

"아이, 송이두 고놈 참."

간사를 피우는 것이 겉으로는 반기는 척하면서도 좀 시쁜 모양이다. 제딴은 한 개에 삼 전씩 치더라도 구 전밖에 안 되니깐.

응칠이는 슬며시 화가 나서 그 얼굴을 유심히 들여다보았다. 움푹 들어간 볼때기에 저건 또 왜 저리 멋없이 불거졌는지 툭 나온 광대뼈하고 치마 아래로 남실거리는 발가락은 자칫 잘못 보면 황새 발목이니 이건 언제 잡아가려고 남겨두는 거야─보면 볼수록 하나 이쁜 데가 없다. 한두 번 먹은 것도 아니요 언젠가 울타리께 풀을 베어주고 술사발이나 얻어먹은 적도 있었다. 고렇게 야멸치게 따질 건 뭔가. 그는 눈살을 흘깃 맞히고는 하나를 더 꺼내어,

"옛수, 또 하나 잡숫게유!"

내던져 주곤 맷돌에 가래침을 탁 뱉었다. 그제야 식성이 좀 풀리는지 그 가축으로 웃으며,

"아이구 이거 자꾸 주면 어떻게 해."

"어떡하긴 자꾸 살찌게유."

하고 한마디 툭 쏘고 일어서다가 무엇을 생각함인지 다시 툇마루에 주저앉는다.

"그런데 참 요즘 성팔이 보셨수?"

"아─니, 당최 볼 수가 없더구면."

"술도 안 먹으러 와유?"

"안 와!"

하고는 입속으로 뭐라고 중얼거리며 의아한 낯을 들더니,

"왜, 또 뭐 일이……?"

"아니유, 본 지가 하 오래니깐."

응칠이는 말끝을 얼버무리고 고개를 돌리어 한데를 바라본다. 벌써 점심때가 되었는지 닭들이

요란히 울어댄다. 논둑의 미루나무는 부 하고 또 부 하고 잎이 날리며 팔랑팔랑 하늘로 올라간다.

"성팔이가 이 마을에서 얼마나 살았지유?"

"글쎄, 재작년 가을이지 아마."

하고 장죽을 빡빡 빨더니,

"근대 또 떠난대든가, 홍천인가 어디 즈 성님한 테로 간대."

하고 그게 옳지, 여기서 뭘 하느냐, 대장간이라고 일이나 많으면 모르거니와 밤낮 파리만 날리는걸. 그보다는 즈 형이 크게 농사를 짓는다니 그 뒤나 거들어주고 국으로 얻어먹는 게 신상에 편하겠지. 그래 불일간 처자식을 데리고 아마 떠나리라고 하고,

"농군은 그저 농사를 지야 돼."

"낼 술 먹으러 또 오지유."

간단히 인사만 하고 응칠이는 다시 일어났다.

주막을 나서니 옷깃을 스치는 개운한 바람이다. 밭 둔덕의 대추는 척척 늘어진다. 멀지 않아 겨울은 또 오렷다. 그는 응오의 집을 바라보며 그간 죽었는지 궁금하였다.

응오는 봉당에 걸터앉았다. 그 앞 화로에는 약이 바글바글 끓는다. 그는 정신없이 들여다보고 앉았다.

우중충한 방에서는 아내의 가쁜 숨소리가 들린다. 색, 색 하다가 아이구, 하고는 까무러지게 콜록거린다. 가래가 치밀어 몹시 괴로운 모양. 뽑아 줄 사이가 없이 풀들은 뜰에 엉컸다. 흙이 드러난 지붕에서 망초가 휘어청휘어청. 바람은 가끔 찾아와 싸리문을 흔든다. 그럴 적마다 문은 을씨년스럽게 삐꺽삐꺽. 이웃의 발바리는 부엌에서 한창 바쁘게 달그락거린다마는, 아침에 아내에게 먹이고 남은 조죽밖에야. 아니 그것도 참 남편이 마저 긁었으니 사발에 붙은 찌꺼기뿐이리라.

"거, 다 졸았나 부다."

응칠이는 약이란 너무 졸면 못쓰니 고만 짜 먹이라 하였다. 약이라야 어젯저녁 울 뒤에서 옮아

들인 구렁이지만.

그러나 응오는 들고도 흘렸는지 혹은 못 들었는지 잠자코 고개도 안 든다.

"옜다, 송이 맛이나 봐라."

하고 형이 손을 내밀 제야 겨우 시선을 들었으나 술이 거나한 그 얼굴을 거북살스레 훑어본다. 그리고 송이를 고맙지 않게 받아 방에 치뜨리고는,

"이거나 먹어."

하다가,

"뭐?"

소리를 크게 질렀다. 그래도 잘 들리지 않으므로,

"뭐야 뭐야, 좀 똑똑히 하라니깐?"

하고 골피를 찌푸린다.

그러나 아내는 손짓만으로 무슨 소린지 알 수가 없다. 음성으로 치느니보다 종이 비비는 소리랄지, 그걸 듣기에는 지척도 멀었다.

가만히 보다 응칠이는 제가 다 불안하여,

"뒤보겠다는 게 아니냐?"

"그럼 그렇다 말이 있어야지."

남편은 이내 짜증을 내며 몸을 일으킨다. 병약한 아내의 음성이 날로 변하여 감을 시방 안 것도 아니련만—

그는 방바닥에 늘어져 꼬치꼬치 마른 반 송장을 조심히 일으키어 등에 업었다.

울 밖 밭머리에 잿간은 놓였다. 머리가 눌릴 만치 납작한 굴 속이다. 게다 거미줄은 예제 없이 엉키었다. 부춛돌 위에 내려놓으니 아내는 벽을 의지하여 웅크리고 앉는다. 그리고 남편은 눈을 멀뚱멀뚱 뜨고 지키고 섰는 것이다.

이 꼴들을 멀거니 바라보다 응칠이는 마뜩지 않게 코를 횡 풀며 입맛을 다시었다. 응오의 짓이 어리석고 울화가 터져서이다. 요즘 응오가 형에게 잘 말도 않고 왜 어뜩비뚝하는지 그 속은 응칠이도 모르는 바 아닐 것이다.

응오가 이 아내를 찾아올 때 꼭 삼 년간을 머슴을 살았다. 그처럼 먹고 싶던 술 한 잔 못 먹었고,

그처럼 침을 삼키던 그 개고기 한 메 물론 못 샀다. 그리고 사경을 받는 대로 꼭꼭 장리를 놓았으니 후일 선채로 썼던 것이다. 이렇게까지 근사를 모아 얻은 계집이련만 단 두 해가 못 가서 이 꼴이 되고 말았다.

그러나 이 병이 무슨 병인지 도시 모른다. 의원에게 한 번이라도 변변히 봬본 적이 없다. 혹 안다는 사람의 말인즉 뇌점이니 어렵다 하였다. 돈만 있으면야 뇌점이고 염병이고 알 바가 못 될 거로되 사날 전 거리로 쫓아 나오며,

"성님!"

하고 팔을 챌 적에는 응오도 어지간히 급한 모양이었다.

"왜?"

응칠이가 몸을 돌리니 허둥지둥 그 말이 이제는 별도리가 없다. 있다면 꼭 한 가지가 남았으나 그것은 엊그저께 산신을 부리는 노인이 이 마을에 오지 않았는가. 그 노인이 응오를 특히 동정하여 십오 원만 들이어 산치성을 올리면 씻은 듯이 낫게 해 주리라는데.

"성님은 언제나 돈 만들 수 있지유?"

"거, 안 된다. 치성 들여 날 병이 그냥 안 낫겠니."

하여 여전히 딱 떼고, 그러게 내 뭐래든, 애전에 계집 다 내버리고 날 따라 나서랬지, 하고,

"그래 농군의 살림이란 제 목매기라지!"

그러나 아우가 암말 없이 몸을 홱 돌리어 집으로 들어갈 제 응칠이는 속으로 또 괜한 소리를 했구나, 하였다.

응오는 도로 아내를 업어다 방에 뉘었다. 약은 다 졸았다. 불이 삭기 전 짜야 할 것이다. 식기를 기다려 약사발을 입에 대어주니 아내는 군말 없이 그 구렁이 물을 껄덕껄덕 들이마신다.

응칠이는 마당에 우두커니 앉았다. 사람의 목숨이란 과연 중하군 하였다. 그러나 계집이라는 저 물건이 저렇게 떼기 어렵도록 중할까, 하니 암만

해도 알 수 없고.

"너 참 요 건너 성팔이 알지?"

"……"

"너하고 친하냐?"

"……"

"성이 뭐래는데 거 대답 좀 하렴."

하고 소리를 빽 질러도 아우는 대답은 말고 고개도 안 든다.

그러나 응칠이는 하늘을 쳐다보고 트림만 끄윽 하고 말았다. 술기가 코를 꽉꽉 찔러야 할 터인데 이건 풋김치 냄새만 코 밑에서 뱅뱅 돈다. 공짜 김치만 퍼먹을 게 아니라 한 잔 더 했더면 좋았을걸. 그는 일어서서 대를 허리에 꽂고 궁둥이의 흙을 털었다. 벼 도둑맞은 이야기를 할까, 하다가 아서라 가뜩이나 울상이 속이 쓰릴 것이다. 그보다는 이놈을 잡아놓고 나중 희짜를 뽑는 것이 점잖겠지.

그는 문밖으로 나와버렸다.

답답한 아우의 살림을 보니 역 답답하던 제 살림이 연상되고 가슴이 두루 답답하였다.

이런 때에는 무가 십상이다. 사실 하느님이 무를 마련해 낸 것은 참으로 은혜로운 일이다. 맥맥할 때 한 개를 씹고 보면 꿀꺽하고, 쿡 치는 그 맛이 좋고, 남의 무밭에 들어가 하나를 쑥 뽑으니 가락 무. 이-키, 이거 오늘 운수 대통이로군. 내던지고 그 다음 놈을 뽑아 들고 개울로 내려온다. 물에 쓰윽쓰윽 닦아서는 꽁지는 이로 베어 던지고 어썩 깨물어 붙인다.

개울 둔덕에 포플러는 호젓하게도 매초롬히 컸다. 자갈돌은 그 밑에 옹기종기 모였다. 가생이로 잔디가 소보록하다. 응칠이는 나가자빠져 마을을 건너다보며 눈을 멀뚱멀뚱 굴리고 누웠다. 산에 뺑뺑 둘리어 숨이 콕 막힐 듯한 그 마을……

아리랑 아리랑 아라리요
아리랑 띄어라 노다 가세

증기차는 가자고 왼고동 트는데
정든 님 품 안고 낙누낙누
아리랑 아리랑 아라리요
아리랑 띄어라 노다 가세
낼 갈지 모래 갈지 내 모르는데
옥씨기 강낭이는 심어 뭐 하리
아리랑 아리랑 아라리요
아리랑 띄어라…….

그는 콧노래를 이렇게 흥얼거리다 갑작스레 강릉이 그리웠다. 펄펄 뛰는 생선이 좋고, 아침 햇살이 빗기어 힘차게 출렁거리는 그 물결이 좋고. 이까짓 두메 구석에서 쪼들리는 데 대다니. 그래도 제딴엔 무어 농사 좀 지었답시고 악을 복복 쓰며 잘도 떠들어댄다. 하지만 그런 중에도 어디인가 형언치 못할 쓸쓸함이 떠돌지 않는 것도 아니다. 삼십여 년 전 술을 빚어놓고 쇠를 울리고 흥에 질리어 어깨춤을 덩실거리고 이러던 가을과는 저 딴쪽이다. 가을이 오면 기쁨에 넘쳐야 될 시골이 점점 살기만 띠어옴은 웬일일꼬. 이렇게 보면 재작년 가을 어느 밤 산중에서 낫으로 사람을 찍어 죽인 강도가 문득 머리에 떠오른다. 장을 보고 오는 농군을 농군이 죽였다. 그것도 많이나 되었으면 모르되 빼앗은 것이 한껏 동전 네 닢에 수수 일곱 되, 게다가 흔적이 탄로날까 하여 낫으로 그 얼굴의 껍질을 벗기고 조깃대가리 이기듯 끔찍하게 남기고 조긴 망나니다. 흉악한 자식. 그 알량한 돈 사 전에, 나 같으면 가여워 덧돈을 주고라도 왔으리라. 이번 놈은 그 따위 각다귀나 아닐는지 할 때 찬 김과 아울러 치미는 소름에 머리끝이 다 쭈뼛하였다. 그간 아우의 농사를 대신 돌봐주기에 이럭저럭 날이 늦었다. 오늘 밤에는 이놈을 다리를 꺾어 놓고 내일쯤은 봐서 설렁설렁 뜨는 것이 옳은 일이겠다. 이 산을 넘을까 저 산을 넘을까 주저거리며 속으로 점을 치다가 슬그머니 코를 골아 올린다.

밤이 내리니 만물은 고요히 잠이 든다. 검푸른 하늘에 산봉우리는 울퉁불퉁 물결을 치고 흐릿한 눈으로 별은 떴다. 그러다 구름떼가 몰려닥치면 캄캄한 절벽이 된다. 또한 마을 한복판에는 거친 바람이 오락가락 쓸쓸히 궁글고 이따금 코를 찌르는 후련한 산사 내음새. 북쪽 산 밑 미루나무에 싸여 주막이 있는데 유달리 불이 반짝인다. 노세, 노세, 젊어서 노세. 노랫소리는 나직나직 한산히 흘러온다. 아마 벼를 뒷심대고 외상이리라.

응칠이는 잠자코 벌떡 일어나 바깥으로 나섰다. 그리고 다 나와서야 그 집 친구에게 눈치를 안 채이도록,

"내 잠깐 다녀옴세!"

"어딜 가나?"

친구는 웬 영문을 몰라서 뻔히 쳐다보다 밤이 이렇게 늦었으니 나갈 생각 말고 어여 이리 들어와 자라 하였다. 기껏 둘이 앉아서 개코쥐코 떠들다가 갑자기 일어서니까 꽤 이상한 모양이었다.

"건너마을 가 담배 한 봉 사올라구."

"담배 여깄는데 또 사 뭐 하나?"

친구는 호주머니에서 굳이 연봉을 꺼내어 손에 들어 보이더니,

"이리 들어와 섬이나 좀 쳐주게."

"아 참, 깜빡……."

하고 응칠이는 미안스러운 낯으로 뒤통수를 긁적긁적한다. 하기는 섬을 좀 쳐달라고 며칠째 당부하는 걸 노름에 몸이 팔려 그만 잊고 잊고 했던 것이다. 먹고 자고 이렇게 신세를 지면서 이건 썩 안 됐다, 생각은 했지만,

"내 곧 다녀올걸 뭐……."

어정쩡하게 한마디 남기곤 그 집을 뒤에 남긴다.

그러나 이 친구는,

"그럼, 곧 다녀오게!"

하고 때를 재치는 법은 없었다. 언제나 여일같이,

"그럼 잘 다녀오게!"

이렇게 그 신상만 편하기를 비는 것이다.

응칠이는 모든 사람이 저에게 그 어떤 경의를 갖

고 대하는 것을 가끔 느끼고 어깨가 으쓱거린다. 백판 모르는 사람도 데리고 앉아서 몇 번 말만 좀 하면 대번 구부러진다. 그렇게 장한 것인지 그 일을 하다가, 그 일이라야 도적질이지만, 들어가 욕보던 이야기를 하면 그들은 눈을 커다랗게 뜨고,

"아이구, 그걸 어떻게 당하셨수!"

하고 적이 놀라면서도,

"그래 그 돈은 어떡했수?"

"또 그럴 생각이 납디까요?"

"참, 우리 같은 농군에 대면 호강살이유!"

하고들 한편 썩 부러운 모양이었다. 저들도 그와 같이 진탕 먹고 살고는 싶으나 주변 없어 못하는 그 울분에서 그런 이야기만 들어도 다소 위안이 되는 것이다. 응칠이는 이걸 잘 알고 그 누구를 논에다 거꾸로 박아놓고 달아나다가 붙들리어 경치던 이야기를 부지런히 하며,

"자네들은 안적 멀었네, 멀었어."

하고 흰소리를 치면 그들은, 옳다는 뜻이겠지, 묵묵히 고개만 꺼떡꺼떡하며 속없이 술을 사주고 담배를 사주고 하는 것이다.

그런데 이번 벼를 훔쳐간 놈은 응칠이를 마구 넘보는 모양 같다.

이렇게 생각하면 응칠이는 더욱 괘씸하였다. 그는 물푸레 몽둥이를 벗 삼아 논둑길을 질러서 산으로 올라간다.

이슥한 그믐 칠야……. 길은 어둡고 흐릿한 언저리만 눈앞에 아물거린다. 그 논까지 칠 마장은 느긋하리라. 이 마을을 벗어나는 어귀에 고개 하나를 넘는다. 또 하나를 넘는다. 그러면 그 다음 고개와 고개 사이에 수목이 울창한 산중턱을 비껴대고 몇 마지기의 논이 놓였다. 응오의 논은 그중의 하나이었다. 길에서 썩 들어앉은 곳이라 잘 뵈도 않는다. 동리에 그런 소문이 안 났을 때에는 천행으로 본 놈이 없을 것이나 반드시 성팔이의 성행임에는……

응칠이는 공동묘지의 첫 고개를 넘었다. 그리고 다음 고개의 마루턱을 올라섰을 때 다리가 주춤하였다. 저 왼편 높은 산고랑에서 불이 반짝 하다 꺼진다. 짐승불로는 너무 흐리고…… 아—하, 이놈들이 또 왔군. 그는 가던 길을 옆으로 새었다. 더듬더듬 나뭇가지를 짚으며 큰 산으로 올라간다. 바위는 미끌리어 내리며 발등을 찧는다. 딸기 가시에 종아리는 따갑고 엉금엉금 기어서 바위를 끼고 감돈다.

산 거반 꼭대기에 바위와 바위가 어깨를 겯고 움쑥 들어간 굴이 있다. 풀들은 뻗치어 굴 문을 막는다. 그 속에 돌아앉아서 다섯 놈이 머리를 맞대고 수군거린다. 불빛이 샐까 염려다. 남폿불을 얕이 달아놓고 몸들을 바싹바싹 여미어 가린다.

"어서 후딱후딱 쳐, 갑갑해서 원."

"이번엔 누가 빠지나?"

"이 사람이지 뭘 그래."

"다시 섞어, 어서 이 따위 수작이야."

하고 한 놈이 골을 내고 화투를 빼앗아 제 손으로 섞다가 깜짝 놀란다. 그리고 버썩 대드는 응칠이를 벙벙히 쳐다보며 얼떨한다.

그들은 응칠이가 오는 것을 완고척이 싫어하는 눈치였다. 이런 애송이 노름판인데 응칠이를 들였다가는 맥을 못 쓸 것이다. 속으로는 되우 꺼렸지마는 그렇다고 응칠이의 비위를 건드림은 더욱 좋지 못하므로,

"아, 응칠인가, 어서 들어오게."

하고 선웃음을 치는 놈에,

"난 올 듯하기에, 자넬 기다렸지."

하며 어수대는 놈,

"하여튼 한 케 떠보세."

이놈들은 손을 잡아들이며 썩들 환영이었다.

응칠이는 그 속으로 들어서며 무서운 눈으로 좌중을 한번 훑어보았다.

그런데 재성이도 그 틈에 끼여 있는 것이 아닌가. 사날 전만 해도 응칠이더러 먹을 양식이 없으니 돈 좀 취하라던 놈이. 의심이 부쩍 일었다. 도

둑이란 흔히 이런 노름판에서 씨가 퍼진다. 그 옆으로 기호도 앉았다. 이놈은 며칠 전 제 계집을 팔았다. 그 돈으로 영동 가서 장사를 하겠다던 놈이 노름을 왔다. 제깐 주제에 딸 듯싶은가. 하나는 용구. 농사엔 힘 안 쓰고 노름에 몸이 달았다. 시키는 부역도 안 나온다고 동리에서 손도를 맞은 놈이다. 그리고 남의 집 머슴녀석. 뽐을 내고 멋없이 점잔을 피우는 중늙은이 상투쟁이. 이 물건은 어서 날아왔는지 보지도 못하던 놈이다. 체 이것들이 뭘 한다고.

응칠이는 기호의 등을 꾹 찔러가지고 밖으로 나왔다. 외딴 곳으로 데리고 와서,

"자네 돈 좀 없겠나?"

하고 돌아서다가,

"웬걸 돈이 어디……."

눈치만 남고 어름어름하니,

"아내와 갈렸다지, 그 돈 다 뭐 했나?"

"아 이 사람아, 빚 갚았지!"

기호는 눈을 내리깔며 매우 거북한 모양이다.

오른편 엄지로 한 코를 막고 흥 하고 내뽑더니 이번 빚에 졸리어 죽을 뻔했네 하고 묻지 않은 발뺌까지 얹어서 설대로 등어리를 긁죽긁죽한다.

그러나 응칠이는 속으로 이놈, 하였다.

응칠이는 실눈을 뜨고 기호를 유심히 쏘아주었더니,

"꼭 사 원 남았네."

하고 선뜻 알리고,

"빚 갚고 뭐 하고 흐지부지 녹았어."

어색하게도 혼자말로 우물쭈물 웃어버린다.

응칠이는 퉁명스러이,

"나 이 원만 최게."

하고 손을 내대다 그래도 잘 듣지 않으매,

"따서 둘이 노눌 테야, 누가 떼먹나."

하고 소리가 한번 빽 아니 나올 수 없다.

이 말에야 기호도 비로소 안심한 듯, 저고리 섶을 쳐들고 훔척거리다 쭈뼛쭈뼛 꺼내놓는다. 딴은

응칠이의 솜씨면 낙자는 없을 것이다. 설혹 재간이 모자라 잃는다면 우격이라도 도로 몰아갈 테니깐…….

"나두 한 케 떠보세."

응칠이는 우자스레 굴로 기어든다. 그 콧등에는 자신 있는 그리고 흡족한 미소가 떠오른다. 사실이지 노름만큼 그를 행복하게 하는 건 다시 없었다. 슬프다가도 화투나 투전장을 손에 들면 공연스레 어깨가 으쓱거리고 아무리 일이 바빠도 노름판은 옆에 못 두고 지난다. 그는 이놈 저놈의 눈치를 슬쩍 한번 훑고,

"두 패루 너누지?"

응칠이는 재성이와 용구를 데리고 한옆으로 비켜 앉았다. 그리고 신바람이 나서 화투를 섞다가 손을 따악 짚으며,

"튀전이래지 이깐 화투는 하튼 뭘 할 텐가, 녹삐 킨가 켤텐가?"

"약단이나 그저 보지!"

사방은 매섭게 조용하였다. 바위 위에서 혹 바람에 모래 구르는 소리뿐이다. 어쩌다,

"옛다 봐라."

하고 화투짝이 쩔꺽, 한다. 그리곤 다시 쥐죽은 듯 잠잠하다.

그들은 이욕에 몸이 달아서 이야기고 뭐고 할 여지가 없다. 행여 속지나 않는가 하여 눈들이 빨개서 서로 독을 올린다. 어떤 놈이 뜨는 놈이고 어떤 놈이 뜯기는 놈인지 영문 모른다.

응칠이가 한 장을 내던지고 명월 공산을 보기 좋게 떡 젖혀놓으니,

"이거 왜 수짜질이야!"

용구는 골을 벌컥 내며 쳐다본다.

"뭐가?"

"뭐라니, 아, 이 공산 자네 밑에서 빼내지 않았나?"

"봤으면 고만이지 그렇게 노할 건 또 뭔가!"

응칠이는 어설피 입맛을 쩍쩍 다시다,

"그럼 이번엔 파토지?"

하고 손의 화투를 땅에 내던지며 껄껄 웃어버린다.

이때 한옆에서 별안간,

"이 자식, 죽인다!"

악을 쓰는 것이니 모두들 놀라며 시선을 몬다. 머슴이 마주 앉은 상투의 뺨을 갈겼다. 말인즉 매조 다섯 끗을 엎어 첬다고…….

하나 정말은 돈을 잃은 것이 분한 것이다. 이 돈이 무슨 돈이냐 하면 일 년 품을 판 피 묻은 새경이다. 이런 돈을 송두리 먹다니…….

"이 자식, 너는 야마시(사기)꾼이지. 돈 내라."

멱살을 움켜잡고 다시 두 번을 때린다.

"허, 이놈이 왜 이러누, 어른을 몰라보고."

상투는 책상다리를 잡숫고 허리를 쓰윽 펴더니 점잖이 호령한다. 자식 뻘 되는 놈에게 뺨을 맞는 건 말이 좀 덜 된다. 약이 올라서 곧 일을 칠 듯이 엉덩이를 번쩍 들었으나 그러나 그대로 주저앉고 말았다. 악에 바짝 받친 놈을 건드렸다가는 결국 이쪽이 손해다. 더럽단 듯이 허허 웃고,

"버릇 없는 놈 다 봤네!"

하고 꾸짖은 것은 잘됐으나 기어이 어이쿠, 하고 그 자리에 푹 엎으러진다. 이마가 터져서 피가 흘렀다. 어느틈엔가 돌멩이가 날아와 이마의 가죽을 터친 것이다.

응칠이는 싱글거리며 굴을 나섰다. 공연스레 쑥스럽게 일이나 벌어지면 성가신 노릇이다. 그리고 돈 백이나 될 줄 알았더니 다 봐야 한 사십 원 될까 말까. 그걸 바라고 어느 놈이 앉았는가—그가 딴 것은 본밑을 합쳐 구 원 하고 팔십 전이다. 기호에게 오 원을 내주고,

"자, 반이 넘네. 자네 계집 잃고 호강이겠네."

농담으로 비웃어 던지고는 숲 속으로 설렁설렁 내려온다.

"여보게, 자네에게 청이 있네."

재성이 목이 말라서 바득바득 따라온다. 그 청이란 묻지 않아도 알 수 있었다. 저에게 돈을 다 빼앗기곤 구문이겠지. 시치미를 딱 떼고 나 갈 길만 걷는다.

"여보게 응칠이, 아, 내 말 좀 들어!"

그제는 팔을 잡아 낚으며 살려달라 한다. 돈을 좀 늘릴까 하고 벼 열 말을 팔아 해 보았더니 다 잃었다고. 당장 먹을 게 없어 죽을 지경이니 노름 밑천이나 하게 몇 푼 달라는 것이다. 그러나 벼를 털었으면 그저 먹을 것이지 어쭙잖게 노름은…….

"그런 걸 왜 너 보고 하랬어?"

하고 돌아서며 소리를 빽 지르다가 가만히 보니 눈에 눈물이 글썽하다. 잠자코 돈 이 원을 꺼내주었다.

응칠이는 돌에 앉아서 팔짱을 끼고 덜덜 떨고 있다. 사방은 뺑— 돌리어 나무에 둘러싸였다. 거무튀튀한 그 형상이 헐없이 무슨 도깨비 같다. 바람이 불 적마다 쏴— 하고 쏴— 하고 음충맞게 건들거린다. 어느 때에는 쩍쩍 하고 목을 따는지 비명도 울린다.

그는 가끔 뒤를 돌아보았다. 별일은 없을 줄 아나 호옥 뭐가 덤벼들지도 모른다. 서낭당은 바로 등 뒤다. 족제빈지 뭔지, 요동통에 돌이 무너지며 바스락바스락한다. 그 소리가 묘하게도 등줄기를 쪼옥 긁는다. 어두운 꿈속이다. 하늘에서 이슬은 내리어 옷깃을 축인다. 공포도 공포려니와 냉기로 하여 좀체로 견딜 수가 없었다.

산골은 산신까지도 주렸으렷다. 아들 낳아 달라고 떡 갖다 바칠 이 없을 테니까. 이놈의 영감님 홧김에 덥석 달려들면. 앞뒤를 다시 한 번 휘돌아본 다음 설대를 뽑는다. 그리고 오금팽이로 불을 가리고는 한 대 뻑뻑 피워 물었다. 논은 여남은 칸 떨어져 그 아래 누웠다. 일심 정기를 다하여 나무 틈으로 뚫어보고 앉았다. 그러나 땅에 대를 털려니까 풀숲이 이상스러이 흔들린다. 뱀, 뱀이 아닌가. 구시월 뱀이라니 물리면 고만이다. 자리를 옮겨 앉으며 손으로 입을 막고 하품을 터친다. 아마

두어 시간은 더 넘었으리라. 이놈이 필연코 올 텐데 안 오니 또 무슨 조활까. 이 짓이란 소문이 나기 전에 한 번 더 와 보는 것이 원칙이다. 잠을 못 자서 눈이 뻑뻑한 것이 제물에 슬금슬금 감긴다. 이를 악물고 눈을 뒵쓰면 이번에는 허리가 노글거린다. 속은 쓰리고 골치는 때리고. 불꽃 같은 노기가 불끈 일어서 몸을 옥죄인다. 이놈의 다리를 못 꺾어놔도 애비 없는 후레자식이렷다.

닭들이 세 홰를 운다. 멀ー리 산을 넘어오는 그 음향이 퍽은 서글프다. 큰 비를 몰아드는지 검은 구름이 잔뜩 낀다. 하긴 지금도 빗방울이 뚝뚝 떨어진다.

그때 논둑에서 희끄무레한 허깨비 같은 것이 얼씬거린다. 정신을 바짝 차렸다. 영락없이 성팔이, 재성이 그들 중의 한 놈이리라. 이 고생을 시키는 그놈! 이가 북북 갈리고 어깨가 다 식식거린다. 몽둥이를 잔뜩 우려잡았다. 그리고 벌떡 일어나서 나무줄기를 끼고 조심조심 돌아내린다. 하나 도랑쯤 내려오다가 그는 멈칫하여 몸을 뒤로 물렸다. 늑대 두 놈이 짝을 짓고 이편 산에서 저편 산으로 설렁설렁 건너가는 길이었다. 빌어먹을 늑대, 이것까지 말썽이람. 이마의 식은땀을 씻으며 도로 제자리로 돌아온다. 어쩌면 이번 이놈도 재작년 강도 짝이나 안 될는지. 급시로 불길한 예감이 뒤통수를 탁 치고 지나간다.

그는 옷깃을 여미어 한 대를 더 붙였다. 돌연히 풍세는 심하여진다. 산골짜기로 몰아드는 억센 놈이 가끔 발광이다. 다시금 데르르 몸을 떨었다. 가을은 왜 이 지경인지. 여기에서 밤 새울 생각을 하니 기가 찼다.

얼마나 되었는지 몸을 좀 녹이고자 일어나서 서성서성할 때이었다. 논으로 다가오는 희미한 그림자를 분명히 두 눈으로 보았다. 그러고 보니 피로고, 한고이고 다 딴소리다. 고개를 내고 딱 버티고 서서 눈에 쌍심지를 올린다.

흰 그림자는 어느 틈엔가 어둠 속에 사라져 보이지 않는다. 그리고 다시 나올 줄을 모른다. 바람소리만 왱왱 칠 뿐이다. 다시 암흑 속이 된다. 확실히 벼를 훔치러 논 속으로 들어갔을 것이다. 여깽이 같은 놈이 궂은 날씨를 기화삼아 맘껏 하겠지. 의리 없는 썩은 자식, 격장에서 같이 굶는 터에ー오냐 대거리만 있거라. 이를 한번 부드득 갈아붙이고 차츰차츰 논께로 내려온다.

응칠이는 논께로 바특이 내려서서 소나무에 몸을 착 붙였다. 섣불리 서둘다간 낮의 횡액을 입을지도 모른다. 다 훔쳐 가지고 나올 때만 기다린다. 몸뚱이는 잔뜩 힘을 올린다.

한 식경쯤 지났을까, 도적은 다시 나타난다. 논둑에 머리만 내놓고 사면을 두리번거리더니 그제야 기어나온다. 얼굴에는 눈만 내놓고 수건인지 뭔지 형겊이 가리었다. 봇짐을 등에 짊어메고는 허리를 구붓이 뺑소니를 놓는다. 그러자 응칠이가 날쌔게 달려들며,

"이 자식, 남의 벼를 훔쳐가니!"
하고 대포처럼 고함을 지르니 논둑으로 고대로 데굴데굴 굴러서 떨어진다. 얼결에 호되게 놀란 모양이다.

응칠이는 덤벼들어 우선 허리께를 내려조겼다. 어이쿠쿠, 쿠ー 하고 처참한 비명이다. 이 소리에 귀가 번쩍 띄어서 그 고개를 들고 팔부터 벗겨보았다. 그러나 너무나 어이가 없었음인지 시선을 치걷으며 그 자리에 우두망찰한다.

그것은 무서운 침묵이었다. 살똥맞은 바람만 공중에서 북새를 논다. 한참을 신음하다 도적은 일어나더니,

"성님까지 이렇게 못살게 굴기유?"
제법 눈을 부라리며 몸을 홱 돌린다. 그리고 느끼며 울음이 복받친다. 봇짐도 내버린 채,

"내 것 내가 먹는데 누가 뭐래?"
하고 데퉁스러이 내뱉고는 비틀비틀 논 저쪽으로 없어진다. 형은 너무 꿈속 같아서 멍하니 섰을 뿐이다.

그러다 얼마 지나서 한 손으로 그 봇짐을 들어
본다. 가뿐하니 끽 말가웃이나 될는지. 이까짓 걸
요렇게까지 해 가려는 그 심정은 실로 알 수 없다.
벼를 논에다 도로 털어버렸다. 그리고 아내의 치
마이겠지, 검은 보자기를 척척 개서 들었다. 내 걸
내가 먹는다─그야 이를 말이랴. 하나 내 걸 내가
훔쳐야 할 그 운명도 얄궂거니와 형을 배반하고
이 짓을 벌인 아우도 아우렷다. 에─이 고얀 놈,
할 제 볼을 적시는 것은 눈물이다. 그는 주먹으로
눈물을 쓱 비비고 머리에 번쩍 떠오르는 것이 있
으니 두리두리한 황소의 눈깔. 시오 리를 남쪽 산
으로 들어가면 어느 집 바깥 뜰에 밤마다 늘 매여
있는 투실투실한 그 황소. 아무렇게 따지든 칠십
원은 갈 데 없으리라. 그는 부리나케 아우의 뒤를
밟았다.

공동묘지까지 거반 왔을 때에야 가까스로 만났
다. 아우의 등을 탁 치며,

"애, 좋은 수 있다. 네 원대로 돈을 해 줄게 나하
구 잠깐 다녀오자."

씩씩한 어조로 기쁘도록 달랬다. 그러나 아우는
입 하나 열려 하지 않고 그대로 실쭉하였다. 뿐만
아니라 어깨 위에 올려놓은 형의 손을 부질없단
듯이 몸으로 털어버린다. 그리고 삐익 달아난다.
이걸 보니 하 엄청나고 기가 콱 막히었다.

"이눔아!"

하고 악에 받치어,

"명색이 성이라며?"

대뜸 몽둥이는 들어가 그 볼기짝을 후려갈겼다.
아우는 모로 몸을 꺾더니 시나브로 찌그러진다.
뒤미처 앞정강이를 때리고 등을 팼다. 일어나지
못할 만치 매는 내리었다. 체면을 불구하고 땅에
엎드리어 엉엉 울도록 매는 내리었다.

홧김에 하긴 했으되 그 꼴을 보니 또한 마음이
편할 수 없다. 침을 퉤, 뱉어 던지곤 팔자 드센 놈
이 그저 그렇지 별수 있냐, 쓰러진 아우를 일으키
어 등에 업고 일어섰다. 언제나 철이 날는지 딱한
일이었다. 속 썩는 한숨을 후─ 하고 내뿜는다. 그
리고 어청어청 고개를 묵묵히 내려온다.

[1934]

소설가 구보(仇甫)씨의 일일(一日)

박태원 (1909 ~ 1986)

서울 출생. 일본 법정대학 중퇴. 1934년 「소설가 구보 씨의 일일」을 발표하면서 등단. 북한에서는 주로 역사소설을 썼다. 장편으로 「천변풍경」「갑오농민전쟁」 등이 있다.

갑자기 구보는 온갖 사람을 모두 정신병자라 관찰하고 싶은 강렬한 충동을 느꼈다. 실로 다수의 정신병 환자가 그 안에 있었다. 의상분일증(意想奔逸症). 언어도착증(言語倒錯症). 과대망상증(誇大妄想症). 추외언어증(醜猥言語症). 여자음란증(女子淫亂症). 지리멸렬증(支離滅裂症). 질투망상증(嫉妬妄想症). 남자음란증(男子淫亂症). 병적기행증(病的奇行症). 병적허언기편증(病的虛言欺騙症). 병적부덕증(病的不德症). 병적낭비증(病的浪費症)…….

어머니는

아들이 제 방에서 나와, 마루 끝에 놓인 구두를 신고, 기둥 못에 걸린 단장을 떼어 들고, 그리고 문간으로 향하여 나가는 소리를 들었다.

"어디, 가니?"

대답은 들리지 않았다.

중문 앞까지 나간 아들은, 혹은, 자기의 한 말을 듣지 못하였는지도 모른다. 또는, 아들의 대답 소리가 자기의 귀에까지 이르지 못하였는지도 모른다. 그 둘 중의 하나라고 생각한 어머니는 이번에는 중문 밖에까지 들릴 목소리를 내었다.

"일찌거니 들어오너라."

역시, 대답은 들리지 않았다.

중문이 소리를 내어 열리고, 또 소리를 내어 닫혔다. 어머니는 얇은 실망을 느끼려는 자기 자신을 스스로 위로하려 한다. 중문 소리만 크게 나지 않았더면, 아들의 '네―' 소리를, 혹은 들을 수 있었을지도 모른다⋯⋯.

어머니는 다시 바느질을 하며, 대체, 그 애는, 매일, 어딜, 그렇게, 가는, 겐가, 하고 그런 것을 생각하여 본다.

직업과 아내를 갖지 않은, 스물여섯 살짜리 아들은, 늙은 어머니에게는 온갖 종류의, 근심, 걱정거리였다. 우선, 낮에 한번 집을 나서면, 아들은 밤늦게나 되어 돌아왔다.

늙고, 쇠약한 어머니는, 자리도 깔지 않고, 맨바닥에 가, 팔을 괴고 누워, 아들을 기다리다가 곤잘 잠이 든다. 편안하지 못한 잠은, 두 시간씩 세 시간씩 계속될 수 없다. 잠깐 잠이 들었다 깰 때마다, 어머니는 고개를 들어 아들의 방을 바라보고, 그리고, 기둥에 걸린 시계를 쳐다본다.

자정―그리 늦지는 않았다. 이제 아들은 돌아올 게다. 어머니는 아들이 어서 돌아와지라 빌며, 또 어느 틈엔가 꼬빡 잠이 든다.

그가 두 번째 잠을 깨는 것은 새로 한점 반이나, 두점, 그러한 시각이다. 아들의 방에는 그저 불이 켜 있다.

아들은 잘 때면 반드시 불을 끈다. 그러나, 혹은, 어느 틈엔가 아들은 돌아와 자리에 누워 책이라도 읽고 있는 게 아닐까. 아들에게는 그런 버릇이 있다.

어머니는 소리 안 나게 아들의 방 앞에까지 걸어가 가만히 안을 엿듣는다. 마침내, 어머니는 방문을 열어보고, 입때 웬일일까, 호젓한 얼굴을 하고, 다시 방문을 닫으려다 말고 방 안으로 들어온다.

나이 찬 아들의, 기름과 분 냄새 없는 방이, 늙은 어머니에게는 애달팠다. 어머니는 초저녁에 깔아놓은 채 그대로 있는, 아들의 이부자리와 베개를 바로 고쳐놓고, 그리고 그 옆에가 앉아본다. 스물여섯 해를 길렀어도 종시 마음이 놓이지 않는 것은 자식이었다. 설혹 스물여섯 해를 스물여섯 곱하는 일이 있다더라도, 어머니의 마음은 늘 걱정으로 차리라. 그래도 어머니는 그가 작은며느리를 보면, 이렇게 밤늦게 한 가지 걱정을 덜 수 있으리라 생각한다.

"참 이 애는 왜 장가를 들려구 안 하는 겐구."

언제나 혼인말을 꺼내면, 아들은 말하였다.

"돈 한 푼 없이 어떻게 기집을 멕여 살립니까?"

허지만⋯⋯ 어떻게 도리야 있느니라. 어디 월급쟁이가 되더래두, 두 식구 입에 풀칠이야 못 헐라구⋯⋯.

어머니는 어디 월급 자리라도 구할 생각은 없이, 밤낮으로, 책이나 읽고 글이나 쓰고, 혹은 공연스레 밤중까지 쏘다니고 하는 아들이, 보기에 딱하고, 또 답답하였다.

"그래두 장가를 들어노면 맘이 달러지지."

"제 기집 귀여운 줄 알면, 자연 돈 벌 궁릴 하겠지."

작년 여름에 아들은 한 '색시'를 만나본 일이 있다. 그 애면 저두 싫다구는 않겠지. 이제 이놈이 들어오거든 단단히 따져보리라⋯⋯ 그리고 어머니는 어느 틈엔가 손주자식을 눈앞에 그려보기조차 한다.

아들은

그러나, 돌아와, 채 어머니가 무어라고 말할 수 있기 전에, 입때 안 주무셨어요, 어서 주무세요, 그리고 자리옷으로 갈아입고는 책상 앞에 앉아, 원고지를 펴논다.

그런 때 옆에서 무슨 말이든 하면, 아들은 언제든 불쾌한 표정을 지었다. 그것은 어머니의 마음을 아프게 한다. 그래, 어머니는 가까스로, 늦었으니 어서 자거라, 그걸랑 낼 쓰구…… 한마디를 하고서 아들의 방을 나온다.

"얘기는 낼 아침에래두 허지."

그러나 열한점이나 오정에야 일어나는 아들은, 그대로 소리 없이 밥을 떠먹고는 나가버렸다.

때로, 글을 팔아 몇 푼의 돈을 구할 수 있을 때, 그 어느 한 경우에, 아들은 어머니를 보고, 무어 잡수시구 싶으신 거 없에요, 그렇게 묻는 일이 있었다.

어머니는 직업을 가지지 못한 아들이, 그래도 어떻게 몇 푼의 돈을 만들어, 자기에게 그런 말을 할 수 있는 것을 신기하게 기뻐하였다.

"어서 내 생각 말구, 네 양말이나 사 신어라."

그러면, 아들은 으레, 제 고집을 세웠다. 아들의 고집 센 것을, 물론 어머니는 좋게 생각 안 했다. 그러나 이러한 경우라면, 아들이 고집을 세우면 세울수록 어머니는 만족하였다. 어머니의 사랑은 보수를 원하지 않지만, 그래도 자식이 자기에게 대한 사랑을 보여줄 때, 그것은 어머니를 기쁘게 하여 준다.

대체 무얼 사줄 테냐, 무어든 어머니 마음대루. 먹는 게 아니래두 좋으냐. 네. 그래 어머니는 에누리 없이 욕망을 말해 본다.

"너, 나, 치마 하나 해 주려무나."

아들이 흔연히 응낙하는 걸 보고,

"네 아주멈은 무어 안 해 주니?"

아들은 치마 두 감의 가격을 묻고, 그리고 갑자기 엄숙한 얼굴을 한다. 혹은 밤을 새우기까지 하여 아들이 번 돈은, 결코 대단한 액수의 것이 아니었다. 그래, 어머니는 말한다.

"그럼 네 아주멈이나 해주렴."

아들은, 아니에요, 넉넉해요. 갖다 끊으세요. 그리고 돈을 내놓았다.

어머니는, 얼마를 주저한다. 그러나, 마침내, 그는 가장 자랑스러이 돈을 집어 들고, 애애 옷감 바꾸러 나가자, 아재비가 치마 허라구 돈을 주었다. 네 아재비가…… 그렇게 건넌방에서 재봉틀을 놀리고 있던 맏며느리를 신기하게 놀래어준다.

치마가 되면, 어머니는 그것을 입고, 나들이를 하였다.

일갓집 대청에 가 주인 아낙네와 마주앉아, 갓난애같이 어머니는 치마 자랑할 기회를 엿본다. 주인 마누라가, 섣불리, 참 치마 좋은 거 해 입으셨구먼, 이라고나 한다면, 어머니는 서슴지 않고,

"이거 내 둘째아이가 해 준 거죠. 제 아주멈 해 (것)하구, 이거하구……."

이렇게 묻지도 않은 말을 하였다. 어머니는 그것이 아들의 훌륭한 자랑거리라 생각하였다.

자식을 자랑할 때, 어머니는 얼마든지 뻔뻔스러울 수 있다.

그러나 그런 일은 늘 있을 수 없다. 어머니는 역시, 글을 쓰는 것보다는 월급쟁이가 몇 갑절 낫다고 생각하고, 그리고 그렇게 재주 있는 내 아들은 무엇을 하든 잘하리라고 혼자 작정해 버린다. 아들은 지금 세상에서 월급 자리 얻기가 얼마나 힘드는 것인가를 말한다. 하지만, 보통학교만 졸업하고도, 고등학교만 나오고도, 회사에서 관청에서 일들만 잘하고 있는 것을 알고 있는 어머니는, 고등학교를 졸업하고도, 또 동경엘 건너가 공부하고 온 내 아들이, 구하여도 일자리가 없다는 것이 도무지 믿어지지가 않았다.

구보(仇甫)는

집을 나와 천변 길을 광교로 향하여 걸어가며, 어머니에게 단 한 마디 '네-' 하고 대답 못했던 것을 뉘우쳐 본다. 하기야 중문을 여닫으며 구보는 '네-' 소리를 목구멍까지 내어보았던 것이나 중문과 안방과의 거리는 제법 큰 소리를 요구하였고, 그리고 공교롭게 활짝 열린 대문 앞을, 때마침 세 명의 여학생이 웃고 떠들며 지나갔다.

그렇더라도 대답은 역시 하여야만 하였었다고, 구보는 어머니의 외로워할 때의 표정을 눈앞에 그려본다. 처녀들은 어느 틈엔가 그의 시야에서 사라졌다.

구보는 마침내 다리 모퉁이에까지 이르렀다. 그의 일 있는 듯싶게 꾸미는 걸음걸이는 그곳에서 멈추어진다. 그는 어딜 갈까, 생각하여 본다. 모두가 그의 갈 곳이었다. 한 군데라 그가 갈 곳은 없었다.

한낮의 거리 위에서 구보는 갑자기 격렬한 두통을 느낀다. 비록 식욕은 왕성하더라도, 잠은 잘 오더라도, 그것은 역시 신경쇠약에 틀림없었다.

구보는 떠름한 얼굴을 하여 본다.

臭剝	4.0
臭那	2.0
臭安	2.0
苦丁	4.0
水	200.0
一日 三回 分服 二日分	

그가 다니는 병원의 젊은 간호부가 반드시 '삼비스이'라고 발음하는 이 약은 그에게는 조그마한 효험도 없었다.

그러자 구보는 갑자기 옆으로 몸을 비킨다. 그 순간 자전거가 그의 몸을 가까스로 피하여 지났다. 자전거 위의 젊은이는 모멸 가득한 눈으로 구보를 돌아본다. 그는 구보의 몇 칸통 뒤에서부터 요란스레 종을 울렸던 것임에 틀림없었다. 그것을

위험이 박두하였을 때에야 비로소 몸을 피할 수 있었던 것은 반드시 그가 '3B수(水)'의 처방을 외고 있었기 때문만이 아니었다.

구보는, 자기의 왼편 귀 기능에 스스로 의혹을 갖는다. 병원의 젊은 조수는 결코 익숙하지 못한 솜씨로 그의 귓속을 살피고, 그리고 대담하게도 그 안이 몹시 불결한 까닭 외에 아무 이상이 없다고 선언하였었다. 한 덩어리의 '귀지'를 갖기보다는 차라리 4주일간 치료를 요하는 중이염(中耳炎)을 앓고 싶다, 생각하는 구보는, 그의 선언에 무한한 굴욕을 느끼며, 그래도 매일 신경질하게 귀 안을 소제하였었다.

그러나, 구보는 다행하게도 중이질환(中耳疾患)을 가진 듯싶었다. 어느 기회에 그는 의학사전을 뒤적거려보고, 그리고 별 까닭도 없이 자기는 중이가답아(中耳加答兒)에 걸렸다고 혼자 생각하였다. 사전에 의하면 중이가답아에는 급성 급 만성(急性及慢性)이 있고, 만성중이가답아에는 또다시 이를 만성건성 급 만성습성(慢性乾性及慢性濕性)의 이자(二者)로 나눈다 하였는데, 자기의 이질(耳疾)은 그 만성습성의 중이가답아에 틀림없다고 구보는 작정하고 있었다.

그러나 부실한 것은 그의 왼쪽 귀뿐이 아니었다. 구보는 그의 오른쪽 귀에도 자신을 갖지 못한다. 언제든 쉬이 전문의를 찾아보아야겠다고 생각은 하면서도, 1년이나 그대로 내버려둔 채 지내온 그는, 비교적 건강한 그의 오른쪽 귀마저, 또 한편 귀의 난청(難聽) 보충으로 그 기능을 소모시키고, 그리고 불원한 장래에 '듄케르 청장관(廳長管)'이나 '전기 보청기'의 힘을 빌리지 않으면 안 될지도 모른다.

구보는

갑자기 걸음을 걷기로 한다. 그렇게 우두머니 다리 곁에가 서 있는 것의 무의미함을 새삼스러이 깨달은 까닭이다. 그는 종로 거리를 바라보고 걸

는다. 구보는 종로 네거리에 아무런 사무(事務)도 갖지 않는다. 처음에 그가 아무렇게나 내어놓았던 바른발이 공교롭게도 왼편으로 쏠렸기 때문에 지나지 않는다.

갑자기 한 사람이 나타나 그의 앞을 가로질러 지난다. 구보는 그 사내와 마주칠 것 같은 착각을 느끼고, 위태롭게 걸음을 멈춘다.

그리고 다음 순간, 구보는, 이렇게 대낮에도 조금의 자신을 가질 수 없는 자기의 시력을 저주한다. 그의 코 위에 걸려 있는 24도의 안경은 그의 근시를 도와주었으나, 그의 망막에 나타나 있는 무수한 맹점(盲點)을 제거하는 재주는 없다. 총독부 병원 시대(總督府病院時代)의 구보의 시력검사표는 그저 그 우울한 '안과 재래(眼科再來)'의 책상 서랍 속에 들어 있을지도 모른다.

R, 4   L, 3

구보는, 2주일간 열병을 앓은 끝에, 갑자기 쇠약해진 시력을 호소하러 처음으로 안과의와 대하였을 때의, 그 조그만 테이블 위에 놓여 있던 '시야측정기'를 지금 기억하고 있다. 제 자신 강도(强度)의 안경을 쓰고 있던 의사는, 백묵을 가져, 그 위에 용서 없이 무수한 맹점을 찾아내었었다.

그래도, 구보는, 약간 자신이 있는 듯싶은 걸음걸이로 전차 선로를 두 번 횡단하여 화신상회 앞으로 간다. 그리고 저도 모를 사이에 그의 발은 백화점 안으로 들어서기조차 하였다.

젊은 내외가, 너덧 살 되어 보이는 아이를 데리고 그곳에 가 승강기를 기다리고 있었다. 이제 그들은 식당으로 가서 그들의 오찬을 즐길 것이다. 흘낏 구보를 본 그들 내외의 눈에는 자기네들의 행복을 자랑하고 싶어하는 마음이 엿보였는지도 모른다. 구보는, 그들을 업신여겨 볼까 하다가, 문득 생각을 고쳐, 그들을 축복하여 주려 하였다. 사실, 4, 5년 이상을 같이 살아왔으면서도, 오히려

새로운 기쁨을 가져 이렇게 거리로 나온 젊은 부부는 구보에게 좀 다른 의미로서의 부러움을 느끼게 하였는지도 모른다. 그들은 분명히 가정을 가졌고, 그리고 그들은 그곳에서 당연히 그들의 행복을 찾을 게다.

승강기가 내려와 서고, 문이 열리고, 닫히고, 그리고 젊은 내외는 수남(壽男)이나 복동(福童)이와 더불어 구보의 시야를 벗어났다.

구보는 다시 밖으로 나오며, 자기는 어디 가 행복을 찾을까 생각한다. 발 가는 대로, 그는 어느 틈엔가 안전지대에 가 서서, 자기의 두 손을 내려다보았다. 한 손의 단장과 또 한 손의 공책과—물론 구보는 거기에서 행복을 찾을 수는 없다.

안전지대 위에, 사람들은 서서 전차를 기다린다. 그들에게, 행복은 알 수 없다. 그러나 그들은 분명히, 갈 곳만은 가지고 있었다.

전차가 왔다. 사람들은 내리고 또 탔다. 구보는 잠깐 머엉하니 그곳에 서 있었다. 그러나 자기와 더불어 그곳에 있던 온갖 사람들이 모두 저 차에 오른다 보았을 때, 그는 저 혼자 그곳에 남아 있는 것에, 외로움과 애달픔을 맛본다. 구보는, 움직인 전차에 뛰어올랐다.

전차 안에서

구보는, 우선, 제 자리를 찾지 못한다. 하나 남았던 좌석은 그보다 바로 한 걸음 먼저 차에 오른 젊은 여인에게 점령당했다. 구보는, 차장대(車掌臺) 가까운 한구석에 가 서서, 자기는 대체, 이 동대문행 차를 어디까지 타고 가야 할 것인가를, 대체 어느 곳에 행복은 자기를 기다리고 있을 것인가를 생각해 본다.

이제 이 차는 동대문을 돌아 경성운동장 앞으로 해서…… 구보는, 차장대, 운전대로 향한, 안으로 파아란 융을 받쳐 댄 창을 본다. 전차과(電車課)에서는 그곳에 뉴스를 게시한다. 그러나 사람들은, 요사이 축구도 야구도 하지 않는 모양이었다.

장충단으로. 청량리로. 혹은 성북동으로…… 그러나 요사이 구보는 교외(郊外)를 즐기지 않는다. 그곳에는, 하여튼 자연이 있었고, 한적(閑寂)이 있었다. 그리고 고독조차 그곳에는, 준비되어 있었다. 요사이, 구보는 고독을 두려워한다.

일찍이 그는 고독을 사랑한 일이 있었다. 그러나 고독을 사랑한다는 것은 그의 심경의 바른 표현이 못 될 게다. 그는 결코 고독을 사랑하지 않았는지도 모른다. 아니 도리어 그는 그것을 그지없이 무서워하였는지도 모른다. 그러나 그는 고독과 힘을 겨루어, 결코 그것을 이겨내지 못하였다. 그런 때, 구보는 차라리 고독에게 몸을 떠맡기어 버리고, 그리고, 스스로 자기는 고독을 사랑하고 있는 것이라고 꾸며왔는지도 모를 일이다…….

표, 찍읍쇼 — 차장이 그의 앞으로 왔다. 구보는 단장을 왼팔에 걸고, 바지 주머니에 손을 넣었다. 그러나 그가 그 속에서 다섯 닢의 동전을 골라 내었을 때, 차는 종묘(宗廟) 앞에 서고, 그리고 차장은 제자리로 돌아갔다.

구보는 눈을 떨어뜨려, 손바닥 위의 다섯 닢 동전을 본다. 그것들은 공교롭게도 모두가 뒤집혀 있었다. 대정(大正) 12년. 11년. 11년. 8년. 12년. 대정 54년 — 구보는 그 숫자에서 어떤 한 개의 의미를 찾아내려 들었다. 그러나 그것은 부질없는 일이었고, 그리고 또 설혹 그것이 무슨 의미를 가지고 있었다 하더라도, 그것은 적어도 '행복'은 아니었을 게다.

차장이 다시 그의 옆으로 왔다. 어디를 가십니까. 구보는 전차가 향하여 가는 곳을 바라보며 문득 창경원에라도 갈까, 하고 생각한다. 그러나 그는 차장에게 아무런 사인도 하지 않았다. 갈 곳을 갖지 않은 사람이, 한번, 차에 몸을 의탁하였을 때, 그는 어디서든 섣불리 내릴 수 없다.

차는 서고, 또 움직였다. 구보는 창밖을 내어다보며, 문득, 대학병원에라도 들를 것을 그랬나 하여 본다. 연구실에서, 벗은, 정신병을 공부하고 있었다. 그를 찾아가, 좀 다른 세상을 구경하는 것은, 행복은 아니어도, 어떻든 한 개의 일일 수 있다…….

구보가 머리를 돌렸을 때, 그는 그곳에, 지금 마악 차에 오른 듯싶은 한 여성을 보고, 그리고 신기하게 놀랐다. 집에 돌아가, 어머니에게 오늘 전차에서 '그 색시'를 만났죠 하면, 어머니는 응당 반색을 하고, 그리고, '그래서 그래서', 뒤를 캐어물을 게다. 그가 만일, 오직 그뿐이라고라도 말한다면, 어머니는 실망하고, 그리고 그를 주변머리없다고 책(責)할지도 모른다. 그러나 누가 그 일을 알고, 그리고 아들을 졸(拙)하다고라도 말한다면, 어머니는, 내 아들은 원체 얌전해서…… 그렇게 변호할 게다.

구보는 여자와 시선이 마주칠까 겁(怯)하여, 얼토당토 않은 곳을 보며, 저 여자는 내가 여기 있는 것을 보았을까, 하고 생각한다.

여자는

혹은, 그를 보았을지도 모른다. 전차 안에, 승객은 결코 많지 않았고, 그리고 자리가 몇 군데 비어 있음에도 불구하고, 구석에 가 서 있는 사람이란, 남의 눈에 띄기 쉽다. 여자는 응당 자기를 보았을 게다. 그러나, 여자는 능히 자기를 알아볼 수 있었을까. 그것은 의문이다. 작년 여름에 단 한 번 만났을 뿐으로, 이래 일 년간 길에서라도 얼굴을 대한 일이 없는 남자를, 그렇게 쉽사리 여자는 알아내지 못할 게다. 그러나, 자기가 기억하고 있는 여자에게, 자기의 기억이 없으리라고 생각하는 것은, 누구에게 있어서든, 외롭고 또 쓸쓸한 일이다. 구보는, 여자와의 회견 당시의 자기의 그 대담한, 혹은 뻔뻔스런 태도와 화술이, 그에게 적지않이 인상 주었으리라고 생각하고, 그리고 여자는 때때로 자기를 생각하여 주고 있었다고 믿고 싶었다.

그는 분명히 나를 보았고 그리고 나를 나라고 알았을 게다. 그러한 그는 지금 어떠한 느낌을 가지고 있을까, 그것이 구보는 알고 싶었다.

그는 결코 대담하지 못한 눈초리로, 비스듬히 두 칸통 떨어진 곳에 앉아 있는 여자의 옆얼굴을 곁눈질하였다. 그리고 다음 순간, 그와 눈이 마주칠 것을 겁하여 시선을 돌리며, 여자는 혹은 자기를 곁눈질한 남자의 꼴을, 곁눈으로 느꼈을지도 모르겠다고, 그렇게 생각하여 본다. 여자는 남자를 그 남자라 알고, 그리고 남자가 자기를 그 여자라 안 것을 알고 있을지도 모른다. 이러한 경우에, 나는 어떠한 태도를 취하여야 마땅할까 하고, 구보는 그러한 것에 머리를 썼다. 알은체를 하여야 옳을지도 몰랐다. 혹은 모른 체하는 게 정당한 인사일지도 몰랐다. 그 둘 중에 어느 편을 여자는 바라고 있을까. 그것을 알았으면, 하였다. 그러다가, 갑자기, 그러한 것에 마음을 태우고 있는 자기가 스스로 괴이하고 우스워, 나는 오직 요만 일로 이렇게 흥분할 수가 있었던가 하고 스스로를 의심하여 보았다. 그러면 나는 마음속 그윽이 그를 생각하고 있었던지도 모르겠다고 생각하여 보았다. 그러나 그가 여자와 한 번 본 뒤로, 이래 일 년간, 그를 일찍이 한 번도 꿈에 본 일이 없었던 것을 생각해 내었을 때, 자기는 역시 진정으로 그를 사랑하고 있는 것은 아닌지도 모르겠다고, 그러한 생각이 들었다. 만일 그렇다면 자기가 여자의 마음을 헤아려 보고, 그리고 이리저리 공상을 달리고 하는 것은, 이를테면, 감정의 모독이었고, 그리고 일종의 죄악이었다.

그러나 만일 여자가 자기를 진정으로 그리고 있다면—

구보가, 여자 편으로 눈을 주었을 때, 그러나, 여자는 자리에서 일어나 양산을 들고 차가 동대문 앞에 정거하기를 기다리어 내려갔다. 구보의 마음은 또 한 번 동요하며, 창 너머로 여자가 청량리행 전차를 기다리느라, 그곳 안전지대로 가 서는 것을 보았을 때, 그는 자기도 차에서 곧 내리고 싶은 충동을 느꼈다. 그러나, 여자가 청량리행 전차 속에서 자기를 또 한 번 발견하고, 그리고 자기가 일도 없건만, 오직 여자와의 사이에 어떠한 기회를 엿보기 위하여 그 차를 탄 것에 틀림없다는 것을 눈치챌 때, 여자는 그러한 자기를 얼마나 천박하게 생각할까. 그래, 구보가 망설거리는 동안, 전차는 달리고, 그들의 사이는 멀어졌다. 마침내 여자의 모양이 완전히 그의 시야에서 떠났을 때, 구보는 갑자기, 아차, 하고 뉘우친다.

행복은

그가 그렇게도 구하여 마지않던 행복은, 그 여자와 함께 영구히 가버렸는지도 모른다. 여자는 자기에게 던져줄 행복을 가슴에 품고서, 구보가 마음의 문을 열어 가까이 와주기를 갈망하였는지도 모른다. 왜 자기는 여자에게 좀 더 대담하지 못하였나. 구보는, 여자가 가지고 있는 온갖 아름다운 점을 하나하나 세어보며, 혹은 이 여자 말고 자기에게 행복을 약속하여 주는 이는 없지나 않을까, 하고 그렇게 생각하였다.

방향판(方向板)을 한강교로 갈고 전차는 훈련원을 지났다. 구보는 자리에 앉아, 주머니에서 5전 백동화(白銅貨)를 골라 꺼내면서, 비록 한 번도 꿈에 본 일은 없었더라도, 역시 그가 자기에게는 유일한 여자가 아닐까 하고 생각하여 본다.

자기가, 그를, 그동안 대수롭지 않게 여겨왔던 것같이 생각하는 것은, 구보가 제 감정을 속인 것에 지나지 않을지도 모른다. 그가 여자를 만나보고 돌아왔을 때, 그는 집에서 아들을 궁금히 기다리고 있던 어머니에게 '그 여자면' 정도의 뜻을 표시하였었던 것에 틀림없었다. 그러나 구보는, 어머니가 색시 집으로 솔직하게 구혼할 것을 금하였다. 그것은 허영심만에서 나온 일은 아니다. 그는 여자가 자기 생각을 안 하고 있는 경우에 객쩍게시리 여자를 괴롭혀주고 싶지 않았던 까닭이다. 구보는 여자의 의사와 감정을 존중하고 싶었다.

그러나, 물론, 여자에게서는 아무런 말도 하여

오지 않았다. 구보는, 여자가 은근히 자기에게서 무슨 말이 있기를 기다리고 있는 것이나 아닐까, 하고도 생각하여 보았다. 그러나 그런 것을 생각하는 것은 제 자신 우스운 일이다. 그러는 동안에, 날은 가고, 그리고 그것에 대한 흥미를 구보는 잃기 시작하였다. 혹시, 여자에게서라도 먼저 말이 있다면—그러면 구보는 다시 이 문제에 흥미를 가질 수 있을 게다. 언젠가 여자의 집과 어떻게 인척 관계가 있는 노(老)마나님이 와서 색시 집에서도 이편의 동정만 살피고 있는 듯싶더란 말을 들었을 때, 구보는 쓰디쓰게 웃고, 그리고 그것이 사실이라면, 그것은 희극이라느니보다는, 오히려 한 개의 비극이라고 생각하였다. 그러면서도 구보는 그 비극에서 자기네들을 구하기 위하여 팔을 걷고 나서려 들지 않았다.

전차가 약초정(若草町) 근처를 지나갈 때, 구보는, 그러나, 그 흥분에서 깨어나, 뜻 모를 웃음을 입가에 떠어본다. 그의 앞에 어떤 젊은 여자가 앉아 있었다. 그 여자는 자기의 두 무릎 사이에다 양산을 놓고 있었다. 어느 잡지에선가, 구보는 그것이 비(非)처녀성을 나타내는 것임을 배운 일이 있다. 딴은, 머리를 틀어 올렸을 뿐이나, 그만한 나이로는 저 여인은 마땅히 남편을 가졌어야 옳을 게다. 아까, 그는 양산을 어디다 놓고 있었을까 하고, 구보는, 객쩍은 생각을 하다가, 여성에게 대하여 그러한 관찰을 하는 자기는, 혹은 어떠한 여자를 아내로 삼든 반드시 불행하게 만들어주지나 않을까, 하고 생각하였다. 그러나 여자는—여자는 능히 자기를 행복되게 하여 줄 것인가. 구보는 자기가 알고 있는 온갖 여자를 차례로 생각하여 보고, 그리고 가만히 한숨지었다.

일찍이

구보는, 벗의 누이에게 짝사랑을 느낀 일이 있었다. 어느 여름날 저녁, 그가 벗을 찾았을 때, 문간으로 그를 응대하러 나온 벗의 누이는, 혹은 정

말, 나 어린 구보가 동경의 마음을 갖기에 알맞도록 아름답고, 깨끗하였는지도 모른다. 열다섯 살짜리 문학 소년은 그를 사랑하고 싶다 생각하고, 뒷날 그와 결혼할 수 있다 하면, 응당 자기는 행복이리라 생각하고, 자주 벗을 찾아가 그와 만날 기회를 엿보고, 혹 만나면 저 혼자 얼굴을 붉히고, 그리고 돌아와 밤늦게 여러 편의 연애시(戀愛詩)를 초(草)하였다. 그러나, 그가 자기보다 세 살이나 위라는 것을 생각할 때, 구보의 마음은 불안하였다. 자기가 한 여자의 앞에서 자기의 사랑을 고백하여도 결코 서투르지 않을 나이가 되었을 때, 여자는, 이미, 그 전에, 다른, 더 나이 먹은 이의 사랑을 용납해 버릴 게다.

그러나 구보가 그것에 대하여 아무런 대책도 강구할 수 있기 전에, 여자는, 참말, 나이 먹은 남자의 품으로 갔다. 열일곱 살 먹은 구보는, 자기의 마음이 퍽 괴롭고 슬픈 것같이 생각하려 들고, 그리고, 그러면서도, 그들의 행복을 특히 남자의 행복을 빌려 들었다. 그러한 감정은 그가 읽은 문학서류에 얼마든지 씌어 있었다. 결혼 비용 삼천 원. 신혼 여행은 동경으로. 관수동에 그들 부처(夫妻)를 위하여 개축된 집은 행복을 보장하는 듯싶었다.

이번 봄에 들어서서, 구보는 벗과 더불어 그들을 찾았다. 이미 두 아이의 어머니인 여인 앞에서, 구보는 얼굴을 붉히는 일 없이 평범한 이야기를 서로 할 수 있었다. 구보가 일곱 살 먹은 사내아이를 영리하다고 칭찬하였을 때, 젊은 어머니는, 그러나 그 애가 이 골목 안에서는 그중 나이 어림을 말하고, 그리고 나이 먹은 아이들이란, 저희보다 적은 아이에게 대하여 얼마든지 교활할 수 있음을 한탄하였다. 언제든 딱지를 가지고 나가서는, 최후의 한 장까지 빼앗기고 들어오는 아들이 민망하여, 하루는 그 뒤에 연필로 하나하나 표를 하여 주고 그것을 또 다 잃고 돌아왔을 때, 그는 골목 안의 아이들을 모아, 그들이 가지고 있는 딱지에서

원래의 내 아이 물건을 가려내어, 거의 모조리 회수할 수 있었다는 이야기를, 젊은 어머니는 일종의 자랑조차 가지고 구보에게 들려주었었다……

구보는 가만히 한숨짓는다. 그가 그 여인을 아내로 삼을 수 없었던 것은, 결코 불행이 아니었다. 그러한 여인은, 혹은, 한평생을 두고, 구보에게 행복이 무엇임을 알 기회를 주지 않았을지도 모른다.

조선은행 앞에서 구보는 전차를 내려, 장곡천정(長谷川町)으로 향한다. 생각에 피로한 그는 이제 마땅히 다방에 들러 한 잔의 홍차를 즐겨야 할 것이다.

몇 점이나 되었나. 구보는, 그러나, 시계를 갖지 않았다. 갖는다면, 그는 우아한 회중시계를 택할 게다. 팔뚝시계는—그것은 소녀 취미에나 맞을 게다. 구보는 그렇게도 팔뚝시계를 갈망하던 한 소녀를 생각하였다. 그는 동리에 전당(典當) 나온 십팔금 팔뚝시계를 탐내고 있었다. 그것은 사원 팔십 전에 구할 수 있었다. 그리고, 그는, 그 시계 말고, 치마 하나를 해 입을 수 있을 때에, 자기는 행복의 절정에 이를 것같이 생각하고 있었다.

벰베르크 실로 짠 보일 치마. 삼 원 육십 전. 하여튼 팔 원 사십 전이 있으면, 그 소녀는 완전히 행복일 수 있었다. 그러나, 구보는, 그 결코 크지 못한 욕망이 이루어졌음을 듣지 못했다.

구보는, 자기는, 대체, 얼마를 가져야 행복일 수 있을까 생각해 본다.

다방의

오후 두 시, 일을 가지지 못한 사람들이 그곳 등의자(藤椅子)에 앉아, 차를 마시고, 담배를 태우고, 이야기를 하고, 또 레코드를 들었다. 그들은 거의 다 젊은이들이었고, 그리고 그 젊은이들은 그 젊음에도 불구하고, 이미 자기네들은 인생에 피로한 것같이 느꼈다. 그들의 눈은 그 광선이 부족하고 또 불균등한 속에서 쉴 사이 없이 제각각의 우울과 고달픔을 하소연한다. 때로, 탄력 있는 발소리가 이 안을 찾아들고, 그리고 호화로운 웃음소리가 이 안에 들리는 일이 있었다. 그러나 그것들은 이곳에 어울리지 않았고, 그리고 무엇보다도 다방에 깃들인 무리들은 그런 것을 업신여겼다.

구보는 아이에게 한 잔의 가배차(珈琲茶)와 담배를 청하고 구석진 등탁자(藤卓子)로 갔다. 나는 대체 얼마가 있으면— 그의 머리 위에 한 장의 포스터가 걸려 있었다. 어느 화가의 도구유별전(渡歐留別展). 구보는 자기에게 양행비(洋行費)가 있으면, 적어도 지금 자기는 거의 완전히 행복일 수 있으리라 생각한다. 동경(東京)에라도—동경도 좋았다. 구보는 자기가 떠나온 뒤의 변한 동경이 보고 싶다 생각한다. 혹은 더 좀 가까운 데라도 좋았다. 지극히 가까운 데라도 좋았다. 오십 리 이내의 여정에 지나지 않더라도, 구보는, 조그만 슈트케이스를 들고 경성역에 섰을 때, 응당 자기는 행복을 느끼리라 믿는다. 그것은 금전과 시간이 주는 행복이다. 구보에게는 언제든 여정(旅程)에 오르려면, 오를 수 있는 시간의 준비가 있었다…….

구보는 차를 마시며, 약간의 금전이 가져다줄 수 있는 온갖 행복을 손꼽아보았다. 자기도, 혹은, 팔 원 사십 전을 가지면, 우선, 조그만 한 개의, 혹은, 몇 개의 행복을 가질 수 있을 게다. 구보는, 그러한 제 자신을 비웃으려 들지 않았다. 오직 그만 한 돈으로 한때 만족할 수 있는 그 마음은 애달프고 또 사랑스럽지 않은가.

구보는 담배에 불을 붙이며 자기가 원하는 최대의 욕망은 대체 무엇일꾸, 하였다. 이시카와 다쿠보쿠(石川啄木)는, 화롯가에 앉아 곰방대를 닦으며, 참말로 자기가 원하는 것이 무엇일꾸, 생각하였다. 그러나 그것은 있을 듯하면서도 없었다. 혹은, 그럴 게다. 그러나 구태여 말하여, 말할 수 없을 것도 없을 게다. '願車馬衣輕裘 與朋友共 敝之

而無憾(원거마의경구 여붕우공 폐지이무감)'은 자로(子路)의 뜻이요 '座上客常滿 樽中酒不空(좌상객상만 준중주불공)'은 공융(孔融)의 원하는 바였다. 구보는, 저도 역시, 좋은 벗들과 더불어 그 즐거움을 함께하였으면 한다.

갑자기 구보는 벗이 그리워진다. 이 자리에 앉아 한 잔의 차를 나누며, 또 같은 생각 속에 있고 싶다 생각한다……

구둣발 소리가 바깥 포도(鋪道)를 걸어와, 문 앞에 서고, 그리고 다음에 소리도 없이 문이 열렸다. 그러나 그는 구보의 벗이 아니었다. 뿐만 아니라, 두 사람의 시선이 마주쳤을 때, 두 사람은 거의 일시에 머리를 돌리고 그리고 구보는 그의 고요한 마음속에 음울을 갖는다.

그 사내와,

구보는, 일찍이, 인사를 한 일이 있었다. 그러나, 그것은 공교롭게 어두운 거리에서이었다. 한 벗이 그를 소개하였다. 말씀은 많이 들었습니다, 하고 그는 말하였었다. 사실 그는 구보의 이름과 또 얼굴을 전부터 알고 있었던 것임에 틀림없었다. 그러나 구보는, 구보는 그를 몰랐다. 모른 채 어두운 곳에서 그대로 헤어져버린 구보는 뒤에 그를 만나도, 그를 그리고 알아내지 못하였다. 그 사내는 구보가 자기를 보고도 알은체 안 하는 것에 응당 모욕을 느꼈을 게다. 자기를 자기라 알고도 모르는 체하는 것이라 생각할 때, 그의 마음은 평온할 수 없었을 게다. 그러나 구보는, 구보는 몰랐고, 모르면 태연할 수 있다. 자기를 볼 때마다 황당하게, 또 불쾌하게 시선을 돌리는 그 사내를, 구보는 오직 괴이하게만 여겨왔다. 괴이하게만 여겨오는 동안은 그래도 좋았다. 마침내 구보가 그를 그리고 알아낼 수 있었을 때, 그것은 그의 마음에 암영(暗影)을 주었다. 그 뒤부터 구보는 그 사내와 시선이 마주치면, 역시 당황하게, 그리고 불안하게 고개를 돌리는 수밖에 없었다. 그것은 사람의 마음을 우울하게 하여 놓는다. 구보는 다방 안의 한 구획을 그의 시야 밖에 두려 노력하며, 사람과 사람 사이의 교섭의 번거로움을 새삼스러이 느끼지 않으면 안 된다.

구보는 백동화를 두 푼, 탁자 위에 놓고, 그리고 공책을 들고 그 안을 나왔다. 어디로— 그는 우선 부청(府廳) 쪽으로 향하여 걸으며, 아무튼 벗의 얼굴이 보고 싶다, 생각하였다. 구보는 거리의 순서로 벗들을 마음속에 헤아려 보았다. 그러나 이 시각에 집에 있을 사람은 하나도 없을 듯싶었다. 어디로— 구보는 한길 위에 서서, 넓은 마당 건너 대한문(大漢門)을 바라본다. 아동 유원지 유동의 자(遊動椅子)에라도 앉아서…… 그러나 그 빈약한, 너무나 빈약한 옛 궁전은, 역시 사람의 마음을 우울하게 하여 주는 것임에 틀림없었다.

구보가 다 탄 담배를 길 위에 버렸을 때, 그의 옆에 아이가 와 선다. 그는 구보가 다방에 놓아둔 채 잊어버리고 나온 단장을 들고 있었다. 고맙다. 구보는 그렇게도 방심한 제 자신을 쓰게 웃으며, 달음질하여 다방으로 돌아가는 아이의 뒷모양을 이윽히 바라보고 있다가, 자기도 그 길을 되걸어 갔다.

다방 옆 골목 안, 그곳에서 젊은 화가는 골동점을 경영하고 있었다. 구보는 그 방면에 대한 지식을 갖지 않는다. 그러나, 하여튼, 그것은 그의 취미에 맞았고, 그리고 기회 있으면 그 방면의 이야기를 듣고 싶다 생각한다. 온갖 지식이 소설가에게는 필요하다.

그러나 벗은 점(店)에 있지 않았다.

"바로 지금 나가셨습니다."

그리고 기둥에 걸린 시계를 쳐다보며,

"한 십 분, 됐을까요."

점원은 덧붙여 말하였다.

구보는 골목을 전찻길로 향하여 걸어나오며, 그 십 분이란 시간이 얼마만한 영향을 자기에게 줄 것인가, 생각한다.

한길 위에 사람들은 바쁘게 또 일 있게 오고 갔다. 구보는 포도 위에 서서, 문득, 자기도 창작을 위하여 어디, 예(例)하면 서소문정(西小門町) 방면이라도 답사할까 생각한다. '모더놀로지(modernology, 考現學)'를 게을리하기 이미 오래다.

그러나 그러한 생각과 함께 구보는 격렬한 두통을 느끼며, 이제 한 걸음도 더 옮길 수 없을 것 같은 피로를 전신에 깨닫는다. 구보는 얼마 동안을 망연히 그곳, 한길 위에 서 있었다……

얼마 있다,

구보는 다시 걷기로 한다. 여름 한낮의 뙤약볕이 맨머리 바람의 그에게 현기증을 주었다. 그는 그곳에 더 그렇게 서 있을 수 없다. 신경쇠약. 그러나 물론, 쇠약한 것은 그의 신경뿐이 아니다. 이 머리를 가져, 이 몸을 가져, 대체 얼마만한 일을 나는 하겠단 말인고 ─ 때마침 옆을 지나는 장년의, 그 정력가형 육체와 탄력 있는 걸음걸이에 구보는, 일종 위압조차 느끼며, 문득, 아홉 살 때에 집안 어른의 눈을 기어 『춘향전』을 읽었던 것을 뉘우친다. 어머니를 따라 일갓집에 갔다 와서, 구보는 저도 얘기책이 보고 싶다 생각하였다. 그러나 집안에서는 그것을 금했다. 구보는 남몰래 안잠자기에게 문의하였다. 안잠자기는 세책(貰冊)집에는 어떤 책이든 있다는 것과, 일 전이면 능히 한 권을 세내 올 수 있음을 말하고, 그러나 꾸중들우 ─ 그리고 다음에, 재밌긴 『춘향전』이 제일이지, 그렇게 그는 혼잣말을 하였다. 한 푼(分)의 동전과 한 개의 주발 뚜껑, 그것들이, 17년 전의 그것들이, 뒤에 온, 그리고 또 올, 온갖 것의 근원이었을지도 모른다. 자기 전에 읽던 얘기책들. 밤을 새워 읽던 소설책들. 구보의 건강은 그의 소년시대에 결정적으로 손상되었던 것임에 틀림없다……

변비. 요의빈수(尿意頻數). 피로. 권태. 두통. 두중(頭重). 두압(頭壓). 모리타 마사타케(森田正馬) 박사의 단련요법…… 그러한 것은 어떻든, 보잘것없는, 아니, 그 살풍경하고 또 어수선한 태평통(太平通)의 거리는 구보의 마음을 어둡게 한다. 그는 저, 불결한 고물상들을 어떻게 이 거리에서 쫓아낼 것인가를 생각하며, 문득, 반자의 무늬가 눈에 시끄럽다고, 양지(洋紙)로 반자를 발라버렸던 서해(曙海)도 역시 신경쇠약이었음에 틀림없었다고, 이름 모를 웃음을 입가에 띠어보았다. 서해의 너털웃음. 그것도 생각하여 보면, 역시, 공허한, 적막한 음향이었다.

구보는 고인(故人)에게서 받은 『홍염(紅焰)』을, 이제도록 한 페이지도 들쳐보지 않았던 것을 생각해 내고, 그리고 딱한 표정을 지었다. 그가 읽지 않은 것은 오직 서해의 작품뿐이 아니다. 독서를 게을리하기 이미 3년. 언젠가 구보는 지식의 고갈을 느끼고 악연(愕然)하였다.

갑자기 한 젊은이가 구보의 시야에 들어왔다. 그는 구보가 향하여 걸어가고 있는 곳에서 왔다. 구보는 그를 어디서 본 듯싶었다. 자기가 마땅히 알아보아야만 할 사람인 듯싶었다. 마침내 두 사람의 거리가 한 칸통으로 단축되었을 때, 문득 구보는 어린 시절을 회상하고, 그리고 그곳에 옛 동무를 발견한다. 그리운 옛 시절. 그리운 옛 동무. 그들은 보통학교를 나온 채 이제도록 한 번도 못 만났다. 그래도 구보는 그 동무의 이름까지 기억 속에서 찾아낸다.

그러나 옛 동무는 너무나 영락(零落)하였다. 모시두루마기에 흰 고무신, 오직 새로운 맥고모자를 쓴 그의 행색은 너무나 초라하다. 구보는 망설거린다. 그대로 모른 체하고 지날까. 옛 동무는 분명히 자기를 알아본 듯싶었다. 그리고, 구보가 자기를 알아볼 것을 두려워하는 듯싶었다. 그러나 마침내 두 사람이 서로 지나치는, 그 마지막 순간을 포착하여, 구보는 용기를 내었다.

"이거 얼마 만이야, 유(劉)군."

그러나 벗은 순간에 약간 얼굴조차 붉히며,

"네, 참 오래간만입니다."

"그동안 서울에, 늘, 있었어."

"네."

구보는 다음에 간신히,

"어째서 그렇게 뵈올 수 없었어요."

한마디를 하고, 그리고 서운한 감정을 맛보며, 그래도 또 무슨 말이든 하고 싶다 생각할 때, 그러나 벗은, 그만 실례합니다. 그렇게 말하고, 그리고 구보의 앞을 떠나, 저 갈 길을 가버린다.

구보는 잠깐 그곳에 섰다가 다시 고개 숙여 걸으며 울 것 같은 감정을 스스로 억제하지 못한다.

조그만

한 개의 기쁨을 찾아, 구보는 남대문을 안에서 밖으로 나가보기로 한다. 그러나 그곳에는 불어드는 바람도 없이, 양옆에 웅숭그리고 앉아 있는 서너 명의 지게꾼들의 그 모양이 맥없다.

구보는 고독을 느끼고, 사람들 있는 곳으로, 약동하는 무리들의 있는 곳으로, 가고 싶다 생각한다. 그는 눈앞에 경성역을 본다. 그곳에는 마땅히 인생이 있을 게다. 이 낡은 서울의 호흡과 또 감정이 있을 게다. 도회의 소설가는 모름지기 이 도회의 항구(港口)와 친하여야 한다. 그러나 물론 그러한 직업의식은 어떻든 좋았다. 다만 구보는 고독을 삼등 대합실 군중 속에 피할 수 있으면 그만이다.

그러나 오히려 고독은 그곳에 있었다. 구보가 한옆에 끼여 앉을 수도 없게시리 사람들은 그곳에 빽빽하게 모여 있어도, 그들의 누구에게서도 인간 본래의 온정을 찾을 수는 없었다. 그네들은 거의 옆의 사람에게 한마디 말을 건네는 일도 없이, 오직 자기네들 사무에 바빴고, 그리고 간혹 말을 건네도, 그것은 자기네가 타고 갈 열차의 시각이나 그러한 것에 지나지 않았다. 그네들의 동료가 아닌 사람에게 그네들은 변소에 다녀올 동안의 그네들 짐을 부탁하는 일조차 없었다. 남을 결코 믿지 않는 그네들의 눈은 보기에 딱하고 또 가엾었다.

구보는 한구석에 가 서서, 그의 앞에 앉아 있는 노파를 본다. 그는 뉘 집에 드난을 살다가 이제 늙고 또 쇠잔한 몸을 이끌어, 결코 넉넉하지 못한 어느 시골, 딸네 집이라도 찾아가는지 모른다. 이미 굳어버린 그의 안면 근육은 어떠한 다행한 일에도 펴질 턱 없고, 그리고 그의 몽롱한 두 눈은 비록 그의 딸의 그지없는 효양(孝養)을 가지고도 감동시킬 수 없을지 모른다. 노파 옆에 앉은 중년의 시골 신사는 그의 시골서 조그만 백화점을 경영하고 있을 게다. 그의 점포에는 마땅히 주단포목도 있고, 일용잡화도 있고, 또 흔히 쓰이는 약품도 갖추어 있을 게다. 그는 이제 그의 옆에 놓인 물품을 들고 자랑스러이 차에 오를 게다. 구보는 그 시골 신사가 노파와 사이에 되도록 간격을 가지려고 노력하는 것을 발견하고, 그리고 그를 업신여겼다. 만약 그에게 얕은 지혜와 또 약간의 용기를 주면 그는 삼등 승차권을 주머니 속에 간수하고 일이등 대합실에 오만하게 자리잡고 앉을 게다.

문득 구보는 그의 얼굴에 부종(浮腫)을 발견하고 그의 앞을 떠났다. 신장염. 그뿐 아니라, 구보는 자기 자신의 만성 위확장(胃擴張)을 새삼스러이 생각해 내지 않으면 안 되었다. 그러나 구보가 매점 옆에까지 갔을 때, 그는 그곳에서도 역시 병자를 보지 않으면 안 되었다. 40여 세의 노동자. 전경부(前頸部)의 광범한 팽륭(澎隆). 돌출한 안구. 또 손의 경미한 진동. 분명한 바세도씨병. 그것은 누구에게든 결코 깨끗한 느낌을 주지는 못한다. 그의 좌우에는 좌석이 비어 있어도 사람들은 그곳에 앉으려 들지 않는다. 뿐만 아니라, 그에게서 두 칸통 떨어진 곳에 있던 아이 업은 젊은 아낙네가 그의 바스켓 속에서 꺼내다 잘못하여 시멘트 바닥에 떨어뜨린 한 개의 복숭아가 굴러 병자의 발 앞에까지 왔을 때, 여인은 그것을 쫓아와 집기를 단념하기조차 하였다.

구보는 이 조그만 사건에 문득, 흥미를 느끼고, 그리고 그의 '대학노트'를 펴들었다. 그러나 그가 문 옆에 기대어 섰는 캡 쓰고 린네르 쓰메에리 양복 입은 사내의, 그 온갖 사람에게 의혹을 갖는 두 눈을 발견하였을 때, 구보는 또다시 우울 속에 그곳을 떠나지 않으면 안 된다.

개찰구 앞에

두 명의 사내가 서 있었다. 낡은 파나마에 모시 두루마기 노랑 구두를 신고, 그리고 손에 조그만 보따리 하나도 들지 않은 그들을, 구보는, 확신을 가져 무직자라고 단정한다. 그리고 이 시대의 무직자들은, 거의 다 금광 브로커에 틀림없었다. 구보는 새삼스러이 대합실 안팎을 둘러본다. 그러한 인물들은, 이곳에도 저곳에도 눈에 띄었다.

황금광시대(黃金狂時代)—

저도 모를 사이에 구보의 입술을 무거운 한숨이 새어 나왔다. 황금을 찾아, 황금을 찾아, 그것도 역시 숨김 없는 인생의, 분명히, 일면이다. 그것은 적어도, 한 손에 단장(短杖)과 또 한 손에 공책을 들고, 목적 없이 거리로 나온 자기보다는 좀 더 진실한 인생이었을지도 모른다. 시내에 산재한 무수한 광무소(鑛務所). 인지대 백 원. 열람비 오 원. 수수료 십 원. 지도대(地圖代) 십팔 전…… 출원 등록된 광구, 조선 전토(全土)의 칠 할. 시시각각으로 사람들은 졸부(猝富)가 되고, 또 몰락하여 갔다. 황금광시대. 그들 중에는 평론가와 시인, 이러한 문인들조차 끼어 있었다. 구보는 일찍이 창작을 위하여 그의 벗의 광산에 가보고 싶다 생각하였다. 사람들의 사행심(射倖心), 황금의 매력, 그러한 것들을 구보는 보고, 느끼고, 하고 싶었다. 그러나, 고도의 금광열은, 오히려, 총독부 청사, 동측 최고층, 광무과(鑛務課) 열람실에서 볼 수 있었다…….

문득, 한 사내가 둥글넓적한, 그리고 또 비속(卑俗)한 얼굴에 웃음을 띠고, 구보 앞에 그의 모양 없는 손을 내민다. 그도 벗이라면 벗이었다. 중학 시대의 열등생. 구보는 그래도 약간 웃음에 가까운 표정을 지어 보이고, 그리고, 단장 든 손을 그대로 내밀어 그의 손을 가장 엉성하게 잡았다. 이거 얼마 만이야. 어디, 가나. 응, 자네는—

구보는 친하지 않은 사람에게 '자네' 소리를 들으면 언제든 불쾌하였다. '해라'는, 해라는 오히려 나았다. 그 사내는 주머니에서 금시계를 꺼내 보고, 다음에 구보의 얼굴을 쳐다보며, 저기 가서 차라도 안 먹으려나. 전당포 집의 둘째아들. 구보는 그러한 사내와 자리를 같이하여 차를 마실 생각은 없었다. 그러나, 그러한 경우에 한 개의 구실을 지어, 그 호의를 사절할 수 있도록 구보는 용감하지 못하다. 그 사내는 앞장을 섰다. 자아 그럼 저리로 가지. 그러나 그것은 구보에게만 한 말이 아니었다.

구보는 자기 뒤를 따라오는 한 여성을 보았다. 그는 한번 흘낏 보기에도, 한 사내의 애인 된 티가 있었다. 어느 틈엔가 이런 자도 연애를 하는 시대가 왔나. 새삼스러이 그 천한 얼굴이 쳐다보였으나, 그러나 서정시인조차 황금광으로 나서는 때다.

의자에 가 가장 자신있이 앉아, 그는 주문 들으러 온 소녀에게, 나는 가루삐스(칼피스), 그리고 구보를 향하여, 자네두 그걸루 하지. 그러나 구보는 거의 황급하게 고개를 흔들고, 나는 홍차나 커피로 하지.

음료 칼피스를, 구보는, 좋아하지 않는다. 그것은 외설(猥褻)한 색채를 갖는다. 또, 그 맛은 결코 그의 미각에 맞지 않았다. 구보는 차를 마시며, 문득, 끽다점(喫茶店)에서 사람들이 취하는 음료를 가져, 그들의 성격, 교양, 취미를 어느 정도까지는 알 수 있을 것이 아닌가, 하고 생각하여 본다. 그리고 그것은 동시에, 그네들의 그때, 그때의 기분조차 표현하고 있을 게다.

구보는 맞은편에 앉은 사내의, 그 교양 없는 이야기에 건성 맞장구를 치며, 언제든 그러한 것을 연구하여 보리라 생각한다.

월미도로

놀러가는 듯싶은 그들과 헤어져, 구보는 혼자 역 밖으로 나온다. 이러한 시각에 떠나는 그들은 적어도 오늘 하루를 그곳에서 묵을 게다. 구보는, 문득, 여자의 발가숭이를 아무 거리낌 없이 애무할 그 남자의, 야비한 웃음으로 하여 좀 더 추악해진 얼굴을 눈앞에 그려보고, 그리고 마음이 편안하지 못했다.

여자는, 여자는 확실히 어여뻤다. 그는, 혹은, 구보가 이제까지 어여쁘다고 생각하여 온 온갖 여인들보다도 좀 더 어여뻤을지도 모른다. 그뿐 아니다. 남자가 같이 '가루삐스'를 먹자고 권하는 것을 물리치고, 한 접시의 아이스크림을 지망할 수 있도록 여자는 총명하였다.

문득, 구보는, 그러한 여자가 왜 그자를 사랑하려 드나, 또는 그자의 사랑을 용납하는 것인가 하고, 그런 것을 괴이하게 여겨본다. 그것은, 그것은 역시 황금 까닭일 게다. 여자들은 그렇게도 쉽사리 황금에서 행복을 찾는다. 구보는 그러한 여자를 가엾이, 또 안타깝게 생각하다가, 갑자기 그 사내의 재력을 탐내본다. 사실, 같은 돈이라도 그 사내에게 있어서는 헛되이, 그리고 또 아깝게 소비되어 버릴 게다. 그는 날마다 기름진 음식이나 실컷 먹고, 살찐 계집이나 즐기고, 그리고 아무 앞에서나 그의 금시계를 꺼내보고는 만족하여 할 게다.

일순간, 구보는, 그 사내의 손으로 소비되어 버리는 돈이, 원래 자기의 것이나 되는 것같이 입맛을 다시어보았으나, 그 즉시, 그러한 제 자신을 픽 웃고, 내가 언제부터 이렇게 돈에 걸신이 들렸누…… 단장 끝으로 구두코를 탁 치고, 그리고 좀 더 빠른 걸음걸이로 전차선로를 횡단하여, 구보는 포도 위를 걸어갔다.

그러나 여자는, 확실히 어여뻤고, 그리고 또…… 구보는, 갑자기, 그 여자가 이미 오래전부터 그자에게 몸을 허락하여 온 것이나 아닐까, 생각하였다. 그것은 생각만 하여 볼 따름으로 그의 마음을 언짢게 하여 준다. 역시, 여자는 결코 총명하지 못했다. 또 생각하여 보면, 어딘지 모르게 저속한 맛이 있었다. 결코 기품 있는 인물은 아니다. 그저 좀 예쁠 뿐…….

그러나 그 여자가 그자에게 쉽사리 미소를 보여주었다고 새삼스러이 여자의 값어치를 깎을 필요는 없었다. 남자는 여자의 육체를 즐기고, 여자는 남자의 황금을 소비하고, 그리고 두 사람은 충분히 행복일 수 있을 게다. 행복이란 지극히 주관적의 것이다…….

어느 틈엔가, 구보는 조선은행 앞에까지 와 있었다. 이제 이대로, 이대로 집으로 돌아갈 마음은 없었다. 그러면 어디로— 구보가 또다시 고독과 피로를 느꼈을 때, 약칠해 신으시죠 구두에. 구보는 혐오의 눈을 가져 그 사내를, 남의 구두만 항상 살피며, 그곳에 무엇이든 결점을 잡아내고야 마는 그 사내를 흘겨보고, 그리고 걸음을 옮겼다. 일면식(一面識)도 없는 나의 구두를 비평할 권리가 그에게 있기라도 하단 말인가. 거리에서 그에게 온갖 종류의 불유쾌한 느낌을 주는 온갖 종류의 사물을 저주하고 싶다, 생각하며, 그러나, 문득, 구보는 이러한 때, 이렇게 제 몸을 혼자 두어 두는 것에 위험을 느낀다. 누구든 좋았다. 벗과, 벗과 같이 있을 때, 구보는 얼마쯤 명랑할 수 있었다. 혹은, 명랑을 가장할 수 있었다.

마침내, 그는 한 벗을 생각해 내고, 길가 양복점으로 들어가 전화를 빌렸다. 다행하게도 벗은 아직 사(社)에 남아 있었다. 바로 지금 나가려던 차야 하고, 그는 말했다.

구보는 그에게 부디 다방으로 와주기를 청하고, 그리고 잠깐 또 할 말을 생각하다가, 저편에서 전화를 끊어버릴 것을 염려하여 당황하게 덧붙여 말했다.

"꼭 좀, 곧 좀, 오—"

다행하게도

다시 돌아간 다방 안에, 사람들은 많지 않았다. 또, 문득, 생각하고 둘러보아, 그 벗 아닌 벗도 그곳에 있지 않았다. 구보는 카운터 가까이 자리를 잡고 앉아, 마침, 자기가 사랑하는 스키파의 '아이 아이 아이'를 들려주는 이 다방에 애정을 갖는다. 그것이 허락받을 수 있는 것이라면 그는 지금 앉아 있는 등의자를 안락의자로 바꾸어, 감미한 오수(午睡)를 즐기고 싶다, 생각한다. 이제 그는 그의 앞에, 아까의 신기료 장수를 보더라도, 고요한 마음을 가져 그를 용납하여 줄 수 있을 게다.

조그만 강아지가, 저편 구석에 앉아, 토스트를 먹고 있는 사내의 그리 대단하지도 않은 구두코를 핥고 있었다. 그 사내는 발을 뒤로 무르며, 쉬— 쉬— 강아지를 쫓았다. 강아지는 연해 꼬리를 흔들며 잠깐 그 사내의 얼굴을 쳐다보다가, 돌아서서 다음 탁자 앞으로 갔다. 그곳에 앉아 있는 젊은 여자는, 그는 확실히 개를 무서워하는 듯싶었다. 다리를 잔뜩 옹크리고 얼굴빛조차 변하여 가지고, 그는 크게 뜬 눈으로 개의 동정만 살폈다. 개는 여전히 꼬리를 흔들며 그러나, 저를 귀해 주고 안 해주는 사람을 용하게 가릴 줄이나 아는 듯이, 그곳에 오래 머무르지 않고, 또 옆 탁자로 갔다. 그러나 구보가 앉아 있는 자리에서는 그곳이 잘 안 보였다. 어떠한 대우를 그 가엾은 강아지가 그곳에서 받았는지 그는 모른다. 그래도 어떻든 만족한 결과는 아니었던 게다. 강아지는 다시 그곳을 떠나, 이제는 사람들의 사랑을 구하기를 아주 단념이나 한 듯이 구보에게서 한 칸통쯤 떨어진 곳에가 두 발을 쭉 뻗고 모로 쓰러져 버렸다.

강아지의 반쯤 감은 두 눈에는 고독이 숨어 있는 듯싶었다. 그리고 그와 함께, 모든 것에 대한 단념도 그곳에 있는 듯싶었다. 구보는 그 강아지를 가엾다, 생각한다. 저를 사랑하는 사람이 단 한 사람일지라도 이 다방 안에 있음을 알려주고 싶다, 생각한다. 그는, 문득, 자기가 이제까지 한 번도 그의 머리를 쓰다듬어 준다거나, 또는 그가 핥는 대로 손을 맡기어 둔다거나, 그러한 그에 대한 사랑의 표현을 한 일이 없었던 것을 생각해 내고, 손을 내밀어 그를 불렀다. 사람들은 이런 경우에 휘파람을 분다. 그러나 원래 구보는 휘파람을 안 분다. 잠깐 궁리하다가, 마침내 그는 개에게만 들릴 정도로 '캄, 히어' 하고 말해 본다.

강아지는 영어를 해득하지 못하는지도 모른다. 머리를 들어 구보를 쳐다보고, 그리고 아무 흥미도 느낄 수 없는 듯이 다시 머리를 떨어뜨렸다. 구보는 의자 밖으로 몸을 내밀어, 조금 더 큰 소리로, 그러나 한껏 부드럽게, 또 한 번, '캄, 히어.' 그리고 그것을 번역하였다. '이리 온.' 그러나 강아지는 먼젓번 동작을 또 한 번 되풀이하였을 따름, 이번에는 입을 벌려 하품 비슷한 짓을 하고, 아주 눈까지 감는다.

구보는 초조와, 또 일종 분노에 가까운 감정을 맛보며, 그래도 그것을 억제하고 이번에는 완전히 의자에서 떠나, 그의 머리를 쓰다듬어주려 하였다. 그러나 그보다도 먼저 강아지는 진저리치게 놀라, 몸을 일으켜, 구보에게 향하여 적대적 자세를 취하고, 캥, 캐캥 하고 짖고, 그리고, 제풀에 질겁을 하여 카운터 뒤로 달음질쳐 들어갔다.

구보는 저도 모르게 얼굴을 붉히고, 그 강아지의 방정맞은 성정(性情)을 저주하며, 수건을 꺼내어, 땀도 안 난 이마를 두루 씻었다. 그리고, 그렇게까지 당부하였건만, 곧 와주지 않는 벗에게조차 그는 가벼운 분노를 느끼지 않으면 안 된다.

마침내

벗이 왔다. 그렇게 늦게 온 벗을 구보는 책망할까 하고 생각하여 보았으나, 그보다 먼저 진정 반가워하는 빛이 그의 얼굴에 떠올랐다. 사실, 그는, 지금 벗을 가진 몸의 다행함을 느낀다.

그 벗은 시인이었음에도 불구하고, 극히 건장한

육체와 또 먹기 위하여 어느 신문사 사회부 기자의 직업을 가지고 있었다. 그것이 때로 구보에게 애달픔을 주지 않는 것은 아니다. 그래도, 그래도 그와 대하여 있으면, 구보는 마음속에 밝음을 가질 수 있었다.

"나, 소다스이(소다수)를 다우."

벗은, 즐겨 음료 조달수(曹達水)를 취하였다. 그것은 언제든 구보에게 가벼운 쓴웃음을 준다. 그러나 물론 그것은 적어도 불쾌한 감정은 아니다.

다방에 들어오면, 여학생이나 같이, 조달수를 즐기면서도, 그래도 벗은 조선 문학 건설에 가장 열의를 가지고 있었다. 그러한 그가 하루에 두 차례씩, 종로서와, 도청과, 또 체신국엘 들르지 않으면 안 되었던 것은 한 개의 비참한 현실이었을지도 모른다. 마땅히 시를 초(草)하여야만 할 그의 만년필을 가져, 그는 매일같이 살인 강도와 방화범인의 기사를 쓰지 않으면 안 되었다. 그래 이렇게 제 자신의 시간을 가지면 그는 억압당하였던, 그의 문학에 대한 열정을 쏟아논다.

오늘은 주로 구보의 소설에 대하여서였다. 그는, 즐겨 구보의 작품을 읽는 사람의 하나이다. 그리고, 또, 즐겨 구보의 작품을 비평하려 드는 독지가(篤志家)였다. 그러나, 그의 그러한 후의(厚意)에도 불구하고, 구보는 자기 작품에 대한 그의 의견에 그다지 신용을 두고 있지 않았다. 언젠가, 벗은 구보의 그리 대단하지 않은 작품을 오직 한 개 읽었을 따름으로, 구보를 완전히 알 수나 있었던 것같이 생각하고 있는 듯싶었다.

오늘은, 그러나, 구보는 그의 말에 귀를 기울이지 않으면 안 된다. 벗은, 요사이 구보가 발표하고 있는 작품을 가리켜 작자가 그의 나이 분수보다 엄청나게 늙었음을 말했다. 그러나 그뿐이면 좋았다. 벗은 또, 작자가 정말 늙지는 않고, 오직 늙음을 가장하였을 따름이라고 단정하였다. 혹은 그럴지도 모른다. 구보에게는 그러한 경향이 있었을지도 모른다. 그리고 다시 돌이켜 생각하면, 그것이 오직 가장(假裝)에 그치고, 그리고 작자가 정말 늙지 않았음은, 오히려 구보가 기꺼하여 마땅할 일일 게다.

그러나 구보는 그의 작품 속에서 젊을 수가 없었을지도 모른다. 그가 만약 구태여 그러려 하면, 벗은, 이번에는, 작자가 무리로 젊음을 가장하였다고 말할 게다. 그리고 그것은 틀림없이 구보의 마음을 슬프게 하여 줄 게다……

어느 틈엔가, 구보는 그 화제에 권태를 깨닫고, 그리고 저도 모르게 '다섯 개의 능금(林檎)' 문제를 풀려 들었다. 자기가 완전히 소유한 다섯 개의 능금을 대체 어떠한 순차로 먹어야만 마땅할 것인가. 그것에는 우선 세 가지의 방법이 있을 게다. 그중 맛있는 놈부터 차례로 먹어가는 법. 그것은, 언제든, 그중에 맛있는 놈을 먹고 있다는 기쁨을 우리에게 줄 게다. 그러나 그것은 혹은 그 결과가 비참하지나 않을까. 이와 반대로, 그중 맛없는 놈부터 차례로 먹어가는 법. 그것은 점입가경(漸入佳境), 그러한 뜻을 가지고 있으나, 뒤집어 생각하면, 사람은 그 방법으로는 항상 그중 맛없는 놈만 먹지 않으면 안 되는 셈이다. 또 계획 없이 아무거나 집어먹는 법. 그것은……

구보는, 맞은편에 앉아, 그의 문학론에, 앙드레 지드의 말을 인용하고 있던 벗을, 갑자기, 이 유민(遊民)다운 문제를 가져 어이없게 만들어주었다. 벗은 대체, 그 다섯 개의 능금이 문학과 어떠한 교섭을 갖는가 의혹하며, 자기는 일찍이 그러한 문제를 생각하여 본 일이 없노라 말하고,

"그래, 그것이 어쨌단 말이야."

"어쩌기는 무에 어째."

그리고 구보는 오늘 처음으로 명랑한, 혹은 명랑을 가장한 웃음을 웃었다.

문득

창 밖 길가에, 어린애 울음소리가 들린다. 그것은 울음소리에는 틀림없었다. 그러나 어린애의 것

보다는 오히려 짐승의 소리에 가까웠다. 구보는 『율리시즈』를 논하고 있는 벗의 탁설(卓說)에는 상관없이, 대체, 누가 또 죄악의 자식을 낳았누, 하고 생각한다.

가엾은 벗이 있었다. 그는, 어렸을 때부터 그렇게도 불행하였던 그는, 온갖 고생을 겪지 않으면 안 되었었고, 또 그렇게 경난(經難)한 사람이었던 까닭에, 벗과의 사이에 있어서도 가장 관대한 품이 있었다. 그는 거의 구보의 친우였다. 그러나, 그에게는 남자로서의 가장 불행한 약점이 있었다. 그의 앞에서 구보가 말을 한다면, '다정다한(多情多恨)', 이러한 문자를 사용할 게다. 그러나 그것은 한 개의 수식에 지나지 않았고, 그 벗의 통제를 잃은 성 본능은 누가 보기에도 진실로 딱한 것임에 틀림없었다. 구보는, 왕왕이, 그 벗의 여성에 대한 심미안(審美眼)에 의혹을 갖기조차 하였다. 그러나 오히려 그러고 있는 동안은 좋았다. 마침내 비극이 왔다. 그 벗은, 결코 아름답지도 총명하지도 않은 한 여성을 사랑하고, 여자는 또 남자를 오직 하나의 사내라 알았을 때, 비극은 비롯한다. 여자가 어느 날 저녁 남자와 마주앉아, 얼굴조차 붉히고, 그리고 자기가 이미 홑몸이 아님을 고백하였을 때, 남자는 어느 틈엔가 그 여자에 대하여 거의 완전히 애정을 상실하고 있었다. 여자는 어리석게도 모성(母性)됨의 기쁨을 맛보려 하였고, 그리고 남자의 사랑을 좀 더 확실히 포착할 수 있을 것같이 생각하였다. 그러나 남자는 오직 제 자신이 곤경에 빠졌음을 한(恨)하고, 그리고 또 그 젊은 어미에게 대한 자기의 책임을 느끼지 않으면 안 되었던 까닭에, 좀 더 그 여자를 미워하였을지도 모른다.

여자는, 그러나, 남자의 변심을 깨닫지 못하였을지도 모른다. 또, 설혹, 그가 알 수 있었더라도, 역시, 그 수밖에 없었을지도 모른다. 여자는 돌도 안 된 아이를 안고, 남자를 찾아 서울로 올라왔다. 그러나 그곳에는 그들 모자를 위하여 아무러한 밝은 길이 없었다. 이미 반생을 고락을 같이하여 온 아내가 남자에게는 있었고, 또 그와 견주어볼 때, 이 가정의 틈입자(闖入者)는 어떠한 점으로든 떨어졌다. 특히 아이와 아이를 비(比)하여 볼 때 그러하였다. 가엾은 사생자(私生子)는 나이 분수보다 엄청나게나 거대한 체구와, 또 치매적(痴呆的) 안모(顏貌)를 가지고 있었다.

그러나 그것만이라면, 오히려 좋았다. 한 번 그 아이의 울음소리를 들을 수 있었을 때, 사람들은 가장 언짢고 또 야릇한 느낌을 갖지 않으면 안 되었다. 그것은 결코 사람의 아이의 울음이 아니었다. 그것은 그들의, 특히, 남자의 죄악에 진노한 신(神)이, 그 아이의 비상한 성대를 빌려, 그들의, 특히, 남자의 죄악을 규탄하고, 또 영구히 저주하는 것인 것만 같았다……

구보는 그저 『율리시즈』를 논하고 있는 벗을 깨닫고, 불쑥, 그야 제임스 조이스의 새로운 시험에는 경의를 표하여야 마땅할 게지. 그러나 그것이 새롭다는, 오직 그 점만 가지고 과중평가를 할 까닭이야 없지. 그리고 벗이 그 말에 대하여, 항의를 하려 하였을 때, 구보는 의자에서 몸을 일으키어, 벗의 등을 치고, 자아 그만 나갑시다.

그들이 밖에 나왔을 때, 그곳에 황혼이 있었다. 구보는 이 시간에, 이 거리에, 맑고 깨끗함을 느끼며, 문득, 벗을 돌아보았다.

"이제 어디로 가?"

"집으루 가지."

벗은 서슴지 않고 대답하였다. 구보는 대체 누구와 이 황혼을 지내야 할 것인가 망연하여한다.

전차를 타고

벗은 이내 집으로 돌아가고 말았다. 집이 아니다. 여사(旅舍)였다. 주인집 식구 말고, 아무도 없을 여사로, 그는 그렇게 저녁 시간을 맞추어가야만 할까. 만약 그것이 단지 저녁밥을 먹기 위하여서의 일이라면……

"지금부터 집엘 가서 무얼 할 생각이오?"

그러나 그것은 물론 어리석은 물음이었다. '생활'을 가진 사람은 마땅히 제 집에서 저녁을 먹어야 할 게다. 벗은 구보와 비겨 볼 때, 분명히 생활을 가지고 있었다.

하루의 대부분을 속무(俗務)에 헤매지 않으면 안 되었던 그는 이제 저녁 후의 조용한 제 시간을 가져, 독서와 창작에서 기쁨을 찾을 게다. 구보는, 구보는 그러나 요사이 그 기쁨을 못 갖는다.

어느 틈엔가, 구보는 종로 네거리에 서서, 그곳에 황혼과, 또 황혼을 타서 거리로 나온 노는 계집의 무리들을 본다. 노는 계집들은 오늘도 무지(無智)를 싸고 거리에 나왔다. 이제 곧 밤은 올 게요, 그리고 밤은 분명히 그들의 것이었다. 구보는 포도 위에 눈을 떨어뜨려, 그곳에 무수한 화려한 또는 화려하지 못한 다리를 보며, 그들의 걸음걸이를 가장 위태롭다 생각한다. 그들은, 모두가 숙녀화에 익숙하지 못한 것은 아니다. 그러나 그러함에도 불구하고, 그들은 모두들 가장 서투르고, 부자연한 걸음걸이를 갖는다. 그것은, 역시, '위태로운 것'이라고밖에 말할 수 없는 것임에 틀림없었다.

그들은, 그러나 물론 그런 것을 그들 자신 깨닫지 못한다. 그들의 세상살이의 걸음걸이가, 얼마나 불안정한 것인가를 깨닫지 못한다. 그들은 누구 하나 인생에 확실한 목표를 가지고 있지 않았으나, 무지는 거의 완전히 그 불안에서 그들의 눈을 가리어 준다.

그러나 포도를 울리는 것은 물론 그들의 가장 불안정한 구두 뒤축뿐이 아니었다. 생활을, 생활을 가진 온갖 사람들의 발끝은 이 거리 위에서 모두 자기네들 집으로 향하여 놓여 있었다. 집으로 집으로, 그들은 그들의 만찬과 가족의 얼굴과 또 하루 고역 뒤의 안위를 찾아 그렇게도 기꺼이 걸어가고 있다. 문득, 저도 모를 사이에 구보의 입술을 새어 나오는 다쿠보쿠의 단가(短歌)—

누구나 모두 집 가지고 있다는 애달픔이여
무덤에 들어가듯
돌아와서 자옵네

그러나 구보는 그러한 것을 초저녁의 거리에서 느낄 필요는 없다. 아직 그는 집에 돌아가지 않아도 좋았다. 그리고 좁은 서울이었으나, 밤늦게까지 헤맬 거리와, 들를 처소가 구보에게 있었다.

그러나 대체 누구와 이 황혼을…… 구보는 거의 자신을 가지고, 걷기 시작한다. 벗이 있다. 황혼을, 또 밤을 같이 지낼 벗이 구보에게 있다. 종로 경찰서 앞을 지나 하얗고 납작한 조그만 다료(茶寮)엘 들른다.

그러나 주인은 없었다. 구보가 다시 문으로 향하여 나오면서, 왜 자기는 그와 미리 맞추어 두지 않았던가, 뉘우칠 때, 아이가 생각난 듯이 말했다. 참, 곧 돌아오신다구요, 누구 오시거든 기다리시라구요. '누구'가, 혹은 특정한 인물일지도 모른다. 벗은 혹은, 구보와 이제 행동을 같이할 수 없을지도 모른다. 그래도 사람은 언제든 희망을 가져야 하고, 달리 찾을 벗을 갖지 아니한 구보는, 하여튼 이제 자리에 앉아, 돌아올 벗을 기다려야 한다.

여자를

동반한 청년이 축음기 놓여 있는 곳 가까이 앉아 있었다. 그는 노는 계집 아닌 여성과 그렇게 같이 앉아 차를 마실 수 있는 것에 득의(得意)와 또 행복을 느낄 수 있었는지도 모른다. 그의 육체는 건강하였고, 또 그의 복장은 화미(華美)하였고, 그리고 그의 여인은 그에게 그렇게도 용이하게 미소를 보여주었던 까닭에, 구보는 그 청년에게 엷은 질투와 또 선망을 느끼지 않으면 안 되었다. 그뿐 아니다. 그 청년은, 한 개의 인단용기(仁丹容器)와, 로도 목약(目藥)을 가지고 있는 것에조차 철없는 자랑을 느낄 수 있었던 듯싶었다. 구보는 제 자신, 포용력을 가지고 있는 듯싶게 가장하는 일 없이, 그의 명랑성에 참말 부러움을 느낀다.

그 사상에는 황혼의 애수와 또 고독이 혼화되어 있었는지도 모른다. 구보는 극히 음울할 제 표정을 깨닫고, 그리고 이 안에 거울이 없음을 다행하여 한다. 일찍이, 어느 시인이 구보의 이 심정을 가리켜 독신자의 비애라 하였다. 그러나 그것은 언뜻 그러한 듯싶으면서도 옳지 않았다. 구보가 새로운 사랑을 찾으려 하지 않고, 때로 좋은 벗의 우정에 마음을 의탁하려 한 것은 제법 오랜 일이다……

어느 틈엔가, 그 여자와 축복받은 젊은이는 이 안에서 사라지고, 밤은 완전히 다료 안팎에 왔다. 이제 어디로 가나. 문득, 구보는 자기가 그동안 벗을 기다리면서도 벗을 잊고 있었던 사실에 생각이 미치고, 그리고 호젓한 웃음을 웃었다. 그것은 일찍이 사랑하는 여자와 마주 대하여 권태와 고독을 느끼었던 것보다도 좀 더 애처로운 일임에 틀림없었다.

구보의 눈이 갑자기 빛났다. 참 그는 그 뒤 어찌 되었을꼬. 비록 어떠한 종류의 것이든 추억을 갖는다는 것은 사람의 마음을 고요하게, 또 기쁘게 하여 준다.

동경의 가을이다. 간다(神田) 어느 철물전(鐵物廛)에서 한 개의 네일클리퍼(손톱깎기)를 구한 구보는 진보초(神保町) 그가 가끔 드나드는 끽다점을 찾았다. 그러나 그것은 휴식을 위함도, 차를 먹기 위함도 아니었던 듯싶다. 오직 오늘 새로 구한 것으로 손톱을 깎기 위하여서만인지도 몰랐다. 그중 구석진 테이블. 그중 구석진 의자. 통속작가들이 즐겨 취급하는 종류의 로맨스의 발단이 그곳에 있었다. 광선이 잘 안 들어오는 그곳 마룻바닥에서 구보의 발길에 차인 것. 한 권 대학 노트에는 윤리학 석 자와 '임(妊)' 자가 든 성명이 기입되어 있었다.

그것은 일종의 죄악일 게다. 그러나 젊은이들에

게 그만한 호기심은 허락되어도 좋다. 그래도 구보는 다른 좌석에서 잘 안 보이는 위치에 노트를 놓고, 그리고 손톱을 깎을 것도 잊고 있었다.

제1장 서론(緖論), 제1절 윤리학의 정의. 2. 규범과학. 제2장 본론. 도덕 판단의 대상. C동기설과 결과설. 예 1. 빈가(貧家)의 자손이 효양(孝養)을 위해서 절도함. 2. 허영심을 만족하기 위한 자선사업. 제2학기. 3. 품성 형성의 요소. 1. 의지필연론……

그리고 여백에, 연필로, 그러나 수치심은 사랑의 상상 작용에 조력(助力)을 준다. 이것은 사랑에 생명을 주는 것이다. 스탕달의 『연애론』의 일절. 그리고는 연락(連絡) 없이, 『서부전선 이상 없다』. 요시야 노부코(吉屋信子). 아쿠타가와 류노스케(芥川龍之介). 어제 어디 갔었니. '라부파레드(러브 퍼레이드)'를 보았니…… 이런 것들이 씌어 있었다.

다료의 주인이 돌아왔다. 아 언제 왔소. 무슨 좋은 소식 있소. 구보는 대답 없이 자리에서 일어나, 노트와 단장을 집어 들고, 저녁 먹으러 나갑시다. 그리고 속으로 지난날의 조그만 로맨스를 좀 더 이어 생각하려 한다.

다료에서

나와, 벗과, 대창옥(大昌屋)으로 향하며, 구보는 문득 대학 노트 틈에 끼어 있었던 한 장의 엽서를 생각하여 본다. 물론 처음에 그는 망설거렸었다. 그러나 여자의 숙소까지를 알 수 있었으면서도 그 한 기회에서 몸을 피할 수는 없었다. 그는 우선 젊었고, 또 그것은 흥미있는 일이었다. 소설가다운 온갖 망상을 즐기며, 이튿날 아침 구보는 이내 여자를 찾았다. 우시코메쿠(牛込區) 야라이초(矢來町). 주인집은 신조사(新潮社) 근처에 있었다. 인품 좋은 주인 여편네가 나왔다 들어간 뒤, 현관에 나온 노트 주인은 분명히…… 그들이 걸어가고 있는 쪽에서 미인이 왔다. 그들을 보고 빙그레 웃고, 그리고 지났다. 벗의 다료 옆, 카페 여급. 벗이 돌아보고 구보의 의견을 청하였다. 어때 예쁘지. 사실, 여자는, 이러한 종류의 계집으로서는 드물게 어여뻤다. 그러나 그는 이 여자보다 좀 더 아름다웠던 것임에 틀림없었다.

어서 옵쇼. 설렁탕 두 그릇만 주우. 구보가 노트를 내어놓고, 자기의 실례에 가까운 심방(尋訪)에 대한 변해(辯解)를 하였을 때, 여자는, 순간에, 얼굴이 붉어졌다. 모르는 남자에게 정중한 인사를 받은 까닭만이 아닐 게다. 어제 어디 갔었니. 요시야 노부코. 구보는 문득 그런 것들을 생각해 내고, 여자 모르게 빙그레 웃었다. 맞은편에 앉아, 벗은 숟가락 든 손을 멈추고, 빠안히 구보를 바라보았다. 그 눈은, 무슨 생각을 하고 있느냐, 물었는지도 모른다. 구보는 생각의 비밀을 감추기 위하여 의미 없이 웃어 보였다. 좀 올라오세요. 여자는 그렇게 말하였었다. 말로는 태연하게, 그러면서도 그의 볼은 역시 처녀답게 붉어졌다. 구보는 그의 말을 쫓으려다 말고, 불쑥, 같이 산책이라도 안 하시렵니까, 볼일 없으시면. 그날은 일요일이었고, 여자는 마악 어디 나가려던 차인지 나들이옷을 입고 있었다. 통속소설은 템포가 빨라야 한다. 그 전날, 윤리학 노트를 집어 들었을 때부터 이미 구보는 한 개 통속소설의 작자이었고 동시에 주인공이었던 것임에 틀림없었다. 그는 여자가 기독교 신자인 경우에는 제 자신 목사의 졸음 오는 설교를 들어도 좋다고까지 생각하고 있었다. 여자는 또 한 번 얼굴을 붉히고, 그러나 구보가, 만일 볼일이 계시다면, 하고 말하였을 때, 당황하게, 아니에요 그럼 잠깐 기다려 주세요, 그리고 여자는 핸드백을 들고 나왔다. 분명히 자기를 믿고 있는 듯싶은 여자 태도에 구보는 자신을 갖고, 참 이번 주일에 무사시노칸(武藏野館) 구경하셨습니까. 그리고 그와 함께 그러한 자기가 할 일 없는 불량소년같이 생각되고, 또 만약 여자가 그렇게도 쉽사리 그의 유인에 빠진다면, 그것은 아무리 통속소설이라

도 독자는 응당 작자를 신용하지 않을 게라고 속으로 싱겁게 웃었다. 그러나 설혹 그렇게도 쉽사리 여자가 그를 좇더라도 구보는 그것을 경박하다고 생각하고 싶지 않았다. 그것에는 경박이란 문자는 맞지 않을 게다. 구보는 자부심으로서는 여자가 초면임에도 불구하고 자기를 족히 믿을 만한 남자라 알아볼 수 있도록 그렇게 총명하다고 생각하고 싶었다.

여자는 총명하였다. 그들이 무사시노칸 앞에서 자동차를 내렸을 때, 그러나 구보는 잠시 그곳에 우뚝 서 있을 수밖에 없었다. 그것은 뒤에서 내리는 여자를 기다리기 위하여서가 아니다. 그의 앞에 외국 부인이 빙그레 웃으며 서 있었던 까닭이다. 구보의 영어 교사는 남녀를 번갈아 보고, 새로이 의미심장한 웃음을 웃고 오늘 행복을 비오, 그리고 제 길을 걸었다. 그것에는 혹은 삼십 독신녀의 젊은 남녀에게 대한 빈정거림이 있었는지도 모른다. 구보는 소년과 같이 이마와 콧잔등이에 무수한 땀방울을 깨달았다. 그래 구보는 바지주머니에서 수건을 꺼내어 그것을 씻지 않으면 안 되었다. 여름 저녁에 먹은 한 그릇의 설렁탕은 그렇게도 더웠다.

이곳을

나와, 그러나, 그들은 한길 위에 우두머니 선다. 역시 좁은 서울이었다. 동경이면, 이러한 때 구보는 우선 은좌(銀座)로라도 갈 게다. 사실 그는 여자를 돌아보고, 은좌로 가서 차라도 안 잡수시렵니까, 그렇게 말하고 싶었다. 그러나, 순간에, 지금 마악 보았을 따름인 영화의 한 장면을 생각해 내고, 구보는 제가 취할 행동에 자신을 가질 수 없었을지도 모른다. 규중(閨中) 처자를 꼬여 오페라 구경을 하고, 밤늦게 다시 자동차를 몰아 어느 별장으로 향하던 불량 청년. 언뜻 생각하면 그의 옆얼굴과 구보의 것과 사이에 일맥상통한 점이 있었던 듯싶었다. 구보는 쓰디쓰게 웃고, 그러나 그러

한 것은 어떻든, 은좌가 아니라도 어디 이 근처에 서라도 차나 먹고…… 참, 내 정신 좀 보아. 벗은 갑자기 소리치고 자기가 이 시각에 꼭 만나야 할 사람이 있음을 말하고, 그리고 이제 구보가 혼자서 외로울 것을 알고 있었으므로, 그는 미안한 표정을 지었다. 여자가 주저하며, 그만 집으로 돌아가야겠다고 구보를 곁눈질하였을 때에도, 역시 그러한 표정이었던 것임에 틀림없었다. 우리 열점쯤 해서 다방에서 만나기로 합시다. 열점. 응, 늦어도 열점 반. 그리고 벗은 전찻길을 횡단하여 갔다.

전찻길을 횡단하여 저편 포도 위를 사람 틈에 사라져 버리는 벗의 뒷모양을 바라보며, 어인 까닭도 없이, 이슬비 내리던 어느 날 저녁 히비야(日比谷) 공원 앞에서의 여자를 구보는 애달프다, 생각한다.

아. 구보는 악연히 고개를 들어 뜻없이 주위를 살피고 그리고 기계적으로, 몇 걸음 앞으로 나갔다. 아아, 그예 생각해 내고 말았다. 영구히 잊고 싶다, 생각한 그의 일을 왜 기억 속에서 더듬었더냐, 애달프고 또 쓰린 추억이란, 결코 사람 마음을 고요하게도 기쁘게도 하여 주는 것은 아니었다.

여자는 그가 구보와 알기 전에 이미 약혼하고 있었던 사내의 문제를 가져, 구보의 결단을 빌렸다. 불행히 그 사내를 구보는 알고 있었다. 중학시대의 동창생. 서로 소식 모르고 지낸 지 5년이 넘었어도 그의 얼굴은 구보의 머릿속에 분명하였다. 그 우둔하고 또 순직(純直)한 얼굴. 더욱이 그 선량한 눈을 생각할 때 구보의 마음은 아팠다. 비 내리는 공원 안을 그들은 생각에 잠겨, 생각에 울어, 날 저무는 줄도 모르고 헤매 돌았다.

참지 못하고, 구보는 걷기 시작한다. 사실 나는 비겁하였을지도 모른다. 한 여자의 사랑을 완전히 차지하는 것에 행복을 느껴야만 옳았을지도 모른다. 의리라는 것을 생각하고, 비난을 두려워하고 하는, 그러한 모든 것이 도시 남자의 사랑이, 정열이, 부족한 까닭이라, 여자가 울며 탄(嘽)하였을

때, 그 말은 그 말은, 분명히 옳았다, 옳았다.

구보가 바래다 주려도 아니에요, 이대로 내버려 두세요, 혼자 가겠어요, 그리고 비에 젖어 눈물에 젖어, 황혼의 거리를 전차도 타지 않고 한없이 걸어가던 그의 뒷모양. 그는 약혼한 사내에게로도 가지 않았다. 그가 불행하다면 그것은 오로지 사내의 약한 기질에 근원할 게다. 구보는 때로, 그가 어느 다행한 곳에서 그의 행복을 차지하고 있는 것같이 생각하고 싶었어도, 그 사상은 너무나 공허하다.

어느 틈엔가 황토마루 네거리에까지 이르러, 구보는 그곳에 충동적으로 우뚝 서며, 괴로운 숨을 토하였다. 아아, 그가 보구 싶다. 그의 소식이 알구 싶다. 낮에 거리에 나와 일곱 시간, 그것은, 오직 한 개의 진정이었을지 모른다. 아아, 그가 보구 싶다. 그의 소식이 알구 싶다……

광화문통

그 멋없이 넓고 또 쓸쓸한 길을 아무렇게나 걸어가며, 문득, 자기는, 혹은, 위선자나 아니었나 하고, 구보는 생각하여 본다. 그것은 역시 자기의 약한 기질에 근원할 게다. 아아, 온갖 악은 인성(人性)의 약함에서, 그리고 온갖 불행이……

또다시 너무나 가엾은 여자의 뒷모양이 보였다. 레인코트 위에 빗물은 흘러내리고 우산도 없이 모자 안 쓴 머리가 비에 젖어 애달프다. 기운 없이, 기운 있을 수 없이, 축 늘어진 두 어깨. 주머니에 두 팔을 꽂고, 고개 숙여 내어디디는 한 걸음, 또 한 걸음, 그 조그맣고 약한 발에 아무러한 자신도 없다. 뒤따라 그에게로 달려가야 옳았다. 달려들어 그의 조그만 어깨를 으스러져라 잡고, 이제까지 한 나의 말은 모두 거짓이었다고, 나는 결코 이 사랑을 단념할 수 없노라고, 이 사랑을 위하여는 모든 장애와 싸워가자고, 그렇게 말하고, 그리고 이슬비 내리는 동경 거리에 두 사람은 무한한 감격에 울었어야만 옳았다.

구보는 발 앞의 조약돌을 힘껏 찼다. 격렬한 감정을, 진정한 욕구를, 힘써 억제할 수 있었다는 데서 그는 값없는 자랑을 가지려 하였었는지도 모른다. 이것이, 이 한 개 비극이 우리들 사랑의 당연한 귀결이라고 그렇게 생각하려 들었던 자기. 순간에 또 벗의 선량한 두 눈을 생각해 내고 그의 원만한 천성과 또 금력이 여자를 행복하게 하여 주리라 믿으려 들었던 자기. 그 왜곡된 감정이 구보의 진정한 마음의 부르짖음을 틀어막고야 말았다. 그것은 옳지 않았다. 구보는 대체 무슨 권리를 가져 여자의, 그리고 자기 자신의 감정을 농락하였나. 진정으로 여자를 사랑하였으면서도 자기는 결코 여자를 행복하게 하여 주지는 못할 게라고, 그 부전감(不全感)이 모든 사람을, 더욱이 가엾은 애인을 참말 불행하게 만들어버린 것이 아니었던가. 그 길 위에 깔린 무수한 조약돌을, 힘껏, 차, 헤뜨리고, 구보는, 아아, 내가 그릇하였다, 그릇하였다.

철겨운 봄노래를 부르며, 열 살이나 그밖에 안 된 아이가 지났다. 아이에게 근심은 없다. 잘 안 돌아가는 혀끝으로, 술주정꾼이 두 명, 어깨동무를 하고, '수심가'를 불렀다. 그들은 지금 만족이다. 구보는, 문득, 광명을 찾은 것 같은 착각을 느끼고, 어두운 거리 위에 걸음을 멈춘다. 이제 그와 다시 만날 때, 나는 이미 약하지 않다. 나는 그 과오를 거듭 범하지 않는다. 우리는 영구히 다시 떠나지 않는다…… 그러나 그를 어디 가 찾누. 어허, 공허하고, 또 암담한 사상이여. 이 넓고, 또 휘엉한 광화문 거리 위에서, 한 개의 사내 마음이 이렇게도 외롭고 또 가엾을 수 있었나.

각모(角帽) 쓴 학생과, 젊은 여자가 어깨를 나란히 하여 구보 앞을 지나갔다. 그들의 걸음걸이에는 탄력이 있었고, 그들의 말소리는 은근하였다. 사랑하는 이들이여. 그대들 사랑에 언제든 다행한 빛이 있으라. 마치 자애 깊은 부로(父老)와 같이 구보는 너그럽고 사랑 가득한 마음을 가져

진정으로 그들을 축복하여 준다.

이제

어디로 갈 것을 잊은 듯이, 그러할 필요가 없어진 듯이, 얼마 동안을, 구보는, 그곳에 가, 망연히 서 있었다. 가엾은 애인. 이 작품의 결말은 이대로 좋을 것일까. 이제, 뒷날, 그들은 다시 만나는 일도 없이, 옛 상처를 스스로 어루만질 뿐으로, 언제든 외롭고 또 애달파야만 할 것일까. 그러나, 그 즉시 아아, 생각을 말리라. 구보는 의식하여 머리를 흔들고, 그리고 좀 급한 걸음걸이로 온 길을 되걸어갔다. 마음에 아픔은 그저 있었고, 고개 숙여 걷는 길 위에, 발에 채는 조약돌이 회상의 무수한 파편이다. 머리를 들어 또 한 번 뒤흔들고, 구보는, 참말 생각을 말리라, 말리라……

이제 그는 마땅히 다방으로 가, 그곳에서 벗과 다시 만나, 이 한밤의 시름을 덜 도리를 하여야 한다. 그러나 그가 채 전차 선로를 횡단할 수 있기 전에 그는 '눈깔, 아저씨—' 하고 불리고 그리고 그가 걸음을 멈추고 돌아보았을 때, 그의 단장과 노트 든 손은 아이들의 조그만 손에 붙잡혔다. 어디를 갔다 오니. 구보는 웃는 얼굴을 짓기에 바쁘다. 어느 벗의 조카아이들이다. 아이들은 구보가 안경을 썼대서 언제든 눈깔 아저씨라 불렀다. 야시 갔다 오는 길이라우. 그런데 왜 요새 토옹 집이 안 오우, 눈깔 아저씨. 응, 좀 바빠서…… 그러나 그것은 거짓이었다. 구보는, 순간에, 자기가 거의 달포 이상을 완전히 이 아이들을 잊고 있었던 사실을 기억에서 찾아내고 이 천진한 소년들에게 참말 미안하다 생각한다.

가엾은 아이들이다. 그들은 결코 아버지의 사랑을 몰랐다. 그들의 아버지는 다섯 해 전부터 어느 시골서 따로 살림을 차렸고, 그들은, 그래, 거의 완전히 어머니의 손으로써만 길리었다. 어머니에게, 허물은 없었다. 그러면, 아버지에게. 아버지도, 말하자면, 착한 이였다. 그러나 그에게는 역

시 여자에게 대하여 방종성이 있었다. 극도의 생활난 속에서, 그래도, 어머니는 아이들을 학교에 보냈다. 열여섯 살짜리 큰딸과, 아래로 삼형제. 끝의 아이는 명년에 학령(學齡)이었다. 삶의 어려움을 하소연하면서도 그 애마저 보통학교에 입학시킬 것을 어머니가 기쁨 가득히 말하였을 때, 구보의 머리는 저 모르게 숙여졌었다.

구보는 아이들을 사랑한다. 아이들의 사랑을 받기를 좋아한다. 때로, 그는 아이들에게 아첨하기조차 하였다. 만약 자기가 사랑하는 아이들이 자기를 따르지 않는다면— 그것은 생각만 하여 볼 따름으로 외롭고 또 애달팠다. 그러나 아이들은 그렇게도 단순하다. 그들은, 그들을 사랑하는 사람을 반드시 따랐다.

눈깔 아저씨, 우리 이사한 담에 언제 왔수. 바루 저 골목 안이야. 같이 가아 응. 가보고도 싶었다. 그러나 역시, 시간을 생각하고, 벗을 놓칠 것을 염려하고, 그는 이내 그것을 단념하는 수밖에 없었다. 어찌할꾸. 구보는, 저편에 수박 실은 구루마를 발견하였다. 너희들 배탈 안 났니. 아아니, 왜 그러우. 구보는 두 아이에게 수박을 한 개씩 사서 들려주고, 어머니 갖다드리구 노나 줍쇼, 그래라. 그리고 덧붙이어 쌈 말구 똑같이들 노나야 한다. 생각난 듯이 큰아이가 보고하였다. 지난번에 필운이 아저씨가 바나나를 사왔는데, 누나는 배탈이 나서 먹지를 못했죠, 그래 막 까시(놀림)를 올렸더니만…… 구보는 그 말괄량이 소녀의, 거의 울가망이 된 얼굴을 눈앞에 그려보고 빙그레 웃었다. 마침 앞을 지나던 한 여자가 날카롭게 구보를 흘겨보았다. 그의 얼굴은 결코 어여쁘지 못했다. 뿐만 아니라 무에 그리 났는지, 그는 얼굴 전면에 대소(大小) 수십 편의 삐꾸(반창고)를 붙이고 있었다. 응당 여자는 구보의 웃음에서 모욕을 느꼈을 게다. 구보는, 갑자기, 홍소(哄笑)하였다. 어쩌면, 이제, 구보는 명랑하여질 수 있을지도 모른다.

그래도

집으로 자꾸 가자는 아이들을 달래어 보내고, 구보는 다방으로 향한다. 이 거리는 언제든 밤에, 행인이 드물었고, 전차는 한길 한복판을 가장 게으르게 굴러갔다. 결코 화안하지 못한 이 거리, 가로수 아래, 한두 명의 부녀들이 서고, 혹은, 앉아 있었다. 그들은, 물론, 거리에 봄을 파는 종류의 여자들은 아니었을 게다. 그래도, 이, 밤 들면 언제든 쓸쓸하고, 또 어두운 거리 위에 그것은 몹시 음울하고도 또 고혹적인 존재였다. 그렇게도 갑자기, 부란(腐爛)된 성욕을, 구보는 이 거리 위에서 느낀다.

문득, 제비와 같이 경쾌하게 전보 배달의 자전거가 지나간다. 그의 허리에 찬 조그만 가방 속에 어떠한 인생이 압축되어 있을 것인고. 불안과, 초조와, 기대와…… 그 조그만 종이 위의, 그 짧은 문면(文面)은 그렇게도 용이하게, 또 확실하게, 사람의 감정을 지배한다. 사람은 제게 온 전보를 받아 들 때 그 손이 가만히 떨림을 스스로 깨닫지 못한다. 구보는 갑자기 자기에게 온 한 장의 전보를 그 봉함(封緘)을 떼지 않은 채 손에 들고 감동하고 싶은 충동을 느꼈다. 전보가 못 되면, 보통 우편물이라도 좋았다. 이제 한 장의 엽서에라도, 구보는 거의 감격을 가질 수 있을 게다.

흥, 하고 구보는 코웃음쳐 보았다. 그 사상은 역시 성욕의, 어느 형태로서의, 한 발현에 틀림없었다. 그러나 물론 결코 부자연하지 않은 생리적 현상을 무턱대고 업신여길 의사는 구보에게 없었다. 사실 서울에 있지 않은 모든 벗을 구보는 잊은 지 오래였고 또 그 벗들도 이미 오랫동안 소식을 전하여 오지 않았다. 그들은, 모두, 지금, 무엇들을 하구 있을꾸. 한 해에 단 한 번 연하장을 보내줄 따름의 벗에까지, 문득 구보는 그리움을 가지려 한다. 이제 수천 매의 엽서를 사서, 그 다방 구석진 탁자 위에서…… 어느 틈엔가 구보는 가장 열정을 가져, 벗들에게 편지를 쓰고 있는 제 자신을 보았다. 한 장, 또 한 장, 구보는 재떨이 위에 생담배가 타고 있는 것도 깨닫지 못하고, 그가 기억하고 있는 온갖 벗의 이름과 또 주소를 엽서 위에 흘려 썼다…… 구보는 거의 만족한 웃음조차 입가에 띠며, 이것은 한 개 단편소설의 결말로는 결코 비속하지 않다, 생각하였다. 어떠한 단편소설의— 물론, 구보는, 아직 그 내용을 생각하지 않았다.

그러나 그러한 것은 어떻든 벗들의 편지가 정말 보고 싶었다. 누가 내게 그 기쁨을 주지는 않는가. 문득 구보의 걸음이 느려지며, 그동안, 집에, 편지가 와 있지나 않을까, 그리고 그것은 가장 뜻하지 않았던 옛 벗으로부터의 열정이 넘치는 글이나 아닐까, 하고 제 맘대로 꾸며 생각하고 그리고 물론 그것이 얼마나 근거 없는 생각인 줄 알았어도, 구보는 그 애달픈 기쁨을 그렇게도 가혹하게 깨뜨려 버리려 하지 않았다. 그러나 그것은 벗에게서 온 편지는 아닐지도 모른다. 혹은, 어느 신문사나, 잡지사나…… 그러면 그 인쇄된 봉투에 어머니는 반드시 기대와 희망을 갖고, 그것이 아들에게 무슨 크나큰 행운이나 약속하고 있는 거나 같이 몇 번씩 놓았다, 들었다, 또는 전등불에 비추어 보았다…… 그리고 기다려도 안 들어오는 아들이 편지를 늦게 보아 그만 그 행운을 놓치고 말지나 않을까, 그러한 경우까지를 생각하고 어머니는 안타까워할 게다. 그러나 가엾은 어머니가 그렇게까지 감동을 가진 그 서신이 급기야 뜯어보면, 신문 1회분의, 혹은 잡지 한 페이지분의, 잡문의 의뢰이기 쉬웠다.

구보는 쓰디쓰게 웃고, 다방 안으로 들어선다. 사람은 그곳에 많아도, 벗은 있지 않았다. 그는 이제 이곳에서 벗을 기다려야 한다.

다방을

찾는 사람들은, 어인 까닭인지 모두들 구석진 좌석을 좋아하였다. 구보는 하나 남아 있는 가운데 탁자에 가 앉는 수밖에 없었다. 그래도, 그는 그곳에서 엘만의 '발스 센티멘털'을 가장 마음 고요히 들을 수 있었다. 그러나 그 선율이 채 끝나기 전에, 방약무인(傍若無人)한 소리가, 구포 씨 아니오— 구보는 다방 안의 모든 사람들의 시선을 온몸에 느끼며, 소리 나는 쪽을 돌아보았다. 중학을 이삼 년 일찍 마친 사내, 어느 생명보험회사의 외교원이라는 말을 들었다. 평소에 결코 왕래가 없으면서도 이제 이렇게 알은체를 하려는 것은 오직 얼굴이 새빨개지도록 먹은 술 탓인지도 몰랐다. 구보는 무표정한 얼굴로 약간 끄떡하여 보이고 즉시 고개를 돌렸다. 그러나 그 사내가 또 한 번, 역시 큰 소리로, 이리 좀 안 오시료, 하고 말하였을 때 구보는 게으르게나마 자리에서 일어나, 그의 탁자로 가는 수밖에 없었다. 이리 좀 앉으시오. 참, 최군, 인사하지. 소설가, 구포 씨.

이 사내는, 어인 까닭인지 구보를 반드시 '구포'라고 발음하였다. 그는 맥주병을 들어보고, 아이 쪽을 향하여 더 가져오라고 소리치고, 다시 구보를 보고, 그래 요새두 많이 쓰시우. '무어 별로 쓰는 것 없습니다.' 구보는 자기가 이러한 사내와 접촉을 가지게 된 것에 지극한 불쾌를 느끼며, 경어를 사용하는 것으로 그와 사이에 간격을 두기로 하였다. 그러나 이 딱한 사내는 도리어 그것에서 일종 득의감을 맛볼 수 있었는지도 모른다. 그뿐 아니라, 그는 한 잔 십 전짜리 차들을 마시고 있는 사람들 틈에서 그렇게 몇 병씩 맥주를 먹을 수 있는 것에 우월감을 갖고, 그리고 지금 행복이었을지도 모른다. 그는 구보에게 술을 따라 권하고, 내 참 구포 씨 작품을 애독하지. 그리고 그러한 말을 하였음에도 불구하고 구보가 아무런 감동도 갖지 않는 듯싶은 것을 눈치채자, 사실, 내 또 만나는 사람마다 보구, 구포 씨를 선전하지요.

그러한 말을 하고는 혼자 허허 웃었다. 구보는 의미몽롱한 웃음을 웃으며, 문득, 이 용감하고 또 무지한 사내를 고급(高給)으로 채용하여 구보 독자 권유원을 시키면, 자기도 응당 몇십 명의, 또는 몇백 명의 독자를 획득할 수 있을지 모르겠다고 그런 난데없는 생각을 하여 보고, 그리고 혼자 속으로 웃었다. 참 구보 선생, 하고 최군이라 불린 사내도 말참견을 하여, 자기가 독견(獨鵑)의 『승방비곡(僧房悲曲)』과 윤백남(尹白南)의 『대도전(大盜傳)』을 걸작이라 여기고 있는 것에 구보의 동의를 구하였다. 그리고, 이 어느 화재보험회사의 권유원인지도 알 수 없는 사내는, 가장 영리하게,

"구보 선생님의 작품은 따루 치고……."

그러한 말을 덧붙였다. 구보가 간신히 그것들이 좋은 작품이라 말하였을 때, 최군은 또 용기를 얻어, 참 조선서 원고료(原稿料)는 얼마나 됩니까. 구보는 이 사내가 원호료라 발음하지 않는 것에 경의를 표하였으나 물론 그는 이러한 종류의 사내에게 조선 작가의 생활 정도를 알려주어야 할 아무런 의무도 갖지 않는다.

그래, 구보는 혹은 상대자가 모멸을 느낄지도 모를 것을 알면서도, 불쑥, 자기는 이제까지 고료라는 것을 받아본 일이 없어, 그러한 것은 조금도 모른다 말하고, 마침 문을 들어서는 벗을 보자 그만 실례합니다. 그리고 그들이 무어라 말할 수 있기 전에 제자리로 돌아와 노트와 단장을 집어 들고, 마악 자리에 앉으려는 벗에게,

"나갑시다. 다른 데로 갑시다."

밖에, 여름 밤, 가벼운 바람이 상쾌하다.

조선호텔

앞을 지나, 밤늦은 거리를 두 사람은 말없이 걸었다. 대낮에도 이 거리는 행인이 많지 않다. 참 요사이 무슨 좋은 일 있소. 맞은편의 경성 우편국 3층 건물을 바라보며 구보는 생각난 듯이 물었다. 좋은 일이라니— 돌아보는 벗의 눈에 피로가 있었다. 다시 걸어 황금정으로 향하며, 이를테면, 조그만 기쁨, 보잘것없는 기쁨, 그러한 것을 가졌소. 뜻하지 않은 벗에게서 뜻하지 않은 엽서라도 한 장 받았다는 종류의…….

"갖구말구."

벗은 서슴지 않고 대답하였다. 노형같이 변변치 못한 사람은 죽을 때까지 받아보지 못할 편지를. 그리고 벗은 허허 웃었다. 그러나 그것은 공허한 음향이었다. 내용 증명의 서류(書留) 우편. 이 시대에는 조그만 한 개의 다료를 경영하기도 수월치 않았다. 석 달 밀린 집세. 총총하던 별이 자취를 감추고 하늘이 흐렸다. 벗은 갑자기 휘파람을 분다. 가난한 소설가와, 가난한 시인과…… 어느 틈엔가 구보는 그렇게도 구차한 내 나라를 생각하고 마음이 어두웠다.

"혹시 노형은 새로운 애인을 갖고 싶다 생각 않소."

벗이 휘파람을 마치고 장난꾼같이 구보를 돌아보았다. 구보는 호젓하게 웃는다. 애인도 좋았다. 애인 아닌 여자도 좋았다. 구보가 지금 원함은 한 개의 계집에 지나지 않는지도 몰랐다. 또는 역시 어질고 총명한 아내라야 하였을지도 몰랐다. 그러다가 구보는, 문득, 아내도 계집도 말고, 십칠팔 세의 소녀를, 만약 그럴 수 있다면, 딸을 삼고 싶다고 그러한 엄청난 생각을 하여 보았다. 그 소녀는 마땅히 아리땁고, 명랑하고, 그리고 또 총명하여야 한다. 구보는 자애 깊은 아버지의 사랑을 가져 소녀를 데리고 여행을 할 수 있을 게다—

갑자기 구보는 실소하였다. 나는 이미 그토록 늙었나. 그래도 그 욕망은 쉽사리 버려지지 않았다. 구보는 벗에게 알리고 싶은 것을 참고, 혼자 마음속에 그 생각을 즐겼다. 세 개의 욕망. 그 어느 한 개만으로도 구보는 이제 용이히 행복될지 몰랐다. 혹은 세 개의 욕망의, 그 셋이 모두 이루어지더라도 결코 구보는 마음의 안위를 이룰 수 없을지도 몰랐다.

역시 그것은 '고독'이 빚어내는 사상이었다.

나의 원하는 바를 월륜(月輪)도 모르네

문득 '춘부(春夫)'의 일행시를 구보는 입 밖에

내어 외어본다. 하늘은 금방 빗방울이 떨어질 것 같이 어둡다. 월륜은커녕, 혹은 구보 자신 알지 못하고 있을지도 모른다. 어느 틈엔가 종로에까지 다시 돌아와, 구보는 갑자기 손에 든 단장과 대학 노트의 무게를 느끼며 벗을 돌아보았다. 능히 오늘 밤 술을 사줄 수 있소. 벗은 생각하여 보는 일 없이 고개를 끄떡이었다. 구보가 다시 다리에 기운을 얻어, 종각 뒤 그들이 가끔 드나드는 술집을 찾았을 때, 그러나 그곳에는 늘 보던 여급이 없었다. 낯선 여자에게 물어, 그가 지금 가 있는 낙원정의 어느 카페 이름을 배우자, 구보는 역시 피로한 듯싶은 벗의 팔을 이끌어 그리로 가자, 고집하였다. 그 여급을 구보는 이름도 몰랐다. 이를테면 벗이 흥미를 가지고 있는 계집이었다. 마치 경박한 불량 소년과 같이, 계집의 뒤를 쫓는 것에서 값없는 기쁨이나마 구보는 맛보려는 심사인지도 모른다.

처음에

벗은, 그러나, 구보의 말을 좇지 않았다. 혹은, 벗은 그 여급에게 흥미를 느끼지 않고 있었던 것인지도 모른다. 그러나 만약 그가 그 여자에게 무어 느낀 게 있었다 하면 그것은 분명히 흥미 이상의 것이었을 게다. 그들이 마침내, 낙원정으로 그 계집 있는 카페를 찾았을 때, 구보는, 그러나, 벗의 감정이 그 둘 중의 어느 것도 아니었다는 것을 알았다. 혹은, 어느 것이든 좋았는지도 몰랐다. 하여튼, 벗도 이미 늙었다. 그는 나이로 청춘이었으면서도, 기력과, 또 정열이 결핍되어 있었다. 까닭에 그가 항상 그렇게도 구하여 마지않는 것은, 온갖 의미로서의 자극이었는지도 모른다.

여급이 세 명, 그리고 다음에 두 명, 그들의 탁자로 왔다. 그렇게 많은 '미녀'를 그 자리에 모이게 한 것은, 물론 그들의 풍채도 재력도 아니다. 그들은 오직 이곳에 신선한 객이었고, 그리고 노는 계집들은 그렇게도 많은 사내들과 알은체하기

를 좋아하였다. 벗은 차례로 그들의 이름을 물었다. 그들의 이름에는 어인 까닭인지 모두 '코'가 붙어 있었다. 그것은 결코 고상한 취미가 아니었고, 그리고 때로 구보의 마음을 애달프게 한다.

"왜, 호구조사 오셨어요."

새로이 여급이 그들의 탁자로 와서 말하였다. 문제의 여급이다. 그들이 그 계집에게 알은체하는 것을 보고, 그들의 옆에 앉았던 두 명의 계집이 자리를 양도하려 엉거주춤 일어섰다. 여자는, 아니 그대루 앉아 있에요, 사양하면서도 벗의 옆에 가 앉았다. 이 여자는 다른 다섯 여자들보다 좀 더 예쁠 것은 없었다. 그래도 어딘지 모르게 기품이 있어 보이기는 하였다. 벗이 그와 둘이서만 몇 마디 말을 주고받고 하였을 때, 세 명의 여급은 다른 곳으로 가버리고 말았다. 동료와 친근히 하고 있는 듯싶은 객에게, 계집들은 결코 흥미를 느끼지 않는다.

"어서 약주 드세요."

이 탁자를 맡은 계집이, 특히 벗에게 권하였다. 사실, 맥주를 세 병째 가져오도록 벗이 마신 술은 모두 한 곱뿌나 그밖에 안 되었던 것임에 틀림없었다. 그러나 벗은 오직 그 곱뿌를 들어보고 또 입에 대는 척하고, 그리고 다시 탁자에 놓았다. 이 벗은 음주불감증이 있었다. 그러나 물론 계집들은 그런 병명을 알지 못한다. 구보에게 그것이 일종의 정신병임을 듣고, 그들은 철없이 눈을 둥그렇게 떴다. 그리고 다음에 또 철없이 그들은 웃었다. 한 사내가 있어 그는 평소에는 술을 즐기지 않으면서도 때때로 남주(濫酒)를 하여, 언젠가는 일본주(日本酒)를 두 되 이상이나 먹고, 그리고 거의 혼도(昏倒)를 하였다고 한 계집은 이야기를 하고, 그리고 그것도 역시 정신병이냐고 구보에게 물었다. 그것은 기주증(嗜酒症), 갈주증(渴酒症), 또는 황주증(荒酒症)이었다. 얼마 전엔가 구보가 흥미를 가져 읽은 현대의학대사전 제23권은 그렇게도 유익한 서적임에 틀림없었다.

갑자기 구보는 온갖 사람을 모두 정신병자라 관찰하고 싶은 강렬한 충동을 느꼈다. 실로 다수의 정신병 환자가 그 안에 있었다. 의상분일증(意想奔逸症). 언어도착증(言語倒錯症). 과대망상증(誇大妄想症). 추외언어증(醜猥言語症). 여자음란증(女子淫亂症). 지리멸렬증(支離滅裂症). 질투망상증(嫉妬妄想症). 남자음란증(男子淫亂症). 병적기행증(病的奇行症). 병적허언기편증(病的虛言欺騙症). 병적부덕증(病的不德症). 병적낭비증(病的浪費症)……

그러다가, 문득 구보는 그러한 것에 흥미를 느끼려는 자기가, 오직 그런 것에 흥미를 갖는다는 것만으로도 이미 한 것의 환자에 틀림없다, 깨닫고, 그리고 유쾌하게 웃었다.

그러면

무어, 세상 사람이 다 미친 사람이게— 구보 옆에 조그마니 앉아, 말없이 구보의 이야기만 듣고 있던 여급이 당연한 질문을 하였다. 문득 구보는 그에게로 향하여 비스듬히 고쳐 앉으며 실례지만, 하고 그러한 말을 사용하고, 그의 나이를 물었다. 여자는 잠깐 망설거리다가,

"갓 스물이에요."

여성들의 나이란 수수께끼다. 그래도 이 계집을 갓 스물이라 볼 수는 없었다. 스물다섯이나 여섯. 적어도 스물넷은 됐을 게다. 갑자기 구보는 일종의 잔인성을 가져, 그 역시 정신병자임에 틀림없음을 일러주었다. 당의즉답증(當意卽答症). 벗도 흥미를 가져, 그에게 그 병에 대하여 자세한 것을 물었다. 구보는 그의 대학 노트를 탁자 위에 펴놓고, 그 병의 환자와 의원 사이의 문답을 읽었다. 코는 몇 개요. 두 갠지 몇 갠지 모르겠습니다. 귀는 몇 개요. 한 갭니다. 셋하구 둘하구 합하면. 일곱입니다. 당신 몇 살이오. 스물하납니다(기실 삼십팔 세). 매씨는. 여든한 살입니다. 구보는 공책을 덮으며, 벗과 더불어 유쾌하게 웃었다. 계집들

도 따라 웃었다. 그러나 벗의 옆에 앉은 여급 말고는 이 조그만 이야기를 참말 즐길 줄 몰랐던 것임에 틀림없었다. 특히 구보 옆의 환자는, 그것이 자기의 죄없는 허위에 대한 가벼운 야유인 것을 깨달을 턱 없이 호호대고 웃었다. 그는 웃을 때마다, 말할 때마다, 언제든 수건 든 손으로 자연을 가장(假裝)하여 그의 입을 가린다. 사실 그는 특히 입이 모양 없게 생겼던 것임에 틀림없었다. 구보는 그 마음에 동정과 연민을 느꼈다. 그러나 그것은 물론, 애정과 구별되지 않으면 안 된다. 연민과 동정은 극히 애정에 유사하면서도 그것은 결코 애정일 수 없다. 그러나 증오는—실로 왕왕히 진정한 애정에서 폭발한다…… 일찍이 그의 어느 작품에서 사용하려다 말았던 이 일절은 구보의 얇은 경험에서 추출된 것에 지나지 않았어도, 그것은 혹은 진리이었을지도 모른다. 그런 객쩍은 생각을 구보가 하고 있었을 때, 문득, 또 한 명의 계집이 생각난 듯이 물었다. 그럼 이 세상에서 정신병자 아닌 사람은 선생님 한 분이겠군요. 구보는 웃고, 왜 나두…… 나는, 내 병은,

"다변증(多辯症)이라는 거라우."

"무어요. 다변증……."

"응, 다변증. 쓸데없이 잔소리 많은 것두 다아 정신병이라우."

"그게 다변증이에요오."

다른 두 계집도 입안말로 '다변증' 하고 중얼거려 보았다. 구보는 속주머니에서 만년필을 꺼내어 공책 위에다 초(草)한다. 작가에게 있어서 관찰은 무엇에든지 필요하였고, 창작의 준비는 비록 카페 안에서라도 하여야 한다. 여급은 온갖 종류의 객을 대함으로써, 온갖 지식을 얻으려 노력하였다— 잠깐 펜을 멈추고, 구보는 건너편 탁자를 바라보다가, 또 가만히 만족한 웃음을 웃고, 펜 잡은 손을 놀린다. 벗이 상반신을 일으키어, 또 무슨 궁상맞은 짓을 하는 거야— 그리고 구보가 쓰는 대로 그것을 소리내어 읽었다. 여자는 남자와 마주

대하여 앉았을 때, 그 다리를 탁자 밖으로 내어놓고 있었다. 남자의 낡은 구두가 탁자 밑에서 그의 조그만 모양 있는 숙녀화를 밟을 것을 염려하여서가 아닐 게다. 그는, 오늘, 그가 그렇게도 사고 싶었던 살빛 나는 비단양말을 신을 수 있었다. 그리고 그것은 그렇게도 자랑스러웠던 것임에 틀림없었다.

흥, 하고 벗은 코로 웃고 그리고 소설가와 벗할 것이 아님을 깨달았노라 말하고, 그러나 부디 별의별 것을 다 쓰더라도 나의 음주불감증만은 얘기 말우― 그리고 그들은 유쾌하게 웃었다.

구보와 벗과

그들의 대화의 대부분을, 물론, 계집들은 알아듣지 못하였다. 그러면서도 그들은 능히 모든 것을 이해할 수 있었던 듯이 가장하였다. 그러나, 그것은 결코 죄가 아니었고, 또 사람은 그들의 무지(無知)를 비웃어서는 안 된다. 구보는 펜을 잡았다. 무지는 노는 계집들에게 있어서, 혹은, 없어서는 안 될 물건이나 아닐까. 그들이 총명할 때, 그들에게는 괴로움과 아픔과 쓰라림과…… 그 온갖 것이 더하고, 불행은 갑자기 나타나 그들의 마음을 사로잡고 말 게다. 순간, 순간에 그들이 맛볼 수 있는 기쁨을, 다행함을, 비록 그것이 얼마 값없는 물건이더라도, 그들은 무지라야 비로소 가질 수 있다…… 마치 그것이 무슨 진리나 되는 듯이, 구보는 노트에 초하고, 그리고 계집이 권하는 술을 사양 안 했다.

어느 틈엔가 밖에 비가 내리고 있었다. 가만한 비다. 은근한 비다. 그렇게 밤늦어, 그렇게 은근히 비 내리면, 구보는 때로 애달픔을 갖는다. 계집들도 역시 애달픔을 가졌다. 그들은 우산의 준비가 없이 그들의 단벌 옷과, 양말과 구두가 비에 젖을 것을 염려하였다.

유끼짱― 보이지 않는 구석에서 취성(醉聲)이 들려왔다. 구보는 창밖 어둠을 바라보며, 문득, 한 아낙네를 눈앞에 그려보았다. 그것은 '유끼'―눈이 그에게 준 생각이었는지도 모른다. 광교(廣橋) 모퉁이 카페 앞에서, 마침 지나는 그를 작은 소리로 불렀던 아낙네는 분명히 소복(素服)을 하고 있었다. 말씀 좀 여쭤보겠습니다. 여인은 거의 들릴락말락한 목소리로 말하고, 걸음을 멈추는 구보를 곁눈에 느꼈을 때, 그는 곧 외면하고, 겨우 손을 내밀어 카페를 가리키고, 그리고,

"이 집에서 모집한다는 것이 무엇이에요."

카페 창 옆에 붙어 있는 종이에 女給大募集. 여급대모집. 두 줄로 나누어 씌어 있었다. 구보는 새삼스러이 그를 살펴보고, 마음에 아픔을 느꼈다. 빈한(貧寒)은 하였을지도 모른다. 그러나 그는 제 자신 일거리를 찾아 거리에 나오지 않아도 좋았을 게다. 그러나 불행은 뜻하지 않고 찾아와, 그는 아직 새로운 슬픔을 가슴에 품은 채 거리로 나오지 않으면 안 되었던 것일 게다. 그에게는 거의 장성한 아들이 있을지도 모른다. 혹은 그것이 아들이 아니라 딸이었던 까닭에 가엾은 이 여인은 제 자신 입에 풀칠하기를 꾀하지 않으면 안 되었을 게다. 그의 처녀시대에 그는 응당 귀하게 아낌을 받으며 길리었을지도 모른다. 그의 핏기 없는 얼굴에는 기품과, 또 거의 위엄조차 있었다. 구보가 말을, 삼가, 여급이라는 것을 주석(註釋)할 때, 그러나 그 분명히 마흔이 넘었을 아낙네는 그의 말을 끝까지 듣지 않고, 혐오와 절망을 얼굴에 나타내고, 구보에게 목례한 다음, 초연히 그 앞을 떠났다…….

구보는 고개를 돌려, 그의 시야에 든 온갖 여급을 보며, 대체 그 아낙네와 이 여자들과 누가 좀 더 불행할까, 누가 좀 더 삶의 괴로움을 맛보고 있는 걸까, 생각하여 보고 한숨지었다. 그러나 그 좌석에서 그러한 생각을 하는 것은 옳지 않았을지도 모른다. 구보는 새로이 담배를 피워 물었다. 그러나 탁자 위의 성냥갑은 두 갑이 모두 비어 있었다.

조그만 계집아이가 카운터로, 달려가 성냥을 가져왔다. 그 여급은 거의 계집아이였다. 그가 열여섯이나 열일곱, 그렇게 말하더라도, 구보는 결코 의심하지 않았을 게다. 그 맑은 두 눈은 그의 두 뺨의 웃음우물은 아직 오탁(汚濁)에 물들지 않았다. 구보가 그 소녀에게 애달픔과 사랑과, 그것들을 한꺼번에 느낄 수 있었던 것은 결코 취한 탓만이 아니었을지도 모른다. 너 내일, 낮에, 나하구 어디 놀러가련. 구보는 불쑥 그러한 말조차 하며 만약 이 귀여운 소녀가 동의한다면, 어디 야외로 반일(半日)을 산책에 보내도 좋다고 생각한다. 그러나 소녀는 그 말에 가만히 미소하였을 뿐이다. 역시 그 웃음우물이 귀여웠다.

구보는, 문득, 수첩과 만년필을 그에게 주고, 가(可)면 ○를, 부(否)면 ×를 그리고 ○인 경우에는 내일 정오에 화신상회 옥상으로 오라고, 네가 무어라고 표를 질러놓든 내일 아침까지는 그것을 펴보지 않을 테니 안심하고 쓰라고, 그런 말을 하고, 그 새로 생각해 낸 조그만 유희에 구보는 명랑하게 또 유쾌하게 웃었다.

오전 두 시의

종로 네거리— 가는 비 내리고 있어도, 사람들은 그곳에 끊임없다. 그들은 그렇게도 밤을 사랑하여 마지않았는지도 모른다. 그들은 그렇게도 용이하게 이 밤에 즐거움을 구하여 얻을 수 있었는지도 모른다. 그리고 그들은 일순, 자기가 가장 행복된 것같이 느낄 수 있었는지도 모른다. 그러나 그들의 얼굴에, 그들의 걸음걸이에 역시 피로가 있었다. 그들은 결코 위안받지 못한 슬픔을, 고달픔을 그대로 지닌 채, 그들이 잠시 잊었던 혹은 잊으려 노력하였던 그들의 집으로 그들의 방으로 돌아가지 않으면 안 된다.

이렇게 밤늦게 어머니는 또 잠자지 않고 아들을 기다릴 게다. 우산을 가지고 나가지 않은 아들에게 어머니는 또 한 가지의 근심을 가질 게다. 구보는 어머니의 조그만, 외로운, 슬픈 얼굴을 생각하였다. 그리고 제 자신 외로움과 또 슬픔을 맛보지 않으면 안 된다. 구보는 거의 외로운 어머니를 잊고 있었던 것임에 틀림없었다. 그러나 어머니는 그 아들을 응당, 온 하루, 생각하고 염려하고, 또 걱정하였을 게다. 오오, 한없이 크고 또 슬픈 어머니의 사랑이여. 어버이에게서 남편에게로, 그리고 다시 자식에게로, 옮겨가는 여인의 사랑—그러나 그 사랑은 자식에게로 옮겨간 까닭에 그렇게도 힘있고 또 거룩한 것이 아니었을까.

구보는, 벗이, 그럼 또 내일 만납시다. 그렇게 말하였어도, 거의 그것을 알아듣지 못하였다. 이제 나는 생활을 가지리라. 생활을 가지리라. 내게는 한 개의 생활을, 어머니에게는 편안한 잠을, 평안(平安)히 가 주무시오, 벗이 또 한 번 말했다. 구보는 비로소 그를 돌아보고, 말없이 고개를 끄떡하였다. 내일 밤에 또 만납시다. 그러나, 구보는 잠깐 주저하고, 내일부터, 내 집에 있겠소, 창작하겠소—

"좋은 소설을 쓰시오."

벗은 진정으로 말하고, 그리고 두 사람은 헤어졌다. 참말 좋은 소설을 쓰리라. 번(番) 드는 순사가 모멸을 가져 그를 훑어보았어도, 그는 거의 그것에서 불쾌를 느끼는 일도 없이, 오직 그 생각에 조그만 한 개의 행복을 갖는다.

"구보—"

문득, 벗이 다시 그를 찾았다. 참, 그 수첩에다 무슨 표를 질렀나 좀 보우. 구보는, 안주머니에서 꺼낸 수첩 속에서, 크고 또 정확한 ×표를 찾아내었다. 쓰디쓰게 웃고, 벗에게 향하여, 아마 내일 정오에 화신상회 옥상으로 갈 필요는 없을까 보오. 그러나 구보는 적어도 실망을 갖지 않았다. 설혹 그것이 ○표라 하였더라도 구보는 결코 기쁨을 느낄 수는 없었을 게다. 구보는 지금 제 자신의 행복보다도 어머니의 행복을 생각하고 싶었을지도 모른다. 그 생각에 그렇게 바빴을지도 모른다. 구보는 좀 더 빠른 걸음걸이로 은근히 비 내리는 거리를 집으로 향한다.

어쩌면, 어머니가 이제 혼인 얘기를 꺼내더라도, 구보는 쉽게 어머니의 욕망을 물리치지는 않을지도 모른다.

[1934]

날개

이 상 (1910 ~ 1937)

서울 출생. 경성고보 건축과 졸업. 1930년 『조선』에 「12월 12일」을 발표하면서 등
단. 작품으로 「날개」 「지주회시」 「실화」 등이 있으며 「오감도」 등의 시작품이 있다.

우리 부부는 숙명적으로 발이 맞지 않는 절름발이인 것이다. 내가 아내나 제
거동에 로직(논리)을 붙일 필요는 없다. 변해(辯解)할 필요도 없다. 사실은
사실대로 오해는 오해대로 그저 끝없이 발을 절뚝거리면서 세상을 걸어가면
되는 것이다. 그렇지 않을까?
그러나 나는 이 발길이 아내에게로 돌아가야 옳은가 이것만은 분간하기가
좀 어려웠다. 가야 하나? 그럼 어디로 가나?

'박제(剝製)가 되어 버린 천재'를 아시오? 나는 유쾌하오. 이런 때 연애까지가 유쾌하오.

육신이 흐느적흐느적하도록 피로했을 때만 정신이 은화(銀貨)처럼 맑소. 니코틴이 내 횟배 앓는 뱃속으로 스미면 머릿속에 으레 백지가 준비되는 법이오. 그 위에다 나는 위트와 패러독스를 바둑 포석처럼 늘어놓소. 가증할 상식의 병이오.

나는 또 여인과 생활을 설계하오. 연애 기법에마저 서먹서먹해진 지성의 극치를 흘깃 좀 들여다본 일이 있는, 말하자면 일종의 정신분일자(精神奔逸者) 말이오. 이런 여인의 반(半)—그것은 온갖 것의 반이오—만을 영수(領受)하는 생활을 설계한다는 말이오. 그런 생활 속에 한 발만 들여놓고 흡사 두 개의 태양처럼 마주 쳐다보면서 낄낄거리는 것이오. 나는 아마 어지간히 인생의 제행(諸行)이 싱거워서 견딜 수가 없게끔 되고 그만둔 모양이오. 굿바이.

굿바이. 그대는 이따금 그대가 제일 싫어하는 음식을 탐식(貪食)하는 아이러니를 실천해 보는 것도 좋을 것 같소. 위트와 패러독스와……

그대 자신을 위조하는 것도 할 만한 일이오. 그대의 작품은 한 번도 본 일이 없는 기성품에 의하여 차라리 경편(輕便)하고 고매(高邁)하리라.

십구세기는 될 수 있거든 봉쇄하여 버리오. 도스토예프스키 정신이란 자칫하면 낭비인 것 같소. 위고를 불란서의 빵 한 조각이라고는 누가 그랬는지 지언(至言)인 듯싶소. 그러나 인생 혹은 그 모형에 있어서 디테일 때문에 속는다거나 해서야 되겠소? 화(禍)를 보지 마오. 부디 그대께 고하는 것이니……

(테이프가 끊어지면 피가 나오. 생채기도 머지

않아 완치될 줄 믿소. 굿바이.)

감정은 어떤 포즈(그 포즈의 소(素)만을 지적하는 것이 아닌지나 모르겠소) 그 포즈가 부동자세에까지 고도화할 때 감정은 딱 공급을 정지합네다.

나는 내 비범한 발육을 회고하여 세상을 보는 안목을 규정하였소.

여왕봉(女王蜂)과 미망인—세상의 하고많은 여인이 본질적으로 이미 미망인 아닌 이가 있으리까? 아니! 여인의 전부가 그 일상에 있어서 개개 '미망인'이라는 내 논리가 뜻밖에도 여성에 대한 모독이 되오? 굿바이.

그 33번지라는 것이 구조가 흡사 유곽이라는 느낌이 없지 않다. 한 번지에 18가구가 죽— 어깨를 맞대고 늘어서서 창호가 똑같고 아궁이 모양이 똑같다. 게다가 각 가구에 사는 사람들이 송이송이 꽃과 같이 젊다. 해가 들지 않는다. 해가 드는 것을 그들이 모른 체하는 까닭이다. 턱살 밑에다 철줄을 매고 얼룩진 이부자리를 널어 말린다는 핑계로 미닫이에 해가 드는 것을 막아버린다. 침침한 방 안에서 낮잠들을 잔다. 그들은 밤에는 잠을 자지 않나? 알 수 없다. 나는 밤이나 낮이나 잠만 자느라고 그런 것은 알 길이 없다. 33번지 18가구의 낮은 참 조용하다.

조용한 것은 낮뿐이다. 어둑어둑하면 그들은 이부자리를 걷어 들인다. 전등불이 켜진 뒤의 18가구는 낮보다 훨씬 화려하다. 저물도록 미닫이 여닫는 소리가 잦다. 바빠진다. 여러 가지 내음새가 나기 시작한다. 비웃 굽는 내, 탕고도란내, 뜨물내, 비눗내……

그러나 이런 것들보다도 그들의 문패가 제일로 고개를 끄덕이게 하는 것이다. 이 18가구를 대표하는 대문이라는 것이 일각이 져서 외따로 떨어지기는 했으나 있다. 그러나 그것은 한 번도 닫힌 일이 없는 한길이나 마찬가지 대문인 것이다. 온갖 장사아치들은 하루 가운데 어느 시간에라도 이 대문을 통하여 드나들 수 있는 것이다. 이네들은 문간에서 두부를 사는 것이 아니라 미닫이만 열고 방에서 두부를 사는 것이다. 이렇게 생긴 33번지 대문에 그들 18가구의 문패를 몰아다 붙이는 것은 의미가 없다. 그들은 어느 사이엔가 각 미닫이 위 백인당(百忍堂)이니 길상당(吉祥堂)이니 써붙인 한켠에다 문패를 붙이는 풍속을 가져 버렸다.

내 방 미닫이 위 한 켠에 칼표딱지를 넷에다 낸 것만 한 내, 아니! 내 아내의 명함이 붙어 있는 것도 이 풍속을 좇은 것이 아닐 수 없다.

나는 그러나 그들의 아무와도 놀지 않는다. 놀지 않을 뿐만 아니라 인사도 않는다. 나는 내 아내와 인사하는 외에 누구와도 인사하고 싶지 않았다.

내 아내 외의 다른 사람과 인사를 하거나 놀거나 하는 것은 내 아내 낯을 보아 좋지 않은 일인 것만 같이 생각이 들었기 때문이다. 나는 이만큼까지 내 아내를 소중히 생각한 것이다.

내가 이렇게까지 내 아내를 소중히 생각한 까닭은 이 33번지 18가구 가운데서 내 아내가 내 아내의 명함처럼 제일 작고 제일 아름다운 것을 안 까닭이다. 18가구에 각기 별려 든 송이송이 꽃들 가운데서도 내 아내가 특히 아름다운 한 떨기의 꽃으로 이 함석지붕 밑 볕 안 드는 지역에서 어디까지든지 찬란하였다. 따라서 그런 한 떨기 꽃을 지키고, 아니 그 꽃에 매달려 사는 나라는 존재가 도무지 형언할 수 없는 거북살스러운 존재가 아닐 수 없었던 것은 물론이다.

나는 어디까지든지 내 방이—집이 아니다. 집은 없다—마음에 들었다. 방 안의 기온은 내 체온을 위하여 쾌적하였고, 방 안의 침침한 정도가 또한 내 안력을 위하여 쾌적하였다. 나는 내 방 이상의 서늘한 방도, 또 따뜻한 방도 희망하지 않았다. 이 이상으로 밝거나 이 이상으로 아늑한 방을 원하지 않았다. 내 방은 나 하나를 위하여 요만한 정도를 꾸준히 지키는 것 같아 늘 내 방에 감사하였고 나는 또 이런 방을 위하여 이 세상에 태어난 것만 같아서 즐거웠다.

그러나 이것은 행복이라든가 불행이라든가 하는 것을 계산하는 것은 아니었다. 말하자면 나는 내가 행복되다고도 생각할 필요가 없었고, 그렇다고 불행하다고도 생각할 필요가 없었다. 그냥 그날그날을 그저 까닭 없이 펀둥펀둥 게으르고만 있으면 만사는 그만이었던 것이다.

내 몸과 마음에 옷처럼 잘 맞는 방 속에서 뒹굴면서, 축 처져 있는 것은 행복이니 불행이니 하는 그런 세속적인 계산을 떠난, 가장 편리하고 안일한, 말하자면 절대적인 상태인 것이다. 나는 이런 상태가 좋았다.

이 절대적인 내 방은 대문간에서 세어서 똑 일곱째 칸이다. 럭키 세븐의 뜻이 없지 않다. 나는 이 일곱이라는 숫자를 훈장처럼 사랑하였다. 이런 이 방이 가운데 장지로 말미암아 두 칸으로 나뉘어 있었다는 그것이 내 운명의 상징이었던 것을 누가 알랴?

아랫방은 그래도 해가 든다. 아침결에 책보만 한 해가 들었다가 오후에 손수건만 해지면서 나가 버린다. 해가 영영 들지 않는 윗방이 즉 내 방인 것은 말할 것도 없다. 이렇게 볕 드는 방이 아내 방이요, 볕 안 드는 방이 내 방이오 하고 아내와 나 둘 중에 누가 정했는지 나는 기억하지 못한다. 그러나 나에게는 불평이 없다.

아내가 외출만 하면 나는 얼른 아랫방으로 와서 그 동쪽으로 난 들창을 열어놓고, 열어놓으면 들이비치는 볕살이 아내의 화장대를 비쳐 가지각색 병들이 아롱이 지면서 찬란하게 빛나고 이렇게 빛

나는 것을 보는 것은 다시없는 내 오락이다. 나는 쪼끄만 '돋보기'를 꺼내 가지고 아내만이 사용하는 지리가미(휴지)를 끄실려 가면서 불장난을 하고 논다. 평행 광선을 굴절시켜서 한 초점에 모아 가지고 그 초점이 따끈따끈해지다가, 마지막에는 종이를 끄실리기 시작하고 가느다란 연기를 내면서 드디어 구멍을 뚫어놓는 데까지에 이르는 고 얼마 안 되는 동안의 초조한 맛이 죽고 싶을 만치 내게는 재미있었다.

이 장난이 싫증이 나면 나는 또 아내의 손잡이 거울을 가지고 여러 가지로 논다. 거울이란 제 얼굴을 비출 때만 실용품이다. 그 외의 경우에는 도무지 장난감인 것이다.

이 장난도 곧 싫증이 난다. 나의 유희심은 육체적인 데서 정신적인 데로 비약한다. 나는 거울을 내던지고 아내의 화장대 앞으로 가까이 가서 나란히 늘어놓은 고 가지각색의 화장품 병들을 들여다본다. 고것들은 세상의 무엇보다도 매력적이다. 나는 그중의 하나만을 골라서 가만히 마개를 빼고 병구멍을 내 코에 가져다 대이고 숨죽이듯이 가벼운 호흡을 하여 본다. 이국적인 센슈얼한(관능적인) 향기가 폐로 스며들면 나는 저절로 스르르 감기는 내 눈을 느낀다. 확실히 아내의 체취의 파편이다. 나는 도로 병마개를 막고 생각해 본다. 아내의 어느 부분에서 요 내음새가 났던가를…… 그러나 그것은 분명치 않다. 왜? 아내의 체취는 여기 늘어섰는 가지각색 향기의 합계일 것이니까.

아내의 방은 늘 화려하였다. 내 방이 벽에 못한 개 꽂지 않은 소박한 것인 반대로 아내 방에는 천장 밑으로 쫙 돌려 못이 박히고 못마다 화려한 아내의 치마와 저고리가 걸렸다. 여러 가지 무늬가 보기 좋다. 나는 그 여러 조각의 치마에서 늘 아내의 동(胴)체와 그 동체가 될 수 있는 여러 가지 포즈를 연상하고 연상하면서 내 마음은 늘 점잖지 못하다.

그렇건만 나에게는 옷이 없었다. 아내는 내게 옷을 주지 않았다. 입고 있는 코르덴 양복 한 벌이 내 자리옷이었고 통상복과 나들이옷을 겸한 것이었다. 그리고 하이 넥의 스웨터가 한 조각 사철을 통한 내 내의다. 그것들은 하나같이 다 빛이 검다. 그것은 내 짐작 같아서는 즉 빨래를 될 수 있는 데까지 하지 않아도 보기 싫지 않도록 하기 위한 것이 아닌가 한다. 나는 허리와 두 가랑이 세 군데다 고무 밴드가 끼어 있는 부드러운 사루마다를 입고 그리고 아무 소리 없이 잘 놀았다.

어느덧 손수건만 해졌던 볕이 나갔는데 아내는 외출에서 돌아오지 않는다. 나는 요만 일에도 좀 피곤하였고 또 아내가 돌아오기 전에 내 방으로 가 있어야 될 것을 생각하고 그만 내 방으로 건너간다. 내 방은 침침하다. 나는 이불을 뒤집어쓰고 낮잠을 잔다. 한 번도 걷은 일이 없는 내 이부자리는 내 몸뚱이의 일부분처럼 내게는 참 반갑다. 잠은 잘 오는 적도 있다. 그러나 또 전신이 까칫까칫하면서 영 잠이 오지 않는 적도 있다. 그런 때는 아무 제목으로나 제목을 하나 골라서 연구하였다. 나는 내 좀 축축한 이불 속에서 참 여러 가지 발명도 하였고 논문도 많이 썼다. 시도 많이 지었다. 그러나 그것들은 내가 잠이 드는 것과 동시에 내 방에 담겨서 철철 넘치는 그 흐늑흐늑한 공기에 다 비누처럼 풀어져서 온데간데가 없고 한참 자고 깬 나는 속이 무명 헝겊이나 메밀 껍질로 띵띵 찬 한 덩어리 베개와도 같은 한 벌 신경이었을 뿐이고 뿐이고 하였다.

그러기에 나는 빈대가 무엇보다도 싫었다. 그러나 내 방에서는 겨울에도 몇 마리씩의 빈대가 끊이지 않고 나왔다. 내게 근심이 있었다면 오직 이 빈대를 미워하는 근심일 것이다. 나는 빈대에게 물려서 가려운 자리를 피가 나도록 긁었다. 쓰리다. 그것은 그윽한 쾌감에 틀림없었다. 나는 혼곤히 잠이 든다.

나는 그러나 그런 이불 속의 사색생활에서도 적극적인 것을 궁리하는 법이 없다. 내게는 그럴 필요가 대체 없었다. 만일 내가 그런 좀 적극적인 것을 궁리해 내었을 경우에 나는 반드시 내 아내와 의논하여야 할 것이고 그러면 반드시 나는 아내에게 꾸지람을 들을 것이고—나는 꾸지람이 무서웠다느니보다도 성가셨다. 내가 제법 한 사람의 사회인의 자격으로 일을 해 보는 것도, 아내에게 사설 듣는 것도 나는 가장 게으른 동물처럼 게으른 것이 좋았다. 될 수만 있으면 이 무의미한 인간의 탈을 벗어버리고도 싶었다.

나에게는 인간 사회가 스스러웠다. 생활이 스스러웠다. 모두가 서먹서먹할 뿐이었다.

아내는 하루에 두 번 세수를 한다. 나는 하루 한 번도 세수를 하지 않는다. 나는 밤중 세 시나 네 시 해서 변소에 갔다 달이 밝은 밤에는 한참씩 마당에 우두커니 섰다가 들어오곤 한다. 그러니까 나는 이 18가구의 아무와도 얼굴이 마주치는 일이 거의 없다. 그러면서도 나는 이 18가구의 젊은 여인네 얼굴들을 거반 다 기억하고 있었다. 그들은 하나같이 내 아내만 못하였다.

열한 시쯤 해서 하는 아내의 첫 번 세수는 좀 간단하다. 그러나 저녁 일곱 시쯤 해서 하는 두 번째 세수는 손이 많이 간다. 아내는 낮에보다도 밤에 더 좋고 깨끗한 옷을 입는다. 그리고 낮에도 외출하고 밤에도 외출하였다.

아내에게 직업이 있었던가? 나는 아내의 직업이 무엇인지 알 수 없다. 만일 아내에게 직업이 없었다면, 같이 직업이 없는 나처럼 외출할 필요가 생기지 않을 것인데—아내는 외출한다. 외출할 뿐만 아니라 내객이 많다. 아내에게 내객이 많은 날은 나는 온종일 내 방에서 이불을 쓰고 누워 있어야만 된다. 불장난도 못한다. 화장품 내음새도 못 맡는다. 그런 날은 나는 의식적으로 우울해 하였다. 그러면 아내는 나에게 돈을 준다. 오십 전짜

리 은화다. 나는 그것이 좋았다. 그러나 그것을 무엇에 써야 옳을지 몰라서 늘 머리맡에 던져두고 두고 한 것이 어느결에 모여서 꽤 많아졌다. 어느 날 이것을 본 아내는 금고처럼 생긴 벙어리를 사다 준다. 나는 한 푼씩 한 푼씩 고 속에 넣고 열쇠는 아내가 가져갔다. 그 후에도 나는 더러 은화를 그 벙어리에 넣은 것을 기억한다. 그리고 나는 게을렀다. 얼마 후 아내의 머리 쪽에 보지 못하던 누깔잠이 하나 여드름처럼 돋았던 것은 바로 그 금고형 벙어리의 무게가 가벼워졌다는 증거일까. 그러나 나는 드디어 머리맡에 놓였던 그 벙어리에 손을 대지 않고 말았다. 내 게으름은 그런 것에 내 주의를 환기시키기도 싫었다.

아내에게 내객이 있는 날은 이불 속으로 암만 깊이 들어가도 비 오는 날만큼 잠이 잘 오지는 않았다. 나는 그런 때 아내에게는 왜 늘 돈이 있나 왜 돈이 많은가를 연구했다.

내객들은 장지 저쪽에 내가 있는 것을 모르나 보다. 내 아내와 나도 좀 하기 어려운 농을 아주 서슴지 않고 쉽게 해 내던지는 것이다. 그러나 아내의 내객 가운데 서너 사람의 내객들은 늘 비교적 점잖았다고 볼 수 있는 것이 자정이 좀 지나면 으레 돌아들 갔다. 그들 가운데는 퍽 교양이 옅은 자도 있는 듯싶었는데 그런 자는 보통 음식을 사다 먹고 논다. 그래서 보충을 하고 대체로 무사하였다.

나는 우선 내 아내의 직업이 무엇인가를 연구하기에 착수하였으나 좁은 시야와 부족한 지식으로는 이것을 알아내기 힘이 든다. 나는 끝끝내 내 아내의 직업이 무엇인가를 모르고 말려나 보다.

아내는 늘 진솔 버선만 신었다. 아내는 밥도 지었다. 아내가 밥 짓는 것을 나는 한 번도 구경한 일은 없으나 언제든지 끼니때면 내 방으로 내 조석밥을 날라다 주는 것이다. 우리집에는 나와 내 아내 외에 다른 사람은 아무도 없다. 이 밥은 분명

히 아내가 손수 지었음에 틀림없다.

그러나 아내는 한 번도 나를 자기 방으로 부른 일이 없다. 나는 늘 윗방에서 나 혼자서 밥을 먹고 잠을 잤다. 밥은 너무 맛이 없었다. 반찬이 너무 엉성하였다. 나는 닭이나 강아지처럼 말없이 주는 모이를 넙죽넙죽 받아 먹기는 했으나 내심 야속하게 생각한 적도 더러 없지 않다. 나는 안색이 여지없이 창백해 가면서 말라 들어갔다. 나날이 눈에 보이듯이 기운이 줄어들었다. 영양 부족으로 하여 몸뚱이 곳곳이 뼈가 불쑥불쑥 내밀었다. 하룻밤 사이에도 수십 차를 돌쳐눕지 않고는 여기저기가 배겨서 나는 배겨낼 수가 없었다.

그렇기 때문에 나는 내 이불 속에서 아내가 늘 흔히 쓸 수 있는 저 돈의 출처를 탐색해 보는 일변 장지 틈으로 새어 나오는 아랫방의 음식은 무엇일까를 간단히 연구하였다. 나는 잠이 잘 안 왔다.

깨달았다. 아내가 쓰는 돈은 그, 내게는 다만 실 없는 사람들로밖에 보이지 않는 까닭 모를 내객들이 놓고 가는 것에 틀림없으리라는 것을 나는 깨달았다. 그러나 왜 그들 내객은 돈을 놓고 가나, 왜 내 아내는 그 돈을 받아야 되나 하는 예의(禮儀) 관념이 내게는 도무지 알 수 없는 것이었다.

그것은 그저 예의에 지나지 않는 것일까 그렇지 않으면 혹 무슨 대가일까 보수일까. 내 아내가 그들의 눈에는 동정을 받아야만 할 가엾은 인물로 보였던가.

이런 것들을 생각하노라면 으레 내 머리는 그냥 혼란하여 버리곤 하였다. 잠들기 전에 획득했다는 결론이 오직 불쾌하다는 것뿐이었으면서도 나는 그런 것을 아내에게 물어 보거나 한 일이 참 한 번도 없다. 그것은 대체 귀찮기도 하려니와 한잠 자고 일어나면 나는 사뭇 딴사람처럼 이것도 저것도 다 깨끗이 잊어버리고 그만두는 까닭이다.

내객들이 돌아가고, 혹 밤외출에서 돌아오고 하면 아내는 경편한 것으로 옷을 바꾸어 입고 내 방

으로 나를 찾아온다. 그리고 이불을 들치고 내 귀에는 영 생동생동한 몇 마디 말로 나를 위로하려 든다. 나는 조소도 고소도 홍소도 아닌 웃음을 얼굴에 띄우고 아내의 아름다운 얼굴을 쳐다본다. 아내는 방그레 웃는다. 그러나 그 얼굴에 떠도는 일말의 애수를 나는 놓치지 않는다.

아내는 능히 내가 배고파하는 것을 눈치챌 것이다. 그러나 아랫방에서 먹고 남은 음식을 나에게 주려 들지는 않는다. 그것은 어디까지든지 나를 존경하는 마음일 것임에 틀림없다. 나는 배가 고프면서도 적이 마음이 든든한 것을 좋아했다. 아내가 무엇이라고 지껄이고 갔는지 귀에 남아 있을 리가 없다. 다만 내 머리맡에 아내가 놓고 간 은화가 전등불에 흐릿하게 빛나고 있을 뿐이다.

고 금고형 벙어리 속에 고 은화가 얼마큼이나 모였을까. 나는 그러나 그것을 쳐들어 보지 않았다. 그저 아무런 의욕도 기원도 없이 그 단추 구멍처럼 생긴 틈사구니로 은화를 떨어뜨려 둘 뿐이었다.

왜 아내의 내객들이 아내에게 돈을 놓고 가나 하는 것이 풀 수 없는 의문인 것같이 왜 아내는 나에게 돈을 놓고 가나 하는 것도 역시 나에게는 똑같이 풀 수 없는 의문이었다. 내 비록 아내가 내게 돈을 놓고 가는 것이 싫지 않았다 하더라도 그것은 다만 고것이 내 손가락에 닿는 순간에서부터 고 벙어리 주둥이에서 자취를 감추기까지의 하잘 것없는 짧은 촉각이 좋았달 뿐이지 그 이상 아무 기쁨도 없다.

어느 날 나는 고 벙어리를 변소에 갖다 넣어 버렸다. 그때 벙어리 속에는 몇 푼이나 되는지는 모르겠으나 고 은화들이 꽤 들어 있었다.

나는 내가 지구 위에 살며 내가 이렇게 살고 있는 지구가 질풍신뢰의 속력으로 광대무변의 공간을 달리고 있다는 것을 생각했을 때 참 허망하였다. 나는 이렇게 부지런한 지구 위에서는 현기증

도 날 것 같고 해서 한시바삐 내려버리고 싶었다.

이불 속에서 이런 생각을 하고 난 뒤에는 나는 고 은화를 고 벙어리에 넣고 넣고 하는 것조차도 귀찮아졌다. 나는 아내가 손수 벙어리를 사용하였으면 하고 희망하였다. 벙어리도 돈도 사실에는 아내에게만 필요한 것이지 내게는 애초부터 의미가 전연 없는 것이었으니까 될 수만 있으면 그 벙어리를 아내는 아내 방으로 가져갔으면 하고 기다렸다. 그러나 아내는 가져가지 않는다. 나는 내가 아내 방으로 가져다 둘까 하고 생각하여 보았으나 그 즈음에는 아내의 내객이 원체 많아서 내가 아내 방에 가볼 기회가 도무지 없었다. 그래서 나는 하는 수 없이 변소에 갖다 집어넣어 버리고 만 것이다.

나는 서글픈 마음으로 아내의 꾸지람을 기다렸다. 그러나 아내는 끝내 아무 말도 나에게 묻지도 하지도 않았다. 않았을 뿐 아니라 여전히 돈은 돈대로 내 머리맡에 놓고 가지 않나? 내 머리맡에는 어느덧 은화가 꽤 많이 모였다.

내객이 아내에게 돈을 놓고 가는 것이나 아내가 내게 돈을 놓고 가는 것이나 일종의 쾌감―그 외의 다른 아무런 이유도 없는 것이 아닐까 하는 것을 나는 또 이불 속에서 연구하기 시작하였다. 쾌감이라면 어떤 종류의 쾌감일까를 계속하여 연구하였다. 그러나 그것은 이불 속의 연구로는 알 길이 없었다. 쾌감 쾌감, 하고 나는 뜻밖에도 이 문제에 대해서만 흥미를 느꼈다.

아내는 물론 나를 늘 감금하여 두다시피 하여 왔다. 내게 불평이 있을 리 없다. 그런 중에도 나는 그 쾌감이라는 것의 유무를 체험하고 싶었다.

나는 아내의 밤 외출 틈을 타서 밖으로 나왔다. 나는 거리에서 잊어버리지 않고 가지고 나온 은화를 지폐로 바꾼다. 오 원이나 된다. 그것을 주머니에 넣고 나는 목적을 잃어버리기 위하여 얼마든지 거리를 쏘다녔다. 오래간만에 보는 거리는 거의 경이에 가까울 만치 내 신경을 흥분시키지 않고는 마지않았다. 나는 금시에 피곤하여 버렸다. 그러나 나는 참았다. 그리고 밤이 이슥하도록 까닭을 잊어버린 채 이 거리 저 거리로 지향없이 헤매었다. 돈은 물론 한 푼도 쓰지 않았다. 돈을 쓸 아무 엄두도 나서지 않았다. 나는 벌써 돈을 쓰는 기능을 완전히 상실한 것 같았다.

나는 과연 피로를 이 이상 견디기가 어려웠다. 나는 가까스로 내 집을 찾았다. 나는 내 방으로 가려면 아내 방을 통과하지 아니하면 안 될 것을 알고 아내에게 내객이 있나 없나를 걱정하면서 미닫이 앞에서 좀 거북살스럽게 기침을 한 번 했더니 이것은 참 또 너무 암상스럽게 미닫이가 열리면서 아내의 얼굴과 그 등 뒤에 낯선 남자의 얼굴이 이쪽을 내다보는 것이다. 나는 별안간 내어쏟아지는 불빛에 눈이 부셔서 좀 머뭇머뭇했다.

나는 아내의 눈초리를 못 본 것은 아니다. 그러나 나는 모른 체하는 수밖에 없었다. 왜? 나는 어쨌든 아내의 방을 통과하지 아니하면 안 되니까…….

나는 이불을 뒤집어썼다. 무엇보다도 다리가 아파서 견딜 수가 없었다. 이불 속에서는 가슴이 울렁거리면서 암만해도 까무러칠 것만 같았다. 걸을 때는 몰랐더니 숨이 차다. 등에 식은땀이 쭉 내배인다. 나는 외출한 것을 후회하였다. 이런 피로를 잊고 어서 잠이 들었으면 좋겠다. 한잠 잘 자고 싶었다.

얼마 동안이나 비스듬히 엎드려 있었더니 차츰차츰 뚝딱거리는 가슴 동기(動氣)가 가라앉는다. 그만해도 우선 살 것 같았다. 나는 몸을 돌쳐 반듯이 천장을 향하여 눕고 쭉 다리를 뻗었다.

그러나 나는 또다시 가슴의 동기를 피할 수 없게 되었다. 아랫방에서 아내와 그 남자의 내 귀에도 들리지 않을 만치 옅은 목소리로 소곤거리는 기척이 장지 틈으로 전하여 왔던 것이다. 청각을 더 예민하게 하기 위하여 나는 눈을 떴다. 그리고 숨을 죽였다. 그러나 그때는 벌써 아내와 남자는 앉았던 자리를 툭툭 털며 일어섰고 일어서면서 옷과 모자 쓰는 기척이 나는 듯하더니 이어 미닫이가 열리고 구두 뒤축 소리가 나고 그리고 뜰에 내려서는 소리가 쿵 하고 나면서 뒤를 따르는 아내의 고무신 소리가 두어 발자국 찍찍 나고 사뿐사뿐 나나 하는 사이에 두 사람의 발소리가 대문간 쪽으로 사라졌다.

나는 아내의 이런 태도를 본 일이 없다. 아내는 어떤 사람과도 결코 소곤거리는 법이 없다. 나는 윗방에서 이불을 쓰고 누웠는 동안에도 혹 술이 취해서 혀가 잘 돌아가지 않는 내객들의 담화는 더러 놓치는 수가 있어도 아내의 높지도 얕지도 않은 말소리를 일찍이 한 마디도 놓쳐본 일이 없다. 더러 내 귀에 거슬리는 소리가 있어도 나는 그것이 태연한 목소리로 내 귀에 들렸다는 이유로 충분히 안심이 되었다.

그렇던 아내의 이런 태도는 필시 그 속에 여간하지 않은 사정이 있는 듯싶이 생각이 되고 내 마음은 좀 서운했으나 그러나 그보다도 나는 좀 너무 피곤해서 오늘만은 이불 속에서 아무것도 연구치 않기로 굳게 결심하고 잠을 기다렸다. 잠은 좀처럼 오지 않았다. 대문간에 나간 아내도 좀처럼 들어오지 않았다. 그러는 동안에 흐지부지 나는 잠이 들어버렸다. 꿈이 얼쑹덜쑹 종을 잡을 수 없는 거리의 풍경을 여전히 헤맸다.

나는 몹시 흔들렸다. 내객을 보내고 들어온 아내가 잠든 나를 잡아 흔드는 것이다. 나는 눈을 번쩍 뜨고 아내의 얼굴을 쳐다보았다. 아내의 얼굴에는 웃음이 없다. 나는 좀 눈을 비비고 아내의 얼굴을 자세히 보았다. 노기가 눈초리에 떠서 얇은 입술이 바르르 떨린다. 좀처럼 이 노기가 풀리기는 어려울 것 같았다. 나는 그대로 눈을 감아버렸다. 벼락이 내리기를 기다린 것이다. 그러나 째근

하는 숨소리가 나면서 푸시시 아내의 치맛자락 소리가 나고 장지가 여닫히며 아내는 아내 방으로 돌아갔다. 나는 다시 몸을 돌쳐 이불을 뒤집어쓰고는 개구리처럼 엎드리고, 엎드려서 배가 고픈 가운데서도 오늘 밤의 외출을 또 한 번 후회하였다.

나는 이불 속에서 아내에게 사죄하였다. 그것은 네 오해라고…….

나는 사실 밤이 퍽으나 이슥한 줄만 알았던 것이다. 그것이 네 말마따나 자정 전인 줄은 나는 정말이지 꿈에도 몰랐다. 나는 너무 피곤하였었다. 오래간만에 나는 너무 많이 걸은 것이 잘못이다. 내 잘못이라면 잘못은 그것밖에는 없다. 외출은 왜 하였느냐고?

나는 그 머리맡에 저절로 모인 오 원 돈을 아무에게라도 좋으니 주어 보고 싶었던 것이다. 그뿐이다. 그러나 그것도 내 잘못이라면 나는 그렇게 알겠다. 나는 후회하고 있지 않나?

내가 그 오 원 돈을 써버릴 수가 있었던들 나는 자정 안에 집에 돌아올 수 없었을 것이다. 그러나 거리는 너무 복잡하였고 사람은 너무도 들끓었다. 나는 어느 사람을 붙들고 그 오 원 돈을 내주어야 할지 갈피를 잡을 수가 없었다. 그러는 동안에 나는 여지없이 피곤해 버리고 말았던 것이다.

나는 무엇보다도 좀 쉬고 싶었다. 눕고 싶었다. 그래서 나는 하는 수 없이 집으로 돌아온 것이다. 내 짐작 같아서는 밤이 어지간히 늦은 줄만 알았는데 그것이 불행히도 자정 전이었다는 것은 참 안된 일이다. 미안한 일이다. 나는 얼마든지 사죄하여도 좋다. 그러나 종시 아내의 오해를 풀지 못하였다 하면 내가 이렇게까지 사죄하는 보람은 그럼 어디 있나? 한심하였다.

한 시간 동안을 나는 이렇게 초조하게 굴지 않으면 안 되었다. 나는 이불을 홱 젖혀버리고 일어나서 장지를 열고 아내 방으로 비칠비칠 달려갔던

것이다. 내게는 거의 의식이라는 것이 없었다. 나는 아내 이불 위에 엎드러지면서 바지 포켓 속에서 그 돈 오 원을 꺼내 아내 손에 쥐어준 것을 간신히 기억할 뿐이다.

이튿날 잠이 깨었을 때 나는 내 아내 방 아내 이불 속에 있었다. 이것이 이 33번지에서 살기 시작한 이래 내가 아내 방에서 잔 맨 처음이었다.

해가 들창에 훨씬 높았는데 아내는 이미 외출하고 벌써 내 곁에 있지는 않다. 아니! 아내는 엊저녁 내가 의식을 잃은 동안에 외출한 것인지도 모른다. 그러나 나는 그런 것을 조사하고 싶지 않았다. 다만 전신이 찌뿌드드한 것이 손가락 하나 꼼짝할 힘조차 없었다. 책보보다 좀 작은 면적의 별이 눈이 부시다. 그 속에서 수없는 먼지가 흡사 미생물처럼 난무한다. 코가 칵 막히는 것 같다. 나는 다시 눈을 감고 이불을 푹 뒤집어쓰고 낮잠을 자기에 착수하였다. 그러나 코를 스치는 아내의 체취는 꽤 도발적이었다. 나는 몸을 여러 번 여러 번 비비 꼬면서 아내의 화장대에 늘어선 고 가지각색 화장품 병들과 고 병들의 마개를 뽑았을 때 풍기던 내음새를 더듬느라고 좀처럼 잠은 들지 않는 것을 나는 어찌하는 수도 없었다.

견디다 못하여 나는 그만 이불을 걷어차고 벌떡 일어나서 내 방으로 갔다. 내 방에는 다 식어 빠진 내 끼니가 가지런히 놓여 있는 것이다. 아내는 내 모이를 여기다 주고 나간 것이다. 나는 우선 배가 고팠다. 한 숟갈을 입에 떠넣었을 때 그 촉감은 참 너무도 냉회와 같이 써늘하였다. 나는 숟갈을 놓고 내 이불 속으로 들어갔다. 하룻밤을 비워버린 내 이부자리는 여전히 반갑게 나를 맞아준다. 나는 내 이불을 뒤집어쓰고 이번에는 참 늘어지게 한잠 잤다. 잘—

내가 잠을 깬 것은 전등이 켜진 뒤다. 그러나 아내는 아직도 돌아오지 않았나 보다. 아니! 들어왔다 또 나갔는지도 알 수 없다. 그러나 그런 것을

삼고(三考)하여 무엇 하나?

정신이 한결 난다. 나는 지난밤 일을 생각해 보았다. 그 돈 오 원을 아내 손에 쥐어주고 넘어졌을 때에 느낄 수 있었던 쾌감을 나는 무엇이라고 설명할 수가 없었다. 그러니 내객들이 내 아내에게 돈 놓고 가는 심리며 내 아내가 내게 돈 놓고 가는 심리의 비밀을 나는 알아낸 것 같아서 여간 즐거운 것이 아니다. 나는 속으로 빙그레 웃어보았다. 이런 것을 모르고 오늘까지 지내온 나 자신이 어떻게 우스꽝스러워 보이는지 몰랐다. 나는 어깨춤이 났다.

따라서 나는 또 오늘 밤에도 외출하고 싶었다. 그러나 돈이 없다. 나는 엊저녁에 그 돈 오 원을 한꺼번에 아내에게 주어버린 것을 후회하였다. 또 고 벙어리를 변소에 갖다 처넣어 버린 것도 후회하였다. 나는 실없이 실망하면서 습관처럼 그 돈이 들어 있던 내 바지 포켓에 손을 넣어 한번 휘둘러 보았다. 뜻밖에도 내 손에 쥐어지는 것이 있었다. 이 원밖에 없다. 그러나 많아야 맛은 아니다. 얼마간이고 있으면 된다. 나는 그만한 것이 여간 고마운 것이 아니었다.

나는 기운을 얻었다. 나는 그 단벌 다 떨어진 코르덴 양복을 걸치고 배고픈 것도 주제 사나운 것도 다 잊어버리고 활갯짓을 하면서 또 거리로 나섰다. 나서면서 나는 제발 시간이 화살 닫듯 해서 자정이 어서 획 지나버렸으면 하고 조바심을 태웠다. 아내에게 돈을 주고 아내 방에서 자보는 것은 어디까지든지 좋았지만 만일 잘못해서 자정 전에 집에 들어갔다가 아내의 눈총을 맞는 것은 그것은 여간 무서운 일이 아니었다. 나는 저물도록 길가 시계를 들여다보고 들여다보고 하면서 또 지향없이 거리를 방황하였다. 그러나 이날은 좀처럼 피곤하지는 않았다. 다만 시간이 좀 너무 더디게 가는 것만 같아서 안타까웠다.

경성역 시계가 확실히 자정을 지난 것을 본 뒤

에 나는 집을 향하였다. 그날은 그 일각대문에서 아내와 아내의 남자가 이야기하고 섰는 것을 만났다. 나는 모른 체하고 두 사람 곁을 지나서 내 방으로 들어갔다. 뒤이어 아내도 들어왔다. 와서는 이 밤중에 평생 안 하던 쓰레질을 하는 것이다. 조금 있다가 아내가 눕는 기척을 엿듣자마자 나는 또 장지를 열고 아내 방으로 가서 그 돈 이 원을 아내 손에 덥석 쥐어주고 그리고—하여간 그 이 원을 오늘 밤에도 쓰지 않고 도로 가져온 것이 참 이상하다는 듯이 아내는 내 얼굴을 몇 번이고 엿보고—아내는 드디어 아무 말도 없이 나를 자기 방에 재워주었다. 나는 이 기쁨을 세상의 무엇과도 바꾸고 싶지는 않았다. 나는 편히 잘 잤다.

이튿날도 내가 잠이 깨었을 때는 아내는 보이지 않았다. 나는 또 내 방으로 가서 피곤한 몸이 낮잠을 잤다.

내가 아내에게 흔들려 깨었을 때는 역시 불이 들어온 뒤였다. 아내는 자기 방으로 나를 오라는 것이다. 이런 일은 또 처음이다. 아내는 끊임없이 얼굴에 미소를 띠고 내 팔을 이끄는 것이다. 나는 이런 아내의 태도 이면에 엔간치 않은 음모가 숨어 있지나 않은가 하고 적이 불안을 느끼지 않을 수 없었다.

나는 아내의 하자는 대로 아내 방으로 끌려갔다. 아내 방에는 저녁 밥상이 조촐하게 차려져 있는 것이다. 생각하여 보면 나는 이틀을 굶었다. 나는 지금 배고픈 것까지도 긴가민가 잊어버리고 어름어름하던 차다.

나는 생각하였다. 이 최후의 만찬을 먹고 나자마자 벼락이 내려도 나는 차라리 후회하지 않을 것을. 사실 나는 인간 세상이 너무나 심심해서 못 견디겠던 차다. 모든 일이 성가시고 귀찮았으나 그러나 불의의 재난이라는 것은 즐거웁다.

나는 마음을 턱 놓고 조용히 아내와 마주 이 해괴한 저녁밥을 먹었다. 우리 부부는 이야기하는

법이 없었다. 밥을 먹은 뒤에도 나는 말이 없이 그냥 부스스 일어나서 내 방으로 건너가 버렸다. 아내는 나를 붙잡지 않았다. 나는 벽에 기대어 앉아서 담배를 한 대 피워 물고 그리고 벼락이 떨어질 테거든 어서 떨어져라 하고 기다렸다.

오 분! 십 분!

그러나 벼락은 내리지 않았다. 긴장이 차츰 늘어지기 시작한다. 나는 어느덧 오늘 밤에도 외출할 것을 생각하고 있었다. 돈이 있었으면 하고 생각하고 있었다.

그러나 돈은 확실히 없다. 오늘은 외출하여도 나중에 올 무슨 기쁨이 있나. 나는 앞이 그냥 아뜩하였다. 나는 화가 나서 이불을 뒤집어쓰고 이리 뒹굴 저리 뒹굴 굴렀다. 금시 먹은 밥이 목으로 자꾸 치밀어 올라온다. 메스꺼웠다.

하늘에서 얼마라도 좋으니 왜 지폐가 소낙비처럼 퍼붓지 않나, 그것이 그저 한없이 야속하고 슬펐다. 나는 이렇게밖에 돈을 구하는 아무런 방법도 알지는 못했다. 나는 이불 속에서 좀 울었나 보다. 돈이 왜 없냐면서…….

그랬더니 아내가 또 내 방에를 왔다. 나는 깜짝 놀라 아마 인제서야 벼락이 내리려나 보다 하고 숨을 죽이고 두꺼비 모양으로 엎디어 있었다. 그러나 떨어진 입을 새어 나오는 아내의 말소리는 참 부드러웠다. 정다웠다. 아내는 내가 왜 우는지를 안다는 것이다. 돈이 없어서 그러는 게 아니냐 다. 나는 실없이 깜짝 놀랐다. 어떻게 저렇게 사람의 속을 환-하게 들여다보는구 해서 나는 한편으로 슬그머니 겁도 안 나는 것은 아니었으나 저렇게 말하는 것을 보면 아마 내게 돈을 줄 생각이 있나 보다, 만일 그렇다면 오죽이나 좋은 일일까. 나는 이불 속에 뚤뚤 말린 채 고개도 들지 않고 아내의 다음 거동을 기다리고 있으니까, 옜소— 하고 내 머리맡에 내려뜨리는 것은 그 가뿐한 음향으로 보아 지폐에 틀림없었다. 그리고 내 귀에다 대고,

오늘일랑 어제보다도 좀 더 늦게 들어와도 좋다고 속삭이는 것이다. 그것은 어렵지 않다. 우선 그 돈이 무엇보다도 고맙고 반가웠다.

어쨌든 나섰다. 나는 좀 야맹증이다. 그래서 될 수 있는 대로 밝은 거리를 골라서 돌아다니기로 했다. 그리고는 경성역 일이등 대합실 한곁 티룸에를 들렀다. 그것은 내게는 큰 발견이었다. 거기는 우선 아무도 아는 사람이 안 온다. 설사 왔다가도 곧 가니까 좋다. 나는 날마다 여기 와서 시간을 보내리라 속으로 생각하여 두었다.

제일 여기 시계가 어느 시계보다도 정확하리라는 것이 좋았다. 섣불리 서투른 시계를 보고 그것을 믿고 시간 전에 집에 돌아갔다가 큰코를 다쳐서는 안 된다.

나는 한 부스에 아무것도 없는 것과 마주 앉아서 잘 끓은 커피를 마셨다. 총총한 가운데 여객들은 그래도 한 잔 커피가 즐거운가 보다. 얼른얼른 마시고 무얼 좀 생각하는 것같이 담벼락도 좀 쳐다보고 하다가 곧 나가버린다. 서글프다. 그러나 내게는 이 서글픈 분위기가 거리의 티룸들의 그 거추장스러운 분위기보다는 절실하고 마음에 들었다. 이따금 들리는 날카로운 혹은 우렁찬 기적 소리가 모차르트보다도 더 가깝다. 나는 메뉴에 적힌 몇 가지 안 되는 음식 이름을 치읽고 내리읽고 여러 번 읽었다. 그것들은 아물아물한 것이 어딘가 내 어렸을 때 동무들 이름과 비슷한 데가 있었다.

거기서 얼마나 내가 오래 앉았는지 정신이 오락가락하는 중에, 객이 슬며시 뜸해지면서 이 구석 저 구석 걷어치우기 시작하는 것을 보면 아마 닫을 시간이 된 모양이다. 열한 시가 좀 지났구나, 여기도 결코 내 안주의 곳은 아니구나, 어디 가서 자정을 넘길까, 두루 걱정을 하면서 나는 밖으로 나섰다. 비가 온다. 빗발이 제법 굵은 것이 우비도 우산도 없는 나를 고생을 시킬 작정이다. 그렇다고 이런 괴이한 풍모를 차리고 이 홀에서 어물어물하는 수는 없고, 에이 비를 맞으면 맞았지 하고 나는 그냥 나서 버렸다.

대단히 선선해서 견딜 수가 없다. 코르덴 옷이 젖기 시작하더니 나중에는 속속들이 스며들면서 처근거린다. 비를 맞아가면서라도 견딜 수 있는 데까지 거리를 돌아다녀서 시간을 보내려 하였으나 인제는 선선해서 이 이상은 더 견딜 수가 없다. 오한이 자꾸 일어나면서 이가 딱딱 맞부딪는다.

나는 걸음을 재우치면서 생각하였다. 오늘 같은 궂은 날도 아내에게 내객이 있을라구, 없겠지, 하는 생각이 드는 것이다. 집으로 가야겠다. 아내에게 불행히 내객이 있거든 내 사정을 하리라. 사정을 하면 이렇게 비가 오는 것을 눈으로 보고 알아주겠지.

부리나케 와보니까 그러나 아내에게는 내객이 있었다. 나는 그만 너무 춥고 척척해서 얼떨김에 노크하는 것을 잊었다. 그래서 나는 보면 아내가 좀 덜 좋아할 것을 그만 보았다. 나는 감발 자국 같은 발자국을 내면서 덤벙덤벙 아내 방을 디디고 그리고 내 방으로 가서 쭉 빠진 옷을 활활 벗어버리고 이불을 뒤썼다. 덜덜덜덜 떨린다. 오한이 점점 더 심해 들어온다. 여전 땅이 꺼져 들어가는 것만 같았다. 나는 그만 의식을 잃어버리고 말았다.

이튿날 내가 눈을 떴을 때 아내는 내 머리맡에 앉아서 제법 근심스러운 얼굴이다. 나는 감기가 들었다. 여전히 으스스 춥고 또 골치가 아프고 입에 군침이 도는 것이 씁쓸하면서 다리 팔이 척 늘어져서 노곤하다.

아내는 내 머리를 쓱 짚어보더니 약을 먹어야지 한다. 아내 손이 이마에 선뜩한 것을 보면 신열이 어지간한 모양인데, 약을 먹는다면 해열제를 먹어야지 하고 속생각을 하자니까 아내는 따뜻한 물에 하얀 정제약 네 개를 준다. 이것을 먹고 한잠 푹─자고 나면 괜찮다는 것이다. 나는 널름 받아 먹었다. 씁싸름한 것이 짐작 같아서는 아마 아스피린인가 싶다. 나는 다시 이불을 쓰고 단번에 그냥 죽은 것처럼 잠이 들어버렸다.

나는 콧물을 훌쩍훌쩍하면서 여러 날을 앓았다. 앓는 동안에 끊이지 않고 그 정제약을 먹었다. 그러는 동안에 감기도 나았다. 그러나 입맛은 여전히 소태처럼 썼다.

나는 차츰 또 외출하고 싶은 생각이 났다. 그러나 아내는 나더러 외출하지 말라고 이르는 것이다. 이 약을 날마다 먹고 그리고 가만히 누워 있으라는 것이다. 공연히 외출을 하다가 이렇게 감기가 들어서 저를 고생을 시키는 게 아니냐다. 그도 그렇다. 그럼 외출을 하지 않겠다고 맹세하고 그약을 연복(連服)하여 몸을 좀 보해 보리라고 나는 생각하였다.

나는 날마다 이불을 뒤집어쓰고 밤이나 낮이나 잤다. 유난스럽게 밤이나 낮이나 졸려서 견딜 수가 없는 것이다. 나는 이렇게 잠이 자꾸만 오는 것은 내가 몸이 훨씬 튼튼해진 증거라고 굳게 믿었다.

나는 아마 한 달이나 이렇게 지냈나 보다. 내 머리와 수염이 좀 너무 자라서 후틋해서 견딜 수가 없어서 내 거울을 좀 보리라고 아내가 외출한 틈을 타서 나는 아내 방으로 가서 아내의 화장대 앞에 앉아보았다. 상당하다. 수염과 머리가 참 산란하였다. 오늘은 이발을 좀 하리라 생각하고 겸사겸사 고 화장품 병들 마개를 뽑고 이것저것 맡아보았다. 한동안 잊어버렸던 향기 가운데서는 몸이 배배 꼬일 것 같은 체취가 전해 나왔다. 나는 아내의 이름을 속으로만 한번 불러보았다. '연심(蓮心)이' 하고……

오래간만에 돋보기 장난도 하였다. 거울 장난도 하였다. 창에 든 볕이 여간 따뜻한 것이 아니었다. 생각하면 오월이 아니냐.

나는 커다랗게 기지개를 한번 켜보고 아내 베개를 내려 베고 벌떡 자빠져서는 이렇게도 편안하고도 즐거운 세월을 하느님께 흠씬 자랑하여 주고 싶었다. 나는 참 세상의 아무것과도 교섭을 가지지 않는다. 하느님도 아마 나를 칭찬할 수도 처벌할 수도 없는 것 같다.

그러나 다음 순간, 실로 세상에도 이상스러운 것이 눈에 띄었다. 그것은 최면약 아달린 갑이었다. 나는 그것을 아내의 화장대 밑에서 발견하고 그것이 흡사 아스피린처럼 생겼다고 느꼈다. 나는 그것을 열어보았다. 똑 네 개가 비었다.

나는 오늘 아침에 네 개의 아스피린을 먹은 것을 기억하고 있었다. 나는 잤다. 어제도 그제도 그 끄제도—나는 졸려서 견딜 수가 없었다. 나는 감기가 다 나았는데도 아내는 내게 아스피린을 주었다. 내가 잠이 든 동안에 이웃에 불이 난 일이 있다. 그때에도 나는 자느라고 몰랐다. 이렇게 나는 잤다. 나는 아스피린으로 알고 그럼 한 달 동안을 두고 아달린을 먹어온 것이다. 이것은 좀 너무 심하다.

별안간 아뜩하더니 하마터면 나는 까무러칠 뻔하였다. 나는 그 아달린을 주머니에 넣고 집을 나섰다. 그리고 산을 찾아 올라갔다. 인간 세상의 아무것도 보기가 싫었던 것이다. 걸으면서 나는 아쪼록 아내에 관계되는 일은 일체 생각하지 않도록 노력하였다. 길에서 까무러치기 쉬우니까. 나는 어디라도 양지가 바른 자리를 하나 골라서 자리를 잡아 가지고 서서히 아내에 관하여서 연구할 작정이었다. 나는 길가의 돌창, 핀 구경도 못한 진개나리꽃, 종달새, 돌맹이도 새끼를 까는 이야기, 이런 것만 생각하였다. 다행히 길가에서 나는 졸도하지 않았다.

거기는 벤치가 있었다. 나는 거기 정좌하고 그리고 그 아스피린과 아달린에 관하여 연구하였다. 그러나 머리가 도무지 혼란하여 생각이 체계를 이루지 않는다. 단 오 분이 못 가서 나는 그만 귀찮은 생각이 번쩍 들면서 심술이 났다. 나는 주머니에서 가지고 온 아달린을 꺼내 남은 여섯 개를 한꺼번에 질겅질겅 씹어 먹어버렸다. 맛이 익살맞다. 그리고 나서 나는 그 벤치 위에 가로 기다랗게 누웠다. 무슨 생각으로 내가 그 따위 짓을 했나? 알 수가 없다. 그저 그러고 싶었다. 나는 게서 그냥 깊이 잠이 들었다. 잠결에도 바위 틈을 흐르는 물소리가 졸졸 하고 귀에 언제까지나 어렴풋이 들려왔다.

내가 잠을 깨었을 때는 날이 환—히 밝은 뒤다. 나는 거기서 일주야를 잔 것이다. 풍경이 그냥 노—랗게 보인다. 그 속에서도 나는 번개처럼 아스피린과 아달린이 생각났다.

아스피린, 아달린, 아스피린, 아달린, 맑스, 말사스, 마도로스, 아스피린, 아달린.

아내는 한 달 동안 아달린을 아스피린이라고 속이고 내게 먹였다. 그것은 아내 방에서 이 아달린 갑이 발견된 것으로 미루어 증거가 너무나 확실하다.

무슨 목적으로 아내는 나를 밤이나 낮이나 재웠어야 됐나?

나를 밤이나 낮이나 재워놓고 그리고 아내는 내가 자는 동안에 무슨 짓을 했나?

나를 조금씩 조금씩 죽이려던 것일까?

그러나 또 생각하여 보면, 내가 한 달을 두고 먹어온 것은 아스피린이었는지도 모른다. 아내는 무슨 근심되는 일이 있어서 밤이면 잠이 잘 오지 않아서 정작 아내가 아달린을 사용한 것이나 아닌지, 그렇다면 나는 참 미안하다. 나는 아내에게 이렇게 큰 의혹을 가졌다는 것이 참 안됐다.

나는 그래서 부리나케 거기서 내려왔다. 아랫도리가 화화 내어저이면서 어찔어찔한 것을 나는 겨우 집을 향하여 걸었다. 여덟 시 가까이였다.

나는 내 잘못된 생각을 죄다 일러바치고 아내에게 사죄하려는 것이다. 나는 너무 급해서 그만 또 말을 잊어버렸다.

그랬더니 이건 참 너무 큰일났다. 나는 내 눈으로는 절대로 보아서 안 될 것을 그만 딱 보아버리고 만 것이다. 나는 얼떨결에 그만 냉큼 미닫이를 닫고 그리고 현기증이 나는 것을 진정시키느라고

잠깐 고개를 숙이고 눈을 감고 기둥을 짚고 섰자니까 일 초 여유도 없이 홱 미닫이가 다시 열리더니 매무새를 풀어헤친 아내가 불쑥 내밀면서 내 멱살을 잡는 것이다. 나는 그만 어지러워서 게서 그냥 나동그라졌다. 그랬더니 아내는 넘어진 내 위에 덮치면서 내 살을 함부로 물어뜯는 것이다. 아파 죽겠다. 나는 사실 반항할 의사도 힘도 없어서 그냥 넙죽 엎디어 있으면서 어떻게 되나 보고 있자니까 뒤이어 남자가 나오는 것 같더니 아내를 한아름에 덥석 안아 가지고 방으로 들어가는 것이다. 아내는 아무 말 없이 다소곳이 그렇게 안겨 들어가는 것이 내 눈에 여간 미운 것이 아니다. 밉다.

아내는 너 밤새워 가면서 도둑질하러 다니느냐, 계집질하러 다니느냐고 발악이다. 이것은 참 너무 억울하다. 나는 어안이 벙벙하여 도무지 입이 떨어지지를 않았다.

너는 그야말로 나를 살해하려던 것이 아니냐고 소리를 한번 꽥 질러보고도 싶었으나 그런 긴가민가한 소리를 섣불리 입 밖에 내었다가는 무슨 화를 볼는지 알 수 있나. 차라리 억울하지만 잠자코 있는 것이 우선 상책인 듯싶이 생각이 들길래 나는 이것은 또 무슨 생각으로 그랬는지 모르지만 툭툭 털고 일어나서 내 바지 포켓 속에 남은 돈 몇 원 몇십 전을 가만히 꺼내서는 몰래 미닫이를 열고 살며시 문지방 밑에다 놓고 나서는 그냥 줄달음박질을 쳐서 나와버렸다.

여러 번 자동차에 치일 뻔하면서 나는 그대로 경성역을 찾아갔다. 빈자리와 마주 앉아서 이 쓰디쓴 입맛을 거두기 위하여 무엇으로나 입가심을 하고 싶었다.

커피. 좋다. 그러나 경성역 홀에 한걸음을 들여놓았을 때 나는 내 주머니에는 돈이 한 푼도 없는 것을, 그것을 깜빡 잊었던 것을 깨달았다. 또 아뜩하였다. 나는 어디선가 그저 맥없이 머뭇머뭇하면서 어쩔 줄을 모를 뿐이었다. 얼빠진 사람처럼 그

저 이리 갔다 저리 갔다 하면서…….

나는 어디로 어디로 들입다 쏘다녔는지 하나도 모른다. 다만 몇 시간 후에 내가 미쓰꼬시 옥상에 있는 것을 깨달았을 때는 거의 대낮이었다.

나는 거기 아무 데나 주저앉아서 내 자라온 스물여섯 해를 회고하여 보았다. 몽롱한 기억 속에서는 이렇다는 아무 제목도 불그러져 나오지 않았다.

나는 또 나 자신에게 물어보았다. 너는 인생에 무슨 욕심이 있느냐고. 그러나 있다고도 없다고도, 그런 대답은 하기가 싫었다. 나는 거의 나 자신의 존재를 인식하기조차도 어려웠다.

허리를 굽혀서 나는 그저 금붕어나 들여다보고 있었다. 금붕어는 참 잘들도 생겼다. 작은 놈은 작은 놈대로 큰 놈은 큰 놈대로 다 싱싱하니 보기 좋았다. 내리비치는 오월 햇살에 금붕어들은 그릇 바탕에 그림자를 내려뜨렸다. 지느러미는 하늘하늘 손수건을 흔드는 흉내를 낸다. 나는 이 지느러미 수효를 헤어보기도 하면서 굽힌 허리를 좀처럼 펴지 않았다. 등허리가 따뜻하다.

나는 또 회탁의 거리를 내려다보았다. 거기서는 피곤한 생활이 똑 금붕어 지느러미처럼 흐늑흐늑 허비적거렸다. 눈에 보이지 않는 끈적끈적한 줄에 엉켜서 헤어나지들을 못한다. 나는 피로와 공복 때문에 무너져 들어가는 몸뚱이를 끌고 그 회탁의 거리 속으로 섞여 들어가지 않는 수도 없다 생각하였다.

나서서 나는 또 문득 생각하여 보았다. 이 발길이 지금 어디로 향하여 가는 것인가를…….

그때 내 눈앞에는 아내의 모가지가 벼락처럼 내려 떨어졌다. 아스피린과 아달린.

우리들은 서로 오해하고 있느니라. 설마 아내가 아스피린 대신에 아달린 정량을 나에게 먹여왔을까? 나는 그것을 믿을 수가 없다. 아내가 대체 그럴 까닭이 없을 것이니 그러면 나는 날밤을 새면서 도적질을, 계집질을 하였나? 정말이지 아니다.

우리 부부는 숙명적으로 발이 맞지 않는 절름발이인 것이다. 내가 아내나 제 거동에 로직(논리)을 붙일 필요는 없다. 변해(辯解)할 필요도 없다. 사실은 사실대로 오해는 오해대로 그저 끝없이 발을 절뚝거리면서 세상을 걸어가면 되는 것이다. 그렇지 않을까?

그러나 나는 이 발길이 아내에게로 돌아가야 옳은가 이것만은 분간하기가 좀 어려웠다. 가야 하나? 그럼 어디로 가나?

이때 뚜― 하고 정오 사이렌이 울렸다. 사람들은 모두 네 활개를 펴고 닭처럼 푸드덕거리는 것 같고 온갖 유리와 강철과 대리석과 지폐와 잉크가 부글부글 끓고 수선을 떨고 하는 것 같은 찰나, 그야말로 현란을 극한 정오다.

나는 불현듯이 겨드랑이가 가렵다. 아하 그것은 내 인공의 날개가 돋았던 자국이다. 오늘은 없는 이 날개, 머릿속에서는 희망과 야심의 말소된 페이지가 딕셔너리(사전) 넘어가듯 번뜩였다.

나는 걷던 걸음을 멈추고 그리고 어디 한번 이렇게 외쳐보고 싶었다.

날개야 다시 돋아라.

날자. 날자. 날자. 한 번만 더 날자꾸나.

한 번만 더 날아 보자꾸나.

[1936]

무명

無明

이광수 (1892 ~ 1950 ?)

평북 정주 출생. 일본 명치학원 수학. 1917년 장편 『무정』을 『매일신보』에 발표. 장편으로 『개척자』 『유정』 『흙』 『재생』 등이 있다. 1950년 납북되었다.

"진상! 나무아미타불을 부르면 죽어서 분명히 지옥으로 안 가고 극락 세계로 가능기오?"
하고 그 가는 눈을 있는 대로 크게 떠서 나를 바라보았다. 나는 생전에 이렇게 중대한, 이렇게 책임 무거운 질문을 받아본 일이 없었다. 기실 나 자신도 이 문제에 대해여 확실히 대답할 만한 자신이 없었건마는 이 경우에 나는 비록 거짓말이 되더라도, 나 자신이 지옥으로 들어갈 죄업이 되더라도 주저할 수는 없었다.

입감한 지 사흘째 되던 날, 나는 병감으로 보냄이 되었다. 병감이래야 따로 떨어진 건물이 아니고, 감방 한편 끝에 있는 방들이었다. 내가 들어간 곳은 일방이라는 방으로, 서쪽 맨 끝 방이었다. 나를 데리고 온 간수가 문을 잠그고 간 뒤에 얼굴 희고, 눈 말그스레한 간병부가 나더러,

"앉으시거나 누시거나 자유예요. 가만가만히 말씀도 해도 괜찮아요. 말소리가 크면 간수한테 걱정 들어요."

하고 이르고는 내 번호를 따라서 자리를 정해 주고 가버렸다. 나는 간병부에게 고개를 숙여 고맙다는 뜻을 표하고 나보다 먼저 들어와 있는 두 사람을 향하여 고개를 숙여서 인사를 하였다.

이때에 바로 내 곁에 있는 사람이 옛날 조선식으로 내 팔목을 잡으며,

"아이고 진상이시오. 나 윤○○이에요."

하고 곁방에까지 들릴 만한 큰 소리로 외쳤다.

나도 그를 알아보았다. 그는 C경찰서 유치장에서 십여 일이나 나와 함께 있다가 나보다 먼저 송국된 사람이다. 그는 빼빼 마르고 목소리만 크고 말끝마다 ○대가리라는 말을 쓰기 때문에 같은 방 사람들에게 ○대가리라는 별명을 듣고 놀림감이 되던 사람이다. 나는 이러한 기억이 날 때에 터지려는 웃음을 억제하기가 매우 어려웠다. 윤씨는 옛날 조선 선비들이 가지던 자세와 태도로 대단히 점잖게 내가 입감된 것을 걱정하고 또 곁에 있는 '민'이라는, 껍질과 뼈만 남은 노인에게 여러 가지 칭찬하는 말로 나를 소개하고 난 뒤에 퍼런 미결수 옷 앞자락을 벌려서 배와 다리를 온통 내어놓고 손가락으로 발등과 정강이도 찔러보고 두 손으로 뱃가죽을 잡아당겨보면서,

"이거 보세요. 이렇게 전신이 부었어요. 근일에 좀 내린 것이 이 꼴이오. 일동 팔방에 있을 때에는 이보다도 더했는디."

전라도 사투리로 제 병 증세를 길다랗게 설명하였다. 그는 마치 자기가 의사보다 더 잘 자기의 병

증세를 아는 것같이 그리고 의사는 도저히 자기의 병을 모르므로 자기는 죽어 나갈 수밖에 없노라고 자탄하였다. 윤씨 자신의 진단과 처방에 의하건댄, 몸이 부은 것은 죽을 먹기 때문이요, 열이 나고 기침이 나고 설사가 나는 것은 원통한 죄명을 썼기 때문에 일어나는 화기라고 단언하고, 이 병을 고치자면 옥에서 나가서 고기와 술을 잘 먹는 수밖에 없다고 중언부언한 뒤에, 자기를 죽이는 것은 그의 공범들과 의사 때문이라고 눈을 흘기면서 소리를 질렀다.

윤씨의 죄라는 것은 현모(玄某), 임모(林某) 하는 자들이 공모하고 김모(金某)의 토지를 김모 모르게 어떤 대금업자에게 저당하고 삼만여 원의 돈을 얻어쓴 것이라는데, 윤은 이 공문서 사문서 위조에 쓰는 도장을 파준 것이라고 한다. 그는,

"현가놈은 내가 모르고, 임가놈으로 말하면 나와 절친한 친구닝게, 우리는 친구 위해서는 사생을 가리지 않는 성품이닝게, 정말 우리는 친구 위해서는 목숨을 아니 애끼는 사람이닝게, 도장을 파주었지라오. 그래서 진상도 아시다시피 내가 돈을 한 푼이나 먹었능기오? 현가놈, 임가놈 저희들끼리 수만 원 돈을 다 처먹고, 윤○○이 무슨 죄란 말이야?"

하고 뽐내었다.

그러나 윤의 이 말은 내게 하는 말이 아니요, 여태까지 한방에 있던 '민'더러 들으라는 말인 줄 나는 알았다. 왜 그런고 하면 경찰서 유치장에 있을 때에도 첫날은 지금 이 말과 같이 뽐내더니마는 형사실에 들어가서 두어 시간 겪을 것을 겪고 두어깨가 축 늘어져서 나오던 날 저녁에 그는 이 일이 성사되는 날에는 육천 원 보수를 받기로 언약이 있었던 것이며, 정작 성사된 뒤에는 현가와 임가는 윤이 새긴 도장은 잘되지를 아니하여서 쓰질 못하고, 서울서 다시 도장을 새겨서 썼노라고 하며 돈 삼십 원을 주고 하룻밤 술을 먹이고 창기 집에 재워 주고 하였다는 말을 이를 갈면서 고백하

였다. 생각건대는 병감에 같이 있는 민씨에게는 자기가 무죄하다는 말밖에 아니하였던 것이, 불의에 내가 들어오매 그 뒷수습을 하느라고 예방선으로 이런 소리를 하는 것이라고 나는 생각하고 또 한 번 웃음을 억제하였다.

껍질과 뼈만 남은 민씨는 밤낮 되풀이하던 소리라는 듯이 윤이 열심히 떠드는 말을 일부러 안 듣는 양을 보이며 해골과 같은 제 손가락을 들여다보고 앉았다가 끙 하고 일어나서 똥통으로 올라간다.

"또, 똥질이야."

하고 윤은 소리를 꽥 지른다.

"저는 누구만 못한가?"

하고 민은 끙끙 안간힘을 쓴다.

똥통은 바로 민의 머리맡에 놓여 있는데 볼 때마다 칠 아니한 관을 연상케 하였다. 그 위에 해골이 다 된 민이 올라앉아서 끙끙대는 것이 퍽이나 비참하게 보였다. 윤은 그 가늘고 날카로운 눈으로 민의 앙상한 목덜미를 흘겨보며,

"진상요, 글쎄 저것이 타작을 한 팔십 석이나 받는다는디, 또 장남한 자식이 있다는디, 또 열아홉 살 된 여편네가 있다나요. 그런데두 저렇게 제 애비, 제 서방이 다 죽게 되어두, 어리친 강아지새끼 하나 면회도 아니 온단 말씀이지라오. 옷 한 가지, 벤또 한 그릇 차입하는 일도 없고. 나는 집이나 멀지. 인제 보아. 내가 편지를 했으닝게. 그래도 내 당숙이 돈 삼십 원 하나는 보내줄 게요. 내 당숙이 면장이요. 그런디 저것은 집이 시흥이라는디 그래, 계집년 자식새끼 얼씬도 안 해야 옳담? 흥, 그래도 성이 민가라고 양반 자랑은 허지. 민가문 다 양반이어? 서방도 모르고 애비도 모르는 것이 무슨 빌어먹다 죽을 양반이어?"

윤이 이런 악담을 하여도 민은 들은 체 못 들은 체 이제는 끙끙 소리도 아니하고 멀거니 앉아 있는 것이 마치 똥통에서 내려오기를 잊어버린 것 같았다.

민의 대답 없는 것이 더 화가 나는 듯이 윤은 벌떡 일어나더니 똥통 곁으로 가서 손가락으로 민의 옆구리를 꾹 찌르며,

"글쎄, 내가 무어랬어? 요대로 있다가는 죽고 만다닝게. 먹은 게 있어야 똥이 나오지. 그까진 쌀뜨물 같은 미음 한 모금씩 얻어먹는 것이 오줌이나 될 것이 있어? 어서 내 말대로 집에다 기별을 해서, 돈을 갖다가 우유도 사먹고 달걀도 사먹고 그래요. 돈은 다 두었다가 무엇 하자닝 게여? 애비가 죽어가도 면회도 아니 오는 자식녀석에게 물려줄 양으로? 흥, 흥. 옳지, 열아홉 살 먹은 계집이 젊은 서방 얻어서 재미있게 살라고?"

하고 민의 비위를 박박 긁는다.

민도 더 참을 수 없던지,

"글쎄, 웬 걱정이야? 나는 자네 악담과 그 독살스러운 눈깔딱지만 안 보게 되었으면 좀 살겠네. 말을 해도 할 말이 다 있지, 남의 아내를 왜 거들어? 그러니까 시골 상것이란 헐 수 없단 말이지."

이런 말을 하면서도 민은 그렇게 성낸 모양조차 보이지 아니한다. 그 옴팡눈이 독기를 띠면서도 또한 침착한 천품을 보이는 것이었다.

그 후에도 날마다 몇 차례씩 윤은 민에게 같은 소리로 그를 박박 긁었다. 민은 그 소리가 듣기 싫으면 눈을 감고 자는 체를 하거나, 그렇지 아니하면 유리창으로 내다보이는 여름 하늘의 구름이 나는 것을 언제까지나 바라보고 있었다. 이렇게 민이 침착하면 침착할수록 윤은 더욱 기를 내어서 악담을 퍼부었다. 그리고 그 끝에는 반드시 열아홉 살 된 민의 아내를 거들었다. 이것이 윤이 민의 기를 올리려 하는 최후 수단이었으니 민은 아내의 말만 나면 양미간을 찡그리며 한두 마디 불쾌한 소리를 던졌다.

윤이 아무리 민을 긁어도 민이 못 들은 체하고 도무지 반항이 없으면 윤은 나를 향하여 민의 험구를 하는 것이 버릇이었다. 도무지 민이 의사가 이르는 말을 아니 듣는다는 둥, 먹으라는 약도 아

니 먹는다는 둥, 천하에 깍쟁이라는 둥, 민의 코끝이 빨간 것이 죽을 때가 가까워서 회가 동하는 것이라는 둥, 민의 아내에게는 벌써 어떤 젊은 놈팡이가 붙었으리라는 둥, 한량없이 이런 소리를 하였다. 그러다가 제가 졸리거나 밥이 들어오거나 해야 말을 끊었다. 마치 윤은 먹고, 민을 못 견디게 굴고, 똥질하고, 자고, 이 네 가지만을 위해서 살아가는 사람인 것 같았다. 또 한 가지 있다면 그것은 자기의 병 타령과 공범에 대한 원망이었다. 어찌했거나 윤의 입은 잠시도 다물고 있을 새는 없었고, 쨍쨍하는 그 목소리는 가끔 간수의 꾸지람을 받으면서도 간수가 돌아선 뒤에는 곧 그 쨍쨍거리는 목소리로 간수에게 또 욕을 퍼부었다.

나는 윤 때문에 도무지 맘이 편안하기가 어려웠다. 윤의 말은 마디마디 이상하게 사람의 신경을 자극하였다. 민에게 하는 악담이라든지, 밥을 대할 때에 나오는 형무소에 대한 악담, 의사, 간병부, 간수, 자기 공범, 무릇 그의 입에 오르는 사람은 모조리 악담을 받는데, 말들이 칼끝같이, 바늘끝같이 나의 약한 신경을 찔렀다. 내가 가장 원하는 것은 마음에 아무 생각도 없이 가만히 누워 있는 것인데, 윤은 내게 이러한 기회를 허락지 아니하였다. 그가 재재거리는 말이 끝이 나서 '인제 살았났다' 하고 눈을 좀 감으면 윤은 코를 골기 시작하였다. 그는 두 다리를 벌리고, 배를 내어놓고, 베개를 목에다 걸고, 눈을 반쯤 뜨고, 그리고는 코를 골고, 입으로 불고, 이따금 꺽꺽 숨이 막히는 소리를 하고 그렇지 아니하면 백일해 기침과 같은 기침을 하고, 차라리 그 잔소리를 듣던 것이 나은 것 같았다. 그럴 때면 흔히 민이,

"어떻게 생긴 자식인지 깨어서도 사람을 못 견디게 굴고, 잠이 들어도 사람을 못 견디게 굴어."
하고 중얼거릴 때에는 나도 픽 웃지 않을 수가 없었다.

"저 배 가리워. 십오호, 저 배 가리워. 사타구니 가리우고, 웬 낮잠을 저렇게 자? 낮잠을 저렇게

자니까 밤에는 똥통만 타고 앉아서 다른 사람을 못 견디게 굴지."
하고 순회하는 간수가 소리를 지르면 윤은,
"자기는 누가 자거디오?"
하고 배와 사타구니를 쓸며,
"이렇게 화기가 떠서, 열기가 떠서, 더워서 그러오!"

그리고는 옷자락을 잠깐 여미었다가 간수가 가 버리면 윤은 간수 섰던 자리를 그 독한 눈으로 흘겨보며,
"왜 나를 그렇게 못 먹어 해?"
하고는 다시 옷자락을 열어젖힌다.

민이 의분심에 못 이기는 듯이,
"왜, 간수 말이 옳지. 배때기를 내놓고 자빠져 자니까 밤낮 똥질을 하지. 자네 비위에는 옳은 말도 다 악담으로 듣기나 봐. 또 그게 무에야, 밤낮 사타구니를 내놓고 자빠졌으니."

그래도 윤은 내게 대해서는 끔찍이 친절하였다. 내가 몸을 움직이지 못하는 병인 것을 안다고 하여서, 그는 내가 할 일을 많이 대신해 주었다.

"무슨 일이 있으면 내게 말씀하시란게요. 왜 일어나시능고오?"
하고 내가 움직일 때에는 번번이 나를 아끼는 말을 하여 주었다. 내가 사식 차입이 들어오기 전, 윤은 제가 먹는 죽과 내 밥과를 바꾸어 먹기를 주장하였다. 그는,
"글쎄 이 좁쌀 절반 콩 절반, 이것을 진상이 잡수신다는 것이 말이 되능고오?"
하고 굳이 내 밥을 빼앗고, 제 죽을 내 앞에 밀어 놓았다. 나는 그 뜻이 고마웠으나, 첫째로는 법을 어기는 것이 내 뜻에 맞지 아니하고, 둘째로는 의사가 죽을 먹으라고 명령한 환자에게 밥을 먹이는 것이 죄스러워 끝내 사양하였다. 윤과 내가 이렇게 서로 다투는 것을 보고 민은 미음 양재기를 앞에 놓고, 입맛이 없어서 입에 댈 생각도 아니하면서,

"글쎄 이 사람아. 그 쥐똥 냄새 나는 멀건 죽 국물이 무엇이 그리 좋은 게라고 진상에게 권하나? 진상, 어서 그 진지를 잡수시오. 그래도 콩밥 한 덩이가 죽보다는 낫지요."

하면 윤은 민을 흘겨보며,

"어서 저 먹을 거나 처먹어. 그래두 먹어야 사는 게여."

하고 억지로 내 조밥을 빼앗아 먹기를 시작한다.

나는 양심에 법을 어긴다는 가책을 받으면서도 윤의 정성을 물리치는 것이 미안해서 죽 국물을 한 모금만 마시고 속이 불편하다는 핑계로 자리에 와서 누워버린다.

윤은 내 밥과 제 죽을 다 먹어버리는 모양이다. 민도 미음을 두어 모금 마시고는 자리에 돌아와 눕건마는 윤은 밥덩이를 들고 창 밑에 서서 연해 간수가 오는가 아니 오는가를 바라보면서 입소리 요란하게 밥과 국을 먹고 있다.

민은 입맛을 쩍쩍 다시며,

"그저 좋은 배갈에 육회를 한 그릇 먹었으면 살 것 같은데."

하고 잠깐 쉬었다가 또 한 번,

"좋은 배갈을 한잔 먹었으면 요 속에 맺힌 것이 확 풀려버릴 것 같은데."

하고 중얼거린다.

밥과 죽을 다 먹고 나서 물을 벌컥벌컥 들이켜던 윤은,

"흥, 게다가 또 육회여? 멀건 미음두 안 내리는 배때기에 육회를 먹어? 금방 뒤어지게. 그렇지 않아도 코끝이 빨간데. 벌써 회가 동했어. 그렇게 되구 안 죽는 법이 있나?"

하며 밥그릇을 부시고 있다. 콧물이 흐르면 윤은 손등으로도 씻지 아니하고 세 손가락을 모아서 마치 버려지나 떼어버리는 것같이 콧물을 집어서 아무데나 홱 뿌리고 그 손으로 밥그릇을 부신다. 그러다가 기침이 나기 시작하면 고개를 돌리려 하지도 아니하고 개수통에, 밥그릇에, 더 가까이 고

개를 숙여가며 기침을 한다. 그래도 우리 세 사람 중에는 자기가 그중 몸이 성하다고 해서 밥을 받아들이는 것이나, 밥그릇을 부시는 것이나 다 제가 맡아서 하였고, 또 자기는 이러한 일에 대해서 썩 잘하는 줄로 믿고 있는 모양이었다. 더구나 아침이 끝나고 '벵끼 준비' 하는 구령이 나서 똥통을 들어낼 때면 사실상 우리 셋 중에는 윤밖에 그 일을 할 사람이 없었다. 그는 끙끙거리고 똥통을 들어낼 때마다 민을 원망하였다. 민이 밤낮 똥질을 하기 때문에 이렇게 똥통이 무겁다는 불평이었다. 그러면 민은,

"글쎄 이 사람아, 내가 하루에 미음 한 공기도 다 못 먹는 사람이 오줌똥을 누기로 얼마나 누겠나? 자네야말로 죽두 두 그릇, 국두 두 그릇, 냉수도 두 주전자씩이나 처먹고는 밤새도록 똥통을 타고 앉아서 남 잠도 못 자게 하지."

하는 민의 말은 내가 보기에도 옳았다. 더구나 내게 사식 차입이 들어온 뒤로부터는 윤은 번번이 내가 먹다가 남긴 밥과 반찬을 다 먹어버리기 때문에 그의 소화불량은 더욱 심하게 되었다. 과식을 하기 때문에 조갈증이 나서 수없이 물을 퍼먹고, 그리고는 하루에 많은 날은 스무 차례나 똥질을 하였다. 그러면서도 자기 말은,

"똥이 나와주어야지. 꼬챙이로 파내기나 하면 나올까? 허기야 먹는 것이 있어야 똥이 나오지."

이렇게 하루에도 몇 차례씩 혹은 민을 보고 혹은 나를 보고 자탄하였다.

윤의 병은 점점 악화하였다. 그것은 확실히 과식하는 것이 한 원인이 되는 것이 분명하였다. 나는 내가 사식 차입을 먹기 때문에 윤의 병이 더해 가는 것을 퍽 괴롭게 생각하여서, 이제부터는 내가 먹고 남은 것을 윤에게 주지 아니하리라고 결심하고 나 먹을 것을 다 먹고 나서는 윤의 손이 오기 전에 벤또 그릇을 창틀 위에 갖다 놓았다. 그리고 나는 부드러운 말로 윤을 향하여,

"그렇게 잡수시다가는 큰일나십니다. 내가 어

저께는 세어보니까 스물네 번이나 설사를 하십디다. 또 그 위에 열이 오르는 것도 너무 잡수시기 때문인가 하는데요."
하고 간절히 말하였으나 그는 듣지 아니하고 창틀에 놓은 벤또를 집어다가 먹었다.

나는 중대한 결심을 하지 아니할 수 없었다. 그 것은 내가 사식을 끊어버리는 것이었다. 그래서 나는 저녁 한 때만 사식을 먹고 아침과 점심은 관식을 먹기로 하였다. 나는 아무쪼록 영양분을 섭취하지 아니하면 아니 될 병자이기 때문에 이것은 적지 아니한 고통이었으나 나로 해서 곁엣사람이 법을 범하고, 병이 더치게 하는 것은 차마 못할 일이었다. 민도 내가 사식을 끊은 까닭을 알고 두어 번 윤의 주책없음을 책망하였으나, 윤은 도리어 내가 사식을 끊은 것이 저를 미워하여서나 하는 것같이 나를 원망하였다. 더구나 윤의 아들에게서 현금 삼 원 차입이 와서 우유니 사식을 사먹게 되고 지리가미(휴지)도 사서 쓰게 된 뒤로부터는 내게 대한 태도가 심히 냉랭하게 되었다. 예전에는 내가 충고하는 말이면 '선생님 말씀이 옳아요' 하고 순순히 듣던 것이 이제는 나를 향해서도 눈을 흘기게 되었다.

윤은 아들이 보낸 삼 원 중에서 수건과 비누와 지리가미를 샀다.

"붓빙 고오규(물건 사라)."
하는 날은 한 주일에 한 번밖에 없었고, 물건을 주문한 후에 그 물건이 올 때까지는 한 주일 내지 십여 일이 걸렸다. 윤은 자기가 주문한 물건이 오는 것이 늦다고 하여 날마다 하루에도 몇 차례씩 형무소 당국의 태만함을 책망하였다. 그러다가 물건이 들어온 날 윤은 수건과 비누와 지리가미를 받아서 이리 뒤적 저리 뒤적 하면서,

"글쎄 이걸 수건이라고 가져와? 망할 자식들 같으니. 걸레감도 못 되는 걸. 비누는 또 이게 다 무어여, 워디 향내 하나 나나?"
하고 큰 소리로 불평을 하였다.

민이, 아니꼬워 못 견디는 듯이 입맛을 몇 번 다시더니,

"글쎄 이 사람아. 자네네 집에서 언제 그런 수건과 비누를 써보았단 말인가? 그 돈 삼 원 가지고 밥술이나 사먹을 게지, 비누 수건은 왜 사? 자네나 내나 그 상판대기에 비누는 발라서 무엇 하자는 게구, 또 여기서 주는 수건이면 고만이지 타올 수건을 해서 무엇하자는 게야? 자네가 그따위로 소견머리 없이 살림을 하니까 평생에 가난 껍질을 못 벗어놓지."
이렇게 책망하였다.

윤은 그날부터 세수할 때에만은 제 비누를 썼다. 그러나 수건을 빨 때라든지 발을 씻을 때에는 웬일인지 여전히 내 비누를 쓰고 있었다.

윤은 수건 거는 줄에 제 타월 수건이 걸리고, 비누와 잇솔과 치마분이 있고, 이불 밑에 지리가미가 있고, 조석으로 차입 밥과 우유가 들어오는 동안 심히 호기가 있었다. 그는 부채도 하나 샀다. 그 부채가 내 부채 모양으로 합죽선이 아닌 것을 하루에도 몇 번씩 원망하였으나 그는 허리를 쭉 뻗고 고개를 젖히고 부채를 딱딱거리며 도사리고 앉아서, 그가 좋아하는 양반 상놈 타령이며, 공범 원망이며, 형무소 공격이며, 민에 대한 책망이며, 이런 것을 가장 점잖게 하였다.

윤은 이 삼 원 어치 차입 때문에 자기의 지위가 대단히 높아지는 것을 느끼는 모양이었다. 간수를 보고도 이제는 겁낼 필요가 없이, '나도 차입을 먹노라'고 호기를 부렸다.

윤이 차입을 먹게 되매 나도 십여 일 끊었던 사식 차입을 받게 되었다. 윤과 나와 두 사람만은 노긋노긋한 흰밥에 생선이며 고기를 먹으면서, 민 혼자만이 멀건 미음 국물을 마시고 앉았는 것이 차마 볼 수 없었다. 민은 미음 국물을 앞에 놓고는 연해 나와 내 밥그릇을 바라보는 것 같고 또 침을 껄떡껄떡 삼키는 모양이 보였다. 노긋노긋한 흰 밥, 이것이 이 세상에서 가장 귀하고 고마운 것

인 줄은 감옥에 들어와 본 사람이라야 알 것이다. 밥의 하얀 빛, 그 향기, 젓갈로 집고 입에 넣어 씹을 때에 그 촉각. 그 맛. 이것은 천지간에 있는 모든 물건 가운데 가장 귀한 것이라고 느끼지 아니할 수 없었다. 쌀밥, 이러한 말까지도 신기한 거룩한 음향을 가진 것같이 느껴졌다. 이렇게 밥의 고마움을 느낄 때에 합장하고 하늘을 우러러, '모든 중생으로 하여금 밥의 즐거움을 골고루 받게 하소서!' 하고 빌지 아니할 사람이 있을까? 이때에 나는 형무소의 법도 잊어버리고 민의 병도 잊어버리고 지리가미에 한 숟갈쯤 되는 밥덩이를 덜어서,

"꼭꼭 씹어 잡수세요."

하고 민에게 주었다. 민은 그것을 받아서 입에 넣었다. 그의 몸에게 경련이 일어나는 것 같고 그의 눈에는 눈물이 글썽글썽하는 것 같음은 내 마음 탓일까?

민은 종이에 붙은 밥 알갱이를 하나 안 남기고 다 뜯어서 먹고,

"참 꿀같이 달게 먹었습니다. 어쩌면 그렇게도 맛이 있을까? 지금 죽어도 한이 없을 것 같습니다."

하고 더 먹고 싶어 하는 모양 같으나 나는 더 주지 아니하고 그릇에 밥을 좀 남겨서 내어놓았다 윤은 제 것을 먹고 나서 내가 남긴 것까지 마저 휘몰아 넣었다.

윤의 삼 원 어치 차입은 일주일이 못해서 끊어지고 말았다. 윤의 당숙 되는 면장에게서 오리라고 윤이 장담하던 삼십 원은 오지 아니하였다. 윤이 노 말하기를, 자기가 옥에서 죽으면 자기 당숙이 아니 올 수 없고 오면은 자기의 장례를 아니 지낼 수 없으니, 그러면 적어도 삼십 원은 들 것이라, 죽은 뒤에 삼십 원을 쓰는 것보다 살아서 삼십 원을 보내어 먹고 싶은 것을 먹으면 자기가 죽지 아니할 터이니 당숙이 면장의 신분으로 형무소까지 올 필요도 없고, 또 설사 자기가 옥에서 죽더라도 이왕 장례비 삼십 원을 받아먹었으니 친족에게 폐를 끼치지 아니하고 형무소에서 화장을 할 터인

즉, 지금 삼십 원을 청구하는 것이 부당한 일이 아니라고, 이렇게 면장 당숙에게 편지를 하였으므로 반드시 삼십 원은 오리라는 것이었다.

나도 윤의 당숙 되는 면장이 윤의 이론을 믿어서 돈 삼십 원을 보내어주기를 진실로 바랐다. 더구나 윤의 사식 차입이 끊어짐으로부터 내가 먹다가 남긴 밥을 윤과 민이 다투게 되매 그러하였다. 내가 민에게 밥 한 숟갈 준 것이 빌미가 됨인지, 민은 끼니때마다 밥 한 숟가락을 내게 청하였고, 그럴 때마다 윤은 민에게 욕설을 퍼붓고 심하면 밥그릇을 둘러 엎었다. 한번은 윤과 민 사이에 큰 싸움이 일어나서 차마 입에 담지 못할 욕설을 서로 주고받고 하였다. 그때에 마침 간수가 지나가다가 두 사람이 싸우는 소리를 듣고 윤을 나무랐다. 간수가 간 뒤에 윤은 자기가 간수에게 꾸지람 들은 것이 민 때문이라고 하여 더욱 민을 못 견디게 굴었다. 그 방법은 여전히 며칠 안 있으면 민이 죽으리라는 둥, 열아홉 살 된 민의 아내가 벌써 어떤 젊은 놈하고 붙었으리라는 둥, 민의 아들들은 개돼지만도 못한 놈들이라는 둥, 이런 악담이었다.

나는 다시 사식을 중지하여 달라고 간수에게 청하였다. 그러나 내가 사식을 중지하는 것으로 두 사람의 감정을 완화할 수는 없었다. 별로 말이 없던 민도 내가 사식을 중지한 뒤로부터는 윤에게 지지 않게 악담을 하였다.

"요놈, 요 좀도적놈. 그래, 백주에 남의 땅을 빼앗아먹겠다고 재판소 도장을 위조를 해? 고 도장 파던 손목쟁이가 썩어 문드러지지 않을 줄 알구."

이렇게 민이 윤을 공격하면 윤은,

"남의 집에 불논 놈은 어떻고? 그 사람이 밉거든 차라리 칼을 가지고 가서 그 사람만 찔러죽일 게지, 그래, 그 집 식구는 다 태워죽이고 저는 죄를 면하잔 말이지? 너 같은 놈은 자식새끼까지 다 잡아먹어야 해! 네 자식녀석들이 살아남으면 또 남의 집에 불을 놓겠거든."

이렇게 대꾸를 하였다.

하루는 간수가 우리 방 문을 열어젖히고,

"구십구호!"

하고 불렀다. 구십구호를 십오호로 잘못 들었는지,

윤이 벌떡 일어나며,

"네, 내게 편지 왔능기오?"

하였다. 윤은 당숙 면장의 편지를 간절히 기다리는 마음에 구십구호를 십오호로 잘못 들은 모양이다.

"네가 구십구호냐?"

하고 간수는 소리를 질렀다.

정작 구십구호인 민은 나를 부를 자가 천지에 어디 있으랴 하는 듯이 그 옴팡눈으로 팔월 하늘의 흰구름을 바라보고 누워 있었다.

"구십구호 귀먹었니?"

하는 소리와,

"이건 눈뜨고 꿈을 꾸고 있는 셈인가? 단또상(간수님)이 부르시는 소리도 못 들어?"

하고 윤이 옆구리를 찌르는 바람에 민은 비로소 누운 대로 고개를 젖혀서 문을 열고 섰는 간수를 바라보았다.

"구십구호, 네 물건 다 가지고 이리 나와!"

그제야 민은 정신이 드는 듯이 일어나 앉으며,

"우리 집으로 내어보내 주세요?"

하고, 그 해골 같은 얼굴에 숨길 수 없는 기쁜 빛이 드러난다.

"어서 나오라면 나와. 나와보면 알지."

"우리 집에서 면회하러 왔어요?"

하고 민의 얼굴에 나타났던 기쁨은 반 이상이나 스러져버린다.

간수 뒤에 있던 키 큰 간병부가,

"전방이에요, 전방. 어서 그 약병이랑 다 들고 나와요"

하는 말에 민은 약병과 수건과 제가 베고 있던 베개를 들고 지척거리고 문을 향하여 나간다. 민은 전방이라는 뜻을 알아들었는지 분명치 아니하였

다. 간병부가,

"베개는 두고 나와요. 요 웃방으로 가는 게야요."

하는 말에 비로소 민은 자기가 어디로 끌려가는지 알아차린 모양이어서 힘없이 베개를 내어던지고 잠깐 기쁨으로 빛나던 얼굴이 다시 해골같이 되어서 나가버리고 말았다. 다음 방인 이방에 문 열리는 소리가 나고 또 문이 닫히고 짤깍하고 쇠 잠그는 소리가 들렸다. 나는 민이 처음 보는 사람들 틈에 어리둥절하여 누울 자리를 찾는 모양을 눈앞에 그려보았다.

"에잇, 고 자식 잘 나간다. 젠장, 더러워서 견딜 수가 있나? 목욕이란 한 번도 안 했으닝게. 아침에 세수하고 양치질하는 것 보셨능기오? 어떻게 생긴 자식인지 새 옷을 갈아입으래도 싫다는고만."

하고 일변 민이 내어버리고 간 베개를 자기 베개 밑에 넣으며 떠나간 민의 험구를 계속한다.

"민가가 왜 불을 놓았는지 진상 아시능기오? 성이 민가기 때문에 그랬던지 서울 민○○ 대감네 마름 노릇을 수십 년 했지라오. 진상도 보시는 바와 같이 자식이 저렇게 독종으로 깍쟁이로 생겼으닝게 그 밑에 작인들이 배겨날 게요? 팔십 석이나 타작을 한다는 것도 작인들의 등을 쳐먹은 게지 무엇잉게라오? 그래 작인들이 원망이 생겨서 지주 집에 등장을 갔더라나요. 그래서 작년에 마름을 떼었단 말이오. 그리고 김 무엇인가 한 사람이 마름이 났는데요, 민가 녀석은 제 마름을 뗀 것이 새로 마름이 된 김가 때문이라고 해서 금년 음력 설날에 어디서 만났더라나. 만나서 욕지거리를 하고 한바탕 싸우고, 그리고는 요 뱅충맞은 것이 분해서 그날 밤중에 김가 집에 불을 놨단 말야. 마침 설날 밤이라, 밤이 깊도록 동네 사람들이 놀러다니다가 불이야! 소리를 쳐서 얼른 잡았기에 망정이지 하마터면 김가네 집 식구가 죄다 타죽을 뻔하지 않았능기오?"

하고 방화죄가 어떻게 흉악한 죄인 것을 한바탕 연

설을 할 즈음에 간병부가 오는 것을 보고 말을 뚝 끊는다. 그것은 간병부도 방화범인 까닭이었다.

간병부가 다녀간 뒤에 윤은 계속하여 그 간병부들의 방화한 죄상을 또 한바탕 설명하고 나서,

"모두 숭악한 놈들이지요. 남의 집에 불을 놓다니! 그런 놈들은 씨알머리도 없이 없애버려야 하는기라오."

하고 심히 세상을 개탄하는 듯이 길게 한숨을 쉰다.

일방에 윤과 나와 단 둘이 있게 되어서부터는 큰 소리가 날 필요가 없었다. 밤이면 우리 방에 들어와 자는 간병부가 윤을 윤서방이라고 부른다고 해서 윤이 대단히 불평하였으나 간병부의 감정을 상하는 것이 이롭지 못한 줄을 잘 아는 윤은 간병부와 정면 충돌을 하는 일은 별로 없고 다만 낮에 나하고만 있을 때에,

"서울말로는 무슨 서방이라고 부르는 말이 높은 말잉기오? 우리 전라도서는 나 많은 사람 보고 무슨 서방이라고 하면 머슴이나 하인이나 부르는 소리랑기오."

하고 곁눈으로 나를 바라본다. 나는 그가 묻는 뜻을 알았으므로 대답하기가 심히 거북살스러워서 잠깐 주저하다가,

"글쎄 서방님이라고 하는 것만 못하겠지요."

하고 웃었다. 윤은 그제야 자신을 얻은 듯이,

"그야 우리 전라도에서도 서방님이라고 하면사 대접하는 말이지요. 글쎄, 진상도 보시다시피 저 간병부놈이 언필칭 날더러 윤서방, 윤서방 하니 그래, 그놈의 자식은 제 애비나 아재비더러도 무슨 서방 무슨 서방 할 텐가? 나이로 따져도 내가 제 애비뻘은 되렷다. 어 고약한 놈 같으니."

하고 그 앞에 책망받을 사람이 섰기나 한 것처럼 뽐낸다.

윤씨는 윤서방이라는 말이 대단히 분한 모양이어서 어떤 날 저녁엔 간병부가 들어올 때에도 눈만 흘겨보고 잘 다녀왔느냐 하는 늘 하던 인사도 아니하는 적도 있었다. 그러다가 하루 저녁에는

또 '윤서방'이라고 간병부가 부른 것을 기회로 마침내 정면 충돌이 일어나고 말았다. 윤이,

"댁은 나를 무어로 보고 윤서방이라고 부르오?"

하는 정식 항의에 간병부가 뜻밖인 듯이 눈을 크게 뜨고 한참이나 윤을 바라보고 앉았더니, 허허 하고 경멸하는 웃음을 웃으면서,

"그럼 댁더러 무어라고 부르라는 말이오? 댁의 직업이 도장쟁이니 도장쟁이라고 부르라는 말이오? 죄명이니 사기니 사기쟁이라고 부르라는 말이오? 밤낮 똥질만 하니 윤똥질이라고 부르라는 말이오? 옳지, 윤선생이라고 불러주까? 왜 되지 못하게 이 모양이야? 윤서방이라고 불러주면 고마운 줄이나 알지. 낫살이나 먹었으면 몇 살이나 더 먹었길래. 괜스레 그러다가는 윤가놈이라고 부를걸."

하고 주먹으로 삿대질을 한다.

윤은 처음에 있던 호기도 다 없어지고 그만 시 그러지고 말았다. 간병부는 민영감 모양으로 만만치 않은 것도 있거니와 간병부하고 싸운댔자 결국은 약 한 봉지 얻어먹기도 어려운 줄을 깨달은 것이었다.

윤은 침묵하고 있건마는 간병부는 누워 잘 때에까지도 공격을 중지하지 아니하였다.

이튿날 아침, 진찰도 다 끝나고 난 뒤에 우리 방에 있는 키 큰 간병부는 다음 방에 있는 간병부를 데리고 와서,

"흥, 저 양반이, 내가 윤서방이라고 부른다고 아주 대로하셨다나."

하며 턱으로 윤을 가리키는 것을 보고 키 작은 간병부가,

"여보! 윤서방, 어디 고개 좀 이리 돌리오. 그럼 무어라고 부르리까, 윤동지라고 부를까? 윤선달이 어떨꼬? 막 싸구려판이니 어디 그중에서 맘에 드는 것을 고르시유."

하고 놀려먹는다.

윤은 눈을 깜박깜박하고 도무지 아무 대답이 없

었다.

본래 간병부에게 호감을 못 주던 윤은 윤서방 사건이 있은 뒤부터 더욱 미움을 받았다. 심심하면 두 간병부가 와서 여러 가지 별명을 부르면서 윤을 놀려먹었고, 간병부들이 간 뒤에는 윤은 나를 향하여,

"두 놈이 옥 속에서 썩어져라."

하고 악담을 퍼부었다.

이렇게 윤이 불쾌한 그날그날을 보낼 때에 더욱 불쾌한 일 하나가 생겼다. 그것은 정이라는 역시 사기범으로 일동 팔방에서 윤하고 같이 있던 사람이 설사병으로 우리 감방에 들어온 것이었다. 나는 윤에게서 정씨의 말을 여러 번 들었다. 설사를 하면서도 우유니 달걀이니 하고 막 처먹는다는 둥, 한다는 소리가 모두 거짓말뿐이라는 둥, 자기가 아무리 타일러도 말을 듣지 않는 꼭 막힌 놈이라는 둥, 이러한 비평을 하는 것을 여러 번 들었다. 하루는 윤하고 나하고 운동을 나갔다가 들어와보니 웬 키가 커다랗고 얼굴이 허연 사람이 똥통을 타고 앉아서 싱글싱글 웃고 있었다. 윤은 대단히 못마땅한듯이 나를 돌아보고 입을 삐죽하고 나서 자리에 앉아서 부채를 딱딱거리면서,

"데이상(정씨), 입때까지 설사가 안 막혔능기오? 사람이란 친고가 충고하는 옳은 말은 들어야 하는 법이어. 일동 팔방에 있을 때에 내가 그만큼이나 음식을 삼가라고 말 안 했거디? 그런데 내가 병감에 온 지가 벌써 석 달이나 되는디 아직도 설사여?"

하고 똥통에 올라앉은 사람을 흘겨본다. 윤의 이 말에 나는 그가 윤이 늘 말하던 정씨인 줄을 알았다.

똥통에서 내려온 정씨는 윤의 말을 탄하지 않는, 지어서 하는 듯한 태도로,

"인상, 우리 이고 얼마 만이오? 그래 아직도 예심 중이시오?"

하고 얼굴 전체가 다 웃음이 되는 듯이 싱글벙글하며 윤의 손을 잡는다. 그리고 나서는 내게 앉은 절을 하며,

"제 성명은 정홍태올시다. 얼마나 고생이 되십니까?"

하고 대단히 구변이 좋았다. 나는 그의 말의 발음으로 보아 그가 평안도 사람으로 서울말을 배운 사람인 줄을 알았다. 그러나 저녁에 인천 사는 간병부와 인사할 때에는 자기도 고향이 인천이라 하였고, 다음에 강원도 철원 사는 간병부와 인사를 할 때에는 자기 고향이 철원이라 하였고, 또 그 다음에 평양 사람 죄수가 들어와서 인사하게 된 때에는 자기 고향은 평양이라고 하였다. 그때에 곁에 있던 윤이 정을 흘겨보며,

"왜 또 해주도 고향이라고 아니했소? 대체 고향이 몇이나 되능기오?"

이렇게 오금을 박은 일이 있었다. 정은 한두 달 살아본 데면 그 지방 사람을 만날 때마다 고향이라고 하는 모양이었다.

정은 우리 방에 오는 길로,

"이거 방이 더러워 쓰겠나!"

고 벗어붙이고 마룻바닥이며 식기며를 걸레질을 하고 또 자리 밑을 떠들어보고는,

"이거 대체 소제라고는 안 하고 사셨군! 이거 더러워 쓸 수가 있나?"

하고 방을 소제하기를 주장하였다.

"그 너머 혼자 깨끗한 체하지 마시오. 어디 그 수선에 정신 차리겠능기오?"

하고 윤은 돗자리 떨어내는 것을 반대하였다. 여기서부터 윤과 정의 의견 충돌이 시작되었다.

저녁밥 먹을 때가 되어 정이 일어나 물을 받는 것까지는 참았으나, 밥과 국을 받으려고 할 때에는 윤이 벌떡 일어나 정을 떼밀치고 기어이 제가 받고야 말았다. 창 옆에서 음식을 받아들이는 것은 감방 안에서는 큰 권리로 여기는 것이었다.

정은 윤에게 떼밀치어 머쓱해 물러서면서,

"그렇게 사람을 떼밀 거야 무엇이오? 그러니깐 두루 간 데마다 인심을 잃지. 나 같은 사람과는 아

무렇게 해도 관계치 않소마는 다른 사람보고는 그리 마시오? 뺨 맞지요, 뺨 맞아요."

하고 나를 돌아보며 싱그레 웃었다. 그것은 마치 자기는 그만한 일에 성을 내는 사람이 아니라는 것을 보이려 함인 것 같으나 그의 눈에는 속일 수 없이 분한 빛이 나타났다.

밥을 먹는 동안 폭풍우 전의 침묵이 계속되었으나 밥이 끝나고 먹은 그릇을 설거지할 때에 또 충돌이 일어났다. 윤이 사타구니를 내어놓고 있다는 것과 제 그릇을 먼저 씻고 나서 내 그릇과 정의 그릇을 씻는다는 것과 개수통에 입을 대고 기침을 한다는 이유로 정은 윤을 책망하고 윤이 씻어놓은 제 밥그릇을 주전자의 물로 다시 씻어서 윤의 밥그릇에 닿지 않도록 따로 포개놓았다. 윤은 정더러,

"여보, 당신은 당신 생각만 하고 다른 사람 생각은 못하오? 그 주전자 물을 다 써버리면 밤에는 무엇을 먹고 아침에 네 식구가 세수는 무엇으로 한단 말이요? 사람이란 다른 사람 생각을 해야 쓰는 거여."

하고 공격하였으나 정은 못 들은 체하고 주전자 물을 거진 다 써서 제 밥그릇과 국그릇과 젓가락을 한껏 정하게 씻고 있었던 것이다.

이 모양으로 윤과 정과의 충돌은 그칠 사이가 없었다. 그러나 정은 간병부와 내게 대해서는 아첨에 가까우리만치 공손하였다. 더구나 그가 농업이나, 광업이나, 한방 의술이나, 신의술이나 심지어 법률까지도 모르는 것이 없었고, 또 구변이 좋아서 이야기를 썩 잘하기 때문에 간병부들은 그를 크게 환영하였다.

이렇게 잠깐 동안에 간병부들의 환심을 샀기 때문에 처음에는 한 그릇씩 받아야 할 죽이나 국을 두 그릇씩도 받고, 또 소화약이나 고약이나 이러한 약도 가외로 더 얻을 수가 있었다. 정이 싱글싱글 웃으며 졸라대면 간병부들은 여간한 것은 거절하지 아니하였다. 그리고 이따금 밥을 한 덩이씩 가외로 얻어서 맛날 듯한 것을 젓가락으로 휘저어서 골라 먹고 그리고 남은 찌꺼기를 행주에다가 싸고 소금을 치고 그리고는 그것을 떡 반죽하듯이 이겨서 떡을 만들어서는 요리로 한 입, 조리로 한 입 맛남직한 데는 다 뜯어먹고, 그리고 나머지를 싸두었다가 밤에 자러 들어온 간병부에게 주고는 크게 생색을 내었다. 한 번은 정이 조밥으로 떡을 만들며 나를 돌아보고,

"간병부 녀석들은 이렇게 좀 먹여야 합니다. 이따금 달걀도 사주고 우유도 사주면 좋아하지요. 젊은 녀석들이 밤낮 굶주리고 있거든요. 이렇게 녹여 놓아야 말을 잘 듣는단 말이야요. 간병부와 틀렸다가는 해가 많습니다. 그 녀석들이 제가 미워하는 사람의 일은 좋지 못하게 간수들한테 일러바치거든요."

하면서 이겨진 떡을 요모조모 떼어 먹는다.

"여보, 그게 무에요? 데이상은 간병부를 대할 땐 십 년 만에 만나는 아자씨나 대한 듯이, 살이라도 베여 먹일 듯이 아첨을 하다가 간병부가 나가기만 하면 언필칭 이 녀석 저 녀석 하니 사람이 그렇게 표리가 부동해서는 못쓰는 게여. 우리는 그런 사람은 아니여든. 대해 앉아서도 할 말은 하고 안 할 말은 안하지. 사내 대장부가 그렇게 간사를 부려서는 못 쓰는 게여? 또 여보, 당신이 떡을 해 주겠거든 숫밥으로 해 주는 게지, 당신 입에 들어왔다 나갔다 하던 젓가락으로 휘저어서 밥알갱이마다 당신의 더러운 침을 발라가지고, 그리고 먹다가 먹기가 싫으닝게 남을 주고 생색을 낸다? 그런 일을 해선 못쓰는 게여. 남 주고도 죄 받는 일이여든. 당신 하는 일이 모두 그렇단 말여. 정말 간병부를 주고 싶거든 당신 돈으로 달걀 한 개라도 사서 주어. 흥, 공으로 밥 얻어서 실컷 처먹고, 먹기가 싫으닝게 남을 주고 생색을 낸다…… 웃기는 왜 웃소, 싱글벙글? 그래 내가 그른 말 해? 옳은 말은 들어두어요. 사람 되려거든. 나, 그 당신 싱글싱글 웃는 거 보면 느글느글해서 배 창수가 다 나오려 든다닝게. 웃긴 왜 웃어? 무엇이 좋다고 웃

는 게여?"

이렇게 윤은 정을 몰아세웠다.

정은 어이없는 듯이 듣고만 앉았더니,

"내가 할 소리를 당신이 하는구려? 그 배때기나 가리고 앉아요."

그날 저녁이었다. 간병부가 하루 일이 끝이 나서 빨가벗고 뛰어들어왔다. 정은,

"아이, 오늘 얼마나 고생스러우셨어요? 그래도 하루가 지나가면 그만큼 나가실 날이 가까운 것 아니오? 그걸로나 위로를 삼으셔야지. 그까진 한 삼사 년 잠깐 갑니다. 아 참, 백호하고 무슨 말다툼을 하시던 모양이든데."

이 모양으로 아주 친절하게 위로하는 말을 하였다. 백호라는 것은 다음 방에 있는 키 작은 간병부의 번호이다. 나도 '이놈 저놈' 하며 둘이서 싸우는 소리를 아까 들었다.

간병부는 감빛 기결수 옷을 입고 제자리에 앉으면서,

"고놈의 자식을 찢어 죽이려다가 참았지요. 아니꼬운 자식 같으니. 제가 무어길래? 제나 내나 다 마찬가지 전중이고 다 마찬가지 간병부지. 흥, 제놈이 나보다 며칠이나 먼저 왔다고 나를 명령을 하려 들어? 쥐새끼 같은 놈같으니. 나이로 말해도 내가 제 형뻘은 되고, 세상에 있을 때에 사회적 지위로 보더래도 나는 면서기까지 지낸 사람인데. 그래 제 따위, 한 자요 두 자요 하던 놈과 같은 줄 알고? 요놈의 자식, 내가 오늘은 참았지마는 다시 한 번만 고따위로 주둥아리를 놀려봐, 고놈의 아가리를 찢어놓고 다릿마댕이를 분질러놓을걸. 우리는 목에 칼이 들어오더라도 할 말은 하고, 할 일은 하고야 마는 사람여든!"

하고 곁방에 있는 '백호'라는 간병부에게 들리라 하는 말로 남은 분풀이를 하였다. 정은 간병부에게 동정하는 듯이 혀를 여러 번 차고 나서,

"쯧쯧, 아 참으셔요. 신상 체면을 보셔야지, 고까짓 어린애 녀석하고 무얼 말다툼을 하세요. 아

이 나쁜 녀석! 고 녀석 눈깔 딱지하고 주둥아리하고 독살스럽게도 생겨먹었지. 방정은 고게 또 무슨 방정이야? 고녀석 인제 또 옥에서 나가는 날로 또 뉘 집에 불놓고 들어올 걸. 원, 고 녀석, 글쎄, 남의 집에 불을 놓다니?"

간병부는 정의 마지막 말에 눈이 둥그레지며,

"그래, 나도 남의 집에 불놓았어. 그랬으니 어떻단 말이어? 당신같이 남의 돈을 속여먹는 것은 괜찮고, 남의 집에 불놓는 것만 나쁘단 말이오? 원, 별 아니꼬운 소리를 다 듣겠네. 여보, 그래 내가 불을 놓았으니 어떡허란 말이오? 웃기는 싱글싱글 왜 웃어? 그래 백호나 내가 남의 집에 불을 놓았으니 어떡허란 말이야?"

하고 정에게 향하여 상앗대질을 하였다. 정의 얼굴은 빨개졌다. 정은 모처럼 간병부의 비위를 맞추려고 하던 것이 그만 탈선이 되어서 이 봉변을 당하게 된 것이었다. 그러나 정의 얼굴에는 다시 웃음이 떠돌면서,

"아니 내 말이 어디 그런 말이오? 신상이 오해시지."

하고 변명하려는 것을 간병부는,

"오해? 육회가 어떠우?"

"아니 그런 말이 아니라, 신상도 불을 놓셨지마는 신상은 술이 취해서 술김에 놓신 것이어든. 술김이 아니면 신상이 어디 불놓실 양반이오? 신상이 우락부락해서 홧김에 때려 죽인다면 몰라도 천성이 대장부다우시니까 사기나 방화나 그런 죄는 안 지을 것이란 말이오! 그저 애매하게 방화죄를 지셨다는 말씀이지요. 내 말이 그 말이거든. 그런데 말이오. 저 백호, 그 녀석이야말로 정신이 멀쩡해서 불을 논 것이 아니오? 그게 정말 방화죄거든. 내 말이 그 말씀이야, 인제 알아 들으셨어요?"

정은 제 말에 신이라는 간병부의 분이 풀린 것을 보고,

"자 이거나 잡수세요."

하며 밥그릇 통 속에 감추어두었던 조밥떡을 내어

팔을 길다랗게 늘여서 간병부에게 준다.

"날마다 이거 미안해서 어떻게 하오?"

하고 간병부는 그 떡을 받았다.

간병부가 잠깐 일어나서 간수가 오나, 아니 오나를 엿보고 난 뒤에 그 떡을 한 입 베어 물었다. 아까부터 간병부와 정과의 언쟁을 흥미있는 눈으로 흘끗흘끗 곁눈질하던 윤이,

"아뿔사, 신상, 그것 잡숫지 마시오."

하고 말만으로도 부족하여 손까지 살래살래 흔들었다.

간병부는 꺼림칙한 듯이 떡을 입에 문 채로,

"왜요?"

하며 제자리에 와 앉는다. 간병부 다음에 내가 누워 있고, 그 다음에 정, 그 다음에 윤, 우리들의 자리 순서는 이러하였다. 윤은 점잖게 도사리고 앉아서 부채를 딱딱 하며,

"내가 말라면 마슈. 내가 언제 거짓말 했거디? 우리는 목에 칼이 오더라도 바른말만 하는 사람이어든."

그러는 동안에 간병부는 입에 베어 물었던 떡을 삼켜버린다. 그리고 그 나머지를 지리가미에 싸서 등 뒤에 놓으면서,

"아니, 어째 먹지 말란 말이오?"

"그건 그리 아실 것 무엇 있소, 자시면 좋지 못하겠으닝게 먹지 말랑 게지."

"아이, 말해요. 우리는 속이 갑갑해서 그렇게 변죽만 울리는 소리를 듣고는 가슴에 불이 일어나서 못 견디어."

이때에 정이 매우 불쾌한 얼굴로,

"신상, 그 미친 소리 듣지 마시오. 어서 잡수세요. 내가 신상께 설마 못 잡수실 것을 드릴라구?"

하였건마는 간병부는 정의 말만으로 안심이 안 되는 모양이어서,

"윤서방, 어서 말씀하시오."

하고 약간 노기를 띤 언성으로 재차 묻는다.

"그렇게 아시고 싶을 건 무엇 있어요? 그저 부

정한 것으로만 아시라닝게. 내가 신상께 해로운 말씀할 사람은 아니닝게."

"아따, 그 아가리 좀 못 닫쳐?"

하고 정이 참다 못해 벌떡 일어나서 윤을 흘겨본다.

윤은 까딱 아니하고 여전히 몸을 좌우로 흔들흔들 하면서,

"당신네 평안도서는 사람의 입을 아가리라고 하는지 모르겠소마는, 우리네 전라도서는 점잖은 사람이 그런 소리는 아니하오. 종교가 노릇을 이십 년이나 했다는 양반이 그 무슨 말버릇이란 말이오? 종교가 노릇을 이십 년이나 했길래 남 먹으라고 주는 음식에 침만 발라주었지, 십 년만 했으면 코 발러 줄 뻔했소그려? 내가 아까 그러지 않아도 일르지 않았거디? 사람에게 먹을 것을 주려거든 숫으로 덜어서 주는 법이어. 침 묻은 젓가락으로 휘저어가면서 맛날듯한 노란 좁쌀은 죄다 골라먹고 콩도 이것 집었다가 놓고, 저것 집었다가 놓고, 입에 댔다가 놓고, 노르스름한 놈은 죄다 골라 먹고, 그리고는 퍼렇게 뜬 좁쌀, 썩은 콩만 남겨서 제 밥그릇, 죽그릇, 젓가락 다 씻은 개숫물에 행주를 축여 가지고는 코 묻은 손으로 주물럭주물럭해서 떡이라고 만들어가지고, 그런 뒤에도 요모조모 맛날 듯싶은 데는 다 떼어 먹고 그것을 남겼다가 사람을 먹으라고 주니, 벼락이 무섭지 않어? 그런 것은 남을 주고도 벌을 받는 법이라고 내가 그만큼 일렀단 말이어. 우리는 남의 흠담은 도무지 싫어하는 사람이닝게 이런 말도 안 하려고 했거든. 신상, 내 어디 처음에야 말했가디? 저 진상도 증인이어. 내가 그만큼 옳은 말로 타일렀고, 또 덮어주었으면 평안도 상것이 '고맙습니다' 하는 말은 못할망정 잠자코나 있어야 할 게지. 사람이란 그렇게 뻔뻔해서는 못쓰는 게여."

윤의 말에 정은 어쩔 줄을 모르고 얼굴만 푸르락누르락하더니 얼른 다시 기막히고 우습다는 표정을 하며,

"참 기가 막히오. 어쩌면 그렇게 빤빤스럽게도

거짓말을 꾸며대오? 내가 밥에 모래와 쥐똥, 썩은 콩, 티검불 이런 걸 고르느라고 젓가락으로 밥을 저었지, 그래 내가 어떻게 보면 저 먹다 남은 찌꺼기를 신상더러 자시라고 할 사람 같아 보여? 앗으우, 앗으우. 그렇게 거짓말을 꾸며대면 혓바닥 잘린다고 했어. 신상, 아예 그 미친 소리 듣지 마시고 잡수시우. 내 말이 거짓말이면 마른하늘에 벼락을 맞겠소!"

하고 할말 다 했다는 듯이 자리에 눕는다. 정이 맹세하는 것을 듣고 머리가 쭈뼛함을 깨달았다.

어쩌면 그렇게 영절스럽게 곁에다가 증인을 둘씩이나 두고도 벼락맞을 맹세까지 할 수가 있을까? 사람의 마음이란 헤아릴 수 없이 무서운 것이라고 깊이깊이 느껴졌다. 내가 설마 나서서 증거야 서랴? 정은 이렇게 내 성격을 판단하고서 맘놓고 이렇게 꾸며댄 것이다. 나는,

'윤씨 말은 옳소, 정씨 말은 거짓말이오.'

이렇게 말할 용기가 없었다. 내게 이러한 용기 없는 것을 정이 뻔히 들여다본 것이다. 윤도 정의 엄청난 거짓말에 기가 막힌 듯이 아무 말도 없이 딴데만 바라보고 앉아 있었다. 간병부는 사건의 진상을 내게서나 알려는 듯이 가만히 누워 있는 내 얼굴을 들여다보고 있었다. 내게 직접 말로 묻기는 어려운 모양이다. 내게서 아무 말이 없음을 보고 간병부는 슬그머니 떡을 집어서 정의 머리맡에 밀어놓으면,

"옜소, 데이상이나 잡수시오. 나 두 분 더 쌈시키고 싶지 않소."

하고는 쩝쩝 입맛을 다신다. 나는 속으로 참 잘한다 하고 간병부의 지혜로운 판단에 탄복하였다.

그러나 이 사건은 정이 윤에게 대한 깊은 원한을 맺히게 한 원인이었다. 윤이 기침을 하면 저쪽으로 고개를 돌리라는 둥, 입을 막고 하라는 둥, 캥캥하는 소리를 좀 작게 하라는 둥, 소갈머리가 고약하게 생겨먹어서 기침도 고약하게 한다는 둥, 또 윤이 낮잠이 들어 코를 골면 팔꿈치로 윤의 옆구리를 찌르며 소갈머리가 고약하니깐 잘 때까지도 사람을 못 견디게 군다는 둥, 부채를 딱딱거리지 마라, 핼끔핼끔 곁눈질하는 것 보기 싫다, 이 모양으로 일일이 윤의 오금을 박았다. 윤도 지지 않고 정을 해댔으나, 입심으론 도저히 정의 적수가 아닐 뿐더러, 성미가 급한 사람이라 매양 윤이 곯아떨어지는 것 같았다. 코를 골기로 말하면 정도 윤에게 지지 아니하였다. 더구나 정은 이가 빠드러지고 입술이 뒤둥그러져서 코를 골기에는 십상이었지마는, 그래도 정은 자기는 코를 골지 않노라고 언명하였다. 워낙 잠이 많은 윤은 정이 코를 고는 줄을 모르는 모양이었다. 간병부는 목침에 머리만 붙이면 잠이 드는 사람임으로, 정과 윤이 코를 고는 데에 희생이 되는 사람은 잠이 잘 들지 못하는 나뿐이었다. 윤은 소프라노로, 정은 바리톤으로 코를 골아대면 언제까지든지 눈을 뜨고 창을 통하여 보이는 하늘에 별을 바라보고 있을 수밖에 없었다. 더구나 정은 윤의 입김이 싫다 하여 꼭 내 편으로 고개를 향하고 자고, 나는 반듯이밖에는 누울 수 없는 병자이기 때문에 정은 내 왼편 귀에다가 코를 골아넣었다. 위확장병으로 위 속에서 음식이 썩는 정의 입김은 실로 참을 수 없으리만큼 냄새가 고약한데, 이 입김을 후끈후끈 밤새도록 내 왼편 뺨에 불어 붙였다. 나는 속으로 정이 반듯이 누워주었으면 하였으나 차마 그 말을 못하였다. 나는 이것을 향기로운 냄새로 생각해 보리라, 이렇게 힘도 써보았다. 만일 그 입김이 아름다운 젊은 여자의 입김이라면 내가 불쾌하게 여기지 아니할 것이 아닌가? 아름다운 젊은 여자의 뱃속엔들 똥은 없으며 썩은 음식은 없으랴? 모두 평등이 아니냐? 이러한 생각으로 코 고는 소리와 냄새나는 입김을 잊어버릴 공부를 해 보았으나 공부가 그렇게 일조일석에 될 리가 만무하였다. 정더러 좀 돌아누워 달랄까 이런 생각을 하고 또 하였다. 뒷절에서 울려오는 목탁 소리가 들릴 때까지 잠을 이루지 못하는 날이 많았다. 새벽 목탁 소리가 나

면 아침 세 시 반이다. 딱딱딱 하는 새벽 목탁 소리는 퍽이나 사람의 맘을 맑게 하는 힘이 있다.

"원컨대는 이 종소리 법계에 고루 퍼져지이다."

한다든지,

"일체 중생이 바로 깨달음을 얻어지이다."

하는 새벽 종소리 구절이 언제나 생각키었다. 인생이 괴로움의 바다요, 불붙는 집이라면, 감옥은 그중에도 가장 괴로운 데다. 게다가 옥중에서 병까지 들어서 병감에 한정없이 뒹구는 것은 이 괴로움의 세 겹 괴로움이다. 이 괴로운 중생들이 서로서로 괴로워함을 볼 때에 중생의 업보는 '헤여 알기 어려워라' 한 말씀을 다시금 생각하지 아니할 수 없었다.

새벽 목탁 소리를 듣고 나서 잠이 좀 들 만하면, 윤과 정은 번갈아 똥통에 오르기를 시작하고, 더구나 제 생각만 하지 남의 생각이라고는 전연 하지 아니하는 정은 제가 흐뭇이 자고 난 것만 생각하고, 소리를 내어서 책을 읽거나, 또는 남들이 일어나기 전에 먼저 마음대로 물을 쓸 작정으로 세수를 하고, 전신에 냉수 마찰을 하고, 그리고는 운동이 잘된다 하여 걸레질을 치고, 이 모양으로 수선을 떨어서 도무지 잠이 들 수가 없었다. 정은 기침 시간 전에 이런 짓을 하다가 간수에게 들켜서 여러 번 꾸지람을 받았지마는 그래도 막무가내 하였다.

떡 사건이 일어난 이튿날 키 작은 간병부가 우리 방 앞에 와서 누구를 향하여 하는 말인지 모르게 키 큰 간병부의 흉을 보기 시작했다. 그것은 어저께 싸움에 관한 이야기였다.

"키다리가 어저께 무어라고 해요? 꽤 분해 하지요? 그놈 미친놈이지, 내게 대들어서 무슨 이를 보겠다고. 밥이라도 더 얻어먹고 상표라도 하나 타보려거든 내 눈 밖에 나고는 어림도 없지! 간수나 부장이나 내 말을 믿지 제 말을 믿겠어요? 그런 줄도 모르고 걸핏하면 대든단 말야. 건방진 자식 같으니! 제가 아무리 지랄을 하기로니 내가 눈

이나 깜짝할 사람이오? 가만히 내버려두지, 이따금 빡빡 긁어서 약을 올려놓고는 가만히 두고 보지. 그러면 똥구멍 찔린 소 모양으로, 저 혼자 영각을 하고 날치지, 목이 다 쉬도록 저 혼자 떠들다가 좀 잠잠하게 되면 내가 또 듣기 싫은 소리를 한마디 해서 빡빡 긁어놓지. 그러면 또 길길이 뛰면서 악을 고래고래 쓰지. 그리고는 가만히 내버려두지. 그러면 제가 어쩔 테야? 제가 아무렇기로 손찌검은 못할 터이지? 그러다가 간수나 부장한테 들키면 경을 제가 치지."

하고 매우 고소한듯이 웃는다. 아마 키 큰 간병부는 본감에 심부름을 가고 없는 모양이었다.

"참, 구호(키 큰 간병부)는 미련퉁이야. 글쎄 햐꾸고오(백호)상하고 다투다니 말이 되나? 햐꾸고오상은 주임이신데, 주임의 명령에 복종을 해야지."

이것은 정의 말이다.

"사뭇 소라닝게. 경우를 타일러야 알아듣기나 하거디? 밤낮 면서기 당기던 게나 내세우지. 햐꾸고오상도 퍽이나 속이 상하실 게요."

이것은 윤의 말이다.

"무얼 할 줄이나 아나요? 아무것도 모르지. 게다가 홀게가 늦고 게을러빠지고, 눈치는 없고……."

이것은 키 작은 간병부의 말.

"그렇고말고요. 내가 다 아는 걸. 일이야 햐꾸고오상이 다 하시지. 규고오상이야 무얼 하거디? 게다가 뽐내기는 경치게 뽐내지―."

이것은 윤의 말이다.

"그까짓 녀석 간수한테 말해서 쫓아보내지? 나도 밑에 많은 사람을 부려봤지마는 손 안 맞는 사람을 어떻게 부리오? 나 같으면 사흘 안에 내쫓아버리겠소."

이것은 정의 말이다.

"그렇기로 인정간에 그럴 수도 없고 나만 꾹꾹 참으면 고만이라고 여태껏 참아왔지요. 그렇지만

또 한 번 그런 버르장머리를 해봐. 이번엔 내가 가만두지 않을걸."

이것은 키 작은 간병부의 말이다. 이때에 키 큰 간병부가 약병과 약봉지를 가지고 왔다. 키 작은 간병부는,

"아마 오늘 전방들 하시게 될까 보오."

하고 우리 방으로 장질부사 환자가 하나 오기 때문에 우리들은 다음 방으로 옮아가게 되었으니 준비를 해두라는 말을 하고, 무슨 바쁜 일이나 있는 듯이 가버리고 말았다. 키 큰 간병부는 '윤참봉', '정주사', 이 모양으로 농담삼아 이름을 불러가며 병에 든 물약과 종이 주머니에 든 가루약을 쇠창살 틈으로 들여보낸다.

윤은 약을 받을 때마다 늘 하는 소리로,

"이깟놈의 약 암만 먹으면 낫거디? 좋은 한약을 서너 첩 먹었으면 금시에 열이 내리고 기침도 안 나고 부기도 빠지겠지만……."

하며 일어나서 약을 받아 가지고 돌아와 앉는다.

다음에는 정이 일어나서 창살 틈으로 바짝 다가서서 물약과 가루약을 받아들고 물러서려 할 때에 키 큰 간병부가 약봉지 하나를 정에게 더 주며,

"이거 내가 먹는다고 비리발괄을 해서 얻어온 게요. 애껴 먹어요. 많이만 먹으면 되는 줄 알고 다른 사람 사흘에 먹을 것을 하루에 다 먹어버리니 어떻게 해? 그 약을 누가 이루 댄단 말이오?"

"그러니깐 고맙단 말씀이지요. 규고오상, 나 그 알코올솜 좀 얻어주슈. 이번에 좀 많이 줘요. 그냥 알코올은 좀 얻을 수 없나? 그냥 알콜 한 고뿌 얻어주시오그려. 사회에 나가면 내가 그 신세 잊어버릴 사람은 아니오."

"이건 누굴 경을 치울 양으로 그런 소리를 하오?"

"아따, 그 햐꾸고오는 살랑살랑 오는 것만 봐도 몸에 소름이 쪽쪽 끼쳐. 제가 무언데 제 형님뻘이나 되는 규고오상을 그렇게 몰아세워? 나 같으면 가만두지 않을 테야!"

"흥, 주먹을 대면 고 쥐새끼 같은 놈 어스러지긴 하겠구."

정이 이렇게 키 큰 간병부에게 아첨하는 것을 보고 있던 윤이,

"규고오상이 용하게 참으시거든. 그 악담을 내가 옆에서 들어도 이가 갈리건만 용하게 참으셔…… 성미가 그렇게 괄괄하신 이가 용하게 참으시거든!"

하고 깊이 감복하는 듯이 혀를 찬다.

얼마 뒤에 키 큰 간병부는 알코올솜을 한 움큼 가져다가,

"세 분이 노나 쓰시오."

하고 들이민다. 정이 부리나케 일어나서,

"아리가또오 고자이마쓰."

하고는 그 솜을 받아서 우선 코에 대고 한참 맡아본 뒤에 알코올이 제일 많이 먹은 듯한 데로 삼분의 이쯤 떼어서 제가 가지고, 그리고 나머지 삼분의 일을 둘에 갈라서 윤과 나에게 줄 줄 알았더니, 그것을 또 삼분에 갈라서 그중에 한 분은 윤을 주고, 한 분은 나를 주고, 나머지 한 분을 또 둘에 갈라서 한 분을 큰 솜 뭉텅이에 넣어서 유지로 꽁꽁 싸놓고 나머지 한 분으로 얼굴을 닦고 손을 닦고 머리를 닦고 발바닥까지 닦아서는 내어버린다. 그는 알코올솜을 이렇게 많이 얻어서 유지에 싸놓고는 하루에도 몇 번씩 얼굴과 손과 모가지를 닦는데, 그것은 살결이 곱고 부드러워지게 하기 위함이라고 한다.

저녁을 먹고 나서 전방을 할 줄 알았더니 거진다 저녁때가 되어서 키 작고 통통한 간수가 와서 철컥하고 문을 열어젖히며,

"뎀보오, 뎀보오!"

하고 소리를 친다. 그 뒤로 키 작은 간병부가 와서,

"전방이요, 전방."

하고 통역을 한다. 정이 제 베개와 알루미늄 밥그릇을 싸 가지고 가려는 것을,

"안 돼, 안 돼!"

하고 간수가 소리를 질러서 아까운 듯이 도로 내어놓고 간신히 겨우 알코올솜 뭉텅이만은 간수 못 보는 데 집어넣고, 우리는 주렁주렁 용수를 쓰고 방에서 나와서 다음 방으로 들어갔다. 철컥하고 문이 도로 잠겼다. 아랫목에는 민이 우리가 들어오는 것을 보고 어린애 모양으로 방글방글 웃고 앉아 있었다. 서로 떠난 지 이십여 일 동안에 민은 무섭게 수척하였다. 얼굴에는 그 옴팡눈만 있는 것 같고 그 눈도 자유로 돌지를 못하는 것 같았다. 두루마기 위에 늘인 팔과 손에는 혈관만이 불룩불룩 솟아 있고 정강이는 무릎팍 밑보다도 발목이 더 굵었다. 저러고 어떻게 목숨이 붙어 있나 하고 나는 이 해골과 같은 민을 보면서,

"요새는 무얼 잡수세요?"

하고 큰 소리로 물었다. 그의 귀가 여간한 소리는 듣지 못할 것같이 생각했던 까닭이다.

민은 머리맡에 삼분의 이쯤 남은 우유병을 가리키면서,

"서울 있는 매부가 돈 오 원을 차입을 해서 날마다 우유 한 병씩 사먹지요. 그것도 한 모금 먹으면 더 넘어가지를 않아요. 맛은 고소하건만 목구멍에 넘어를 가야지, 내 매부가 부자지요. 한 칠백석 하고 잘살아요. 나가기만 하면 매부네 집에 가 있을 텐데, 사랑도 널찍하고 좋지요. 그래도 누이가 있으니깐, 매부도 사람이 좋구요. 육회도 해 먹고 배갈도 한 잔씩 따뜻하게 데워 먹고 살아날 것도 같구먼!"

이런 소리를 하고 있었다. 그는 매부가 부자라는 것을 자랑하기 위해서 이런 말을 하는 모양이었다.

또 민의 바로 곁에 자리를 잡게 된 윤은 부채를 딱딱거리며,

"그래도 매부는 좀 사람인 모양이지? 집에선 아직도 아무 소식이 없단 말여? 이봐, 내 말대로 하라닝게. 간수장한테 면회를 청하고 집에 있는 세간을 다 팔아서 먹구픈 것 사먹기도 하고, 변호사

를 대어서 보석 청원도 해요. 저렇게 송장이 다 된 것을 보석을 안 시킬 리가 있나? 인제는 광대뼈꺼정 빨갛다닝게. 저렇게 되면 한 달을 못 간다 말이어. 서방이 다 죽게 돼도 모르는 체하는 열아홉 살 먹은 계집년을 천냥을 냉겨주겠다고? 또 그까진 자식새끼, 나 같으면 모가지를 비틀어 빼어버릴 테야! 저 봐. 할딱할딱하는 게 숨이 목구멍에서만 나와. 다 죽었어, 다 죽었어."

하고 앙잘거린다.

"글쎄, 이 자식이, 오래간만에 만났거든 그래도 좀 어떠냐 말이나 묻는 게지. 그저 댓바람에 악담이야? 네 녀석의 악담을 며칠 안 들어서 맘이 좀 편안하더니 또 요길 왔어? 너도 손발이 통통 분 게 며칠 살 것 같지 못하다. 아이고 제발 그 악담 좀 말아라."

민이 이렇게 말하고 한숨을 쉬고는 자리에 눕는다.

이 방에는 민 외에 강이라고 하는 키 커다랗고 건장한 청년 하나가 아랫배에 붕대를 감고 벽에 기대어 앉아 있었다. 나중에 들으니 그는 어떤 신문지국 기자로서, 과부 며느리와 추한 관계가 있다는 부자 하나를 공갈을 해서 돈 천육백 원을 빼앗아먹은 죄로 붙들려온 사람이라고 하며, 대단히 성미가 괄괄하고 비위에 거슬리는 일은 참지를 못하는 사람이 되어서, 가끔 윤과 정을 몰아세운다. 윤이 민을 못 견디게 굴면 반드시 윤을 책망하였고, 정이 윤을 못 견디게 굴면 또 정을 몰아세운다. 정과 윤은 강을 향하여 이를 갈았으나 강은 두 사람을 깍쟁이같이 멸시하였다. 윤 다음에 정이 눕고 정의 곁에 강이 눕고, 강 다음에 내가 눕게 된 관계로 강과 정과가 충돌할 기회가 자연 많아졌다. 강은 전문학교까지 졸업한 사람이기 때문에 지식이 상당하여서 정이 아는 체하는 소리를 할 때마다 사정없이 오금을 박았다.

"어디서 한 마디 두 마디 주워들은 소리를 가지고 아는 체하고 지절대오? 시골 구석에서 무식한 농민들 속여먹던 버르장머리를 아무데나 하려

들어? 싱글벙글하는 당신 상판대기에 나는 거짓말쟁이요 하고 뚜렷이 써붙였어. 인젠 낫살도 마흔댓 살 먹었으니 죽기 전에 사람 구실을 좀 해 보지. 댁이 의학은 무슨 의학을 아노라고 걸핏하면 남에게 약 처방을 하오? 다른 사기는 다 해 먹더라도 잘 알지도 못하는 의원 노릇일랑 아예 말어. 침도 아노라, 한방의도 아노라, 양의도 아노라, 그렇게 아는 사람이 어디 있어? 당신이 그따위로 사람을 많이 속여 먹었으니 배때기가 온전할 수가 있나? 욕심은 많아서 한 끼에 두 사람 세 사람 먹을 것을 처먹고는 약을 처먹어, 물을 처먹어, 그리고는 방귀질, 또 똥질, 트림질, 게다가 자꾸 토하기까지 하니 그놈의 냄새에 곁엣사람이 살 수가 있나? 그렇게 처먹고 밥주머니가 늘어나지 않어? 게다가 한다는 소리가 밤낮 거짓말…… 싱글벙글 웃기는 왜 웃어? 누가 이쁘다는 게야? 알코올솜으로 문지르기만 하면 상판대기가 예뻐지는 줄 아슈? 그 알코올솜도 나랏돈이오. 당신네 집에서 언제 제 돈 가지고 알코올 한 병 사봤어? 벌써 꼬락서니가 생전 사람 구실 해 보기는 틀렸소마는, 제발 나 보는 데서만은 그 주둥아리 좀 닫치고 있어요."

강은 자기보다 근 이십 년이나 나이 많은 정을 이렇게 몰아세운다.

한번은 점심때에 자반 멸치 한 그릇이 들어왔다. 이것은 온 방 안에 있는 사람들이 골고루 나누어 먹으라는 것이다. 멸치래야 성한 것은 한 개도 없고 꼬랑지, 대가리 모두가 부스러진 것뿐이요, 게다가 짚검불이며 막대기며 별의별 것이 다 섞여 있는 것들이나, 그래도 감옥에서는 한 주일에 한 번이나 두 주일에 한 번밖에는 못 얻어먹는 별미여서, 이러한 반찬이 들어오는 날은 모두들 생일이나 명절을 당한 것처럼 기뻐하였다. 정은 여전히 밥 받아 들이는 일을 맡았기 때문에 이 멸치 그릇을 받아서 젓가락으로 뒤적거리며 살이 많은 것을 골라서 제 그릇에 먼저 덜어놓고, 대가리와 꼬랑지만을 다른 네 사람을 위하여 내어놓았다. 내

가 보기에도 정이 가진 것은 절반은 다 못 되어도 삼분의 일은 훨씬 넘었다. 그러나 정의 눈에는 그것이 멸치 전체의 오분지 일로 보인 모양이었다.

나는 강의 입에서 반드시 벼락이 내릴 것을 예기하고, 그것을 완화해 볼 양으로 정더러,

"여보시오, 멸치가 고르게 분배되지 않은 모양이니 다시 분배를 하시오."

하였으나, 정은 자기 그릇에 담았던 멸치 속에서 그중 맛없을 만한 것 서너 개를 골라서 이쪽 그릇에 덜어놓을 뿐이었다. 그리고는 대단히 맛나는 듯이 제 그릇의 멸치를 집어먹는데, 그것도 그중 맛나 보이는 것을 골라서 먼저 먹었다.

민은 아무 욕심도 없는 듯이 쌀뜨물 같은 미음을 한 모금 마시고는 놓고, 또 한 모금 마시고는 놓고 할 뿐이요, 멸치에 대해서는 아무 관심도 없는 모양이었으나, 윤은 못마땅한 듯이 연해 정을 곁눈으로 흘겨보면서 그래도 멸치를 골라 먹고 있었다. 강만은 멸치에는 젓가락을 대어보지도 않고, 조밥 한 덩이를 다 먹고 나더니마는 멸치 그릇을 들어서 정의 그릇에 쏟아버렸다. 나도 웬일인지 멸치에는 젓가락을 대지 아니하였다.

정은 고개를 번쩍 들어 강을 바라보며,

"왜, 멸치 좋아 안 하셔요?"

"우린 좋아 아니해요. 두었다 저녁에 자시오."

하고 강은 아무 말 없이 물을 먹고는 제자리에 가서 드러누웠다. 나는 강의 속에 무슨 생각이 났는지 몰라 우습기도 하고 궁금하기도 하였다.

정은 역시 강의 속이 무서운 모양이었으나, 다섯 사람이 먹을 멸치를, 게다가 소금 절반이라고 할 만한 멸치를 거진 다 먹고 조금 남은 것을 저녁에 먹는다고 라디에이터 밑에 감추어두었다.

정은 대단히 만족한 듯이 싱글싱글 웃으며 제자리에 와 드러누웠다. 그러더니 얼마 아니해서 코를 골았다. 식곤증이 난 모양이라고 나는 생각하였다. 아무리 위장이 튼튼한 장정 일꾼이라도 자반 멸치 한 사발을 다 먹고 무사히 내릴 리는 없을

것 같았다. 강도 그 눈치를 알았는지 배에 붕대를 끌러놓고 부채로 수술한 자리에 바람을 넣으면서 픽픽 웃고 앉았더니, 문득 일어나서 물주전자 있는 자리에 와서 그것을 들어 흔들어보고 그리고는 뚜껑을 열어보았다. 강은 나와 윤에게 물을 한 잔씩 따라서 권하고, 그리고는 자기가 두 보시기나 마시고 그 나머지로는 수건을 빨아서 제 배를 훔치고, 그리고는 물 한 방울로 없는 주전자를 마룻바닥에 내어던지듯이 덜컥 놓고는 제자리에 돌아와 앉았다. 강이 하는 양을 보고 앉았던 윤은,

"강선생, 그것 잘하셨소. 흥, 이제 잠만 깨면 목구멍에 불이 일어날 것이닝게."

하고는 주전자 뚜껑을 열어 물이 한 방울도 아니 남은 것을 보고 제자리에 돌아와 앉는다.

정은 숨이 막힐 듯이 코를 골더니 한 시간쯤 지나서 눈을 번쩍 뜨며 일어나는 길로 주전자 앞으로 달려갔다. 그러나 주전자에 물이 한 방울도 없는 것을 보고 와락 화를 내어 주전자를 내동댕이를 치고 윤을 흘겨보면서,

"그래, 물을 한 방울도 안 남기고 자신단 말이오? 내가 아까 물이 있는걸 보고 잤는데. 그렇게 남의 생각을 아니하고 제 욕심만 채우니깐두루 밤낮 똥질을 하지."

하고 트집을 잡는다.

"뉘가 할 소리여? 그게 춘치자명(春雉自鳴)이라는 것이어."

하고 윤은 점잔을 뺀다.

"물은 내가 다 먹었소."

하고 강이 나앉는다.

"멸치는 댁이 다 먹었으니, 우리는 물로나 배를 채워야 아니하오? 멸치도 혼자 다 먹고 물도 혼자 다 먹었으면 속이 시원하겠소?"

정은 아무 말도 아니하였다. 그러나 목이 말라 죽을 지경인 모양이었다. 그는 누웠다 앉았다 도무지 자리를 잡지 못하였다. 그가 가끔 일어나서 철창으로 복도를 바라보는 것은 간병부더러 물을 청하려는 것인 듯하였다. 그러나, 간병부는 어디 갔는지 좀체 보이지 아니하였고, 그동안에 간수와 부장이 두어 번 지나갔으나, 차마 물 달라는 말은 나오지 않는 모양이었다. 그 동안이 퍽 오래 지난 것 같았다. 이때에 키 작은 간병부가 왔다. 정은 주전자를 들고 일어나서 창으로 마주 가며,

"햐꾸고오상, 여기 물 좀 주세요. 도무지 무엇을 먹지를 못하니깐두루 헛헛증이 나고 목이 말라서. 물이 한 방울도 없구면요."

하고 얼굴 전체가 웃음이 되어 아첨하는 빛을 보인다.

"여기를 어딘 줄 아슈! 감옥살이를 일 년이나 해도 감옥소 규칙도 몰라? 저녁때 아니고 무슨 물이 있단 말이오?"

백호는 이렇게 웃어버린다. 정은 주전자를 높이 들어 흔들며,

"그러니까 청이지요. 목 마른 사람에게 물 한 잔 주는 것도 급수공덕이라는 말을 못 들으셨어요? 한 잔만 주세요. 수통에서 얼른 길어오면 안 되오?"

"그렇게 배도 곯아보고, 목도 좀 말라보아야 합니다. 남의 돈 공으로 먹으려다가 붙들려왔으면 그만한 고생도 안 해?"

하다가 간수 오는 것을 봄인지, 간병부는 얼른 가버리고 만다. 정은 머쓱해서 주전자를 방바닥에 놓고 자리에 와 앉는다. 옆방 장질부사 환자의 간호를 하고 있는 키 큰 간병부가 통행 금지하는 줄 저편에서 고개를 갸웃하여 우리들이 있는 방을 들여다보며,

"정주사, 물 좀 줄까? 얼음 냉수 좀 줄까?"

하고 환자 머리 식히는 얼음 주머니에 넣던 얼음 조각을 한 줌 들어 보인다. 정은 벌떡 일어나서 창 밑으로 가며,

"규고오상, 그거 한 덩이만 던져주슈."

하고 손을 내민다.

"이건 왜 이래? 장질부사 무섭지 않어? 내 손에

장질부사 균이 득시글득시글한다나."

"아따, 그 소독물에 좀 씻어서 한 덩어리만 던져 주세요. 아주 목이 타는 것 같구료. 그렇잖으면 이 주전자에다가 물 한 구기만 넣어주세요. 아주 가슴에 불이 인다니깐."

"아까 들으니까 멸치를 혼자 자시는 모양입니다그려. 그걸 그냥 삭혀야지 물을 먹으면 다 오줌으로 나가지 않우? 그냥 삭혀야 얼굴이 반드르 해진단 말야."

그리고 키 큰 간병부는 새끼손가락만 한 얼음 한 덩이를 정을 향하고 집어던졌으나 그것이 하필 쇠창살에 맞고 복도에 떨어져버리고 말았다. 그리고는 키 큰 간병부는 얼음 주머니를 가지고 방으로 들어가버렸다.

정은 제자리에 돌아와 고개를 숙이고 앉았다.

"소금을 자슈. 체한 데는 소금을 먹어야 하는 게야."

이것은 강의 처방이었다. 정은 원망스러운 듯이 강을 한번 힐끔 돌아보고는 입맛을 다셨다.

"저 타구에 물이 좀 있지 않아? 양칫물은 남의 세 갑절 쓰지? 그게 저 타구에 있지 않아? 그거라도 마시지."

이것은 윤의 말이었다.

"아까 짠 것을 너무 자십디다. 속도 좋지 않은 이가 그렇게 자시고 무사할 리가 있소?"
하고 민이 자기 머리맡에 놓았던 반쯤 남은 우유병을 정에게 주었다.

"이거라도 자셔보슈."

"고맙습니다. 그저 병환이 하루바삐 나으시고 무죄가 되어서 나갑소사."
하고 정은 정말 합장하여 민에게 절을 하고 나서 그 우유병을 단숨에 들이켰다.

"사람들이 그래서는 못쓰는 것이오. 남을 위할 줄을 알아야 쓰는 게지. 남을 괴롭게 하고 비웃고 하면 천벌을 받는 법이오. 하느님이 다 내려다보시고 계시거든!"

정은 이렇게 한바탕 설교를 하고 다시는 물 얻어먹을 생각도 못하고 누워버리고 말았다.

"당신이 사람은 아니오. 너무 처먹어서 목이 갈한 데다가 또 우유를 먹으면 어떡하자는 말이오? 흥, 뱃속에서 야단이 나겠수. 탐욕이 많으면 그런 법입니다. 저 먹을 만큼만 먹으면 배탈이 왜 난단 말이오? 그저 이건 들여라 들여라니 당신 그러다가는 장위가 아주 결딴이 나서 나중엔 미음도 못 먹게 되오! 알긴 경치게 많이 알면서 왜 제 몸 돌아볼 줄 만은 몰라? 그리고는 남더러 천벌을 받는다고. 인제 오늘 밤중쯤 되면 당신이야말로 천벌 받는 것을 내가 볼걸."

강은 이렇게 빈정대었다.

이러는 동안에 또 저녁 먹을 때가 되었다. 저녁 한때만은 사식을 먹는 정은 분명히 저녁을 굶어야 옳을 것이언만, 받아놓고 보니 하얀 밥과 섭산적과 자반고등어와 쇠꼬리 국과를 그냥 내어놓을 수는 없는 모양이었다.

"저녁을랑 좀 적게 자시지요?"
하는 내 말에 정은,

"내가 점심에 무얼 먹었다고 그러십니까? 왜 다들 나를 철없는 어린애로 아슈?"
하고 화를 내었다.

정은 저녁 차입을 다 먹고 점심에 남겼던 멸치도 다 훑어먹고, 그렇게도 그립던 물을 세 보시기나 벌컥벌컥 마셨다.

'시우신(취침)'하는 소리에 우리들은 다 자리에 누워서 잠을 기다리고 있었다. 정은 대단히 속이 거북한 모양이어서 두어 번이나 소금을 먹고는 물을 마셨다. 그리고도 내 약봉지에 남은 소화약을 세 봉지나 달래서 다 먹었다.

옆방에 옮아온 장질부사 환자는 연해 앓는 소리와 헛소리를 하고 있었다. 집으로 보내어 달라고 소리를 지르고 아주머니 아주머니 하고 목을 놓아 울기도 하였다. 이 젊은 장질부사 환자의 앓는 소리에 자극이 되어서 좀체 잠이 들지 아니하였다.

내 곁에 누운 간병부는 그 환자에 대하여 내 귀에 대고 이렇게 설명하였다.

"저 사람이 ○전 출신이라는데, 지금 스물일곱 살이래요. 황금정에 가게를 내고 장사를 하다가 그만 밑져서 화재보험을 타먹을 양으로 불을 놓았다나요. 그래 검사한테 십 년 구형을 받았대요. 십 년 구형을 받고는 법정에서 졸도를 했다고요. 의사의 말이 살기가 어렵다는걸요. 집엔 부모도 없고, 형수 손에 길리웠다고요. 그래서 저렇게 아주머니만 찾아요. 사람은 괜찮은데 어쩌다가 나 모양으로 불 놓을 생각이 났는지."

장질부사 환자는 여전히 아주머니를 찾고 있었다.

정은 밤에 세 번이나 일어나서 토하였다. 방 안에는 멸치 비린내 나는 시큼한 냄새가 가득 찼다. 윤과 강은 이거 어디 살겠느냐고 정에게 핀잔을 주었으나 정은 대꾸할 기운도 없는 모양인지 토하는 일이 끝나고는 뱃멀미하는 사람 모양으로 비틀비틀 제자리에 돌아와 쓰러져버렸다. 이것이 빌미가 되어서 정은 이틀이나 사흘 만에 한 번씩 토하는 증세가 생겼는데, 그래도 정은 여전히 끼니때마다 두 사람 먹을 것을 먹었고, 그러면서도 토할 때에 간수한테 들키면 아무것도 먹은 것은 없는데 저절로 뱃속에 물이 생겨서 이렇게 토하노라고 변명을 하였다. 그리고는 우리들을 향하여서도,

"글쎄, 조화 아니야요? 아무것도 먹은 것이 없는데 이렇게 물이 한 타구씩 배에 고인단 말이야요. 나를 이 주일만 놓아주면 약을 먹어서 단박에 고칠 수가 있건마는."

이렇게 아무도 믿지 아니하는 소리를 지껄이는 것이었다.

민의 모양이 시간시간 글러지는 양이 눈에 띄었다. 요새 며칠째는 윤이 아무리 긁적거려도 한마디의 대꾸도 아니하였고, 똥통에서 내려오다가도 두어 번이나 뒹굴었다. 그는 눈알도 굴리지 못하는 것 같고 입도 다물 기운이 없는 것 같았다. 우

리는 밤에 자다가도 가끔 그가 숨이 남았나 하고 고개를 쳐들어 바라보게 되었다. 그래도 어떤 때에는 흰 밥이 먹고 싶다고 한 숟가락을 얻어서 입에 물고 어물어물하다가 도로 뱉으며,

"인제는 밥도 무슨 맛인지 모르겠어. 배갈이나 한잔 먹으면 어떨지?"

하고 심히 비감한 빛을 보였다. 민은 하루에 미음 두어 숟갈, 물 두어 모금만으로 목숨을 부지하고 있었다. 하루는 의무과장이 와서 진찰을 하고 복막에서 고름을 빼어보고 나가더니, 이삼 일 지나서 취침 시간이 지난 뒤에 보석이 되어 나갔다. 그래도 집으로 나간단 말이 기뻐서, 그는 벙글벙글 웃으면서 보퉁이를 들고 비틀비틀 걸어나갔다.

"흥, 저거 인제 나가는 길로 뒈지네."

하고 윤이 코웃음을 하였다. 얼마 있다가 민을 부축하고 나갔던 간병부가 들어와서,

"곧잘 걸어요. 곧잘 걸어나가요. 펄펄 날뛰던데!"

하고 웃었다.

"나도 보석이나 나갔으면 살아날 텐데."

하고 정이 통통 부은 얼굴에 싱글싱글 웃으면서 입맛을 다셨다.

"내가 무어라고 했어? 코끝이 그렇게 빨개지고는 못 산다닝게. 그리고 성미가 고따위로 생겨먹고 병이 낫거디? 의사가 하라는 건 죽어라 하고 안 하거든. 약을 먹으라니 약을 처먹나. 그건 무가 내닝게."

윤은 이런 소리를 하였다.

"흥, 똥 묻은 개가 겨 묻은 개 숭본다. 댁이 누구 숭을 보아? 밤낮 똥질을 하면서도 자꾸 처먹고."

이것은 정이 윤을 나무라는 것이었다.

"허허허허. 참 입들이 보배요. 남이 제게 할 소리를 제가 남에게 하고 있다니까. 아아 참."

이것은 강이 정을 보고 하는 소리였다.

민이 보석으로 나가던 날 밤, 내가 한잠을 자고 무슨 소리에 놀라 깨었을 때에, 나는 곁방 장질부사 환자가 방금 운명하는 중임을 깨달았다. 끙끙

소리와 함께 목에 가래 끓는 소리가 고요한 새벽 공기를 울려오는 것이었다. 그 방에 있는 간병부도 잠이 든 모양이어서 앓는 사람의 숨 모으는 소리뿐이요, 도무지 인기척이 없었다. 나는 내 곁에서 자는 간병부를 깨워서 이 뜻을 알렸다. 간병부는 간수를 부르고, 간수는 비상경보 하는 벨을 눌러서 간수부장이며 간수장이 달려오고, 얼마 있다가 의사가 달려왔다. 그러나 의사가 주사를 놓고 간 뒤 반시간이 못 되어 장질부사 환자는 마침내 죽어버렸다.

이튿날 아침에 죽은 청년의 시체가 그 방에서 나가는 것을 우리는 엿보았다. 붕대로 싸맨 얼굴은 아니 보이나 길다란 검은 머리카락이 비죽이 내어민 것이 처량하였다. 그는 머리를 무척 아낀 모양이어서 감옥에 들어온 지 여러 달이 되도록 머리를 남겨둔 것이었다. 아직 장가도 아니 든 청년이니 머리에 향내 나는 포마드를 발라 산뜻하게 갈라붙이고 면도를 곱게 하고, 얼굴에 파우더를 바르고 나섰을 법도 한 일이었다. 그는 인생 향락의 밑천을 얻을 양으로 장사를 시작하였다가 실패하였다. 실패하자 돈에 대한 탐욕은 마침내 제 집에 불을 놓아 화재보험금을 사기하리라는 생각까지 내게 하였고, 탐욕으로 원인을 하는 이 큰 죄악에서 오는 당연한 결과로 경찰서 유치장을 거쳐 감옥살이를 하다가 믿지 못할 인생을 끝막음한 것이다. 나는 그가 어느 날 밤에 집에 불을 놓을 결심을 하던 양을 상상하다가, 이왕 죽어버린 불쌍한 젊은 혼에게 대하여 미안한 생각이 나서, 뒷문으로 나가는 그의 시체를 향하여 합장하고 고개를 숙였다. 그 시체의 뒤에는 그가 헛소리로까지 부르던 아주머니가 그 남편과 함께 눈물을 씻으며 소리 없이 따라가는 것이 보였다. 그를 간호하던 키 큰 간병부 말이, 그는 죽기 전 이삼 일 동안은 정신만 들면 예수교 식으로 기도를 올렸다고 하며 또 잠꼬대 모양으로 하느님 하느님 하고 부르고 예수의 십자가의 공로로 이 죄인을 용서하여 달라

고 중얼거리더라고 한다. 그는 본래 예수교의 가정에서 자라서, 중학교나 전문학교를 다 교회 학교에서 마쳤다고 한다. 생각건대는, 재물이 풍성함으로 사는 것이 아니라는 예수의 말씀이 잘 믿어지지 아니하여 돈에서 세상 영화를 구하려는 데몬의 유혹에 걸렸다가 거진 다 죽게 될 때에야 본심에 돌아간 모양이었다.

이날은 날이 심히 덥고 볕이 잘 나서, 죽은 사람의 방에 있던 돗자리와 매트리스와 이불과 베개와를 우리가 일광욕하는 마당에 내어 널었다. 그 베개가 촉촉히 젖은 것은 죽은 사람이 마지막으로 흘린 땀인 모양이었다. 입에다가 가제 마스트를 대고 시체가 있던 방을 치우고 소독하던 키 큰 간병부는 크레졸 물에다가 손과 팔뚝을 뻑뻑 문지르며,

"이런 제에길, 보름 동안이나 잠 못 자고 애쓴 공로가 어디 있나? 팔자가 사나우니깐 내 어머니 임종도 못한 녀석이 엉뚱한 다른 사람의 임종을 다했지. 허허."

하고 웃었다.

그 청년이 죽어 나간 뒤로부터 며칠 동안 윤이나 정이나 나나 대단히 침울하였다.

윤의 기침은 점점 더하고 열도 오후면 삼십팔도 칠 부 가량이나 올라갔다. 그는 기침을 하고 지리가미에 담을 뱉어서 아무데나 내어버리고, 열이 올라갈 때면 혼몽해서 잠을 자다가는 깨기만 하면 냉수를 퍼먹었다. 담을 함부로 뱉지 말고 타구에 뱉으라고 정도 말하고 나도 말하였지마는 그는 종시 듣지 아니하고 내 자리 밑에 넣은 지리가미를 제 마음대로 집어다가는 하루에도 사오십 장씩이나 담을 뱉어서 내어던지고, 그가 기침이 나서 누에 모양으로 고개를 내어두르며 캑캑 기침을 할 때에 곁에 누웠던 정이 윤더러 고개를 저쪽으로 돌리고 기침을 하라고 소리를 지르면, 윤은 심사로 더욱 정의 얼굴을 향하고 캑캑거렸다.

"내가 폐병인 줄 아나, 왜? 내 기침은 폐병 기침

은 아녀. 내 기침이야 깨끗하지. 당신 왝왝 돌리는 게나 좀 말어, 제발."

하고 윤은 도리어 정에게 핀잔을 주었다.

정은 마침내 간병부를 보고 윤이 기침이 대단한 것과 함부로 담을 뱉으니, 그 담에 균이 있나 없나 검사해야 될 것을 주장하였다.

"검사해 보아, 검사해 보아. 내가 폐병인 줄 알고? 내가 이래뵈어도 철골이어던. 이게 해수 기침이지 폐병 기침은 아녀."

하고 윤은 정을 흘겨보았다. 그 문제로 해서 그날 온종일 윤과 정은 으르렁거리고 있다가 그 이튿날 아침 진찰 시간에 정은 의사와 간병부가 있는 자리에서, 윤이 기침이 심하고 담을 많이 뱉고 또 아무 데나 함부로 뱉는 것을 말하여 의사의 주의를 끌고 윤에게 망신을 주었다. 방에 돌아오는 길로 윤은 정을 향하여,

"댁이 나와 무슨 원수야? 댁이 끼니때마다 밥을 속여, 베개를 셋씩이나 베여, 밤마다 토해, 이런 소리를 내가 간수보고 하면 댁이 경칠 줄 몰라? 임자가 그따위 개도 안 먹을 소갈머리를 가졌으닝게 처먹는 게 살이 안 되는 게여. 속속에서 폭폭 썩어서 똥구멍으로 나갈 게 아가리로 나오는 게야. 댁의 상판대기를 보아요. 누렇게 들뜬 것이, 저러고 안 죽는 법 있어? 누가 요기서 먼저 죽어나가나 내기할까?"

하고 대들었다.

담 검사한 결과는 그로부터 사흘 후에 알려졌다. 키 작은 간병부의 말이, 플러스 플러스 플러스 열십자가 세 개가 적혔더라고 한다. 윤은 멀거니 간병부와 나를 번갈아 쳐다보며,

"플라스 플라스는 무어고, 열십자 세 개는 무어여?"

하고 근심스럽게 물었다.

"폐병 버러지가 득시글득시글한단 말여."

하고 정이 가로맡아 대답을 하였다.

"당신더러 묻는 말 아녀."

하고 정에게 핀잔을 주고 나서, 윤은,

"내 담에 아무것도 없지라오? 열십자 세 개란 무어여?"

하고 간병부를 쳐다본다.

간병부는 빙그레 웃으며,

"괜찮아요. 담에 무엇이 있는지야 의사가 알지 내가 알아요?"

하고는 가버리고 말았다.

정이 제자리를 윤의 자리에서 댓 치나 떨어지게 내 쪽으로 당기어 깔고,

"저 담벼락 쪽으로 바짝 다가서 누워요. 기침할 때에는 담벼락을 향하고, 담을랑 타구에 배앝고 사람의 말 주릴 하게도 안 듣네. 당신 담에 말이오, 폐결핵균이 말이야, 폐병 벌레가 말이야, 대단히 많단 말이우. 열십자가 하나면 좀 있단 말이고, 열십자가 둘이면 많이 있단 말이고, 열십자가 셋이면 대단히 많이 있단 말이야, 인제 알아들었수? 그러니깐두루 말이야, 다른 사람 생각을 좀 해서 함부로 담을 뱉지 말란 말이요."

하는 말을 듣고 윤의 얼굴은 해쓱해지며, 내게,

"진상, 그게 정말인게오?"

하고 묻는 소리가 떨렸다. 나는,

"내일 의사가 무어라고 말씀하겠지요."

할 뿐이요 그 이상 더 할 말이 없었다.

다 저녁때가 되어서 키 작은 간병부가 와서,

"윤서방! 전방이오 전방. 좋겠소, 널찍한 방에 혼자 맡아가지고 정서방하고 쌈도 안 하고. 인제 잘됐지. 어서 짐이나 차려요."

하는 말에 윤은 자리에 벌떡 일어나 앉으며 간병부를 눈흘겨보면서,

"여보, 그래 댁은 나와 무슨 웬수란 말이요? 내 담을 갖다가 검사를 시키고, 그리고 나를 사람 죽은 방에 혼자 가 있게 해? 날더러 죽으란 말이지? 난 그 방 안 가오. 어디 어떤 놈이 와서 나를 그 방으로 끌어가나 볼라오. 내가 그놈과 사생결단을 할 터이닝게. 그래 이 따위 입으로 똥 싸는 더러운

병자는 가만두고, 나 같은 말짱한 사람을 그래 사람 죽은 방으로 혼자 가래? 햐꾸고오상, 나를 사람 죽은 방으로 보내고 그래 댁이 앙화를 안 받을 듯싶소?"

하고 악을 썼다.

"왜 날더러 그러오? 내가 당신을 어디로 보내고 말고 하오? 또 제가 전염병이 있으면 가란 말 없어도 다른 사람 없는 데로 가는 게지, 다른 사람들까지 병을 묻혀놓으려고? 심사가 그래서는 못써. 죽을 날이 가깝거든 맘을 좀 착하게 먹어. 이건 무슨 퉁명이야?"

간병부는 이렇게 말하고 코웃음을 웃으며 가버린다.

간병부가 간 뒤에는 윤은 정에게 원망하는 말을 퍼부었다. 제 담검사를 정이 주장하였다는 것이다. 그는 정이 죽어나가는 것을 맹세코 제 눈으로 보겠다고 장담하고, 또 만일 불행히 제가 먼저 죽으면 죽은 귀신이라도 정에게 원수를 갚을 것을 선언하였다. 정은 아무 말도 아니하고 고소한 듯이 싱글벙글 웃기만 하고 있더니,

"흥, 그리 마오. 당신이 그런 악한 맘을 가졌으니깐두루 그런 악한 병을 앓게 되는 게유. 당신이야말로 민영감을 그렇게 못 견디게 굴었으니깐두루 민영감 죽은 귀신이 지금 와서 원수를 갚는 게야. 흥, 내가 왜 죽어? 나는 말짱하게 살아나갈걸. 나는 얼마 아니면 공판이야. 공판만 되면 무죄야. 이건 왜 이러오?"

하고 드러누워서 소리를 내어 불경책을 읽기 시작한다.

정은 교회사를 면회하고 무량수경을 얻어다가 읽기 시작한 지가 벌써 이 주일이나 되었다. 그는 순 한문 경문의 뜻을 알아볼 만한 학문의 힘이 없는 모양이었으나 이렇게도 토를 달아보고 저렇게도 토를 달아보면서 그래도 부지런히 읽었고, 가끔 가다가 제가 깨달았다고 하는 구절을 장한 듯이 곁엣사람에게 설명조차 하였다. 그는 곁방에서도 다 들리리만큼 큰 소리로 서당에서 아이들이 글 읽는 모양으로 낭독을 하였고, 취침 시간 후이거나 기상 시간 전이거나 곁엣사람이야 자거나 말거나 제 맘만 내키면 그것을 읽었다. 한번은 지나가던 간수가 소리를 내지 말라고 꾸중할 때에 그는 의기양양하게 자기가 읽는 것은 불경이라고 대답하였다. 그가 때때로 설명하는 것을 들으면 무량수경 속에 있는 뜻을 대충은 아는 모양이었으나, 그는 그것을 실행에 옮길 생각은 아니하는 것 같아서 불경을 읽은 지 이 주일이 넘어도 남을 위한다는 생각은 조금도 나는 것같지 아니하였다. 한번은 윤이,

"흥, 그래도 죽어서 좋은 데는 가고 싶어서, 경을 읽기만 하면 되는 줄 알구. 행실을 고쳐야 하는 게여!"

하고 빈정대일 때에 옆에서 강이,

"그러지 마시오. 그 양반 평생 첨으로 좋은 일 하는 게요. 입으로 읽기만 하여도 내생 내내생쯤은 부처님 힘으로 좀 나아지겠지."

이렇게 대꾸를 하였다.

"앗으우. 불경 읽는 사람을 곁에서 그렇게 비방들을 하면 지옥에를 간다고 했어."

이렇게 뽐내고 정은 왕왕 소리를 내어 읽었다. 사람 죽은 방으로 간다는 걱정으로 자못 맘이 편안치 못한 윤은 정이 글 읽는 소리에 더욱 화를 내는 모양이어서, 몇 번 입을 비쭉비쭉 하더니,

"듣기 싫여! 다른 사람 생각도 좀 해야지. 제발 소리 좀 내지 말아요."

하는 것을 정은 들은 체 만 체하고 소리를 더 높여서 몇 줄을 더 읽고는 책을 덮어놓는다. 윤은 누운 대로 고개를 돌려서 내 편을 바라보며,

"진상요, 사람 죽은 방에 처음 들어가 자면 그 사람도 죽는 게 아닝게요?"

하고 내 의견을 묻는다.

"사람 안 죽은 아랫목이 어디 있어요? 병원에선 금시에 죽어 나간 침대에 금시에 새 병자가 들어

온답니다. 사람이 다 제 명이 있지요. 죽고 싶다고 죽어지는 것도 아니고, 더 살고 싶다고 살아지는 것도 아니구요. 그렇게 겁을 집어자시지 말고 맘 편안히 염불이나 하고 누워 계셔요."

나는 이것이 그에게 대하여 내가 말할 수 있는 마지막 기회인 성싶어서, 일부러 일어나 앉아서 이 말을 하였다. 내가 한 말이 윤의 생각에 어떠한 반향을 일으켰는지 알 수 있기 전에 감방문이 덜컥 열리며,

"쥬고고(십오호) 뎀보오."

하는 간수의 명령이 내렸다. 간수의 곁에는 키 작은 간병부가 빙글빙글 웃고 서서,

"어서 나와요. 짐 다 가지고 나와요."

하고 소리를 쳤다. 윤은 자리 위에 벌떡 일어나 앉으며,

"단또상, 제 병이 폐병이 아닝기오. 제가 기침을 하지마는 그 기침은 깨끗한 기침이닝게 ……."

하고 되지도 아니한 변명을 하려다가, 마침내 어서 나오라는 호령에 잔뜩 독이 올라서 발발 떨면서 일호실로 전방을 하고 말았다. 윤이 혼자서 간수와 간병부에게 악담을 하는 소리와 자지러지게 하는 기침 소리가 들려왔다. 정은,

"에잇, 고것 잘 갔다. 무슨 사람이 고렇게 생겨 먹었는지. 사뭇 독사야 독사. 게다가 다른 사람 생각이란 영 할 줄 모르지. 아무데나 대고 기침을 하고, 아무데나 담을 뱉어버리고. 이거 대소독을 해야지, 쓸 수가 있나?"

하고 중얼거리면서 그래도 윤이 덮던 겹이불이 자기 것보다는 빛깔이 좀 새로운 것을 보고 얼른 제 것과 바꾸어 덮는다. 그리고 윤이 쓰던 알루미늄 밥그릇도 제 밥그릇과 포개놓아서 다른 사람이 먼저 가질 것을 겁내는 빛을 보인다. 강이 물끄러미 이 모양을 보고 앉았다가,

"여보, 방까지 소독을 해야 된다면서 앓던 사람의 이불과 식기를 쓰면 어쩔 작정이오? 당신은 남의 허물은 참 용하게 보는데, 윤씨더러 하던 소리를 당신더러 좀 해 보시오그려."

하고 핀잔을 준다.

정은 약간 부끄러운 빛을 보이며,

"이불은 내일 볕에 널고, 식기는 알코올솜으로 잘 닦아서 소독을 하면 그만이지."

하고 또 고개를 흔들어가며 소리를 내어서 불경책을 읽기를 시작한다.

정은 아마 불경을 읽는 것으로, 사후에 극락 세계로 가는 것보다도 재판에 무죄 되기를 바라는 모양이었다. 그러기에 그가 징역 일 년 반의 선고를 받고 와서는 불경을 읽는 것이 훨씬 덜 부지런 하였고, 그래도 아주 불경 읽기를 그만두지 아니하는 것은 공소 공판을 위함인 듯하였다. 그렇게 자기는 무죄라고 장담하였고, 검사와 공범들까지도 자기에게는 동정을 가진다고 몇 번인지 모르게 뇌고 뇌다가, 유죄 판결을 받고 와서는, 재판장이 야마시다 재판장이 아니고 나까무라인가 하는 변변치 못한 사람인 까닭이라고 단언하였다. 공소에서는 반드시 자기의 무죄가 판명되리라고, 공소의 불리함을 타이르는 간수에게 중언부언 설명하였다. 그는 수없이 억울하다는 소리를 하였고, 일 년 반 징역이라는 것을 두려워함이 아니라, 자기의 일생의 명예를 위하여 끝까지 법정에서 다투지 아니하면 아니 된다고 비장한 어조로 말하였고, 자기 스스로도 제 말에 감격하는 모양이었다.

얼마 후에 강도 징역 이 년의 판결을 받았다. 정이 강더러 아침 절반으로 공소하기를 권할 때에 강은,

"난 공소 안할라오. 고등 교육까지 받은 녀석이 공갈 취재를 해 먹었으니 이 년 징역도 싸지요."

하였고, 그날 밤에 간수가 공소 여부를 물을 때에,

"후꾸자이 시마스, 후꾸자이 시마스(복죄합니다)."

하고 상소권을 포기하였다. 그리고 이튿날 아침에 그는 칠십이 넘은 아버지 어머니 걱정을 하면서, 복역 중에 새사람이 될 것을 맹세하노라고 말하고

본감으로 가고 말았다.

"자식, 싱겁기는."

하는 것이 정이 강을 보내고 나서 하는 비평이었다. 강이 정의 말에 여러 번 핀잔을 주던 것이 가슴에 맺힌 모양이었다.

강이 상소권을 포기하고 선선히 복죄해 버린 것이 대조가 되어서, 정이 사기 취재를 한 사실이 확실하면서도 무죄를 주장하는 모양이 더욱 보기 흉하였다. 그래서 간수들이나 간병부들이나 정에게 대해서는 분명히 멸시하는 태도를 가지고 있었다. 게다가 정이 보석 청원을 쓴다고 편지 쓰는 방에 간 것을 보고 키 작은 간병부는 우리 방 창밖에 와서,

"남의 것 사기해 먹는 놈들은 모두 염치가 없단 말이야. 땅도 없는 것을 있다고 속여서 계약금을 오천 원이나 받아서 제가 천 원이나 떼어먹고도 글쎄 일 년 반 징역이 억울하다는구먼. 흥, 게다가 또 보석 청원을 한다고? 저런 것은 검사도 미워하고 형무소에서도 미워해서 다 죽게 되기 전에는 보석을 안 해 주어요."

이런 소리를 하였다. 그 이야기 솜씨와 아첨 잘하는 것으로 간병부들의 환심을 샀던 것조차 잃어버리고, 건강은 갈수록 쇠약하여지는 정의 모양은 심히 외롭고 가엾은 것 같았다.

윤이 전방한 지 아마 이십 일은 지나서 벌써 달리아 철도 거의 지나고 국화꽃이 피기 시작한 어떤 날, 나는 정과 함께 감옥 마당에 운동을 나갔다. 정은 사루마따 바람으로 달음박질을 하고 있었으나, 몸을 움직일 수 없는 나는 모래 위에 엎드려서 거진 다 쇠잔한 채송화꽃을 들여다보며 일광욕을 하고 있었다. 아침 저녁은 선들선들하고, 더구나 오늘 아침에는 늦게 핀 코스모스조차 서리를 맞아 아주 후줄근하였건마는 오정을 지난 볕은 따가울 지경이었다. 이때에 '진상!' 하고 부르는 소리가 들렸다. 고개를 들어 돌아보니 일방 창으로 윤의 머리가 쑥 나와 있었다. 그 얼굴은 누르스름

하게 부어올라서 원래 가느다란 눈이 더욱 가늘어졌다. 나는 약간 고개를 끄덕여서 인사를 대신하였으나, 이것도 물론 법에 어그러지는 일이었다. 파수 보는 간수에게 들키면 걱정을 들을 것은 물론이다.

"진상! 저는 꼭 죽게 됐는 게라. 이렇게 얼굴까지 퉁퉁 부었능기라우. 어젯밤 꿈을 꾸닝게 제가 누런 굵은 베로 지은 제복을 입고 굴건을 쓰고 종로로 돌아단기는 꿈을 꾸었지라오. 이게 죽을 꿈이 아닝기오?"

하는 그 목소리는 눈물겹도록 부드러웠다.

그 이튿날이라고 생각한다. 또 나와 정이 운동을 하러 나가 있을 때에 전날과 같이 윤은 창으로 내다보며,

"당숙한테서 돈이 왔는디 달걀을 먹을 겡기오? 우유를 먹을 겡기오? 아무걸 먹어도 도무지 내리지를 않는디."

이런 말을 하였다.

또 며칠 후에는,

"오늘 의사의 말이 절더러 집안에 부어서 죽은 사람이 없느냐고 묻는데요. 선친이 꼭 나 모양으로 부어서 돌아가셨는디."

이런 말을 하고 아주 절망하는 듯이 한숨을 쉬는 것이 보였다. 그리고나서 정에게는 들리지 않기를 원하는 듯이 정이 저쪽 편으로 가는 때를 타서,

"염불을 뫼시려면 나무아미타불이라고만 하면 되능기요?"

하고 물었다. 나는 벌떡 일어나 앉으며 합장하고 약간 고개를 숙이고 나무아미타불 하고 한 번 불러 뵈었다.

윤은 내가 하는 모양으로 합장을 하다가 정이 앞에 오는 것을 보고 얼른 두 팔을 내려버리고 말았다. 그리고 다시 정이 먼 곳으로 간 때를 타서,

"진상! 나무아미타불을 부르면 죽어서 분명히 지옥으로 안 가고 극락 세계로 가능기오?"

하고 그 가는 눈을 있는 대로 크게 떠서 나를 바라

보았다. 나는 생전에 이렇게 중대한, 이렇게 책임 무거운 질문을 받아본 일이 없었다. 기실 나 자신도 이 문제에 대하여 확실히 대답할 만한 자신이 없었건마는 이 경우에 나는 비록 거짓말이 되더라도, 나 자신이 지옥으로 들어갈 죄업이 되더라도 주저할 수는 없었다. 나는 힘있게 고개를 서너 번 끄덕끄덕한 뒤에,

"정성으로 염불을 하세요. 부처님의 말씀이 거짓말 될 리가 있겠습니까?"
하고 내가 듣기에도 엄청나게 큰 목소리로, 엄청나게 결정적으로 대답을 하였다.

윤은 수없이 고개를 끄덕끄덕하고 나를 향하여 크게 한 번 허리를 구부리고는 창에서 사라져버리고 말았다.

이 일이 있은 뒤에 윤이 우유와 달걀을 주문하는 소리와 또 며칠 후에는 우유도 내리지 아니하니 그만두라는 소리가 들리고, 이 모양으로 어찌가다 한 마디씩 그가 점점 쇠약하여 가는 것을 표시하는 말소리가 들렸을 뿐이요, 우리가 운동을 나가더라도 그가 창으로 우리를 내다보는 일은 없었다. 간병부의 말을 들건댄 그의 병 증세는 점점 악화하여 근일에는 열이 삼십구 도를 넘는다 하고, 의사도 인제는 절망이라고 해서 아마 미구에

보석이 되리라고 하였다.

어느 날 밤, 취침 시간이 지난 뒤에 퉁퉁 하고 복도로 사람들 다니는 소리가 나는 것을 듣고 창을 바라보고 있노라니, 뚱뚱한 부장과 얼굴 검은 간수가 어떤 회색 두루마기 입은 사람과 같이 윤이 있는 일방 문밖에 서 있고 얼마 아니해서 흰 겹바지 저고리를 갈아입은 윤이 키 큰 간병부의 부축을 받아 나가는 것이 보였다. 키 작은 간병부는 창에 붙어 섰다가 자리에 와 드러누우며,

"그예, 보석으로 나가는군요. 나가더라도 한 달 넘기기가 어려우리라든데요."
하였다. 그 회색 두루마기를 입은 사람이 윤의 당숙 면장일 것은 말할 것도 없다.

"나도 보석이나 나갔으면!"
하고 정은 길게 한숨을 쉬었다.

내가 출옥한 뒤에 석 달이나 지나서 가출옥으로 나온 키 작은 간병부를 만나 들은 바에 의하면, 민도 죽고, 윤도 죽고, 강은 목수일을 하고 있고, 정은 소화불량이 더욱 심하여진 데다가 신장염도 생기고 늑막염도 생겨서 중병 환자로 본감 병감에 가 있는데, 도저히 공판정에 나가볼 가망이 없다고 한다.

[1938]

비 오는 길

최명익 (1903 ~ ?)

평남 평양 출생. 평양고보에서 수학. 1936년 『조광』에 「비 오는 길」을 발표하면서
등단. 소설집 『장삼이사』, 장편 『서산대사』 등이 있다.

'돈을 아껴서 책까지 안 산다면 내 생활은 무엇이 됩니까? 지금 나에게는
도서관에 갈 시간도 없지 않소? 그러면 그렇게 책은 읽어서 무엇 하느냐고 묻
겠지만 나 역시 무슨 목적이 있어서 보는 것은 아닙니다, 하고는 어떻게 살아
야 후회 없는 일생을 살 수 있는가 하는 즉 사람에게는 사람이란 무엇인가?
하는 의문이 있다는 것을 알고 나도 그것을 알아보려고 한 적도 있었지만 지
금은 고학도 할 수 없이 된 병약한 몸과 이 년래로 주인에게 모욕을 받고 있는
나의 인격의 울분한 반항이—말하자면 모두 자기네 일에 분망한 세상에서 나
도 내 생활을 위하여 몰두하는 시간을 가져 보겠다는 것이 나의 독서요'

성 밖 한끝에 사는 병일(丙一)이가 봉직하고 있는 공장은 역시 맞은편 성 밖 한끝에 있었다. 맞은편이지만 사변형의 대각(對角)은 채 아니므로 30분쯤 걷는 그 길은 중로에서 성 안 시가지의 한모퉁이를 약간 스칠 뿐이다.

집을 나서면 부행정 구역도에 있는 좁은 비탈길을 10여 분간 걸어야 한다.

그 길은 여름날 새벽에 바자게 뜨는 햇빛도 서편 집 추녀 밑에 간신히 한 뼘 넓이나 비칠까 말까 하게 좁은 길을 사이에 두고 작은 집들이, 서로 등을 부빌 듯이 총총히 들어박힌 골목이다.

이 골목은 언제나 그렇듯 한산한 탓인지, 아침저녁 어두워서만 이 길을 오고 가게 되는 병일은, 동편 집들의 뒷담 꽁무니에 열려 있는, 변소 구멍에서 어정거리는 개들과, 서편 집들의 부엌에서 행길로 뜨물을 내쏟는 안질난 여인들밖에는, 별로 내왕하는 사람을 볼 수 없었다.

일찍이 각기병으로 기운이 빠진 병일이의 다리는, 길을 좀 돌더라도 평탄한 큰거리로 다니기를 원하였다. 사실 걷기 힘든 길이었다.

봄이면 얼음 풀린 물에 길이 질었다. 여름이면 장마 물이 그 좁은 길을 개천삼아 흘렀다. 겨울에는 아이들이 첫눈 때부터 길을 닦아놓고, 얼음을 지쳤다.

병일이는 부드러운 다리에 실린 몸의 중심을 잡기 위하여 외나무다리나 건너듯이, 두 팔을 허우적거리며 걷는 것이었다.

봄의 눈 녹은 물과 여름 장마를 치르고 나면 이 길을 걷는 병일이가 아끼는 그의 구두 콧등을 여지없이 망쳐버리는 것이었다.

비록 대낮에라도 비행기 소리에 눈이 팔리거나, 머리를 수그렸더라도 무슨 생각에 정신이 팔리면, 반드시 영양 불량상인 아이들의 똥을 밟을 것이다.

봄이 되면 그 음침한 담 밑에도 작은 풀잎새가 한 떨기씩 돋아나기도 하였다.

이 골목에 간혹 들어박힌 고가(古家)의 기왓장에 버즘같이 돋친 이끼가 아침 이슬에 젖어서 초록빛을 보이는 때가 있지만, 한 줌 한 줌씩 아껴가며 구차하나마 이 돌짝길의 기슭을 치장하여 놓은 어린 풀떨기는 이 빈민굴도 역시 봄을 맞이한 대지의 한끝이라는 느낌을 새롭게 하였다.

밤이면 행길로 문을 낸 서편 집들 중에 간혹 문등을 단 집이 있었다. 그것은 토지 · 가옥 · 인사 소개업이라는 간판을 붙인 집이었다.

그것도 같은 집에 늘 있는 것이 아니다. 이 모퉁이를 지나면 있으려니 하였던 문등이 없어지기도 하고 저 모퉁이는 어두우려니 하고 가면 의외의 새 문등이 켜 있기도 하였다.

요사이 문등이 또 한 개 새로이 켜지었다.

새 문등이 달리자 초롱을 든 인력거꾼이 그 집 문밖에서 기다리는 것을 보게 되었다.

그리고 이 여름에는 초저녁부터 그 집 안방에 가득 차게 쳐놓은 생초 모기장을 볼 수 있었다.

다른 집들은 이 여름에도 여전히 모기 쑥을 피우고 있다.

그 집도 작년까지는 모기 쑥을 피웠던 것이다. 저녁마다 집으로 돌아올 때에 모기 쑥내에 잠긴 이 골목에서, 붉은 도련을 친 그 초록 모기장을 볼 때마다, 병일이는 위쪽지를 척 도려놓은 수박을 연상하였다.

이 골목을 지나가면 새로운 시구 계획으로 갓 닦아놓은 넓은 길에 나서게 된다.

옛 성벽 한모퉁이를 무찌르고 나갈 그 거리는 아직 시가다운 시가를 이루지 못하였다.

헐리운 옛 성 밑에는 낮고 작은 고가들이, 들추어놓은 고분 속같이 침울하게 벌려 있고 그것을 가리우기 위한 차면(遮面)같이 회담에 함석 영을 덮은 새 집들이 단벌 줄로 나란히 서 있을 뿐이다.

이러한 바로크식 외짝 거리의 맞은편은, 아직도 집들이 들어서지 않았다. 시탄 장사, 장목 장사,

옹기 노점, 시멘트로 만드는 토관 제조장 등, 성밖에 빈 땅을 이용하는 장사터가 그저 남아 있었다.

도시의 발전은 옛 성벽을 깨뜨리고, 아직도 초평(草坪)이 남아 있는 이 성밖으로 뛰어 나오기 시작한 것이었다.

그리하여 아직도 자리 잡히지 않은 이 거리의 누렇던 길이 매연과 발걸음에 나날이 짙어서 꺼멓게 멍들기 시작한 이 거리를 지나면, 얼마 안 가서 옛 성문이 있었다. 그 성문을 통하여 이 신작로의 수직선으로 뚫린 시가가 바라보이는 것이었다.

그 성문 밖을 지나치면 신흥 상공도시라는 이 도시의 공장지대에 들어서게 된다. 병일이가 봉직하고 있는 공장도 그곳에 있었다.

병일이는 이 길을 이 년간이나 걸었다. 아침에는 집에서 공장으로, 저녁에는 공장에서 집으로 가는 가장 가까운 길이므로 이 길을 걷는 것이었다.

*

병일이는 취직한 지 이 년이 되도록 신원보증인을 얻지 못하였다.

매일 저녁마다 병일이가 장부의 시재를 적어놓으면, 주인은 금고의 현금을 세었다. 병일이가 장부에 적어놓은 숫자와 주인이 센 현금이 맞아떨어진 후에야, 그날 하루의 일이 끝나는 것이었다.

주인이 금고 문을 잠근 후에, 병일이는 모자를 집어 들고 사무실 문밖에 나선다. 한 걸음 앞서 나섰던 주인은, 곧 사무실 문을 잠가버리는 것이었다.

사무실 마루를 쓸고, 훔치고, 손님에게 차와 점심 그릇을 나르고, 수십 장의 편지를 쓰고, 장부를 정리하는 등 소사와 급사와 서사의 일을 한몸으로 치르고 난 뒤에, 하숙으로 돌아가는 병일이의 다리와 머리는 물병과 같이 무거웠다.

주인에게 작별인사를 하고 공장 문밖을 나서면 하루의 고역에서 벗어났다는 시원한 느낌보다도 작은 별들이 반짝이는 하늘 아래 말할 수 없이 호

젓하여짐을 금할 수 없었다.

그는 주인 앞에서 참고 있었던 담배를 가슴속 깊이 빨아 들이키며, 이 년 내로 구하여도 얻지 못하는 신원보증인을 다시금 궁리하여 보는 것이었다.

현금에 손을 대지 못하고, 금고에 들어 있는 서류에 참견을 못하는것이 책임 문제로 보아서 무한히 간편한 것이지만 취직한 첫날부터 지금까지 하루도 변함 없이 자기를 감시하는 주인의 꾸준한 태도에 병일이도 꾸준히 불쾌한 감을 느껴온 것이었다.

주인의 이러한 감시에 처음 얼마 동안은 신원보증이 없어서 그같이 못 미더운 자기를 그래도 써 주는 주인의 호의를 한없이 감사하고 미안하게 여겼었다.

그 다음 얼마 동안은 병일이가 스스로 믿고 사는 자기의 담박한 정성을 그리도 못 미더워하는 주인의 태도에 원망과 반감을 가지게 되었었다.

그러다가 최근에는 유독 병일이 말을 못 믿는 것이 아니요, 자기(주인)의 아내까지 누구나 사람을 믿지 않는 것이 이 주인의 심술인 것을 알게 되자 병일이는 이러한 종류의 사람을 경멸할 수 있는 쾌감을 맛보았던 것이었다.

자기에게서 떠나지 않는 주인의 이 경멸할 감시적 태도를 병일이는 할 수 있는 대로 묵살하고 관심하지 않으려고 하였다.

그러나 맨 처음 감사하고 미안하게 생각하였을 때나, 그 다음 원망과 반감을 가졌을 때나 경멸하고 묵살하려는 지금이나 매일반으로 아직까지 계속하는 주인의 꾸준한 감시적 태도에 대하여 참을 수 없이 떠오르는 자기의 불쾌감까지는 묵살할 수 없는 것이었다.

지금도 장부를 다시 한 번 훑어보고 있는 주인의 커다란 손가락에서 금고의 자물쇠 소리가 절거럭거리던 것을 생각할 때에는 시장하여 나른히 피곤하여진 병일이의 신경에 헛구역의 충동을 일으키는 것이었다. 그러다가 눈앞에 커다란 그림자같

이 솟아 있는 옛 성문을 쳐다보았다. 침침한 허공으로 솟아날 듯이 들려 있는 누각 추녀의 검은 윤곽을 쳐다보고 다시 그 성문 구멍으로 휘황한 전등의 시가를 바라보며 10만! 20만! 이라는 놀라운 인구의 숫자를 눈앞에 그려보았다.

"그들은 모두 자기네 일에 분망한 사람들이다."

이러한 생각에 다시 허공을 향하는 병일이의 눈에는 어둠 속을 날아 헤매는 박쥐들이 보였다. 박쥐들은 캄캄한 누각 속에서 날아갔다가 다시 누각 속으로 사라지는 것이었다. 그것은 마치 옛 성문 누각이 지니고 있는 오랜 역사의 혼이 아직 살아서 밤을 타서 떠도는 듯이 생각되는 것이었다.

대개가 어두운 때이었으므로 신작로에도 사람의 내왕이 드물었다. 설혹 매일같이 길을 어기는 사람이 있어도 언제나 그들은 노방의 타인이었다.

외짝 거리 점포의 유리창 안에 앉아 있는 노인의 얼굴이나 그 곁에 쌓여 있는 능금알이나 병일이에게는 다를 것이 없었다.

*

비가 부슬부슬 떨어지기 시작하였다. 비 안개를 격하여 보이는 옛 성문은 그 윤곽이 어둠 속에 잠겨서 영겁의 비를 머금고 있는 검은 구름 속으로 녹아들고 말듯이 보였다.

그러나 성낭 위에 높이 달아놓은 광대의 전등이 누각 한편 추녀 끝에 불빛을 던지고 있었다.

이끼에 덮이고 남은 기왓장이 빛나 보이고, 그 틈서리에 길어난 긴 풀대가 비껴오는 빗발에 떨리는 것이 보였다.

외짝 거리까지 온 병일이는 어느 집 처마 아래로 들어섰다. 그것은 문등이 달린 조그만 현관이었다.

현관 옆에는 회 바른 담을 네모나게 도려내고 유리를 넣어서 만들어 놓은 쇼윈도가 있었다.

"하아, 여기 사진관이 있었던가!"

하고 병일이는 아직껏 몰라보았던 것이 우스웠다.

그 작은 쇼윈도 안에는 값없는 16촉 전구가 켜 있었다. 그리고 파란 판에 금박으로 무늬를 놓은 반자지를 바른 그 안에는 중판쯤 되는 결혼사진을 중심으로 명함판의 작은 사진들이 가득히 붙어 있었다. 대개가 고무공장이나 정미소의 여공인 듯한 소녀들의 사진이었다.

사진의 인물들은 모두 먹칠이나 한 듯이 시꺼멓고 구멍이 들여다보이었다.

"압정으로 사진의 윗머리만을 눌러놓아서 얼굴들이 반쯤 젖혀진 탓이겠지."

하고 병일이는 웃고 있는 자기에게 농담을 건네어 보았다.

그들의 후죽은 이마 아래 눌리어 있는 정기 없는 눈과, 두드러진 관골 틈에 기를 펴지 못하고 있는 나지막한 코를 바라보면서 병일이는 그들의 무릎 위에 얹혀 있을 거친 손을 상상하였다.

병일이는 담배를 붙여 물고 돌아서서 발 앞에 쏟아지는 낙숫물 소리를 들으며 맞은편 빈터의 캄캄한 공간을 바라보았다. 거기서 간간이 불어오는 바람결마다 빗발은 병일이의 옷자락으로 풍겨들었다.

옆집 유리창 안에는 닦아놓은 푸른 능금알들이 불빛에 기름이나 바른 듯이 윤나 보였다. 그 가운데 주인 노파가 장죽을 물고 앉아 있었다. 피어오르는 담배 연기를 바라보며 졸고 있는 것이었다.

푸른 연기는 유리창 안에서 천장을 향하여 가늘게 떠오르고 있었다.

노파의 손에 들린 샛부채가 그 한편에 깃든 검은 그림자를 이편 저편 뒤칠 때마다, 가는 연기 줄은 흩어져서 능금알의 반질반질한 뺨으로 스며 사라졌다.

그때마다 병일이는 강철 바늘 같은 모기 소리를 느끼고 몸서리를 쳤다.

빗소리 밖에는, 고요한 저녁이었다.

병일이는 다시 쇼윈도 앞으로 돌아서서 연하여 하품을 하면서 사진을 보고 있었다. 그때에 갑자기 사진이 붙어 있는 뒤 판장이 젖혀지며 커다란 얼굴이 쑤욱 나타났다.

병일이의 얼굴과 마주친 그 눈은 한 겹 유리창을 격하여 잠시 동안 병일이를 바라보다가, 붉은 손에 잡힌 비로 쇼윈도 안을 쓸어내고 전등알까지 쓰다듬었다.

전등알에는 천장과 연하여 풀솜오리 같은 거미줄이 얽혀 있었다.

비를 놓고 부채로 쇼윈도 안의 하루살이와 파리를 쫓아 내는 그의 혈색 좋은 커다란 얼굴은 직사되는 광선에 번질번질 빛나 보이었다. 그리고 그의 미간에 칼자국같이 깊이 잡힌 한 줄기의 주름살과, 구둣솔을 잘라 붙인 듯한 거친 눈썹, 인중에 먹물같이 흐른 커다란 코 그림자는 산 사람의 얼굴이라기보다, 얼굴의 윤곽을 도려낸 백지판에 모필로 한 획씩 먹물을 칠한 것같이 보이었다.

병일이는 지금 보고 있는 이 얼굴이나 아까 보던 사진의 그것은 모두 조화되지 않은 광선의 장난이라고 생각하였다. 그리고 암흑한 적막 속에 잠겨들고, 마른 옛 성문 누각의 한편 추녀 끝만을 적시는 듯이 보이는 빗발이 다시 한 번 병일이의 머릿속에 떠올랐다.

이렇게 서서 의식의 문밖에 쏟아지는 낙숫물 소리에 귀를 기울이며 있는 병일이는, 광선이 희화화(戲畫化)한 쇼윈도 안의 초상이 한 겹 유리창을 격하여 흘금흘금 자기를 바라보고 있는 충혈된 눈을 마주 보았다.

변한 바람세에 휘어진 빗발이 그들이 격하여 서로 바라보고 있는 유리창에 뿌려져 빗방울은 금시에 미끄러져서 길게 흘러내렸다.

"희화된 초상화에서 흐르는 땀방울!"

병일이는 의식적으로 이러한 착각을 꾸며보았다. 지금껏 자기를 흘금흘금 바라보는 그 충혈된 눈에 작은 반감을 가졌던 것이었다.

비에 놀란 듯한 얼굴은 쇼윈도에서 사라졌다. 그리고 현관문이 열리었다.

현관문을 열어 잡고 하늘을 쳐다보던 그는,

"비가 대단하구먼요. 이리로 들어와서 비를 그으시지요, 자 들어오세요."

하고 역시 하늘을 쳐다보고 있는 병일이에게 말하였다.

그의 적삼 아래로는 뚱뚱한 배가 드러나 보였다.

가차없이 비를 쏟고 있는 푸렁덩한 하늘같이 그의 내민 배가 병일이의 조급한 신경을 거슬리었으나, 처음 보는 사람에게 이같이 친절한 것은 둥실한 그 배의 성격이거니 생각하여 전하는 대로 현관문 안에 들어섰다.

그는 병일이에게 의자를 권하고 이어서 휘파람을 불면서 조금 전에 떼어들였던 판장에서 사진들을 떼기 시작하였다.

함석 지붕에 떨어지는 빗소리는 어수선한 좁은 방 안을 침울하게 하였다.

구둣솔을 잘라 붙인 듯한 눈썹을 찌푸려서 미간의 외줄기 주름살은 더욱 깊어지고, 두드러진 입술에서 새어 나오는 휘파람 소리는 날카롭게 들리었다.

병일이는 빗소리에 섞여오는 휘파람 소리를 들으며 테이블 위에 놓인 앨범을 뒤적이고 있었다.

"금년에는 비가 많이 올걸요."

휘파람을 불다 말고 사진사는 이렇게 말을 건네며 병일이를 쳐다보았다.

"글쎄요……?"

"두고 보시우. 정녕코 금년에는 탕수가 나고야 맙네다."

"……글쎄요?"

병일이는 역시 이렇게 대답할밖에 없었다.

"서문의 문지기 구렁이가 현신을 했답니다."

"……?"

말없이 쳐다만 보고 있는 병일이에게 어떤 커다란 사변의 전말이나 설명하듯이 그는 일손을 멈추고,

"어젯저녁에 비가 부슬부슬 오실 때—"
하고 말을 시작하였다.

어떤 사람이 우산을 받고 성문 안으로 들어갈 때에 누각 기왓장이 우산을 스치고 발 앞에 철석철석 떨어졌다. 그래 쳐다본즉 그 넓은 기왓골에 십여 골이나 걸친 큰 구렁이가 박죽 같은 머리를 내두르고 있었다고 한다. 사람들은 모여들었다. 그중에 날쌘 젊은이가 올라가서 잡으려고 하였다. 노인들은 성 문지기 구렁이를 해하면 재변이 난다고 야단쳤다. 갈기려는 채찍을 피하여 달아나는 구렁이를 여기 간다 저기 간다 하며 잡지 말라는 노인들을 둘러싼 젊은이들은 문 위에 올라간 사람을 지휘하며 웃고 떠들었다. 마침내 구렁이는 수많은 기왓골 틈으로 들어가 숨고 말았다. 안심한 노인들은 분한 것 놓쳤다고 떠드는 젊은이들 틈에서 이 여름에는 무서운 홍수가 나리라고 걱정하였다고 한다.

"노인들의 증험이 틀리지 않습니다."
하고 그의 말은 끝났다.

"글쎄요?"

병일이는 이렇게 꼭 같은 대답을 세 번이나 하기가 미안하였다. 그렇다고 '설마 그럴라구요' 하였다가 이 완고한 젊은이의 무지와 충돌하여 부질없는 얘기가 벌어지게 되면, 귀찮은 일이다. 그때에 현관문으로 작은 식함이 들어왔다. 오늘 만든 듯한 새 사진을 붙이고 있던 주인은 일감을 밀어치우고 식함에 놓인 술병과 음식 그릇을 테이블 위에 받아 놓고 의자를 당겨 앉으며,

"자 우리, 같이 먹읍시다. 이미 청하였던 것이지만."
하고 술을 따라서 병일이에게 건네었다.

병일이는 코끝에 닿을 듯한 술잔을 피하여 물러앉으며,

"미안합니다만 나는 술을 먹지 않습니다."
하고 거절하였다.

"그러지 마시구 자, 한잔 드시우. 자, 이미 권하던 잔이니 한 잔만—"

아직 인사도 안 한 그가 이렇게 치근스럽게 술을 권하는 것이 불쾌하였다. 그래서 여러 번 거절하여 보았다. 그러나 이렇게 굳이 권하는 것은 이런 사람들의 호의로 생각할밖에 없었고 더구나 돌아가는 잔이라든가, 권하던 잔이라든가 하는 술꾼들의 미신적 습관을 짐작하는 병일이는 끝끝내 거절할 수가 없었다.

마지못해서 받아 마시고는 잔을 그이 앞에 놓았다. 술을 따라서 잔을 건네면 이 술 추렴에 한몫 드는 셈이 되겠는 고로 빈 잔을 놓은 것이었다.

"자아, 이걸 좀 드시우. 이미 청하였던 음식이라 도리어 미안하웨다만—"

이렇게 말하며 일변 손수 술을 따라 마시면서 초계탕 그릇을 병일이에게로 밀어놓는다.

"자, 좀 드시우."

이렇게 다지고 그는 안으로 들어가서 은수저 한 벌을 더 가지고 나와서 자기가 마침 떠 먹으며,

"어어 시원해. 하루 종일 밥벌이하느라고 꾸벅꾸벅 일하다가 이렇게 한잔 먹는 것이 제일이거든요."

이러한 주인의 말에 병일이는 한 번 더 '글쎄요' 하는 말이 나오려는 것을 누르고,

"피곤한 것을 잊게 되니깐 좋을 것입니다."

이렇게 동정하는 병일이의 대답에, 사진사는,

"참 좋아요. 아시다시피 사진 영업이라는 것은 기술이니만치 뼈가 쏘게 힘드는 일은 아니지만 매일 암실에서 눈과 뇌를 씁니다그려. 그러다가 이렇게 한잔."

하며 그는 손수 술을 따라 마시고 나서,

"일이 그렇게 많습니까?"

하고 묻는 병일이에게 잔을 건네며,

"그저 심심치 않지요. 또 혹시 일이 없어서 돈벌이를 못할 날이면 술을 안 먹고 자고 마니까요, 하하."

이렇게 쾌하게 웃으며 연하여 술을 마시는 오늘은

돈벌이가 많았던 모양이었다.

병일이도 그가 권하는 대로 술잔을 받아 마시었다.

다소 취기가 돈 듯한 사진사는 병일이의 잔에 술을 따르며,

"참 하시는 사업은 무엇이신가요? 하긴 우리— 피차에 인사도 않았겠다. 그러나 나는 선생이 늘 이 앞으로 지나시는 것을 보았지요. 이렇게 합석하기는 처음이지만. 나는 저어 이칠성이라고 불러 주시우. 그리구 앞으로 많이 사랑해 주시우."

이같이 기다란 인사가 끝난 후에 사진사는 병일이를 긴상이라고 불러가며 더욱 친절히 술을 권하면서,

"긴상두 독립적으로 사업을 시작하시우. 나두 어려서부터 요 몇 해 전까지 월급생활을 했지만."
하고 자기의 내력을 말하기 시작하였다.

병일이는 방금 말한 자기의 직업적 지위와 대조하여 사진사가 이같이 갑자기 선배연하는 태도로 말하는 것이 역하였다.

그래서 그의 내력담에 경의를 가지기보다도, 그와 이렇게 마주 앉게 된 것을 후회하면서 일종의 경멸과 불쾌감으로 들었다.

그가 삼 년 전에 비로소 이 사진관을 시작하기까지 열세 살부터 십여 년 동안 그의 적공은 그의 사진술(?)과, 지금 병일이의 눈앞에 보이는 이 독립적 사업으로 나타났다는 것이었다.

내력담을 마친 그는 등 뒤의 장지문을 열어 젖히며,

"여기가 사장입니다."
하고 병일이를 돌아보며 일어서서 안내하였다.

사장 안의 둔각으로 꺾인 천장의 한 면은 유리를 넣었다. 유리 천장 밖으로 보이는 하늘은 캄캄하였다. 그리고 거기 내리는 빗소리는 여운이 없이 무겁게 들리었다.

맞은 벽에는 배경이 걸려 있었다. 이편 방 전등 빛에 배경 앞에 놓인 소파의 진한 그림자가 회색

으로 그린 배경 속 나무 위에 기대어졌다. 그리고 그 소파 앞에 작은 탁자가 서 있고, 그 위에는 커다란 양서 한 권과 수선화 한 분이 정물화같이 놓여 있었다.

사진사는 사장 안의 전등을 켜고 들어가서 검은 보자기를 씌운 사진기를 만지며,

"설비라야 별것 없지요. 이것이 제일 값가는 것인데 지금 살라면 삼백오륙십 원은 줘야 할 겝니다. 그때도 월부로 샀으니깐 그 돈은 다 준 셈이지만."
하고 자기가 소사로부터 조수가 되기까지 십여 년간이나 섬긴 주인이 고맙게도 보증을 해주어서 그 사진기를 월부로 살 수가 있었다는 것과, 지난봄까지 대금을 다 치렀으므로, 이제는 완전히 자기 것이 되었다는 것을 가장 만족한 듯이 설명하였다.

그리고 전등을 끄고 나오려던 사진사는, 다시 어두워진 사장 안에 묵화 같은 수선화를 보고 섰는 병일이의 어깨를 치며,

"참 여기만 해도 어수룩합네다. 배경이라고는 저것밖에 없는데 여기 손님들은 저 산수 배경 아래에 걸터앉아서 수선화를 앞에 놓고 넌지시 책을 펴들고 백이거든요."
하고 큰 소리로 웃었다. 자리에 돌아온 그가,

"차차 배경도 마련하여야겠습니다."
하는 것으로 보아서 결코 그는 자기의 직업적 안목으로 손님들을 웃어주는 것이 아니요, 이것저것 모든 것이 만족하여서 견딜 수가 없다는 웃음으로 병일이는 들었다.

부채로 식히고 있는 그 얼굴의 칼자국 같은 미간의 주름살도 거의 펴진 듯이 보이었다.

사진사는 더욱더욱 유쾌하여지는 모양이었다. 그것이 술 취한 그의 버릇인지, 그는 아까부터 바른손으로 자기의 바른편 귓속을 잡아 훑으며 수다스럽게 얘기를 벌이고 있었다.

병일이는 작은 굴쪽같이 빨개진 사진사의 바른편 귀를 바라보면서 하품을 하며 듣고 있었다.

사진사는 다시 한 번 귓속을 잡아 훑으며,

"긴상은 몸이 강해서 그다지 더운 줄을 모르겠군요. 나는 술 살인지 작년부터 몸이 나기 시작해서—제기 더웁기라니—노인들의 말씀같이 부해져서 돈이나 많이 모으면 몰라도 밤에—"
하고 그는 적삼 아래 드러난 배를 쓸면서 병일이에게는 아직 경험이 없는 침실의 내막을 얘기하고 큰 소리로 웃었다. 그리고 얼굴이 붉어진 병일이를 건너다보며, 어서 장사를 시작하고 하루바삐 장가를 들어서 사람 사는 재미를 보도록 하라고 타이르는 듯이 말하였다.

병일이는 '사람 사는 재미라니? 어떻게 살아야 재미나게 살 수 있느냐?'고 사진사에게 물어보고 싶기도 하였으나 들어야 땀내 나는 그 말이려니 생각되어 다시 한 번 '글쎄요' 하고 기지개를 켜면서 시계를 쳐다보았다.

열 시가 지난 여름밤에, 어느덧 빗소리도 가늘어졌다.

비가 멎기를 기다려서 가라고 붙잡는 사진사에게 내일 다시 오기를 약조하고 우산을 빌려가지고 나섰다.

몇 걸음 안 가서 돌아볼 때에는 쇼윈도 안의 불은 이미 꺼졌었다. 캄캄한 외짝 거리의 점포들은 모두 판장문이 닫혀 있었다. 문 틈으로 가늘게 새어 나오는 불빛에 은사실 같은 빗발이 지우산 위에서 소리를 낼 뿐이었다.

얼굴을 스치는 밤기운과 손등을 때리는 물방울에 지금까지 흐려졌던 모든 감각이 일시에 정신을 차리는 것 같았다.

빈터 초평에서 한두 마리의 청개구리 소리가 들려왔다. 병일이는 걸음을 멈추고 귀를 기울였다. 얼마 기다려서야 맹꽁맹꽁 우는 소리를 한두 마디 들을 수가 있었다.

때리는 빗방울에 눈을 껌벅이면서 맹꽁맹꽁 울 적마다 물에 잠긴 흰 뱃가죽이 흐물거리는 청개구리를 눈앞에 그리어보았다.

청개구리의 뱃가죽 같은 놈! 문득 이런 말이 나오며 병일이는 자기도 모를 사진사에게 대한 경멸감이 떠올랐다.

선뜩선뜩하고 번질번질한 청개구리의 흰 뱃가죽을 핥은 듯이 입안에 께끔한 침이 돌아서 발걸음마다 침을 뱉었다. 그리고 숨결마다 코앞에 서리는 술내가 역하여서 이리저리 얼굴을 돌리는 바람에 그의 발걸음은 비틀거리었다.

내가 취하였는가? 하는 생각에 그는 정신을 차리었으나 떼어놓는 발걸음마다 철벅철벅 하는 진흙물 소리가 자기 외에 다른 누가 따라오는 듯하여 자주 뒤를 돌아보기도 하였다.

청개구리의 뱃가죽 같은 놈! 하는 생각에 그는 자주 침을 뱉으며 좁은 골목에 들어섰다.

거기는 빗소리보다도 좌우편 집들의 처마에서 떨어지는 낙숫물 소리가 어지럽게 들리었다.

동편 집들의 뒷담은 무덤과 같이 답답하게 돌아앉아 있었다. 문을 열어놓은 서편 집들의 어두운 방 안에서는 후끈한 김이 코를 스치고, 아이들의 울음소리와 여인들의 잠꼬대 소리가 들리었다.

그리고 간혹 작은 칸델라(휴대용 석유등)를 켜놓은 방 안에는 마른 지렁이 같은 늙은이의 팔다리가 더러운 이불 밖에서 움직이며 가래 걸린 말소리와 코 고는 소리가 들리기도 하였다.

병일이는 아침에나 초저녁에는 볼 수 없던 한층 더 침울한 이 골목에 들어서 좌우편 담에 우산을 부딪치며,

'이것이 사람 사는 재미냐? 흥, 청개구리의 뱃가죽 같은 놈!'
이렇게 중얼거리며 다시 침을 뱉으며 걸었다.

뒤에서 찔릉찔릉 하는 종소리가 들리었다. 누렇게 비치는 초롱을 단 인력거가 오고 있었다.

병일이는 비틀거리는 걸음으로 앞서기가 싫어서, 한편으로 길을 비키고 섰다. 가까이 온 인력거의 초롱은 작은 갓모 같은 우비 아래서 덜덜 떨고 있었다. 반쯤 기운 병일이의 우산 끝을 스치고 지

나가는 인력거 안에서,

"아이 참 골목두 이렇게 좁아서야."

하고 두세 번 혀를 차는 소리가 들리었다.

"아씨두, 아랫거리에 큰 집이나 한 채 사시구 가셔야지요."

인력거꾼이 숨찬 말소리로 이렇게 말하자,

"아이 어느새 머어."

하는 기생의 말소리가 그치었으나 캄캄한 호로(포장) 안에서 그 대꾸를 들으려고 귀를 기웃하고 기다리는 양이 상상되는 음성이었다.

"왜요, 아씨만 하구서야—"

이렇게 하려던 말을 채 마치지 못하고 숨이 찬 인력거꾼은 한 손으로 코를 풀었다.

"그렇지만 큰 집 한 채에 돈이 얼마기—"

이렇게 혼잣말같이 하는 기생의 말소리는 금시에 호적한 맛이 있었다. 인력거꾼은,

"아씨 같이 잘 불리면 삼사 년이면 그것쯤이야—"

하고 기생을 위로하듯이 아까 하던 말을 이었다. 그러나 호로 안에서는 잠깐 잠잠하였다가,

"수다 식구가 먹고, 입고, 사는 것만 해두 여간이 아닌데."

하는 기생의 말소리는 더욱 호적하였다. 인력거꾼도 말을 끊었다. 초롱불에 희미하게 비치는 진흙물에 떼어놓는 발걸음 소리만이 무겁게 들리었다.

인력거는 작은 대문 앞에 멎었다. 컴컴한 처마 끝에는 빗물이 맺혀서 뜨고 있는 동그란 문등이 흰 포도알같이 작게 비치고 있었다.

인력거에서 내린 기생은 낙숫물을 피하여 날쎄게 대문 안으로 들어갔다. 그리고 다시 대문 밖을 내다보며 인력거꾼에게,

"잘 가오."

하고 어린애와 같이 웃는 얼굴로 사라졌다.

병일이는 늙은 인력거꾼이 잡고 선 초롱불에 기생의 작은 손등을 반쯤 가린 남길솜과 동그란 허리에 감싸 올린 옥색 치마 위에 늘어진 붉은 저고

리 고름을 보았다. 그것이 어린애와 같이 웃는 기생의 흰 얼굴과 어울러서 더욱 어리게 보이었다.

그러나 이제 인력거꾼과 하던 말과 그 짧은 대화의 끝을 콤비한 생활고의 독백으로 마치던 그 호적한 말씨는 결코 어린애의 말이라고 들을 수는 없었다.

대문 안에 사라진, 미상불 갓 깬 병아리 같은 솜털이 있을 기생의 얼굴을 눈앞에 그리며 그의 애깃소리가 귓가에 남아 있는 병일이의 머릿속에는 어릴 때 손가락을 베었던 의액이 풀잎이 생각난다.

연하면서도 날카로운 의액이의 파란 풀잎이 머릿속을 스치고 사라지자 병일이의 신경은 술에서 깨어나는 듯하였다.

돌아가는 초롱불에 자기의 양복 바지가 말 못되게 더럽힌 것을 발견하고 병일이는 하염없는 웃음이 떠오름을 깨달았다.

하숙방에 돌아온 병일이는 머리맡에 널려 있는 책을 둑여서 베고 누웠다.

그는 천장을 쳐다보며 이 년 내로 매일 걸어다니는 자기의 변화 없는 생활의 코스인 '오늘 밤 비 오는' 길에서 보고 들은 생활면을 다시 한 번 바라보았다.

그것은 새로운 것도 아니었다. 물론 진기한 것도 아니었다. 오히려 그 같은 것을 머릿속에 담아두고서 생각하는 자기가 이상하리만큼 평범하고 속된 것이었다. 그러나 그같이 음산하게 벌어져 있는 현실은 산문적이면서도, 그 산문적 현실 속에는 일관하여 흐르고 있는 어떤 힘찬 리듬이 보이는 듯하였다. 그리고 그 리듬은 엄숙한 비관의 힘으로 변하여 병일이의 가슴을 답답하게 누르는 듯하였다.

*

'내게는 청개구리의 뱃가죽만 한 탄력도 없고, 의액이 풀잎 같은 청기도 날카로움도 없지 않은

가?'

이러한 반성이 머릿속에 가득 찬 병일이는 용이히 올 것 같지 않은 잠을 청하려고 눈을 감았다.

우울한 장마는 계속이 되었다. 그것은 태양의 얼굴과 창공과 대지를 씻어낼 패기 있는 폭풍우를 그립게 하는 궂은비였다.

이 며칠 동안에는 얼굴을 편 태양을 볼 수가 없었다. 혹시 비가 개는 때라도 열에 뜬 태양은 병신 같이 마음이 궂었다.

오래간만에 맞은편 하늘에 비낀 무지개를 반겨서 나왔던 아이들은 수목 없는 거리의 처마 아래로 다시 쫓겨갈밖에 없었다.

밤하늘에는 별들도 대개는 불을 켜지 않았다. 쉴새없이 야수떼 같은 검은 구름이 달리었다. 그러고는 또 비가 구질구질 내리었다. 빗물 괸 웅덩이에는 수없는 장구벌레들이 끊어낸 신경줄기같이 꼬불거리고 있었다.

병일이는 요즈음 독서력을 전혀 잃고 말았다.

어느 날 밤엔가 늦도록 『백치(白痴)』를 읽다가 잠이 들었을 때에 도스토예프스키가 속 궁군 기침을 깃던 끝에 혈담을 뱉는 꿈을 꾸었다. 침과 혈담의 비말을 수염 끝에 묻힌 채 그는 혼몽해져서 의자에 기대고 눈을 감았다. 그의 검은 눈자위와 우므러진 뺨과 검은 정맥이 늘어선, 벗어진 이마 위에 솟은 땀방울을 보고 그의 기진한 숨소리를 들으며 눈을 떴다. 그때에 방 안에는 네 시를 치려는 목종의 기름 마른 기계 소리만이 섞여 들릴 뿐이었다.

이렇게 잠을 잃은 병일이는 『백치』 권두에 있는 작자의 전기를 다시 한 번 훑어보았다. 전기에는 역시 병일이가 기억하고 있는 대로 이 문호의 숙환으로 간질의 기록만이 있을 뿐이었다.

도스토예프스키의 동양인 같은 수염에 맺혔던 혈담은 어릴 적 기억에 남아 있는 자기 아버지의 죽음의 연상으로 생기는 환상이라고 생각하였다.

근자에 병일이는 사무실에서 장부 정리를 할 때에도 혹시, 후원에서 성난 소와 같이 거닐고 있던 니체가 푸른 이끼 돋친 바위를 안고 이마를 부딪치는 것을 상상하고 작은 신음 소리가 나오려는 것을 깨닫고는 몸서리를 치기도 하였다.

그럴 때마다 곁에서 담배를 피우며 신문을 뒤적이고 있는 주인을 바라볼 때 신문 외에는 활자와 인연이 없이 살아갈 수 있는 그들의 생활이 부럽도록 경쾌한 것 같았다. 사실 월급에서 하숙비를 제하고 몇 푼 안 남는 돈으로 탐내어 사들인 책들이 요즘에는 무거운 짐같이 겨웠다.

활자로 박힌 말의 퇴전이 발호하여서 풍겨오는 문학의 자극에, 자기의 신경은 확실히 피곤하여졌다고 병일이는 생각하였다.

피곤한 병일이는 사무실에서 돌아올 때마다, 이 지리한 장마는 언제까지나 계속할 셈인가고 중얼거리었다.

지금부터는 마음대로 할 수 있는 '나의 시간'이라고 생각하며 돌아가는 길에 언제나 발을 멈추고 바라보는 성문을 요즈음에는 우산 속에 숨어서 그저 지나치는 때가 많았다. 혹시 생각나서 돌아볼 때에는 수없는 빗발에 씻기우며 서 있는 누각을 박쥐조차 나들이 않았다. 전날 큰 구렁이가 기왓장을 떨어치었다는 말이 병일이에게는 육친의 시체를 보는 듯한 침울한 인상을 주는 것이었다.

모기 소리에 빈대 냄새와 반들거리다가 새촘히 뛰어오르는 벼룩이가 기다릴 뿐인 바람 한 점 없는 하숙방에서 활자로 시꺼멓게 메인 책과 마주 앉을 용기가 없어진 병일이는 어떤 유혹에 끌린 듯이 사진관으로 찾아가게 되었다.

사진사도 병일이를 환영하였다. 그리고 술과 한담이 있었다.

아직껏 취흥을 향락해 본 경험이 없던 병일이는 자기도 적지 않게 마시고 제법 사진사와 같이 한담을 주고받을 수 있다는 것이 만족하게 생각되기도 하였다.

사진사가 수다스럽게 주워섬기는 얘기를 듣고

있는 동안에 병일이는 문득 자기를 기다릴 듯한 어젯밤 펴놓은 대로 있을 책을 생각하고 시계를 쳐다보기도 하였으나 문밖의 빗소리를 듣고는 누구에게 대한 것인지도 모른 송구한 마음을 가라앉히는 것이었다.

그럴 때마다 그는 얘기에 신이 나서 잊고 있는 사진사의 잔을 집어서 거푸 마시었다.

밤 열두 시가 거의 되어서 하숙으로 돌아가는 병일이는 비를 맞는 것이 오히려 마음이 편하였다. '이것이 무슨 집이냐!' 하는 반성은 가려진 검은 구름 밖으로 보이는 별 밑에 한층 더하므로 '이 생활은 일시적이다. 장마의 탓이다' 하는 생각을, 오는 비에 핑계하기가 편하였던 것이다.

책상 앞에 돌아온 병일이는 '내 마음대로 할 수 있는 시간'이 모두 없어진 것을 새삼스럽게 느끼고 있는 자기를 발견하는 것이었다.

이른 아침 시간을 위하여 자야 할 병일이는 벌써 깊이 잠들었을 사진사의 코 고는 소리가 들리는 듯하여 잠이 오지 않았다.

요즈음 사진사는 술을 사양하는 때가 있었다. 손이 떨려서 사진 수정에 실수가 많으므로 얼마 동안 술을 끊어볼 의사가 있다는 것이었다. 이 장마에 손님이 없어서 그이 역시 우울하게 지내는 모양이었다. 그러나 병일이가 술을 사서 권하면 서너 잔 후에는 이내 유쾌해지는 것이었다.

오늘도 유쾌해진 사진사가 병일이에게 잔을 건네며,

"긴상, 밤에는 무엇으로 소일하시우—"
하고 물었다.

전에는 사진사가 주워섬기는 화제는 대부분이 사진사 자신의 내력과 생활에 관한 얘기요, 자랑이었다. 혹시 도를 지나치는 그의 살림 내정 얘기에 간혹 미안히 생각되는 때가 있었으나 마음놓고 들으며 웃을 수 있었던 것이다.

그렇던 것이 이 며칠은 병일이의 술을 마시는 탓인지 사진사는 병일이의 생활을 화제로 삼으려는 것이 현저하였다.

병일이가 월급을 얼마나 받느냐고 물은 것이 벌써 그저께였다.

어젯밤에는 하숙비는 얼마나 내느냐고 물은 다음에—흐지부지 허튼 돈을 안 쓰는 '긴상'이라 봉처로 한 달에 기껏 육 원을 쓴다 치고라도 한 달에 칠팔 원은 저금하였을 터이니 이태 동안에 소불하 이백 원은 앞세웠으리라고 계산하였다. 그 말에 병일이는 웃으며, 글쎄 그랬더라면 좋았을걸 아직 한 푼도 저축한 것이 없다고 하였더니, 내가 긴상에게 돈 꾸려고 할 사람이 아니니 거짓말할 필요는 없다고 서둘다가—정말 돈을 앞세우지 못하였다면 그 돈을 무엇에다 다 썼을까고 대단히 궁금해 하는 모양이었다.

사진사가 오늘 이렇게 묻는 것도 그러한 궁금중에서 나오는 말인 것을 짐작하는 병일이는 하기 싫은 대답을 간신히,

"갑갑하니까 그저 책이나 보지요."
하고 담배 연기를 핑계로 찡그린 얼굴을 돌리었다. 사진사는 서슴지 않고 여전히 병일이를 바라보며,

"책? 법률 공부 하시우? 책이나 보시기야 무슨 돈을 그렇게…… 나를 속이시는 말인지는 모르지만 혼자서 적지 않은 돈을 저금도 안 하고 다 쓴다니 말이 되오?"

이렇게 말하며 충혈된 눈을 더욱 크게 뜨고 병일을 마주 보는 것이었다.

술이 반쯤 취한 때마다 '사람이란 것은……' 하고 흥분한 어조로 자기의 신념을 말하거나 설교를 하려 드는 것이 사진사의 버릇임을 이미 아는 바요, 또한 그 설교를 무심중 귀를 기울이고 들은 적도 있었지만 오늘같이 병일이의 생활을 들추어서 설교하려 드는 것은 대단히 불쾌한 것이다.

술에 흥분된 병일이는 '그래 댁이 무슨 상관이요' 하는 말이 생각나기는 하였으나 이런 경우에 잘 맞지 않는 남의 말을 빌리는 것 같아서 용기가

없었다.

　그렇다고 '돈을 아껴서 책까지 안 산다면 내 생활은 무엇이 됩니까? 지금 나에게는 도서관에 갈 시간도 없지 않소? 그러면 그렇게 책은 읽어서 무엇 하느냐고 묻겠지만 나 역시 무슨 목적이 있어서 보는 것은 아닙니다, 하고는 어떻게 살아야 후회 없는 일생을 살 수 있는가 하는 즉 사람에게는 사람이란 무엇인가? 하는 의문이 있다는 것을 알고 나도 그것을 알아보려고 한 적도 있었지만 지금은 고학도 할 수 없이 된 병약한 몸과 이 년래로 주인에게 모욕을 받고 있는 나의 인격의 울분한 반항이—말하자면 모두 자기네 일에 분망한 세상에서 나도 내 생활을 위하여 몰두하는 시간을 가져 보겠다는 것이 나의 독서요' 하고 이렇게 말한다면 말하는 자기의 음성이 떨릴 것이요, 그 말을 듣는 사진사는 반드시 하품을 할 것이라고 생각한 병일이는 하염없는 웃음을 웃고 나서,

　"그럼 나도 책 사는 돈으로 저금이나 할까? 책 대신에 매달 조금씩 늘어가는 저금통장을 들여다보는 것으로 낙을 삼구……."

　"아무렴, 그것이 재미지—적소성대라니."

　이렇게 하는 사진사의 말을 가로채어서,

　"하하, 시간을 거꾸루 보아서 십 년 후의 천 원을 미리 기뻐하며, 하하."

하고 웃고 난 병일이는 아까부터 놓여 있는 술잔을 꿀꺽 마시고 사진사의 말을 막으려는 듯이 곧 술을 따라 건네었다.

　술잔을 받아든 사진사는 치가 있는 듯한 병일이의 말에 찔린 마음이 병일이의 공손한 웃음소리에 중화되려는 쓸개빠진 얼굴로 병일이를 바라보다가 채신을 차리려고 호기 있게 눈을 굴리며,

　"십 년도 잠깐이오. 돈을 모으며 살아도 십 년, 허투루 살아도 십 년인데, 같은 값이면 우리두 돈 모아서 남과 같이 살아야지……."

하는 사진사의 말을 받아서,

　"누구와 같이? 어떻게?"

하고 대들듯이 묻는 병일이의 눈은 한순간 빛났었다.

　들어야 그 말이지, 하고 생각하여 온 병일이는 이때에 발작적으로 사진사가 꿈꾸는 행복이 어떤 것인가를 듣고 싶었던 것이다.

　"아니 누구 같이라니! 자, 긴상 내 말 들어보소. 자, 다른 말 할 것 있소. 셋집이나 아니구 자그마하게나마 자기 집에다 장사면 장사를 벌이구 앉아서 먹구 남는 것을 착착 모아 가는 살림이 세상에 상재미란 말이오."

하고 그는 목을 축이듯이 술을 마시고 병일이에게 잔을 건네며,

　"이제 두구 보시우. 내가 이대루 삼 년만 잘 하면 집 한 채를 마련할 자신이 꼭 있는데, 그때쯤 되면 내 맏아들놈이 학교에 가게 된단 말이오. 살림집은 유축이라도 좋으니 학교가에다 벌이고 앉으면 보란 말이오. 그렇게만 되면 머어 창학이 누구누구 다 부러울 것이 없단 말이오."

하고 가장 쾌하게 웃었다. 쾌하게 웃던 사진사는 잔을 든 채로 멀거니 자기를 바라보고 있는 병일이의 눈과 마주치자 멋쩍게 웃음을 끊었다가, 그럴 것 없다는 듯이 다시 웃음을 지어 웃으며,

　"어떻소? 긴상 내 말이 옳소? 긇소? 하하하."

하며 병일이가 들고 있는 술잔이 쏟아지도록 그의 어깨를 잡아 흔들었다.

　병일이는 잔 밑에 조금 남은 술방울을 혓바닥에 처뜨려서 쓴맛을 맛보듯이 마시고 잔 밑굽으로 테이블에 작은 소리를 내며,

　"글쎄요."

하고 얼굴을 수그리며 대답하였다.

　사진사는,

　"글쎄요라니?"

하니 병일이의 대답이 하도 시들함을 나무라는 모양으로,

　"긴상은 도무지 남의 말을 곧이 안 듣는 것이 병이거든. 그리고 내가 보기엔 긴상은 돈 모으고

세상살이 할 생각은 많은 것 같단 말이야."

이렇게 말하는 사진사는 자기의 말을 스스로 긍정하는 태도로 병일이를 건너다보며 머리를 건득이었다.

병일이도 사진사의 말을 긍정할밖에 없었다.

사진사의 설교가 아니라도 이러한 희망과 목표는 이러한 사회층(물론 병일이 자신도 운명적으로 예속된 사회층)에 관념화한 행복의 목표라는 것을 모르는 바가 아니었다.

이러한 사회층의 일평생의 노력은 이러한 행복을 잡기 위한 것임을 어느 때 어느 곳에서나 늘 보고 듣는 것이었다. 그렇다고 나의 희망과 목표는 무엇인가고 생각할 때에는 병일이의 내장은 얼어붙은 듯이 대답이 없었다. 이와 같이 별다른 희망과 목표를 찾을 수 없으면서도 자기가 처하여 있는 사회층의 누구나 희망하는 행복을 행복이라고 믿지 못하는 이유도 알 수 없는 것이었다.

희망과 목표를 향하여 분투하고 노력하는 사람의 물결 가운데서 오직 병일이 자기만이 지향없이 주저하는 고독감을 느낄 뿐이었다. 다만 일생의 목표를 그리 소홀하게 결정할 것이 아니라고 간신히 자기에게 귓속말을 하여 보는 것이었다.

이러한 귓속말에 비하여 사진사의 자신 있는 말은 얼마나 사진사 자신을 힘있게 격려할 것인가? 더욱이 누구나 자기의 희망과 포부를 말로나 글로나 자라나고 있을 때보다 훨씬 빈약해 보이는 것이요, 대개는 정열과 매력을 잃고 마는 것인데, 이 사진사는 그 반대로 자기 말에 더욱더욱 신념과 행복감을 갖는 것을 볼 때 그는 참으로 행복스러운 사람이라고 생각할밖에 없었다.

이렇게 사진사를 행복자라고 생각하는 병일이는 그러한 행복 관념 앞에 여지없이 굴복하는 듯하였다. 그러나 진심으로 그 행복 관념에 복종할 수 없었다. 그러면 자기는 마바리 역하는 노예와 같이 운명이 내리는 고역과 매가 자기에게는 한층 더 심할 것이라고 생각되었다.

병일이는 이렇듯이 발걸음 하나나마 자신 있게 내짚을 수 있는 명일의 계획도 세우지 못하고 오직 가혹한 운명의 채찍 아래서 생명의 노예가 되어 언제까지 살지도 모를 일생을 생각할 때 깨어날 수 없는 악몽에서 신음하듯이 전신에 땀이 흐르는 것이었다. 이러한 강박 관념에 짓눌리어서 멀거니 앉아 있는 병일이에게,

"참말 나 긴상한테 긴히 부탁할 말이 있는데."

하고 사진사는 병일이를 마주 보는 것이었다. 사진사의 말과 시선에 부딪친 병일이는 한 장 벌떡 뒤치어 새 그림을 대한 듯한 기름기 있는 큰 얼굴에 빙그레 흘린 웃음을 바라보았다.

"긴상, 여기 신문사 양반 아는 이 있소?"

하며 전에 없이 긴한 표정으로 사진사는 물었다.

"없어요."

하고 대답하는 병일이가 얘기한 이상으로 사진사는 재미없다는 입맛을 다시고 나서,

"사람이라는 것은 할 수만 있으면 교제를 널리 할 필요가 있어."

하고 병일이를 쳐다보며,

"긴상도 누구만 못지않게 꽁생원이거든!"

이렇게 말하고 이어서 하하 웃었다.

웃고 난 사진사는 말마다 '신문사 양반'이라고 불러가며 여기 유력한 신문 지국의 '지정 사진관'이라는 간판을 얻기만 하면 수입도 상당하거니와 사진관으로서는 큰 명예가 된다고 기다랗게 설명을 하였다. 일전에 지방 잡신으로 성문 위에 길이 석 자 가량 되는 구렁이가 나타나서 작은 넌센스 소동을 일으켰다는 기사를 보고 작은 것을 크게 보도하는 것이 신문 기자의 책임이거늘 옛날부터 있는 성문지기 구렁이를 석 자밖에 안 된다고 한 것은 무슨 얼빠진 수작이냐고 사진사는 대단히 분개하였던 것이었다.

"전부터 별러온 것이지만 왜 지금 갑자기 이런 말을 하는가 하면, 기회가—"

하고 사진사는 의논성 있게 한층 말소리를 낮추며,

"××사진관 주인이 (전에 말한 이전에 자기가 섬기던 주인이라고 그는 주를 달았다) 오랜 해소 병으로 오늘내일 하는 판인데 그 자리가 성 안 사진관치고도 그만한 곳이 없고 게다가 완전한 설비도 있는 터이라 이 기회에 유력한 신문 지국의 지정 간판만 얻어 가지고 가게 되면 남부러울 것이 없거든요."

하고 말을 이어서,

"자, 그러니 이 기회에 긴상이 한번 수고를 아끼지 않고 지정 간판을 얻도록 활동해 주시면……."

하는 사진사의 말에, 병일이는,

"이 기회라니— 그 사진관 주인이 딱 언제 죽는 대요?"

하고 빙그레 웃었다.

"아이 긴상두 원, 그러게 내가 긴상은 남의 말을 곧이 안 듣는다고 하는 게요. 오늘내일 하는 판이라고 안 그러우, 설사 날래 끝장이 안 난대도 지정 간판은 지금 여기다 걸어도 좋으니깐 달리 생각하지 마시고 좀 힘을 써주시구려."

하고 사진사는 마시는 술잔 너머로 병일이를 슬쩍 훑어보았다. 병일이는 그러한 눈치가 싫었다. 그는 사진사의 눈치를 피하며 담배 내를 천장으로 길게 뽑으며,

"천만에 달리 생각하는 게 아니지. 나도 학생시대에 테니스를 할 때에 세컨드 플레이가 되어서 남이 하는 게임이 속히 끝나기를 초조하게 기다린 경험이 있으니까요, 하하하."

하고 과장한 웃음을 웃었다.

"아무렴! 세상 일이 다 그렇구말구."

하고 사진사는 유쾌하게 껄껄 웃었다. 그리고 병일이의 손목을 잡아 흔들며—친구로 다리를 놓아서라도 '신문사 양반'에게 부탁하여 '지정 간판'을 얻도록 하여 달라고 신신부탁하는 것이었다.

내일도 또 오라는 사진사의 인사를 들으며 행길에 나선 병일이는 머리가 아프고 말할 수 없이 우울하였다.

병일이가 돌아볼 때에는 사진관 쇼윈도의 불은 이미 꺼졌었다. 사진사를 처음 만났던 밤에 우연히 돌아보았을 때 꺼졌던 불은 청개구리 소리를 듣던 곳까지 와서 돌아보면 언제나 꺼지던 것이었다. 병일이가 하숙으로 돌아가는 시간도 거의 같은 때였지만, 쇼윈도의 불은 병일이의 발걸음을 몇 걸음까지 세듯이 일정한 시간 거리를 두고 꺼지는 것이었다.

병일이는 으레 꺼졌을 줄 알면서도 돌아볼 때마다 그 불은 이미 꺼졌던 것이었다.

어떤 때, 유쾌하게 취한 병일이는 미리 발걸음을 멈추고 이제 쇼윈도의 불이 꺼지려니 하고 기다리다가 정말 꺼지는 불을 보고는 '아니나다를까' 하고 웃은 적도 있었다.

오늘따라 심히 아픈 병일이의 머릿속에는 '사진사는 벌써 잘 것이다' 하는 생각만이 자꾸자꾸 뒤대어 반복되었다. 자기도 모르게 그 생각을 입속으로 중얼거리고 있는 것을 알았다.

어느덧 좁은 골목에 들어섰을 때에 빗물이 몇 치 들고 있는 동그란 문둥이 달린 대문을 두들기며, '낭홍이 낭홍이' 하고 부르는 사람이 보였다.

처마 그림자 밖으로 보이는 고무 장화가 전등빛에 기다랗게 빛나며 나란히 서서 움직이지 않았다. 그리고 조심스럽게 대문을 두세 번 통통 두들기고는 역시 조심스러운 목소리로 '낭홍이 낭홍이' 하고 불렀다. 그때마다 병일이도 귀를 기울이었다. 그리고 웬 까닭인지 마음이 두근거림을 깨달았다.

대문을 두드리고 '낭홍이'를 부르고 귀를 재우고 기다리기를 몇 차례나 하였으나 종내 소식이 없었다. 할 수 없이 단념하고 돌아선 그와 마주 서게 된 병일은 멍하니 서 있는 자기의 얼굴을 가로 베듯이 날카로운 시선이 번쩍 스칠 때 아득하여져 겨우 그 사람의 코 아래 팔자 수염을 보았을 뿐이었다. 머리를 숙이고 도망하듯이 하숙으로 달아온 병일이는 이불을 뒤쓰고 누웠다. 신열이 나고 전

신이 떨리었다.

신열로 며칠 앓고 난 병일이는 여전히 그 길을 걸으면서도 한 번도 사진사를 찾지 않았다. 한때는 자기가 사진사를 찾아가는 것은 마치 땀 흘린 말이 누워서 뒹굴 수 있는 몽당판을 찾아가는 듯한 것이라고 생각한 적도 있었다. 그러나 그곳도 마음놓고 뒹굴 수 있는 곳은 아니었다.

피부면에까지 노출된 듯한 병일이의 신경으로는 문어의 흡반같이 억센 생활의 기능으로서의 신경을 가진 사진사의 생활면은 도리어 아픈 곳이었다.

이같이 사진사를 찾지 않으려고 생각한 병일이는 매일 오고 가는 길에 사진관 앞을 지날 때마다 마음이 불안하였다. 그렇게 매일같이 찾아가던 자기가 갑자기 발을 끊은 것을 사진사는 나무랍게 생각할 것 같았다. 그보다도 병일이 자신이 미안하였다. 자기를 사랑하던(?) 사진사의 호의를 무시하는 행동같이도 생각되었다. 자기가 그를 찾지 않은 이유를 모르는 사진사는 그가 부탁하였던 '지정 간판'이 짐스러워서 오지 않은 것같이 오해하지나 않을까? 그렇다고 자기가 사진사를 피하는 진정한 심정을 소설 중의 주인공이 아닌 자기로서 그 역시 소설 중의 인물이 아닌 사진사에게 어떻다고 말할 수도 없는 것이었다. 이같이 생각하던 병일이는 마침내 이렇듯 짐스러운 관심 때문에 자기 생활 중에서 얻기 힘든 사색의 기회를 주는 이 길 중도에 무신경하게 앉아 있는 사진사의 존재를 귀찮게 생각하기도 하였다. 아침에는 물론 사진관 문이 닫혀 있었다. 어젯밤에도 혼자서 술을 먹고 아직 자고 있는가? 하긴 새벽부터 가게 문을 열 필요는 없는 영업이니까! 하고 생각하였다. 그러나 저녁에는 열린 문 안에 혹시 사람의 흰 그림자가 보일 때마다 길에 걸쳐 놓인 뱀의 시체나 뛰어넘듯이 머리 밑이 쭈뼛하였다.

무슨 까닭인지 근자에 며칠 동안은 아침이나 저녁이나 사진관의 문은 닫혀 있었다.

이렇게 연 며칠을 두고 더운 여름밤에 문을 닫고 있는 사진사의 소식이 궁금하기도 하였다. 한 번 찾아 들어가서 만나보고 싶기도 하였으나 그리 신통치도 않았던 과거를 되풀이하여서는 무엇 하리—하는 생각에 닫힌 문을 요행으로 알고 달리었다.

이렇게 지나기를 한 주일이나 지나친 어느 날이었다. 오래간만에 비 갠 아침에 병일이는 사무실 책상 앞에서 신문을 보고 있었다.

*

평양에 장질부사가 유행하여 사망자 다수라는 커다란 제목이 붙은 기사를 읽어 내려가다가 부립 피병원에 수용되었다가 죽었다는 사람의 씨명 중에 이칠성이라는 세 글자를 보았다. 병일이는 자기의 눈을 의심하였으나 주소 직업으로 보아서 그것은 칠성 사진관 주인인 이씨임에 틀리지 않았다.

병일이는 지금껏 자기 앞에서 얘기를 하여 들려주던 사람이 하던 이야기를 마치지 않고 슬쩍 나가버린 듯이 허전함을 느끼었다. 그 얘기는 영원히 중단된 얘기로 자기의 기억에 남을 것이라고 생각되었다. 병일이는 뒤대어 오는 전화의 수화기를 떼어 들고 메모에 연필을 달리면서도 대체 사람이란 그런 것인가 하는 생각에 받던 전화의 말을 잊게 되어, "미안하시지만 다시 한 번" 하고 물었다.

병일이는 사진사를 조상할 길이 없었다. 다만 멀리 북쪽으로 바라보이는 광산 화장장에서 떠오르는 검은 연기를 바라보았을 뿐이었다.

그 이튿날 아침에 사진관 앞에서 이삿짐을 실은 구루마가 떠나가는 것을 보았다.

계집애인 듯한 어린것을 등에 업고 오륙 세 된 사내아이 손목을 잡은 젊은 여인이 짐 실은 구루마의 뒤를 따라가고 있는 것을 보았다. 병일이는 그것이 사진사의 유족인 것을 짐작하였다.

병일이는 뒤로 따라가다가 그들이 서문동 안으로 사라질 때까지 바라보고 있었다.

그들이 보이지 않게 되었을 때 병일이는 공장으로 가면서 '산 사람은 아무렇게라도 죽을 때까지는 살 수 있는 것이니까' 이렇게 중얼거리며 그는 자기가 어렸을 때 부모상을 당하고 못 살 듯이 서러워하였던 생각을 하였다.

저녁에 돌아갈 때에는 현관의 문등은 이미 없어졌다. 그리고 역시 불이 꺼진 쇼윈도 안에는 사진 대신에 '셋집'이라고 크게 씌어진 백지가 비스듬히 붙어 있었다.

어느덧 장질부사의 흉스럽던 소식도 가라앉고 말았다. 홍수도 나지 않고 지리하던 장마도 이럭저럭 끝날 모양이었다. 병일이는 혹시 늦은 장마 비를 맞게 되는 때가 있어도 어느 집 처마로 들어가서 비를 그으려고 하지 않았다. 노방의 타인은 언제까지나 노방의 타인이기를 바랐다.

그리고 지금부터는 더욱 독서에 강행군을 하리라고 계획하며 그 길을 걸었다.

[1936]

하얼빈

哈爾濱

이효석 (1907 ~ 1942)

강원도 평창 출생. 경성제대 영문과 졸업. 1928년 『조선지광』에 「도시와 유령」을
발표하면서 등단. 구인회에 참여했으며, 「메밀꽃 필 무렵」 「산협」 등의 작품과 『벽공
무한』 등의 장편소설이 있다.

파알러에는 식사하는 손님들이 거의 꼭 차 있고 홀 안 부대에서는 벌써 오
후 여섯 시가 되었는지 뺀드의 음악이 흘러나온다. 나는 그 음악을 하얼빈의
큰 사치의 하나라고 아까와한다. 식사하는 사람들이 그 음악을 대단히 여기
는 것 같지도 않고 첫째 그것을 이해하고 즐기는 사람이 몇 사람이나 될까.

차이코프스키의 실내악은 개발에 편자같이 어리석은 군중의 귀를 무의미
하게 스치면서 아깝게도 흐른다. 하얼빈은 이런 사치를 도처에서 물같이 흐
르고 있다.

호텔이 키타이스카야의 중심지에 있자 방이 행길 편인 까닭에 창기슭에 의자를 가져가면 바로 눈 아래에 거리가 내려다 보인다. 삼층 위의 창으로는 사람도 자그만하게 보이고 수레도 단정하게 보이며 모든 풍물이 가든가든 그 자신 잘 정돈되어 보인다. 그러면서도 쉴새없는 요란한 음향은 어디선지도 없이 한결같이 솟으면서 영원의 연속같이 하루하루를 지배하고 있다. 이른 새벽 침대 속으로 들려오는 우유를 나르는 바퀴소리에서 시작되는 음향이 점점 우렁차게 커지면서 밤중 삼경을 넘어 다시 이른 새벽으로 이어질 때까지 파도소리같이 연속되는 것이다. 인간생활에는 반드시 음향이 필요한 모양이다.

나는 이 삼층의 전망을 즐겨해서 방에 머무르고 있는 대부분의 시간을 창가의 의자에서 지내기로 했다. 아침 비스듬히 해가 드는 거리에 사람들의 왕래가 차츰차츰 늘어가려 할 때와 저녁 후 등불 켜진 거리에 막 밤이 시작되려 할 때가 가장 아름다운 때이다. 조각돌을 깔아놓은 두툴두툴한 길바닥을 지나는 마차와 자동차와 발소리의 뚜벅뚜벅거칠은 속에 신선한 기운이 넘쳐 들리고 여자들의 화장한 용모가 선명하게 눈을 끄는 것도 이런 때이다. 그러나 반드시 또렷한 주의와 목적이 없이 다만 하염없이 그 어지럽게 움직이는 그림을 바라보는 것이다. 바라보는 동안에 번번이 슬퍼져 감을 느낀다. 이유를 똑똑히 가리킬 수 없는 근심이 눈시울에 서리워진다. 인간생활은 또 공연히 근심스러운 것인지도 모른다.

사실 나는 그 근심의 곡절을 따져낼 수 없는 것이, 그 짧은 여행이 원래 걱정에서 시작된 것이 아니어서 고향에 불행을 두고 떠난 것도 아니요 눈앞에 불행이 놓인 것도 아닌 까닭이다. 마음에 드는 거리를 실컷 보고 입에 맞는 음식을 실컷 먹으면서 흡족할 때까지 소풍을 하면 그만인 것이요, 또 그 요량으로 떠났던 여행인 것이나 마음은 반드시 무시로 즐겁지만은 않다. 호텔 아래편 식당에는 늙은 뽀이의 은근한 시중과 함께 기름진 버터며 러시아 수우프이며 풍준한 진미가 준비되어 있는 것이나 그 깨끗한 식탁을 대하면서도 어딘지 없이 마음 한 구석이 답답한 것은 웬일일까. 며칠 만에는 식당으로 내려가기조차 귀찮아서 방 뽀이에게 분부해 늦은 아침식사는 대개 방에서 빵과 코오피로 대신하게 되었다. 초인종으로 뽀이를 불러 그릇을 치우고는 다시 창에 가서 의자에 앉곤 한다. 행길에는 사람들이 훨씬 늘었다. 그 한 사람 한 사람의 가는 길과 목적을 뉘 알 수 있으랴. 나는 키타이스카야 거리를 사랑한다. 사랑하므로 마음에 근심이 솟는 것일까.

"왜 이리도 변해가는구 이 거리는. 해마다."

변해간다는 것이 안타까운 일이 아닐 수 없다는 듯 시선은 초점을 잃고 아득해 간다. 지금 눈 아래의 거리는 사실 벌써 작년 여행에 본 그 거리는 아니다. 각각으로 변하는 인상이 속일 수 없는 자취를 거리에 적어간다. 오고가는 사람들의 얼굴도 변했거니와 모든 풍물이 적지 아니 달라졌다. 낡고 그윽한 것이 점점 허덕거리며 물러서는 뒷자리에 새것이 부락스럽게 밀려드는 꼴이 손에 잡을 듯이 알려진다. 이 위대한 교대의 인상으로 말미암아 하얼빈의 애수는 겹겹으로 서리워 가는 것이다.

"나는 이 변화를 보러 해마다 오는 것일까. ─이 변화를 보러."

혼자 속으로 생각하자는 것이 그만 남에게 들려주는 결과가 되었다. ─우연히 등 뒤에 나타난 사람이 있었던 까닭이다. 노크를 듣고 뽀이인 줄만 알고 콧소리를 질렀더니 살며시 들어와 선 것이 뜻밖에도 유우라이다. 돌아다보고 나는 놀랐다.

"왜 놀라세요."

"너무도 의외여서."

"오겠다구 약속하지 않았어요."

"약속 받은 것은 나두 기억하지만. ─아무리 약속을 했기로서니."

"말을 어기는 사람인 줄 아세요? 밤까지 별로 일두 없구 해서 일찌감치 나서 봤지요."

"하얼빈의 변화라는 것을 생각하구 있는 중인데—"

하며 다시 창을 향하니 유우라도 의자를 끌어다가 탁자 맞은편에 앉는다.

"어쩌는 수 없는 일이죠. 될 대로 되는 수밖엔요."

철없는 무관심일까. 대담한 체관일까. 표정 없는 순간의 그의 눈이 아름답다. 슬픈 얼굴보다도 평온한 그 얼굴이 얼마나 더 효과적이었을까.

"—보세요. 저 잡동사니의 어수선한 꼴을. 키타이스카야는 이제는 벌써 식민지예요. 모든 것이 꿈결같이 지나가 버렸어요."

유우라는 판타지아에서도 으뜸가는 용모였다. 불끈 뜨는 커다란 눈이 간담을 서늘하게 하면서도 어디인지 어린 티가 드러나 보인다. 몸도 작고 팔다리도 소녀같이 애잔하다.

"폴란드 태생인 어머니의 피를 받아서 그런지 나두 여기서는 외국 사람 같은 생각이 난답니다."

새빨간 드레스를 입고 볼에 새까만 점을 붙이고 의자에 앉은 그의 모양은 밤 홀의 분위기와 꼭 어울리건만 그로서 보면 그 자신도 또한 그 홀에서는 한 사람의 이국인이란 말일까. 그렇다고 듣고 보면 딴은 그는 가령 무대 위에서의 노래나 무용이나의 짤막한 연기를 고집스럽게 열심히 바라보는 버릇이 있다. 그럴 때의 그의 자태는 속일 수 없는 한 사람의 이국인의 그것이다. 조금 어색스러우리만치 잠자코 앉아서 무대로 향한 눈동자에 주의보다는 명상을 담고 있는 모양은 참으로 그 자리에서는 서먹서먹하게 밖에는 보이지 않았다.

뺀드가 울리면 한 자리에 앉았던 리이나와 끼고 일어나 춤을 추는 것이 여자끼리라 그런지 부드럽고 익숙하게 보이건만 나와 결게 되면 그만 발이 걸리고 몸이 끌리면서 주체스럽게 어긋나 버린다.

반드시 내 춤이 어색한 까닭이 아니라 유우라의 심중이 복잡한 탓이려니 생각한다. 복잡한 심사로는 주의의 방향을 어거할 수 없는 모양이다.

유우라가 잠깐 자리를 비인 새 리이나가 묻지 않는 말로 동무의 비밀의 한 토막으로 들려준 것은 대체 무슨 까닭이었을까.

"유우라는 홀에서 독판 점잖은 척은 해두 실상은—"

"훌륭한 얼굴이 아니요. 기품이 있고 명상적인 것이."

"실상은 작년까지 니이싸에 있었다나요. 거리에선 다 알죠."

재빠르게 지껄이는 어조에 날카로운 적의가 편적임을 나는 놀랍게 여기며 리이나의 얼굴을 쏘아붙인다. 리이나는 조금도 동하는 기색 없이 담배 연기를 천정으로 뿜어 올린다. 나는 들을 말을 들었는지 안 들을 말을 들었는지 분간할 수 없어—순간의 놀램과는 반대로 마음은 즉시 침착하게 비어감을 느낀다.

니이싸는 결코 명예롭지 못한 곳이다. 유우라의 몸에 찍혀진 그 지옥의 치욕의 표징은 평생을 가야 벗어질 날이 없을 것이다. 그런 치명상을 몸에 입지 않으면 안 되리만큼 절박했던 것인가.

"판타지아로서는 이같이 불명예로운 일은 없어요. —행여나 우리 모두를 유우라와 같은 부류의 여자인 줄 생각들 할까 봐서 겁이 나요."

이런 리이나의 불평이 그로 하여금 유우라의 비밀을 털어놓게 한 것일까. 그의 어세는 의외에도 격하고 세다.

"그러나 리이나와 유우라는 누구보다두 친한 사이가 아니요."

"우정과 신분은 다른 것이니까요. 신분만은 서로 확적히 해 두는 것이 옳지 않겠어요?"

캬바레는 즐거운 곳만도 아니다. 사람 사람의 가슴속에는 심리의 갈등과 감정의 거래가 거미줄같이 잘게 드리워 그것을 목도하고 경험함은 답답하고 피곤한 일이다. 더욱이 유우라들의 일건에 관해서는 나는 결코 행복된 입장에 서 있다고는 생각할 수 없는 것이다.

유우라가 나 같은 뜬 나그네를 그렇게 수월하게 찾아온 것을 구태여 그의 그런 허름한 신분의 탓이라고까지 생각할 필요는 없었고 다만 약속을 지키자는 그의 교양의 발로라고 여기면 그만이어서 함께 거리에 나왔을 때에도 나는 그와 나란히 선 것을 그다지 부끄러워할 것이 없었다.

키타이스카야를 강 쪽으로 걸어가다가 왼편으로 꼬부라져 들어간 비교적 한산한 부두구(埠頭區) 일대의 주택지대를 거니는 것이 또한 나의 기쁨의 하나이다. 마당같이 넓은 행길에는 느릅나무의 열이 두 줄로 뻗혀 있고 양편의 주택은 대개가 보얀 계란빛으로 되어서 침착하고 고요한 뒷골목인 셈이다. 대체 느릅나무와 보얀 집과 교당의 둥그런 지붕과 종소리를 제한다면 하얼빈의 운치로는 남을 것이 무엇일까. 부두구의 가로수 그늘을 지나면서 집 문패의 러시아 문자를 차례차례 서투르게 읽어가는 것이 아이다운 기쁨을 자아내게 한다. 어느 집이나 넓은 뜰이 달렸고 나무와 화초가 화려하다. 옥수수와 강낭콩을 심은 뜰도 있어서 어느 고장에서나 전원의 풍경으로는 이에 미치는 것이 없는 모양이다.

"불란서 영사관예요."

수풀 속에 커다란 이층집이 들여다 보이는 문간에 이르렀을 때 유우라는 나의 주의를 일깨웠다.

규모가 클 뿐이지 집 모양이 사택과 다를 것 없는 것이 흥미를 끈다. 민주주의 문화의 표시인 것일까.

"변한 것은 키타이스카야뿐이 아니라 이 영사관두 어제와는 다르답니다."

"독일과의 싸움에 졌으니까 말이지."

"불국과의 연락이 끊어진 까닭에 돈두 안 오구 통신두 막히구 해서 영사의 가족들은 요새 와선 생활조차 곤란이라나요. 자동차를 팔았으니 지니구 있는 보석까지를 넘겼으니—신문은 가지가지의 소식을 전해요."

"세상은 변하라구 생긴 모양이야."

불란서 영사관을 몇 집 지내놓고가 또 바로 화란(和蘭) 영사관이다. 규모는 조금 작으나 나뭇가지 사이로 들여다 보이는 조촐한 집이 그 구역에서는 제일 단정한 듯하다. 화단에는 새빨간 샐비어가 한창 찬란하게 피어 있다. 그러나 철문에 자물쇠가 걸려 있음은 웬일인가.

"아주 폐쇄해 버렸단 말인가."

"폐쇄한 셈이죠 관원들은. —뒤꼍 한 간으로 살림을 줄이곤 거의 전체를 어떤 회사에게 빌려주었다니까요."

"영사관이 셋집이 됐다."

닫혀진 철문 속을 한참이나 물끄러미 바라보다가 나는 유우라와 함께 천천히 그 앞을 떠났다.

머릿속이 아찔해지면서 느릅나무의 푸른 잎새가 눈 속에 엉겨붙을 듯이 압박해 온다. 수수께끼나 풀고 있는 듯 오후의 골목은 고요하다. 깨끗하게 정돈된 행길 위에 우리들의 발소리만이 저벅저벅 울린다.

나는 혼란한 머릿속을 수습하느라고 잠시 침묵을 지키는 수밖에는 없었다. 순간의 착각에서 깨어난 듯이 나는 내 육신이 제대로 멀쩡한 것을 새삼스럽게 신기하게 느낀다. 행길도 수풀도 집들도 제대로 늘어서 있다. 있던 모양대로 그대로 있는 것이다.

"유우라두 혹 그런지—난 가끔 가다 현재라는 것에 대해 커다란 놀람과 의혹이 솟군 하는데."

"현재가 왜 이런가 하구 말이죠."

유우라도 내 마음속에 떠오르고 있는 생각의 정체를 옳게 살핀 모양이었다.

"가령—이 행길은 왜 반드시 이렇게 났을까—집들은 왜 하필 이런 모양일까—이 거리는 왜 꼭 지금 같은 규모로 세워졌을까—하는 생각……"

"키타이스카야는 왜 지금같이 변하구 불란서 영사관은 왜 저 모양이 되구 했나 말이죠."

"더 가까이―손가락은 왜 하필 다섯 가락일꼬, 네 가락이면 어떻구 여섯 가락인들 어떻단 말인 구―얼굴에만 두 눈이 박히지 말구 뒤통수에 하나 더 있던들 어떻단 말이구―배꼽이 옆구리에 붙으면 왜 못쓸까. ―내 머리는 왜 검구―유우라의 눈은 왜 푸른지……."

나는 얼마든지 내 의혹의 예를 들 수 있다. 눈에 보이는 것 귀에 들리는 것이 생각하기에 따라서는 내게는 모두 수수께끼인 것이다.

"학자들은 진화의 법칙으로 설명하구 필요의 이치를 따지지만―손가락이 여섯인들 그다지 거추장스럽구 불필요할 것이 무언구. 그따위 옅은 설명보다두 내가 알구 싶은 건 창조의 진의―무슨 까닭으로 하필 현재의 이 우연한 결정이 있게 되었는가―현재가 이미 우연일 때 현재와 다른 우연의 결정을 생각할 수 없을까―내 머리가 노래졌대두 좋은 것이구 이 행길이 남쪽으로 났대두 무방한 것인 걸 다만 우연한 기회로 말미암아 다르게 결정된 까닭에 지금의 이 머리 이 행길로 변한 것이 아닐까―그러기 때문에 지금보다 다른 세상이라는 것을 생각할 수 있는 것이구 생각하지 않고는 견딜 수 없는 것이구……"

"당신은 무서운 회의주의자예요. 그러니까 언제나 그런 우울한 얼굴을 지니구 있죠."

"나는 지금 왜 이곳으로 여행을 왔구, 유우라는 왜 나와 걷구 있구……"

"너무 어려운 것을 생각하면 마음이 안타까울 뿐이죠, 괜히. 사람의 힘에 부치는 것을 생각함은 자연에 대한 반역이 아닐까요. 괴로운 마음은 그 반역에 대한 벌이겠죠."

유우라는 마치 타이르는 듯도 한 부드러운 목소리다.

문득 고개를 드니 먼 맞은편 나무 사이에 교회당의 둥근 지붕이 솟아 보인다. 그 의젓하고 엄숙한 자태는 전지전능자의 위엄을 보이자는 것일까. 지붕 위의 높이 솟은 십자가는 회의주의자인 나를 꾸짖고 있는 것일까.

송화강 가로 나가 긴 둑을 걸어 요트·구락부에 이르러 덱파알러에 앉으니 넓은 강이 바로 눈 아래에 무연하게 열린다.

파알러에는 식사하는 손님들이 거의 꼭 차 있고 홀 안 부대에서는 벌써 오후 여섯 시가 되었는지 뺀드의 음악이 흘러나온다. 나는 그 음악을 하얼빈의 큰 사치의 하나라고 아까와한다. 식사하는 사람들이 그 음악을 대단히 여기는 것 같지도 않고 첫째 그것을 이해하고 즐기는 사람이 몇 사람이나 될까.

차이코프스키의 실내악은 개 발에 편자같이 어리석은 군중의 귀를 무의미하게 스치면서 아깝게도 흐른다. 하얼빈은 이런 사치를 도처에서 물같이 흐르고 있다.

뽀이에게 음식을 분부하고 음악에 귀를 기울이고 있을 때 유우라는 내가 지니고 온 쌍안경으로 강 위와 건너편 태양도의 구석구석을 샅샅이 정탐하고 있다. 이곳저곳에다 정신없이 초점을 맞추면서 연방 미소를 띠인다.

굉장한 것을 발견했다고 히히덕거리며 한 곳을 손가락질하고 쌍안경을 내게 주는 것이나 그의 눈과 내 눈은 시력이 다른 까닭에 나는 내 눈에 맞도록 초점을 다시 조절하지 않으면 안된다. 눈에 대고 함부로 나사를 돌리노라면 두 개의 렌즈 속에 혹은 태양도의 붉은 지붕이 들어오고, 베란다에 나앉은 가족들이 들어오고 물에서 헤엄치는 남녀의 자태도 어리워 온다. 강 위를 닫는 유람선 이층에는 사람들이 빽빽이 붙어 섰고 기슭에 댄 조그만 어선 속에는 평화로운 부부의 자태가 보인다. 남편이 낚시질하는 한 편에서 수영복을 입은 아내는 책을 읽고 있다. 책의 작은 활자가 바로 내 손에 쥐어 있는 듯이도 똑똑히 비춰온다. 아내가 문득 고개를 돌린 것은 남편이 고기를 낚았다고 소리를 친 까닭이다. 뱃전에 흰 고기가 푸득푸득 뛰면 부부는 미소와 흥분으로 고요하던 뱃속에 한동안 생기가 넘친다. 이 단란의 풍경은 아무리 오래 보아도 싫지 않다. 아마도 이날 강에서는 제일 가는 풍경이었으리라.

쌍안경으로 그토록 히히덕거리고 기뻐하던 유우라건만 뽀이가 날라다가 식탁 위에 늘어놓는 음식 그릇을 보고 그다지 반가와하지 않음은 웬일이었을까.

각각 접시에다가 음식을 나눠놓고는 포오크를 드는 대신 여전히 담배를 피운다. 맥주잔을 권해도 간신히 입술에 대는 정도로 들었다가는 놓는다.

"이런 진미가 입에 맞지 않는다니. ―이 집 요리는 하얼빈서두 유명하다는데."

혼자만 식도를 움직이기가 미안해서 이렇게 말하면 유우라는,

"도무지 식욕이 없답니다."

"담배를 너무 피우니까 그렇지."

"담배를 피워서 식욕이 없는 것이 아니라, 식욕이 없으니 담배밖엔 피울 것이 없어요."

캬바레에서도 그는 담배가 과했다. 잠시도 쉬지 않고 무시로 연기를 뿜는 것이다. 손가락 끝이 익은 누에같이 노오랗다.

"어서 그른 소리 안 할 테니―음식을 많이 먹구 몸 좀 주의해요. 그 팔목의 꼴이 무어요. 황새같이 가느니."

"몸이 좋아져선 뭘 하게요."

종이접시에 나눠 담은 음식의 반도 못 치우는 그의 식량이다.

파알러를 나와 문간에서 모자를 찾을 때 나는 늙은 뽀이에게 은전 한 닢을 쥐어주다가 문득 어디선가 본 얼굴 같아서 고개를 갸웃거리면서 뜰로 내려섰다.

'옳지, 스테판. ―어쩌면 저렇게 스테판과 같은 얼굴일까.'

그 늙은 뽀이는―이름이 무엇일까, 흔한 이완이나 안톤일까―모습이 스테판과 흡사한 것이다. 스테판은 판타지아의 변소를 지키는 늙은 뽀이이다. 손님의 손에 물을 부어주고 수건을 빌려주는 뽀이이다.

하얼빈에는 왜 이다지도 도처에 늙은 뽀이가 많으며 그들의 얼굴이 또한 비슷비슷한 것인가. 불그스름한 바탕에 주름이 거미줄같이 잡히고 머리카락이 흰 것이 모두가 스테판 같고 이완 같고 안톤과 흡사하지 않은가―생각하면서 나는 스테판의 얼굴을 떠올려 보았다. 취한 손님이 비틀비틀 변소에서 나와 수도 앞에 서면 스테판은 빙글빙글 웃으며 가까이 와 컵에 준비해 두었던 물을 손에 끼얹어 주고 손에 들었던 수건을 내민다. 손님이 손을 훔치고 날 때면 다시 빙글빙글 웃으며 얼굴을 똑바로 본다. 그 웃음에는 뜻이 있다. 돈푼을 던져 달라는 것이다. 그렇게 알고 보면 그 웃음을 띠인 얼굴이 원숭이같이 교활하고 불쾌하게 여겨지는 것이나 그러나 그렇게 해서 모은 돈이 하룻밤의 그의 필요한 수입이 됨을 생각할 때 미워할 수만도 없는 것이다. 하얼빈의 수많은 뽀이들 중에서도 스테판같이 천하고 가엾은 사람은 없을 법하다. 내게 그토록 강렬한 인상을 주게 된 것도 그 까닭일지 모른다.

뜰에는 초록이 신선하고 화단이 깨끗해서 제물로 휴게소를 이루었다. 흰 벤치가 놓여 있는 나무 그늘로 가서 유우라와 함께 걸어앉으면서도 나는 스테판의 인상을 떨어버릴 수가 없다. 스테판을 생각하면 한 가지 미안한 일이 있었던 까닭도 있다.

"난 스테판에게 조그만 죄를 진 게두 같구려."

내 말에 유우라는 내 얼굴을 듬직이 바라보면서,

"그날 밤에 팁을 좀 더 못 주었던 것 말이죠. 그 말씀을 벌써 몇 번 되풀이하시는 셈이요. 하룻밤에 한 번 두 번 그만이지 어떻게 번번이야 주겠어요."

"그래두 스테판은 그것을 바라는 표정이던데."

몇 번째 출입이었던지 나는 잔돈이 없었던 까닭

에 그의 미소에 대답할 수 없었던 것이다. 지전 한 장을 덥석 주지 못했던 것은 확실히 나의 인색한 탓이라고 해도 할 수 없는 것이 지전 한 장쯤이 그의 그 은근한 태도에 대해서는 그다지 과하고 불필요한 보수는 아니었을 것이니 말이다. 나는 확실히 지전을 아꼈던 것이다. 없는 잔돈을 찾다가 그만 부끄럽게도 그의 앞을 비슬비슬 물러서는 수밖에는 없었다. 생각할수록 미안한 일이었다.

"얼마를 줘두 좋기는 하겠지만 어디 세상에 그렇게 관대한 손님이 있어요."

유우라는 나를 위로하려고 애쓰는 눈치인 듯도 하다. 그러나 그가 전하는 스테판의 신세 이야기는 도리어 더한층 내 마음을 울리게 되었다.

"하긴 스테판은 그렇게 푼푼이 모아서 본국으로 갈 노자를 맨들구 있답니다. 한 푼이래두 더 긴하긴 하죠."

"본국으로?"

"그는 소비에트로 가야 하구 가기를 원하고 있어요."

"흐음. 그럼 변소에서 버는 한 푼 한 푼이 십만 리 먼 길을 주름잡는 한 킬로 한 킬로의 찻삯이 된단 말이지."

"그렇게 그는 평생의 꼭 한 가지 그 원을 위해서는 어떤 비굴한 웃음이든지 띠이지 않을 수 없어요."

"그럼 난 더 미안한 셈이 되게?"

"스테판의 꿈은 먼 곳에 있답니다. 눈앞에는 아무것두 없어요."

'유우라의 꿈은?'

나는 뒤미처 물으려다가 그만 입을 다물고 강을 내다보았다. 누런 탁류가 아득하게 넓고 무수한 배가 혹은 움직이고 혹은 서 있다.

나는 문득—밑도 끝도 없이 문득,

'스테판은 혹시나 유우라의 아버지나 아닐까.' 하고 느끼자 공연히 내 스스로 그 당돌한 생각에 놀라면서 고개를 돌려 유우라를 보았다.

역시 강을 바라보고 있던 유우라는 내 거동을 눈치챔인지 얼굴을 돌려 함께 나를 본다. 나는 그의 복잡한 마음속을 그 시선만으로는 읽을 길이 없다. 그는 그 수심스런 눈을 보낼 곳이 없는 듯 다시 강으로 던지면서,

"강을 바라보면 저는요—."

들릴락 말락 목소리가 가늘다.

"—언제나 죽구 싶은 생각뿐예요."

"주 죽다니?"

나는 모르는 결에 목소리를 높이면서 황새같이 가는 그의 팔목을 새삼스럽게 바라본다.

"아예 그런 위험한 생각은—"

하면서 생각하니 유우라야말로 나보다도 몇 곱절 웃길 가는 회의주의자였던 것이다. 무시로 담배만을 먹고 식욕이 없고 황새같이 여원 그는 속으로 죽음을 생각하고 있던 것이 아닌가.

"죽다니 아예 그런."

거듭 외이는 내 말투는 죽음을 생각함은 되려 사치한 생각이라는 것, 사람은 아무리 발버둥쳐도 사는 수밖에는 도리가 없다는 뜻을 표시하자는 것이었으나 유우라가 받은 뜻은 무엇인지를 알 길이 없다. 그렇다고 다시 죽음을 장황하게 설명함은 내 맡은 일도 아닐 법하다.

"마지막 판에는 언제나 그걸 생각하군 해요. 그것만이 즐거운 일이예요."

내가 내 딴의 생각에 잠겨 있듯 유우라도 역시 그 자신의 생각의 껍질 속에 잠겨 있는 것이다. 그 껍질 속으로는 국외의 다른 사람은 비집고 들 길이 없다. 죽음 이외의 무슨 말로 대체 나는 그를 위로할 수 있는 것일까.

파알러에서는 여전히 답답한 음악이 들려오고 강은 저녁 빛 속에 점점 흐려간다. 사람을 싣고 섬으로 건너가는 이층의 유람선이 저무는 속에서는 먼 세상의 것같이 아득하게 보인다.

[1940]

경영

김남천 (1911 ~ ?)

평북 성천 출생. 동경 법정대학 재학 중 카프에 참여. 1931년 「공장신문」을 발표하면서 등단. 「소년행」 「경영」 등의 작품과 장편소설 『대하』가 있다. 1953년 숙청되었다.

시형이를 위하여 얻었던 방이었다. 시형이를 맞기 위해서 저금통장을 빈털이를 만들면서 장식해 보았던 방이었다. 그는 인제 가버리고 여기엔 없다.

시형이를 위하여 나섰던 직업전선이었다. 시형이의 차입을 대기 위해서 선택하였던 직업이었다. 시형이도 나오고 인제 직업도 목적을 잃어버렸다.

무경이는 가만히 앉아서 빗발이 유리창 위에 미끄러지는 것을 물끄러미 바라보고 있다. 회색빛의 멍−한 하늘이 얼룩하게 얼룩이 져서 보인다.

1

아홉 시에서 아홉 시 반까지, 현저동 사식 차입집 앞까지, 차 한 대만 꼭 보내게 해달라고, 며칠 전부터 신신부탁이지만, 바쁜 틈에 혹시 잊어버리지나 않을까 근심되어서, 최무경(崔武卿)이는 사무실을 나오려고 할 때에 다시 한 번 자동차 영업소로 전화를 걸었다. 그러나 마침 말하는 중이었다. 다른 또 하나의 전화번호를 불러도 통화중이었다. 수화기를 걸고 의자를 탄 채 바람벽에 걸린 시계를 쳐다보고, 캘린더를 무심히 스쳐보고, 그리고는 다시 수화기를 쥐었으나, 그때에 전화는 밖으로부터 걸려와서, 책상 밑에 달린 종이 요란스럽게 울었다.

"야마도 아파트 사무실이올시다."

하고 언제나 하는 버릇대로 먼저 지껄여 보았으나 이내,

"네, 저올시다. 제가 최무경이에요. 안녕하신가요? 네, 지금 막 나가려던 참이었어요. 네? 내일루요."

그리고는 다시 대답을 이어 나아가지 못하고, 그저 들려 오는 목소리에만 귀를 기울이고 있었다. 한참 만에야 그는 탁상 전화를 틀어 쥐듯이 하고 입을 바싹 들여댄 뒤,

"내일루 연기라지만, 그러다가 아주 틀어지는 거나 아닌가요?"

하고 따지듯이 물어본다. 그러나 한참 만에,

"글쎄요, 그렇다면 몰라두요. 무슨 본인의 잘못 같은 걸루 일이 시끄럽게 되는 건 아니겠지요? 네, 그럼 안심하겠습니다. 내일은 틀림없겠죠? 그럼 그렇게 알구 있겠습니다. 안녕히 계세요."

맥없이 전화를 끊고 멍청하니 의자에 기대어 본다.

클라이맥스를 향해서 한 장면 한 장면 접쳐 올라가던 판에 필름이 뚝 끊어진 때처럼 허파의 공기가 쑥 빠져버리는 것 같다.

내일 이맘때까지 스물네 시간, 눈이 뒤집힐 듯이 바쁘던 며칠이 있은 끝에, 갑자기 찾아온 텅 빈 공간 같은, 예측하지 않았던 시간이다.

회전의자여서 분김에 발부리로 책상 다리를 차면, 몸은 핑그르르 돌아가 저절로 강영감을 보게 된다.

강영감은 꾸부리고 앉아서 손주딸이 날라온 벤또에 차를 부어서, 홀홀 소리가 나게 젓가락질을 하고 있었으나, 전화 받는 품으로 대강한 사연을 짐작은 하였다는 듯이, 힐끗 젊은 여사무원의 얼굴을 쳐다보곤,

"그저 재판소 일이란 게 그렇다니께. 제에길."

그러더니 먹은 그릇을 덜그럭거리며 치우고 나선,

"그래, 또 무슨 까닭인구?"

하고 뻐끔히 주름살이 구긴 얼굴로 무경이를 바라본다.

"전들 무슨 심판인지 알 수 있에요. 변호사의 말은 예심판사가 아직 검사의 승낙을 못 받았단답니다. 언제는 검사의 승낙을 얻기에 힘이 들구 애가 씌었다더니. 나와야 나오는 게지, 변호사의 말이라구, 제멋대로 주어섬기는 걸 믿을 수가 있어야죠. 그렇다구 하나하나 따져볼 수도 없는 일이구……."

"아무렴, 그런 일이란 건 으레 그런 법인걸. 이편은 바쁘지만 저희들야 무어 바쁠 것 있어 제 볼일 다 보구 생각나믄 뒤적거려 보는걸. 그러나 머, 낙심허실 것 없이, 여태 기대렸으니께 그깟 것 하루쯤야, 또 그래야 만나 뵈시는 데 재미두 더허구, 흐흐흐……."

이가 군데군데 빠져서 입김이 샌다. 선량한 늙은이의 얼굴을 보고 있으면 쓸쓸하고도 정다운 생각이 들어서, 무경이는 빙그레 웃음을 입술 위에 가지게 되는 것이다. 그러나 그런 웃음은 강영감과의 오랜 생활에서 거의 습관처럼 되어진 것이기 때문에, 속으론 딴것을 희미하게 생각하고 있었다.

어떻게 할까? 집으로 가서 어젯밤의 되풀이를

또 한 번 치를 것인가. 저녁은 외식을 하고, 나오는 분을 맞아다가 아파트에 안내한 뒤, 일러도 열한 시나 자정이 되어야 집으로 돌아오게 될 것이라고, 아침에 나올 때에 일러두었는데…… 역시 간단히 무어든 간 사먹고 가리라 생각하는 것이다.

무경이는 택시 영업소로 전화를 걸고 사무실을 나와서 구내 식당으로 들어갔다. 사무실에 강영감이 있듯이 식당에는 산쨩이라는 어린 소년이 있어서, 그는 이 안에 들어설 때마다 반가운 표정을 짓게 된다. 새로 빨아서 깨끗이 다린 흰 옷을 입은 어린 소년은,

"어유, 최선생님이 어쩐 일이유. 저녁 진지를 식당에서 다 잡수시구."

그의 뒤를 달랑달랑 쫓아오면서 생글거리기 시작한다.

무경이는 구석진 테이블에 앉아서, 눈이 마주친 손님들께 가벼운 인사를 나누는데, 상 머리에 서서 나막신 끝으로 시멘트 바닥을 울리면서 말끄러미 무경이의 눈동자를 지키고 섰던 산쨩은,

"사진 구경 가실려구. 어딘지 맞히리까?"

하고 똥그란 눈을 삼빡거린다.

"사진 구경은 누가 산쨩인 줄 아는 게군."

유쾌로운 얼굴로 백을 식탁에다 놓고 웃어 보이니까,

"오오라, 참, 부민관, 내 참 음악휜 걸 까빡 잊었네."

쉴새없이 핑글핑글 돌아가는 전기 시계를 펀뜻 쳐다보더니,

"늦었수. 어서 가세야지. 무어 잡수실려? 라이스모논 카레하구 하야시만 남았는데. 빨리 될 걸룬 가케우동."

무경이는 소년의 지껄이는 것이 재미나서,

"그럼 가케우동 하지."

마치 음악회나 가려는 것처럼 대답해 보내는 것이다.

음악회―참말 음악회의 표를 미리 사서 간직해 두었던 것을 지금서야 생각한다. 까빡 잊었다. 첫날 치였으니까, 벌써 시효도 넘었다.

백에서 속갈피를 뒤적이니까 한편 구석에서 티켓이 나왔다. 일 년에 잘 해야 한 차례씩이나 얻어들을 수 있는 교향악단의 밤이었다. 지금쯤은 차이코프스키의 파테티크가 연주되기 시작하였을 것을. 그는 요즘 며칠 동안 제정신이 어디로 팔려버렸던 것을 새삼스럽게 생각해 본다. 그러나 기뻤다. 어떤 숭고한 일에 정성을 썼다는 만족이 그의 마음을 느긋하게 어루만져 준다. 음악회 티켓 같은 것, 열 장 스무 장이 무효로 되어버려도 그는 도무지 아깝지 않다고 생각해 보는 것이다. 음악회라면 하찮은 학생들의 연주회에도 빠지지 않고 쫓아다니던 것을……

우동이 왔다. 두어 젓가락으로 빨간 국물만 남는 깜찍한 우동 그릇이 오늘처럼 그의 마음에 합당한 때는 없었다. 그는 따끈한 국물을 마시고 식당을 나왔다. 그 길로 삼층을 향하여 올라가는 것이다. 복도를 돌아서 그는 하나의 도어 앞에서 발을 멈춘다.

방 앞에 서면 언제나 감격이 새로워서 가슴이 울렁거린다.

이 년이 되어 온다. 그런데 아직 예심 종결도 나지 않았다. 예심이 종결되기 전에 보석운동을 하기란 여간 힘든 게 아니었다. 처음은 면회도 할 줄 몰랐다. 변호사를 대고 차츰 이력이 나서, 졸라보고, 떼를 쓰고, 계교도 꾸며보고, 갖은 애를 써서 면회도 비교적 잦아졌고, 그러고 두 달 전부터는 보석운동에 손을 댈 욕심까지 가져본 것이다. 그러한 정성이 지금 여기에까지 이른 것이다.

핸드백에서 열쇠를 꺼내 잠갔던 문을 여니까, 쌍긋한 꽃의 향기가 몸에 안기는 것 같아서, 그는 그것을 함뿍이 들이마시면서 눈을 감고 한참 동안 문지방에 선 채 움직이지 못했다. 서편 창으로부터 맞은 언덕을 넘어가는 낙조가 푸른 문장에 비쳐서 은은한 광선이 꽃병이 놓인 나지막한 서가를

비스듬히 비치고 있다. 서가의 두 칸대는 텅 비었으나, 가운데 칸대에는 신간과 새 달의 종합 잡지들이 가지런히 꽂혀 있다. 그 가운데 경제 연보가 두 책. 하얀 바람벽에는 흰 테두리 속에 든 수채화가 한 폭. 흰 요를 깔아놓은 침대는 북쪽 바람벽에 붙어서 누워 있고, 침대 머리맡에 전기 스탠드, 그 밑에 철필과 잉크를 놓은 작은 탁자. 양복장과 취사장이 지금 무경이가 서 있는 옆으로 나란히 설비되어 있으나, 물론 그 안에는 아무것도 들어 있지 않았다. 훤하게 유리알이 발린 남쪽 창문을 옆으로 하고 간단한 응접 세트와 사무 탁자. 응접 테이블 위에는 화분이 하나.

무경이는 구두를 벗고 신장을 열어서, 거기에 들어가 있는 새 슬리퍼를 꺼내어 신고 방 안으로 들어선다. 이 커다란 건물 안에서 그중 좋은 방이거나, 제일 큰 방은 아니지만, 조촐하게 독신자가 들 수 있을 남향으로 된 아파트의 한 칸이다. 침대 위에 놓인 옷 보퉁이를 한옆으로 밀어놓고 그 옆에 털썩 걸쳐 앉아서, 그는 벌써 한 주일째나 하루 두세 번씩은 해 보곤 하는 마음과 눈의 작은 절차를 오늘도 세 번째나 되풀이해 본다.

무어 부족한 거나 없는가?― 방 안을 쭉 돌려 살피는 것이다. 옷 보퉁이에는 새 잠옷이 있고, 침대는 이만했으면 쇠약한 몸을 편하게 가로눕힐 만큼은 편안하고, 방 안의 장치도 설비도 만족할 정도는 아니지만 간소한 대로 정성을 다한 것, 오랫동안 새로운 지식에 굶주렸으니 그동안의 사회 정세의 변동이나 추세나 짐작할 정도의 신간, 경제를 전문하던 터이니 경제 연보의 새것을 두 권, 그리고 복잡한 세계의 분위기나 두루 살피라고 종합 잡지를 사다 꽂았다. 꽃을 한 묶음 화병에 꽂고, 집에서 정성들여 기르던 꽃화분을 하나 탁자에 준비하고…… 이만했으면 우선 그를 맞아들이기에 시급한 준비는 된 것이라고 그는 거듭 생각하는 것이다. 그는 한참 동안 입술 가에 만족한 웃음을 그리면서 앉아 있다가, 갑자기 생각난 듯이

핸드백을 들고 그 안에서 사나이의 회중시계를 하나 꺼내었다. 커다란 크롬 껍질의 월쌈이 제깍 소리를 울리며 기다란 쇠줄을 끌면서 나타났다. 손에 쥐어보면 묵직한 것이 믿음성이 있다.

오시형(吳時亨)이가 학생시대부터 차고 다니던 것이다. 사건의 취조가 끝나고 검사국으로 송치가 된 뒤, 검사 구류기간 열흘이 지나서 드디어 예심으로 회부가 되어 시형이가 영영 영어의 몸이 되어버렸을 때, 입고 들어갔던 옷가지와 함께 취하(取下)해 가져온 물건 중의 하나였다. 그때로부터 이 년 가까이, 이 묵직한 회중시계는 주인의 품을 떠나서, 언제나 무경이의 핸드백 속에서 시간의 흐름을 가리키고 있었다. 이 장침과 단침은 대체 몇천 번이나 빤뜩빤뜩한 흰 판을 달리고 돌았는가? 초침이 한 초 한 초씩 시간을 먹어 들어가는 소리를 물끄러미 듣고 앉았다가 그는 시계를 가만히 제 얼굴에다 부비어 보았다. 차갑다. 그러나 가슴속에선 누르고 참았던 감정이 포근히 끓어 올라서, 이내 그의 볼 편의 체온은 크롬 껍질을 따끈하게 데우고야 만다. 가슴을 복받치는 울렁거리는 혈조를 가라앉히기 위해서 그는 한참이나 낯을 침대에 묻고 가만히 엎디어보았다.

어머니에게 저희의 관계를 승인시키기에 얼마나 애가 쓰였는가. 집과 인연을 끊듯이 한 시형이의 차입을 대고, 보석운동을 하느라고 얼마나 발이 닳도록 뛰어다니고, 뼈가 시그러지도록 일을 하였는가. 그 때문에 직업에도 나서 보았다. 재판소, 변호사, 형무소를 통하는 길을 미친년처럼 쫓아도 다녔다.

그는 가슴속으로 맑고도 숭고한 쾌감을 포근히 느껴보면서 침대에서 낯을 들고 시계를 백에 챙겨 넣은 뒤 방을 나왔다. 내일, 내일 저녁이면, 그러한 정성이 하나의 보답을 받는다…….

밖은 벌써 땅거미가 꺼멓게 기어들고 있었다. 아직도 채 식지 않은 공기가 바람에 불리어서 훈훈하게 움직인다. 그러나 땀발이 잡히려던 피부엔

넓은 언덕에서 흔들리는 저녁 바람은 선뜩하였다. 북아현정 쪽의 푸른 주택지를 잠시 바라보고 섰었으나, 오랫동안의 습관으로 거리 위에 나서면 그는 늘 바쁜 사람처럼 종종걸음으로 서두른다. 감영 앞, 종로, 안국동 이렇게 세 군데서나 차를 바꾸어 타는 것도, 어쩐지 분주한 듯이 서둘러 대고 싶은 마음에 합당한 것 같아서, 오늘 저녁의 그에게는 다시 없는 가벼운 흥분으로 즐겁게 느껴지는 것이다. 화동 골목까지 치마폭에서 휘파람 소리가 날 지경으로 활개를 치며 걸어올라간다.

어머니보고도 같이 가시자고 말해 보리라. 처음엔 믿음직 못하다고 한사코 나무랐으나, 그런 것 때문에 이 년 만에 돌아오는 그를 대견하게 맞아 주지 못할 것이 무엇인가. 인제 누가 뭐래도 장래의 사위가 아닌가. 예식만 갖추면 아들 맞잡이, 단 하나의 어머니의 사위가 아닌가. 어머니도 요즘엔 은근히 기다리고 계셨다. 같이 가시자면 기뻐하실 것이다. 나오는 당자의 기쁨은 말할 것도 없을 게구…….

저의 집 대문을 들어설 땐 콧노래까지 흥얼거리고 있었다.

"엄마 있수?"

하고 응석을 담아서 불러본다. 꽃화분이 쭈루니 얹히어진 높직이 층계가 진 선반 옆에 선 채 무경이는 어머니 방을 향하여 불러보는 것이다. 그러나 대답이 없다. 식모 방에서, 이 집에 들어온 지 겨우 한 달밖에 안 되는 식모가 툇마루로 뛰쳐나오며,

"아이구, 아가씨가 오셨네."

하고 얼굴에 크림이라도 바르고 있었는지, 당황히 옷고춤을 매만지고 섰다.

"마님은 손님이 오셔서 같이 나가셨는데, 인제 늦지 않게 곧 다녀오신다구서…… 그런데 아가씬 웬일이세요?"

"내일 저녁으로 연기야."

하고 대답해 주곤 무경이는 곧바로 제 방문을 열었다.

"대야에 물 좀 떠나! 그러구 밥 있어?"

식모는 댓돌에서 해진 고무신을 발부리에 꿰면서 뜰로 내려선다.

"네. 그래두 찬이 시언찮으신데…… 아가씬 왜, 저녁, 밖에서 잡수신다구 하시군……."

수도에서 물을 받아서 놋대야를 대청으로 나르고 비눗곽과 수건을 갖다 놓고는 부엌으로 들어간다.

무경이는 낯을 씻었다. 다시 제 방으로 들어가서 볼 편에 크림을 바르고 있는데,

"진지상 이리루 드릴까요?"

하고 식모가 문지방 밖에서 엿보듯 한다. 안방 어머니 방에서 함께 모여서 먹는 것을 알고 있는 식모는, 밥은 역시 그곳에서 먹는 것을 정칙으로 생각하고라도 있는 것 같다.

"그래. 내 인제 건너갈게. 어머니 방으루 들여다 놔."

"찬은 머, 굴비허구 장아찌밖엔 없는데 어떡허실까……."

하고 걱정하는 것을,

"그게면 되지, 찬물에 풀어서 한술 들면 될걸 뭐."

분첩으로 볼 편을 두어 번 뚜들기고 무경이는 어머니 방으로 건너가서 상 앞에 주저앉았다. 밥술을 막 들려고 하는데, 길마리 머릿장 밑에 보지 않던 부채가 한 자루 있었다. 무경이는 그것을 잠시 물끄러미 바라다보았다.

"아이, 손님이 부채를 노시구 가셨네."

무경이의 눈길을 따라가 본 식모는, 대청 마루에 엎드리듯이 턱을 받치고 주인 아가씨의 진지 드는 모양을 바라보려다가, 눈에 띈 부채에 대해서 그러한 설명을 들려주었다. 그러나 벌떡 상반신을 일으키더니 부채를 들어서 책상 위에 올려놓고 다시 뜰로 나가버렸다.

무경이는 술을 든 채 밥그릇으로 손을 옮기진

못하였다. 그는 술을 놓고 일어서서, 지금 식모가 챙겨놓고 나간 부채를 가져다 펼쳐보았다. 틀림없는 사나이의 소유물이었다. 곱게 색채를 써서 그린 산수화가 있고, 위 하곡대인청상(爲河谷大仁淸賞)이라고 쓴 밑에 청산(靑山)이란 화가의 낙관이 찍혀 있다. 이것으로 보아, 청산이란 화가가 그림을 그려서 하곡이란 분에게 선물로 보낸 부채라는 것을 알 수 있었다. 이 부채의 임자는 하곡이란 아호를 가진 분이다. 그리고 어머니는 이 하곡이란 분과 함께 외출하신 것이다―그런 것을 알 수 있었으나, 무경이는 첫째 하곡이란 분을 알지 못하였다.

'하곡? 하곡.'

하고 입안으로 두어 번 뇌어보았으나 그러한 아호와 함께 나타나는 환상은 아무것도 없었다.

'낯도 잘 알고, 이름도 잘 아는 분이면서도, 내가 그이의 호를 모르고 있는지도 모르지.'

그렇게 생각하면서 부채를 다시 책상 위에 놓은 뒤에 밥상 앞으로 돌아왔고,

"많지두 않은 찬에 어란을 잊었었네."

하고 변명하듯 하면서 가지고 들어온 식모의 손에서 접시도 그대로 묵묵히 받아놓았으나, 어쩐지 마음은 말끔히 가시지 않았다.

어머니와 같이 나간 손님이 어떻게 생긴 분인가를 식모에게 물어보려다가 그것도 그만두었다. 그는 잠시 더 멍청하니 상 앞에 앉아 있었으나, 식모에게 눈치채일까 저어하며, 이내 밥통을 열고 물대접에 밥을 말았다. 그리고는,

"나 혼자 먹을게 나가 있어."

하고 식모도 밖으로 쫓아버렸다.

마른 반찬에 얼려서 두어 술 떠놓고 그는 다시 방 안을 살펴보지 않을 순 없었다. 장롱과 의걸이, 문갑, 책상, 책상 위의 성경책 들, 모두 다 놓았던 자리에 놓여 있다. 그러나 책상 밑을 들여다보았을 때 무경이는 다소 마음이 뜨끔했다. 치렛거리로 놓아두던 놋재떨이에 피우다 버린 담배꽁초가

하나 부비어 꽂혀 있기 때문이다. 손님은 담배를 피우는 분이었다는 것을 그것으로 알 수 있었다. 그리고 그것은 결코 대수롭지 않은 발견은 아니었던 것이다. 어머니의 아는 분으로서 담배를 피우는 이는 무경이의 기억 속에는 들어가 앉아 있지 않았다. 이십여 년 동안 예수교 풍속에 젖어온 분이고, 그 속에서 청상과부를 지켜온 어머니로서 끽연의 습관을 가진 사내 손님을 가지고 있었을 리 만무하다.

"다 먹었으니까 상 치어."

하고 외치듯 하고는 무경은 제 방으로 돌아와 버렸다.

부채, 하곡, 담배― 이런 것이 함께 엉켜 돌면서 종시 그의 머리를 놓아주지 않는다. 그리고 이러한 그의 의심은 다시금 얼마 전에 경험한 한 가지 사건을 그의 머릿속에 불러내는 것이었다.

달포 전의 일이었다. 화창한 초여름의 공일날, 벌써 몇 해째의 습관에 따라 무경이는 오랜만에 만나는 휴일을 집에서 책을 읽었고, 어머니만 예배당에 가신다고 집을 나갔었다. 오정이 좀 넘으면 으레 예배당에서 돌아오셨으므로, 그는 돌아오시는 어머니와 함께 점심을 먹고, 잠시 본정이라도 다녀오려고 그 시간이 되기를 기다리고 있었다. 그러나 어머니는 어쩐 셈이신지 한 시가 되어도 돌아오지 않았다. 강설이 길어져서 예배시간이 오래 되는 것이라고 얼마를 더 기다렸으나 두 시가 되어도 종내 돌아오지 않았다. 그래서 무경이는 혼자서 점심을 먹고 집을 나왔다. 안국동 네거리를 거진 나왔는데, 예배당 전도 부인을 길에서 만났다.

"오래간만이올시다."

하고 이 근년에 신통치 않아진 '타락된 교인'은, 목사나 전도 부인을 만나면 다소 면구스러워져서 그다지 기다란 인사를 늘어놓지 않는 습관이 있었다. 그러면 도회인답게 경우가 빠른 목사나 전도 부인도 이내 무경이의 태도를 눈치채고, 그 이상

의 긴 수작을 늘어놓으려고 하지 않았었으나, 오늘만큼은 간단히 인사를 마치고 돌아서는데,

"어머님이 예배당엘 안 오셨게 무슨, 몸이래두 편치 않으신가 해서, 난 있다 저녁녘에 잠시 들러보려던 참인데…….."

하고 무경이를 붙들어 세우려 들었다.

"아뇨, 별일 없으신데, 그리구 어머닌 예배당에 가신다구 오전에 나가셔서 여태 안 들어오셨는데요."

그러나 그 이상 이야기를 연장시키고 싶지 않아서,

"아마 도중에서 누굴 만나셔서 예배당에두 못 들르시구 어디 급한 일이 있어 그리루 가신 게구먼요."

하고 간단히 처치해 버렸다. 그러니까 전도 부인도,

"글쎄 그러신 게구먼."

하고 가버렸다.

초여름의 태양이 쨍쨍하고 유쾌해서 전차도 안 타고 본정까지 걸어가면서도 무경이는 그것에 관해서 별로 깊은 생각은 품어보려 하지 않았다. 그래서 볼일을 보고 그는 두어 시간 만에 다시 집으로 돌아왔다. 어머니는 그때에도 돌아와 있지 않았다. 참말 무슨 일이라도 생겼는가 해서 궁금했으나, 어머니는 해가 질 녘에야 낯이 좀 발그레하니 끄슨 것처럼 되어서 총총한 발걸음으로 돌아왔다.

"가정 심방에 같이 따라나섰다가 진력이 났다."

하고 묻기도 전에 어머니는 변명한다. 무경이는 깜짝 놀라 어머니의 낯을 건너다보지 않을 순 없었다. 가정 심방? 예배당에도 안 가셨던 분이 전도 부인과 목사와 함께 가정 심방이라니 어떻게 하시는 말씀일까? 어머니는 그때 옷을 벗어서 옷장 안에 들여 걸고 있었으므로 다행히 딸의 변해진 눈초리와 놀란 표정을 눈치채진 못하였으나, 무경이는 한참 동안 마루 위에서 움직이지 못하고 굳어진 조각처럼 서 있었다. 다시 어머니가 마루로 나오면서,

"난 김장로 댁에서 저녁을 먹었는데 너희들이나 어서 먹어라. 그리구 애, 나 물 좀 다우."

하고 서둘러 댈 때엔 무경이는 낯을 돌리고 딴 쪽을 향하여 일부러 어머니의 얼굴을 피하였다. 어머니의 하는 말이 지어낸 공연한 거짓인 걸 아는 바엔, 당황하고 부끄러운 마음을 감추려고 벙뗑하니 서둘러 대는 어머니의 표정을 정면으로 추궁하기가 겸연쩍은 것이다.

어머니는 어디를 갔었기에 이렇게 나를 속이는 것일까—따져보면 아무렇지도 않은 일일 것 같으면서도, 홀어머니의 자식으로서 믿고, 의지하고, 응석을 부려오던 어머니인 만큼, 자기를 속였다는 그것 한 가지 사실만으로 그는 한없이 쓸쓸하고 슬퍼지는 것을 느끼게 되는 것이었다. 물론 그 뒤엔 그것을 깊이 기억하고 있지도 않았었지만, 그때로부터 달포나 지내었을까 한 지금, 추측할 수 없는 사내 손님이 어머니와 같이 외출을 하였다는 사실에 부딪치면, 민첩한 처녀의 예감은 벌써 어떤 길하지 못한 사태에 대하여 생각의 촉수를 뻗어보게 되는 것이다.

무경이는 제 방에 와서도 일손이 잡히질 않아서 멍청하니 책상 머리에 쭈그리고 앉아 있었다. 어젯밤처럼, 세상에 나올 오시형이를 생각하면서 즐거운 환상을 향락하고 있을 마음의 여유도 생겨나지 않는다. 상상력이 뻗을 수 있는 턱까지 공상을 거듭하면서 사정의 이면으로 파고들려 애써보나, 엉크러진 생각이 붙드는 결론은 언제나 그의 마음을 쓸쓸한 구렁텅이로 떨어뜨리고 만다. 그럴 때마다 그는 다투기나 하듯이 머리를 흔들었다. 설마 어머니가…… 그럴 리는 없다. 나 하나를 믿고 청춘을 짓밟아버린 어머니가 아닌가. 모든 잡념을 떨어버리고 유혹의 손을 물리쳐 버리기 위해서, 젊은 감정과 정서를 송두리째 뜯어서 파묻어버리기 위해서 살림에 군색하지는 않은 처지면서 스스

로 원하여 병자를 다루는 직업 가운데 자기의 위치를 선택하였던 어머니가 아니었던가. 스물다섯의, 서른의, 서른다섯의, 어려운 고비를 성스럽게 넘기고 사십의 고개를 이미 넘어버린 어머니가 설마 그럴 리야 있는가.

제 생각을 채찍질하고 제 마음에 모욕을 주면서 어머니가 돌아오는 것을 기다렸으나, 열한 시가 가까워서 어머니의 발자국 소리가 대문 밖에 들릴 때엔, 그는 기계적으로 전기 스탠드의 줄을 낚아서 불을 끄고 캄캄한 방 속에 숨어서 어머니의 얼굴과 마주 대하기를 스스로 피하여 버렸다. 식모가 어머니에게, 그가 일찍이 돌아오게 된 사연을 아뢰는 것을 귓결에 들으면서도, 그는 귀를 틀어막듯이 하고 방바닥에 엎드려서 숨을 죽이고 어깻죽지를 가느다랗게 떨고 있었다.

2

어디까지나 어디까지나 끝이 없이 뻗어 나간 것 같은 붉은 벽돌의 높직한 담장에 위압을 느끼듯 하면서, 불광이 흐릿한 굳이 닫힌 출입구 앞에서, 최무경이는 벌써 한 시간 동안이나 왔다갔다하고 있었다. 너무 일찍이 찾아왔다. 그러나 다른 데서, 언제라고 꼭 작정이 없는 시간이 오기를 멍청하니 보내고 있을 수는 없어서, 그는 해가 그믐그믐할 때 아파트의 구내 식당에서 간단한 저녁을 먹고는 곧 영천행의 전차를 잡아타고 예까지 쫓아와서, 이렇게 혼자서 문이 열리기를 기다리고 있는 것이다. 사람의 내왕도 드문 언덕이었으나, 그가 와서 기다리고 있는 한 시간 남짓한 동안엔, 오늘 검사국에서 간단한 취조를 마치고 새로이 이곳에 입소하는 피의자의 패거리와, 공판정이나 예심정에 취조를 받으러 나갔던 피고들을 태운 자동차가, 두세 차례나 이 커다란 문을 드나들었고, 낮일을 여태까지 보고 늦게야 집으로 돌아가는 간수들도 작은 문을 열고는 안으로부터 꾸부정하니 허리를 꾸부리고 불쑥 양복 입은 몸뚱어리를 나타내

곤 하였다. 이럴 때마다 문 열고 닫는 소리는 깜짝깜짝 무경의 신경을 때리고 가슴을 울렁거리게 하는 것이었다. 이 년 가까이 차입을 하느라고 드나든 관계로 그중에는 안면이나 어렴풋이 있는 간수도 있었으나, 문밖에서 만나면 그들은 언제나 처음 보는 사람들처럼 무표정한 얼굴로 그를 지나치곤 하였다.

밖으로부터 들어갈 사람이 다 끝났으니까, 인제 안으로부터 석방되는 사람이 나올 시간도 되었을 게다, 혹시 오시형이를 석방하라는 검사와 예심판사의 영장을 아까 재판소에서 돌아오던 간수 부장의 커다란 가방이 가지고 들어간 것이나 아닌가, 지금쯤은 오랫동안 친숙해진 미결감의 한 방에서 영장을 받아 들고 밖으로 나올 준비에 바쁘고 있는 것이나 아닌가—이런 공상에 취하였다가, 덜카당 하고 문에서 쇠 여는 소리가 나면 그는 깜짝 놀라서 그편으로 쫓아가보곤 하였으나 그때마다 문으로 나타나는 것은, 간수거나 사식집 사환아이거나, 그런 사람들이어서 그는 번번이 속아 떨어지지 않으면 안 되는 것이었다.

아홉 시가 넘어서 한참이 되니까 부탁하였던 자동차도 왔다. 자동차가 세가 나는 요즘 같은 때에 오랜 시간을 기다리게 하는 것이 미안해서 그는 자동차에서 내려서,

"아직 시간이 멀었습니까?"
하는 운전사에게로 가까이 가며,

"인제 얼추 시간이 되었을 거야요. 미터를 돌려서 시간을 계산해 주세요. 바쁘신데 자꾸 무리를 여쭈어서 죄송합니다. 그러나 머 딱히 정한 시간이 아니니까 따로 도리가 있어야죠. 대개 아홉 시가량이면 나올 수 있다니까 인제 얼마 기다리지 않을 거예요."

자꾸만 시계를 불에다 비추어 보면서 운전사에게 미안의 변명을 늘어놓아 보는 것이었다. 아파트에서 특약하고 쓰는 곳이어서 안면이 있는 운전사는 아무 대꾸도 하지 않고 다시 운전대에 올라

가선 카드를 들고 연필로 무엇을 끄적거려 보고 앉았다. 미터의 시계가 짤각거리다가 딸깍 하고 십 전씩 넘어서는 소리가 조용한 가운데서 무경이의 초조한 신경을 자극하고 있었다. 그러나 십 분이 넘고 이십 분이 되어도 아무러한 소식이 없었다. 이러다가 오늘도 또 헛물을 켜는 것이나 아닌가―그렇게 생각하면 꼭 그럴 것만 같이 생각되어 그는 더욱더 초조하게 바지바지 타는 심정을 누를 길이 없었으나, 누구에게 물어볼 수도 없고, 저만큼 전찻길 있는 데까지 뛰어내려가서 변호사한테 다시 전화를 걸어보고 싶은 조바심까지 생겨나는 것을 인내성 있게 안타까이 참아보고 있는 것이다.

그러고 있는데 아래쪽에서 어떤 양복 입은 신사가 하나 휘우청휘우청 올라오고 있었다. 맥고자를 벗어 들고 조끼 입지 않은 가슴을 부채질하면서 자동차의 옆을 지나다가 가벼운 양장으로 몸을 꾸민 무경이를 발견한즉, 그곳으로 가까이 오면서,

"당신 누구요?"

하고 퉁명스럽게 물었다. 미처 대답할 말이 없어서 멍청하니 서 있으려니,

"당신 이름이 무언가 말요?"

하고 신사는 다시 제 물음을 설명하였다.

"최무경이에요."

"최무경? 누구 나오는 걸 기다리구 있소?"

"네, 오시형이란 사람이 보석으로 나온다구 마중 왔습니다."

신사는 수첩을 꺼내 들고 불빛 밑으로 무경이를 오라고 하였다.

"나는 서대문 경찰서 고등계에 있는 사람인데 성함이 누구라구 했지요?"

그리고는 무경이가 말하는 대로를 수첩에다 옮겨서 썼다.

"주소는 화동정…… ×십오 번지."

그렇게 나직이 흥얼거리다가,

"오시형이가 당신의 무엇이 됩니까?"

하고 말한다. 무경이는 돌연한 물음에 잠시 말문이 막힐 듯이 되었으나 이내,

"약혼한 사람입니다."

하고 대답한다. 그러니까 형사는 한참 묵묵히 붓방아를 찧고 있다가,

"나이엔노쓰마(내연의 처)와는 그럼 다른 셈이죠?"

하고 묻더니, 대답도 별로 기다리지 않고 무어라고 수첩에 기록하고 있었으나,

"연령은요?"

하고 또다시 질문을 던졌다.

"스물넷입니다."

"그럼, 오시형이가 나오면 이 주소에 있게 되는가요?"

뻐끔히 무경이의 낯을 건너다본다.

"아니올시다. 죽첨정에 있는 야마도 아파트 삼층 삼백이십삼 호실에 있게 되겠습니다. 바루 경찰서에서 마주 바라다뵈이는……."

그러나 형사는 연필을 든 채 머리를 끼우뚱하고 있다가 다시 무경이를 쳐다본다. 어째서 거처할 곳이 그리로 되는가를 채 이해하기 곤란하다는 표정이었다. 그래서 무경이는,

"아직 예식을 올리지 않았다구 조선 풍속에 따라 그때까지 아파트에 드는 겁니다."

하고 설명을 첨부하였다.

"그럼, 이 아파트에는 아무도 같이 있지 않는 거지요?"

"네."

"그럼 좀 곤란한데요. 이렇게 되면 당신이 책임 있는 신원의 책임자가 되기가 힘들게 됩니다. 물론 자기가 저지른 사건에 대해서 개전(改悛)의 빛이 확실히 나타났으니까 재판소에서도 보석 같은 걸 허가한다고 생각합니다만, 일단 형무소 밖으로 나오면 책임은 그 시각부터 경찰에게로 옮겨지는 거니까요. 만약에 행방이라도 자세하지 않아지는 경우가 생기면 큰일이 아니어요? 똑똑한 인

수자가 없으면 경찰서에서 당분간 신원을 보호해 줘야 합니다. 주소가 다른 당신을 믿고 미가라(신병)를 석방하기는 힘들지 않습니까. 형식상으로라두……."

"제가 낮에는 거기서 사무를 보고 있습니다." 하고 무경이는 다시금 생기는 난관을 넘어서려고 열심한 태도로 말해 본다.

"그런 게야 무슨 조건이 될 수 있습니까?" 하고 미소를 띄우더니 잠시, 어떻게 하나? 하는 자세로 머리를 끼우뚱하고 생각한다.

"모처럼 재판소에서 허락해서 세상에 나오는 분이고, 또 몸도 몸이려니와 그만큼 판사나 검사도 인격을 신용하고 석방하는 것이니까, 나오는 날로 불쾌스럽게 다시 유치장 잠을 재운다든가 해서야 피차에 유쾌하지 못한 일이 아닙니까? 그러니까 이건 법칙상 위법이지만 내일 안으로 아파트의 책임자라든가, 누구, 한 주소에 사는 분을 보증인으로 정해서 알려주시오. 그렇게 한다면 오늘 밤으로 최선생을 신용하고 그대로 데려내다가 맡겨버릴 터이니까요. 내일 아침에 보고서를 작성해서 주임께 바쳐야 하니까 그 전에 알려주십쇼."

"아이, 고맙습니다. 내일 아침에 말씀하시는 대로 하겠습니다." 하고 마치 이 형사가 오시형이를 석방해 주는 권리를 가진 거나처럼 무경이는 그에게 대하여 감사의 마음을 표하여 보였다.

"그럼, 잠깐 동안 기다리십쇼. 대개 준비하고 있을 테니까 인제 들어가서 곧 데리고 나오죠." 하고 수첩을 접어넣고 문 있는 대로 걸어가는 뒤에서, 무경이는 다시 공손히 머리를 수그리었다.

형사는 문지기 간수에게 안내를 구하고, 문이 열려서 이내 안으로 사라졌다.

"인제 곧 나온답니다. 경찰서에서 오질 않아서 이렇게 늦었던가 봐요. 너무 기대리게 해서 미안합니다."

무경이는 다시 운전수에게로 와서 사례의 말을 건네었다.

이러구러 한 십여 분이 지난 뒤에 형사와 함께 양손에 짐을 들고서 휘뚤거리며 시형이가 문밖에 나타났다. 짐이 많아서 문 안에 섰던 간수가 몇 차례씩 내보내주는 것을 시형이는 허리를 꾸부리고 받아서 옮겨놓고 있다. 무경이와 운전사는 그편으로 쫓아갔다. 운전사는 무거운 책꾸러미를 양손에 들고 그것을 자동차로 날랐으나, 무경이는 손으로 짐을 거들 생각도 미처 못하고 그곳에 서 있는 오시형이를 잠시 멍청하니 바라보고 있다. 시형이도 흐릿한 불광 밑으로 잠시 무경이를 건너다보았으나, 이내 형사를 향하여,

"그럼, 그렇게 하죠." 하고 말하였다. 그러니까 형사는,

"최선생, 틀림없도록 해 주시오. 난 그럼 여기서 갑니다." 하고 무경이 쪽만 바라보며 맥고자를 잠깐 들었다 놓고 그곳으로부터 언덕 밑을 향하여 사라져 없어졌다.

짐을 차에다 옮겨 싣고 두 사람은 나란히 자리에 앉았다. 시형이는 흥분을 고즈넉이 숨기고 가만히,

"아, 저 불 봐라!" 하고만 말하였다. 차가 움직이었다. 무경이도 무슨 말을 건네야 할지 몰라서 덤덤한 채 앉았다가,

"불이 그렇게 신기해요?" 하고 웃는 표정으로 시형을 쳐다본다. 사내는 눈을 떨어뜨려 옆에 앉은 애인의 눈길을 받아서 비로소 오래간만에 그의 얼굴을 자세히 바라보았으나,

"그럼." 하고 대답하곤, 이내 낯을 돌리고, 이어서 궁둥이께를 음칠거리면서 자리를 도사리고 창밖에 지나치는 거리의 풍경을 물끄러미 내다보고 있다.

무경이는 나직이 숨을 짚으며 앞을 바라본다.

왼편 옆구리에는 안에서 보던 책들이 어깨에 닿도록 쌓여 있다. 창고에서 풍기는 냄새가 옷 보퉁이와 책과, 그리고 시형이의 몸에서까지 흘러나오는 것 같았다. 흥분이 가슴속으로 가라앉고 안심과 만족이 포근히 떠오르는 것을 그는 향락하듯이 느끼고 있다. 이윽고 차는 커다란 아파트의 앞에 와서 멎었다.

강영감이 자지 않고 기다리고 있다가 차 소리를 듣고 나와서 짐을 옮겨주었다. 그러나 승강기도 없는 수면시간에, 짐을 삼층까지 끌어올리는 것은 여간만 거추장스러운 일이 아니어서 그들은 강영감의 생각대로 짐을 일단 사무실로 들여놓았다가 내일 아침에 끌어올리기로 하였다.

자동차가 돌아간 뒤에 무경이는 오시형이를 강영감에게 소개하고, 그를 삼층 아파트의 한 칸으로 안내하였다. 오래간만에 걷는 걸음이라고, 생각처럼은 쇠약한 것 같지 않았으나, 후뚤거리는 다리가 못 미더워 무경이는 시형이에게 높직한 층층계를 올라가는 동안 자기의 어깨와 팔을 빌려주었다. 삼층의 마지막 계단을 돌아 올라가면서,

"제칠천국 같으네."

하고 무경이가 웃는 것을, 시형이는 그저 벌씬하니 감회가 깊은 미소로 대하였고, 복도를 돌아서 어떤 방 앞에 마주섰을 때, 잠시 동안 쭈루루니 나란히 하여 있는 문들로 하여 지금 다녀 나온 구치감을 연상하는 듯하다가,

"가만, 내 문을 열게."

사내의 어깨 밑에서 빠져나와서 쇠를 열고 잠갔던 문을 젖혔을 때,

"이런 좋은 방을 다 준비했어."

하고 판장문의 핸들께를 한 손으로 붙들고 의지하듯이 서 있었다.

"인제 불을 켤게요."

무경이는 가볍게 뛰어들어가서 바람벽에 설비된 스위치를 켰다. 천장에서 드리운 불과 침대 옆 작은 탁자 위에 놓인 스탠드의 불이 일시에 켜져서 크지 않은 방 안은 구석구석까지 대번에 시형이의 두 눈 속에 들어왔다.

시형이는 잠시 동안 방 안과 방 안에 장식된 도구를 물끄러미 바라다보다가, 제 발을 굽어보며,

"이 년 전에 벗어놓은 구두를 맨발에 신었더니 발에 곰팡이가 묻었는걸."

하고 쪼그라진 구두 속에서 발을 뽑았다.

"가만 계세요. 내 걸레 갖다 드릴게."

먼저 방 안에 들어가서 문을 활짝 열어놓고 시형이가 들어오는 것을 기다리고 있던 무경이는 취사장께로 가서 낡은 타월에 물을 축여 들고 와서 발을 닦아주었다.

그리고는 신장에서 슬리퍼를 내놓고,

"이걸 신구……."

모시 적삼에 베 고의를 입은 사내를 이끌듯이 해서 침대에다 앉히면서,

"어때요? 비둘기장처럼 또 좁은 방으로 모시는 건 안됐지만 무경이가 한 주일이나 걸려서 준비한 거래누."

하고 응석을 섞어서 제 두 손을 사내의 무릎 위에 얹는 것이다. 오시형이는 무릎 위에 놓인 손을 잡아서 만지면서,

"무경 씨껜 너무 수골 시키구 욕을 뵈서 어떡허나."

하고 나직이 감격을 넣어서 말하였다.

"별소릴 다아."

그렇게 말하면서, 그때에 사내가 힘있게 쥐어주는 손을 저도 꼭 쥐어보고는, 두 손을 쏙 뽑아서 호들갑스럽게 두어 발자국 물러나선,

"내가 뭐, 그런 소릴 듣겠다누."

하고 일부러 샐쭉해 보인다. 그러나 그의 얼굴에 떠오른 칭찬에 대한 만족한 자긍은, 무엇을 쫓아 가다가 놓쳐버린 때처럼 손 둘 곳을 모르고 멍청하니 쳐다보고 있는 젊은 사내의 눈에는 적지 않이 교태를 띤 것으로 느껴졌다. 시형이는 아무 말도 입 밖에 내지 못하고 가슴속으론 우심한 갈증

을 의식하면서 무경이의 눈만 쳐다보고 있었다. 눈을 바라보던 시형이의 눈이 입술로, 그리고 턱 밑으로 떨어져서 가슴패기로 이동할 때, 무경이는 영리하게 사내의 마음을 낚아채듯이 발딱 몸을 옮겨서 방 가운데 놓은 탁자 뒤로 돌아가며,

"이게 무슨 꽃인지 아시죠? 제가 봄부터 여름내나 손수 길른 거예요."

코를 꽃 속으로 묻고 발름발름 향기를 맡듯 하다가, 시형이가 나직이 한숨을 짚은 뒤,

"수국이지, 내가 그걸 모를라구."

하고 대답하였을 때, 다시 낯을 들면서,

"아이, 수국을 다 아시네. 상당하신데."

사내가 픽 하고 웃으면서,

"그럼, 그것두 모를라구. 빨간 잉크를 부으면 빨개지구 푸른 물감을 쏟으면 파래지구 한다는 걸……."

하고 침상에 앉은 채로 말을 받을 때엔,

"아아주, 그런 식물학도 경제학에 있는감!"

무경이는 기쁨이 온몸을 붙든 때처럼 다시 책상 옆으로 가면서,

"이 테이블에선 편지 쓰구 공부하구, 저기선 세수하구 양치하구, 또 저기에단 책을 쭈루루니 꽂아놓구……."

양복장 있는 데로 가서는 잠옷 한 벌을 꺼내서 침상 위에 놓는다.

"웬 돈이 있어 이렇게 호사를 하구 치레를 했어."

시형이는 무경이의 애정에 대하여 감격하는 기쁜 마음을 그러한 핀잔으로 표현하고 싶었다. 그것이 더 무경이의 마음에 드는지,

"피."

하고 그는 침대에 앉으면서,

"아아주 주인인 체하시네. 허긴 인제 주인이지머. 어머니도 금년부턴 진심으로 허락하셨으니까…… 인제 또 평양 댁의 허락이 있어야지만……."

또다시 시무룩해지다가 시형이의 왼팔이 제 어깨에 감기니까,

"평양 댁에서두 잘 말하면 허락하실 테지. 그렇죠?"

하고 낯을 들어 사내의 얼굴을 쳐다보았다.

"글쎄, 그 안에 있는 동안 아직 아버지 친필론 한 번두 편지가 온 일이 없구, 또 무언가 그전 그러던 약혼 이야기도 그러허고 있는 모양이니깐…… 그러나 그런 게 무슨 소용이 있수. 나를 그 속에 있는 동안 물질적으로나 정신적으로나 먹여 살린 게 무경 씨구, 또 그 속에서 이렇게 나를 내온 게 우리 무경인데……."

시형이는 감격조로 말하였다. 그리고 안았던 팔을 그대로 꽉 지리싸면서 뜨거운 입김을 무경이의 얼굴에 퍼부었다. 오랫동안 기다렸던 감격 속에 휩쓸리듯이 취하여 버리면서도, 무경이는 사내에게 입술만을 주고는 꽉 붙드는 두 팔뚝의 억센 포옹에서 빠져 나왔다.

감정과 정서에 주리었던 사내는 미칠 듯한 어조로,

"왜? 왜 도망해? 내가 미덥지가 못해서 그리우?"

하고 침상에서 쫓아 일어났다. 무경이는 시형이의 감정과 신경의 상태에 깜짝 놀라면서, 그러나 열심스러운 낯으로,

"일어나지 마세요. 일어나면 전 가겠어요. 다시 거기 앉으세요."

하고 명령하듯 외친다. 이러한 기세에 질리어서 사내는 주춤하니 선 채 잠시 동안 자신의 마음을 돌아보는 태도였다. 시형이는 다시 침상에 걸터앉는다. 흥분된 제 가슴의 불길을 끄려는지 낯을 슬며시 외면한다.

무경이는 시형의 낯에 수치심의 색조가 떠오르는 것까지 보고는 그 이상 더 사내의 태도를 지키고 앉았을 수가 없어서 창문께로 몸을 피하였다. 그의 가슴도 달락거리는 소리가 들리리만큼 한없이 뛰고 있었다. 맞은편 캄캄한 언덕의 주택지에는 불빛이 빤짝거린다. 하늘에도 까만 허라이전

위에 뿌려놓은 듯한 별들. 마포로 가는 작은 전차가 레일을 째면서 언덕을 기어올라가는 것이 굽어 보인다. 산뜻한 밤공기에 낯을 쏘이면서 천천히 가슴의 동계를 세어본다.

역시 그렇게 하는 것이 온당하다. 건강도 건강이려니와, 결혼식까지는 무슨 일이 있어도 우리는 이 이상 감정의 닻줄을 늦춰서는 아니 된다.

어느새에 땀이 났었는지, 블라우스의 속갈피를 스치는 바람에 등이 차갑다. 어떤 가볍지 않은 의무를 단행한 때처럼 그는 달콤한 자위 속에 안겨서 언제까지나 언제까지나 이렇게 높은 삼층의 들창으로부터 하늘과 길과 언덕을 바라보고 싶은 심리였다. 그런데 등 뒤에서,

"몇 시나 되었을까. 이 년 동안이나 시간을 모르구 지냈는데 밖에 나오니까 어느새 시간이 알구 싶어지는군그래."

하는 느직느직한 오시형이의 소리. 깜짝 놀라듯이 제정신을 차리며 무경이는 몸을 돌렸다. 시형이의 다정스런 미소.

무경이는 금시에 두 눈을 반짝거리며 핸드백이 놓인 테이블로 쫓아간다. 백을 들고 와선 시형이의 앞에 마주서며,

"내, 무어 드릴려는지 아세요?"

하고 입술과 눈이 함께 생글생글 웃으려는 걸 꼭 참고 있다.

"거, 알 수 있나."

하고 능청맞게 대답하니까,

"피, 것두 몰라."

그리고는 백을 열고 크롬 껍질의 묵직한 회중시계를 꺼내서 기다란 쇠사슬의 한끝을 쥐고 대룽대룽 쳐들어 보이고,

"이거! 이걸 제가 이 년 동안이나 갖구 다녔어요."

침판을 들여다보고는,

"아유, 열한 시 반, 이렇게 늦었어!"

그러나 시형이는, 학생시대부터 졸업한 뒤 여기, 증권회사 조사부에 취직한 후에까지 언제나

몸에 붙이고 다녀서, 그것을 꺼내볼 적마다,

"아유, 무겁지도 않은감!"

하고 무경이가 놀려먹던 것을 생각하고, 지금 소리를 내어 유쾌하게 웃고 있었다. 이윽고 무경이가 두 발을 모두고,

"그동안 덕택에 지각도 안 하고 착한 사람이 되었습니다. 인제 관리인으로부터 소유자에게."

시계를 두 손으로 치켜들고 꾸뻑 인사를 한다. 시형이가 건네주는 물건을 기쁜 웃음과 함께 받으니까,

"보관료는 톡톡히 내셔야 해요."

하고 또다시 웃음조로 다짐을 받고, 핸드백을 챙긴 뒤에 갈 차비를 차렸다.

"내일 아침 일르게 들를게요. 허긴 시계가 없어져서 지각할런지두 모르지만…… 이내 불 끄구 푹 쉬이세요."

그러나 시형이는 시계를 놓고 뒤따라 일어섰다. 잊어버린 것을 채근하려는 듯한 성급한 표정이다. 구두를 신고 섰는 무경이의 곁으로 쫓아올 때, 무경이는 그러나 그러한 것에는 일부러 신경이 미치지 못하는 척, 이내 도어를 열고 복도로 빠져나오면서 손가락을 제 입술에 대어 키스를 건넬 뿐, 이미 가라앉은 두 사람의 가슴에 다시금 불을 지르려 하진 않았다.

조용해진 아파트를 나와서 안전지대 위에 섰다. 전차를 기다리며, 삼층, 오시형이가 들어 있는 방을 쳐다보니 불이 꺼졌었다. 무경이는 안심한 마음을 품고 돌아갈 수가 있을 것 같았다.

아침 일찍이 짐을 올려다가 방을 정돈해 주고, 의사를 불러다가 건강진단을 시키고, 어머니와도 정식으로 대면시키는 기회를 만들고, 옳지, 신원 보증인으로 아파트의 주인을 교섭해서 경찰서로 알릴 일이 무엇보다도 바쁘고……

안국동에서 전차를 버리고 그는 그러한 생각에 잠겨서 집을 향하여 걸었다. 길에는 사람의 내왕조차 드물다. 그는 집이 가까운 것을 느낀 뒤에야

비로소 젊은 여자가 거리를 걷는 시간으로선 지나치게 늦은 시각인 걸 생각하고 걸음을 재게 놀리며 골목 어귀를 획 돌았다. 그때에 어떤 신사와 마주칠 뻔하고, 그는 깜짝 놀라 비켜 섰다. 노타이 셔츠에 회색 양복을 입고 파나마를 쓴 뚱뚱한 신사―그는 잠시 손을 모자 차양에다 대고 실례의 인사를 표하고는 무경이의 옆을 돌아 큰 거리로 걸어나갔다. 그러나 무경이는 움직이지 못하고 한참 동안 그 자리에 서서, 신사가 섰던 곳에 신사의 환영을 붙들어 세워놓고, 가슴이 받는 충격을 가라앉히기에 애를 쓰는 것이다.

골목 안에는 물론 저희 집만이 있는 것은 아니었다. 스무남은 집이나 남아 쭈르루니 문패가 달려 있다. 지금 골목을 나간 신사가 어느 집 대문으로부터 나온 사람인지, 혹시 집을 찾으러 골목 안에 들어왔다가 헛물을 켜고 돌아가는 사람인지, 그것은 모두 무경에게는 알 수 없는 일인지 모른다. 그러나 무경이는 첫눈에 그 신사가 자기 집 대문에서 나오지 않았는가 하는 착각을 받았고, 그리고 지금 그 신사는 하곡이라는 아호를 가진 부채의 주인공은 아니었을까, 하는 엉뚱한 생각에 붙들려 있는 것이다.

무경이의 가슴은 다시 무거운 압력 속에서 불쾌스런 동계를 시작하였다. 대문이 저만큼 보인다. 문은 닫혀 있고, 문 등은 띠꾼하게 요강덩이처럼 달려 있고…… 언제나 즐거움을 가지고 드나들던 이 대문이 어쩐지 께름칙하게 느껴져서 견딜 수 없다. 그러나 그는 그쪽을 향하여 걷지 않을 순 없었다.

대문을 미니까 달랑달랑 하는 종소리를 내면서 제대로 열리었다. 식모가 나왔다. 자던 눈이다.

"아가씨, 지금 오세요?"

무경이는 대답지 않고 대청으로 올라서서 어머니 방을 건너다보았다. 자리에 누웠다가 일어난다. 아무 구석을 맡아 보아도 사람이 다녀 나간 기척이 없어서 그는 비로소 의심에 붙들렸던 가슴이

가라앉힌다. 그러나 제가 쓸데없는 억측에 붙들렸던만큼 제 마음에 대하여 염증과 혐오감이 따르는 것은 어떻게 할 수도 없었다.

"지금 오니?"

하고 어머니는 푸른 등을 끄고 촉수가 강한 전등으로 실내를 밝힌다.

"네."

나직이 무경이는 대답할 뿐. 그러나 대청 한복판에 유쾌하지 못한 심화를 품고 서 있은 채 그는 움직이지 못한다.

"그래, 오늘은 나왔니?"

"네."

"응, 참 잘됐다. 그래 얼굴이 과히 못 되진 않았든?"

어머니는 자리에서 몸을 일으킨다. 잠옷도 입지 않고 얄따란 속옷만 입었다. 무경이는 머리가 헝클어진 어머니의 살을 처음으로 보기나 한 듯이, 안방으로부터 눈을 돌리고 캄캄한 제 방으로 뛰어들어갔다. 어머니가 또다시 무엇이라고 묻는 소리가 들려왔으나, 캄캄한 암흑 속에 떠오르는 것은, 여자로서의 살의 냄새를 잃지 않은 군살(贅肉)이 목과, 배와, 허벅다리에 알맞게 오르기 시작하는, 어머니의 육체뿐, 만복한 식욕이 지방이 많은 음식물을 대했을 때처럼, 늑지한 군침이 입안에 돌고 비위가 불쑥 목구멍을 치밀어오르는 것을 무경이는 참을 수가 없었다.

3

이르게 나온다고 약속은 하였지만, 이러구러 집을 나온 것은 여느 때나 다름없는 오전 아홉 시였다. 세탁해 두었던 시형이의 여름 양복과 내의를 싸서 구두약과 함께 옆구리에 끼고 아파트에 이른 것은 반 시간이 넘어서였다. 잠시 사무실에 들렀다가 시형이의 방으로 올라가 보니, 그는 잠옷 바람으로 강영감이 급사와 함께 날라다 준 것이라고 책을 풀어서 서가에 꽂고 있었다.

"제가 차입하지 않은 것두 많은가 보오."
하고 무경이는 그의 뒤에 가서 본다.

"어머니가 가끔 부쳐준 걸루 그 안에서 구입해 보았으니까……."
그리고는, 마침 농이를 풀다가 맨 위에 놓여 있는 작은 암파문고를 툭툭 먼지를 털어서 보이며,

"그 안에서 읽은 것 중 내가 가장 감격한 책이 이게요."
하고 허리를 폈다. 무경이는 아무 말도 아니하고 책을 받아 들었으나,

"아침을 잡수셔야. 그리구 내의하구 양복을 가져왔으니까 이걸로 바꾸어 입으시구, 인제 의사를 청해다 진찰을 받으시구, 그러면 어머니도 보러 나오실 거니까……."

"아침은 강영감이 안내해서 식당에 내려가 먹었구, 어머닌 내가 찾아가 뵈어야지."

"으응, 인제 나오신댔는데……."

보꾸러미를 탁자 위에 놓은 뒤에야 의자에 손을 짚고 서서 무경이는 시형이가 준 책을 보았다. 플라톤의 『소크라테스의 변명(辨明)』, 『크리톤』이란 책이었다. 무경이는 플라톤과 소크라테스의 이름을 들었을 뿐으로, 책의 내용은 알지 못하므로, 그대로 표지와 서문 같은 것을 들춰보고 있는데 오시형이는 잠옷째로 침상에 앉아서 혼잣말처럼 이야기를 시작하였다.

"소크라테스의 사정이 나의 그때 환경과 비슷한 탓이라구도 말할 수 있겠지만, 오히려 글의 내용에서 오는 감명은 그런 것과는 달리, 나의 환경을 완전히 잊어버리게 하는 데 있는 것 같기도 해. 읽고 나서 나의 정신이 나의 환경으로 다시 돌아오면, 오히려 소크라테스의 그 훌륭한 태도는 나의 경우에는 직선적으로 통하지 않는 것 같애 불쾌한 느낌까지 주었으니까……."

물론 무경이에게는 이해되지 않는 독백이었다. 무어라고 대꾸할까를 몰라 멍청하고 서 있으려니 그는 자리에서 일어서서 옷 보퉁이를 끌렀다.

"허허! 오래간만에 만나는 그리운 양복이로구나."
하고 그는 감개무량하게 나프탈린 냄새가 풍기는 양복을 펼쳐 안았다. 그것을 잠시 보고 있다가 무경이는 경찰서에 신원 보증인을 통지한다고 아래층으로 내려갔다. 아파트의 주인은 이 집에 살지 않으므로, 대개 언제나 이 아파트에서 잠자리를 갖는 강영감에게 부탁하여 보증인이 되어 달랐다. 그것을 경찰서에 알린 뒤에 다시 그는 오시형이의 방으로 올라왔다.

시형이는 셔츠 밑에 양복 바지를 입고 다시 서가 앞에 서성거리고 있었다. 무경이는 신원 보증인에 대해서 결정한 대로를 알리고 구두약을 가져다가 꼬드라진 꺼먼 구두를 닦기 시작하였다.

"그래, 그 안에서 그 책을 다 읽었수?"
하고 솔질을 하면서 무경이가 묻는다.

"어째! 절반이나. 대부분이 불허가니까……."

"불허가?"
하고 깜짝 놀라기나 한 듯이 무경이는 구두 닦던 손을 멈칫하니 붙이고 시형이 편을 본다.

"경제 방면 서적은 전부가 불허가지."
그렇게 대답하면서 시형이는 다시 일어나서 침대에 걸터앉았다.

"그러나 생각해 보면 다행이야. 경제학에 관한 서적을 읽었다면 생각을 돌려볼 길이 없었을런지 모르니까. 그런 의미에서 경제학은 나에게 있어서는 변통성 없는 완고한 학문인지도 모르지. 이렇게 무경 씨 얼굴을 명랑한 여름날 아침에 다시 볼 수 있는 건 철학의 덕분인 것이 사실이니까."

시형이의 말하는 투는 보통 대화조가 아니고 어딘가 연설 같은 느낌을 주는 어조였다.

"경제학과 철학과의 차이가 있을라구요. 학문이야 같을 텐데……."
하고 무경이는 제 의견을 나직이 말해 보았으나 시형이는 그러한 것에 개의치는 않고 다시 제 생각을 펼쳐보았다.

"내 자신이 서 있던 세계사관(世界史觀)뿐 아니라, 통틀어 구라파적인 세계사가들이 발판으로 했던 사관은 세계 일원론(世界一元論)이라구도 말할 수 있는 것인데, 이러한 경우에 동양세계는 서양세계와 이념(理念)을 달리하는 것이 아니라, 동양세계는 대체로 세계사의 전사(前史)와 같은 취급을 받아온 것이 사실이었죠. 종교사관이나 정신사관뿐 아니라 유물사관의 입장도 이러한 전제로부터 출발했단 말입니다. 그러니까 동양이란 하등의 역사적 세계도 아니었고 그저 편의적으로 부르는 하나의 지리적 개념(地理的概念)에 불과했었단 말입니다. 그러나 만약 이러한 세계 일원론적인 입장을 떠나서, 역사적 세계의 다원성(多元性) 입장에 입각해 본다면, 세계는 각각 고유한 세계사를 가지고 있다는 것을 알 수도 있고 증명할 수도 있지 않은가. 현대의 세계사의 성립을 이러한 각도에서 이해하려고 한다면 우리가 가졌던 세계사관에 대해서 중대한 반성을 가질 수도 있으니까……."

물론 남이 말하는데 구두를 닦고 있을 수도 없어서, 그대로 귀를 기울이고는 있으나 무경이로선 시형이의 하는 말을 어떻다고 생각할 준비가 없었다. 그래서 그저 뻐끔히 그의 얼굴을 바라보고 있을 뿐이었다. 그러나 시형이는 혼자서 제 자신에게 타이르기나 하듯이 창문을 바라보며 이야기에 열을 올려서 제 이론을 전개해 보고 있었다.

"가령 동양이라든가 서양이라든가 하는 개념도 로마의 세계에서 성립된 것이고, 또 고대니, 근세니 하는 특수한 시대구분도 근세의 구라파 사학에서 성립된 구분이니까, 이런 것에서 떠나서 동양과 동양세계를 다원 사관의 입장에서 새로이 반성하고 성립시킬 필요가 있지 않은가. 이것은 동양인의 학문적인 사명입니다, 동양인 학도가 하지 않으면 아니 될 의무입니다."

그는 말을 뚝 끊었다. 그리고는 자리에서 일어났다. 창문께로 가서 오래간만에 맛보는 흥분을

고요히 식히고 있다. 무경이는 구두를 신장 안에 넣고 약과 솔을 치운 뒤에 수도에 손을 씻었다.

"의사를 부르지요. 너무 흥분하셔도 몸에 좋지 않을 텐데……."

하고 말하니까 시형이는 몸을 돌리고 소리나는 편을 향하였다. 그러나 무경이의 물음에 대답하려 하지 않고 그는 창백해진 낯으로 이렇게 말하였다.

"독일이 파란(폴란드), 노르웨이, 덴마크를 무찌르고 화란, 백이의(벨기에)를 정복하고 불란서를 항복시켰다는 건 결코 작은 사실이 아니니까. 이러한 세계사의 변동에 제휴해서 동양인도 동양인다운 자각이 있어야 할 거야."

그리고는 침대로 가서 몸을 눕히었다.

무경이는 무어라고 말할까를 몰랐다. 본시부터 오시형이가 어떠한 사상을 가지든 그것에 간섭할 생각이나 준비는 저에게는 없다고 생각하여 왔다. 그에게는 오직 안에 있는 사람을 건강한 채로 하루라도 이르게 구하여 내는 것만이 임무라고 생각되어졌었다. 그러니까 지금 오시형이의 열의 있는 독백을 들어도 그것에 관하여 이렇다 할 의견을 건네려 하진 않았다.

그러고 있는데 도어에 노크 소리가 들리고 어머니가 들어왔다.

시형이는 자리에서 일어나서 양복 웃저고리를 두르고 무릎을 꺾어 절을 하였다.

"그만두시게. 고단한데 안 하면 어떤가. 그래, 그 안에서 얼마나 고생을 했나. 어디 몸이 과히 말쩬 데나 없나?"

"네, 건강은 아무렇지두 않은 모양입니다. 밖에 계신 분들께 너무 폐를 끼치구 근심을 시켜서 되려……."

"온 별말을 다 하시지. 이러니저러니 해도 안에서 고생하는 사람에게다 대겠나."

무경이는 바륵바륵 웃으면서 어머니와 시형이의 옆에 서 있다가,

"어머니, 그게 뭐유?"

하고 손에 든 것을 물어본다.

"이거 말이냐? 지금 한약국에 들러서 약을 한 제 지어 갖구 오는 길이다. 건강이 아무렇지 않다구 해도 그대로 두어서야 쓰겠니. 몸을 보하구 그래야지. 그러구 아침은 일러서 헐 수 없다 쳐도 저녁일랑은 집에 와서 먹게 하구, 약두 여기 가스불이 있다군 하지만 그걸로 어데 대릴 수 있겠니. 다리가 처음은 고단하겠지만 내일부터래두 집에 와서 약을 자시구 끼니두 별건 없지만 집에서 자시게 해야지…… 남의 눈도 있구 해서 한집에 있진 못하지만 운동삼아서…… 그렇지 않니, 무경아?"

시형이가 황송한 낯으로 사양의 말을 건네려 하는데 무경이는 이내 어머니의 말을 받아서,

"참, 그렇게 하시지. 아침두 전 일러서 시간에 대어 먹지만 오선생님은 어머님이랑 같이 좀 늦게 잡숫게 하시지. 그러구 거기서 책이라도 보시면서 노시다가 점심 잡숫구, 약 잡숫구, 저녁 잡숫구 밤에만 여기 와서 주무시지…… 그렇게 합시다. 며칠은 다리가 아파서 걸어 다니시기 힘들 테니까 오늘은 그저 요 근방에나 조끔씩 걸어보시구……."

저희들끼리 사귄 사이라고 불만해 했고, 그 다음은 '믿지 않는 사람'이라고 꺼려했고, 그가 법망에 걸려 들어간 때에는 더욱더 완고하게 무경이의 생각을 탓하였다. 그러나 다른 일로는 어머니의 성미에 거역한 적이 없는 무경이도 이것만은 귀를 기울이려 하지 않았다. 차입을 대기 위하여 처음으로 직업 전선에 나서는 것을 보고 어머니는 깜짝 놀랐다. 얼마간 모녀 새에는 의까지 상하였었다. 그러나 무경이는 들으려고 하지 않는 것이다. 밥과 옷은 여전히 집에서 얻어 먹고 입고, 제가 버는 봉급으론 오시형이를 위하여 책과 밥을 차입하는 것이다. 이렇게 하기를 이 년 ─ 드디어 어머니는 딸의 열성에 탄복한 것이다.

어쨌든 어머니의 오늘의 태도를 무경이는 감동

된 낯으로 바라보았다. 이러한 날이 꼭 찾아올 것을 믿기는 하였지마는 그동안 제가 겪은 곤욕이 큰 만큼, 지금 눈앞에 그러한 장면을 친히 경험하고 있으면, 그의 가슴속엔 짜릿한 전류가 흐르도록 기쁨은 감격을 자아내는 것이다.

"오정에 너 나올 수 있건 어디서 같이들 점심이라두 먹자. 요 근방엔 어디 식당 같은 게 없니?"

어머니는 시형이의 방을 나가면서 딸에게 말하였다. 무경이도 문지방에 선 채,

"이 부근에야 무어 벤벤한 게 있나요. 종로나 본정으로 나가야지. 그럼 내 자동차로든가 전차로든가 모시구 나가께, 어디서 시간 약속하고 기다리시구료."

그래서 결국 본정 입구에 있는 양식당으로 시간을 정하고 그들은 방을 나갔다. 방을 나갈 때 시형이는 종잇조각에 적은 것을 주면서,

"전보 한 장 급사 시켜서 쳐주시오. 집에, 나왔다는 소식이나 알려주죠."

하고 무경이에게 말하였다. 무경이는 어머니를 따라 아래층으로 내려왔다.

"틈나는 대루 박의사를 좀 와달랠까요? 그렇잖으면 데리구 나가서 뵈든지."

딸이 어머니에게 의사의 진찰을 상의하니까,

"사정을 아니까 와달래도 오실 거다."

하고 어머니는 대답하였다.

*

일이 밀려서 다섯 시를 칠 때까지 잡념에 머리를 쓰지 않은 것은 오히려 다행한 일이었다. 무경이는 점심을 먹고 돌아와서는 오시형이를 삼층으로 데려다 주고 줄곧 사무에 골돌하였다. 그러나 한 가지 일이 끝나고 다른 일로 손을 옮길 때마다, 자꾸만 어머니의 약속이 머리를 스치곤 하는 것은 어떻게 뿌리쳐 버릴 수도 없었다. 일이 바빠서 이내 머리를 털어버리고 장부 정리와 숫자 계산에 정신을 묻었지마는 다섯 시를 치는 소리에 장부를

접고 고개를 들면 다시 어머니의 말이 머리에 떠올랐다.

유쾌하고도 가벼운 흥분 속에 점심을 먹고 나오는데, 시형이를 앞세워 놓은 뒤에서 어머니는 무경이에게 나직이 귀띔하듯이 말하였던 것이다.

"너, 오늘 몇 시에 나올 수 있니?"

"네 시면 나오지만 일이 좀 밀려서 다섯 시나 넘어야 퇴근할 거예요."

"그럼, 다섯 시 반까지 경성호텔로 좀 나오너라. 이야기할 것도 있구……."

"혼자서?"

"응, 너 혼자만 나오너라."

이야기는 그것뿐이었다. 그리고 지금 다섯 시 치는 소리를 듣고 장부를 접어 꽂은 뒤에도, 어머니의 이야기란 것을 도무지 상상할 수가 없는 것이다. 무엇 때문에 호텔로 나오라는 것일까. 저녁이나 같이 먹으면서 이야기하자는 뜻인 건 추측할 수 있지마는, 점심에 외식을 하였는데 다시 또 저녁을 사준다는 것도 이상하고, 단둘이 언제나 집에서 만나 조용히 이야기할 수 있으면서 새삼스럽게 장소를 밖으로 잡은 것도 알 수 없는 일이다. 오시형이와의 결혼에 대해서 무슨 색다른 이야기라든가 의논이 있는 것일까. 도무지 어인 영문인걸 상상할 수가 없었다.

"밖에 일이 있어서 나가는데 저녁은 오늘까지만 이 식당에서 잡수세요. 양식보다도 저녁 정식은 화식을 잘하니까 화식 정식으로 잡수세요. 내일곱 시나 여덟 시경에 들리께……."

시형이에겐 그렇게 말해 놓고 무경이는 아파트를 나와 전차를 탔다. 호텔에 이르니까 로비에 어머니 혼자 앉아 있었다. 무경이는 그의 앞에 가서 아무 말도 건네지 않고, 힐끗 어머니의 표정을 엿보면서 의자에 앉았다.

"오신 지 오래유?"

하고 물으면서. 다시 어머니의 낯빛을 살피니까, 시계를 쳐다보고는,

"응, 조금 지냈다."

그리고는 이야기를 시작하거나, 식당으로 들어가잔 말도 없이 그대로 낯을 좀 외면하고 멍청하니 유리창을 바라보고 앉았는 것이다. 어려운 말을 시작하기 전에 사람들이 항용 가지는, 자리 잡히지 않은 태도였다. 얼굴엔 무표정을 의장하지만 속에는 여러 가지 궁리가 오락가락하고 초조한 조바심까지 문풍지처럼 바람에 떨고 있는 것이다.

무경이는 질식할 듯한 시간을 오래 끌고 나가기가 안타까워졌다. 무슨 어렵고 놀라운 이야기라도 쏟아져 나오기를 기다리는 긴장된 자세가 오랫동안 계속해 나아가면 신경은 피곤에 시달려서 관자놀이께가 쑤시는 것 같은 착각까지 느껴진다. 그는 드디어 결심한 듯이 낯을 들고,

"무슨 말인지 어서 하시구려."

하고 어머니를 쳐다본다.

"응?"

하고 낯을 돌렸으나, 다시,

"응, 인제 좀 있다가……."

그리고는 무경이의 뚫어지게 바라보는 눈초리를 피하여 낯을 외면한다. 그러나 무엇을 생각하였는지 어머니는 결심의 표정으로 낯빛이 해쓱해진 얼굴을 다시금 무경이에게로 돌리면서,

"이야기랄 건 별로 없구, 어차피 네게 알려야 할 일도 있구…… 그래서 오늘 누굴 네게 소개할련다."

하고 더듬더듬 말하였다. 이야기를 끝마치고 난 어머니의 얼굴에 흥분 탓인지 혹은 부끄러움 때문인지 붉은 혈조가 볼 편과 눈 가상에 엷게 떠오른 것같이 보여졌다. 이야기한 것을 따지자면 내용은 분명치 않았으나, 그런 것을 천착해 볼 겨를도 없이, 어머니의 태도와 표정에서 무경이는 대번에 사건의 핵심을 이해하는 것이었다. 그러나 그것이 무엇인지를 딱히 제 머릿속에 깊이 의식하지도 못했을 때에, 유리 밖으로 층계를 올라오고 있는 한 사람의 신사를 발견한 어머니의 두 눈은 벌써 당

황의 빛이 농후해진 표정 속에서 적이 침착성을 잃고 있는 것처럼 무경이에겐 느껴졌다.

아래층 클록에 모자와 단장을 맡겼는지, 맨머리 바람에 바른손으로 단장 들던 버릇으로 부채를 약간 치켜서 들고 흰 양복 입은 신사는 그들이 앉아 있는 곳으로 가까이 왔다. 기품 있게 갈라재운 머리는 짧게 다듬은 수염과 함께 희끈희끈 흰 것이 섞여 있었다. 무경이는 얼른 그의 부채를 보았다.

어머니가 자리에서 일어났을 때 오십을 넘어 얼마가 되었을 점잖은 사내는,

"오래 기다리셨지요."

하고 미소를 띠어 어머니께 인사한 뒤에 다시,

"아, 이분이 무경 양이시군. 이야기론 늘 들었었지만 여태 뵈온 적이 없었군요. 난 정일수(鄭一洙)라구 합네다. 바쁜데 나오시라구들 해서……."

하고 무경이를 바라보았다. 무경이는 지금 자기가 경험하고 있는 사태와 입장을 엉겁결에 의식하면서 굳어진 몸 자세대로 고개만 약간 수그려 보인다. 그러니까 정일수 씨는 옆에 와 섰는 보이에게,

"준비가 되었지요?"

하고 물은 뒤,

"자, 그럼, 저리루들 들어가시지."

무경이와 어머니에게 뜰 안을 가리키었다.

따로 떨어진 방 안에서 그들은 광동 요리를 먹었다. 일이 고되지나 않은가, 아파트란 것도 새로 생긴 경영형태지만 요즘 주택난과 하숙난이 심하니까 상당히 중요성을 띠겠다든가, 아마도 아파트엔 방이 얼마나 되는데 그것이 전부 꼭 찼는가, 하는 등속의 이야기로부터, 건축난, 주택난에 대해서 말이 옮아가고, 그러는 동안에 저녁이 끝났다. 그러한 정일수 씨의 말에는 어머니가 가끔 대꾸를 하였을 뿐, 무경이는 묻는 말이나 마지못해 나직이 대답하는 정도로 침묵을 지키지 않을 수 없었다. 먹는 것이 끝나니까 정일수 씨는 시간 약속이 있다고 먼저 나가고 모녀간만이 잠시 더 방 안

에 남아 있었다. 무경이는 음식도 많이 먹지 않았으나, 단둘이 되었어도 혼자서 무엇을 생각하고 있는지 별로 이야기를 건네려 하진 않았다—물론 어젯밤 집 앞에서 부딪칠 뻔하였던 그 신사는 아니었다. 그러나 정일수 씨가 하곡이라는 아호를 가진, 산수 그린 부채의 주인인 것은 틀림없는 사실이었다. 점잖고 단정하고 기품이 있는 신사의 얼굴을 께름칙하게 생각하여 보기는 이것이 처음이라고 그는 막연히 제 심리를 뒤적여보고 앉아 있다. 어머니는 혼잣말하듯이 뜨즉뜨즉이 이야기를 시작하였다.

"네겐 너무 돌연스레 된 일이 돼서 서먹서먹하구 어인 셈판인 걸 모를 게다. 그러나 벌써 오래 전부터 있어 왔던 이야기다. 내가 세브란스에 있을 때니까 십 년이나 되지 않니. 그때부텀 여태껏 사람을 다릴 놓아서 말을 붙이구, 또 스스로 대면해서 말하는 걸 나는 십 년을 여일하게 거절해 왔었다. 사람이나 그 집 내력이야 무어 하나 탓할 데 없는 분이지만 내가 널 두구 새삼스레 무슨 결혼을 하겠니…… 그랬더니 어쩐 셈판인 걸 나도 모르겠다. 너희들 사일 허락하구 나니 마음이 갑재기 탁 풀려버리는구나…… 자식들이 있다지만 다 장성들해서 시집보낼 덴 시집보내구 아들은 세간까지 내서 딴살림을 배포해 주었단다…… 나이두 인저 사십을 넘으니까 어찌 된 일인지 늙은 몸을 의탁하구야 살아갈 것만 같구나. 어쭙잖게 생각지 말구 에미 하는 짓을 웃구 쓰려쳐 버려라. 너희들 예식이나 올려주군 천천히 어떻게 채비를 대일까 한다만……."

어머니는 죄지은 사람처럼 딸의 눈치를 살펴가며 간단히 그렇게 말하였다. 무경이는 여태껏 제가 품고 있던 생각이 다른 감정으로 뒤바뀌는 것을 경험하고 묵묵히 앉아 있다. 눈시울이 따가워서 손수건으로 그것을 묻혀내었다. 마흔둘! 아직도 어머니는 젊다.

나는 왜 좀 더 이르게 어머니의 행복에 대해서

생각해 보지 못하였을까. 딸 하나만으로 젊은 어머니가 행복될 수 있으려고 얼마나 많은 무리(無理)가 그곳에 감행되었을까. 그렇던 나마저 어머니의 옆을 떠나면서 어째서 나는 어머니의 행복에 대해선 터럭만큼도 생각함이 없었을까. 스물에 홀몸이 되어서 나 하나만을 위하여 청춘을 불사르고 화려한 꿈을 짓밟아버린 어머니가 아니냐. 이제 무슨 염치에 나는 어머니에 대해서 심술이나 투정을 부리려고 하는 것일까. 어머니도 나머지 여생을 행복하게 보내셔야 한다.

무경이는 눈물을 숨기지 않고 낯을 들어 어머니를 건너다보았다. 젊은 시절의 사진처럼 어머니의 얼굴엔 아름다운 살결이 아지랑이에 싸여 있는 것같이 눈물어린 눈에는 비치어졌다.

"엄마!"
하고 소리를 내어서 무경이는 어머니의 무릎에 낯을 묻었다.

어제 좀 지나치게 걸었더니 발바닥이 솔고 다리가 아프다고 시형이는 식당에서 아침을 먹고는 이내 침대에 누워서 잡지와 신간 서적을 뒤적거리고 있었다. 내일부터나 화동 집으로 약과 밥을 먹으러 가겠다고 그는 말하고 있다.

무경이는 사무실에서 임금 전표를 정리하면서, 어떤 기회에 어머니와 정일수 씨와의 결혼 이야기를 시형이에게 전달할 것인가 하고 가끔 생각에 잠겨보곤 한다. 펜을 전표 위에 세운 채 가만히 생각해 본다. 이치로 따져보거나, 여태껏의 어머니의 생애를 생각해 보거나, 무경이로 앉아 응당히 기뻐하고 찬성해 드릴 일임에 틀림없었으나, 하루를 지내놓고 어머니가 없는 곳에서 문득 생각이 그곳에 미치면, 가슴이 뭉 하고는 지그시 심장을 압박하는 가슴의 동계가 마음을 한없이 설레게 하는 것이다. 그러고는 누를 수 없는 심술이 두 눈에 심지를 꽂아놓는 것이다.

'내가 왜 이럴까. 어머니와 나와의 평화하고 행복된 생활을 먼저 파괴하고 나선 것은 내가 아닌가. 어머니의 고백에 의하면 어머니는 십 년 동안 나와의 행복을 지키기 위해서 정일수 씨에게 고집을 세웠다고 한다. 나는 어머니를 위해서 무엇을 했나. 기독교의 신앙과 풍속 가운데서 안온한 생활을 이어 나가려는 어머니의 마음을 슬프게 교란시킨 것은 내가 아닌가. 기독교율에 의탁해서 젊은 정열을 희생하고 속세적인 행복에서 자기를 격리시킨 뒤, 그 가운데서 성실한 생활을 설계해 보려던 어머니에게 있어, 딸이, 단 하나의 딸이 예수교의 교율을 거역했다는 것은 얼마나 타격적이고도 슬픈 일이었을까. 어머니의 결혼이 만약 유쾌치 못한 성사라면, 그것의 원인을 이룬 것은 다른 사람 아닌 내가 아닌가?'

이렇게 수없이 자기 자신을 탓하면서, 이러한 생각을 고스란히 그대로 그에게 들려주면, 처음에는 놀라고 수상쩍게 생각할는지 모를 시형이도, 마지막에는 모든 것을 깊이 이해하게 될 것이라고 생각하는 것이다. 그렇게 생각하고 나면 그는 일시 유쾌한 상상을 머리에 그려보게 되기도 한다.

우리 결혼식이 있은 뒤엔 또 한 쌍의 신랑 신부의 혼례식이 있을 텐데, 그게 누굴는지 아세요? 그게 바로 우리 엄마라나, 하고 말하면 아마 오시형이는 깜짝 놀라 경동을 할 것이다. 생각하면 우습기도 해서 그는 혼자 발씬하니 웃고 다시 장부를 들친다.

"허허어, 생각하면 생각할수록 기쁜 일이렷다."
하고 멋도 모르는 강영감은 시형이가 출감한 것에다 둘러붙여서 무경이의 웃음을 놀리려 들었다. 그때에 시계가 열한 시를 쳤다. 그것이 다 치는 동안을 기다려서 무경이는 등을 돌리고,
"제가 무엇 때문에 웃는 줄이나 아시구 그러세요."
하고 말하였으나, 그때에 사무실 밖에 한 사람의 신사가 자동차를 내려서 들어온 때문에, 강영감도 무경이도 함께 이야기를 중단하고 그편으로 시선

을 돌렸다.

신사는 아파트의 현관을 들어서서 그대로 위층으로 뻗어 올라간 층계를 잠시 바라보듯 하였으나, 이내 사무실 쪽으로 낯을 돌리고 가까이 오면서,

"이 아파트에 오시형이라는 사람 있습니까?"

하고 받게 앉는 강영감에게 물었다.

"네, 삼층 삼백이십삼 호실에 계십니다. 삼층에 올라가셔서 그저 이십삼 호실만 찾으시면 되겠습니다."

하고 무경이가 의자에서 일어서면서 사무적으로 대답하였다. 신사는 흘낏 무경이의 낯을 건너다보았으나, 이내 의식적으로 시선을 피하듯 하고, 막연히 사무실의 구멍을 향해서 사의를 표하듯 모자 끝에 손을 댄 뒤, 흰 단장 끝으로 복도의 바닥을 짚어서 위의를 갖춘 뒤에 알맞추 비대한 몸을 층계 위로 옮겨놓았다. 무경이는 첫눈에 오십을 넘었을까 말까 한 이 신사의 풍채에서 평양서 부회의원과, 상업회의소에 공직을 가지고 있다는 오시형의 아버지를 간파하였다. 그럴수록 신사의 태도에는 자기에 대한 어떤 모멸감이 들어 있는 것 같은 느낌을 털어버릴 수는 없었다. 무경이는 그의 찾아옴이 너무 돌연스럽고, 그의 태도에서 오는 위압과 모멸감이 너무 몸에 부치는 것 같아서 의자에 앉을 염도 못하고 멍청하니 그곳에 서 있었다.

"오선생의 춘부장 되는 양반이신가?"

하고 묻는 강영감에게 무어라고 대답해 주어야 할 것인가 당황했으나,

"그런가 봐요."

하고 새파랗게 질린 채 나직이 대답해 줄밖에 딴 도리가 없었다. 자기네들의 사정을 알고 있기는 하지만 상세한 집안 내용까지는 모르고 있는 강영감이었다. 무경이와 시형이와의 관계를 평양 있는 그의 아버지는 인정치 않으려고 하던 것, 그는 그대로 도지사를 지냈다는 지명 있는 명사의 딸과 약혼설을 진척시키고 있던 것—이러한 미묘한 사정은 아무것도 모르고 있는 강영감이다. 그러니까 시형이의 아버지의 방문과 그의 태도에서 받는 충격에 대해서 그는 아무것도 이해할 길이 없을 것이다.

무경이는 가만히 자리에 앉아서 다시 펜을 들었으나 머리를 사무에 묻을 수는 없었다.

이 년 동안 친필로는 편지도 안 하였다던 아버지가 전보를 받고 아들을 찾아왔다. 물론 부자간의 정의로 당연한 일임에 틀림은 없으나, 사상과 여러 가지 가정문제로 의견을 달리하던 부자가 오늘 이 년 만에 만나서 다시 아름답지 못한 충돌이나 거듭하지 않을 것인가. 그동안 아버지는 아버지대로, 아들은 아들대로 제가 가졌던 생각과 태도와 고집에 대해서 반성하는 곳도 양보하는 곳도 생겼을 것이다. 아버지는 과연 아들의 결혼문제를 순순히 허락할 만한 준비를 가지고 올라온 것일까. 불안과 궁금증과 초조와 공포심과 의혹이 뒤섞이고 합치고 엇갈려서 무경이는 고개를 푹 수그린 채 정신없는 사무를 보고 앉아 있다.

한 삼십 분 만에 시형이의 아버지는 층계를 내려왔다. 그러나 단장도 모자도 두고 잠시 다니러 나오는 모양이었다. 얼른 눈을 유리창 밖으로 돌렸으나 그의 태도와 무표정한 얼굴로부터는 아무러한 암시도 받을 수가 없었다. 두 사람 사이에 이야기는 순조롭게 진척이 된 모양같이 느껴지기도 하였다. 그러나 그는 맨머리 바람으로 어디를 나가는 것일까. 그는 나갔다가 한 십 분 만에 다시 돌아와서 역시 사무실 쪽은 보고 못 본 척, 무표정한 얼굴에 위엄기만을 나타내고 층계를 올라가 버렸다. 무경이는 어디다가 발을 붙이고 공상의 줄을 뻗어볼 수가 없었다. 그런데 또다시 한 이십 분 만에 자전거 탄 양복장이가 샘플을 보꾸러미에 싸가지고 아파트를 들어와서 꾸뻑 인사를 하고 위층으로 올라가려 하였다.

"어디로 가십니까?"

하고 강영감이 소리를 치니까, 양복점원은 멈칫 하

고 층계에 한 발을 올려놓은 채 이편을 바라보며,
  "삼층 이십삼 호실입니다."
하고 말하였다. 이편에서 별로 말이 없으니 점원은 그대로 위층을 향하여 올라가 버렸다. 열두 시의 사이렌이 울었다. 양복장이는 주문을 받았는지 인사성 있게 웃어 보이면서 사무실을 지나 밖으로 나갔다. 그러나 그와 엇바뀌듯이 하여 이번에는 구둣방에서 찾아왔다. 자전거 뒤에다 커다란 트렁크를 두 개나 싣고 온 양화점원은 모자를 벗고 공손히 사무실 앞에서 안내를 구하였다. 강영감은 신이 나서 대답하였다. 양화점원이 올라가는 것을 물끄러미 바라보고는 무경이 쪽을 돌아보면서,
  "아버지가 오시드니 양복 짓구 구두 사구 한 벌 미끈히 채려 내세우실 모양이군."
하고 반갑게 웃었다. 무경이는 펜대를 든 채,
  "그런가 봅니다."
하고만 대답한다. 그는 지금 속으로 적지 않이 불안스런 사태를 한 갈피 한 갈피 분석해 보듯이 뒤적여보고 앉았는 것이다.
  아까 시형이의 아버지가 맨머리 바람으로 밖에 나갔던 것은 양복점과 양화점을 부르러 갔던 것임에 틀림없다. 여기서는 멀리 떨어져 있는 두 상점을 부르기 위하여 그는 전화를 걸었을 것이다. 전화를 걸러 밖으로 나갔던 것이다. 그는 어째서 일부러 전화를 걸러 밖으로 나갔던 것일까? 사무실 전화를 쓰지 않고 일부러 밖으로 나간 것은 무슨 때문일까?
  여기까지 생각해 보고는 무경이는 잠시 멈칫하니 물러선다.
  나를 피하기 위하여, 나의 낯을 대하기가 싫어서 나 있는 사무실의 전화를 쓰지 않기 위해서, 그는 밖으로 딴 전화를 찾아 나갔던 것임에 틀림없다!
  이렇게 단정하기엔 여러 가지 주저가 따라왔다. 무경이로 앉아 차마 그렇게 생각해 버릴 수가 없는 것이다.
  그것은 무엇을 의미하는가. 오시형이의 아버지

가 무경을 모욕하는 것으로 된다. 무경이와 시형이와의 관계를 인정하지 않겠다는 증거로 된다.
  그래서 무경이는 생각을 딴 데로 돌려보려고 애쓰는 것이었다. 그러나 시형이의 아버지가 밖으로 나갔던 것을 무엇으로 설명할 수 있을 것이며, 그의 무경이에 대한 태도를 어떻게 생각해 볼 수 있을 것인가.
  정식으로 대면이 있기 전에 며느리 될 사람을 이런 처소에서 만나는 것을 꺼리는지도 모르지. 직업이 나쁜 것은 아니나 역시 그들의 습관으로 보아 이러한 처소에서 며느리 될 여자와 낯을 대한다는 것은 아름답지 못한 일일는지도 모르지. 그래서 그는 일부러 사무실 쪽을 못 본 척, 무경이의 존재를 무시하려고 애쓰는 것인지도 모르지.
  한참 만에 구둣방 점원도 나가고, 또 얼마 뒤엔 오시형이의 아버지도, 이번엔 모자와 단장을 쓰고 들고 시형이의 방으로부터 내려와서 밖으로 나갔다. 시형이는 그의 아버지가 나간 뒤 십 분이나 지나서야 아래층으로 내려와서 사무실에 얼굴을 나타내었다.
  "아버지가 오셨어!"
  그렇게 말하고는,
  "이거 구두두 한 켤레 얻어 신었는걸! 이게 온 오십오 원이라니!"
  번쩍 다리를 들어서 보이었다.
  "어제 전보를 보시구 오신 게로군요."
하고 천연스럽게 무경이도 대꾸하면서 자리에서 일어났다.
  "아침 차에 내리셨답니다."
  "그럼 어디 여관에 들으셨게?"
  "저, 무언가 비전옥에!"
  무경이는 앞서서 사무실을 나와서 식당으로 갔다. 점심을 주문해 놓고 두 사람은 뻐끔히 마주 쳐다보았다. 묻고 싶은 사연이 한두 가지가 아니었으나 무경이는 그것을 토설하기가 어쩐지 무서운 생각이 났다.

"아버지가 종내 꺾이었지. 아무 말씀 없이, 몸이 과히 상한 데나 없니 하구 물으시던데 ……."
하고 벌쭉벌쭉 웃어서, 무경이도 따라 웃었다. 그러나 무경이는 제 질문을 꾹 눌러서 억제하며 다시 시형이의 말을 기다리려는 자세를 취한다.

"부자간의 정이란 우스운 건가 봐."
하고 시형이는 혼잣말처럼 지껄였다.

"이 년 동안이나 편지 한 장 없으시던 분이 나왔다니까 그날로 쫓아오신 걸 보면."

무경이는 그러한 말에도 별로 대꾸하지 않았다. 주문한 점심이 와서 두 사람은 덤덤히 식사를 마치었다. 다 먹고 나서 차를 마시며 시형이는 다시,

"아버지가 시굴로 내려가자는군그래."
하고 무경이의 낯을 건너다보았다. 무경이는 그때에 가슴이 풍 하고 물러앉는 것 같은 충격을 경험하였으나 애써 낯색을 헝클지 않으려고 노력하면서 입에 가져가던 찻종만 그대로 들고 있었다.

"몸두 쇠약했는데 서울 있어 가지구야 치료가 되겠니, 집에 가서 몸이나 좀 추세거던 어데 온천에라도 가서 정양을 해야지, 그리군 또 재판소에서도 이런 데서 주소도 일정치 않구 옛날 친구라도 내왕이 있구 그러면 앞으로 예심 종결이나 공판에도 지장이 생기지 않겠느냐구……."

아버지의 말을 옮기듯 하고는 찻종으로 눈을 가리며 훌쩍 차를 마셨다.

무경이는 마음이 좀 진정되는 것을 느꼈으나 시형이의 말에 대해서 무어라고 대꾸할 만한 기력은 생기지 않았다. 그들은 식당을 나왔다. 테이블을 돌아 나오려고 할 때에 무경이는 가벼운 현기증을 느끼고 잠시 탁자 언저리를 붙든 채 서 있다가 간신히 시신경(視神經)에 힘을 주면서 시형이의 뒤를 따라 복도로 나왔다.

복도에 나와서는 곧바로 층층계를 향하여 걸었다. '제칠천국' 같다고 하던 계단을 하나하나 올라가면서 무경이는 덤덤히 생각에 잠긴다. 아파트에 들어와서 침대에 걸터앉는 시형이의 낯

을 보고야 무경이는 의자에 앉으면서,

"도회 공기도 나쁘구 그런데, 갈 데만 있으믄야 조용한 데루 가셔야죠. 그리구 재판소에서도 역시 서울서 빈둥거리는 것보다는 가정이 있는 곳으로 가 계시는 걸 좋아할 거예요."
하고 비로소 명랑한 어조로 말하였다. 시형이는 힐끗 무경이의 웃는 낯을 건너다보았으나, 그의 심정을 모를 만큼 둔감도 아니란 듯이 침대에 눕더니,

"옛날과는 모든 것이 다른 것 같애. 인제 사상범이 드무니까 옛날 영웅 심리를 향락하면서 징역을 살던 기분도 없어진 것 같다구 그 안에서 어느 친구가 말하더니…… 달이 철창에 새파랗게 걸려 있는 밤, 바람 소리나, 풀벌레 소리나 들으면서 잠을 이루지 못할 때엔 고독과 적막이 뼈에 사무치는 것처럼 쓰리구……."

그렇게 가느다랗게 독백처럼 말하고 있었다. 무경이는 돌아서서 창밖을 바라보는 척하면서 수건으로 가만히 눈을 닦았다.

*

그렇게 하고 사흘째 되는 날이다. 한 달을 두고 가물던 날씨가 물크고 무덥고 그러더니 드디어 장마가 시작되었다. 비가 내리다간 그치고 그쳤다간 또 맥없이 내리고 하는 오후에, 오시형이는 저희 아버지를 따라 평양으로 떠났다. 종내 그들은 무경이를 정식으로 알려고도 소개하려고도 하지 않았으나, 무경이는 그런 것에 개의하지 않고 정거장까지 나가서 시형이의 떠나는 것을 보았다.

정거장을 나와서, 아주 영영 돌아오지 않을 사람을 떠나 보낸 것 같은 슬픈 심회를 가슴에 지니고 비 내리는 전차에 올라탔다. 후줄근히 젖어서 물이 흐르는 우장 외투를 그대로 입은 채 그는 사무실에도 들르지 않고 곧바로 시형이가 들었던 방으로 들어가는 것이다.

새 양복과 바꾸어 입은 뒤 아무렇게나 벗어 던

지고 간 세탁한 낡은 시형이의 양복이 침대 위에 뒹굴고 있었다. 신장을 여니까 무경이가 손수 닦았던 꼬드라진 낡은 구두도 초라하게 들어 있었다. 테이블 위에는 수국의 화분―며칠째 물을 못 먹고 그것은 희끄무레하게 말라들고 있었다. 다시 물감을 부어도 빨개질 것 같지도 파래질 것 같지도 않게 시들어 버리고 있었다.

시형이를 위하여 얻었던 방이었다. 시형이를 맞기 위해서 저금통장을 빈털이를 만들면서 장식해 보았던 방이었다. 그는 인제 가버리고 여기엔 없다.

시형이를 위하여 나섰던 직업전선이었다. 시형이의 차입을 대기 위해서 선택하였던 직업이었다. 시형이도 나오고 인제 직업도 목적을 잃어버렸다.

무경이는 가만히 앉아서 빗발이 유리창 위에 미끄러지는 것을 물끄러미 바라보고 있다. 회색빛의 멍―한 하늘이 얼룩하게 얼룩이 져서 보인다.

어머니에겐 정일수 씨가 생기고, 인제 나는 어머니에게도 필요하지 않은 딸이 되었다.

울고 싶은 생각도 나지 않는다. 그저 제 몸에서 빈 껍질만 남겨두고 모든 오장과 육부가 몽땅 빠져나가는 경우가 있었으면 하고 막연히 그런 경지를 생각해 보고 있었다.

그런데 똑똑 노크 소리가 나고 급사가 문을 열었다.

"주인님이 나오셔서 장부 좀 보시잡니다."

급사의 말에 그는 정신을 차려 몸을 일으키었다. 그는 문에 쇠를 잠그고 층계를 내려갔다. 내려가면서 점점 제 다리에 기운이 생기는 것을 느꼈다.

'방도, 직업도, 이제 나 자신을 위하여 가져야겠다!'

그런 생각이 사무실을 들어설 때에 그의 마음속에 이루어지고 있었다.

[1940]

결별

訣別

지하련 (1911 ~ ?)

경남 거창 출생. 본명 이현욱(李現郁). 일본 소화고녀 졸업. 1940년 소설 「결별」로
등단. 소설집 『도정』(1948)이 있다.

형례는 전에 없이 아름답고 즐거운 밤인 것을 확실히 느낄수록 어쩐지 점
점 물새처럼 외로워졌다. 저와 상관되고 가까운 모든 사람이 한낱 이방인처
럼 느껴지는 순간, 그는 저와 가장 멀리 있고 일찍이 한 번도 사랑해 본 기억
이 없는 허다한 사람을 따르려고 했다. 별안간 눈물이 쑥 나오려고 한다.

어젯밤 좀 티격거린 일도 있고 해서 그랬던지 아무튼 일부러 달게 자는 새벽잠을 깨울 멋도 없어 남편은 그냥 새벽차로 일찌감치 관평을 나가기로 했던 것이다.

형례(亨禮)가 눈을 떴을 때 제일 먼저 머리에 떠오르는 것은 어젯밤 다툰 일이다. 하긴 어젯밤만 해도 칠원 관평은 몸소 가봐야 하겠다는 둥, 무슨 이사회가 어떠니 협의회가 어떠니 하고 길게 늘어놓는 남편의 이야기가 그저 좀 지리했을 뿐 별것 없었다면 그도 모르겠는데, 어쩐지 그게 꼭 '이러니 내가 얼마나 훌륭하냐'는 것처럼 대뜸 비위에 와서 걸리고 보니 형례로서도 가만히 있을 수 없어 자연 주고받는 말이란 것이 기껏,

"남의 일에 분주헌 건 모욕이래요."

"남의 일이라니, 왜 결국 내 일이지."

이렇게 나오지 않을 수 없었고, 이렇게 되고 보니 딴집으로만 났을 뿐 아직 한 집안일 뿐 아니라 큰댁에서 둘째아들을 더 믿는 판이고 보니, 하긴 남편의 말대로 짜장 그렇기도 한 것이 형례로선 더 노꼴스럽게 된 판에다가,

"여자가 아무리 영리해도 바깥일을 이해 못험 그건 좀 곤란해."

하고 짐짓 딴대리에서 거드름을 부리는 것은 더 견뎌낼 수가 없어서 이래서 결국 형례 편이,

"관둡시다. 관둬요."

하고 덮어버리게 된 이것이 어젯밤 사건의 전부고 그 내용이지만, 사실은 이런 따위의 하잘것없는 말을 주고받은 것뿐으로 그저 그만이어도 좋고 또 남편이 이따금 이런 데서 그 소위 거드름을 부려봐도 그리 죄 될 것 없는, 이를테면 아내의 단순한 트집이어서도 좋을 경우에 형례는 곧잘 정말 화를 내는 것이 병이라면 병이다. 더구나 형례로선 암만 생각해 봐야 조금도 다정한 소치에서가 아닌데도 노상 정부러는 제가 도맡아놓고 하게 되는 결과가 노여울 뿐 아니라 항상 사태를 그렇게만 이끄는 남편의 소행이 더할 수 없이 능청맞고 괘

씸할 정도다.

간밤에도 물론 이래서 잠이 든 것이지만, 막상 아침에 깨고 보니 결국 또 손해본 사람은 저뿐이다. 지금쯤 분주히 관평을 하고 있을 남편에 비해서 이렇게 오두마니 누워 천장 갈비만 헤이고 어젯밤 일을 되풀이하는 제가 너무 호젓해 해서인지는 모르나, 아무튼 일찍 일어났댔자 별로 할 일도 없고 또 일찍 일어나기도 싫어서 그냥 멍청히 누워 있으려니 어디난 거미줄 한 나불이 천장 복판에서 그네질을 한다. 형례는 어쩐지 그곳에 몹시 마음이 쓰이려고 해서 일어나 그걸 떼버릴까 생각는 참인데,

'여잔 왜 관평을 하러 다니지 않을까?'

하는 우스운 생각 때문에 문득 실소하려던 맘 한 귀퉁에서 별안간 야단이 난다.

'그깐 일—'

하고 발칵하는 것이다. 다음 순간 형례는,

'웬일일까? 내가 이렇게 비위를 잘 상하게 되는 것은 그를 대수롭게 여기지 않고 사랑하지 않기 때문이 아닐까?'

하는 제법 맹랑한 생각이다. 하지만 그로서는 또 뭘 그렇게 치우쳐 다잡아볼 것 없이, 그저 남편을 사랑한다고밖엔 도리가 없는 것이, 이러지 않고는 사실 일이 너무 거창해서인지도 모른다. 정말 이래서 그는 그저 인망이 높다는 남편의 좋으디좋아 뵈는 그 눈자위가 가끔 비위를 상해 줄 뿐이라고 생각해 버리는지도 모른다.

뭘 별로 생각하는 것도 없이 그저 이러쿵저러쿵 누웠으려니,

"아지머니 웃말댁에서 놀러오시래요."

심부름하는 아이가 말을 전한다.

형례는 얼른 이불을 거두고 일어났다.

웃말댁이라면 그저께 정희(貞熙) 혼인이 있은 집이고 정희는 먼 촌 시뉘라기보다 더 많이 여학교 때부터 절친한 동무다. 제바람에 가볼 주제는

없었지만 아무튼 꽤 궁금하던 판이라, 부리나케 세수를 한 후 그는 '서울신랑'—그 걸패 좋다는 청년을 함부로 머릿속에 넣어보면서 어느 때보다도 조심껏 화장을 한다.

"저녁에 아저씨가 오셔도 웃말댁에 갔다고 여쭈고 집안 비우지 말어라."

형례는 문밖을 나섰다.

너무 맘써 치장한 때문인지 언제라도 입을 수 있는 흰 반회장저고리에 옥색 치마가 쨍한 가을볕살에 눈이 부시다. 어쩨 횟박을 쓴 것처럼 분이 너무 많이 발린 것도 같고 입술이 주홍처럼 붉은 것도 같아서 뒤뚝뒤뚝 얼울한 판인데,

"아이갸, 새댁 나들이 가나베, 잔칫집에 가요?"
하고 마을집 노인이 인사를 한다.

"네."
하고 그저 인사를 받는 둥 마는 둥 하려니, 어쩐 일로 노인이 꼭 얼굴만 보는 것인지…… 그는 귀밑이 화끈하다.

'망할 노인네, 속으로 무슨 흉을 잡으려구.'

형례는 괜히 이런 당찮은 속알치를 부리고, 역부로 얼굴을 쳐들다시피 하고는 황황히 큰길을 나섰다.

큰길 옆 음식점 앞에선 무던히 키가 작고 다부지게 생긴 엿장사가 어느 우대 사투리론지 엿판을 치며 얼싸녕을 빼고 있다. 그 옆에 우무룩한 애들, 손자를 앞센 노인, 뒷짐을 지고 괜히 주춤거리는 얼주정꾼, 이렇게 숱한 사람이 서 있었다. 암만 생각해 봐도 어쨌든 그 앞을 지나칠 용기가 없을 성싶어서, 형례는 숫제 되돌쳐서 좁은 길을 잡았다. 좁은 길로 가면, 학교 뒤 긴 담을 돌아서도 논둑길로 큰길 두 배나 가야 하고, 그보다도 길이 험해서, 애써서 바투 신은 버선발에 흙알이 들어가면 낭패다. 그는 뉘 집 사립가엔지 죄없이 하늘거리는 몹시 노란 빛깔을 한 채송화 포기를 일부러 잘근 밟으며 짜증을 냈지만, 아무튼 굳이 이 길을 잡은 그 사람 됨됨을 비록 스스로 자조한다친대도, 영 갈 수 없었던 것은 의연 갈 수 없었던 것으로, 어찌할 수는 없다.

형례가 좁은 길을 거진 다 빠져나려고 했을 때다. 마침 고 삼가람 길에서 그는 공교롭게도 명순(明順)이와 마주쳤다. 명순이는 몹시 호사를 하고, 사내아이도 그 남편도 이 지방에서는 잘 볼 수 없는 값진 옷들인 성싶다.

"어디 가니?"

"나 온천에 좀 가."

대답하는 명순이는 밝고 다정한 얼굴을 해서 어느 때보다도 아름다웠다.

두 사람은 인차 헤졌다.

학교 뒤 긴 담을 돌아나오려니,

'저런 게 행복이라는 걸까.'
하는 야릇한 생각에 선뜻 걸린다.

생각하면 형례는 전부터 명순이 같은 애들이 그리 좋지 않은 폭이다. 명순이만 두고 말해도 처음 시집갈 땐 그렇게 죽네 사네 싫다던 아이가, 시집간 지 얼마가 못 돼서부터 혹 동무들이 찾아가도 조금도 탐탁해 하지 않는 대신, 날로 살림 잘한다는 소문이 높아가는 것부터가 싫기도 했지만, 그보다도 개개 두고 볼라치면 학교 때 공부 못하고 빙충맞게 굴던 것들이 시집가선 곧잘 착한 말 듣고 잘사는 것이 참 이상하고 알 수 없는 속내이기는 했지만, 아무튼 그걸 부럽게 여길 맘보다는 일종 멸시하고 싶은 생각이 더 컸던 성싶다. 하지만 웬일로 이제 이렇게 긴 담을 끼고 호젓이 생각하노라니 그 귀엽고…… 고운 생각을 담옥담옥 지녔던, 죽은 숙희라든가, 남편과 이혼을 하고 지금은 진남포 어디서 뭘 하는지도 모른다는 지순이라든가, 또 계봉이나 이제 형례 저 같은 사람보다도 명순이 같은 애들이 훨씬 대견하고 그저 그만이면 그만으로 어쩨 훌륭한 것 같은 생각이 들기도 한다.

다음 순간 그는 맘속으로 가만히,

'지순이는 뭘 하구 있을까? 무슨 바엔가 찻집에 있다는 소문이 정말이라면 그건 명순이처럼 곧 남편이 좋아지지 않은 죄고, 음악이 취미라고 해서 축음기 판을 무수히 사들이고 오켄지 뭔지 하는 데서 가수들이 오는 날이면 숱한 돈을 요릿값으로 없애곤 하던 그 남편을 끝내 싫어한 죄일까?' 하고 생각해 본다. 그러나 어쩐지 이런 생각이 채 끝나기도 전에 이보다 몇 배 더한 이상한 노여움을 어찌할 수가 없다. 발 아래 폭삭폭삭 밟히는 흙알을 한 줌 쥐어 누구의 얼굴에고 팩 끼얹고는 그냥 돌쳐서고 싶은 야릇한 분만(憤懣)이다.

마침 상호천이란 냇물을 끼고 내리 걸으면서 그는 맘속으로 퍼붓듯 숱한 말을 중얼거렸다. 무슨 소린지 한참 중얼대고 나니까, 어째 맘이 허전한 것이 이상하게 쓸쓸한 정이 든다.

쟁평하니 남실거리는 여울물이 보였으나 그는 조그마한 돌멩이로 파문을 긋고 싶은 마음도 없이 그저 휘청휘청 걸었다.

어듸난 대사를 치른 마당이라고, 새끼 나부랭이·종이 조각·떡 부스러기, 이런 것들이 어수선히 널렸는데도 그게 상가나 무슨 불길한 마당과는 달라서 어쩐지 풍성풍성하고 훈훈한 김이, 어디서고 다홍 치마를 입은 신부나 귀밑이 파르란 신랑이 꼭 나타날 것만 같아서, 짐짓 대청 앞을 피하고 샛문으로 해서 정희가 거처하는 방 쪽으로 가만가만히 가려니까 아니나다르랴 정희가 뛰어나온다.

"요런 깍쟁이, 고렇게 새치밀 딴담. 그래 모시러 보내지 않았더면 안 올 뻔했지?"

정희는 야속하다는 듯이 눈을 흘긴다.

형례는 정희 태도가 하도 신부답지 않다기보다도 너무 전날 그대로여서, 어떻게 보면 그게 더 고와 뵈는 것 같기도 했지만 또 한편 이상한 감을 주기도 해서 어쩐지 얼굴이 달았다.

형례가 정희에게 이끌려 마루로 올라서려니 여지껏 아랫목에 앉아서 두 사람의 수작을 보고 있던 퍽 해맑게 생긴 사나이가 밖으로 나온다. 형례

는 속으로 '저게 뭐니뭐니 하는 이 집 사위로구나—' 했다.

정희는 그저 얼떨떨해 있는 형례에게 자리를 권하랴 이야길 건네랴, 뭘 또 차려오게 하고, 한참 부산하다.

"얘 덥단다. 내가 왜 시집왔니, 아랫목으로만 밀게—"

형례는 도무지 적당한 말이 없어 곤란하던 차라 아랫목으로 앉힌 것을 다행으로 아무렇게나 말한 것인데,

"너 시집 좀 와보렴!"

하고 정희가 말을 받고 보니 영문없이 또 귀밑이 확확하다. 하긴 정희의 이런 말버릇이 이제 처음도 아닌 게고 또 뭘 이대도록 무안을 탈 것도 없지만 어쩐지 그는 왼편 바람벽 쪽으로 얼굴을 돌리고 말았다. 그랬는데— 하필 그곳엔 체취가 풍기도록 고대 벗어 건 것만 같은 넥타이가 끼워진 와이셔츠며 양복이 걸려 있어 여지껏 정희가 처녀였다는 사실과 이상하게 엉클어져, 그는 또 한 번 당황하지 않을 수 없었다.

"그래, 얼마나 즐거우냐?"

그는 급기야 애꿎은 정희를 놀리고 만 셈이다.

"너 이러기냐?"

하는 듯이 정희는 고 초랑초랑한 눈으로 장난꾼처럼 잠깐 형례를 쳐다봤으나 인차 무슨 맘으론지,

"얘, 너 서울 가서 살잖으련?"

하고 생글생글 웃으며 묻는 것이다.

"너희 서울엘 내가 뭣 하러……."

"언젠가 왜 너희 신랑 서울로 취직된다더니 그것 정말이냐."

정희는 제 말을 계속한다.

"쉬 갈지도 모르지만 아마 그이 혼자 가게 될 거다."

"건 또 무슨 재미람. 그래 너희 신랑이 혼자 가서 있겠다든?"

"그럼 넌 혼자 가질 못해서 가려는 게로구나."

"요런, 내가 내 이야길 했어, 내가 간댔어?"
하고 정희가 대받질이다.

결국 형례가,

"얘 관둬라, 듣기 싫다."
하고 말을 끊었지만, 그는 정희와 오래도록 앉아서 이런 이야길 주고받을수록, 어쩐지 맘이 수수하다.

정희의 잉어처럼 싱싱한 청춘이, 말과 동작으로 되어 눌리는 것처럼, 설사 그게 주책없어 뵌다구 한대도 아무튼 이상한 힘으로 압박감을 느끼지 않을 수는 없다.

형례가 한동안 그저 흥을 잃고 앉았으려니,

"너 내가 시집간다니까 처음 생각이 어떻디?"
하고 정희가 말을 건다.

"어떻긴 뭐가 어때, 그저 가나 부다 했지!"

"어떤 사람에게로 가나 했지?"

"그래 어떤 사람에게로 갔단 말이냐!"

이래서 정희는 첨 '그이'와 알게 되던 이야기, 연애를 하던 이야기, 결혼하기까지의 실로 숱한 이야기를 들려준 셈이다.

형례는 정희가 은연중에 결혼을 늦게 하는 사람은 으레 의지가 강하고 이상이 높다는 자랑을 하는 것 같아서,

"그야 좋은 연애를 해서 결혼하는 게 가장 이상일진 몰라두 연애라구 다 좋을 수야 있나."
하고 자칫하면 불쾌해지려는 감정을 자그시 경험하면서도 웬일인지 또 한편 부끄러운 생각이 들었다.

학교를 마치던 해 정희와 도망갈 약속을 어기던 일, 별로 맘이 내키지도 않는 것을 어머니가 몇 번 타이른다고 그냥 시집갈 궁리를 하던 일, 생각하면 아무리 제가 한 일이라도 모두 지랄같다.

그는 역부러 사과 한쪽을 집고,

"너 언제 시집가니?"
해서 생각을 돌리려고 한다.

"아직 잘 몰라."

정희는 온통으로 있는 사과를 집는다.

"나 안 먹는다, 목이 마른 것 같아서……."

"그럼 식혜 가져오랴?"

"아―니."

"대체나 아인 까다롭기두 해."

"까다롭긴 네가 까다롭지 뭐."

"내가 뭐가 까다뤄."

"여태 골랐으니 말이다."

"못된 거 같으니라구. 어디서 말재주만 뱄어?"

형례는 조금도 맘에 있어 계획한 말도 아니면서 정희 말마따나 결국 말재주로 놀려주게 된 것이 우습고 또 어째 미안한 생각이 들기도 해서 다시 뭐라고 말을 건네려는데 별안간 밖에서 떠드는 소리가 난다.

"그 술상 하나 내오소, 원…… 아니 서울사위를 보문 다 이런가? 그 서울사위 이리 좀 나오게그려, 내 좀 보세그래."
하고, 정희 끝엣당숙이란 양반이 술이 거울거울해서는 익살을 부리는 판이다.

이 통에 정희가 듣다가 혹 신랑이 노여워할 말이나 하지 않을까 맘이 켜지는지 그만 초조한 얼굴로,

"풍속이 다르니까 이해야 허겠지만서두 사람들이 너무 무관하게 구는 통에 불안해요. 더구나 떠드는 건 질색인데."
하고 낯빛을 어둡힌다.

"아인 숭겁기두, 그이가 질색인데 네가 왜 야단이냐 글쎄."

그는 정희 말을 받아서 이렇게 허투루 놀리기는 했어도 정희가 어느새 이처럼 참견하려 드는 그 맘이 암만 생각해도 이상할 뿐 아니라 객쩍으리만치,

'정희는 반했나 보지, 제 말마따나 사랑하면 반하게 되나 보지. 제가 반하는 것은 남이 저헌테 반하는 것보담 어떨까?'
하는 우스운 생각이 드는 것이다.

"너 왜 잠자코 있니? 내가 수선을 떨어 불쾌하냐?"

"미쳤어."

그러나 정희는 뭘 별로 더 의심하려는 기색도 없이 그저 장난감을 감춘 소녀처럼 또랑또랑 형례를 쳐다보며,

"참 우리 인사할까, 그이허구."

하고 묻는다.

"싫다, 애—"

어리둥절해서 거절을 했을 때 정희는 몹시 섭섭한 얼굴을 했다. 결혼하기 전부터 이야길 많이 했고 그때부터 소개할 것을 약속했다고 하면서, 사람을 잘 이해한다는 것과 과히 인상이 나쁘지 않으리라고까지 말을 한다.

형례는 제가 거절한 것이 무엇으로 보나 정말이 못 될 뿐 아니라 응당 알고도 시치미를 뗀, 이를테면 저보다는 깍쟁이 같은 속인 줄은 조금도 모르고, 그저 안 돼 하는 정희에게 일종 죄스런 생각이 들기도 해서,

"그렇게 자랑이 하고 싶다면 내 인사헐 테니 작작 그만두자꾸나 애."

하고 쉽사리 대답해 버렸다.

두 색시가 저녁상을 받고 앉았는데 정희 어머니가 들어왔다.

많이 먹으라는 둥 혼인날 왜 안 왔느냐는 둥, 인사치레하랴 딸 걱정, 사위 자랑하랴, 갈피를 못 잡는 주인마나님의 부산한 이야기를 귓곁으로, 형례는 제 생각에 기울었다. 고 좀체로 웃을 것 같지 않은 모습이 제법 무심하게, 별로 말도 없이 그저 인사만 하던 신랑의 태도가 어쩐지 이상한 불쾌와 더불어 괸 물을 도는 맴쟁이처럼 뱅뱅 머릿속을 떠나지 않는다.

정희 어머니는,

"이제 시집이라고 훌 가버리면 그만인데, 자주 놀러오게이, 이따가 밤참 먹고 오래 놀다 가게이—"

하며 쉬 큰방으로 올라갔다.

어머니가 나가자 정희도 따라 수저를 놓으며,

"왜 그만 먹니?"

하고 쳐다본다.

"넌 왜 그만 먹니?"

둘이는 웃었다.

별 의미도 없는 그러나 몹시 다정한 웃음을 웃으면서도 어쩐지 형례는 점점 맘이 편칠 못하고, 자꾸 어두워지려고 해서 곤란했다. 그런데다 정희가 멋모르고 자꾸 이야길 꺼내놔서 더욱 딱하다. 그래서 그만 이빨이 쏜다고든지 두통이 심하다든지 해서, 피해 볼까도 생각해 봤으나, 그러나 그럴 수도 없을 것 같아서,

"한 번 보구 그런 걸 어떻게 아니."

하고 말을 받았다.

"깍쟁이 같으니라구……."

"그럼 꼭 좋단 말을 해야 헌단 말이지, 그래 참 좋더라."

말이 떨어지자 형례는 도두세우고 앉은 종아리를 사정없이 얻어맞았다.

"아이 아퍼. 너 막 셀 쓰누나, 난 갈 테다."

하고 형례는 종아리를 만진다.

그는 비단 장난엣말로뿐 아니라, 정말은 조금 전부터 그만 갔으면 하는 생각이 들기도 했다.

"노했니, 맘놓구 때려서 아프냐?"

눈이 퀭해서 잠자코 앉았는 형례를 보자, 미안한 듯이 정희가 말을 건넨다. 그는 속으로 또 괜히 딴다리를 잡누나 하면서,

"쑥스럽다 애, 허지만 네 기쁨에 내가 공연한 희생을 당헌 셈이니 사관 해야 허지 않어?"

하고 되도록 다정한 낯빛을 한다.

정희가 거진 방바닥에 닿도록 절을 하고, 서로들 웃고 하는 판에,

"새댁들이 뭘 이리 크게 웃나?"

하고 정희 큰오라범댁이 문을 연다. 일갓집 젊은

댁들이 모여서 신랑 신부 데려오라고 야단이 났으니 빨리 큰방으로 가자는 것이다. 먼저 오라범댁을 보낸 후 정희는 왜 오늘따라 오랬느냐고, 짜증을 내다시피 하는 형례를 졸랐다.

"다들 모여서 논다는데 빠지면 섭섭할 것 같애서 그랬지 뭐, 하긴 나두 별루 가구 싶은 건 아냐. 하지만 안 가면 또 뭐니뭐니 말썽이 귀찮지 않어? 그리고 그이들허구 놀아보면 구수헌 게 의외로 재미있다, 너—"

하며 정희는 은근히 형례의 그 타협하지 못하는 곳을 나무라는 것이다. 형례는,

"그래, 내 혼인놀이라는데 아무렇기로니 네가 빠져야 옳단 말이냐?"

하고 짐짓 채치는 정희 말이 아니라도, 아무튼 가야 할 것만 같아서 일어나긴 했지만, 대소가 젊은 이들이라면 모두 형례와는 동서뻘이거나 아주머니뻘이겠는데, 어쩐지 그는 전부터도 이 사람들을 대하기가 제일 거북했다. 따지고 보면 자기네들도 다 소학교라도 마친 사람들이고, 이보다도 나들이 갈 때라든가 무슨 명일날 같은 때 볼라치면 고운 옷은 잘 입는 것 같은데도, 어째 형례만 보면 연상 살금살금 갸우뚱거리는 것만 같고, 암만 애를 써도 그 사람들과는 도저히 어울리질 않는 것만 같아서, 오히려 완고한 할머니들을 대하기보다도 더 힘이 들고 싫었다.

"암만해도 난 그만둘까 봐."

형례는 한 번 더 주저한다.

"아인, 뭐가 그리 무섭냐."

정희는 갑자기 어른티를 부리고 말하는 것이다.

전에도 이런 경우엔, 일쑤 정희에게 야단을 맞는지라,

"무섭긴, 누가 무섭대?"

하고 그는 일부러 나지막한 대답을 하려는데,

"그럼 뭐냐, 너 그것 결국 못난 거다!"

하고 정말 야단을 하는 것이다.

형례는 정희가, 너무 억박지르려고만 하는 것처럼 자칫 노여운 정이 들려고도 해서,

"못나두 헐 수 없지 뭐."

하고 말해 버린다.

"글쎄, 그렇게 말험 그건 또 딴 게지만, 아무튼 가야 해요, 고대 잘 놀다가 뭐가 무섭다구 도망한 것처럼 되면 그 화나지 않어?"

정희는 두 손을 한데 모으고,

"자, 갑시다, 제발 가주시옵소서—"

하고 비는 듯이 흉내를 한다.

형례는 하는 수 없기도 했지만, 그보다도 정말 오라버니처럼 친절한 것이 오늘따라 더 가슴에 와서,

"아인 극성이기두 해."

하고 따라나왔지만, 축대를 내려서면서 그는 맘속으로,

'누구에게나 귀염을 받을 수 있는 사람, 되따에 갔다 놔도 사귀고 살 수 있는 사람은 결국 맘이 착한 사람이 아닐까.'

싶어져서, 어쩐지 외로운 정이 들었다.

두 색시가 들어서려니,

"야, 이 신부는 본래 이리 비싸나? 자넨 또 언제 왔는가?"

하고 형례에게도 인사를 할래, 모두 왁자건하다.

"신부는 신랑 옆으로 가고, 자넨 이리 오게."

그중 나이 지긋한 정희 종숙모가 농을 섞어가며 자리를 치워준다.

"신부는 신랑 옆으로 가리께, 원, 신식 신부도 부끄럼을 타나?"

이래서 방 안은 한바탕 짜글했고, 형례는 도무지 태도가 얼울해서 난감했다. 함부로 웃고 떠들 수는 세상엔 없고, 그렇다고 가만히 있으려니 뭘 대단히 뽑스리기나 하는 것처럼 주목이 오잖을까 조바심이 난다. 하지만 사실은 이것보다도, 정희와 나란히 앉은 때문인지, 신랑이 자꾸만 보는 것 같아서 영 곤란했다.

이어 방 안엔 한참 공론이 분분하다.

"뭘 해서라두 오늘 밤엔 좀 단단히 턱을 받아야 만 할 겐데 화투를 하자니 사람이 많고, 우리 윷으로 나서 볼까?"

"장가청에 웬 윷은—"

"아, 워낙 신식이거든—"

정희 종숙모가 사람좋게 익살을 부려서 형례도 웃었다.

"어쩔꼬? 신랑 편 신부 편, 갈라서 판을 짤까?"

"그러다가 신부가 지면 어짤라고."

"그게사, 절양식 중양식이라고, 아무가 진들 누가 알리, 우리는 그만 한턱만 받으면 되는 판 아닐까서."

이래서 방 안은 또 끓어올랐고, 윷판은 벌어진 셈이다.

"윷이야!"
하고 손뼉을 치기도 하고,

"모야! 모면 모개에 있는 놈 개로 잡고 방으로 들거라!"

이 모양으로, 웬일인지 점점 신부 편이 우세를 취해 가는데, 형례는 다행히 신부 편이어서, 줌이 사뭇 버는 윷가락을 잡을 차례가 또 왔다.

"자, 요번에 자넨 뭣보다도, 윷이나 도로 해서 윷길에 있는 두동백이 놈을 먼저 잡고 가야 하네."

형례는 어쩐지 진작부터 가슴이 두근거리고 팔이 후들후들해서, 그냥 아무렇게나 던진다고 던진 것이 하필 걸로 나, 이미 걸길에 가 있는 신부 편 말을 쓴다면, 뒷길로 도에 가 있는 신랑 편 말이 죽는 판이고, 그 도에 가 있는 말은 또 공교롭게도 고대 막 신랑이 보내놓은 말이다. 별안간 와― 소리를 치는 손뼉이 일어났다.

여지껏 별로 흥겨워하는 것 같지도 않고, 굳이 승부를 다투려고도 않던 신랑이, 판국이 이리 되고부터는 약간 성벽을 부려 보려는 자세였으나, 결국 윷길에 가 있는 신부 편 말을 놓치고 승부는 끝이 났다.

손뼉을 치랴, 신랑을 놀리랴 방 안은 한참 부풀었다.

"초장부터 졌으니 누가 쑥인구."

"아이갸, 곧은 눈썹 잡고는 말도 못한다지."

이렇게 웃고 떠드는 통에 요리상이 들어오고 신랑의 노래를 청하고 한참 신이 난다.

형례는 더운 체하고 정희와 훨씬 떨어져 문 옆으로 와 앉았다. 그랬는데도, 노래는 여자가 하는 법이라고, 겨냥을 정희에게로 돌리려는 신랑의 눈과 그는 또 한 번 마주쳤다.

그러지 않아도 속으로,

'정희가 내 말을…… 혹시 여학교 때 이야기라도, 긴찮은 말이나 하지 않았나.'
하는 객쩍은 생각 때문에 괜히 초조한데다가, 덥쳐서,

"잠깐 봐두 노래 잘할 분이 퍽 많은 것 같은데, 첨 온 사람 대접할 겸 좀 듣게 하십시오."
하고 신랑이 말을 해서 그는 더욱 당황하다. 그랬는데 다행으로 신랑의 말이 떨어지자,

"저 신랑, 그라나믄 한양낭군 아닐진가, 왜 저리도 약을꼬―"
하고 벅작건하는 통에 형례는 겨우 곤경을 면했다.

대체로 신랑이 그리 재미있게 굴지 않는 폭인데, 정희도 그저 허투루 노는 판이라 처음부터 뭐가 그리 자잘치게 재미로울 게 없는 상 바른데도, 사람들은 그저 신랑이고 신부란 생각 때문인지 무척이나 유쾌한 모양이다.

사람들은 꼭 신랑의 노래를 들어야만 하겠는지, 장가온 신랑은 본시 닭도 되고 개도 되는 법이니 못하면 닭의 소리도 좋고 개 소리도 좋다고 떠들어댄다.

그러나 이 통에도 셈센 아주머니라고 정희 숙모가,

"아이구, 노래는 무슨 노래, 신랑 눈치 보니께 저녁내 실갱이해도 노래할 것 같잖구만. 그만해도 많이 놀았을 바야 백죄 장성한 신랑 신부한테 궁

뎅이 무겁다는 욕 먹지 말고 어서 먹구 일찌감치 들 가세, 가."

하고 익살을 부려서 사람들은 또 한판 웃었다.

헤져 가는 사람들 틈에 껴서 형례도 가려고 하는 것을 정희가 굳이 잡았다.

"오늘 밤엔 선생으로 뫼실 테니 더 좀 놀다 가라, 애."

하고 어리광을 피우고 졸라서,

"그래 자별하니 선생 노릇 좀 하고 놀다 가게, 그래."

하고 정희 어머니도 정희 편을 들고 모두들 웃는 통에 형례는 어쩐지 몹시 무안을 타서,

"얘가, 얘가 괜히 자랑을 못다 해서 이러는 것이래요."

하고 말하려는 것도 그만 못하고, 그냥 끌려서 정희 방으로 들어오고 말았다.

"아인 첨 봤어, 이따가 어떻게 혼자 가니?"

"아이 무셔 쌀쌀둥이, 이쁜 눈 가지구 누깔이 그게 뭐냐 글쎄, 누가 너더러 혼자 가래? 이따가 내 어련히 데려다 줄라구."

"싫다. 얘."

"싫건 그만두렴."

이렇게 정희가 싱글싱글 경중대서 결국 둘이는 웃고 만 셈이다.

주위가 차차 조용해 가자 정희는 또 이야길 꺼내놓는다.

"얘, 넌 이기는 게 좋으냐, 지는 게 좋으냐?"

다리를 쭉 뻗고 마주 앉아선, 발끝을 요롱요롱하고 정희가 묻는 말이다.

"건 또 무슨 소리야."

"아니, 넌 신랑헌테 이기냐 지냐 말이다."

형례는 정희의 언제나 버릇으로 앞도 뒤도 없이 툭 잘라 내놓는 말이라든가, 어린애 같은 그 표정이 우습다기보다도 어쩐지,

'결국 끝에 가선 저희 신랑 얘기를 헐 게다!'

하는 생각이 들자, 이번엔 방정맞으리만치 폭 솟구려는 웃음을 참아야 할 판이다. 이래서 형례는 간신히 짓는다는 게 너무 지나치게 점잖을 정도로,

"그래, 난 잘 모르니 너부터 말해 보렴."

하고 정희를 본다.

"깍정이 같으니, 그래 난 지는 게 좋다. 일부러래두 지려구 해, 어떠냐?"

"그럼 되우는 좋아하는 게지."

"그래 좋아하기두 해. 허지만 그보다도 이기구 보면 영 쓸쓸할 것 같구 허전할 것 같아서 그런다, 너—"

정희는 눈썹을 째긋이 하고 아주 진실하다.

"그럼 행복이란 널 위해서 준비됐게?"

"아인 남의 말을."

하고 정희는 때리려는 시늉을 한다.

"아니고 뭐냐, 좋아해서 지고 싶고, 지면 만족하고, 설사 그곳에 어떤 희생이 있대도 즐겨 희생하는 곳엔 고통이 없는 법 아냐?"

"너 왜 이렇게 막 뻐기니, 무섭다 얘, 관두자."

이번엔 정희가 얻어맞을 뻔한다.

형례는 뻐기는 것까지는 좀 거짓말일지 모르나, 아무튼 너무 정색한 것을 깨닫자,

"그럼 너만 뻐기련?"

하고 어름어름 웃으면서도 어쩐지 부끄럽다.

정희는 아닌 게 아니라 제가 지는 것으로 해서 조금도 자존심이 상할 리 없다는 설명과 지고도 만족하다면 그 사람은 행복할지 모른다는 것을 말하면서— '그이'를 오라고 해서 같이 이야기하고 놀았으면 좋겠다고 한다.

형례는 웬일인지, 거의 폭발적으로 콱 터져나오는 웃음을 참을 수가 없다.

"나 원 그렇대두, 글쎄 누가 너희 신랑을 못 봤다구 이렇게 야단이냐 말이다."

형례는,

"이런 심보하고는 전 소라통이야 왜—"

하고 토라지려는 정희 말을 듣는 둥 마는 둥,

"소라통이 아니면 뭐냐 그럼."

하고는 그저 웃었다.

조금 후에 형례는 전에 달라 별 대꾸도 없이 그 저 시무룩해 있는 정희를 발견하자 흠칫,

'너무 심히 굴지 않았나?'

하는 후회가 난다.

제가 슬플 때라든가 기쁠 땐 꼭 어린애처럼 순 진해지는 정희인 것을 누구보다도 잘 아는 형례로 서는, 정희가 하는 노릇을 단지 자랑으로만 볼 수 는 없다.

형례는 속으로,

'제가 좋아하는 내가, 제가 좋아하는 그이와 친 했으면…… 제가 좋아하듯 서로 좋아했으면…… 하는, 이를테면 정희다운 맘씨가 아닐까?'

싶어서 더욱 짓궂게 군 것이 미안해진다.

"너 노했니?"

"……"

"못났다 애, 어쩜 그렇게 생판이냐."

"뭐가 생판이야?"

"어린애란 말이다."

"어린애래두 좋아."

한순간 둘이는 이상하게 부끄러운 어색한 분위 기에 싸였으나, 그러나 인차 정희는 훨씬 명랑해 져서,

"이따금 난 네가 몰라줘서 쓸쓸탄다."

하며 트집까지 부린다.

전에도 이런 경우엔 맡아놓고 정희가 해결을 지 어줬지만, 형례는 진정 마음으로 이날처럼 고마운 적은 별로 없다. 그리고 또 이날처럼 그걸 모른 척 해 본 적도 없다.

"모르긴 뭘 몰라?"

하고 형례는 되도록 남의 말처럼 무심하려는데,

"그럼 데려오랴?"

하고 다그쳐서 그는,

"너두, 참—"

하고 당황한 웃음을 웃지 않을 수 없었다.

자정이 훨씬 넘어서야 형례는 정희 집을 나섰 다. 혼자 가도 괜찮다고 사양을 했지만, 결국 세 사람은 가까운 길을 버리고 해안통을 나란히 걸 었다.

중앙 잔교를 지나서 뗏목으로 만든 긴 나룻가엘 나서려니 조그맣씩 한 산들이 병풍처럼 둘러 있 어, 언제 보아도 호수 같은 바다가 안전에서 찰싹 거린다.

"왜 안개가 끼려구 할까."

뽀얀 안개가 산에고 바다에고 김처럼 서려 있어 조금도 가을 같지가 않다.

"왜 안개가 낄까?"

이번엔 신랑이 묻는다.

"혹 비가 오려면 안개가 낀대지만……."

정희는 말끝을 맺지 않고 하늘을 본다.

신랑도 따라, 그저 은하수를 헬 것만 같은 하늘 을 쳐다봤다. 아지랑이가 꼈든, 안개가 꼈든, 유리 알처럼 영롱한 하늘이 사뭇 높아서 하늘은 아무리 봐도 가을 하늘이다. 그러나 그게 조금도 북방 하 늘처럼 쇄락한 감을 주지 않는 것이 더욱 연연한 정을 주지 않는가? 음산한 가을비가 오다니, 모를 말이다.

정희는 이제 여름밤을 보라고 연신 자랑이다. 정희 말을 들으면 비가 오려고 하는 전날 밤과 비 가 갠 날 밤이 여름밤치고도 제일 곱다는 것이다.

"그렇게 하늘만 고운가?"

고, 신랑이 웃음엣말로 정희 말을 받으며 힐끗 형 례를 봤다.

형례는 잠자코 있기가 어쩐지 거북해서,

"첨이세요?"

하고 그저 얼핏 나오는 말을 한 것이지만, 제가 생 각해 봐도 대체 뭐가 첨이냐는 것인지 모를 말이 라 더욱 어색했다.

정희는 신랑이 이제 첨 와본다는 것과, 대단히

좋은 곳이라고 형례 말에 인사를 하자, 더 신이 나서 섬으로 낚시질을 가 조개를 캐고 소라를 따는 이야기, 섬의 밤은 무척 꺼멓고 이심이가 산다는 바윗돌이 무섭다는 이야기를 했다. 또 신랑이 짐짓,

"바닷가 색시들은 사나울 게라."

하고 말을 해서 형례도 웃었다.

"왜 바다가 얼마나 좋은데 그래. 우린 되우 슬프거나 외로울 땐 갑자기 바다가 그리워지고, 풍랑이 몹시 이는 바다에 가서 죽고 싶대요."

"건 또 웬일일까, 물귀신의 넋일까."

하고 신랑이 웃고 정희 말을 받으며,

"이러다간 내일 동하게 되리다."

해서 색시들은 자지러지라고 웃었다.

정희는 신랑이 그 큰 소리로 웃지들이나 좀 말라고 하는 것이 더 우습고 재미있다는 듯이, 남해서 배를 타고 여수로 가려면 바다에 나간 남편을 기다리다 죽은 원귀가 있는 섬이 있는데, 혹 비가 오려는 날 어선이 그곳을 지나노라면 아주 구슬픈 울음소리가 들린다는 이야기, 또 옛날에 어떤 총각이 돌치라는 아주 조그만 섬에 가서 고기를 낚고 살았는데, 하루는 달밤에 고기를 낚노라니 아주 머금어 빼친듯한 처녀가 홀연히 나타나서 밤마다 놀다가는 꼭 새벽이면 눈물을 흘리고 물속으로 들어갔단 이야길 장난꾼처럼 재잘대며,

"알고 보니 그게 바로 인어였대요."

하고 사부랑거린다.

"정말 인어라는 게 있을까?"

형례는 싫도록 들어온 이야기지만 어째 이상한 생각이 수룻이 들어서 정희보고 말한 것인데,

"그럼 있지 않구요."

하고 신랑이 말을 받았다.

'내 보기엔 당신네들부터 수상한 것 같수다.'

하는 것처럼 색시들의 얼굴을 보며 웃는 것이다.

형례는 전에 없이 아름답고 즐거운 밤인 것을 확실히 느낄수록 어쩐지 점점 물새처럼 외로워졌

다. 저와 상관되고 가까운 모든 사람이 한낱 이방인처럼 느껴지는 순간, 그는 저와 가장 멀리 있고 일찍이 한 번도 사랑해 본 기억이 없는 허다한 사람을 따르려고 했다. 별안간 눈물이 쏙 나오려고 한다. 그는 정희가 볼까 봐서 머리를 숙인 채,

"몇 시나 됐을까?"

하고 말을 건넨다.

"글쎄."

조금 후 일어나는 색시들을 따라 신랑도 일어서면서 왜들 물속으로 들어가지 않느냐고 해서 셋이는 모두 웃었다.

세 사람이 새로 된 매축지를 거진 다 돌아나려고 했을 때 어디서 기다란 기적이 아삼푸레 들려왔다.

"정말 날씨가 궂으려나 보지?"

정희가 혼잣말처럼 사분거린다.

"무슨 징조로 자꾸 비가 온대는 거요?"

하고 신랑이 물어서, 이제 막 들리는 기적 소리가 바로 날이 궂을 때 들린다는 것과 그게 바로 낙동강을 지나는 열차의 신호라고 정희가 설명을 한다.

형례는 이 야심하면 흔히 들을 수 있는 이 기적 소리가, 이제 웬일로 칼날보다도 더 날카롭게 별똥보다도 더 빠르게 가슴에 오는 것인지, 별 까닭도 없고 어디 논지할 곳도 없어 더 크고 깊은 억울함에 그냥 목놓아 통곡하고 싶은 감정을 자그시 깨물며 머리를 숙인 채 잠자코 걸었다.

세 사람이 거진 형례 집 앞까지 왔을 때,

"미안합니다, 괜히 이렇게……."

하고 형례가 그 뒷말을 몰라하는 것을,

"또 뵙겠습니다."

하고 신랑이 얼른 말을 받아주었다.

형례는 꼭 지쳐진 대문을 열고 들어서선, 빗장을 꽂고 다시 고리를 걸었다.

남편은 벌써 돌아와서 잠이 들었던 모양으로,

"새도록 무슨 마을인가?"
고 제법 농을 섞은 꾸지람을 했다.

형례가 자리에 누울 제쯤 해서 남편은 담배에 불을 댕기며,
"뭘 하는 사람이래?"
하고 말을 건넨다.
"그냥 공부하는 사람이래요."
하고 형례가 말을 받으니까 남편은 짐짓 좀 피식이,
"아 여태 학굘 다녀?"
하고 묻는다.
"꼭 학굘 대녀야만 공불 허나?"

좀 생파르게 대답하는 아내의 말이 있은 지 얼마 있다가 남편은 일부러 푸-푸- 소리를 내고 연기를 뿜으며 혼잣말처럼,
"공불 허는 사람이다? 좋은 팔자로군."
하고 흥청거린다.

형례는 남편의 이러한 태도가 어쩐지 마땅찮았다. 자기도 역시 그 나이 또랜데도 무슨 자기보다는 훨씬 어린 사람의 이야기나 하듯 오만한 그 표정이 어쩐지 비위에 거슬린다. 그래서 짐짓,
"건데 여간 침착한 사람이 아니야요."
하고 말을 해봤다. 그랬더니 남편은 역시 무표정한 얼굴로,
"응, 얼굴도 잘나구."
하며 맞장구를 치는 것이다.

이때 형례에겐 쏜살같이,
'내 맘을, 내가 뭘 생각하고 있는지를 자기대로 짐작헌 게다. 그래서 이것이 그 노염의 표정인 게다!'
이렇게 생각이 들자 또 뒤미처서,
'이런 때 남편의 표정이 이래야만 하는 것일까?'
하고 생각이 든다. 형례는 알 수가 없었다. 웬일인지 분하다.
"왜 동무 남편임 좋건 좋다고 허는 게 뭐가 어떻고, 왜 나쁘담—"
하고 형례는 그만 미리 덜미를 잡으려는 시늉이

다. 그런데 웬일인지 이렇게 말을 시작하고 보니, 뭘 한 번 억척같이 버티어보구 싶은 애매한 충동이 느껴졌다. 그래서,
"말해 봐요. 내일 광골 써붙이든지 세상 밖으로 쫓아내든지 한번 맘대로 해 보세요. 허지만 난 당신처럼 거짓말은 헐 줄 몰라요……."
하고 허겁지겁 저도 알 수 없는 말을 한다.

사실 형례는 한번 불이 번쩍하도록 맞고 싶었다. 그러면은 차라리 뭔지 후련할 것 같았다. 그러나 남편은 형례가 하는 말을 어떻게 들었는지,
"내가 뭐랬다구……."
하며 거의 당황해서 일어앉는다.

"당신은 번듯하면 날 잡구 힐난하려 들지만, 원, 허 것 참. 그래 내가 어쨌단 말이오. 왜 남이라구 좋단 말 못허란 법 있나? 그리고 또 당신이 뭘 그리 좋단 말을 했기에, 내가 어쩐다구 이러우? 자, 그러지 말래두 그래. 괜히 평지에 불을 일워 티격태격하면 그 모양이 뭣 되우, 그저 당신은 아무것두 아닌 것 가지고 이러지 말우. 내 암말두 않으리다."
하고 괜히 쉬쉬한다.

'아무것두 아닌 것 가지고…… 내 암말도 않으리다.'
하고 남편이 하던 말을 되풀이해 본다. 암만 생각해도 이게 아닌 성싶다. 맞장구를 치는 것도 이게 아니고, 당황해 하는 것도 이거여서는 못쓴다. 아무튼 도통 이런 게 아닌 것만 같다.

얼마 후 형례는,
'내가 아주 괴상한 짓을 할 때도 그는 역시, 모양이 뭐 되우 내 암말두 않으리다 할 건가?'
싶어진다. 이렇게 생각하고 보니 어쩐지 정말 꼭 그러할 것만 같다. 동시에,
'이렇게 욕 주고 사람을 천대할 법이 있느냐?'
는 외침이 전광처럼 지나간다. 순간 관대하고 인망이 높고 심지가 깊은 '훌륭한 남편'이 더할 수 없이 우열한 남편으로 한낱 비굴한 정신과 그 방법을 가진 무서운 사람으로 형례 앞에 나타났다.

점점 이것은 과장되어 나중엔,

　　'그가 반드시 나를 해치리라.'

는 데서 그는 오래도록 노여웠다.

　웬일로 밤이 점점 기울수록 악머구리 떼처럼 버러지들이 죽게 울어댄다.

　'저 기다랗게 끼룩끼룩 하는 것은 지렁이일 테고, 끼뜩끼뜩 하는 것은 귀뚜라미일 테지만, 저 쐬르르쐬르르 하고 쪽쪽쪽 하는 벌레는 대체 어떤 형상을 한 무슨 벌레일까? 왜 저렇게 몹시 울까?' 싶다. 갑자기 밀물처럼 고독이 온다. 드디어 형례는 완전히 혼자인 것을 깨닫는다.

[1940]

유치장에서 만난 사나이

김사량 (1914 ~ 1950)

평남 평양 출생. 일본 동경제대 독문과 졸업. 본명 김시창(金時昌). 일본어 소설집
『빛 속에서』(1940), 『고향』(1942) 등을 내는 등 한국어 창작과 일본어 창작을 병행하
였다. 1943년 중국 연안(延安)으로 탈출하여 일본군과 싸웠는데 이후 이 경험을 그린
보고문학 『노마만리』을 출간했다.

"나두 통곡을 하구 싶어요. 큰 소리를 지르며 통곡을 하고 싶어. 나는 울
기를 좋아하는 거야, 울기를. 그래서 나는 늘 이 이민열차에 오르군 하겠지."

거기서 그는 갑자기 울음을 뚝 그치고 목소리를 낮추더니 얼굴 근육에 몹
쓸 경련을 일으키었다. 나는 이 광열적인 사내가 우리들도 흔히 빠지곤 하는
절망적인 고독감에 사로잡힌 것을 알았다.

그렇다. 그는 늘 절대의 고독 속에 묻혀 있는 것이다. 그것은 또 무서운 절
망임에 틀림없다. 나는 그가 빨리 진정되어 주기만 바랐다.

우리들은 부산발 신경행 급행열차 식당 안에서 비루병과 일본술 도쿠리를 지저분히 벌여놓은 양탁(洋卓)을 새에 두고 앉았다. 마침 연말휴가로 귀향하던 도중 우리는 부산서 서로 만난 것이다. 넷이 모두 대학동창이요, 또 모두가 같이 동경에 남아서 살고 있었다. 한 사람은 광고장이 한 사람은 축산회사원, 한 사람은 『조선신문(朝鮮新聞)』 동경지국 기자, 그리고 나. 우리들은 기실 대학을 나온 이래 이렇게 오랜 시간 마주 앉아보기는 처음이었다. 그래 우리는 만취하기까지 술잔을 기울이며 여러 가지로 이야기하였다. 그리고 우리는 드디어 술에도 담배에도 이야기에도 시진하였다. 그때에 신문기자는 이 열차에 오를 적마다 머릿속에 깊이 박혀 사라지지 않는 기억이 하나 있노라 하며 다시 우리들의 주의를 이끌어 다음과 같은 이야기를 시작하였다.

지금 세상에는 종잡을 수 없는 사람이 퍽으나 많기도 하다. 아무리 생각해 보아도 그는 이상한 사나이였다. 하나 나는 아직까지도 그의 본명을 모른다. 그래 여러 사람이 부르던 것처럼 나도 여기서 그를 왕백작(王伯爵)이라고 부르기로 하련다.

그런데 내가 처음 왕백작을 만나기는 그다지 큰 소리로 말할 것은 못 되나 사실은 동경 A경찰 유치장 속에서였다. 바로 삼 년 전의 일이니 내가 ××사건에 관계하여 들어갔을 때이다. 그러므로 그를 왕백작이라고 부르고 있었다는 것도 이를테면 구류들과 형사들과 간수들을 두고 하는 말이다.

그러나 흥미 있는 일은 청년 왕백작이 대체 무슨 사건으로 해서 들어와 있는지는 알 수 없었으나 유치장 속에서 대단히 인기가 있는 것만은 사실이다. 그것은 그가 누구에게 대하여서나 제일 부접이 좋았고 또 호통을 잘 부려 주위 사람들을 매우 우습게 혹은 귀찮게까지 만들기 때문이다. 퉁명스런 구류인들도 결국은 그의 일을 놀리든가 핀잔을 하든가 하면서 그나마 무료함을 꺼주는 위로로 삼고 있는 터였다. 물을 뿌린 듯이 고요할 대로 고요한 유치장 내의 암울한 공기를 깨뜨리며 이 모든 사람의 심란한 낮졸음을 깨치는 것두 그 사나이였다.

"단나 단나상."
이렇게 그는 밖으로 향해 부르기가 일쑤였다.

유치장에 들어간 바룻날 나는 이 기이한 발음에 퍽으나 놀랐었다. 그것은 바로 맞은편 쪽 방으로부터였으나 아무래도 그 목소리의 임자가 조선 사나이임에 틀림없기 때문이다.

"포쿠데스요. 포구 변소, 변소에 가구 싶어요."
"왕백작인가."
"하이 하잇."

그것이 아주 질겁할 만치 황송한 목소리이다. 구류인들은 모두 참지 못하고 웃고 말았다. 그래도 간수는 그이가 백작이라 하여 그런 것은 아니겠지만 변소에 내보낼 시간이 아닌데도 드디어는 패검 소리를 제가닥대며 철창 문을 열며 그쪽으로 간다. 이래서 감방 사람들은 말짱 졸음을 깨치고 그래서 또 투덜투덜 불평을 늘어놓는다. 물론 그다지 불평일 게도 없지만. 그냥 너무 지루하던 끝이라 그렇게나마 파적을 하는 것이렸다. 그러나 그중에도 이 음산한 분위기에서 겨우 구함을 받은 것 같아 철창문 밖을 몰래 내다보려고 우쭉우쭉 엉덩이를 쳐드는 작자도 있다. 내 바로 옆에 쭈그리고 있던 전과 삼범의 대아머리는 목을 움츠리고 어깨를 으쓱 올리면서 푸념을 한다.

"자식 또 떠들어대네."
"저 사내는 어째서 들어온 모양인가"
하고 나는 나지막한 목소리로 물어보았다.

"그야 모르지만, 저래 보여두 저고사 자네네 백작이랍데."
하고 전과자가 입맛 쓰다는 듯이 웅얼거린다.

"저놈은 내가 사상가(思想家)야, 라구 아주 얼러댄다니까."
"저 녀석 애비가 조선 어딘가의 지사라나."
이번은 맞은편에 쭈그리고 있던 쇠들쇠들 말라

빠진 고무도적이 말을 걸었다. 그때 나는 옳지 하고 생각이 났다. 암 그렇지, 그놈이 ××도지사의 아들임에 틀림없지. 근데 가만있게나, 거기서 이놈이 또 수작을 하는 거야. 이놈은 본시 백작과 같은 방에 있으면서 백작하고 몰래 수군거리다가 간수의 눈에 띄어 전방(轉房)되었다던가, 그래서 왕백작의 일을 잘 알고 있는 셈인지.

"들으니까 저 녀석이 또 백만장자이라겠지. 그래 조선 신마이 자네는 모르는가, 그래 몰라? 저놈은 저래두 사람은 무척 좋은 사나일세."

"언제쯤 들어왔는가."

나는 재차 물었다.

"반 년두 더 되었더군."

"무슨 일로."

"나두 모르지만 제 딴은 아주 큰일을 저질렀다고 그러든데."

그러고 이 고무도적의 설명에 의하면 왕백작은 매일 특고실(特高室)에 불려 나가 마음대로 사먹고 싶은 맛나는 음식을 주문해 먹으면서 신문과 잡지도 자유롭게 읽으며 또 놀기도 한다는 것이다. 그도 그럴 것이 주의해 보니까 그는 하루에 한 번씩은 꼭 점심 전에 불리어 나간다. 그러면 고무도적이 그 뒤에서 입맛을 쩍쩍 다시면서 이렇게 중얼대곤 하였다.

"저 녀석은 오늘은 또 중국요리를 먹구 들어올 게야…… 아아, 나는 담배라두 한 대 피워 물었으면, 담배라두 한 대……."

그런데, 나는 드디어 특고실에서 그 고무도적의 이야기와는 얼토당토 않은 일을 하고 있는 왕백작을 발견하였다. 유치장을 나서면 바로 오른쪽에 이층으로 올라가는 층계가 있다. 거기를 올라가 막다른 곳에 특고실의 표찰이 걸려 있었다. 나는 갑자기 밝은 데로 나갔던 탓인지, 눈이 부시어 보이지 않고 눈물이 솟구어 나오는 것을 깨달았다. 그래서 한켠 모퉁이 의자에 걸터앉아 현기와 가쁜 숨결을 죽이려 하였다. 겨우 제정신이 들어 눈을

떠보니까 내 앞에는 어느새 유령과 같이 한 사나이가 서 있었다. 그것이 히죽이 웃는다.

바로 이 사나이로구나 하고 나는 생각하였다. 그를 보는 것은 이것이 처음이었다. 그 꼬락지. 나이는 한 이십육칠, 포로가 된 타타르인같이 해어진 양복에 머리는 장발장의 그것같이 길고 더부룩하다. 다만 그 희고도 넓은 이마와 공허스런 큼직한 눈, 둥그스름한 얼굴이 겨우 사람이라는 현실감을 일으키게 한다. 그러나 그럴싸하여 그런지 얼굴과 몸가짐의 어느 구석엔가 어딘지 모르게 부드러운 즐거움과 상인(常人) 아닌 귀공자풍이 깃들이고 있었다. 그것이 소매를 치키고 손에 흠뻑 더러운 걸레를 쥐고 서 있다. 조리(슬리퍼)도 걸치지 않은 채 걸레질을 하고 있기 때문에 발은 십일십일과 같이 더러웠다. 그리고 발가락 사이로는 시꺼먼 흙이 삐죽삐죽 비어져 나오고 있었다. 그도 딴 사상혐의와 같이 불려 나가 매일 수기를 쓰고 있음에는 틀림없었다. 그리고 그날은 또 특별히 소제(掃除)를 돕고 있던 것인지도 모른다. 그는 이윽하여 대밭 밑에 몸을 구부리면서 걸레질을 하는 시늉을 지으며 주위를 꺼리는 듯한 나지막한 조선말로 속삭였다.

"실수 없이 하게나. 똥그래미가 있으면…… 잘 부탁만 하면 모찌떡 사먹을 수가 있다네."

그러고는 그는 얼굴을 쳐들고 입맛이 당기는 듯한 비굴한 동정의 웃음을 빙그레 웃어 보였다. 그리고 옆에 놓인 바께쓰 속에 걸레를 넣어 쥐어짜더니 그만 옆에 테이블 밑으로 엉금엉금 기어들어갔다. 나는 그의 병적으로 퉁퉁 부어오른 꺼먼 다리를 보면서 심한 각기로구나 하고 생각하였다. 그 후 얼마 되지 않아 그의 다리는 더욱 악화된 모양으로 그의 방에서 신음 소리가 들려 왔고 그 때문인가 오랫동안 예(例)의 호출도 오지 않게 되었다.

어떤 날 밤 나는 잠깐이나마 변소 안에서 그와 함께 몰래 이야기를 할 수가 있었다. 내 방 사람들

이 모두 변소에 나갔을 때다. 바로 왕백작은 괴로운 자세로 같은 방 사람들보다 떨어져서 혼자 소변대 위에 서 있었다. 나는 그의 옆으로 가서 나란히 섰다.

"몸은 괜찮은가."

"응 고맙네…… 괜찮어."

라고 그는 대답하였다. 하나 그 목소리가 듣기에 너무나 가늘고 숨이 괴로워 뵈기에 나는 놀라 그의 얼굴을 한참 들여다보았다. 그런 즉 그는 아주 뻐기는 듯이 히죽 웃더니

"나는 죠렌(단골)이어서 머."

한다. 그 얼굴은 이상하게도 찔린 듯이 새하얬다.

"언제 나가는가."

"나야 아마 송국(送局)일걸."

그러나마 기운 없는 떨리는 목소리면서도 어쩐지 내심 득의양양한 눈치였다.

"크게 다치는 일인가."

"나? 헤헤헤, 그게야 누구보구 말할 수 있나, 헤헤헤."

하더니만 그는 별안간 커다란 공허스런 눈을 희번덕이며 목구멍이 메인 듯한 목소리로 묻는다.

"그런데 아나키스트란 무언가?"

"아나키스트라니, 거야 말하자면……"

하고 나는 그 말문이 막히어 어쩔 줄을 모르며 끝을 못 맺었다. 글쎄 한 삼 년 전의 일이니까 옛적이라고도 할까. 그 시절에 있어서는 아나키스트도 있기는 하였을 것이다. 그러자 이 왕백작이 돌연 넘어질 듯이 몸을 비틀거리며 에헤에헤 웃어대면서 이렇게 소리를 질렀다.

"에헤헤 에헤 내가 그것이라우, 바루 그것이야."

그게 너무 엉뚱한 큰 소리였기 때문에 나는 펄쩍 놀라며 옆에 술통 앞으로 미끄러져 내려가 오금을 펴지 못하였다. 간수가 듣지나 않았을까 하여. 어쨌든 이 모양으로 그는 실로 무지하고 광신적이며 또 그리고 곧잘 허풍을 떠는 성질이었다. 그는 병이 중태에 이르렀을 때에도 간수의 눈을 피해가며 철창문 옆에 비스듬히 기대고는 아무 방 사나이보고라도 말을 걸고 선전하였다.

"이마 결국 나는 아나키스트란 말이야. 무슨 일이 나기만 하면 턱하고 붙들려 오거든. 그런데 이마 아나키스트란 무엔지 네 아냐 말이다? 응, 그렇지 모를 테지?"

그러나 감방 사람들은 누구 하나 그의 말을 곧이들으려고는 하지 않았다. 그저 헤벌심헤벌심 불어넘기고 만다. 하나 나는 하루는 다시 특고실로 불려갔을 때 그에 대한 모든 일을 알 수가 있었다. 거기에는 그의 아버지가 찾아와 앉았다. 금테 안경을 낀 허어연 수염을 단 뚱뚱하고 점잖은 신사였다. 물론 ××도지사이었음에 틀림없다. 주임이 이 노백작에게 그의 아들의 일을 설명하고 있는 것이다. 젊은 왕백작은 사실로 수십 회나 여러 곳 서(署)에 붙들려 다닌 모양이다. 그리고 보니 죠렌이라는 것도 믿을 성싶은 말이다. 그리고 그의 범죄라는 것이 또 늘 아주 기괴하였다. 어디서든지 불온한 사람이 검속된 것을 안다 치면 무슨 생각엔지 그 뒷달음으로 주인공인 사람한테 자못 중대해 보이는 편지를 써보내는 것이다. 그러면 이게 큰일이구나 해서 뛰쳐가 살펴보면 역시 이 사나이의 짓인 것이 판명되곤 하였다. 이번만 하더라도 같이 하숙하고 있는 대학생이 무슨 혐의론지 붙들려가자 이어 그 방으로 들어가서 수상해 보이는 서적이며 그 외 증거물 같은 것을 자기 방으로 옮겨다 놓았던 것이다. 형사가 가택 수색을 하러 나가 본즉 온통 방 안 몰론이 달라졌기에 알아보니까 왕백작이 그것을 제 방으로 갔다가 이 모퉁이 저 모퉁이 쌓채이고서 그 가운데 네 활개를 펴고 드러누워 있었다. 그래 동행을 요구하니까 그는 벌떡 일어나 덜렁덜렁 따라 나왔다는 것이다.

"사실로 백작님 아드님한테는 어떻게 해야 좋을지 알 수가 있어야 말이지요."

라고 주임은 머리를 긁적거리었다.

"유행을 따른다고 하기에는 너무 지나쳤으며

…… 그리고 인제는 또 그러한 불온사상도 유행하지 않습니다."

"대체 그게 무어라는 사상인데."

노백작은 침통한 낯빛으로 묻는다. 주임은 자못 난처한 모양으로

"네, 글쎄 아나키스트라구나 말씀드릴는지요."

확실히 그것은 그 뒤 이삼 일 지나서인가 생각된다. 내가 일건(一件) 서류와 함께 검사국으로 넘어가게 된 것은. 그런데 그날의 이 가련한 아나키스트의 인상이란 나에게 있어 일생 동안 잊지 못할 만치 깊은 것이다. 그날 아침 나는 감방 밖으로 나가 거의 두 달 만에 구두를 신으며 주섬주섬 차비를 차리고 있었다. 그는 어느 구류인들과 같이 철창 문지방에 몸을 기대고 나의 얼굴을 멀거니 내려다보고 있었다.

"단나상한테 부탁하여 담배라두 한 대 피우도록 하거니……."

라고 그는 중얼거렸다.

"고맙네."

나는 왜 그런지 갑자기 마음이 언짢아져 그쪽으로 얼굴을 돌려 쳐다보았다.

그의 그 총명해 보이는 넓은 이마에는 서너 줄의 움푹한 주름이 잡혔고 공허스런 눈은 힘없이 보이며 덥수룩히 수염을 기른 입 가장은 삐죽삐죽 움직이고 있었다.

"될 수 있는 대루 자동차루 가게나."

나는 포승을 걸친 몸뚱이에 오버를 걸치고 모자를 깊숙이 쓴 다음 그에게 목례를 하였다.

그리고 유치장 문을 막 나서려 할 때 별안간 왕백작의 목이 갈한 듯한 그러나 큰 고함을 지르는 소리가 내 귀를 쨍 울리며 들려왔다.

"우마쿠 야레요오(잘해 보시오)."

나에게는 지금도 아직 그 목소리가 내 귀청을 찌르며 들려오는 것 같다. 그리고 찌르르 가슴이 미어지는 것 같은 느낌이 없이는 그 고함 소리를 생각해 낼 수가 없다. "……자, 비루를 좀 더 따라주게나." 여기서 말을 잠시 끊고서 신문기자는 또 한 잔 꿀꺽 들이마셨다. 기차는 어둠 속을 조금도 쉴새없이 그냥 북으로 북으로 맥진을 계속하고 있을 뿐이다.

그 후 아마 재작년 지금쯤의 일인가 싶다. 나는 다시금 자유로운 몸이 되었다. 아니 오히려 갱생한 것이라 할까. 그리고 바로 이 경부선 열차를 타고 고향으로 돌아가던 도중이었다. 나는 실로 그때에 다시 한 번 이 왕백작을 만났던 것이다. 그러나 그것은 드디어 무서운 일로 되고 말았다. 아무리 하여도 돌이킬 수 없는 일로 되고 말았다. 나는 그때 일을 생각하면 이상한 생각이 든다. 괴로워진다. 그리고 양심의 가책을 받는다. 그렇다. 나는 갱생이라는 인생의 재출발 벽두에 있어서 또 하나의 큰 죄를 저지른 것처럼 생각된다.

그날 밤은 오늘 밤과 같이 달이 환히 비치고 있지는 않았다. 배에서 내렸을 때 부산 부두에는 비가 내리고 있었다. 그리고 해질 무렵 기차가 추풍령 협곡에 다다랐을 때는 태백산맥에 부딪친 대륙의 태풍이 노호를 하고 있었다. 주위 일면에는 눈보라가 치며 하늘은 검푸르게 내려앉고 소나무와 섭나무의 숲이 바위 잔등에서 떨고 있었다. 열차는 골짜기를 지나서는 어둠이 벌어지는 낙막한 전야(田野)로 돌진하였다.

헬 수 없이 많은 까마귀들이 울면서 하늘 높이 떠오른다. 그때부터 실로 말하자면 음산한 밤이 시작된 것이다.

그런데 기차 속은 만주광야로 이주하는 이민군들로 가득 찼다. 그들은 짐짝과 같이 웅크리고 쭈그리고 쓰러지고 혹은 넘어지고 모로 눕기도 하고 자리에서 비어져 나온 사람은 통로에서 타구를 안은 채 세상 모르게 잠들고 있다. 모두들 무던히 피곤한 듯 침침히 잠이 들어 누구 하나 까딱하는 기색이 보이지 않았다. 때때로 어린애들이 킹킹 보챈다. 여기저기서 부인네들은 구역질을 하고. 끈으로 꿰어 돌더구에 매단 바가지는 서로 마주

치며 달가락달가락 소리를 내고 있다.

　나는 그 한 모퉁이에 움츠리고 있었다. 내 아무 것도 생각지 않으려 과거의 일은 과거대로 묻어버리고 말리라고 눈을 감은 채였다. 그러나 나는 절망하고 있지는 않았다. 오히려 나는 내 체내에 새 생명의 피와 힘이 용솟음치는 것을 느끼었다. 그리고 심지어는 그 저주받을 풍수해로 말미암아 논, 밭, 집을 몽땅 띄워버리니 백성들이 이제부터 새로운 광명을 찾아 멀리 광야로 출발함을 볼 때 나는 더욱더욱 자기도 용기를 내어 갱생치 않으면 안 되겠다, 새로운 생명을 다시금 찾아들이지 않으면 안 되겠다고 맹세하는 것이었다. 이리하여 나는 혼자 흥분한 나머지 차츰 체열이 생기어 거진 상기까지 할 지경이 되었다.

　그 사이에도 이 이민열차는 쉴새없이 기적을 울리면서 맥진하고 있었다. 바로 이 기차 모양으로 연결되며 또 그 지방의 이민군들이 우르르 오르곤 한다. 너무나 소연한 바람에 나는 눈을 뜨고 창밖을 내다보았다. 아직도 펄펄 눈은 내리고 있다. 그 정거장에서 기다리고 있던 수백 명의 이민군이 꾸러미와 보따리를 안기도 하고 지기도 하고서 마치 파도와 같이 뒤 차량으로 비명을 지르며 몰려가는 것이다. 그게 바로 난민의 무리와도 같이 보인다. 그런데 어느새인지 우리들의 차량으로도 수십 명의 이민들이 들어와 보려고 얼굴을 들며 밀었다가 무엇인지 지껄이면서 황망히 다시금 밖으로 물러나간다. 그러나 그는 그 뒤로 꺼먼 외투에 흰 명주 마후라를 걸친 중키의 한 신사가 비틀비틀거리며 들어서는 것을 보았다. 그는 문 어귀에 멍하니 한참 서서 차 속을 둘러보는 것이다. 아주 퍽 괴로운 듯이 몇 번이고 양미간을 찌푸리며 두터운 입술을 비죽인다. 얼굴은 뻘겋게 달고 있다. 이마에는 서너 줄의 주름이 가로 접히었다.

　숨이 몹시 가쁜 듯. 몹시 술에 취한 게로구나고 나는 생각하였다. 그러나 그와 동시에 나는 저도 모르게 펄쩍 놀라며 일떠섰던 것이다.

　그도 나를 알아차린 듯 갑자기 눈을 휘둥그렇게 뜨더니만 히죽 웃는다. 그 웃는 얼굴을 보고는 나도 무엇이라 소리를 쳤다. 그것은 언제인가 A서(署) 특고실에서 내 앞에 나타나 히죽이 웃던 왕백작임에 틀림이 없었던 것이다. 그는 엎어질 듯 비틀거리며 가까이 오더니만 덥썩 나한테로 달겨붙는다. 술 냄새가 획 코를 찌른다.

　"동경의 동지!"

　이렇게 그는 아무 거리낌 없이 다짜로 부르짖었다. 술기운 때문에 이전보다도 더욱 혀가 돌아가지 않는 국어를 쓴다.

　"응, 이게 웬일인가, 대체 자네는 그 후 무사했는가. 얼굴빛이 아주 나쁘구면."

　"어서 여기라도 좀 앉게나."

　하고 나는 그에게 자리를 내주려고 일어났다. 그런즉 그는 갑자기 무엇에 놀란 것처럼 괜찮아 괜찮아 하며 손을 내저어가며 뒷걸음을 치더니 그냥 그대로 통로에 털석 주저앉고 말았다. 그러고는 마냥 떠들어대는 것이다.

　"아니 나는 여기가 더 좋을세 여기가. 응 그런데 여보게, 동경의 동지, 나는, 자네가 송국될 때 근심하였다네. 아주 크게 걱정을 했었다네. 저것이 처음이 되어 금시에 헤타바루(기진하다) 하지나 않을까 하구 응."

　"고마울세. 그러나 자네 지금 좀 쉬는 게 좋을 것 같은데."

　하며 나는 그를 타이르듯이 조용히 달래었다. 그런즉 그는 두 말 안짝으로 유순히 무르팍을 모아 세우고 머리를 숙였다. 그러고는 괴로운 듯이 신음소리를 내기 시작한다. 그때 기차가 굉음을 지르며 움직이기 시작하였다. 폼과 차 속으로부터 일제히 통곡과 환성이 천동하듯 일어났다. 서로 멀리 이별할 순간이 되자 모두 울음통이 터진 것이다. 왕백작은 뜨거운 물이라도 끼얹힌 듯이 머리를 획 쳐들었다.

　"이게 무슨 소리야!"

　무서운 공포에 싸인 것처럼 손발이 부들부들 떨

리고 있었다. 하나 그 희멀게한 눈 속에는 비웃는 듯한 음흉스런 기쁨의 빛이 서리고 있었다. 그는 두서너 번 핏게질(딸꾹질)을 하더니,

"응 무슨 소리야, 이게 무슨 소리야!"

"그러면 그렇지, 그러면 그렇지."

하며 그는 아주 미치기라도 한 사람 모양으로 에헤헤 에헤헤 웃어대었다. 그러더니 갑자기 이상하게도 왕백작은 소리를 내어 꽹꽹 체울기 시작한 것이다.

주위의 사람들은 모두 놀라 눈을 뜨고 말소리를 죽이고서 망연한 태도로 이 이상한 왕백작을 굽어보기 시작하였다. 짐짓 기차도 플랫폼을 지나고나니 차 속도 차츰 조용해지었다. 어느덧 이아근부터는 눈보라도 개고 멀리 첩첩쌓인 산이며 지질펀하니 누운 전야가 백은색에 쌓이어 우스름한 달빛 아래 흘러 달아나버린다. 다시 차 속은 아주 고요해졌다. 그러나 왕백작의 울음소리는 점점 더 높아갈 뿐으로 어떻게 손을 대려야 댈 수가 없었다. 그는 다시 발작이라도 일어난 듯 낯을 치켜들더니 이번에는 대번 조선말로 또 떠들기 시작하였다.

"나두 통곡을 하구 싶어요. 큰 소리를 지르며 통곡을 하고 싶어. 나는 울기를 좋아하는 거야, 울기를. 그래서 나는 늘 이 이민열차에 오르군 하겠지."

거기서 그는 갑자기 울음을 뚝 그치고 목소리를 낮추더니 얼굴 근육에 몹쓸 경련을 일으키었다. 나는 이 광열적인 사내가 우리들도 흔히 빠지곤 하는 절망적인 고독감에 사로잡힌 것을 알았다.

그렇다. 그는 늘 절대의 고독 속에 묻혀 있는 것이다. 그것은 또 무서운 절망임에 틀림없다. 나는 그가 빨리 진정되어 주기만 바랐다. 그러나 그의 턱아리는 차츰 더 푸들푸들 떨리기 시작하였다. 그러자 갑자기 비명과 같은 소리를 빽 지르더니 그는 뒤로 움쳐든다.

"네 네놈은…… 날 보구 복수를 하려는 게지."

잠시 동안 음참한 침묵이 흘렀다. 그는 입을 멍하니 열고서 내 얼굴을 한참 동안이나 쳐다본다.

나는 공연히 가슴이 떨리는 것을 깨달았다.

"그렇다. 이놈 저놈 할 것 없이 나에게 복수를 하려 드는구나. 네놈두 그렇지? 그래 그렇지 않단 말이냐? 저것 보게, 차츰 얼굴빛이 달라져 간다 에구 달라져 가누나."

"무슨 환영을 쫓고 있는가 부네. 그리고 그것에 또 자네가 쫓겨다니구 있는 걸세."

하고 나는 측은한 낯빛으로 웃어 보이었다. 사실 나는 그를 어떻게 해석함이 옳은지 몰랐다. 하여튼 이것을 병이라고 말한다면 확실히 그것은 유치장에 있을 때보다 더 악화된 모양 같았다. 나는 위로하듯이 덧붙여서 말하였다.

"자네가 무슨 말을 하고 있는지 나는 통 종을 못잡겠네."

"네놈은 시침을 떼려드느냐. 응, 복수를 해 보고 싶지 않으냐 말이다, 내게, 응, 나에게, 에헤헤 에헤헤."

"대체 어떻게 된 셈인가."

하고 나는 조금 캐듯이 물었다.

"아니 그 그…….."

그는 다시 괴로운 소리를 내며 신음하였다.

"나는 아아 지금 당장 내 자신으로부터도 복수를 받고 있는 터이야. 목줄을 졸라매구 있는 터이야. 희망두 없구 즐거움두 없구 슬픔도 없구 그리구 또 목적조차 없구…… 아아 나는 이 이민열차에 탔을 때만이 행복인 걸 어떡허나. 나는 그들과 같이 울 수가 있구 부르짖을 수가 있어."

"하나 이 사람들은 희망을 붙들고 가는 것이지, 슬퍼하러 가는 것은 아닐텐데."

"그게야 아무러문 어때. 나는 그냥 그들과 같은 차로 같은 방향으로 간다는 것만이 기뻐 죽겠어. 그리구 같이 울기두 하구 부르짖는 것두 함께 한다는 것이. 그러나 어떡허까 나는 어떡허까, 이 사람들이 국경을 넘어서면 나는 혼자서 되짚어 오지 않으면 안 되니 나는 그때 생각을 하면…….."

하고 그는 또 쿨적쿨적 울기 시작하였다. 나는 더

욱 어쩔 줄을 몰랐다. 그러나 어쩐지 그의 일이 뜻없이 측은히 생각되어 나도 덩달아 같이 슬퍼하고 싶은 생각까지 들었다. 물론 냉정히 생각한다면 이런 불쌍한 사람이 어디 있을 것인가. 이런 사람이야말로 차츰 멸망할 인간이라고 할 것이다.

"그만두게, 이것이 무슨 짓이람."

그러자 그는 움칠하더니 푸들푸들 다시 몸을 떨기 시작하였다. 눈을 휘황하게 뜨고 턱아리가 떡떡 마주쳐 일어서려고 애를 쓴다. 나는 잠시 망연하여졌다. 그 얼굴은 사상(死相)을 띠고 몸은 벅벅 극매인다. 마치 죽어가는 사람이 천국을 거부당한 것처럼. 최후의 기쁨을 빼앗긴 것처럼 그리고 팔을 휘저으며,

"이눔 날드러 가만있으라구."

하고 고함을 벽력같이 지르니 그만 기운이 빠져 그 자리에 넌지시 엉덩이를 박고 넘어졌다. 좀 있더니 입으로 침을 흘리며 그리고 얼굴과 함께 상반신을 그냥 철석 통로 바닥에 파묻어버렸다. 얼굴은 흙투성이가 되었다. 나는 잔인스럽게도 그만 잘 되었다, 이제는 잠이 들 것이라고.

"그러나 그때 잘 되었다고 생각한 것에 대하여 나는 아직도 가슴이 데저린 듯한 느낌을 가지는 것이다. 그 일이 이 이년래 나를 얼마나 심한 고문에 걸고 있는 것일까."

하며 신문기자는 비창(悲愴)한 안색을 지었다.

"술을 좀 더 부어주게, 응. 술을 좀 더 부어주게나."

"그래서 어쨌단 말인가."

축산회사원은 뒤가 궁금한 듯이 재촉하였다.

"글쎄 가만있게나. 그런데 기차는 좀 있으면 대전에 닿게 되었더란 말이야. 군들도 알지만 나는 대전서 호남선으로 차를 바꿔 타야지 않는가. 그래 그때 나는 내릴 준비를 하면서 생각하였네. 자작별을 하기 위해 이 왕백작을 깨워야 옳은가 그냥 두는 게 옳은가. 그는 정신 모르고 그냥 쓰러져 누워 있네. 그래 구태여 깨울 필요가 없다구 생각

하였지."

그러자 거의 가까워진 모양으로 기적 소리가 울렸다. 그래 나는 양손에 트렁크를 들고 일어서서 나오려고 했다. 그런데 기차가 몹시 흔들리기 때문에 그 통에 나는 넘어질 뻔하며 그만 잘못되어 왕백작의 잔등 위에 엎드러졌다. 백작은 아주 펄저덕 쓰러지고 말았다. 나는 혼이 나서 버둥거리며 일어섰다. 하나 그는 통로 바닥에 쓰러진 채 몸을 꼼짝도 않는다. 이리하여 더욱 나는 그에게 인사를 못하게끔 되었다. 그때 벌써 플랫폼의 등불이 보이기 시작하였다. 그러나 나는 그를 깨워야 겠다는 생각이 들었다.

"왕백작."

불러도 대답이 없다. 취해서 그만 잠이 들었구나 하였다.

기차는 차츰 멎기 시작한다. 폼의 분주한 양이 보인다. 소연스런 소리. 나는 어서 내리지 않으면 안 되겠다고 마음이 분주해진다.

"왕백작 여보게."

여전히 그는 쓰러진 채 몸 하나 달싹 않는다. 나는 트렁크를 내려놓고 그를 깨울 지혜까지는 나지 않았다. 그래서 마음은 더욱 분주하였다.

"왕백작 어떻게 된 셈인가 일어나게. 거기서 자다가는 짓밟히네. 여보게 백작, 일어나게나."

드디어 기차는 멎었다. 라우드스피커는 소리를 지르고 폼에는 사람들이 뛰어 덤빈다. 나는 반사적으로 두어 걸음 문 옆으로 달려나가면서 돌아보았다. 그때 보다못해 옆엣사람이 왕백작을 끄집어 일으켜내려고,

"여보, 일어나시우. 예? 여보."

하며 백작의 몸을 흔들기 시작하였다.

그때에 내 앞으로 승객들이 우르르 쓸어 들어왔다. 그래서 황망중에 나는 막 빠져나가려고만 하였다. 그러나 그 순간 뒤에서 백작을 깨우던 사내가 놀라 고함을 지르며 일떠선 것 같았다.

"아잇."

나는 놀라 획 돌아다보았다. 그러나 나는 새로이 올라탄 그 많은 승객들 틈에 끼어 몸을 비비댈 수도 없어졌다. 그야말로 수라장이었으며 아비규환이라 할 지경이었다. 왕백작이 그 뒤 어떻게 되었는지는 모른다. 보이지가 않았다. 왜 그런지 나는 그때는 내린다는 것만으로 가슴이 꽉 찼다. 그래 사실 차가 떠나기 전에 내렸을 때는 숨을 내쉬었다. 그러나 기차가 움직이기 시작하자 나는 갑자기 무엇에 놀란 것처럼 트렁크를 든 채 기차를 막 따라가며 죽기 한사하고 부르짖은 것이다.

"왕백작! 왕백작!"

"벌써 아까 숨이 끊어졌던가 부지."

하고 광고장이는 측은스레 물었다.

"그것이 내게는 아직두 알 수 없는 의문인 것이다. 지금까지두 나는 그것 때문에 얼마나 괴로운지 모른다. 아마 벌써 숨이 넘어갔던지도 모른다. 이것을 생각하면 나는 몹시 양심의 가책을 받는다. 내리지를 않았어야 꼭 옳을 뻔하였다. 아아 정말루 왕백작이 지금두 이 땅에서 살고 있다면."

신문기자는 거기서 땀과 함께 눈물을 훔치었다. 그리고는 이야기를 뚝 끊었다. 그 후에는 한 번도 만난 일은 없느냐고 축산회사원이 물으니까 그는 잠시 동안 묵묵히 있더니만 다시 무거운 목소리로 혼잣소리같이 시작하였다.

나는 작년 여름에 좀 조사할 것이 있어 강원도 산속으로 들어갔었다. 그때에 수가 사나우려니까 열흘 동안이나 폭풍우가 계속되었다. 한강 상류는 아주 큰 창수(漲水)로 탁류가 된 것이다. 어떤 날 그 강 쪽에서부터 사람 살리라는 소리가 들려왔다. 나는 어쩐지 낯익은 목소리 같아 뛰쳐나가 보았다. 중류지대에 누아떼가 내려가고 있다. 그 위에 두서너 사람의 그림자가 보인다. 비안개가 자욱하며 똑똑히는 보이지 않으나 그중에는 양복 입은 사람도 하나 끼어 있는 것 같았다. 그것이 단말마의 소리를 내어 부르짖고 있는 모양이다. 그 몸 모양이 어쩐지 눈에 익은 것 같기도 하다. 그렇다.

그것이 왕백작이 아니었던가 하는 생각이 나는 것도 물론 그럴싸라 해서이겠지만. 나는 그 후 서울 어느 젊은 재목상인이 누아떼와 운명을 같이하였다는 소리를 산읍에 내려와서 들었다. 그러나 그 사내의 이름이 무엇이라는 것은 누구 하나 아는 사람이 없었다.

"아무렴. 그것이 왕백작이겠는가."

고 광고장이는 중얼거렸다.

그리고 이번 봄의 일이다. 서울에 출장을 나와 종로에서 동대문행 전차를 탔을 때이다. 바로 그게 방공연습(防空演習) 당일이었다고 생각된다. 전차가 막 오정목(五丁目) 네거리를 지나가려 할 때였다. 그 길가에서는 경방단원(警防團員)이 훈련을 받고 있었다.

별로 그다지 키가 크지 않은 한 사나이가 외줄로 쭉 늘어선 단원에게 훈시를 하고 있다. 나는 그 사내의 뒷모양밖에는 보지 못하였다. 그러나 지금 생각하면 아무래도 그것이 왕백작이었던 것 같기도 하다.

"그럼직도 한데."

하고 나는 무릎을 치며 부르짖었다. 왜 내가 그렇게 부르짖었는지는 모른다. 그러나 어쩐지 있음직한 일 같았기 때문이다.

"그럴 게야. 꼭 그게 왕백작임에 틀림없을 게야. 그는 전쟁이 벌어져 기뻐할 걸. 왜 그런고 하면 지금의 우리나라는 현실적인 괴로움은 있지. 그러나 일정한 방향을 향하여 건국일치의 체제로 맥진에 맥진을 거듭하고 있으니 말일세. 그는 인제는 생활의 목표와 의의를 얻어 메었는지두 모르지. 경방단 반장쯤 넉넉히 지냄직할걸."

모두들 묵묵히 끄덕이었다.

"그랬으면 좋으련만."

하며 신문기자는 한참 동안 비루 잔을 들여다보더니 한숨을 짓는다. 그리고 또다시 계속하였다.

"그러나 그 뒤 또 어떤 날……"

[1941]

3부

분단시대의
소설

8·15 해방으로 새로운 역사가 시작되었지만, 우리 민족이 처한 상황은 순탄하지 않았다. 해방의 열기가 채 식기도 전에 미국과 소련에 의한 신탁통치가 실시되었고, 이는 남북한 분단이라는 민족사의 질곡으로 이어졌다. 분단에 의한 대립은 한국전쟁으로 인해 더욱 심화되었는데, 이는 비민주적인 체제가 지속된 주요 원인이기도 하였다.

해방 직후 소설을 비롯한 우리 문학은 일제 전재 청산 및 새로운 나라 건설의 방향 모색 등 당시 우리 민족이 부딪혔던 문제들의 해결 방향을 모색하는 데 주력하였다. 그러나 이로 인해 문학은 격렬한 이념 대립이 벌어지는 영역이 될 수밖에 없었다. 이러한 대립은 남북한에 각각 단독 정부가 수립되면서 일단락되었지만, 남한과 북한의 문학이 거의 완전히 단절되는 결과로 이어지고 말았다. 이후 남한에서는 1960년대까지 문학의 비정치성(이른바 순수문학)을 옹호하는 세력이 문학계를 주도하였다. 민족의 전통적 삶과 의식을 강조하는 소설이 이 시기 우리 소설의 중심 경향이 된 데는 이 같은 사정이 작용하였다.

1950년 발발한 한국전쟁은 남북한 양쪽에 참혹한 피해를 끼쳤다. 이 시기 우리 소설이 전쟁으로 인한 비극적 양상을 다룬 것은 너무도 당연한 일이었지만, 전체적으로 보아 전쟁을 심도 있게 해부하거나 전쟁의 상처를 극복하는 방안을 모색하는 데에는 미치지 못했다. 1950년대의 우리 소설은 반공주의에 의거한 전시소설의 시기를 거쳐, 휴머니즘을 내세워 전쟁 자체를 비판하고 나아가 민족 공동체의 회복을 지향하는 경향이 주조를 이루었다. 한편 이념 자체를 비판하거나 전후의 각박한 현실을 비판적으로 묘사하는 경향도 두드러졌다.

4·19혁명 및 5·16쿠데타로 시작된 1960년대는 산업화가 본격적으로 시작되었지만, 그와 함께 사회의 비민주성이 심각한 역사적 문제로 대두한 시기이기도 하다. 이 시기 우리 소설에서 우선 주목되는 것은 한국전쟁 및 분단 현실에 대해 반공주의를 넘어 객관적으로 접근하려는 시도가 이루어졌다는 점이다. 특히 1980년대 이후까지 꾸준히 창작된 유년기 전쟁 체험 세대들의 전후소설은 전쟁과 분단의 상처가 어떻게 현대사로 이어지고 내면화되는지 잘 보여주었다. 한편 문학의 비정치성에 대한 심도 있는 반성을 통해 이른바 참여문학이 등장하면서 사회의 비민주성 및 소외 현상을 비판적으로 성찰하는 소설들이 많이 창작되었다.

역로

歷路

채만식 (1902 ~ 1950)

전북 옥구 출생. 중앙고보 졸업. 와세다해학 영문과 중퇴. 1924년 『조선문단』에
「세길로」 발표. 「레디 메이드 인생」 「치숙」 등의 소설과 『탁류』 『태평천하』 등의 장편
소설이 있다.

조금 있다 기관차가 무슨 생각으론지 혼자 달려가더니 난데없이 좋은 객
차를 한목 다섯 칸이나 달아가지고 온다.

처진 승객들은 희색이 얼굴에 넘치면서 다투어 그리로 돌진을 한다.

그러나 허망한지고. 찻간에는 미국 병정이 칸마다 삼사 인 혹은 사오 인씩
한가로이 타고 있었다.

열려 있기로서니 거기를 침노할 용감한 사람도 없으려니와 도시에 승강대
의 문들이 굳게 잠기어 감불생심이었다. 차 옆댕이의 '미군 전용차' 다섯 자
는 누구의 서투른 분필 글씬지.

차 떠날 시각을 세 시간이나 앞두고 서울역으로 나온 것이 오후 두 시. 차는 다섯 시에 부산으로 가는 급행이었다.

차표 사기에 드는 시간은 말고 단지 일렬에 가 늘어서기에만 엉뚱한 시간을 여유 두고 서둘지 아니하면 좀처럼 앉아갈 좌석의 천신 같은 것은 생의도 못하는 것이 이즈음의 기차 여행이었다.

그런데다 본래 사람이 부질없이 다심한 탓에 차 한 번 타는 데도 남처럼 유유히 볼일 골고루 다 보고 돌아다니느라고 시간 바싹 임박하여 허둥지둥 정거장으로 달려나가고 기적이 울고 바퀴가 구르기 시작하는 차를 아슬아슬하게 붙잡아 타고는 조금도 아슬아슬해 함이 없이 동지섣달에도 땀이나 뻑뻑 씻고 하는 신경 굵은 짓은 감히 부리지 못하는 담보가 되어 가뜩이나 남보다 많은 시간을 낭비하여야 하였다. 나보다도 더 성미가 급한 사람들이라고 할까 한가한 사람들이라고 할까 두 줄로 백여 명씩이나가 벌써 늘어서가지고 있었다.

인간의 수효보다 보따리의 수효가 서너 갑절은 되는 그리고 부피로도 인간의 부피보다 보따리의 부피가 갑절은 되는 그래서 인간의 열이기보다는 보따리의 열에 더 가까운 그 괴상한 열에 가 하여 커나 꼬리 참례를 하고 섰다. 내가 맨 꼬리인 것은 그러나 순간이요 꼬리는 연해연방 뒤로 뒤로 뻗어나간다.

편성이요 무단한 결벽임에는 갈 곳 없되 도대체 나는 거리에서나 정거장이며 찻간에서나 모르는 남에게 담뱃불을 청하기를 즐겨 아니하는 성질이다. 몹시 즐겨 하는 담배였지만 성냥이 떨어졌으면 못 피우고 말았지 생면부지의 남더러 굽실하면서

"불 좀⋯⋯"

하고 그 침 묻은 담배 토막을 받아다 불을 붙이고 싶은 생각은 아예 나지가 않는다.

내가 남에게 담뱃불을 청하여 붙이기를 유쾌히 여기지 아니함과 일반으로 모르는 남이 나에게 담뱃불을 청하는 것도 나는 유쾌히 여기지를 않는

다. 더욱이 새파랗게 젊은 계집이나 열칠팔구 세의 젖내 나는 어린아이들이 아무 거리낌 없이 담배를 들이밀면서

"불 좀 붙입시다."

하고 대드는 데는 차마 뇌꼴스러워 못하는 것이다.

되도록이면 그래서 잡인이 모이는 처소에서는 담배를 피우지 아니함으로써 그러한 불쾌할 기회를 자초하지 말도록 나는 유의를 한다.

그런 명심이 오늘은 어떡하다 잠깐 해망을 부렸던지 무심코 한 대를 피워 물고 마악 두 모금도 미처 빨기 전인데

"불 좀 붙입세다."

하는 여청(女聲)의 영남 사투리가 바로 귀 옆에서 들린다.

배젊은 계집이다. 하되 남루한 옷 주제꼴이랑 표정 가짐이랑 논다니 계집은 아니어 보인다. 부부인 듯한 짐 크게 해 짊어지고 같이 섰는 일본 병정 복장짜리의 촌퉁이로 보아 역시 그러하였다.

한참이나 치어다보다 담배를 코앞에다 내밀어 주었다.

받아가려고 손이 온다.

그대로 대고 붙이라는 뜻으로 내민 담배를 내어줬더니 알아채고 고개를 숙여 신문지에 침 흥건히 묻혀서 만 것을 가져다 대고 쭉쭉 빤다.

그러노라니 나의 낯색이랑 태도가 좀 오만하여 보였을까마는 계집은 아무 그런 것을 느껴하는 내색이 없이 태연 무심한 얼굴이면서 담배를 붙이고, 붙이고 나서는

"고맙습네다."

하고 돌아서고 한다.

어느결에 왔는지 김군이 옆에서 보고 있었던 모양

"남 담뱃불 좀 대어주기가 그렇게두 쓴 약 먹기 같드람?"

하면서 그 커다란 얼굴로 히죽이 웃는다. 젊은 계집이나 어린아이놈이 맞담배질하자고 대드는 것

발칙해 못 보겠더라고 김군이랑 여럿이 있는 자리에서 말을 한 적이 있었다.

"어데 가는구?"

"광주…… 자넨?"

"고향."

"이리(裡里)꺼정 동행인가?"

"자네 같은 되놈허구 동행 그대지 반갑지두 않으이."

우리 그룹에서는 김군을 굼뜨고 배포 유하고 하대서 병자호종(丙子胡種) 혹은 왕서방 혹은 되놈으로 별명하여 불렀다.

이번에는 웬 영감이 골통대를 가지고 와서 한동안을 힘들여 불을 붙여간다.

김군은 구경다웁다고 껄껄 웃더니

"자네두 인전 살두 좀 찌구 수두 좀 하고 싶거들랑 그 결벽 그 편성 교정을 해 보는 게 어때?"

"그래서 되놈처럼 무신경해가지구 살이 뒤룩뒤룩 쪄설랑 보기 싫은 세상 한 오백 년 살란 말인가?"

"해방이 되구 독립이 머지 않구 자유가 눈앞에 알찐거리는데 보기 싫은 세상야?"

이 말은 김군도 물론 반의적(反意的)으로 하는 말이었다.

"대관절 차표나 사놓구서 시방 이 넉장인가?"

"지끔버틈 가 사예지."

"겨우?"

"그럼 자네처럼 한 사흘 전버틈 호둑호둑 튀구 댕길까?"

"제아무리 왕서방이라두 차표 사긴 글렀구 덕분에 성가신 동행 면하게 되니 내가 다행일세."

"차표보담두…… 즘심 어떻게 했나?"

"먹었어."

"난 여태 즘심 전인데…… 가서 차래두 허세나."

"여긴 어떡허구."

"요 졸장부야!"

핀잔을 먹고 팔목을 잡아 끌려 정거장 앞의 다

방으로 갔다.

한 시간 넘겨 붙잡혀 있다 세 시 반이나 되어 열로 돌아오니 섰던 곳의 앞뒤엣사람이 두말 아니하고 비켜준다.

"인전 가 차표 마련해 볼까."

그러면서 김군은 어슬렁어슬렁 가더니 오 분이 못하여 차표와 급행권을 어엿이 쥐고 온다.

"단단히 무관한 양반이 차표 파는 데 계신 모양일세? 그러면서두 내가 차표 때문에 그렇게두 앨 쓰구 댕기는 걸 보구두 모른 척했단 말인가?"

"무관은 말구 애비자식 새라두 요샌 철도 경찰이란 따끔 나으리가 지키구 있어서 어림없다네."

"그럼 그 차푠?"

"차표, 야미 몰라?"

"………"

"급행권 껴서 백 원이면 헐지 않아?"

"………"

"자네 차표허구 급행권허구 사기에 며칠 걸렸지?"

"꼬박 이틀."

"애는 애대루 쓰고 이틀이겠다?"

"………"

"그 이틀 동안 시간 손해허구 나 이거 제 값보담 한 팔십 원 더 내구 산 심인데 그래 이틀 동안 시간 손해가 돈이나 팔십 원 손해에다 댈 거야?"

"그런 줄 몰랐더니 자네답지두 않게 타산속은 밝으이그려."

"일을 순리루 해야 순리루 된다 그 말야."

"야미루 차표 사는 게 순리야?"

"허허 경제교란인가 그럼? …… 하여튼 야미 차표 사구 말지 자네처럼 호두둑거리면서 이틀 전버틈 초조해 납뛰구 댕기는 건 추앙할 수 없는 일야."

고향에서 집안에 병인이 있어 위독하다는 전보를 친 것이 나흘 전. 그 전보를 받은 것이 이틀 전. 떠날 예정은 오늘로 하여 놓고 그날부터 서둘러

차표와 급행권을 도득하기에 오늘 아침까지 꼬박이 이틀. 그러느라고 살이 내리는 초조를 느꼈음은 물론이었다.

김군의 구박이 아니라도 대륙 사람 본으로 만사를 그 만만디, 메이파스로 처리하는 것이 초조하고 근심하고 하느니보다는 차라리 나은 줄을 모르는 바야 아니면서도 사람이 안다는 것과 아는 것을 행한다는 것과는 스스로 다른 것이었다.

나와 김군이 섰는 열 옆에서 부자 아니면 형제인 듯싶은 양복 신사와 열댓 살바기 중학생이 주고받고 하는 이야기였다.

"거스름돈을 안 줘요."

"어째서?"

"거스름돈 안 주느냐구 하니깐 차표 도로 끌어들여 갈 영으루 하면서 잔돈으루 가지구 와, 그리겠죠."

"쯧 야미차표 산 심 잡지."

"그래두 그런 법이 어딨어요?"

"아따 그 돈이 국가 수입으루 될 테니 건국에 성금 바친 요량만 대면 그만 아니냐?"

"저이가 먹지 웬걸 남는다구 다 그대루 철도국에다 내놓나요?"

"그렇지야 않겠지."

"저이가 먹을 영으로 위정 거스름돈을 내주지 않는다구 거기서 다른 사람들두 수군거리던데요머."

"아무튼 사람들이 질(質)이 전보담 되려 떨어졌어. 걱정야."

둘이는 천천히 열 꼬리를 찾아가고 있었기 때문에 그 다음 이야기는 들을 수가 없었다.

나는 그들의 가는 뒤를 무연히 바라보았다. 김군도 바라보고 있었다.

"저 어린 학생이 그런 불의를 끝끝내 불의로 여기는 강경한 것이 지탱이 된다면 모르거니와 일상생활에서 여러 방면으루 늘 그것을 보아나는 동안 필경 가서 정의감이 마비가 된다면? 송구한 노릇

아닌가?"

"그 양복신사가 있으니깐 염려할 건 없으이."

"그만침이라두 어진 부형을 둔 가정이 그리 쉬워서?"

"가정이 나쁘면 망나니가 될 것이구."

"난 저런 어린 사람들이 새삼스럽게 불쌍해."

"독립이 되구 전도가 양양하구 한 이판에 건 무슨 청승맞인……"

"저 애들한테야 무슨 나랄 망한 책임이 있나? 저이들 조부대(祖父代)의 불찰루 억울하게 망국의 슬픈 자손 노릇을 했지. 또 망한 나랄 가지구 그 다음 민족까지 팔아먹은 책임으루 말을 해두 저 애들 바루 전대(前代) 그러니깐 지금의 부형들한테 있지, 저 애들이야 부형들이 일본 제국주의에 복종하는 대루 허릴없이 따라서 한 것뿐 아냐?"

"그 소위 망한 나랄 가지구 그 다음 또 민족까지 팔아먹은 부형들 가운데 자네두 역적놈의 한몫을 했겠다?"

"했지."

"강연 몇 번 갔었지?"

"몇 번을 따질 필욘 없어. 세 번 해먹었다구 목잘를 데 한 번 해먹었다구 목 아니 잘르랄 법은 없으니깐."

"그럼 자네 목두 자네 몸뗑이에 붙었을 날이 많지 못허이그려?"

"요행 그랬으면 고맙겠는데 그렇지가 못할 모양이니 슬프이."

"어째서? 죄가 경하다구 용설 받을까 바서? 어림없다."

"죄가 경하대서가 아니라 존재가 하두 미미하니깐 죄인 값에두 쳐주지 않는단 말일세."

"인간이 성명 없는 인간이라구 진 죄까지 가벼워지란 법두 있나?"

"그리게 말야."

"그럼 자살을 하지?"

"한 방도는 방도겠지."

"하여간 철두철미 귀족 취미야! 도저히 구제할 길이 없는 인간야."

"아까 그 말 계속인데 망국의 책임두 없구 민족을 팔아먹은 책임두 없구 한 어린 사람들이 망국 자제, 매국 자제의 굴욕, 비애 그런 것만 지질히 부담을 해 오다가 명색이 해방이라구 되구 나서는 이번엔 망국 인종의 추하구 천한 행습머리를 해서 흔건히 퍼지구 있는 해독(害毒)…… 이걸 또 입어야 하다니 불쌍한 건 어린 사람들 아냐?"

"마당 터지는데 솔뿌리 걱정 할라 말구서 자네두 어서 속죄나 할 도릴 해요. 아 남들은 팔일오 때에 팔월 십오일 오전 열한 시 오십구 분까지두 흡혈귀 미영을 쳐부셔라. 조선의 자제들아 부형과 농민들아 어서 빨리 이 성전(聖戰)을 승리하두룩 지원병에 학병에 증병에 다투어 나가거라. 총후의 협력을 게을리 마라. 증용을 기쁘게 나가거라. 그리함으로써 조국 일본의 영광이 그대들의 머리에 빛날지니라. 국어를 상용해라. 생활 전부를 내지뺀으로해라. 그리함으로써 한시바삐 내선일체를 체현해라. 곤란을 참아라. 불평을 토하지 마라. 승리는 눈앞에 박두하였느니라. 이렇게 목이 터지두룩 연단에서 외치구 붓이 닳두룩 써내구 하다가 팔월 십오일 오전 열한 시 오십구 분까지 말야. 그러다가 오정이 땅 치면서 일본이 항복을 하구 조선은 해방이 되었다 이 소리가 들리니깐, 이번엔 그 입 그 붓을 그대루 가지구 동포여 왜적은 물러갔다. 동근동조를 꾸며대구 내선일체를 강제하면서 우리의 자질을 끌어다 불의한 침략전쟁에 희생시키구 우리의 쌀을 빼앗어다 저희만 배불리면서 우리를 굶주리게 하던 포학 왜적은 연합군의 정의의 칼날 앞에 무릎을 꿇고 말았다. 우리는 우리의 독자한 문화와 전통 아래 사천 년 빛나는 역사를 기록하면서 살아온 배달민족이다. 왜적이 언감히 이를 말살할 수가 있을까 보냐. 자 건국이다. 친일파를 없애여라. 민족 반역자를 버히라. 이렇게 들입다 목이 터지두룩 외치구 붓이 닳두룩

쓰구 하질 않는가? 그렇게 날쌔게 땅재줄들 넘는 바람에 저마다 피 끓는 애국지사로 건국의 역군으루 환신을 해가지군 과거의 죄상은 어물어물 씻겨 넘어가질 않았나? 죄가 씻기구만 만 게 아니라 장차에 무어나 벼슬이라두 제각기 한 자리씩 꿈들을 꾸구 있질 않는가? 자네두 이목구비가 저만치나 번듯한 위인이 어째 남이 부리는 재준 한바탕 부려보질 못하구서 밤낮 그…… 내 말 듣구서 말야 지끔부터라두 늦진 아니허니 허다못해 북이라두 한 개 사서 구세군매니루 둥둥 치구 댕기면서 한바탕 해 봐요."

"그렇게 해서 정말 죄가 씻겨질 테라면야 좋겠네만서두."

"죄가 당장에 씻겨질 이치야 물론 없겠지. 허지만 그렇게 나서서 납뛰느라면 다소간 건국에 조력한 공로는 생길 게 아닌가? 그 공로허구 전날에 진 죄허굴 맞비겨 때린단 말야. 마이너스 플러스 이콜 제로 아냐?"

"문제는 소위 군소급(群小級)의 죄인들인데…… 원체 괴수들야 덩치가 크막허구 색채가 유난하니깐 자네 말짝으루 그런 재주를 부려보자구 백성의 면전에 나설 생심을 못하구서 죽은 듯이 끓어 엎드렸거나 뒷줄루 대구 슬금슬금 이면 공작을 하구 댕기는 모양이니깐 문제 밖이구. 문제는 군소급인데 그래 자네 같은 둔한 신경이 보기에두 서방님네들이 그 요란을 떨어대는 것이 정말 건국의 진정한 정열 같아 보이던가?"

"허허허허. 자네 그 다음 할려는 말을 내가 지레하지. 그건 건국의 열정이 아니라 제각기 제가 나서서 하는 구명운동(救命運動)이니라구."

"그래서?"

"그렇지만 말야. 동기는 가사 그렇게 진심으로 나라와 민족을 위하자는 것이 아니라 단지 제자신의 구명운동이라는 불순하구 앙똥스런 것이라구 하드래두 결과는? 결과는 그래두 즉접 간접루 많고 적고 간에 건국 과정에 도움되는 것이 있다

는 걸 즉 객관적 가치만은 일면 부인두 무시두 할 수가 없는게 아닌가?"

"내가 보기엔 공로보담두 오히려 해독이 은근히 클 성싶으이."

"어째서?"

"남편이 없는 새 장성한 딸자식이 보는 데서 실컷 못된 짓을 하구 댕기던 계집이 있다구 하세. 그래 그 계집이 남편이 돌아오니까는 그 딸자식 앞에서 남편과 마조앉어 정절을 말하구 주장하구 한다면? 첫째 왈 그 딸자식이 에미를 신용을 하며, 정절을 배우기보다는 부정(不貞)하고도 숨기기만 하면 고만이라는 것을 배우구 할 것이 아니겠나? 금세 미국 영국을 악당으루 몰구 황국 신민이 되라구 소리 지르구 써대구 하던 그 입 그 붓으루다 방금 또 왜놈이 죽일 놈이요 조선 사람은 애국심을 분발해야 한다구 소리 지르구 써대구 하는 걸 백성들이나 특별히 어린 사람들이 보구 무어라구 하겠나?

'대관절 아까 하던 말허구 지끔 하는 말허구 어는 게 정말인구?'

'미친놈야 미친놈.'

'아냐. 뻔뻔스러 그래.'

'아냐. 사람이란 나처럼 이렇게 변절을 잘 해야 하느니라. 그걸 시방 우리한테 배워주는 거야.'

이럴 게 아니냔 말야?"

"무섭게 괴벽스런 천착이로군! 이 사람 지끔 차 타구 가다 전복이나 충돌돼서 죽으면 어떡할 영으루 태연히 이렇게 차 탈 준빌 하구 섰나?"

"미상불 요새 그 건방지기만 하구 책임 관념이라군 털끝만치두 없는 조선 되련님들이 찰 운전하거니 하면 속으루 뜨윽하지 아니한 것두 아냐."

"그럼 이런 건 어때? 소리 아니 나는 건국운동이랄까 간접 애국운동이랄까 거 사람이 좀 얼락녹으락해서 아 성냥이 비싸구 귀한 때니 남이 담뱃불을 청하거들랑 성냥 한 개피라두 절약시키는 걸루다 건국에 이바지한다는 생각으루 제발 그 얼굴 잔뜩 찌푸리질 말구섬 선뜻 옛소 하구 대어주구. 어때? 자네 같은 소심한(小心漢)한텐 꼬옥 알맞인 애국운동일걸?"

"요새 난 절절히 생각인데 사람이 어떤 사회적인 죄랄지 과오를 범을 했을지면 고즈넉이 일정한 형식을 통해서 공공연하게 작죄의 경위를 밝히구 죄에 상당한 징계를 받구 그래야만 떳떳하구 속두 후련한 법이지, 걸 불문(不問)을 당하구서 남의 뒷손꾸락질만 받구 살아야 한다는 것은 견딜 수 없는 불쾌요 고통이요 슬픔이요 한 거야. 마치 몸에서 고약한 체취가 나는 사람이 늘 마음에 남의 앞에 나가면 남들이 돌려세워놓구 얼굴을 찡그리구 코를 쥐구 하려니 하여 우울해 하구 비관하구 해야 하는 것처럼."

"인민 재판 아니하구서두 썩 효과적인 징벌 아닌가? 그러나 내 자네에게 우정의 표시루다 그 고약한 체취라는 걸 말살시킬 방도를 훈수해 줌세. 향수를 흠씬 뿌려요. 향수란 다른 게 아니라 야미장수두 좋구 모리 행위두 무방하니 어쨌든 돈을 산더미만침 잡아가질랑 정당이란 정당은 머 깡그리 물 쓰듯기 자금을 대요. 또 신문 잡지두 매수하구 사회 단체에두 들입다 기부금을 내구. 그런다 치면 그 고약하던 체취가 담박 그대루 불란서의 고급 향수처럼 향그러운 체취루 변하는 동시에들 코를 벌씸거리면서 머릴 싸구 자네 주위루 모여들어, 아 향그러운 그대의 체취여 하구 찬미를 할 테니."

"흥 백성들두?"

"이지음야 백성들은 무슨 소릴 하건 어디루 가구 있건 위지 왈 지도자란 귀먹구 눈멀구 한 신선들만 꺼꾸루 선 피라미드 위에 가 하나 가득히 올라앉어 이리 기우뚱 저리 기우뚱 위태선 시소 게임을 하면서 백성 없는 정부두 조직하구 나라 없는 건국두 하구 하는 세상이길래 그 양반들만 단 골 삼으면 고만일까 해서 하는 말일세."

열 앞에서 별안간 동요가 일면서 뒤로 뒤로 열이 밀려나온다. 개찰할 시간이 가까워 역원들이

나와서 정리를 하는 것이었었다.

언제 보아도 그러는 것처럼 정통의 열 옆에는 으레 두 줄 석 줄씩 방퉁이 열이 덧붙어 있다. 그 방퉁이들과 또 편안히 걸상에 가 앉았던 패들이 정리바람에 모두들 정통의 열 속으로 끼여들고 덕분에 나와 김군은 개찰구로부터 지금까지보다 삼 배나 되는 거리의 뒤로 밀려나가야 하였다.

"이러구서야 세 시간이나 미리서 나와 다리의 피가 내리두룩 서 기다린 보람이 무어람."

이 말에 김군이 돌려다보고 씨익 웃으면서

"그러니깐 부지런허구 게으름허구 맞먹는대지 않어?"

"대관절 이 땅 백성들은 언제나 사람이 돼서 남이 욕하구 떠다 밀구 하면서 정릴 시키구 하기 전에 제풀에 열 같은 것두 얌전히 좀 짓구 질설 지킬 줄 알게 될 텐구?"

"아따 이 사람, 해방이 날이 얕구 건국이 미처 아니 돼 모든 것이 혼동해서 자연 그런 거 아닌가. 사람으루 치면 어린애여든. 국민학교 신입생. 국민학교 신입생의 갓 모집을 해 논다 치면 마치 이 모양 아냐? 그러니깐 백성이 아직 어리구 철이 아니 나서 그렇거니만 해둬요."

"어리구 철이 아니 나서 그렇다느니보다두 나이 너무 많아 늙어빠져서 노망 기운으루다 그러는 거 아냐? 조선 민족의 나이 자그만치 사천이백일흔아홉 살 아닌가? 사람이 늙으면 노망이 나서 망령을 부리듯키 민족두 너무 늙으면 노망이 나구 망령을 부리구 하는 모양야."

마침내 개찰이 되어 달음질을 쳐서 겨우 찻간에다 몸을 올리기까지는 하였다. 그러나 좌석은 이미 없었다. 대개 한 걸상에 셋씩이 앉았고 둘이 앉은 자리도 드물었다.

가까스로 둘씩만 앉은 한 복스를 찾아내었다.

"곁이 좀 앉어갑시다."

김군이 그리는 것을 먼저 사람이

"저 있어요. 와요."

한다. 그 어름어름하는 것이 벌써 알 속이다.

"오면 벼주지. 자네두 거기 앉게나."

그러면서 김군은 걸상 가로 비집고 앉고 나도 마주앉고 하였다. 그리고 대전까지 가도록 아무도 그 자리의 주인은 나타나지 아니하였다. 따라서 대전까지 가도록 있어요 와요 한 그 사람은 얼굴이 따가워야 하였다.

"우리 앞으루 한 줄에 삼백 명씩밖엔 섰지 않었지?"

김군더러 물으니 고개를 저으면서

"삼백 명은 무슨 삼백 명."

"가령 삼백 명 잡구라두 두 줄에 육백 명…… 찰 몇 칸 달았지."

"열두어 칸 달았겠지."

"그럼 우리가 차에 오르기까진 한 칸에 오십 명 평균밖엔 타구 있지 않었어야 할 게 아냐?"

나의 이 말에 김군 편 걸상의 차창 옆으로 앉은 잠바 입은 이십 가량의 젊은 사람이

"난 셋째루 섰다 나왔는데 그때 벌써 차칸마다 절반두 더 타구 있던데요."

"그 사람들은 둔갑하는 요술꾼인감?"

"하여커나 앉어가게 됐으니 천행이지 그대두룩 분개할라 말게. 세상이 어즈러울 땔수록 뇌물이라는 것허구 정실(情實)허구가 득셀 하는 법 아닌가."

김군의 말이었다.

"그럼 자네 말하던 게으름허구 부지런허구가 맞먹는 게 아니라 교활허구 부지런허구가 맞먹는 심일세그려?"

"건국되면 다 제대루 들어서요."

"언제 참 우리 나라 정부가 되나요."

내 바로 옆의 시골 사람이 묻는다. 한 육십 된 동저고리 바람에 철 지난 방한모의 늙은 농민이었다.

김군이 대답을

"되구말구요."

"쉬 곧 되나요?"

"건 저 노서아 사람허구 미국 사람허구더러 물어보아야 알걸요."

"안직두 멀었지요?"

"영감은 무엇 하러 그렇게 우리 정부 되길 기다리죠?"

"우리 정부가 생겨야 두루 다 존 일이 많답디다."

"여보 영감?"

"예?"

"조선 대통령 누가 났으면 좋겠소?"

"이승만 박사가 나야 헐 테지요."

"어째서?"

"그이가 젤 낫다구들 그립디다."

"어떤 놈이 그 따위 소릴 해요?"

버럭 소리를 지르고 대드는 건 김군 걸상의 차창 옆으로 앉았는 아까 그 잠바 청년이었다.

그는 얼굴이 시뻘게가지고 계속하여

"괜히 이승만이가 대통령이 됐단 조선은 또 망허구 말아요."

"그래두 그이가 남이 말하는 것처럼 나뿐 인 아니랍디다?"

"거짓말예요."

"쯧 내야 시굴 구석에서 땅이나 파 먹구 사는 사람이 무얼 아우. 남들이 그러니깐 그런가 보다 하는 거지."

"시굴루 돌아댄기믄서 그런 소리 하는 놈들이 그게 모두 나라 망쳐놀 놈들예요."

"쯧 내야 사니 며칠 살며…… 나라 있을 적에두 나라 덕본 것 없이 살았구 나라가 없을 적에두 나라 그린 줄 모르구 살았구."

미소하면서 듣고만 있다가 김군이 묻는다.

"이 다음에 대통령을 뽑을 때 영감더러 대통령 내구푼 사람 이름을 써내라구 하면 누굴 쓰시료?"

"글쎄요."

"아무튼 누구 하날 쓰긴 써야 할 게 아뇨?"

"쯧 이승만 박사 쓰지요."

"그럼 여보 젊은 친구, 댁은 누굴 투표하료?"

"여운형 선생님요."

"여운형씨…… 어째서?"

"아, 여운형 선생님허구 이승만이허구 같아요?"

"이 친구 내게다 그렇게 볼먹은 소릴 할 건 없구. 댁이 여운형씨 투표하는 건 그만한 이유랄지 신념이 있어서 하는 게 아뇨?"

"민주주의니깐요."

"조선서 이름난 지도자가 여운형씨만 민주주인가?"

"민주주의라구 다 대통령 자격이 있나요? 인격이 있어예죠."

"옳아!"

"또 공로두 있어야 허구요."

"그럼…… 그럼 박헌영씬?"

"더 좋죠. 그렇지만."

"그렇지만……?"

"좀 일러요."

"무엇이?"

"공산주의가 조선엔."

"어째서?"

"장찬 몰라두."

"공산당 당수가 대통령이 된다구 우리나라가 그대루 공산주의가 된단 법은 없지 않소?"

"안 되구 어떻게 해요? 당장 되구 말죠."

"거 공산주의가 그리 존 건 아니라구들 합디다?"

내 옆의 영감이 한마디 거드는 것을 잠바 청년이 또 벌컥 성을 내어

"어째서 안 좋아요? 노동자 농민이 부르주아나 지주한테 착췰 아니 당하구 꼭같이 노동하구 꼭같이 분배하구 계급 차별이 없구 평등이구 한건데 어째 나뻐요?"

"………"

영감은 잠바 청년의 외국말 같은 말을 알아들을 바이 없는 것이라 삐언히 치어다보기만 한다.

그러는 것을 김군이

"여보 영감?"

"예?"

"농사 몇 말지기나 지시우?"

"논이나 한 열 말지기하구 밭이라야 댓 말지기하구."

"식구는?"

"우리 내외 큰아들네 내외에 손주가 둘. 둘째아들 내외 딸 그럼 모두 해 아홉인가?"

"그 아홉 식구가 논이나 열 말지기허구 밭이나 닷 말지기허구 지어가지구 심이 다요?"

"어림없는. 아 열 말지기에서 도합 서른 섬 난걸 가지구 도지 열 섬 치렀지요. 것두 작년버틈이니까 도지가 열 섬이지 전에는 열엿 섬 일곱 섬 그랬드라우. 반 년 양식두 못 되는걸."

"아홉 식구에서 농사일할 사람이 몇이나 되죠?"

"큰아들 큰손자 작은아들 다 장정이지. 또 며느리들이랑 딸년이랑 나두 거달아주구."

"그럼 손이 모자라 농살 못 짓는 건 아니겠다요? 땅이 없어 못 짓지."

"그야 일러 무얼 허우."

"도지 아니 무는 논으루 한 스무 말지기만 지면 질 수두 있구 그걸루다 일년 계량을 하구 나머진 팔아서 옷감두 끊구 신발두 사구 담배두 사 자시구 간혹 술잔두 사 자시구 이런 서울 출입두 하구 해 가면서 하여간 일 년 가껄 써나갈 수가 있겠군요?"

"그렇죠. 논 좋은 걸루 스무 말지긴다 치면 예순 섬은 날 테니깐 절반 서른 섬 양식허구 서른 섬 팔면 아모리 백물이 비싼 이때라두 그럭저럭."

"영감님네 식구가 꼬옥 지어낼 만치 논을 ―도지 없는 논을― 주구 그중에서 영감님네 식구 일 년 먹을 것 까구서 나머질 나라에 바친다 치면 나라에선 영감님네가 일 년 입을 옷감 신발 빨랫비누 석유 그 밖에 소용되는 걸 골고루 골고루 마련해 주거든요. 그게 위지 왈 공산주의랍니다."

"나라에서 무슨 땅이 있어 우릴 논을 도지두 아니 받구섬 주구 허우?"

"지주가 가진 논을 몰수해서요."

"남의 걸 뺏어서?"

"네."

"그래서야 쓰우. 남의 가진 걸 강제루 뺏어서 준다면 그런 공평치 못할 데가 있소?"

"그게 공평하잔 노릇인걸요."

"에이 나는 그런 땅 싫여."

"무어 영감님더러 손수 뺏으란 건 아니니깐 글랑 염려 마시지요."

"글쎄 온."

"흐뭇하긴 한 모양이죠?"

아닌게아니라 영감은 싫단 소리는 겸사의 말인 것이 그의 흐물흐물 웃는 얼굴에 선연히 드러난다.

이윽고 영감은

"거 공산주이 허면 우리 조선이 이번엔 일본 대신 저기 아라사 속국 된다구들 그럽디다."

"잘못 공산주의를 하면 그럴는지두 모르죠. 그렇지만 영감, 아라사 속국야 되거나 말거나 도지 아니 무는 농사지어 일 년 배 안 고프게 먹구 살구 옷감야 신발야 모두 그립잖게 타서 쓰구. 그러구 순사나 면장·구장허구나 상하 귀천 아니 가리구 평등으루 지내구. 조옴 좋아요?"

"에이 그래두 나라가 있어야지. 살기가 차라리 좀 옹색하더라두."

"아니 아까 나라야 있으나 없으나 상관 없다구. 나라 있을 적에두 나라 덕본 일 없구 나라가 없을 적에두 나라 그린 줄 모르구 살았느니라구 아니하셨소?"

"말이 그렇지 어디……"

"거 지끔 조선서 공산주의를 할려다간……"

지금까지 아무 소리도 없이 영감을 건너 차창 옆으로 앉아서 듣기만 하고 있던 사십 가량의 시골 신사가 비로소 말을 거들던 것이다.

"……공산주의 하지두 못하구 나라만 망쳐놓기가 십상이지요. 것보담은 우리는 미국식 민주주의를 해야 할 겝니다."

"어째서 그런가요?"

잠바 청년이 잠자코 있을 리 없어 따들고 나섰던 것이다.

"젊은 분은 아마 좌익인 모양인데 노형 삼십팔 도 이북 가본 일 있소?"

"가보나마나 하죠 머."

"공업기계 말끔 뜯어가구 공출루 식량 뺏어가구 불한당두 공산당원이면 그만이구 부녀들 겁탈하구 태극기 대신 적기 내세우구 그러는 거 다 알구나 지끔 이러우?"

"당신은 가보았나요?"

"꼭 보아야만 허우? 듣구는 모르우?"

"못 가보구서 남이 하는 말만 듣구요? 그거가 모두 떼마예요."

"흥. 떼마거니 하구서 잔뜩들 장 대구 있다 나중 가서 꼴 볼 만하겠다."

"미국이 구세주거니 하구서 잔뜩들 장 대구 있다가 나중 가서 꼴 볼 만하겠수."

김군은 웃음을 참다 못해 외면을 하고 한참이나 소리 없이 웃더니 나더러 영어로

"Just a reduced drawing!"

한다.

미상불 그 억담의 우김질로 상대편을 엎어누르려는 것까지도 갈데없는 한폭의 축도(縮圖)였다.

"김군?"

"?"

"방금 난 이런 공상 하날 해 보다가 혼잣속으로 웃었는데."

"무어야?"

"저 이란 있지 않은가?"

"그래서?"

"그게 어느 시간 후에 가서 싸베에트 이란이 됐다구 가정을 하구. 물론 약소 민족국가 이란인 건 변함이 없구."

"그래서."

"그래 약소 민족국 싸베에트 이란이 처억 모스

코바에 있는 이란 공살 시켜 스딸린 수상더러 싸베에트 노서아를 싸베에트 이란의 한 연방으루 편입을 시키겠으니 생각이 어떠시뇨? 하는 교섭을 한다면 그 자리에서 스딸린 영감이 어떨꾸?"

"울상을 하겠지."

나는 김군과 어우러져 한참이나 웃었다. 그러고 나서 다시

"그럼 이번엔 이란이 아니라 불란서나 영국쯤이 싸베에트 불란서 혹은 싸베에트 영국이 돼가지구 처억 모스크바에 있는 불란서 공사면 불란서 공사, 영국 공사면 영국 공살 시켜 크레물린으루 스딸린 수상을 찾아가 싸베에트 노서아를 우리 싸베에트 불란서(혹은 싸베에트 영국)의 한 연방으루 편입을 시키겠으니 생각이 어떠시뇨 한다면?"

"원자폭탄을 자네네만 발명한 줄 아나? 우리두 있어요 그리겠지."

"그보담은 여보 불란서(혹은 영국) 동지, 우리 두 나라가 꼭같은 권리와 의무를 가지는 한 개 한 개의 연방이 되기루 하세나 이럴 것 같은데?"

"문제는 그러니깐 조선이 내일 바루 싸베에트 조선이 되어버리느냐, 내일은 고구려 그리구 나서 모레 싸베에트 고구려가 되느냐에 달렸겠지."

차는 사람을 태운 것이 아니라 짐차에 물건을 재듯이 재어가지고 그래도 넘치는 것은 지붕에다 올려 앉혀가지고 씨근거리면서 달리다 어느덧 천안에 당도하였다.

그동안 다른 역에서도 그런 것이 없었던 것은 아니나 천안은 쌀이 흔한 관계인지 차가 폼으로 미끄러져 들어가자 굉장한 아우성과 함께 차창으로 쌀보퉁이들이 쏟아져 들어왔다.

찻간 안은 물론이요 승강대까지도 짐과 사람이 꼭꼭 들이차서 내리는 사람도 오르는 쌀보퉁이와 사람도 차창으로밖엔 도리가 없었다.

바로 다음 복스에서 바깥과 싸움이 난다.

"좀 열어주시요."

"꽉 차서 둘올 데가 없소이다."

"그래두 좀 열어주시오."

"여기 있는 사람두 포개서 가우."

"여보 혼자만 갈 테요?"

"여기만 해두 수백 명이 탔는데 혼자야?"

"옘병해라 이 자식아."

"저런 주릿댈 앵길 자식이."

"이리 나와 이 자식아."

"이리 들와 이 자식아."

"열어. 들어갈 테니."

"너 좋으라구 열어줘?"

"오랄져라 이 자식아."

"땀을 내라 이 자식아."

그러나 이건 선량한 편이다.

여기저기서 유리창이 깨어진다. 안에서 열어주지 아니하면 유리창을 깨뜨리고서 쌀보퉁이를 들이밀고 기어오르고 한다.

우리 복스의 창이 거절하다 못해 열리면서 쌀보퉁이가 커다란 것이 들어오고 이어서 양복짜리 젊은이가 끙끙 기어들어온다.

"고맙습니다."

그는 창을 열어준 잠바의 좌익 청년더러 치하를 하면서 땀을 씻는다

"온 이럭허구서야 사람이 견데배기는 수가 있어야지."

신객이 혼잣말로 그러는 것을 미국식 민주주의 신사가

"어데서 오셨소?"

"부산서 왔답니다."

"부산서 여기까지?"

"어떡헙니까? 부산선 시방 대두 한 말에 팔백 원이 가는데 월급이나 일천 한 이 백원 받는 사람이 그 쌀 사먹구 살아요? 한 달 쌀값만 해두 사천 원인데."

"천안선 얼마 합디까?"

"이백 원씩에 두 말 샀습니다."

"부산선 지끔두 쌀이 일본으루 나가나요?"

"부산뿐인가요. 난 누가 피스톨을 한 자루 줬으면 직업두 내던지구 쌀 밀수출하는 놈들만 따라댕기면서 깡그리 쏴죽이겠드구면."

"군정이 밝히지 아니하나요?"

"밝히니 일일이 손이 미칩니까."

"큰일야. 그게 모두 소수의 모리배놈들의 짓으루 민족이 전체가 곤란을 당하구 건국에 방해가 되구 하니."

"속 모르는 소리 마슈. 모리배가 한목 어데서 쌀을 사가지구 부산이면 부산으루 여수면 여수루 가 일본에다 팔아먹구 하나요?"

"?……"

"한 말 두 말 최고 한 가마니까지 해 짊어지구 일본 가차운 항구를 매일같이 수천 명씩 몰려가는 게 누구들인데요?"

"야미꾼들일 테죠."

"농민들예요. 각지에서 농민들이 등으루 쳐다 파는 쌀을 밀수꾼들은 가만히 앉어서 사 긁어모아가지구 일본으루 내는 거예요."

"농민들야 시세가 좋으니깐 내막은 모르구서."

"이 양반이…… 이 양반두 아마 서울서 정치하는 양반인가 보군. 당신네들은 입만 벌리면 농민은 순진하구 불쌍하구 애국적이구 하다구 떠들지만 그래가지군 정치 못합넨다."

"허허. 그분이 너무 과격하군!"

"번연히 이 쌀을 가지구 가 팔면 배에 실어 일본으루 가는 줄을 알면서두 그건 다 상관없거든요. 저이 동네서 한 말 일백오십 원 받을 걸 부산 가서 육백 원이나 칠팔백 원 받으면 같은 동족이야 굶어 죽거나 나라야 열 번 곤쳐 망하거나 다 아랑곳 없어요. 저이 배 부르구 저이 낭탁 두둑하면 고만예요."

"………"

"한번은 글쎄 어떻게두 괘씸허구 분한지. 부산선데 칠백 원 한닷 말을 듣구서 꼭 칠백 원을 구해가지구 나갔더니 팔백 원이라는군요. 당장 저녁

거린 없구 그래 칠백 원 어치만 팔라구 하니까 아 저리루 가지고 가면 한 말 다 넘기는데 누가 걸 두 번에 노나 파느냐구 그예 안 주는군요."

"………"

"당신두 우리 투표 얻을려구던 그 희떠운 민주주의 소리 집어치구 쌀을 주시우 쌀을…… 시방 조선서 젤 선량하구두 불쌍한 게 누군지 아시우? 우리네 월급장이들예요."

"………"

"대체 이 짓이 할 짓이요? 부산서 예까지 와 이 무건 걸 가지구 차창으루 오르내리구. 이것이 모두 누구 죄요?"

"………"

"그러나마 남의 일터에서 월급에 매어 사는 놈이 한 달에두 두세 번씩 이 행보를 해야 하니 당신네들 같으면 마음이 편안하겠수?"

"………"

"당신넨 장차 대신의 자리루 천신할 욕심에 정당 싸움두 깨가 쏟아지구 머리통이 터져두 고소오한가 봅디다만서두 그 사품에 죽어나는 건 우리예요. 팔일오 이전 일본한테는 좌익이구 우익이구 민족주의구 공산주의구 다들 합치해서 대항하구 했다면서 어째 시방은 아니하는 거예요? 장차 완전히 독립되구 나서 노동자허구 자본가허구 대가리가 깨지구 대리뼉다구가 부러지구 하두룩 싸움을 할 값이라두 대외적으룬 노동자나 자본가나 이해가 일치하니깐 아쉰 대루 우선 합치를 시켜야 옳지, 떼여놀려구 들어야 옳아요?"

"………"

"어떤 입으루들 민족을 사랑합네, 자주독립을 합시다, 국민이여 각성을 해라 이 소리가 나와요? 나 같으면 입이 꽝우리 구멍 같아두 할 말이 없겠드라."

"………"

"우린 인전 당신네들은 하나두 신용두 아니하구 존경두 아니해요. 영영들 그 모양일려거든 다

들 죽어버리시우."

하도 그의 음성이며 표정의 핍절함에는 압기가 되는 듯 우익 신사는 물론이요 깃을 달고 나서서 한마디나 책을 잡음직한 잠바의 좌익 청년도 오히려 심각한 얼굴이면서 잠잠히 듣기만 한다.

호남선으로 갈아타는 대전서 내리니 밤이 열시나 되었다.

삼월 열이레요 내일이 춘분이라는데 그 춘분 추위를 하느라곤지 하늘은 음산히 흐리고 빗방울이 빠지면서 바람결이 몹시 찼다.

역의 대합실은 낮과 아침부터 서울과 부산과 호남선이 실어다 붙인 승객으로 콩나물동이를 이루었다. 보퉁이를 깔고 앉아 혹은 가마니폭을 자리삼아 앉았는 사람, 자는 사람, 그중에도 절창(絶唱)은 투전판이 벌어져 있는 것이었다.

"저런 걸 보면 조선 사람두 제법 대륙적인 풍모가 있단 말야. 정거장 대합실에서 지리한 찻시간을 투전을 뽑으면서 밤을 드새구."

김군의 감상이었다.

호남선은 새벽 다섯시 반에 있었다.

나는 말할 것도 없지만 김군도 한 번의 경험이 있노라면서 그의 굵은 신경으로도 일찍이 일제 시대의 유치장 잠자리를 방불케 하는 대전 거리의 여관에만은 생의도 아니하였다.

이튿날 새벽 다섯시.

비는 옷을 적시고도 과할 만큼 내렸다. 밤새껏 떨며 기다리던 이리행의 혼합 열차를 꾸며다 폼에 대어놓기는 하였으나 객차 세 칸에 곳간차 열 개가 사람이 열리듯 하였다. 그러고도 태반은 타지를 못하였다.

내남없이 곳간차 꼭대기나마 타지 못한 사람들은 내리는 궂은비처럼 우울한 얼굴들이었다.

조금 있다 기관차가 무슨 생각으론지 혼자 달려가더니 난데없이 좋은 객차를 한목 다섯 칸이나 달아가지고 온다.

처진 승객들은 희색이 얼굴에 넘치면서 다투어

그리로 돌진을 한다.

그러나 허망한지고. 찻간에는 미국 병정이 칸마다 삼사 인 혹은 사오 인씩 한가로이 타고 있었다.

열려 있기로서니 거기를 침노할 용감한 사람도 없으려니와 도시에 승강대의 문들이 굳게 잠기어 감불생심이었다. 차 옆댕이의 '미군 전용차' 다섯 자는 누구의 서투른 분필 글씬지.

사람들은 그래도 행여 하는 생각에 이리 닫고 저리 닫고 앞뒤로 끼웃거리면서 그 옆을 분주히 맴돌이하기를 마지않는다.

아마 구경이 하염직하여서리라. 미국 병정 하나가 닫긴 승강대의 문을 열고 서서 고요히 완상을 하고 있다.

그러자 촌 반늙은이가 하나가 그 앞으로 징검거리고 가더니 예전 같으면

'여보 영감상 우리 좀 탑시다.'

하는 쩨렸다. 손으로 자기를 가리키고 다시 찻간을 가리키고 하면서 근천스런 미소와 굽실거리기를 거듭한다.

그에 대하여 미국 병정의 대답은 털 숭얼숭얼한 손가락을 들어 차 꼭대기를 가리키는 것이었다.

김군과 나는 무심코 발길을 멈추고 서서 보다 문득 아니 볼 것을 본 것 같은 회오에 얼른 얼굴을 돌렸다.

"옛날 상해 공동 조계의 공원 문앞에다 '지나인과 개는 들어오지 마라' 쓴 푯말을 세운 것허구 상거가 어떨꾸?"

김군의 중얼거리는 말이고 나는 나대로 중얼거렸다.

"마마손님은 떡시루나 쪄놓구 배송을 한다지만 이 프렌드나 저 북쪽 따와라시 치들은 어떡허면 쉽사리 배송을 시키누?"

"찰 저렇게들 타지 못해 등쌀을 댈 것이 아니라 한때 인도 사람들 뻗으로 기관차 앞으루 찻길에 가 늘비하니 드러누웠어요."

"한 파가 기관차 앞에 가 눴다 치면 한 파는 차에 가 올라앉군 할 텐데?"

"사회진화의 노선이 적실히 유물변증법적 방향인 바엔 협조가 헤게모니의 영원한 상실을 의미하는 건 아닐 텐데. 독일의 나찌즘이 영원한 승리가 아닌 것처럼. 결국 문제는 협조하는 기간 동안 임금을 조금 덜 받아야 하구 소작료를 조금 더 물어야 하구 한다는 문제루 귀착하는 것이니깐. 사세가 차차 더 절박해 가니 돈 몇천 원이나 벼 몇 섬씩을 애끼다간 민족 천년의 대계를 그르칠 염려가 있다는 걸 깨달아야 할 텐데. 새로운 역사의 주인 노릇을 할 긍지와 도량으루다 말이지."

"사람이 없나 봐. 한 정당 한 정당의 두령 재목은 있어두 민족의 두령 재목은 안직 없는 모양야."

"낙심 말게. 이 김주사 어른이 기시질 않은가."

비는 오고.

다음 차가 언제 있을지 모르는 차를 우리는 음산한 정거장에서 민망히 기다려야 하였다.

[1946]

잔등

殘燈

허 준 (1910 ~ ?)

평북 용천 출생. 일본 호세이대학 졸업. 1936년 『조광』에 「탁류」를 발표하며 등단.
「습작실에서」 「평때저울」 등의 작품과 소설집으로 『잔등』(1946)이 있다.

혁명은 가혹한 것이었고 또 가혹하여도 할 수 없을 것임에 불구하고 한 개
의 배장사를 에워싸고 지나쳐 간 짤막한 정경을 통하여, 지금 마주 앉아 그
면면한 심정을 토로하는 이 밥장사 할머니에 이르기까지 그것이 어떻게 된
배 한 알이며, 그것이 어떻게 된 밥 한 그릇이기에, 덥석덥석 국에 말아 줄
마음의 준비가 언제부터 이처럼 되어 있었느냐는 것은 나의 새로이 발견한
크나큰 경이가 아닐 수 없었다. 경이보다도 그것은 인간 희망의 넓고 아름다
운 시야를 거쳐서만 거둬들일 수 있는 하염없는 너그러운 슬픔 같은 곳에 나
를 연하여 주었다.

장춘서 회령까지 스무하루를 두고 온 여정이었다.

우로를 막을 아무런 장비도 없는 무개화차 속에서 아무렇게나 내어팽개친 오뚝이 모양으로 가로 서기도 하고 모로 서기도 하고 혹은 팔을 끼고 엉거주춤 주저앉아서 서로 얼굴을 비비대고 졸다가는 매연에 전 남의 얼굴에다 거언 침을 지르르 흘려주기질과 차에 오를 때마다 떼밀고 잡아채고 곤두박질을 하면서 오는 짝패이다가도 하루아침 홀연히 오는 별리(別離)의 맛을 보지 않고는 한로(寒露)와 탄진(炭塵) 속에 건너매어진 마음의 닻줄이 얼마만 한 것인가를 알고 살기 힘든 듯하였다.

이날 아침 방(方)과 나는 도립병원 뒤 어느 대단히 마음 너그러운 마나님 집에서 하룻밤을 드새고 나왔다.

아래윗방의 단 두 칸 집인데, 샛문턱에 팔고뱅이를 붙이고 부엌을 내어다보고 주부와 이야기를 주고받고 하는 늙은이는, 이 집 할머니이신 모양이요 손자가 서너너덧 될 것이요 손녀가 있고 집으로만 한다면 도무지 용납될 여지가 있는 것 같지 않기도 했으나, 이 집 주부로서는 역시 이날 밤 목단강엔가 가서 농사를 짓던 주인 동생의 돌아온 기쁨도 없지 않다고 해서 그랬던지,

"오늘 우리 시동생도 지금 막 목단강서 나왔답니다."

하는 말을 수없이 되풀이하면서 비좁은 방임을 무릅쓰고 달게 우리를 들게 한 것이었다.

이 집 저 집 이 여관을 기웃 저 여관을 기웃하다가 할 수 없이 최후적으로 찾아든 낯선 우리가 미안하리만큼 우리의 딱한 형편을 진심으로 동정한 것은 분명한 주부뿐이어서 밖에 나갔던 남편이 돌아와 찌뿌듯한 얼굴을 하고 못마땅하듯이 아래윗방을 한두 번 오르내리는 것을 보고,

"생원과 같이 금생(金生)서 걸어오신 분들이랍니다. 서울까지 가시는 손님들이래요."

하였다. 그리고는 남편에게나 손님인 우리들에게

양쪽으로 다 같이 미안하게 된 변명으로,

"어쩌면 한 정거장만 더 갖다주면 될 걸 게서 내려놔요. 이 밤중에 글쎄."

하고 혼자 혀를 끌끌 차며 할머니를 보았다.

남편은 마지못해 지듯이,

"글쎄 우리 식구가 있으니 말이지."

하며 윗방으로 올라와 방바닥에 널려놓았던 것을 주섬주섬 거두고 게다 자기 자리와 동생 자리도 껴보았다.

이런 경위를 지남이 없었다 하더라도 미안할 대로 미안하였고 고마울 대로 고마웠을 우리인지라 아침 부엌에서 식기를 개숫물에 옮겨 담는 소리, 지피는 나무에 불이 이는 소리가 들리기 시작하는데는 더 자고 있을 수도 없는 처지였다.

깨끗이 가시지 아니한 피곤을 우리는 도리어 쾌적히 생각하며, 주부에게 아이 과잣값을 쥐어주고, 동이 트인 지 얼마 아니 되는 정거장으로 가는 길에 나선 것이었다.

방은 터지고 째어진 양복바지를 몇 군덴가 호았는데 오는 도중에 거의 검정이가 된 회색 춘추복에 목다리 즈크화를 신고 와이셔츠 바람으로 노타이 노 모자에, 목에,

'Good morning △ 祝君早安'

이란 붉은 글자가 간 상해에서 온 타리수건을 질끈 동이고 나는 팔월달부터 꺼내 입지 않을 수 없었던 흑색 서지 동복에 방의 외투를 걸쳤다.

길림(吉林)서 차를 만나지 못하여 사흘 밤 묵는 동안에 나는 무료한 대로 제법 영국 신사가 맬 법한 모양으로 넥타이만은 꽤 단정하게 맨 셈인데 그것도 이순(二旬)이 가까운 동안을 만적거려 보지 못한 데다가 원체 빡빡 깎고 나선 중머리이므로 해를 가리자고 쓴 소프트가 얼마나 뒤로 떨어지게 제쳐 썼던지 방이 내게 던지는 잔 광파가 무한히 흐늘거리는 수없는 윙크로 그 짓이 어떻게나 유머러스하였던 것인가만은 짐작 못할 것이 아니었다.

"지금 막 변소에 갔다가 일어서자니까 만돌린이란 놈이 제절로 둘룽둘룽 떨어져 내려오지 않소 글쎄."

방은 와이셔츠 소매 밖으로 풀자루같이 비어져 나온 북만의 군인을 위하여 만든 두툼한 털내의를 몇 벌론가 걷어붙인 위에다가 두 손가락을 발딱 제쳐 들고 게딱지 집듯 집어 보인다. 집게발에 물릴 거나 같이 섬세하게 하는 그 거조가 실로 거대한 몸집을 한 그에게 대조적인 효과의 우스움을 아니 품게 하는 수가 없었다. 그리고 나서는 지난밤 금생에서 늦게 들어와서 요기하던 장국밥집 앞마당에 오자 절름거리기를 시작한다.

걸어오는 도중에 회령 가면 여덟시에 떠나는 차가 있다는 사람의 말을 곧이듣고 그 연락을 대기위하여 이십여 리 길을 반달음질로 온 것이며 또 그의 발이 혹 부르틀 염려가 없지 않았던 것이며를 짐작 못할 것이 아니고 보건대 만돌린의 발생을 우려하는 그 한탄조가 짐짓 황당한 작심만은 아님이 분명하나 이런 여고(旅苦)가 없던 예전부터 술집 앞에 와서 절름거리는 그의 대의(大意)일랑 못 짐작할 것이 아니어서,

"여보 주을(朱乙)이 앞에서 손빼를 헤기고(손짓을 해서) 기다리는데 다리를 절다뇨."
하면서도 지난밤 그렇게도 회령(會寧) 술을 찬송하던 그의 얼굴을 바로 보기에 견디지 못하였다. 나도 사실은 술집 앞에서 절름거리고 싶은 충동이 없는 것도 아니요 만돌린쯤에 이르러서는 벌써 문제도 아니었다.

그들의 동의를 지각해 온 지는 어제 오늘의 일이 아니지마는 이러고 있을 수 없다는 나의 대방침이 그에게 주을의 온천을 상기케 하자는 데 불과하였다.

우리가 안봉선(安奉線)을 택하지 않고 이렇게 먼 길을 돌아오는 이유로는 이쪽이 비교적 안전하다는 경험자의 권고에도 있는 것이지마는 우리의 여정을 청진(淸津)이나 주을에서 절반으로 끊어 가지고 일단 때를 벗고 가자 함도 일종의 유혹이 아닐 수는 없었던 것이다.

열흘이고 스무 날이고 주을에 푹 잠겨서 만주의 때를 뺄 꿈이 있어서 그런 것만은 아니지마는 어쨌든 그 실현성의 여하는 불문하고 당장의 형편이 우리에게 그런 소뇌주의(小腦主義)에 빠져 있게를 못할 것만 같은 까닭이었다.

첫째 돈이었다. 함경도만 들어서면 여비쯤은 염려 없다는 방의 말을 지나친 장담으로만 알고 떠난 길은 아니지마는 정작 와보니 교통상 불편으로 갈 데를 마음대로 가지 못할 것을 생각 못하였던 것이 잘못이요, 간다더라도 부모형제라면 몰라도 그저 막역한 친구라고만 하여서는 오래간만에 만난 터에 딱한 사정을 입 밖에 내지 못하는 정리의 일면도 없지 아니한 것이다.

추위도 무서웠다. 푸르등등한 날씨가 어느 때에 서리가 올지 어느 때에 눈을 퍼부을지 모르는 것을 아무런 옷의 준비도 없이 떠나지 아니할 수 없었던 길을 짤막한 방의 오버 하나를 가지고야 어떻게 하는가.

셋째로는 기차였다. 지금 형편으로 본다면 기차의 수로 본다든지 편리로 본다든지 닥치는 그 시각시각마다 극상(極上)의 것이어서 닥치는 순간을 날째게 붙잡아야 할 행운도 당장당장이 마지막인 것 같은 적어도 더 나아질 희망은 없다는 불안과 공포심도 작용하지 않을 수 없었다.

'잘못하다간 서울까지 걸어간다는 말 나지이.'
하는 마음이 사람들 가슴에 검은 조수와 같이 밀려들었다.

닥쳐오는 추위와 여비 문제와 고향을 까마득히 둔 향수가 나날이 깊어 들어가서 일종의 억제할 수 없는 초조와 불안이 끓어오름에는 그들과 다름이 없었으나 반면에는 만조에 따라오는 조금과 같이 아무리 보채어 보아도 아니 된다는 관점에 한번 이르기만 하는 날이면 그때는 그때로서 그 이상 유창(悠暢)한 사람이 없다 하리만큼 유창한 사

람이 되는 나이기도 하였다.

'그렇게 되면 그렇게 된 대로 또 어떻게라도 되겠지.'

명확한 예측이 서지 아니한 채 이런 낙관부터 가지고서 계속되는 몇 날이고 몇 날이고를 안심입명하였다는 듯이 지내는 것이었다.

이것은 방에게 있어서도 일반이었다. 나와 이 성질은 마치 수미(首尾)를 바꾸어놓은 가자미의 몸뚱어리 모양으로 노상 지축거리면서 태평하게 콧노래를 흥얼거리고 다니고 주막에 앉으면 궁둥이가 질기고 누우면 다섯 발 여섯 발 늘어나다가도 한번 정신이 들어야 할 때에 이르면 정거장 구내에 뛰어들어가 어느새 소련병에게 군용차를 교섭하기도 하고, 또 날쌔게 화차에 뛰어오르기도 하였다. 나를 체념을 위한 행동자라 할 수가 있다면 그는 관찰과 행동을 앞세운 체관자라 할 수가 있을 것 같았다. 내 항상 블랭크(공허)를 수행(隨行)하는 찌푸린 궁상한 얼굴 대신에 항심(恒心)이 늘 배어 나온 것 같은 잔 광파가 흐늘거리어 마지 않는 그 눈 언저리가 이를 증명하였다.

그가 교제적인 것과 내가 고독적인 것, 그가 원심적인 것과 내가 내연적(內延的)인 것, 그가 점진적인 것과 내가 돌발적이요 발작적인 것, 그가 행동적이요 내가 답보적인 것—이곳에도 이 음양의 원리가 우리의 여행을 비교적 순조롭게 하는지도 알 수 없는 일이었다. 그러지 않고서야 기차가 두 정거장 가서도 내려놓고 세 정거장 가서도 내려놓는 이 여행을 수없는 정거장에서 갈아타고 오면서 회령까지 오기로 친대도 몇 달 걸렸을지 모르는 일이었다.

방이 장국밥집 앞에서 절름거리기를 마지 아니하는 동안에 정거장 방향에만 마음을 두고 있던 나는 폭격을 받아서 형해조차 남지 아니한 사람을 정리하느라고 쳤을 새끼줄 너머로 거무스름한 동체(胴體)의 쭉 뻗어 나간 긴 물상이 놓여 있음을 희미하니 이슬을 짓다 남은 아침 연애(煙靄) 속으로 내려다보았다.

"으응, 차가 와."

옆구리를 쿡 찌르는 바람에 방은 늘씬한 그 허리가 한 발이나 움츠려 들어가는 듯하였으나 어시호 이때에 생긴 긴장미는 우리가 재치는 걸음으로 정거장에 이르기까지 풀리지 아니하였다.

차는 역시 군용이었다. 자동차 장갑차 대포 같은 병기가 실렸음은 물론 시량(柴糧)인지 천막을 쳐서 내용을 가리운 차까지 치면 한 삼십여 개도 더 될 차로 맨 뒤끝에는 서너 개 유개화차도 달려 있었다.

이날도 여느 날과 달라야 할 일이 없어서 이 세대 유개차 지붕 위에는 벌써 빽빽히 사람들이 올라가 앉아서 팔짱을 낀 사람, 무릎을 그러안은 사람, 턱을 받치고 앉은 사람, 머리를 무릎 속에 들여박은 사람, 이런 사람들이 끼이고 덮이고, 밟힌 듯이 겹겹이 앉아 있어서 어디나 더 발부리를 붙여볼 나위가 있을 것 같지 아니함도 일반이었다.

입은 것 쓴 것 신은 것 두른 것 감은 것 찬 것, 자세히 보면 그들의 차림차림으로 하나 같은 것을 찾아낼 수가 없겠건만, 그러나 그들이 품은 감정 속의 두서너 가지 열렬한 부분만은 색별하려야 색별할 수 없는 공동한 특징이 되어서 그 가슴속 깊이 묻히어 있음을 알기는 쉬운 일이었다.

고개를 무릎 틈바구니에 박고 보지는 아니하나 만사를 내어던진 듯이 완전한 체념 속에 주저앉은 듯한 중년의 사람 그도 그의 두 귀만은 무슨 소리를 기대하는 것이었다.

그들의 열원은 한결같았고 또 한데 뭉치인 것이었다.

그들 중에서,

"왔다아."

하는 소리가 한마디 들리자 지붕 위에 정착해 있던 군중의 수없는 머리는 전후로 요동하였고, 위로 비쭉비쭉 솟아났다. 와악 하고 소연한 소리조차 와글와글 끓는 듯하였다.

보니 과연 대망의 화통이 남쪽 인도교 거더(육교) 밑을 지나 꽁무니를 내대이고 물레걸음을 쳐서 온다.

우리는 이 경쾌한 조그마한 몸뚱어리로 말미암아 얼마나 애를 쓰는지 마치 예스가 아니면 노라도 뱉어주어야 할 경우에 이른 사내를 앞에다 놓고 애타는 웃음만 웃고 맴돌이질하는 연인과도 같았다. 우리는 그 믿기지 않는 일거일동에 예민하지 아니할 수 없었으며 그 밑빠른 거취에 실망하면서 우직하게 따라가지 아니할 수도 없었다.

나도 저들과 같이 두서너 가지 색별하여 갈라 놓을 수 없는 감정의 열렬한 몇 부분을 가진 한 사람에 틀림없을진대 이 모진 연인으로 말미암아 물불을 가리지 못하게 하는 열광적인 환희와 동시에 일층 이상 정도의 초조와 불안과 그리고 얄궂은 체념을 동반하는 위구를 품지 아니할 수는 없는 노릇이었다.

'어떻게 하자는 웃음이며 어디 와서 머무를 맴돌이야.'

나는 여러 번 역증이 나던 버릇으로 막연히 이런 소리를 가슴속에서 다시금 불러일으키며 방이 장춘에서 가지고 온 증명을 들고 소련병에게 교섭하는 것을 보고 있었다.

그러나 역시 운명은 손길이 아니 보이는 바람과 같다고나 해야 할 것처럼 바람에 불리는 줄이야 누가 모를까마는 아침이 아니고는 어느 연로에 기쁨을 놓고 가고 어느 연로에 슬픔을 놓고 갔는지 더듬어 알기 힘든 것인가 하였다.

방이 천막 친 차 언저리에 발부리를 붙이고 기어올라갈 적에 차는 떠났다. 그리고 차 위에서 발 디딜 만한 데를 골라 디딘 뒤에 기립을 하여 몸을 돌이켰을 때, 비로소 그는 철로 한가운데 놓인 나를 보았다.

두 손으로는 무겁게 짊어진 륙색의 들멧줄을 잡고, 땅에 떨어지다 붙은 듯한 과히 제쳐 쓴 모자를 쓰고 두툼한 훌렁훌렁한 호신 속에 망연히 서서

바라보는 나를 그는 어떻게 보았을까— 그는 두 사내 사이에 벌어져 가는 거리에 앞서 충일층 차에 앞서 가는 걸로만 보이게 하자는 것처럼 뒤에 떨어지는 나를 향하여 섰다가 이렇게 된 형편임을 보고서는 다시는 어쩔 수 없음을 깨달은 듯이 얼른 체념의 웃음을 웃어 던지었다. 그리고는 손을 들어 머리 위에서 휘저었다. 이때 그가 혼신의 힘을 다하여 차상(車上)의 몸이 된 것임을 알고 그의 심중도 어떠하리라는 것을 나는 모를 수가 없었다. 나도 손을 들었다. 찻머리가 거더를 지나 커브를 돌아 차차 속력이 가해짐이 분명할 때 유발적(誘發的)인 이외에 아무런 동기도 없이 올라간 내 손은 제 힘을 빌려 다시 무겁게 내려왔다.

이제는 완전히 홀로 된 것을 느끼며 철로에서 나와 폼으로 발을 옮겨 디딜 때까지 몇 개 붉은 글자의 행렬은 오랫동안 나의 눈앞에서 현황하게 어른거리었다.

'굿모닝 △ 祝君早安 △ Good Morning'

철로 한복판에 서서 진행해 가는 차를 전별할 때부터가 별로이 이 이별에 부당함을 느끼었음은 아니나 허물어지다 남은 플랫폼 위 한구석 찬이슬에 젖은 돌팡구 위에 륙색을 놓고 그 위에 걸쳐 앉았을 때에는 무슨 크나큰 보복이나 당한 사람처럼 방과 나와의 교유관계에서 오는 인과에까지 생각이 이르러, 그 여운이 새삼스러이 머리를 스치고 지나감을 아니 느낄 수 없었다.

나는 내 생래(生來)의 성질로 해서 사람에게 대하는 태도가 혹 애걸하는 모양도 되고 혹 호소하는 자태로도 보여서 지저분한 후줄근한 주책 없는 인상을 누구에게나 주었을지는 모르지마는 그렇다고 해서 그 이상 어느 누구의 우의(友誼)를 이용하자 하지 않았음에는 비단 방에게뿐 아니라 누구에게 있어서도 또 예전이나 지금이나 다를 데가 없었다.

'보복은 무슨 보복, 인과는 어디서 오는 인과.'

나는 이 불의의 별리에 아무러한 나의 죄도 인

정할 수가 없었다.

혹 허물이 있었는지는 모르고 잘못됨이 있었는지는 모르나, 그런 의식쯤이야 나의 고독에 대한 용력(勇力)과 인내력을 집어삼킬 것까지는 못 되었다. 내가 부르르 털고 일어나서 때마침 우연히 타게 된 트럭 위의 몸이 되어, 방이 탔을 군용화차가 머무른 어느 소역(小驛)을 반시간도 못하여 따라잡을 때가 오기 전까지에는 다만 세상은 무한히 넓고 먼 것이라는 느낌 외엔 운명에 대한 미미한 의식조차 없었던 것을 발견하였을 뿐이었다.

내 몸을 휩쓸어 넘어뜨리고 가려는 거침없이 달리는 트럭 위에서 일어나서 나는 허어연 연기를 내뿜으며 기진맥진하여 누워 있는 방이 앉았을 화차를 먼빛에 바라보며 그 방향을 향하여 한없이 내 모자를 내흔들었다.

이렇게 해서 이백 몇 리가 된다던가 삼백 몇 리가 된다던가 하는 나에게는 천 리도 더 되고 만 리도 더 되는 길을 서른 몇 사람으로 만든 일행의 한 사람이 되어 나는 떠난 지 불과 서너 시간이 다 못되어 청진에 다다른 것이었다. 그것은 아무리 급한 그때 내 형편으로서의 불소한 금액이었다 하더라도 참으로 돈에다 비길 상쾌한 세 시간만은 아니었다.

＊

우리가 자동차에서 내린 것은 청진을 한 정거장 다 못 간 수성(輸城)이라는 역 앞 다릿목이었으나 이십 리 길을 남겨놓은 곳이라고 하는데도 바다가 있음직한 방향을 앞에 놓고 산으로 병풍같이 둘러싼 구획 안에 검은 굴뚝이 수없이 불쑥불쑥 비어져 나온 것이 쳐다보이는 데서 우리는 떨어진 것이었다.

정말인지 아닌지는 몰라도 청진까지 다 들어가면 자동차를 빼앗긴다는 운전수의 말을 곧이들으려고 하며 일변으로 감사하는 마음을 금하지 못하면서 가리켜준 대로 다릿목에서 십자로 가로질러

달아나는 제방을 외로 꺾어 따라 들어가서 나는 동으로 동으로 발을 옮기고 있었다.

처음엔 사실 나는 이 수성이라는 정거장 앞에서 내렸을 적에 한참 동안 서서 망설이지 아니할 수 없었다.

'만일 방 탄 차가 이곳을 통과함이 틀림없는 사실이고 볼진대 청진을 다 가서 그 피난민이 오글오글할 정신을 못 차릴 정거장이란 곳에 나가서 만나자느니보다는 여기서 기다리고 있다가 와 닿는 차를 맞아서 타고 같이 청진으로 들어감이 좋지 아니할까.'

아무리 목표지가 지척간에 와 닿았다 하더라도, 이십 리란 길은 무거운 짐을 짊어지고 장차 지뚝거리기를 시작할 곤한 길손에게, 이만한 트집을 갖게 하기에는 충분한 것이 있었다.

쨋수를 가린다면 가령 제일 목적지라고나밖에 하지 못할 목적지이겠지마는 어쨌든 이 목표한 곳에 도달한 안심감에다가 지난밤 금생에서 떨어져서 회령까지 허덕거리고 뛰어온 괴로운 구찬한 추억이라든가, 오늘은 의외로 또 편안하게 올 수 있는 나머지 채 꺼지지 않고 남아 있는 사치욕이라든가 게다가 시장한 것이다.

이미 내 허기증은 도중에서부터 시작된 것이었다. 어젯밤 이래 먹지 아니한 데다가 깨끗한 산과 청명한 계곡의 맑은 공기를 절단하듯 일로매진하여 탄 차가 다사한 초가을의 광명을 헤치고 나아옴을 깨달을 때에 생기지 않고는 못 배길 헛헛증도 없지 아니했을 것이다.

여태까지 이러한 조건이 일시 내 마음의 피댓줄을 늦추게 하였으나 그러나 서서 아무리 휘둘러본대야 역 앞에 인가라고는 일본인의 관사식 건축이 몇 개 뭉키어 건너편 언덕 밑에 연하여 놓여 있을 뿐, 노변에조차 떡 한 자박 파는 데가 없다. 나는 군 입맛을 몇 번 다시었다. 그리고 방과 만나는 수단으로서도 이편이 불리하고, 도리어 위험성조차 적지 아니할 것을 생각하였다.

방 타고 오는 차가 군용차이고 보매, 이러한 일 개 소역에 설 일이 있을 것도 같지 아니하려니와 방과 내가 회령서 나뉠 때, 장차 어디서 만나고 어떻게 하자는 의논조차 할 새 없이, 참으로 돌연 떨어지기는 한 처지이지마는, 방의 친척이 청진에 많이 산다는 것으로, 열흘이든 스무 날이든 예서 때를 빼고 가자 한 우리들의 담화로만 보더라도, 청진에서 만나자는 것은 암묵한 가운데 일종 우리들의 약조가 되어 있다고도 할 고장이었다. 말하자면 우리 두 이인삼각 선수가 발을 맞추어 가지고 떠나야 할 제일 목표지에 다름없었다. 그렇거늘 이 난시에 청진과 같은 대역에서 사람을 만나기 혼잡할 구차함과, 의구쯤은 문제로 삼을 것도 아니어서, 방도 게서 만나고, 밥도 빨리 가서 게서 먹고, 여로도 게서 풀 결론으로 마음을 편달하여 떠나온 것이었다.

날은 유별히 청명하여서 어깨 너머로 넘어간 륙색의 두 갈래 들멧줄은 발자국을 옮겨놓는 대로 불쾌함을 겯따르지 아니한 압박감을 줄 뿐, 물에 부풀어 일어난 것 모양으로 우둥퉁하게 생긴 아무렇게나 된 찌일찔 끌리는 호신 밑에서는 어느덧 발가락과 발바닥 밑에 축축한 땀이 반죽이 되어 얼마간의 쾌감을조차 가지고 배어 나온다.

자동차에서 내린 일행 중 몇 사람은 나남(羅南) 가는 방향이라고 하여 오던 길을 바로 더 걸어가 버리고 더러는 촌으로 들어간 사람도 있은 뒤에 사오 인 혹 오륙 인씩 짝패가 되어 청진으로 들어가는 이들의 뒤를 홀로 전군(殿軍)이 되어 나는 따라갔다.

나날이 유정하여 가는 마가을의 다사한 햇볕을 전폭으로 받으며 등에 진 륙색 밑을 두 손을 뒤에 돌려 받쳐 들고 시가지를 가리켜 굽어가는 제방 위를 타박타박 들어 걸어가는 것이었다.

사오 인씩 혹 오륙 인씩 된 짝패들 중에는 도중 제방에서 밑으로 내려가서, 잔잔한 물가에 진을 치고 밥 짓는 준비를 하는 동안, 벌써 세수를 하고 발을 씻는 패도 있으며, 해림(海林)에서 장춘(長春)을 거쳐 나온다던 젊은 농부 내외는, 하나는 쌀을 일고 하나는 북어를 두들기는 것까지, 한가한 햇볕 속에 째앳쨋이 탐스럽게 내려다보였다.

이윽고 타고 오던 제방이 끝이 나는 데를 왔다. 제방 아래에서 꺼꿉세서 무엇인가 밭에서 거두고 있는 농군을 불러 물으니, 끝난 제방을 내려서서 가던 길을 곧장 가라고 한다.

"이쪽 이 줄기로 해서 방축이 또 한 개 뻗어 나간 기 배우지 앵 있소. 그 질으 따라가서 방축 동으 넘어서믄 개앵멘다. 그 갱으 건너 또 저어짝 방축 등때기르 난 질루 해서 넘어가메 난 질으 따라가압세. 큰 질이라군 그것뿐엔 없습멘다."

농부는 저짝과 이짝을 번갈아 가리키던 손을 내리고 겸사스럽게 가르쳐 주었다. 그러고 보니 지금껏 자기가 걸어온 것은 보강적(補強的) 의미밖에 아니 가진 외곽 제방인 듯하였다.

가르침을 받은 대로 나는 끝난 제방을 내려서서 다시 제방 등을 넘어서서 강가로 내려왔다.

예상했던 것보다 폭도 넓고 수량도 대단히 많은 청량한 맑은 물에 눈허리가 시근거리도록 가을 햇볕이 찬란하게 반사하였다. 나는 위선 짐을 내려서 륙색 안에 든 물건을 꺼내어 모래 위에 아무렇게나 내던졌다.

남색 중국 홑옷(單衣) 위아래.

어떤 구상 중의 그림을 위한 사생첩 두 권.

천복(千僕)이라는 내 이름이 씌어져 있는 동(同) 일기 한 권.

꼭 십일 년 전 두 번째 동경 갈 때 어머니가 만들어주신 이불의 거죽과 홑청.

홑청 속에 싸넣은 헌 구두, 더러는 짝짝이가 된 양말들.

그리고는 신문지에 둘둘 말아 남이 보기 전에 빨려고 하는 사루마다.

아, 또 잊어서는 아니 되는 내 '귀중품' 보료, 함경도 말로 탄자라는 것이다.

나는 이것들을 깨끗한 흰 모래 위에다 픽픽 던져서 놓고 뽑은 발을 물에 담근 채 사변에 앉았다 누웠다 한다.

"너 만주서 이런 물 봤니?"

"못 봤어요."

남양서 회령 온다고 하는 차를 타고 두어 정거장이나 지난 뒤에 연선을 따라 흘러내려가는 맑은 물을 턱을 괴고 한참이나 물끄러미 쳐다보고 있던, 길림 이래 단속적으로 동행이 되다 말았다 하는, 장춘서 적십자에 있었다는 젊은 애 티가 나는 간호부와, 목릉(穆陵)에서 탔다는 열두어 살이나 났을 소학생과의, 시(詩)의 대화를 불현듯 나는 하늘을 누워서 보며 생각하였다.

살 만한 자리란 자리는 다 빼앗기고 발 들여놓을 흙 붙은 데도 없어서, 고국을 떠나 산도 없고 물도 안 보이는 광랑한 회색 벌판에 서서, 밭을 갈고 농을 일으키고 혹은 미천한 직업을 찾아서 헤매이는 사람들의 간절한 그리움이, 이 두 어린 사람들의 입을 통하여 우러나오는 시의 주제에 있는 것이 아닌가.

"너 언제 또 들어가니."

"다신 안 들어가나 봐요."

아무리 생각한대야 생활의 의미를 깊이 알 도리가 없는 소년의 압박과 고독과 공포의 오랜 습성은 아직 해방의 뜻조차 그의 가슴속에 완전한 것이 못 되어 막연한 불안이 아직 그 입가에 퍼덕이고 있었다.

"학교도 다 떼가지고 나와요."

이때 이 언제까지나 불안이 꺼지지 아니하는 소년의 떨리는 어조는 내가 지난해 겨울 북안(北安)에 들어가 있는 사촌매부의 어린 넷째아들을 나에게 연상케 하였다.

내가 보통학교를 졸업한 지 삼 년째 되던 해니까 진정으로 이십 년 전 매부는 아는 이가 있어 지금으로 보니 공주령(公主嶺) 어느 근방에다 처음으로 만주짐을 부려놓은 모양이었다. 의지가 굴강

하고 바르고 과감한 매부 일족의 고투는 십오 년 동안의 풍상을 겪어오는 동안에 밭날가리 논마지기나를 제법 만들어놓기에 성공하였다.

위로 장성한 아들 셋은 배필을 정하여 더러는 분가도 시키었고 시집도 보내었다. 근린에는 조선 사람 집이 수십 채로 늘고 예배당까지도 서게 된 부유한 촌이 되었다. 매부는 술도 모르고 담배도 모르고 잡기에도 재주가 없이 대체 이 사람이 일하는 외론 무슨 재미로 사는 사람인가를 모르리만큼, 그저 독실만 하고 정직만 하고 온화만 한 성품의 사람이었다. 자기는 별로 이렇다 하게 내어놓고 다니지는 아니하나, 누이는 예배당이 되자 백 원이라는 그때로서는 막대한 돈을 기부까지 하여 예배당의 일을 적지 않이 부축도 해 왔었다.

매부는 물론 그런 것을 아니라 할 사람도 아니요, 기라 하고 내세울 사람도 아니었지마는 이렇게 아무 근심 걱정 없이 넉넉히 살아올 수 있던 그들 일족도, 촌 전체 운명의 일부를 나누어 지고 다시 십오 년 뒤 유리(遊離)의 길을 떠나지 않으면 안 된 것이었다.

"아는 사람을 따라 들어온다는 것이 우연히 좋은 땅이더래서 도리어 그런 봉변을 당한 셈이 되었지. 알고 보니 반반한 데는 한 군데도 그런 변을 당하지 않은 데가 없어."

"차라리 처음부터 아무도 돌아다보지도 않을 토박한 곳에나 주저앉았더라면야, 풀 하나 날 데 없이 반반히 만져논 손때 묻혀논 정이야 들었겠나."

벌써 쉰 고개를 몇이나 넘었을까 싶은 나이 알쏭알쏭해서 잘 기억도 되지 않는 나이 먹은 누이는 남편의 말 뒤끝을 이어 손아래 사촌동생을 보고 이렇게 언짢아하였다. 그들도 일본 심단개척에게 전지를 빼앗기고 살던 데를 앗긴 사람들의 일족에 지나지 못하였다.

"만척에 강제수용을 당하고 북안에 온 지 오 년 짼데 오는 첫 해는 이걸 또 호미를 쥐고 낫을 잡고 어떻게 땅을 파자고 하나 하고 생각하니 어떻게

을씨년 같지 않을 수가 있었겠나. 한 해 가고, 이 태 가고, 삼 년 가니, 인제는 억지로 정 붙이려던 제 생각도 다 절로서 잊어버리고 아무 일도 없었던 것처럼 또 이렇게 살아오는 것 아닌가."

그는 면면하였다.

그는 누구를 원망하는 것도 없는 것 같았다. 그도 그렇고 누이도 그렇고 누구를 저주할 줄을 아는 사람으로는 될 법을 못한 사람들이었다. 그들이 그렇거늘 그들과 함께 일족을 이룬 그들의 장성한 아들들이나 딸들도 그렇지 않을 수 있으리라고 생각할 수가 없었다.

그는 자기의 지금 막 한 말조차 쓸데없는 소린가 하고 뉘우쳐 생각한 사람처럼 말부리를 돌리어 조선에 있는 일가친척의 안부, 촌수로 헤일 수 없는 먼 원척에 이르기까지 세세히 묻고, 이 영감은 어찌 되었나, 저 영감은 어찌 되었나, 하는 끈끈한, 그러나 그리움이 멎을 길 없는 물음만 한참 캐물은 끝에,

"그런데 차차 한 해씩 나일 먹어 가느라니까 인젠 그 바람이 딱 싫어집데. 봄 가을 한참때에 부는 그 하늘이 빨개서 뒤집혀 들어오는 흙바람―언제야 안 불었을 바람이련만 그 바람이 인젠 딱 싫어집데. 흙바람이 아니랜들 무엇 하겠나만……

이제는 앞으로 목숨이라야 아마 흙 될 것밖에 다른 것이 남지 안해서 그런지 하늘빛이 잿빛인 것도 좋은 건 아니구……."

말에 막힌 것이 아니라 가래가 돋는 모양으로 그는 꽤 오래도록 쿨쿨대고 기침을 기쳤다.

입만(入滿)한 지 얼마 안 되어 농부에겐 있을 수 없는 소화불량을 얻어 이래 이십 년 가까이 고생하여 오던 끝에, 이번에는 또 기침까지 병발하여서 이제는 된 일은 아니 하노라 하며, 힘드는 농사는 아이들이 다 맡아서 한다고 하였다.

성장하여 취처(娶妻)하여 손자 보고, 일 잘하고, 외도를 모르는 자기 자신과 호말도 틀림이 없는 진실한 아들을 둔, 보통 무난하다 할 행복의 무슨

자랑 같기도 하고, 또는 굴강한 의지의 엄호(掩護)를 힘입어 별 감상을 드러내지 아니하려는 이 평범한 술회가 일종의 한탄 같기도 하였지마는 그렇지만 어찌 되었든 그 심저에 가라앉아서 흔들릴 길이 없는, 한 방향으로 쏠리는 일정한 정서를 그 외의 무슨 방법으로 표현할 수가 있었겠는가.

'향수(鄕愁)란 이렇게 근본적인 것일까.'

나는 누워서 눈에 스며드는 높은 하늘의 푸른 빛을 마음껏 가슴에 물들이며 아까 제방에서 떨어져 내려가 잔잔한 수변에 진을 치고 뭉키어 밥을 짓던, 오붓오붓한 칠팔 인의 일행을 문득 생각하였다.

'매부의 일족은 어찌 되었을까.'

이번 일 후에 응당 생각할 순서에 있었던 불행한 그들의 운명을 나는 뉘우치는 마음으로 새삼스러이 생각하지 아니할 수 없었다.

'그들은 어찌 되었을까.'

나는 다시 마음에 되놓이었다.

만일 그들이 무사할 수가 있어 동 너머 뭉키어 밥 짓는 저 일행들의 행색을 하고라도 어느 이 고토의 흙을 밟고 있다 하면 작년 겨울 소학교 이학년이던 어린 조카―영하 사십 도의 쨍쨍히 얼어붙는 겨울 하늘 아래서, 눈물을 얼리우며 십 리 길을 왕래하던 어린 조카, 그것이 너무 측은해서,

'어린것에게 너무 과한 짐이 아니 되느냐.'

'그렇게까지 해서 학교에 아니 보내면 어떠냐.'는 소리가 목구멍에서 터져 나올 뻔한 것을 어른이나 아이나 그 밖에 자리에 앉았는 누구의 얼굴을 쳐다보나 그런 말이 나올 수 없음을 인정하고,

"쟤들이 저러구두 날마다 빠지지 않고 학교에 다닙니까."
하였었다.

"춥고 눈보라가 치고 정 매워서 못 가리라는 날에는 이 동네 한 서른 가호 되는 집 아이들 중 학교 다니는 좀 큰 놈들이 찾아와서 결석을 못하게 데리고들 가지."

아버지의 말을 들으면서 제 날마다 하는 일이 금시에 생각나는 듯이 두 조마구를 불끈 쥐고 오들오들 떨던 그 조카놈도 같이 따라올 수 있는 것이라면,

"너 만주서 저런 하늘 봤니?"

"못 봤어요."

하는 문답을 하면서 토닥거리고 오는 것이겠나.

비로소 눈몽아리를 뜨겁게 함을 깨닫는 이러한 연상들 속에서 나는 조선이 그처럼 그리울 수가 없는 나라인 것을 다시금 깨달았다.

이때 물이 흘러가는 발 아랫방향에서 '찰그닥' 하는 짧고 날카로운 소리가 다부지게 귓봉우리에서 맺어지는 바람에 나는 놀라서 일어났다. 서너 간이 될까 말까 하는 물 아래쪽에서 궁둥이를 이쪽에다 대이고 기역자로 꺼꿉세서 열심히 물바닥을 들여다보는 아이가 있다. 얼결에 보면 아인지 어른인지 사람인지 아닌지조차 분간키 어려우리만큼 그만큼 그 차림차림은 우스웠다.

진한 구릿빛으로 탄 얼굴과 윗도리는 아무것도 걸친 것이 없이 해를 받아 뻔쩍뻔쩍 빛나는데, 희끄무레한 사루마다 같은 것을 아랫도리에 감았을 뿐이었다. 그는 막 '찰그닥' 하는 소리가 남과 동시에 상반신을 일으킨 내가, 그것이 사람인 것을 포착하는 순간에 허리를 꾸부리었던 것이다. 만일 나의 몸을 일으킴이 몇 초만 늦었더라도 그 꾸부리고 섰는 형태만으로는 무슨 물건인지, 물 가운데 박힌 말뚝이나 바위팡귀로밖에 심상히 보고 지나갔을지도 모르리만큼, 그 차림차림은 의외의 것이 아닐 수 없어서 직각적으로 내게 내가 떠나온 이국인의 풍모를 연상케 하여 몇 번씩이나 몸을 소스라치게 하였는지 모른다. 그의 바른손 대켠에는 물 가운데 자기의 꾸부린 키보다 얼만큼 클지 안 클지 모르는 작대기가 꽂히어 있는데, 이것도 그가 꾸부리었던 허리를 날쌔게 펴면서 그것을 빼어 들고 물을 따라 띄엄띄엄 따라가기 전까지는 그것이 무엇을 하는 것인지 짐작할 여유

가 없으리만큼 그의 행동의 변화는 순간적이었고 돌발적이었다.

내려가는 물세를 따라 시선을 보내는 모양으로 그 머리의 뒤통수가 뒤로 차츰차츰 제쳐져 올라오는가 하였더니 별안간 허리를 펴고 물에 꽂힌 작대기를 잡아 빼어 드는 동시에, 그는 물을 따라 뛰어내려가기 시작하였다. 뛰면서도 시선은 항상 노려보던 물 가운데에 쏠리어 있는 것을 보고야, 비로소 그 전체의 의미를 나는 대개 짐작할 수가 있었다. 그는 아마 한 간통이나 이렇게 해서 뛰어내려가다가 다시 허리를 꾸부리고 물속을 열심히 응시하던 끝에 그제는 들었던 작대기를 자기 자신의 시선이 몰린 물을 향하여 힘껏 던지었다. '찰그닥' 하는 소리는 이때에 난 것이 분명하였다. 그리고는 작대기에다가 전신의 힘을 집중하여 내리누르고 이리저리 부비대었다. 동시에 그의 희끄무레한 사루마다를 두른 궁둥이가, 영화에서 보는 남양 토인의 춤처럼 몇 번인가 좌우로 이질거리었다.

나는 이 모든 행동에서 그의 목적한 바가 완전히 달하여진 것을 의심하지 아니하고, 그가 허리를 전 자세대로 펴며 작대기를 다시 빼어들 때까지 주목하지 않고는 못 배길 마음의 충동을 느끼었다. 그가 물에 박히었던 쪽의 작대기를 하늘을 향하여 치켜들고 금속성의 광휘를 발하는 작대기 끝에 박힌 거무스름한 물건을 뽑아내는 듯하는 거동을 나는 먼빛에 보았다. 그 검은 물건은 소년의 손끝에서 꿈틀거리었다.

이때에 나는 그 작대기가 금속성인 세 갈래의 삼지창으로 된 끝을 가진 것이며 그 창에 박혀 몸부림을 치는 것이 무엇이며 그의 첫 번 겨눔이 실패하였을 때에 내가 그 소리에 깨우쳐 일어난 것이며를 인지할 수가 있었다.

"그런 것 너 하루에 몇 마리나 잡니."

륙색에서 꺼내어 모래 위에다 널어놓은 내 짐들 가까이 그가 삼지창 끝에서 빼어 들고 온 물건을

홱 내던지고 다시 물로 들어가려 할 즈음에 나는 이렇게 물었다.

"그런 뱀장어 하루에 몇 개나 잡아."

이처럼 재쳐 묻는 이 말에 그는 반마디 대꾸도 없이 거들떠보지도 아니하고 이리 기웃 저리 기웃 하면서 물로 점벙점벙 더듬어 들어간다. 아무리 보아도 사람을 통째로 삼킨 듯한 시치미를 뗀 그 거만하고 초연함이란,

'잔소리 말고 널랑 잡아다 논 그 고기 지키고나 있어.'

하는 걸로밖에는 아니 보인다.

과연 모래 위에 팽개쳐놓고 간 그놈의 고기가 곰불락일락 뛰기를 시작한다. 삼지창 끝에 박히었던 장어의 대가리는 옥신각신 진탕으로 이겨져서 여지없이 된 데다가 뛰는 때마다 피가 뿜겨져 나온 부분이 모래와 반죽이 되는데도 불구하고 이 세장(細長)의 동물은 그 전신 토막토막이 전수이 생명이라는 듯이 잠시도 가만있지를 아니하였다. 제가 얼마나 뛰랴, 뛰면 무엇 하랴 하고 얕잡아보고 앉았는 사이에 여러 번 여러 수십 번도 더 툭툭 거리기질을 하는가 했더니 어느덧 물 언저리까지 접근하여 가서 한 번 더 뛰면 물속으로 뛰어들어 갈 수가 있게까지 된 것이 아닌가.

잡아다 놓은 고기에는 조금도 관심이 없다는 듯이 이번에는 물을 거슬러 올라가며 한 반만치 구부리고 역시 그 물 밑만 노리고 있는 아이는 아무리 보아도 보통 아이가 아니었다. 혹 고기를 잡으며 물을 거슬러 올라가는 도중 편이한 장소를 찾아 잠깐 들렀던 것이 아닌가 하는 생각으로 하나는 양보를 할 여지가 있다 하더라도 사람의 말을 들은 체 만 체도 아니하고 거들떠보지도 아니하는 그 오만한 태도에는 충분히 양해가 갈 만한 이유가 서지 아니한다. 괘씸하여 내버려 둘까 하는 생각도 났다.

그러나 부르튼 듯이 입이 불쑥 비어져 나온 열사오 세밖에 아니 나 보이는 이 소년의 행동은 나로 하여금 오래도록 탐색적인 논란의 태도를 갖게 하기에는 너무나 직선적인 굵기와 부러울 만한 열렬함이 있었다. 자아 중심의 황홀이 있는 듯하였다. 나는 나 자신의 이때 너무나 직정적인 일면을 자소(自笑)하듯 일어나서 한 번이면 알아볼 마지막 고비를 뛰어넘으려는 동물의 중동을 잡아 올려 전 자리에 팽개쳐 버리었다.

목숨이 어디 가 붙었는지도 모르는 그 목숨에 대한 본능적인 강렬한 집착─그리고 그 본능의 정확성은 놀라리만큼 큰 것이었다.

곰불락일락 쳐보아서 전후좌우의 식별이 없이 그저 안타까워서 못 견디는 맹목적인 발동 같아 보이지만 나중에 그 단말마적 운동이 그려 나간 선을 따라가 보면 그것은 언제나 일정한 것이었다. 그것은 자기의 생명이 찾아야 할 방향을 으레 지향하고 있는 것이었다.

수부(首部)가 전면적으로 으깨어져 나간 나머지는 그저 고기요, 뼈다귀요, 피일밖에 없는 생명이 어디 가 붙었을 데가 없는 이 미물이 가진 본능이라 할는지 육감칠감이라 할는지 혹은 무슨 본연적인 지향이라 할는지 어쨌든 이 생명에 대한 강렬하고 정확한 구심력─나는 무슨 큰 철리의 단초나 붙잡은 모양으로 흐뭇한 일종의 만족감을 가지고 동물의 단말마적 운동을 바라보고 있었다.

이러한 철리의 실증운동으로 말미암아 내가 두어 번 더 그 실종자의 뒤치다꺼리를 아니 해줄 수 없는 동안에, 소년은 제이의 소획을 들고 올라왔다. 길이는 뱀장어의 삼분의 일이 될까 말까 한, 대가리는 불룩한 것이 빛까지도 보가지 같고 꼬리는 빨고 빳빳하고 날카로웠다. 역시 대단히 빳빳할 것 같은 날구지가 두 개 아금지 좌우에 붙어 있는, 맑은 산간계수에나 흔히 있을 듯한 날쌔게 생긴 생선이었다.

물으니 소년은 비로소 무엇이라고 하였는데, 나는 그 대답을 역시 확실히 기대할 수 없었음에 기인하였던지 맨 나중으로 무슨 '딱이'라는 두음만

분명히 붙잡을 수가 있었다.

"너 어디 사니."

소년은 턱을 들어 돌려서 강 건너 제방 너머를 가리킨다.

고장을 이름으로 가르쳐 들었기로니 소용이 없을 것이라 대개 이만한 정도면 충분한 만족이어서,

"너 저거 파니, 먹니?"

"안 먹어요."

"안 먹으면 얼마씩 받니, 한 마리에."

목전의 현실적인 요구에 따라 내 질문은 차차 실제적인 대로 들어갔다.

"오 원씩."

"또 이건."

나는 아직 소년의 손에서 땅 위에 내려 놓지 아니한 그 무슨 '딱이'를 가리켰다.

"이건 안 팔구 집에서 먹구."

부르튼 듯이 부풀어오른 그의 입술 끝에서는 열었다 닫기는 때마다 반말이 아니 나오는 때가 없었다. 아까와는 많이 달라져서 더러 녹진녹진한 데가 그 태도 가운데 엿보이는 반가움보다도 이것은 나에게 잊어버렸던 내 더 큰 그리운 고혹(蠱惑)이 아닐 수 없었다. 나는 이 오래된 고혹에 저절로 끌리어 들어가는 나 자신을 느끼며,

"하루 몇 마리나 잡니, 저런 건."

"너더댓 마리도 되구 열아믄 마리 될 적도 있구."

"너 여기서 그거 하나 구워주지 않으련─저 풀 뜯어다가 불 놓아서."

"풀을 뜯어다가요."

이상하게도 갑자기 공손한 말을 쓰고 부드러운 어존가 하였더니, 그리고 이 자리를 떠난 소년은 돌아오지 아니하였다.

뱀장어가 한 마리에 얼마 하는 것이나, 무슨 딱이라던 것이 하루에 몇 마리 잡히는 것이나, 또는 나의 시장기가 견디어 날 수 없을 정도도 아니었으나, 전쟁 이래 처음 안겨지는 고국 산수의 맑고 정함과, 이 맑고 정한 물을 마시고 자라나는 사람

의 잡티가 섞이지 아니한 신선한 촉감이 혼연히 일치가 되어, 나의 마음을 건드림은 심상한 것이 아니었다.

뱀장어며, 딱이며, 또 그것들을 불을 놓아 구워 먹자는 것이며, 다 이 희끄무레하게 거슬때기밖에는 아니 될 헌 사루마다를 걸치고 진 구릿빛 얼굴에 앞가슴이 톡 비어져 나온 발가숭이 소년과 함께 마주 앉아서 반말지거리를 하며, 그 아무것도 섞이지 아니한 검은 눈동자를 마주 보고 앉아 있었으면 하는 욕망밖엔 아무것도 아니었다. 언어는 내가 소년에게 건너놓고 싶은 한 미약한 인대(靭帶)에 불과하였다. 만일 이 인대가 없어도 되는 것이라면 반말지거리의 대화인들 도리어 우리에게 무슨 필요가 있으랴. 소년이 가진 여러 가지 가슴이 쩌엉해 들어오는 감촉에 부딪칠 처소에만 놓여 있을 수 있다면, 잠자코 묵묵하게 앉아서 건너다보고만 있음이 더 얼마나 훌륭한 일이겠기에!

그러나 소년은 그의 행동적이요, 감각적이요, 직절하고 선명한, 다시 군데가 생길 여지가 없을 성품이 나의 부질없는 희망을 받아들일 사이가 없다는 듯이 사라지고는 오지 아니하였다.

나는 속이 빈 륙색을 거꾸로 들어 안의 먼지를 깨끗이 털고, 모래 위에 꺼내어 바래던 보료며 호복이며를 역시 깨끗이 털어 주워넣고 떠날 준비를 하였다. 방이 탄 차가 와 닿았는데도, 내가 가지 못한 걸로 해서 못 만나지나 아니할까 하는 조밀조밀한 의구도 갑자기 가슴에 습래하였다.

챙긴 륙색을 이어 지고 입었던 양복에다 양말, 호신 같은 건너가서 신어야 할, 떨어지기 쉬운 물건들을 싸서 한아름 안고, 모자는 쓰고, 사루마다 바람으로 나는 물을 건너기 시작하였다.

물은 깊은 데로서 정갱이를 넘을락말락하였으나, 물살이 세고 찬데다가 퍽으나 넓은 강이었으므로, 건너편 모래 위에 발을 디디고 올라섰을 때에는 발바닥이 오그라져 들어오고 몸에 소름이 돋고 속으로 와들와들 떨리기까지 하였다.

나는 모래를 디뎠던 맨발 바람으로 축동 등골에 올라가서, 게서 다시 륙색을 내리고, 한아름 안았던 양복을 내려놓고 입었다.

지금까지 보이지 아니하였던 청진의 전 시야가, 거리를 에워쌌을 산허리를 중심으로 일부분 완전히 건너다보였다. 쑤욱쑥 비어져 나온 공장의 굴뚝들과 서로 제가끔인 그늘로 덮인 건물들 때문에, 산이 내려다보고 있을 바다는 아니 보였지마는 째앳쨋하고도 재릿재릿한 마가을 햇볕 아래, 그 상반신을 바래고 있는 산 중복의 경관은 유난히도 조용하고 아름다운 것이었다. 언제 싸움이 있었더냐는 듯이 서로서로 손을 내밀어 잡아당기고, 붙들리어 떨어지지 않게 부축하고, 떠받들리어 오복하니 연락이 된 수없는 인가와 인가—오직 이 중에서 하나, 마음을 선뜩 멈추게 하는 것이 있음은 다릿목에서 처음 둑으로 걸어들어올 제, 먼발에 본 한 채의 붉은 이층 벽돌집이었다. 그것이 먼발에 무심히 보았던 탓으로 속이 타버려서 아래층도 위층도 없이 된 훤히 속이 들여다보이는 걸껍데기만인 것인 줄은 몰랐다.

'불이 났나, 혹 폭격을 당한 것이나 아닌가.'

그러나 한 개 피난로상에 있는 사람에 불과한 나에게 이것을 단순한 화재로 상상할 수 있는 유유한 기회보다는 전쟁으로 인한 재화로 연결하여 생각함이 첩경인 특수한 처지에 나는 서 있었을밖에 없었다.

'그렇기로 저런 산 말랭이의 동떨어진 외딴 집인데, 폭격은 무슨 폭격이람. 대견한 무슨 군사상 관계의 집도 아닌 듯한데.'

그러구 생각하면 그 집 한 채만 복판으로 명중을 했다는 것도 공교스러운 일이요, 또 했다더라도 속만 말쑥하게 맞아 없어지고 겉껍데기가 그렇게 묘하게 남아 있을 리도 없을 것 같았다. 이상하다 생각하면서 나는 모래가 말라서 부실부실 떨어지는 발을 손으로 말짱하게 비비어 닦고 양말을 신고 일어서려 하였다.

이때 축동 아래로 카키빛 목으로 된 새 군인복에 짚신을 신고 더부룩한 맨머리로 더풀더풀 강을 건너 넘어오는 사람이 있었다. 옷이 대단히 큰 모양인 것은 몸에 훌렁훌렁하는 것을 저고리 소매와 바지를 걷어 올린 것이 손목과 발등에 희게 나덮인 양복 안으로만도 알 수 있었다. 바른손에는 지게지팡이인지 끝이 갈래가 난 몽둥이를 쥐고, 왼손에는 소 천엽 같은 거무스름한 거스럽이거나 또는 무슨 생선 같기도 한 흐늘흐늘하는 것을 버들가지인지 무엇인지에 꿰어 든 것이다.

그가 강을 건너 모래판을 지나 축동을 밟아 올라옴과 동시에 그의 두 손에 들렸던 소지품이 천엽도 아니요, 지팡이도 아니요, 내가 상상하던 모양의 생선도 아니요, 아까의 그 더벅머리 소년이 가졌던 삼지창에 그 소획물들에 틀림없음을 발견하였을 때는, 그의 너무나 갑작스러운 변모에 나는 놀라지 아니할 수 없었다.

그가 동등에 올라와 나와 같은 지면에 서서 고개를 들고 나에게 일면을 던졌을 때, 그는 나의 휘둥그래지는 눈을 다시 한 번 건너다보고 싱긋 웃었다. 그는 아까 강에서 고기를 잡던 때의 자기의 행장이 괴상하였던 것을 자인하는 모양이었고, 지금의 이 돌연한 번듯한 차림차림에 놀라지 아니할 수 없는 내가 또한 당연한 것을 인정하는 듯하였다.

이러하거늘 거기 대해 더 캐어물을 것이 없음을 안 나로서도 또한 기이한 질문이 가슴 한편 구석에서 머리를 들고 일어남을 누를 길만은 없었다. 나는 무슨 묵계나 있었던 것처럼 묵묵히 소년의 뒤를 따라 제방을 내려왔다.

소년은 밥을 먹으러 간다고 하였다.

"너 여기 비행기 많이 왔었니."

무엇보다도 나에게는 이 고장 사람이 아니고는 풀지 못할 바로 직전에 생긴 의문이 덩어리가 된 채 가슴 한편 구석에 뭉키어 있었다.

"많이 왔어요."

소년은 나의 말의 의미하는 바를 짐작할 수 있

다는 모양으로 이번에도 이상하게시리 정중한 말로 이렇게 명확한 대답을 하고 나서, 그 뒤에 으레 따라야 할 나의 질문이 무엇인가를 의심하는 눈초리로 내 얼굴을 올려다보았다.

"저기 저어 산허리턱에 벽돌집 있지 않니, 꺼어멓게 타서 껍데기만 남은 저 이층집 말이야. 거 뭘 허든 집이냐."

"학교야요."

소년이 순한 사람이 아니라고 미리 정해 놓지 않은 것은 나의 다행한 정확한 감정(鑑定)이었다. 나는 방향을 가리키기 위하여 들었던 손을 내리고 다시 그의 얼굴을 들여다보았다.

"그런데 학교가 왜 타? 거기도 폭탄이 떨어졌던가."

"아아니요, 일본놈이 불을 놓고 달아났지요."

"왜."

나는 나 자신이 놀라리만큼 갑작스러운 높은 어조로 물었다.

"학굔데 왜 일본놈이 불을 놓구 달아나?"

"약이 오르니깐 불을 놓구 달아났지요 뭐."

내 말이 채 떨어지기도 전에 서슴지 않고 불쑥 비어져 나온 이, 약이 오른다는 대답은 과연 조략(粗略)한 것이 있으나 신선하였고, 직명하였고, 그 자체로부터 완결된 것이었고 그러므로 또한 청량하였다.

"그래애, 네 말이 맞아. 약이 올랐겠지, 하하하."

소년이 더듬거리지 아니하고 쓴 소복하고도 함축이 많은 이 청량한 표현에 나는 막혔던 가슴이 시원히 터지도록 웃었다.

웃었으나 흥분상태에 돌입하기를 비롯하려던 증오의 불길은 미처 꺼지지 아니한 채 가슴 한 모퉁이에 남아 있었다. 다만 그것이 연소하여 충분한 불길로 발전하기에는 지금 자기와 함께 곁따라가는 소년의 그 싱싱한 품성이 나로 하여금 한시도 다른 길로 뻐어져 나가기를 허락지 않는 자극적인 것이었고 또 강인한 것이었다고도 할 것이었다.

나는 창자 속에 아무것도 남음이 없는 웃음을 웃고 난 뒤에 소년의 이 강인한 촉지(觸指)가 언제든지 한번은 내게 능동적으로 와 작용할 날이 있을 것을 은연중에 기대하면서, 소년과 몸이 스칠락말락하는 거리를 사이에 두고 한참 동안 일부러 잠자코 걸어가고 있었다.

내 묻는 말에 하는 수 없이 대답은 하였으면서도 아직까지도 탁 풀어져서 들어오지 못할 어느 종류의 경계와 의혹이 잠재해 있는 것을 나는 소년의 흘깃흘깃 곁눈질하는 그 안색에서 엿볼 수 있는 까닭도 없지는 아니하였다. 과연 소년은 내가 지일질 끌고 오는 호신을 새삼스럽게도 내려다보는 듯하더니 정면으로 다시 내 얼굴을 올려다보았다.

"만주 어디서 오십니까."

"나 장춘서─예전 신경이라고 하던 데."

"네에 신경이요?!"

"시방은 신경이라고 안 그러고 맨 처음 가지고 나왔던 이름대로 장춘이라고 도로 그러게 되었지─신경이란 뜻은 새 신 자 서울 경 자, 새서울이란 말인데, 예전 중국 땅이던 것을 일본이 빼앗아 가지고 제 맘대로 만주국이란 나라를 세웠다 해서 그 새로 된 나라의 서울이란 뜻이지. 그러기 지금은 만주도 만주란 이름으로 부르지 않고 동북지방이라고 그래─마치 이 함경도가 우리 조선 동북쪽에 있는 것처럼 만주도 중국의 서울인 남경에서 보면 동북 지방이 되거든."

무엇에든지 붙이어 친근감을 갖게 하자는 내 설명은 불가불 길어질 수밖에 없었다.

"아까 저어기 강가에 내놨던 그 뻘겅 탄자 만주서 가져온 겁니까. 거 만주서 산 거야요?"

내 생각이 거지반 맞아 들어가는 것은 알았으나, 소년의 호기심도 처음엔 역시 그 탄자에 있었던 모양이었다.

이 탄자라 함은 무슨 털인지 털 이면을 모르는 나로서는 도저히 알 길이 없었으나 여우의 털로서는 과히 클 것 같기도 하고 늑대의 털로서는 지나치게 호화로운 것을 석 장을 이어서 밑에 빨간 빳빳한 모슬린을 붙이어 만든 것이었다.

펴고 누우면 과히 큰 키가 아닌 나로서는 발이 나올 정도는 아니어서, 이 반삭을 넘어 나오는 피난행에 어느 때는 유개화차 지붕 위에서 뒤집어쓰고 한풍(寒風)과 우로를 가리기도 하였고, 찬 여관 방바닥에서 밤을 지새우게 되는 날은 번번이 방과 나는 그것을 반반에 쪼개어서 깔고 겨우 한습(寒濕)을 막아온 물건이었다.

"거 좋소."

북신북신한 털 위를 한번 쭈욱 손바닥으로 거슬러 훑어보고 또 쓰다듬어 내려와 보고, 방은 내 얼굴을 쳐다보고서는 그의 본성대로 상찬(賞讚)으로 치고는 너무 무미한 입맛을 쩝 다시었다.

이 말끝에던가 내가,

"짐은 지고 오는 륙색을 털리고 옷도 다 빼앗기어 사루마다 바람이 되더라도 이 탄자만 무사하면 그만이오."

한 나의 발언으로부터 우리의 환향은 언젠가 금의환향이란 말 대신에 사루마다 환향이란 명칭을 만들어 쓰게 되었고, 그걸로 해서 킬킬대고 웃게 되었고, 따라서 내가,

"서울 가서 다시 책상을 놓고 앉게 될 적에 깔아 볼 생각이오."

하고 나서게까지 된 이 탄자는 이러한 나의 알뜰한 염원이 존중함을 받아 귀중품이라고 명명하게 된 것이었다.

귀자를 붙인 또 한 가지 연유에는 이것이 돈을 주고 바꾼 것이 아니라 일 소련 장교—동부전선에 활약한 전차대로서 불가리아 루마니아 리투아니아 등등 여러 나라를 전전하다가, 팔고뱅이와 어깨와 다리사채기에 총을 맞고 흉터가 생긴 것을 만나는 사람마다 자랑으로 이야기하던, 장춘서 내 옆방에 들어 있던 이반이라는 전차중좌에게서 받은 물건인 까닭도 있었다. 그는 나중 백림까지 쳐

들어가 독일이 완전히 항복하는 것을 목격하고 온 장교라 하였다.

이 탄자는 반삭이 훨씬 넘은 세월을 처처로 전전해 오는 동안에 참으로 많은 선망과 많은 웃음을 제공한 물건이었다.

소년이 산 것이 아니냐고 묻는 말에는 물건 자체 그 유독히 붉은 빛깔이라든지 북실북실한 털의 촉감이라든지, 무슨 그런 것으로부터 오는 호기심 이외에 별다른 욕기가 있을 수 없음을 모름이 아니나 산 것이 아니라 얻은 것이로라 하고 정말로 한다면은 부대적(附帶的)인 설명이 또한 적지 아니한 시간을 차지할 것을 깨닫고,

"응 샀어."

하여 버리고 말았다.

그런 것으로 허다한 시간을 잡히기에는 너무나 많은 궁금증과 질문이 남아 있었을 뿐만이 아니라, 지금 소년의 심리 중에 그만한 내 요구에 응할 준비만은 넉넉히 되어가고 있음을 짐작할 수 있었고, 짐작한 이상 또한 그 절대의 호기(好機)를 놓쳐서는 아니 되리라는 성급한 요구도 없지 아니한 까닭이었다.

"그럼 일본 사람은 다들 도망을 가고 지금은 하나도 없는 셈인가."

소년이 잠깐 잠잠한 틈을 타서 나는 비로소 공세를 취하여야 할 것을 알았다.

"도망도 가고 더런 총두 맞아 죽구 더런 남아 있는 놈도 있지요."

"남아 있는 건 어디덜 있노. 저 살던 데 그대루 있나."

"아아니요, 한 군데 몰놨지요, 저어기 저어."

소년은 손을 들어 산허리에 있는 불을 놓았다는 벽돌집의 약간 왼편 쪽을 가리키며,

"저기 저 골통이에 그전 저네 살던 데에다가 한 구통이를 짤라서 거기 집어넣고 그 밖에선 못 살게 해요. 그중에선 달아나는 놈두 많지만."

"달아나?"

"돈 뺏기기 싫어서 돈을 감춰가지고 어떻게 서울루 달아나볼까 하다가는 잡혀서 슬컨 맞구 돈 뺏기구 아오지나 고무산 같은 데루 붙들려 간 게 많았어요. 나두 여러 개 잡았는데요."

"으응 네가 다 잡았어, 어떻게."

"저 골통이에 내 뱀장어 날마다 도맡아놓구 사먹는 어업조합 조합장인가 지낸 놈 있었지요. 너, 이놈 돈푼이나 상당히 감췄구나 어디 두구 보자 허구 있었었는데, 하룬 해가 져가는 초저녁입니다. 저어 우이."

소년은 상반신을 절반이나 비틀어 돌려서 우리가 내려온 축동 길로부터 훨씬 서편 쪽으로 올라간 강상(江上)을 왼손을 들어 가리키며,

"저 위짝 뚝 너머를 웬 사내하고 여편네하고 둘이서 넘어오겠지요. 길 아니 난 데로 우정 골라서 넘어오듯이 넘어오는 것인데, 고길 몰아서 저 위꺼정 올라갔다가 내려오는 길에 내가 보았지요—이 어슬어슬해서 어디를 가는 웬 나들이꾼이 길을 질러가느라고 이런 길도 아니 난 험한 델 일부러 골라오는 건가—하고 아무리 보아도 수상하지 않아요. 덤비거든요. 가만 목을 질러서 풀숲에 숨어가지곤 고기를 더듬는 체하면서 자세히 보니까 그게 바로 그 조합장 년놈들 아니겠어요. 그놈은 흰 두루마기에 모쫄한 개나리 보따리를 해 짊어지고 여편네는 회색 세루 치마에 고무신을 신고요. 그러니 보지 않던 사람이야 알아낼 재간이 있어요. 그놈들이 우리처럼 이렇게 곧은 길로만 왔대도 못 잡았을 뻔했지요. 그때 난 그놈들이 강을 다 건너도록 두었다가 뛰어가서 김선생—위원회 김선생한테 가 일러드렸지요. 이만한……."

그는 두 활개를 훨쩍 벌리었다가, 그 벌린 두 팔로 공중에다가 둥그러미를 그리며,

"보따리 속에서 나온 꽁꽁 뭉친 돈이 터뜨리니깐 이만허더래요. 뭐 오십만 원이라든가 육십만 원이라든가 그걸 다 언다 감춰뒀더랬는지 금비녀 금가락지두 수두룩히 나오고요. 그놈 매 흠뻑 맞

고, 고무산우루 붙들려 갔지요."

사투리를 바꾸어 쓴다면 이렇게 될 말로 그러고는 씽끗 소년은 웃었다. 그 웃음은 아까 축동 말랭이에서 웃던 웃음을 나에게 연상케 하였다.

과연 그는,

"그래서 이거 하나 얻어 입었어요."

하고는 훌렁훌렁하는 카키빛 양복저고릿자락을 두 손가락으로 집어들었다. 그러고는 또 한 번 씽끗 웃었다.

"그렇게 물샐 틈 없이 꼼짝 못하게 하는데도 달아나는 놈은 미꾸라지 새끼처럼 샌단 말이야."

내가 이때 소년의 미꾸라지라는 말에서 문득 연상한 것은 아까 모래판 위에서 그 행동을 들여다보고 있던 한 마리 생선이었다. 대가리가 산산이 으깨져 부서진 이 생선의 단말마적인 발악은 지금 소년이 말하는 소위 그들의 운명을 이야기하여 남김이 없는 듯도 하였다. 그 하잘 수 없이 된 존재의 애타는 목숨을 추기기 위하여 물의 방향을 더듬어 날뛰던 작은 미물—그것은 내가 강을 건너온 뒤에 한 개 더 잡힌 동족 동무와 함께 소년의 자유스러히 내젓는 왼팔 끝에 매달리어 역시 간헐적으로 버둥거리기를 마지 아니하였다.

"또 한 놈의 집은."

득의만만한 소년의 볼이 홍조가 되어서 쭉 비어져 나온 우두퉁한 입이 이제는 한없이 재빨리 여닫히는 것을 뜻밖의 느낌으로 바라보다가, 나는 소년의 남은 또 한 가지의 술책이 어떠했던 것인가를 못 얻어들을 줄은 모르고,

"그런데 어째 잡은 뱀장어는 애써서 일본 집에만 가져다 파누, 아마 돈을 많이 주던 게지."

하고 놀리었다.

놀리느라 해놓고 생각해 보니 일견 뜻이 꿋꿋함이 틀림없을 이 소년의 비위를 거슬리었을까도 하였는데, 의외로 그는,

"돈도 많이 받지만 조선 사람은 이걸 잘 먹지도 않구요."

하며 순순히 내 놀림으로 말미암아 그런 것쯤으로 서는 도저히 자기의 자존심이 손상치 아니할 것이란 표정을 그 얼굴에 갈아채어 가며 그는 거침없이 걸어 나아가는 것이었다. 그리고는 그 힘의 여세를 빌려,

"그 밖에도 또 하나 그놈들께 가져가야만 할 일이 있지요."

"무슨 일?"

소년은 입을 다물고 한참 잠잠하였다. 그러나 종내는 나의 존재에 대하여 종전에 내린 자기의 판정을 한번 흉중에서 되풀이해 보고 그것에 조금도 착오가 없었음을 재인식하는 것처럼,

"첨엔 돈 많이 주는 것도 좋기는 했어요, 정말—했는데 그놈의 조합장 해먹은 일본놈 잡구 나서 하루는 위원회 김선생이 우리집에 와서 이 양복을 주며 하는 말씀이 퍽 이상한 말씀이 아니겠어요. 너 남의 집 초상 난 데 가본 일 있니, 담박에 그러십니다—가봤습니다 하니까, 그 사람 죽은 방에서 일가친척이며 온 동네 사람들이 왜 모여서 들끓고 날을 새우는지 알어?—모릅니다 했습니다. 그랬더니 웃으시며 김선생 하는 말이 다른 할 일이 있어서 그렇기도 하지마는, 죽은 사람이 벌떡 일어나는 수가 있단 말이야 하시고는 하하하 하고 자꾸 웃으셨습니다."

"응."

"글쎄 그래요. 무슨 소린지를 몰라서 왜 벌떡 일어나요, 어떻게 벌떡 일어나요, 하고 무서워서 물으니깐—죽은 사람 몸뚱이 위를 고양이가 넘어지나가면 일어난다고 왜 그러지들 안해?—그러시구는 또 깔깔거리고 웃으십니다. 날 놀리듯이 그렇게 자꾸만 웃으시구 나서, 그러니까 고양이가 오는지 안 오는지 시체가 벌떡 일어나려는지 안 나려는지 잘 지켜야만 된단 말이야. 네가 잡은 그놈의 조합장놈도 그렇게 얌전하게 자빠졌던 놈인데 벌떡 일어나서 달아날려는 것 보겠지."

"그런 말씀을 하셨어? 그러니까 네가 잡은 이

뱀장어가 꽤 엉뚱한 것을 하는 셈이었단 말이지, 사람이 못 지키는 고양이를 다 지키구."

절반은 소년의 말대답으로 또 절반은 그의 안색을 살피는 놀라움으로 나는 이랬다.

"그 김선생이란 이가 누구니?"

"위원회에서 뭔가 하시는데, 꽤 높은 사람이야요. 전에 감옥에서 나왔지요. 감옥에 들어가기 전에 우리집 동네에 살다가 지금은 포항동에 일본놈 살던 집 얻어가지구 게서 지내지요. 김선생넨 선생 어머니하고 나만 하고 나보다 적고 한, 아버지 없는 조카들하고 지내다가 김선생이 잡혀 들어가고 난 뒤에 그 할머니는 혼자 살 수가 없어서 그것들을 다리고 포항동 어느 집에 가서 지금껏 남의 집을 살았었지요."

"응, 그런 분이시야."

"이번엔 그런 사람이 참 많았어요."

"그랬겠지."

나는 아무 말도 아니 하고 잠잠하였다. 소년도 입을 다문 채 더는 재잘거리지를 아니하고 무엇인가 중대한 것을 생각하는 사람처럼 고개를 소곳하고 걸어갈 뿐이었다.

"그건 그런데 에에또 너, 그 김선생이란 이가 죽은 사람을 대놓고 하신 말씀을 그래 그때 알아들었단 말이냐."

나는 다시 이렇게 입을 열지 아니할 수 없었다.

"알어듣구말구요. 그걸 몰라요."

소년은 한 번 내 얼굴을 치켜 올려다보고,

"안직 못 보셨군요. 건 정말 다들 죽은 거 한가집니다."

그는 다시 처음의 흥분상태로 돌아가 낯에 엷은 분홍기가 떠오르더니 다음 순간에는 다시 푹 꺼져 들어가면서,

"내 뱀장어깨나 사먹는 녀석들은 어디다 숨겼던지 간에 숨겨서 돈푼 있는 놈들이 틀림없지만요, 정말 다아들 배가 고파서 쩔쩔맵니다. 다아들 얼굴이 하얗고 가죽이 축 늘어지고 다리가 부들

부들 떨리는 걸 가지고 밤낮을 모르고 망개를 비라리허러 촌으로 나려오지 않습니까. 배추꼬랑이를 먹는다 고춧잎을 딴다 수박껍데기를 핥는다, 그래 보다가 저엉 할 수가 없으면 고무산이나 아오지로 가지요. 누가 보내지 않아도 자청해서 갑니다. 우리 여기는 쌀이 없는 덴데 일본것들이란 거지반 사내 없앤 것들만인데다가 애새끼들만 오글오글허는 걸 데리고 가기는 어딜 가며 어딜 가면 무얼 합니까."

"……"

"그중에서도 외목 나쁜 것만 해온 놈들은 돈이 있어 도리어 뭘 사먹기들이나 하지만 그렇게 아이새끼들만이 많은 거야 업구, 지구, 걸리구 해서 당기는 게 말이 아니랍니다. 저어번에 또 한 놈은 다다미를 들추구, 판장을 제치구, 그 밑에 흙을 두 자나 파고, 돈 십만 원인가 이십만 원인가 감춘 걸 알아낸 것도 내가 알아냈지요. 그런 놈들이 벌떡 일어나지 못하게는 해야겠지만…… 그 밖엔 정말 다 죽었습니다. 죽은 거 한가집니다."

일단 자기의 흥분이 대상을 잃은 상태로 기운을 풀어놓고 걸어오던 소년은 이때 다시 기운을 내어 똑바로 고개를 해 든 채 꼿꼿이 눈앞의 일점 공간을 응시하면서 일층 보조를 거칠게 높이어서 뚜벅뚜벅 전진하는 듯 나아갔다.

"건 정말 다 죽었습니다. 죽은 거 한 가집니다."

그는 다시 한 번 이렇게 외고 나서 갑자기 자기가 가던 바른편 쪽 길 바깥쪽으로 딱 외향을 하여 머물러 섰다.

그리고는 바른손에 들었던 삼지창을 들어 올려 견주어서 전면의 허공을 무찔렀다.

"이렇게 해서 엎어뜨려 놀 기운 가진 놈도 없이 인젠 다 죽었는데요 뭘."

창부리가 내달은 곳에는 어디로 가는 소로(小路)인지 풀에 반 이상 덮인 조그마한 한 줄기 갈랫길을 내어놓고는 아무것도 눈에 들어올 것이 없었다.

그는 무슨 힘인지 그저 남고 남는 힘에 못 이기어 끌리어가듯이 그 조그마한 논두렁길을 향하여 이끌리어 들어갔다.

회령에서는 정거장이 전체적으로 폭격을 받아서 어느 모양으로 어떤 건축이 서 있었던 것인가를 조금도 분간하여 알지 못하리만큼 완전히 부서져 있었지마는, 청진은 하 커서 그랬던지 어떠한 규모로 어떻게 서 있었던 정거장인가의 상상을 허락할 만한 형적은 남아 있었다.

시가지에서 정거장에 이르는 광장 전면에 와 서서 보면 걷어치우다 남은 무대의 오도구(무대장치)처럼 한 면만 남은 정거장 본건물의 정면만이라도 남아 있었다.

건물의 입체적 내용을 잃어버리고 완전한 평면 속에 아슬아슬하게 서 있는 이 간판적인 의미밖에 없는 형해(形骸)만도 미미하나마 사람 마음에 일종의 질서감을 깨뜨려주기에는 어느 정도의 효과가 없지 아니한 듯도 하였다.

정거장 정면 좌우에는 회령 이래 낯익히 보아온 새끼줄 대신에 콘크리트 말뚝을 연결하여 나아간 철조망까지 있었다. 더러는 썩어서 끊어지기도 하고 더러는 끊긴 것 같기도 한 그 중간중간 철선 사이로 무시로 사람들이 들락날락하는 데에는 여기도 다름이 없었으나, 그 저편 폼 구내에 예전 같으면 도록고(鑛車) 창고로밖에 안 쓰였을 납작한 판장으로 만든 집 안팎으로 소련병과 역원들과 또 드물게는 피난민들의 몇 사람조차 섞이어서 무엇인가 지껄이며 어깨를 치며 드나드는 것을 보는 것도 한갓 여유감을 주는 풍경이 아닐 수도 없었다.

그 철책을 들어서서 건너다보이는 중간 폼의 콘크리트 바닥과 기둥들도 성한 채 남은 것이 이상하다는 눈으로, 훑어 내려가면서 보니, 예전 폼에서 폼으로 사람들을 건너 주었을 어디나 있는 성가스러웁게만 여겨지던 구름다리도 제대로 남아 있었다. 성가스러웁고 귀찮고 무미무색한 것이 질서란 것이었던가 생각하며 그 하잘것없는 조그마한 질서를 그리워하는 경우에 도달한 지금의 자기를 생각하면 괴로움과 쓸쓸함을 씹어 넘기기 떱은 감같이 하는 자기에게도 과히 쓸쓸한 것이 아니라 할 수는 없었다.

나는 들여다보던 노서아 말 포켓 알파벳의 책을 덮어서 주머니에 넣고 주저앉았던 돌 위에서 일어났다. 그리고 이제는 아무도 말리는 이가 없이 된 폼 위를 구름다리를 향하여 걸어갔다.

아마 한 방향의 차를 기다릴 스무 날 동안 낯익히 보아온 사람들. 그러나 누가 누구인지 알 리가 없는 이들의 무리가 이 기둥 저 기둥에 기대어 섰고, 거적을 깔고 부축하여들 앉고 밑을 붙일 만한 돌, 돌마닥에 깊이 고개를 떨어뜨리고 앉아서 엷은 첫 황혼 속에 잠겨들고 있었다.

구름다리 쪽으로부터 오는 같은 복색을 한 두 여군이 팔을 닦아끼고 무엇을 속삭이며 지나가는 이들과 어기어 지나갔다. 짙은 다갈색 오버에 깡똥히 무릎이 드러나게 짧은 장화를 받쳐 신고, 머리에 베레를 얹은 그들의 얼굴에는 영양에 빛나는 탄력이 흘르거리었다.

구름다리 층계가 밟힐 데까지 갔다가 돌아선 나는 중간에서 또 그들 여인과 어기어 지나왔다.

모쯀하게 키가 작고 다부지게 생긴 그중의 한 사람은 까만 눈자위라든가, 곧게 내려붙은 눈썹이라든가 평면적인 전체적 인상으로 보아 소련에 국적을 둔 조선 사람이 틀림없겠으나, 그는 여태까지도 역시 팔을 닦아끼고 지탱하여 가는 동성반려에게 무엇인가 한없이 하소하는 것을 멈추지 못하는 모양이었다.

조선에서 자라난 사람으로 지금 늬게 그런 사람이 있을까 하리만큼 전체적으로 다부진 긴축한 그들이 육체 중에서도 의복이 다 가무릴 수 없을 만큼 유난히 풍성한 그들의 유방은 협박감이 없이 자유스럽게 자라난 유일한 표적인 것 같기도 하

나 하룻날의 일을 다한 곤비(困憊)만이 깔린 이 황량한 처소에서는 팔을 닦아끼고 몸을 서로 의지하여 가며 무엇인가 열심히 속삭이고 면면히 하소하여 그치지 않는 그들의 뒷자영(乑影) 역시 붓을 들어 그리자면 두어 자—적막—에 이를밖엔 없었다. 너 나의 네 것과 내 것의 분별감이 모호해지는 신비한 황혼 때를 만나면 힘차고 씩씩하고 탄성이 풍부한 그와 같은 청춘에 있어서조차 그들 역시 어느 나라의 주인공도 못 된다는 표백을 스스로 싸고도는 듯하였다.

나는 그들의 속삭임을 엿듣고 따라가고 싶으리만큼 고혹적인 독고감(獨孤感)을 새삼스러이 느끼었다.

발이 멈춰졌던 폼 한편짝 기둥에 기대고 서서 나는 방과 내가 같은 관찰점에 도달한 우리의 노인관(露人觀)을 머릿속에 되풀이하였다. 방과 나의 노인관은 어느 것이 현실적이요 어느 것이 가설적이었는지 모르리만큼 한 가지 과실로 맺혀 떨어질 수는 없었지마는,

"우리가 남과 같이 살아야 한다면 노서아 사람만큼 무난한 국민이 없을는지도 몰라."
한 것은 이십여 일 동안 수많은 노서아 사람들을 만난 우리들의 결론이었다.

이 결론은 중대한 것이었다. 그리고 이것이면 다이었다. 이것만 그럼에 틀림이 없다 하면 소련의 지금 현실이야 어떻게 되어 있든 또한 장차 어떠한 정책이 국내적으로 유행적인 것이 되든 동거해 있는 민족들의 우의(友誼)를 장해할 아무런 구극적인 것도 아닌 것 같았다.

사실 그동안 그들로 말미암아 당한 우리들의 성화스러움이란 하나둘일 수가 없었다.

우리는 몇 푼 안 남은 여비도 그들에게 제공하지 아니하면 아니 되었다. 술을 사서 대접하였다. 몸에 찼던 물통이나 펜 같은 것이라도 귀에 대고 절레절레 흔들어보고 가지고 싶어 하면 선선히 선사하지 아니할 수가 없었다. 사루마다 환향이란

말을 토하면서 킬킬거리고 오던 우리들의 수많은 웃음 속에는 이러한 어찌할 수 없는 체관이 깔리어 있다고도 아니할 수가 없는 것들이었다.

우리는 무시로 연발하는 '다바이'와 '다발총'의 협위를 한시도 잊어본 적이 없다. 우리가 순종하지 아니하면 사실 그들은 쏘는 사람들이었고, 또 다음 순간에는 그들은 당장에 후회할 수가 있는 사람들이었다.

그들의 행동은 순간적이었고 충동적이었다. 행동적이었고 발작적이었다. 그리고 그 발작의 행동이 단속되는 콤마와 콤마 사이에는 긴 관상(觀想)의 스톱이 머물러 있는 듯하였다. 그들은 잠자코 무슨 생각인지 모르는 생각에 잘 잠기곤 하였다. 그런 때에도 보면,

'어느 누가 마리아에게 돌을 던질 사람이 있느냐.'

하는 따위의 노서아 대예술가들의 주제를 시시각각으로 체험하고 있는 듯하였다. 순전히 겸허한 마음을 가지고 그러지 않고서야 어떻게 전 세계 인류를 포용할 수 있는 것은 오직 슬라브족이어야 한다는 염원—연민 외에는 아무것도 아니 섞인 이 위대한 염원을 감히 풀어볼 수가 있었으랴. 사실로 그들 군대에는 얼마나 많은 이민족(異民族)이 섞이어 있었던 것인가—슬라브 그루지야 타타르 우즈베크 등등.

그들은 우리가 우리 입으로 화가라 하면 화가로 알고 환영하였고, 교원이라 하면 교원으로 알고 환호하여 받아들이는 한낱 우직한 농민들에 불과한 듯하였다. 그들은 농민인 까닭으로 농민에게 특유한 이기적인 것이 드러나는지는 모르나 그 대신 소박하였고 어리석었다. 남양서 회령까지 오는 차중 우리는 비를 만나 그들이 숙식하는 무개화차 위에 실은 적십자 자동차 위에서 하룻밤을 지냈다. 그들이 배당으로 타오는 수프 한 스푼을 가지고 방과 나는 그들과 함께 번갈아서 떠먹어가며 그들의 티 우 스포코이네를 들었다.

티 우 스포코이네메냐
스카지 츠토 에토 슈트카
레포 키타이 메냐
스카지 츠토 에토 슈트카

밤새도록 외치는 노래는 환희의 노래 아닌 것이 없겠건마는 톤이 굵게 터져 나오는 그들의 목소리에는 끝마무리 마닥에 눈물이 맺히는 것이며, 혹은 마디마디에 우수가 떨리는 것을 나는 들을 수가 있었다. 울거나 웃지 아니하면 그들은 가만히 있을 수 없는 사람들이었고 또한 그들은 같은 모멘트로 슬픔과 기쁨을 동시에 자아낼 줄 아는 사람들이었다.

'우리는 한가족이다.'

요만한 정도로 알아들을 수가 있는 내 노서아어는 장춘 이래 쭈욱 들어오는 그들 노래의 유일한 후렴이었다.

날이 밝아서 우리가 그 적십자 자동차에서 내렸을 때 방은 기차 선로를 채 나서지도 아니하고 두 다리를 쩍 벌리고 서서,

"친구들의 그 지긋지긋한 질긴 키스—키스는 질기고 길수록 좋은 것이지만 당신의 그 지긋지긋한 긴 수염이 나는 영 싫어요."

오랜 우리들의 여로(旅路)를 일시에 풀어 팽개치게 하는 동시에 갑작스러이 또 새삼스러운 사내들의 여수(旅愁)를 급격히 밀어다 주도록 방은 이렇게 요괴염염한 니마이(이중)의 목소리를 써서 우리를 웃기면서 아직 무슨 깨끗한 것이 남아 있다는 것처럼 손바닥으로 그의 두 볼을 동시에 쓸어내리었다.

"그러면서 그 친구들 거 뭐라구 하는 말입디까."

하는 그에게 내가,

"믜 아드나 세먀—우리는 한 가족이 아니냐—는 소리 아니오, 그게."

하니까,

"글쎄 그런 모양인 줄 나도 짐작은 하였소마는."

하고 그는 다시 또 억울하다는 모양으로 쓸다 멈춘 두 볼을 쓰다듬으며 웃었다.

말을 몰라 무슨 말을 해야 할지 모르고 어떻게 말을 들어야 할지 몰랐지마는, 우리는 그 기쁨과 슬픔에 같이 섞이어서 한 가족이 되어 지내더라도 아무 흠이 없을 것임은 하필 이날 밤에 한하여 이해할 수 있었던 일은 아니었다.

민족을 달리한 두 여인으로 말미암아 일어나는 이 모든 회억과 사람을 유별히 그리웁게 하는 황혼의 그림자는, 층일층 홀로 혼자 되는 나의 독고감을 내 흉저(胸底)에 깊이 앉히어 놓을 뿐이었다.

그래도 역시 잠은 오지 아니하였다.

축축한 냉기가 얄팍한 요껍데기 위로 스며 나온다. 나는 쿡쿡 쑤시기 시작한 듯한 다리를 다리 위에 포개어 얹고 몸을 제쳐 모로 누웠다. 그리고 애매한 그 다음 일만 생각하기로 하는 것이다.

정거장 납작한 판장집에는 어느덧 불이 켜져 있었다.

문을 두드리고 안으로 들어가 역원에게 방과 내가 회령에서 떨어지게 된 전말을 이야기하였음도 회령서 그때 선발(先發)한 첫 차가 지금 어디쯤이나 와 있는가를 묻기 위함이었다. 회령서는 구내에 들어와 있는 군용차가 둘이나 되었다는 이야기부터, 나는 역원에게 하지 아니하면 안 되었다.

처음 방과 내가 타려던 차는 화통이 와 달리려고 그것이 궁둥이를 내밀고 뒷걸음질을 쳐오던, 폼에 바싹 다가붙어 서 있는 차이었으나, 일단 붙었던 화통이 도로 떨어져 달아나면서, 그 다음 이번선에 역시 같은 모양으로 와 서 있던 차에 가 달리기 때문에, 우리는 선로를 뛰어넘어서서 새로 화통이 가 달린 차로 달려가지 아니할 수 없었다.

그러나 나는 타지 못하였다. 방은 소련병에게 장춘서 가지고 온 증명서를 내보이고 교섭을 하여 겨우 양식인가 실어서 천막을 친 차에 오를 수가 있었으나, 나는 동행인 줄을 모르는 소련병의 거

절로 말미암아 주춤주춤하고 완전히 이야기를 다 못하고 있는 동안에 차는 떠나고 만 것이었다.

부득이 뒤에 떨어진 나는 어떻게 하였으면 좋을지를 몰랐다.

'아무래도 같이 가야 할 사람이 아닌가.'

그러나 어떻게라도 해서 될 수 있는 일 같지도 아니하였다.

처음 화통을 달았다가 떨리운 차는 그대로 목을 잘리운 채 일번선 위에 놓여 있었다. 그 맨 꽁무니에 달린 서너 개 유개화차 지붕에서는 사람들이 부실부실 흩어져 내려오기를 시작한다. 이 차는 언제 떠날지 모르는 차라고들 하였다. 화통이 없는 것이며, 또는 척 있어 볼 희망도 없는 것이라 하였다.

그러나 나는 이때 결심하였다. 다시 회령 거리로 어정어정 들어갈 용기는 나지 아니하였다. 그만치 나는 아침부터 이 차로 말미암아 제일로 분주한 사람이었고 또한 이 차로 말미암아 제일로 긴장한 사람이기도 하였던 것이다. 그것이,

'어떻게 이렇게 떨어지게 되었을까.'

나는 사람들이 부실부실 흩어져 내려오는 언제 떠날지 모른다는 차 지붕 위에 올라앉아서 턱을 손에 받쳐 얹고 이렇게 곰곰 생각하였다. 그리고 눈을 지르감았다.

'언제 떠나도 좋다.'

하였고, 아니 떠나도 할 수 없는 노릇이라고 기를 쓰듯이 주저앉아 버리고 말았던 것이었다.

그러나 내 존재는 역시 항상 운명의 회오리바람 속에 놓여 있는 나일 수밖에는 없었다.

손바닥 위에 턱을 괴고 눈을 지르감고 앉았는 내 귀에 도라꾸로 청진 갈 사람은 없느냐는 소리가 발 아래에서 들린 것은 바로 이때이었다. 그래서 나는 언제나 쫓아갈지 쫓아가게 될지 안 될지조차 모르는 무망한 순간들을 벗어 나와 일사천리로 청진을 향하여 내달은 몸이 된 것이었다.

"얼마 주고 오셨습니까?"

내 말이 일단 끝나자 이러고 묻는 젊은 역원은 친절한 사람이었다. 내가,

"백이십 원에 왔어요."

하니까, 그는,

"꽤 비싼데요."

하고 의자에서 일어나 한참 동안이나 전화통에 매달리어 찌르릉찌르릉 전화의 종을 울리었다. 전화는 나오지 아니하였다.

그는 제자리에 돌아와 앉았다가 다시 한 번 일어나서 전화통으로 갔다.

역시 전화는 종내 나오지 아니하는 모양이었다.

"전화도 아니 나옵니다마는, 나온대야 요새는 어느 정거장이나 금방 지나갈 차라도 모르고 지나치는 차니까요."

참으로 이것은 어느 정거장이나 정거장에 지울 죄는 아니었다.

그러나 내가 그의 말에 그렇겠지요 하면서 순순히 그들의 죄가 아닌 표적을 남겨놓고 그 조그마한 사무실의 나무문을 밀고 나왔을 때에는 과연 거기에는 이 젊은 역원의 설명을 당장에 힘들이지 않고 반증하듯이 저편 쪽 구름다리를 지나 이쪽으로 그 머리를 내밀고 전진하여 오는 차가 보이는 것이 아닌가.

나는 방이 탔을 앞으로 서너 간째 되는 천막을 가린, 차 설 위치를 찾아 허둥거리었다.

사람들은 내린다. 탔으리라고 생각한 찻간에서는 방이 보이지 아니 하였다. 삼십여 량 달린 차의 꼬리가 보일 때까지 줄달음질을 쳐보았으나, 내가 찾는 사람은 종내 보이지 아니하였다. 이름을 불렀으나 혼잡통에 들릴 리가 없다. 나 할 일이 이밖에 더 있을 수 없겠건만 나는 나 한 일에 자신이 없어진다.

'그 양반 탄 차를 내가 잘못 알고 뒤지는 동안에 벌써 내린 거나 아닌가.'

'혹 그 양반이 회령서 오다가 중간에서 다른 찻간으로 옮긴 것을 내가 모른 것이 아닌가.'

이런 생각이 전후의 질서 없이 내 자신(自信)을 잃은 머릿속에서 회전한다. 이 둘 중에 어느 하나가 틀림없는데다가 또 아침녘 트럭 위에서 열심으로 내저은 내 모자를 볼 기회를 방이 붙잡지 못하였다면, 그는 내렸더라도 나를 찾지 아니하고 나가 버리고 말았을 것이다.

나는 허둥지둥 역 광장을 향하여 출구를 나섰다.

그러나 철책 꿰어진 사이로 나오는 구멍만도 세 군데가 넘는 이 광장 전면에 섰다기로니 아무 짝 패가 없이 단신으로 나올 사람을 발견할 정확성이 있을 리가 있는가.

나는 단념하였다. 그러나 아주 그러고 말 수도 없었다.

"이 차가 회령서 오는 찹니까."

맨 나중으로 나오는 젊은 농사꾼의 내외—맨바짓바람으로 머리에 수건을 동이고 마대로 만든 큰 독 같은 륙색을 궁둥이 밑까지 달고 너들떡거리고 나오는 그 젊은 사내에게 나는 허둥지둥 묻지 아니할 수 없었다.

"예예, 회령서 옵니다."

인제 겨우 한 고비는 지났다는, 그러나 앞으로 장차 몇 고비나 남았는가 하는 안도보다는 한탄이 더 많이 버물리운 어조로 젊은 남편은 길게 '예예'를 내뽑는다.

"아침 회령서 떠난 차 분명하지요."

"그렇다니껬요."

전라도 사투리는 열렸던 입을 채 닫지 못하고, 얼이 빠져서 서 있는 사람의 옆을 서슴지 않고 지나가 버리었다.

'혹 도중에서 내려서 내가 타고 오리라고 알고 있을 제이화차를 기다리어 나와 같이 타고 오자고 내린 것은 아닐까. 그러나 그렇게 앞이 막힌 소극적인 방도 아니다. 게다가 청진, 이 땅은 누가 말한 것은 없으나마 암암리에 우리들의 제일차 목표지가 되어 있음직도 한 일이 아닌가.'

젊은 내외가 지나쳐 피난소로 꺼부러져 사라졌

을 때에 나도 그 자리를 떠날 수밖엔 없었다.

'지금 이들을 실어 가지고 온 차가 아침 방이 타고 내가 못 탔던 차임은 생각할 것도 없고 또 아니라고 의심할 아무런 근거도 없다.'

'이곳은 방의 고향이요 친구도 많은 곳이겠지마는, 어디가 어딘지를 모르는 내게 그것도 도움이 될 수가 없다.'

'이제 내게 남은 유일한 길은 내일 아침부터라도 일찍 일어나 정거장에 나와 돌아다니다가 우연히 만나기를 바랄밖에 별 도리가 없을 것이다—그도 나와 만날 기약을 가지고 있다 하면 정거장밖에는 나올 길이 없음을 모르지 아니할 테니까—그것도 한 이틀 해 보다가 못 만나는 날에는 혼자서라도 가는 수밖엔 없는 게지.'

이렇게 결론을 지어놓고 보면 이 유일한 결단으로 해서 오는 의외의 용기도 없지 아니하였고 그러지 않기로니 그 유일한 길 자체에 기허(幾許)의 광명이 없는 것만도 아닌 듯하였다.

이렇게 생각한 나머지 나는 여관으로 돌아와 자리를 보고 누운 것이었다.

잠은 이내 오지 아니하였다.

나는 다리를 포개어 얹고 모로 누웠던 몸을 돌이켜 다시 바로 누이었다. 등골과 어깻죽지로 찬 바람이 새어드는 것이다.

이때 시계가 몇 점을 치려고 하던 것인지 일곱 점을 뎅뎅 치고 또 스르르 감아 들어가는 소리를 내는 순간에 바깥 현관문이 돌연 드르르 열리며,

"쥔 아즈망이 계시오."

하고 들어서는 사람이 있었다.

서슴지 아니하고 들어서는 동정이며 그 주인을 찾는 거침없는 어세가 인근에 살아서 무상으로 출입을 하는 사람이거나, 여객이라면 단골로 다니는 흠없는 여객에 틀림없는 것이 현관 옆방에 우연히 들게 된 나에게는 똑똑히 분간하여 알 수 있으리만큼 분명한 것이었다.

"뉘요."

안에서 미닫이를 열고 나가는 듯한 주인 마누라가,

"난 또 뉘라고, 어서 오시오."

하고는 객을 맞아 복도로 모시는 듯하더니 이 분명히 인근 사람 아닌 것만은 확실한, 돌연한 틈입자에게 아래와 같은 문답을 주고받고 한다. 복도에서 하는 말이 현관 옆방에 든 내가 아니라 하더라도 과히 낮은 목소리로만 하지 않는다 하면 어느 방에 든 사람에게라도 분명히 통할 만한 이 집은 일본식 건축으로 되어 있었다.

"그런데 어디 갔다 오시는 길이오."

"회령서 오오."

이 소리에 나는 벌떡 일어나리만큼 회령이란 소리는 내 귀밑을 화끈하게 때리었다. 전등의 스위치를 비틀어서 불을 켜고 복도로 나가는 나 자신을 나는 상상하였다. 그러나 아직은 그럴 필요가 없을 듯해서 불끈거리려는 가슴을 누룽베개 위에 귀만 또렷이 내놓고 이야기의 뒤를 듣기로 한다.

"말 마오. 회령서 열세 시간 타고 오오. 아침 일곱 시에 떠난 것이 인제 오지 아니합니까."

"요좀 차가 그래요."

"중도동(中島洞) 못 미쳐 고개턱에 와서 고개를 못 넘구 헐떡거리다가 해를 다 지웠지요. 서른네 간씩이나 되니 어찌 안 그렇겠습니까. 절반씩 두 번에 끊어서 넘겨다 놓고야 왔지요…… 회령서 청진을 열세 시간이라는 게야 사람이 살아먹을 도리가 있나요."

나는 벌떡 일어나서 전등을 켜고 복도로 나갔다.

"그럼 손님 타고 오신 차가 회령서 온 아침 맨 처음으로 떠난 참입니까."

나는 청진 어느 시골에서 무슨 장사로라도 회령에 다니는 듯한 신래의 객에게 이렇게 물었다.

"예, 처음 떠난 참입니다."

"그러니까 아까 저녁때 여기 와 닿은 차가 선생이 회령 떠나신 뒤에 떠나온 차겠습니다."

"그렇지요. 우리 차가 중간에서 허덕거리고 고개를 못 넘구 차 대가리가 올라갔다 내려왔다 하는 동안에 그 뒤에 떠난 것이 먼점 지나오고 말았으니깐요."

그러면 뒤에 떠나오다 먼저 지나쳐 왔다는 차라는 것이 언제 떠날지, 떠날지 안 떠날지도 모른다던 그 이번선 차에 틀림이 없었다. 설마 그 차가 떠나오리라고는 생각지도 아니하였고, 게다가 그것이 먼저 와 닿았으리라고는 더더군다나 상상할 여지가 없는 일이었다. 참으로 이렇게도 기이할 수가 없는 우리들의 짧은 여로가 일으키는 무쌍한 곡절전변에 나는 또다시 한 번 놀라지 아니할 수가 없었다.

그리고 생각하면 도착 전까지 모든 형편과 이치가 초저녁에 와닿은 차가, 방이 탄 차에 틀림없으리라고 확고한 단정을 아니 가질 수는 없으면서도, 그러면서도 무엇인지 억지와 무리가 그 단정 속에 전연 없지 아니한 것을 나는 느끼지 아니할 수 없었던 것도 사실이었다.

아무리 출구가 역에는 많고 그것들이 또 다 불분명한 것들만이라 하더라도, 자기로서도 보리만큼은 보았다 하고 싶었고, 또 방의 행동이 그렇게 재빨랐을 것 같지도 아니한 일이었다. 뿐만 아니라 일층 중요한 것은 와닿아 있는 차 전체로서 오는 도저히 이치로 깎아 맞추어서는 맞추어질 길이 없는 일종의 '기미'라 할 것부터가 그러하였던 것이었다. 더더구나 고르다 남은 찌꺼기의 기통을 달고 못하지 아니한 량수(輛數)의 차를 달고서 같은 궤도 위를 남보다 먼저 달려온 차―이것 역시 불가사의한 자연의 이수(理數)와 규구(規矩)를 넘어서는 무법무리한 일 같게로만은 아니 여겨질 일이었다.

'어떻게 하나. 지금이라도 정거장엘 나가보는 것인가. 나가본댔자 쓸데없는 일일까.'

차가 도착한 지 이미 적지 아니한 시간을 경과한 이제 나갔다기로 만날 수 있을 리는 만무하였고 또 어느 거리, 어느 모퉁이에서 우연히 부딪쳐볼 백분의 일 가능성조차 없는, 백주와도 다른 어두운 밤중이 아닌가. 하나 그렇다기로 듣고 가만히 앉아 있자는 것도 마음에 허락지 않는 의리 인정은 없을 수 없었다.

이 이 순여의 짧지 아니한 내 여행이 하루도 안 그런 날이 없었던 것처럼 이날 밤도 나는 양복을 저고리와 바지에다 넥타이까지 맨 채 끄르지 않고 자던 터이므로 방에 돌아왔대야 모자만을 들고 밖으로 나오면 되는 일이었다. 보니, 현관에서 마주보이는 '오'에 ㅇ만 없는 글자로 난 복도 맨 꼬두머리 벽상에 붙은 괘종의 바늘들은 어느덧 아라비아의 8자와 3자를 가리키고 있었다.

절반 이상이나 불이 꺼지다 남은 침침한 좁은 골목을 나와 낮에 보니 소련의 전몰해군의 기념비가 거지반 낙성이 된 로터리를 돌아 곧추 정거장으로 통하는 대로 좌우 보도 위에는 삼사 인 혹 사오 인 짝이 되어, 더러는 치안대 같기도 하고, 더러는 피난민 같기도 한 사람들이 마음이 채 안정하지 아니한 두덜거리는 목소리로 여관이 어쩌니 차가 어쩌니 하며 지나가는, 누가 어쩔 염려는 없으면서도 어쩐지 불안하고 어쩐지 싸늘하여서 못 견디고 싶은 밤이었다.

지금 차에서 내려서 아직 채 헤어져 가지 아니한 사람들인지 혹은 정거장 구내 피난민 수용소에서 궁금증에 못 이겨 나온 소풍꾼들인지, 며칠 몇 달 못 먹은 유령이면 이런 것들일까 하게 삼삼오오 뭉쳐서 정거장 정면 벽을 지고 묵묵히 선 것이 그믐이 다 찬 무엇이나 분간치 못할 어두운 밤에 오직 그들의 배경이 된 벽 자체의 힘뿐을 빌려 희끗히 들여다보일 뿐이었다.

"방선생."

나는 보고 부르는 것이나 다름없이 정확한 여음을 돋구어 정거장 입구를 향하여 불러보았다. 희끈거리는 유령의 그림자는 다시 움직거리지도 아니하였다.

정문을 들어서서 개찰구이었을 데를 지나 폼으로 나왔다.

친절한 젊은 역원이 들어 있던 나무 판잣집 사무실로부터 헤어져 나오는 희미한 몇 줄기 광원을 의지하여, 거기에도 역시 바람을 가릴 기둥들 틈에와 이슬을 막을 추녀끝 될 만한 곳곳마다에 제가끔 이슬을 피하여 깃을 가다뜨리고 웅크리고 앉았는 불쌍한 참새의 무리들은 있었다.

"지금 회령서 온 차 어느 겁니까."

판자로 이어 내려온 것이 어슷어슷 규칙적으로 끝이 비어져 나온 사무실 늑골(肋骨)들 틈바구니에 어깨를 틀어박고 앉아서 광명을 등진 채 제 두어 자 앞만 무심히 바라다보는 한 젊은 사람에게 나는 이렇게 물었다. 그리고 나는 그가 가리키는 데를 따라 초저녁에 와닿은 차량과 차량을 연결한 체인을 짚고 올라서서 제이 폼으로 건너갔다.

거기도 또한 탈 대로 타고 연소(延燒)할 대로 연소한 불이 지금 막 꺼진 자리에 더할 것도 없고 덜할 것도 없는 곳에 다름은 없었다. 탈 것은 다 타고 타지 못할 것만 남기인 듯이 꺼멓게 식어빠진 회신(灰燼)의 길고 긴 차체의 연장―그 긴 회신의 처처에는 불에다 먹을 것과 입을 것을 태워버리고 어버이와 동기를 잃어버린 금세 의지가지 없이 된 가족들이, 회신이 다 된 무한히도 긴 이 차체의 운명을 함께 지니고 가려듯이, 오직 묵묵히 웅크리고 엉기어 앉은 그림자들―무개차 위에 떠받쳐놓은 장갑차의 쇠바퀴 사이, 기름기름히 쌓아 얹힌 각재(角材)나 아마 화목으로밖에 아니 운반할 부서지다 남은 책상이나 걸상쪼박 틈바구니에, 혹은 째어진 장막의 한끝을 잡아당겨 뼈가 들추이는 어깨를 가리우기도 하고.

나는 방이 탔었을 앞으로 서너 간째 되는 찻간의 방위를 찾아 걸어갔다.

과연 그것은 내가 상상하였던 것과 다름이 없이 셋째 간째이었음에 틀림이 없었고, 또한 장막을 가린, 회령서 혼자 쓸쓸한 마음으로 떠나보낸 바로 그 찻간이 틀림없었건만, 나는 다시는 방의 이름을 부르고 싶은 생각이 일어나지 아니하는 내 마음에 맡기어 찍소리도 내지 아니하고 도로 돌아서 버리고 말았다.

기름기름히 쌓아 얹힌 각재들 사이에 끼인 사람, 부서지다 남은 걸상과 책상을 쓰고 자는 사람, 째어진 장막의 한끝을 잡아당겨 뼈가 들추이는 어깨를 가리운 사람, 이 사람들은 한 특수한 개념을 형성하는 사람들이었다. 그리고 이 특수한 개념을 한 독자적인 완전무결한 개념으로 응고시키렴에는, 방은 그중에서는 무용한 사람일 수밖에는 없었다. 그는 아니 우리는 아무리 다 회신하였다 하더라도 그래도 어딘는지 덜 회신한 곳이 남아 있는 사람이었다. 회신하지 아니하였으면서도 회신을 체험할 수 있는 대신에는 회신하고 있는 자기 자신을 떠나 더욱더 완전한 회신이 올 줄을 알면서까지 일층 높은 처소에서 회신하고 있는 자기 자신을 내려다보고 방관하고 있을 수 있는 부류의 사람이었다.

'애꿎은 제삼자의 정신!'

차와 차를 연결한 체인을 다시 짚고 넘어서서, 나는 뒤도 돌아다보지 아니하고 천천히 걸어 정거장을 나왔다.

＊

나는 걷어치우다 남은 마지막 오도구를 등지고 섰다.

몇 개 꺾쇠를 제쳐놓으면 이것마저 쓰러져 없어지고 말 듯한, 평면적인 한 개의 하잘것없는 벽을 의지하고 서서 나는 전면 넓은 광장의 어두움을 내다보았다.

그것은 방금 무대의 조명과 함께 완전히 일루미네이션(장식등)이 꺼진, 관객이 흩어져버린 극장, 한 큰 관람석에 불과하였다. 종전까지 벽을 따라 흐늘거리던 유령의 군상들도 어디론가 흩어져버린 듯하였으나 그러나 그들이 남겨놓고 간 찬 호흡의 냉랭한 기운이 목덜미를 덮쳐오는 데는 변함이 없었다. 어느 구석에 어쩌다 꺼지지 아니하고 남아 있는 풋라이트(脚光)의 한 점 광원도 이제는 남지 아니하였다.

'어디로 가나.'

팔짱을 겨드랑이 밑에 닦아끼고 나는 내 두 발이 디디고 섰는 자리에서 움직여나지 아니하였다.

'어디로 가나.'

다른 날 어느 누가 이를 높고 먼 처소에서 바라본다면 이 또한 영원히 지속되어 나아가는 인생의 막과 막 사이를 연장하는 적은 한 일장암전(一場暗轉)에 불과한 것인지도 모르련만, 순간순간을 있는 힘을 다하여 지어 나아오던 이때 나에게 있어서는 이 모든 것은 완전히 비극의 종연(終演)을 완료한 한 큰 극장의 헛헛한 경관이 아닐 수 없었다.

이 어두운 경관 속에 지향이 없이 팔을 옆구리에 닦아끼고 앞을 내다보고 섰는 배우의 요요(寥寥)한 그림자는 이제 어디로 그 발길을 옮겨야 하는 것인가.

클클하고 헛헛한 마음을 부여안고 그는 불이 꺼진 관객석 깊은 허방에 빠지지 않도록 더듬어 한 줄기 하나미치(배우 통로)를 골라잡을 길밖에는 없음을 깨닫는다.

동록이 난 철책을 가운데 놓고 나무판자로 만들어 세운 정거장 사무실 반대 방향 이쪽으로는 어느 지면보다도 일층 꺼져 들어간 허방이, 남으로 광장 두드러진 기슭아리에 인접하여 있었다. 다 해서 백 평이 넘어도 많이 안 넘을 거지반 네모가 반듯하다 할 공지(空地)인데 군데군데 영양불량이 된 몇 개씩의 옥수숫대와 꽃을 맺어보지 못했을 오그라붙은 호박넝쿨들 틈으로 꿰어 나간 한 줄기 쇠스랑길, 이 또한 이번 일 이후 피난민들의 필요 없이는 생겨날 리가 없는 길이었다. 길 양 좌우로 호박잎과 풀포기 사이로 수없이 빽빽 벌여놓은 사람들의 된 분(糞)들—낮에 수성서 들어와 여관에 륙색을 풀어놓고 처음으로 형편을 살피러 정거장

으로 나왔다가 정신없이 이 분을 밟고 참으로 무서운 분 무더기인 데 나는 놀라지 않을 수 없었던 것이었다.

'발을 빼내일 수 있어야 하지, 미아리 공동묘지보담 더 빽빽 들어서서.'

남의 일같이 저주스러웁게 제법 골살을 찌푸리고 겨우 쇠스랑길 밖에 비어져 나가지 않도록 해서 똥 묻은 신발을 부비대고 갔던 나인데도 그 나도 얼마 뒤 요기하기를 끝내고 똑같은 길을 도로 돌아오는 길에는 역시 그 위에 발을 벋디디고 주저앉은 사람에 지나지 아니하였다.

쇠어빠진, 새끼손가락같이 가는 옥수숫대를 살 떨어진 양산 받듯 가리어 받고 떡잎부터 먼저 된 산산 찢긴 호박잎으로 앞을 가리니 가리어졌을 리도 물론 없었거니와 향(向)될 만한 데를 찾을 수도 없는 것이어서 남의 일같이 저주스럽게 생각한 것도 우스운 일이 되고 마는 수밖엔 없었다. 그렇다고 이 근방에서 찾자면 이곳밖에는 급한 용을 채울 데도 없을 것 같았다.

짝패와 더불어 앉아 같이하는 일이라면 무슨 우스개라도 하며 킬킬거리지 아니할 수 없을 내 우스꽝스러운 광경을 나는 등을 우그리어 찢어진 호박잎 밑으로 들여보내듯 하며 상상하였다. 누가 내라고 해서 낸 것도 아니요 누가 따라오라고 해서 시작한 것도 아닌 이 일대(一大) 공동변소가 실로 어떻게 이렇게 요긴하고 눈쌀 바르고 적당한 장소에 만들어져 있을 수 있겠는가—물론 하필 나라고 해서 특별히 지목해 보는 사람이 있을 리도 없었다. 그러나 바지를 추어올리고 허리끈을 매는 내 얼굴은 아무래도 붉어지지 아니할 수 없음을 느끼었다.

공지와 새표가 되는 광장 두드러진 기슭 아랫길을 따라 내려가면 허방이 끝이 나는 곳에 여관으로 이층 벽돌집이 서 있고 이 집을 한 채 지나쳐 바른손으로 꺾어 들어간 골목길은 서너너덧 집 지날까 말까 하여 다시 작은 십자길에 와 부딪친다.

모두가 일본 집들이었다. 어디를 가나 그랬던 것처럼 이곳도 정거장의 정면과 그 뒷골목이 될 만한 십자길을 중심으로 하고 팔월 십오일 전에는 철도 여객들을 상대로 하는 여관이며, 과일전이며, 식료품 잡화상 같은 것이 번성한 장사를 하였을 듯한 흔적이 아직 군데군데 완연히 남아 있었다.

낮에 수성서 들어와서 점심을 사먹고 둘러 나오던 역로순(逆路順)을 따라 하나미치를 따라 내려온 나는 여관 골목을 들어서 십자길을 바른편으로 꺾어 고쳐 정거장 쪽을 향하여 걸어가는 것이니 허방공지의 분이 널려 있는 쇠스랑길을 건너오면 지름길이 되는 곳에 음식의 점포는 늘어놓여 있는 것이었다.

점포라 했대야 물론 그것은 비바람조차 막지 못할 판장쪽이나 하다못해 삿대기 가마니짝 같은 것을 둘러친 잠정적인 단순히 상권표식에 불과한 것들이어서 이나마 권세에 미치지 못하는 패거리들은 엿장사며, 떡장사며, 지지미, 두부, 오징어, 성냥, 담배, 비누, 비스킷, 옥수수 삶은 것, 구운 것, 사과, 배 같은 것을 맨땅 위에 나무판대기나 종이쪽지에 벌여놓기도 하고, 광주리에 담은 채 이런 빈약한 점포들을 의지하여 길 옆에 쪼그리고 앉아서 손님을 부르는 남녀노유들.

이 현황잡다한 풍물 속에 이날 한나절을 보낸 일이 있는 나는 너무나 고조근한 쓸칠 듯한 쌀쌀한 공기 속에 새삼스러이 등골이 오싹함을 느끼어 옷깃을 세우지 아니할 수 없었다.

'한잔 하고 가나.'

낮에 오래간만으로 돼지고기에 생선에 매운 무나물까지 받쳐서 처음으로 배껏 먹어본 이래론 여지껏 먹은 것도 없으려니와 전신이 바싹 오그라들고 가다들어 무엇에 닿으면 닿는 대로 부서져 으스러질 것 같은 을씨년함을 나는 어찌하는 수 없었던 것이다.

길 위에 노점을 하러 나온 사람들은 벌써 하나도 없이 자취를 감추어버리고 말았다.

십자길로부터 노점지대에 들어서면서 나는 음식의 점포가 늘어선 첫 골목 안을 들여다보았다. 이곳에도 불은 모조리 꺼지고 말아서 양줄로 선 가지각색의 바라크들만이 써늘한 저녁 공기 속에 마주 보고 서 있을 뿐이었다.

나는 들어가지도 아니하고 발을 옮기어 둘째 골목으로 걸어갔다. 그러나 이곳도 역시 파장인 듯하였다. 바른편으로 서너 집을 앞서 오직 한 집 촛불이 크게 흐늘거리며 춤을 추는 가운데 중년이 넘었을 남녀의 침착한 두덜거리는 소리가 들려 나왔으나 그 소리마저 광주리에 그릇들 옮겨 담는 소리에 지나지 않았음을 알고는 가슴에 습래하는 일층 헛헛하고 낙망적인 생각을 금하지 못하였다.

행여나 하는 마음으로 이때 나는 그 속을 안 들여다보고 지나쳐 갈 수도 없었다. 마나님일 듯한 한 오십이나 되었을까 한 여편네가 한복판에 두 다리를 쪼그리고 앉아서 주머니끈을 풀어헤친 채 이날 수입된 지전들을 정성껏 헤이고 있었다. 헤이던 손을 뚝 그치고는 간간 그도 무엇인가 중얼거리거니와 그것을 흘깃흘깃 곁눈질하기에 정신이 팔린 그 남편 될 듯한 사내도 무엇인가 두간두간 두덜거리기를 마지 아니하며 반 허리를 굽힌 채 그릇들을 광주리 속에 챙기고 있었다.

주저앉으면 안 될 것도 없을 성싶었으나 그제는 딱 먹을 용기가 나지 아니하는 광경만으로도 되돌아서서 지나쳐 나와버리지 아니할 수 없었다.

이리하여 나는 돌고 돌아 더듬거리어 나오던 끝에 이상하게도 낮에 수성서 들어와서 돼지고기에 생선에 매운 무나물을 맛있게 받쳐 먹은 바라크 행렬 거지반 끝 골목 되는 그 할머니 가게에 당연히 돌아들어야만 했던 것처럼 돌아들게 된 것이었다.

"할먼네 무나물 못 잊어 왔습니다."

선을 보이고 앉았는 처녀 모양으로 할머니는 보이야 김이 물큰거리는 솥 옆구리에 단정히 무릎을 세우고 앉아서 무엇인지 한참 정신이 팔리고 있었다.

"고기 있거든 고기에 술도 한잔 주시고요."

한 장으로 된 좁고 긴 나무판자 상 앞에 내가 털썩 주저앉음과 동시에 할머니는 비로소 정신이 드는 듯이 주저앉는 나를 쳐다보고,

"예, 어서 앉으시오."

하고는 언제 왔던 손님이려니 하는 어렴풋한 기억만을 더듬는 모양으로 입에서 긴 담뱃대를 떼내었다.

역시 바람이 있었던지 솥구막 가까이 납작한 종지에 피어나는 기름불은 유달리 흐늘거려 앉은뱅이춤을 추면서 제가끔 광명과 그늘을 산지사방 벽에 쥐어 뿌리었다. 불은 빛보담은 더 많은 그늘들을 일으키어 그것에 생명을 주어 무시로 약동하게 하고 또 무시로 발광하게 하는 듯하였다. 그래서 이 작은 의지할 데가 없는 바라크의 기둥이 되고 주추가 되고, 천반이 되는 몇 개의 나무판자와 가마니때기와 그 외의 모든 너스래미들을 모조리 핥아 없애려는 듯도 하였다. 하지만 그것은 남을 핥아 없애지도 아니하고 제 자신 꺼져 없어지는 법도 없이 다만 사람의 가슴속에 무엇인지 모르는 은근한 한 줄의 불안을 남겨놓으면서 조용한 가운데 타고 있을 따름이었다.

"어떻게 이렇게 오래 앉아 계셔요, 혼자서 할머니."

물론 그 자체로서도 충분히 궁금하지 아니할 수 없는 생각이기도 하였으나 한편으로는 가슴 한 모퉁이에서 일어나는 불안의 그늘들을 눌러 가라앉히기 위하여 무엇이든 씨부리지 아니할 수도 없지 아니하였던 것이다.

"밤마다 이렇게 오래 남아 계셔요, 할머니?"

"밤마다이라면 밤마다이지만 잠 안 오는 게 소싯적부터 버릇이 되어서요."

할머니는 국솥에서 한 사발 국을 잘 떠서 상 위에 올려놓고 됫병을 잡아 그 속에 담긴 반 이상이나 남은 투명한 맑은 액체를 컵에 기울여 부었다.

나는 찬 호주의 반 모금이 짜릿하게 목구멍을 지나 식도를 적셔 내려가 뱃속에 퍼지는 것을 맥을 짚어보는 것처럼 분명히 짐작하여 알며, 할머니의 무엇인지 풍성한 의미가 없지 아니할 듯한 이 '잠 안 오는 버릇'이란 금맥(金脈)을 찾아 들어갔다.

"소싯적부터이시라니 할아버니랑 아드님이랑은 다 어디 가시구요."

"다 없답니다."

"없으시다니 그럼 혼자세요?"

더운 국 덕으로 뱃속에서 잘 퍼지기 시작하는 호주의 힘을 빌려 물어보지 아니하여도 이미 분명한 물음들을 나는 일부 이렇게 물어보았다. 막(幕) 안 어느 구석을 쳐다보나 어둑신하지 아니한 곳이라고는 없었으나, 벌써 한잔 들어간 이제 내 눈에 마음을 엎누르는 음침한 데는 한 군데도 뜨이지 아니하게 된 것이었다.

"아이들 두어 서넛 되던 건 이리저리 하나둘 다 없어져 버리고 내 갓서른 나던 해."

노인은 담뱃대를 입에서 빼어 들고 가느다란 연기를 입에서 내뿜으며 뚝 말을 끊쳤다가,

"갓서른 나던 해 봄에 올해 스물여덟 났던 애가 뱃속에 든 채 혼자되었답니다."

하였다.

"네에."

"……"

"그분은 어디 가셨습니까."

"그것마저 죽어 없어졌지요."

그는 별로 상심하는 티도 정도 이상으로는 나타내지 아니하면서 태연히 다시 대를 가져다 입에 물려다가,

"물으시니 말씀이지 한 달 더 참으면 해방이 되는 것을 그걸 못 참고 오 년 만에 그만 감옥에서 종시 죽고야 말았답니다."

"네에, 그러세요."

나는 마주 얼굴을 쳐다보기도 언짢아서 이러고는 남은 컵의 술을 마저 들이마시었다.

"해방이 되었는데 제 새끼래서 그런지 원래 아 글타글 살 욕심을 남보다 더는 보이지 않던 애니 만큼 다른 것들 때보다 가슴 아픈 것이 어째 덜하 지 아니한 것만 같애 못 견디는 겁니다."

그는 잠깐만이라도 자기의 두 눈을 가릴 필요가 있어서 그랬던지 선뜻 일어나, 등지고 앉았던 낮 은 시렁 위에 놓인 됫병을 들러갔다. 그리고 차마 묻지는 못하나마 내심 내 요구임에는 틀림없는 것 들에 대하여 노인은 암묵한 가운데 자연스러이 대 답을 만들어 내려가며 그 됫병을 내어밀어 내 두 번째 잔에 술을 따른 것이다.

"보통학교는 어찌어찌 이 어미가 졸업을 시켜 주었지마는, 벌써 졸업하던 해 봄부터 붙들려 가 기까지 꼭 십 년 동안을 죽이 되나 밥이 되나 한날 같이 이 에미와 함께 살아오면서 공장살이를 하다 가 이 모양 되었으니! 저 포항동 너머 남의 방 한 간 얻어가지고요."

"네에."

"처음부터 이런 걸."

노인은 대끝으로 국솥을 가리키며,

"이런 걸 하던 것도 아니요 어려서부터 배운 것 도 아니지마는 그 애가 들어가던 해 여름, 처음 얼 마 동안은 어쩔 줄을 모르고 어리둥절해 있기만 하다가, 늘 그러구 있을 수도 없고 또 아이 몇 잃 어버리는 동안에 생긴 잠 안 오는 나쁜 버릇이 다 시 도져서 몇 해 만에 다시 남의 고궁살이를 들어 갔지요."

"네에, 그러세요."

"그 긴 다섯 해 동안을 그저 모진 일과 고단한 잠만으로 지어 나아오다가, 하루 아침은 문득 그 것이 죽었으니 찾아가라는 기별이 감옥에서 나왔 을 때에야 얼마나 앞이 아득하였겠어요."

"그리셨겠습니다."

"사람의 가죽은 질기다고 했습니다. 병과 액으 로 앞서도 자식새끼 몇 되던 것 하나씩 둘씩 이리 저리 다 때우기는 하였지마는, 그런 땐들 왜 안 그

럴 수야 있었겠나요마는, 이제는 힘을 줄 데라고 는 하나 남지 않고 없어지고 그것 하나만 믿고 산 다 한 그놈마저 죽어 없어졌는데도 사람의 목숨은 이렇게 모질은 것이니."

마음이 제법 단단해 보이던 그도 한 번 내달으 니 비로소 젊은이 앞에서 긴 한숨을 걷잡지 못하 였다. 여기서 처음으로 나는 그를 위로할 기회를 얻었으므로,

"그럼 어떻게 하십니까. 그리고 가는 사람도 다 제 명이 아닙니까."

하여 드리니까, 그는,

"하기야 명이지요. 하지만 명이란들 그럴 수야 있습니까. 해방이 되었다 해서 갇히었던 사람들은 이제 살인강도 암질라도 다 옥문을 걷어차고 훨훨 튀어서 세상에 나오지 않습니까."

하였다.

"부질없는 말로 이가 어째 안 갈리겠습니까—하 지만 내 새끼를 갔다 가두어 죽인 놈들은 자빠져서 다들 무릎을 꿇었지마는, 무릎 꿇은 놈들의 꼴을 보면 눈물밖에 나는 것이 없이 되었습니다그려. 애 비랄 것 없이 남편이랄 것 없이 잃어버릴 건 다 잃 어버리고 못 먹고 굶주리어 피골이 상접해서 헌 너 즐때기에 깡통을 들고 앞뒤로 허친거리며, 업고 안 고 끌고 주추 끼고 다니는 꼴들—어디 매가 갑니 까. 벌거벗겨 놓고 보니 매 갈 데가 어딥니까."

"……"

"만주서 오셨다니깐 혹 못 보셨는지 모르지마 는, 낮에 보면 이 조그만 한 장터에도 그 헐벗은 굶주린 것들이 뜨문히 바닥에 깔리곤 합니다. 그 것들만 실어서 보내는 고무산인가 아오진가 간다 는 차가 저기 와 선 채, 저 차도 벌써 나 알기에 닷 새도 더 되는가 봅니다마는. 참다 참다 못해 자원해 나오는 것들이 한 차 되기를 기다려 떠나는 것인 데, 닷새 동안이면 닷새 동안 긴내 굶은 것인들 그 속에 어째 없겠어요."

그러지 아니하여도 나는 할머니의, 아까 그것

들이 업고, 안고, 끼고 다닌다는 측은한 표현을 한 것으로부터, 낮에 수성서 들어오는 길로 맞닥뜨린, 사람이 복작거리는 좁은 행상로 위에 일어난 한 장면의 짤막한 신을 연상하기 시작하는 중이었는데, 노인은 이러고는 말을 끊고 흐응 깊은 한숨을 들이쉬었다.

참으로 그 일본 여자는 업고, 달고, 또 하나는 손을 잡고, 아마 아오지 가기를 기다리는 차에서 기어내려온 듯 폼 가까운 행상로 위에 우두커니 서 있었다. 허옇게 퉁퉁 부어오른 나체 기름때에 전 걸레 같은 헝겊조각으로 머리를 질끈 동이고, 업고, 달리우고, 잡힌 채, 길 바추에 비켜 서 있었다. 머리를 동인 것만으로는 휘둘리는 몸을 어찌할 수 없다는 모양으로, 골살을 몇 번 찌푸렸다가는 펴서, 하늘을 쳐다보고, 또 찌푸렸다가는 펴서 쳐다보고 하기를 한참이나 하며 애를 쓰는 것을 자기는 유심히 건너다보고 있었던 것이다.

이윽고 그는 정신이 들었는지 지척지척 걸어들어와 광주리며, 함지며, 채두렝이 같은 데에 여러 가지 먹을 것을 담아 가지고 나와, 혹은 섰기도 하고 혹은 앉았기도 한 여인 행상꾼들 앞을 지나쳐 오다가, 문득 한 여인 앞에 서서 그 발부리에 놓인 광주리의 속을 손가락으로 가리키는 것이었다.

"한 개에 오 원씩."

행상의 여인네는 허리를 꾸부리어 광주리에서 속에 담기었던 배 한 개를 집어들고 다른 한 손은 활짝 펴서 일본인 아낙네 눈앞을 가리매, 아낙네는 실심한 사람 모양으로 한참 동안이나 자기 눈앞을 가린 활짝 편 그 손가락들을 멀거니 바라만 보고 있었다.

뒤에 달린 여덟 살 난 시낼미가 엉겻 바치를 움켜잡고 비어틀 듯이 앞으로 떠밀고 그보다 두어 살이나 덜 먹었을 손을 잡혀 나오던 어린 계집아이가 어미의 손을 끌어당기었다. 그리고 업힌 것이 띤 띠게에서 넘나와 두 손을 내어뻗으며 어미의 어깨 너머를 솟아오르려고 한다.

"이것들이 이렇게 야단이야요."

세 어린것의 어머니는 참다못하여 일본말로 이러며 고개를 개우뜸하고는 행상여인의 눈동자를 들여다보는 것이었다.

애걸이 없었다기로니 이것들이 어찌 그것만으로 덜 비참할 리가 있을 정경이었을 것이냐.

그 위에 물론 그것만은 아니었다.

고기잡이 아이를 갯가에서 내려오다 떨구고 나서 제철소(製鐵所) 옆을 지나 혼자 걸어오다가 일본 사람들 때문에 만든 특별구역 가까이 와 다다랐을 때 그 아랫동네 우물에 몰켜들어, 방틀에 붙어 서서 주린 창자에 찬물을 몰아넣고들 섰는 광경—한 사내는 더운 약 받아 들듯 냉수 한 그릇을 손에 받아 들고 행길가 풀숲에 펼치고 하늘을 쳐다보고 앉아서 한 모금씩 그이들을 목 너머 넘기고 있었다. 허겁진 얼굴에 한바탕 꺼멍칠을 해가지고 긴 머리는 뒤헝클릴 대로 뒤헝클리어 힘없는 부인 눈으로는 먼 하늘가를 바라보며.

"그 종자가 그렇게 될 줄을 어떻게 알았겠어요. 안 그렇든들 그것들이 다 죽일 놈들이었겠어요만."

별안간 계속되려는 할머니 말씀에 나는 술간 앞에 머리를 박고 수그리고 앉아서 끄덕이고 있던 내 머리를 정신을 들여 올리키어 들었다.

"이번에 난 참 수타 울었습니다…… 우리 애 잡혀가던 해 여름, 가토라는 일본 사람 젊은이 하나도 그 속에 끼여 같은 일에 같이 넘어갔지요. 처음엔 몰랐다가 그해 가을도 깊어서 재판이 끝이 나자 기결감으로 옮겨가게 된 뒤 어느 날 첫 면회를 갔다가 그런 일본 사람하고 같이 간 줄을 집애 입에서 들어 알았습니다. 겨울에 들어서서 젊은이는 원산으로 이감을 가게 되었는데, 집애 말을 좇아가면서 입으라고 옷 한 벌을 지어 들고 갔더니 그때 우리 애 하는 말이 가토라는 사람은 집은 있으되 집이 없어서 온 사람이 아니요 먹을 것이 있으되 제 먹을 것 때문에 애쓸 수 없던 사람이다. 그렇다고 물론 건달을 하려고 건너온 사람도 아닌 것이니 자기하고 같은 일에 종사했으나 거지도 아니요, 도둑놈도 아니요, 아무런 죄도 없는 사람이라고 그러지요. 그럼 무엇이 죄냐―일본 사람은 일본 바다에서 나는 멸치만 잡아 먹어도 넉넉히 살아갈 수 있다고 한 것이 죄다. 어머니, 멸치만 잡아 먹어도 산다는 말을 아시겠어요, 하였습니다.”

“네에!”

“누가 무엇 때문에 누구 까닭으로 싸웠는지 그건 난 모릅니다. 하지만 내 아들이 붙들려는 갔으나마 죄 아님을 못 믿을 나는 아니었으므로 응당 당장에 해득했어야 할 이 말들을 오 년 동안을 두고도 해득지 못하다가, 이제야 겨우, 오늘에야 겨우 해득한 것입니다―그 종자들로 해서 어떻게 눈물이 안 나옵니까.”

“……”

“젊은이가 원산으로 간 것은 첫눈이 펄펄 날리는 과히 춥지는 아니하나 흐린 음산한 날이어서, 나는 새벽부터 옥문전에 가 섰다가 배웅을 해 주었는데, 간 후론 물론 나왔다는 말도 못 듣고 죽었단 말도 못 들어서 어떻게 되었는지는 모르나 죽지 안했으면 이번에 나왔을 겁니다. 저것들이 저, 업고, 잡고, 끼고, 주렁주렁 단 저 불쌍한 것들이 가토의 종자인 것을 모른다고 할 수 없겠으니 어떻게 눈물이 아니 나…….”

이때 갑자기 불이 껌풀 하는 느낌과 함께 노인의 말이 중도에 뚝 끊어지며 그 부드러운 두 눈동자를 치뜨키어 내 머리 위로 문밖을 내다보는 바람에 나도 스스로 일어나는 불의의 감각에 이끌리어 몸을 돌이키지 아니할 수 없었다.

그것은 머리 밑을 지나가는 쌀랑한 한 줄기 감촉이었다. 그리고 찰나적이었으나마 참으로 겨우 소리를 지르지 않을 정도로 놀라 멈칫 부동의 자세에 나를 머물러 세우게 한 강강한 한 느낌이었다.

꺼풀을 뒤집어쓴 혼령이면 게서 더할 수 있으랴 할 한 개의 혼령이 문설주이기도 하고 문기둥이기도 한 한편짝 통나무 기둥에 기대어 서 있었다. 더

부룩이 내려덮인 머리칼 밑엔 어떤 얼굴을 한 사람인지 채 들여다볼 용기도 나지 아니하는 동안에, 헌 너즈레기 위에 다시 헌 너즈레기를 걸친 깡똥한 일본 사람들의 여자 옷 밑에 다리뼈와 복숭아뼈가 두드러져 나온 두 개 왕발이 흐물거리는 희미한 기름불 먼 그늘 속에 내어다보였다. 한 팔을 명치 끝까지 꺾어 올린 손바닥 위에는 옹큼한 한 개의 깡통이 들리어서 역시 그 먼 흐물거리는 희미한 불 그늘 속에서 둔탁한 빛을 반사하고 있으며―

“저겁니다.”

할머니는 떨리는 낮은 목소리로 불시에 이러하였다. 낮으나 그것은 밑으로 흥분이 전파하여 들어가는 날카로운 그러나 남의 처지에 자기의 몸을 놓고 생각하는 은근한 목소리였다.

“저것들입니다.”

이렇게 되뇌는 소리에 나는 정신이 들어 노인이 밥 양푼에서 밥을 푸고 국솥에서 국을 떠 붓는 동안 잔 밑바닥에 남은 호주의 몇 모금을 짤끔거리며 입술에 적시고 있었다.

이 불의의 손이 밥을 다 먹을 때를 별러 나도 내 술의 끝을 내기는 하였으나 끝이 났다고 곧 그의 뒤를 따라 밖으로 나서기에는 이때 나는 너무나 공포에도 가깝다 할 심각한 인상을 가슴속에서 떨쳐버릴 길이 없음을 어찌할 수 없었다. 게다가 가슴 한 귀퉁이에 새로 돋아 나오는 흥분의 싹인들 없을 수 없었던 것이다.

“한 잔 더 주세요.”

나는 바닥이 마른 내 술잔을 내어밀어 할머니에게서 셋째 잔의 호주를 받아 들었다.

“아오질 기다리는 차에서 내려온 겁니까.”

“그렇답니다.”

할머니 대답에 나는 잠잠하였다. 그리고 셋째 잔 첫 모금으로 혀 위에 남는 호주의 쓴 뒷맛을 나는 잡은 채로 몇 번 다시어보았다.

“밤마다입니까.”

“밤마다입니다.”

"오는 게 늘 오겠습니다."

"그렇지도 않습니다. 정 할 수 없어서 기어내리는 것들이요, 또 너더댓새에 한 차씩은 떠나니까요."

나는 잔을 들어 넷째 번 모금의 술을 마시었다. 관자놀이 위의 핏대가 불끈거리고 온 전신의 혈관이 부풀어 일어나 인제는 완전히 술이 돌기 시작함을 나는 활연한 기분 가운데서 느끼었다.

"하지만 아무리 잠이 아니 오시더라도, 밤을 새시고 앉아 계시는 건 아니겠지요."

"웬걸이요, 못된 버릇으로 해서 아무래도 새지요. 그 대신 낮에 잡니다."

내가 잠자코 그의 얼굴을 쳐다보며 계속된 그의 말을 기다리매,

"우리나라도 안적 채 자리가 잡힐 겨를이 없어서 그렇지 인제 딱 제자리가 잡히고 나면 나 같은 노폐한 늙은 것이야 무슨 소용이 있는 겁니까. 무용지물이지요. 무엇이 내다보이는 게 있어서 무슨 근력이 나겠기에 아글타글 돈을 벌 생각이 있어 그러겠습니까마는, 이렇게 해 가다 벌리는 게 있으면 가지고 절에 들어갈 밑천이나 하자는 거지요, 없으면 구만두고. 그리노라면 세상도 차차 자리를 잡아 깔아앉을 터이고, 그렇지 않아요— 뭣을 어떻게 하자고 무슨 욕심이 복받쳐서 허둥지둥이야 할 내 처지겠어요. 이렇게 내가 나온다니까 해방이 된 오늘에야 왜 뻐젓이 내어놓고 자치회라든가 보안대라든가 안 가볼 것 있느냐 하는 사람도 없지 않았지마는, 이 어수선하고 일 많은 때에 그건 무슨 일이라고……."

"무슨 일이라니 무슨 말씀입니까. 당연히 할머니께서야 그리셔야 될 거 아닙니까."

"그러지 안해도 우리집 애하고 가깝던 젊은이들이 요새 모두들 무엇들이 되어서 부득부득 끌고 갈려는 것을 내가 안 들었지요. 그런 호산 내게 당치도 아니한 거려니와 그렇지 않단들 생눈을 뻔히 뜨고야 왜 남에게 신세 수고를 끼칩니까.

반평생 돌아본들 나처럼 가죽 질긴 늙은이도 없는가 했습니다. 이 질긴 고기를 좀 더 써먹다 죽으리라 싶어 나왔는데, 나와보니 안 나왔던 것보담 얼마나 잘했다 싶었는지요."

"네에 네에, 잘 알겠습니다. 하지만 언제까지나 그러실 수야 있습니까."

"뭘이오, 인제 앞이 얼마 남었는지 모르지마는 이제 얼마 안 가서 쓸데도 없는 무용지물 될 것이, 그동안에라도 무엇이나 뼈다귀를 놀리고 먹어야 할 거 아니겠어요. 또 안 그렇다면 이렇게 피난민이 우글우글하고 눈에 밟히는 것이 많은 때에 무엇이 즐거워서 혼자 호사를 하자겠습니까."

"네에, 죄송합니다."

피난민도 형지 없이 어지러웠고 일본 사람들도 과연 눈을 거들떠보기 싫게 처참하지 아니함이 없었으나 생각하면 이것을 혁명이라 하는 것이었다. 혁명은 가혹한 것이었고 또 가혹하여도 할 수 없을 것임에 불구하고 한 개의 배장사를 에워싸고 지나쳐 간 짤막한 정경을 통하여, 지금 마주 앉아 그 면면한 심정을 토로하는 이 밥장사 할머니에 이르기까지 그것이 어떻게 된 배 한 알이며, 그것이 어떻게 된 밥 한 그릇이기에, 덥석덥석 국에 말아줄 마음의 준비가 언제부터 이처럼 되어 있었느냐는 것은 나의 새로이 발견한 크나큰 경이가 아닐 수 없었다. 경이보다도 그것은 인간 희망의 넓고 아름다운 시야를 거쳐서만 거둬들일 수 있는 하염없는 너그러운 슬픔 같은 곳에 나를 연하여 주었다.

나는 혓바닥에 쌉쌀한 뒷맛을 남겨놓고 간 미주(美酒)의 방울방울이 흠뻑 몸에 젖어들듯이 넓고 너그러운 슬픔이 내 전신을 적셔 올라옴을 느끼었다. 그리고 때마침 네다섯 피난민들이 몸을 얼려 가지고 흘흘거리고 들어서는 바람에 나는 자리를 내어주고 밖으로 나왔다.

*

술 먹은 다음날 버릇대로 나는 아침 채 날이 밝

기 전에 눈을 떴으나 여관에서 조반도 못 얻어먹고 나간 것이 정거장에 와보니 어느 틈에 여덟 시가 벌써 가까운 시간이었다.

오늘 아침 일찍이 나가서 만나지 못하는 날이면 방은 이내 만나지 못하는 사람이었다. 하지만 여덟 시라면 나를 찾으러 일찍 나왔던 방이 단념을 하고 돌아갈 그리 늦은 시간도 될 것 같지는 아니하였다.

못 만날 사람이 되어서 방을 만나지 못하더라도 차 형편을 보아서는 혼자서라도 떠날 생각을 하고 나온 나는 정식으로 둘러멘 룩색의 밑바닥을 두 손으로 받쳐가며 밤 사이에 씻기어 나간 싱싱한 아침 공기 속을 플랫폼을 끝에서 끝까지 몇 번인가 오고 가고 하였다. 그러나 방은 나서지 아니하였다.

궤도 위에는 어젯밤 와닿은 두 군용차가 화통을 뗀 채 제 선로들 위에 그대로 차게 머물러 있고 분필로 '阿吊地行'이라고 썼던 지난밤 이래의 일본 사람들 그 자원(自願) 차가 달랑 두어 동강 붙어서 떨어진 먼 궤도 위에 팽개쳐 놓여 있었다.

머리도 없는 두 군용차 위엔 제가끔 어느 틈엔가 벌써 사람들이 올라가 기다리고 있었으나 차는 좀처럼 떠날 기색도 보이지 않았으므로 나는 폼에서 나와 철책을 뚫고 노점들 있는 짝으로 내려왔다. 국밥 한 그릇쯤 먹고 가도 늦지 않을 여유는 있을 성싶었다.

회령서 방을 놓친 것이 불과 십이 초의 간격이었으면 청진서 방을 잡은 것도 그 십이 초의 아슬아슬한 순간이었다.

인젠 혼자라도 떠날 결심을 한 나인지라 그동안에 차 대가리가 어떻게 변덕을 부려도 안 될 일이어서 나는 철책 석탄 잿더미를 타고 내려와 공지를 지나 행상로 골목길을 밟고 올라서서 제일 가깝기만 한 장국밥집을 찾아든 것이었다.

몇 초만 밥을 늦게 먹었어도 물론 안 될 뻔하였지마는, 몇 숟가락 밥을 남겨놓고 일어났더라도 방을 붙잡는 일은 어려울 뻔하였다. 양치를 하고

돈을 치르고 내가 일어선 것은 방이 막 나무판자로 된 정거장 임시사무소 있는 짝 폼 마지막 기둥까지 왔다가 돌아서는 찰나이었다. 이 사무소와 기둥 사이라야 불과 한 간이 될까 말까 한 사이였으므로 나는 방이 걸어온 길을 돌아서서 그 사무소 뒤에 가려 없어지기 전에, 있는 소리를 다하여 부르지 않을 수가 없었다. 역 임시사무소와 폼 마지막 기둥 사이 한 간통의 좁은 공간 속에 우연히 들어선 그를 붙잡았다느니보담은, 그런 좁은 간간한 틀을 짜서 놓고 그 안으로 들어오기를 기다렸다 함이 옳으리만큼 우리의 상봉은 아슬아슬한 것이었다. 나는 새를 잠깐 깃을 고르느라고 퍼덕이는 동안에 쏘아 떨어뜨린 경우인들 게서 더할 수는 없었다.

"방선생."

"방선생."

참으로 오래간만에 보는 푸를 대로 푸르른 마가을 바닷빛 모양으로 이곳이 고향인 사람의 맏누님 집을 향하여 걸어나가는 젊은 두 피난민의 마음은 한없이 푸르르고 또 한없이 부풀어올랐다.

이틀 밤을 방 누님 댁에서 자고 사흘째 되는 날은 아침 간다고 신포동을 내려왔다.

간다고 내려는 왔으나 있을 둥 말 둥하였던 차는 역시 이날 없는 모양이어서 우리는 못 견뎌지는 모양 하고 다시 거리로 들어와 여관을 정하고 거기 짐을 부리기로 하였다. 주을은 못 되었으나마 신포동 그래도 자그마한 목간통(錢湯)에서 목욕을 하고 위선 옷의 만돌린만이라도 털어놓고 내려온 우리였으니 절반은 짐이 덜린 거나 다름없던 것이다.

길림서 둘이 갈라 가지고 제가끔 시계주머니와 허리춤과 양말 속 발바닥 밑 같은 데에 조심성스럽게 갈라서 감추어 가지고 떠난 몇천 원 돈도 이날 여관에 들어 이면수 프라이와 뜯은 북어와 배해서 한잔 먹고 난 걸로 누구에게 한 푼 빼앗긴 것도 없이 이제는 아주 마지막이 되고 말았다. 하면

서도 무엇인지 모르게 우리의 어깨는 가뿐해진 것으로만 여겼는데, 다음날 아침 일어나 같은 여관에 든 손님에게서 사실은 어제도 낮 지나 함흥 가는 차가 있었더라는 말을 듣고는 갑작스러이 다시 마음이 흐려짐을 느끼었다. 듣기 탓으로는 그렇게 날마다 차가 있을 가능성이 있다는 것으로 생각할 수 없음도 아니나, 완전히 마음을 놓아 안 될 곳에서 마음을 놓고 흥청거렸다는 후회감으로부터 본다면 어제 일은 암만하여도 불시에 마지막으로 속 아넘어간 네메시스의 소작(所作)만 같아서 섬뜨레한 불안이 가시지 아니하였다.

어제도 차가 떠났다는 그 낮때가 지나서부터는 우리의 이 불안도 차차 심각한 것이 되지 아니할 수 없었다. 방과 나는 서로 번갈아가며 짐을 보기로 하고 다시 시내로 들어가 혹 트럭과 같은 변법이 있지나 않을까 하고 돌아다녀 보았으나, 별 신통한 수도 없음을 알고는 정말로 몸이 풀림을 걷잡을 길이 없었다.

"이러구 앉았댔자 부지하세월(不知何歲月)이겠소. 며칠 정신차려 기다리노라면 제 안 오겠소."

우리는 다시 이런 배짱 좋은 사람들이 되어 일어서서 나오지 아니할 수 없었다.

우리가 이날 밤 다시 정거장으로 나온 것은 그 뒤 두어 시간이나 되어 해가 벌써 절반은 산 너머로 타고 넘어간 어슬어슬하기 시작하는 경각이었다. 아침 여관에서 나오면서 방의 론진 팔목시계와 바꾸어 가지고 나온 육백 원 돈 중에서 배갈을 사이다 병에다 두 개나 사들고 들어와 한잔씩 하고 저녁을 먹고 막 수저를 놓자고 하는데, 주인이 헐떡거리며 이층으로 올라와 하는 말이 차가 방금 뒤에서 나온 모양이라고 하는 것이었다.

"그 차 타고 와 내린 손님들이 지금 우리집에 들기 시작합니다."

하였다.

참으로 주인의 말대로 차는 정거장에 와 닿아 있었고, 또 이만하면 우리도 우리를 제일로 요행스러운 피난민으로 생각함이 아님은 아니었으나 그러나 조급한 우리들의 갈증이 만족이 되리만큼 닥치는 대로 순조롭게 일이 진행되는 것만도 아닌 듯은 하였다. 그 대신 우리는 오직 이러한 운불운(運不運)의 부절한 기복(起伏)—그중에서도 측량할 수 없는 불운의 깊은 골짜기에서만 우리는 우리 가슴에 깊이 잠복해 있어 하마터면 어느결에 저절로 삭아져버려 없어졌을지도 몰랐을 뜻하지 아니하였던 그리운 소망들을 불시에 달할 수 있는 것인지도 알 수 없는 일이라 하였다.

달고 온 군용차에서 떨어져 달아난 화통이 어디를 갔으며, 언제 돌아올 것인지 모른다는 불안성을 띤 물론이 이 구석 저 구석 차에 올라탄 사람들 입에서 우러나와 다시 이겨날 수 없는 염증과 지리함이 우리들 가슴에도 내려앉으려 할 즈음에,

"여보 천(千), 어쨌든 우리는 내렸다 올랐다 하질 말고, 인젠 여기서 밤을 새더라도 기다려 보기로 합시다."

하는 방의 말을 받아, 나도 얼근히 술이 퍼진 기분을 빌려서,

"내리기는 어딜 내려요."

하여 방의 기운을 북돋고 나서,

"헌데 혹 떠나게 될 때 다바이 씨들에게 또 대접을 하지 않으면 안 될 일이 생길지도 모르니 아까 사가지고 들어갔던 집에서 사이다 병으로 내 두어 개 더 사가지고 오리다."

하고는 도록고를 뛰어내려 다녀서 돌아오는 길이었다.

술이 꼭 찬 사이다 병 두 개를 한 손에 하나씩 들고 예전 개찰구로 쓰던 정면 문으로 들어서려 할 때, 나는 칠팔 인 사람의 일행이 나를 받아 나오는 것과 마주쳤다. 이미 날이 어두워 들어가는 깊어진 황혼이 끝이 나려는 때인지라 얼른 눈에 뜨인 것은 아니었으나, 지나놓고 보니 패 중 제일 앞장을 서서 더펄거리고 나가는 더벅머리 소년의 뒷모습은 아무리 생각하여 보아도 낯익은 차림차

림이었다.

─그 독특한 더펄거리는 걸음걸이는 제쳐놓고라도 커서 과히 훌렁훌렁한 국민복에 저고리 소매와 바지를 걷어 올린 것이 희게 손목과 발등에 나덮인 것만 보더라도.

'어느 일본놈을 또 잡아가는 것인가.'

폼으로 첫발을 옮겨 디디지도 채 못한 채 나는 획 돌아서서 광장으로 사라져 나가는 그들─포승을 진 키가 들쑹날쑹한 두 사내를 에워싼 칠팔 인 사람의 한 그룹이 남실거리는 어둠 속에 사라지는 뒷모양을 바라보았다. 그리고 유혹적인 걸음발이 몇 발씩이나 더들먹거려짐을 어찌하는 수 없었다.

이만한 정경을 배경으로 한 이만한 포박의 장면 같으면 내 성질로서 신기하지 않을 리는 없었다. 하지만 아무리 화가(畵家) 되기를 결심한 이래 후천적으로 생긴 내 집요한 탐색벽으로 하더라도 이런 긴박한 경우에 이르면 이것쯤은 참으로 적은 평범한 호기심으로 떨어지고 말 성질의 것일 수도 있었던 것이다. 한데 그 위에 그렇지 않고 남는 큰 놀라움이 있었다면 그것은 내 가슴속에 부지불식간에 산 확고한 릴리프(浮彫)가 되어 그립게 숨어 있던 그 소년의 싱싱한 맑은 두 눈알의 홍채가, 산 자기의 실상(實像)을 만나 발한 찬란한 섬광 때문이 아니면 무엇일 수 없었다.

참으로 고혹에 끌리인 내 걸음발이었다. 그러나 그렇다고 그 이상 더 어떻게 할 수도 없는 일이어서 나는 내려왔던 도록고에 올라가 방과 가지런히 그 위에 실은 자동차의 찬 몸뚱어리를 기대고 앉았다. 언제 이렇게 어두워졌던가 하고 하늘을 우러러보니 그러지 않아도 그믐밤이 아니면 그믐 전날 밤, 그믐 전날 밤이 아니면 하루 더 전날 밤밖에는 더 못 되리라 한 어쨌든 그믐밤을 앞에 놓고 움직거리지 못한 밤하늘에 어느결엔가 구름조차 한 불 깔린 것이 치떠보였다. 그것은 이마가 선뜻 거리어 더는 잠시도 쳐다보기에 견디지 못할 것들이었다.

"여보 방선생."

하고 나는 방을 불렀다. 그리고 비로소 처음으로 수성 이래 내 혼자의 비밀로 되어 있는 소년의 이야기를 자초지종부터 하기로 하였다.

그랬더니 방은 정색을 하여 나를 돌이켜보고,

"건 참 철저한데."

하며,

"하지만 아까 누구한테 들으니까 부령에선가 어디에선가 무슨 쿠데타가 있었대."

하였다.

"무슨 쿠데타?"

"여기서 하는 쿠데타에 무슨 딴 쿠데타가 있을라구…… 썩어빠진 전직자(前職者)들이 그래도 물을 덜 흐려서 나쁜 짓들을 하고는 교묘히 먹물을 뿜어놓고 돌아다닌다는군. 해서 어제 오늘은 그것들을 잡느라고 이 정거장에도 한 불 깔렸댔대. 그리구서는 몰래 서울루 도망질을 쳐 간다니깐."

"으응."

"그러니깐 아까 꽁여갔다는 그자들도 혹 그런 것들이었는지도 모르지. 당신은 그런 데까지는 참견할 리가 없을 애라고 하지만 그건 몰라요. 그 녀석이 보안대 김선생이 어쩌니저쩌니 했다면서─연락이 있다고만 하면 그런 사람들의 일에도 어른만으로는 감당 못할 일이 없지 안해 있거든."

듣고 보니 그럴 성싶은 일이기도 하였다. 하지만 그것이 일본 사람이건 조선 사람이건 또 무슨 일로 꽁여간 것이건 간에 내게 큰 상관될 것은 없었다. 지금껏 내 가슴속에 엉기어진 그 소년에 대한 형용하기 힘든 모든 인상은 그걸로 말미암아 어떻게 될 성질의 것은 못 되는 것이었다.

다시 쳐다보는 밤하늘은 이미 이제는 이마가 선뜻할 겨를도 없이 어느 틈엔가 일면 진한 칠빛이 되어 있다가 쳐다보는 내 가슴 위를 불현듯이 무겁게 내려덮고 말았다. 양복바지 무릎을 뚫고 팔소매 끝과 목덜미 너머로 숨을 돌이킨 밤바람이 스며들기 시작한다.

소년으로 말미암아 머릿속에 켜진 아주 꺼지지 아니하려는 현황한 불길들에 시달리어 가며, 나는 그러안은 두 무릎들 틈에 머리를 박고 허리를 꾸부리어 댄 채, 오직 꾸부리고 옹크린 덕분을 빌려 억지스러운 잠을 청하기로 하였다.

청한 잠이 들기는 하였는데, 얼마를 잤던 것인지는 모르나마, 눈이 뜨였을 때는 방이 소련병과 마주 서서 제가끔 주어가며 받아가며 고개를 끄덕거리는 것으로 보아, 무엇인지 한 담판 끝낸 순간인 듯하였다. 그는 소련병에게서 도로 돌려받은 그래도 제법 잘 써먹기는 했으나 노서아 말로 된 것이란 이외로는 별 대단할 것도 없는 증명서를 양복 저고리 안 포켓에 집어넣으며 웃으며 무시로 고개를 끄덕거리었다.

두 소련병 중 하나는 내가 앉아 있는 자동차의 전차체(全車體) 둘레와 도록고의 구석구석을 회중 전등으로 돌려 비추어보았다. 어느결에 내쫓은 것인지 방과 나와 두 소련병을 내어놓고는 도록고 위의 사람이라고는 하나도 남지 않았음을 나는 그 짯짯한 회중전등 불빛 속에 돌아보았다.

"아마 떠나기는 하는 모양인가…… 한데 여기 사람들은 다 어디들 갔소."

내가 실어 들어가려던 어깨를 들추어가며 이렇게 물으니,

"쫓겨 내려가서 저쪽 차 지붕 위에들 모두 올라가 달려붙는 모양인 데 그걸 못하게 하느라고 지금 소련병이 야단인 모양이오."

하며 방은 그 긴 턱주가리로 차 꽁무니 쪽을 가리키었다.

"왜 거기꺼정이야 못 타게 해."

"아마 밤중이니까 낮과도 달라서 졸다가 사람 상하는 일이 있어도 안 될 테니깐 그러는 게지."

몸을 떨치고 일어나서 보니 과연 까맣게 내려다 보이는, 아마 이 차 마지막으로 달렸을 두어서너 개 유개화차 지붕 위에는, 강한 서치라이트와 같이 불길이 잘 뻗는 군인용 회중전등 집중적인 불

빛 속에 사람들이 앞뒤로 이리 몰리고 저리 몰리는 것이 자주자주 갈리는 먼 환등 속같이 건너다 보였다. 이리저리 몰리는 사람들의 무리를 따라 불을 비쳐가며 쫓아 몰아대는 것인데, 두터운 구름이 내려덮인 그믐밤 하늘에다 중공에서 끊어진, 끝이 퍼진 그 불꼬리들 밑에 전개하는 이 혼란 광경은 무심히 바라볼 사람들에게는 음침한 처절한 것들이었다. SOS를 부르는 경종(警鍾) 속에 살 구멍을 찾아서 허둥거리는 조난 군중의 참담한 광경은 이런 것이 아닐까 하는 환각이 잠이 잘 아니 깬 어리둥절한 내 머리에 어른거리었다.

그러자 우리가 이제로부터 가야 할 방향에서 축축거리며 화통의 접근하는 소리가 들려오더니 어느결에 털그덕 하고 그것은 우리 차체에 와 부딪쳤다.

이윽고 화통은 삼십여 간도 더 달았을 긴 우리의 차를 잡아당기었다. 그러나 몇 바퀴 채 굴러가지도 못해서 그것은 다시 털그덕 하고 제자리에 서고 말았다.

"떨려내린 피난민들이 자꾸 차 떠나는 틈을 타서 매어달리는 모양이야."

눈이 멍해서 자기의 얼굴을 마주 쳐다보고 앉았는 나에게 차 꼬리를 향하여 앉은 방이 먼 중공을 바라보며 입을 쩝 다시면서 이렇게 중얼거렸다. 다시 자리에서 내가 일어나 돌이켜보매 아까 꺼졌던 회중전등의 강한 불빛이 방이 바라보고 앉아서 중얼거리던 중공 하늘 아래 유개화차 지붕 위에 있음을 나는 보았다. 그리고 인차 주르르 하는 다발총의 연발하는 총소리가 귓봉우리를 울려왔다. 물론 빈 공포이었으나 쫓아가는 스포트라이트의 집중된 불빛에 드러난 것은 차 꼬리를 향하여 도망질치는 무수한 군중의 뒷모양뿐이었다. 내 몸에 와닿는 똑같은 종류의 서치라이트와 다름이 없이 내 가슴도 선뜻선뜻하고 펄럭펄럭하였다.

차는 다시 떠났다.

하지만 그것은 단순히 떠날 수가 없어서 더 몇

번인가 이러한 장면이 반복된 뒤에 그러나 역시 종내 떠나기로 되었던 군용차는 아무렇게 해서라도 떠나기는 하였다.

서치라이트로 몇 번 가슴이 선뜻거린데다가 이렇게 수없이 털그덩거림을 받은 덕분으로 나는 아주 잠이 깨어서, 떠나는 화물차 모서리에 기대어 섰다.

서른 몇 개나 되는 차 체인을 화통이 잡아당기는, 털그덩 소리가 몇 개로 짤막하게 모디어 나고는 차는 차차 본속력을 내기 시작하였다. 앞으로 몇 간 채 아니 되는 우리의 찻간은 어느 틈에 시력이 이를 곳으로 까아맣게 칠하여 놓이지 아니한 곳이 없는 어두운 공간 속에 오직 한 개의 표적이 될 만한 높은 흰 급수대(給水臺)를 지나 몇 개나 되는지 모르는 눈꺼풀 아래에서만 알쏭알쏭하니 지어져 들어가는 전철(輾轍)의 마지막 분기점까지도 지나쳐 오는 것이 차바퀴의 덜컹거리며 한 곳으로 굴러 모여드는 소리로 분명히 지각되었다.

오래간만에 막히었던 가슴이 뚫려 내려가는 활연함을 나는 느끼었으나 그러나 이 소리는 또한 나에게 내 가슴속에 고유(固有)하니 본성으로 잠복해 있는 내 구슬픈 제삼자의 정신을 불러일으키었다. 두터운 구름이 내려덮인 그믐밤중, 언제나 복구될는지 모르는 광야와 같이 골고루 어두운 어두움 속에 싸여서 그것이 응당 차지하고 있을 만한 위치를 머릿속에 그려보며, 나는 뒤떨어지는 청진의 거리들을 내 흉중에 어루만지는 것이었다. 방은 이 땅이 우리들 여정의 절반이라고 하였지마는, 설혹 지나온 것이 절반이 못 된다 하더라도 내게는 이미 내 가슴 가운데 그려진 이번 피난의 변천굴곡은 여기서 다 완결된 거나 조금도 다름이 없었다. 그리고 앞으로, 이 이상 고생스러운 험로를 몇 갑절 더 연장해 나간다 하더라도 나로서는 이외의 더 색다른 의미를 찾기는 어려운 일일 듯하였다.

앞으로 무슨 일이 생기든 내 피난행은 여기서 완전히 끝이 난 모양으로 나는 쌀쌀한 충분히 찬(冷) 나로 돌아왔다.

다만 나는 이때 신포동서 다시 거리로 내려왔던 이 일양일 시간에 그러자고만 하였으면 얼마든지 그럴 수가 있었을 일을 어째 한 번도 그 할머니―그 국밥집 할머니를 찾아가 보지 못하고 왔던가 하는, 벼르고 벼르다가 못한 일보다도 더 걷잡을 길이 없는 내 돌연한 애석함을 부둥켜안고 어찌하지 못함을 나는 불현듯 깨달았을 뿐이었다.

그것은 제 궤도에 들어서 본속력을 내기 시작한 우리들의 차가 레일 위를 열십자로 건너매인 인도(人道)의 구름다리마저 뚫고 지나 나와 바른손에 바다를 끼고 밋밋이 돌아 나가는 그 긴 마지막 모퉁이에 다다랐을 때이었다.

지금껏 차 꼬리에 감추이어 보이지 아니하였던 정거장 구내의 임시사무소며 먼 시그널의 등들이 안계(眼界)에 들어오는 동시에, 또한 거지들의 거리마저 차차 멀리 떼어놓으며 우리들의 차가 그 긴 모퉁이를 굽어 돎을 따라 지금껏 염두에 두어 보지도 아니하였던 그 할머니 장막의 외로운 등불이 먼 내 눈앞에서 내 옷깃을 휘날리는 음산한 그믐밤 바람에 명멸하였다. 그리고 그 명멸하는 희멀금한 불빛 속에서 인생의 깊은 인정을 누누이 이야기하며 밤새도록 종지의 기름불을 조리고 앉았던, 온 일생을 쇠정하게 늙어온 할머니의 그 정갈한 얼굴이 크게 오버랩되어 내 눈앞을 가리어 마지 아니하였다. 그 비길 데 없이 따뜻한 큰 그림자에 가리어진 내 눈몽아리들은 뜨거이 젖어들려 하였다. 그리고도 웬일인지를 모르게 어떻게 할 수 없는 간절한 느껴움들이 자꾸 가슴 깊이 남으려고만 하여서 나는 두 발뒤꿈치를 돋울 대로 돋우고 모자를 벗어들고 서서 황량한 폐허 위 오직 제 힘뿐을 빌려 퍼덕이는 한 점 그 먼 불 그늘을 향하여 한없이 한없이 내 손들을 내어저었다.

[1946]

역마

김동리 (1913 ～ 1995)

경북 경주 출생. 경신고보 수학. 1935년 『중앙일보』에 「화랑의 후예」로 등단. '시인 부락' 동인. 소설집으로 『무녀도』 『황초기』 『귀환장정』 등이 있고 장편소설로 『사반의 십자가』 『을화』 등이 있다.

아버지를 찾아 강원도 쪽으로 가볼 생각도 없다, 집에서 장가들어 살림을 할 생각도 없다, 하는 아들에게 그러나, 옥화는 이제 전과 같이 고지식한 미련을 두는 것도 아니었다.

(중략)

성기가 좋아하는 여러 가지 산나물이 화갯골에서 연달아 자꾸 내려오는 이른 여름의 어느 장날 아침이었다. 두릅 회에 막걸리 한 사발을 쭉 들이켜고 난 성기는 옥화에게,

"어머니, 나 엿판 하나만 맞춰주."

하였다.

'화개장터'의 냇물은 길과 함께 세 갈래로 나 있었다. 한 줄기는 전라도 땅 구례(求禮) 쪽에서 오고 한 줄기는 경상도 쪽 화개골(花開峽)에서 흘러내려, 여기서 합쳐서, 푸른 산과 검은 고목 그림자를 거꾸로 비추인 채, 호수같이 조용히 돌아, 경상 전라 양도의 경계를 그어주며, 다시 남으로 남으로 흘러내리는 것이, 섬진강(蟾津江) 본류였다.

하동(河東), 구례, 쌍계사(雙磎寺)의 세 갈래 길목이라, 오고 가는 나그네로 하여, '화개장터'엔 장날이 아니라도 언제나 흥성거리는 날이 많았다. 지리산(智異山) 들어가는 길이 고래로 허다하지만 쌍계사 세이암(洗耳岩)의, 화개협 시오 리를 끼고 앉은 '화개장터'의 이름이 높았다. 경상 전라 양도 접경이 한두 군데일 리 없지만 또한 이 '화개장터'를 두고 일렀다. 장날이면 지리산 화전민들의 더덕, 도라지, 두릅, 고사리들이 화개골에서 내려오고 전라도 황아장수들의 실, 바늘, 면경, 가위, 허리끈, 주머니끈, 족집게, 골백분 들이 또한 구렛길에서 넘어오고, 하동길에서는 섬진강 하류의 해물장수들의 김, 미역, 청각, 명태, 자반조기, 자반고등어 들이 들어오곤 하여, 산협(山峽)치고는 꽤 은성한 장이 서는 것이기도 했으나, 그러나 '화개장터'의 이름은 장으로 하여서만 있는 것은 아니었다.

장이 서지 않는 날일지라도 인근 고을 사람들에게 그곳이 그렇게 언제나 그리운 것은, 장터 위에서 화개골로 뻗쳐 앉은 주막마다 유달리 맑고 시원한 막걸리와 펄펄 살아 뛰는 물고기의 회를 먹을 수 있기 때문인지도 몰랐다. 주막 앞에 늘어선 능수버들가지 사이사이로 사철 흘러나오는 그 한(恨) 많고 멋들어진 춘향가 판소리 육자배기 들이 있기 때문인지도 몰랐다. 게다가 가끔 전라도 지방에서 꾸며 나오는 남사당 여사당 협률(協律) 창극 신파 광대 들이 마지막 연습 겸 첫 공연으로 여기서 으레 재주와 신명을 떨고서야 경상도로 넘어간다는 한갓 관습과 전례가 이 '화개장터'의 이름을 더욱 높이고 그립게 하는 것인지도 몰랐다.

가운데도 옥화(玉花)네 집은 술맛이 유달리 좋고, 값이 싸고 안주인—즉 옥화—의 인심이 후하다 하여 화개장터에서는 가장 이름이 들난 주막이었다. 얼마 전에 그 어머니가 죽고 총각 아들 하나와 단 두 식구만으로 안주인 옥화가 돌아올 길 망연한 남편을 기다리며 살아간다는 것이라 하여 그들은 더욱 호의와 동정을 기울이는 것인지도 몰랐다. 혹 노자가 딸린다거나 행장이 불비할 때 그들은 으레 옥화네 주막을 찾았다.

"나 이번에 경상도서 돌아올 때 함께 회계하지라오."

그들은 예사로 이렇게들 말하곤 하였다.

늘어진 버들가지가 강물에 씻기고, 저녁놀에 은어가 번득이고 하는 여름철 석양 무렵이었다.

나이 예순도 훨씬 더 넘어 뵈는 늙은 체장수 하나가, 쳇바퀴와 바닥감들을 어깨에 걸머진 채 손에는 지팡이와 부채를 들고 옥화네 주막을 찾아왔다. 바로 그 뒤에는 나이 열대엿 살쯤 나뵈는 몸매가 호리호리한 소녀 하나가 조그만 보따리를 옆에 끼고 서 있었다. 그들은 무척 피곤해 보였다.

"저 큰애기까지 두 분입니까?"

옥화는 노인보다 '큰애기'의 얼굴을 바라보며 이렇게 물었다. 노인은 조용히 고개를 끄덕였다.

그날 밤 저녁상을 물린 뒤 노인은 옥화에게 인사를 청했다. 살기는 구례에 사는데 이번엔 경상도 쪽으로 벌이를 떠나온 길이라 하였다. 본시 여수(麗水)가 고향인데 젊어서 친구를 따라 한때 구례에 와서도 살다가, 그 뒤 목포로 광주로 전전하였고, 나중 진도(珍島)로 건너가 거기서 열일여덟 해 사는 동안 그만 머리털까지 세어져서는, 그래 몇 해 전부터 도로 구례에 돌아와 사는 것이라 하였다. 그렇지만 저런 큰애기를 데리고 어떻게 다니느냐고 옥화가 묻는 말에 그러잖아도 이번에는 죽을 때까지 아무 데도 떠나지 않으려고 했던 것인데, 떠나지 않고는 두 식구가 가만히 앉아서 굶을 판이라 할 수 없었던 것이라 하였다.

"그럼 저 큰애기는 할아부지 딸입니까?"

옥화는 '남폿불' 그림자가 반쯤 비낀 바람벽 구석에 붙어 앉아 가끔 그 환한 두 눈을 떠서 이쪽을 바라보곤 하는 소녀의 동그스름한 어깨를 바라보며 이렇게 물었다.

노인은 또 고개를 끄덕였다. 그리고 평생 객지로만 돌아다니고 나니 이제 고향 삼아 돌아온 곳이래야 또한 객지라 그들 아비 딸이 어디다 힘을 입고 살아가야 하는지 아무 데도 의탁할 곳이 없다고 그들의 외로운 신세를 한탄도 했다.

"나도 젊었을 때는 노는 것을 좋아했지라오. 동무들과 광대도 꾸며갖고 댕겨봤는디, 젊어서 한번 들어놓게 평생 못 잡기 마련이랑께…… 그것이 스물네 살 때 정초닝께 꼭 서른여섯 해 전일 것이여, 바로 이 장터에서도 하룻밤 논 일이 있었지라오."

노인은 조용히 추억의 실마리를 더듬는 듯, 방안을 두리번거리며 살펴보곤 하는 것이었다.

"어이유! 참 오래전일세!"

옥화는 자못 놀라운 시늉이었다.

이튿날은 비가 왔다.

화개장날만 책전을 펴는 성기(性騏)는 내일 장 볼 준비도 할 겸 하루를 앞두고 절에서 마을로 내려오고 있었다.

쌍계사에서 화개장터까지 시오 리가 좋은 길이라 해도, 굽이굽이 벌어진 물과 돌과 산협의 장려한 풍경은 언제 보나 그에게 길멀미를 내지 않게 하였다.

처음엔 글을 배우러 간다고 할머니에게 손목을 끌리다시피 하여 간 곳이 절이었고, 그 다음엔 손윗동무들의 사랑에 끌려다니다시피쯤 하여 왔지만, 이즘 와서는 매일같이 듣는 북 소리, 목탁 소리, 그리고 그 경을 치게 희맑은 은행나무, 염주나무(菩提樹), 이런 것까지 모두 다 싫증이 났다.

당초부터 어디로 훨훨 가보고나 싶던 것이 소망이었지만, 그러나 어디로 간다는 건 말만 들어도 당장에 두 눈이 시뻘게져서 역정을 내는 어머니였다.

"서방이 있나, 일가친척이 있나, 너 하나만 믿고 사는 이년의 팔자에 너조차 밤낮 어디로 간다고만 하니 난 누굴 믿고 사냐?"

어머니의 넋두리는 인제 귀에 못이 박힐 정도였다.

이러한 어머니보다도 차라리, 열 살 때부터 절에 보내어 중질을 시켰으니, 인제 역마살(驛馬煞)도 거진 다 풀려갈 것이라고 은근히 마음을 느꾸시는 편이던 할머니는, 그러나 갑자기 세상을 떠나버렸다. 당사주(唐四柱)라면 다시는 더 사족을 못 쓰던 할머니는, 성기가 세 살 났을 때 보인 그의 사주에 시천역(時天驛)이 들었다 하여 한때는 얼마나 낙담을 했던 것인지 모른다. 하동 산다는 그 키가 나지막한 명주 치마저고리를 입은 할머니가 혹시 갑자을축을 잘못 짚지나 않았나 하여, 큰 절(쌍계사를 가리킴)에 있는 어느 노장에게도 가 물어보고, 지리산 속에서 도를 닦아 나온다던 어떤 키 큰 영감에게도 다시 뵈어봤지만 시천역엔 조금도 요동이 없었다.

"천성 제 애비 팔자를 따라갈려는 게지."

할머니가 어머니를 좀 비꼬아 하는 말이었으나 거기 깊은 원망이 든 것도 아니었다. 그러나 이런 말엔 각별나게 신경을 쓰는 옥화는,

"부모 안 닮는 자식 없단다. 근본은 다 엄마 탓이지."

도리어 어머니에게 오금을 박고 들었다.

"이년아, 에미한테 너무 오금 박지 마라. 남사당을 붙었음, 너를 버리고 내가 그놈을 찾아갔냐, 너더러 찾아달라 성화를 댔냐?"

그러나 서른여섯 해 전에 꼭 하룻밤 놀다 갔다는 젊은 남사당의 진양조 가락에 반하여 옥화를 배게 된 할머니나, 구름같이 떠돌아다니는 중과 인연을 맺어 성기를 가지게 된 옥화나 다 같이 '화

개장터' 주막에 태어났던 그녀들로서는 별로 누구를 원망할 턱도 없는 어미 딸이었다. 성기에게 역마살이 든 것은 어머니가 중 서방을 정한 탓이요, 어머니가 중 서방을 정한 것은 할머니가 남사당에게 반했던 때문이라면 성기의 역마운도 결국은 할머니가 장본이라, 이에 할머니는 성기에게 중질을 시켜서 살을 때우려고도 서둘러보았던 것이고, 중질에서 못다 푼 살을, 이번에는 옥화가 그에게 책 장사라도 시켜서 풀어보려는 속셈인 것이었다. 성기로서도 불경(佛經)보다는 암만해도 이야기책에 끌리는 눈치요, 중질보다는 차라리 장사라도 해보고 싶다는 소청이기도 하여, 그러나 옥화는 꼭 화개장만 보이기로 다짐까지 받은 뒤, 그에게 책전을 내어주기로 했던 것이었다.

성기가 마루 앞 축대 위에 올라서는 것을 보자 옥화는 놀란 듯이 자리에서 일어나 앉으며,

"더운데 왜 인저사 내려오냐?"

곁에 있던 수건과 부채를 집어 그에게 주었다.

지금까지 옥화에게 이야기책을 읽어 들려주고 있은 듯한 어떤 낯선 계집애는, 책 읽던 것을 멈추고 얼굴을 들어 성기를 바라보았다. 갸름한 얼굴에 흰자위 검은자위가 꽃같이 선연한 두 눈이었다. 순간, 성기는 가슴이 찌르르 하며 갑자기 생기 띠어진 눈으로 집 앞에 늘어선 버들가지를 바라보았다.

얼마 뒤, 계집애는 안으로 들어가고, 옥화는 성기의 점심상을 차려 들고 나와서,

"체장수 딸이다."

하였다. 어머니도 즐거운 얼굴이었다.

"체장수라니?"

성기는 밥상을 받은 채, 그러나 얼른 숟가락을 들지도 않고, 그의 어머니의 얼굴을 쳐다보았다.

"구례 산다더라. 이번에 어쩌면 하동으로 해서 진주 쪽으로 나가볼 참이라는데 어제 저녁에 화갯골로 들어갔다."

그리고 저 딸아이는 그 체장수의 무남독녀인데

영감이 화갯골 쪽으로 들어갔다 나와서, 하동 쪽으로 나갈 때 데리고 가겠다고, 하도 간청을 하기에 그동안 좀 맡아 있어 주기로 했다면서, 옥화는 성기의 눈치를 살피듯 그의 얼굴을 물끄러미 바라보았다.

"화갯골에서는 며칠이나 있겠다던고?"

"들어가 보고 재미나면 지리산 쪽으로 깊이 들어가 볼 눈치더라."

그리고 나서 옥화는 또,

"그래도 그런 사람 딸같이는 안 뵈지?"

하였다. 계연(契妍)이란 이름이었다.

성기는 잠자코 밥숟가락을 들었다. 그러나 밥은 반도 먹지 않고, 상을 물려버렸다.

이튿날 성기가 책전에 있으려니까, 그 체장수의 딸이 그의 점심을 이고 왔다. 집에서 장터까지래야 소리 지르면 들릴 만한 거리였지만, 그래도 전날 늘 이고 다니던 '상돌 엄마'가 있을 터인데 이렇게 벌써 처녀 티가 나는 남의 큰애기더러 이런 사환을 시켜 미안하단 생각이 들었다. 그러나 정작 그녀 쪽에서는 그러한 빛도 없이, 그 꽃송이같이 화안한 두 눈에 웃음까지 담은 채, 그의 앞에 밥 함지를 공손스레 놓고는, 떡과 엿과 참외들을 팔고 있는 음식전 쪽으로 곧장 눈을 팔고 있었다.

"상돌 엄만 어디 갔는디?"

성기는 계연의 그 아리따운 두 눈에서 흥건한 즐거움을 가슴으로 깨달으며, 그러나 고개를 엉뚱한 방향으로 돌린 채, 차라리 거친 음성으로 이렇게 물었다.

"손님이 마루에 가득 찼는디 상돌 엄마가 혼자서 바삐 서두닝께 어머니가 지더러 갖고 가라 했어요."

그동안 거의 입을 열어 말하는 일이 없었던 계연은, 성기가 묻는 말에, 의외로 생경한 전라도 쪽 토음(土音)으로 이렇게 말했다. 그 가냘프고 갸름한 어깨와 목 하며, 어디서 그렇게 힘차고 괄괄한

음성이 울려 나오는 것인지 알 수가 없었다. 한 줌이나 될 듯한 가느다란 허리와 호리호리한 몸매에 비하여 발달된 팔다리와 토실토실한 두 손등과 조그맣게 도톰한 입술을 가진 탓인지도 몰랐다.

"계연아, 오빠 세숫물 놔드려라."

이튿날 아침에도 옥화는 상돌 엄마를 부엌에 둔 채 역시 계연에게 성기의 시중을 들게 하였다. 세숫물을 놓는 일뿐 아니라 숭늉 그릇을 들고 다니는 것이나 밥상을 차려오는 것이나 수건을 찾아주는 것이나 성기에 따른 시중은 모조리 계연으로 하여금 들게 하였다. 그리고는,

"아이가 맘이 컴컴치 않고, 인정이 있고 얄미운 데가 없어."

옥화는 자랑삼아 이런 말도 하였다.

"즈이 아버지는 웬일인지 반 억지 비슷하게 거저 곧장 나만 믿겠다고, 아주 양딸처럼 나한테다 맡기구 싶은 눈치더라만……."

옥화는 잠깐 말을 끊어서 성기의 낯빛을 살피고 나서 다시,

"그래 너한테도 말을 들어봐야겠고 해서 거저 대강 들을 만하고 있었잖냐…… 언제 한번 데리고 가서 칠불(七佛) 구경이나 시켜줘라."

하는 것이, 흡사 성기의 동의를 구하는 모양 같기도 하였다.

그리고 나서 옥화는 계연의 말을 옮겨, 구례 있는 저의 집이래야 구례읍에서 외따로 떨어진 무슨 산기슭 밑에 이웃도 없이 있는 오막살인가 보더라고도 하였다.

"그럼 살림은 어쩌고 나왔을까?"

"살림이래야 그까진 것 머 방문에 자물쇠 채워 두었으면 그만 아냐, 허지만 그보다도 나그넷길에 데리고 나선 계연이가 걱정이지."

이러한 옥화의 말투로 보아서는 체장수 영감이 화갯골에서 나오는 대로 계연을 아주 양딸로 정해 둘 생각인 듯이도 보였다. 다만 성기가 꺼릴까 보아 이것만을 저어하는 눈치 같았다. 지금까지 몇번이나 옥화는 성기더러 장가를 들라고 권했으나 그는 응치 않았고, 집에 술 파는 색시를 몇 차례나 두어도 보았지만 색시 쪽에서 성기에게 간혹 말썽을 내인 적은 있어도 성기가 색시에게 그러한 마음을 두는 일은 한 번도 있은 적이 없어, 이러한 일들로 해서, 이번에도 옥화는 그녀로 하여금 성기의 미움이나 받지 않게 할 양으로, 그녀의 좋은 점만 이야기하는 듯한 눈치 같기도 하였다.

아랫집 실과가게에서 성기가 짚신 한 켤레를 사 들고 오려니까 옥화는 비죽이 웃는 얼굴로 막걸리 한 사발을 그에게 떠주며,

"오늘 날씨가 너무 덥잖냐?"

고 하였다. 술 거를 때 누구에게나 맛뵈기 떠주기를 잘하는 옥화였다. 계연이는 방에서 옷을 갈아 입고 있었다.

"계연아, 너도 빨리 나와, 목마를 텐데 미리 좀 마시고 가거라."

옥화는 방을 향해서도 이렇게 소리를 질렀다.

항라적삼에 가는 삼베치마를 갈아입고 나오는 계연은 그 선연한 두 눈의 흰자위 검은자위로 인하여 물에 어린 한 송이 연꽃이 떠오르는 듯하였다.

"꼭 스무 해 전에 내가 입었던 거다."

옥화는 유감(有感)한 듯이 계연의 옷맵시를 살펴주며 말했다.

"어제 꺼내서 품을 좀 줄여놨더니만 청승스리 맞는구나. 보기보단 품을 여간 많이 입잖는다. 이 앤…… 자, 얼른 마셔라. 오빠 있음 무슨 내외할 사이냐?"

그러자 계연은 웃는 얼굴로 술잔을 받아들고 방으로 들어가 마시고 나오는 모양이었다.

성기는 먼저 수양버드나무 밑에 와서 새 신발에 물을 축이었다. 계연도 곧 뒤를 따라나섰다. 어저께 성기가 칠불암(七佛庵)까지 책값 수금관계로 좀 다녀올 일이 있다고 했더니 옥화가 그러면 계연이도 며칠 전부터 산나물을 캐러 간다고 벼르는

중이고, 또 칠불암 구경은 어차피 한번 시켜주어야 할 게고 하니, 이왕이면 좀 데리고 가잖겠느냐고 하였다.

성기는 가슴도 좀 뛰고, 그래서, 나물을 내가 어떻게 아느냐고, 싫다고 했더니 너더러 누가 나물까지 캐라느냐고, 앞에서 길만 끌어주면 되잖느냐고 우기어, 기승한 어머니에게 성기는 더 항변을 못하고 말았던 것이다.

성기는 처음부터 큰길을 버리고, 사람이 잘 다니지 않는, 수풀 속 산길을 돌아가기로 하였다. 원체가 지리산 밑이요, 또 나뭇길도 본디부터 똑똑히 나 있지 않는 곳이라, 어려서부터 자라난 고장이라곤 하지만 울울한 수풀 속에서 성기는 몇 번이나 길을 잃은 채 헤매곤 하였다.

쳐다보면 위로는 하늘을 찌를 듯한 높은 산봉우리요, 내려다보면 발 아래는 바다같이 뿌우연 수풀뿐, 그 위에 흰 햇살만 물줄기처럼 내리퍼붓고 있었다. 머루, 다래, 으름은 이제 겨우 파랗게 메아리져 있고, 가지마다 새빨간 복분자, 오디는 오히려 철이 겨운 듯 한머리 까맣게 먹물이 돌았다.

성기는 제 손으로 다듬은 퍼런 아가위나무 가지로 앞에서 칡덩굴을 헤쳐가며 가고 있는데, 계연은 뒤에서 두릅을 꺾는다, 딸기를 딴다, 하며 자꾸 혼자 처지곤 하였다.

"빨리 오잖고 뭘 하나?"

성기가 걸음을 멈추고 서서 나무라면 계연은 딸기를 따다 말고, 두릅을 꺾다 말고, 그 조그맣고 도톰한 입술을 꼭 물고는 뛰어오는 것인데, 한참만 가다 보면 또 뒤에 떨어지곤 하였다.

"아이고머니 어쩔 거나!"

갑자기 뒤에서 계연이가 소리를 질렀다. 돌아다보니 떡갈나무 위에서, 가지에 치맛자락이 걸려 있다. 하필 떡갈나무에는 뭣 하러 올라갔을꼬, 곁에 가 쳐다보니, 계연의 손이 닿을 만한 위치에 그 아래쪽 딸기나무 가지가 넘어와 있다. 딸기나무에는 가시가 있고 또 비탈에 서 있어 올라갈 수

가 없으니까, 그 딸기나무와 가지가 서로 얽힌 떡갈나무 쪽으로 올라간 모양이었다. 몸을 구부려 손으로 치맛자락을 벗기려면 간신히 잡고 서 있는 윗가지에서 손을 놓아야 하겠고, 손을 놓았다가는 당장 나무에서 떨어질 형편이다. 나무 아래서 쳐다보니 활짝 걷어 올려진 베치마 속에 정강마루까지를 채 가리지 못한 짤막한 베고의가 흰한 햇살을 받아 그 안의 뽀오얀 것을 그대로 보여주고 있었다.

성기는 짚고 있던 생나무 지팡이로 치맛자락을 벗겨주려 하였으나, 지팡이가 짧아서 그렇겠지만 제 자신도 모르게, 지팡이 끝은 계연의 그 발가스레하고 매초롬한 종아리만을 자꾸 건드리고 있었다.

"아이 싫어! 나무에서 떨어진당께!"

계연은 소리를 질렀다. 게다가 마침 다람쥐란 놈까지 한 마리 다래넌출 위로 타고 와서, 지금 막 계연이가 잡고 서 있는 떡갈나무 가지 위로 건너 뛰려 하고 있다.

"아 곧 떨어진당께! 그 막대로 저 다램이나 때려 줬음 쓰겠는디."

계연은 배 아래를 거진 햇살에 흰히 드러내인 채 있으면서도 다래넌출 위에서 이쪽을 건너다보고 그 요망스런 턱주가리를 쫑긋거리고 있는 그 다람쥐가 더 안타까운 모양으로 또 이렇게 소리를 질렀다.

"요놈의 다램이가……."

성기는 같은 나무 밑둥치에까지 올라가서야 겨우 계연의 치맛자락을 벗겨주고, 그러고는 막대로 다시 조금 전에 다람쥐가 앉아 있던 다래넌출도 한 번 툭 쳤다. 이 소리에 놀랐는지 산비둘기 몇 마리가 푸드득 하고 아래쪽 머루넌출 위로 날아갔다.

"샘물이 있어야 쓰겠는디."

계연은 치맛자락을 걷어 올려 이마의 땀을 씻으며 이렇게 말했다.

모롱이를 돌아 새로운 산줄기를 탈 때마다 연방 더 우악스런 멧부리요, 어두운 수풀을 지나 환

하게 열린 하늘을 내다볼 때마다 바다같이 질펀한 골짜기에 차 있느니 머루, 다래넌출이요, 딸기, 칡의 햇덩굴이다. 산속으로 산속으로 들어갈수록 여기저기서 난장판으로 뻐꾸기들은 울고, 이따금씩 낄낄거리고 골을 건너 날아가는 꿩 울음소리마저 야지의 가을벌레 소리를 듣는 듯 신산을 더했다.

해는 거진 하늘 한가운데를 돌아 바야흐로 머리에 불을 끼었고, 어두운 숲그늘 속에는 해삼 같은 시꺼먼 달팽이들이 허연 진물을 토한 채 땅에 붙어 늘어졌다.

햇살이 따갑고, 땀이 흐르고, 목이 마를수록 성기 들은 자꾸 넌출 속으로만 들짐승들처럼 파묻히었다. 나무 딸기, 덤불 딸기, 산복숭아, 아가위, 오디, 손에 닿는 대로 따서 연방 입에 가져가지만 입에 넣으면 눈 녹듯 녹아질 뿐, 떨적지근한 침을 삼키면 그만이었다. 간혹 이에 걸린다는 것이 아직 익지 않은 산복숭아, 아가위 따위인데, 딸기 녹은 침물로는 그 쓰고 떫은 것마저 사양 없이 씹어 넘겨졌다. 처음엔 입술이 먼저 거멓게 열매 물이 들었고, 나중엔 온 볼에까지 묻어졌다. 먹을수록 목이 마른 딸기를 계연은 그 새파란 산복숭아서껀, 둥그런 칡잎으로 하나 가득 따서 성기에게 주었다. 성기는 두 손바닥 위에다 그것을 받아서는 고개를 수그려 물을 먹듯 입을 대어 먹었다. 먹고 난 칡잎은 아무렇게나 넌출 위로 던져버린 채 칡넌출이 담뿍 감겨 있는 다래덩굴 위에 비스듬히 등을 대고 누웠다.

계연은 두 번째 또 칡잎의 것을 성기에게 주었다. 성기는 성가신 듯이 그냥 비스듬히 누운 채 그것을 그대로 입에 들이부어 한 입 가득 물고는 나머지를 그냥 넌출 위로 던졌다. 그리고 그는 곧 코를 골기 시작하였다.

세 번째 칡잎에다 딸기알 머루알을 골라놓은 계연은 그러나 성기가 어느덧 잠이 들어 있음을 보자 아까 성기가 하듯 하여 이번엔 제가 먹어 치웠다.

"참 잘도 잔당께."

계연은 혼잣말로 중얼거리며 자기도 다래덩굴에 등을 대고 비스듬히 드러누워 보았으나 곧 재채기가 났다. 목이 몹시 말랐다. 배도 고팠다.

갑자기 뻐꾸기 소리가 무서워졌다.

"덩굴 속에는 샘물이 없는가?"

계연은 덩굴을 헤치고 한참 들어가다 문득 모과나무 가지에 이리저리 얽히고 주렁주렁 열린 으름덩굴을 발견하였다.

"이것이 익어 있음 쓰겠는디."

계연은 이렇게 중얼거리며 아직도 파아란 오이를 만지듯 딴딴하고 우들우들한 으름을 제일 큰 놈으로만 세 개를 골라 따 쥐었다. 그리하여 한나절 동안 무슨 열매든지 손에 닿는 대로 마구 따 입에 넣곤 하던 버릇으로 부지중 입에 가져가 한번 덥석 물어 떼었더니 이내 비릿하고 떫직스레한 풀 같은 것이 입에 하나 가득 끼었다.

"아, 풋내 나!"

계연은 입안의 것을 뱉고 나서 성기 곁으로 갔다. 해는 벌써 점심때도 겨운 듯 갈증과 함께 시장기도 들었다.

"일어나 샘물 찾아 가장께."

계연은 성기의 어깨를 흔들었다.

성기는 눈을 떴다.

계연은 당황하여, 쥐고 있던 새파란 으름 두 개를 성기의 코끝에 내어밀었다. 성기는 몸을 일으켜 계연의 그 둥그스름한 어깨와 목덜미를 껴안았다. 그리고는 입술이 포개졌다.

그녀의 조그맣고 도톰한 입술에서는 한나절 먹은 딸기, 오디, 산복숭아, 으름 들의 달짝지근한 풋내와 함께, 황토흙을 찌는 듯한 향긋하고 고소한 고기(肉)냄새가 느껴졌다.

까악 까악 하고 난데없는 까마귀 한 마리가 그들의 머리 위로 울며 날아갔다.

"칠불은 아직 멀지라?"

계연은 다래덩굴에 걸어두었던 점심을 벗겨 들

었다.

화갯골로 들어간 체장수 영감은 보름이 넘도록 돌아오지 않았다. 떠날 때 한 말도 있고 하니 지리산 속으로 아주 들어간 모양이라고, 옥화와 계연은 생각하고 있었다.

"산중에서 아주 여름을 내시는갑네."

옥화는 가끔 이런 말도 하였다. 그리고 그들은 끈기 있게 이야기책을 들고 앉곤 하였다. 계연의 약간 구성진 전라도 지방 토음은 날이 갈수록 점점 더 맑고 처량한 노랫조를 띠어왔다.

그동안 옥화와 계연 사이에 생긴 새로운 사실이 있다면, 옥화가 계연의 왼쪽 귓바퀴 위에 있는 조그만 사마귀 한 개를 발견한 것쯤이었다.

어느 날 아침, 그녀의 머리를 빗어 땋아주고 있던 옥화는 갑자기 정신 잃은 사람처럼 참빗 쥔 손을 부들부들 떨고 있었다.

"어머니, 왜 그리여?"

계연이 놀라 물었으나 옥화는 그녀의 두 눈만 멀거니 바라보고 있을 따름 말이 없었다.

"어머니, 왜 그러시여."

계연이 또 한 번 물었을 때, 옥화는 겨우 정신이 돌아오는 듯, 긴 한숨을 내쉬며,

"아무것도 아니다."

하고 다시 빗질을 시작하는 것이었다.

계연은 속으로 이상한 생각이 들었으나 아무것도 아니라는 옥화에게 다시 더 캐어물을 도리도 없었다.

이튿날 옥화는 악양(岳陽)에 볼일이 좀 있어 다녀오겠노라면서 아침 일찍이 머리를 빗고 떠났다. 성기는 큰방에서 낮잠을 자고 있었다. 소나기가 왔다. 계연이 밖에서 빨래를 걷어 안고 들어오면서,

"어쩔 거나, 어머니 비 만나시겠는디!"

하였다. 그의 치맛자락은 바깥의 선선한 비바람을 묻혀다 성기의 자는 낯을 스쳐주었다. 성기는 눈을 뜨는 결로 손을 뻗쳐 그녀의 치맛자락을 거머잡았다. 그녀는 빨래를 안은 채 고개를 홱 돌이켜 성기의 얼굴을 가만히 바라보았다. 그녀의 두 볼에 바야흐로 조그만 보조개가 패려 할 때, 밖에서 인기척이 났다.

"어머니 옷 다 젖겠는디!"

또 한 번 이렇게 말하며, 계연은 마루로 나갔다. 성기는 어느덧 또 코를 골기 시작하였다.

성기가 다시 잠이 깨었을 때는, 손님들이 마루에서 막걸리를 마시고 있었다. 계연은 그들의 치다꺼리를 해 주고 있는 모양으로 부엌에서,

"명태랑 풋고추밖엔 안주가 없는디!"

하는 소리가 났다.

나중 손님들이 돌아간 뒤, 성기는 그녀더러,

"어머니 없을 땐 손님 받지 말라고."

약간 볼멘 소리로 이런 말을 하였다.

"허지만 오늘 해 넘김 이 술은 시어질 것인디, 그냥 두면 어머니 오셔서 화내시지 않을 것이오?"

계연은 성기에게 타이르듯이 이렇게 말했다. 조금 뒤 그녀는 웃는 낯으로 성기 곁에 다가서며,

"오빠, 날 면경 하나만 사주시오. 똥그란 놈이 꼭 한 개만 있었음 쓰겄는디."

하였다. 이튿날이 마침 장날이라 성기는 점심을 가지고 온 그녀에게 미리 사두었던 조그만 면경 하나와 찰떡을 꺼내주었다.

"아이고머니!"

면경과 찰떡을 보자, 계연은 놀란 듯이 소리를 질렀다. 그녀는 그 꽃 같은 두 눈에 웃음을 담뿍 담은 채 몇 번이나 면경을 들여다보곤 하더니, 그것을 품속에 넣고는 성기가 점심을 먹고 있는 곁에 돌아앉아 어느덧 짝짝 소리까지 내며 찰떡을 먹고 있었다.

성기는 남이 보지 않게 전 앞에 사람 그림자가 얼씬할 때마다 자기의 몸을 이리저리 움직여서 그것을 가리어주었다. 딴은 떡뿐 아니라 계연은 참외고 복숭아고 엿이고 유과고 일체 군것을 유달리

좋아하는 그녀의 성미인 듯하였다. 집 앞으로 혹 참외장수나 엿장수가 지나가는 것을 보면 계연은 골무를 깁거나 바늘겨레를 붙이다 말고 뛰어 일어나 그것들이 시야에서 사라질 때까지 멀거니 바라보며 섰곤 하였다.

한번은 성기가 절에서 내려오려니까, 어머니는 어디 갔는지 눈에 띄지 않고, 그녀만이 마루 끝에 걸터앉은 채 이웃 주막의 놈팡이 하나와 더불어 함께 참외를 먹고 있었다. 성기를 보자 좀 무안스러운 듯이 얼굴을 약간 붉히며 곧 일어나 반가운 표정을 지어 보였다.

"아, 오빠!"

"……"

그러나 성기는 그러한 그녀를 거들떠도 보지 않고 그대로 자기의 방으로만 들어가 버렸다. 계연은 먹던 참외도 마루 끝에 놓은 채 두 눈이 휘둥그래서 성기의 뒤를 따라왔다.

"오빠 왜?"

"……"

"응, 왜 그리여?"

"……"

그러나 성기는 아무런 대꾸도 없었다. 그녀가 두 팔을 성기의 어깨 위에 얹어 그의 목을 껴안으려 했을 때, 성기는 맹렬히 몸을 뒤틀어 그녀의 팔을 뿌리치고는 돌연히 미친 것처럼 뛰어들어 따귀를 때리기 시작하였다.

처음 그녀는,

"오빠, 오빠!"

하고 찡그린 얼굴로 성기를 쳐다보며 두 손을 내어밀어 그의 매질을 막으려 하였으나, 두 차례 세 차례 철썩철썩 하고, 그의 손이 그녀의 얼굴에 와 닿자 방구석에 가 얼굴을 쿡 처박은 채 얼마든지 그의 매질에 몸을 맡기듯이 하고 있었다.

이튿날 장에 점심을 가지고 온 계연은 그 작고 도톰한 입술을 꼭 다문 채 말이 없었으나, 그의 꽃같이 선연한 두 눈엔 어저께의 일에 깊은 적의도 원한도 품어 있지 않는 듯하였다.

그날 밤 그녀가 혼자 강가에 나와 있는 것을 보고, 성기는 그녀의 뒤를 쫓아나갔다. 하늘엔 별이 파랗게 빛나고 있었으나 나무 그늘은 강가를 칠야같이 뒤덮고 있었다.

"오빠."

계연은 성기가 바로 그녀의 곁에까지 왔을 때 일어나 성기의 턱 앞으로 바싹 다가 들어서며 낮은 목소리로 이렇게 불렀다.

"오빠, 요즘은 어쩌자고 만날 절에만 노 있는 것이여?"

그 몹시도 굴곡이 강렬한 전라도 지방 토음이 이렇게 속삭이었다.

그 즈음 성기는 장을 보러 오는 날 이외에는 절에서 일체 내려오지를 않았다. 옥화가 악양 명도에게 갔다 소나기에 젖어 돌아온 뒤부터는, 어쩐지 그와 그녀의 사이를 전과 달리 경계하는 듯한 눈치라, 본래 심장이 약하고 남의 미움 받기를 유달리 싫어하는 그는, 그러한 어머니에 대한 노여움도 있고 하여 기어코 절에서 배겨내려 했던 것이었다.

이날 밤만 해도 계연의 물음에, 성기가 무어라고 대답도 채 하기 전에,

"계연아, 계연아!"

하는 옥화의 목소리가 또 어느덧 들려오고 있었다. 성기는 콧잔등을 찌푸리며 말을 하려다 말고 입을 다물어 버렸다.

'아, 어머니도 어쩌면 저다지 야속할까?'

성기는 갑자기 목이 뿌듯해졌다.

반딧불이 지나갔다. 계연은 돌 위에 걸터앉아, 손으로 여뀌풀을 움켜잡으며, 혼잣말같이, 또 무어라 속삭이는 것이었으나 냇물 소리에 가리어 잘 들리지 않았다.

이튿날 아침 일찍이 성기가 방 안으로, 부엌으로 누구를 찾으려는 듯 기웃기웃하다가 좀 실망한 듯한 낯으로 그냥 절로 올라가고 말았을 때, 그녀

는 역시 이 여뀌풀 있는 냇물가에서 걸레를 빨고 있었던 것이다.

사흘 뒤에 성기가 다시 절에서 내려오니까, 체장수 영감은 마루 위에서 막걸리를 마시고 있고, 계연은 고개를 떨어뜨린 채 마루 끝에 걸터앉아 있었다. 머리를 감아 빗고 새옷—새옷이래야 전날의 그 항라적삼을 다시 빨아 다린 것—을 갈아입고, 조그만 보따리 하나를 곁에 두고, 슬픔에 잠겨 있던 계연은, 성기를 보자 그 꽃같이 선연한 두 눈에 갑자기 기쁨을 띠며 허리를 일으켰다. 그러나 바로 그 다음 순간, 그 노기를 띤 듯한 도톰한 입술은 분명히 그들 사이에 일어난 어떤 절박하고 불행한 사실을 전하고 있었다.

막걸리 사발을 들어 영감에게 권하고 있던 옥화는 성기를 보자,

"계연이가 시방 떠난단다."

대번에 이렇게 말했다.

옥화의 말을 들으면, 영감은 그날, 성기가 절로 올라가던 날, 저녁때에 돌아왔었더라는 것이었다. 그 이튿날이니까 즉 어저께, 영감은 그녀를 데리고 떠나려고 하는 것을 하루 더 쉬어가라고 만류를 해서, 그래 오늘 아침엔 일찍이 떠난다고 이렇게 막 행장을 차려서 나서는 길이라 하였다.

그러나 이것은 실상 모두 나중 다시 들어서 알게 된 것이었고, 처음은 그는 쇠뭉치로 돌연히 머리를 얻어맞은 것같이 골치가 띵하며, 전신의 피가 어느 한곳으로 쫙 모이는 듯한, 양쪽 귀가 머리 위로 쭝긋이 당기어 올라가는 듯한, 혀가 목구멍 속으로 말려들어 가는 듯한, 눈 언저리에 퍼어런 불이 번쩍번쩍 일어나는 듯한, 어지러움과 노여움과 조마로움이 한데 뭉치어, 발끝에서 머리끝까지 그의 전신을 어디로 휩쓸어 가는 듯만 하였다. 그는 지금껏 이렇게까지 그녀에게 마음이 가 있어, 떨어질 수 없게 되었으리라고는 너무도 뜻밖이었다. 그것이 이제 영원히 헤어지려는 이 순간에 와서야 갑자기 심지에 불을 켜듯 확 타오를 마련이던가, 하는 것이 자꾸만 꿈과 같았다. 자칫하면 체면도 염치도 다 놓고 엉엉 울음이 터질 것만 같이 목이 징징 우는 것을, 그러는 중에서도 이 얼굴을 어머니에게 보여서는 아니 된다는 의식에서, 떨리는 입술을 깨물며, 마루 끝에 궁둥이를 쩔듯 털썩 앉아버렸다.

"아들이 참 잘생겼소."

영감은 분명히 성기를 두고 하는 말인 모양이었다. 그러나 성기는 그쪽으로 고개도 돌려보지 않은 채, 그들에게 무슨 적의나 품은 듯이 앉아 있었다.

옥화는 그동안 또 성기에게 역시 그 체장수 영감의 이야기를 전해 들려주고 있는 모양이었다. 지리산 속에서 우연히 옛날 고향 친구의 아들이 된다는 낯선 젊은이 하나를 만났다. 그는 영감의 고향인 여수에서 큰 공장을 경영하는 실업가로, 지리산 유람을 들어왔다가 이야기 끝에 우연히 서로 알게 되었다. 그는 영감에게 함께 고향으로 돌아가 살자고 한다. 영감은 문득 고향 생각도 날 겸 그 청년의 도움으로 어떻게 형편이 좀 펴일 것같이도 생각되어 그를 따라 여수로 돌아가기로 결정을 하고 나오는 길이라…… 옥화가 무어라고 한참 하는 이야기는 대개 이러한 의미인 듯하였으나, 조마롭고 어지럽고 노여움으로 이미 두 귀가 멍멍하여진 그에게는 다만 벌떼처럼 무엇이 왕왕거릴 뿐, 아무것도 분명히 들리지 않았다.

"막걸리 맛이 어찌나 좋은지 배가 부르당께."

그동안 마지막 술잔을 들이켜고 난 영감은 부채와 지팡이를 집어들며 이렇게 말했다.

"여수 쪽으로 가시게 되면 영영 못 보게 되겠구만요."

옥화도 영감을 따라 일어서며 이렇게 말했다.

"사람 일을 누가 알간디, 인연 있음 또 볼 터이지."

영감은 커다란 미투리에 발을 꿰며 말했다.

"아가, 잘 가거라."

옥화는 계연의 조그만 보따리에다 돈이 든 꽃주머니 하나를 정표로 넣어주며 하직을 하였다.

계연은 애걸하듯 호소하듯 한 붉은 두 눈으로 한참 동안 옥화의 얼굴을 쳐다보고만 있었다.

"또 오너라."

옥화는 계연의 머리를 쓸어주며 다만 이렇게 말하였고, 그러자 계연은 옥화의 가슴에다 얼굴을 묻으며 엉엉 소리를 내어 울기 시작하였다.

옥화가 그녀의 그 물결같이 흔들리는 둥그스름한 어깨를 쓸어주며,

"그만 울어. 아버지가 저기 기다리고 계신다."

하는 음성도 이젠 아주 풀이 죽어 있었다.

"그럼 편히 계시오."

영감은 옥화에게 하직을 하였다.

"할아부지 거기 가보시고 살기 여의찮거든 여기 와서 우리하고 같이 삽시다."

옥화는 또 한 번 이렇게 당부하는 것이었다.

"오빠, 편히 사시오."

계연은 이미 시뻘겋게 된 두 눈으로 성기의 마지막 시선을 찾으며 하직 인사를 했다.

성기는 계연의 이 말에 꿈을 깬 듯, 마루에서 벌떡 일어나 계연의 앞으로 당황히 몇 걸음 어뜩어뜩 걸어오다간 돌연히 다시 정신이 나는 듯, 그 자리에 화석처럼 발이 굳어버린 채, 한참 동안 장승같이 계연의 얼굴만 멍하게 바라보고 있었다.

"오빠, 편히 사시오."

이렇게 두 번째 하직을 하는 순간까지도, 계연의 그 시뻘건 두 눈은 역시 성기의 얼굴에서 그 어떤 기적과도 같은 구원만을 기다리는 것이었고 그러나, 성기는 그 자리에 주저앉아 버릴 뻔하던 것을 겨우 버드나무 가지를 움켜잡을 수 있었을 뿐이었다.

계연의 시뻘겋게 상기된 얼굴은, 옥화와 그녀의 아버지가 그녀들을 지켜보고 있다는 것도 잊은 듯이 성기의 얼굴만 뚫어지게 바라보고 있었으나,

버드나무에 몸을 기대인 성기의 두 눈엔 다만 불꽃이 활활 타오를 뿐, 아무런 새로운 명령도 기적도 나타나지 않았다.

"오빠, 편히 사시오."

하고 거의 울음이 다 된, 마지막 목소리를 남기고 돌아선 계연의 저만치 가고 있는 항라적삼을, 고운 햇빛과 늘어진 버들가지와 산울림처럼 울려 오는 뻐꾸기 울음 속에, 성기는 우두커니 지켜보고 있을 뿐이었다.

성기가 다시 자리에서 일어나게 된 것은 이듬해 우수(雨水) 경칩(驚蟄)도 다 지나, 청명(淸明) 무렵의 비가 질금거릴 즈음이었다. 주막 앞에 늘어선 버들가지는 다시 실같이 푸르러지고 살구, 복숭아, 진달래 들이 골목 사이로 산기슭으로 울긋불긋 피고 지고 하는 날이었다.

아들의 미음 상을 차려 들고 들어온 옥화는 성기가 미음 그릇을 비우는 것을 보자, 이렇게 물었다.

"아직도 너, 강원도 쪽으로 가보고 싶냐?"

"⋯⋯"

성기는 조용히 고개를 돌렸다.

"여기서 장가들어 나랑 같이 살겠냐?"

"⋯⋯"

성기는 역시 고개를 돌렸다.

―그해 아직 봄이 오기 전, 보는 사람마다 성기의 회춘을 거의 다 단념하곤 하였을 때, 옥화는 이왕 죽고 말 것이라면, 어미의 맘속이나 알고 가라고, 그래 그 체장수 영감은, 서른여섯 해 전 남사당을 꾸며와 이 '화개장터'에 하룻밤을 놀고 갔다는 자기의 아버지임에 틀림이 없었다는 것과, 계연은 그 왼쪽 귓바퀴 위의 사마귀로 보아 자기의 동생임이 분명하더라는 것을, 통정하노라면서, 자기의 왼쪽 귓바퀴 위의 같은 검정 사마귀까지를 그에게 보여주었다.

"나도 처음부터 영감이 '서른여섯 해 전'이라고 했을 때 가슴이 섬찟하긴 했다. 그렇지만 설마 했

지, 그렇게 남의 간을 뒤집어 놀 줄이야 알았나. 하도 아슬해서 이튿날 악양으로 가 명도까지 불러 봤더니, 요것도 남의 속을 빤히 들여다보는 듯이 재줄대는구나, 차라리 망신을 했지.”

옥화는 잠깐 말을 그쳤다. 성기는 두 눈에 불을 켜듯 한 형형한 광채를 띠고, 그 어머니의 얼굴을 쳐다보고 있었다.

“차라리 몰랐으면 또 모르지만 한 번 알고 나서 야 인륜이 있는디 어쩌겠냐.”

그리고, 부디 에미 야속타고나 생각지 말라고, 옥화는 아들의 뼈만 남은 손을 눈물로 씻었다.

옥화의 이 마지막 하직같이 하는 통정 이야기에 의외로도 성기는 도로 힘을 얻은 모양이었다. 그 불타는 듯한 형형한 두 눈으로 천장을 한참 바라 보고 있던 성기는 무슨 새로운 결심이나 하듯 입술을 지그시 깨물고 있었다.

아버지를 찾아 강원도 쪽으로 가볼 생각도 없다, 집에서 장가들어 살림을 할 생각도 없다, 하는 아들에게 그러나, 옥화는 이제 전과 같이 고지식 한 미련을 두는 것도 아니었다.

“그럼 어쩔라냐 너 좋을 대로 해라.”

“……”

성기는 아무런 말도 없이 도로 자리에 드러누워 버렸다.

그리고 나서 한 달포나 넘어 지난 뒤였다.

성기가 좋아하는 여러 가지 산나물이 화갯골에 서 연달아 자꾸 내려오는 이른 여름의 어느 장날 아침이었다. 두릅 회에 막걸리 한 사발을 쭉 들이 켜고 난 성기는 옥화에게,

“어머니, 나 엿판 하나만 맞춰주.”

하였다.

“……”

옥화는 갑자기 무엇으로 머리를 얻어맞은 듯이 성기의 얼굴을 멍하니 바라보고 있었다.

그런 지도 다시 한 보름이나 지나, 뻐꾸기는 또 다시 산울림처럼 건드러지게 울고, 늘어진 버들 가지엔 햇빛이 젖어 흐르는 아침이었다. 새벽녘 에 잠깐 가는 비가 지나가고, 날은 다시 유달리 맑게 갠 ‘화개장터’ 삼거리 길 위에서, 성기는 그 어머니와 하직을 하고 있었다. 갈아입은 옥양목 고의적삼에, 명주수건까지 머리에 질끈 동여매고 난 성기는, 새로 맞춘 새하얀 나무 엿판을 질빵해 서 느직하게 엉덩이 즈음에다 걸었다. 윗목판에 는 새하얀 가락엿이 반 넘어 들어 있었고, 아랫목 판에는 팔다 남은 이야기책 몇 권과 간단한 방물 이 좀 들어 있었다.

그의 발 앞에는, 물과 함께 갈리어 길도 세 갈래 로 나 있었으나, 화갯골 쪽엔 처음부터 등을 지고 있었고, 동남으로 난 길은 하동, 서남으로 난 길 이 구례, 작년 이맘때도 지나 그녀가 울음 섞인 하 직을 남기고 체장수 영감과 함께 넘어간 산모롱이 고갯길은 퍼붓는 햇빛 속에 지금도 환히 장터 위 를 굽이 돌아 구례 쪽을 향했으나, 성기는 한참 뒤 몸을 돌렸다. 그리하여 그의 발은 구례 쪽을 등지 고 하동 쪽을 향해 천천히 옮겨졌다.

한 걸음 한 걸음 발을 옮겨 놓을수록 그의 마음 은 한결 가벼워져, 멀리 버드나무 사이에서 그의 뒷모양을 바라보고 서 있을 어머니의 주막이 그의 시야에서 완전히 사라져갈 무렵 하여서는, 육자배 기 가락으로 제법 콧노래까지 흥얼거리며 가고 있 는 것이었다.

[1948]

독 짓는 늙은이

황순원 (1915 ~ 2000)

평남 대동 출생. 일본 와세다 대학 영문과 졸업. 1931년 『동광』에 시를 발표하며 등단. 소설집으로 『목넘이 마을의 개』『별과 같이 살다』, 장편소설로 『카인의 후예』『인간접목』『움직이는 성』 등이 있다.

　　그러나 송영감은 다시 일어나 가마 안쪽으로 기기 시작했다. 무언가 지금의 온기로써는 부족이라도 한 듯이. 곧 예삿사람으로는 더 견딜 수 없는 뜨거운 데까지 이르렀다. 그런데도 송영감은 기기를 멈추지 않았다. 그렇다고 그냥 덮어놓고 기는 것은 아니었다. 지금 마지막으로 남은 생명이 발산하는 듯 어둑한 속에서도 이상스레 빛나는 송영감의 눈은 무엇을 찾고 있는 것이었다.

이년! 이 백번 쥑에두 쌀 년! 앓는 남편두 남편이다만, 어린 자식을 놔두구 그래 도망을 가? 것두 아들놈 같은 조수놈하구서…… 그래 지금 한창 나이란 말이디? 그렇다구 이년, 내가 아무리 늙구 병들었기루서니 거랑질이야 할 줄 아니? 이녀언! 하는데, 옆에 누웠던 어린 아들이, 아바지, 아바지이! 하였으나 송영감은 꿈속에서 자기 품에 안은 아들이, 아바지, 아바지이! 하고 부르는 것으로 알며, 오냐 데건 네 에미가 아니다! 하고 꼭 품에 껴안는 것을, 옆에 누운 어린 아들이 그냥 울먹울먹한 목소리로 아버지를 불러, 잠꼬대에서 송영감을 깨워놓았다.

송영감은 잠들기 전보다 더 머리가 무겁고 언짢았다. 애가 종내 훌쩍훌쩍 울기 시작했다. 오, 오, 하며 송영감은 잠꼬대 속에서처럼 애를 끌어안았다. 자기의 더운 몸에 별나게 애의 몸이 찼다. 벌써부터 이렇게 얼리어서 될 말이냐고, 송영감은 더 바싹 애를 껴안았다. 그리고 훌쩍이는 이제 일곱 살 난 애를 그렇게 안고 있는 동안 송영감은 다시 이 어린것을 두고 도망간 아내가 새롭게 괘씸했다. 아내와 함께 여드름 많던 조수가 떠올랐다. 그러자 그 아들 같은 조수에게 동년배의 사내가 느끼는 어떤 적수감이 불길처럼 송영감의 괴로운 몸을 휩쌌다.

송영감 자신이 집중 잡히지 않는 병으로 앓아누웠기 때문에 조수가 이 가을로 마지막 가마에 넣으려고 거의 혼자서 지어놓다시피 한 중옹 통옹 반옹 머쎄기 같은 크고 작은 독들이 구월 보름 가까운 달빛에 마치 하나하나 도망간 조수의 그림자같이 느껴졌을 때, 송영감은 벌떡 일어나 부채방망이를 들어 모조리 깨부수고 싶은 충동을 받았으나, 다음 순간 내일부터라도 자기가 독을 지어 한 가마 채워가지고 구워내야 당장 자기네 부자가 살아갈 것이라는 생각에 미치면서는, 정말 그러는 수밖에 다른 도리가 없다고 지그시 무거운 눈을 감아버렸다.

날이 밝자 송영감은 열에 뜬 머리를 수건으로 동이고 일어나 앉아, 애더러는 흙 이길 왱손이를 부르러 보내놓고, 왱손이 올 새가 바빠서 자기 손으로 흙을 이겨 틀 위에 올려놓았다. 송영감의 손은 자꾸 떨리었다. 그러나 반쯤 독을 지어 올려, 안은 조마구 밖은 부채마치로 맞두드리며 일변 발로는 틀을 돌리는 익은 솜씨만은 앓아눕기 전과 다를 바 없는 듯했다.

왱손이가 와 흙을 이겨주는 대로 중옹 몇 개를 지어냈다.

그러나 차차 송영감의 솜씨에는 틈이 생기기 시작했다. 더구나 조마구와 부채마치로 두드려 올릴 때, 퍼뜩 눈앞에 아내와 조수의 환영이 떠오르면 짓던 독을 때리는지 아내와 조수를 때리는지 분간 못하는 새, 독이 그만 얇게 못나게 지어지곤 했다. 그리고 전을 잡는 손이 떨려, 가뜩이나 제일 힘든 마무리의 전이 잘 잡히지를 않았다. 열 때문도 있었다. 송영감은 쓰러지듯이 짓던 독 옆에 눕고 말았다.

송영감이 정신이 들었을 때는 저녁때가 기울어서였다. 왱손이도 흙 몇 덩이를 이겨놓고 가고 없었다. 언제부터인가 바깥 저녁 그늘 속에 애가 남쪽 장길을 향해 쪼그리고 앉아 있었다. 어머니를 기다리는 거리라. 언제나처럼 장보러 간 어머니가 언제나처럼 저녁때면 조수에게 장감을 지워가지고 돌아올 줄로만 아직 아는가 보다.

밖을 내다보던 송영감은 제 힘만이 아닌 어떤 힘으로 벌떡 일어나 다시 독 짓기를 시작하는 것이었으나, 이번에는 겨우 한 개를 짓고는 다시 쓰러지듯이 눕고 말았다.

다음에 송영감이 정신이 든 것은 아주 어두운 속에서 애가 흔들어 깨워서였다. 울먹이던 애가 깨나는 아버지를 보고 그제야 안심된 듯이 저쪽에서 밥그릇을 가져다 아버지 앞에 놓았다. 웬 거냐고 하니까 애가, 앵두나뭇집 할머니가 주더라고 한다. 송영감은 확 분노가 치밀어, 누가 거랑질해 오라더냐고 밥그릇을 밀쳐놓자 애가 훌쩍훌쩍 울기 시작했다. 송영감은 아침에 어제의 저녁밥 남은 것을 조금 뜨는 것처럼 하고는 하루 종일 아무것도 입에 대지 않은 것을 생각하고는, 애도 아직 저녁을 못 먹었을지 모른다고 밥그릇을 도로 끌어다 한 술 입에 떠넣으며 이번에는 애 보고, 맛있으니 너도 먹으라는 것이었으나, 자신은 입맛을 잃은 탓만도 아닌 무엇이 밥 넘기려는 목을 치밀어 올라오곤 해, 좀처럼 밥을 넘길 수가 없었다.

다음날 아침에는 송영감이 죽인지 밥인지 모를 것을 끓였다. 여전히 입맛은 없었으나 어제저녁처럼 목이 메어오르는 것은 없었다.

오늘은 또 지어 올리는 독을 말리느라고 처음에는 독 밖에 피워놓았다가 독이 한 반쯤 지어지면 독 안에 매달아놓은 숯불의 숯내까지가 머리를 더 무겁게 했다. 사십 년래 없이 숯내를 다 먹는 듯했다.

송영감은 어제보다 더 쓰러져 넘어지는 도수가 많았다. 흙 이기던 왱손이가 이래서는 도무지 한 가마 채우지 못하리라고 송영감에게 내년에 마저 지어 첫 가마에 넣도록 하는 게 어떠냐고 몇 번이고 권해 보았으나 송영감은 일어났다가는 쓰러지고, 일어났다가는 쓰러지고 하면서도 독 짓기를 그만두려고 하지는 않았다.

송영감이 한번 쓰러져 있는데 방물장수 앵두나뭇집 할머니가 와서, 앓는 몸을 돌봐야 하지 않느냐고 하며, 조미음 사발을 송영감 입 가까이 내려놓았다. 송영감은 어제 어린 아들에게 거랑질해 왔다고 소리를 쳤던 일을 생각하며, 이 아무에게나 상냥한 앵두나뭇집 할머니에게 미안한 생각이 들어, 어제만 해도 애한테 밥이랑 그렇게 많이 줘 보내서 잘 먹었는데 또 이렇게 미음까지 쑤어오면 어떡하느냐고 했다. 앵두나뭇집 할머니는 그저, 어서 식기 전에 한 모금 마셔보라고만 했다. 그

리고 송영감이 미음을 몇 모금 못 마시고 사발에서 힘없이 입을 떼는 것을 보고 앵두나뭇집 할머니는, 정말 이 영감이 이번 병으로 죽으려는가 보다는 생각이라도 든 듯, 당손이를 어디 좋은 자리가 있으면 주어버리는 게 어떠냐고 했다. 송영감은 쓰러져 있던 사람 같지 않게 눈을 흡떠 앵두나뭇집 할머니를 쏘아보았다. 그리고 어느새 송영감의 손은 앞에 놓인 미음사발을 앵두나뭇집 할머니에게로 떼밀치고 있었다. 그런 말 하러 이런 것을 가져왔느냐고, 썩썩 눈앞에서 없어지라고, 송영감은 또 쓰러져 있던 사람 같지 않게 고함쳤다. 앵두나뭇집 할머니는 송영감의 고집을 아는 터라 더 무슨 말을 하지 않았다.

앵두나뭇집 할머니가 가자, 송영감은 지금 밖에서 자기의 어린 아들이 어디로 업혀가기나 하는 듯이 밖을 향해 목청껏, 당손아! 하고 애를 불러대기 시작했다. 그러다가 애가 뜸막 문에 나타나는 것을 이번에는 애의 얼굴을 잊지나 않으려는 듯이 한참 쳐다보다가 그만 기운이 지쳐 눈을 감아버리고 말았다. 애는 또 전에 없이 자기를 쳐다보는 아버지가 무서워 아버지에게 더 가까이 가지 못하고 섰다가, 아버지가 눈을 감자 더럭 더 겁이 나 홀쩍이기 시작했다.

날이 갈수록 송영감은 독 짓기보다 자리에 쓰러져 있는 때가 많았다. 백 개가 못 차니 아직 이십여 개를 더 지어야 한 가마 충수가 되는 것이다. 한 가마를 채우게 짓자 하고 마음만은 급해지는 것이었으나, 몸을 일으키다가 도로 쓰러지며 흰 털 섞인 노랑수염의 입을 벌리고 어깨숨을 쉬곤 했다.

그러한 어느 날, 물감이며 바늘을 가지고 한돌림 돌고 온 앵두나뭇집 할머니가 찾아와서는 마침 좋은 자리가 있으니 당손이를 주어버리고 말자는 말로, 말이 난 자리는 재물도 넉넉하지만 무엇보다도 사람들 마음씨가 무던하다는 말이며,

그 집에서 전에 어떤 젊은 내외가 살림을 엎어치우고 내버린 애를 하나 얻어다 길렀는데 얼마 전에 그 친아버지 되는 사람이 여남은 살이나 된 그 애를 찾아갔다는 말이며, 그때 한 재물 주어 보내고서는 영감 내외가 마주 앉아 얼마 동안을 친자식 잃은 듯이 울었는지 모른다는 말이며, 그래 이번에는 아버지 없는 애를 하나 얻어다 기르겠다더라는 말을 하면서, 꼭 그 자리에 당손이를 주어 버리고 말자고 했다. 송영감은 앵두나뭇집 할머니와 일전의 일이 있은 뒤에도 앵두나뭇집 할머니가 애를 통해서 먹을 것 같은 것을 보내는 것이, 흔히 이런 노파에게 있기 쉬운 이런 주선이라도 해 주면 나중에 자기에게 돌아오는 것이 있어 그걸 탐내서 그러는 건 아니라고, 그저 인정 많은 늙은이라 이편을 위해 주는 마음에서 그런다는 것만은 아는 터이지만, 송영감은 오늘도 저도 모를 힘으로, 그런 소리 하려거든 아예 다시는 오지도 말라고, 자기 눈에 흙 들기 전에는 내놓지 못한다고 했다. 앵두나뭇집 할머니는, 그렇게 고집만 부리지 말고 영감이 살아서 좋은 자리로 가는 걸 보아야 마음이 놓이지 않겠느냐는 말로, 사실 말이지 성한 사람도 언제 무슨 변을 당하는지 모르는데 앓는 사람의 일을 내일 어떻게 될는지 누가 아느냐고 하며, 더구나 겨울도 닥쳐오고 하니 잘 생각해 보라고 했다. 송영감은 그저 자기가 거랑질을 해서라도 애를 굶기지는 않을 테니 염려 말라고 했다.

앵두나뭇집 할머니가 돌아간 뒤, 송영감은 지금 자기가 거랑질을 해서라도 애를 굶기지는 않겠다고 했지만, 그리고 사실 아내가 무엇보다도 자기와 같이 살다가는 거랑질을 할 게 무서워 도망갔음에 틀림없지만, 자기가 병만 나아 일어나는 날이면 아직 일등 호주라는 칭호 아래 얼마든지 독을 지을 수 있다는 생각과 함께, 이제 한 가마 독만 채워 전처럼 잘만 구워내면 거기서 겨울양식과 내년에 할 밑천까지도 나올 수 있다는 희망으로, 어서 한 가마를 채우자고 다시 마음이 조급해지는 것이었다.

하루는 송영감이 날씨를 가려 종시 한 가마가 차지 못하는 독들을 왱손이의 도움을 받아 밖으로 내고야 말았다. 지어진 독만으로라도 한 가마 구워내리라는 생각이었다.

독 말리기. 말리기라기보다도 바람쐬기다. 햇볕도 있어야 하지만 바람이 있어야 한다. 안개 같은 것이 낀 날은 좋지 못하다. 안개가 걷히며 바람 한 점 없이 해가 갑자기 쨍쨍 내리쬐면 그야말로 걷잡을 새 없이 독들이 세로 가로 터져 나간다. 그런데 오늘은 바람이 좀 치는 게 독 말리기에 아주 알맞은 날씨였다.

독들을 마당에 내이자 독가마 속에서 거지들이, 무슨 독을 지금 굽느냐고 중얼거리며 제가끔의 넝마살림들을 안고 나왔다. 이 거지들은 가을철이 되면 이렇게 독가마를 찾아들어 초가을에는 가마 초입에서 살다, 겨울이 되면서 차차 가마가 식어감에 따라 온기를 찾아 가마 속 깊이로 들어가며 한겨울을 나는 것이다.

송영감은 거지들에게, 지금 뜸막이 비었으니 독 구워내는 동안 거기에들 가 있으라고 하려다가 그만두었다. 전에 없이 거지들을 자기 있는 집에 들인다는 것이 마치 자기가 거지나 되는 것처럼 느껴졌던 것이다.

가마에서 나온 거지들은 혹 더러는 인가를 찾아 동냥을 하고, 혹 한 패는 양지바른 데를 골라 드러누웠고, 몇이는 아무 데고 앉아서 이 사냥 같은 것을 하기 시작했다.

송영감도 양지에 앉아서 독이 하얗게 마르는 정도를 지키고 있었다.

독들을 가마에 넣을 때가 되었다. 송영감 자신이 가마 속까지 들어가, 전에는 되도록 독이 여러 개 들어가도록만 힘쓰던 것을 이번에는 도망간 조수와 자기의 크기 같은 독이 되도록 아궁이에서 같은 거리에 나란히 놓이게만 힘썼다. 마치 누구의 독이 잘 지어졌나 내기라도 해 보려는 듯이.

늦저녁때쯤 해서 불질이 시작됐다. 불질. 결국은 이 불질이 독을 쓰게도 못쓰게도 만드는 것이다. 지은 독에 따라서 세게 때야 할 때 약하게 때도, 약하게 때야 할 때 지나치게 세게 때도, 또는 불을 더 때도 덜 때도 안 된다.

처음에 슬슬 때다가 점점 세게 때기 시작하여 서너 시간 지나면 하얗던 독들이 흑색으로 변한다. 거기서 또 너더댓 시간 때면 독들은 다시 처음의 하얗던 대로 되고, 다음에 적색으로 됐다가 이번에는 아주 새말갛게 되는데, 그것은 마치 쇠가 녹는 듯, 하늘의 햇빛을 쳐다보는 듯이 된다. 정말 다음날 하늘에는 맑은 햇빛이 빛나고 있었다.

곁불놓기를 시작했다. 독가마 양옆으로 뚫은 곁창 구멍으로 나무를 넣는 것이다.

이제는 소나무를 단으로 넣기 시작했다. 아궁이와 곁창의 불길이 길을 잃고 확확 내쏜다. 이 불길이 그대로 어제 늦저녁부터 아궁이에서 좀 떨어진 한곳에 일어나 앉았다 누웠다 하며 한결같이 불질하는 것을 지키고 있는 송영감의 두 눈 속에서도 타고 있었다.

이렇게 이날 해도 다 저물었다. 그러는데 한편 곁창에서 불질하던 왱손이가 곁창 속을 들여다보는 듯하더니 분주히 이리로 달려오는 것이었다. 송영감은 벌써 왱손이가 불질하던 곁창의 위치로써 그것이 자기의 독이 들어 있는 자리라는 것을 알고 왱손이가 뭐라기 전에 먼저, 무너앉았느냐고 했다. 왱손이는 그렇다고 하면서, 이젠 독이 좀 덜 익더라도 곁불질을 그만두고 아궁이를 막아버리자고 했다. 그러나 송영감은 그저, 그만두라고 할 때까지 그냥 불질을 하라고 했다.

거지들이 날이 저물었다고 독가마 부근으로 모여들었다.

송영감이, 이제 조금만 더, 하고 속을 죄고 있을 때였다. 가마 속에서 갑자기 뚜왕! 뚜왕! 하고 독

튀는 소리가 울려 나왔다. 송영감은 처음에 벌떡 반쯤 일어나다가 도로 주저앉으며 이상스레 빛나는 눈을 한곳에 머물린 채 귀를 기울였다. 송영감은 가마에 넣은 독의 위치로, 지금 것은 자기가 지은 독, 지금 것도 자기가 지은 독, 하고 있었다. 이렇게 튀는 것은 거의 송영감의 것뿐이었다. 그리고 송영감은 또 그 튀는 소리로 해서 그것이 자기가 앓다가 일어나 처음에 지은 몇 개의 독만이 튀지 않고 남은 것을 알며, 왱손이의 거치적거린다고 거지들을 꾸짖는 소리를 멀리 들으면서 어둠 속에 그만 쓰러지고 말았다.

다음날 송영감이 정신이 들었을 때에는 자기네 뜸막 안에 뉘어 있었다. 옆에서 작은 몸을 오그리고 훌쩍거리던 애가 아버지가 정신 든 것을 보고 더 크게 훌쩍거리기 시작하였다. 송영감이 저도 모르게 애보고, 안 죽는다, 안 죽는다, 했다. 그러나 송영감은 또 속으로는, 지금 자기는 죽어가고 있다고 부르짖고 있었다.

이튿날 송영감은 애를 시켜 앵두나뭇집 할머니를 오게 했다. 앵두나뭇집 할머니가 오자 송영감은 애더러 놀러 나가라고 하며 유심히 애의 얼굴을 쳐다보는 것이었다. 마치 애의 얼굴을 잊지 않으려는 듯이.

앵두나뭇집 할머니와 단둘이 되자 송영감은 눈을 감으며, 요전에 말하던 자리에 아직 애를 보낼 수 있겠느냐고 물었다. 앵두나뭇집 할머니는 된다고 했다. 얼마나 먼 곳이냐고 했다. 여기서 한 이삼십 리 잘 된다는 대답이었다. 그러면 지금이라도 보낼 수 있느냐고 했다. 당장이라도 데려가기만 하면 된다고 하면서 앵두나뭇집 할머니는 치마 속에서 지전 몇 장을 꺼내어 그냥 눈을 감고 있는 송영감의 손에 쥐어주며, 아무 때나 애를 데려오게 되면 주라고 해서 맡아두었던 것이라고 했다.

송영감이 갑자기 눈을 뜨면서 앵두나뭇집 할머니에게 돈을 도로 내밀었다. 자기에게는 아무 소

용 없으니 애 업고 가는 사람에게나 주어 달라는 것이었다. 그리고는 다시 눈을 감았다. 앵두나뭇집 할머니는 애 업고 가는 사람 줄 것은 따로 있다고 했다. 송영감은 그래도 그 사람을 주어 애를 잘 업어다 주게 해 달라고 하면서, 어서 애나 불러다 자기가 죽었다고 하라고 했다. 앵두나뭇집 할머니가 무슨 말을 하려는 듯하다가 저고리 고름으로 눈을 닦으며 밖으로 나갔다.

송영감은 눈을 감은 채 가쁜 숨을 죽이고 있었다. 그리고 무슨 일이 있더라도 눈물일랑 흘리지 않으리라 했다.

그러나 앵두나뭇집 할머니가 애를 데리고 와, 저렇게 너의 아버지가 죽었다고 했을 때, 송영감은 절로 눈물이 흘러내림을 어찌할 수 없었다. 앵두나뭇집 할머니는 억해 오는 목소리를 겨우 참고, 저것 보라고 벌써 눈에서 썩은 물이 나온다고 하고는, 그러지 않아도 앵두나뭇집 할머니의 손을 잡은 채 더 아버지에게 가까이 갈 생각을 않는 애의 손을 끌고 그곳을 나왔다.

그냥 감은 송영감의 눈에서 다시 썩은 물 같은, 그러나 뜨거운 새 눈물 줄기가 흘러내렸다. 그러는데 어디선가 애의 훌쩍훌쩍 우는 소리가 들리는 듯했다. 눈을 떴다. 아무도 있을 리 없었다. 지어놓은 독이라도 한 개 있었으면 싶었다. 순간 뜸막 속 전체만 한 공허가 송영감의 파리한 가슴을 억눌렀다. 온몸이 오므라들고 차움을 송영감은 느꼈다.

그러는 송영감의 눈앞에 독가마가 떠올랐다. 그러자 송영감은 그리로 가리라는 생각이 불현듯 일었다. 거기에만 가면 몸이 녹여지리라. 송영감은 기는 걸음으로 뜸막을 나섰다.

거지들이 초입에 누워 있다가 지금 기어 들어오는 게 누구라는 것도 알려 하지 않고, 구무럭거려 자리를 내주었다. 송영감은 한옆에 몸을 쓰러뜨렸다. 우선 몸이 녹는 듯해 좋았다.

그러나 송영감은 다시 일어나 가마 안쪽으로 기기 시작했다. 무언가 지금의 온기로써는 부족이라도 한 듯이. 곧 예삿사람으로는 더 견딜 수 없는 뜨거운 데까지 이르렀다. 그런데도 송영감은 기기를 멈추지 않았다. 그렇다고 그냥 덮어놓고 기는 것은 아니었다. 지금 마지막으로 남은 생명이 발산하는 듯 어둑한 속에서도 이상스레 빛나는 송영감의 눈은 무엇을 찾고 있는 것이었다. 그러다가 열어젖힌 곁창으로 새어 들어오는 늦가을 맑은 햇빛 속에서 송영감은 기던 걸음을 멈추었다. 자기가 찾던 것이 예 있다는 듯이. 거기에는 터져 나간 송영감 자신의 독 조각들이 흩어져 있었다.

송영감은 조용히 몸을 일으켜 단정히, 아주 단정히 무릎을 꿇고 앉았다. 이렇게 해서 그 자신이 터져 나간 자기의 독 대신이라도 하려는 것처럼.

[1950]

인간동물원 초
人間動物園抄

손창섭 (1922 ~ 2010)

평남 평양 출생. 일본 니혼 대학 수학. 1953년 『문예』지로 등단. 「혈서」「미해결」
「인간동물원 초」 등의 작품과 소설집으로 『낙서족』『비 오는 날』 등이, 장편소설로
『길』 등이 있다.

　　동굴 속같이만 느껴지는 방이다. 그래도 송장보다는 좀 나은 인간이 십여
명이나 무릎을 맞대고들 앉아 있는 것이다. 꼭 같이들 푸른 옷으로 몸을 감
고 있는 것이다. 밤이 되어도 자라는 명령이 떨어지기 전에는 누구 하나 멋
대로 드러누울 수 없는 것이다. 밤중에 자지 않고 일어나 앉아 있어도 안 되
는 것이다. 앉거나, 서거나, 눕거나 할 자유조차 완전히 박탈당한 그들에게
는 먹고, 배설하고, 자는 일만이 허용되어 있을 뿐이다.

동굴 속같이만 느껴지는 방이다. 그래도 송장보다는 좀 나은 인간이 십여 명이나 무릎을 맞대고 들 앉아 있는 것이다. 꼭 같이들 푸른 옷으로 몸을 감고 있는 것이다. 밤이 되어도 자라는 명령이 떨어지기 전에는 누구 하나 멋대로 드러누울 수 없는 것이다. 밤중에 자지 않고 일어나 앉아 있어도 안 되는 것이다. 앉거나, 서거나, 눕거나 할 자유조차 완전히 박탈당한 그들에게는 먹고, 배설하고, 자는 일만이 허용되어 있을 뿐이다. 나머지 시간은 그냥 주체스럽기만 한 것이다. 낮이면 부질없는 이야기로 지루한 날을 보내고, 밤이면 제각기 색다른 꿈으로 잠을 설치는 것이다. 날마다 우두커니 앉아 있는 그들은 곧잘 이야기마저 잊어버리는 수가 있는 것이다. 그러고 보면 이 감방 안은 그야말로 동굴 속처럼 무거운 정적만이 차 넘치는 것이다. 게다가 땀내와, 변기에서 새어 나오는 구린내까지 더 심해지는 것같이 생각되는 것이다. 그들은 마침내 의식하지 못하는 기대를 안고, 한 사람 두 사람 고개를 뒤로 돌린다. 뒤켠 벽 꼭대기에는 조그마한 창문이 있었다. 거기에는 엄지손가락보다 굵은 쇠창살이 위아래로 꽂히어 있는 것이다. 그 창살 사이로는 나무 없는 산등성이가 바라보이고, 그 너머로 아득히 푸른 하늘도 쳐다보이는 것이다. 맨 앞 구석자리에 앉아 있는 방장(房長)이 먼저 창밖을 내다보며 중얼거리었다.

"오늘두 날씨는 참 좋군!"

방장 눈에는 창살 사이로 나무 없는 산등성이가 바라보이고 그 너머로는 푸른 하늘도 아득히 쳐다보이는 것이다. 다음으로 방장 옆에 앉아 콧구멍을 쑤시고 있던 전차 운전수가 고개를 들어 창밖을 내다보았다. 창살 사이로는 나무 없는 산등성이와 푸른 하늘이 아득히 쳐다보이는 것이다. 이번에는 전차 운전수 옆자리의 좌장(座長)과 그 옆의 핑핑이가 거의 동시에 창밖을 내다보는 것이다. 그들 눈에도 나무 없는 산등성이와 푸른 하늘이 쳐다보이는 것이다. 이어서 핑핑이 맞은쪽에

앉아 있는 주사장(廚事長)이 납작한 코를 젖히고 창밖을 내다보는 것이다. 그 눈에는 나무 없는 산등성이와 푸른 하늘이 아득히 쳐다보이는 것이다. 주사장 옆에 앉아 있는 임질병, 그리고 그 밖에 모두들 자연히 창밖을 내다보는 것이다. 아무 눈에나 창살 사이로 쳐다보이는 것은 역시 나무 없는 산등성이와 그 너머의 푸른 하늘인 것이다. 그러나 끝끝내 통역관만은 창밖을 내다보지 않고 앉아 있는 것이다. 그는 언제나처럼 남을 깔보는 것 같은 눈으로 싱글싱글 웃으며 사람들을 바라보고 앉아 있는 것이다. 양담배는 늘 통역관의 그 눈이나 싱글거리는 웃음이 공연히 마음에 켕기었다. 그리고 흔히 무슨 깊은 의미가 있는 듯이 중얼거리는 엉뚱한 소리가 양담배에게는 까닭 없이 불안하였다.

"모두들 푸른 하늘이, 저 드높은 하늘이 그리운 게지! 저 하늘을 차지하고 싶거든 용감해져야 합니다. 장해져야 한단 말입니다."

지금도 통역관은 그런 영문 모를 소리를 지껄인 것이다. 양담배는 도무지 통역관의 속을 알 수 없는 것이다. 그러면서도 통역관의 언동에는 자기가 이해할 수 없는 어떤 의미가 들어 있는 것 같아서 함부로 무시하지 못하는 것이다.

"약자는 언제나 이렇게 하늘만 사모하다 죽는 법입니다."

통역관은 그런 말도 했다. 알 듯도 모를 듯도 한 소리지만, 거기에는 어려운 뜻이 들어 있으리라는 생각이 드는 것이다. 미국말에도 익고, 이렇게 난해한 말을 잘 지껄이는 통역관은 그 학식이 비범할 것이다. 그래서 양담배는 남몰래 통역관과 좀 의논해 보고 싶은 일이 있는 것이다. 지식이 많은 통역관은 자기의 고민을 해결할 방법을 가르쳐 줄지도 모른다고 생각한 것이다. 그렇지만 사람을 깔보는 것 같은 그 눈과 웃음이 좀처럼 양담배를 접근시켜 주지 않았다. 동굴 속 같은 이 감방에 들어온 날 저녁부터 양담배는 아주 고약한 경험을

당하고 있는 것이다. 방장이 잠자리를 정해 주는 대로 좁은 틈에 끼여 어렴풋이 잠이 들려고 하는 순간이었다. 등뒤에 붙어 자던 주사장이 슬그머니 양담배의 엉덩짝을 쓰다듬는 것이었다. 이 안에서는 누구나 내의를 입지 못하게 되어 있는 것이다. 알몸뚱이에 고름 없는 여름 두루마기 같은 수의(囚衣)를 걸치고 있을 뿐이다. 수의 자락만 들치면 그대로 맨살이다. 그러기 주사장은 손쉽게 양담배의 엉덩짝을 어루만질 수가 있는 것이다. 양담배는 기분이 나빴지만 처음에는 가만하고 있었다. 그러자 주사장은 양담배의 옷자락을 훌렁 걷어 올리더니 누운 채로 등 뒤에서 꼭 끌어안으며 이상한 짓을 하려 드는 것이다. 그제야 양담배는 좀 당황했다. 이 자가 미쳤나 싶었다. 아무리 잠결이라 쳐도 남녀를 식별하지 못하랴 싶었다. 양담배는 징그러웠다. 그는 얼른 자기의 수의 자락을 내리켜 아랫도리를 꽁꽁 감싸듯이 한 것이다. 또 얼마가 지나서다. 양담배가 이번에도 잠이 들락말락하는데, 도로 옷자락이 헝클어지더니, 뒤에서 주사장이 꽉 쓸어안는 것이었다. 항문에 불쾌한 압박감을 느끼는 순간,

"왜 이럽니까?"

하고 양담배는 후닥닥 뛰어 일어나려고 했다. 그러나 주사장의 억센 팔뚝은 양담배의 허리를 껴안은 채 놓아주지 않았다.

"가만하구 있어, 이 자식아!"

그래도 양담배가 버둥거리니까,

"잠자쿠 있지 않으문 모가질 비틀 테다!"

하는 것이다. 그것은 살기어린 표정을 방불케 하는 음성이었다. 동시에 주사장의 한쪽 팔이 양담배의 턱밑을 숨이 컥컥 막히도록 조이는 것이다.

"끽소리 말어, 귀신 몰래 죽지 않을 테건."

결국 주사장은 저하고 싶은 짓을 다 하고야 만 것이다. 양담배는 속이 메슥메슥해서 그날 밤은 제대로 잠을 이루지 못했던 것이다. 이튿날 아침에 일어나는 길로 방장은 주사장에게 영문 모를

소리를 던지는 것이었다.

"이놈아, 내게 절을 해라!"

주사장은 방장을 바라보며 만족한 듯이 헤헤헤 하고 웃었다. 아침 식사 때, 주사장은 자기 그릇의 밥을 절반이나 양담배에게 덜어주는 것이었다. 낯을 붉히며 양담배는 굳이 사양했으나 마침내 받아 먹지 않을 수 없었다. 그만큼 양담배에 대한 주사장의 친절은 강경했던 것이다.

아무튼 살아 있는 인간임에는 틀림없지만 동굴 속 같은 이 우리 안에서는 화제에 궁해지는 일이 많은 것이다. 어떤 때는 약속이라도 한 듯이 십 분 이상이나 입들을 봉한 채 우두커니 앉아 있는 수가 있었다. 그런 경우에는 왜 그런지 사람들은 대개가 창밖을 내다보는 것이다. 창살 사이로는 여전히 나무 없는 산등성이와 그 너머의 푸른 하늘만이 쳐다보일 뿐이다. 어떤 때는 그 하늘에 구름덩이가 머물러 있기도 하고, 흘러가기도 하는 것이다. 간혹 나무 없는 산등성이에 한 쌍의 남녀가 나타나는 일이 있는 것이다. 그런 날은 이 깊숙한 감방 안에 소동이 발생하는 것이다. 오십이 넘은 좌장과, 남을 깔보는 듯한 냉소와 언동으로 무장한 통역관을 제외하고는, 모두들 일어나서 창 밑으로 바투 모여 서는 것이다. 그리고 그들은 목을 길게 빼고 발돋움을 해가며 지치는 일 없이 산등성이의 남녀를 내다보는 것이다. 물론 먼 거리라서 얼굴의 생김새를 알아볼 수는 없었다. 복장으로 남녀를 구별할 수 있을 정도인 것이다. 남녀는 천천히 걸어서 지나가 버리는 경우도 있지만, 더러는 한동안을 나란히 앉아 있기도 하였다. 그쯤되면 여러 사람의 관심은 더욱 커지는 것이다.

"흥, 연애를 걸러왔구나!"

제일 먼저 설명을 가하는 것은 핑핑이였다. 그는 여러 번 연애를 걸어본 경험이 있기 때문에 잘 아노라는 것이다. 연애를 걸려면 저렇게 여자를 외딴 데로 끌고 가는 것이 제일이라는 것이다. 고

녀 학생을 다섯 명이나 농락한 끝에, 국민학교 다니는 소녀에게까지 상처를 입히고 들어왔다는 핑핑이는 자신 있게 그런 해설까지 붙이는 것이었다. 그 밖에 모두들 한두 마디씩은 참견을 해 보는 것이다. 전차 운전수가, 저년은 영락없이 오늘 안으로 정조를 뺏기구 말 거라고 했다. 그러자 저게 여태 처년 줄 아느냐고 임질병이 반박을 하는 것이다.

"그렇지, 너처럼 임질균이 득실득실할 거다."
하고 운전수는 지지 않았다. 코가 납작한 주사장은, 그 납작한 코를 벌름거리면서, 임질이나 매독균이 욱실거려도 좋으니 저년을 하룻밤만 빌려줬으면 좋겠다고 하고 헤헤 웃는 것이다. 한편, 저 자식이 연앨 처음 해 보는 모양이라고 핑핑이는 남자를 비웃는 것이다. 저 같으면 그동안에도 벌써 여러 차례 껴안고 키스를 했으리라는 것이다.

"가만있어, 인제 좀 두구 보기만 해. 한 판 멋지게 얼릴 테니."
임질병이 그래서 모두들 시선을 모으고 남녀가 한 판 얼리기를 기다리지만, 좀체로 그 기대는 달성되지 아니하였다. 그러노라면 남녀는 일어서서 산등성이를 내려가 버리고 마는 것이다. 그제는 모두들 실망한 듯이 제자리에 돌아와 앉는 수밖에 없는 것이다. 그러나 그들 사이에는, 그 남녀가 이미 육체적 관계를 가졌겠느냐, 아니겠느냐 하는 문제를 놓고 한동안 활기 있게 논쟁이 전개되는 것이다. 이런 이야기에 누구보다도 노골적인 흥미를 갖고 참견하려 드는 것은 역시 핑핑이었다. 물론 핑핑이란 그의 본명이 아니다. 이 안에서는 서로들 본명을 모르고 지내는 것이다. 구태여 본명을 캐어묻거나 밝히려 들지도 않는 것이다. 각자에게는 이름 대신 일정한 번호가 있지만 그게 여러 계단의 숫자인 경우에는 자기 번호만 외우기도 노력이 든다. 그러니까 남의 번호까지 기억하기란 어림도 없는 일이라 자연 별명을 통용하게 되는 수밖에 없었다. 핑핑이란 것도 역시 이 안에 들어

와서 얻은 별명이었다. 하루에 한 번씩 있는 옥외운동 때나, 실내에서나, 핑핑이는 가끔 빈혈증을 일으키는 것이다.

"아아, 머리가 돈다, 머리가 핑핑 돈다, 지구가 핑핑 돈다."
그러고는 눈을 감고 머리를 몇 번 내젓다가는 그 자리에 푹 꼬꾸라지는 것이다. 그렇다고 핑핑이는 그대로 기절해 버리는 것이 아니라, 다만 얼굴이 해쓱해져서 잠시 누워 있다가 아무렇지도 않은 것이다. 주사장은 그러한 핑핑이를 가리켜, 여태 머리 꼭대기에 피도 안 마른 녀석이 과색을 해서 그렇다는 것이다. 그럴 적마다 주사장을 노리는 방장의 눈이 왜 그런지 무섭게 번득이었다. 아무튼 핑핑이라는 이름은 이렇게,

"머리가 핑핑 돈다, 지구가 핑핑 돈다."
하고 쓰러지곤 한 데서 얻은 별명이었다. 그 밖에 임질병이니, 옴쟁이니, 전차 운전수니 하고 부르는 것도, 당자의 질병이나 직업에서 온 별명인 것이다. 물론 양담배도 들어온 날부터 얻은 별명인 것이다. 그는 여기 들어오기 전에 미군 부대에 인부로 다녔다. 어떤 날 양담배 한 보루를 사서 숨겨가지고 나오다가 발각되어 종로서 엠피(MP) 관계로 넘어갔던 것이다. 그는 거기서 군정재판을 받을 때, 거의 매일같이 해먹는 사람은 아무렇지도 않고 처음으로 사 내오던 자기만이 걸렸으니, 암만해도 억울해 못 견디겠다는 말을 수없이 되뇌었던 것이다. 그러나 그 호소도 보람없이 그는 이 개월의 언도를 받고 이리로 넘어온 것이다. 이 밖에 별명 말고 불리는 칭호로 좌장, 방장, 주사장이 있는데 그것은 감방 내에서의 지위를 표시하는 말이다. 제일 연장자를 좌장으로 모시고, 징역살이를 가장 오래한 사람이 방장인 것이다. 끼니때마다 식사를 맡아보는 주사장은 두 번째로 징역을 오래 산 사람이라는 것이다. 물론 이 안에서는 방장이 주권자인 것이다. 좌식이나 잠자리 같은 것도 방장의 지시대로 정해지고, 변기를 내놓고 들여놓는

일도 방장에게 지명받은 사람이 하는 것이다. 방장 앞에서는 아무도 꼼짝을 못하는 것이다. 그러나 통역관만은 좀 달랐다. 그는 방장이건 좌장이건, 이 방에 있는 사람 전부에게 끊임없이 깔보는 것 같은 태도를 취해 오는 것이다. 통역관은 가끔 변기 위에 올라서서 창밖으로 맞은쪽 감방을 건너다보며 영어로 무어라고 지껄이기도 하는 것이다. 그러다가는 간수에게 발각되어 끌려 나가는 일도 있지만 그는 태연자약하였다. 간수가 문을 따고 나오라고 하면, 그는 역시 냉소를 띄운 채 버젓이 따라 나가는 것이다. 통역관이 끌려 나가고 문이 닫긴 뒤에야,

"그 자식 언제든 가만두지 않을 테다!"
하고 방장은 입을 씰룩거리며 벼르는 것이다.

날마다 우두커니 앉아 지낸다는 것은 참말 어처구니없는 일이다. 도무지 살아 있다는 생각이 들지 않는 것이다. 별수없이 얼굴들만 마주 보고 있는 것이다. 대개는 무표정한 얼굴들인 것이다. 그러한 상판만 진종일 바라보고 있으려면, 여기가 마치 저승행을 기다리는 대합실이나 대기소 같은 생각이 드는 것이다. 그렇게 맹랑한 착각이나 공상에서 건져주는 것은 그래도 잡담의 힘이었다. 무슨 이야기든 두세 번 되풀이되지 아니한 것이 없다. 그러한 잡담 가운데서도, 먹는 얘기와 여자 얘기만은 언제나 매력이 있는 것이다. 그런 얘기만은 몇 번 되뇌고, 아무리 들어도 물리지 않는 것이다. 그러기 지금도 한동안 침묵이 계속된 끝에 자연 먹는 얘기가 시작된 것이다.

"아아, 설렁탕이나 파를 듬뿍 넣어서 한 그릇 먹었으면 좋겠다!"
그리고 나서 전차 운전수는 입맛을 다시었다. 옆에서 그 말을 핑핑이가 비웃어주었다.

"저 양반은 언제나 설렁탕이야. 그건 시골놈이나 먹는 거라우. 난 나가는 길로 양식점에 들어가 비프까스를 먹을 테요."

그 말에 전차 운전수는 무안을 당했다고 생각하는 것이다. 그는 비프까스보다 설렁탕이 훨씬 몸에도 이롭고 맛이 낫다는 말로 반박해 주고 싶은 것이다. 그러나 전차 운전수는 아직 비프까스라는 걸 먹어보지 못한 것이다. 먹어만 보지 못했을 뿐 아니라, 그게 어떻게 생긴 음식인지도 모르고 있는 것이다. 그렇지만 가만하고 있자니 분하다. 그래서 이런 말로 핑핑이를 무시해 주는 것이다.

"내 참, 설렁탕을 시골놈이나 먹는단 말은 생전 첨 듣네. 설렁탕이란 서울의 명물이야, 서울 사람이 먹는 거란 말야. 서울 사람치구두 본바닥 사람만이 진짜 설렁탕 맛을 알구 먹는 거야. 무식한 소리 어디서 함부루 해."

핑핑이는 그 마지막 한마디가 몹시 귀에 거슬리었다. 자기보다는 나이가 거의 한 둘레나 위지만, 반말지거리로 빈틈없이 응수를 하는 것이다.

"뭐? 무식하다? 그래 기껏 설렁탕 맛밖에 모르는 사람이 누굴 무식하대. 비프까스 맛을 아는 사람이 무식해? 그래 도대체 비프까스가 뭔지나 알어? 뭘루 어떻게 만들구 뭘 쳐서 어떻게 먹는 건지나 아느냐 말야."

전차 운전수는 분하기는 하지만 아무 말도 못하는 것이다. 그 비프까스라는 걸 먹어보지는 못했을망정 보기만이라도 했다면 입심으로라도 뻗대 보겠는데 원체 이름조차 처음 듣는 판이라 대꾸할 도리가 없는 것이다. 핑핑이는 더 신이 나서, 전차 운전수 따위에게 무식하다는 말을 듣다니, 이런 모욕이 어디 있느냐고 대드는 것이다. 핑핑이가 이렇게 큰소리를 치는 것은 믿는 데가 있기 때문이었다. 그는 방장을 믿고 있는 것이다. 왜 그런지 방장은 늘 핑핑이를 두둔하는 것이다. 양담배는 그 이유를 알 수가 없었다. 며칠 전에 핑핑이는 똥통에 빠진 일이 있었다. 온 방 안에 똥물이 튀고 핑핑이의 한쪽 다리는 정강이까지 분뇨로 매닥질을 했다. 만일 그게 다른 사람 같았으면 허리를 못 펴도록 방장에게 뚜들겨맞았을 것이다. 그

러나 방장은 도리어 새로 들어온 사람을 시켜서 걸레를 몇 번이나 빨아 가지고 오물 투성이가 된 핑핑이의 다리를 닦아주게 했던 것이다. 주사장, 좌장, 통역관, 이 세 사람을 제외하고는 아무도 방장 앞에서는 꿈쩍을 못하는 것이다. 방장이래서만 아니라 주먹이 센 데다가, 살인강도의 누범(累犯)으로 십육 년째 징역살이를 하고 있다는 그의 경력 앞에 기가 죽는 것이다. 그러한 방장도 이상히 좌장에게만은 공손하게 대하는 것이다. 일방 통역관에게 대해서는 몹시 아니꼽게 생각하고 벼르면서도 지식인이라서 그런지 마구 다루지 못하는 것이다. 그리고 주사장 역시 강도와 강간범으로 십년 이상이나 복역중에 있는 사람이라, 결코 만만히 건드리지 못하는 것이다. 그럼에도 불구하고 그들은 대수롭지 않은 일로 자주 언쟁을 했고, 언쟁 끝에는 육박전까지 하게 되는 수가 많았다. 키는 작지만 통통한 몸집의 주사장은 완력으로도 호락호락 방장에게 굴하는 자가 아닌 것이다. 대개가 언쟁의 시초는 극히 맹랑한 데 있는 것이다. 설렁탕이니, 빈대떡이니, 순댓국이니, 그 밖에 짜장면, 냉면, 탕수육, 개장국, 등등, 한동안 음식 타령이 벌어지고 나면, 으레 여자 얘기로 화제가 옮아가는 것이다. 그리 되면,

"저건 계집 얘기라면 사족을 못 쓴다니까, 저 침 흘리는 거 좀 봐."

방장 입에서는 그런 말이 튀어나오게 되고,

"임마, 그래 넌 점잖다. 그렇게 점잖은 녀석이 새로 들어오는 젊은애마다 밑구멍에 고름을 들게 해 주는 거냐?"

하는 식의 반격이 주사장 입에서 흘러나오게 되는 것이다. 그러나 그 정도로는 아직 육박전까지는 가지 않는다. 그런 투로 차차 흥분해지기 시작해서 얘기는 어느새 처녀성에 관한 문제에 도달하는 것이다. 한 번만 데리고 자보면, 처녀인 아닌지를 대뜸 알 수 있다는 것이 주사장의 주장이었다. 그와는 반대로 도저히 알 수 없다는 것이 방장의 주

장인 것이다. 그 말을 가지고 한동안 옥신각신하다가 주사장은 마침내 방장이 가장 싫어하는 심리적 면을 건드려 놓는 것이다.

"이놈아, 넌 여적 숫처녀하구는 한 번두 자본 적이 없어서 그런 거야. 숫처녀는 고사하구, 대체 여자하고 자본 일이 있어? 숫제 사내의 밑구멍에 고름을 굵게 한 것이 고작일 테지."

왜 그런지 방장은 이 말을 최대의 모욕으로 생각하였다. 이 말만 듣고 나면 방장은 더 참지 못하는 것이다. 마침내 그는 폭력행위로 분을 풀려 드는 것이다. 그렇다고 쑥 들어갈 주사장도 아니다. 두 사람은 기어이 짐승처럼 서로 물어뜯는 것이다. 그런 싸움이 지나가고 나면 양담배는 자꾸만 자기 일이 걱정스러워지는 것이다. 밑구멍에 고름을 들게 한다는 주사장의 말이 가슴에 걸리기 때문이다. 요즘 와서 양담배는 확실히 자기 몸에 이상이 생겼다고 짐작되는 것이다. 얼마 전부터 늘 뒤가 무죽한 채 있는 것이다. 도무지 개운하지가 못해서 뒤가 마렵거니 싶어 변기 위에 올라앉는다. 그러나 장시간 그러고 앉아서 힘을 주어도 용변을 하지 못하는 것이다. 처음에는 변비증인가 생각했지만, 지금 와서는 그게 아니라고 깨달은 것이다. 정말 뒤가 마려운 것이 아니라, 다만 그런 감이 드는 것뿐이다. 그것은 영락없이 주사장이 말하는 것처럼 밑구멍에 고름이 곪긴 탓이리라 양담배는 생각하는 것이다. 첫날밤 이래 그는 거의 매일 밤 그 징그러운 주사장의 장난질을 받아주어야 하는 것이었다. 밤만 되면 끔찍한 것이다. 아무리 궁리해도 그 짓을 모면할 도리가 없는 것이다. 어느 날 그는 핑핑이도 방장에게 그런 장난을 당하고 있다는 사실을 알았다. 그러고 보니 방장이 덮어놓고 핑핑이를 두둔해 온 일이나, 반드시 핑핑이를 제 옆에다만 재우는 이유를 알 수가 있었다. 한번은 핑핑이가 슬며시 다가앉더니, 양담배에게 웃으며 이런 귀띔을 해 주는 것이었다.

"인제 한 달만 겪어 봐, 너두 머리가 핑핑 돌다

가 쓰러지군 할 테니."

그렇더라도 할 수 없다고 양담배는 각오한 것이다. 애초부터 이런 데 들어오게 된 것이 불운이라고 생각하였다. 양담배 한 보루 샀던 일이 새삼스레 후회되는 것이다. 지금 와서는 후회해도 소용없는 것이다. 만기가 되어 여기를 나가기만 하면, 병원에부터 가봐야겠다고 생각하는 것이다. 항문이, 그리고 내장이 채 썩기 전에 병원에 달려가서 보아 달래야겠다고 벼르는 것이다. 그렇지만 두 달은 마치 이 년처럼 지루하게 생각되었다.

그래도 다들 자기의 만기일(滿期日)만은 기억하고 있는 것이다. 제 번호 하나 변변히 외우지 못하는 사람도 만기일만은 잊지 않는다. 그만큼 그들은 사회에 나가는 날을 고대하고 있는 것이다. 물론 부모나 처자가 있어서 반가이 맞아줄 처지라면 출옥을 기다리는 것도 당연할 것이다. 그러나 사회에 아무도 없는 방장, 주사장, 임질병 같은 자들도 어서 만기가 되어 풀려 나가기를 기다리고 있는 것이다. 그러한 심속을 양담배는 도무지 이해할 수가 없었다. 그러고 보면 좌장만은 분명히 생각이 다른 것이다. 사기횡령 및 문서위조죄로 일 년 팔 개월의 언도를 받고 들어와 있다는 좌장은 불평이 적지 않은 것이다. 복역기간이 길대서가 아니라 반대로 짧다고 불평인 것이다. 이미 오순(五旬)이 넘은 처지에 자녀도 재산도 없으니, 사회에 나가 뭘 하겠느냐는 것이다. 어디다 의지하고 무엇을 믿고 살아야 할지 알 수 없다는 것이다. 차라리 이삼십 년의 언도를 받고, 이 안에서 살다가 죽고 싶다는 것이다. 남의 사랑방이나 노변에 쓰러져 죽는 것보다는, 비록 형무소일망정 이런 방 안에서 안심하고 죽고 싶다는 것이다. 자기가 선불리 문서위조를 했던 것도 따지고 보면 노후를 걱정하는 나머지 한밑천 장만하기 위해서였다는 것이다. 사람이 늘그막에 의탁할 곳이 없고 보면 그것처럼 초조하고 불행한 일이 없다 하며, 자기

는 앞으로 출옥을 하면 이번에는 좀 더 큰 일을 저지르고 나서, 한 이십 년 언도를 받고 다시 들어오겠노라고도 했다. 양담배는 그러한 좌장의 의견에 무작정 공명을 표한 것이다.

"옳습니다. 옳은 말씀입니다. 저두 노모만 안 계시구 나이가 좀 들었다면 아예 예서 늙어 죽구 말겠습니다."

그 말에 먼저 분개한 것은 방장이었다. 방장은 좌장의 말에도 자기 자신이 모욕을 당한 것처럼 느껴졌던 것이다. 그러나 연장자에게 정면으로 대들 수도 없고 해서 잔뜩 부르터 있던 판이다. 그는 이상하게도 윗사람 앞에서는 언제나 공손하였다. 그러던 차에 양담배가 매련 없이 좌장의 말에 동의를 표하는 데는 울컥 치미는 뱔을 누를 수 없는 것이었다.

"요망스런 자식아, 소견머리없이 마구 지껄이지 말아. 주둥일 찢어줄 테다."

"어디 나만 그랬어요. 나 혼자만 그랬어요! 좌장님의 말씀이 옳은 말씀이란 말이죠."

방장은 눈이 번뜩였다. 한쪽 다리를 들어 양담배의 옆구리를 힘껏 질렀다.

"난 나가 죽을 테다! 얻어먹다가 길가에 꼬꾸라져 죽는 한이 있더래두 나가 죽을 테다!"

양담배는 모로 넘어진 채 걷어채인 옆구리를 한 손으로 누르고 잠시 버둥거렸다. 그 꼴을 보고 핑핑이가 실없이 히히대고 웃어버렸다. 그 안면에서 웃음이 채 사라지기 전에, 핑핑이의 한쪽 따귀에서 짝 소리가 났다. 주사장의 손길이 번개처럼 움직인 것이다.

"뭐가 우서워? 남의 억울한 일이 그렇게두 좋으냐?"

주사장의 낯에는 살기가 어리었다. 방 안은 갑자기 조용해졌다. 무거운 침묵 속에서 방장과 주사장의 음흉한 시선만이 얽히었다. 양담배가 처음 보는 눈들이었다. 지글지글 타는 것 같은 눈인 것이다. 양담배는 저도 모르게 몸을 부르르 떨었다.

방장과 주사장은 한마디도 서로 말을 건네지 않았다. 알고 보면 그들 두 사람은 오래전부터 암투를 계속해 오고 있는 것이다. 핑핑이가 들어왔을 때 그들은 눈이 번쩍 띄었던 것이다. 실로 오래간만에 보숭보숭한 앳된 젊은이를 맞이했기 때문이었다. 둘은 다투어 핑핑이에게 친절을 다했던 것이다. 그런 중에도 일방 두 사람은 내심으로 험악한 풍파를 예기했고, 일전(一戰)을 각오했던 것이다. 그러면서도 주사장은 타협적으로 나가본 것이다. 방장의 귀에 대고,

"우리 사이 좋게 지내세! 피차 손해야."

그랬다. 방장도 의외로 순순히 고개를 끄떡이었고, 결국 핑핑이를 자기들 두 사람 사이에 재우기로 밀약이 성립되었던 것이다. 그러나 며칠이 안 가서 방장은 핑핑이를 독점하고 만 것이다.

"네가 너무 난잡하게 굴어서 싫대."

그러면서 방장은 핑핑이를 자기의 저쪽 곁에다만 재우는 것이었다. 주사장은 그때부터 내심 칼을 갈아왔다. 그러는 동안에 어느 날 양담배가 들어왔던 것이다. 얼굴은 핑핑이만큼 눈에 들지 않지만 나이는 더 어려 보였다. 주사장은 이내 양담배를 차지했고, 방장은 묵인해 주었던 것이다. 그렇지만 주사장은 좀처럼 핑핑이의 체온이 잊어지지 않았다. 여자처럼 희고 보들보들한 피부를 핑핑이는 가지고 있었다. 그리고 아무렇게 굴어도 핑핑이는 몸을 사리는 일 없이 박자를 맞춰주었다. 그러기 때문에 그 뒤에도 주사장은 방장에게 대해서 감정이 개운하지 못했던 것이다. 여자 얘기만 나오면 더욱 방장과 대립하려 들었고, 또 그가 제일 듣기 싫어하는 말을 퍼부었다.

"네깐 놈이 평생 징역살이나 했지, 단 한 번인들 여자와 자본 경험이 있느냐? 숫제 사내 밑구멍에 고름이나 곪겨주는 게 고작일 게다."

방장은 정말 사십이 가까운 나이에 한 번도 여자와 잠자리를 같이 해본 경험이 없는 것이다. 그러기 그 말을 들을 적마다, 그는 인간으로 최대의 모욕을 당하는 것같이만 생각되는 것이었다. 주사장은 자기를 여지없이 경멸하고 있다고 방장은 생각하는 것이다. 더구나 요즘 와서는 심지어 밥 같은 것도, 다 부스러진 찌꺼기만 자기와 핑핑이 앞에 돌리는 것이다. 따라서 국도, 원래가 건더기라고는 별로 없기는 하지만, 특히 자기와 핑핑이 그릇에다는 일부러 머룩한 국물만을 따라주는 것이었다. 차차 한다는 짓이 노골적으로 사람을 무시하려는 태도다. 그 앙갚음으로 방장은 똥통을 들어내는 일이나 실내 소제는 주로 양담배를 시키는 것이었다. 이리하여 그들 두 사람은 매사에 사감을 두고, 내심 날카롭게 모를 세워왔던 것이다. 두 사람의 그러한 관계를 다른 사람들도 요즘 와서는 알고 있는 것이다. 그러나 아무도 알은체하지는 않았다. 어느 편을 두둔할 수도 없었기 때문일 것이다. 그런 가운데서 아무래도 통역관만은 달랐다. 깔보는 것 같은 웃음을 담은 눈으로, 방장과 주사장의 부어오른 태도를 암만이고 오래 지켜보고 있는 것이다. 그러다가 마치 결론이라도 내리듯이 그는 또 엉뚱한 소리를 들려주는 것이다.

"살아 있는 사람이란 늘 싸워야 하는 거요. 싸울 줄 모르는 인간은 송장이오. 그러나 반드시 저보다 강대한 적과 싸우는 싸움만이 신성합니다. 약자끼리의 싸움이란 언제나 강자를 위한 자멸입니다."

양담배는 무슨 뜻인지 잘 알 수 없는 것이다. 그러면서도 그 말 속에는 자기가 이해할 수 없는 요긴한 뜻이 들어 있으리라고 생각하는 것이다. 그렇기 때문에 아무리 방장일지라도 몰래 벼르기만 할 뿐, 감히 통역관을 어쩌지 못하는 것이리라. 미국말을 유창하게 지껄일 줄 아는 통역관은 무엇이든 모르는 게 없을 것이다. 그러기 양담배는 그 징그러운 장난을 남모르게 밤마다 당해야 하는 제 괴로운 처지를 통역관에게 말해 볼까 하고 망설이는 것이다. 통역관은 좋은 지혜를 빌려줄지도 모

른다. 그러나 일방 모든 사람을 덮어놓고 깔보는 것만 같은 그 눈과 웃음을 생각할 때, 아예 용기가 나지 않는 것이다. 자기의 몸뚱이는 영 망치고 말았다고 생각하며 양담배는 한숨을 쉬는 것이다.

먹고, 배설하고, 자는 일 이외에는 고작 잡담만이 공식처럼 날마다 되풀이되는 이 감방 안에, 마침내는 하나의 사건이 발생하고야 말았다. 오랫동안을 두고 쌓여온 방장과 주사장 사이의 악화된 감정은 드디어 터지고 만 것이다. 그것은 이 방에 새로이 소매치기가 들어온 날부터인 것이다. 삼개월의 언도를 받고 넘어왔다는 소매치기 상습범은, 마치 여자와 같은 용모며 자태를 갖추고 있다. 방장이 시키는 대로 통통에다 절을 하고 나서, 좌장, 방장, 주사장의 순서로 돌아가며 인사를 할 때의 몸가짐이, 어처구니없이 가냘펐다.

"어디 좀 보자! 정말 남잔가?"

좌장이 그의 사타구니를 들쳐볼 정도였다. 이러한 소매치기를 맞아들인 방장과 주사장 사이가 아무렇지도 않을 수는 없는 것이다. 저녁 식사 때, 주사장은 자기 몫까지 소매치기의 밥그릇에 쏟아주었다. 처음엔 서먹서먹해도, 정들고 보면 예도 괜찮다고 하며 주사장은 소매치기를 위로까지 해 주는 것이었다. 그러나 취침 호령이 내리자, 방장은 핑핑이를 다른 자리로 쫓아 보내고 소매치기를 자기 옆에다 눕히고 말았다.

"우리 사이 좋게 지내세."

혹은,

"괜히 지나치게 고집 세우면 피차 손해야. 누군 목숨이 아까워 징역살이하는 줄 아나!"

하고 주사장은 몇 번 교섭을 해보았지만, 방장은 좀체 응하려 하지 않았다. 주사장은 다시는 입을 열지 않았다. 궁금할 정도로 두 사람 사이는 잠잠해지고 말았다. 밤중이었다. 역시 한구석으로 밀려 나가 자고 있던 양담배가 무슨 소리에 놀라 눈을 떠본즉, 서로 잡아먹을 듯이 노려보고 있는 방

장과 주사장 사이를, 좌장이 가로막고 앉아 있는 것이었다. 방장의 한쪽 귓바퀴에서 흘러내리는 피가 희미한 전등 빛에도 알아볼 수 있었다. 잠시 뒤에야 방장은 자기 귀를 만져보는 것이었다. 손으로 볼을 훔쳤다. 피 묻은 손바닥을 들여다보았다. 방장은 별안간 벌떡 일어섰다. 대번에 좌장을 밀어 젖히고 주사장에게로 달려든 것이다. 격투가 벌어졌다. 이내 간수가 쫓아왔다. 두 사람은 말없이 끌리어 나가고, 도로 감방 안은 조용해진 것이다. 이튿날 아침이 되자, 양담배와 핑핑이와 소매치기는 함께 불리어 나갔다. 방장과 주사장은 콘크리트 바닥에 나란히 무릎을 꿇고 앉아 있었다. 간수가 묻는 대로 양담배와 핑핑이는 각기 주사장과 방장에게 농락당한 사실을 할 수 없이 입증했다. 간수의 한 사람은 웃으면서 핑핑이더러 그래 재미가 어떻더냐고 물었다. 핑핑이는 대답 대신 옆에 꿇어앉아 있는 방장을 보며 히히 하고 웃었다. 간수는 양담배에게도 같은 말을 물었다. 그는 붉어지는 얼굴을 숙여버리었다. 다른 간수가 양담배보고 밑구멍을 내보이라고 했다. 양담배는 머뭇거리지 않을 수 없었다. 그러다가 따귀를 한 대 얻어맞고서야 그는 마지못해 엉덩이를 내민 것이다. 간수가 멀찍이서 들여다보더니 항문이 썩기 시작한다고 했다. 그리고 나서 또 큰 소리로 웃는 것이었다. 양담배는 가슴이 뜨끔했다. 참말 내장이 모두 썩어 들어가는 것만 같이 겁이 난 것이다. 간수는 양담배, 핑핑이, 소매치기에게, 앞으로는 절대 그런 장난을 받아주지 말라고 했다. 그런 짓에 응하면 너희들도 경을 칠 테니 그리 알라는 것이다. 그런 요구를 하는 놈이 있거든 주저 말고 일러 달라는 것이다. 그들 세 사람이 돌아오고 나서도 방장과 주사장은 한참이나 더 있다가야 돌아온 것이다. 점심시간이 되자, 주사장은 여전히 소매치기에게 자기 밥을 반이나 덜어주었다. 그리고 나서 다정스레 말도 걸어보고 하는 것이다. 그러나 방장만은 온종일 입을 열지 아니하였다. 이미 그에

게는 어떠한 각오가 있었던 모양이다. 기어이 새벽녘에 놀라운 사태가 발생하고야 만 것이다. 갑자기 모두들 일어나 웅성대는 바람에 무슨 영문인가 싶어 양담배도 눈을 떴다. 심상치 않아서 이내 일어나 보았다. 한쪽 구석을 향하고 앉아 있는 방장은 두 다리로 잔뜩 무엇을 벋디딘 채, 양손으로는 역시 힘껏 무엇을 잡아당기고 있는 것이다. 방장은 전신 발가숭이가 되어 있는 것이었다. 그 잔등이 울퉁불퉁 부어 올라 있는 것이다. 어제 아침에 얻어맞은 자국일 게라고 양담배에게는 얼른 짐작이 갔다. 방장이 두 발로 벋디디고 있는 것은 주사장의 몸뚱이었다. 저쪽을 향하고 맥없이 누워 있는 주사장의 목에는 굵은 동아줄같이 빙빙 꼬인 형겊(囚衣)이 감기어 있었다. 그 끝을 방장이 이를 사려 물고 잡아당기고 있는 것이다. 수의 자락이 마구 헝클어져서 하반신이 통째로 노출되어 있는 주사장은, 꼼짝도 못하고 늘어져 있는 것이다. 좌장은 방장의 바로 등 뒤에 서서 전신을 와들와들 떨고 있었다. 연신 목쉰 소리로 무어라고 중얼거리지만 알아들을 수가 없었다. 사람들의 어깨 너머로 그런 광경을 본 양담배는 일시에 모든 것을 깨달을 수 있었다. 그러자 별안간 머리가 아찔해지며 그는 눈앞이 핑글핑글 도는 것 같았다. 전신에 맥이 탁 풀리어서 양담배는 마침내 두 손으로 이마를 괴며 쓰러지고 만 것이다. 그 순간, 나도 핑핑이처럼 머리가 핑핑 돌다가 꼬꾸라지게 되었

구나 하는 생각이 번개같이 스치고 지나가는 것이었다. 사람들의 떠드는 소리가 멀리서처럼 귓가에 앵앵거리었다. 양담배는 한참 동안 눈을 감은 채 그 자리에 누워 있었다. 머리가 한결 가벼워져서 그가 일어나 앉기는 날이 훤히 밝아서였다. 이미 방장과 주사장의 모양은 보이지 아니하였다. 사람들은 과격한 노동을 하고 난 때처럼 축 늘어져 앉아들 있었다. 통역관만이 변함 없이 남을 깔보는 것 같은 눈웃음으로 여러 사람을 바라보고 있는 것이다.

"어느새 오늘두 날이 샜구나!"

이윽고 그렇게 중얼거리며 좌장은 고개를 들어 창밖을 내다보는 것이었다. 이어서 전차 운전수도 창밖으로 얼굴을 돌렸다. 핑핑이도, 소매치기도, 그 밖에 여러 사람은 잊고 있었다는 듯이 거의 동시에 창밖을 내다보는 것이었다. 다만 통역관만이 유별나게 창을 등지고 앉아 있는 것이다. 양담배도 물론 다른 사람들과 함께 창밖을 내다보았다. 그러나 오늘 아침은 나무 없는 산등성이도 푸른 하늘도 보이지 않았다. 안개가 자욱하니 끼어 있기 때문이다. 산도 하늘도 안개에 싸여 있는 것이다. 그래도 뇌리에 그림처럼 새겨져 있는 산등성이와 그 너머의 푸른 하늘이 보이는 듯싶어, 사람들은 언제까지나 묵묵히 창살 사이로 창밖만 내다보고 있는 것이다.

[1955]

무진기행

霧津記行

김승옥 (1941 ~)

일본 오사카 출생. 서울대 불문과 졸업. 1962년 『한국일보』 신춘문예로 등단했다. 「무진기행」, 「생명연습」 등의 작품이 있으며, 『서울 1964년 겨울』, 『60년대식』 등의 소설집이 있다.

　　무진에 명산물이 없는 게 아니다. 나는 그것이 무엇인지 알고 있다. 그것은 안개다. 아침에 잠자리에서 일어나서 밖으로 나오면, 밤 사이에 진주해 온 적군들처럼 안개가 무진을 삥 둘러싸고 있는 것이었다. (중략) 손으로 잡을 수 없으면서도 그것은 뚜렷이 존재했고 사람들을 둘러쌌고 먼 곳에 있는 것으로부터 사람들을 떼어놓았다. 안개, 무진의 안개, 무진의 아침에 사람들이 만나는 안개, 사람들로 하여금 해를, 바람을 간절히 부르게 하는 무진의 안개, 그것이 무진의 명산물이 아닐 수 있을까!

무진으로 가는 버스

버스가 산모퉁이를 돌아갈 때 나는 '무진 Mujin 10Km'라는 이정비(里程碑)를 보았다. 그것은 옛 날과 똑같은 모습으로 길가의 잡초 속에서 튀어나와 있었다. 내 뒷좌석에 앉아 있는 사람들 사이에서 다시 시작된 대화를 나는 들었다. "앞으로 십 킬로 남았군요." "예, 한 삼십 분 후엔 도착할 겁니다." 그들은 농사 관계의 시찰원들인 듯했다. 아니 그렇지 않은지도 모른다. 그러나 하여튼 그들은 색무늬 있는 반소매 셔츠를 입고 있었고 테토론직(織)의 바지를 입었고 지나쳐 오는 마을과 들과 산에서 아마 농사 관계의 전문가들이 아니면 할 수 없는 관찰을 했고 그것을 전문적인 용어로 얘기하고 있었다. 광주(光州)에서 기차를 내려서 버스를 갈아탄 이래, 나는 그들이 시골 사람들답지 않게 낮은 목소리로 점잔을 빼면서 얘기하는 것을 반수면(半睡眠)상태 속에서 듣고 있었다. 버스 안의 좌석들은 많이 비어 있었다. 그 시찰원들의 말에 의하면 농번기이기 때문에 사람들이 여행을 할 틈이 없어서라는 것이었다. "무진(霧津)엔 명산물이…… 뭐 별로 없지요?" 그들은 대화를 계속하고 있었다. "별 게 없지요. 그러면서도 그렇게 많은 사람들이 살고 있다는 건 좀 이상스럽거든요." "바다가 가까이 있으니 항구로 발전할 수도 있었을 텐데요?" "가보시면 아시겠지만 그럴 조건이 되어 있는 것도 아닙니다. 수심(水深)이 얕은데다가 그런 얕은 바다를 몇백 리나 밖으로 나가야만 비로소 수평선이 보이는 진짜 바다다운 바다가 나오는 곳이니까요." "그럼 역시 농촌이군요?" "그렇지만 이렇다할 평야가 있는 것도 아닙니다." "그럼 그 오륙만이 되는 인구가 어떻게들 살아가나요?" "그러니까 그럭저럭이란 말이 있는 게 아닙니까!" 그들은 점잖게 소리내어 웃었다. "원, 아무리 그렇지만 한 고장에 명산물 하나쯤은 있어야지." 웃음 끝에 한 사람이 말하고 있었다.

무진에 명산물이 없는 게 아니다. 나는 그것이 무엇인지 알고 있다. 그것은 안개다. 아침에 잠자리에서 일어나서 밖으로 나오면, 밤 사이에 진주해 온 적군들처럼 안개가 무진을 뼁 둘러싸고 있는 것이었다. 무진을 둘러싸고 있는 산들도 안개에 의하여 보이지 않는 먼 곳으로 유배당해 버리고 없었다. 안개는 마치 이승에 한(恨)이 있어서 매일 밤 찾아오는 여귀(女鬼)가 뿜어 내놓은 입김과 같았다. 해가 떠오르고, 바람이 바다 쪽에서 방향을 바꾸어 불어오기 전에는 사람들의 힘으로써는 그것을 헤쳐버릴 수가 없었다. 손으로 잡을 수 없으면서도 그것은 뚜렷이 존재했고 사람들을 둘러쌌고 먼 곳에 있는 것으로부터 사람들을 떼어놓았다. 안개, 무진의 안개, 무진의 아침에 사람들이 만나는 안개, 사람들로 하여금 해를, 바람을 간절히 부르게 하는 무진의 안개, 그것이 무진의 명산물이 아닐 수 있을까!

버스의 덜커덩거림이 좀 덜해졌다. 버스의 덜커덩거림이 더하고 덜하는 것을 나는 턱으로 느끼고 있었다. 나는 몸에서 힘을 빼고 있었으므로 버스가 자갈이 깔린 시골길을 달려오고 있는 동안 내 턱은 버스가 껑충거리는 데 따라서 함께 덜그럭거리고 있었다. 턱이 덜그럭거릴 정도로 몸에서 힘을 빼고 버스를 타고 있으면, 긴장해서 버스를 타고 있을 때보다 피로가 더욱 심해진다는 것을 알고 있었지만 그러나 열린 차창으로 들어와서 나의 밖으로 드러난 살갗을 사정없이 간지럽히고 불어가는 유월의 바람이 나를 반수면상태로 끌어넣었기 때문에 나는 힘을 주고 있을 수가 없었다. 바람은 무수히 작은 입자(粒子)로 되어 있고 그 입자들은 할 수 있는 한 욕심껏 수면제를 품고 있는 것처럼 내게는 생각되었다. 그 바람 속에는 신선한 햇살과 아직 사람들의 땀에 밴 살갗을 스쳐보지 않았다는 천진스러운 저온(低溫), 그리고 지금 버스가 달리고 있는 길을 에워싸며 버스를 향하여 달려오고 있는 산줄기의 저편에 바다가 있다는 것을 알리는 소금기, 그런 것들이 이상스레 한데 어울리면서 녹아 있었다. 햇빛의 신선한 밝음과 살갗에 탄력을 주는 정도의 공기의 저온, 그리고 해풍(海風)에 섞여 있는 정도의 소금기, 이 세 가지만 합성해서 수면제를 만들어낼 수 있다면 그것은 이 지상(地上)에 있는 모든 약방의 진열장 안에 있는 어떠한 약보다도 가장 상쾌한 약이 될 것이고 그리고 나는 이 세계에서 가장 돈 잘 버는 제약회사의 전무님이 될 것이다. 왜냐하면 사람들은 누구나 조용히 잠들고 싶어 하고 조용히 잠든다는 것은 상쾌한 일이기 때문이다.

그런 생각을 하자 나는 쓴웃음이 나왔다. 동시에 무진이 가까웠다는 것이 더욱 실감되었다. 무진에 오기만 하면 내가 하는 생각이란 항상 그렇게 엉뚱한 공상들이었고 뒤죽박죽이었던 것이다. 다른 어느 곳에서도 하지 않았던 엉뚱한 생각을 나는 무진에서는 아무런 부끄럼 없이, 거침없이 해 내곤 했었던 것이다. 아니 무진에서는 내가 무엇을 생각하고 어쩌고 하는 게 아니라 어떤 생각들이 나의 밖에서 제멋대로 이루어진 뒤 나의 머릿속으로 밀고 들어오는 듯했었다.

"당신 안색이 아주 나빠져서 큰일났어요. 어머님의 산소에 다녀온다는 핑계를 대고 무진에 며칠 동안 계시다가 오세요. 주주총회에서의 일은 아버지하고 저하고 다 꾸며놓을게요. 당신은 오랜만에 신선한 공기를 쐬고 그리고 돌아와 보면 대회생제약회사의 전무님이 되어 있을 게 아니에요?"라고, 며칠 전날 밤, 아내가 나의 파자마 깃을 손가락으로 만지작거리며 나에게 진심에서 나온 권유를 했을 때 가기 싫은 심부름을 억지로 갈 때 아이들이 불평을 하듯이 내가 몇 마디 입안엣소리로 투덜댄 것도 무진에서는 항상 자신을 상실하지 않을 수 없었던 과거의 경험에 의한 조건반사였다.

내가 나이가 좀 든 뒤로 무진에 간 것은 몇 차례 되지 않지만 그 몇 차례 되지 않은 무진행이 그러나 그때마다 내게는 서울에서의 실패로부터 도망해야 할 때거나 하여튼 무언가 새출발이 필요

할 때였었다. 새출발이 필요할 때 무진으로 간다는 그것은 우연이 결코 아니었고 그렇다고 무진에 가면 내게 새로운 용기라든가 새로운 계획이 술술 나오기 때문도 아니었었다. 오히려 무진에서의 나는 항상 처박혀 있는 상태였었다. 더러운 옷차림과 누우런 얼굴로 나는 항상 골방 안에서 뒹굴었다. 내가 깨어 있을 때는 수없이 많은 시간의 대열이 멍하니 서 있는 나를 비웃으며 흘러가고 있었고, 내가 잠들어 있을 때는, 긴긴 악몽들이 거꾸러져 있는 나에게 혹독한 채찍질을 하였었다. 나의 무진에 대한 연상의 대부분은 나를 돌봐주고 있는 노인들에 대하여 신경질을 부리던 것과 골방 안에서의 공상과 불면(不眠)을 쫓아보려고 행하던 수음(手淫)과 곧잘 편도선을 붓게 하던 독한 담배꽁초와 우편배달부를 기다리던 초조함 따위거나 그것들에 관련된 어떤 행위들이었었다. 물론 그것들만 연상되었던 것은 아니다. 서울의 어느 거리에 서고 나의 청각이 문득 외부로 향하면 무자비하게 쏟아져 들어오는 소음에 비틀거릴 때거나, 밤늦게 신당동(新堂洞) 집 앞의 포장된 골목을 자동차로 올라갈 때, 나는 물이 가득한 강물이 흐르고 잔디로 덮인 방둑이 시오리 밖의 바닷가까지 뻗어 나가 있고 작은 숲이 있고 다리가 많고 골목이 많고 흙담이 많고 높은 포플러가 에워싼 운동장을 가진 학교들이 있고 바닷가에서 주워온 까만 자갈이 깔린 뜰을 가진 사무소들이 있고 대로 만든 와상(臥床)이 밤거리에 나앉아 있는 시골을 생각했고 그것은 무진이었다. 문득 한적이 그리울 때도 나는 무진을 생각했었다. 그러나 그럴 때의 무진은 내가 관념 속에서 그리고 있는 어느 아늑한 장소일 뿐이지 거기엔 사람들이 살고 있지 않았다. 무진이라고 하면 그것의 연상은 아무래도 어둡던 나의 청년(靑年)이었다.

그렇다고 무진에의 연상이 꼬리처럼 항상 나를 따라다녔다는 것은 아니다. 차라리, 나의 어둡던 세월이 일단 지나가버린 지금은 나는 거의 항상

무진을 잊고 있었던 편이다. 어제 저녁 서울역에서 기차를 탈 때에도, 물론 전송 나온 아내와 회사 직원 몇 사람에게 일러둘 말이 너무 많아서 거기에 정신이 쏠려 있던 탓도 있었겠지만, 하여튼 나는 무진에 대한 그 어두운 기억들이 그다지 실감나게 되살아오지는 않았다. 그런데 오늘 이른 아침, 광주에서 기차를 내려서 역 구내(驛構內)를 빠져 나올 때 내가 본 한 미친 여자가 그 어두운 기억들을 홱 잡아끌어 당겨서 내 앞에 던져주었다. 그 미친 여자는 나일론의 치마저고리를 맵시 있게 입고 있었고 팔에는 시절에 맞추어 고른 듯한 핸드백도 걸치고 있었다. 얼굴도 예쁜 편이고 화장이 화려했다. 그 여자가 미친 사람이라는 것을 알 수 있는 것은 쉬임없이 굴리고 있는 눈동자와 그 여자를 에워싸고 서서 선하품을 하며 그 여자를 놀려대고 있는 구두닦이 아이들 때문이었다. "공부를 많이 해서 돌아버렸대." "아냐, 남자한테 차여서야." "저 여자 미국말도 참 잘한다. 물어볼까?" 아이들은 그런 얘기를 높은 목소리로 하고 있었다. 좀 나이가 든 여드름쟁이 구두닦이 하나는 그 여자의 젖가슴을 손가락으로 집적거렸고 그럴 때마다 그 여자는 여전히 무표정한 얼굴로 비명만 지르고 있었다. 그 여자의 비명이 옛날 내가 무진의 골방 속에서 쓴 일기의 한 구절을 문득 생각나게 한 것이었다.

그때는 어머니가 살아계실 때였다. 6·25사변으로 대학의 강의가 중단되었기 때문에 서울을 떠나는 마지막 기차를 놓친 나는 서울에서 무진까지의 천여 리 길을 발가락이 몇 번이고 불어터지도록 걸어서 내려왔고 어머니에 의해서 골방에 처박혔고 의용군의 징발도 그 후의 국군의 징병도 모두 기피해 버리고 있었다. 내가 졸업한 무진중학교의 상급반 학생들이 무명지(無名指)에 붕대를 감고 '이 몸이 죽어서 나라가 산다면……'을 부르며 읍 광장에 서 있는 트럭들로 행진해 가서 그 트럭들에 올라타고 일선으로 떠날 때도 나는 골방

속에 쭈그리고 앉아서 그들의 행진이 집 앞을 지나가는 소리를 듣고만 있었다. 전선이 북쪽으로 올라가고 대학이 강의를 시작했다는 소식이 들려왔을 때도 나는 무진의 골방 속에 숨어 있었다. 모두가 나의 홀어머님 때문이었다. 모두가 전쟁터로 몰려갈 때 나는 내 어머니에게 몰려서 골방 속에 숨어서 수음을 하고 있었다. 이웃집 젊은이의 전사 통지가 오면 어머니는 내가 무사한 것을 기뻐했고, 이따금 일선의 친구에게서 군사우편이 오기라도 하면 나 몰래 그것을 찢어버리곤 하였다. 내가 골방보다는 전선을 택하고 싶어해 가는 것을 알고 있었기 때문이다. 그 무렵에 쓴 나의 일기장들은, 그 후에 태워버려서 지금은 없지만, 모두가 스스로를 모멸하고 오욕(汚辱)을 웃으며 견디는 내용들이었다. '어머니, 혹시 제가 지금 미친다면 대강 다음과 같은 원인들 때문일 테니 그 점에 유의하셔서 저를 치료해 보십시오…….' 이러한 일기를 쓰던 때를, 이른 아침 역 구내에서 본 미친 여자가 내 앞으로 끌어당겨 주었던 것이다. 무진이 가까웠다는 것을 나는 그 미친 여자를 통하여 느꼈고 그리고 방금 지나친, 먼지를 둘러쓰고 잡초 속에서 튀어나와 있는 이정비를 통하여 실감했다.

"이번에 자네가 전무가 되는 건 틀림없는 거구, 그러니 자네 한 일주일 동안 시골에 내려가서 긴장을 풀고 푹 쉬었다가 오게. 전무님이 되면 책임이 더 무거워질 테니 말야." 아내와 장인영감은 자신들은 알지 못하는 사이에 퍽 영리한 권유를 내게 한 셈이었다. 내가 긴장을 풀어버릴 수 있는, 아니 풀어버릴 수밖에 없는 곳을 무진으로 정해준 것은 대단히 영리한 것이었다.

버스는 무진 읍내로 들어서고 있었다. 기와지붕들도 양철지붕들도 초가지붕들도 유월 하순의 강렬한 햇볕을 받고 모두 은빛으로 번쩍이고 있었다. 철공소에서 들리는 쇠망치 두드리는 소리가 잠깐 버스로 달려들었다가 물러났다. 어디선지 분뇨(糞尿) 냄새가 새어 들어왔고 병원 앞을 지날 때

는 크레졸 냄새가 났고, 어느 상점의 스피커에서 는 느려 빠진 유행가가 흘러 나왔다. 거리는 텅 비 어 있었고 사람들은 처마 밑의 그늘에 쭈그리고 앉아 있었다. 어린아이들은 빨가벗고 기우뚱거리 며 그늘 속을 걸어다니고 있었다. 읍의 포장된 광 장도 거의 텅 비어 있었다. 햇볕만이 눈부시게 그 광장 위에서 끓고 있었고 그 눈부신 햇살 속에서, 정적 속에서 개 두 마리가 혀를 빼물고 교미를 하 고 있었다.

밤에 만난 사람들

저녁 식사를 하기 조금 전에 나는 낮잠에서 깨 어나서 신문지국(新聞支局)들이 몰려 있는 거리 로 갔다. 이모님 댁에서는 신문을 구독하고 있지 않았다. 그렇지만 신문은 도회인이 누구나 그렇 듯이 이제 내 생활의 일부로서 내 하루의 시작과 끝을 맡아보고 있었던 것이다. 내가 찾아간 신문 지국에 나는 이모님 댁의 주소와 약도를 그려주 고 나왔다. 밖으로 나올 때 나는 내 등 뒤에서 지 국 안에 있던 사람들이 그들끼리 무어라고 수군거 리는 소리를 들었다. 아마 나를 알고 있는 사람들 이었던 모양이다. "……그래애? 거만하게 생겼는 데……." "……출세했다지……?" "……옛날…… 폐병……." 그런 속삭임 속에서, 나는 밖으로 나 오면서 은근히 한마디를 기다리고 있었다. 그러나 결국 '안녕히 가십시오'는 나오지 않고 말았다. 그 것이 서울과의 차이점이었다. 그들은 이제 점점 수군거림의 소용돌이 속으로 끌려 들어가고 있으 리라, 자기 자신조차 잊어버리면서. 나중에 그 소 용돌이 밖으로 내던져졌을 때 자기들이 느낄 공허 감도 모른다는 듯이 그들은 수군거리고 수군거리 고 또 수군거리고 있으리라. 바다가 있는 쪽에서 바람이 불어오고 있었다. 몇 시간 전에 버스에서 내릴 때보다 거리는 많이 번잡해졌다. 학생들이 학교에서 돌아오고 있었다. 그들은 책가방이 주체 스러운 모양인지 그것을 뱅뱅 돌리기도 하며 어깨

너머로 넘겨 들기도 하며 두 손으로 껴안기도 하 며 혀끝에 침으로써 방울을 만들어서 그것을 입바 람으로 훅 불어 날리곤 했다. 학교 선생들과 사무 소의 직원들도 달그락거리는 빈 도시락을 들고 축 늘어져서 지나가고 있었다. 그러자 나는 이 모든 것이 장난처럼 생각되었다. 학교에 다닌다는 것, 학생들을 가르친다는 것, 사무소에 출근했다가 퇴 근한다는 이 모든 것이 실없는 장난이라는 생각이 든 것이다. 사람들이 거기에 매달려서 낑낑댄다는 것이 우습게 생각되었다.

이모 댁으로 돌아와서 저녁을 먹고 있을 때, 나 는 방문을 받았다. 박(朴)이라고 하는 무진중학교 의 내 몇 해 후배였다. 한때 독서광(讀書狂)이었 던 나를 그 후배는 무척 존경하는 눈치였다. 그는 학생시대에 이른바 문학소년이었던 것이다. 미국 의 작가인 피츠제럴드를 좋아한다고 하는 그 후배 는 그러나 피츠제럴드의 팬답지 않게 아주 얌전하 고 매사에 엄숙했고 그리고 가난하였다. "신문지 국에 있는 제 친구에게서 내려오셨다는 얘길 들었 습니다. 웬일이십니까?" 그는 정말 반가워해 주 었다. "무진엔 왜 내가 못 올 덴가?" 그렇게 대답 하며 나는 내 말투가 마음에 거슬렸다. "너무 오 랫동안 오시지 않았으니까 그러는 거죠. 제가 군 대에서 막 제대했을 때 오시고 이번이 처음이시니 까 벌써……." "벌써 한 4년 되는군." 4년 전 나는, 내가 경리(經理)의 일을 보고 있던 제약회사가 좀 더 큰 다른 회사와 합병되는 바람에 일자리를 잃 고 무진으로 내려왔던 것이다. 아니 단지 일자리 를 잃었다는 이유만으로 서울을 떠났던 것은 아 니다. 동거하고 있던 희(姬)만 그대로 내 곁에 있 어주었던들 실의(失意)의 무진행은 없었으리라. "결혼하셨다더군요?" 박이 물었다. "흐응, 자넨?" "전 아직, 참 좋은 데로 장가드셨다고들 하더군 요." "그래? 자넨 왜 여태 결혼하지 않고 있나? 자 네 금년에 어떻게 되지?" "스물아홉입니다." "스 물아홉이라. 아홉 수가 원래 사납다고 하데만. 금

년엔 어떻게 해 보지 그래?" "글쎄요." 박은 소년처럼 머리를 긁었다. 4년 전이니까 그해의 내 나이가 스물아홉이었고 희가 내 곁에서 달아나버릴 무렵에 지금 아내의 전남편이 죽었던 것이다. "무슨 나쁜 일이 있었던 건 아니겠죠?" 옛날의 내 무진행의 내용을 다소 알고 있는 박은 그렇게 물었다. "응, 아마 승진이 될 모양인데 며칠 휴가를 얻었지." "잘 되셨군요. 해방 후의 무진중학 출신 중에서 형님이 제일 출세하셨다고들 하고 있어요." "내가?" 나는 웃었다. "예, 형님하고 형님 동기(同期) 중에서 조형(趙兄)하고요." "조라니, 나하고 친하게 지내던 애 말인가?" "예, 그 형이 재작년엔가 고등고시에 패스해서 지금 여기 세무서장으로 있거든요." "아, 그래?" "모르셨어요?" "서로 소식이 별로 없었지. 그 애가 옛날엔 여기 세무서에서 직원으로 있었지, 아마?" "예." "그거 잘 됐군. 오늘 저녁엔 그 친구에게나 가볼까?" 친구 조는 키가 작았고 살결이 검은 편이었다. 그래서 키가 크고 살결이 창백한 나에게 열등감을 느낀다는 얘기를 내게 곧잘 했었다. '옛날에 손금이 나쁘다고 판단받은 소년이 있었다. 그 소년은 자기의 손톱으로 손바닥에 좋은 손금을 파가며 열심히 일했다. 드디어 그 소년은 성공해서 잘 살았다.' 조는 이런 얘기에 가장 감격하는 친구였다. "참 자넨 요즘 뭘 하고 있나?" 내가 박에게 물었다. 박은 얼굴을 붉히고 잠시 동안 머뭇거리다가 모교에서 교편을 잡고 있다고, 그것이 무슨 잘못이라도 되는 것처럼 우물거리며 대답했다. "좋지 않아? 책 읽을 여유가 있으니까 얼마나 좋은가? 난 잡지 한 권 읽을 여유가 없네. 무얼 가르치고 있나?" 후배는 내 말에 용기를 얻었는지 아까보다는 조금 밝은 목소리로 대답했다. "국어를 가르치고 있습니다." "잘 했어. 학교측에서 보면 자네 같은 선생을 구하기도 힘들 거야." "그렇지도 않아요. 사범대학 출신들 때문에 교원자격고시 합격증 가지고 견디기가 힘들어요." "그게 또 그런가?" 박은 아무 말 없이 쓸쓸한 미소만 지어 보였다.

저녁 식사 후, 우리는 술 한 잔씩을 마시고 나서 세무서장이 된 조의 집을 향하여 갔다. 거리는 어두컴컴했다. 다리를 건널 때 나는 냇가의 나무들이 어슴푸레하게 물 속에 비쳐 있는 것을 보았다. 옛날 언젠가 역시 이 다리를 밤중에 건너면서 나는 저 시커멓게 웅크리고 있는 나무들을 저주했었다. 금방 소리를 지르며 달려들 듯한 모습으로 나무들은 서 있었던 것이다. 세상에 나무가 없다면 얼마나 좋을까 하고 생각하기도 했었다. "모든 게 여전하군." 내가 말했다. "그럴까요?" 후배가 웅얼거리듯이 말했다.

조의 응접실에는 손님들이 네 사람 있었다. 나의 손을 아프도록 쥐고 흔들고 있는 조의 얼굴이 옛날보다 윤택해지고 살결도 많이 하얘진 것을 나는 보고 있었다. "어서 자리로 앉아라. 이거 원 누추해서…… 빨리 마누랄 얻어야겠는데……." 그러나 방은 결코 누추하지 않았다. "아니 아직 결혼 안 했나?" 내가 물었다. "법률책 좀 붙들고 앉아 있었더니 그렇게 돼버렸어. 어서 앉아." 나는 먼저 온 손님들에게 소개되었다. 세 사람은 남자로서 세무서 직원들이었고 한 사람은 여자로서 나와 함께 온 박과 무언가 얘기를 주고받고 있었다. "어어, 밀담들은 그만 하시고, 하(河)선생, 인사해요. 내 중학동창인 윤희중이라는 친굽니다. 서울에 있는 큰 제약회사의 간사님이시고 이쪽은 우리 모교에 와 계시는 음악선생님이시고. 하인숙씨라고, 작년에 서울에서 음악대학을 나오신 분이지." "아, 그러세요. 같은 학교에 계시는군요?" 나는 박과 그 여선생을 번갈아 가리키며 여선생에게 말했다. "네." 여선생은 방긋 웃으며 대답했고 내 후배는 고개를 숙여버렸다. "고향이 무진이신가요?" "아녜요, 발령이 이곳으로 났기 땜에 저 혼자 와 있는 거예요." 그 여자는 개성 있는 얼굴을 가지고 있었다. 윤곽은 갸름했고 눈이 컸고 얼굴색은 노리끼했다. 전체로 보아서 병약한 느낌을 주고 있었지만 그러나 좀 높은 콧날과 두터운 입술이 병약하다는 인상을 버리도록 요구하고 있었다. 그리고 카랑카랑한 목소리가 코와 입이 주는 인상을 더욱 강하게 하고 있었다. "전공이 무엇이었던가요?" "성악공부 좀 했어요." "그렇지만 하선생님은 피아노도 아주 잘 치십니다." 박이 곁에서 조심스런 목소리로 끼여들었다. 조도 거들었다. "노래를 아주 잘하시지. 소프라노가 굉장하시거든." "아, 소프라노를 맡으시는가요?" 내가 물었다. "네, 졸업연주회 땐 '나비부인' 중에서 '어떤 갠 날'을 불렀어요." 그 여자는 졸업연주회를 그리워하고 있는 듯한 음성으로 말했다.

방바닥에는 비단의 방석이 놓여 있고 그 위에는 화투짝이 흩어져 있었다. 무진(霧津)이다. 곧 입술을 태울 듯이 타들어가는 담배 꽁초를 입에 물고 눈으로 들어오는 그 담배 연기 때문에 눈물을 찔끔거리며 눈을 가늘게 뜨고, 이미 정오가 가까운 시각에야 잠자리에서 일어나서 그날의 허황한 운수를 점쳐보던 그 화투짝이었다. 또는, 자신을 팽개치듯이 끼여들던 언젠가의 노름판, 그 노름판에서 나의 뜨거워져 가는 머리와 떨리는 손가락만을 제외하곤 내 몸을 전연 느끼지 못하게 만들던 그 화투짝이었다. "화투가 있군, 화투가." 나는 한 장을 집어서 딱 소리가 나게 내려치고 다시 그것을 집어서 내려치고 또 집어서 내려치고 하며 중얼거렸다. "우리 돈내기 한판 하실까요?" 세무서 직원 중의 하나가 내게 말했다. 나는 싫었다. "다음 기회에 하지요." 세무서 직원들은 싱글싱글 웃었다. 조가 안으로 들어갔다가 나왔다. 잠시 후에 술상이 나왔다.

"여기엔 얼마쯤 있게 되나?" "일주일 가량." "청첩장 한 장 없이 결혼해 버리는 법이 어디 있어? 하기야 청첩장을 보냈더라도 그땐 내가 세무서에서 주판알 튕기고 있을 때니까 별수도 없었겠지만 말이다." "난 그랬지만 넌 청첩장 보내야 한다." "염려 말아. 금년 안으로는 받아볼 수 있게

될 거다." 우리는 별로 거품이 일지 않는 맥주를 마셨다. "제약회사라면 그게 약 만드는 데 아닙니까?" "그렇죠." "평생 병 걸릴 염려는 없겠습니다 그려." 굉장히 우스운 익살을 부렸다는 듯이 직원들이 방바닥을 치며 오랫동안 웃었다. "참 박군, 학생들한테서 인기가 대단하더구먼. 기껏 오 분쯤 걸어오면 될 거리에 살면서 나한테 왜 통 놀러오지 않나?" "늘 생각은 하고 있었습니다만……." "저기 앉아 계시는 하선생님한테서 자네 얘긴 늘 듣고 있었지. 자, 하선생, 맥주는 술도 아니니까 한잔 들어봐요. 평소엔 그렇지도 않던데 오늘 저녁엔 왜 이렇게 얌전을 피우실까?" "네 네, 거기 놓으세요. 제가 마시겠어요." "맥주는 좀 마셔봤지요?" "대학 다닐 때 친구들과 어울려서 방문을 안으로 잠가놓고 소주도 마셔본걸요." "이거 술꾼인 줄은 몰랐는데." "마시고 싶어서 마신 게 아니라 시험삼아서 맛 좀 본 거예요." "그래서 맛이 어떻습디까?" "모르겠어요. 술잔을 입에서 떼자마자 쿨쿨 자버렸으니까요." 사람들이 웃었다. 박만이 억지로 웃는 듯한 웃음이었다. "내가 항상 생각하는 바지만, 하선생님의 좋은 점은 바로 저기에 있거든. 될 수 있으면 얘기를 재미있게 하려고 한다는 점, 바로 그거야." "일부러 재미있게 하려고 하는 게 아녜요. 대학 다닐 때의 말버릇이에요." "아하, 그리고 보면 하선생의 나쁜 점은 바로 저기 있어. '내가 대학 다닐 때'라는 말을 빼놓곤 얘기가 안 됩니까? 나처럼 대학엔 문전에도 가보지 못한 사람은 서러워서 살겠어요?" "죄송합니다아." "그럼 내게 사과하는 뜻에서 노래 한 곡 들려주시겠어요?" "그거 좋습니다." "좋지요." "한번 들어봅시다." 사람들이 박수를 쳤다. 여선생은 머뭇거렸다. "서울 손님도 오고 했으니까…… 그 지난번에 부르던 거 참 좋습디다." 조는 재촉했다. "그럼 부릅니다." 여선생은 거의 무표정한 얼굴로 입을 조금만 달싹거리며 노래를 부르기 시작했다. 세무서 직원들이 손가락으로 술상을 두드리기 시작했

다. 여선생은 '목포의 눈물'을 부르고 있었다. '어떤 갠 날'과 '목포의 눈물' 사이에는 얼마큼의 유사성이 있을까? 무엇이 저 아리아들로써 길들어진 성대에서 유행가를 나오게 하고 있을까? 그 여자가 부르는 '목포의 눈물'에는 작부(酌婦)들이 부르는 그것에서 들을 수 있는 것과 같은 꺾임이 없었고, 대체로 유행가를 살려주는 목소리의 갈라짐이 없었고 흔히 유행가가 내용으로 하는 청승맞음이 없었다. 그 여자의 '목포의 눈물'은 이미 유행가가 아니었다. 그렇다고 '나비부인' 중의 아리아는 더욱 아니었다. 그것은 이전에는 없었던 어떤 새로운 양식의 노래였다. 그 양식은 유행가가 내용으로 하는 청승맞음과는 다른, 좀 더 무자비한 청승맞음을 포함하고 있었고 '어떤 갠 날'의 그 절규보다도 훨씬 높은 옥타브의 절규를 포함하고 있었고, 그 양식에는 머리를 풀어헤친 광녀(狂女)의 냉소가 스며 있었고 무엇보다도 시체가 썩어가는 듯한 무진의 그 냄새가 스며 있었다.

그 여자의 노래가 끝나자 나는 의식적으로 바보 같은 웃음을 띠고 박수를 쳤고 그리고 육감(六感)으로써랄까, 나는 후배인 박이 이 자리에서 떠나고 싶어하는 것을 알았다. 나의 시선이 박에게로 갔을 때, 나의 시선을 받은 박은 기다렸다는 듯이 자리에서 일어났다. 누군지가 그에게 앉아 있기를 권했으나 박은 해사한 웃음을 띠며 거절했다. "먼저 실례합니다. 형님은 내일 또 뵙지요." 조는 대문까지 따라 나왔고 나는 한길까지 박을 바래다주러 나갔다. 밤이 깊지 않았는데도 거리는 적막했다. 어디선지 개 짖는 소리가 들려왔고 쥐 몇 마리가 한길 위에서 무엇을 먹고 있다가 우리의 그림자에 놀라 흩어져버렸다. "형님, 보세요. 안개가 내리는군요." 과연 한길의 저 끝, 불빛이 드문드문 박혀 있는 먼 주택지의 검은 풍경들이 점점 풀어져 가고 있었다. "자네, 하선생을 좋아하고 있는 모양이군?" 내가 물었다. 박은 다시 그 해사한 웃음을 띠었다. "그 여선생과 조군과 무슨 관

계가 있는 모양이지?" "모르겠습니다. 아마 조형이 결혼상대자 중의 하나로 생각하는 거 같아요." "자네가 그 여선생을 좋아한다면 좀 더 적극적으로 나가야 해. 잘해 봐." "뭐 별로……." 박은 소년처럼 말을 더듬거렸다. "그 속물들 틈에 앉아서 유행가를 부르고 있는 게 좀 딱해 보였을 뿐이지요. 그래서 나와버린 거죠." 박은 분노를 누르고 있는 듯이 나직나직 말했다. "클래식을 부를 장소가 있고 유행가를 부를 장소가 따로 있다는 것뿐이겠지. 뭐 딱할 거까지야 있나?" 나는 거짓말로써 그를 위로했다. 박은 가고 나는 다시 '속물'들 틈에 끼였다. 무진에서는 누구나 그렇게 생각하는 것이다. 타인은 모두 속물들이라고. 나 역시 그렇게 생각하는 것이다. 타인이 하는 모든 행위는 무위(無爲)와 똑같은 무게밖에 가지고 있지 않은 장난이라고.

밤이 퍽 깊어서 우리는 자리에서 일어났다. 조는 내가 자기 집에서 자고 가기를 권했다. 그러나 다음날 아침에 잠자리에서 일어나서 그 집을 나올 때까지의 부자유스러움을 생각하고 나는 기어코 밖으로 나섰다. 직원들도 도중에서 흩어져 가고 결국엔 나와 여자만이 남았다. 우리는 다리를 건너고 있었다. 검은 풍경 속에서 냇물은 하얀 모습으로 뻗어 있었고 그 하얀 모습의 끝은 안개 속으로 사라지고 있었다. "밤엔 정말 멋있는 고장이에요." 여자가 말했다. "그래요? 다행입니다." 내가 말했다. "왜 다행이라고 말씀하시는 줄 짐작하겠어요." 여자가 말했다. "어느 정도까지 짐작하셨어요?" 내가 물었다. "사실은 멋이 없는 고장이니까요. 제 대답이 맞았어요?" "거의." 우리는 다리를 다 건넜다. 거기서 우리는 헤어져야 했다. 그 여자는 냇물을 따라서 뻗어 나간 길로 가야 했고 나는 곧장 난 길로 가야 했다. "아, 글루 가세요? 그럼……." 내가 말했다. "조금만 바래다주세요. 이 길은 너무 조용해서 무서워요." 여자가 조금 떨리는 목소리로 말했다. 나는 다시 여자와 나란

히 서서 걸었다. 나는 갑자기 이 여자와 친해진 것 같았다. 다리가 끝나는 바로 거기에서부터, 그 여자가 정말 무서워서 떠는 듯한 목소리로 내게 바래다주기를 청했던 바로 그때부터 나는 그 여자가 내 생애 속에 끼여든 것을 느꼈다. 내 모든 친구들처럼, 이제는 모른다고 할 수 없는, 때로는 내가 그들을 훼손하기도 했지만 그러나 더욱 많이 그들이 나를 훼손시켰던 내 모든 친구들처럼. "처음에 뵈었을 때, 뭐랄까요, 서울 냄새가 난다고 할까요, 퍽 오래전부터 알던 사람처럼 느껴졌어요. 참 이상하죠?" 갑자기 여자가 말했다. "유행가." 내가 말했다. "네?" "아니 유행가는 왜 부르십니까? 성악 공부한 사람들은 될 수 있는 대로 유행가를 멀리하지 않았던가요?" "그 사람들은 항상 유행가만 부르라고 하거든요." 대답하고 나서 여자는 부끄러운 듯이 나지막하게 소리내어 웃었다. "유행가를 부르지 않으려면 거기에 가지 않는 게 좋다고 얘기하면 내정간섭이 될까요?" "정말 앞으론 가지 않을 작정이에요. 정말 보잘것없는 사람들이에요." "그럼 왜 여태까진 거기에 놀러 다녔습니까?" "심심해서요." 여자는 힘없이 말했다. 심심하다, 그래 그게 가장 정확한 표현이다. "아까 박군은 하선생님께서 유행가를 부르고 계시는 게 보기에 딱하다고 하면서 나가버렸지요." 나는 어둠 속에서 여자의 얼굴을 살폈다. "박선생님은 정말 꽁생원이에요." 여자는 유쾌한 듯이 높은 소리로 웃었다. "선량한 사람이죠." 내가 말했다. "네, 너무 선량해요." "박군이 하선생님을 사랑하고 있다는 생각을 해 본 적은 없었던가요?" "아이, '하선생님 하선생님' 하지 마세요. 오빠라고 해도 제 큰오빠뻘이나 되실 텐데요." "그럼 무어라고 부릅니까?" "그냥 제 이름을 불러 주세요. 인숙이라고요." "인숙이 인숙이." 나는 낮은 목소리로 중얼거려 보았다. "그게 좋군요." 나는 말했다. "인숙인 왜 내 질문을 피하죠?" "무슨 질문을 하셨던가요?" 여자는 웃으면서 말했다. 우리는 논 곁을

지나가고 있었다. 언젠가 여름 밤, 멀고 가까운 논에서 들려오는 개구리들의 울음소리를, 마치 수많은 비단조개 껍질을 한꺼번에 맞부빌 때 나는 듯한 소리를 듣고 있을 때 나는 그 개구리 울음소리들이 나의 감각 속에서 반짝이고 있는 수없이 많은 별들로 바뀌어 있는 것을 느끼곤 했었다. 청각의 이미지가 시각의 이미지로 바뀌는 이상한 현상이 나의 감각 속에서 일어나곤 했었던 것이다. 개구리 울음소리가 반짝이는 별들이라고 느낀 나의 감각은 왜 그렇게 뒤죽박죽이었을까. 그렇지만 밤하늘에서 쏟아질 듯이 반짝이고 있는 별들을 보고 개구리의 울음소리가 귀에 들려오는 듯했었던 것은 아니다. 별들을 보고 있으면 나는 나와 어느 별과 그리고 그 별과 또 다른 별들 사이의 안타까운 거리가, 과학책에서 배운 바로써가 아니라, 마치 나의 눈이 점점 정확해져 가고 있는 듯이 나의 시력에 뚜렷이 보여오는 것이었다. 나는 그 도달할 길 없는 거리를 보는 데 홀려서 멍하니 서 있다가 그 순간 속에서 그대로 가슴이 터져버리는 것 같았다. 왜 그렇게 못 견디어했을까, 별이 무수히 반짝이는 밤하늘을 보고 있던 옛날 나는 왜 그렇게 분해서 못 견디어했을까. "무얼 생각하고 계세요?" 여자가 물어왔다. "개구리 울음소리." 대답하며 나는 밤하늘을 올려봤다. 내리고 있는 안개에 가려서 별들이 흐릿하게 떠보였다. "어머, 개구리 울음소리. 정말요. 제겐 여태까지 개구리 울음소리가 들리지 않았어요. 무진의 개구리는 밤 열두 시 이후에만 우는 줄로 알고 있었는데요." "열두 시 이후에요?" "네, 밤 열두 시가 넘으면, 제가 방을 얻어 있는 주인 댁의 라디오 소리도 꺼지고 들리는 거라곤 개구리 울음소리뿐이거든요." "밤 열두 시가 넘도록 잠을 자지 않고 무얼 하시죠?" "그냥 가끔 그렇게 잠이 오지 않아요." 그냥 그렇게 잠이 오지 않는다. 아마 그건 사실이리라. "사모님 예쁘게 생기셨어요?" 여자가 갑자기 물었다. "제 아내 말씀인가요?" "네." "예쁘

죠.” 나는 웃으면서 대답했다. “행복하시죠? 돈이 많고 예쁜 부인이 있고 귀여운 아이들이 있고 그러면…….” “아이들은 아직 없으니까 쬐끔 덜 행복하겠군요.” “어머, 결혼을 언제 하셨는데 아직 아이들이 없어요?” “이제 삼 년 좀 넘었습니다.” “특별한 용무도 없이 여행하시면서 왜 혼자 다니세요?” 이 여자는 왜 이런 질문을 할까? 나는 조용히 웃어버렸다. 여자는 아까보다 좀 더 명랑한 목소리로 말했다. “앞으로 오빠라고 부를 테니까 절 서울로 데려가 주시겠어요?” “서울에 가고 싶으신가요?” “네.” “무진이 싫은가요?” “미칠 것 같아요. 금방 미칠 것 같아요. 서울엔 제 대학동창들도 많고…… 아이, 서울로 가고 싶어 죽겠어요.” 여자는 잠깐 내 팔을 잡았다가 얼른 놓았다. 나는 갑자기 흥분되었다. 나는 이마를 찡그렸다. 찡그리고 찡그리고 또 찡그렸다. 그러자 흥분이 가셨다. “그렇지만 이젠 어딜 가도 대학시절과는 다를걸요. 인숙은 여자니까 아마 가정으로나 숨어버리기 전에는 어느 곳에 가든지 미칠 것 같을걸요.” “그런 생각도 해봤어요. 그렇지만 지금 같아선 가정을 갖는다고 해도 미칠 것 같은 생각이 들어요. 정말 맘에 드는 남자가 있다고 해도 여기서는 살기가 싫어요. 전 그 남자에게 여기서 도망하자고 조를 거예요.” “그렇지만 내 경험으로는 서울에서의 생활이 반드시 좋지도 않더군요. 책임, 책임뿐입니다.” “그렇지만 여긴 책임도 무책임도 없는 곳인걸요. 하여튼 서울에 가고 싶어요. 절 데려가 주시겠어요?” “생각해 봅시다.” “꼭이에요, 네?” 나는 그저 웃기만 했다. 우리는 그 여자의 집 앞에까지 왔다. “선생님, 내일은 무얼 하실 계획이세요?” 여자가 물었다. “글쎄요, 아침엔 어머님 산소를 다녀와야 하겠고, 그리고 나면 할 일이 없군요. 바닷가에나 가볼까 하는데요. 거긴 한때 내가 방을 얻어 있던 집이 있으니까 인사도 할 겸.” “선생님, 내일 거긴 오후에 가세요.” “왜요?” “저도 같이 가고 싶어요. 내일은 토요일이니까 오전

수업뿐이에요.” “그럽시다.” 우리는 내일 만날 시간과 장소를 약속하고 헤어졌다. 나는 이상한 우울에 빠져서 터벅터벅 밤길을 걸어 이모 댁으로 돌아왔다.

내가 이불 속으로 들어갔을 때 통금 사이렌이 불었다. 그것은 갑작스럽고 요란한 소리였다. 그 소리는 길었다. 모든 사물이 모든 사고(思考)가 그 사이렌에 흡수되어 갔다. 마침내 이 세상에선 아무것도 없어져 버렸다. 사이렌만이 세상에 남아 있었다. 그 소리도 마침내 느껴지지 않을 만큼 오랫동안 계속할 것 같았다. 그때 소리가 갑자기 힘을 잃으면서 꺾였고 길게 신음하며 사라져 갔다. 내 사고만이 다시 살아났다. 나는 얼마 전까지 그 여자와 주고받던 얘기들을 다시 생각해 보려 했다. 많은 것을 얘기한 것 같은데 그러나 귓속에는 우리의 대화가 몇 개 남아 있지 않았다. 좀 더 시간이 지난 후, 그 대화들이 내 귓속에서 내 머릿속으로 자리를 옮길 때는 그리고 머릿속에서 심장 속으로 옮겨갈 때는 또 몇 개가 더 없어져 버릴 것인가. 아니 결국엔 모두 없어져 버릴지도 모른다. 천천히 생각해 보자. 그 여자는 서울에 가고 싶다고 했다. 그 말을 그 여자는 안타까운 음성으로 얘기했다. 나는 문득 그 여자를 껴안고 싶은 충동에 사로잡혔다. 그리고…… 아니, 내 심장에 남을 수 있는 것은 그것뿐이었다. 그러나 그것도 일단 무진을 떠나기만 하면 내 심장 위에서 지워져 버리리라. 나는 잠이 오지 않았다. 낮잠 때문이기도 하였다. 나는 어둠 속에서 담배를 피웠다. 나는 우울한 유령들처럼 나를 내려다보고 있는 벽에 걸린 하얀 옷들을 흘겨보고 있었다. 나는 담뱃재를 머리맡의 적당한 곳에 털었다. 내일 아침 걸레로 닦아내면 될 어느 곳에. ‘열두 시 이후에 우는’ 개구리 울음소리가 희미하게 들려오고 있었다. 어디선가 한 시를 알리는 시계 소리가 나직이 들려왔다. 어디선가 두 시를 알리는 시계 소리가 들려왔다. 어디선가 세 시를 알리는 시계 소리가 들려왔다. 어디

선가 네 시를 알리는 시계 소리가 들려왔다. 잠시 후에 통금해제의 사이렌이 불었다. 시계와 사이렌 중 어느 것 하나가 정확하지 못했다. 사이렌은 갑작스럽고 요란한 소리였다. 그 소리는 길었다. 모든 사물이 모든 사고가 그 사이렌에 흡수되어 갔다. 마침내 이 세상에선 아무것도 없어져 버렸다. 사이렌만이 세상에 남아 있었다. 그 소리도 마침내 느껴지지 않을 만큼 오랫동안 계속할 것 같았다. 그때 소리가 갑자기 힘을 잃으면서 꺾였고 길게 신음하며 사라져 갔다. 어디선가 부부들은 교합(交合)하리라. 아니다. 부부가 아니라 창부와 그 여자의 손님이리라. 나는 왜 그런 엉뚱한 생각을 하고 있는지 알 수 없었다. 잠시 후에 나는 슬며시 잠이 들었다.

바다로 뻗은 긴 방죽

그날 아침엔 이슬비가 내리고 있었다. 식전에 나는 우산을 받쳐들고 읍 근처의 산에 있는 어머니의 산소로 갔다. 나는 바지를 무릎 위까지 걷어올리고 비를 맞으며 묘를 향하여 엎드려 절했다. 비가 나를 굉장한 효자로 만들어주었다. 나는 한 손으로 묘 위의 긴 풀을 뜯었다. 풀을 뜯으면서 나는 나를 전무님으로 만들기 위하여 전무 선출에 관계된 사람들을 찾아다니며 그 호걸 웃음을 웃고 있을 장인영감을 상상했다. 그러자 나는 묘 속으로 들어가고 싶었다.

돌아가는 길은 좀 멀긴 하지만 잔디가 곱게 깔린 방죽길을 걷기로 했다. 이슬비가 바람에 뿌옇게 날리고 있었다. 비를 따라서 풍경이 흔들렸다. 나는 우산을 접어버렸다. 방죽 위를 걸어가다가 나는 방죽의 경사 밑, 물가의 풀밭에 읍에서 먼 촌으로부터 등교하기 위하여 오던 학생들이 모여서 웅성거리고 있는 것을 보았다. 나이 많은 사람들이 몇 사람 끼여 있었고 비옷을 입은 순경 한 사람이 방죽의 비탈 위에 쭈그리고 앉아서 담배를 피우며 먼 곳을 바라보고 있었고, 노파 한 사람이 혀를 차며 웅성거리고 있는 학생들의 틈을 빠져 나와서 갔다. 나는 방죽의 비탈을 내려갔다. 순경 곁을 지나면서 나는 물었다. "무슨 일입니까?" "자살 시쳅니다." 순경은 흥미없는 말투로 말했다. "누군데요?" "읍내에 있는 술집 여잡니다. 초여름이 되면 반드시 몇 명씩 죽지요." "네에." "저 계집애는 아주 독살스러운 년이어서 안 죽을 줄 알았더니, 저것도 별수없는 사람이었던 모양입니다." "네에." 나는 물가로 내려가서 학생들 틈에 끼였다. 시체의 얼굴은 냇물을 향하고 있었으므로 내게는 보이지 않았다. 머리는 파마였고 팔과 다리가 하얗고 굵었다. 붉은색의 얇은 스웨터를 입고 있었고 하얀 스커트를 입고 있었다. 지난 밤의 새벽은 추웠던 모양이다. 아니면 그 옷이 그 여자의 맘에 든 옷이었던가 보다. 푸른 꽃무늬 있는 하얀 고무신을 머리에 베고 있었다. 무엇인가를 싼 하얀 손수건이 그 여자의 축 늘어진 손에서 좀 떨어진 곳에 굴러 있었다. 하얀 손수건은 비를 맞고 있었고 바람이 불어도 조금도 나부끼지 않았다. 시체의 얼굴을 보기 위해서 많은 학생들이 냇물 속에 발을 담그고 이쪽을 향하고 서 있었다. 그들의 푸른색 유니폼이 물에 거꾸로 비쳐 있었다. 푸른색의 깃발들이 시체를 옹위하고 있었다. 나는 그 여자를 향하여 이상스레 정욕이 끓어오름을 느꼈다. 나는 급히 그 자리를 떠났다. "무슨 약을 먹었는지 모르지만 지금이라도 어쩌면……" 순경에게 내가 말했다. "저런 여자들이 먹는 건 청산가립니다. 수면제 몇 알 먹고 떠들썩한 연극 같은 건 안 하지요. 그것만은 고마운 일이지만." 나는 무진으로 오는 버스칸에서 수면제를 만들어 팔겠다는 공상을 한 것이 생각났다. 햇빛의 신선한 밝음과 살갗에 탄력을 주는 정도의 공기의 저온, 그리고 해풍(海風)에 섞여 있는 정도의 소금기, 이 세 가지를 합성하여 수면제를 만들 수 있다면…… 그러나 사실 그 수면제는 이미 만들어져 있었던 게 아닐까. 나는 문득, 내가 간밤에 잠을 이루지 못하고 뒤척거리고 있었던 게 이 여자의 임종을 지켜주기 위해서가 아니었을까 하는 생각이 들었다. 통금해제의 사이렌이 불고 이 여자는 약을 먹고 그제야 나는 슬며시 잠이 들었던 것만 같다. 갑자기 나는 이 여자가 나의 일부처럼 느껴졌다. 아프긴 하지만 아끼지 않으면 안 될 내 몸의 일부처럼 느껴졌다. 나는 접어든 우산에 묻은 물을 획획 뿌리면서 집으로 돌아왔다. 집에는 세무서장인 조가 보낸 쪽지가 기다리고 있었다. '할 일 없으면 세무서로 좀 들러주게.' 아침밥을 먹고 나는 세무서로 갔다. 이슬비는 그쳤으나 하늘은 흐렸다. 나는 조의 의도를 알 것 같았다. 서장실에 앉아 있는 자기의 모습을 보여주고 싶은 거다. 아니 내가 비꼬아서 생각하고 있는지 모른다. 나는 고쳐 생각하기로 했다. 그는 세무서장으로 만족하고 있을까? 아마 만족하고 있을 게다. 그는 무진에 어울리는 사람이다. 아니, 나는 다시 고쳐 생각하기로 했다. 어떤 사람을 잘 안다는 것―잘 아는 체한다는 것이 그 어떤 사람의 입장에서 보면 무척 불행한 일이다. 우리가 비난할 수 있고 적어도 평가하려고 드는 것은 우리가 알고 있는 사람에 한하는 것이기 때문이다.

조는 러닝셔츠 바람으로, 바지는 무릎 위까지 걷어붙이고 부채를 부치고 있었다. 나는 그가 초라해 보였고 그러나 그가 흰 커버를 씌운 회전의자 위에 앉아 있는 것을 자랑스러워하는 듯한 몸짓을 해 보일 때는 그가 가엾게 생각되었다. "바쁘지 않나?" 내가 물었다. "나야 뭐 하는 일이 있어야지. 높은 자리라는 건 책임진다는 말만 중얼거리고 있으면 되는 모양이지." 그러나 그는 결코 한가하지 않았다. 여러 사람들이 드나들면서 서류에 조의 도장을 받아갔고 더 많은 서류들이 그의 미결함(未決函)에 쌓였다. "월말에다가 토요일이 되어서 좀 바쁘다." 그는 말했다. 그러나 그의 얼굴은 그 바쁜 것을 자랑스럽게 여기고 있었다. 바쁘다. 자랑스러워할 틈도 없이 바쁘다. 그것은 서

울에서의 나였다. 그만큼 여기는 생활한다는 것에 서투를 수 있다고나 할까? 바쁘다는 것도 서투르게 바빴다. 그리고 그때 나는, 사람이 자기가 하는 일에 서투르다는 것은, 그것이 무슨 일이든지 설령 도둑질이라고 할지라도 서투르다는 것은 보기에 딱하고 보는 사람을 신경질나게 한다고 생각하였다. 미끈하게 일을 처리해 버린다는 건 우선 우리를 안심시켜 준다. "참, 엊저녁, 하선생이란 여자는 네 색싯감이냐?" 내가 물었다. "색싯감?" 그는 높은 소리로 웃었다. "내 색싯감이 그 정도로밖에 안 보이냐?" 그가 말했다. "그 정도가 뭐 어때서?" "야, 이 약아빠진 놈아, 넌 빽 좋고 돈 많은 과부를 물어놓고 기껏 내가 어디서 굴러온 줄도 모르는 말라빠진 음악선생이나 차지하고 있으면 맘이 시원하겠다는 거냐?" 말하고 나서 그는 유쾌해 죽겠다는 듯이 웃어대었다. "너만큼만 사는 정도라면 여자가 거지라도 괜찮지 않아?" 내가 말했다. "그래도 그게 아닙니다. 내 편에 나를 끌어줄 사람이 없으면 처가 편에서라도 누가 있어야 하는 거야." 그가 대답했다. 그의 말투로는 우리는 공모자였다. "야, 세상 우습더라. 내가 고시에 패스하자마자 중매쟁이가 막 들어오는데…… 그런데 그게 모두 형편없는 것들이거든. 도대체 여자들이 성기(性器) 하나를 밑천으로 해서 시집가 보겠다는 고 배짱들이 괘씸하단 말야." "그럼 그 여선생도 그런 여자 중의 하나인가?" "아주 대표적인 여자지. 어떻게나 쫓아다니는지 귀찮아 죽겠다." "퍽 똑똑한 여자일 것 같던데." "똑똑하기야 하지, 그렇지만 뒷조사를 해 보았더니 집안이 너무 허술해. 그 여자가 여기서 죽는다고 해도 고향에서 그 여자를 데리러 올 사람 하나 변변한 게 없거든." 나는 그 여자를 어서 만나보고 싶었다. 나는 그 여자가 지금 어디서 죽어가고 있는 것처럼 생각되었다. 어서 가서 만나보고 싶었다. "속도 모르는 박군은 그 여자를 좋아한대." 그가 말하면서 빙긋 웃었다. "박군이?" 나는 놀란 체했다. "그

여자에게 편지를 보내어 호소를 하는데 그 여자가 모두 내게 보여주거든. 박군은 내게 연애편지를 쓰는 셈이지." 나는 그 여자를 만나보고 싶은 생각이 싹 가셨다. 그러나 잠시 후엔 그 여자를 어서 만나보고 싶다는 생각이 되살아났다. "지난봄엔 그 여잘 데리고 절엘 한번 갔었지. 어떻게 해 보려고 했는데 요 영리한 게 결혼하기 전까지는 절대로 안 된다는 거야." "그래서?" "무안만 당하고 말았지." 나는 그 여자에게 감사했다.

시간이 됐을 때 나는 그 여자와 만나기로 한, 읍내에서 좀 떨어진, 바다로 뻗어 나가고 있는 방죽으로 갔다. 노란 파라솔 하나가 멀리 보였다. 그것이 그 여자였다. 우리는 구름이 낀 하늘 밑을 나란히 걸어갔다. "저 오늘 박선생님께 선생님에 관해서 여러 가지 물어봤어요." "그래요?" "무얼 제일 중요하게 물어보았을 거 같아요?" 나는 전연 짐작할 수가 없었다. 그 여자는 잠시 동안 키득키득 웃었다. 그리고 말했다. "선생님의 혈액형을 물어봤어요." "내 혈액형을요?" "전 혈액형에 대해서 이상한 믿음을 가지고 있어요. 사람들이 꼭 자기의 혈액형이 나타내 주는─그, 생물책에 씌어 있지 않아요?─꼭 그 성격대로이기만 했으면 좋겠어요. 그럼 세상엔 손가락으로 꼽을 정도의 성격밖에 없을 게 아니에요?" "그게 어디 믿음입니까? 희망이지." "전 제가 바라는 것은 그대로 믿어버리는 성격이에요." "그건 무슨 혈액형입니까?" "바보라는 이름의 혈액형이에요." 우리는 후텁지근한 공기 속에서 괴롭게 웃었다. 나는 그 여자의 프로필을 훔쳐보았다. 그 여자는 이제 웃음을 그치고 입을 꾹 다물고 그 커다란 눈으로 앞을 똑바로 응시하고 있었고 코끝에 땀이 맺혀 있었다. 그 여자는 어린아이처럼 나를 따라오고 있었다. 나는 나의 한 손으로 그 여자의 한 손을 잡았다. 그 여자는 놀란 듯했다. 나는 얼른 손을 놓았다. 잠시 후에 나는 다시 손을 잡았다. 그 여자는 이번엔 놀라지 않았다. 우리가 잡고 있는 손바

닥과 손바닥의 틈으로 희미한 바람이 새어나가고 있었다. "무작정 서울에만 가면 어떻게 할 작정이오?" 내가 물었다. "이렇게 좋은 오빠가 있는데 어떻게 해 주겠지요." 여자는 나를 쳐다보며 방긋 웃었다. "신랑감이야 수두룩하긴 하지만…… 서울보다는 고향에 가 있는 게 낫지 않을까요?" "고향보다는 여기가 나아요." "그럼 여기에 그대로 있는 게……." "아이, 선생님, 절 데리고 가시잖을 작정이시군요." 여자는 울상을 지으며 내 손을 뿌리쳤다. 사실 나는 나 자신을 알 수 없었다. 사실 나는 감상(感傷)이나 연민으로써 세상을 향하고 서는 나이도 지난 것이다. 사실 나는, 몇 시간 전에 조가 얘기했듯이 '빽이 좋고 돈 많은 과부'를 만난 것을 반드시 바랐던 것은 아니지만 결과적으로는 잘 되었다고 생각하고 있는 사람인 것이다. 나는 내게서 달아나버렸던 여자에 대한 것과는 다른 사랑을 지금의 내 아내에 대하여 갖고 있었다. 그러면서도 나는 구름이 끼어 있는 하늘 밑의 바다로 뻗은 방죽 위를 걸어가면서 다시 내 곁에 선 여자의 손을 잡았다. 나는 지금 우리가 찾아가고 있는 집에 대하여 여자에게 설명해 주었다. 어느 해, 나는 그 집에서 방 한 칸을 얻어 들고 더러워진 나의 폐(肺)를 씻어 내고 있었다. 어머니도 세상을 떠나간 뒤였다. 이 바닷가에서 보낸 일년. 그때 내가 쓴 모든 편지들 속에서 사람들은 '쓸쓸하다'라는 단어를 쉽게 발견할 수 있었다. 그 단어는 다소 천박하고 이제는 사람의 가슴에 호소해 오는 능력도 거의 상실해 버린 사어(死語) 같은 것이지만 그러나 그 무렵의 내게는 그 말밖에 써야 할 말이 없는 것처럼 생각돼 있었다. 아침의 백사장을 거니는 산보에서 느끼는 시간의 지루함과 낮잠에서 깨어나서 식은땀이 줄줄 흐르는 이마를 손바닥으로 닦으며 느끼는 허전함과 깊은 밤에 악몽으로부터 깨어나서 쿵쿵 소리를 내며 급하게 뛰고 있는 심장을 한 손으로 누르며 밤바다의 그 애처로운 울음소리에 귀를 기울이고 있을 때의 안타

까움, 그런 것들이 굴껍데기처럼 다닥다닥 붙어서 떨어질 줄 모르는 나의 생활을 나는 '쓸쓸하다'라는, 지금 생각하면 허깨비 같은 단어 하나로 대신시켰던 것이다. 바다는 상상도 되지 않는 먼지 낀 도시에서, 바쁜 일과중에, 무표정한 우편배달부가 던져주고 간 나의 편지 속에서 '쓸쓸하다'라는 말을 보았을 때 그 편지를 받은 사람이 과연 무엇을 느끼거나 상상할 수 있었을까? 그 바닷가에서 그 편지를 내가 띄우고 도시에서 내가 그 편지를 받았다고 가정할 경우에도 내가 그 바닷가에서 그 단어와 걸어보던 모든 것에 만족할 만큼 도시의 내가 바닷가의 나의 심경에 공명할 수 있었을 것인가? 아니 그것이 필요하기나 했었을까? 그러나 정확하게 말하자면, 그 무렵 편지를 쓰기 위해서 책상 앞으로 다가가고 있던 나도, 지금에 와서 내가 하고 있는 바와 같은 가정과 질문을 어렴풋이나마 하고 있었고 그 대답을 '아니다'로 생각하고 있었던 듯하다. 그러면서도 그는 그 속에 '쓸쓸하다'라는 단어가 씌어진 편지를 썼고 때로는 바다가 암청색(暗靑色)으로 서투르게 그려진 엽서를 사방으로 띄웠다. "세상에서 제일 먼저 편지를 쓴 사람은 어떤 사람이었을까요?" 내가 말했다. "아이, 편지. 정말 편지를 받는 것처럼 기쁜 일은 없어요. 정말 누구였을까요? 아마 선생님처럼 외로운 사람이었겠죠?" 여자의 손이 내 손 안에서 꼼지락거렸다. 나는 그 손이 그렇게 말하고 있는 듯한 느낌이 들었다. "그리고 인숙이처럼." 내가 말했다. "네." 우리는 서로 고개를 마주 보며 웃음지었다.

우리는 우리가 찾아가는 집에 도착했다. 세월이 그 집과 그 집 사람들만은 피해서 지나갔던 모양이다. 주인들은 나를 옛날의 나로 대해 주었고 그러자 나는 옛날의 내가 되었다. 나는 가지고 온 선물을 내놓고 그 집 부부는 내가 들어 있던 방을 우리에게 제공해 주었다. 나는 그 방에서 여자의 조바심을, 마치 칼을 들고 달려드는 사람으로부터, 누군지가 자기의 손에서 칼을 빼앗아주지 않으면 상대편을 찌르고 말 듯한 절망을 느끼는 사람으로부터 칼을 빼앗듯이 그 여자의 조바심을 빼앗아주었다. 그 여자는 처녀는 아니었다. 우리는 다시 방문을 열고 물결이 다소 거센 바다를 내려다보며 오랫동안 말없이 누워 있었다. "서울에 가고 싶어요. 단지 그거뿐예요." 한참 후에 여자가 말했다. 나는 손가락으로 여자의 볼 위에 의미 없는 도화를 그리고 있었다. "세상에 착한 사람이 있을까?" 나는 방으로 불어오는 해풍 때문에 불이 꺼져버린 담배에 다시 불을 붙이며 말했다. "절 나무라시는 거죠? 착하게 보아주려는 마음이 없으면 아무도 착하지 않을 거예요?" 나는 우리가 불교도(佛敎徒)라고 생각했다. "선생님은 착한 분이세요?" "인숙이가 믿어주는 한." 나는 다시 한번 우리가 불교도라고 생각했다. 여자는 누운 채 내게 조금 더 다가왔다. "바닷가로 나가요, 네? 노래 불러 드릴게요." 여자가 말했다. 그러나 우리는 일어나지 않았다. "바닷가로 나가요, 네? 방은 너무 더워요." 우리는 일어나서 밖으로 나왔다. 우리는 백사장을 걸어서 인가가 보이지 않는 바닷가의 바위 위에 앉았다. 파도가 거품을 숨겨가지고 와서 우리가 앉아 있는 바위 밑에 그것을 뿜어 놓았다. "선생님." 여자가 나를 불렀다. 나는 여자 쪽으로 고개를 돌렸다. "자기 자신이 싫어지는 것을 경험하신 적이 있으세요?" 여자가 꾸민 명랑한 목소리로 물었다. 나는 기억을 헤쳐보았다. 나는 고개를 끄덕이며 말했다. "언젠가 나와 함께 자던 친구가 다음날 아침에 내가 코를 골면서 자더라는 것을 알려주었을 때였지. 그땐 정말이지 살맛이 나지 않았어." 나는 여자를 웃기기 위해서 그렇게 말했다. 그러나 여자는 웃지 않고 조용히 고개만 끄덕거렸다. 한참 후에 여자가 말했다. "선생님, 저 서울에 가고 싶지 않아요." 나는 여자의 손을 달라고 하여 잡았다. 나는 그 손을 힘을 주어 쥐면서 말했다. "우리 서로 거짓말은 하지 말기로 해." "거짓말이 아니에요." 여자는 빙긋 웃으면서 말했다. "'어떤 갠 날'을 불러 드릴게요." "그렇지만 오늘은 흐린걸." 나는 '어떤 갠 날'의 그 이별을 생각하며 말했다. 흐린 날엔 사람들은 헤어지지 말기로 하자. 손을 내밀고 그 손을 잡는 사람이 있으면 그 사람을 가까이 가까이 좀 더 가까이 끌어당겨 주기로 하자. 나는 그 여자에게 '사랑한다'고 말하고 싶었다. 그러나 '사랑한다'라는 그 국어의 어색함이 그렇게 말하고 싶은 나의 충동을 쫓아버렸다.

우리가 바닷가에서 읍내로 돌아온 것은 저녁의 어둠이 밀려든 뒤였다. 읍내에 들어오기 조금 전에 우리는 방죽 위에서 키스했다. "전 선생님께서 여기 계시는 일주일 동안만 멋있는 연애를 할 계획이니까 그렇게 알고 계세요." 헤어지면서 여자가 말했다. "그렇지만 내 힘이 더 세니까 별수없이 내게 끌려서 서울까지 가게 될걸." 내가 말했다.

집으로 돌아와서 나는 후배인 박이 낮에 다녀간 것을 알았다. 그는 내가 '무진에 계시는 동안 심심하시지 않을까 하여 읽으시라'고 책 세 권을 두고 갔다. 그가 저녁에 다시 오겠다고 하더라는 얘기를 이모가 내게 했다. 나는 피로를 핑계로 아무도 만나기 싫다는 뜻을 이모에게 알려두었다. 이모는 내가 바닷가에서 아직 돌아오지 않았다고 대답하겠다고 말했다. 나는 아무것도 생각하고 싶지 않았다. 아무것도. 나는 이모에게 소주를 사오게 하여 취해서 잠이 들 때까지 마셨다. 새벽녘에 잠깐 잠이 깨었다. 나는 이유를 집어낼 수 없이 가슴이 두근거렸는데 그것은 불안이었다. '인숙이' 하고 나는 중얼거려 보았다. 그리고 곧 다시 잠이 들어버렸다.

당신은 무진을 떠나고 있습니다

나는 이모가 나를 흔들어 깨워서 눈을 떴다. 늦은 아침이었다. 이모는 전보 한 통을 내게 건네주었다. 엎드려 누운 채 나는 전보를 펴보았다. '27

일회의참석필요, 급상경바람 영.' '27일'은 모레였고 '영'은 아내였다. 나는 아프도록 쑤시는 이마를 베개에 대었다. 나는 숨을 거칠게 쉬고 있었다. 나는 내 호흡을 진정시키려고 했다. 아내의 전보가 무진에 와서 내가 한 모든 행동과 사고를 내게 점점 명료하게 드러내 보여주었다. 모든 것이 선입관 때문이었다. 결국 아내의 전보는 그렇게 얘기하고 있었다. 나는 아니라고 고개를 저었다. 모든 것이, 흔히 여행자에게 주어지는 그 자유 때문이라고 아내의 전보는 말하고 있었다. 나는 아니라고 고개를 저었다. 모든 것이 세월에 의하여 내 마음속에서 잊혀질 수 있다고 전보는 말하고 있었다. 그러나 상처가 남는다고, 나는 고개를 저었다. 오랫동안 우리는 다투었다. 그래서 전보와 나는 타협안을 만들었다. 한 번만, 마지막으로 한 번만 이 무진을, 안개를, 외롭게 미쳐가는 것을, 유행가를, 술집 여자의 자살을, 배반을, 무책임을 긍정하기로 하자. 마지막으로 한 번만이다. 꼭 한 번만. 그리고 나는 내게 주어진 한정된 책임 속에서만 살기로 약속한다. 전보여, 새끼손가락을 내밀어라. 나는 거기에 내 새끼손가락을 걸어서 약속한다. 우리는 약속했다.

그러나 나는 돌아서서 전보의 눈을 피하여 편지를 썼다. '갑자기 떠나게 되었습니다. 찾아가서 말로써 오늘 제가 먼저 가는 것을 알리고 싶었습니다만 대화란 항상 의외의 방향으로 나가버리기를 좋아하기 때문에 이렇게 글로써 알리는 바입니다. 간단히 쓰겠습니다. 사랑하고 있습니다. 왜냐하면 당신은 제 자신이기 때문에 적어도 제가 어렴풋이나마 사랑하고 있는 옛날의 저의 모습이기 때문입니다. 저는 옛날의 저를 오늘의 저로 끌어다놓기 위하여 갖은 노력을 다하였듯이 당신을 햇볕 속으로 끌어놓기 위하여 있는 힘을 다할 작정입니다. 저를 믿어주십시오. 그리고 서울에서 준비가 되는 대로 소식 드리면 당신은 무진을 떠나서 제게 와주십시오. 우리는 아마 행복할 수 있을 것입니다.'

쓰고 나서 다시 나는 그 편지를 읽어봤다. 또 한 번 읽어 봤다. 그리고 찢어버렸다.

덜컹거리며 달리는 버스 속에 앉아서 나는 어디쯤에선가 길가에 세워진 하얀 팻말을 보았다. 거기에는 선명한 검은 글씨로 '당신은 무진읍을 떠나고 있습니다. 안녕히 가십시오'라고 씌어 있었다. 나는 심한 부끄러움을 느꼈다.

[1964]

4부

자유와 평등의 지향성

4부 자유와 평등의 지향성

　4·19는 문인을 사회역사적 과제에 실천적으로 복무하는 지식인이라 인식하는 문단적, 문학적 경향을 되살렸다. 이를 지배한 것은 전통적인 효용론적 문학관과 이에 이어지는 1910년대 계몽문학 및 1930년대의 프로문학에서와 마찬가지로 '부(父)의 사상'이다. 그것은 문학의 사회·역사성을 강조하고 정치성을 중요한 가치 요인으로 내세우며 문학을 통해 자유·평등 등의 고귀한 가치들을 현실적으로 실현하는 실천적 측면을 중요하게 생각한다. 이 같은 문학관이 불쑥 솟아나온 것이 아님은 물론이다. 여러 부문에서 움터 형성 과정에 있던 지향성이 여기에 수렴되어 그 분명한 모습을 드러내었던 것이다.

　60, 70년대를 거치며 우리 사회는 크게 변모한다. 중진국으로의 도약, 100억 불 수출 국민소득 1000불 달성, 새마을 만들기 등의 표어를 앞세운 근대화 이데올로기의 선도를 따라 진행되었던 급속한 근대화와 함께 엄청난 지각변동이 이루어졌다. 농업 중심의 경제가 공업 중심으로 바뀌면서 농민 분해와 농민의 노동자화·도시 빈민화가 야기되고, 인구의 도시 집중이 가속화되었다. 그 같은 변화는 한국 사회의 급속한 자본주의적 발전을 의미하는 것인데, 이에 따라 사회구성체의 내적 모순이 심화되는 양상이 초래되었다. 이 같은 사회 현실의 변화와 이를 극복하려는 지향이 나란히 가는 것은 당연하니 이른바 민중주의가 대두, 성장한다. 4·19와 6·3이라는 현대사의 큰 사건이 민중주의의 대두와 성장에 큰 작용을 한 것은 주지하는 대로이지만 사회 현실의 변화가 보다 궁극적인 요인이었던 것이다. 사회 현실의 변화와 민중주의의 대두·성장이라는 객관적·주관적 조건이 상호작용, 우리 소설사에서는 유례없이 풍성한 한 시대가 열리게 되었다.

명천유사

鳴川遺事

이문구 (1941 ~ 2003)

충남 보령 출생. 서라벌예대 졸업. 1966년 『현대문학』으로 등단. 장편소설로 『장한몽』 『산 너머 남촌』 『김시습』 등이 있으며, 『우리 동네』 『관촌수필』 『유자약전』 등의 소설집이 있다.

　　그러나 내가 명천을 호로 정한 것은 자의나 어의가 그만하여 마음에 들은 것이 아니었다. 내가 명천을 호로 취한 까닭은 예로부터 사사로이 연고가 깊은 대천읍의 명천리를 잊지 않기 위한 내 나름의 한 가지 방편일 뿐이었다.
　　(중략)
　　명천의 내력이 이렇거든, 자기의 그리운 연고지를 기념하여 아호로 삼는 남들의 사치에 견주어 오죽 초라하고 적막한 자호인가. 그렇지만 나는 이 명천을 평생토록 지니고 살지 않을 수가 없다.

나는 작년 이만해서부터 명천(鳴川)으로 자호(自號)를 하였다.

그러나 당최 호응이 없었다. 호라는 것이 애초에 아무나 허물없이 부르라는 명색임에도 남들이 그러고 아예 모르쇠를 하니 그야말로 유명무실이 다른 데에 있지 않았다.

내가 에멜무지로 호라도 하나 있어 봤으면 했던 것은 가끔 가다 어디서 오너라 가너라 하며 조서를 꾸며두기 시작할 무렵이었으니 어느덧 십 년도 넘어 된 일이었다.

지금 생각에도 싱거운 노릇은 불리어가서 기록을 하노라면 일쑤 시작이 승강이질이었고 그 발단인즉슨 으레 내 이름이었다. 그쪽에서는 내 이름이 안으로 보나 겉으로 보나 필명이 아니면 아호가 분명하니 바른대로 본명을 쓰고 아울러 아명도 마저 적으라는 것이요, 나는 내 이름이 구할 구 자 항렬의 본명이며 아호고 필명이고 아명이고 그런 정신 사나운 허울은 아직 없다고 할 뿐이었는데, 한번은 어쩌나 보느라고,

"어떤 유명한 한문학교수 하나가 고전을 번역하면 흔히 사람 이름까지 번역해 버린다더니 여기서도 자칫하면 오얏나무(李) 밑에서 글(文)을 구(求)하는 자라고 해석하기가 쉽겠시다" 하며 웃었으나 그쪽은 내처 사무적인 말로,

"여보, 신문에 보면 동양화가나 서예가들은 금방 나온 신출내기들도 호는 다 하나씩 있습디다. 변두리 서예학원이나 왔다갔다하는 여학생들도 춘강이니 추강이니 하고 버젓이 호를 내거는 판인데, 문인이 겨우 호적 이름밖에 없다고 뻗대면 그걸 누가 믿겠소" 하고 우기면서 종내 미심쩍어하더니 나중에는 호를 짓는데도 어떤 관례 같은 것이 있느냐고 딴소리를 하였다.

"글쎄올시다. 나도 그게 그래서 여태 호를 못 지은 셈이니 뭐…… 그런데 보니까 그전 사람들은 대개 밑에다 당·재·암·헌·산·천·계·곡(堂齋菴軒山川溪谷) 자를 받쳐서 지었습디다."

"산천계곡이라…… 그럼 당신도 그렇게 하나 지어. 가만있자, 당신 직장이 남산 밑에 있으니까 남산도 좋겠네. 이남산……."

"그건…… 남산은 아호고 본명은 목멱산(木覓山)인데, 목멱으로 하면 듣기가 모가지 멱 따는 소리 같아서 어디 쓰겠소."

"그런가?"

나는 번번이 일도 아닌 대목에서 이러니저러니 하던 것이 성가시어서라도 당장 호가 아쉽곤 했으나, 그것도 매양 수나롭게 놓여 나오고 하니 그냥 흐지부지되고 말게 마련이었다.

그런데 그러던 내가 느닷없이 스스로 호를 지어서 쓰자 사람들은 우선 웃지 않는 이가 없었다. 다만 염평곡(廉平谷·在萬)이 그만하면 무던한 편이라고 추어주며 '명천, 흐르지 않을 수 없기에 소리 내지 않을 수 없으며 맑고 깨끗하지 않을 수 없으니, 또한 그 발원지를 저버릴 수 없네. 외롭고 아프게 새 물살에 밀리우고 묵은 물살 밀어내니, 흐르고 흐르되 제 이르는 곳을 알도다' 하고 즉흥에 찬(讚)을 했을 따름, 거의가 저 화상이 그동안 어디가 안 되었기에 그새 저 지경인가 하여 마냥 딱하게 여기는 눈치였고, 난데없이 무슨 귀꿈맞고 객쩍은 장난인가 하여 숫제 귀너머로 흘려듣던 이도 여럿이나 되었다. 그런가 하면 누구는,

"울 명 자가 들어가서 틀렸구먼. 하필이면 왜 우는 내로 지었어" 하고 고개를 내젓기도 하였다. 나는 그럴 적마다,

"생각한 것이 있어서 그렇게 짓긴 했습니다마는……" 하다가도 얼른 얼굴을 고치면서 울 명 자가 읍곡(泣哭)류와 같이 오호통재(嗚呼痛哉)의 무리가 아님을 애써서 발명하려고 들었다.

"사람의 울음으로 치면 갓난아기의 신선한 고고지성(呱呱之聲)이고 다른 생물의 울음에서는 항상 아름다운 흔연(欣然)입니다. 가령 「시경(詩經)」만 해도, '밤새도록 비바람 몰아치더니 사방에서 닭 우는 소리 들려오네. 그리운 임과 함께 지새운

이 밤, 하늘에나 오른 듯이 행복하여라(風雨淒淒 鷄鳴喈喈 既見君子 云胡不夷)' 하는 시가 있고, 또 '까투리는 장끼를 찾으니 울지(雉鳴求其牡)'라는 구절도 있듯이 한결같이 흐뭇하고 상서롭지 않게 쓰인 예가 드물어요. 봉명조양(鳳鳴朝陽)처럼 사슴·꾀꼬리·두루미·비둘기·때까치의 울음(鹿鳴 鸎鳴 鶴鳴 鳩鳴 鵙鳴)도 다 「시경」에 있는 말이지요, 그리고 악기 같은 물건에서는 화명(和鳴)이구요. 울 명 자는 울음보다도 울림과 메아리예요.”

그러나 내가 명천을 호로 정한 것은 자의나 어의가 그만하여 마음에 들은 것이 아니었다. 내가 명천을 호로 취한 까닭은 예로부터 사사로이 연고가 깊은 대천읍의 명천리를 잊지 않기 위한 내 나름의 한 가지 방편일 뿐이었다.

명천리는 내가 나고 자란 관촌마을과 읍내를 가운데에 두고 마주 보는 과녁배기로, 차령산맥이 서해바다에 발부리를 담그면서 마지막으로 힘을 쓴 옥마산(玉馬山) 기슭에 터전을 닦아 홍골(興洞) 느랏(於田) 울바위(鳴岩) 송쟁이(松亭) 같은 부락을 아래위뜸에 늘어놓은 큰 마을인데, 한 줄기의 개울이 여기서 굽이쳐 나와 쇠개 앞에서 바다로 들어가니 이 내가 사람들이 보통 으름내라고 불러오는 명천이었다.

전날 보령현과 남포현의 지경을 이루기도 했던 이 으름내는, 봉우리에 흰 구름이 가로 걸리면 산빛이 더욱 푸르르고 구름도 한결 깨끗하던 옥마산에서 스며 나와, 이윽고 명천폭포에 이르러 서너 길이나 되는 아름드리 물기둥을 세우며 천둥 같은 폭포 소리 지동 같은 여울 소리로 부르고 대답하기를 그치지 않거니와, 그로써 이름이 된 이 명천리에 1910년대에는 조부가 일문을 옮겨와서 주민이 되고, 1920년대에는 그 담도 울도 없이 다 쓰러져 가던 오두막이 어머니의 시집이 되었으며, 1940년대에는 관촌에서 나를 업어 기른 옹점이가 이 동네의 아무것도 없는 집으로 시집을 와서 살

았다. 그 후 1950년대에는 난리에 중형이 함께 일했던 수십 명과 한두룸으로 엮이어 옥마산 중턱의 후미진 이어닛재 골짜기에서 학살을 당하였고, 나는 국민학교 사학년 이학기에 그 옆의 명천폭포로 소풍을 왔으며, 나중에는 그 아래에 있는 중학에 진학하여 삼 년 동안 다녔다. 그리고 1960년대에는 우리집에서 장근 열다섯 해 동안이나 머슴살이를 했던 최서방이 으름내 저쪽의 양로원에 말년을 맡겼다가 쓸쓸히 세상을 마쳤으니, 이것이 나와 명천이 맺은 우여곡절의 대강인 것이다.

명천의 내력이 이렇거든, 자기의 그리운 연고지를 기념하여 아호로 삼는 남들의 사치에 견주어 오죽 초라하고 적막한 자호인가. 그렇지만 나는 이 명천을 평생토록 지니고 살지 않을 수가 없다.

나는 지난해 장마철에 성주산(聖住山) 너머 성주사터로 국보 제9호인 낭혜화상백월보광탑비를 찾아가다가 도중에 차에서 내려, 저물도록 굿지 않던 비를 무릅쓰고 모처럼 이 명천리 일대를 둘러보았다.

차를 내린 곳은 옥마산과 성주산이 서로 키를 재는 틈에 자갈길이 뚫린 바래깃재(望峙)의 영마루였다. 생각하니 바래깃재는 어려서 밤을 주우러 한 번 와보고 근 삼십 년 만의 두 번 걸음이었다.

차도 간신히 넘어다니는 길이라 인적이 그친 것을 다행으로 여기며 피로 물들였던 이어닛재 골짜기를 확인하려고 옥마산 마루터기부터 톺아보자니, 비껴 든 우산에 빗발치는 소리만 그날의 총소리인 양 부질없이 요란할 뿐, 잡목과 칡덤불이 사납게 깃은 위에 비구름마저 어리어 어디가 어디인가 통 알아볼 도리가 없었다.

한자리에서 담배를 너덧 개비나 끄고 나자 저만치 하늘 끄트머리부터 선머리로 차츰 쳐들리면서 비로소 눈길이 닿는 데가 나왔다. 먼저 바다와 구름에 위아래가 생기고 잇달아 머리 굵은 원산도(元山島)를 비롯하여 차례로 섬들이 떠올랐다. 그러자 뭍에서는 성주산과 옥마산의 저질탄을 쓰려

고 근래에 새로 앉힌 화력발전소와 그것에 눌린 고만(高灣)이 잘못 그은 속긋자국처럼 어설픈 그림으로 드러났다. 고려의 시인 최졸옹(崔拙翁, 瀣)이 귀양살이 와서 읊은 시에 '아낙네들 키가 작아 다니는 꼴이 자라 같고, 백성들 가난하여 그 모습 원숭이 같네' 하였으나 뒤에 나온 이아계(李鵝溪·山海)는 '게어리 밀물 소리 베갯머리를 넘보고, 오서산 좋은 경치 발 걷으니 환하구나' 했던 곳이었다.

난리 때 내가 피난 가 있었던 게어리(巨於里)는 마침 썰물이 날 때여서 고만의 조금나루 바깥까지 만경의 갯벌이 이어졌으나, 정다산(丁茶山)이 그 너머 금정찰방으로 좌천되어 있을 때 등산하여 바래깃재로 숨어든 천주교도들을 잡지 못해 걱정했던 오서산(烏棲山)은 여전히 비구름에 들어 있어 방향조차 묘하였다.

시인 이삼탄(李三灘·承召)이 '산아지랭이 깊어 항상 비를 지어내고, 바다가 가까워 바람 잘 날이 없다'고 했던 바래깃재는 산천이 전혀 의구하지 않은데도 얼마를 그러고 기다렸으나 길래 갤 기미가 아니었다. 나는 그러고 있어봤자 더 이상 볼 것이 없음을 깨닫고 부득이 명천리까지 걸어 내려가기로 작정하였다.

빗발이 성깃하자 적적하면 툇마루에 나앉아 담 너머로 하염없이 먼산바라기를 하면서,

"전생에 무슨 업을 지어 생떼 같은 자식을 앞세우구두 이러구 사는지, 어이구 모진느므 팔자……" 하고 허희탄식을 일삼던 어머니의 음성이 바람결에 얼핏 스쳐가더니, 발걸음이 명천폭포로 질러가는 자드락길 앞에 이르자,

"놓갈 게 읊는 중 뻔히 알메 니열 소풍 가겠다는 소리가 워디서 나온다네? 이번이는 빠져라. 최서방이 장 호락질 허기 멀미난다구 해 쌓넌디, 볏모개 고스러지기 전에 최서방허구 하냥 베나 벼" 하고 되돌아왔다.

"짐치는 있잖유. 안 싸주면 그냥이래두 갈튜."

말을 들으면 식전부터 해 다가도록 논배미에 엎어져 살 일이 끔찍하여 나는 무가내로 소풍을 가겠다고 졸랐다.

"으름내폭포가 거짐 여닛재 다가서 있는디 즘심두 옰이 게를 워티기 가겠다구 시망부리는겨. 죙일 두구 주전거리두 오다 보면 허기지는 게 소풍인디."

그러자 초련 먹으려고 풋바심한 서릿쌀을 아시 찧어놓고 절구통 옆댕이에 옹송그리고 앉아 모지라진 백통대에 막초를 부스려 담던 최서방이 듣다 말고 편들어 말했다.

"아따 넘으집 새끼덜 죄 가는디 하냥 가서 놀다 오게 내뜨려 두시교. 접때 봉께 새우젓보새기나 나우 받어놓시더면, 건건이는 다다 건건허야 쓸께 그게라두 놓서 보내유. 저까짓 쥐대기손 억지루 논두렁에 쩜매 났자 야중에 짚토매만 쓰다 못쓰게 일이나 추지 무슨 손땀이 있겠슈. 베 비는 게사 어채피 한 파수 품잉께 달포 소수에 뒷목까장은 몽그리게 될규."

그 즈음의 최서방은 어머니의 신칙과 의논대로 바깥살림을 도맡고 있었으므로 말이 머슴이지 나에게는 오다가다 생각나면 잠깐 얼굴만 비치고 내빼던 일가 푸네기들보다도 훨씬 든직하고 어려운 어른으로 여겨져서, 그의 수염 끝이 스쳐 깨끔치 않은 대궁도 아무 스스럼없이 먹어 버릇할 정도였다.

최서방이 누그려 준 덕분에 이튿날은 소풍을 올 수가 있었다. 그렇지만 점심은 너덧 숟갈이나 떴나 하고 덮어버렸다. 폭포 옆에 흩어 앉아 밥을 먹자니 폭포에서 날아오는 물보라에 새우젓 비린내가 진동하여, 날계란도 입에 못 대던 내 여린 비위를 순식간에 뒤집어놓은 탓이었다.

석탄 수송을 위해 철로가 산허리에서 멎은 옥마역을 에워 도니 장마에 역두의 무연탄 더미가 씻겨 내려 길이 온통 칠흑인데다 발 디딜 곳도 없는 곤죽이었다. 게다가 산림감수의 눈에 밟히면 생돈

이 드는 줄을 번연히 알면서도 나무꾼들이 조석으로 남의 눈을 기어 숨어들 만큼 하늘이 없게 숲이 울창했던 산중턱마저, 해마다 전교생이 다복솔에 매달려 송충이를 잡아준 그 아래 종축장 언저리처럼 삭발하듯 내리 발매를 해버려 읍내가 턱 밑으로 바투 다가들 뿐 아니라, 시렁골(侍郎洞) 질퍼니(泥坪) 두러미(圓山) 평섭(平薪) 오랏(于羅) 고야실(古也谷) 고루머리(環里) 같은 명천리와 이웃한 삼 동네까지도 외눈에 훑어볼 수 있게끔 사방이 싹 쓸리어 바람맞이 난달로 바뀌어 있었다.

그렇듯 구차하고 심란한 풍경도 셈이 안 차는지 덧들이로 길할래 사나우니 나는 더욱 걷기가 고되었다. 나는 길가에 가게가 보이면 비그이를 겸해서 목이라도 축이고 싶었으나 사방이 무인지경인지라 하릴없이 애매한 담배만 주살나게 축낼 뿐이었다.

그런데 술생각이 나자 불현듯 최서방이 그리웠다. 내가 술을 알게 된 것이 순전히 최서방 덕이었기 때문에 그랬는지도 모를 일이었다.

최서방은 남들처럼 다니면서 품앗이하기를 싫어하였다. 하기는 한 자리에 모여 말이 됐는지 안 팎동네에서도 모두 그를 꺼려 하였다. 최서방이 늙마에 들어 근력이 달리거나 굼뜨고 꿈지럭대어서 마다한 것은 아니었다. 최서방이 세상 없는 일에도 웃거나 울 줄을 모르는데다, 애건 어른이건 사람을 싫어하여 모꼬지판이나 잔칫집에 가서도 차일 밑의 두리기상을 등지고 앉아서 자작으로 마시고 일어나던 천성에 일찍이 물려버린 탓이었다.

그래서 최서방은 해마다 철철이 그 바쁜 농사를 거의 다 홀앗이로 삶아내었다. 그런데도 크게 낭패를 보거나 실농을 한 적은 없었다. 우리집 농사치가 워낙 많지 않기도 하였지만, 그보다는 동네 사람들 보라는 듯이 오기로 모질음 쓰고 일에 매달려 온 까닭이었다.

입에서 물은내가 나도록 말벗 하나 없이 들판에 외돌토리로 엎드려져서 허덕이는 호락질은 그렇잖

아도 힘겨운 생일에 한결 고되게 마련이었다. 하지만 그는 무슨 일에나 혼자 이리 왈 저리 왈 해온 데에 미립이 나서 백날 가도 뒷말을 하는 법이 없었다. 그러므로 일에 꾀를 부릴 줄 몰라 논기음을 매도 반드시 초복 두고 애벌, 중복 전에 두벌, 말복 앞에 만물을 하여 백중날 호미씻이 해 온 전례를 한 번도 어그린 적이 없었다.

집에서 한 마장 남짓한 정거장 못 미처의 풋대(信號柱) 밑에는 한 배미에 닷 마지기짜리 논이 있었다. 지금은 시가지로 변하여 짐작도 수월치 않게 생겼지만, 그때는 최서방같이 허우대도 없이 뒤웅스런 체수가 볏그루 사이에 들면 어느 방침에 가서 찾아야 할지 모르게 근방에서 가장 너른 두락이었는데, 그래도 그는 심심한 줄을 모른 채 두렁에 쌈지와 나란히 부시 대신에 붙여놓은 쑥대불이 꺼지지 않고, 하루 두 나절 새참에 입다심할 소주만 떨어뜨리지 않으면 만사에 탈이 없었다.

최서방의 새참은 남의 일꾼들과 달라서 몹시 부실하였다. 큰 병에 받아다 놓은 막소주를 공기만 한 양재기에 따라 주발 뚜껑으로 덮고 그 위에 통마늘 두 쪽만 얹어서 내가면 그만이었다. 그는,

"옳는 살림일수록이 다다 주모 있이, 풋것두 부루 먹으야 쓰는겨. 마늘 두시 쪽은 많응께 똑 두 쪽쏙만 내오너" 하면서도 술은 양재기 전두리에 질름거리도록 가득해야 두런거리지 않았다.

나는 술을 내가면서 남의 눈이 없을 적마다 길에서 한 모금씩 마셨고, 그 버릇이 자라서 종당에는 오늘날의 이 술부대가 되었거니와, 그때는 가다가 맹물을 타서 축낸 흔적을 묻었으므로, 오다가 엎질렀다는 지청구는 한 번도 들어본 적이 없었다.

최서방은 어디서 밭은기침 소리만 나도 놀던 아이들과 졸던 개들이 지레 뒤를 사리고 뺑소니를 칠 지경으로 그리 무던한 사람이 아니었다.

사람을 보는 데엔 네 눈이라고 일러온 옹점이마저 최서방이라면 최 소리만 들어도 넌더리가 난다

며 체머리를 흔들었다. 그녀가 우리집에 있을 때는 이틀이 멀다하고 최서방과 맞대매로 다투었다. 그 싸움은 누구도 지는 법이 없었다. 늙은이와 댕기머리가 싸우는데도 부엌이나 대문간이 조용할 때는 다 싸워서가 아니라 서로 지쳐서 나머지는 뒤로 미룬 휴전일 뿐이요, 한 번 틀리면 달을 두고 쉬엄쉬엄 티격대는 것이었다.

옹점이는 매번 이악스럽게 부집을 해대며 대두리로 한바탕씩 하였는데, 그래도 분이 덜 가시면 으레 자기 역성만 들어왔던 나를 부뚜막에 앉혀 놓고 못다 한 악담을 한나절씩 퍼내곤 하였다.

"너, 나 옳더래두 후제 두구 봐라. 저이는 평생 저냥 냄으집살이나 허다가 제 승질에 올러감사 허잖나…… 죽어두 고이 못 죽구 영락읎이 논두렁 비고 거울러질 텡께 두구 보라면. 저이가 저냥 허랑헌 쭉쟁이 믐(머슴)으루 늙다리가 된 게 무슨 쪼간인 중 알겄네? 일 년 새경 받은 걸 이틀날 해전두 안 가서 죄 술루 지져 먹구 두 손 바짝 드닝께 그런겨. 저이가 저리 되더락 뫼는 게 뭐냐? 위아래도 구분 읎는 오망부리 풍신에 심술만 잔뜩 쪘지 뭐가 있어? 으덩박시 같은 지집이 있네, 뜨뱅이 동냥아치 닮은 새끼가 있데? 저이는 개지랄 같은 승질머리 허구 밴댕이 창사구 같은 소가지 빼면 암껏두 읎는 지랄창고여. 두구 봐. 죽어두 거리 구신백이 안 될 테닝께."

그녀는 최서방을 험구할 때마다 늘 그렇게 다짐받듯이 그루박아 말하였다.

"저이는 나버러 툭허면 어린것이 나댄다구 씨부렁대지만, 머리만 이층(半白)이면 다 으른이간. 대접을 받구 싶으면 지랑종재기만침이래두 오는 게 있으야 가는 게 있지. 너두 봤지? 백중날 냄으집버덤 배나 용하(用下)를 줘두 눈깔사탕 하나를 안 사가지구 오던 인정머리…… 자긔두 사람이면 덧정은 읎어두 인정은 있으야 헐 거 아녀. 이태 삼 태쓱 밥해 멕이구 빨래해 입히구 헌 내헌티 그렇게 몹시허는 게 아녀. 사는 게 하두 개갈 안 나서

불쌍허게 봐주면 국으로 있는 게 아니구, 귀살머리스럽게 울뚝성은 있어서 먹는 그릇이나 마당에 팽개치구, 먹을감으루 알구 문간마님 노릇이나 허러 들어? 너, 나 옳더래두 똑똑히 봐둬. 저이가 야중에 워치기 되는지……."

그녀가 문간마님이라고 한 것은 최서방이 문간방을 쓰기 때문이었고, 먹는 그릇을 마당에 팽개친다고 한 것은 그녀에 대한 최서방의 타박을 말한 것이었다.

최서방은 내동 구순하다가도 무엇에 통퉁증만 나면 본병이 도져서, 옹점이가 문간방에 밥상을 들여 밀고 돌아서기 무섭게 그녀의 뒤통수를 겨냥하여 반찬 보시기나 접시를 우악하게 내던지며, 안방에서 들으라고 툽상스럽게 왜장쳐 뒤떠드는 것이었다.

"쵀, 잘헌다. 또 깨첬구나, 또 깨첬어. 저것이 그릇 해먹는 디는 지미 지애비가 사기점 사기쟁이래두 뭇 당헌당께."

최서방이 악매를 하면 옹점이도 풍비박산한 사금파리들을 부둥가리나 부삽에 쓸어 담으며 한 마디도 째지 않게 말대꾸를 하였으니, 그것이 곧 부엌과 문간방 사이의 선전포고였다.

최서방이 멧다꽂는 것은 밥상에 오른 금이 가거나 이가 빠진 그릇이었다. 옹점이는 본래가 덜렁쇠여서 그릇에 귀 잘 떨어뜨리는 선수로 동네방네 호가 난 지 오래였다. 장광에 테를 맨 옹배기가 즐비하게 엎어져 있고, 소래기 대신 뒤트레방석으로 뚜껑을 한 마른 그릇이 헛간에 그들먹한 것도 모두가 옹점이 손에 닿으면 남아나는 것이 없기 때문이라고 하였다. 그래서 살강에는 항상 그릇이 모자랐다. 그러므로 그녀가 최서방 상에 그런 그릇이 오르면 당장 벼락이 나는 줄 알면서 그런 그릇을 되올린 것은, 그녀가 바로 그 상을 보다가 멀쩡하던 그릇 하나를 금방 새로 다쳐놓았다는 증거였다.

그렇지만 최서방은 속이 외이어 그녀의 칠칠치

못한 손끝을 뒤로 탄하거나 참고 덮어줄 줄을 몰랐다. 그는 도리어 그것으로 사람을 차별하고 머슴을 업신여기는 기미로 믿었고, 그릇을 축낸 것이 빌미되어 호되게 경을 쳤으면 하고 부러 안마당으로 내던지곤 하였다.

옹점이는 최서방의 그런 외꼬부리 같은 심사를 누구보다도 잘 알았다.

"기가리가 맥혀서 매가리가 안 돌어가너먼…… 으르신네 지신디 워다다 대구 저리 사무 큰 소리랴. 그러면 믐 주제에 칠첩반상이래두 받을 중 알었담. 그렇게 손님 대접 해주는 집이 있걸랑 어여 그리 끄질러 가지 왜 맨날 만만헌 우리집만 오너서 두어 달라구 비벼 댠다."

"뭣이 워쩌구 저찌여? 저런 싹동배기없는 것이 시방 뉘 앞에서 아갈아갈 앙살그리구 자빠졌어. 그러매 지발 사이(새) 점 구만 잡어 처먹어. 이 주릿대를 앵겨두 션찮은 것아."

최서방은 일쑤 속설을 들그서 내어 그녀를 야멸차게 윽박질렀다. 가령 집에서 치던 오리를 잡으면 시집가서 손가락에 물갈퀴가 붙은 아이를 낳는다면서 못 먹게 하고, 어쩌다가 산토끼가 생기면 시집가서 토끼처럼 달포 터울로 아수를 본다더라고 못 먹게 하여 옹점이의 미움을 샀는데, 그녀가 참새를 잘 잡아먹어 그릇을 잘 깬다고 명덕 씌우던 것도 그런 입버릇의 하나였다.

"사이두 임자가 있다남, 안됐어 허게…… 꾀까드런 승질만 살어 가지구 새꼽 빠지게 사이는 왜 대이구 들먹인댜. 짐승덜 위혈 생각 말구 사램이나 사램 버젓허게 취급해 줬으면 내헌티서래두 사램 대접이나 받지. 어이구 저 오그러질녀리 인간……."

옹점이가 망상스럽게 양냥거렸던 것은 최서방이 사랑의 걱정을 듣게 하려는 속셈에서였다. 하지만 걱정을 듣는 것은 언제나 맡아 놓고 옹점이 쪽이었다. 그래서 그녀는 늘 최서방을 원수대었고, 최서방은 최서방대로 나무가 헤프니, 재삼태

기를 태웠느니 하고 트집과 구박으로 앙갚음을 하였다. 어른들은 그러는 최서방을 절대로 허물하지 않았다. 그의 됨됨이가 그렇게 별쭝맞다는 것을 한두 해 치러 본 것이 아니기 때문이었다.

최서방은 옹점이하고만 척을 지고 산 것도 아니었다. 그는 옹점이 또래의 처녀라면 덮어놓고 비각으로 알아 무슨 일에나 쫓아다니면서 그예 해찰을 부렸다. 해토머리가 겹도록 우리 밭두둑에서 나물 뜯는 아녀자가 안 보이고, 논두렁에서 삐비를 뽑거나 우렁을 잡는 계집애가 없었던 것도 다 그 때문이었다.

그는 동네에 갓 시집온 새댁이 무색치마를 잘잘 끌며 우물에 가는 것만 보아도,

"저느므 집구석 각씨는 오늘두 새벽에 요강이 넘었나, 재숫대가리 읎이 식전버터 질바닥에 밑을 끌구댕겨싸……" 하고 눈을 흘겼다.

농사짓는 사람이 동지 어름에 차렵두루마기나 진솔 핫것을 입고 장에 가는 것도,

"쵀, 샌님이 따루 읎구먼. 막나이래두 마전해서 꿰구 나숭께 짚세기 신던 숭악한 생일꾼이 댕일루 함진애비 후행가구두 남겼네그려……" 해가면서 이죽거렸고, 젊은이가 모처럼 머리를 손질하고 마실 다니면,

"쵀, 시여 터진 것이 덩덕 새머리에 지름만 뒤발허구 나스면 워디서 부를 중 아나베" 하고 고개를 돌렸다. 그는 중학교에 다니는 이웃집 아이가 저의 마당가에 서까래를 잡아 평행봉을 세우고 노는 것까지도 눈총을 하였다.

"저녀리 색긔는 처먹은 게 곤두스나, 조석으로 사까다찌만 해쌓구 저 지랄이여. 쫓어가서 손목쟁이를 열두 토막으루 제겨놔 버릴라……."

하지만 그런 귀먹은 험담은 오히려 약과였다. 난리가 거쳐간 뒤의 우리집은 주야로 마실꾼이 들끓었다. 사랑이 비었기 때문이었다. 따라서 바깥마당에도 안팎동네 아이들이 숨갈만 놓으면 몰려들어 찜뿌놀이, 비석치기, 말롱질 같은 놀이로

온종일 떠나가는 것이었다. 그러나 최서방이 들에서 돌아올 만하면 조금 때 썰물 나가듯이 감뭇 사라지곤 하였는데, 보채던 아이를 달래어 업느라고 더러 뒤처진 아이라도 있으면 대번에 마뜩찮은 눈을 떴다 보았다 하다가 호령을 버럭 하는 것이었다.

"쵀, 퍼내질러 놓은 것두 고작 걸레쪼가리나 줏어다 입히는 것털이 그 난리통구리에두 배꼽장단은 처가지구설래미…… 얘, 게 뉘집 색권지 싸제 저리 갖다 엎어놔 버려라. 난리에 사램이 사램 잡는 걸 봉께 가이(개)색괴를 치는 게 낫겠더라."

사람들은 그가 처자를 거느려 보지 않아서 그렇게 푸접스럽다고 쑤군거렸다. 성질이 앉은 자리에서 풀도 안 나게 매몰스러운 것도 갈 날이 가깝도록 홀몸으로 굴러다녀 자기만 알기 때문이라는 거였다.

그는 아무도 어려워하지 않던 고집통이로, 일에 두름성이 없고 누구에게나 붙임성이 없어 매년 봄가을에 겪는 신작로 비럭질이나 보(洑)막이 울력에 나가서도 옆사람과 비쌔기를 잘하여 혼자 울퉁불퉁하다가 일을 중동무이하거나 품매고 들어오기가 예사였다. 두레가 나든가 걸립(乞粒)이 돌아온종일 동네가 설레어도 공연히 지루퉁하고 부엉재로 나무를 가거나, 재너미 쇠미에 있는 그루밭에 가서 급하지 않은 일로 묵새기다가 다 저물어서 해동갑으로 돌아오곤 하였다.

"저이는 우리 아니었으면 워쩔 뻔했는지 …… 워느 집이서 저러 옹두리 승질에 비우를 맞춰 받자 허겄어. 생각허면 소박데기버덤두 가여운 신센디 자기가 먼첨 그 값을 헌당께."

옹점이 말마따나 최서방은 다른 데로 가봤자 제 돌을 채우기 어려운 줄 스스로 잘 알면서도 한 이태 있고 나면 새경을 쥐던 날로 어디론가 번쩍 했다가, 다시 농사가 시작되어 며느리는 부엌문 잡고 울고 머슴은 지게목발 잡고 운다던 이듬해 음력 이월 초하루 머슴날이 지나도록 아무 기별도

없이 감감하던 끝에, 여름도 거우듬하게 이울어 고추가 약이 오를 만하여 반면식(半面識)이 과객질하러 오듯 해거름에 쭈뼛거리며 나타난 적도 있었다.

그는 난리가 나기 전전해 겨울에도 새경을 벼르기가 바쁘게 동네를 떴다. 그 자발없는 이가 큰마음 먹고 내리 삼 년을 났으면 움직일 만도 하다하여 내년 이맘때나 얼굴을 비치겠거니 하고 집에서는 아예 기다릴 생각도 하지 않았다.

그런데 우리계 풍속에 매년 동짓날이 머슴의 기한이라는 것을 어디서 알았는지, 최서방이 가고 며칠 안 되어 웬 낯선 사내 하나가 저녁 어스름에 찾아와 머슴으로 있어지기를 자원하였다. 내가 보기에도 장히 힘겨 보이는 허위대에 신수가 헌걸한 장정이었다. 아버지는 몇 마디 묻지도 않고 나더러 문간방에 들게 하라고 일렀다. 우리 집은 허릅숭이 길손일수록 후하여 저물게 찾아와 묵어가기를 청하면 언제라도 마다하지 않고 어한을 하고 갈 방과 남은 밥 한 술을 데워내는 데에 까다롭지가 않았다. 그래서 옹점이 방에는 방물장수, 황아장수 같은 임고리장수들이 갈마들이를 하고, 사랑에서는 땜장이, 통매장이, 옹기장수, 매죄료장수 그리고 체장수, 상장수들이 번차례로 드나들었다. 그네들은 물론 최서방이 집에 없을 때 말이 된 사람들이었다. 최서방하고 먼저 부딪치면 댓바람에,

"예는 내 한몸 발뻗기두 초협헝께 딴 디나 가보교" 하고 그 자리에서 문전박대를 하기 때문이었다.

내가 문간방을 열자 최서방의 고약한 자릿내가 코를 쏘았다. 그 낯선 사내는 방 안에 볏섬이 답쌓인 것을 보더니 선뜻 오르지 않고 무렴한 듯 주저하였다. 근거도 모르는 나그네에게 일 년 양식을 온새미로 맡기는 것 같아 주눅이 들었는지도 몰랐다. 그 사내는 한참이나 서슴대더니 마침내 작정이 섰는지 마당가에 치워 뒀던 검부러기를 안아다

가 군불부터 때기 시작했다.

아버지는 밤이 이슥해서야 안으로 들어와 일렀다.

"저 사람 그냥 두기로 했으니 밝거든 옷이나 내보내게 해요."

"쟤 말이, 여깃 사람 안 같더라메유?"

어머니가 캐어물었다. 최서방이 아니면 동네 총각들로만 머슴을 들여왔으니 당연한 일이었다.

"어허, 워디 사람이면 워떠. 심덕만 있으면 됐지."

"아서유. 최서방은 원래 심덕이 그만해서 뒤줬남유. 더군다나 이름두 모르는 사내를……."

"저 사람은 저 아래 전라도서 왔나본디……."

"더더군다나 그런 타관 사람을……."

"아까 불러 부고 살라고 했소. 보아허니 아마 여순사건으로 튀어 예까지 올라오게 됐나 봅디다."

우리는 그 사내를 윤서방이라고 불렀다. 동네 사람들은 그가 일하는 것을 며칠 여겨 보더니 횡재를 했다고 치하하였다. 어디로 보나 최서방보다는 열 배나 낫다는 거였다.

최서방은 윤서방이 대신 들어서고 반 년이 다된 보리누름철에야 나타났다. 뭉구리로 막 깎은 머리에 살품을 가리던 긴 수염은 전에 있던 그대로였으나, 얼굴은 크게 틀려 구겨 뭉친 마분지처럼 잔뜩 메마른데다 주제꼴도 땟국에 쩐 베등걸이와 무릎까지 기어올라간 잠방이나마 어레비구멍보다도 승새가 엉근 막베여서 여간 볼쌍사나운 것이 아니었다.

그는 문간방을 열어보고 나서 그참 안으로 들어왔다. 어머니도 최서방하고는 내외를 않은 지가 오래였다. 어머니는 반색을 했다.

"얼라, 그새 워디 가 있다가 이냥 오뉴?"

"쩻, 이루저루 바람두 쐬구 구경두 허구 했지라오."

"들으매 있이 사는 집 만나서 선머슴 밑에 부리

메 잘 있다더니유."

"쵀, 풍문이 허문이지유. 뜬것이 씨여대는지 당최 맴 맽길 디가 읎어 체냥(靑陽) 가서 장작 맞바리두 해보구, 쇠산(瑞山) 가서 갯일두 해 보구 했는디, 대문이 가문이라구 암만해두 여긔만 뭇허더먼그류. 그런디 저 방은 뉘라 들어왔남유?"

"오다가다 주저앉었는디, 자긔가 살어지라구 청해서 들온 사람치구는 웬만헙니다."

"쵀, 산닭 주구 죽은 닭 사기두 심든다더니……."

"그러매 그물이 삼천 코래두 베리가 으뜸이라구, 어채피 허는 더부사리면 진드근히 한 군디서나 배겨야지, 오라는 디 읎이 돌어댕기면 쬠이나 축가구 못쓰는규."

"쵀, 알어들어유."

최서방은 그날 밤 윤서방과 아래윗목으로 자면서 윤서방의 뚝심을 헤아려보고 느꼈는지 간다온다는 말도 없이 훌쩍했다가 난리가 숙어든 뒤에야 다시 과객처럼 나타났다. 그리고 그로부터 오 년 후, 내가 서울로 올라오던 해까지 다시는 우리집을 떠나지 않았다.

그는 주인이 하라는 대로 해 주고 때 되어 새경이나 챙기는 여느 머슴들과 달리, 햇것을 장에 내다 돈 사서 가용에 보태는 일까지도 몸소 분별하며 집안을 거두어 나갔다. 생전 가야 웃을 줄도 모르고 울 줄도 모르던 천성은 변함이 없었지만, 난리가 있기 전과 같은 울뚝성이나 심술스런 타박은 거의 구경도 할 수가 없었다.

"최생원이 쟤네 집에 고삐를 아주 비끄러맨 것이, 제우 이제사 맴 잡은개벼."

누가 지나가는 말로 그런 우스갯소리라도 하면 그는 나를 눈으로 가리키면서 고지식한 대꾸로 입막음을 하였다.

"저게 커서 알 걸 알 때까장은 그래두 내라 붙들어줘야지 워쩌겠소. 이나마 나할래 읎으면 어린것이 워디다 의지헐겨."

그는 내가 어머니만 일찍 여의지 않았으면 우리 집에서 종신을 했을는지도 몰랐다. 이미 늙어서 남의집살이를 해 가기는 틀리기도 했지만, 자기를 눌러보아 준 사람이 칠십 평생에 오직 우리 어머니뿐이었다는 것을 누구보다도 그 자신이 더 잘 알고 있었으니까.

그러나 그는 박복한 사람이었다.

어머니가 세상을 버리자 그는 삼우제를 지내던 날까지 식음을 전폐하고 슬퍼하였다. 발인을 하던 날은 영결종천(永訣終天)…… 하고 독축이 끝나자마당 한구석에서 아무 데나 나뒹굴며 울부짖었다. 상여가 나갈 때 호상이 누구더러 신신당부하는 소리가 뒤에서 들렸다.

"여게, 자네는 남어서 최생원이나 달래게. 저이 저러다가 생초상났네."

"냅두슈. 생전 츰 한번 우는디 실컨 울어나 보게."

"저러다가 못 일어나면 자네라 호상헐라나?"

"시방 안 울으면 원제 또 울어 본대유."

어머니의 타계는 최서방의 앞날에 절대적인 타격이었다. 내가 머지않아 고향을 뜨리라는 것을 그인들 짐작하지 못할 리가 없었다. 그러나 그는 동요하지 않았고 오만 가지 일에 집안의 어른 노릇을 하였다. 내가 노는 데에 정신이 팔리면 반드시 불러 세우고 준절히 나무라기를 주저하지 않았다.

"워디서 들으니께 이전이는 양반집이 망허면 그 집 자슥덜이 시 번쓱 변혔디야. 츰이는 즤 조상 모이(墓)를 쓴 선산 팔어먹는 송챙이루 변허구, 댐이는 조상덜이 보구 물린 책을 내다 파는 좀벌레루 변허구, 그 댐이는 부리던 종을 팔어먹는 호랑이루 변허구…… 집안이 일어스구 넘어지구는 자슥 덜헌티 달린 겐디, 니가 그러구 노는 디만 정신을 쓰면 쓰겄네? 부디 정신 채려라."

한번은 내가 이어닛재를 건너다보며 옛날 사람들이 원수 갚는 방법을 이야기하자, 그는 금방 질색을 하고 좌우를 둘러본 다음 소리 죽여 타일렀다.

"너두…… 장차 큰일 허겄다, 큰일 허겄어…… 얘, 이전버터 나온 소리가, 아무리 초생달 같은 낫으루 웬수를 겨눴다 해두 눈이 어두우면 빗나가구 만다는 게여. 그런 생게맹게헌 소리 헐 새 있으면 책이래두 한 자나 더 들여다보거라."

나는 최서방이 그러던 때가 바로 엊그제 같아서 가던 걸음을 멈추고 으름내 저쪽 북정자(北亭子) 마을을 살펴보았으나, 최서방이 들어가서 말년을 의탁했던 양로원은 얼른 눈에 띄지 않았다.

최서방이 양로원으로 옮겨간 것은 내가 서울로 올라오기 근 달포 전이었고, 그를 마지막으로 보고 헤어진 것은 그로부터 이태가 지나 사일구혁명이 나던 해의 초봄이었다.

내가 무슨 일이 생겨서 급히 내려가니 그날사말고 마침 대천 장날이었다. 나는 읍내에서 볼일을 보자 당일치기를 할 셈에 정거장으로 서둘러 걸음을 놓았다. 내가 술도가 앞을 지날 때였다. 무심히 스쳐가던 눈길에 어떤 물건 하나가 얼른 비치기에 단박 되돌아보니 다름아닌 최서방이었다.

그 순간 나는 눈앞이 아득하여 어쩔 바를 몰랐다. 머리가 서리에 뒤덮인 것이 측은해서가 아니었다. 곱사등이처럼 치솟은 허리가 머리보다도 높아 보이는 것이 눈물겨워서도 아니었다. 우리집에 있을 때는 들척지근하다하여 아예 쳐다도 안 보던 찐 고구마를 들고 허천나듯이 먹으면서 가고 있기 때문이었다.

나는 눈시울을 껌벅거려 참으면서 지켜보다가 장꾼들 사이에 묻혀 뒷모습이 사라진 뒤에야 반달음질을 하여 뒤쫓아갔다. 가까이에서 들여다보니 거지 중에도 상거지였다. 옆으로 붙어 서며 두 손으로 한 손을 감싸 쥐며 앞을 막아 선 뒤에도 그는 선뜻 나를 알아보지 못해 어리둥절하더니, 이윽고 큰소리로 이름을 대자 그제야 비명 같은 외마디소리를 지르며 그 자리에 털썩 주저앉는 것이었다.

그는 한참 동안이나 그렇게 망연자실을 하더니

자기 손을 빼어 내 손을 어루만지며 눈물을 주르르 흘렸다.

"워디 편찮으신 디는 읎구유?"

그는 그렇다고 고개를 끄덕였다.

"농사 때는 나댕기메 품팔어서 용돈은 허신다더니, 그걸루 이걸 사 잡숫남유?"

내가 고구마 쥔 손을 흔들며 물으니

"은었어…… 배고파서……" 하고 그 손을 빼며 눈물을 훔쳤다. 담배를 붙여 물려주니

"어서 잘돼야 헐 텐디……" 하며 마주 앉은 내 얼굴을 흐린 눈으로 쓰다듬었다.

나는 일어서서 호주머니를 뒤졌다. 공사판에 따라다니며 되는 대로 막일을 하다가 여비만 빠듯하게 둘러 가지고 왔으니 여유가 있을 리 없었다. 나는 차표 끊을 것만 남기고 톡 털어서 그의 손에 쥐어주었다. 국밥 한 그릇에 담배 두어 갑, 아니 어쩌면 탁배기라도 한잔 맛볼 수 있음직한 액수였다.

그러나 지금 돈으로 치면 오천 원도 못 되는 잔돈이었다. 나는 나도 모르게 주머니를 뒤졌다. 낭혜화상백월보광탑비를 보기 위해 마련한 여비가 아직도 지갑에 두툼하였다. 아아, 그때는 왜 이까짓 단돈 몇만 원도 내게는 없었던 것일까. 생각하면 생각할수록 원통한 일이었다.

나는 최서방의 편지라도 읽어보고 싶어 집에 오던 길로 묵은 편지 다발을 풀어놓았다.

나는 지금도 네 통의 허름한 편지를 생애의 큰 기념품으로 소중히 보관하고 있다. 받은 순서대로 말하면 첫째가 그렇게 장터에서 만나 헤어지고 두어 달 후에 온 최서방의 편지요, 둘째는 「공산토월(空山吐月)」의 주인공인 신석공의 편지요, 셋째는 나를 문단에 내보낼 무렵 동리 선생이 보낸 원고지 반 줄짜리의 편지이며, 넷째는 「변사또의 약력」의 주인공으로, 공사판에서 나와 오 년 동안 함께 일했던 변판술 영감의 엽서다.

최서방의 편지는 십오 년 동안이나 한 식구로 살았으면서도 몰랐던 그의 이름이 최호복(崔鎬福)이라는 것을 처음으로 일러준 편지이기도 하였다.

최서방의 편지는 물론 남이 대신 써준 것이었다. 필체가 달필인데다 의례적인 문자로 서두를 장식한 것으로 보아 어쩌면 양로원의 원장이 대필을 했는지도 모를 일이었다. 그렇지만 나는 이 능숙한 초서체의 행간에서 최서방의 마음을 골라 읽는 데에는 언제나 서툴지가 않다.

문구 전

맑고 다사로운 햇볕으로 충만한 오월의 향기로운 바람은 생명에 대한 강렬한 환희와 발랄한 의욕을 일으키는 것 같구나—일전 무사히 상경하였는지 매일 초조할 따름이다. 이곳 나는 문구의 원념지덕택으로 무사하니 다행인가 한다. 일전 네 마음씨 나의 가슴에 고이 간직하겠다. 앞으로 흔들리는 갈대와 같은 청춘의 마음 심중히 하여 훌륭한 사람이 되기를 늙은 몸이나마 같이 협력하여 어려운 시대를 무사히 돌파하기 바라네. 그러면 이만 필을 놓겠네.

[1973]

서편제
—남도 사람 1

이청준 (1939 ~ 2008)

전남 장흥 출생. 서울대 독문과 졸업. 1965년 『사상계』로 등단. 『당신들의 천국』 『낮은 데로 임하소서』 『자유의 문』 『흰옷』 등의 장편소설과 『별을 보여드립니다』 『소문의 벽』 『매잡이』 등의 소설집이 있다.

"사람의 한이라는 것이 그렇게 심어 주려 해서 심어 줄 수 있는 것은 아닌 걸세. 사람의 한이라는 건 그런 식으로 누구한테 받아 지닐 수 있는 것이 아니라, 인생살이 한평생을 살아가면서 긴긴 세월 동안 먼지처럼 쌓여 생기는 것이라네. 어떤 사람들한텐 외려 사는 것이 바로 한을 쌓는 일이고 한을 쌓는 것이 바로 사는 것이 되듯이 말이네…… 그보다도 고인한테 좀 미안한 말이지만, 노인은 아마 그 여자의 소리보다 자식년이 당신 곁을 떠나지 못하게 해두고 싶은 생각이 앞섰을는지도 모르는 일일 거네."

여자는 초저녁부터 목이 아픈 줄도 모르고 줄창 소리를 뽑아대고, 사내는 그 여인의 소리로 하여 끊임없이 어떤 예감 같은 것을 견디고 있는 표정으로 북장단을 잡고 있었다. 소리를 쉬지 않는 여자나, 묵묵히 장단 가락만 잡고 있는 사내나 양쪽 다 이마에 힘든 땀방울이 솟고 있었다.

전라도 보성읍 밖의 한 한적한 길목 주막. 왼쪽으로 멀리 읍내 마을들을 내려다보면서 오른쪽으로는 해묵은 묘지들이 길가까지 바싹바싹 다가앉은 가파른 공동묘지―그 공동묘지 사이를 뚫고 나가고 있는 한적한 고갯길목을 인근 사람들은 흔히 소릿재라 말하였다. 그리고 그 소릿재 공동묘지 길의 초입께에 조개 껍질을 엎어놓은 듯 뿌연 먼지를 뒤집어쓰고 들앉아 있는 한 작은 초가 주막을 사람들은 또 너나없이 소릿재 주막이라 말하였다. 곡성과 상 소리가 자주 지나는 묘지 길이니 소릿재라 부를 만했고, 소릿재 초입을 지키고 있으니 소릿재 주막이라 이를 만했다. 내력을 모르는 사람들은 아마 그쯤 짐작을 하고 지나칠 수도 있으리라. 하지만 이 소릿재와 소릿재 주막에는 또 다른 내력이 있었다. 귀 밝은 읍내 사람들은 대개 다 그것을 알고 있었다. 보성 고을 사람이 아니더라도 어쩌다 이 소릿재 주막에 발길이 닿아 하룻밤쯤 술손 노릇을 하고 나면 그것을 쉬 알 수 있었다.

주막집 여자의 소리 때문이었다.

남자도 없이 혼자 몸으로 주막을 지키고 살아가는 여자의 남도 소리 솜씨가 누가 들어도 예사롭지 않았기 때문이었다.

이날 저녁 손님 역시 그것을 이미 깨닫고 있는 것 같았다. 아니 그는 애초부터 그저 우연히 발길 닿는 대로 이 주막을 찾아든 사람이 아니었다. 그는 실상 읍내의 한 여인숙 주인으로부터 소릿재 이야기를 처음 들었을 때부터 이미 분명한 예감을 가지고 있었다. 그리고 뒷얘기를 더 들을 것도 없이 그 길로 곧 자신의 예감을 좇아 나선 것이었다.

주막집에는 과연 심상치 않은 여인의 소리가 있었다. 초저녁께부터 시작해서 밤이 깊도록 지칠 줄을 모르는 소리였다. 소릿재의 내력에는 그 서른이 채 될까 말까 한 여인의 도도하고도 구성진 남도 소리가 뒤에 숨어 있었다.

하지만 사내는 여인의 소리를 들으면서도 주막을 찾아올 때의 그 부푼 예감이 아직도 흡족하게 채워지지 못하고 있는 것 같은 표정이었다. 소리를 들으면 들을수록 그것은 오히려 더욱 어떤 견딜 수 없는 예감 속으로 깊이깊이 사내를 휘몰아 들어가고 있는 것 같았다. 방 안에 술상이 마련되어 있었지만 그는 거의 술 쪽에는 관심도 두지 않고 소리에만 넋이 팔려 있었다. 여인이 「춘향가」 몇 대목을 뽑고 나자 사내는 아예 술상을 한쪽으로 밀어놓고 제 편에서 먼저 북장단을 자청하고 나섰던 것이다.

"좋으네, 참으로 좋으네…… 자, 이 술로 목이나 좀 축이고 나서……."

여자가 소리를 한 대목씩 끝내고 날 때서야 그는 겨우 생각이 미친 듯 목축임을 한 잔씩 나누고는 이내 또 다음 소리를 재촉해 대곤 하였다.

그러다 여자가 이윽고 다시 「수궁가」 한 대목을 구성지게 뽑아 젖히고 났을 때였다. 사내는 마침내 참을 수가 없어진 듯 그녀에게 다시 목축임 잔을 건네면서 물어왔다.

"한데…… 한데 말이네. 자넨 대체 언제부터 이런 곳에다 자네 소리를 묻고 살아오던가?"

"……?"

여인은 사내의 그 조심스런 물음의 뜻을 금세 알아차릴 수가 없었던지 한동안 말이 없이 사내 쪽을 가만히 건너다보고 있었다.

"이 고갯길을 소릿재라 이름하고, 자네 주막을 두고는 소릿재 주막이라 하던 것을 듣고 왔네. 그래 이 고을 사람들이 그런 이름을 지어 부르는 건 자네 소리에 내력을 두고 한 말이 아니던가?"

"……"

사내가 한 번 더 물음을 되풀이했으나 여자는 이번에도 역시 대꾸가 없었다. 하지만 이제 그 여자의 침묵은 사내의 말뜻을 알아들을 수가 없어서만은 아닌 것 같았다. 여인은 다시 한동안이나 사내 쪽을 이윽히 건너다보고 있었다. 그리고는 뭔가 사내의 흉중을 헤아려내고 싶어진 듯 천천히 고개를 저어댔다.

"그렇다면…… 그렇다면 이 소릿재 주막의 사연은 자네가 첫 번 임자가 아니더란 말인가? 자네 먼저 여기에 소리를 하던 사람이 있었더란 말인가?"

자기 예감에 몰리듯 사내가 거푸 다급한 목소리로 물었다.

"자네 소리에도 그러니까 앞서 이를 내력이 따로 있었더란 말이 아닌가?"

여자가 비로소 고개를 바로 끄덕였다. 그리고는 뭔지 괴로운 상념을 짓씹고 있는 듯 얼굴빛이 서서히 흐려지며 띄엄띄엄 입을 열기 시작했다.

"그렇답니다. 이 고개나 주막 이름은 제 소리 따위에 연유가 있는 것이 아니랍니다. 진짜 소리를 하시던 분이 계셨지요."

"그 사람이 누군가? 자네 먼저 소리를 하던 분이 어떤 사람이었던가 말이네."

"무덤의 주인이었지요."

"무덤이라니?"

"요 언덕 위에 묻혀 있는 소리의 무덤 말씀이오. 소릿재를 알고 소릿재 주막을 알고 계신 양반이 소리 무덤 얘기는 아직 모르고 계시던 모양이구만요. 뒤쪽 언덕 위에 그분 무덤이 있답니다. 소리만 하다 돌아가셨길래 소리를 함께 묻어드린 그분의 무덤이 말씀이오. 소릿재나 소릿재 주막은 그분의 무덤을 두고 생긴 말이랍니다……"

다그쳐대는 사내의 추궁을 피할 수 없어진 듯 아득한 탄식기 같은 것이 서린 목소리로 털어놓은 여인의 이야기는 대략 이런 것이었다.

6·25전화로 뒤숭숭해진 마을 인심이 조금씩 가라앉아 가고 있던 1956, 7년 무렵의 어느 해 가을을—여자가 아직 잔심부름꾼 노릇으로 끼니를 벌고 있던 읍내 마을의 한 대가집 사랑채에 이상한 식객 두 사람이 들게 되었다. 환갑 진갑 다 지낸 그 댁 어른이 우연히 마을 나들이를 나갔다 데리고 들어온 소리꾼 부녀였다. 나이 이미 쉰 고개를 넘은 늙은 아비와 열다섯이 채 될까 말까 한 어린 딸아이 부녀가 똑같이 주인어른을 반하게 할 만큼 용한 소리꾼들이었다.

주인어른은 그 부녀를 아예 사랑채 식객으로 들어앉혀 놓고 그 가을 한철 동안 톡톡히 두 사람의 소리를 즐기고 지냈다.

아비나 딸아이나 진배없이 소리들을 잘했지만, 목소리를 하는 것은 대개 딸아이 쪽이었고 아비는 북장단을 잡는 쪽이었다. 주인어른은 실상 아비 쪽의 소리를 더 즐기는 눈치였지만, 그 아비는 이미 늙고 병이 들어 기력이 쇠해져 있는데다, 나어린 계집아이의 도도하고 창연스런 목청에는 주인어른도 못내 경탄해 마지않는 바가 있었기 때문이다. 부녀는 그 가을 한철을 하염없이 소리만 하고 지냈다. 그러다 어느새 겨울이 닥쳐오고, 겨울철 찬바람에 병세가 더치기 시작했던지, 가을철부터 심심찮게 늘어가던 그 아비 쪽의 기침 소리가 갑자기 참을 수 없는 발작기로 변해 갔다.

그러자 아비는 웬일인지 한사코 그만 어른의 집을 나가겠노라 이상스런 고집을 부리기 시작했고, 고집을 말리다 못한 주인어른이 마침내는 노인의 뜻을 알아차린 듯 찬바람 휘몰아치는 겨울 거리 밖으로 두 부녀를 내보내고 말았다.

이윽고 들려온 소문이, 그날 한나절 방황 끝에 두 부녀가 찾아든 곳이 이 공동묘지 길 아래 버려진 헛간 같은 빈집이었다는 것이다. 그리고 병이 들어 거동이 어려워진 늙은 아비는 식음을 전폐한 채 밤만 되면 소리를 일삼고 있다는 것이었다. 소문을 전해 들은 주인어른이 그때의 그 심부름꾼 계집이던 여인에게 다시 양식거리를 그곳까지 이어 보내곤 했다. 그녀가 심부름을 나가 보면 모든 게 소문대로였다. 고개 아랫마을 사람들은 밤만 되면 그 아비의 소리를 듣는댔다. 고갯길 주변에 공동묘지가 생긴 이래로 어느 때보다도 깊은 통한과 허망스러움이 깃들인 소리라 했다. 소리를 들은 사람들은 아무도 그것을 귀찮아하거나 짜증스러워하는 이가 없었다. 사람들은 오히려 그 부녀를 두고 까닭 없는 한숨 소리들을 삼키며 자신들의 세상살이까지 덧없어할 뿐이었다.

그럭저럭 그해 겨울도 다해가던 음력 세모께의 어느 날 밤이었다. 그날은 마침 가는 해를 파묻어 보내듯 온 고을 가득하게 밤눈이 내리고 있었는데, 그날 밤 새벽녘에 아비는 드디어 이승에서의 마지막 소리를 하고 나서 그 길로 그만 피를 토하며 가쁜 숨을 거둬 가고 말았다는 것이었다.

다음날 저녁 무렵, 소식을 전해 들은 주인어른의 심부름을 받고 여인이 다시 부녀의 오두막으로 갔을 때는, 재 아래 마을 사람들이 이미 공동묘지 길목 위의 한구석에 소리꾼 아비의 육신을 파묻고 돌아오던 참이더랬다.

한데 또 하나 알 수 없는 것은 그렇게 해서 아비가 죽고 난 뒤의 계집아이의 고집이었다. 소리꾼 아비가 죽고 나자 여인네 집 주인어른은 의지할 데 없는 그 계집아이를 다시 집으로 데려오게 하려고 했다. 하지만 계집아이는 어찌 된 속셈인지 한사코 그 흉흉한 오두막을 떠나지 않으려 했다. 어른의 말을 따르기는커녕 나중에는 죽은 아비의 소리까지 그녀가 다시 대신하기 시작했다. 보다못한 주인어른이 이번에는 또 무슨 생각이 들었던지 어린 계집아이 혼자 지키고 앉아 있는 오두막으로 그 당신네 잔심부름꾼 여자아이를 함께 가 지내게 했고, 게다가 술청지기 사내까지 한 사람을 덧붙여 자그마한 술주막을 내게 해주더라 했다.

"무슨 소리를 들을 귀가 있을 턱은 없었지만, 저 역시도 그 여자나 여자의 소리에는 신기하게 마음이 끌리는 대목이 있었던 터라서, 어른의 말씀에 두말없이 주막으로 자리를 옮겨 앉은 것이 그 여자한테 소리를 익히게 된 인연이었지요. 그 여자도 이번에는 더 고집을 부릴 수 없었던지 그로부터 몇 년간은 주막을 찾아든 사람들 앞에 정성을 다해 소리를 했고, 손님이 없는 날은 저한테까지 소리를 배워주느라 밤이 깊은 줄을 모를 때가 많았어요. 그런 세월을 꼬박 삼 년이나 지냈다오."

여인은 이제 아득한 회상에서 정신이 깨어나고 있는 듯 서서히 자신의 이야기를 정리해 나가기 시작했다.

여인은 아비의 기일이 찾아오면 음식을 장만하기보다 정갈한 술 한 되를 따로 마련하고, 고인의 영좌 앞에 밤새도록 소리를 하는 것으로 제례를 대신했는데, 어느 해 겨울엔가는 제주조차 따로 마련함이 없이 밤새도록 소리만 하고 있다가 다음 날 아침 날이 밝고 보니 그날 새벽으로 그녀는 혼자 집을 나간 채 그것으로 그만 다시는 영영 종적을 들을 수 없게 되고 말았다는 것이었다. 아비의 삼년상이 끝나던 날 새벽의 일이었다 했다.

그런데 희한스런 일은 그 아비의 주검이 묻히고 나서도 계속 주막에서 들려 나오는 그 여인의 소리에 대한 아랫마을 사람들의 말투였다. 아비가 죽고 나선 그의 딸이 소리를 대신했고, 그 딸이 자취를 감추고 나선 여자가 다시 그것을 이어 가고 있었지만, 아랫마을 사람들은 언제나 그 소리를 옛날에 죽은 그 늙은 사내의 그것으로만 말했다는 것이다. 묘지에 묻힌 소리의 넋이 그의 딸과 여자에게 그것을 이어가게 하고 있다는 것이었다. 그의 딸이 하거나 여자가 대신하거나 사람들은 언제나 그것을 죽은 사내의 소리로만 들으려 했고, 그렇게 말하기를 좋아해 왔다는 것이다.

"그래 사람들은 그 어른의 무덤을 소리무덤이라고들 한답니다. 소릿재니 소릿재 주막이니 하는 소리도 거기서 나온 말이고요. 전 말하자면 그 소리무덤의 묘지기나 다름없는 인간이지요. 하지만 전 그걸 원망하거나 이곳을 떠나고 싶은 생각은 없답니다. 이래봬도 지금은 제가 그 노인네의 소리를 받고 있는 턱이니께요. 언젠가는 한 번쯤 당신의 핏줄이 이곳을 다시 스쳐갈 날을 기다리면서 이렇게 당신의 소리 덕으로 끼니를 빌어 먹고 살아가는 것도 저한테는 이만저만한 은혜가 아니거든요."

여자는 한숨 섞인 목소리로 이야기를 끝맺고 나서 다시 소리를 시작했다.

이번에는 「흥보가」 가운데서 흥보가 매품팔이를 떠나면서 늘어놓는 신세타령의 한 대목이 시작되고 있었다.

여자가 성큼 소리를 시작하자 사내도 이내 다시 북통을 끌어안으며 뒤늦은 장단을 따라가기 시작했다. 이번에는 그 장단을 잡아 나가는 사내의 솜씨가 아까처럼 금세 소리의 흥을 타지 못하고 있었다. 사내는 아직도 뭔가 자꾸 이야기의 뒤끝이 미진한 얼굴이었다. 여자의 소리보다 아직은 이야기를 좀 더 캐고 싶은 표정이 역연했다. 하지만 사내의 기색 따윈 아랑곳도 하지 않은 채 여자의 소리가 점점 열기를 더해 가기 시작하자, 사내 쪽도 마침내는 북채를 꼬나 쥔 손바닥 안에 서서히 다시 땀이 배기 시작했다. 그리고 마치 가슴이 끓어오르는 어떤 뜨거운 회상의 골짜기를 헤매어 들기 시작한 듯 두 눈길엔 이상스런 열기가 어리기 시작했다.

사내는 그때 과연 몸을 불태울 듯이 뜨거운 어떤 태양의 불볕을 견디고 있었다.

소리를 들을 때마다 그의 머리 위에서 이글이글 불타오르는 뜨거운 여름 햇덩이가 있었다. 어렸을 적부터의 한 숙명의 태양이었다.

파도비늘 반짝이는 바다가 내려다보이는 해변가 언덕밭의 한 모퉁이—그 언덕밭 한 모퉁이에 누군지 주인을 알 수 없는 해묵은 무덤이 하나 누워 있었고, 소년은 언제나 그 무덤가 잔디밭에 허리 고삐가 매여 놓고 있었다. 동백나무 숲가로 뻗어 나온 그 길다란 언덕밭은 소년의 죽은 아비가 그의 젊은 아낙에게 남기고 간 거의 유일한 유산이었다. 소년의 어미는 해마다 그 밭뙈기 농사를 거두는 일 한 가지로 여름 한철을 고스란히 넘겨 보내곤 했다.

소년은 날마다 그 무덤가 잔디에서 고삐가 매인 짐승 꼴로 긴긴 여름날을 기다려야 했다. 그리고 그 언덕배기 무덤가에서 소년은 더러 물비늘 반짝이며 섬 기슭을 돌아 나가는 돛단배를 내려다보기도 했고, 더러는 또 얼굴을 쪄오는 여름 태양볕 아래 배고픈 낮잠을 자기도 했다. 그러면서 이제나저제나 밭고랑 사이로 들어간 어미가 일을 끝내고 나오기를 기다렸다. 하지만 여름마다 콩이 아니면 콩과 수수를 함께 섞어 심은 밭고랑 사이를 타고 들어간 어미는 소년의 그런 기다림 따위는 아랑곳이 없었다. 물결 위를 떠도는 부표처럼 가물가물 콩밭 사이를 오락가락하면서 하루 종일 그 노랫소리도 같고 울음소리도 같은 이상스런 콧소리 같은 것을 웅웅거리고 있었다. 어미의 웅웅거리는 노랫가락 소리만이 진종일 소년의 곁을 서서히 멀어져 갔다간 다시 가까워져 오고, 가까워졌다간 어느 틈엔가 다시 까마득하게 멀어져 가곤 할 뿐이었다.

그러던 어느 날.

하루는 그 바다가 내려다보이는 뙈기밭가로 해서 뒷산을 넘어가는 고갯길 근처에서 이상스런 노랫가락 소리가 들려오기 시작했다. 밭두렁 길을 지나 뒷산으로 들어가는 푸나무꾼 같은 사람들에게서 자주 듣던 소리였다. 하지만 그날의 노랫가락은 동네 나무꾼들의 그것이 아니었다. 산으로 들어간 나무꾼도 없었고 소리를 하는 사람의 모습을 볼 수도 없었다. 산을 휩싸고 있는 녹음 속 어디선가 하루 종일 노랫소리만 들려왔다. 나중에 알게 된 일이지만 그것은 이날 처음으로 그 산고개를 넘어 마을로 들어오던 어떤 낯선 노래꾼의 소리였다. 어쨌거나 그날 그 모습을 볼 수 없는 노랫소리는 진종일 해가 지도록 숲 속에서 흘러

나왔고, 그러자 한 가지 이상스런 일이 일어났다. 밭고랑만 들어서면 우우우 노랫소리도 같고 울음소리도 같던 어미의 그 이상스런 웅얼거림이 이날따라 그 산소리에 화답이라도 보내듯 더욱더 분명하고 극성스럽게 떠돌아 번지기 시작한 것이다. 그러면서 어미는 뜨거운 햇볕 아래 하루 종일 가물가물 밭이랑 사이를 가고 또 오갔다. 그리고 마침내 산봉우리 너머로 뉘엿뉘엿 햇덩이가 떨어지고, 거뭇한 저녁 어스름이 서서히 산기슭을 덮어 내려오기 시작하자, 진종일 녹음 속에 숨어 있던 노랫소리가 비로소 뱀처럼 은밀스럽게 산 어스름을 타고 내려왔다. 그리곤 그 뱀이 먹이를 덮치듯 아직도 가물가물 밭고랑 사이를 떠돌고 있던 소년의 어미를 후닥닥 덮쳐버렸다.

그런 일이 있고 난 뒤부터 그날의 소리는 아주 소년의 마을로 들어와 집 문간방에 둥지를 틀고 살게 되었으며, 동네 안에 둥지를 틀고 들어앉게 된 소리의 남자는 날만 밝으면 언제나 그 언덕밭 뒷산의 녹음 속으로 숨어 들어가 진종일 지겹도록 산울림만 지어 내리곤 하였다. 사람의 모습은 보이지 않고 녹음이 소리를 숨기고 사는 양한 소리였다. 밭고랑 사이를 오가는 여인네의 그 괴상스런 노랫가락 소리도 날이 갈수록 극성스러워져 갔다. 소년은 여전히 그 무덤가 잔디에서 진종일 계속되는 노랫가락 소리를 들어야 했고, 소리를 들으면서 허기에 지친 잠을 자거나 소리를 들으면서 그 잠을 다시 깨야 했다. 잠을 자거나 잠을 깨거나 소년의 귓가에선 노랫소리가 떠돌고 있었고 소년의 머리 위에는 언제나 그 이글이글 불타오르는 뜨거운 햇덩이가 걸려 있었다.

소리는 얼굴이 없었으되, 소년의 기억 속엔 그 머리 위에 이글거리던 햇덩이보다도 분명한 소리의 얼굴이 있을 수 없었다. 그리고 그 언제나 뜨겁게만 불타고 있던 햇덩이야말로 그날의 소년이 숙명처럼 아직 그것을 찾아 헤매 다니고 있는 그 자신의 운명의 얼굴이었다.

그러니까 소년이 그 소리의 진짜 모습을 자신의 눈으로 똑똑히 보게 된 것은 그의 어미가 어느 날 밤 뜻하지 않은 소동 끝에 홀연 저승길로 떠나가 버리고 난 다음날 아침의 일이었다. 소리가 마을로 들어서던 그 한여름이 지나가고 해가 훌쩍 뒤바뀌고 난 이듬해 이른 여름의 어느 날 밤, 소년의 어미는 땅덩이가 꺼져 내려앉는 듯한 길고도 무서운 복통 끝에 흡사 핏속에서 쏟아내듯 작은 살덩이 형상 하나를 낳아놓고는 그날 새벽으로 그만 영영 눈을 감아버린 것이었다. 그리고 그런 일이 있은 다음날 아침에야 비로소 소리의 사내가 그 후줄근한 모습을 드러내며 소년의 집 사립문을 들어서던 것이었다.

하지만 소년은 아직도 그때의 그 사내의 얼굴이 소리의 진짜 얼굴이라고는 생각하지 않았다. 소년에겐 여전히 그 뜨거운 햇덩이가 소리의 진짜 얼굴로 남아 있었다. 나이가 들어가도 마찬가지였다. 사정이 달라져 버린 소리의 사내가 핏덩이 같은 갓난애와 소년을 데리고 이 고을 저 고을로 소리를 하며 밥구걸을 다니고 있었을 때도, 소리의 진짜 얼굴은 언제나 그 뜨겁게 이글거리는 햇덩이 쪽이었다.

괴롭고 고통스런 얼굴이었다. 하지만 어떻게 된 심판인지 사내는 그 고통스런 소리의 얼굴을 버리고는 살 수가 없었다. 머리 위에 햇덩이가 뜨겁게 불타고 있지 않으면 그의 육신과 영혼이 속절없이 맥을 놓고 늘어졌다. 그는 그의 햇덩이를 만나기 위해 끊임없이 소리를 찾아다니지 않으면 안 되었다. 그런 식으로 이날 이때까지 반생을 지녀온 숙명의 태양이요, 소리의 얼굴이었다.

사내는 여자의 소리 다시 그 자기 햇덩이를 만나고 있었다. 그리고 언제나처럼 무서운 인내 속에 그 뜨겁고 고통스런 숙명의 태양볕을 끈질기게 견뎌내고 있었다.

그러자 이윽고 여자의 소리가 끝났다. 「흥보가」한 대목이 다한 것이었다.

하지만 사내는 여자가 소리를 끝내고 나서도 아직까지 그 끓는 태양볕을 머리 위에 견디고 있는 듯 한참이나 더 얼굴을 고통스럽게 찡그리고 있었다. 이마와 콧잔등에는 실제로 태양볕의 열기를 견디고 있던 사람처럼 굵은 땀방울이 맺혀 있었다.

"그래 그 여잔 한번 여길 떠나고 나선 그걸로 그만 소식이 아주 끊기고 말았더란 말인가?"

이윽고 깊은 상념에서 깨어난 사내가 곁에 놓인 술잔으로 천천히 목을 한 차례 축이고 나선 조심스럽게 여자를 다시 채근하고 들기 시작했다. 아깟번 이야기에서 미진했던 것이 다시 머리에 떠오르고 있는 모양이었다.

"소식이 아주 끊겼다면 자넨 그래 짐작조차 가는 곳이 없었던가? 그때 그 여자가 여길 떠나면 어느 쪽으로 갔음 직하다고 짐작조차 떠오르는 데가 없었던가 말이네."

그러나 여자는 이제 그만 사내의 추궁에는 흥미가 없어진 모양이었다. 아니 어쩌면 그녀는 이미 사내의 흉중을 환히 꿰뚫고 나서 섣부른 말대답을 부러 삼가고 있는지도 알 수 없는 일이었다. 꼬리를 물고 있는 사내의 추궁에도 그녀는 이제 좀처럼 시원한 대답을 보내지 않고 있었다.

"아까도 말씀드렸소만, 어디 그런 짐작이 닿을 만한 곳이나 있었겠어요."

몰라서도 그럴 수는 있었겠지만, 말을 자꾸 피하고 싶은 기색이 역력했다.

"가는 곳을 짐작할 수 없었다면, 그 사람들 부녀가 어디서부터 이 고을로 흘러들었는지, 전부터 지내오던 곳을 얘기 들은 일은 있었을 게 아닌가?"

"소리를 하고 다니는 사람들이 한곳에 정해 놓고 몸을 담는 일이 있었겠소. 그저 남도 일대를 쉴 새 없이 두루 떠돌아 다녔다더구만요."

"소리를 하던 부녀간 외에 따로 친척 같은 것도 없고? 그 여자한테 무슨 동기간 비슷한 것이라도

말이네……."

"그야 태생지가 어딘 줄도 모르는 사람들인데, 집안 내력인들 곧이곧대로 속을 털어 보이려 했겠소……."

그런데 그때였다. 여자의 말 가운데 부지중 뜻밖의 사실이 한 가지 흘러 나왔다.

"행여 또 그런 핏줄 같은 것이 한 사람쯤 있었다 해도 앞을 못 보는 그 여자 처지에 떳떳이 얼굴을 내밀고 찾아 나설 형편도 못 되었고요."

그녀가 장님이었다는 소리였다.

"아니, 그 여자가 그럼 앞을 못 보는 장님이었단 말인가? 그리 된 내력이 도대체 어떤 것이었다던가? 그 여자 아마 태생부터가 장님으로 난 여잔 아니었을 거 아닌가 말이네."

사내의 표정이 갑자기 사납게 흔들리고 있었다. 여자는 부지중에 깜박 그런 말을 하고 나서도, 사내의 반응에는 도대체 영문을 알 수 없다는 듯 천연스럽게 말꼬리를 다시 눙치고 들었다.

"그 여자가 장님이었다는 걸 말씀드리지 않았던가요. 하기야 그 여잔 눈이 먼 사람답지 않게 거동이 워낙 가지런해서 함께 지내고 있을 때부터 앞을 못 보는 사람이라는 생각을 잊을 때가 많았으니께요. 하지만 손님 말씀대로 그 여자도 태생부터가 장님은 아니었던가 봅니다."

"그래, 어떻게 되어서 눈을 잃게 되었다던가? 사연을 들은 것이 있으면 들은 대로 얘기를 좀 털어놔보게."

사내의 목소리는 억제할 수 없는 예감에 떨고 있었다. 그러자 여자는 처음 얼마간 겁을 먹은 듯한 표정으로 말끝을 자꾸 흐리려 하고 있었으나 이제는 사내의 기세가 그것을 용납하지 않았다.

"상세한 내력까지는 저도 잘 모르지만요……."

딸아이에게 눈을 잃게 한 것은 다름아닌 그녀의 아비 바로 그 사람이었을 거라 말한 것이 여자가 사내에게 털어놓은 놀라운 비밀의 핵심이었다.

소리꾼의 딸아이 나이 아직 열 살도 채 못 되었

을 때—어느 날 밤 그녀는 갑자기 견딜 수 없는 통증으로 그의 아비 곁에서 잠을 깨어 일어나게 되었고, 잠을 깨고 일어나 보니 그녀의 얼굴은 웬일로 숯불이라도 들어부은 듯 두 눈알이 모진 아픔으로 활활 타들어 오는 것 같았고, 그것으로 그녀는 영영 앞을 못 보는 장님 신세가 되어버리고 만 것이라 했다. 여자의 아비가 잠든 계집 자식 눈 속에 청강수를 몰래 찍어넣은 것이라 했다. 그런 얘기는 여인이 일찍이 읍내 대가댁 심부름꾼 시절서부터 이미 어른들에게 들어 알고 있던 사실이었는데, 그렇게 하면 눈으로 뻗칠 사람의 정기가 귀와 목청 쪽으로 옮겨가 눈빛 대신 목청 소리를 비상하게 한다는 것이었다. 어렸을 적의 여자는 결코 그런 끔찍스런 얘기를 믿으려 하지 않았었다. 하지만 어느 날 밤 사실이 못내 궁금해진 여자가 그 눈이 먼 여인 앞에 이야기를 모두 털어놓고 물었을 때 가엾은 그 계집 장님은 길고 긴 한숨으로 그 믿을 수 없는 이야기를 믿어도 좋은 듯이 대답을 대신하고 말더랬다.

"한데 손님은 어째서 자꾸 그런 쓸데없는 얘기에까지 흥미가 그리 많으시오? 가만히 보니 아까부터 손님은 제 소리보다 외려 그 여자 이야기 쪽에 정신이 팔리고 계신 듯해 보이시던데 손님한테도 무슨 그럴 만한 곡절이 계신 게 아니시오?"

이야기를 대충 끝내고 난 여자가 짐짓 심통을 좀 부려보고 싶은 어조로 묻고 있었다.

그러자 사내는 이제 그의 오랜 예감이 비로소 어떤 분명한 사실에 이르고 있는 듯 얼굴빛이나 몸짓들이 부쩍 더 사나워져 갔다. 얼굴 한구석엔 내력을 알 수 없는 어떤 기분 나쁜 살기의 빛마저 떠오르기 시작했다. 그 여자의 심통스런 추궁엔 거의 몸부림이라도 치듯이 고갯짓을 거칠게 가로저어대고 있었다.

하지만 여자는 미처 그런 눈치까진 알아차리지 못한 모양이었다.

"그렇담 손님은 제 얘길 너무 곧이곧대로 믿고 계신가 보구만요. 전 아직도 그걸 통 믿을 수가 없는데 말씀이오. 눈을 그렇게 상해 놓으면 목소리가 대신 좋아진다는 거, 아닌 게 아니라 그럴 수도 있는 일이겠소?"

무심결에 묻고 나서야 그녀는 그만 제 풀에 문득 입을 다물어버렸다. 이번에도 계속 고개만 가로저어대고 있는 손님의 눈빛에서 그녀도 비로소 그 내력을 알 수 없는 살기 같은 것을 보았기 때문이었다.

하지만 여자는 아직도 무엇 때문에 갑자기 사내가 그런 눈이 되고 있으며, 무엇이 아니라고 그토록 고갯짓을 되풀이하고 있는지 까닭을 알 수 없었다. 눈을 멀게 해도 소리가 고와질 수는 없다는 것인지, 아니면 좋은 목청을 길러주기 위해 그 아비가 딸년의 눈을 멀게 했다는 소리꾼 부녀의 이야기 전부를 부인하고 싶은 것인지, 그녀로서는 도대체 손님의 고갯짓을 옳게 새겨 읽어낼 재간이 없었다. 더더구나 그 여자로서는 그 딸년의 소리를 위해서가 아니라 보다 더 분명하고 비정스런 소리꾼 아비의 동기를 점치고 있는 사내의 깊은 속마음은 상상조차도 못했을 일이었다.

어이 가리 어이 가리, 황성 먼길 어이 가리
오늘은 가다 어디서 자고, 내일은 가다 어디서 잘거나……

한동안 무거운 침묵의 시간이 흐른 다음이었다.
여자가 이윽고 사내를 유인하듯 천천히 다시 노래를 시작했다. 공연히 거북해진 방 안 분위기를 소리로나 녹여보고 싶은 심사인 듯했다.
「심청가」중에 심봉사가 황성길을 찾아가는 정경으로, 여자의 목소리는 어느 때보다 유장하고 창연스런 진양조 가락을 뽑아 넘기고 있었다. 지그시 눈을 내리감은 사내의 장단 가락이 졸리운 듯 이따금씩 여자를 급하게 뒤쫓곤 했다.
사내는 이미 여자의 소리를 듣고 있지 않았다.

그는 또다시 그 어릴 적의 이글거리는 햇덩이를 머리 위에 뜨겁게 느끼고 있었다. 그리고 그 아비 아닌 아비가 되어버린 옛날 사내의 소리를 듣고 있었다.

어미를 잃고 난 소년이 사내의 그 소리 구걸길을 따라나선 지도 어언 10여 년에 이르고 있었다.

사내는 채 철도 들지 않은 계집아이와 소년을 앞세우고 고을고을 소리를 팔며 떠돌아 다니고 있었다. 그러면서 사내는 항상 그의 어린것에게도 소리를 시키는 게 소원이었다.

하지만 어린 녀석은 그저 마지못해 소리를 흉내 내는 시늉을 해 보일 뿐, 정작으로 그것을 익히고 싶은 생각이 조금도 없었다.

사내는 마침내 녀석을 단념하고 이번에는 그보다도 더 나이가 어린 계집아이 쪽에 소리를 배워 주기 시작했다. 계집아이에겐 소리를 시키고 사내 녀석에겐 북장단을 치게 했다. 재간이 좀 뻗친 탓이었을까? 계집아이 쪽은 신통하게도 소리를 잘 흉내 내었고, 목청도 제법 들을 만했다. 사람들이 모인 데서 아비 대신 오누이가 소리를 놀아 보여서 치하를 듣는 일까지 생기기 시작했다.

사내는 끝내 나어린 오뉘 소리꾼을 만들기가 소원인 것 같았다.

그러나 그 어린 사내녀석은 아비의 뜻을 따를 수가 없었다. 그는 오히려 사내와는 정반대의 생각을 품고 있었다. 언제부턴가 그는 자기 손으로 그 나이 먹은 사내와 사내의 소리를 죽이고 말 은밀한 계획을 꾸미고 있었다. 어미를 죽인 것이 바로 사내의 소리였다. 언젠가는 또 사내가 자기를 죽이게 될지도 모른다는 두려움이 항상 녀석을 떨리게 했다. 소리를 하고 있을 때밖엔 좀처럼 입을 여는 일이 드문 버릇이나 사내의 그 말 없는 눈길이 더욱더 녀석을 두렵게 했다. 어미의 원한을 풀어주고 싶었다. 사내가 자기를 해치려 들기 전에 이쪽에서 먼저 사내를 없애버려야만 했다. 사내를 두려워하면서도 그의 곁을 떠나지 못하는 것은 마음속에 그런 음모가 꾸며지고 있었기 때문이었다. 사내가 두렵기 때문에 그가 시키는 대로 북채잡이 노릇까지는 터놓고 거역을 할 수가 없었다. 순종을 하는 체해 보이면서 때가 오기를 기다렸다.

사내가 소리를 하고 있을 때, 그 하염없고 유장한 노랫가락 소리를 듣고 있노라면 녀석은 번번이 그 잊고 있던 살기가 불현듯 되살아나곤 했다. 그는 무엇보다 그 사내의 소리를 견딜 수가 없었다. 그리고 그 소리를 타고 이글이글 떠오르는 뜨거운 햇덩이를 참을 수가 없었다.

그는 사내의 소리를 들을 때마다 문득문득 기회가 가까이 다가오고 있음을 느꼈다. 거기다가 사내는 또 듣는 사람도 없이 혼자서 자기 소리에 취해 들 때가 종종 있었다. 산길을 지나가다 인적이 끊긴 고갯마루턱 같은 데에 이르면 통곡이라도 하듯 사지를 풀고 앉아 정신없이 자기 소리에 취해 들곤 하였다. 사내가 목청을 돋워 올리기 시작하면 묵연스런 산봉우리가 메아리를 울려오고, 골짜기의 산새들도 울음소리를 그치는 듯했다. 녀석이 어느 때보다도 뜨겁게 불타고 있는 그의 햇덩이를 보는 것은 그런 때의 일이었다. 그런 때는 유독히도 더 사내에 대한 견딜 수 없는 살의가 치솟곤 했다.

사내의 소리는 또 한 가지 이상스런 마력을 가지고 있었다. 녀석에게 살의를 잔뜩 동해 올려놓고는 그에게서 다시 계략을 좇을 육신의 힘을 몽땅 다 뽑아 가버리는 것이었다. 녀석이 정작 그의 부푼 살의를 좇아 나서볼 엄두라도 낼라치면, 사내의 소리는 마치 무슨 마법의 독물처럼 육신의 힘과 부풀어오른 살의의 촉수를 이상스럽도록 무력하게 만들어 버리곤 하였다. 그것은 심신이 온통 나른하게 풀어져 버리는 일종의 몸살기와도 비슷한 증세였다.

그런데 더욱더 알 수 없는 것은 그때마다 녀석을 대하는 사내의 태도였다. 확실한 것은 아니었지만, 녀석은 그때 사내 쪽에서도 어느 만큼은 벌써 그의 마음속 비밀을 눈치채고 있으리라는 생각이 문득문득 들곤 했다. 그것이 녀석으로 하여금 그를 더욱 두려워하게 한 이유의 하나가 되고 있었다. 사내를 해치려 하고 있는 터에, 그리고 그것을 그토록 오랫동안 망설이고 주저해 온 터에 사내라고 그에게서 전혀 수상한 낌새를 눈치채지 못하고 있었을 리가 없었다. 한데도 사내는 전혀 수상한 낌새를 나타내지 않고 있었다. 그는 그저 아무것도 모른 체 무심스레 소리에만 열중하고 있기가 예사였다. 아니 어쩌면 그는 이미 모든 것을 다 꿰뚫어 알고 있으면서도(그가 소리를 할 때마다 녀석에게 이상한 살기가 부풀고 있다는 사실까지도!) 오히려 녀석을 기다리며 유인이라도 해 대고 있는 듯이 끝없이 깊은 절망과 체념기가 깃들인 모양새로 더욱더 극성스레 목청을 돋워대는 것이었다.

그러던 어느 가을날 오후였다.

녀석은 마침내 모든 것을 알게 되었다.

소리꾼 일행은 그날도 어느 낯선 고을의 산길을 지나가고 있었다. 그리고 그날따라 사내는 또 길을 걸으면서까지 그 극성스런 소리를 쉬지 못하고 있었다. 쉬엄쉬엄 소리를 뿌리며 산길을 지나가던 일행이 이윽고 한 산마루의 고갯길을 올라서자, 사내는 이제 거기다 아주 자리를 잡고 주저앉아 새판잡이로 다시 목청을 놓기 시작했다. 가을산은 붉게 불타고 골짜기는 뽀얗게 멀어져 있었다. 사내는 그 산과 골짜기에서도 깊은 한이 솟아오르는 듯 오래오래 소리를 계속했다. 그러다 그는 마침내 자기 소리에 힘이 지쳐난 듯 길가 가랑잎 위로 슬그머니 몸을 눕히더니 그 길로 그만 잠이 든 듯 기척이 조용해졌다.

그런데 녀석은 또 그날따라 사내의 길고 오랜 소리로 하여 사지가 더욱 나른하게 힘이 빠져 있었다. 사내의 노랫가락이 너무도 망연하고 절망스러웠다. 잦아들 듯한 한숨으로 제풀에 공연히 몸이 떨려올 지경이었다.

녀석은 이제 더 이상 견디고 있을 수가 없었다. 까닭 없이 가슴에 복받쳐 오르는 그 기이한 서러움이 녀석을 더 참을 수 없게 했다.

그는 이윽고 슬그머니 자리를 털고 일어나 잠잠해진 사내의 주위를 조심조심 몇 차례나 맴돌았다.

하지만 사내는 그때 실상 잠이 든 것이 아니었는지도 모른다. 녀석이 마침내 계집아이조차 모르게 커다란 돌멩이 하나를 가슴에 안고 가만가만 사내의 뒤쪽으로 다가서 갔을 때였다. 그리고는 제 겁에 제가 질려 어찌할 줄을 모르고 한참 동안이나 그냥 몸을 떨고 서 있을 때였다. 녀석은 그때 차라리 사내가 잠을 깨고 일어나 그의 거동을 들켜버리게라도 되었으면 싶던 참이었는데, 사내가 정말로 천천히 머리를 비틀어 뒤에 선 녀석을 돌아다보았다.

"왜 그러고 있는 거냐?"

그는 무엇인가 기다리다 못한 사람처럼 조금은 짜증이 섞인 듯한 목소리로 녀석을 슬쩍 나무랐다. 그러나 그뿐이었다. 그는 더이상 나무라려고 들지도 않았고 돌멩이의 사연을 묻지도 않았다. 그는 그저 그 조용한 한마디뿐 녀석의 심중을 유인하듯 다시 고개를 돌려 잠이 든 시늉이 되고 말았다.

정말로 알 수 없는 일이었다.

작자는 처음부터 녀석의 마음속을 알고 있었음에 틀림없어 보였다. 한데도 위인이 무슨 생각으로 그토록 아무것도 모른 체해 줄 수가 있었는지, 그 점은 이날 이때까지도 해답을 풀어낼 수 없는 기이한 수수께끼였다.

녀석이 사내의 곁을 떠난 것은 그러니까 그런 일이 생겼던 바로 그날 오후의 일이었다. 사내는 끝내 녀석을 모른 체했고, 녀석은 더 이상 자신을 견디고 서 있을 수가 없었다. 그는 마침내 끌어안은 돌멩이를 버리고 용변이라도 보러가듯 스스적 산길가 숲 속으로 들어가 그길로 영영 두 사람

앞에서 모습을 감춰버리고 만 것이다. 숲 속을 멀리 빠져나와 두 사람의 모습을 찾아볼 수 없을 만큼 되었을 때, 그를 부르며 찾아 헤매는 듯한 사내의 소리가 골짜기를 아득히 메아리쳐 오고 있었지만, 녀석은 점점 소리가 멀어지는 반대쪽으로 발길을 재촉해 버리고 만 것이었다.

그러나 녀석에겐 아직도 그 골짜기를 길게 메아리쳐 오던 사내의 마지막 소리를 피해 갈 곳은 아무 데도 없었다. 그날 이후로 그는 어느 때 어느 곳에서나 소리를 만나기만 하면 그때의 그 사내의 소리를 다시 듣곤 했다.

이날도 물론 마찬가지였다.

이날 밤도 그는 어느새 안타깝게 그를 찾아 헤매는 사내의 소리를 듣고 있었다. 그리고 버릇처럼 어디론가 그것에서 멀어지려 숨이 차도록 다급한 발길을 끝없이 재촉해 가고 있었다.

"이제 그만하고 목을 좀 쉬게."

사내가 마침내 제풀에 힘이 파한 얼굴로 여자를 제지하고 나선 것은 그러니까 전혀 그녀를 위해서가 아니었던 셈이다.

사내는 이제 얼굴빛이 참혹할 만큼 힘이 빠져 있었다.

"그래 여자는 그럼 자기의 눈을 멀게 한 비정스런 아비를 어떻게 말하던가?"

몇 잔째 거푸 술잔을 비우고 난 사내가 이윽고 다시 조용한 목소리로 여자에게 물었다.

"그 여잔 그런 말을 한 적이 없었답니다."

사내 앞에선 이제 더 이상 숨길 일이 없다는 듯 여인의 말투가 한결 고분고분해지고 있었다.

"여자가 말한 일이 없더라도 평소에 아비를 대하는 거동 같은 것을 보아 그 여자가 제 아비를 용서하고 있는지 못하고 있는지는 맘속으로 짐작해 볼 수 있었을 것 아닌가 말이네."

빈틈없이 파고드는 사내의 추궁에 여자는 거의 억지 짐작을 꾸며대고 있는 식이었다.

"행동거지로만 본다면야 말도 없고 원망도 없었으니 용서를 한 것 같아 보였지요. 더구나 소리를 좀 안다 하는 사람들까지도 그걸 외려 당연하고 장한 일처럼 여기고들 있었으니께요."

"그 목청을 다스리기 위해 눈을 멀게 했을 거라는 얘기 말인가?"

"목청도 목청이지만, 좋은 소리를 가꾸자면 소리를 지니는 사람 가슴에다 말 못할 한을 심어줘야 한다던가요?"

"그래서 그 한을 심어주려고 아비가 자식 눈을 빼앗았단 말인가?"

"사람들 얘기들이 그랬었다오."

"아니지…… 아닐 걸세."

사내가 다시 천천히 고개를 가로저었다.

"사람의 한이라는 것이 그렇게 심어주려 해서 심어줄 수 있는 것은 아닌 걸세. 사람의 한이라는 건 그런 식으로 누구한테 받아 지닐 수 있는 것이 아니라, 인생살이 한평생을 살아가면서 긴긴 세월 동안 먼지처럼 쌓여 생기는 것이라네. 어떤 사람들한텐 사는 것이 한을 쌓는 일이고 한을 쌓는 것이 바로 사는 것이 되듯이 말이네…… 그보다도 고인한테 좀 미안한 말이지만, 노인은 아마 그 여자의 소리보다 자식년이 당신 곁을 떠나지 못하게 해두고 싶은 생각이 앞섰을지도 모르는 일일 거네."

여자는 드디어 입을 다물어버리고 말았다. 사내는 이제 그 여자가 알아듣거나 말거나 아직도 한참이나 깊은 상념 속을 헤매듯이 아득하고 몽롱한 목소리로 혼잣말처럼 중얼거리고 있었다.

"하지만 어쨌거나 그 여인이 제 아비를 용서한 것은 다행한 일이었을지 모르는 노릇이지. 아비를 위해서도 그렇고 그 여자 자신을 위해서도 그렇고…… 여자가 제 아비를 용서하지 못했다면 그건 바로 원한이지 소리를 위한 한은 될 수가 없었을 거 아닌가. 아비를 용서했길래 그 여자에겐 비로소 한이 더욱 깊었을 것이고……."

여자가 문득 다시 사내를 건너다보았다.

"손님께서는 아마 그렇게 믿어야 마음이 편해지시는가 보군요."

그리고 여자는 그제서야 사내가 안심이 된다는 듯 모처럼만에 한 차례 웃음을 보이고 나더니 이번에는 별로 망설이는 기색도 없이 스스럼없이 물었다.

"그래, 손님께서 이제 그 여자가 장님이 되어버린 것을 아시고도 여전히 그 누이를 찾아 헤매 다니실 참인가요?"

여자의 그 갑작스런 발설에도 사내는 무얼 좀 새삼스럽게 놀라워하는 기색 같은 것이 전혀 안 보였다.

"그저 여망이 있다면 멀리서나마 그 여자 소리라도 한번 만나게 되었으면 싶네만, 글쎄 언제 그런 날이 있을는지……."

지나가는 소리처럼 힘들이지 않은 목소리로 말하고 나서는, 그녀가 불쑥 자신의 맘속을 짚어낸 것이 새삼 크게 궁금해지기라도 한 듯 비로소 조금 생기가 돋아 오른 눈길로 여자 쪽을 그윽이 건너다보았다.

이젠 여자 쪽에서도 벌써 사내의 그런 눈치를 알아차린 듯, 그러나 어딘가 지레 시치미를 떼고 있는 목소리로 엉뚱스레 의뭉을 떨어대고 있었다.

"아마 그 여자 어렸을 때 소리 장단을 부축해 준 북채잡이 어린 오라비가 한 분 계셨더라는데, 제가 여태 그걸 말씀드리지 않고 있었던가요?"

[1976]

출처: 『서편제』, 문학과지성사, 2013

오키나와에서 온 편지

김정한 (1908 ~ 1996)

경남 동래 출생. 일본 와세다대 부속고등에서 수학. 1936년 『조선일보』에 「사하촌」을 발표하며 등단. 『낙일홍』 『인간단지』 『제삼병동』 『수라도』 『모래톱 이야기』 등의 소설집이 있다.

"그때에 비하면 그래도 너희들의 나라는 많이 발전은 한 셈이지. 열두 살 때부터 마흔 살까지의 처녀 미혼녀들을 무려 2십만 명이나 여자정신대(女子 挺身隊)란 이름으로 끌고 와서 군수공장 노무자로 일본군인 아저씨들의 오물받이로 상납했더랬는데, 지금은 처녀들이 이렇게 딸라를 벌기 위한 인력 수출에 동원되고 있으니까 말야. 안 그래?"

어떤 문예평론가가 나를 평하기를 체험하지 않은 일은 잘 쓰지 못하는 사람이라고 했거니와, 사실 나는 그물을 가지고 구름 잡는 듯한 이야기는 자신이 없다. 역사를 공부하는 사람들이 먼 옛날의 인류 생활의 실태를 파악하기 위하여 도처에서 열심히 고분을 파헤치듯이, 나는 오늘날의 우리들의 진실의 한 부분을 알아보기 위해, 지난 여름 강원도의 탄갱지대를 몇 군데 돌아다닌 일이 있다.

그때 다행히 어떤 광부의 집(주인은 이미 죽고 없었지만)에서, 오키나와란 일본 섬에 계절노동자로 가 있다는 그 집 딸이 보내온 편지 뭉치를 얻어 볼 수가 있었다. 나는 나를 그 댁에 소개해 준 친구의 조언도 참조하고, 또 빠진 연대라든가 숫자 따위를 아는 대로 보충해서 여기에 발표하기로 한다.

1월 16일

어머니, 편지 늦었다고 나무라지 마세요. 가거든 곧 편지 내라고 하셨지만 여기까지 오는 데 얼마나 시일이 걸린 줄 아세요? 꼬박 한 주일이 넘어 걸렸답니다. 서울서 부산까지는 기차로 왔지만 부산서는 노 배만 탔어요.

그것도 어디 사람만 싣고 다니는 뱁니까. 일본 고베란 데서는 화물선을 탔답니다. 그러니까 한국에서 수출되는 우리 계절노동자들은 무슨 짐 덩어리처럼 다른 거추장스런 짐짝들과 함께 마구 배에 실렸지요. 홍콩으로 수출되는 돼지—아니 그 얘기는 집에 돌아가서 하겠어요.

"이게 무슨 짓이야?"

남자 노무자들은 이런 불평도 하였지만 여자—스물 안팎의 우리 처녀 노무자들은 그런 말도 못했습니다. 다만 광산지대의 근로자의 가족을 돕는다는 명목은 좋았지만 그러한 식으로 우리들을 수만 리 타국의 외딴 섬으로 끌고 가는 우리나라 재단법인인 무슨 '기능개발협회' 사람들을 속으로 원망했을 뿐입니다. 서울 일원에서 모집했다는 가난한 집 청년 3백3십3명과 강원도와 전라도의 탄광촌 출신 처녀 3백십1명—도합 6백4십4명은 이렇게 해서 일본 오키나와란 먼 섬으로 오게 되었답니다. 여자들은 열여덟 살부터 스물다섯 살까지의 모두 저와 같은 처녀들이었지요. —왜 하필 처녀들만 모집하느냐고 하시잖았어요?

어머니께선 그때 대동아전쟁 당시에 여자정신대라 해서 우리나라 처녀들을 강제로 끌고 가던 얘길 하시면서 몹시 걱정을 하셨지만, 이번은 절대로 그렇지는 않으니까 안심하세요. 사탕수수를 베는 게 일이랍니다.

오키나와 본섬에 닿자마자 우리는 곧 이곳 '분밀당공업협회'란 데 인계되어, 본섬 이외의 여러 외딴 섬들의 농가로 분산 입주하게 되었습니다. 저와 같은 강원도 출신 처녀들은 모두 '미나미다이도오지마'란 섬으로 옮겨졌습니다. 오키나와 본섬에서 배로 꼭 여섯 시간이나 걸리는 곳이랍니다. 전라도 처녀들도 물론 이 섬에 많이 왔습니다.

기껏 한 8백여 가구의 농가가 있는 섬이지만 사탕수수와 파인애플로 꽤 재미를 보는 곳이래요. 우리는 이곳 한 농가에 한두 명 내지 대여섯 명씩 분산해서 입주하게 되었지요. 말하자면 여자 머슴이 된 셈이지요.

우리 황지(黃地)에서 온 애들 중에서 막순이와 두리는 나와 함께 '하야시'란 사람의 집에 들어가게 되었습니다.

우리 세 사람은 입주한 후 사흘 동안은 그들의 생활방식이라든가 작업에 대한 예비훈련을 받았어요. 우선 다급한 대로 쓰이는 말도 몇 마디씩. "오하요우 고자이마쓰"란 건 아침 일어나서 하는 인사말이랍니다. 되게 길지요? 막순이는 "오하요우 고자이마쓰"의 '고'를 자꾸만 '꼬'라고 발음해서 그 집 식구들의 웃음을 샀지요. 계집앤 왜 그렇게 혀가 잘 안 돌아가는지.

주인영감은 나이가 돌아가신 아버지 정도로서,

사람이 퍽 어질어 보입니다. 대동아전쟁 때는 라바울이란 섬에까지 가서 죽다가 살아왔다나요. 흔히 보는 일본 사람들처럼 일본 자국도 그다지 퍼렇지 않고 역시 노동일을 많이 해 본 듯 마디가 툭툭 튀어나온 손짓으로 이것저것 깍듯이 가르쳐 주면서 늘 얼굴에 미소를 띠우곤 합니다.

"꼬자이마쓰 알아듣겠나?"

그는 어느새 막순이를 '꼬자이마쓰'라고 불렀습니다.

"하이(네) 꼬자이마쓰."

막순이년은 또 꼬자이마쓰란 말을 아무데나 붙여대지요. 어디 가도 털털한 애니까요.

하야시 노인의 집은 세운 지가 얼마 안 되어 보이지만 우리 한국 농가처럼 그리 크지는 않습니다. 우리가 자는 방은 헛간이 거의 차지하고 있는 아래채에 붙어 있지만 식사는 주인집 식구들과 함께 안채에서 합니다. 그러니까 좋게 말하자면 같은 식구가 된 셈이지요.

떠나올 때 어머니께선 학질 모기 걱정을 하셨지만 모기장도 있고 하니까 너무 걱정 마세요.

1월 25일

어머니, 집에는 별일 없겠지요. 여긴 사탕수수 거두기가 한창입니다. 정월부터 4월까지가 고비랍니다. 꼭 우리나라 모내기 때처럼 온 식구가 들에가 사는 듯합니다.

수수는 어른들의 키가 넘도록 자랐는데 밑둥치가 늙은 죽순둥치처럼 굵고 질겨서 그놈을 휘어잡고 베자니 금방 손바닥이 부르트더군요. 그러나 곧 굳어져서 인제 별로 아프진 않아요. 낫이 한국 낫보다 커서 손을 다칠까 염려가 되었지요. 그러나 그것도 인제 익숙해져서 괜찮습니다. 하야시 노인도 할머니도 다 같이 낫질을 하지요. 고등학교를 나왔다는 아들도 곧잘 베어요. 아들도 아버지를 닮아 부지런하고, 우리에게도 친절을 보이려고 애쓰는 것 같아요. 이름이 '다케오'라나

요. 나이 스물일곱이나 되지만 아직 장가도 들지 않고 있어요.

어머니, 참 이 댁 수수밭이 얼마나 되는지 짐작하시겠어요? 어머니가 들으시면 깜짝 놀라실 겝니다. 우리 식으로 따지면 꼭 백사십 마지기가 넘습니다. 그게 다 수수밭이랍니다. 물론 우리가 머슴살이를 하고 있는 하야시네 댁만이 아닙니다. 이곳 남북 다이도우지마의 농민들은 대개가 그런 정도의 수수농사를 짓고 있답니다. 그래서 일손이 제일 바쁠 요즘 철에는 옛날부터 외지에서 계절노동자들을 많이 데리고 왔답니다.

옛날이라고 해도 그리 오래된 일은 아닌 것 같습니다. 머 처음에는 자유중국의 땅인 대만에서만 데리고 왔다나요. 그러던 것이 자기 나라 정부가 중공(中共)과 국교를 트고부터는 대만 사람들을 못 쓰게 됐대요. 그래서 대신 한국에서 노무자들을 모집해 오게 된 거래요.

"모든 것이 다 전쟁의 탓이지. 지긋지긋한 그놈의 전쟁……."

하야시 노인은 언젠가 저녁상을 물리고 나서 자기들이 살던 본섬 쪽 하늘을 바라보면서 이렇게 구두덜거리더군요.

"너희들의 나라에서 해방의 해라고 말하는 바로 그 해 봄이었지. 그 해 4월 초하룻날이래. 무서운 화력을 자랑하던 미군부대가 노도처럼 쳐들어와서 6십여 곳이나 되는 이곳 섬들을 모조리 잿더미로 만들어버렸대. 나는 그 당시 라바울이란 먼 남방 섬에 출정해 있었지만, 오키나와 본섬에 살고 있던 가족들과 집은 아주 결딴이 났지 머. 자식이라곤 단 둘 있던 오뉘는 그때 없어지고 저 늙은이만 어째 용케 살아남아서 거지가 되어 있더군. ……어떻게 찾았느냐고? 행여 내가 살아 돌아와서 옛날 살던 곳을 찾을까 싶어, 미국 군사기지가 되어 있는 옛터 집 언저리를 넋 잃은 사람처럼 매일같이 헤맸었지. 그러다가 길에서 우연히 만나잖았겠어. 인연이 있었던 모양이지. 자식과 집을 송

두리째 빼앗긴 두 거지가 부둥켜안고 울다가 코 큰 파수병이 "깟땜"(꺼져)하는 바람에 쫓겨났지 머. 그래서 죽지는 못하고 떠돌다가 겨우 이 섬으로 와서 이런 고생살이를 시작했단다. 어느덧 3십 년이 가까워 오는군 그래."

이렇게 말을 마친 하야시 노인의 입가가 별안간 실룩실룩 하잖겠어요. 아마 어떤 저주와 분노의 발작인 듯싶었습니다.

"그럼 다케오씨는 여기서 났겠네요?"

저가 이렇게 뒤퉁스런 소리를 하니까, 곁에 있던 아들이 얼른 말꼬리를 낚아채어,

"그래. 난 이 섬의 하야시가의 중시조야."

하고 웃더군요. 그러나 그의 웃음도 결코 유쾌한 것은 아니었어요. 진절머리 나는 부모들의 과거가 듣기 거북했던 게죠.

물론 그는 전쟁을 직접 겪지는 않은 청년입니다. 하지만 그 또래의 일본 청년들은 2차대전—그들의 소위 대동아전쟁 때 그들의 부모나 가족들이 입은 피해와 고통을 언제까지나 뼈저리게 느끼고 있는 것 같아요. 전쟁이란 말만 들어도 진절머리를 낼 뿐 아니라, 얼굴에 핏대를 올리거든요. 그런 점이 성도 이름도 뺏기고, 가족이랑 이웃 사람들이 수십만 명이나 징용으로, 정신대로 끌려가 죽고 병들고 했어도 언제 그런 일들이 있었느냐는 듯이 시시덕거리기 마련인 우리나라 일부 젊은이들과는 다른 것 같은데, 그건 저의 잘못된 생각일까요?

하야시 노인이나 다케오씨는 또 저희들이 잘 모르고 있던 우리들의 과거—식민지 시대의 일까지 알려주면서 때로는 동정도 해 주어요. 창피해서 듣기 싫은 일도 많더군요.

그보다 오늘은 어머니께서 궁금하게 여기실 이곳 사정이나 생활 모습 같은 걸 알려드릴게요.

우리나라에서 수만 리 떨어져 있다는 얘긴 저번에 했었지요. 이곳 농가들은 우리나라의 시골집들과 비슷합니다. 대개 초가로 태풍이 잦은 곳이라 우리나라 제주도 지방의 집들처럼 모두가 높은 돌 담에 에워싸여 있어요. 뜰과 울안은 훨씬 넓고요. 우리들과 다른 점은 방과 방 사이가 토벽 대신 널빤지로 간막이가 되어 있는 겝니다.

우리가 들어 있는 집은 비교적 큰 농가인데, '우후야'(母屋)란—우리말로 하면 안채는 붉은 기와를 이었고 우리가 거처하는 아래채는 갈대 이엉을 덮었지만 널따란 헛간과 머슴들을 위한 방이 둘, 그리고 '후루'라고 부르는 변소가 붙어 있어요. 그리고 참 이곳 변소는 꼭 우리나라 제주도 농가처럼 돼지우리를 겸하고 있어요. 그래서 처음에는 변소에 들어가기가 겁나데요. 그놈이 밑에서 쳐다보며 꿀꿀대거던요. 막순이년은 질겁을 하고 튀어나온 일까지 있었지요.

식사는 '우후야'에서 하는데, 밥은 안남미 비슷한 오키나와 쌀과 보리 그리고 조로써 지어요. 때로는 고구마로써 끼니를 때우기도 합니다. 물론 온 가족이 다 그러지요. 가끔 돼지고기와 염소고기도 얻어먹지만 좀 싱거운 게 덜 좋아요.

옛날에는 독사와 학질모기가 들끓었다지만, 폭격을 많이 받은 탓인지 지금은 많이 퇴치되어 그것으로 사람이 죽거나 하는 일은 드물답니다. '하부'라고 불리는 이곳의 무서운 독사는 능글맞게 밤에만 나타나서 사람이나 가축을 해친다고 하나 우리는 아직 한 번도 그놈을 보지 못했습니다. 밤에는 모기장을 꼭꼭 치고 잡니다. (여기는 일 년 내내 그런다나요.) 같이 온 두리년이 학질을 한 번 치르고부터 하야시 노인은 자주 주의를 시킵니다.

"모기장 밖으로 다리 내밀지 말어!"

머슴이 병나면 주인이 손해를 보기 때문일 테지요.

그리고 일 년에 벼농사를 두 번 짓는 곳이니까 햇빛이 몹시 따갑습니다. 한국처럼 춘하추동이 있는 게 아니고 봄과 여름 두 철뿐인데, 소나기가 잦은 것과 여기 말로서 '가-치베-'(남풍)니 '미-니시'(신북풍)니 하는 계절풍의 덕으로 그럭저럭 무

더위를 이겨 나가고 있답니다.

그럼 너무 걱정 마세요, 어머니.

2월 4일

보내신 편지 잘 받았습니다. 오빠가 또 고깃배를 타시련다고요? 작년 태풍 때 그렇게 혼이 나고 다시는 안 타시려더니……. 없는 사람은 할 수가 없는가 보지요. 이번에는 좀 실한 배나 타셔얄 텐데. 선주도 남의 목숨 귀한 줄 아는 분을 골라서.

어머니께선 아직도 껌정 빨래 못하게 된 것이 그렇게 서운하고 답답하신 모양이지요? 매일같이 탄광에서 더럽혀 오시던 아버지의 그 흙과 땀과 무연탄 가루에 짓이겨진 작업복! 매일같이 그걸 씻는 일을 숫제 낙으로 삼으시듯 하시던 어머니의 모습이 눈에 선해 옵니다. 그래서 편지를 읽다가 또 울었지요. 지난 해 가을, 갱목도 낡고 썩은 지하 수천 척의 굴 속에서 낙반사고로 생목숨을 버린 아버지의 무참한 모습과, 어머니의 실신하시던 일이 문득 머리에 떠올라서요.

그러다가 우연히 툇마루께로 돌아오던 하야시 노인에게 들켰더랬는데, 그 일로 말미암아 아버지의 지난날의 고생살이를 더욱 잘 알게 되고, 가난한 사람들은 어딜 가도 살기가 어렵다는 것을 더욱 더 절실히 깨닫게 되었답니다.

막순이란 년이 괜스레 돌아가신 아버지의 얘길 꺼내자,

"머 광산사고로 돌아가셨다고? 산일은 언제부터 했는데—?"

하야시 노인은 갑자기 눈을 커다랗게 뜨시더군요. 그리고 내 얼굴을 뚫어지듯 내려다보는 것 같았습니다.

나는 솔직히 말을 해 주었지요.

"어릴 때부터랍니다. 열여섯 살 때라던가요. 징용으로 북해도에 끌려가서 북탄(北炭)이라던가 어딘가 하는 탄광에서 처음으로 버럭통도 지고, 막장일도 배웠답니다. 그때 일본 사람들은 한국 노

동자들을 머 '다꼬'(문어새끼)라고 불렀다지요? 한국인 합숙소를 '다꼬베야'(문어수용소)라 하고요."

들은 풍월로 이렇게 대답했더니,

"머 북해도? 다꼬베야?"

하야시 노인은 눈이 휘둥그레지면서 느닷없이 내 거칠어진 손을 덥석 쥐다가 말고, 자기 방으로 휭 돌아가더군요. 그리고 한참 동안 방에서 나오지 않았어요.

나와 막순이와 두리는 서로 얼굴을 쳐다보며 놀랐습니다. 하야시 노인이 무슨 까닭으로 그러는지 얼른 짐작이 안 갔기 때문이었습니다. 나도 속으로 걱정이 되었습니다. 그 집 식구들의 얼굴을 바로 보기조차 서먹거려지더군요.

그러나 바로 그 이튿날 하야시 노인이 그렇게 진절머리를 내던 까닭을 알게 되었어요. 사탕수수를 한참 베고 나서 쉬던 참이었습니다. 우리는 저녁 해가 한결 붉게 비치고 있는 산호초를 내려다보고 있었지요. 여러 가지 모양과 무늬를 가진 고기새끼들이 불그레한 산호초의 가장자리를 바쁘게 맴돌고 있었어요.

그때 마침 내처 기가 죽어 있는 내 표정을 눈치챈 다케오씨가 가까이 오더니,

"봇진쌍(복진이). 걱정 필요 없어."

하고 모든 걸 털어놓습데다. ―그의 아버지 하야시 노인 역시 젊었을 때 북해도의 탄광에서 막장일을 했다나요. 그런 기억이 되살아났기 때문에 아버지 얘기에 별안간 어떤 충격을 받아서 그랬을 거라고요. 듣고 보니 그런 것 같기도 하죠.

아닌게 아니라, 그런 일이 있고부터 하야시 노인은 광부들의 딸인 우리들에게 한결 친절한 태도를 보였습니다.

"제국(일제) 말년에 국민 징용령이 발표되고부터 십육 세 이상 오십삼 세까지의 한국인 노무자가 7십여만 명이나 일본에 끌려왔다지만, 적어도 그중 2십만 명가량은 아마 북해도 탄광들이나 땅

굴 파는 일에 동원됐을 거야. 봇진이 아버지도 틀림없이 그중의 한 사람이었을 거야. 어쩜 나와도 만났을는지도……."

하야시 노인은 이틀 전과는 아주 달리 담담한 어조로 당시의 일을 이야기 해 주었습니다.

"다꼬(문어새끼들), 빨랑빨랑 움직여!" 총칼을 든 감독들은 이렇게 호통을 치며 한국인 노동자들을 개 패듯 패었고, 만약 부상이라도 당해서 치료에 시일이 걸릴 만하면 "그놈은 수렁이나 버럭탕에 갖다 던져버렸! 반도(조선)에 가서 다시 끌고 오면 되잖아."
하는 식으로 한국인 막장꾼들을 짐승보다 못하게 다루었다고 하더군요. 어찌 같은 사람으로서 사람을 그렇게 다루었을까요?

그런 모욕과 고생을 당하다가 해방이 되어 조국에 돌아온 아버지는 무슨 팔자기에 또 막장일을 하다가 결국 수천 길 갱 속에서 이승을 버리고 말았을까요.

"진짜 해방이 되었는지 어쨌는지 모르지만……"
하던 하야시 노인의 며칠 전의 말 서두가 문득 생각나기도 했습니다. 아들 다케오씨는 또 다음과 같은 말을 하더군요.

"그때에 비하면 그래도 너희들의 나라는 많이 발전은 한 셈이지. 열두 살 때부터 마흔 살까지의 처녀 미혼녀들을 무려 2십만 명이나 여자정신대(女子挺身隊)란 이름으로 끌고 와서 군수공장 노무자로 일본 군인 아저씨들의 오물받이로 상납했더랬는데, 지금은 처녀들이 이렇게 딸라를 벌기 위한 인력 수출에 동원되고 있으니까 말야. 안 그래?"
하며 입을 약간 비쭉하더군요. 그러나 그의 말눈치는 우릴 업신여긴다기보다 차라리 어떤 의미로 동정하는 듯한 편이었어요.

하지만 "한국 처녀 한 사람이 하루에 일본 군인 몇 사람을 상대해야 됐는지 알아? 자그마치 3백 명 꼴이래, 3백 명!" 하는 데는 분하고 창피해서 차마 낯을 들 수가 없었습니다.

"헐 수 없었지. 식민지 백성들이었으니까."
다케오씨는 우리를 위로하듯 이렇게 보태더군요.

어머니, 그게 정말일까요? 대동아전쟁 때 그렇게 많은 한국 사람들이 정말 일본으로 끌려갔을까요? 다케오씨는 자기 나라 국회기록에도 또 공안청자료 중에도 그렇게 되어 있다고 우겨댔지만 도무지 믿어지지 않는군요. 하긴 우리 고향에는 정선댁 딸이라든가 함백댁 딸처럼 여자정신대에 끌려가서 아직도 못 돌아온 처녀들이(인제 거의 할머니들이 됐을 걸요) 있긴 했지만…….

다케오씨는 저의 나라 사람들이 저지른 일이 미안스러웠든지, 아니면 어디서 들은 말이 있었든지 그렇게 많은 한국인을 노무자로 또 위안부로 끌고 오는 데는 응당 한국인 자신들의 협조도 컸으리라고 말했습니다. 아마 아버지께서 늘 점잖게 말하시던 민족반역자든가 뭔가 하는 사람들을 두고 하는 말일 테죠.

"가령 학도지원병의 경우를 말하더라도 당시 한국 사회의 소위 일부 지도자란 위인들이(정말 지도자가 될 만한 사람들은 억울한 죄명으로 감옥살이를 하거나 아니면 무서운 감시를 받고 있었다죠?) 버젓이 일본에까지 찾아가서 한국인 유학생들을 모아놓고 지원을 권장했는가 하면, 그것을 거부하고 피해 다니다가 망명한 어른들을 찾아 만주로 건너가서 독립군에 가담한 청년들이 있는 반면에, 할 수 없다는 듯이 지원병이 되어 그들의 뒤통수를 쏘아댄 사람도 많다잖아? 오히려 그 편이 훨씬 더 많았지—?"

다케오씨는 약간 언성을 높이기까지 하였습니다. 남의 일에 숫제 어떤 의분까지 느꼈던 모양이지요. 오키나와 본토에 있는 미군기지의 반환 투쟁에 가담했다가 터졌다는 오른쪽 눈 및 흉터가 그날따라 유심히 쳐다보이더군요.

"그러니 개판이지 뭐야!"
다케오씨는 이런 말을 내뱉으며 자리를 털고 일

어서더군요. 산호초에는 '구로우시오'(黑潮)가 점점 밀려들고 있었어요. 우리도 따라 일어섰습니다.

우리는 다케오씨의 말을 그대로 믿으려고는 하지 않았습니다. 우리들이 놓인 처지도 처지였지만 반박할 용기도 나지 않았습니다. 우리도 이미 들은 말이 있었거던요. 안 그래요, 어머니?

뿐만 아니라, 우리는 며칠 전 그들이 고구마 밭 끄트머리 바닷가 낭떠러지 위에 서 있는 두 개의 석탑을 본 기억이 떠올랐던 것입니다.

"이건 미군이 쳐들어왔을 때 군인들과 함께 나서서 싸우다가 죽거나 자결한 남녀 학생들의 거룩한 희생을 기념하기 위해 세운 석탑이야."

다케오씨는 석탑을 가리키며 자랑삼아 그렇게 말했거던요.

거기 서 있는 '건아(健兒)의 탑'은 남학생들을 위한 것이고, '백합(百合)의 탑'은 여학생들을 위한 것이래요.

어머니, 정말 독종들이지요? 그러니까 그들은 잿더미가 된 황무지를 냉큼 일구어 지금과 같은 거대한 농장을 차릴 수 있었고, 그러지 못했기에 우리들은 이렇게 또 그들의 머슴살이를 하고 있는 게 아닐까요. 우리에겐 무언가 잘못된 게 있는 것 같아요. 죄 없는 백성들까지 고통과 비웃음을 받아야 하는…….

2월 20일

너무나 오랫동안 편지 못 올려 죄송합니다. 어머니, 오빠는 자주 들리십니까? 옛날과는 달라 나라마다 경제수역 2백 해리니 머니 하고는 야단인 모양이니 고기잡이 일도 까다로워졌겠지요. 게다가 보나마나 낡아빠진 우리 어선들이 돼서…….

참 먼젓번 어머니 편지에 동생이 공부 잘 안 하고 즈 반 대표선수가 되어 배구 연습만 한다고 했었지요? 저도 처음 들었을 때는 걱정이 되었지만 가만히 생각해 보니 머 그럴 것도 없을 것 같아요. 없는 집 딸애가 공부를 잘하면 대학을 가겠어요 멀 하겠어요. 무슨 올림픽에 나가서 입상을 하니까 국위를 선양했으니 대한의 딸이니 머니 하고 야단들이더군요. 신문에도 크게 나고 라디오, 텔레비에도 나오고 그러더구만요. 그러니까 대한의 딸이 되려거든 제 좋아하는 배구라도 실컷 해 보라세요.

참 그건 그렇고, 어머니, 우리나라 국회의원이나 높은 양반들은 이곳 오키나와에는 왜 잘 오지 않는답니까? 올 들어 이달(2월) 말까지 불과 두 달 사이에 각종 명목으로 외국 나들이를 하는 국회의원이 자그마치 백2십여 명이나 된다잖아요.

┌─────────────────────────────────┐
│ 지방 출장보다 쉬운 외유(外遊)   │
│ 5대양 6대주에 한국 국회의원   │
└─────────────────────────────────┘

이런 대문짝 같은 기사 제목이 신문에 덩그렇게 나와 있더군요. 5대양 6대주를 줄지어 누비듯 한다면서, 더더구나 일본은 이웃 집 들르듯 하면서 천여 명의 광산촌 딸들이 수출되어 마소처럼 고달픈 노동을 하고 있는 오키나와의 섬들에는 왜 얼씬도 않는지 모르겠군요. 하긴 만국해양박람회라든가 먼가 해서 구경거리가 있었을 때는 더러 다녀갔다고 합디다만…….

어머니 저가 이런 편지를 쓰게 된 동기는 며칠 전 오키나와 본섬에 있는 '고자'시란 데 갔다가 우연히 우리나라 노무자들과 고아들이 겪고 있는 너무나 끔찍스런 모습을 직접 보았기 때문입니다. '고자'란 곳은 미군 상대의 유흥가로서 발달한 순전한 군사기지 도시라는데, 미군병사(兵舍)와 미군 주택, 그리고 그들과 군 관계 노무자들이 많이 드나드는 상점이랑 술집 또는 매음굴이 많은 곳이랍니다.

얄바람 맞은 비가 찔끔거려 며칠 밭일도 잘 안 되던 차에 마침 월급이라 해서 처음으로 얼마씩 받은 돈이(사실 그것도 우리들을 모집해 온 개발협회 측 말과는 달랐지만) 있어서 헐찍한 옷이나 한 벌씩 살까 싶어 막순이와 저와 두리 세 사람은 다케오씨를 졸라 구경 겸 '고자'시로 처음 나들이를 했습니다.

아닌 게 아니라, 거리에는 안개가 질금거리는데도 불구하고 미군이랑 또 대뜸 보기부터 군 관계 일을 하는듯한 노무자들, 그리고 우리나라에서 말하는 양공주 차림의 아가씨들의 반지빠른 모습이 꽤 많이 보이더군요.

우리는 어떤 으리으리한 상점에 들렀으나 옷가지 같은 건 비싸서 못 사고 우선 필요한 것을 조금씩 사가지고선 다케오씨가 안내하는 길 모서리 어느 음식점으로 들어갔습니다.

입구 옆 바람벽에 "강장제 고려인삼 다려 먹고 기생 파티 즐겨보지 않으시렵니까?" 하는 선전 말에 우리나라 고전무용을 추는 한국 기생 사진까지 곁들인 널따란 광고지가 붙어 있는 것이 여간 불쾌하지 않았지만 어쩔 도리가 없더군요.

"오늘은 내 한턱 내지."

다케오씨는 우리들을 안심시키려는 듯이 잠깐 돌아보며 싱긋 웃었습니다.

"아이구 다케오상 오랜만이구려. 왜 그렇게 안 보이세요?"

그와 숙면인 듯한, 광대뼈가 좀 불거진 5십대의 여인이 반갑게 맞아주더군요. 우리는 곧 눈치를 채었지만 그 분이 바로 그 가게의 주인이었습니다.

"수수밭을 다 치워야 오죠."

그리고 다케오씨는 우리가 잘 못 알아듣는 말로써 무엇을 시키는 것 같더니, 안주인이 잠시 부엌으로 물러가자,

"너희들의 고국사람이야. 예의 위안부 출신인데 이곳에서 술가게와 비밀로 히로뽕 장사를 하고 있으니까 말조심해야 돼. 알겠어?"

다케오씨는 이렇게 미리 다짐을 받더군요. 그가 언젠가 우리에게 들려주던 여자정신대란 이름의 한국 처녀 위안부의 얘기─처녀 한 사람이 하루 3백 명의 일본군에게 몸을 바쳐야 했다는 그 끔찍스런 이야기도 필연 이집 안주인에게서 들은 게로구나 싶었습니다. 우리는 목이 자라목처럼 약간 들어간 듯한 주인아주머니의 뒷모습에서 눈을 돌렸습니다. 위안부 퇴물이라니까 어쩐지 이상한 생각이 들더군요. 고향에도 못 가고 그런데서 그런 짓을 하고 살아가는 그녀에 대한 가엾은 생각과 그녀를 그렇게 만든 사람들에 대한 울분이 한꺼번에 끓어올랐었겠지요. 그녀들을 그러한 운명의 구렁텅이로 처넣은 것은 다케오씨의 말을 전적으로 믿지 않는다 하더라도 한국에 와 있던 일본 관리들과 일본 군인들만의 죄는 아닐 겝니다. 울고불고 숨고 하던 처녀들을 억지로 끌어내는 데 갖은 방법으로 협조한 우리 사람들의 죄도 결코 작지는 않을 게란 생각이 자꾸만 들더군요. 어쩜 그런 사람들 가운데서도 우리 사회에서 내처 유력자로서 지도자로서 눌러앉아 국민 무엇을 부르짖으며 외유를 하고 돈을 벌고 세력을 누리는 사람이 있는지도 모르지요. 돌아가신 아버지께서는 생전에 술을 들면 가끔 그런 뜻의 말을 했다고 기억합니다만……

아까 저가 말한 우리 국회의원들의 외유 붐에 관한 신문기사도 바로 이 가게에서 보았지요. 뜻밖에 한국 신문이 한 장 반쯤 찢어진 채 옆 테이블 위에 놓여 있었거든요.

두리가 집어주기에 잠깐 들여다보았더니, 맞은편에 앉아 있던 다케오씨가 고개를 쭉 빼고 흘끗 하고는,

"응, 고국 신문인가? 이 집에선 꼭 한 부 받는 모양이더군. 한국 노무자들이 가끔 들르기도 하니까……"

그는 기사 내용에 대해서는 굳이 알려고도 하지 않았습니다.

김이 무럭무럭 나는 달걀덮밥과 맥주를 가져온 안주인은 비로소 우리들의 얼굴을 유심히 보더니

다소 서툰 한국말로,

　"돈 벌러 왔구먼. 딸라……."

하며 다케오씨의 곁에 바특이 앉더군요. 그렇다고 수긍을 했더니,

　"온 지가 오래 되나요?"

하고 예사스럽게 묻잖겠어요.

　"네."

해 줬지요, 그러고 우린 밥만 먹었죠.

　"다행이구먼! 요 며칠 전에 온 처녀들은 억울하게 된 사람이 많았지,"

그녀는 다케오씨에게 맥주를 따르며 이렇게 말하더군요.

　"왜 무슨 일이 있었나요?"

　"그 무슨 기능개발협횐지 쇠발협횐지 하는 사람들의 말을 믿고서 7백여 명이나 되는 광산촌 처녀들이 실려왔다지만 그게 다 약속대로 파인애플 공장이나 사탕수수 농가에 계절노무자로 들어가지 못하고 반이 넘는 4백여 명이 하수도공사라든가 무슨 무슨 건축공사장으로 배치되어서, 사내들도 하기 힘든 중노동을 하고 있잖아요. 이따 갈 때 한 번 돌아보세요. 땀을 뻘뻘 흘리며 땅을 파고 블록을 쌓고 있는 광경은 정말 불쌍해서 못 봅니다. 게다가 품삯이나 어디 제대로 받고 있나요……."

　이름 대신 상해댁으로 통해져 있다는 안주인은 약간 체머리까지 흔들어가며 이렇게 제 일처럼 구두덜거리더니, 다케오씨로부터 맥주잔을 확 뺏아들데요. 술도 곧잘 마십니다. 이내 광대뼈 짬이 벌게지더군요, 광대뼈 짬이 붉어지자 그녀는 더욱 야단스럽게 지껄이잖겠어요. 일본말을 쓸 때는 무슨 소린지 잘 알아들을 수 없었지만 무언가를 따지려 드는 눈치 같았습니다. 그러니까 다케오씨는 순순히 술을 더 가져오게 하더군요.

　상해댁은 그렇게 술을 권커니 들거니 하다가, 무슨 생각으론지 저를 흘끗 쳐다보며,

　"일본 놈들은 입이 열이라도 내게는 할 말이 없어. 누가 나를 이랬다고!"

여간 기백이 아니었습니다.

　그러다가 별안간 노랭(발)을 드리운 문간 쪽을 내다보며 한국말로,

　"또 왔어? 날마다 오면 난 어쩌지?"

　우린 놀라서 뒤를 돌아보았습니다. —대여섯 살 돼 보이는 거지 애 하나가 발문 밖에 오똑하니 서 있더군요. 머리도 제대로 깎지 않은 계집애였습니다. 거지 애는 벙어리처럼 아무런 대답도 없었습니다.

　"어서 들어와!"

　상해댁은 그 애를 부엌 쪽으로 데리고 가더니 고구마 삶은 겐지 뭔지를 종이에 싸서 쥐어주더군요.

　그것을 받아 든 애기거지는 고맙다는 뜻일 테지, 상해댁의 얼굴을 잠깐 쳐다보더니(저는 그것을 고국이나 어머니가 그리워서 그랬으리라고 생각했습니다), 고개만 꾸뻑해 보이고 아장아장 밖으로 나가지 않겠습니까. 그 애의 얼굴에는 벌써 웃음이라고는 찾아볼래야 찾아볼 수 없었습니다,

　그게 누구냐고, 다케오씨가 물은 모양인데, 상해댁은 웬일인지 우리 쪽을 보고 대답을 하더군요.

　"한국에서 실려온 고아야. 왜 처녀들도 그런 소문을 들었을 텐데? 무슨 개발공사라던가—한국에는 웬 놈의 '개발'이란 이름이 붙은 단체가 그렇게 많아?—아무튼 그런 장사 단체가 한국에서 고아 백여 명을 싣고 와서 이곳에 주둔하고 있는 미군들에게 돈을 많이 받고 불법입양을 시켰더랬는데, 그 미군 아저씨들이 귀국할 때 같이 데리고 갈 수속이 미처 안 되어 그냥 길가에 버려두고 갔다나. 여긴 그런 애기 거지들이 우글우글 하다니까. 언젠가 신문에서, 한국 보사부란 데서 그런 짓들을 한 회사 책임자를 수사당국에 고발하겠다고 한 기사를 읽은 적이 있지만 저렇게 돌아다니다가 굶어 죽고 병들어 죽고, 물에 빠져도 죽고…… 그저 그런 거지 애들이지 머. 귀여운 '우리의 애기들'이

말야. 요 며칠 전만 해도 기지 앞 산호초에 걸려 있는 그런 애의 시체를 본 사람이 있었다던가…….”

상해댁은 ‘우리의 애기들’이란 말에 특별히 악센트를 넣는 것 같더니, 느닷없이 “응응!” 하고 울음을 터트리지 않겠습니까. 말과 웃음을 잊은 애기 거지를 돌려보내자, 쌓이고 쌓인 어떤 설움의 둑이 술김에 갑자기 무너지기라도 한 듯이. 불그레해진 광대뼈 짬에 이내 눈물얼룩이 지더군요.

다케오씨도 어리둥절하며 아주머니가 술에 취했느니 술버릇이 어떻느니 했지만, 술을 입에 대지도 않은 우리도 그만 울고 말았습니다.

그길로 밖으로 나왔다가 선창가를 향해 얼마 걷지 않아서, 공교롭게도 우리는 또 부슬비 속에서 일을 하고 있는 한 떼의 한국 처녀들을 보게 되었더랍니다.

어떤 건축 공사장이었습니다. 자갈 궤짝을 무겁게 해 지고 끼우뚱거리는 모습들! 얼굴은 이미 그을어서 검둥이가 다 되었고, 땀과 비에 젖은 입성은 만판 거지꼴이었어요. 되도록 보지 않으려고 했지만 자꾸 눈이 가는 걸 어떡합니까? 가슴이 미어지는 것 같더군요. 이제 막 들은 상해댁의 말이 거짓말이 아니었지요. 우리는 또 눈물을 참을 수

가 없었습니다.

“운다고 해결이 되나? 쓸개 빠진 타협과 눈물이 문제를 해결해 주지는 못해!”

우리들의 심중을 짚었을 테죠. 다케오씨는 갑자기 신경질을 내면서 이런 말을 내뱉더군요. 그리고서 그는 돌아도 안 보고 뚜벅뚜벅 앞을 걸어갔지요. 처음에는 야속하다는 생각도 들었지만, 그로서는 그럴 만한 까닭이 있었으리라고 곧 이해가 가는 것 같더군요.

저는 그의 얄미운 뒷모습을 바라보면서, 그가 우리에게 보여주던 ‘건아의 탑’과 ‘백합의 탑’ 애기를 문득 기억에 떠올렸습니다. 그리고 언젠가 “한국 사람을 왜 다꼬(문어)라고 부르는지 알어? 뼉다귀가 없다는거야, 뼉다귀가……!” 하면서 빈정거리던 일도.

그날 밤 우리들은 오래도록 잠을 이루지 못했습니다. ―그의 말마따나 쓸개 빠진 타협들과 눈물이 우리들을 오늘과 같은, 아니 갈수록 더 어둔 불행 속으로 밀어 넣지나 않을까 해서…….

어머니, 하도 억울해서 두고두고 써 보낸 편지가 너무 길어진 것 같습니다. 읽기에 힘드셨겠지요.

[1977]

동경

銅鏡

오정희 (1947 ~)

서울 출생. 서라벌예대 졸업. 1968년 『중앙일보』 신춘문예로 등단. 『불의 강』 『유년의 뜰』 『동경』 『바람의 넋』 『불꽃놀이』 등의 소설집과 『새』 등의 장편소설이 있다.

아이는 마당에서 공처럼 뛰어다니며 거울을 비췄다. 아내는 겁에 질려 마루로 올라왔다. 거울빛은 마루턱에 늘어서 하얗고 단단하게 말라 가는 짐승들을 지나 재빠르게 아내의 얼굴에 달라붙었다. 구겼다 편 은박지처럼 빈틈없이 주름살진 얼굴이 환히 드러났다.

(중략)

빛은 이제 눈물에 젖은 아내의 조그만 얼굴과 그의 눈시울, 무너진 입가로 쉴새없이 번득였다. 그것은 어쩌면 아득한 땅 속에 묻힌 거울빛의 반사일 듯도 싶었다.

아내가 커다란 함지에 밀가루를 쏟아붓는 것을 보고 그는 식사 전의 산책을 위해 집을 나섰다. 두어 발짝 옮겨놓을 즈음 그는 언덕길로부터 자전거를 타고 달려오는 이웃집 계집아이를 보았다. 브레이크 장치를 움켜쥐고 가속도에 몸을 맡겨 비탈길을 내려오는 아이의 얼굴은 긴장으로 조그맣고 단단하게 오므라들어 있었다. 짧고 꼭 끼는 면바지 아래 종아리도 팽팽하게 알이 서 있었다.

공기의 저항을 줄이기 위한 어떤 노력도 없이, 그 아이에게는 아마 지나치게 클 것인 자전거의 페달을 밟고 꼿꼿이 선 자세로 달려오던 아이가 마주 걸어오는 그에게 눈길을 주었던가, 그는 알 수가 없었다. 그의 늙은 얼굴에 떠오른 미소보다 재빨리, 맞바람에 불불이 일어선 머리칼과 아직 그을지 않은 흰 이마가 잠깐 기억되었다가 사라졌다.

절기보다 이른 더위 탓인가, 골목에는 사람의 자취가 없어 그는 늘상 다니는 길이면서도 이상한 낯설음에 빠져 달려가는 아이의 뒷모습을 눈으로 쫓았다. 회색빛 담과 낮은 지붕들이 잇대어 있을 뿐인 길을 아이는 달리고, 바람이 길을 낸 자리에 풀포기 다시금 어우러들 듯 풍경은 두 개의 바퀴가 만드는 흰 공간 속으로 빨려 들어갔다.

이상하게 조용한 한낮이었다. 간혹 열린 대문으로 빈 뜨락이 보이고 안이 들여다보이지 않도록 무덥게 드리워진 불투명한 발이 보일 뿐이었다. 아직 아이들이 학교에서 돌아올 시간이 아닌 것이다.

아이는 문득 죽은 듯한 정적을 의식했던가, 아니면 아무도 없는 빈길에서 쉼없이 페달을 돌리는 권태로움 때문인가, 장애물도 없는 골목에서 두어 번 길고 날카로운 경적을 울렸다.

아이는 아마 필시 시간을 다 채우지 못하고 슬그머니 유치원을 빠져 나왔음이 틀림없었다. 아침마다 그는 담 너머로, 유치원에 가기 싫어하는 아이의 울음소리를 들었다. 그러나 아이는 결국 담장 사이에 난 샛문을 열고 그의 집 마당을 가로질러 유치원에 가곤 했다. 비 오는 날이면 발꿈치까지 닿는 노란 비옷을 입고 마당의 물이 괸 자리를 골라 철벅거리며 한껏 늑장을 부렸다. 유치원에서 돌아오면 자전거포에서 자전거를 빌려 타거나 그의 집 마당 귀퉁이에서 소꿉놀이를 하며 놀았다. 아내는 아이가 그의 집을 무시로 드나드는 것을 싫어했다. 함부로 잔디를 밟고 꽃들을 꺾기 때문이었다. 그리고 아이가 왔다 가면 무엇인가 조그만 물건들이 없어진다고 했다. 때문에 아내는 언제나 아이가 다녀간 자리를 의심스러운 눈길로 살피곤 했다.

아이의 엄마는 찻길에 면해 있는, 약국과 정육점, 당구장이 들어 있는 삼층 건물의 이층 미장원에서 일하고 있었다. 아이를 낳은 후 바로 중동에 나간 아이의 아버지는 이제까지 계속 연장 취업을 하고 있다고 했다.

아이의 엄마는 쪽문을 통해 그의 집을 드나드는 일이 거의 없었지만 그는 그 여자를 자주 보았다. 창문을 열어놓은 철이면 차 소리가 잦아드는 사이사이 미장원에서 찰칵찰칵 머리칼 자르는 가위 소리가 길 아래까지 들렸다. 때로, 찻길의 소음을 막기 위해 창문을 닫는, 찌푸린 얼굴을 보았다. 늦은 저녁이면 파마용 비닐 앞치마를 두른 채 찬거리를 사들고 종종걸음을 치는 그녀와 아주 가까이서 마주치기도 했다. 그럴 때의 그 여자에게서는 파마약과 머리칼 냄새가 강하게 맡아졌다. 한 달에 두 번 쉬는 휴일이면 그 여자는 수채에 쭈그리고 앉아 크악크악 가래를 돋우어 뱉었다. 글쎄, 목에서도 머리칼이 나와요. 그래서 난 되도록이면 머리를 자를 때 입 다물고 말을 안 해요. 손님한테서 무뚝뚝하다는 얘기를 듣긴 하지만요. 언젠가 그는 누군가와 얘기하는 그 여자의 말소리를 들었다.

느린 걸음으로 주택가의 모퉁이, 어린이 놀이터에 이르렀을 때 그는 자전거에서 내려 비스듬히 기대 서 있는 아이를 보았다. 아이는 그늘 한 점 없이 쨍쨍한 놀이터의 모래밭에서 게처럼 놀고 있는 아이들에게 물었다.

"너희들, 내 만화경 못 보았니? 누가 훔쳐갔니?"

"몰라, 몰라."

아이들이 코를 훌쩍이며 대답했다.

아이는 어제 저녁 늦도록 샅샅이 뒤져본 모래 더미를, 소용없는 짓인 줄 알면서도 다시금 사납게 헤집어 아이들이 만들어놓은 굴이나 두꺼비집 따위를 허물어버리고는 자전거에 올라탔다.

"누구든지 가져간 애는 내가 한 바퀴 돌아올 때까지 갖다놔. 안 그러면 가만 안 둘 테야. 난 누가 내 만화경을 훔쳐갔는지 다 안단 말야."

그는 오한이 들 만큼 새하얀 햇빛, 질식할 듯한 정적 속을 마치 장님인 양 똑똑똑, 지팡이를 촉수처럼 더듬어 한 걸음씩 떼어놓으며 위장의 미미한 움직임을 느꼈다. 그리고 그 움직임의 반동으로 그의 몸 속에 주렁주렁 매달린 크고 작은 주머니와 창자들이 꿈틀거리기 시작하는 것을 느꼈다. 낡고 무력하게 늘어진 주머니는 이제야 비로소 게으르게 제 기능을 생각해 내고 다소의 활기를 되찾은 것이다.

날이 더욱 뜨거워지면 그는 식욕을 돋우기 위해 필요하다고 스스로 처방한, 이십 분에서 삼십 분에 걸친 식사 전의 산책을 그만두어야 할 것이다.

그는 조금씩 숨이 차하며 멈춰 서서 이마의 땀을 닦거나 길가 집 열린 창으로 꼼짝 않고 무겁게 드리워진 커튼을 유심히 바라보았다.

산책길은 늘 일정했고 그는 똑같은 모양의 낮고 작은 집들이 들어찬 주택가의, 어쩌면 공포까지도 불러일으킬 정도로 단조로운 길과 풍경 따위, 망막에 들어오는 모든 것을 오랫동안 바라보곤 했다. 관찰이나 기억을 위한 목적이 없이, 바라본다는 의식조차 없이.

어쨌든 날이 더워지면 산책은 중단해야 될 것이다. 지나치게 좁아지거나 얇아지고 느슨해진 기관들은 더운 날씨를 견뎌내지 못할 것이기에 여름내 그는 그늘에 내놓은 등의자에 앉아 그가 바라보기만으로 그친 풍경들을 떠올리며 지내게 될 것이다.

한껏 느릿느릿 걸었는데도 삼십 분에 걸친 산책을 마치고 집 가까이 올 무렵에는 웃옷 등에 축축이 땀이 배었다. 만족스러운 결과였다. 그는 자신의 나이에 이르면 땀이 흐를 정도의 운동은 무리라고 생각했기 때문에 몸의 움직임은 언제나 땀이 그저 조금 배일 정도의 가벼운 운동으로 그친다는 것을 수칙으로 삼고 있었다.

그는 스스로 정한 몇 가지 규칙과 질서를 지키려는 노력으로 얻어지는 성과를 중요하고 가치 있게 여겼다. 하루하루가 마치 당기지 않는 입맛으로 억지로 숟갈질을 하는 듯하다고 생각하면서도 이 모든 것이 한순간에 정지할 날이 있으리라는 것을 결코 모르는 것처럼 육체와 생활을 지배하는 규칙과 리듬에 순종하는 기쁨을 느꼈다.

아내는 열두 사람분의 칼국수를 만들 밀가루 반죽을 준비했지만 심방(尋訪)은 취소되었다. 오랜 병을 앓던 교우(敎友)가 방금 운명을 했기 때문에 가정예배를 위해 교회를 나서던 그들은 곧장 종합병원 영안실로 간다는 전갈이 왔노라고, 산책에서 돌아온 그에게 말하며 아내는 상기도 함지 가득한 흰 반죽 덩어리에 두 손을 찔러넣은 채 잠깐 망연한 표정을 지었다.

이미 두 사람 몫으로는 지나치게 많은 반죽은 입이 넓은 함지의 전으로 넘칠 듯 부풀어오르고 있었다.

마루에는 국수를 썰기 쉽게 밀가루가 발린 도마며 밀대, 국수 위에 얹을 색색의 고명이 담긴 채반 따위가 널려 있었다.

아내는 손님을 맞을 준비로 이른 아침부터 마당 청소를 하고 부엌과 마루에서 종종걸음을 쳤다. 아침상을 물린 뒤 부엌에서부터 들려오는 나지막한 도마 소리, 기름 타는 냄새, 바쁘게 오가는 아내의 발소리에 그는 불분명한 평안감에 잠겼던 것을 기억했다. 그것은 그 자신 이미 그런 종류의 활기에 새삼스러운 느낌을 갖는다고 믿지 않으면서도 어울려 살아 있음의 열기에 대한 기대, 혹은 일상적 삶에 대한 향수가 아니었을까.

그가 생각하듯 심방이 취소된 데 대한 아내의 실망은 그다지 큰 것이 아닐지도 몰랐다. 그는 아내에게 깊은 믿음이 돌연히 생겼다고 생각할 수는 없었다.

지난달의 일이던가, 집집마다 잠긴 문을 두드려 전도를 다니는 두 아낙네가 몹시도 힘들고 딱해 보였던지 아내는 쉬어가라고 그네들을 불러들였고 그것이 서너 시간에 걸친 교리 강좌가 되었다.

—죽음은 무의식입니다. 산 개만도 못하다고 했어요. 지옥이란 바로 죽음 자체이며 글자 그대로 땅에 갇힌다는 뜻이지요…….

방 안에 드러누운 그에게까지 그네들의 교리 강좌는 크게 들렸다.

"그저 좀 다리나 쉬었다 가랬더니……."

그들이 돌아가고 난 뒤 아내는 변명하듯 그에게 말했으나 다음 일요일에는 그네들의 회관에 나갔다. 그리고 그들은 오늘 첫 심방을 오기로 한 것이다.

땅속에 갇힌 생명, 땅속에 갇혀 아우성치는 빛들.

그가 영로를 땅에 묻은 것은 이십 년 전인가, 스무 살의 영로는 그가 살았던 세월만큼 땅에 갇혀 있다.

아내가 그의 점심 준비를 하기 위해서인 듯 자리를 뜨고도 꽤 오랫동안 그는 그대로 마루에 앉아 아내가 바라보던 뜰을 바라보았다. 아내의 눈길이 지나고 머물던 곳을 역시 아내의 눈이 되어 열심히 바라보았다. 뜰은 장미, 수국, 달리아 따위 여름꽃이 한창이었다. 정오의 햇살에 꽃잎은 한껏 벌어져 보다 짙은 빛의 속살을 엿보이고 벌과 나비는 미친 듯한 갈망으로 꽃술 속 깊이 대롱을 박아 꿀을 찾고 있다. 꽃들은 피고자, 더욱 피어나고자 하는 열망으로 빛은 짙고 어두워지며 천천히 눈에 보이지 않게 몸을 떨고 있다. 그러나 그것

은 이미 아내의 눈에 비치던 풍경이 아님을 그는 알고 있다. 땅속에 갇힌 아우성을 들으려는 시늉으로 수긋이 귀를 기울이며 나무를 바라보는 사이 무성한 나뭇잎은 편편이 떨어져 내리고 메마른 가지만 섬유질로 남아 파랗게 인(燐)처럼 타오르며 자랑스럽게 가지 뻗었던 자리는 이윽고 냉혹한 죽음만이 떠도는 공간이 된다. 그 공간을 찢을 듯 날카로운 경적을 울리며 자전거는 대문 앞을 지나갔다. 그는 그럴 수만 있다면, 살같이 달려간 아이를 손짓해 불러 뒤돌아보게 하고 싶었다. 애야, 들어와서 세수라도 하려무나. 뜨거운 햇볕 아래 그렇게 온종일 자전거만 타다가는 뇌의 혈관이 부풀어 오른단다. 할 수만 있다면 늙은이의 하찮은 친절로 그 애가 살아갈 동안 내내 잊지 못할, 칼빛처럼 독한 기억을 박아주고 싶었다.

아내가 상을 차려 내왔다. 그는 여느 때처럼 칼국수에 소주 한 잔을 반주로 점심식사를 했다. 국수는 색깔 맞춘 고명으로 잔뜩 치장을 했지만 아주 싱거웠다. 그는 전혀 간이 들지 않은 것을 모르는 듯 고개 숙이고 훌훌 국수 올을 말아 올리는 아내를 말없이 건너다보았다.

틀니 탓인가. 그러나 틀니를 한 것은 어제 오늘의 일이 아니었다. 게다가 그는 틀니를 한 뒤 단단한 음식을 씹는 데 부담을 느끼게 되면서부터 점심에는 으레 칼국수를 먹었다. 아내의 칼국수 끓이는 솜씨는 나무랄 데 없었다. 그런데 늘상 해 오던 일이면서도 간장 넣는 것을 잊다니. 그리고 그것을 아무렇지도 않은 낯으로 먹는 아내에 대해 그는 자신의 역할에 게을러진 그의 몸 각 기관들에 대한 것과 비슷한 분노와 미움을 동시에 느꼈다.

"간장 좀 가져와."

그는 노여움을 누르고 말했다. 아내가 굼뜨게 일어나 간장 종지를 가져왔다.

이를 뽑고 틀니를 하고부터, 그리하여 음식을 씹고 맛보는 즐거움을 태반 잃게 되면서부터 그 자신 음식에 대해 까다로워졌다는 사실을 그는 인

정하려 들지 않았다.

틀니라니. 그는 평생을 시청 하급관리로 살아왔다. 상사의 지시나 그의 부서에서 결정된 내용들을 기안하고 깨끗이 정서하는 것이 그에게 맡겨진 일의 거의 전부였다. 그는 글씨 쓰는 일을 좋아했고 결코 약자(略字)나 오자(誤字)를 쓰지 않았다. 자신이 올린 서류가 결재가 난 뒤면 타이핑이 되어져 곧 휴지통에 버려진다는 것을 알면서도 그는 정확하고 반듯한 글씨에 기쁨과 긍지를 느꼈다.

그의 부서 책임자들은 그가 정리한 서류를 볼 때면 한결같이 말했다. 자넨 글씨가 좋군.

어느 날 갑자기 이빨들이 들뜨기 시작하고 잇몸이 퍼렇게 부풀어 이빨 뿌리가 드러났을 때, 결국 모조리 빼고 틀니를 해야 된다는 것을 알았을 때 그는 낭패감보다 심한 배반감과 노여움을 느꼈다. 그리고 이어 위장을 비롯한 몸의 모든 기관들이 무력해지는 증상이 나타났다. 의사는 말했다. 정년퇴직 후에 흔히 오는 증상입니다. 갑자기 일손을 놓게 된 데서 오는 허탈감으로 육체도 긴장과 균형을 잃게 되는 겁니다. 말하자면 정년병(停年病)이라고나 할까요.

누구에게나 찾아오는 일반적 현상이라는 의사의 말은 그에게 조금도 위안을 주지 못했다. 하긴 시말서 한번 쓰지 않은 그도 정년이 되자 시간과 자리를 적당히 메우고 빈둥빈둥 보낸 사람들과 똑같이 궁둥이를 차여 밀리지 않았던가. 오래된 청사의 어둡고 환기 안 되는 방에서 몇십 년을 불평 없이 순응하며 살아온 그도 틀니에만은 익숙해지기 어려웠다. 단단하고 차가운 이물질이 연한 잇몸을 옥물고 조이는 느낌에 대한 저항감은 언제까지고 지울 수 없었다.

점심상을 물린 그는 부드러운 헝겊에 치약을 묻혀 지팡이 손잡이 부분의 은장식을 닦았다. 어루만지듯 부드럽고 단순한 손놀림을 계속하는 동안, 그리하여 은의 빛이 보얗게 살아나는 것을 보는 사이 맛없는 국수와 아내와 틀니에 대한 노여움은

차츰 사라졌다.

다 닦은 지팡이를 신발장 옆에 세워두고 마루로 올라앉아 무료히 뜰을 내다보던 그는 잠깐 졸았던 것일까.

문소리도 듣지 못했는데 뜰의 구석진 곳에서 검침원 청년이 쇠꼬챙이로 수도 계량기를 덮은 콘크리트 뚜껑을 열고 있는 중이었다. 아내는 이편에 등을 보이고 쭈그리고 앉아 청년의 손이 움직이는 대로 아래를 내려다보고 있었다. 아내의 흰 머리와 앙상하게 굽은 등허리 위로 좀체 기울지 않는 한낮의 정적이 수은처럼 무겁게 얹혀 흐르고 있었다.

"에이, 귀뚜라미 좀 보세요, 할머니. 겨울 지나면 이런 걸 죄다 걷어 태워버려야 벌레가 안 생겨요."

청년이 느닷없이 빛과 외기(外氣)에 놀라 튀어오르는 귀뚜라미를 피해 고개를 젖히며 말했다. 지난 겨울, 동파(凍破)를 막기 위해 계량기 위에 쏟아부은 등겨와 짚을 거두라는 말일 게다. 겨와 지푸라기 사이에서 겨울을 난 알에서 부화하여 어둡고 축축한 콘크리트관 안쪽 벽에 붙어 자라는 벌레들을 그도 본 적이 있었다.

아내는 청년의 말에 말없이 머리를 끄덕였다. 아내의 머리는 호호한 백발이다. 그의 머리에 희끗희끗 새치가 비치기 시작했을 때 아내는 이미 반백이었다. 영로를 묻고 돌아섰을 때, 그는 문득, 그때까지도 붉은 흙더미 위에 얹힌 성근 떼장을 다독거리고 있는 아내의 머리가 허옇게 세어 있음을 발견했다.

청대(靑竹)처럼 자라던 아들을 죽이고 머리가 온통 세어버렸다오. 아내는 집에 들인 장사치 아낙네들에게 가끔 말하곤 했다. 그러면서도 언제나 조발(調髮)과 염색에 신경을 쓰는 그에게는 변명하듯 말했다. 우리 친정이 원래 일찍 머리가 세는 내력이에요. 당신, 염색을 하시니까 보기 좋구려. 아주 젊은이 같아요.

흰 머리올이 드러나면서부터 그는 염색하는 일을 게을리하지 않았다. 틀니를 한 뒤 그는 희고 빛나는 이빨과 검고 단정한 머리칼로 더욱 젊어졌다. 가끔 그는 이제 마흔 살 된 영로를 바라보듯 거울 속의 자신의 얼굴을 오래 물끄러미 바라보곤 했다.

청년이 나가려 하자 우두커니 계량기를 굽어보던 아내가 말했다.

"더운데 잠깐 땀이나 들이고 가우."

"그럼 냉수나 한 그릇 주세요."

청년은 손수건을 꺼내 이마와 목덜미의 땀을 닦았다. 청년이 마루턱에 엉덩이를 걸치고 앉자 아내는 부엌으로 들어가 미숫가루를 한 그릇 타왔다. 그동안 청년이 가버릴 것을 겁내는 듯 연신 숟가락으로 사발을 휘저으며 종종걸음으로 나오는 아내가 못마땅해서 그는 속으로 혀를 차며 중얼거렸다.

그러지 말아. 단지 수도 검침을 하러 다니는, 어디서나 만날 수 있는 평범한 젊은이일 뿐이야.

청년은 쉴 짬 없이 단숨에 그릇을 비웠다. 아내의 눈길이 청년의 완강한 목의 뼈와, 함부로 연 셔츠 깃 사이로 엿보이는, 붉게 익은 가슴팍을 탐욕스럽게 더듬으며 허둥거리는 것을 그는 놓치지 않았다.

"잘 먹었습니다, 할머니."

청년은 입가에 흐르는 물기를 손등으로 닦고 입술을 빨았다.

먹는 버릇도 단정치 못해. 먹는 버릇을 보면 바탕을 알 수 있다니까.

그는 또 무력하게 속엣말을 중얼거렸다.

청년은 생각난 듯 마당을 질러가 열려진 채로인 수도관의 콘크리트 뚜껑을 닫았다. 검침원들은 누구든 열어 젖힌 뚜껑을 닫아주고 가는 법이 없었다. 그들은 한결같이 자신의 직업에 대한 경멸처럼 쇠꼬챙이로 마지못해 뚜껑을 열어 젖혀 계기의 숫자를 확인하고는 그대로 가버렸다. 아내는 몹시

힘들게 끙끙거리며 그것을 닫곤 했다.

"이봐요, 젊은이, 내 부탁 하나 들어주려우?"

아내가 막 대문을 나가려는 청년을 불러 세웠다. 그리고 청년의 대답을 듣지 않고 벌써 광으로 들어가 무거운 연장통을 두 팔로 안고 나왔다.

청년은 뻔히, 다소 무례한 눈길로 아내와, 아내가 허리가 휠 듯 무겁게 들어다 놓은 연장통을 번갈아 바라보았다.

음흉한 늙은이 같으니라구, 미숫가루 한 그릇 값을 톡톡히 받으려는 모양이군 하는 표정이었다. 아내는 그러한 청년의 기색을 짐짓 모른 체 느릿느릿 말했다.

"빨랫줄이 높아서 말야, 좀 나지막이 줄을 매줘요. 빨래 널기가 여간 힘들어야 말이지. 늙은이들만 사는 집이라 통 손이 없어서 그런다오."

"하지만 더 낮게 매면 빨래가 땅에 끌릴 텐데요. 애들 줄넘기나 하려면 모를까."

청년이 내키지 않는 기색으로 팔짱을 낀 채 연장통을 들여다보았다.

"그리고 온통 녹슨 못들뿐이잖아요. 할머니가 원하시면 해드리는 건 어렵지 않지만 괜한 일 같은데요. 더 낮게 매면 어디 빨랫줄 구실을 하겠어요?"

청년은 연장통을 뒤져 녹이 덜 슨 못과 망치를 찾아 들었다. 못이 모두 녹슬어 있을 것은 당연했다. 망치, 장도리, 작은톱, 대패까지 고루 갖추어진 연장들은 그 스스로 장만한 것이면서도 오랫동안 쓰지 않았던 탓에 낯설었다.

"그래, 요기는 하고 다니우?"

못을 박는 청년에게 아내가 물었다.

"그럼요."

청년이 입에 문 못 때문에 우물우물 대답했다. 못 두 개 박는 일은 순식간에 끝나고 아내의 요구대로 먼젓번보다 한 뼘 정도나 낮춰진 높이에 마당을 가로질러 팽팽히 줄이 매어졌다.

줄은 그가 보기에도 너무 낮았다. 아마 오늘 오

동경 • 오정희   353

후나 내일쯤, 아내는 오며가며 줄이 목에 받힌다고 불평하며 거두어버리느라 애를 쓸 게 분명했다.

"이렇게 수고를 해줬는데 어쩌지? 그다지 바쁜 게 아니라면 요기나 하고 가우. 내 금시 국수를 끓여줄게."

아내가 함지에 담겨 아직도 마루 한 귀퉁이에 놓인 채로인 밀가루 반죽을 흘깃거리며 말했다. 누룩을 넣은 것도 아니련만 더운 날씨 탓인가, 반죽은 미친 듯 부풀어오르는 것처럼 보였다.

"여러 집을 돌아다녀야 합니다."

"이렇게 종일 걸어다니려면 힘들겠수. 다리는 좀 아플까."

"제발 개들이나 묶어놓았으면 좋겠어요."

갑자기 청년은 못 견디게 화가 치밀어오르듯 볼 멘소리로 대꾸하고는 침을 찍 뱉었다.

"바지 찢기는 건 예사고 자칫 발뒤꿈치 물리기 십상이라구요."

청년의 뒤를 문빗장을 걸기 위해서인 듯 아내가 멈칫멈칫 따라 나갔다.

집 안은 다시 고요해졌다. 뜰의 나무 그림자가 조금 길어진 것으로 보아 햇빛과 시간이 흐르고 있음을 알 수 있을 뿐이었다. 빗장 걸리는 소리도 아내의 신발 끄는 소리도 들려오지 않았다. 대신 탈, 탈, 탈, 한결 속도를 늦춘 맥빠진 자전거 바퀴 소리가 들려왔다.

아내가 망연히 문설주를 짚고 서서 바라볼 길목을 더위에 지친 아이는 이미 만화경 따위는 까맣게 잊은, 다만 싫증을 참지 못해하는 얼굴로 자전거를 끌고 느른히 걸어가고 있는 것일까.

그는 방으로 들어갔다. 그리고 의자를 끌어당겨 책상 앞에 앉았다. 책상은 창가에 놓여 있어 담 밖의 소리나 풍경이 훨씬 가까웠고 그는 오랜 버릇으로 의자에 앉는 것이 편했기 때문에 자주 희미한 잉크 자국이며 칼에 파인 홈이며 긁힌 자국들을 손으로 쓸어보며 우두커니 앉아 있곤 했다.

영로가 중학교에 다닐 때 마련한 책상이었다.

그리고 그는 무엇을 읽거나 쓰기 위해 책상 앞에 앉는 일은 거의 없었지만 층층이 달린 서랍이 요긴하게 쓰인다는 것이 이제껏 그것이 방의 웃목에 적지 않은 자리를 차지하고 있을 수 있는 이유였다.

그는 빈 담뱃갑의 은박지를 벌려 꽃모양으로 말아 접어 가래를 뱉고 수도요금과 전기요금 영수증, 돋보기 따위로 채워진 서랍들을 여닫고 손톱 깎이를 꺼내 찬찬히 손톱을 깎았다.

마루를 서성이는 아내의 조심스러운 발소리가 들렸다. 손톱을 깎고 서랍을 여닫는 일이 특별히 비밀해야 한다고 생각지 않으면서도 그는 아내의 발소리가 방문 앞을 지나칠라치면 흠칫 놀라 손을 멈추었다. 이젠 늙어 귀신이 다 되었다고, 집의 한 구석에 가만히 앉아 있어도 집 안 곳곳에서 일어나는 일을 모두 보고 들을 수 있다는 아내도, 그가 비듬을 털고 손톱을 깎고, 억지로 책상 앞에 앉은, 숙제하기 싫은 아이들처럼 서랍이나 여닫는 것을 결코 알지 못하리라는 생각 때문에 아내 모르게 행하는 하찮은 손짓 하나라도 대단한 음모인 양 바깥 기척에 귀를 기울이게 되는 것이었다.

아내의 발소리가 마루에서 완전히 사라졌음을 확인하고 그는 책상서랍 깊숙이 넣어두었던 만화경을 꺼냈다. 그것은 두꺼운 마분지를 원통형으로 말아 붙인 것으로, 표면에는 울긋불긋 크레파스 칠이 되어 있었다.

그는 만화경을 눈에 갖다대고 빙글빙글 돌렸다. 잘게 자른 색종이 조각들이 거울면의 굴절에 따라 모였다 흩어지며 여러 가지 꽃모양을 만들었다.

만화경 속의 조화는 현란하지도 신기하지도 않았다. 홑잎과 겹잎 꽃의 단순한 집합과 확산일 뿐이었다. 옛사람들은 만화경을 돌리며 우주의 원리와 이치를 본다고 했다.

엊그제였던가, 점심 산책에 나선 그가 주택가 골목을 벗어나 큰길에 이르렀을 때 그는 주위를 집요하게 맴돌며 따라오는 빛무늬를 보았다. 어깨와 다리, 가슴팍에 함부로 와닿는 빛을 털어내며 눈살을 찌푸렸으나 하얗게 번뜩이는 그것이 길과 사람들 사이로 정령처럼 춤추며 뛰어다니다가 다시금 그에게로 되돌아와 얼굴에 오래 머무르자 그는 문득 얼굴이 졸아드는 공포를 느꼈다. 센 빛살에 눈을 뜨지 못하며 그는 소리쳤다. 누구냐, 거울 장난을 하는 게. 그때 쟁쟁한 목소리가 날아왔다. 안녕하세요, 할아버지. 아이가 미장원 층계에 앉아 있었다. 아이의 손에는 날카롭게 모가 선 거울 조각이 들려 있었다. 다치면 어쩔려고 그러니. 그러나 아이는 말했다. 유리 가게에 가서 동그랗게 잘라 달라고 하면 된대요. 내일 유치원에서 만화경을 만들 거예요. 만화경은 뭐든지 다 보이는 요술상자래요. 그러면서 아이는 길을 건너 달려갔다. 뭐든지 다 보인다고? 그는 아이의 등 뒤에 대고 물었으나 물론 진정한 호기심은 아니었다. 단지 의미 없는 되물음이었을 뿐이었다. 그리고 어제 낮, 그는 놀이터의 벤치에서 그 애의 가방과 함께 놓인 만화경을 보았다. 집으로 오는 동안을 참지 못해 도중에 유치원 가방을 팽개쳐 두고 자전거 가게로 달려가는 그 애의 버릇을 그는 알고 있었다. 아이는 이 요술상자를 통해 무엇을 들여다보았을까. 그는 아이의 눈이 되어 아이의 눈에 비친 모든 것을 보고자 하는 욕망으로 만화경을 집어 들었다. 그것을 품에 감추고 어제 오후 내내 그는 잃어버린 만화경을 찾기 위해 헛되이 모래 더미를 헤치는 아이를 지켜보았다. 내 만화경을 누가 훔쳐갔어요. 전시회에 낼 거라고 선생님이 그랬는데요. 아이는 울면서 벌써 수십 번이나 들여다보았을, 가방과 만화경이 놓였던 긴 의자 밑을 다시 들여다보았다.

뭐든지 볼 수 있대요. 그는 아이의 말을 흉내 내어 중얼거리며 빠르게 만화경을 돌렸다. 돌리는 속도가 빨라짐에 따라 유리와 거울과 색종이가 어울려 모였다 흩어지는 모양이 다양해졌다. 그것은 어쩌면 빠른 속도로 분열하고 번식하는 병원균과도 같았다. 색종이의 선명한 색감 때문인지도 몰랐다.

눈꺼풀이 무겁게 내려앉고 몸이 나른히 풀려왔다. 반주 탓이었다. 낮잠이 결국 그에게, 밤에 깨어 흉몽처럼 빈 뜨락을 서성이게 할 것을 알면서도 소화를 돕기 위해 마신 한 잔의 반주로 인한 잠의 유혹을 그는 이길 수 없었다.

그는 만화경을 다시 서랍 속에 넣고 목욕탕으로 가기 위해 방을 나왔다.

아내는 마루 끝에 걸터앉아 밀가루 반죽을 한 움큼씩 떼어 손바닥 안에 궁글려 무엇인가 형체를 빚고 있었다.

"뭘 만드오?"

"그저 장난이에요."

아내가 쑥스럽게 웃으며 빚고 있던 모양을 뭉개어버렸다. 마루턱에는 벌써 사람, 개, 말 따위가 손가락만 한 크기로 서툴게 빚어져 있었다.

목욕탕으로 들어간 그는 틀니를 빼기 위해 문을 잠갔다.

틀니에 익숙해지려면 되도록 틀니를 빼지 말고 자신이 틀니를 하고 있다는 사실을 의식지 말라고 의사는 말했지만 그는 언제나 틀니를 빼어 깨끗한 물에 담가 손 닿는 위치에 두고서야 잠이 들곤 했다. 잠으로 들어가는 잠깐의 무중력상태에서 틀니만이 무겁게 매달려 있는 듯한 느낌을 지울 수 없었을 뿐더러 틀니만이 홀로 깨어 제멋대로 지껄일, 이윽고 육신은 사라지고 차갑고 단단한 무생물만이 잔혹하게 번득이며 존재할 공간이 두려운 것이다. 이야기를 하고 있을 때조차 그는 자신이 말하고 있는 것이 아니라 틀니가 제멋대로 덜그럭대며 지껄이는 듯한 느낌에 사로잡혀 자주 말을 끊곤 했다.

틀니를 빼내자 거울 속에서 꺼멓게 문드러진 잇몸이 드러났다. 연한 잇몸은 틀니의 완강함을 감당하지 못해 이지러지고 뭉개지고 졸아들었다. 때문에 틀니를 빼어냈을 때의 입은 공허하고 냄새나는, 무의미하게 뚫린 구멍에 지나지 않았다. 잠긴 문을 확인하고 마치 헛된, 역시 덧없음을 알면서도 순간에 지나가 버릴 것에 틀림없는 작은 위안을 구해 자신의 시든 성기를 쥘 때와 같은 음습하고 씁쓸한 쾌락과 수치를 동시에 느끼며 틀니를 닦기 시작했다. 치약 묻힌 칫솔로 표면에 달라붙은, 칼국수를 먹고 난 뒤의 고춧가루 따위 찌꺼기를 꼼꼼히 닦아내자 틀니는 싱싱하고 정결하게 빛났다. 틀니의 잇몸은 갓 떼어낸 살점처럼 연분홍빛으로 건강해 보였다. 그는 헐떡이며, 치약 거품을 가득 물고 허옇게 웃고 있는 이빨들을 바라보았다. 거울 속으로, 청년처럼 검은 머리는, 무너진 입과 졸아든 인중, 참혹하게 파인 볼 때문에 더 젊어 보였다.

방으로 돌아온 그는 틀니가 담긴 물컵을 머리맡에 놓고 퇴침을 베고 누웠다. 잠에 빠지는 과정은 언제나 어둑신하고 한없이 긴 회랑(回廊)을 걸어가는 것과도 같았다. 어쩌면 이미 혼백이 되어 연도(羨道)를 걸어가는 것이나 아닐까.

열린 방문으로 아내의 모습이 빤히 보였다. 그는 혼곤하게 빠져드는 가수상태에서 아내의 손이 반죽을 궁글려 몸체를 만들고 귀와 뿔을 세우고 꼬리와 다리를 만들어 붙이는 것을 보았다. 그가 한 번도 본 적이 없는 이상한 형체였다. 아내는 그것을 이미 만들어진 다른 것들과 나란히 볕이 드는 마루턱에 세우며 웅얼웅얼 낮게 중얼거렸다. 할아버지는 돌아가실 때까지 흉몽에 시달리셨다우. 머리가 깨질 듯 아프다고 했어요. 흉몽 때문에 머리가 아픈 건지 머리가 아파서 나쁜 꿈만 꾼 것인지는 그분 자신도 몰랐어요. 무당을 불러 푸닥거리를 하고 장님에게 경을 읽히기도 했지만 그 무서운 두통을 낫게 하지는 못했어요…… 이름난 대목이었다는 아내의 조부 이야기는 그도 몇 차례인가 들어 알고 있었다…… 새벽이고 밤중이고 흉한 꿈에 눌려 비명을 지르고 깨어나면 머리가 아

파서 미친 사람처럼 온 집 안을 뒹굴며 다녔지요. 할머니는 그 양반이 못자리에 집을 많이 지어 그런 거라고 말했어요. 그는 회랑의 어슴푸레한 모퉁이에서 흰 끈을 머리에 동이고 비명을 질러대는 등 굽은 노인의 뒷모습을 본다…… 그래서 할아버지는 이상한 짐승의 모양을 손칼로 깎았지요. 코끼리 같기도 하고 곰 같기도 하고 아무튼 참 이상한 모양이었지요. 맥(貘)이라던가, 나쁜 꿈을 먹는 짐승이래요. 중얼거리는 동안에도 아내의 손이 쉬임 없이 반죽을 떼어내어 형체를 만들고 있었다…… 할아버지는 그것을 타구와 함께 머리맡에 두었지요. 때문에 타구에 가득 고인 가래침은 마치 맥이 밤새 먹고 이른 새벽에 토해 놓은 흉몽과 같았지요. 할아버지는 관 속에 맥을 같이 넣어 달라고 유언을 하셨어요. 죽은 후에도 나쁜 꿈에 시달릴 것을 겁내셨던 모양이에요. 죽은 사람도 꿈을 꾸는 걸까. 어린 내게는 그것이 퍽 이상했는데 지금은 할아버지가 그러셨던 걸 이해할 수 있어요. 옛날 사람들은 자기가 쓰던 물건, 부리던 하인들의 모양까지 흙으로 빚어 무덤 속에 같이 넣었다잖아요? 아내의 조부는 이제 길고 희미한 시간의 회랑 끝에서 편안히 잠들어 있다. 머리맡에 맥을 세워두고. 어쩌면 그에게 최면을 걸 듯 느릿느릿 낮게 읊조리는 아내의 말소리에 손을 잡혀 그는, 더러는 망각으로 깜깜하게 묻히고 더러는 어슴푸레 떠오르는 시간 속을 자꾸 걸어간다. 그것은 마치 감광제가 고루 발리지 않은 필름과도 같다. 어느 부분은 저 홀로 발광체인 듯 환히 빛나며 뚜렷이 떠오르고 어느 부분은 아주 깜깜해서 아무것도 보이지 않는다. 그러나 그는 굳이 잊혀진 것을 되살리고자 안타까워하지 않는다. 기억하고 싶은 것만 기억하는 것은 늙은이에게 주어진 보잘것없는 특권인 것이다. 그러나 그가 지금 주춤거리고 섰는 이곳은 어디인가. 언젠가 가보았던 박물관의 전시실 같기도 했다.

그것은 토우(土偶)나 동경(銅鏡) 따위 죽은 사람

들의 부장품들만을 진열한 방이었다. 땅속에 묻혀 천 년 세월을 산, 이제는 말끔히 녹을 닦아낸 구리거울을 보자 그는 자신이 아주 오래전에 죽은 옛사람인 듯 느껴졌었다. 관람객이 한 명도 없이 텅 빈 전시실에는 두꺼운 양탄자가 깔려 있어 자신의 발소리조차 들리지 않았기 때문이라고, 어둡고 눅눅한 회랑을 걸어나오며 그는 잠깐 스쳐간 괴이한 기분에 대해 변명하였다.

영로를 묻었을 때 그는 그가 묻고 돌아선 것이, 미쳐가는 봄빛을 이기지 못해 성급히 부패하기 시작한 시체가 아니라 한 조각 거울이었다고 생각했었다.

"할머니, 뭘 만드세요?"

마루 앞마당에 짧게 그림자 드리우며, 일부러 그러는 듯 혀 짧은 소리가 들렸다. 흰빛 레이스 천의 원피스로 갈아입은 옆집 계집아이였다. 그는 가수상태에서 빠져 나오고자 힘겹게 허우적거리며 있는 힘을 다해 아이를 바라보았다.

자전거 타기에 싫증이 난 것일까, 아이는 인형을 꼭 안고 한 손에는 소꿉놀이가 든 플라스틱 바구니를 들고 있었다.

"유치원에 갔다 왔니?"

아내는 여전히 기괴한 동물의 형상을 빚으며 냉랭하게 물었다. 아내는 언제나 수상쩍어하는 눈길로 아이를 바라보았다. 늙은 아내는 무엇이든 의심했다.

"오늘은 안 가는 날이에요. 토요일이거든요."

"예쁜 옷을 입었구나."

"우리 엄마가 사주셨어요."

아이는 또 꾸민 듯 혀 짧은 소리로 대답했다. 그는 아이를 바라보았다. 있는 힘을 다해 예쁘다고 생각하려 하며. 그러나 언제나처럼 실패하고 만다. 햇빛을 받아 금빛으로 더욱 빛깔이 엷어진 눈과 도끼날처럼 뾰족한 얼굴은 조금도 예쁘지 않았다. 제 살림인 소꿉놀이 바구니를 들고 마당을 걸어가는 뒷모습이나 인형을 안고 그 애의 집 마당

에서 그네를 타는 모습은 언제나 좀 고독해 보일 뿐이었다. 아이가 타지 않을 때라도 그네는 삐걱삐걱 저 혼자 흔들리곤 했다.

그는 자주 담 너머로, 함지에 받아놓은 물에 들어가 첨벙거리는 아이를 보았다. 그 애는 햇빛이 내리쬐는 마당에서 발가벗고 함지의 물을 튕기며 놀았다. 뒷덜미로 늘어진 옥수수 수염처럼 노랗고 숱 적은 머리털, 짧고 돌연한 웃음소리, 임부처럼 불룩 나온 배와 분홍빛의 작은 성기를, 그는 장미꽃 덩굴이 기어간 담장 곁에 숨어 서서 거의 고통에 가까운 감정으로 바라보곤 했다. 지난해 여름의 일이었던가.

"할머니, 뭘 만드세요?"

아이는 옷의 레이스가 충분히 팔랑거릴 정도로 몸을 흔들며 거듭 물었다. 거부당하고 거절당하는, 사랑받지 못한 아이가 본능적으로, 일찍 터득한 교태로.

아이는 빙그르르 몸을 돌려 원피스 자락을 꽃잎처럼 활짝 펴며 선 자리에서 그대로 쪼그리고 앉았다.

"이상하게 생겼네요, 할머니."

아이가 앉은걸음으로 이마를 대일 듯 아내에게 다가앉았다.

"맥이란다. 나쁜 꿈을 먹는 짐승이야."

"할머니도 나쁜 꿈을 꾸어요? 나는 언제나 무서운 꿈을 꾸어요."

아이는 손 닿는 곳에 핀 채송화를 따서 손가락으로 비볐다.

"왜 꽃을 뜯니?"

아내가 나무랐으나 아이는 못 들은 체 계속 달라붙는 듯한 어조로 말했다.

"새처럼 막 날아가다가, 참 나는 새가 아닌데 떨어지면 어쩌나 하는 생각이 들면 곧장 거꾸로 떨어져 버려요. 얼마나 무서운지 몰라요."

"키가 크려고 그러는 거다. 자기 전에 오줌을 누지 않아도 나쁜 꿈을 꾸게 되지."

아이는 또 달리아 한 송이를 뚝 꺾어 발로 문질렀다.

"그러지 말라니깐."

아내가 버럭 소리를 질렀다. 아이는 심술궂은 눈빛으로 빤히 아내를 바라보았다.

"몇 번을 일러야 알아듣니? 착한 아이는 꽃을 꺾지 않는다."

아내가 화를 누르느라 한층 나직하고 단호하게 한마디씩 내뱉는 사이에도 아이는 수국과 백일홍을 잡아 꺾었다.

"너는 정말 말을 안 듣는구나. 못된 아이야. 혼 좀 나야 알겠니?"

아내가 아이를 때릴 듯이 한 손을 치켜들고 눈을 부라렸다. 그러나 곧 아이가 겁에 질린 표정으로 안길 듯이 다가들었기 때문에 맥없이 손을 떨어뜨렸다.

"난 어떤 때는 이불이 한없이 두껍게 부풀어올라 덮씌워서 숨도 쉴 수 없어요. 아무리 울고 소리를 질러도 우리 엄마는 듣지 못해요."

아이는 호소하듯 떨리는 목소리로 말했다.

"그건 꿈을 꾸는 것이 아니라 가위눌리는 거란다. 이걸 가져가서 잘 때는 꼭 머리맡에 놓고 자거라. 그럼 괜찮을 거다."

"고마워요, 할머니."

아이는 아내가 준 맥을 소중히 받아 들었다. 신전의 기념품인 양, 혹은 뿌리를 보이면 죽는다는 모종(苗種)을 옮기듯 조심스럽게 손바닥으로 감싸 쥐고.

"얘야, 옷이 더러워졌구나."

인형과 소꿉놀이 바구니, 그리고 맥을 들고 마치 징검다리를 건너가듯 조심스럽게 걸어가는 아이의 뒤에 대고 아내가 말했다. 뒤돌아 원피스 뒷자락에 넓게 쓸린 흙자국을 보자 아이는 울음을 터뜨렸다.

"새 옷을 더럽히면 엄마한테 매를 맞아요. 유치원에서 생일잔치를 열 때까지는 절대로 꺼내 입지 말라고 했단 말예요."

"이리 온, 내가 털어줄게. 그러길래 아무 데나 함부로 주저앉는 게 아니란다."

아이의 느닷없는 울음에 담긴 공포가 그리도 절박하고 생생한 것에 놀란 아내가 손짓해 불렀으나 아이는 가까이 오지 않았다. 손에 들고 있던 맥을 팽개치고 마음 가득한 원망과 두려움으로 닥치는 대로 꽃을 잡아뜯었다.

"이런 망할계집애, 손모가지를 분질러 놓을라."

아내는 벌떡 일어나 아이를 쫓아갔다. 아이는 달아나면서도 여전히 높은 소리로 울어대었다. 울음소리가 담장의 샛문으로 쫓겨가자 아내는 씨근거리며 마루턱에 다시 걸터앉아 한결 거칠어진 손놀림으로 반죽을 떼어내어 주물렀다.

대문 돌쩌귀가 삐걱거리고 움직이는 소리가 들리는 것 같았다. 누가 왔는가. 어쩌면 그네 소리일까. 아이가 저희 집 마당에서 그네를 타고 있는지도 모른다고 그는 생각했다. 그러나 아내는 전혀 아무 소리도 못 들은 기색이었다. 그의 귀에 들리는 것이 그녀의 귀에는 들리지 않는, 아내에게 보이는 것이 그에게는 전혀 보이지 않는 경우란 드문 것이 아니었다. 한밤중에도 가끔 그는 그네가 삐걱거리는 소리를 듣곤 했다. 아내는 퉁명스레 코대답을 하며 돌아누웠다. 어린애가 웬 청승으로 밤에 그네를 탄다우? 그러나 그는 종내 어지러운 꿈의 자락에 이끌리듯 밖으로 나와 담장 곁에 붙어 서서, 사랑에 빠진 자의 어리석음으로 바람만 실린 빈 그네의 흔들림을 오래 바라보곤 했다.

아내는 지칠 줄 모르고 반죽을 빚어 맥을 만들고 있었다. 늙은 여자의 잠을 어지럽히는 나쁜 꿈은 무엇일까. 늙으면 누구나 잠은 얕고 꿈은 많은 법이다.

해그늘이 많이 옮겨져 나무 그림자들이 제법 길어졌다.

아내의 흰머리와 머리 너머 붉은 꽃과, 파랗게 타오르는 나무를 보며 취한 듯 또다시 얕은 수면

에 빠져드는 그의 귀에 찢어지게 높고 새된 아이
의 노랫소리가 담을 타고 들려왔다.

뻐꾹, 뻐꾹, 봄이 왔네. 뻐꾹, 뻐꾹, 복사꽃이 떨
어지네.

"망할 계집애, 단단히 버릇을 고쳐놓아야지."

아내는 아직도 아이에 대한 화를 풀지 못해 씨
근거렸다. 설핏 빠져드는 잠에 무겁게 내려앉은
눈꺼풀 위로 아이의 노랫소리는 빛살처럼 집요하
게 달라붙었다.

꽃모가지를 손 닿는 대로 몽땅몽땅 분질러 버리
고 마니…… 중얼거리던 아내가 동의를 구하듯 그
를 큰 소리로 불렀다.

"주무시우?"

그는 안간힘을 쓰듯 간신히 눈을 떠 아내를 쳐
다보았다.

"밤에 잠들려면 낮에 운동을 해야 해요. 점심때
반주를 드는 대신 식사를 하고 나서 또 산책을 해
보세요."

아내의 말이 맞을지 몰랐다. 늘어진 위장은 이
제는 점심에 곁들인 소주 한 잔으로는 꼼짝도 하
지 않았다. 아내는 그의 대답을 기다리지 않고 큰
소리로 이어 말했다. 아내의 목소리는 엉뚱한 활
기에 차 있었다. 딱히 무슨 말을 하고 싶어서라기
보다 그치지 않고 들려오는 노랫소리를 지우기 위
한 안간힘인 듯도 싶었다.

"참 이상하죠. 난 요즘 자주 죽은 사람들 생각
을 한다우. 꼭 아직도 살아 있는 것처럼 그 사람들
생전의 일이 환히 떠오르는 거예요. 그러면서 정
작 우리가 살아온 세월은 기억이 나지 않아요. 아
무리 애를 써도 기억나지 않는 희미한 꿈 같아요.
당신은 쉰 살 때, 마흔 살 때를 기억하세요? 난 통
그때의 당신의 모습이 떠오르지 않아요. 난 아무
래도 너무 오래 살고 있다는 생각이 자꾸 들어요.
뜰 손질도 이제 힘이 들어요. 하지만 하루만 내버
려둬도 잡초가 아귀처럼 자라니…… 요즘 같은 계
절엔 더 그래요."

더욱 높아지는 노랫소리에 잠깐 말을 끊었다
가 아내는 한층 커다란 목소리로 말을 이었다.

"내버려두라고, 예전에 그 애는 그랬었죠. 굳이
꽃과 풀을 가려서 뭘 하느냐고, 어울려 자라는 것
이 더 보기 좋다구요."

그의 얼굴에 미소가 떠올랐다.

"당신이 쉰 살 땐 어땠지요? 마흔 살 때는? 서
른 살 때는? 통 기억이 안 나요. 말해 줘요."

아내는 마치 그에게 최면을 거는 듯 안타깝고
집요하게 캐묻고 미처 그에게서 대답이 나올 것
을 두려워하여 재빨리 덧붙였다. 아내의 목소리
와 담 너머 아이의 노랫소리는 다투어 연주하는
악기의 불협화음처럼 높고 시끄러웠다.

"스무 살 때는 아름답고 자랑스러웠어요. 대학
에 들어가던 해였지요. 어제처럼 또렷이 떠오르는
걸요. 늘 발이 가렵다고 했지요."

그는 더 이상 아내의 말을 듣고 싶지 않았다. 영
로는 늘 발이 가렵다고 했었다. 그의 륙색 위에 얹
혀 떠났던 피난길에서 걸린 동상이 종내 낫지를
않아 겨울밤에라도 차가운 콩자루 속에 발을 넣고
자야 시원하다고 했었다.

"기억나세요? 시공관에 발레 구경을 갔던 게 다
섯 살 때일 거예요. 그때 그 애는 내 숄을 잃어버
렸어요. 그 시절 일본인들도 흔하게 갖지 못했던
진짜 비단으로 만든 거였지요. 구경을 하고 나와
화장실에 들르려고 그 애 어깨에 걸쳐주었는데 흘
러내리는 것도 몰랐나 봐요. 그 앤 그렇게 멍청
한 구석도 있었죠. 모두들 내게 가지색이 신통하
게 어울린다고 했어요. 정말 내 평생에 두 번 갖기
어려운 물건이었죠."

아내는 언제까지 잃어버린 숄 얘기만 할 것인
가. 아내의 말소리도 맥을 만드는 손놀림도 점차
빨라졌다. 반죽이 담긴 함지는 비어가고 마루턱에
는 아내가 빚어놓은 맥이 더 늘어놓을 자리가 없
을 만큼 즐비했다.

"겨우 스무 살이었어요. 스무 살에 뭘 안다고.

여드름이나 짤 나이에 세상을 뒤바꾸어 놓을 수 있다고 생각하다니요. 그 애가 죽었어도 우린 여전히 이렇게 살고 있잖아요."

영로는 어느 봄날 바람개비처럼 달려나갔다. 채 자라지 않은 머리칼을 성난 듯 불불이 세우고.

늙은이는 반성하지 않는다. 반성을 요구하는 어떤 새로운 삶을 기다리고 있지 않기 때문이다.

높고 찢어질 듯 날카로운 노랫소리가 점점 더 커졌다.

뻐꾹, 뻐꾹, 봄이 왔네. 뻐꾹, 뻐꾹, 복사꽃이 떨어지네.

"정말 못된 계집애예요."

아내가 입을 비죽이고 느닷없이 울기 시작했다.

"애들은 다 마찬가지요."

틀니를 뺀 텅 빈 입으로 말해야 한다는 것에 곤혹을 느꼈지만 그는 간신히 한 음절씩 내뱉었다.

"아니오. 죽은 애들은 특별해요."

아내는 두 손으로 얼굴을 가리고 소리 내어 흐느꼈다.

"할머니, 뭘 만드세요?"

울음기가 말짱히 없어진 얼굴로 아이가 앞에 서 있었다.

"저리 가라."

아내는 손을 사납게 내저어 아이를 쫓았다.

"할머니, 왜 그러세요? 왜 울어요."

"다시는 우리집에 오지 말라니깐."

"할머니, 이건 만화경을 만들 거울이에요. 우리 엄마가 주셨어요. 유치원에서 만든 걸 누가 훔쳐 갔거든요."

아이는 까딱 않고 서서 콤팩트를 열어 동그란 거울을 아내에게 내보이며 자랑스럽게 말했다.

"거짓말 마라, 아직 새것인데 네 엄마가 주었을 리 없어. 네 엄마는 지금 미장원에 있잖니? 엄마 화장품에 함부로 손을 대었다가는 또 매를 맞을 거다."

사납게 눈을 치뜨고 아내를 노려보던 아이가 햇

빛 환한 마당으로 뛰어갔다. 그리고는 이리저리 거울을 돌려 아내에게 비추었다. 아내가 눈이 부셔 얼굴을 가리며 손을 내저었다.

"저리 비켜."

그러나 아이는 생글생글 웃을 뿐 거울을 거두지 않았다.

"저리 치우라니까. 이 망할 계집애야. 네 엄마한테 이를 테다."

"일러라, 찔러라, 콕콕 찔러라."

아이는 마당에서 공처럼 뛰어다니며 거울을 비쳤다. 아내는 겁에 질려 마루로 올라왔다. 거울빛은 마루턱에 늘어서 하얗고 단단하게 말라가는 짐승들을 지나 재빠르게 아내의 얼굴에 달라붙었다. 구겼다 편 은박지처럼 빈틈 없이 주름살진 얼굴이 환히 드러났다.

"애, 애야, 제발 저리 가. 그러지 마라."

아내가 우는 소리를 내며 아이에게 애원했으나 아이는 아내의 돌연한 공포가 재미있는지 깔깔거리며 거울을 거두지 않았다. 아내는 빛을 피해 그가 누워 있는 방에 주춤주춤 들어왔다.

빛은 이제 눈물에 젖은 아내의 조그만 얼굴과 그의 눈시울, 무너진 입가로 쉴새없이 번득였다. 그것은 어쩌면 아득한 땅속에 묻힌 거울빛의 반사일 듯도 싶었다. 아이는 보다 재미있는 놀이를 찾아낼 때까지 손에서 거울을 놓지 않을 것이다. 아마 햇빛이 완전히 사월 때까지, 피곤한 그 애의 엄마가 돌아오는 밤이 되기까지. 그러나 아이에게 늙은이를 무력한 공포에 몰아넣는 것보다 더 재미있는 놀이가 있을까.

이미 뜰의 한 귀퉁이는 그늘에 잠겨 있고 땅에서 피어오르는 엷은 어둠으로 꽃은 짙은 빛으로 잎을 오므리기 시작했지만 피어 있던 꽃의 공간이 침묵과 심연으로 가라앉기까지의 보이지 않는 흐름은 얼마나 길고 오랠 것인가.

이제는 울음을 감추려 하지 않는 아내에게 그는 무언가 위무의 말을 해주어야 한다고 생각했다. 아내에게는 다정한 말이 필요한 것이다. 그는 소년 같은 수줍음과 약간의 두려움으로 입을 열었으나 아내는 어눌하게 새어 나오는 말을 알아듣지 못했다. 아내는 그의 입에 바짝 귀를 갖다대며 안타깝게 되물었다. 뭐라고요? 뭐라고 하셨어요? 누가 왔느냐구요?

그는 칠흑처럼 검은 머리를 하고 이제는 더 이상 말할 수 없는 무너진 입을 반쯤 벌린 채 누워 있었다.

거울 빛의 반사가 잠시, 천장으로 벽으로 재빠르게 움직이다가 마침내 유리컵에 머물고 밖의 빛으로 어둑신하게 가라앉은 정적 속에서, 물 속에 담긴 틀니만이 홀로 무언가 말하려는 듯 밝고 명석하게 반짝거렸다.

[1982]

익명의 섬

이문열 (1948 ~)

경북 영양 출생. 서울대 사범대 중퇴. 1979년 『동아일보』 신춘문예로 등단. 『사람의 아들』 『영웅시대』 『변경』 『황제를 위하여』 등의 장편소설과 『그해 겨울』 『젊은 날의 초상』 『금시조』 등의 소설집이 있다.

그러고 보면 그와 마을 사람들과의 관계는 확실히 묘한 데가 있었다. 남자들은 한결같이 그를 반편이나 미치광이 취급을 했지만, 그 뒤에는 어디엔가 그가 정말은 그렇지 않을는지도 모른다고 의심을 애써 감추려는 어떤 꾸밈이나 과장 같은 것이 엿보였다. 여자들도 그를 반편이나 미치광이 취급하는 것은 남자들과 다름 없었지만, 그런 그녀들을 지배하는 심리 뒤에는 단순한 동정 이상 어떤 보호 본능에 가까운 것이 있었다.

"쯧쯧."

늦은 저녁을 마친 뒤 TV를 보고 있던 남편이 한심한 듯 혀를 찼다. 짐작대로 화면에는 두 손이나 옷깃으로 얼굴을 가린 채 웅크린 남녀들이 경찰서 보호실 한구석에 몰려 있는 모습이 여러 각도에서 잡혀 있었다. 도박인가 싶었으나 비밀 댄스홀이었다. 대낮인데도 어둑한 조명 아래서 춤을 추다가 끌려왔다는 것인데, 아나운서는 '춤추다'라는 말 대신 남녀가 몸을 부비고 있었다고 표현함으로써 분위기를 더욱 부도덕하고 선정적(煽情的)인 것으로 이끌고 있었다.

"도대체가 우리 시대는 너무 쉽게 익명(匿名)이 될 수 있어서 탈이야."

남편이 그걸 보며 개탄조로 시작했다. 이미 몇 번인가 들은 말이어서 그 뒤는 듣지 않아도 어림잡을 만했다. 도회에서는 자신이 살고 있는 동네로부터 버스 정류소 하나 정도만 벗어나도 우리를 알아보는 사람은 거의 없어지고 만다. 그런데 손쉽게 자기를 감출 수 있다는 것, 즉 익명성(匿名性)의 획득은 사람들을 대담하게 만든다. 그것이 우리 시대의 도덕적 타락, 특히 여자들의 성적(性的) 부패를 부추기는 요인이다…… 남편은 대개 이런 식으로 몰고 가다가 결론은 그가 자란 고향의 동족부락(同族部落)을 그리워하는 것으로 맺곤 했다.

"면(面) 전체가 서로서로를 물 밑 들여다보듯 아는 사이지. 그것도 태반은 멀건 가깝건 혈연으로 묶여 있어. 여자들의 탈선이란 여간한 각오 없이는 엄두도 못 낼 일이야. 가끔씩 가까운 읍내를 이용해 보지만 그것도 이르든 늦든 알려지게 되어 있어……"

하지만 그런 남편의 말을 듣고 있으면 내게는 무슨 반발처럼이나 떠오르는 옛일이 하나 있다. 마땅히 남편에게 죄스러워하고, 어쩌면 스스로도 부끄럽게 여겨야 하지만, 지금은 물론 그때조차도 그저 아득하기만 하던 십여 년 전의 일이다.

그해 이른 봄 갓 교육대학을 졸업한 나는 굳이 이름을 밝히고 싶지 않은 어느 시골 초등학교에 첫 부임을 하게 되었다. 군청 소재지에서 육십 리 가까이 떨어진 곳이었는데, 그것도, 그 너머에는 도저히 사람이 살 것 같지 않은 높고 험한 재(嶺)를 두 개나 넘어야 되는 산골이었다.

약간 비탈진 곳에 자리 잡은 버스 정류소에 처음 내렸을 때 나는 한동안 막막한 기분이었다. 사방을 둘러싼 높은 산들은 일평생 나를 가두어둘 거대한 감옥의 벽처럼 느껴졌고, 저만치 보이는 백여 호(戶)정도의 마을도 사람들이 모두 떠나버린 폐촌(廢村)인 것만 같았다. 그런데 어느 산 그늘에라도 묻힌 것인지 내가 찾아가야 할 학교가 아무래도 눈에 띄지 않았다.

그 사이 함께 내린 두어 명의 승객도 모두 어디론가 가버린 후여서 나는 가까운 가겟집에나 물어볼 양으로 걸음을 옮겼다. 서너 발짝이나 옮겼을까, 나는 피부를 찔러오는 날카로운 빛 같은 것을 느끼며 걸음을 멈추고 앞을 살폈다. 그러나 내 눈에 들어오는 것은 가겟집 툇마루에 앉아 몽롱하게 나를 바라보고 있는 어떤 사내였다. 때묻고 해진 아랫도리는 원래의 천이 어떤 것이었는지 짐작이 안 갈 정도였고 물들인 군용 잠바도 소매가 해져 너덜거리고 있었다. 나는 좀 전의 그 강렬한 빛 같은 것의 정체를 궁금히 여기며 자신도 모르게 그 사내의 얼굴을 살폈다. 검고 깡마른 얼굴에 우뚝 솟은 코와 광대뼈─그런데 그때였다. 나는 다시 피부를 찔러오는 것 같은 그 빛을 느꼈다. 이내 몽롱한 광기(狂氣) 속으로 숨어들어 버렸지만 분명 그의 두 눈에서 쏘아져 나온 빛이었다.

어떤 무성한 숲길에 들었을 때, 그 입새에서 뱀을 보면 그것은 그 숲길을 다 지날 때까지 하나의 공포이다. 그러나 그 공포는 단순한 두려움의 감정과는 다른, 신선한 충격 또는 묘한 기대와도 같은 것으로서, 무사히 그 숲길을 빠져나오고 나면 일종의 허전함이나 아쉬움이 되기도 한다. 사내의 두 눈에서 언뜻 비쳤던 그 빛도 그러하였다.

그런데 내 그런 느낌을 일순의 착각으로 만들어준 것은 갑자기 가게 문을 열고 나온 주인 남자였다.

"깨철이 이노마야, 니 아까부터 기기 앉아 뭐하노?"

주인 남자는 자기보다 대여섯은 위로 보이는 그 사내에게 서슴없이 말을 낮췄다. 그걸로 보아 그 사내는 떠도는 걸인이 아니라 그 마을에 붙어사는 사람인 모양이었다. 그러나 깨철이란 그 사내는 들은 척도 않고 여전히 몽롱한 눈길로 나만 쳐다보았다. 이미 말한 대로 징그럽다기보다는 까닭없이 섬뜩해지는 눈길이었다.

"일마가 귀가 먹었나? 일나라."

주인 남자가 그에게 다가가 제법 소리나게 등짝을 후려치면서 머뭇머뭇 다가가는 내게 물었다.

"어서 오소. 뭘 찾십니까?"

그제서야 나는 내 몸에 끈적끈적 묻어나는 듯한 그 사내의 눈길을 떼어내기라도 하듯 야멸차게 말했다.

"○○국민학교가 어디죠?"

"하, 그러고 보이 새로 오신다는 여선생님인 모양이구만. 가만 있자……"

주인 남자는 갑자기 친절이 넘치는 얼굴이 되어 주위를 둘러보았다. 마침 가게 뒤에서 여남은 살쯤 돼 보이는 소년이 하나 나왔다.

"야, 니 여 좀 온나 보자."

"도곡아재 왜요?"

"새로 오신 선생님인갑다. 학교까지 좀 모시고 가라."

그리고 내게 공연히 미안한 얼굴로 중얼거렸다.

"학교란 게 코딱지만 한 주제에 조쪽 산자락에 숨어 있어서……"

순순히 앞장서는 소년을 따라 나서려는데 여전히 깨철이란 사내의 눈길은 나를 좇고 있었다. 그 사이 평온을 회복한 나는 짐짓 매서운 눈길로 그를 쏘아주고는 자리를 떴다.

소년과 함께 학교를 찾아가면서 얼핏 알게 된 그 마을의 인적(人的) 구성은 좀 독특했다. 소년은 만나는 사람마다 꾸벅꾸벅 인사를 했는데 그게 모두 아재요 무슨 할배였다. 도회지에서 자랐고 친척이라면 1년에 한두 번씩 드나드는 큰집 작은집밖에 모르는 내게는 이상하게 느껴질 정도였다.

그런 현상은 교실에서도 마찬가지였다. 학급의 절반이 같은 성씨였고, 또 성이 달라도 고종이니 하는 식으로 얽혀 있었다. 드물게 보존된 동족부락(同族部落)이었다. 나중에 알게 된 일이지만 남북으로 지나가는 실낱 같은 국도(國道) 외에는 사방이 산으로 겹겹이 둘러싸인 데다가 이렇다 할 특산물도 없어 타성(他姓)들의 유입(流入)이 별로 없는 탓이었다.

첫인상의 기묘함에도 불구하고 그 뒤 나는 한동안 깨철이란 사내를 잊고 지냈다. 물론 그는 언제나 일 없이 마을을 어슬렁거리는 쪽이었고, 그래서 하루에도 몇 번씩 그의 초라한 몰골과 몽롱한 눈길을 대하곤 했지만, 그런 그에게 관심을 기울이기에는 새로 시작한 내 생활이 너무 바쁘고 고되었기 때문이었다. 그곳은 내게는 첫 부임지인데다 그곳에서의 생활 또한 내가 처음으로 집을 떠나 하게 된 타향살이였다.

그러다가 어느 정도 새로운 생활에 익숙해지고 마음도 여유롭게 되자 나는 차츰 주위에 관심을 가지게 되었는데, 그때 가장 먼저 떠오른 것이 깨철이었다.

우선 눈에 띄는 것은 그의 출신이었다. 그는 그 고장 출신도 아니고 그렇다고 그곳 누구의 피붙이거나 인척도 아니었다. 어느 핸가 우연히 흘러들어와 사십이 넘은 그때까지도 어른에게도 깨철이요, 아이에게도 깨철이로 살아왔다.

그 다음 이상한 것은 그의 생계였다. 나는 처음 잡일이나 막일로 지내는 줄 알았으나 나중에 보니 전혀 하는 일 없이 매일을 보냈다. 그러면서도 그는 어렵지 않게 하루 세 끼의 밥과 저녁에 누울 잠자리를 그 마을에서 얻고 있었다.

예를 들어 끼니 같으면 이렇게 해결됐다. 저녁나절 밥상에 둘러앉았을 시간이 되면 그는 아무 집에나 불쑥 들어간다.

"밥 좀 다고."

누구도 그에게 말을 올리지 않는 것처럼 그 또한 누구에게도 존대를 쓰지 않았다. 그런데 이상한 것은 주인의 반응이었다. 대개는 그런 깨철이의 요구를 귀찮게 여기지 않을 뿐만 아니라 오히려 즐기는 것 같았다.

"등신이라도 먹어야 살제. 여 밥 한 그릇 말아 줘라."

그러면 주인 아낙은 큰 보시기나 양푼에 밥, 국, 김치 할 것 없이 한꺼번에 말아 내밀고 그걸 받아든 그는 멍석 귀퉁이나 마루 끝에 앉아 후룩후룩 마시고 가는 것이었다.

"잘 먹고 간다."

"고맙다꼬는 안카나?"

"내 밥 내 먹고 가는데 무신 소리."

그리고 어슬렁어슬렁 나가면 그 뒤 두어 달은 그 집에 얼씬도 않았다. 내가 가만히 헤아려 보니 그 날수가 대개 마을 호수(戶數)와 비슷했다.

잠자리도 마찬가지였다. 대개는 정자나 동방(洞房)을 빌려 자는데 그도 날이 좀 춥거나 미처 군불 땔 나무를 준비하지 못한 날이면 어김없이 마을을 돌았다.

"너 집에 좀 자자."

"목욕하고 오믄 재워주마."

"이불 필요 없다. 니는 너 마누라한테 가서 엎어 지면 될거 아이가?"

대개 그렇게 되는데, 그 과정이 너무도 자연스러웠다.

그러고 보면 그와 마을 사람들과의 관계는 확실히 묘한 데가 있었다. 남자들은 한결같이 그를 반편이나 미치광이 취급을 했지만, 그 뒤에는 어디

엔가 그가 정말은 그렇지 않을는지도 모른다고 의심을 애써 감추려는 어떤 꾸밈이나 과장 같은 것이 엿보였다. 여자들도 그를 반편이나 미치광이 취급하는 것은 남자들과 다름 없었지만, 그런 그녀들을 지배하는 심리 뒤에는 단순한 동정 이상 어떤 보호 본능에 가까운 것이 있었다. 하지만 아무래도 알 수 없는 것은 그가 마을 전체의 부양을 받으며 마을의 성원이 될 수 있는 이유였다. 일을 잘하는 것도 아니요, 무슨 남 안 가진 기술이 있지도 않았으며, 재담이나 익살로 마을 사람들의 환심을 사는 일도 없었다.

그런데 거기에 대한 내 의문에 희미한 암시 같은 사건이 하나 벌어졌다. 그곳에 부임한 지 여섯 달인가 일곱 달쯤 되는 어느 날, 나는 퇴근길에 하숙집 앞 공터에서 큰 소동이 일어난 것을 보았다. 어떤 젊은 남자가 말 그대로 깨철이를 짓뭉개고 있었는데, 이상한 것은 때리는 쪽도 맞는 쪽도 그 원인에 대해 말하지 않는 일이었다. 젊은 남자는 지게작대기든 장작개비든 손에 잡히는 대로 말없이 깨철이를 후려치기만 했고, 깨철이는 또 깨철이대로 고슴도치처럼 몸을 웅크린 채 이따금씩 짧은 신음만을 토할 뿐이었다.

어쩔 줄 모르고 보고 있는 사이에 여기저기서 마을 사람들이 모여들었다. 그 무자비한 폭행의 원인을 설명하는 것은 그 사람들이었다.

"이 사람 화천(花川)이, 이 무슨 못난 짓고? 우리가 집안끼리 모두 서로 보고 있는데 설마 그런 일이야 있었을라꼬."

"화천아재, 진정하소, 이 빙신이 무슨 짓을 하겠능교?"

"맞다. 화천이 니 낯 깎이고 집안 우세다. 우리 문중이 여기 삼백 년 세거(世居)해 왔지만 서방질로 쫓기난 며눌네는 없다."

남자들은 한결같이 그렇게 말렸는데, 내게는 어쩐지 상대방에게 말하는 것이 아니라 스스로에게 다짐하는 말같이 들렸다.

"보소 화천 양반요. 화천댁 체면도 좀 생각해 주소. 세상에 어디 남자가 없어 저런 빙신하고 뭔 일을 벌이겠능교."

"맞지러. 화천아지뱀 같은 멀쩡한 신랑 놔두고 뭣때매 저런 병신과……생사람 잡지 마소."

"억지라도 유분수제. 마흔이 넘도록 색시 얻을 꿈도 안 꾸는 고자보고……"

좀 나이가 지긋한 여자들도 대개 그렇게 말렸는데, 그 말투는 그가 병신이라는 것이 마치 그를 구해줄 무슨 영험한 부적이라도 되는 듯하였다. 그러나 더욱 이상한 것은 아직 나서서 말릴 처지가 못 되는 좀 젊은 아낙네들이었다. 그녀들은 한결같이 성난 눈길로 깨철이가 아니라 장작개비를 휘두르는 젊은 남자 쪽을 쏘아보고 있었다.

다행히 소동은 오래가지 않았다. 그러나 나는 그 갑작스런 소동을 통해 막연하게나마 깨철이의 존재가 마을 사람들에게 묵인되는 이유를 알 것 같았다. 모두가 모두에게 혈연이나 인척이라는 것은 동시에 모두가 모두의 감시자, 특히 부도덕한 행위에 대한 감시자란 뜻도 되었다. 깨철이의 존재는 거기서 오는 그 마을의 폐쇄성 중에서 특히 성적인 것과 어떤 연관을 가졌음에 틀림없었다.

나의 그런 추측은 언젠가 개울가에서 무심코 엿듣게 된 그 동네 아낙네들의 수군거림을 통해서도 뚜렷해졌다. 그날은 무더운 여름밤이었는데 발이라도 식히려고 개울가에 나갔던 나는 수면의 반사작용 덕인지 꽤 먼 곳의 수군거림까지 들을 수 있었다.

"영곡댁 알라(애기) 깨철이 닮은 것 안 같더나?"

"행님, 그카지 마소. 또 애매한 깨철이 초죽음시킬라꼬."

"내가 뭐라카나? 그냥 해 본 소리따."

"그래도…… 깨철이는 갈 데 없는 빙신 아입니꺼?"

"글체, 빙신이제. 깨철이는 빙신이라."

그녀들은 마치 서로 다짐하듯 그렇게 끝을 맺었

는데 그 어조에는 어딘가 공범자끼리의 은근함이 있었다. 그제서야 나는 깨철이의 숨겨진 무서운 면을 본 느낌과 함께 마을 아낙네들이 가장 경멸스럽게 그를 얘기할 때조차도 그 뒤에서는 이상한 보호 본능 같은 것이 느껴지던 이유를 짐작할 수 있었다. 깨철이가 힘들여 일하지 않고도 하루 세 끼 밥과 누울 잠자리를 얻을 수 있는 것 또한 절반 이상이 그런 아낙네들에 힘입은 것이리라. 그러나 나머지 절반, 즉 남자들이 그와 같은 깨철이의 존재를 묵인하는 데 대해서는 여전히 그 까닭을 알 수 없었다.

지금까지 얘기한 것은 단조로운 생활과 그 무료함에 자극된 까닭 모를 호기심으로 제법 세밀하게 마을과 깨철이를 관찰한 결과였다. 학교라고는 하지만 통틀어 여섯 학급, 그나마 정원이 차지 않는 반도 있을 정도인 데다, 워낙이 산골이라 감사나 시찰 같은 것도 거의 없다시피 했기 때문이었다.

하지만 2학기에 접어들면서 나는 더 이상 깨철이나 그 마을을 관찰하고 있을 여유가 없어져 버렸다. 그해 여름방학을 집에서 보내던 나는 몇몇 친구들과 해수욕을 갔다가 당시 대학교 4학년이던 지금의 남편과 만나게 된 것이었다. 처음에는 그저 스쳐가는 바람인가 싶었으나 차츰 우리들은 뜨겁게 발전했다. 그가 나와 한 도시에 산다는 것 외에도 취미나 성격상의 닮은 점이 우리 사이를 생각보다 빨리 가깝게 만든 까닭이었다.

그리하여 2학기에 그 마을로 돌아가서부터는 홍수처럼 쏟아지는 그의 편지를 읽는 것과 거기에 꼬박꼬박 답장하는 것만으로도 밤이 짧을 지경이었다. 내 머리는 언제나 그의 생각으로 가득 차고 상상은 또한 언제나 그가 있는 도시를 맴돌았다.

세상의 어떤 것도 그와 관련된 것이 아니면 도무지 내 흥미를 끌 수가 없었다. 그렇게 그해의 나머지가 가고 다시 이듬해 봄이 왔다. 다행히 양쪽 집에서 모두 크게 반대가 없어 졸업과 함께 나와 약혼한 남편은 이어 군에 입대하게 되었다. 그리고 그 무렵을 전후하여 나는 이미 남자를 깊이 아는 여자가 되어 있었다. 겨울방학 때도 이미 사흘간의 여행을 남편과 함께 다녀온 적이 있었지만, 특히 약혼 후에 맞은 학년말 휴가는 거의가 입대를 앞둔 남편과 함께 보낸 셈이었다.

입대 후에도 남편의 홍수 같은 편지는 계속됐고, 오히려 전보다 더욱 달아오른 나는 그 답장에 열중했다. 마을 어디선가 불쑥불쑥 나타나서 나를 살피는 그 눈길에 가끔씩 섬뜩해 할 때가 있긴 해도 깨철이는 여전히 나의 관심 밖에 있었다.

그러다가 깨철이가 느닷없는 충격으로 나에게 덮쳐오게 된 것은 남편에게 닥친 뜻밖의 변화 때문이었다. 입대한 지 다섯 달인가 여섯 달 만에 남편이 월남 전선으로 차출된 일이었다. 3년만 조용히 기다리면 되는 것으로 알았던 나는 처음 그 소식을 듣자 정신이 아득하였다. 그때만 해도 월남에 가는 것은 곧 죽을 땅으로 가는 것처럼 여기던 때라 나는 거의 절망적인 공포에 사로잡혔다. 그리고 그 공포는 이내 남편에 대한 그리움으로 불타올랐다. 마음뿐만 아니라 몸까지 뜨겁게 타오르게 하는 세찬 그리움의 불꽃이었다.

나는 아무런 부끄럼 없이 남편에게 썼다. 단 한 번, 단 한 순간이라도 좋으니 다시 한 번 그의 품에 안기고 싶다고. 다시 한 번 따뜻한 그의 체온과 뜨거운 숨결을 느끼고 싶다고. 무슨 수를 쓰든 꼭 한 번 다녀가 달라고. 남편의 답장은 곧 왔다. 그것은 반갑게도 파병 전에 1주일 정도의 휴가가 있으리라는 것과 그 기간 중 며칠을 빼내 나를 만나러 오리라는 것을 알리고 있었다.

남편이 오기로 되어 있는 그 1주일을 나는 마치 열에 들뜬 사람처럼 보냈다. 그러나 남편은 끝내 오지 않았다. 나중에 들은 것이지만, 그때 남편은 친구들과 어울려 지나치게 마신 바람에, 나에게서 보내려고 비워둔 이틀을 앓아 누워버린 탓이었다.

남편이 올 수 있는 마지막 날, 오후 5시 막차까지 그냥 지나가버리자 나는 그 자리에 풀썩 주저앉고 싶을 정도로 허탈한 심정이었다. 결근이라도 하고 그가 있는 곳으로 달려가지 못한 것이 그제서야 뼈저리게 후회되었지만 이미 소용없는 일이었다. 그런데 한 가지 알 수 없는 것은 그런 허탈한 가운데서도 식을 줄 모르고 달아오르는 내 몸이었다. 아니, 그 이상, 남편의 품에 안길 것을 상상하며 보내온 지난 1주일보다 그가 이제는 올 수 없다는 것을 뚜렷이 알게 되면서부터 더 뜨겁게 달아오르는 것 같았다.

나는 허탈감 못지않게 내 몸을 사로잡는 그 묘한 열기에 취해 거의 몽롱한 기분으로 버스 정류소를 떠났다. 그러다가 갑작스런 소나기에 언뜻 정신이 든 것은 버스 정류소와 하숙집의 중간쯤 되는 길 위에서였다. 이미 초가을에 접어들고 있었음에도 장대 같은 소낙비였다. 얼결에 주위를 둘러본 나는 길가에 있는 조그만 창고를 발견하고 그리로 뛰어갔다. 처음 나는 그 처마에나 붙어서서 비를 긋고 갈 작정이었다. 그러나 워낙 빗발이 세고 바람까지 일어 차츰 빗장이 질려 있지 않은 함석문께로 밀리게 되었다.

한참을 기다려도 빗발은 점점 세어져—이윽고 나는 함석문을 열고 창고 안으로 들어갔다. 평소 비료 같은 것들을 쌓아두는 그 창고는 그날따라 텅 비고 조용하였다. 혹시 사람이 있을지도 모른다고 생각한 나였지만, 그 지나친 고요에 차근히 창고 안을 살펴볼 생각도 하지 않고 열려진 문틈으로 쏟아지는 소낙비만 망연히 바라보았다. 지나친 방심이라기보다는 작은 벌레들처럼 스멀거리며 내 몸을 돌고 있는 그 묘한 열기에서 깨나지 못한 탓이었다.

어쨌든 창고 안을 자세히 살피지 않은 것은 큰 실수였다. 튀는 빗발을 피해 내 몸이 완전히 창고 속으로 들어가자마자 어둠 한구석에서 누군가가 재빨리 달려나와 창고 문을 닫고 빗장을 질렀다. 실로 눈 깜짝할 사이의 일이었다.

"누구예요? 문 열어. 소리지를 테야."

나는 그 갑작스런 사태에 본능적인 공포를 느끼며 날카롭게 소리쳤다.

"떠들어야 소용 없어. 소나기 오는 들에 사람 다니는 것 봤나?"

약간 쉰 듯한 목소리와 함께 집게 같은 손이 내 팔목을 죄었다. 처음 그림자가 퍼뜩할 때의 직감대로 깨철이었다. 그가 누구인 것을 알자 이상하게도 나를 사로잡고 있던 공포가 일순에 사라졌다.

"깨철이지? 이거 못 놔?"

나는 제법 마을 사람들이 하는 식으로 으름장까지 놓았다. 그러나 그는 대신 창고 바닥에 깔린 짚 덤불 위에 나를 쓰러뜨리더니 내 치맛자락을 거칠게 감아쥐었다.

"험한 꼴로 하숙집에 돌아가기 싫거든 곱게 벗어."

그러나 그때까지만 해도 나는 그에게서 빠져나오려고 기를 썼다. 그런 나를 덮쳐 누르고 있던 그가 다시 뜨거운 입김을 내 귓가에 뿜으며 중얼거렸다.

"이 깨철이 다른 건 몰라도 언제 너희들이 나를 필요로 하는지는 정확히 알지. 지금 네 몸은 달아 있을 때로 달아 있어."

그 말을 듣자 이번에는 묘하게도 내 몸에서 힘이 쭉 빠졌다. 대신 잠깐 잊고 있었던 묘한 열기가 다시 스멀거리기 시작했다. 그런 내 귀에다 그가 다시 이죽거렸다.

"오후 내내 지켜보고 있었지. 정류소에서 안절부절 못하고 기다리고 서 있을 때부터……"

그러면서 그는 능란하게 내 몸을 더듬었다. 그런 그는 이미 평소의 초라한 차림이나 추괴한 용모와는 무관한, 남자라는 하나의 추상이었다. 나는 차츰 몽환(夢幻)과도 흡사한 상태에 빠져들면서 모든 저항을 포기하고 말았다. 회상하기도 민망스럽지만 어쩌면 나는 그때 당했다기보다는 차라리 그와 한 차례의 정사(情事)를 즐긴 것이나 아

닌지 모르겠다. 남의 아내 된 여자로서 한 가지 변명을 삼을 것이 있다면, 그 절정의 순간에 내가 떠올리고 있었던 것이 다름아닌 남편의 얼굴이었다는 것 정도일까.

그 일이 있고 난 뒤의 한동안을 나는 은근한 걱정에 잠겨 보냈다. 깨철이가 다시 내 방으로 뛰어들지 모른다는 불안과 함께 그 일이 동네방네 알려져 내 삶에 어떤 치명적인 위해(危害)를 가할지도 모른다는 우려 때문이었다. 그러나 남편에 대한 죄의식이나 도덕적인 가책으로 괴로워한 기억이 별로 없었던 것은 지금에 와서 보면 한심스럽다기보다는 기이한 느낌이 든다.

우려와는 달리, 깨철이는 그뒤 신통하리만큼 내 주위에는 얼씬도 않았다. 나에 대한 무슨 수상한 소문이 마을을 떠도는 것 같지도 않았다. 내가 당한 엄청나다면 엄청날 수도 있는 그 일에 비해 너무도 깨끗한 뒤끝이었다. 하지만 그렇게 몇 달이 지나간 후에야 나는 비로소 그 쉽잖은 절제와 함구가 깨철이를 지켜주는 또 하나의 중요한 보호막이라는 것을 깨달았다. 설령 그가 내가 우려하던 사태로 몰고 간다고 하더라도 나만 완강하게 부인하면 결정적인 불리(不利)를 입는 것은 그 자신일 것이 뻔했기 때문이다.

그리고 그것은 마을 아낙네들과의 관계에서도 마찬가지일 것이었다.

어쨌든 그 일로 나는 추측과 상상 속에 숨어 있던 그의 참모습을 확인함과 동시에 더욱 완전하게 그 마을 아낙네들을 이해하게 된 기분이었다. 극단으로 말한다면, 그는 모든 마을 아낙네들의 연인 또는 잠재적 연인이었다. 그러나 그런 깨철이의 존재를 묵인하는 그 마을 남자들을 제대로 이해하는 데는 다시 얼마간의 세월이 필요했다. 계기는 그해 겨울방학이 가까운 어느 날 오후의 텅 빈 교무실에서였다. 그날 우연히 그 마을 출신의 남자 교원 하나와 단 둘이 난로가에 마주 앉게 된 나는 진작부터 그에게서 듣고 싶던 깨철이의 이야

기를 넌지시 꺼내보았다.

"그는 백칩니다. 성불구자요."

표현은 달라도 그 남자 교원의 주장 역시 보통의 마을 남자들과 다름이 없었다. 펄쩍 뛰듯 나서는 그를 보자 나는 이상스레 심술궂은 기분이 들며 그동안 내가 관찰한 것들을 증거로 대듯 차근차근 늘어놓았다. 물론 내 자신의 이야기만은 쏙 뺀 채였다.

"정말 놀라운 관찰력이십니다. 이 마을에서 나고 자란 나도 최근에야 짐작한 일이죠. 한 선생님께서 그렇게 예리하게 살피고 계신 줄은 몰랐습니다."

내 이야기를 가만히 듣고 있던 그 남자 교원은 나중에야 어쩔 수 없다는 표정으로 그렇게 수긍했다. 나는 기회를 놓치지 않고 다잡아 물었다.

"그런데 어째서 남자분들까지 그 사람의 존재를 묵인하죠?"

"여러 가지 이유가 있겠지만—우선 두 가지로 말할 수 있지 않나 싶습니다. 그 하나는 얄팍한 자존심이고 다른 하나는 영악한 계산일 겁니다."

"자존심과 계산?"

"얄팍한 자존심이란 자기가 당했을 경우에 해당됩니다. 깨철이에 대한 우월감을 지키기 위해 그 따위 인간에게 아내를 앗긴 것을 스스로가 인정할 수 없죠. 그보다는 멀쩡한 그를 병신이라고 우기는 편이 속 편합니다. 또 영악한 계산이란 남이 당했을 경우에 깨철이를 용서하는 방식이죠. 아시다시피 이 마을은 전부가 한 문중이고 아니면 인척들입니다. 생피(相避)붙거나 사돈끼리 배가 맞아 집안 망신을 당하느니보다는 차라리 뒤탈없는 깨철이 쪽이 낫지 않겠습니까?"

나는 그런 합리적인 해명보다는 차라리 어떤 악마적인 것의 침해를 두려워하면서도 한편으로는 그 불안을 즐기는 피학성향(被虐性向)이나, 자기들로서는 결코 떨쳐버릴 수 없는 도덕과 인습의 굴레에서 자유로운 깨철이와 자기들을 동일시(同一視)함으로써 얻어지는 보상심리 같은 것에서 그 이유를 찾고 싶었지만, 지나친 비약 같아 대신,

"그렇다면 저번에 동네 가운데서 깨철이를 두들긴 사람은 어째서죠?"

"이건 제 관찰입니다만, 깨철이에게도 어떤 룰이 적용되고 있는 것 같습니다. 이를테면 지나치게 젊은 층은 피한다든가, 같은 상대와 두 번 다시 되풀이는 않는다든가—왜냐하면 젊은 남편은 종종 앞뒤 없이 주먹을 휘두르는 수가 있고, 나이 지긋한 남자라도 여편네가 되풀이 그런 짓을 할 때는 참지 못하니까요. 그때도 아마 깨철이가 그런 식의 어떤 룰을 지키지 않아 생긴 소동일 겁니다."

그러다가 그 남자 교원은 내가 타성(他姓)이고 또 아직 미혼이라는 걸 떠올렸는지 갑자기 얼굴을 붉히며 어물어물 말을 맺었다.

"뭐, 이것은 순전히 제 추측입니다. 한 선생님께서 이미 세밀하게 관찰하신 뒤끝이라 함부로 말해 보았습니다만—우리가 방금 나눈 대화, 혹시라도 마을로 흘러나가 말썽이 안 되도록 각별히 유의해 주십시오."

그렇게 말하는 그는 표정까지도 흔한 그 마을의 중늙은이들을 닮아있었다. 나는 마지막으로 깨철이의 전력을 물어보았다. 그러나 그때 이미 그 남자 교원은 그 화제의 흥미를 잃고 있었다.

"그건 나도 모릅니다. 하지만 그게 특별히 이상할 건 없죠. 다른 곳에도 그와 같이 정체 모를 섬 같은 인물들은 흔히 있으니까요."

그 뒤 내가 그 마을을 떠난 것은 부임한 날로부터 3년이 조금 지났을 무렵이었다. 군에서 제대한 남편으로부터 지금의 직장에 취직이 되었다는 편지를 받고 나는 곧 그와의 결혼식을 위해 학교에 사표를 냈다. 그런데 워낙이 머릿수를 맞춰둔 교원이라 내가 그날로 떠나버리면 그동안 맡아오던 학급은 후임자가 올 때까지 수업을 중단해야 할 형편이었다. 그 바람에 나는 사흘이나 더 기다려

후임자와 맞교대를 하고서야 학교를 벗어날 수 있었다.

내가 그 마을을 떠나던 날이었다. 마침 대학 후배였던 내 후임자는 버스 정류소까지 나를 전송하러 나왔다. 그런데 정류소 앞 가겟집 툇마루에 언제 왔는지 깨철이가 웅크리고 앉아 처음 나를 보았을 때와 똑같은 눈으로 내 후임인 여선생을 살피고 있었다.

나는 그걸 보고 그녀에게 깨철이에 대한 이야기를 해줄까 하다가 그만두었다. 그는 혈연이나 인척으로 속속들이 기명화(記名化)된 그 마을에 유일하게 떠도는 익명(匿名)의 섬이었다. 만약 그녀에게도 대부분의 그 마을 아낙네들처럼, 혹은 2년 전 어느 날의 나처럼, 분출하지 않고는 견디지 못할 만큼 폐쇄되고 억제된 성(性)이 있다면, 역시 그 익명의 섬은 필요할지도 모를 일이었다.

그리하여 나는 내 후임자에게 충고하는 대신 밉살맞을 만큼 끈끈하게 그녀를 살피는 깨철이를 약간 쌀쌀맞은 눈길로 쏘아주었다. 그도 그런 내 눈길을 맞받았다. 그때, 착각이었을까, 나는 문득 그의 눈길에서 희미한 웃음 같은 것을 보았다. 그러나 그것도 순간이었다. 그는 이내 고개를 돌려 비탈 아래 펼쳐진 논밭과 마을을 내려다보았다. 그는 땅 어느 모퉁이에도 그의 것은 흙 한 줌 없고, 그 집들 어디에도 주인의 허락 없이는 그가 누울 방 한 칸 없는데도, 마치 그 모든 걸 소유한 장자(長者)처럼, 또는 제왕처럼.

[1982]

사평역

임철우 (1954 ~)

전남 완도 출생. 전남대 영문과 졸업. 1981년 『서울신문』 신춘문예에 「개도둑」이 당
선되어 등단. 소설집으로 『아버지의 땅』 『그리운 남쪽』, 장편으로 『봄날』 등이 있다.

"흐유, 산다는 게 대체 뭣이간디……"

불현듯 누군가 나직이 내뱉었다.

그러자 사람들은 그 말꼬리를 붙잡고 저마다 곰곰이 생각해 보기 시작한
다. 정말이지 산다는 게 도대체 무엇일까……

내면 깊숙이 할말들은 가득해도
청색의 손바닥을 불빛 속에 적셔두고
모두들 아무 말도 하지 않았다.

　　　　　　　　── 곽재구의 시 「사평역에서」

막차는 좀처럼 오지 않았다.

별로 복잡한 내용이랄 것도 없는 장부를 마저 꼼꼼히 확인해 보고 나서야 늙은 역장은 안경을 벗어 책상 위에 놓고 일어선다.

벌써 삼십 분이나 지났군.

출입문 위쪽에 붙은 벽시계가 여덟 시 십오 분을 가리키고 있다. 하긴 뭐 벌써라는 말을 쓰는 것도 새삼스럽다고 그는 고쳐 생각한다. 이렇게 작은 산골 간이역에서 제 시간에 정확히 도착하는 완행 열차를 보기가 그리 쉬운 일은 아님을 익히 알고 있는 탓이다. 더구나 오늘은 눈까지 내리고 있지 않은가.

역장은 손바닥을 비비며 창가로 다가가더니 유리창 너머로 무심히 시선을 던진다. 건널목 옆 외눈박이 수은등이 껑충하게 서서 홀로 눈을 맞으며 희뿌연 얼굴로 땅바닥을 내려다보고 있다. 송이눈이다. 갓난아이의 주먹만 한 눈송이들은 어둠 저편에 까맣게 숨어 있다가 느닷없이 수은등의 불빛 속에 뛰어들어오면서 뚱그렇게 놀란 표정을 채 지우지 못한 채 땅바닥으로 곤두박질치고 있다. 굉장한 눈이다. 바람도 그리 없는데 눈발이 비스듬히 비껴 날리고 있다. 늙은 역장은 조금은 근심스런 기색으로 유리창에 얼굴을 바짝 대어본다. 하지만 콧김이 먼저 재빠르게 유리창에 달라붙어 뿌연 물방울을 만들었기 때문에 소매로 훔쳐내야 했다. 철길은 아직까지는 이상이 없었다.

그는 두 줄기 레일이 두툼한 눈을 뒤집어쓴 채 멀리 뻗어나간 쪽을 바라본다. 낮엔 철길이 저만치 산모퉁이를 돌아가는 모습까지 뚜렷이 보였다. 봄날 몸을 푼 강물이 흐르듯 반원을 그리며 유유히 산모퉁이를 돌아 사라지는 철길의 끝을 보고

있노라면 마치도 모든 걸 다 마치고 평온하게 죽음을 맞이하는 어느 노년의 모습처럼 그것은 퍽이나 안온하고 평화로운 느낌을 주곤 하는 것이다. 하지만 지금, 철길은 훨씬 앞당겨져서 끝나 있다. 수은등 불빛이 약해지는 부분에서부터 차츰 희미해져가다가 이윽고 흐물흐물 녹아버렸는가 싶게 철길은 더 이상 볼 수가 없다. 그 저편은 칠흑 같은 어둠이다. 어둠에 삼켜져버린 철길의 끝이 오늘밤은 까닭없이 늙은 역장의 가슴 한구석을 썰렁하게 만든다. 그는 공연히 어깨를 떨어보며 오른편 유리창 쪽으로 몸을 돌린다. 그쪽은 대합실과 접해 있는, 이를테면 매표구라고 불리는 곳이다.

역장은 먼지 낀 유리를 통해 대합실 안을 대충 휘둘러본다. 대합실이라고 해야 고작 국민학교 교실 하나 정도의 크기이다. 일제 때 처음 지어졌다는 그 작은 역사 건물은 두 칸으로 나누어져서 각각 사무실과 대합실로 쓰이고 있는 터였다. 대개의 간이역이 그렇듯이 대합실 내부엔 눈에 띌 만한 시설물이라곤 거의 없다. 유난히 높은 천장과 하얗게 회칠한 사방벽 때문에 열 평도 채 못 되는 공간이 턱없이 넓어 보여서 더욱 을씨년스런 느낌을 준다. 천장까지 올라가 매미마냥 납작하니 붙어 있는 형광등의 불빛이 실내 풍경을 어슴푸레하게 드러내 주고 있다.

지금 대합실에 남아 있는 사람은 모두 다섯이다. 한가운데에 톱밥난로가 놓여져 있고 그 주위로 세 사람이 달라붙어 있다. 난로는 양철통 두 개를 맞붙여서 세워놓은 듯한 꼬락서니로, 그나마 녹이 잔뜩 슬어 있어서 그간 겨울을 몇 차례나 맞고 보냈는지 어림잡기조차 힘들다. 난로의 허리께에 톱날 모양으로 촘촘히 뚫린 구멍 새로는 톱밥이 타들어가면서 내는 빨간 불빛이 내비치고 있다. 하지만 형편없이 낡아빠진 그 난로 하나로 겨울밤의 찬 공기를 덥히기에는 어림도 없을 듯싶다.

난로가에 모여 있는 셋 중 한 사람만 유일하게 등받이 없이 의자에 앉아 있는데, 그러고 있는 것

도 힘겨운지 등 뒤에 서 있는 사람의 팔에 반쯤 기댄 자세로 힘없이 안겨 있다. 그는 아까부터 줄곧 콜록거리고 있는 중늙은이로, 오래 앓아오던 병이 요즘 들어 부쩍 심해져서 가까운 도회지의 병원을 찾아가려는 길이라는 것을 역장도 알고 있다. 등을 떠받치고 있는 건장한 팔뚝의 임자는 바로 노인의 아들이다. 대합실에 있는 다섯 사람 가운데에서 그들 두 부자만이 역장에겐 낯익은 인물들이다.

그 곁에서 난로를 등진 채 불을 쬐고 있는 중년의 사내는 처음 보는 얼굴이다. 마흔은 넘었을까 싶은 사내는 싸구려 털실 모자에 때묻은 구식 오버를 걸쳐입었는데 첫눈에도 무척 음울해 뵈는 표정을 지니고 있다. 길게 자란 턱수염이며, 가무잡잡한 얼굴 그리고 유난히 번뜩이는 눈빛이 왠지 섬뜩하다. 오랜 세월을 햇볕 한 오라기 들지 않는 토굴 속에 갇혀 보낸 사람처럼 사내의 눈은 기묘한 광채마저 띠고 있다.

그 셋말고도 저만치 벽을 따라 길게 붙어 있는 나무의자엔 잠바차림의 청년 하나가 웅크리고 앉아 있다. 그리고 청년으로부터 약간 떨어진 곳에는 미친 여자가 의자 위에 벌렁 누워 있다. 닥치는 대로 옷을 껴입은 여자는 속을 가득 채운 걸레 보퉁이마냥 몸집이 퉁퉁하다.

청년은 추운지 호주머니에 두 손을 찔러넣은 채 어깻죽지를 잔뜩 웅크리고 있으면서도 무슨 까닭인지 난로 곁으로 갈 생각은 하지 않는 눈치다. 뭔가 골똘히 생각하는 표정으로 청년은 들여다볼 만한 것이라곤 아무것도 없는 시멘트 바닥을 뚫어져라 내려다보고 있다.

톱밥이 부족할 것 같은데……

창 너머 그들을 하나하나 둘러보다가 문득 난로 쪽을 슬쩍 쳐다보며 늙은 역장은 중얼거린다. 불을 지핀 게 두어 시간 전이니 지금쯤은 톱밥이 거의 동이 났을 것이다.

톱밥은 역사 바깥의 임시 창고에 저장해 놓고 있었다. 월동용 톱밥이 필요량의 절반 정도밖에 남아 있지 않다는 사실을 역장은 아까서야 알았다. 미리미리 충분한 톱밥을 확보해 두는 것은 김씨가 맡은 일이지만 미처 확인하지 못한 자신에게도 책임은 있다고 역장은 생각한다. 역원이라고 해야 역장인 자신까지 합해 기껏 세 명뿐이니 서로 책임을 확실히 구분지을 수 있는 일 따위란 애당초 있을 턱이 없었다. 하필 이날따라 사무원인 장씨는 자리를 비우고 없는 참이었다. 아내의 해산일이라고 어제 아침 고향인 K시로 달려갔으므로 그가 돌아올 때까지는 역장은 김씨와 둘이서 교대로 야근을 해야 할 처지였다.

하지만 톱밥은 우선 당분간 창고에 남아 있는 것으로 이럭저럭 견디어낼 수 있으리라. 대합실 난로는 하루 두 차례씩만 피우면 되니까.

역장은 웅크렸던 어깨를 한번 힘차게 펴보기도 하고 두 팔을 앞뒤로 흔들어보기도 한다. 역시 춥긴 마찬가지다. 그새 손발이 시려오기 시작했으므로 역장은 코를 훌쩍이며 엉금엉금 책상 앞을 되돌아간다. 그리고는 사무실 용으로 쓰고 있는 석유난로를 마주하고 앉아 손발을 펼쳐 넣었다.

"아야, 말이다. 이러다가 기차가 영 안 올라는갑다."

"아따, 아부님도 참. 좀 기다려보십시다. 설마 온다는 기차가 안 오기사 할랍디여."

아들은 짜증스럽다는 듯이 얼굴도 돌리지 않고 건성 대답한다. 그는 삼십대 중반의 농부다. 다시 노인이 쿨룩거리기 시작한다. 그때마다 빈약하기 그지없는 가슴팍이 훤히 드러나도록 흔들리고 있다. 아들은 힐끗 노인을 내려다보았으나 이내 고개를 돌리고 난로만 들여다본다. 노인에겐 미안한 일이긴 하나 아들은 모든 게 죄다 짜증스럽다. 벌써 몇 달째 끌어온 노인의 병도 그렇고, 하필이면 이런 날, 그것도 밤중에 눈까지 펑펑 쏟아져내리는데 기차를 타야 한다는 일도 그렇다. 그 모두가 노인의 괴팍한 성깔 탓이라는 생각이 들자 그는 버럭 소리라도 질러주고 싶은 심정이다.

　아들이 전에도 여러 번 읍내 병원에 가보자고 했지만, 막무가내로 고집을 피우며 죽더라도 그냥 집에서 죽겠노라던 노인이 난데없게도 이날 점심 나절에는 스스로 먼저 병원엘 가자면서 나선 것이었다. 소피에 혈이 반이 넘게 섞여 나온다는 거였다. 부랴부랴 차비를 꾸리고 나니, 이번엔 하루 두 차례씩 왕래하는 버스는 멀미 때문에 절대로 타지 않겠다며 노인은 한사코 역으로 가자고 우겼다. 이놈아, 병원에 닿기도 전에 내 죽는 꼴을 볼라고 그라냐. 놔라. 싫으면 나 혼자라도 갈란다. 어찌나 엄살을 떠는 통에 할 수 없이 노인을 등에 업고 나오긴 했는데, 그나마 일이 안 되려니까 기차마저 감감 무소식이었다.

　"빌어묵을 늠의 기차가⋯⋯"

　농부는 문득 치밀어오르는 욕지거리를 황황히 깨물며 지레 놀라 노인의 눈치를 살핀다. 다행히 눈곱 낀 노인의 눈은 아까처럼 질끈 닫혀 있다. 아들은 고통으로 짙게 고랑을 파고 있는 노인의 추한 얼굴을 내려다보고는 약간 죄스러운 맘이 된다.

　이거, 내가 무슨 짓이다냐. 죄 받는다. 죄 받어⋯⋯

　노인이 또 쿨룩쿨룩 기침을 토해낸다. 가슴 밑바닥을 쇠갈퀴로 긁어내는 듯한 고통스런 기침 소리.

　그들 부자 곁에 서서 등을 돌린 채 난로의 불기를 쬐고 있는 중년 사내는 자지러지는 기침 소리를 들을 때마다 깜짝깜짝 놀라는 시늉을 한다. 기침 소리를 들으면 사내에겐 불현듯 떠오르는 얼굴이 하나 있다. 감방장인 늙은 허씨다. 고질인 해소병으로 만날 골골거리던 허씨는 그것이 감방에 들어와 얻은 병이라고 했다. 난리 후에 사상범으로 잡혀 무기형을 받은 허씨는 스물일곱 살부터 시작한 교도소 생활이 벌써 이십오 년에 이르고 있었지만, 언제나 갓 들어온 신참마냥 말도 없고 어리숙해 뵈는 사람이었다.

　자네 운이 좋은 걸세. 쿨룩쿨룩. 나가면 혹 우리

집에 한번 들러봐줄라나. 이거 원, 소식 끊긴 지가 하도 오래돼놔서⋯⋯ 죽었는지, 살았는지⋯⋯

　사내가 출감하던 날, 허씨는 고참 무기수답지 않게 눈물까지 글썽이며 사내의 손을 오래오래 잡고 있었다.

　사내는 저만치 유리창 밖으로 들이치는 눈발 속에서 희끗희끗한 허씨의 머리카락이며 움푹 패어들어간 눈자위를 기억해 내고 있다.

　아마 지금쯤 그곳은 잠자리에 들 시간일 것이다. 젓가락을 꼽아놓은 듯한 을씨년스런 창살 너머로 이 밤 거기에도 눈이 오고 있을까. 섬뜩한 탐조등의 불빛이 끊임없이 어둠을 면도질해 대고 있을 교도소의 밤이 뇌리에 떠오른다. 사내의 눈빛은 불현듯 그윽하게 가라앉고 있다. 그곳엔 사내가 잃어버린 열두 해 동안의 세월이 남아 있었다. 이렇듯 멀리 떨어져서도 그 모든 것들을 눈앞에 훤히 그려낼 수 있을 만큼 어느덧 사내는 이미 그 생활의 일부가 되어 있었다.

　출감한 지 며칠이 지났건만 사내는 감방 밖에서 보낸 그간의 시간이 오히려 꿈처럼 현실감이 없다. 푸른 옷과 잿빛의 벽, 구린내 같은 밥 냄새, 땀 냄새, 복도를 걷는 간수의 구둣발소리, 쩔그렁대는 쇳소리⋯⋯ 그런 모든 익숙한 색깔과 촉감, 냄새, 소리, 그리고 언제나 똑같이 반복되는 일과 같은 것들이 별안간 그에게서 떨어져 나가버리고 대신에 전혀 생소한 또 다른 사물들의 질서가 사내에게 일방적으로 떠맡겨진 거였다. 그 새로운 모든 것들은 다만 사내를 당혹감에 빠뜨리고 거북하게 만들 뿐이었다. 그 때문에 사내는 출감 후부터 자꾸만 무엇인가 대단히 커다란 것을 빼앗겼다는 느낌을 감출 수가 없었다. 감방 안에서 사내는 손바닥 안에 움켜진 모래알이 빠져나가듯 하릴없이 축소되어가고 있는 자기 몫의 삶의 부피를 안타깝게 저울질해 보곤 했었다. 하지만 기이한 일이다. 낯선 시골역에 홀로 앉아 있는 이 순간 정작 자기가 빼앗긴 것은 흘려보내는지 모르게 보낸 지난

십이 년의 세월이 아니라, 오히려 그 푸른 옷과 잿빛 담벼락과 퀴퀴한 냄새들이 배어 있는 사각형의 좁은 공간일지도 모른다는 가당찮은 느낌이 문득 문득 들곤 하는 거였다.

쿨룩쿨룩. 아, 저 기침 소리. 사내는 흠칫 몸을 돌려 소리가 나는 쪽을 찾는다. 그러나 그것은 감방장 허씨가 아니다. 낯 모르는 사람들뿐. 사내는 낮게 한숨을 토해내며 고개를 흔들어버리고 만다.

밖엔 간간이 바람이 불고 있다. 전깃줄이 윙윙 휘파람을 불었고 무엇인가 바람에 휩쓸려다니며 연신 딸그락 소리를 낸다.

대합실 안은 조용하다. 산골짜기를 돌아 달려온 바람이 역사 건물을 지나칠 때마다 유리창이 덜그럭거리고 이따금 난로 속에서 톱밥이 톡톡 튀어오를 뿐 사람들은 아무도 입을 열지 않는다. 저만치 혼자 쭈그려앉은 청년은 줄곧 창밖의 바람 소리를 헤아리고 있던 참이다. 이윽고 청년은 의자에서 몸을 일으킨다. 딱딱한 나무의자로부터 스며오는 한기로 엉덩이가 시리다. 창가로 다가가다 말고 그는 문득 누워 있는 미친 여자 쪽을 근심스레 살핀다. 여자는 새우등을 하고 모로 누웠는데 얼핏 시체가 아닌가 싶을 만큼 미동조차 없다.

세상에, 이렇게 추운 곳에서…… 그런 지경에도 사람이 잠들 수 있다는 사실이 청년은 도대체 믿기지 않는 모양이다. 여자에게서는 가느다란 숨소리만 이따금 새어나오고 있다.

청년은 다시 유리창 밖을 내다본다. 밤새 오려는가. 송이송이 쏟아져내리고 있다. 대합실 안에서 새어나간 불빛이 유리창 가까운 땅바닥 위에 수북하게 쌓인 눈을 비추고 있다. 하얗게 쏟아지는 눈발을 망연히 바라보며 청년은 그것이 무수한 나비떼 같다고 생각한다.

그래. 나비떼야. 활활 타오르는 불길 속으로 밤이 되면 미친 듯 날아들어와 비명조차 지르지 못하고 타죽어가는 수많은 흰 나비떼들……

그는 대학생이다. 아니, 정확히 말하면 그건 보름 전까지의 이야기이다. 청년은 아직도 저고리 안주머니에 학생증을 지니고 있긴 하지만 앞으로 그것을 사용해볼 기회는 영영 없을지도 모른다. 이젠 누렇게 바랜 어린 날의 사진만큼의 의미도 없는 그것을 미련 없이 찢어버려야 하리라는 걸 잘 알고 있었음에도 불구하고, 여전히 간직하고 있는 자신을 스스로 감상적이라고 비난하고 있는 중이다.

청년은 유리창에 반사된 톱밥난로의 불빛을 응시한다. 그 주홍의 불빛은 창유리 위에 놀랍도록 선명하게 재생되고 있었으므로 청년은 그것이 정작 실물이 아닌가 하는 착각을 일으킬 뻔했다. 그것은 한 폭의 그림처럼 아름다웠다. 먹빛 어둠은 화폭으로 드리워지고 네모진 창틀 너머 순백의 눈송이들이 화폭 위에 무수히 흩날리고 있다. 거기에 톱밥난로의 불꽃이 선연한 주홍색으로 투영되자 한순간 그 모든 것들은 기막힌 아름다움을 이루어내는 것이었다. 아아, 저건 꿈일 것이다. 청년은 불현듯 눈빛을 빛내며 한 발 창 쪽으로 다가서고 있다.

—아우슈비츠의 학살이 있었고, 그 후 아무도 아름다움을 노래하지 않았다. 더는 누구도 꿈꾸지 않았다.

—침묵, 잠, 그리고 죽음.

—가슴의 뜨거움에 대해서 우리는 얼마나 오래 생각해야 하는 것일까, 이 X자식들아.

그날, 청년은 누군가가 어지럽게 볼펜으로 휘갈겨놓은 책상 위의 낙서들을 물끄러미 내려다보며 홀로 강의실에 앉아 있었다. 텅 빈 하오의 교정엔 차츰 땅거미가 깔리기 시작하고 플라타너스 나무에 설치된 스피커로부터 나지막이 흘러나오고 있는 교내 방송의 고전 음악을 들으며 학생들이 띄엄띄엄 집으로 돌아가고 있을 무렵이었다. 그는 바로 전날 밤, 제적 처분되었다는 사실을 학교로부터 통고받았었다. 주인도 없는 새에 주인도 아닌 사람들이 주인도 모르게 자신의 이름 석 자를 제멋대로 재판했다는 거였다. 이튿날 조간 신문 귀퉁이에서 제 이름을 찾아냈을 때 그는 한동안 자신과 기사 속의 그 이름과의 정확한 관계를 찾아내려 애를 썼다. 끝내 실감이 나지 않아서 여느 때 하듯 귀퉁이가 쭈그러진 책가방을 챙겨 들고 쭈뼛쭈뼛 강의실에 들어서자마자 친구들은 너도나도 그를 에워쌌다. 아침부터 학교 뒤 막걸리 집으로 끌고 가 술을 퍼먹이던 녀석들 중 몇은 저쪽에서 먼저 찔찔 짜기도 했다.

하는 데까진 해봤네만 나로서도 어쩔 수가 없네, 자네 볼 면목이 없구먼.

지도 교수는 짐짓 눈물겨운 표정으로 그의 손을 덥석 잡아주었다.

괜찮습니다.

모두들 돌아가버린 텅 빈 강의실은 관 속처럼 고요했다. 창 틈으로 비껴들어온 일몰의 잔광이 소리 없이 부유하는 무수한 먼지의 입자를 하나하나 허공으로 떠올리고 있었다. 미처 덜 지운 칠판의 글자들, 분필가루 냄새, 휴식 중인 군대의 대오마냥 흐트러져 있는 책상들, 강의실 바닥의 얼룩…… 그런 오래 친숙해온 사물들 속에서 그는 노교수의 나직한 음성과 친구들의 웅얼거림, 그들의 체온과 호흡과 웃음소리와 함성이 아무도 없는 그 순간에 또렷하게 되살아나오고 있음을 놀라움으로 지켜보고 있었다. 그리고 삼 년 동안이나 자신을 그 한 부분으로 포함시켜왔던 친숙한 이름들로부터 대관절 무엇이 그를 억지로 떼어내려 하고 있는 것인가에 대해 오래오래 생각했다. 그러나 끝내 알 수 없었다. 강의실 문을 잠그러 들어왔다가 그를 발견한 수위가 의심스런 눈초리로 당장 나가기를 명령했을 때까지도 그는 해답을 찾지 못했다.

문학부 건물을 나설 즈음, 백마고지 전투에서 훈장까지 받은 역전의 상이 용사인 수위 아저씨가 절뚝이며 뒤쫓아 나오더니 그의 가슴에 가방을 내던져주고 가버렸다. 그는 깜박 잊고 가방을 두

고 온 거였다. 그러자 주체할 수 없이 웃음이 터져나오기 시작했다. 무엇이 그토록 우스웠는지 모른다. 그는 혼자 미친 듯 웃어제꼈다. 한참이나 벤치에 엎디어 킬킬대다가 그는 뱃속에 든 오물을 모조리 토하고 말았다. 토하면서도 자꾸만 웃고 또 웃었다. 그러다가 끝내 울음이 터져나와버렸던 것이다.

덜커덩.

대합실 출입문이 열리며 한 떼의 사람들이 나타났다. 우연인지 모르지만 네 사람 다 여자들이다. 그녀들의 등 뒤로 삼동의 시린 바깥바람이 바싹 달라붙어 함께 들어왔다. 바람 끝에 묻어온 싸늘한 냉기에 놀라서 대합실 안에 있던 사람들의 고개가 일제히 그쪽으로 꺾여진다.

첫눈에도 그녀들이 모두 일행은 아니라는 걸 쉽게 알 수 있다. 몸집이 큰 중년 여자와 바바리 코트를 입은 처녀, 그리고 나머지 둘은 큼지막한 보따리를 하나씩 이고 오는 품이 무슨 행상꾼 아낙네들이 분명하다. 그녀들은 무척 서둘러 온 눈치다. 머플러며 어깨 위에 눈이 수북하다. 추위에 바짝 얼은 뺨을 씰룩이며 가쁜 입김을 뿜어내고 있다.

"차가 떠난 건 아니죠?"

맨 처음 들어섰던 중년 여자가 그 말부터 묻는다. 그녀는 아까 문을 여는 순간 난로가에 서 있는 사람들을 보고 기차가 오지 않았다는 걸 짐작했었지만 그래도 재차 확인하려는 속셈이다.

"아, 와야 뜨든지 말든지 하지요. 그 빌어묵을 놈의 기차가 한 시간이 넘었는디도 감감 무소식이다니께요."

늙은이를 받쳐주고 있던 농부가 나서 대꾸한다.

그 말에 중년 여인은 대단히 만족한 표정을 역력히 떠올린다.

아예 기뻐 어쩌지 못하겠다는 양 헤벌쭉 웃기까지 한다. 웃고 있는 그녀의 빨갛게 칠한 입술을 손으로 쥐어뜯어주었으면 싶지만 농부는 참는다. 이 여편네는 기차가 연착하기를 오매불망하고 있었

다는 투로구나, 젠장.

"휴우. 다행이지 뭐야. 난 틀림없이 놓쳐버린 줄로만 여겼다구요. 고생한 보람이 있군요."

농부는 눈살을 찌푸리며 여자를 훑어본다. 그녀는 꽤 비싼 게 틀림없는 밍크 목도리를 두르고 있지만 참 지독히도 뚱뚱하다. 기름 찬 아랫배가 개구리마냥 불룩하고, 코트 속에 감춘 살덩어리가 터져나올 듯 코트 자락을 압박하고 있다. 농부는 여인의 무릎에 여기저기 짓이겨진 눈을 훔쳐보며 저렇듯 둔하고 커다란 몸뚱이가 눈밭에 미끄러져 뒹굴었을 때 얼마나 거창한 소리가 났을까 하고 상상해 보는 걸로 화풀이를 대신한다.

처녀는 머리에서 눈을 털어내고 있고 행상꾼 아낙네들은 보따리를 내려놓은 다음 난로로 달려와 한 자리씩 차지했다. 그러다가 뚱뚱보 중년 여자가 표를 사기 위해 매표구 쪽으로 가는 눈치였으므로 나머지 세 여자도 어정어정 그녀를 따라간다.

"여보세요. 기차 아직 안 왔대믄서요?"

뚱뚱보가 매표구 유리창을 두드리며 뻔한 질문을 안으로 쑤셔박아 넣었을 때 늙은 역장은 벌써 차표를 준비하고 있는 참이다.

"예예. 조금만 기다리십시오. 곧 올 겁니다."

역장은 표를 넉 장 팔았다. 처녀와 중년 여인은 서울행이고 아낙네들은 읍내까지 가는 모양이다.

그녀들이 다시 난로 쪽으로 달려가고 나자 역장은 대합실을 넘겨다보며 오늘 막차는 뜻밖에 손님이 많은 편이라고 생각한다. 대합실에 있는 아홉 명 가운데서 표를 산 사람은 여덟이다. 의자 위에서 웅크린 채 잠들어 있는 미친 여자는 늘 공짜 승객이기 때문이다. 아홉 시 오 분 전이다. 역장은 암만해도 톱밥을 더 가져다 주어야 하리라고 여기며 장갑을 찾아 끼고 일어선다.

난로를 에워싸고 있는 사람은 어느덧 일곱으로 불어났다. 늦게 나타난 것이 무슨 특권인 양, 여자들은 비좁은 틈을 비집고 들어와 각기 섭섭지 않게 공간을 확보했다. 그 통에 중년 사내는 연통 뒤켠으로 밀려나고 말았다.

청년은 아직도 저만치 창가에 서 있고 미친 여자는 죽은 듯 움직이지 않는다.

한동안 여자들은 추위 속을 걸어온 끝에 마침내 불기를 쬘 수 있게 되었다는 사실에 감격해서 한마디씩 호들갑을 떨기 시작한다. 덕분에 푹 가라앉아 있던 대합실이 부쩍 활기를 띠는 것 같다.

"영락없이 난 얼어죽는 줄 알았당께. 발톱이 다 빠질 것 같드라고, 금매."

"그랑께 내 뭐라고 럽답디여. 눈 오는 날은 일찌감치 기차 탈 염을 해야 된다고라우. 싸래기만 조끔 쏟아져도 버스가 망월재를 못 넘어간당께요."

"글씨. 자네 말을 들을 거신디. 무담씨 그놈의 버스 기다리니라고 생고상만 했네그랴."

아낙네들은 목청도 크다. 그녀들의 목소리가 대합실 사방 벽을 쨍쨍 울리며 튕겨다닌다. 그녀들은 눈에 길이 막혀 버스가 오지 못한다는 걸 늦게야 전해 듣고는, 으레 지각하기 일쑤인 완행 열차를 혹시나 탈 수 있을까 하고 역까지 허겁지겁 달려나온 참이었다.

"어머, 안심하긴 아직 일러요. 혹시 누가 알아요. 기차도 와봐야 오는가 부다 하지."

뚱뚱이 여자가 말했을 때 아낙네들은 문득 멀뚱한 얼굴로 그녀를 쳐다본다. 하지만 둘 중 누구도 그 말을 선뜻 받지 못한다. 눈부시게 흰 밍크 목도리와 값비싼 코트를 걸친 여자의 반질반질한 서울 말씨가 그녀들을 주저하게 했을 것이다. 무엇보다도 그녀가 난로 가까이 바로 그녀들의 코앞에 보란 듯이 펼쳐놓은 손, 비록 과도한 영양 섭취 탓으로 뭉뚝하게 살이 쪄서 예쁘지는 않지만 그래도 뽀얗게 살집이 고운 그 손가락에 훌륭한 보석 반지가, 그것도 두 개씩이나 둘려져 있는 것 때문에 아낙네들은 은근히 기가 질린다. 저 여자는 구정물통에 손 한번 담궈보지 않고 사는 모양인갑네. 아낙네들은 불어터진 오징어발 마냥 볼품없이 아무렇게나 난로 위에 펼쳐놓은 자기들 손이 문득 죄없이 부끄럽다.

뚱뚱이 서울 여자는 눈치도 빠르다. 주위의 그런 분위기를 이내 간파해내고 내심 우쭐한다. 그녀는 이제 얼었던 몸이 풀리고 나니 입이 심심해지기 시작한다. 하지만 시골 보따리장수 여편네들 따위와 얘기한다는 것은 자신의 품위에도 관계가 있을 것이므로 다른 마땅한 상대를 찾기 위해 고개를 휘둘러본다.

마침, 맞은편에 서 있는 바바리 코트 아가씨에게 초점이 맞춰진다. 스물대여섯쯤. 화장이 짙은 편이고, 머리엔 노르께한 물을 들였다. 얼굴은 제법 반반한 편이지만 어딘지 불결감 같은 게 숨어 있는 듯하다. 도시의 뒷골목, 어둡고 침침한 실내, 야하게 쏟아지는 빨간 불빛, 청승맞은 유행가 가락…… 그런 짤막한 인상들이 티브이 광고처럼 서울 여자의 시야에 잠깐씩 머무르다 사라진다.

틀림없어. 그렇고 그런 계집애로군.

아무리 눈가림을 해도 내 눈은 속일 수가 없지, 하고 뚱뚱이 서울 여자는 바바리 아가씨에 대한 까닭 없는 악의를 준비하며 확신하듯 중얼거린다.

바바리 코트 처녀는 고개를 갸웃 숙인다. 처녀는 맞은편 중년 여자의 시선이 제게 따갑게 부어지고 있음을 느끼면서도 부러 모른 척한다.

흥, 지까짓 게 쳐다보면 어때.

처녀의 이름은 춘심이다. 그래, 춘심이가 내 이름이다. 어쩔래.

그녀는 은근히 부아가 치민다. 도대체 사람들은 뻔뻔스럽게 왜 남을 찬찬히 훑어보는, 개 같은 버르장머리를 갖고 있는지 모르겠다. 그녀는 다른 사람들이 자기를 쳐다보는 듯한 눈치가 뵈면 아주 딱 질색이다. 그것은 흡사 온몸을 하나하나 발가 벗기는 것 같아서 불쾌하기 그지없다. 참 알 수 없는 일인 것이, 그녀는 어둠 속에서 혹은 빨간 살구알 전등이 유혹하듯 은근한 불빛을 쏟아내는 방구석에서, 또는 취한 사내들과 뚜덕뚜덕 젓가락 장

단을 맞춰가며 뽕짝을 불러대는 술자리에서라면 누구 못지않은 용감한 여자인 것이다.

부끄러움? 흥, 그따위 잊은 지 왕년이다. 실오라기 같은 팬티 한 잎 걸치고 홀랑 벗어제친 몸뚱이 하나만으로도 사내들 얼을 빼놓기쯤이야 그녀에게 식은 죽 먹기다. 춘심이. 적어도 신촌 바닥에서 민들레집 춘심이 하면 아직은 일류다. 하지만 그런 그녀가 대낮에 행길에 나서기만 하면 형편없는 겁쟁이 계집애가 되고 마는 거였다. 무슨 벌거지떼처럼 무수히 거리를 오가는 행인들 중에 민들레집 춘심이의 얼굴을 기억할 사람이라곤 좀체 없을 터인데도 그녀는 언제나 고개를 쳐들기가 어려웠다. 벌써 삼 년째 되어가는 이력에도 불구하고 그 버릇은 여전히 떨어지지 않고 있었다.

춘심이는 애써 고개를 빳빳이 세워 뚱뚱이 여자가 자기를 여전히 뻔뻔스레 훑고 있음을 확인한다. 이제 춘심이는 아까보다 훨씬 오만한 표정을 떠올리며 무심한 척 난로의 불빛만 들여다보기로 한다.

춘심이는 고향에 내려왔다가 서울로 다시 올라가는 길이다. 중학을 졸업하고 나서 몇 년 빈둥거리다가 어느 날 밤 무작정 상경한 후로 ―그때도 바로 이 기차였다― 삼 년 만에 처음 찾아온 고향 집이었다. 그래도 편지는 가끔 띄웠었다. 물론 이쪽 주소는 한 번도 알려주지 않았다. 화장품 회사에 다닌다고 전해 두긴 했지만 식구들이 꼭 믿는 눈치는 아니었다.

어쨌든 그녀의 귀향은 비교적 환영을 받은 셈이었다. 때문은 가방 하나만 꿰차고 줄행랑을 친 계집애가 완연한 멋쟁이 처녀로 변신해서 얼마의 돈과 식구들은 물론 친척 어른들 몫까지 옷가지며 자질구레한 선물들을 꾸려갖고 나타났으니 그럴 법도 했다. 휴가를 틈타 내려온 걸로 된 그 닷새 동안, 오랜만에 그녀는 고향에서 어린 시절의 행복을 되찾은 기분이었다. 이름도 춘심이가 아니라 예전의 옥자로 돌아왔다. 하지만 고무줄처럼 느즈

러진 시골 생활이 조금씩 지겨워지기 시작했을 즈음, 알맞게도 닷새간의 옥자 역은 끝나주었으므로 그녀는 다시 춘심이가 되기 위해 산골짜기 고향집을 나선 거였다.

언니, 나도 언니 댕기는 회사에 취직 좀 시켜주소 잉.

그래, 염려 마. 내 서울 가서 연락해 줄게.

더러는 콧물을 찍어내고 있는 식구들을 뒤로 한 채, 하이힐을 삐적거리며 고샅을 빠져나올 때 동생 옥분이가 쭈르르 뒤쫓아나와 신신당부하던 일이 떠올라 춘심이는 혼자 쓴웃음을 짓는다.

미친년. 그 짓이 뭔지도 모르구……

문득 가슴 한쪽이 싸아 아려와서 그녀는 손수건을 꺼내어 핑 코를 푼다.

이윽고 멀리서 기적 소리가 울려왔다.

기차다. 온다. 행상꾼 아낙네들과 서울 여자가 맨 먼저 짐꾸러미를 챙겨들었고, 의자에 앉아 졸고 있는 노인을 황급히 흔들어 깨워 농부가 등에 업었다. 중년 사내와 창가에 혼자 서 있던 대학생도 천천히 몸을 돌려세운다. 미친 여자마저 그 소란 통에 부스스 일어났다.

그들이 문을 열어젖히고 플랫폼 쪽으로 바삐 몰려가고 있을 때 저편 어둠을 질러오는 불빛을 확실히 볼 수 있었다. 하지만 뜻밖에 기차는 속도를 조금도 늦추지 않은 채로 그들을 지나쳐 가고 말았다. 유난히 밝은 기차 내부의 불빛과 승객들의 거뭇거뭇한 머리통 정도조차도 언뜻 분간하기 어려웠을 만큼 기차는 쏜살같이 반대쪽으로 내달려가 버렸다.

기차가 사라지고 난 뒤 사위는 다시금 고요해졌다. 눈발이 하염없이 쏟아지고 있을 뿐 모두가 아까 그대로 남아 있다. 달려나왔던 사람들은 한참이나 어안이 벙벙하다. 방금 그들의 눈앞을 스쳐지나간 것은 꿈속에서 본 휘황한 도깨비불이거나 난데없는 돌풍에 휩쓸려 날아가버린 무슨 발광체

였는지도 모른다. 그만큼 그것은 순식간에 일어난 일이었다.

기차가 스쳐간 어둠 저편에서 손전등을 든 늙은 역장이 나타나 그것이 특급 열차라고 알려주었을 때에야 사람들은 풀죽은 모습으로 대합실로 어기적어기적 되돌아왔다.

"나 원 참, 좋다가 말았구마이."

누군가 투덜댔다. 난로를 차지하고 둘러서서 한동안은 모두들 입을 봉하고 있다. 저마다 실망한 기색이다. 대학생은 아까마냥 창을 내다보고 있고 미친 여자는 의자에 멀뚱하게 앉아 있다.

조금 있으려니, 문이 열리며 역장이 바께쓰를 들고 나타난다. 바께쓰 속엔 톱밥이 가득 들어 있다.

"추위에 고생하십니다요."

농부가 얼른 인사를 차린다. 그에겐 제복을 입은 사람은 무조건 존경의 대상이 된다.

"뭘요. 그나저나 이거 죄송합니다. 기차가 자꾸 늦어지는군요."

눈이 오니까 그렇겠지라우, 하고 너그러운 소리를 농부가 또 덧붙인다.

역장은 난로 뚜껑을 열고 안을 살펴본다. 생각보다 톱밥이 꽤 남았다. 바께쓰를 기울여 톱밥을 반쯤 쏟아넣은 다음 바께쓰는 다시 바닥에 내려놓는다. 역장은 돌아가지 않고 함께 이야기를 주고받기 시작한다. 그도 역시 무료했으리라.

눈 얘기, 지난 농사와 물가에 관한 얘기, 얼마 전 새로 갈린 면장과 머잖아 읍내에 생기게 된다는 종합병원 이야기에 이르기까지 화제는 이어진다. 처음엔 역장과 농부가 주연이었지만 차츰 여자들도 끼어들게 된다. 그들 중 음울한 표정의 젊은 사내만이 끝내 입을 열지 않은 채로이다.

역장이 나타나는 바람에 자리가 더욱 좁아졌으므로, 중년 사내는 난로 가까이 놓아둔 자신의 작은 보퉁이를 한켠으로 치워놓는다. 보퉁이엔 한 두름의 굴비, 그리고 낡고 때묻은 내복 따위 같은

사내의 옷가지가 있을 뿐이다. 그것은 사내가 벽돌담 저쪽의 세상에서 가지고 나온 유일한 재산이다.

"선생은 향촌리에 사시우?"

늙은 역장이 곁의 중년 사내에게 묻는다.

"아, 아닙니다."

"그래요. 근데 무슨 일로……"

"누굴 찾아왔다가 그만 못 만나고 가는 길입지요."

"누굴 찾으시는데요. 어디 말씀해 보구려. 이 근처 삼십 리 안팎에 있는 동네라면 내가 얼추 다 아니까요. 허허."

"아, 아닙니다. 제가 주소를 잘못 알았었나 봅니다."

오, 그래요. 역장은 사내가 뭔가 말하기를 꺼려한다는 느낌을 받았으므로 더 캐묻지 않는다.

톱밥 난로의 열기가 점점 강하게 퍼져오르고 있다. 역장은 난로의 뚜껑을 닫고 나서 한산도를 꺼내 사내와 농부에게 권한다. 그들은 담배를 피우기 시작한다.

사내는 기차를 타기 전, 서울역 앞에서 그 굴비 한 두름을 샀었다. 언젠가 감방에서 허씨가 흰 쌀밥에 잘 구운 굴비를 먹고 싶다고 말한 적이 있었기 때문인지도 모른다. 비록 허씨 자신은 먹을 수 없겠지만, 홀로 산다는 허씨의 칠순 노모에게 빈손으로 찾아갈 수는 없을 것이라는 생각에 역 광장의 행상꾼에게서 한 두름을 샀다. 그리고 밤 내내 완행 열차를 타고 이날 새벽 사평역에서 내려 허씨가 일러준 대로 그 조그마한 산골 마을을 찾아들었던 것이다.

하지만 허씨의 노모는 이미 만날 수가 없었다. 죽어 묻힌 지가 오 년도 넘었다고 했다. 노모가 죽은 이듬해, 허씨의 형도 식솔들을 데리고 홀홀 마을을 떴고, 그 후 그들의 소식은 영영 끊어졌다는 거였다.

그 말을 전해 듣는 순간 사내는 사지의 힘이 일

시에 빠져나가는 듯한 허탈감을 맛보았다.

어느덧 초로에 접어든 허씨의 쓸쓸한 모습이 눈앞에 선히 떠올랐다. 노모의 죽음조차 모르고 비좁은 벽돌담 안에 갇힌 채 다만 다른 사람들의 것일 따름인 그 숱한 계절들을 맞고 보내다가, 어느 날인가는 푸른 옷에 싸여 죽음을 맞아야 할 한 늙고 병든 무기수의 얼굴이 사내의 발길을 차마 돌릴 수 없도록 만든 거였다. 등 뒤에 두고 돌아서려니, 사내는 그 마을이 바로 자기의 고향인 듯한 느낌이 들었다. 그의 고향은 본디 이북이었지만 피난통에 가족들과 헤어져 집도 부모도 없이 떠돌아다니며 커왔던 것이었다.

하염없이 눈송이만 펑펑 쏟아지는 산길을 걸어나오며 사내는 자꾸만 발을 헛디뎠다. 문득 되돌아보면 멀리 산골 초가의 굴뚝에선 저녁 짓는 연기가 은은히 피어오르고 있었다. 눈 내리는 산자락에 고요히 묻혀가는 저녁 무렵의 산골 풍경은 눈물겹도록 평화스러워 보였다.

이보쇼, 허씨. 당신이나 나는 이젠 매양 마찬가지구료. 피차 어디 찾아갈 곳 하나 없어졌으니 말이오. 하지만 그래도 당신은 나보다야 낫소. 그 속에 있으면 애써 고향을 찾아 나설 수도 , 또 그래야 할 필요도 없을 테니까 말이외다. 허허허. 그나저나 난 도대체 이제부터 어디로 가야 한다는 말이오.

사내는 휘적휘적 눈길을 헤쳐 내려오며 몇 번이나 그렇게 넋두리를 했다.

역장은 시계를 본다. 아홉 시 반. 이거 너무 늦는걸. 그러다가 역장은 저만치 창가에서 서성이고 있는 청년을 새삼 발견한다.

청년은 벽에 붙은 지명 수배자 포스터를 들여다보고 있는 참이다. 포스터엔 스무 명 남짓, 지극히 평범하게 생긴 한국 사람들의 얼굴이 적혀져 있고 그 밑에 성명, 나이, 범행, 내용, 인상착의 따위가 기록되어 있다. 그중 몇은 '검거'라고 쓰인 붉은 도장이 쿵쿵 박혀져 있다. 그는 청년의 선배이다. 시위를 주동한 혐의로 선배는 몇 달 전부터 수배되어 있는 중이다. 청년은 지금 그 선배의 사진과 무슨 얘기라도 나누는 양 골똘히 마주 대하고 있다. 바로 그때 역장이 청년을 불렀으므로 청년은 적이 놀란 모양이다.

"이봐요, 젊은이. 추운데 거기 있지 말고 이리 와서 불 좀 쬐구려."

청년은 우물쭈물하더니 이윽고 난로 쪽으로 다가온다. 그리고 역장에게 꾸벅 고개를 숙인다.

"누구……더라."

역장은 의외라는 표정이다. 청년의 얼굴이 금방 기억나지 않는다.

"저, 역장님은 잘 모르실 거예요. 고등학교 때 통학하면서 줄곧 뵈었는데…… 재 너머 오동삼씨가 제……"

"아아, 이제야 알겠네, 자네가 바로 오씨 큰아들이구면. 지금 대학에 다닌다면서, 그렇지?"

"예……"

"맞아. 작년 여름에 내려왔을 때도 봤었지. 그래, 방학이라서 집에 왔구면."

"예……"

역장은 청년을 새삼 믿음직스러운 듯 바라본다. 역장은 그를 기억해 낼 수 있다. 어릴 때부터 남달리 성실하고 착한 학생 같았었다. 여느 애들과는 다르게 생각이 많아 보였고 늘 손에 책이 들려 있는 것도 대견스러웠다. 그러길래 청년이 인근 마을에선 유일하게 도회지의 국립 대학에 합격했다는 소문을 들었을 때, 그게 우연이 아니라고 여겼던 것이다.

"아믄, 공부 열심히 해서 성공해야지. 뒷바라지 하시느라 촌구석에서 뼈빠지게 고생하시는 부모님 호강도 시켜드리고, 고향에 좋은 일도 많이 해야 하네. 알겠는가."

"예……"

역장이 어깨를 툭툭 두드려주며 격려했고, 청년은 고개를 떨군 채 희미한 대답을 한다.

불현듯 청년의 뇌리엔 아버지의 얼굴이 떠오른다. 소나무 등걸처럼 투부룩한 아버지의 손. 그 손으로 아버지는 평생을 논밭만 일구며 살아왔다. 아버지의 꿈은 판사 아들을 두는 거였다. 그렇게만 된다면 내일 죽어도 한이 없노라고, 젊은 시절을 남의 집 머슴으로 전전했던 가난한 아버지는 대학생이 된 아들 앞에서 주먹을 불끈 쥐어 보이곤 하던 거였다.

청년에겐 동생이 다섯이나 있었다. 모두가 국민학교만 겨우 마쳤거나 아직 다니고 있는 중이었다. 청년은 그의 집의 유일한 희망이었고, 어김없이 찾아올 밝아오는 새벽이었다. 그런 부모와 형제들 앞에서 끝내 퇴학당했다는 말을 꺼낼 수가 없었다. 언젠가 여름에 자기도 그냥 집에 내려와 농사나 짓는 게 어떻겠느냐고 한마디 건넸다가 그만 노발대발한 아버지에게 용서를 비느라 혼쭐이 난 적도 있었다. 결국 아무런 얘기도 꺼내보지 못하고 이젠 누구 하나 찾아갈 사람도 없는 그 거대한 도시를 향해 집을 나섰을 때 청년은 하마터면 울음을 터뜨릴 뻔하였다.

자. 이거 받으라이. 느그 아부지가 준 돈은 책값하고 하숙비 빼면 니 쓸 것도 부족하꺼이다. 괜찮다이. 내, 그동안 몰래 너 오면 줄라고 모아둔 돈이니께. 달걀도 모았다가 팔고 동네 밭일 해 주고 품삯 받은 거이다. 아무쪼록 애껴 쓰면서, 공부도 좋재만 항상 몸을 살펴야 쓴다이.

동구 밖까지 따라나온 어머니는 꾸깃꾸깃 때에 전 돈을 억지로 손에 쥐어주었다. 어머니와 동생들은 마른버짐이 허옇게 핀 얼굴로 그가 고개를 꼬박 넘어설 때까지 손을 흔들고 있었다.

흥, 대학생? 그까짓 대학생이 무슨 별거라구……

춘심이는 역장과 청년의 대화를 들으며 입을 삐쭉인다.

춘심이가 벌써 삼 년간이나 몸 비비고 사는 민들레집 근방 일대엔 서너 개의 대학이 몰려 있었으므로 허구한 날 보는 게 대학생이었다. 그 녀석들은 덜렁대며 책가방을 들고 다니긴 하지만 대체 언제 공부를 하는 줄 모르겠다고 그녀는 늘 의아해 했다. 아침이면 교문으로 엄청난 수가 떼를 지어 몰려들어갔고 어쩌다 교문 앞을 지나치다 보면 거의 날마다 무슨 운동회다 축제 행사다 해서 교정이 삑적지근하도록 시끄러웠다. 게다가 삐끗하면 데모다 시위다 하여 죄없는 부근 주민들까지 매운 냄새를 맡게 만들었기 때문에 번번이 장사에 지장도 많았다. 하필 학교 정문으로 통하는 네거리 길목에 자리 잡은 민들레 집으로서는 데모가 터졌다 하면 그날 장사는 종을 쳤다. 그런 날은 일찌감치 문 닫고 그녀들은 옥상으로 올라가 한여름에도 신라시대 장군들처럼 투구에다 갑옷 차림으로 학교 문 앞을 겹겹이 막고 도열해 있는 사람들을 재미나게 구경하는 거였다.

하교 시간이면 술집들이 빽빽하게 들어차기 시작했다. 무슨 뼈빠지는 막노동이라도 종일 하고 온 사람마냥 열나게 술을 퍼마시는 녀석들, 알아듣지도 못할 골치 아픈 얘기 따위나 해대며 괜스레 진지한 척 애쓰는 배부른 녀석들. 그것이 춘심이네가 생각하는 대학생들이었다. 그러다가 그들은 자정이 넘어서야 곤드레가 되어 더러는 민들레집을 찾아 기어들어오기도 했는데, 가끔 술값이 모자라 이튿날 아침이면 가방을 잡혀두고 허겁지겁 돈 구하러 뛰어나가는 얼빠진 녀석들도 있었다.

그러나 아무리 입을 비쭉여대긴 해도 대학생은 역시 부러운 존재였다. 그들은 모두 머잖아 도심지의 고층 빌딩을 넥타이 차림으로 오르락내리락할 것이고, 유식하고 잘난 상대를 만나 그럴싸한 신혼살림에 그럴싸하게 살아갈 것이라는 빤한 사실 때문인지도 모른다. 언젠가 춘심이는 민들레집 계집애들과 함께 일이 없는 오후에 근처 대학교로 놀러갔었다. 그러나 그녀들은 교문에 들어서기도 전에 수위한테 내쫓김을 당했다. 씨발, 여대생은

얼굴에 무슨 금딱지라도 붙이고 다닌다던. 춘심이는 홧김에 씹고 있던 껌을 교문 돌기둥에 꾹꾹 눌러 붙여놓고 왔었다.

쿨룩쿨룩.

노인이 기침을 시작한다. 농부는 노인의 가슴을 크고 볼품없는 손으로 문질러준다. 난로가 달아오르고 있다. 훈훈한 열기가 주위에서 서 있는 사람들의 몸을 기분 좋게 적신다.

남자들이 담배를 피우는 모습을 보고 있으려니 여자들은 문득 입안이 허전한가 보다. 아낙네 하나가 보따리에 손을 집어넣고 무엇인가를 찾고 있다. 이윽고 아낙의 손끝에 북어 두 마리가 따라 나온다. 그녀는 그걸 대뜸 난로 위에 얹어 굽더니 북북 찢어내어 사람들에게 골고루 나누어준다.

"벤벤찮으요만 잡숴들 보실라요. 입이 궁금할 때는 이것도 맛이 괜찮합디다."

"고맙긴 하오만, 이렇게 먹어버리면 뭐 남기나 하겠소?"

역장이 한 조각 받아들며 말한다.

"밑질 때 밑지더라도 먹고 싶을 때는 먹어야지라우. 거시기, 금강산도 식후경이라 안 합디여. 히히히."

아낙은 제법 유식한 말을 했다는 생각에 스스로 대견해서 익살맞게 이빨을 드러내고 웃는다.

농부와 대학생과 춘심이도 한 오라기씩 입에 넣고 우물거리고 있다. 풍뚱한 서울 여자는 마지못한 시늉으로 그걸 받더니, 행여 더러운 것이라도 묻지 않았나 싶은 듯 손가락 끝으로 요모조모 뜯어보다가 입에 넣었다. 그녀는 여전히 마지못한 표정을 짓고 있었지만 속으로는 그게 생긴 것보다는 맛이 괜찮다고 생각한다. 그러고 보니 그녀는 저녁을 거른 채로였다.

"북어를 팔러 다니시는가 부죠."

풍뚱한 여자는 북어 얻어먹은 걸 반지르르한 서울말로 갚아야겠다는 속셈이다.

"북어뿐 아니라 김, 멸치, 미역 같은 해산물도 갖

고 다녀라우. 산골이라 해산물이 귀해서 그런지 사평에 오면 그런대로 사주는 편입디다."

"저쪽 아주머니두요? 보따리가 꽤 커 보이는데."

"아니라우. 나는 옷장사요. 정초도 가까워오고 해서 애들 옷가지랑 노인네 솜바지 같은 걸 조까 많이 떼어와봤등만, 이번엔 영 재미를 못 봤소야. 삼사 일 전에 다른 옷장사가 먼저 들러갔다고 그럽디다. 오가는 차비 빠지기도 힘들게 돼부렀는갑소."

"아따, 성님도 엄살은. 그만큼 팔았으면 됐지, 손해는 무슨 손해요."

젊은 아낙은 북어 두 마리를 더 꺼내어 난로에 얹으며 호들갑을 떤다.

"근데 여기 기차도 다 틀린 건 아닌지 모르겄네. 어떡하믄 좋아. 이눔의 시골 바닥엔 여관 하나도 안 보이던데, 쯧."

서울 여자가 코를 찡그린다.

"누구, 아는 사람을 찾아오신 게 아닌갑네요?"

젊은 아낙이 퍽 호의를 보이며 묻는다.

"아는 사람이 누가 있겄수. 이런 두메 산골은 눈째지고 나서 첨 와봤다구요. 말만 들었지, 종이쪽지 하나 들구 찾아 보니깐 이거 원. 이게 모두가 다 그……"

모두가 다 그 몹쓸 년 때문이지 뭐야, 하려다가 서울 여자는 입을 오므리고 만다. 단무지마냥 누렇게 뜬 사평댁의 낯빛이 눈에 선하게 떠오른 까닭이다.

뚱뚱한 여자는 이날 아침 버스로 사평에 도착했다. 하지만 사평댁이 사는 마을은 고개를 둘이나 넘어야 하는 산골짜기에 있었다. 커다란 몸집을 절구통 옮기듯 씩씩거리며 두어 시간이나 걸려 마을에 다다랐을 때는 점심나절이 한참 넘어서였다.

그녀는 사평댁을 만나면 머리채부터 휘어잡고 그동안 쌓인 분풀이를 톡톡히 할 참으로 벼르고 있었다. 그녀는 서울에서 음식점을 하나 갖고 있었는데 몇 달 전만 해도 사평댁은 주방에서 일을 했다. 갓 서른이 넘은 나이에 성깔도 고와 뵈고

믿을 수 있을 것 같아 그녀는 남다른 신뢰와 애정을 베풀어주었노라고 지금도 자부하고 있는 터였다. 한데, 믿는 뒷에 뭐가 핀다더니 바로 그 사평댁에게 가게를 맡기고 단풍놀이를 갔다가 돌아와 보니 사평댁은 돈을 챙겨넣은 채 온다간다 말도 없이 사라져버리고 없던 거였다. 이상한 건 금고에 돈이 더 있었는데도 없어진 것은 다만 삼십여만 원 정도였다. 하지만 그녀가 분해 하는 것은 없어진 돈 때문만이 아니었다. 세상이 아무리 막돼 먹었기로서니 친언니보다도 더 극진히 믿고 위해 주었던 은혜를 사평댁이 감쪽같이 배신했다는 사실이 더욱 분했다. 처음엔 그저 잊어버리고 말지, 했으나 생각하면 할수록 부아가 치밀어올라 급기야는 어설픈 기억을 더듬어 사평댁의 고향으로 이날 쫓아내려온 거였다.

사평댁이 살고 있는 마을은 지독한 빈촌이었다. 겨우 이십여 호 남짓한 흙벽돌 집들은 대부분이 초가였고, 한결같이 금방이라도 귀신이 나올 듯한 험상맞은 꼬락서니를 하고 있었다. 산비탈 여기저기에 밭을 일구어 간신히 입에 풀칠하고 살아가는 화전민촌이라는 사실에 첫눈에 쉽사리 알 수 있었다.

세상에, 이눔의 동네는 그 요란한 새마을 운동인가 뭔가도 여태 구경 못했담.

발 디딜 자리 없이 쇠똥이 지천으로 내갈겨진 고샅을 더듬어 올라가며 그녀는 내내 오만상을 구겨야 했다. 엄청나게 큰 아가리를 벌리고 있는 똥통이며 두엄더미, 그리고 어쩌다 마주치는 시골 사람들의 몰골은 하나같이 수세미처럼 거칠고 쭈그러져 있었다.

금방 주저앉을 듯한 초가 사립을 들어섰을 때 그녀는 이미 그때까지 등등하던 기세가 사그라져 버리고 없었다. 기척을 들었는지 누구요, 하고 방문을 연 것은 바로 사평댁이었다. 순간 그녀를 보자마자 사평댁은 그 자리에서 풀썩 주저앉고 마는 거였다. 처음엔 그녀는 송장같이 핼쑥한 그 여자

가 바로 사평댁이라는 사실을 깨닫지 못했다. 그만큼 사평댁은 오랜 병석의 기색이 완연했다.

"에그머니나. 이게 무슨 꼴이야, 곱던 얼굴이 세상에 이렇게 못쓰게 될 수가 있담. 아니, 정말 네가 사평댁이 틀림없이, 틀림없어?"

머리채를 박박 쥐뜯어놓겠다고 벼르던 일은 까맣게 잊고 뚱뚱이 여자는 사평댁의 허깨비 같은 몸뚱이를 부둥켜안고 안타까워 어쩔 줄을 몰랐다. 속사정이야 제쳐두고 우선 두 여자는 한참 동안 울음보를 풀었다. 서울 여자는 일찍이 젊어 과부가 된 제 팔자가 새삼 서러웠을 테고, 송장같이 말라빠진 사평댁 또한 기구한 제 설움에 겨워 눈물을 쫄쫄 쏟아내었다.

한바탕 소란이 끝나고 차츰 그간의 경위를 들어보니 사평댁의 소행이 이해가 갈 만도 했다. 본디 사평댁은 결혼 후 그 마을에서 죽 살아왔노라고 했다. 주정뱅이에다가 노름꾼인 건달 남편과의 사이에 아이 둘을 낳았으나, 갈수록 심해지는 남편의 손찌검에 못 견뎌 집을 나온 거였다. 물론 그런 사실을 사평댁은 까맣게 숨기고 있었다. 그런 어느 날 식당에 우연히 들어온 고향 사람을 만났고, 그에게서 지난 겨울 술 취한 남편이 밤길 눈밭에서 얼어죽었다는 소식을 들었다. 부모 없이 거지 신세가 되어 이 집 저 집 맡겨져 있다는 아이들을 생각하니 한시도 머물러 있을 수가 없었노라고 사평댁은 울먹이며 자초지종을 털어놓았다. 그러고 보니 방 한쪽 구석에는 사평댁의 아이들이 눈이 휘둥그레져서 그녀들을 쳐다보고 있었다. 머리통은 부스럼딱지로 더껑이가 져 있고 영양실조로 낯빛이 눌눌한 아이들은 유난히 배만 불쑥 튀어나온 기이한 모습들이었다. 다시 한바탕 설움에 겨운 넋두리를 퍼붓다가 뚱뚱한 여자는 몸에 지닌 몇 푼의 돈까지 쓸어모아 한사코 마다하는 사평댁의 손에 쥐어준 채 황황히 그 집을 나오고 말았다.

젠장맞을, 하여간 나는 정이 많은 게 탈이라구. 그 꼴을 하고 있는 줄 알았으면 애당초 여기까지

찾아오지도 않았을 거 아냐. *쯔쯔쯔.*

서울 여자는 분풀이라도 하듯 북어를 어금니로 쭉 찢어서 씹기 시작한다.

짧은 순간, 사람들은 모두 바깥의 어둠에 귀를 모은다. 분명히 기적 소리다.

야아, 오는구나.

저마다 눈빛을 빛내며 그들은 서둘러 짐꾸러미를 찾아 들고 플랫폼을 향해 종종걸음을 친다. 그러나 맨 앞장선 서울 여자가 유리문에 미처 다다르기도 전에 문이 드르륵 열리며 역장이 나타났다.

"그대로들 계십시오. 저건 특급 열찹니다."

그렇게 말하고 역장은 문을 다시 닫더니 플랫폼으로 바삐 사라진다.

참, 그러고 보니 저건 하행선이구나. 대합실 안의 사람들은 일시에 맥이 빠진다. 이번에도 특급이야? 뚱뚱이는 짜증스레 내뱉었고 아낙네들은 욕지거리를 섞어가며 툴툴대었으며, 노인은 더 심하게 기침을 콜록거렸고, 농부는 이번엔 늙은이의 가슴을 쓸어줄 생각을 하지 못했다. 중년 사내와 청년도 말없이 난로가로 되돌아갔고 맨 뒤로 몇 발짝 따라나왔던 미친 여자는 쭈뼛쭈뼛 눈치를 살피며 도로 의자 위에 엉덩이를 주저앉힌다.

그사이, 열차는 쿵쾅거리며 플랫폼을 통과하고 있다. 차 내부의 불빛과 승객들의 미라 같은 형상들이 꿈속에서 보듯 현란한 흔적으로 반짝이다가 이내 사라져버리고 말았다. 사위는 아까처럼 다시금 고요해졌고, 창밖으로 칠흑의 어둠이 잽싸게 제자리를 찾아 들어온다. 열차가 사라진 어둠 저편에서 늙은 역장의 손전등 불빛이 휘적휘적 걸어오고 있는 게 보인다. 그 모든 것이 아까와 똑같이 반복되고 있는 것이다.

대학생은 방금 눈앞에 나타났다가 사라진 열차의 불빛이 아직 자신의 망막에 남아 있는 듯한 느낌이다. 그것은 어느 찰나에 피어올랐다가 소리 없이 스러져버린 눈물겨운 아름다움 같은 거였다고 청년은 생각한다. 어디일까. 단풍잎 같은 차창

들을 달고 밤 열차는 또 어디로 흘러가고 있는 것일까. 그것이 마지막 가닿는 곳은 어디쯤일까. 그런 뜻 없는 질문을 홀로 던지며 청년은 깊숙이 가라앉은 시선을 창밖 어둠을 향해 던지고 있다.

사람들은 누구도 입을 열지 않는다. 대합실 벽에 붙은 시계가 도착시간을 한 시간 반이나 넘긴 채 꾸준히 재깍거리고 있었지만 누구 하나 눈여겨보는 사람은 없다. 창밖엔 싸륵싸륵 송이눈이 쌓여가고 유리창마다 흰 보랏빛 성에가 톱밥난로의 불빛을 은은하게 되비추어내고 있을 뿐.

사람들은 약속이나 한 듯 말을 잊었다. 어쩌면 그들은 열차를 기다리고 있다는 사실조차 망각하고 있는 것인지도 모른다. 중년 사내는 담배를 입에 문 채 성냥불을 댕기려다 말고 멍하니 난로의 불빛을 들여다보고 있다. 노인을 안고 있는 농부도, 대학생도, 쭈그려앉은 아낙네들도, 서울 여자도, 머플러를 쓴 춘심이도 저마다의 손바닥들을 불빛 속에 적셔두고 망연한 시선을 난로 위에 모은 채 모두들 아무 말도 하지 않았다. 저만치 홀로 떨어져 앉아 있는 미친 여자도 지금은 석고상으로 고요히 정지해 있다. 이따금 노인의 기침 소리가 났고, 난로 속에서 톱밥이 톡톡 튀어올랐다.

"흐유, 산다는 게 대체 뭣이간디……"

불현듯 누군가 나직이 내뱉었다.

그러자 사람들은 그 말꼬리를 붙잡고 저마다 곰곰이 생각해 보기 시작한다. 정말이지 산다는 게 도대체 무엇일까……

중년 사내에겐 산다는 일이 그저 벽돌담 같은 것이라고 여겨진다.

햇볕도 바람도 흘러들지 않는 폐쇄된 공간. 그곳엔 시간마저도 아무런 흔적을 남기지 않는다. 마치 이 작은 산골 간이역을 빠른 속도로 무심히 지나쳐 가버리는 특급 열차처럼…… 사내는 그 열차를 세울 수도 탈 수도 없다는 것을 잘 알고 있다. 그러면서도 여전히 기다릴 도리밖에 없다는 것, 그것이 바로 앞으로 남겨진 자기 몫의 삶이라고

사내는 생각한다.

농부의 생각엔 삶이란 그저 누가 뭐래도 흙과 일뿐이다. 계절도 없이 쳇바퀴로 이어지는 노동. 농한기라는 겨울철마저도 융자금 상환과 농약값이며 비료값으로부터 시작하여 중학교에 보낸 큰 아들놈의 학비에 이르기까지 이런저런 걱정만 하다가 보내고 마는 한숨철이 되고 만 지도 오래였다. 삶이란 필시 등뼈가 휘도록 일하고 근심하다가 끝내는 늙고 병들어 죽는 것이리라고 여겨졌으므로, 드디어 어려운 문제를 풀어냈다는 듯이 농부는 한숨을 길게 내쉰다.

서울 여자에겐 돈이다. 그녀가 경영하고 있는 음식점 출입문을 들어서는 사람들은 모조리 그녀에겐 돈으로 뵌다. 어서 오세요. 입에 붙은 인사도 알고 보면 손님에게가 아니라 돈에게 하는 말일 게다. 그래서 뚱뚱한 여자는 식사를 마치고 나가는 손님들에게 결코 안녕히 가세요, 라는 말은 쓰지 않는다. 또 오세요다.

그녀는 가난을 안다. 미친 듯 돈을 벌어서, 가랑이를 찢어내던 어린 시절의 배고픈 기억을 보란 듯이 보상받고 싶은 게 그녀의 욕심이다. 물론 남자 없이 혼자 지새워야 하는 밤이 그녀의 부대자루 같은 살덩이를 이따금 서럽게 만들기도 한다. 하지만 그녀는 두 아들을 끔찍이 사랑했다. 소중한 두 아들과 또 그들을 행복하게 만드는 데에 쓰여질 돈, 그 두 가지만 있으면 과부인 그녀의 삶은 그런대로 만족할 것도 같다.

춘심이는 애당초 그런 골치 아픈 얘기는 생각하기도 싫어진다. 산다는 게 뭐 별것일까. 아무리 허덕이며 몸부림을 쳐본들, 까짓 것 혀꼬부라진 소리로 불러대는 청승맞은 유행가 가락이나 술 취해 두들기는 젓가락 장단과 매양 한가지일걸 뭐. 그래서 춘심이는 술이 좋다. 아무것도 생각나지 않게 해 주는 술님이 고맙다. 그래도 춘심이는 취하면 때로 울기도 하는데 그 까닭이야말로 춘심이도 모를 일이다.

대학생에겐 삶은 이 세상과 구별할 수 없는 그무엇이다. 스물셋의 나이인 그에게는 세상 돌아가는 내력을 모르고, 아니 모른 척하고 산다는 것은 절대로 용서할 수 없다. 그런 삶은 잠이다. 마취 상태에 빠져 흘려보내는 시간일 뿐이라고 청년은 믿고 있다. 하지만 그는 얼마 전부터 그런 확신이 조금씩 흔들리기 시작하는 걸 느끼고 있다. 유치장에서 보낸 한 달 남짓한 기억과 퇴학. 끓어오르는 그들의 신념과는 아랑곳없이 이루어지고 있는 강의실 밖의 질서…… 그런 것들이 자꾸만 청년의 시야를 어지럽히고 혼란을 일으키고 있는 중이다.

행상꾼 아낙네들은 산다는 일이 이를테면 허허한 길바닥만 같다. 아니면, 꼭두새벽부터 장사치들이 떼로 엉켜 아우성치는 시장에서 허겁지겁 보따리를 꾸려나와, 때로는 시골 장터로 혹은 인적 뜸한 산골 마을로 돌아다니며 역시 자기네 처지보다 나을 것이라곤 눈곱만큼도 없는 시골 사람들 앞에서 거짓말 참말 다 발라가며 펼쳐놓는 그 싸구려 옷가지 같은 것인지도 모른다. 어쨌든 그녀들에겐 그따위 사치스런 문제를 따지고 말고 할 능력도 건덕지도 없다. 지금 아낙네들의 머릿속엔 아이들에게 맡겨둔 채로 떠나온 집 생각으로 가득 차 있다. 어린것들이 밥이나 제때에 해 먹었을까. 연탄불은 꺼지지 않았을까. 며칠째 일거리가 없어 빈둥대고 있는 십 년 노가다 경력의 남편이 또 술에 취해서 집구석에 법석을 피워놓진 않았을까……

그러는 사이에도, 밖은 간간이 어둠 저편으로부터 바람이 불어왔고, 그때마다 창문이 딸그락거렸다. 전신주 끝을 물고 윙윙대는 바람 소리, 난로에서 톡톡 튀어오르는 톱밥. 그런 크고 작은 소리들이 간헐적으로 토해내는 늙은이의 기침 소리와 함께 대합실 안을 채우고 있을 뿐, 사람들은 각기 골똘한 얼굴로 생각에 빠져 있다.

대학생은 문득 고개를 들어 말없이 모여 있는 그들의 얼굴을 하나하나 눈여겨본다. 모두의 뺨이 불빛에 발갛게 상기되어 있다. 청년은 처음으로 그 낯선 사람들의 얼굴에서 어떤 아늑함이랄까 평화스러움을 찾아내고는 새삼 놀라고 있다. 정말이지 산다는 것이란 때로는 저렇듯 한 두름의 굴비, 한 광주리의 사과를 만지작거리며 귀향하는 기분으로 침묵해야 하는 것인지도 모른다.

청년은 무릎을 굽혀 바께쓰 안에서 톱밥 한 줌을 집어든다. 그리고 그것을 난로의 불빛 속에 가만히 뿌려넣어본다. 호르르르. 삐비꽃이 피어나듯 주황색 불꽃이 타오르다가 이내 사그라져들고 만다. 청년은 그 짧은 순간의 불빛 속에서 누군가의 얼굴을 본 것 같다. 어머니다. 어머니가 주름진 얼굴로 활짝 웃고 있었다.

다시 한 줌 집어넣는다. 이번엔 아버지와 동생들의 모습이 보였다. 또 한 줌을 조금 천천히 흩뿌려 넣는다. 친구들과 노교수의 얼굴, 그리고 강의실의 빈 의자들과 잔디밭과 교정의 풍경이 차례로 떠오르기 시작한다.

음울한 표정의 중년 사내는 대학생이 아까부터 톱밥을 뿌려대고 있는 모습을 곁에서 줄곧 지켜보고 있는 참이다. 대학생의 얼굴은 줄곧 상기되어 있다.

이 젊은 친구가 어쩌면 꿈을 꾸고 있는지도 모르겠군. 그러면서도 사내 역시 톱밥을 한 줌 집어낸다. 그리고는 대학생이 하듯 달아오른 난로에 톱밥을 뿌려준다. 호르르르. 역시 삐비꽃 같은 불꽃이 환히 피어오른다. 사내는 불빛 속에서 누군가의 얼굴을 얼핏 본 듯하다. 허씨 같기도 하고 전혀 낯 모르는 다른 사람인 것도 같은, 확실히 않은 얼굴이었다. 사내의 음울한 눈동자가 간절한 그리움으로 반짝 빛나기 시작한다. 사내는 다시 한 줌의 톱밥을 집어 불빛 속에 던져넣고 있다.

어느새 농부도, 아낙네들도, 서울 여자와 춘심이도 이젠 모두 그 두 사람의 치기 어린 장난을 지켜보고 있다. 누구도 입을 열지 않았다.

사평역을 경유하는 야간 완행 열차는 두 시간을

연착한 후에야 도착했다.

막상 열차가 도착했을 때, 대합실에서 그때까지 기다리고 있던 승객들은 반가움보다는 차라리 피곤함과 허탈감에 젖은 모습으로 열차에 올라탔다. 늙은 역장은 하얗게 눈을 맞으며 깃발을 흔들어 출발 신호를 보냈고, 이어 열차는 천천히 미끄러져가기 시작했다. 얼핏, 누군가가 아직 들어가지 않고 열차 난간에 기대어 서 있는 게 보였다. 역장은 그 사람이 재 너머 오씨 큰아들임을 알았다. 고개를 반쯤 숙인 채 난간 손잡이에 위태로운 자세로 기대어 있는 청년의 모습이 역장은 왠지 마음에 걸렸다. 이내 열차는 어둠 속으로 길게 기적을 남기며 사라져 버렸다.

한동안 열차가 달려가버린 어둠 저편을 망연히 응시하고 서 있던 늙은 역장은 옷에 금방 수북이 쌓인 눈을 털어내며 대합실로 들어섰다. 난로를 꺼야 하기 때문이었다. 거기서 역장은 뜻밖에도 아직 기차를 타지 않고 남아 있는 한 사람을 발견했다. 미친 여자였다. 지금껏 난로 곁에 가지 않던 유일한 사람이었던 그녀는 이제 난로를 독차지한 채, 아까 병든 늙은이가 앉았던 의자에 비스듬히 앉아 잠들어 있었다.

그녀의 집이 어디며, 또 어디서 왔는지 역장은 전혀 모른다. 다만 이따금 그녀가 이 마을을 찾아왔다가는 열차를 타고 떠나곤 했다는 정도만 기억할 뿐이었다. 오늘은 왜 이 여자가 다른 사람들을 따라 열차를 타지 않았을까 하고 역장은 의아하게 생각했다. 아마 그 여자에겐 갈 곳이 없었을지도 모른다. 그녀에게 있어서 출발이란 것은 이 하룻밤, 아니 단 몇 분 동안이나마 홀로 누릴 수 있는 난로의 따뜻한 불기만큼의 의미조차도 없는 까닭이리라.

역장은 문득 그녀가 걱정스러웠다. 올 겨울 같은 혹독한 추위에 아직 얼어죽지 않고 여기까지 흘러들어왔다는 사실이 신기했다. 꿈이라도 꾸는 중인지 뱃국물에 젖은 여자의 입술 한 귀퉁이엔 보일락 말락 웃음이 한 조각 희미하게 남아 있었다.

이거 참 난처한걸. 난로를 그대로 두고 갈 수도 없고……

하지만 결국 역장은 김씨를 깨우러 가기 전에 톱밥을 더 가져다가 난로에 부어줘야겠다고 생각하며 천천히 사무실로 돌아가고 있었다. 눈은 밤새 내내 내릴 모양이었다.

[1983]

출처: 『아버지의 땅』 문학과지성사, 2004

호궁
胡弓

윤후명 (1946 ~)

강원도 강릉 출생. 연세대 철학과 졸업. 시를 썼으나 1979년 『한국일보』 신춘문예
에 소설 「산역」이 당선되어 이후 주로 소설을 씀. 『돈황의 사랑』 『원숭이는 없다』 등
의 소설집과 『협궤열차』 『삼국유사 있는 호텔』 등의 장편소설이 있다.

그러니까 요(姚)란 중국식 성씨이기는 해도 그녀의 정말 성씨는 아니다.
더욱 다짐해 둘 것은, 삼류 주간지 따위에서 어떤 사건을 다룰 때 버젓이 생
사람 이름을 써놓고도 괄호 안에 가명이라고 써놓는 그런 짓거리는 결코 아
니라는 점이다. 그러니 차라리 그녀의 성씨를 정말 '요'라고 해두는 편이 나
을 듯하다.

미스 요(姚)는 공교롭게도 내가 혼자 있던 무렵 몇 번인가 찾아온 적이 있는 여자였다. 그녀는 '어딜 갔어요?' 하고 안부부터 물으며 머리를 디밀었었다.

로울란.

이것은 그녀가 내게 가르쳐 준 누란(樓蘭)의 북경어(北京語) 발음이었다. 그 미스 요와 어느 날 우연히 외출을 한 적이 있었다. 애초에 미스 요를 그 술자리에 데리고 간 것이 잘못인지도 몰랐다. 모 재벌회사에 다니는 김(金)은, 그녀가 중국계(中國系) 여자로서, 그녀 아버지의 고향인 광동지방의 말은 물론 북경어까지 할 줄 안다는 사실을 알고는 찰거머리처럼 달라붙었다. 일 주일에 한두 번씩이라도 중국어, 표준 중국어인 북경어를 배우겠다는 것이었다. 땅덩어리가 워낙 넓은 중국이다 보니 지방 사투리라는 것이 아예 딴말과 같다고 했다. 아닌 게 아니라 그는 그 얼마 전부터 중공과의 교역에 대비해 중국어를 해두어야 한다고 말해왔던 터였다. 그는 매사에 극성으로서, 그가 중국어를 배우겠다는 것은 그의 회사에서의 위치에 대한 원대한 포석이라고도 할 수 있었다. 친구 사이라도 나는 그의 그런 용의주도한 모습에 가끔 놀라고는 했다. 그의 말에 따르면 어차피 일본을 사이에 두고 어느 만큼씩 교역이 이루어지고 있는 것이 사실이므로 언젠가는 일본놈 좋은 일만 시킬 게 아니라 직접적인 교역을 시도해야 한다는 것이었다. 그의 말을 듣고 있으면 무역만이 전부였다. 세계는 그야말로 무역의 무역에 의한 무역을 위한 세계였다. 하기야 다른 나라에 물건을 팔자면 그 나라 말을 아는 게 필수가 될 것이다. 그러나 영어다, 일어다 하고 쫓아다닌 그가 중국어까지 쫓아다니겠다는 것은 나로서는 그저 놀라운 정열이라고 할밖에 없는 것이다. 경쟁사회의 무서운 압력이 그를 그렇게 몰아붙이고 있는지도 모를 일이었다. 아니면, 여자를 유난히 밝히는 그가 미스 요의 미모에 눈독을 들이고 그런 식으로 접근을 한 것

이었을까.

"글쎄요, 제 시간이 일정치를 않아서요."

그녀는 슬쩍 거절했다.

그녀가 그렇게 나오리라는 것을 나는 알고 있었다. 언젠가 그녀는, 친구가 중국어를 배웠으면 한다는 내 말에, 웃으면서 거절의 뜻을 분명히 했었다. 시간도 없으려니와 그럴 만한 자격도 없다는 것이었다. 그때는 물론 김이 미스 요를 본 적도 없었으니만큼 그의 중국어 열(熱)이 꽤 진지한 것임에는 틀림이 없었다. 그러므로 그가 미스 요의 미모에 혹해서 달라붙는다는 식으로 실눈을 뜨고 바라볼 필요는 없으리라. 애초에 그가 중국어의 필요성에 대해서 역설을 했을 때, 내가 이러저러한 여자를 안다고 한 것이 그가 달라붙게 된 계기였다. 사실 나는 미스 요에게 그런 친구가 있다는 사실조차도 말하고 싶지 않았다. 그녀를 독차지하려 한다거나 무슨 그와 비슷한 감정 때문이 아니었느냐고 한다면 그처럼 어처구니없는 어림짐작은 또 없을 것이다. 그녀에게는 곧 결혼할 상대가 있었으니까 말이다. 대만에 가서 살아야 하는데 걱정이에요. 어머니 땜에. 그녀는 말하곤 했다. 그녀는 홀어머니와 함께 살고 있었다. 홀어머니이니 대만으로 함께 가서 모시면 되지 않느냐고 하면 너무나 쉬운 말이다. 이에 대해서는 나중에 설명하기로 한다. 내가 미스 요에게 그런 친구가 있다는 사실조차도 말하고 싶지 않았던 까닭은 독차지하고 어쩌고 하는 따위의 이야기와는 전혀 다른 것이었다. 간단히 말하면 나는 내가 다른 어떤 자리에서 그녀에 대해서 이야기했다는 사실이 그녀에게 알려지는 것이 싫었다. 실제로 나는 그녀에게 별다른 의미를 두고 있지 않는데, 자칫하면 잘못된 의미로 받아들여질 가능성이 있기 때문이었다. 그녀를 직접 대할 때는 무덤덤한 표정을 지을 뿐인 내가 의외로 관심을 기울이고 있다고 오해를 살 여지도 있었다. 어쨌든 김의 중국어 공부 건은 그녀의 사절로 일단 마무리되었다. 그렇다고 해서

김이 호락호락 물러선 것은 아니었다. 그렇담 언제 시간이 넉넉할 때까지 기다려야겠군요 하고 뒷맛을 남겨두기를 잊지 않았다.

"기다리실 필요가 없겠지요. 전 곧 결혼하니까요."

미스 요는 웃으면서, 굳이 밝히지 않아도 그만인 신상 명세까지 밝혔다. 나는 그녀의 티없는 웃음과 솔직함이 그녀의 어떤 순결성에서 우러나온 것이라고 느꼈다. 아마추어 사진작가인 곽(郭)은 옆에서 빙그레 웃고만 있었다.

신상 명세란 말이 나왔으니 말이지 그것을 밝히는 것은 여간 망설여지지가 않는다. 우선 그녀가 우리나라에서 태어난 중국계로서 한성화교학교(漢城華僑學校)를 나왔고, 우리말과 중국어를 비롯해서 영어, 일본어를 두루 꿰는 실력으로 모 여행사에 근무한다고 하면, 그쪽의 좁은 바닥에서는 알 사람은 다 알 것이기 때문이다. 그러나 현재로서는 달리 할 이야기도 없고 또 언젠가는 그저 가벼운 마음으로 짚어보리라 하던 이야기라서 쓰기로 하자고 마음먹고 말았다. 그러면서도 다만 한 가지, 그 망설임의 한 부분으로서 그녀의 성씨를 가짜로 만들어 쓰지 않을 수가 없다. 그러니까 요(姚)란 중국식 성씨이기는 해도 그녀의 정말 성씨는 아니다. 더욱 다짐해 둘 것은, 삼류 주간지 따위에서 어떤 사건을 다룰 때 버젓이 생사람 이름을 써놓고도 괄호 안에 가명이라고 써놓는 그런 짓거리는 결코 아니라는 점이다. 그러니 차라리 그녀의 성씨를 정말 '요'라고 해 두는 편이 나을 듯하다.

흔히 4개 국어에 능통하다는 둥 5개 국어에 능통하다는 둥 하는 사람이 있듯이, 언어에 남다른 소질이 있는 사람들이 있다. 그녀도 바로 그런 부류였다. 앞에서도 말했듯이 중국어, 영어, 일본어, 그리고 한국어의, 이른바 4개 국어에 능통하다는 이야기가 된다. 하지만 조금만 따지고 보면 그녀의 경우는 특수한 환경의 요인이 많이 작용한 결과라고 보아야 하겠다. 여기서 그녀의 신상 명세를 다시 한 번 들먹이기로 한다. 그것은 그녀의 아버지가 중국의 광동 사람임은 말했어도 그녀의 어머니가 일본 사람임은 말하지 않았기 때문이다. 그녀는 중국인 아버지와 일본인 어머니 사이에서 태어난 혼혈이 되는 것이다. 중국인을 아버지로 하고 일본인을 어머니로 하여 한국에서 태어났다. 이러한 신상 명세는 그 태어남에서부터 이미 그녀가 중국어, 일본어, 한국어를 그녀의 몫으로 하고 있음을 말해 주고 있었다. 다만 영어를 능통하게 할 수 있다는 사실만이 애초부터의 그녀의 몫이 아닐 뿐이다. 그러나 요즘 세상에 영어를 능통하게 한다는 것은 뭐 그렇게 두드러진 사실은 아닐 것이다. 그러므로 4개 국어 운운하느니보다, 그녀에 대해서 말하자면 무엇보다도 그 미모부터 말해야 한다. 예로부터 이민족 사이에서 태어난 혼혈아, 곧 튀기란 예쁘게 마련이라는 통설을 증명하듯 그녀는 눈에 띄게 예뻤다. 나는 너무 예쁜, 아름다운 여자를 대하면 나도 모르게 겁을 집어먹게 되는데, 그녀도 그럴 만한 여자였다. 내가 왜 지극한 아름다움에 겁을 집어먹는 것인지 그럴 경우 늘 짜증이 난다. 어쩌면 내 주제로는 도저히 차지할 수 없다는 절망감 같기도 하다.

무엇인가 애타게 갈구하는 듯한 까만 눈동자, 오똑한 콧날, 작게 오므린 입술, 맑은 귀, 그녀의 얼굴을 보면서 나는, 역시 튀기란! 하고 감탄하지 않을 수 없었다. 단순히 예쁘다거나 아름답다거나 하다는 표현만으로는 흡족하지 못하다. 부드러우면서도 뚜렷한 윤곽이 거기에 있었다. 그것은 그녀 스스로의 이야기를 빌려 말하더라도 확실히 이색적이었다. 언젠가 그녀는 내게 놀러와서 스스럼없이 말했었다. 하이야트 호텔에 외국인을 만나러 가는데 남자 몇이 뒤 쫓아왔었어요. 나중에 외국인하고 만나는 걸 보더니, 어쩐지 모지방이 다르더라니 어쩌구 하잖아요, 글쎄. 내 참. 시계의 글자판을 일본어로 모지방이라 했었다. 나는 그녀의 말을 들으면서 솔직성도 튀기의 특성일지 모른다고 생각했었다. 그녀는 술을 마시는 일에 대해서는 이렇게 말했었다. 술을 진탕 마시고 한번 취하고 싶어도, 취한 다음에 내가 뭘 어떻게 하는지를 내가 모르게 된다는 게 무서워 못 마시겠어요. 그리고 어머니의 술 때문에 골치를 앓았다.

나는 그녀의 어머니가 술꾼임을 잘 알고 있었다. 처음에 그녀의 어머니인 줄 몰랐을 때부터 나는 그녀의 어머니와 자주 얼굴이 마주쳐 가볍게 인사까지 하곤 했었다. 일본 여자라는 사실도 몰랐을 때였다. 내가 그녀 어머니와 자주 얼굴이 마주친 곳은 동네의 구멍가게에서였고, 그때마다 그녀 어머니나 나나 거의 술을 샀다. 한두 번 마주쳤을 때야 그러려니 했던 것이 서너 번, 너댓 번 계속되자 그녀 어머니 쪽에서나 내 쪽에서나 당연히 아는 체를 하게 되었다. 하지만 그리 즐거운 기분은 아니었다. 그녀 어머니와 나는 마치 서로의 약점이 드러난 사람들처럼 서로의 손에 들려 있는 술병을 보았고, 공범자처럼 결코 유쾌하지만은 않은 웃음을 나누고는 했다. 그녀 어머니는 나보다도 더한 술꾼이었다. 어쩌다 낮에 골목길을 내려가거나 올라가다가 술에 취한 그녀 어머니를 보는 것도 흔한 일이었다. 술에 취해 횡설수설하다가도 나를 보면 용케 알아보고 반가운 척을 했었고, 나는 무슨 말을 하든지 그저 예, 예 하고 피하다시피 했었다. 그때마다 나는 술 안 먹는 사람이 술 먹는 사람을 혐오스럽게 생각하고, 또 술 먹는 사람이 술 안 먹는 사람을 가련하게 생각하는 까닭을 알 듯싶었다. 술을 마시는 사람과 안 마시는 사람은 이교도처럼 서로 전혀 다른 세상에 살고 있는 사람들이었다.

그녀 어머니는 동네 뒤의 작은 공원의 벤치에 취해서 앉아 있기도 했다. 그녀 어머니는 게슴츠레한 눈으로 나를 보며 그래도 희미하게 웃어주었다. 그 웃음은 매우 자조적으로 보였고, 그래서 나는 그녀 어머니가 이렇게 말하고 있는 것처럼 여겨졌다. 증말 한스러운 세월이야. 그러나 그렇게 여겨졌다면 다른 설명을 덧붙여야 한다. 예순이 가까워 보이는 나이에도 불구하고 그녀 어머니에게서는 조금도 체념의 빛을 찾아볼 수 없었다는 점이다. 어쩐지 그녀 어머니의 눈빛에는 어떤 종류의 복수심의 빛이 어려 있어 보였다. 나중에 나는 그녀 어머니가 일본 사람임을 알고, 그것이 일본 사람의 본모습이라는 걸까 하고도 생각해 보았다. 하지만 하나의 특정한 보기로써 민족성까지 들먹이는 일만큼 어처구니없는 일도 없을 것이다.

그녀 어머니는 어찌나 술을 먹어대는지 구멍가게에서 아예 술을 팔지 않으려고 했다. 그녀 어머니가 일본 사람임을 처음 알던 날도 나는 구멍가게에서 술을 달라고 사정하는 그녀 어머니와 마주쳤다. 그녀 어머니는 5백 원짜리 지폐를 내밀고 있었다. 그 동네에는 근처에 다른 가게가 없어서 돈을 가지고도 사정하는 수밖에 없었다. 따님한테 내가 야단 먹는단 말이에요. 구멍가게의 주인 여자는 하는 수 없이 술병을 내주면서 눈을 흘겼다. 그녀 어머니가 술병을 소중하게 받아들고, 보라는 듯 흔들면서 사라지자, 구멍가게의 주인여자는 나를 보고 곤란한 늙은이야 하는 투로 비죽 웃었다. 일본 여잔데 술 땜에 딸이 죽겠대요. 또 술 팔았다고 야단맞을라. 이그, 그놈의 술. 그때 나는 가벼운 충격을 받았다. 일본 여자였구나! 그리고 다음 순간 이 땅에 남은 한 일본 여자의 삶의 역정이 도식처럼 떠올랐다. 한국 남자와 결혼했기 때문에 제2차 세계대전이 끝나고도 고향 땅 일본으로 돌아가지 못한 일본 여자. 나는 오래전에도 그런 여자를 본 적이 있었다. 그 여자는 우리집에 일 시킬 만한 게 없는가, 삯바느질할 거라도 없는가 해서 드나들었다. 어머니는 부지런했으므로 그 여자에게 줄 일이 없었다. 그래서 뒤주에서 쌀 한 양재기씩을 퍼주었다. 그러나 그녀 어머니에 대한 내 생각은 틀린 것이었다. 그녀의 아버지가 중국인이었던 사실까지는 구멍가게 주인은 몰랐던 모양이었다. 무엇이든지 솔직하게 다 털어놓는 그녀가 구멍가게에만은 숨겼던 듯했다. 하기야 솔직하다고 해서 동네방네 돌아다니며 묻지도 않는 걸 털어놓을 필요는 없는 것이겠다. 그녀 어머니는 중국인 아버지와 한반도에서 살던 중 전쟁이 끝났고, 그 뒤 꽤 오랜 세월 뒤에 그녀 아버지는 세상을 떠났다고 했다. 그래서 모녀는 이 땅에 남은 것이었다. 한때 여러 가지 면에서 꽤나 절박한 상황에 몰린 적이 있던 나는, 진실을 표현하는 데는 삼류 어투가 더 적절한 때도 있음을 알았는데, 그런 식으로 표현하자면 참 기구한 운명이라 아니 할 수 없었다. 어쨌든 그녀는 나와 내 셋방에서 처음 이야기하던 날 모든 것을 다 털어놓았다. 아버지가 세상을 떠난 뒤, 이미 40대 후반에, 그녀 어머니는 한 가정 있는 한국 남자와도 연분이 있었노라고 했다. 그 말을 하면서 그녀는 살짝 웃음을 띠고 덧붙였다. 우리 엄마는요, 한국 남자는 못쓴다고 그래요. 여자를 위해 줄 줄 모른다나요. 그 말은 전적으로 옳은지도 몰랐다. 가령 나는 여자를 위해 준다는 게 도대체 뭐 어떻게 하는 것인지 이제껏 감조차 잡지 못하고 있으니까 말이다.

내가 그녀와 처음 인사를 나누었던 것도 구멍가게 앞에서였다. 그녀는 어머니와 함께 서서 돈 계산을 하고 있었다. 구멍가게에 얼마쯤의 외상이 있는 모양이었다. 나는 그 무렵 이미 그녀 어머니와는 제법 친근한 편이었으므로 우리는 자연스럽게 인사를 나눌 수 있었다. 이 어머니에 이렇듯 아름다운 딸이 있을 수 있단 말인가. 나는 놀랐었다. 한번 그렇게 만나고 나서 그녀와 나는 이상하게 빈번히 만났다. 그때만 해도 밤 12시면 통행금지가 전면적으로 실시되던 때였다. 친구들과 어울려 거의 마지막 시각까지 술집에 퍼질러 앉아 있는 게 습관처럼 돼버렸던 나는 일 주일에 거의 서너 번쯤은 통행금지에 걸릴세라 허겁지겁 돌아오곤 했다. 마지막 버스에서 내려서 1킬로미터는 훨씬 넘게 걸어야 집동네였다. 버스는 없어도 어쩌

다 차고로 들어가는 택시가 오기도 해서, 그런 택시를 용케 얻어 탈 경우도 있었다. 그녀와 인사를 나눈 지 며칠 뒤 나는 택시가 와 서는 장소에서 그녀를 만났다. 통행금지 시각까지 몇 분을 다투는 마지막 시각이었다. 1, 2분만 더 택시를 기다려 볼 요량으로 나는 서성거리고 있었다. 1, 2분을 더 기다렸다가 택시가 오지 않으면 뛰어가야만 하는 시각이었다. 그때 그녀가 내게로 다가왔다. 안녕하세요. 나는 놀랐다. 그녀가 먼저 아는 체를 하지 않았더라면 나는 몰라보았을 것임에 틀림없었다. 걸어가는 게 낫지 않을까요. 그녀는 말했다. 나란히 걸으면서 나는 그녀가 술집 여자인가 보다고 생각했다. 술집 여자가 아니고서는 그렇게 늦은 시각에 익숙한 몸짓을 할 만한 여유를 갖지 못할 것이었다. 그러나 술집 여자치고는 너무나 단정한 투피스의 정장이었다. 우리 어머니가 일본 여자라는 걸 아시죠? 또각또각 하이힐 소리 사이로 어색한 침묵을 깨고 그녀가 물었다. 나는 물론 알고 있다고 대답했다. 어머닌 술을 좋아하시더군요. 나는 담배를 꺼내 물고 성냥을 그었다. 술 땜에 저랑 맨날 싸워요. 누가 술 먹는 걸 뭐라 그러나요. 술 먹구 자주 우시니까 보기 싫어서 그러지요. 그녀는 오래 사귄 사람에게 하듯 스스럼없이 말했다. 하기야 생각해 보면 어머니도 외로운 사람이에요.

그날 이후로 우리는 생각지도 않게 가까워졌다. 그녀는 천성적으로 붙임성이 있는 여자로 보였다. 그러나 그녀가 내게 무엇 때문에 그렇게 격의 없는 태도를 보이는지는 쉽게 이해할 수가 없었다. 그녀는 여행사에 근무하며 외국인들의 관광 안내를 맡고 있다고 했다. 혼자 사시나요? 그렇다고 나는 대답했다. 하지만 나는 그녀처럼 솔직하지는 못해서 내가 왜 가정을 떠나 혼자 있게 되는지를 설명해 줄 수가 없었다. 나는 어떤 필요에 따라서 일시적으로 아내와 헤어져 있다고만 말했다. 다행히 그녀는 내가 말하고 싶지 않은 부분에 대해서는 더 이상 묻지 않았다. 그녀가 중국인 아버

지를 두어 국적이 자유중국임을 알았을 때, 나는 역경 속에서도 꿋꿋이 살아가는 그녀의 모습에 새삼 고개가 숙여졌었다. 그와 함께 불행했던 동아시아의 근세 역사가 떠오른 것은 당연한 일이었을 것이다. 일본의 한반도 침략과 중국 대륙 유린. 그녀는 탄생부터가 비극적인 역사의 사슬에 얽매여 있는 것이었다. 나는 공연히 스산해져서 느닷없이 누란에 대해서 이야기를 꺼냈다. 누란은 서역지방의 폐허가 된 옛 도시였다.

로울란.

내가 한자를 써보이자 그녀는 그것을 북경어로는 로울란이라고 읽는다고 유난히 눈을 깜박이며 가르쳐 주었다. 나는 아는 대로 누란에 대해 설명해 주었다. 아마도 그로써 나를 대하는 그녀의 관심이 깊어진 성싶다. 한국 남자가 여자를 위할 줄 모르는지 어떤지는 따지지 않더라도 그녀는 결혼 상대자를 중국 청년으로 아예 점찍고 있다고 말했다. 두 남자가 대상으로 떠올라 있다고도 털어놓았다. 한 남자는 대만 제2도시 고웅(高雄)에서 제법 큰 음식점을 경영하는 청년이라고 했고, 다른 한 남자는 홍콩에서 무슨 사업을 한다고 했다. 둘다 한국에 여행을 왔을 때 안내를 맡음으로써 친해진 청년인데, 둘 중에 누가 되든지 해를 넘기지 않으리라고 그녀는 피력했다. 하지만 아무래도 어머니 때문에 걱정이에요. 저쪽에도 부모님이 계신데 함께 모시기도 그렇고…… 고민이에요. 참, 어머니가 공원에서 만난 아저씨와 연애한 얘길 했던가요. 그 아저씨를 나는 한동안 아버지라고 하기도 했어요. 아저씨두 오래전에 아내를 잃은 몸이랬어요. 두 사람이 공원 벤치에 앉아 있다가 만난거였어요. 재밌죠? 그러나 그 만남은 내게는 알수 없는 서글픈 느낌을 주었다. 고향 땅에서 고이 세월을 보낸 사람들이라면 그런 풋사랑에 잠시나마 보금자리를 만들려고 몸부림치지는 않았을 것처럼 생각되었다. 이 말은 그 만남을 나쁘게 여기고 있다는 말이 결코 아니다. 외로운 사람은 죽을

때까지, 아무리 나이가 많더라도 누군가를 만나지 않으면 안 된다고 하는 게 내 지론이다. 우리는 만남을 통해서 끊임없이 정화되어야 한다. 그러나 그녀 어머니의 경우 그 만남은 슬픈 빛깔이 짙어 보였다. 근데 얼마 전에 그 아저씨가 갑자기 돌아가셨어요. 어머니가 술 먹을 일만 생긴 거예요. 역시 그랬다. 어차피 사람은 죽는 것이다. 그렇지만 그녀 어머니의 경우 그 남자의 죽음은 훨씬 더 가혹한 것처럼 느껴졌다. 나는 공원 벤치에서 술에 취해 앉아 있다가 나를 보고 희미하게 웃던 그녀 어머니를 떠올리고, 미진(微震)에 떨듯 전율을 느꼈다. 그녀 어머니는 남편을 잃고, 또 한 남자를 잃었다. 예전에 어떤 여자는 자신과 사귀는 남자마다 다 불행하게 된다고, 검은 운명의 마수(魔手)에 사로잡힌 삶을 한탄하며 어두운 운명론자가 되어 있기도 했었다. 실례로 여자와 사귀는 남자는 우습게 죽거나 병들었다. 우연이라고 하더라도 가혹한 일이었다. 그 여자는 자신에게 지펴졌다고 믿는 마성(魔性)을 저주하며 사람을 피했다. 나는 아직까지는 가까이 친한 사람이 나를 버리고 이 세상을 떠나는 불행을 겪지 않고 있으니 다행이라 아니 할 수 없다. 오래 살고자 하는 게 우리들 한번 태어난 사람들의 공통된 욕심으로 되어 있는데, 그러나 오래 살면 오래 살수록 결국 괴롭고 쓰라린 고통을 그만큼 많이 맛본다는 데 지나지 않는 게 아닐까. 이 세상에서 별리(別離)의 고통보다 더한 고통은 없을 것이었다. 몇만 리를 달려가도, 하늘 구석을 다 뒤져도 다시는 그를 만날 수 없다고 할 때의 애절함보다 더한 고통은 없을 것이었다. 그녀 어머니의 이야기가 끝난 뒤에, 그녀가 대만에 사는 남자와 홍콩에 사는 남자를 놓고 저울질을 한다는 데 대해서 나는 쓰잘데없이 한마디 거들었다. 내게는 대만에 사는 남자와 결혼하는 게 낫겠는데…… 대만하고 우리나라는 여러 가지 교류가 있어서 언제 나도 갈 수 있을지 모르니까…… 그때 만날 수도 있겠고…… 도대체 그

녀가 내게 만날 기회를 주기 위해서 대만 쪽 남자를 택한다는 것은 있을 수 없는 일이었다. 내가 왜 그 따위 어린애 같은 말을 하는지 알다가도 모를 일이었다. 유부녀가 된, 남의 나라 여자를 만날 수 있다고는 하더라도 그녀와 내가 무슨 그렇게 특별한 관계에 있지는 않았다. 분명히 다시 말해 두거니와 나는 그녀가 행복하고 축복받는 결혼을 해서 그녀의 기구한 운명의 사슬을 아무 상처 없이 벗어버리기를 진심으로 바라고 있었다. 그러나 그럼에도 불구하고 한 남자로서 그녀의 미모를 바라보는 내 시선에 원초적인 욕망의 빛이 전혀 어려 있지 않았다면 그것은 거짓말이 될 것이다. 다만 그녀가 다행히 그것을 간파하지 못하고 있을 뿐이었다. 아니, 아예 그런 쪽으로는 상상조차 하고 있지 않은 듯했다. 그녀의 조금도 도사리지 않는 태도가 그것을 증명하고 있었다.

"정말요? 대만에 오시겠어요? 까오슝…… 응…… 고웅에 살더라도 대만은 고기가 고기니까."

그녀는 그 남자와 곧 결혼을 할 것처럼 즐거워했다. 나는 그것이 고마워서 더욱 그녀의 행복을 빌어주고 싶은 마음이었다. 그녀는 내 셋방에 와서도 마치 자기 집 안방이라도 되는 양 편안한 자세로 앉아서 불쑥불쑥 미처 예기치 못했던 질문을 던졌다. 이를테면 '두푸를 아세요?'라든가 '대만 원주민을 아세요?'라든가 '홍콩이 앞으로 어떻게 될 거라고 생각하세요?' 등등. 두푸는 당나라 시인 두보(杜甫)였다. 두푸라는 말에 나는 엉뚱하게 내 고향 강릉에서는 간수 대신에 바닷물을 써서 굳힌 두부를 만든다고 회상하면서, 두보는 아주 훌륭한 시인이라고 말해 주었다. 나는 고등학교 고문(古文)시간에 배운 두보의 시가 어렴풋이 떠올랐다. 너무도 오래전의 일이어서 기억해 낼 수 없는 게 유감이었다. 그래서, 나라는 깨졌으나 산하는 여전하구나 하는 저 국파산하재(國破山河在)라는 구절만 겨우 들먹였을 뿐이었다.

김이 중국어를 배우겠다고 매달렸던 그 술자리

이후 얼마가 지나서였다. 그녀가 지나가는 말처럼 물었다.

"그 미스터 곽이라는 사람, 어떤 사람이에요?"

나는 무슨 말인지 얼른 알아듣지 못했다.

"미스터 곽?"

나는 의아해서 그녀의 얼굴을 쳐다보았다. 그녀가 내 친구인 그 곽을 말할 아무런 건덕지가 없는데다가, 미스터라는, 우리 사이에는 쓰지 않는 호칭을 쓴 때문일 것이었다.

"그 왜, 술자리에 있던 사진작가라는 분 말이에요."

그녀가 지칭하는 건 분명히 내 친구 곽이었다. 그러나 나는 여전히 어리둥절했다. 그녀가 아무리 지나가는 말처럼 묻고 있다고는 해도 곽을 기억하고 있다는 사실부터가 심히 못마땅했다. 나는 그녀가 묻고 있는 어떤 사람이냐는 말의 뜻이 모호해서 뭐라고 대답할 말을 찾지 못하고 머뭇거렸다. 도대체 그를 특별히 기억하고 있다가 관심을 표명하게 된 까닭이 미심쩍었다. 그래서 나는 내 마음속에, 나도 모르게 일어나고 있는 그것이 질투심의 일종임을 알고 여간 씁쓸하지 않았다.

그녀가 김을 말하든 곽을 말하든 그것은 그녀의 몫이었다. 나로서는 못마땅해 할 아무런 근거가 없었다. 막말로 그녀가 호텔에서 외국인하고 잠을 잔다고 해도 내가 이러쿵저러쿵할 근거가 없었다. 그런데 나는 못마땅해 하고 있었다. 나는 그녀의 행복을 빌어주는 입장이라고 하면서 실은 그녀를 은밀히 나만이 아껴주어야 한다고 생각해 온 것이었다. 은밀히 나만이 아껴주어야 한다는 것조차 자세히 설명할 길이 없었다. 하지만 다만 한 가지, 그녀에 관해서는 어쨌든 김이나 곽보다는 내가 우위(優位)에 있어야 한다고 나는 생각했다. 그녀의 행복을 빌어주는 마음에 있어서 그들과 나를 어찌 비교인들 할 수 있으랴!

"어떻게 알았는지 전화가 왔더군요. 찾아와서 만났지요. 근데 글쎄 날 보구 모델이 돼주지 않겠느냐는 거예요. 뭐 선이 뚜렷해서 좋은 예술사진이 되겠다나요."

나는 곽이 나한테는 한마디 비추지도 않고 그녀에게 접근했다는 게 불쾌하기 짝이 없었다.

"그래서 뭐라고 대답했지요?"

나는 내 감정을 노출시키지 않으려고 조심스럽게 물었다.

"뭐라고 대답하긴요. 언제 그런 걸 해봤어야지요. 자신이 없다구 했어요."

그녀는 당치도 않은 일이라는 듯 말했다. 나는 비록 친구이기는 해도 언제부터인가 갑자기 사진을 찍는답시고 카메라를 둘러메고 다니는 곽이 어느 정도의 실력을 가지고 있는지 모르고 있었다. 차라리 나는 그의 사진 실력이 별것 있겠느냐고 보지도 않고 깔봐왔던 참이었다. 사진이란 참으로 묘한 것이어서 누구나 웬만한 카메라로 필름 몇 통만 찍어보고 나면 사진작가 흉내를 내고 싶게 마련인 모양이었다. 나도 어렸을 때 그렇게 상당한 관심을 가진 적이 있었다. 고등학교 때의 특별활동으로 나는 무슨 생각을 했는지 사진반을 택했다. 더군다나 나는 카메라도 가지고 있지 않았다. 그런데도 무턱대고 사진반에 기어들어간 것은, 밴드반에 악기를 갖추어놓은 것을 본 때문이었다. 그러니 사진반에는 으레 카메라가 갖추어져 있어야 했다. 처음에는 잘 나갔다. 선생은 카메라가 있느냐는 따위는 아예 묻지도 않았다. 처음 얼마 동안은 사진에 대한 일반 지식과 필름을 만지는 시간이 계속되었다. 여러 가지 필름이 흔한 지금이야 그럴 필요가 없을테지만 그때는 필름이 귀하고 비싸서 두루마리 필름을 잘라 쓰는 법을 배워야 한다고 했다. 선생은 영화 촬영 때나 씀직한 두루마리 필름을 어디선가 가져와서 카메라에 넣을 수 있게 스무 장 길이로 잘라 통에 집어넣는 연습을 시켰다. 연습은 암실에서 빨간 전등알을 켜고 진행되었다. 한쪽 손끝에서부터 가슴팍까지의 길이로 자르면 그것이 스무 장짜리 필름이었다. 그리고 현상액 만들기와 인화작업. 그러나 그 다음이 문제였다. 드디어 어느 시간에 선생은 각자 카메라를 가지고 오라고 말했다. 나는 한 대 얻어맞은 느낌으로 온다간다 말없이 사진반을 물러나오고 말았다. 어쨌든 그녀가 곽의 제의를 시답지 않게 여기고 일축해 버렸다는 것에 나는 적이 안도감을 느꼈다. 내가 생각해도 그녀에게 가장 중요하게 다가온 문제는 결혼 문제였다. 그녀 자신이 말하다시피 해를 넘기지 않고, 스물여섯이라는 나이를 넘기지 않고 알맞은 상대를 골라 결혼을 하는 것이 급선무인 듯했다. 시기를 놓쳐 그만 늙어가게 된 아까운 여자들을 꽤 본 나는 아무리 미모일지라도 흔히 말해지듯이 임자가 있을 때 결판을 내야 한다는 생각이었다. 그녀도 그렇게 생각하고 있다고 했다. 그 결과 결혼 문제로 그녀와 그녀 어머니는 자주 다투었다.

어느 날 이미 밤 열두 시가 넘은 시간에 그녀가 내 방 창문을 두드렸던 것도 그녀 어머니와의 다툼 끝에 뛰쳐나온 결과였다. 그녀는 몹시 침울해 있었다. 나는 그녀가 집에서 입는 옷차림 그대로 내 방에 들어설 때 벌써 그녀 어머니와 다투었음을 알아챘다. 그 얼마 전부터 계속되어 온 다툼의 실마리는 그녀 어머니가 대만이든 홍콩이든 그쪽 남자들이 아닌, 한국에 있는 화교를 택해야 한다고 우기는 데 있었다. 실상 그녀로서도 걱정해 오던 문제였다. 어느 쪽 남자든 그녀 어머니를 모신다는 데 애로가 있었다. 그녀는 어차피 같은 집에 살 수 없는 바에야 그나마 정든 땅인 한국에 그녀 어머니를 살도록 하고 생활비를 부친다는 계획을 세울 수밖에 없었다. 그리하여, 비록 정식으로 그 말을 꺼내놓지는 않았다 하더라도, 오가는 이야기 중간중간에 그와 같은 내색이 비치지 않을 수가 없는 것이었고, 결국 그녀 어머니의 신경은 날로 날카롭게 되어갔던 것이다. 그녀가 나를 찾아온다고 해서, 그 문제는 나로서도 어떻게 말할 성질의 것이 아니었다. 그녀가 임자를 만났다면 그 임자와 결합하는 것은 당연한 일이었다. 그러나 그녀 어머니를 또한 그렇게 혼자 있게 할 수도 없는 노릇이었다. 침울한 모습으로 들어온 그녀는 곧추세운 두 무릎에 얼굴을 묻고 말없이 웅크리고 있었다.

"먹다 남은 술이 있는데 한잔 할까?"

나는 그녀에게 줄곧 존대말이나 그에 비슷한 말을 해왔는데 그날따라 불쑥 반말이 나왔다. 그래도 그녀는 그냥 한동안 웅크리고만 있었다.

"몇 잔 먹으믄 괜찮을 거야. 어때?"

내가 다시 말했을 때에야 그녀가 머리를 들며 가볍게 끄덕였다. 그때 나는 그녀의 얼굴에 번져 있는 눈물 자국을 보았다.

그녀는 두 잔쯤에 벌써 얼굴이 발갛게 물들었으나 내가 따라주는 대로 사양하지 않고 마셨다. 우리는 먹다 남은 술병을 비우고 또 어떤 후배가 담가서 얼마 전에 갖다놓은 당귀주(當歸酒)라는 술도 새로 개봉해 다 마셨다. 술을 마시기 시작하여 얼마 되지 않아 그녀의 침울함도 가셔버려 호젓한 분위기였다. 나는 일부러 그녀의 결혼 이야기는 입 밖에도 내지 않았고, 그녀도 마찬가지였다. 그에 관해서 나는 다만 늦게 뛰쳐나온 채로 집에 안 들어가면 어머니가 걱정하시지 않겠느냐고 말했을 뿐이었다. 내 말에 그녀는, 지금쯤 어머니는 술에 취해 제풀에 곯아떨어졌을 것이라고 대답했다. 말하면서 그녀가 웃어서 나도 따라 웃었다. 그날 밤은 참으로 이상한 밤이었다. 나는 격에 어울리지도 않게, '패(佩), 난(蘭), 경(瓊) 같은 이국(異國) 여자애들의 이름이 떠오른다'는 윤동주(尹東柱)의 「별 헤는 밤」이던가 하는 시까지 생각하며 고즈넉이 술잔을 기울였다. 술자리에서마다 온갖 시정잡배의 말과 음담패설의 말에 길들어온 내가 어느결에 마치 소년처럼 되어 있음을 나는 느꼈다. 내가 생각해도 최면이 아니면 마법에 걸린 것 같았다. 평소에 불쑥불쑥 말을 잘 걸어오던 그녀도 말수가 거의 없이 홀짝홀짝 술만 받아 마셨다. 얼마쯤 슬

픈 듯하면서도 감미로운 공기가…… 환상 속에서처럼…… 오랜 동안 누항(陋巷)을 헤매며 추악한 욕정에 시달려 온 나를 맑고 순결한 세계로 이끌어가고 있었다. 나는 홍조를 띤 그녀의 얼굴을 잠깐 바라보며, 이상한 일이다, 하고 속으로 몇 번인가 뇌까렸다. 내가 여자와 단둘이 밤을 지내며 취했을 행동은 결코 단정한 것은 아니었을 게다. 그런데 그렇지가 않았다. 어떻게 보면 나는 내 질서를 잃어버렸다고도 할 수 있었다. 나는 여지껏 달려온 궤도와는 다른 궤도를 돌고 있는 것이었다.

그러나 나는 조금도 안타까워하지 않았다. 오히려 내게도 때묻지 않은 영혼이 온전히 내 것으로 있다는 사실을 깨달은 잔잔한 기쁨만이 있었다. 그 모든 일이 그녀와 아무런 상관이 없는 일이라고 해도 그만이었다. 그녀가 자신도 모르게 한 영매(靈媒)로서 내 영혼에 작용하지 않았다고는 아무도 장담할 수 없는 일이었다. 나는 그녀가 내 허랑방탕한 마음을 바로잡아주기 위해 어디선가 사명을 받고 나타난 여자이기나 한 것처럼 그녀를 고이 받들어주어야 된다고 여겼다. 내가 그렇게 생각했을 때 그녀는 아득한 곳에서 춤추는 아름다운 선녀였다. 그날 밤 술이 어지간히 올라 잠들고 싶어 하는 그녀를 내 침대에 눕히고, 술병에 남은 나머지 술을 마저 기울인 뒤에 나는 방바닥에 누워 책을 베개 삼아 잠들었다.

아침에 일어나자 그녀의 모습은 보이지 않았다. 작은 인기척에도 잘 깨는 나를 그대로 잠들어 있게 하고 감쪽같이 나갔다는 사실에 나는 간밤 그녀가 왔던 일이 혹시 꿈속의 일이 아닌가 생각해보기도 했다. 꿈속의 일이 아니라 하더라도 적어도 나는 무엇엔가 홀려 있었다고 보아야 했다. 그것은 내가 그녀의 육체를 바라보고 안 바라보고의 문제가 아니었다. 나는 줄곧 그녀의 행복을, 축복받는 결혼을 빌고 있지 않았던가.

그러므로 다시 말하거니와 한순간 내가 소년으로 되돌아갈 수 있었던 사실은 스스로의 축복이었

다. 예를 들기는 좀 뭣하지만 기력이 쇠한 늙은이들이 회춘(回春)을 하려면 어리고 숫된 계집애와 동침은 하되 관계는 하지 않는다고 했었다.

그로부터 얼마 동안 그녀는 모습이 보이지 않았다. 봄철이라 일이 바빠질 것이라고는 했으나 그토록 소식이 없다니 궁금한 노릇이었다. 뜻밖에 그새 어머니가 세상을 떠났다는 전갈을 받은 것은 그런 어느 날이었다. 그녀가 세들어 있는 집 주인집 딸이 와서 전해 주면서, 사인은 심장마비인 것 같다고 덧붙였다. 오래전에 남편을 잃은 몸으로 또한 일가친척이라고는 없었으므로 문상 올 사람도 몇 없었다. 그녀가 다니는 회사에서 몇 사람 다녀가고 그녀의 동창생 몇이 다녀간 정도였다. 나는 그녀와 한 번 술자리를 했다는 인연을 내세워 내 친구인 김과 곽을 불러 텅 빈 상가에서 밤을 새워야 했다. 그녀 아버지의 묘지는 인천의 중국인 묘지에 있다고 했다. 그러나 그곳은 이미 도시개발로 묘지 용도가 제한되어 그녀 어머니는 화장을 하지 않으면 안 된다는 결론으로 나는 이리저리 뛰어다니며 그 절차도 밟아야 했다. 그녀 어머니의 갑작스런 죽음은 그녀의 생활에 큰 변화를 예고하는 것이었다. 장례가 끝난 날로 그녀는 방을 내놓고 얼마 뒤 동네에서 떠나갔다. 나는 떠나가는 그녀에게 아무쪼록 해를 넘기지 말고 결혼을 하라고 말해 주었다. 여전히 자주 뵐 텐데 뭘요 하면서 그녀는 웃음을 던졌다.

사람 관계란 만나기 시작하면 부지런히 만나다가도 만나지 않게 되면 전화 한 통 없이 지내기 일쑤인 것이다. 그녀와의 관계도 하루아침에 두절되고 말았다. 나는 나대로 전화를 해야지 하면서도 차일피일 미루고만 있었다. 내일은 전화를 해야지 하고 잠든 날도 여러 날이었다. 그런데 다음날이면 잊어먹거나 시들해졌다. 그녀 쪽에서도 종무소식이었다. 계절이 바뀌고 가을에 접어들었을 때 갑자기 나는 여지껏 왜 가만있었는가 도저히 이해할 수 없는 마음이 되어 조바심 속에 회사로 전화를 했다. 그런데 이상한 일이었다. 그녀는 회사를 그만둔 지도 오래되었다는 것이었다. 내게 알리지도 않고 결혼을 하고 만 모양이었다. 섭섭하기 짝이 없었다. 그녀가 내 주변에서 가뭇없이 사라졌다고 생각하자 우리가 잠시 만났던 일들도 단지 꿈속에서 일어난 일처럼 아련해졌다. 나이를 먹으면서 꿈속에서 일어난 일과 현실에서 일어난 일이 잠깐씩 혼동될 때가 있는 것처럼 그녀의 모습은 꿈속에서 내게 왔다가 간 모습이었다.

그녀에게 전화를 한 며칠 뒤에 나는 김과 곽과 오랜만에 어울려 술잔을 기울였다. 셋이서 어울리면 처음에는 도사리다가도 나중에는 술인지 물인지 모르고 마셔댈 만큼 곤죽이 되게 마련이었다. 우리는 술에 취해 되는 소리 안 되는 소리, 떠들어대다 그래도 미진해서 종종 그래왔듯이 누군가의 집으로 몰려갔다. 곽의 집이었다. 우리는 졸려 죽겠다는 표정을 하고 있는 곽의 아내에게 간단한 술상을 봐오게 하고 셋이서 다시 권커니 잣커니 술잔을 기울였다. 그때 김이 문득 이야기를 꺼냈다.

"미스 요 소식 아니?"

"글쎄."

나는 어디론가 사라져 버린 그녀의 모습을 그려보며 씁쓸하게 고개를 저었다.

"우린 너만은 알고 있을 줄 알았는데 말야."

"글쎄, 몰라……."

내 대답에 김과 곽은 아무래도 믿기지 않는다는 표정이었다.

"시집을 갔나 봐."

나는 술 취한 목소리로 중얼거렸다. 그러자 곽이 주섬주섬 일어섰다. 변소에 가려나 보다고 여겼는데 곽은 문 쪽을 흘끔거리더니 열쇠로 채워둔 서랍에서 큰 봉투를 꺼냈다.

"이건 또 뭐야?"

김과 내가 이구동성으로 물었다.

"볼래?"

곽은 말을 맺지 않고 봉투 속에서 몇 장의 사진

을 꺼냈다.

"이게 미스 욘데 말야. 기막히지."

나는 놀라지 않을 수 없었다. 곽이 꺼낸 사진의 벌거벗은 여자, 그것은 그녀가 틀림없었다. 나는 떨리는 손으로 사진을 받아들었다. 그녀는 숲 속의 바위 위에 벌거벗고 누워 있었고, 엎드려 있었고, 앉아 있었다. 게다가 한 사진은 벗은 몸으로 호궁(胡弓)을 안고 있는 것도 있었다. 사진은 그녀가 생각보다 훨씬 풍만한 육체를 가지고 있음을 여실히 보여주었다. 그녀는 얼굴뿐 아니라 몸도 음영과 윤곽이 뚜렷했다. 눈이 부셨다. 탄력 있는 젖가슴과 부드러운 엉덩이의 선. 그것이 그녀의 육체임을 나는 그녀의 얼굴과 몸을 번갈아 보면서 확인했다. 그러나 나는 그녀의 벗은 몸을 들여다본다는 데 왠지 죄스럽다는 생각을 떨쳐 버릴 수 없어서, 마음과는 달리 마냥 자세히 들여다볼 수는 없었다. 사진은 어느 틈에 김의 손으로 넘어갔다.

"야, 멋진데. 사진이란 역시 예술이구나, 예술. 멋진데."

김은 술에 취했는지 사진에 취했는지 게슴츠레한 눈으로 사진 속의 벗은 몸을 훑고 있었다. 사태는 묘하게 진전되었다. 순식간에 김과 곽은 그녀와 육체관계를 했음을 털어놓았다. 나는 도무지 어찌 된 일인지 어안이 벙벙할 따름이었다.

"젠장 재수 없이 너랑 나랑 동서가 됐구나. 어쨌든 축하하자. 그렇담 우리 셋 중에는 아무래두 애가 형뻘인 것 같다. 미스 요가 앤들 가만뒀겠냐?"

김은 나를 가리키며 술잔을 들었다. 나는 아무 말도 할 수가 없었다. 당황하기도 했으려니와 관계가 없었다고 할 용기도 없었다. 그렇지만 김과 곽이 무엇이라고 이야기하든 그녀는 순결한 여자다 하고 나는 생각하고 있었다. 모든 것이 알 수 없는, 믿을 수 없는 일이었다. 김의 제의에 따라 우리는 나란히 술잔을 들었다. 나는 불쾌한 내색을 않으려고 안간힘을 쓰지 않으면 안 되었다. 나는 내 눈가에 경련이 이는 것을 느꼈다. 그와 함께 내가 확연히 깨달을 수 있었던 한 가지 사실은 그녀는 내게서 영원히 사라져버렸다고 하는 것이었다. 나는 안타까운 마음으로 사진을 다시 들여다보았다. 사진 속의 그녀는 벗은 몸으로 호궁을 타고 있었다.

라이 라이, 호궁이 운다.

그 소리는 외로움에 떠는, 슬프고 애달픈 소리였다. 그 소리는 내 가장 가까운 곳 어디선가 호소하듯, 흐느끼듯 들려왔다. 라이 라이. 라이 라이. 그것은 그녀가 행복과는 거리가 먼 세계로 끊임없이 헤매고 있음을 읊는 소리로 들렸다. 라이 라이. 순간 속이 메슥메슥해지는가 했더니 나는 얼굴을 돌릴 사이도 없이 술상에 대고 토하기 시작했다.

[1985]

소인국

小人國

김원우 (1947 ~)

경남 진영 출생. 경북대 사대 영문과 졸업. 1977년 『한국문학』 신인상으로 등단. 『짐승의 시간』, 『우국의 바다』, 『일인극 가족』 등의 장편소설과 『무기질 청년』, 『인생공부』 등의 소설집이 있다.

치통 환자는 그 의미 없는 단일 색조의 현실을 한 장의 흰 종이 위에 담으려고 자신을 숨겨버리고 있는 친구의 실존이 눈발처럼 갈팡질팡하고 있다고 생각한다. 물론 그 자신의 실존도 믿기지 않는다. 또 자신이 마치 이 수많은 하얀 공동으로 이루어진 세상의 상주 같다는 느낌도 되뇌면서 머리를 절레절레 흔든다. 그의 그런 몸짓이 사진가 일행의 눈에는 한 친구의 이 어이없고 완벽한 실종에 절망하고 있는 것처럼 비친다.

1

"앉으세요." 안경알 속의 짝눈이 잔뜩 찌푸린 그의 얼굴을 훑어본다. 눈길만큼이나 찬찬하게 덧붙인다. "여기서는 처음이네요, 그렇지요?"

"네?"

"저쪽 가로다지 205동에 사시죠?"

"아, 예…… 그리고 보니 엘리베이터 속에서……"

"아니에요. 그렇잖구요. 여기서 가방 들고 다니시는 모습을 자주 봤습니다."

"아, 그랬군요. 알고 보면 다 구면이겠지요……"

군청색 유리창 너머로 205동 전면(前面)이 한눈에 건너다보인다. 엉덩이를 엉거주춤하게 걸쳐놓는다. 등받이가 비스듬히 누워버렸으므로 앉는다기보다 곧장 누워야 할 판이다. 한쪽 팔로 지게 작대기를 만들어 윗몸을 기댄다. 굵은 음각의 줄무늬가 차곡차곡 새겨져 있는 고층 아파트 숲이 그를 어느 구석자리에 가둬놓고, 몸뚱어리를 친친 감아대고 있다는 기분이 든다. 한기가 온몸을 무슨 통증처럼 덮어가고, 머리털이 쭈뼛쭈뼛 일어서고 뻣뻣하게 얼어붙는 느낌이다.

"언제 또 와야 돼요?"

앞니가 온통 희끄무레한 백금으로 싸발라져 있고, 게다가 그 위에 가느다란 철사줄이 포물선처럼 드리워져 있다. 얼굴색이 뿌연 쌀뜨물 같다. 핏기라고는 없다. 새까만 눈동자가 물기를 머금은 듯 촉촉하다. 콧날도 상큼하다. 얼굴에 부들부들한 살이라곤 한 점도 붙어 있지 않아서 괴기스럽다. 머리통이 하얀 문짝의 정사각형 붙박이 유리틀 속에 갇혀 있다. 입만 벌리고 있지 않으면 증명사진이다. 분명히 요주의(要注意) 인물감이다.

"일주일이나 열흘쯤 후에 와. 너 편리한 시간에 말이야. 갑갑해도 좀 참아. 이제 겨우 보름 지났지, 그렇지? 가봐. 그래."

벽 쪽으로 기우뚱 넘어질 듯이 돌아선다. 몸이 한쪽으로 구겨졌다가 탄력감 있게 우뚝 일어선다. 심한 소아마비다. 스커트 자락 밑에는 후줄그레한 메리야스가 장딴지를 아무렇게나 동여매고 있다. 한쪽 엉덩이가 흉물스럽게 불거질 때마다 짧은 쪽 다리가 타일 바닥의 견고함을 확인하는 듯한 걸음걸이다. 주간지 나부랭이를 뒤적거리던 건장한 체구의 사내가 소녀의 겨드랑이를 잽싸게 낚아챈다. 사내의 팔힘도 옳은 부축이 되지 못한다. 걸음을 떼놓을 때마다 몸뚱어리가 공중으로 풀쩍 치솟았다가 지푸라기처럼 구겨지고, 오른쪽 다리는 자꾸만 게걸음을 하려고 버둥대는 꼴이다.

소아마비에다 치열 교정까지 받는다? 그렇다면 돈 잡아먹는 벌레 아닌가.

"몸만큼이나 사고 방식도 삐딱한 애예요. 부모님 뭐 하시냐니까 깡해요, 이래요. 친구 소개로 가정형편을 대충 알고 있지만…… 한때는 경호원까지 데리고 다닌 양반의 고명딸이라나 뭐라나. 깡이 뭔데라고 물으니 와리깡 몰라요, 와리깡, 이러고 있어요. 제 한 몸밖에 모르는 애예요. 저 집 식구들이 다 그래요. 안하무인에다 천상천하 유아독존이랄까, 애고 어른이고 다 뿔뿔이 겉돌고 사람을 몰라봐요. 그런 집도 있긴 있데요. 원 참, 그래도 잘만 살고 교양도 많아 보입디다."

"다 그런 거지요 뭐. 사람이 다 철면핀데요? 그래도 애가 얼굴은 반듯하네요, 제 집구석처럼."

"그러니 꼴값하잖아요. 공연히 마지못해 이 땅에서 사는 폼을 잡고. 편하게 누우세요, 어깨 낮추시고 힘 빼시고."

"쟤는 몇 동에 살아요? 족보를 따져보면 대번 알겠지만……"

풀먹인 옷자락이 서걱이는 소리를 내며 오른쪽 귓바퀴에 매달린다. 보조원이 대신 대답한다.

"265동에 살아요. 제일 큰 평수요. 애 아빠는 외국에 공부하러 갔다나 봐요."

"공부? 경호원 데리고 다닌 사람이 늘그막에 공불 해? 그것도 유학 가서…… 점점 좋아지는군. 이러니 발전을 안 할래야 안 할 수가 있나. 좋은 세상인 모양이군."

"태평성대지요."

"256동? 그럼 이 단지 끝과 끝이군. 먼데."

"승용차 타고 가는데요. 손 떼세요. 여기 왼쪽, 이건 모양이지요?"

하얀 마스크가 그의 입 속으로 기어들어올 듯이 쑥쑥 다가든다. "이거죠?"

쇠갈고리 같은 것으로 두 번째 왼쪽 윗어금니를 마구 흔들어댄다. 뿌리째 들썩이는 기분이다. 건 건 찝질한 침이 어디선가 흘러나와 혓바닥 위에 고인다. 그것을 흡입기가 단숨에 없애버린다.

"염증이 굉장히 심하네요. 지금 뽑아버리기에는 너무 아깝고 그냥저냥 견디다…… 이거, 흔들흔들하지요. 이게 주저앉으면 그때 가서 결국 뽑아버려야 돼요."

"저쪽 길 건너에서도 그럽디다. 어제 말고 그저께 여기 영업 안 합디다?"

"오전에 오셨댔어요. 오후에 다시 오신다면서……."

"그랬어? 진료 안 받았습니다. 예비군 훈련 때문에요. 입 다무세요. 자연스럽게. 어금니 깨물지 마시고. 자, 사진 찍습니다."

"사진을요?"

"네, 사진 찍어봐야 돼요. 곧장 결과를 알 수 있어요. 이런 사진은 처음일걸요?"

왼쪽 뺨에 싸늘한 금속성 기구가 와 닿는다. 섬뜩하다. 역시 머리털이 뻣뻣해지는 느낌이다.

"치암도 있습니까?"

"이빨에요? 입 다무세요. 모르는 게 편하잖아요. 걱정하지 마세요. 종류가 많아요. 담배 많이 피우시는군요. 입 속이 보기보다 넓어요. 설암은 별도지만 통틀어 구강암이라고 그러지요. 언제부터 통증이 심했어요?"

"이삼 일 됐나? 여기 왔다가 저쪽 길 건너갔더니……."

"여의사요? 다 됐어요."

"그렇대요. 몸매가 부하고."

"그 집에서는 사진 안 찍었지요?"

"네……."

"없어요. 사진 찍는 설비가."

"스케일링 하랍디다. 언젠가는 뽑아야 된다고 똑같은 말 하면서…… 진통제나 약국에 가서 사먹으라고 쪽지에 적어줍디다. 마이신을 한 움큼씩 털어넣었더니 통증은 숙지막해지는데 볼때기에 남의 살이 한 짐이나 올라앉아 있는 것 같고, 얼굴이 뻐딱하게 막 돌아가는 기분이 들질 않나, 어젯밤에는 대갈통이 욱신거려 한잠도 못 자고 아침에야 간신히 눈을 좀 붙였네요. 치통을 이렇게 앓기는 또 난생 처음이네."

"원래 사람 몸 중에서 이와 잇몸이 제일 예민해요. 똑같은 기관이 서른두 개나 있는 게 이밖에 더 있어요? 아직 사랑니가 안 나긴 했지만…… 몸이 피로하면 잇몸부터 들뜨고 입천장이 헐고 그러잖아요. 이삼 년, 길어봐야 사오 년 안에 이 충치는 삭아서 주저앉을 거예요. 그때 가서 빼버려야지요. 연세가…… 의료보험 환자군요? 자유업인 줄 아는데. 그 카드 좀 열어봐. 금방이에요. 풍치가 하나둘 닥칠 때예요. 치과는 평균 수명이 길어지는 데 비례해서 늘어가요. 다방보다 많아질 날이 멀잖았어요. 아니면 치과 의사가 택시를 몰든지 경호원을 하든지 해야 될 날이 멀잖았어요. 밤낮 없이 부지런히 씹어대고 혹사시키니 서른두 개 중에 어느 하나는 반드시 아플 거 아니겠어요. 사천만 잡고 서른두 개면 대략 십이억 팔천만 개의 이가 수시로 아플 가능성이 있다, 이런 계산이 쉽게 나오잖겠어요?"

"십이억 팔천만 마리의 예비 환자가 득실거린다? 그것들이 치과 의사들의 확고부동한 담보물이자 돈줄이라는 단순 계산도 나오겠고."

"사랑니는 영영 안 나올 수도 있으니까 돈줄이 그만큼 줄 테지요."

우표 딱지만 한 슬라이드 필름을 코까지 덮은 마스크 앞으로 가져가서 빤히 쳐다본다. 필름 너머에는 형광등의 파리한 조사(照射)가 꼬물거린다. 그 빛마저도 무슨 미물 같다. 잠자리 날개처럼 투명한 필름 위에는 희미한 얼룩이 여기저기 뭉쳐 있다. 그것도 역시 현미경 속의 미생물처럼 끊임없이 움직이고, 크게 또는 작게 세포 번식과 세포 분열을 맹렬히 해대고 있다.

"괜찮네요. 앞으로 종종 아프다 말다 할 거예요. 스케일링 하세요. 내일이라도 당장. 진통제는 이틀만 더 잡숴보시고."

쇠갈고리가 아래윗니를 여기저기 마구 긁어댄다. 확실한 돈줄을 확보해 둘 심산인 모양이다. 이가 긁히는 소리에 안면이 움찔거린다. 통증은 어디로 도망가버리고 자신이 영락없는 미물이란 생각만이 지배적이다.

"감기 몸살 기운도 좀 있는 것 같고." 그는 어리광을 부리고 있다는 생각이 들어 허물쩍 웃어버린다. 안면 근육이 제멋대로 실룩이는 기분이다. "영 어둑어둑해지는 기분이 들어 지랄 같으네……"

"환절기가 아닙니까. 몸조심하셔야지요. 혼자시지요? 동생이 한 분 계시던가?"

"먹통들이 많아요. 내일 오전에 올까요? 후딱후딱 뭣이든지 긁어내버려야지. 이거 원 심란해서 일을 손에 잡을 수 있어야 말이지, 연말에."

"내일은 일요일인데요. 모레 오세요. 그래서 진통제 이틀 더 잡수라 했어요. 아직 가만 계셔요."

솜뭉치가 왼쪽 어금니께를 꾹꾹 눌러댄다. 시원하다는 느낌보다 입술 부위와 얼굴 전체가 뻐딱하게 돌아가고 있다는 생각이 든다. 눈이 연신 유리창에 엉겨붙고 있다. 날벌레들이 유리창에 부딪쳐 무자맥질을 하다가 소리도 없이 죽어가는 듯하다.

"염증이 심해요. 어쩝니까. 참아야지요. 참는 수밖에 없어요. 이삼 일만 참으면 숙지막해질 거예요. 사람 몸이란 게 일정한 사이클이 있어요. 아프다 낫다가 다시 아프게 마련이지요."

통증이 다소 덜해지면서 그 터를 넓혀가고 있는 듯해서 그 느낌을 뿌리치려고 그는 씨월거린다.

"술이나 실컷 한번 퍼마셔볼까. 심란한 판에."

"절대 금물입니다. 염증에 염증을 내면 염증이 더 심해져요. 신경질을 낼 때가 따로 있지. 염증을 잘 쓰다듬고 다스려야지요."

상가 건물 밖으로 나온다. 제법 굵은 눈발이 네모 반듯한 아파트 공터를 하얗게 덮어가고 있다. 까무룩한 하늘이 아파트 옥상 위에까지 나지막하게 내려와 있다. 눈발이 점점 사방에서 아우성처럼 마구 휘몰아친다.

저만큼 떨어진 벤치에 낯익은 애가 오두마니 앉아 있다. 당돌맞던 애늙은이가 성숙한 처녀로 변해 있다. 사내가 그 옆에서 담배 연기를 풀풀 날리고 있다. 허연 입김을 뒤꽁무니로 토해 놓고 있는 승용차의 운전석 문짝이 반쯤이나 열려져 있다. 소녀의 성난 얼굴은 방금이라도 '죽어버릴 거야. 차라리 죽고 말 거야'라고 고함을 지를 것만 같다. 소녀가 벌떡 일어선다. 한껏 구겨져 우쭐우쭐 키를 키우는 걸음걸이로 다가온다. 어기적거리는 걸음걸이에 비해 몸놀림은 날렵하고 걸음도 빠르다. 껑충껑충 춤을 추는 듯한 병신 걸음에는 눈길 따위가 아무런 방해도 안 되고 있는 게 이상스러울 지경이다. 공중전화기 앞으로 다가가기 직전에 소녀는 그를 힐끔 쳐다본다. 그의 우거지상을 조롱하는 듯한 눈길이지만, 뒷모습에는 같은 환자끼리라는 묘한 동료 의식이 드러나 있다. 교활하고 고집스러운 애다.

"안 갈 거야. 안 간다는데 왜 자꾸 그래. 연합고사 좋아하네. 그까짓 게 나하고 무슨 상관이야. 일주일쯤 후에 오래. 입에다 새끼줄까지 주렁주렁 달고 있는 밥병신에다 절름발이 주제에 그런 데 다녀 뭣 해. 예술학교 좋아하네. 배가 고파 죽겠단 말이야. 점심도 굶었단 말이야. 왜 자꾸 나를 멍청하게 만들려고 그래? 좀 내버려둬. 점점 더 병신 만들지 못해 안달이 났어? 병신놀음 하는 데는 죽어도 안 갈 거야. 미리 손써봐야 병신이 어디 가나? 왜 내 말을 곧이곧대로 못 알아듣지? 도대체 우리집은 왜 이렇지? 서로 고집불통에 말을 못 알아듣잖아. 했던 말 또 하게 자꾸 만들잖아. 그래, 알았어. 나는 말을 알아들어."

소녀는 공중전화 박스에서 나오자마자 또 이기죽거리는 듯한 비웃음을 입가에 베어물고 그를 정면으로 쳐다본다. 그 눈길은 순식간에 작은 숙녀가 된 듯 도발적이다. 곧장 '남의 일에 참견 말고 엿이나 먹어요.'라는 투로 입술을 합죽하게 만들고는 휙 돌아선다. 그리고 눈발 따위는 아랑곳없이 아파트 단지를 휘젓듯이 걸음을 떼놓는다. 소녀는 방금 쏟아놓은 투정을 까맣게 잊은 듯, 굵은 주름살을 가슴에 줄줄이 안고 있는 고층 아파트가 스르르 녹아내릴 것 같은 그의 착각을 무화시키는 듯, 시끄럽게 춤을 춰대는 눈송이의 고함에 대응이라도 하는 듯, 깃털처럼 가볍게 팔락거리며 멀어져간다. 소녀는 점점 크고 또렷한 상으로 잡혀가고, 205동은 주저앉아가고 있다.

사내가 담배꽁초를 잔디 쪽으로 튕겨버리고, 가래를 칵 소리내어 뱉고, 승용차에 잽싸게 올라탄다. 승용차는 곧장 무슨 균주(菌土) 덩어리 같은 소녀의 경호원 노릇을 하느라고 사방을 휘휘 내둘러보며 뒤따른다. 경호원은 현미경이고, 감시자인 동시에 관찰자이다. 관찰자는 언제나 풍경 속으로 뛰어들지 못한다.

이 역(逆) 원근법의 풍경이 무슨 돼먹잖은 우화이며 코미디인가!

그는 속으로 혀를 내두르며 정신의 어떤 황폐감을 간신히, 그러나 억울하게도 막연히 추스른다. 치통이 막무가내로 덮쳐오기 시작한다. 죽을상을 짓는다. 오늘날의 이 속수무책의 엄살, 어리광, 참아낼 만한 통증 따위는 부르주아의 가장 속된 자기 변호 내지는 자기 위장일 뿐이라는 생각을 억지로 쓰다듬는다. 시계를 본다. 오후 한 시가 채 못 되었다. 그의 시계는 언제나 20분쯤 늦게, 그러나 이 년 전부터 정확하게 걸어가고 있다. 그의

시계(視界)는 점점 흐릿해져가고 춥고 삭막해져간다.

눈길은 엉망진창이 되어가고, 나뭇가지와 고층 아파트 따위는 파르르 몸서리를 쳐댄다. 이 몰풍경, 무지막지하게 다가오는 황폐감도 한 장의 사진이 될 수 있나? 그는 죽어라, 없어져라라고 미친 사람처럼 고함이라도 내지르고 싶은 심정이다. 이빨이, 눈발이, 요컨대 현미경 속의 미물만이 온 누리에 가득하다. 그 속에 작은 세균 한 점을 더 보탠다고 생각하며 그는 뻣뻣한 다리를 떼놓는다. 가방까지 무거워 미칠 지경이다.

2

"어? 나왔어? 식사는 했나 어쨌나?"

부장은 치통 환자의 대답 따위를 들을 생각은 전혀 없다. 그리고 신문에 멍청한 눈길을 주고 있는 그의 표정이나 심사에도 관심이 없다. 그냥 허물허물 지껄이는 것만이 부하에 대한 통솔력의 과시와 관례적인 인간 관계의 다짐쯤으로 여긴다.

곤혹스럽다. 썩어가는 이빨 하나가 인간 관계도 정상화시키고, 동네 강아지로 취급받게도 하나? 십이억 팔천만 개의 역할과 통증. 썩어가는 구석이 없으면 결국 인간 관계도 더욱 삭막해지는가? 이게 무슨 해괴망측한 논리인가?

"어금니 뽑았어? 밥맛도 간곳없을걸? 오늘은 일찍 들어가서 푹 쉬어. 좋잖어? 독수공방에서. 뽑았어?"

"아니요. 더 아프다 말다 한대요."

"더 아파봐야 한다 이건가? 하기야 그럴 테지, 그럴 거 아냐? 한국과 한국인은 더 아파봐야 한다구, 그렇잖아!"

부장의 말솜씨는 언제나 그의 불거진 똥배만큼이나 정력적이지만 무책임하다. 그리고 쓸데없는 일종의 가스처럼 고약한 냄새를 상대방에게 훅훅 끼얹는다. 하루종일 앉은 자리에서 뭉기적거리며 가끔씩 소화불량성 방귀를 뀌어대는 부장의 일상

중에 말은 또 다른 가스나 다름없다. 부장은 몸 밖으로 가스를 끊임없이 흘려내는 중년 사내에 불과하다. 완벽주의자가 못 되면서도 매사에 미진한 구석을 그냥 덮어두지도 않는다. 부하에 대한 상투적인 애정 표시가 바로 그렇고, 아래위로 오물을 배설해 내고 있는 참을성 없음이 그의 인품을 적당주의자인 동시에 원만주의자로 포장해 버린다. 상대방이 싫어할 수도, 그렇다고 좋아할 수도 없게 만드는 그의 처세가 딴은 권위이기도 하며, 그것을 의도적으로 시의적절하게 구사하고 의식한다.

부장이 치통 환자의 어깨 너머에서 머릿기름을 번들거리도록 바른 유명 인사의 얼굴을 검지로 쿡쿡 찌른다. 신문지가 바스락거리면서 제 얼굴이 손찌검을 당하는데도 유명 인사는 흐부죽히 웃고만 있다.

"얼굴을 너무 키워놨잖아. 이 판에서는 깎으래. 국장 오다야. 중간 미다시를 더 키우고 깎지 뭐. 깎아야지, 깎아, 깎아. 징그러워. 사람이 커져서 뭐해. 특정 인물이 실물대(實物大)로 커진다고 신문이 좋아지나! 그렇지 않을 거야. 그 반대일걸. 유명할수록 작게 우겨넣어야지. 그건 그렇고 뭐라도 먹어야지? 가락국수라도 한 그릇 후루룩 마시고 오지. 벌써 깎았을 거야. 외근 나갈 수 없어. 이 양반 머리가 가발 아냐? 요즘 한번 찍어봤어? 내 짐작에는 아무래도 가발 같애. 뒤통수를 한번 찍어보면 당장 알 수 있는데. 사진의 한계야. 내면이 안 드러나고 형상만 곧이곧대로 키우고 줄이는 현상(現象)이니 말이야, 그렇잖아? 그것만이라도 중요한 거지만 한계는 엄연한 한계지. 표현의 자유라는 말은 진짜로 말이 되는 소린가? 좀 우습잖아? 표현의 주체가 무슨 자유를 누린다는 얘기야? 객체, 피사체가 보면 좀 우스울 거잖아. 표현의 자유의 배타적 권리는 누구 거야? 엄밀한 의미에서 말이야. 객체가 진짜 주인 아냐? 주체는 사진기라는 매체의 곁다리 겸 감상자 겸 노동자일

테고……"

치통 환자는 가스 냄새에서 놓여나려고 어거지 농조로 받는다.

"가발에도 기름 바릅니까?"

"그러니까! 그렇다는 얘기야."

"가발 쓰고 머릿기름 바릅니까, 쓰기 전에 바릅니까?"

"아무려면 어때. 머릿기름도 가짜일 텐데. 가짜에 공해투성이 아닌 게 어딨어? 참기름, 식용유, 휘발유, 머릿기름, 죄다지. 공해 뒤범벅이야. 머릿기름이 뭔 줄 알아? 역겨운 냄새만 섞었어. 지독한 거야. 뭐지, 또 명사(名詞)에 약하군, 비누 냄새에 머리 빨 때 쓰는 거, 그것이 또 지독한 가짜 거품이야. 그거 절대로 쓰지 마. 머리털이 빠져." 부장의 억지스럽게 둘러대는 말솜씨는 점입가경이다. 어슬렁거리며 식곤증을 물리치는 그의 버릇이다. "그렇잖아? 만날 천날 식언만 하면서 이해 당사자들이 식언한다고 먼저 선수치는 사람 아냐? 식언이 뭔데? 가짜지. 가발이고. 그래도 가발이 활개치는 세상이 머리 없는 세상보다는 훨씬 양질일 거야. 그래서 우리가 지금 조금 행복할걸. 우리 정치 문화가 그만큼 부드러워졌다는 얘기 아냐? 문화 정치가 된 건지 어떤 건지. 암살당한 제등실(齊藤實)이가 지하에서 혀를 내두를걸. 정치 문화가 문화 정치 됐다고. 모를 일이야. 인생 유전인지 역사 반복인지."

치통 환자는 우습지도 않다고 속으로 맹렬하게 역정을 낸다. 부원이 말없이 건네주는 전화 송수화기를 받아든다. 말의 오물 구덩이에서 놓여났다고 생각한다. 전화는 이제 말의 홍수를 제한도 하고, 감금도 시키는 이기이자 댐 구실을 톡톡히 한다. 정말 다행스러운 수문(水門)이다. 그 수문 속으로 이쪽 말만 쏟아부으면 되니까. 치통 환자는 혀끝으로 잇몸 여기저기를 힘주어 문대면서 말을 절약할 차비를 단단히 갖춘다.

"전화 받았어?" "산사나이구나. 지금 받고 있

잖아.""원 늑장은…… 석간 신문 봤어?""지금 보고 있어.""일규 아버지가 돌아가셨대.""누구? 일규 아버지? 명기자 말이야?""글쎄, 명군 부친이 돌아가셨대. 방금 그러는군.""어쩌다가? 아직도 이 땅에서 살았나? 물 건너 안 갔어?""반쯤만 여기 있지. 그런데 말이야. 일규도 지금 여기 없는 모양이야. 상주가 없다는 얘기야.""그게 무슨 소리야? 며칠 전에도 나하고 통화를 했는데.""글쎄, 걔가 어제 출장을 갔대요.""출장은 왜?""가라면 가야지, 별수 있나? 겨울산 찍으러 갔대.""벌써?""그렇다니까. 전화까지 방금 넣어봤어. 난리더군. 수배한다고. 어쨌든 만나서 얘기하고. 가봐야 하지 않겠어?""상가에야 가야지. 경사에는 악착같이 안 가더라도. 옷도 안 입었는데, 잠바때기 차림으로 가나. 시키면 것이기야 하네.""지금 나올 수 있어? 일찍 끝내고 곧장 일루 와. 여기저기 더 알아보고 문상 조(組)를 짜야지.""알았어. 갈 건 가야지.""그래, 와라!""그런데 왜 갑자기 돌아가셨대?""몰라. 난들 어떻게 알아. 일규 누이동생이 변고를 당하셨어요, 이러고 있네.""변고? 꽤 어려운 문짠데. 의미심장하고. 그게 구체적으로 무슨 말이지?""난들 알 수가 있나. 영 정신이 없더구먼. 너네 신문 부음란을 봐. 석간에 났더군. 요즘은 뭣이든지 활자를 봐야 확인이 되고 좀 구체적으로 와닿잖아?""그래? 가만, 아니, 알았어. 이빨이 아파 죽겠어.""이빨은 왜?""몰라. 난들 알 수가 있나, 아깝다고 뽑아주지도 않아. 머리가 멍청해서 죽겠어. 왜 이런지 모르겠어.""와, 약 먹어.""먹었어. 다들 약을 못 먹여서 난리야.""약쟁이 욕하지 말어. 우리 마누라쟁이 밥벌이야, 내 입이고. 참, 명군 부친이 혹시 약 먹은 거 아냐!""왜, 그럴 만큼 사연이 있어?""몰라. 남의 사정을 어떻게 알아. 유족들이 훌쩍거리면서 명군만 기다린다니 그런 발상이 얼핏 스치는군. 알았어. 끊는다."

치통 환자는 '내가 방금 무슨 말을 했지?'라며

더듬는다. 말의 희소가치가 없다는 증거인가? 누가 죽었다고? 죽음처럼 희소가치가 없는 말의 무력화?

레바논 폭탄 돌격대 재발, 20명 이상 사망. 백여 명 중경상.

무의미한 죽음, 겹겹이 포개지는 죽음의 완강한 행렬, 현장이 곧 무덤, 지구는 결국 주검의 무덤일 뿐이다. 그럼에도 불구하고 죽음을 예비한 사람들의 저 오래된 축성(築城)의 되풀이, 딴은 그런 무의미한 죽음의 행렬이 또 다른 연대감을 조장하고, 그 연대감이라는 접착제가 사람답게 사는 한낱 구속력일 것이다.

신경질적으로 치통 환자는 신문을 젖히고 접는다. 부음란을 훑는다. 많은 사람이 죽어 있고, 유족들은 슬퍼할 겨를도 없이 죽음을 무슨 도식처럼 공지화하기에 바쁘다.

한규옥씨(정형외과 원장) 빙모상 = 15일 낮 12시, 전북 김제군 백구면 영상리 앞서 교통 사고로, 발인 19일 오전 10시. 천명원씨(전 서울은행 답십리 지점장) 별세 = 15일 오전 6시, 서울대 병원서, 발인 17일 오전 7시. 이병근씨(한일고 교사) 별세 = 15일 오후 8시, 교통 사고, 방지거병원(성동구 구의동), 발인 17일 오전 8시. 임양우씨(대진기업 전무) 모친상 = 15일 0시 15분, 서울 도봉구 수유동 자택서, 영결 미사 17일 오전 9시, 삼양동 성당(수유리 화계사 입구). 명지태씨(전 ○○일보 경제부 기자) 별세 = 15일 오전 4시, 서울 강남구 개포동 △△아파트 ○○동 △△호, 발인 19일 오전 9시.

주검 앞에서 이제는, 그러니까 과거는 무의미해져 버렸다. 치통 따위의 무지막지한 통증에 가위눌려 있을 때도 남들은 낙엽처럼 시나브로 죽어가기도 했단 말인가. 그처럼 하릴없는 게 죽음이라는 돌발적인 정체의 골자인가. 어처구니없다기보다도 무슨 희롱 같다. 이제 의례적인 요식 행위인 장례 절차만 남았는데, 그것은 주검에 대한 산 사람들의 호들갑에 지나지 않는다. 가장 무의미해져 버린 죽음에 가장 구태의연한 의식의 진행! '그의 죽음은 우리 모두의 슬픔이다'라는 수사는 가장 천박한 과장법이 되고 말았다. 며칠 후면 그의 죽음을 까맣게 잊어버리려고 너도나도 기를 쓸 것을, 그리고 누구도 그의 죽음을 다시 떠올리지 않으려고 머리를 절레절레 흔들 것을 알면서도 산 사람은 저마다 충격의 완충 장치로 부고와 장례 절차를 고집한다. 그렇지 않은가! 그렇다면 산 사람들의 조문 행렬은 유족의 빛바랜 정서와 주검의 싸늘한 실물 사이에 잠시 비비고 들어앉았다가 슬그머니 빠져나오는 바람이고, 스펀지이고 쿠션이란 말인가? 잇몸과 얼굴, 머릿속까지도 온갖 잘다란 상념과 껄끄러운 짜증이 마구 무두질해 대고 있는 것만 같다. 치통 환자의 뇌리 속은 순식간에 핏기 잃은 소녀의 짜증스럽던 얼굴처럼 노랗게 바래간다. 널찍한 사무실 안이 무섭도록 조용해져 버린 게 그나마 다행이다.

3

사진가의 개인 사무실 겸 작업실은 슈퍼약국의 이층에 있다. 슈퍼약국 주인은 아침마다 곱게 화장을 한다. 그리고 뭇사람들에게 신약을 더 많이, 더 자주 못 먹여 안달이 나 있다. "미리감치 먹어 놓으면 좋아요, 잡숴보시면 아실 거예요"는 슈퍼약국 주인의 상투어이다. 그런 단조로운 말씨름으로 건강하게 살아갈 수 있다니 신기스럽다. 그런 말을 무슨 주문처럼 맹신하는 병자들도 신기스럽기는 마찬가지이다.

시어머니와 며느리는 이녁 성격들이 쉽게 닮아가기도 하는 모양이다. 사진가의 어머니는 환갑이 벌써 지난 나이인데도 아직 거리의 환전상(換錢商) 노릇을 하고 있다. "노인네가 약국 이름을 슈퍼로 작명해 준 게 좀 우습지 않니?" 늙어갈수록 돈 욕심이 많아지고, 집요한 고집쟁이가 되어가는 노환(老患)에는 죽는 것밖에 달리 약이 없다.

물론 슈퍼약국이 들어앉아 있는 건물로 노파 것이고, 사진가는 외동아들인데도 노파의 부동산에 대해서는 아무런 실권이 없다. 모르긴 하지만 슈퍼약국 주인은 노파에게 매달 집세 정도는 꼬박꼬박 내놓아야 할 것이고, 사진가에게도 숨기고 있는 제 몫의 저금 통장이 따로 있을 것이다. 이렇게 이가 맞물려 돌아가는 과정에는 걱정거리나 불행이 최대한으로 축소될 수밖에 없을 것이다. 그의 산 사진처럼 말이다. 두 여자가 유복하게 꾸려가는 가정은 콩알만큼 작지만, 그만큼 단단하다. 사진가도 예수에 대한 신심(信心)만 생긴다면 그 콩알 속으로 들어갈 수 있을 텐데, 산꼭대기가 십자가보다는 더 우람하게 보이니 어쩔 수 없는 노릇이다.

언제 보아도 건강한 몸매와 널찍한 얼굴을 가진 슈퍼약국 주인과 눈을 마주치지 않고 계단을 밟게 된 게 치통 환자의 마음을 편하게 만든다. 층계참이 없는 계단은 대개 가파르다. 노파의 돈 욕심은 계단만큼이나 가파를 터이다. 사진은 흑과 백의, 곧 명암의 계단이고 층이다. 몇십 분의 일로 줄여 놓은 피사체 자체가 바로 얼룩의 단면이다. 얼룩은 결국 엷은 막을 덮어씌운 것이고, 그것을 감광막 위에다 찍어 눌러버린 것이다. 이 세상은 어차피 어떤 얼룩의 집합체이다.

살림집 쪽으로 붙어 있는 두툼한 암실이 벽이며, 그 벽은 출입구 앞을 바짝 가로막고 있다. 신발을 벗고 미로를 헤쳐나가듯 기역자로 꺾어 들어가야 소파가 여기저기 널브러져 있다.

전화 송수화기를 목에다 끼우고 있는 사진가가 치통 환자에게 한쪽 손을 번쩍 들어 보인다. 탁자 위에는 액자식으로 끼워넣은 슬라이드 필름이 가득 널려 있다. 사진가의 조수가 그것을 하나씩 점검해 가고 있다. 치통 환자도 그중의 하나를 집어 든다. 마티에르 화법의 유화를 클로즈업 렌즈로 찍은 것이다. 개인전의 초대용 팸플릿을 만드는 일거리인 듯하다.

사진가는 대체로 말해서 착하고 산에 미쳐 있는 사내지만, 돈 욕심보다는 일 욕심이 많고 주위에 아는 사람들도 많은 편이다. 그래서 노파로부터 "사람 장사를 하려거든 크게 하든지 하고, 제발 쓸데없는 인간들 너무 사귀지 마라"는 잔소리를 듣고 자란 터이다. 천성이 사근사근하나 제 몸과 제 일밖에 모르는 사람을 무엇이라고 부르나? 이 기적이라기에는 셈이 느린 듯하고, 사교적이라기에는 귀찮게 여기는 일과 사람이 더러 있고, 합리적이라기에는 물러터진 구석과 마지못해 질질 끌려가는 듯이 살아내는 면모가 없지 않다. 요컨대 사진가는 만사 태평의 팔자 좋은 친구라고 할 수 있다. 또 요즘 배운 사람들이 대개 다 그렇듯이 어중간한 반편이며, 동시에 돈과 일에서 벗어나려고 발버둥쳐본들 별 뾰족수가 없다고 치부할 줄 아는 소시민이다.

조수는 사진가를 닮아서 우량아이다. 그리고 시간 강사이기도 한 사진가로부터 강의를 듣기도 한 애제자이며, 소시민이 될 소지는 벌써부터 약여한 청년이다. 아무려나 두 사람은 자기를 숨겨버릴 수 없는 이 시대의 전형적인 소인(小人)임에 틀림없다.

"나 원 참, 난감하군. 이런 일도 있긴 있군."

허사(虛辭)나 다름없는 사진가의 중얼거림을 듣고 치통 환자는 짐작이 간다. 그러나 사람 좋아 보이는 사진가의 불그레한 얼굴을 쳐다보지도 않고 동문서답한다.

"해가 많이 짧아졌어. 철도 아닌데 벌써 눈까지 이래 퍼붓고 밤도 아닌 것이 낮도 아니야."

조수가 불쑥 끼여든다.

"근접 렌즈로 찍었는데도 어째 칙칙하네요."

"원화를 보는 질감이야 안 나지. 대체로 좀 어두울걸? 실물과의 차이지 뭐. 사진의 한계이기도 하지만 복제 기술의 한계야." 사진가는 마운트한 슬라이드 따위를 거들떠보지도 않고 말을 잇는다. "책 만들 때는 분해를 다시 해야 할 거야. 창피 안

당하려면."

"책까지 만들려고?"

"장사가 좀 됐으니까 대가(大家)가 되고 싶은 허영이 발동하나 봐. 못 보고 못 산 사람에게 책을 팔겠다고 해서 나는 그 반대라고 했어. 본 사람과 소장자에게 책 팔 생각을 하라고 말이야, 그렇잖아? 다들 발상도 거꾸로고 말귀도 제대로 못 알아들어. 이상해…… 일규가 지금 사표를 내놓고 있대."

"그러나 보데. 그런데도 출장 갔다면서?"

"사표도 수리 안 되고 하니 출장이나 떠난 모양이야."

"딴은 위로 출장이군. 기분이나 돌리고 오라 이거지. 좋아졌어."

"서로 간교해졌지 뭐. 적당한 시점에서 서로 호혜(互惠)하고 상부상조하자 이거지. 어쨌든 개 신문사에서는 온통 난리가 났군. 방금 그 전화야. 시경에 연락해서 서울 자가용 넘버를 일러주고, 전국에 수배령을 내려놓았대. 원, 이런 난감한 경우도 있긴 있군그래?"

"그래서 날짜를 멀찌감치 잡아놨더라고. 닷새장(葬)으로."

"그랬어? 난 그것도 유심히 안 봤네…… 다 난감천만일 거야. 회사도, 유족도, 경찰도. 상주야 아직도 감쪽같이 모르고 있을 테니 천하 태평일 거고."

"경찰이 찾을 수 있을까? 그쪽에서야 답답할 건덕지가 없잖아. 호들갑만 떨면 될 테고. 어디로 출장 갔대?"

"남쪽으로 갔대. 남쪽 산 찍으러. 지리산쯤이겠지 뭐. 전남북, 경남북 일대에 수배령을 내려놓았대. 지랄같이 오늘이 또 토요일이라 이거야. 뭐가 제대로 돌아가겠어? 눈까지 쏟아지니 산에 사람이 많을걸. 오늘, 내일 주말에 말이야. 대학도 방학도 시작되었으니, 차를 찾았다고 한들 개가 있을까. 산골짜기에 처박혀 있을 텐데."

"신문을 보면 올라오겠지."

"봐도 내일 아침에나 볼 거고, 출장길에 어느 미친놈이 깨알 같은 부음란까지 훑어봐. 일규, 걔 신문 보는 거 봤어?"

"못 본 것 같기도 하고, 걔 처는 연락이 됐대?"

"모르지 뭐. 걔 집안은 도통 속내를 알 수가 있어야지. 우리처럼 투명한 놈이 못 되잖아? 그게 좋은 점이기도 하지만, 합의 이혼과 위장 이혼을 혼동하는 친구 아냐."

"결국 갈라섰어?"

"그럼, 언제 적 얘긴데. 마누라 쪽에서는 위장 이혼이라고 하고, 걔는 합의 이혼이라고 빡빡 우기면서…… 미국에 갔을걸?"

"그래? 얼마 전에 만났을 때도 그런 말은 통 없던데."

"원래 그런 애잖아. 걔가 원래 겉도는 애야. 매사에 물에 기름이야."

"걔도 이민 갈 모양이군?"

"알 수 없지 뭐. 우리 집사람이 그러는데, 걔 처가 갈라서기 전에 병아리 감별사 학원에도 다니고 했대. 그런 자격증도 따러 다닌 걸 보면 애초부터 딴 궁심이 있었다는 거야. 일규 걔 노래가, 투가리를 아무리 행주로 닦아도 사발이 되냐, 이거 아냐. 진작부터 싹수가 노랬다 이거야. 걔 마누라 말이야. 지금은 이혼녀겠지만, 서로 딴 궁리를 가지고 있으면서 변명과 험담만 일삼고 살았다 이거지."

"병아리 감별사? 그게 뭐 하는 거야?"

"암놈 수놈 구별하는 거겠지. 난들 알 수 있나."

"그런 것도 미리 구별해 두고 그래야 하는 거야?"

"너도 점점 누굴 닮아가는군. 암놈 수놈의 기능이 각각 다르잖아. 잡아먹을 육계와 번식용이."

"아니, 좀 우습잖아. 애도 못 낳는 돌녀가 그걸 구별한다니 말이야. 아무리 기능이고 직업이라지만."

"애? 그것도 속내를 알 수 있나. 누구가 진짜 병신인지, 아니면 병신인 체했는지."

치통 환자는 수세미 같아진 그의 머리통을 한동안 도리질해 댄다. 물론 엄살기가 다분한 행태임을 스스로 의식하고 있다.

어떤 감상의 찌꺼기도 용납지 않을 병아리 감별 기능이 심통을 부려 결혼 생활까지를 파국으로 몰고 갔다면, 이것이야말로 기능 위주의 삶이 저지른 해프닝이 아니고 무엇이란 말인가! 이제 의사소통의 부재를 떠나 각자의 알량한 고집 속에다 제 말을 몽땅 가두어버리는 못된 심술만이 난무하는 시대가 되었다. 침묵이 곧 동의라고 풀이되던 시대는 그래도 행복했다. 서로가 일종의 어떤 기대를 품고, 또 보일 듯 말 듯한 그 기대를 염탐하는 덕목을 가졌으니 말이다. 이제는 누구도 그런 인내라는 덕목의 기식자(寄食者)가 되려 하지 않는다. 말과 그것의 이해 내지는 수용 대신에 세련된 기교 덩어리에 불과한 기능이 사람 사이를, 친구 사이를, 부부 사이를 독차지해 버린 셈이다. 물론 그 기능은 누구에게나 편리한 생활을 제공하는 것으로 제 본분을 다한다는 점에서 너무나 위력적이긴 하다.

"알 수 없는 일이야. 어쨌든 상가에는 가봐야지."

"벌써 가서 뭣 해. 가더라도 해 떨어지고 가. 다들 저녁 늦게나 들르겠대. 상주조차 완벽하게 행불자가 되었으니 전부들 떠름하다 이거지. 지금 가면 우리가 상주 대신에 꼼짝없이 볼모 잡힐걸?"

조수가 히물히물 웃으면서 참견해온다.

"일규 선배 차에 무전기 없어요?"

"그건 왜?"

"금방 연락이 닿지요. 신문사 차에는 대개 다 있을걸요?"

"책이나 영화에 나오는 소릴 하고 있네. 그런 거 달아놓은 차가 어딨어? 여기가 미국인가! 여기서는 그런 나라에서 왕왕 일어나는 돌발적인 사건이 구조적으로 못 일어나게 돼 있어. 소국(小國)이니까 그럴 수밖에 없을 것 아냐. 조직적으로 모든 일이 일어나고 숨겨지고 한다는 얘기야. 이 친구가 햄이야. 그런 자격증도 따놓으면 이럴 때 써먹을 수는 있겠군. 저쪽에서도 햄을 할 수 있어야 되는 거 아냐?"

"물론이지요. 최소한 사설 방송국을 개설할 수 있는 삼급 무선사 자격증은 있어야지요."

"그것도 급수가 있나? 병아리 감별사보다는 낫다는 얘기군."

"우리 나라는 원칙적으로 방송국 스테이션을 자기 집으로 제한하지만 우리 친구들은 길에서 전화 걸 일을 이거로 대신하기도 해요."

조수가 시커멓게 물들인 미군용 야전잠바 주머니에서 무전기를 끄집어낸다. 무선 방송국을 간단히 개설할 요량이고, 무슨 흉내를 낼 모양이다.

"그게 뭐요?"

"2.5와트용 켄우드 무전기기예요. 핸디용이요. 햄 회원이 한번 돼보세요. 묘한 신비감이 있어요. 해외 교신을 한 번만 해보면 당장 알아요. 내 육성을 지구 구석구석에서 다 듣고 있고, 교신도 할 수 있다는 걸 생각해 보세요. 나 혼자만 웅크리고 있을 이유가 없다는 걸 알게 돼요."

"무슨 유언비어나 정보 나부랭이를 주거니 받거니 하는 모양인가?"

"정치, 종교, 섹스 정보는 금하고 있어요."

"인류 평화에 대한 토론만 하고 있겠군."

"그럼요. 여럿이서 토론하는 걸 라운드 테이블이라고 해요. 핵실험, 중동, 지진 등등 공통 화제는 얼마든지 있어요."

"인류 평화 따위의 큼직한 화제를 일삼는 친구가 내 이웃이라면 겁부터 나는데…… 이거 정말 큰일났군."

"절대로 그렇지 않아요. 한번 교신해 볼게요." 조수는 곧장 기계를 작동하고, 귀에다 갖다 댄다. 길거리에서 흔히 본 듯한 장면이다. "시큐, 시큐, 디스 이즈 호텔 리마 원 인디아 골프 엑스레이."

"어이, 어이 제발 관둬. 그게 무슨 암호 같은 지배배야."

조수는 한쪽 구석으로 물러가면서 무슨 소리를 계속 조잘거린다. 그 조잘거림은 도에 지나친 행복감을 시위해 대는 풀벌레나 새새끼들의 소리 같다. 딴은 그런 소리가 묘한 신비감인지도 모른다.

"골방에 앉아서 저런 방송을 서로 보내고 하는 모양이야. 요즘 애들은 뭐가 뭔지 알 수가 없어. 철딱서니가 없지는 않은데 말이야. 저런 부류를 무슨 유행아(流行兒)라고 부르지?"

조수의 음성이 웅얼웅얼 들려온다. 의사 소통보다도 정보 교환에 더 열을 올리는 저런 기교 덩어리도 밥을 먹고, 꿈을 꾸고, 교접(交接)도 하는가?

"큐알젯, 큐알젯. 그게 파워가 얼만데요? 천 킬로? 아휴, 너무 비싸네요." 조수는 멍청해 있는 치통 환자의 얼굴과 사진가의 뒤통수를 번갈아 쳐다보며 필요도 없는 정보를 전해 준다. "이분은 학원 강사예요. 지독한 오디오광이기도 하고요. 이번에 앰프를 갈았대요. 지금 그 이야기예요. 자기 구식 앰프를 내게 헐값에 불하하겠대요."

사진가는 일부러라도 사설 방송국 국장의 조잘거림에 무관심한 체하려고 애를 쓴다. 치통 환자는 "도대체 이게 뭐지, 이게 무슨 놈의 세상이지?"라고 익명의 아무에게나 묻고 싶고, 마구 대들고 싶은 심정이다.

"요 근래 지방에 갔댔어?"

"못 갔어. 개인전을 한두 건 찍느라고. 넌?"

"지방 이동 취재반인가 뭔가로 한 번 따라갔다 왔지. 주마간산 격이었지 뭐."

"다 수박 겉 핥기지. 대충대충 해 달라는 데는 영 미칠 지경이야. 제 것에 대한 의미 부여만 잘하면 된다 이거지. 그것도 각자가 스스로……"

"누가 그래?"

"몰라. 어떤 화가가 그러데. 그럴듯한 말이잖아."

"다변가들의 쓸데없는 신소리지 뭐. 만만하게 봐도 될 거야."

"우리가 사람을 모르기는 너무 모르고 있더군.

껍데기만 찍는 직업이라서 그렇겠지만."

"누가 안 그래? 현명한 분별력이 깡그리 사라졌잖아, 너나없이. 껍데기나 속이 다 평준화된 탓일 테지만 말이야."

치통 환자는 우물우물하다 말고 입을 봉해 버린다. 자신의 말에 싫증이 나서이기도 하지만, 그 무의미한 말로 스스로 갇혀가고 있는 것이 답답해서이다. 사실만을, 그러니까 껍데기만을 보여주기에 급급한 보도 사진가는 또 주절댄다.

"놀고 먹을 수 없을까?"

빛과 명암이 없는 곳에 갇혀 살면서도 그것을 드러내려고 나름대로 신고하는 사진가는 의미 없이 받는다.

"그 반대 아냐? 먹고 만판으로 놀 수 있는 처지 말이야, 그렇잖아? 왜 이렇게 일하기가 싫지? 이런 게 권태야? 그럴 나이가 아닌데 말이야. 그냥 꾸벅꾸벅 졸고 있는 기분이야. 느슨해져 가지고."

창밖으로 보이는 까무룩한 하늘 탓도 있겠는데, 실내에는 능청스러운 시간이 한아름 고여서 이쪽의 꼬물거림을 끈기 있게 바라보고 있는 듯하다.

4

"야, 이게 도대체 무슨 눈이야? 폭설이군. 지독한데. 쓸데없는 가을비가 흔하더니만 겨울에도 하늘 밑구멍이 헐어 빠졌나."

사진가의 차는 엉금엉금 기어가고 있었다. 눈덩이가 맹수의 질주처럼 차창을 달려든다. 시커먼 밤을 배경으로 굵고 하얀 사선(斜線)이 꾸물대는 차를 집어삼킬 듯이 덤비고 있다. 눈은 하늘에서 쏟아지는 것이 아닌 모양이다. 사진가는 핸들을 가슴에 껴안고 얼굴을 차창에다 바싹 갖다댄다. 차창 닦개는 눈덩이를 힘겹게 치우다가 자주 주춤거리고 주저앉기도 한다.

"야, 이거 무섭네. 눈이 스걱거리며 사람 잡을 듯이 퍼붓네. 눈이 비처럼 소리도 몰고 오네."

뒤쪽에 앉은 두 사람의 문상객은 대답이 없다.

눈 따위는 감흥이나 경탄의 대상이 아니라고 우기는 듯하다. 그게 문상객으로서의 마음가짐이라고 여긴다면 미상불 다행한 노릇이다. 그러나 아닐 것이다. 피로와 짜증만 가중시킬 주말(週末)의 상가에서 밤을 지새워야 할 일종의 의무에 지레 넌더리를 내고 있을 것이다.

차가 간신히 아파트 단지의 출입구를 찾는다. 노란 불빛이 점점이 나타나고, 행인들도 더러 보이기 시작한다. 치통 환자는 소주를 반 병이나 마셨으므로 기분과 통증이 한결 눅어 있다. "사람이 안 살면 집에 훈기가 없어집디다. 쑥대밭이란 말이 정말로 빈말이 아니데요. 사람 훈기가 없어지니 집 안팎이 이내 무서리 내린 듯이 하얀 쑥대밭으로 변해 버리데요. 요즘 우리 마을에는 오만 원짜리 빈집이 흔해요. 그런데 우리 아들놈이 다니는 국민학교 이번 가을 운동회 경비가 십이만 원이나 들었답니다. 과자 부스러기다, 콜라다, 그런 음식 같잖은 군것질로 입치레하는 데 그 큰돈이 분질러지고 있으니 이게 뭣입니까. 우리 길뫼리가 사십여 호쯤 모여 사는데 농가 전체 빚이 이억이 넘어요. 그런데 일 년 내내 품팔아 벌어들이는 전체 소출이 일억이 될까 말까 하니 어떡합니까. 우환이 도둑놈인데 우환이 딴 겁니까. 돈 잡아먹는 놈이 우환이지. 죽어라, 죽어라 카는데 그래도 살라믄 먹어야 하니 도시 사람들보다야 우리들이 더 훈기가 돌 겁니다. 돈 앞에 정승 없다지만, 그래도 우리가 알짜배기 아닙니까?" "내사 암말도 안 할라요. 말해 봤자 소귀에 경 읽긴데? 요새 사람들은 다 제 살기가 바빠서 그런지 남의 말귀가 어둡습디다. 이라다가 우리 조선말 다 잊아뿌고, 없어지는 거 아닌가 모르겠네요. 역관(譯官) 두면 되겠지만서도 그때사 우리야 저승귀신 다 돼 있을 테니. 저 양반 소새끼 흘레붙는 것 찍는 거 보소. 좋은 구경거리 생겼네. 아무리 사진 찍어가고, 남의 말 받아 적어가도 신문에 그대로 나는 것 한번 못 봤네. 신문 안 본지도 오래됐지만서도." 저만큼 상가의 붉은 등이 보인다. 오층짜리 아파트 전체가 상가인 양 가운데 출입구에 근조등이 걸려 있고, 그 불빛이 주검 위에서 파르르 춤을 추고 있다. 상가가 품위라고는 전혀 없어 보인다.

방금 "이북에는 뚱보가 없대요, 머리도 죄다 기름 발라 올백 하고. 다들 살 만하니 스트레스도 있고 뚱보도 생기는 거야"라며 저마다의 건강 타령에 찬물을 끼얹어버린 친구가 문상객 차비를 차린다.

"뭘 사가나? 빈손으로 가도 되는 건가?"

그의 옆자리 친구가 말을 받는다.

"부의 봉투면 됐지, 뭘 또 사. 화투나 한 모 사든지. 어차피 밤새워야 되잖나? 돌아가신 양반이 경제통에다 깐깐했던 양반이었잖아. 허례는 도리도 아니고 불경스러워."

"화투놀이는 예의바르고?"

동문서답에는 웬만큼 숙달된 친구들이자, 한때는 끼리끼리 한 직장의 동료들이기도 했던 사이들이라서 서로 감정과 말들을 줄인다. 사진가도 대꾸할 생각이 전혀 없는지 차창을 통해 아파트 콧잔등에 붙은 호수(號數)만 빤히 더듬는다.

자신의 제안이 뭉개져버린 친구가 중얼거린다.

"맞아. 제대로 찾아왔어. 다행이야. 일층에서 돌아가신 게. 관이 창밖으로 덜렁거리는 내려오는 걸 보고 애 떨어뜨린 부인도 있다잖아."

"소일삼아 아파트 단지 관리소장 하신 양반이 일층에 살았다면 그럴듯하게 어울리잖아? 어울리지 않아도 그 양반 성격으로는 어쩔 수 없었을 테지만, 안 그래?"

"성격? 경제력이 성격을 만들지. 성격이 운명을 만들어?"

"경제력이 운명인데 무슨 소리야. 성격도 운명처럼 타고나는 게 아닐걸, 요즘 세상에서는?"

"쟤는 또 무슨 소리야? 재운(財運) 없는 사람은 죽어서까지 꼬장꼬장했던 성격도 결점인 것처럼 둘러대는 거야 뭐야."

치통 환자는 고인의 성격이 '지금 우리'에게 왜 필요한지 반발하고 싶고, '좋은 성격'이란 어떤 것인지 반문하고 싶다. 그래서 무르팍 위에 올려놓은 사진기 가방을 추스르고 아무렇게나 응수한다.

"알았어. 내리지, 상주도 없는 상가에."

차가 멈춘다. 발자국도 깡그리 덮어버린 폭설이 우쭐우쭐 내려선 네 사내의 거동을 말똥말똥 쳐다보고 있다. 희끄무레한 잔디밭은 거대한 털북숭이로 웅크리고 있고, 씩씩 숨까지 몰아쉬고 있다.

누군가가 지껄인다.

"이 아파트도 아마 전세라지?"

"그래, 관리소장은 어디서 하는데?"

"그 직장은 다른 데 있지. 여의도 어디라든가? 여기서 출퇴근한대요. 주유소 차로. 우리 직원 중에 이 양반을 모신 사람이 있어. 신문사에 있을 때는 소문이 났대. 고지식하고, 바른 소리 잘하고, 봉투를 우습게 알기로. 그런 신문을 왜 없앴지?"

"신문과 사람과는 별개잖아. 성격과 경제력이 따로따로인 것처럼."

"그래도 이 양반은 성격대로 경제력도 뻣뻣했을 걸."

"둘 다 형편없었지 뭐. 그냥 우국지사에다 술꾼이었지 뭐. 명군은 거기 비하면 약아빠진 구석이 있고. 요즘 세상에는 그게 낫지."

출입구에서 바로 올려다보이는 층계참의 왼쪽이 초상집 입구다. 벌쭘히 열려 있는 철문 사이로 신발이 오골오골 모여 있다. 어디선가 매운 바람이 와락 몰려든다. 문상객들은 하나같이 뼈까지 얼어붙는 듯 몸서리를 친다.

대개의 초상집이 다 그렇지만, 유족들은 죽은 사람의 엄숙한 침묵 속에 그들 스스로 가두어버리고 있다. 자질구레한 그들의 감정을 죽은 사람의 입속에다 뭉뚱그려 집어넣고 있는 것이다. 또한 죽은 사람에 대한 회오만으로 그들의 정서를 하얗게 표백해 버리고 있는 것이다. 말수가 적다는 뜻이 아니라 할 말이 너무 많아서 멍청해 있는 것이다. 사진가 일행이 일렬횡대로 서서 병풍과 영정을 향해 절들을 마치고, 곧장 검은 두루마기 차림의 늙수그레한 상주 앞에 머리를 조아린다.

"상심되겠습니다."

상주는 희끗희끗한 머리에 이마가 시원하고, 검붉은 얼굴에 안개가 서린 듯한 안경을 콧잔등으로 한사코 밀어올려쌓는 중늙은이로서 일찍이 인생의 단맛 쓴맛을 골고루 맛본 사람 같다. 그러나 따질듯이 문상객들을 건너다보는 눈길은 구두쇠 소리를 듣기에 알맞고, 기개 있는 사내로 대접받기에 충분한 위인이다.

"고인의 처남 되는 사람입니다. 강설(强雪)의 날씨에 먼 길을 오게 해서 폐가 많습니다. 하나뿐인 맏상주조차 행방이 묘연해서 큰일입니다."

"어쩌다가 갑자기 이런 변을."

상주 대역을 맡은 처남이 펑퍼짐하게 앉자마자 말을 쏟아놓는다.

"과음 끝에 가슴만 쥐어뜯다가 새벽녘에 숨을 모은 모양입니다. 맏상주 친구들이지요? 참 한심스러운 얘긴데, 근자에 고인의 심기가 꽤 불편했던 듯합니다. 할 소린지 안 할 소린지 모르겠습니다만, 고인이 올 봄부터 이런저런 안면과 이름으로 저쪽 어느 아파트를 관리하는 책임자가 됐습니다. 그런데 얼마 전에 자체 감사에서 밑에 직원들이 벙커씨유를 몇십 드럼 횡령한 사실이 발각된 모양입니다. 돈 백만 원도 안 되는 푼돈을 몇 놈이서 몇 달에 걸쳐 야금야금 착복했겠지요. 그게 화근이 돼서 환갑이 내일모레인 양반이 젊은 애들과 언성을 높이고 딸자식 같은 입주자 대표에게 몹쓸 욕지거리도 듣고, 데리고 있던 경리 직원, 보일러공들이 회계사 사무실로, 경찰서로 불려가고 한 모양입니다."

"그런 일이야 적당히 쓰다듬어야지요. 신문에 나서 좋은 일도 아니고."

"글쎄 그렇다는군요. 아파트 값 떨어진다고…… 아무튼 남의 돈 일 원 한 장을 무섭게 여기는 양반

이 수모를 톡톡히 당한 게지요."

"그런 수모야 그러려니 하고 잊어버려야지요."

"글쎄 말입니다. 허나 고인의 성질이 어디 그렇습니까. 또 돈을 변상시키든지 목을 자르든지 했어야 했는데, 그러지도 못한 모양입니다. 자존심 강한 양반이 마음은 또 한없이 여려서…… 어쨌거나 이 핑계 저 핑계로 요리조리 빠져나가는 꼴들이 아니꼽고 불쌍해서 고인이 곱다시 변상을 하고 그 횡령건을 쉬쉬 덮어둔 모양인데, 그걸 빌미로 몇 년 전부터 술이라고는 일체 끊었던 양반이 저녁마다 젊은것들과 소주를 들이켜고……"

치통 환자의 눈에는 상주 대역을 맡은 중늙은이가 초상집일망정 훈기를 집어넣는 사람으로 비친다. 사람이란 맡은 역할이나 직분, 나아가서 기능만으로 제 몫을 다하는 동물은 아닌 게 분명하다. 바꾸어 말하면 사람이란 허울만 뒤집어쓰고 살아도 제 값어치가 있고, 제 몫을 다하는 어떤 주체임에 틀림없다.

"원 이거, 박복한 양반이 임종을 받기는커녕 제때 초상이라도 치르게 될지 말지라 낭패 중에 낭패입니다……"

말을 마치자 중늙은이는 결연히 책상다리를 풀고 일어선다. 다른 문상객이 닥쳤기 때문이다.

사진가 일행은 엉거주춤 일어선다. 다들 까맣게 모르고 있지만, 빈소는 목이 따가울 정도로 매캐한 향내로 가득하다. 스물다섯 평쯤 되어 보이는 아파트는 문상객들로 빼곡히 차 있다. 치통 환자는 가방을 놓아둘 자리를 찾지만 여의치 않다. 빈소를 찍을 의무는 없고, 또 그럴 이유도 없지만, 어깨걸이가 달린 사진기 가방은 변소에 갈 때에도 들고 다니는 버릇이 있는 터이다. 사진가 일행이 우르르 부엌 쪽으로 다가간다.

소복을 한 모친이 울먹인다.

"이 일을 어떡하면 좋나. 아직 연락이 없지? 저 양반이 당신 성질 때문에 죽어서도 이런 낭패를 보네. 다 팔자고 운명 탓으로 돌릴래도 어안이 벙

병해서 도통 꿈인지 생신지 알 수가 없네."

"내일 중으로야 올라오겠지요. 오일장으로 잡아났대요."

"그거야 미국 있는 걔 두 매형들 때문에 저 빈소에 앉았는 내 동생이 그런 것이제."

치통 환자의 뒤로 낯이 익은 상주의 직장 동료 몇 사람이 둘러선다. 곧장 "신문사를 아예 이리로 옮겨놨군"이라는 우스개도 들리고. "어느 구석에 차를 처박아두었는지 누가 찾겠어. 산속에서 누워 자는 거 아닌지 모르지. 별난 초상 치르게 생겼네"라는 말도 들린다.

"저 양반이 일규 동생 죽었을 때 한여름인데 술독에 빠져서 제 자식 죽은 것도 모르고 그 다음날 벌건 대낮에야 털레털레 집구석이라고 찾아들어오더니만 그 망신살이 지금까지 뻗치네. 세상 만사가 그래서 공평하고, 죄는 지은 대로 가고 덕은 닦은 대로 간다더니……"

반백의 상주 모친은 음식 장만 두량은 뒷전이고, 아예 넋을 잃고 있다. 모르긴 하지만, 저녁 밥상과 술상은 한 차례씩 다 돌아갔을 것이다. 역시 소복 차림의 상주 누이동생도 눈이 뻘겋게 부은 채로 일손을 놓고 있다.

"엄마는 지금 그런 말을 해서 무슨 소용이 있어요. 제발 그만해요. 오빠들이 제발 우리 오빠 어떻게 수배를 좀 해줘요. 정말 답답해서 미치겠어요."

뻔히 건너다보이는 썰렁한 빈소가 고인의 박복한 생애를 요약하고 있는 듯하다. 이번에는 상주 대역을 맡은 중늙은이가 무릎을 꿇고 고개만 주억거린다. 과년한 처녀인 상주 누이동생은 그 광경을 잠시 훑어보다가 발작적으로 돌아서고, 곧장 냉장고를 끌어안고 소리내어 운다.

"야, 야, 말아라 말아. 운다고 죽은 사람이 살아나나. 친손주 새끼 하나 못 안아보고 죽은 팔자가 애비 없이 시집갈 니 신세보다 더 섧은 줄이나 알아라." 상주 모친은 소맷자락에서 손수건을 끄집어내서 눈가를 꾹꾹 눌러쌓는다. "살아보니 별스

럽지도 않다마는 남들은 다들 입을 맞춘 듯이 저 양반 성질이 별나네 해쌓대. 저 양반 주위에는 도통 사람이 안 끓어. 일규 그놈도 제 애비하고는 물에 기름이야. 얼마 전에는 저쪽 아파트에 사는 늙은 영감이 칠십에 본 자식 새끼를 잃었다고 그걸 처치해 달라고 울며불며 저 양반한테 부탁했던가 봐. 요즘 세상에 운전수가 옛날이면 마부고, 말이 좋아 아파트 관리소장이지 옛날에는 행랑아범 아닌가. 재산 있는 영감이 어렵사리 후사를 봤다가 그 어린것이 피 없어지는 병에 걸려 죽었으니 그런 부탁쯤이야 예사고, 받아도 싸지. 그런데 그 부탁이 못마땅했던가 봐. 술이 홍시 냄새가 나도록 자시고 와서 그 말을 하더니 밤새도록 울어싸. 왜 우냐까, 임자는 내 심정 모른다고, 내 신세가 섧어 운다고…… 남의 자식 시체나 거두는 신세가 섧었겠지. 옛날에는 부모 없이 자라서 눈물이 다 말랐다고 평생을 울 줄 모르던 양반이 밤새 울대. 속으로 이 양반이 죽을 날이 가까워오는가 했더니 그 방정맞은 짐작이 맞아떨어져서 정말 이래 덜컹 죽네……"

"엄마, 제발 그만해요. 엄마가 떠밀다시피 아빠를 그 직장에 내보냈잖아요. 돈은 안 벌어와도 좋으니 낮에는 밖에 나갔다 오라고……"

치통 환자는 상주 모친의 넋두리를 들으면서 '이게 무슨 사진인가, 이건 사진도 아니고, 실물도 아니다. 흑백의 콘트라스트도 없고, 희끄무레한 단일색조의 배경만 있는 그림이다'고 속으로 혀를 내두른다.

"일규가 요즘 여기서…… 언제 나갔습니까?"

누군가가 며칠 동안 행불자로 떠돌아다닐 친구의 근황을 알아보려고 우회적으로, 그러나 말이 안 되는 질문을 던진다.

"몰라. 어제 아침에 나갔어. 출근하듯이 나갔어. 밤마다 늦게 들어오고, 갠들 무슨 집발이 붙겠나. 지난 봄에 제 집 정리하고 여기 들어오고부터 제 애비하고 밥도 같이 안 먹어. 말도 없고. 그놈

이 원래 머리에 가마가 두 개야. 고집 세고. 새 장가 가라고 제 동생이 우스개를 해도 가타부타 말이 없어. 여자라면 진절머리가 나겠다. 그놈도 제 애비한테는 불효자식이야. 도대체 이런 임종이 말이나 되는 소린가. 보나마나 그놈 팔자도 부전자전일 거야. 다들 좀 앉게. 장승처럼 서 있지만 말고. 야야, 그만 울고 니 오빠들 술상이나 봐라. 어디든지 전화 좀 넣어봐주게들. 원 답답해서 이거야, 매장을 해야 할 텐데 뭐가 뭔지 두서를 못 잡겠네. 몽달귀신으로 죽을 이놈이 어느 구석에 처박혀 있는지. 쯧, 쯧, 쯧. 살아생전 제 애비 사진이나 안 찍고, 남의 얼굴만 찍어대는 이 미친놈을 어디서 찾나, 제발 다들 좀 앉게.”

사진가 일행은 베란다 아래에다 은은하게 그 빛을 되쏘고 있는 아파트 공터의 질펀한 눈밭과 그 너머로 푹 주저앉아 있는 벌판을 눈여겨보다가 하나둘 무너지듯 앉는다. 그리고 번갈아가며 전화통을 물끄러미 쳐다보지만 무력감을 느낀다. 치통 환자는 “이런 무정한 죽음도 죽음인가, 이건 분명히 무효다, 이빨이라도 아프다가 죽어야 사람다운 죽음이다. 그러니까 이건 현실도 아니고, 사람의 세계도 아니고, 따라서 사진의 피사체도 될 수 없다”라고 부득부득 우긴다.

굵은 눈발은 줄기차게 퍼붓는다. 약속이나 한 것처럼 누구도 먼저 입을 떼지 않는다. 말들을 까맣게 잊어버린 것이다. 그리고 산야를 떠돌고 있을 어느 풍경 사진가처럼 제 존재마저도 잃어버린 것이다. 어디선가 크리스마스 캐럴이 가녀리게 들려온다, 역시 현실감이 없는 소리다. 눈발은 무작정 줄기차게, 갈팡질팡하며 세상을 덮어버릴 듯이, 하나의 죽음쯤은 의미가 없다는 시위라도 하는 것처럼 주룩주룩 내려 쌓이고 있다. 그래서 현실을 깡그리 없애버리고 있다. 그리고 이 세상을 한 장의 커다란 흰 종이로 만들고 있다. 온갖 소음도, 사람들의 웅얼거림조차도 잠재우고 있다. 그리고 모든 사람들의 실존 자체도 무화시켜가고 있다. 결국 이 세상은 아주 작고 단조로운, 곳곳에 죽음이라는 공동(空洞)만 널려 있는 돌멩이일 뿐이다. 치통 환자는 그 의미 없는 단일 색조의 현실을 한 장의 흰 종이 위에 담으려고 자신을 숨겨버리고 있는 친구의 실존이 눈발처럼 갈팡질팡하고 있다고 생각한다. 물론 그 자신의 실존도 믿기지 않는다. 또 자신이 마치 이 수많은 하얀 공동으로 이루어진 세상의 상주 같다는 느낌도 되뇌면서 머리를 절레절레 흔든다. 그의 그런 몸짓이 사진가 일행의 눈에는 한 친구의 이 어이없고 완벽한 실종에 절망하고 있는 것처럼 비친다. 치통 환자는 이 세상을 작게 축소해 대는 그릇이 담긴 가방을 한쪽 구석에 내려놓는다. 그는 이제 작은 나라의 아주 작은 직분도 내팽개쳐버렸다고 생각한다.

[1986]

한계령

양귀자 (1955 ~)

전북 전주 출생. 원광대 국문과 졸업. 1978년 『문학사상』에 「다시 시작하는 아침」
을 발표하며 등단. 소설집에 『귀머거리새』 『원미동 사람들』 등이 있으며, 장편소설에
『모순』 등이 있다.

산봉우리를 향하여 한 걸음씩 옮길 때마다 두고 온 길은 잡초에 뒤섞여 자
취도 없이 스러져 버리곤 하였다. 그들을 기다려 주는 것은 잊어버리라는 산
울림, 혹은 내려가라고 지친 어깨를 떠미는 한 줄기 바람일 것이었다. 또 있
다면 그것은 잿빛 하늘과 황토의 한 뼘 땅이 전부일 것이었다. 그럼에도 등
을 구부리고 짐꾸러미를 멘 인간들은, 큰오빠까지도 한사코 봉우리를 향하
여 무거운 발길을 옮겨 놓고 있었다.

전화에서 흘러나오는 여자의 목소리는 지독히도 탁하고 갈라져 있었다. 얼핏 듣기에는 여자인지 남자인지 구분하기가 힘들 정도였다. 그 목소리를 듣자 나는 곧 기억의 갈피를 젖히고 음성의 주인공을 찾아보기 시작했다. 내게 전화를 건 적이 있는 그런 굵은 목소리의 여자는 두 사람쯤이었다. 한 명은 사보 편집자였고 또 한 명은 출판인이었다. 두 사람 다 만나본 적은 없었지만 아무래도 활동적이고 거침이 없는 여걸이 아니겠냐는 선입견을 가지고 있는 터였다.

두 사람 중의 하나라면 사보 편집자이기가 십상이라고 속단한 채 나는 전화 저편의 여자가 순서대로 예의를 지켜가며 나를 찾는 것에 건성으로 대꾸하고 있었다. 가스 레인지를 켜놓고 무언가를 끓이고 있던 중이어서 내 마음은 급하기 짝이 없었다. 급한 내 마음과는 달리 여자는 쉰 목소리로 또 한 번 나를 확인하고 나더니 잠깐 침묵을 지키기까지 하였다. 그리고는 대단히 자신 없는 목소리로 이렇게 말하였다.

"혹시 전주에서…… 철길 옆동네에서 살지 않았나요?"

수필이거나 콩트거나 뭐 그런 종류의 청탁 전화려니 여기고 있던 내게는 뜻밖의 질문이었다. 그러나 어김없이 맞는 말이기는 하였다. 나는 전주 사람이었고 전주에서도 철길 동네 사람이었다. 주택가를 관통하며 지나가던 어린 시절의 그 철길은 몇 년 전에 시 외곽으로 옮겨지긴 하였지만 지금도 철로 연변의 풍경이 내 마음에는 고스란히 남아 있었다. 그렇다는 대답을 듣고 나서도 전화 속의 목소리는 또 한 번 뜸을 들였다.

"혹시 기억할는지 모르겠지만 난 박은자라고, 찐빵집 하던 철길 옆의 그 은자인데……."

잊었더라도 할 수 없다는 듯이, 그리고 이십 년도 훨씬 전의 어린 시절 동무 이름까지야 어찌 다 기억할 수 있겠느냐는 듯이 목소리는 한층 더 자신이 없었다.

박은자. 그러나 나는 그 이름을 또렷이 기억하고 있었다. 얼마큼이나 또렷하게 기억하고 있는가 하면 전화 속의 목소리가 찐빵집 어쩌고 했을 때 이미 나는 잡채 가닥과 돼지비계가 뒤섞여 있는 만두속 냄새까지 맡아버린 뒤였다. 하지만 나는 만두 냄새가 난다고 말하지는 않았다. 세월이 그간 내게 가르쳐준 대로 한껏 반가움을 숨기고, 될 수 있으면 통통 튀지 않는 음성으로 그 이름을 분명히 기억하고 있음을 알렸을 뿐이었다. 그렇게 했음에도 반기는 내 마음이 전화선을 타고 날아가서 그녀의 마음에 꽂힌 모양이었다. 쉰 목소리의 높이가 몇 계단 뛰어오르고, 그러자니 자연 갈라지는 목소리의 가닥가닥마다에서 파열음이 튀어나오면서 폭포수처럼 말이 쏟아져 나오기 시작했다.

"반갑다. 정말 얼마 만이냐? 난 네가 기억하지 못할 줄 알았거든. 전화 할까 말까 꽤나 망설였는데…… 그런데 자꾸 여기저기에 네 이름이 나잖아? 사람들한테 신문을 보여주면서 야가 내 친구라고 자랑도 많이 했단다. 너 옛날에 만화책 좋아할 때부터 내가 알아봤어. 신문사에 전화했더니 네 연락처 알려주더라. 벌써 한 달 전에 네 전화번호 알았는데 이제서야 하는 거야. 세상에, 정말 몇 년 만이니?"

정확히 이십오 년 만에 나는 은자의 목소리를 듣고 있는 중이었다. 철길 옆 찐빵집 딸을 친구로 사귀었던 때가 국민학교 2학년이었으므로 꼭 그렇게 되었다. 여기저기 이름 석 자를 내걸고 글을 쓰다 보면 과거 속에 묻혀 있던, 그냥 잊은 채 살아도 아무 지장이 없을 이름들이 전화 속에서 튀어나오는 경우가 더러 있었다. 물론 반갑기야 하고 추억을 떠올리게도 하지만 단지 그것뿐이었다. 서로 살아가는 행로가 다르다는 엄연한 사실을 확인하면서도 겉으로는 한번 만나자거나 자주 연락을 취하자거나 하는 식의 말치레만으로 끝나는 일회성의 재회였다.

그렇지만 찐빵집 딸 박은자의 전화를 받으리라고는 상상도 하지 않았었다.

그 애가 설령 어느 지면에서 내 이름과 얼굴을 발견했다손 치더라도 나를 기억할 수 있겠느냐고 전혀 자신 없어한 것은 오히려 내 쪽이었다. 만에 하나 기억을 해 냈다 하더라도 신문사에 전화를 해서 내 연락처를 수소문할 이유는 전혀 없었다. 우리들은 그저 60년대의 어느 한 해 동안 한동네에 살았을 뿐이었다. 지금 와서 돌이켜보면 나에게는 그 한 해가 커다란 위안이었지만 그 애에게는 지겨운 나날이었을 게 분명했다.

그 뜻밖의 전화는 이십오 년이란 긴 세월을 풀어놓느라고 길게 이어졌다. 무엇보다도 먼저 나는 그 애에게 왜 가수가 되지 않았느냐고 물을 참이었다. '검은 상처의 블루스'를 너만큼 잘 부르는 사람은 아직 보지 못했노라고 말해 주고 싶었다. 하지만 좀처럼 말할 기회가 주어지지 않았다. 어디어디에서 너의 짧은 글을 읽었다는 것과 네가 내 친구라는 사실을 믿지 않던 주위 사람들의 어리석음과 네 이름을 발견할 때의 기쁨이 어떠했는가를 그 애는 몇 번씩이나 되풀이 말하였다. 그런 이야기 끝에 은자가 먼저 자신의 직업을 밝혔다. "난 어쩔 수 없이 여태도 노래로 먹고 산단다. 아니, 그런데 넌 부천에 살면서 '미나 박'이란 이름도 들어보지 못했니? 네 신랑이 샌님이구나. 너를 한 번도 나이트클럽이나 스탠드바에 데려가지 않은 모양이네. 이래봬도 경인 지역 밤업소에서는 미나 박 인기가 굉장하다구. 부천 업소들에서 노래 부른 지도 벌써 몇 년째란다. 내 목소리 좀 들어봐. 완전 갔어. 얼마나 불러 제끼는지. 어쩔 때는 말도 안 나온단다. 솔로도 하고 합창도 하고 하여간 징그럽게 불러댔다."

그제서야 난 전화에서 흘러나오는 쉰 목소리의 다른 모습들을 떠올릴 수 있었다. 가수들의 말하는 음성이 으레 그보다 훨씬 탁했었다. 목소리가 그 지경이 될 만큼 노래를 불렀구나 생각하니 갑

자기 가슴이 뜨거워졌다. 노래를 빼놓고 무엇으로 은자를 추억할 것인지 나는 은근히 두려웠던 것이다. 노래와는 전혀 무관한 채 보통의 주부가 되어 있다가 내게 전화를 했더라면 어떤 기분이었을까. 비록 텔레비전에 자주 출연하는 인기 가수가 아니더라도, 밤업소를 전전하는 무명 가수로 살아왔더라도 그 애가 노래를 버리지 않았다는 것이 내게는 중요했다. 그래서 나는 슬쩍 '검은 상처의 블루스'나 버드나무 밑의 작은 음악회, 그리고 비 오는 날 좁은 망대 안에서 들려주었던 가수들의 세계 따위, 몇 가지 옛 추억을 그 애에게 일깨워주었다. 짐작대로 은자는 감탄을 연발하면서 기뻐하였다. 그렇게 세세한 일까지 잊지 않고 있는 나의 끈질긴 우정을 그녀는 거의 까무러칠 듯한 호들갑으로 보답하면서 마침내는 완벽하게 옛 친구의 자리로 되돌아갔다.

그 밖에도 나는 아주 많은 부분을 기억하고 있었다. 그해 여름 장마 때 하천으로 떠내려오던 돼지의 슬픈 눈도, 노상 속치맛바람이던 그 애의 어머니도, 다방 레지로 취직되었던 그 애 언니의 매끄러운 종아리도, 그 외의 더 많은 것들도 나는 말해 줄 수 있었다. 그럴 수밖에 없는 것이 몇 년 전 나는 은자를 주인공으로 하는 유년 시절에 관한 소설을 한 편 발표한 적이 있었다. 소설을 쓰는 일이 과거를 되살려 불러낼 수도 있다는 것과 쓰는 작업조차도 감미로울 수 있다는 깨달음을 안겨준 소설이었다. 마치 흑백사진의 선명한 명암 대비처럼 유난히 삶과 죽음의 교차가 심했던 유년의 한때를 글자 하나하나로 낚아올려 내던 그때의 작업만큼 탐닉했던 글쓰기는 경험해 본 적이 없었다. 육친의 철저한 보호 속에 갇혀 있다가 굶주림과 탐욕과 애증이 엇갈리는 세계로의 나아감, 자아의 뾰족한 새 잎이 만나게 되는 혼돈의 세상을 엮어나가던 그 사이사이 나는 몇 번씩이나 눈시울을 붉히곤 했었다. 은자는 그때 이미 나보다 한 발 앞서 세상 가운데에 발을 넣고 있었다. 유행가와 철

길과 죽음이 그 애의 등을 떠밀어서 은자는 자꾸만 세상 깊은 곳으로 나아가고 있었다. 그 애가 세상과 익숙한 것을 두고 나의 어머니는 '마귀새끼'라는 호칭까지 붙여줄 지경이었으니까. 흡사 유황불이 이글거리는 지옥의 아수라장처럼 무섭기만 했던 그 세상에서 나는 벌써 몇십 년을 살고 있는가. 아니, 살아내고 있는가…….

그러나 나는 은자에게 소설 이야기는 하지 않았다. 사실은 할 기회도 없었다. 어떻게 해서 밤업소 가수로 묶이고 말았는지를 설명하고 지금처럼 먹고 살 만큼 되기까지 어떤 우여곡절을 겪었는지 대충 말하는 데만도 시간이 많이 걸렸다. 나는 고작해야 십 몇 년 전에 텔레비전 전국노래자랑에 출전하지 않았느냐고, 그런 말을 들은 적이 있다는 것만 알려줄 수 있었을 뿐이었다.

"맞아. 그때 장려상인가 받았거든. 그리고 작곡가 선생님이 취입시켜 준다길래 부지런히 쫓아다녔는데 밑천이 있어야 곡을 받지. 아까 전주 관광호텔 나이트클럽에서 잠깐 노래 부른 적이 있다고 했지? 그때가 스무 살이었어. 돈 좀 마련해서 취입하려고 거기서 노래 부른 거라구. 그러다 영영 밤무대 가수가 되고 말았어. 아무튼 우리 만나자. 보고 싶어 죽겠다. 니네 오빠들은 다 뭐 해? 참, 니네 큰오빠 성공했다는 소식은 옛날에 들었지. 암튼 장해. 넌 어때? 빨리 만나고 싶다. 응?"

전화로는 아무래도 이십오 년을 다 풀어놓을 수가 없다는 듯이 은자는 만나기를 재촉했다. 거절할 수도 없는 것이 매일 밤 바로 부천의 어느 나이트클럽에서 노래를 한다는 것이었다. 그녀의 무대는 밤 여덟 시에 한 번, 그리고 열 시에 또 한 번 있었으므로 나는 아홉 시쯤에 시간 약속을 해서 나가야 했다. 작가라서 점잖은 척해야 한다면 다른 장소에서 만날 수도 있다고 그녀는 말하였다. 그래놓고도 작가라면 술집 답사 정도는 예사가 아니겠느냐고 제법 나를 부추기기도 하였다.

물론 나 역시 은자를 만나고 싶었다. 그러나 당장 오늘이나 내일로 시간을 정하라는 그녀의 성화에는 따를 수 없었다. 밤 아홉 시면 잠자리에 들어야 할 딸도 있었고, 그 딸이 잠든 뒤에는 오늘이나 내일까지 꼭 써놓아야 할 산문이 두 개나 있었다. 이십오 년이나 만나지 않았는데 하루나 이틀 늦어진다고 무엇이 잘못되겠느냐, 매일 밤 부천에서 노래를 부른다면 기어이 만날 수는 있지 않겠느냐고 말을 했더니 은자는 갑자기 펄쩍 뛰었다.

"오늘이 수요일이지? 이번 주 일요일까지면 계약 끝이야. 당분간은 부천뿐 아니라 경인 지역 밤업소 못 뛴단 말야. 어쩌다 보니 돈을 좀 모았거든. 찐빵집 딸이 성공해서 신사동에다 카페 하나 개업한다니까. 보름 후에 오픈이야. 이번 주일 아니면 언제 만나겠니? 넌 내가 안 보고 싶어? 아휴, 궁금해 죽겠다. 일단 한번 보자. 얼굴이라도 보게 잠깐 나왔다가 들어가면 되잖아? 너네 집이 원미동이랬지? 야, 걸어와도 되겠다. 그 옛날 전주로 치면 우리집서 오거리까지도 안 되는데 뭘. 그땐 맨날 뛰어서 거기까지 놀러갔었잖아?"

넌 내가 보고 싶지도 않아? 라고 소리치는 은자의 쉰 목소리가 또 한번 내 가슴을 뜨겁게 하였다. 그 닷새 중에 어느 하루, 밤 아홉 시에 꼭 가겠노라고 약속을 한 뒤에서야 우리는 비로소 그 긴 전화를 끊었다. 수화기를 내려놓으면서 나도 모르는 사이에 긴 한숨이 흘러나왔다. 이십오 년을 넘나드느라고 나는 지쳐 있었다. 그리고 현실로 돌아왔을 때 그제서야 나는 가스 레인지의 푸른 불꽃과 끓고 있던 냄비가 생각났다. 황급히 달려가 봤을 때는 벌써 냄비 속의 내용물이 바삭바삭한 재로 변해 버린 뒤였다.

이상한 일이었다. 난데없는 은자의 전화가 아니더라도 나는 요즘 들어 줄곧 그 시절의 고향 풍경을 떠올리고 있었다. 하필 이런 때에 불현듯 그 시절의 은자가 나타난 것이었다. 고향에 대한 잦은 상념은 아마도 그곳에서 들려오는 큰오빠의 소식 때문일 것이었다. 때로는 동생이, 때로는 어머니가 전해 주는 이야기들은 어떤 가족의 삶에서나 다 그렇듯이 미주알고주알 시작부터 끝까지가 장황했지만 뜻은 매양 같았다. 항상 꿋꿋하기가 대나무 같고 매사에 빈틈이 없어 도무지 어렵기만 하던 큰오빠가 조금씩조금씩 허물어지고 있다는 것이었다. 처음에는 큰오빠의 말수가 점점 줄어들고 있다는 소식이 고작이었다. 자식들도 대학을 다닐 만큼 다 컸고 흰머리도 꽤 생겨났으니 늙어가는 모습 중의 하나일 것이라고, 식구들은 그렇게 여겼을 뿐이었다. 그때가 작년 봄이었을 것이다. 술이 들어가기 전에는 거의 온종일 말을 잊은 채 어디 먼 곳만을 쳐다보고 있는 날이 잦다고 어머니의 근심어린 전화가 가끔씩 걸려 왔었다. 건강이 좋지 않아 절제해 오던 술이 폭음으로 늘어난 것은 그 다음부터였다. 때로는 며칠씩 집을 나가 연락도 없이 떠돌아다니기도 하였다. 온 식구가 발을 동동 구르며 애를 태우고 있으면 큰오빠는 홀연히 귀가하여 무심한 얼굴로 뜨락의 잡초를 뽑고 있기도 하였다. 그렇게 열심히 매달려 왔던 사업도 저만큼 던져놓은 채 그는 우두망찰 먼 곳의 어딘가에 시선을 붙박아두고 있는 사람처럼 보였다. 어머니는 그런 큰오빠를 설명하면서 곧잘 "진이 다 빠져버린 것 같아……"라고 말하였다. 동생은 또 큰오빠의 뒷모습을 보면 눈물이 핑 돌 만큼 애닯다고 말하였다. 아닌 게 아니라 전화 저편의 어머니도 진이 빠진 목소리였고 동생 또한 목메인 음성이곤 하였다. 그것은 마치 믿고 있던 둑의 이곳 저곳에서 물이 새고 있다는 보고를 듣는 것처럼 나에게도 허망한 느낌을 불러일으켰다.

그렇지 않아도 세상살이의 올곧지 못함에 부대껴 오던 나날이었다. 나는 자연 튼튼하고 믿음직스러웠던 원래의 둑을 그리워하지 않을 수 없었다. 이제는 결코 젊다고 할 수 없는 나이의 그가, 더욱이 몇 년 전의 대수술로 건강마저 염려스러운 그가 겪고 있는 상심(傷心)의 정체를 나는 알 것도 같았다. 아니, 정녕 모를 일인 것처럼 여겨지기도

하였다. 그를 짓누르고 있던 장남의 멍에가 벗겨진 것은 겨우 몇 해 전이었다. 아버지가 없었어도 우리 형제들은 장남의 어깨를 밟고 무사히 한 몫의 사람으로 커올 수 있었다. 우리들이 그의 어깨에, 등에 매달려 있던 때 그는 늠름하고 서슬 퍼런 장수처럼 보였다. 은자도 알 것이었다. 내 큰오빠가 얼마나 멋졌던가를. 흡사 증인(證人)이 되어주기나 하려는 듯 홀연히 나타난 은자를, 그 애의 쉰 목소리를 상기하면서 나는 문득 마음이 편안해졌다.

그러나 그날 밤에도, 다음날 밤에도 나는 은자가 노래를 부르는 클럽에 가지 않았다. 그렇다고 그 애의 전화를 잊은 것은 절대 아니었다. 잊기는커녕 틈만 나면 나는 철길 동네의 풍경 속으로 걸어들어가곤 했다. 멀리는 기린봉이 보이고, 오목대까지 두 줄로 달려가던 레일 위로는 햇살이 눈부시게 반짝이며 미끄러지곤 했었다. 먼지 앉은 잡초와 시궁창물로 채워져 있던 하천을 건너면 곧바로 나타나던 역의 저탄장. 하천은 역의 서쪽으로도 뻗어 있었고 그곳의 뚝방 동네는 홍등가여서 대낮에도 짙은 화장의 여인네들이 뚝길을 서성이곤 했다. 동네에서 우리집은 아들 부잣집으로 일컬어졌었다. 장대 같은 아들이 내리 다섯이었다. 그리고 순서를 맞추어 밑으로 딸 둘이 더 있었다. 먹는 입이 많아서 어머니는 겨울 김장을 두 접씩 하고도 떨어질까 봐 노상 걱정이었다. 둥근 상에 모여 앉아 머리를 맞대고 숟가락질을 하다 보면 동작 느린 사람은 나중에 맨밥을 먹어야 했다. 단 한 사람, 우리집의 유일한 수입원인 큰오빠만큼은 언제나 따로 상을 받았다. 그 많은 식구들을 책임지고 있는 가장답게 큰오빠는 긴드리다가 만 듯한 밥상을 물렸고 그러면 그 밥상이 우리 형제의 별식으로 차례가 오곤 했었다.

학교에서 나누어주는 옥수수빵 외에는 밀떡이나 쑥버무리가 고작인 우리들의 군것질 대상에서 은자네 찐빵이나 만두는 맛이 기가 막혔다. 그 애

의 부모들이 평소 위생관념에는 젬병이어서 어머니는 그 집 빵이라면 거저 주어도 먹지 말라고 신신당부를 했었지만 오빠들은 몰래 은자네 집을 드나들며 빵을 사먹곤 했었다. 비 오는 날, 오빠들이 서로서로의 옹색한 용돈을 털어내어 내게 시키는 심부름은 대개 두 가지였다. 은자네 찐빵을 사오는 일과 만화 가게에서 만화를 빌려오는 일이었다. 돈을 보태지 않았으니 응당 심부름은 내 몫이었다. 은자네 집에 빵을 사러 가면 은자는 제 엄마 몰래 두어 개쯤 더 얹어주었고 만화 가게까지 우산을 받쳐주며 따라오기도 했었다. 그 우산 속에서 은자는 목청을 다듬어 노래를 불렀다. 오빠들 몫으로 전쟁 만화를, 내 몫으로는 엄희자의 발레리나 만화를 빌려 품에 안고 돌아오는 길에 나는 은자의 노래를 듣고 또 듣곤 했었다. 우리집 대문 앞에까지 왔는데도 노래가 미처 끝나지 않았으면 제자리에 서서 끝까지 다 들어주어야만 집에 들어갈 수 있었다.

사는 모양새야 우리집보다 더 옹색하고 구질구질한 은자네였지만 그래도 그 애는 잔돈푼을 늘 지니고 있어서 우리 또래 아이들 중에서는 제일 부자였다. 가게에서 찐빵 판 돈을 슬쩍슬쩍 훔쳐내다가 제 아버지에게 들켜 아구구구, 죽는 소리를 내며 두들겨맞는 은자를 나는 종종 볼 수 있었다. 은자 아버지는 은자만이 아니라 처녀인 그 애 큰언니도, 그 애의 어머니도 곧잘 때렸고 그래서 그 애네 집 앞을 지나노라면 아구구구, 숨넘어가는 비명쯤은 예사로 들을 수 있었다. 은자가 가수의 꿈을 안고 밤도망을 쳤을 때 그 애 아버지는 이미 이 세상 사람이 아니었다. 만약 살아 있었다면 은자도 어린 나이에 밤도망을 칠 엄두는 못 냈을 것이었다. 가수가 되어 성공하면 돌아오겠노라던 은자는 그 뒤 철길 옆 찐빵집으로 금의환향하지는 못했다. 그 애가 성공하기도 전에 찐빵 가게는 문을 닫았고 내가 기억하기만도 그 자리에 양장점·문구점·분식센터·책방 등이 차례로 들어섰었

다. 그리고 지금, 은자네 찐빵 가게가 있던 자리는 자취도 없이 사라졌다. 철길이 옮겨진 뒤 말짱히 포장되어 4차선 도로로 변해 버린 그곳에서 옛 시절의 흙냄새라도 맡아보려면 아스팔트를 뜯어내고 나서야 가능할 것이었다.

금요일 정오 무렵 다시 은자에게서 전화가 왔다. 첫마디부터가 오늘 저녁에는 꼭 오라는 다짐이었다. 이미 두 번째 전화여서 그 애는 스스럼없이, 진짜 꾀복장이 친구처럼 굴고 있었다.

"일어나자마자 너한테 전화하는 거야. 어젯밤에는 너 기다린다고 대기실에서 볶음밥 불러 먹었단다. 오늘은 꼭 오겠지? 네 신랑이 못 가게 하대? 같이 와. 내가 한잔 살 수도 있어. 그 집 아가씨 하나가 말야, 네 소설도 읽었다더라. 작가 선생이 오신다니까 팔짝팔짝 뛰고 난리야."

그리고 나서 그 애는 아들만 둘을 두었다는 것과 악단 출신의 남편과 함께 사는 지금의 집이 꽤 값나가는 아파트라는 사실을 알려주었다. 그 애의 전화를 받고 난 뒤 내내 파리가 윙윙거리던 그 애의 찐빵 가게만 떠올리고 있었던 것을 알고 있었다는 듯이 은자는 한창 때 열 군데씩 겹치기를 하던 시절에는 수입이 얼마였던가까지 소상히 일러주었다. 그 애가 잘살고 있다는 것은 어쨌든 기분 좋은 일이었다. 그래 봤자 얼마나 부자일까마는 여태까지도 돼지비계 섞인 만두속 같은 퀴퀴한 냄새를 풍기고 있다면 얼마나 막막한 삶일 것인가.

"오늘 꼭 와야 된다. 니네 자가용 있지? 잠깐 몰고 나오면…… 뭐라구? 돈벌어 다 어데 쌓아두니? 유명한 작가가 자가용도 없어서야 체면이 서냐? 암튼 택시라도 타고 휭 왔다 가. 기다린다야."

그 애는 제멋대로 나를 유명한 작가로 만들어놓았다. 그리곤 자가용이 없다는 내 말에 은자는 혀까지 끌끌 찼다. 짐작하건대 그 애는 나의 경제적 지위를 다시 가늠해 보기 시작했을 것이었다. 은자는 그만큼 확신을 가지고 자가용이 있느냐고 물었으니까. 어쩌면 그 애는 스스로가 오너드라이

버란 사실을 말하고 있는 건지도 몰랐다. 은자는 내가 과거의 찐빵집 딸로만 자기를 기억하고 있는 것을 몹시 안타깝게 여기고 있었다. 얼마나 달라졌는가를, 지금은 어떤 계층으로 솟구쳤는가를 설명하는 쉰 목소리는 무척 진지하였다. 만나기만 한다면야 그 애의 달라진 현실을 확실히 알 수가 있을 것이었다. 만남을 회피하지 않고 오히려 간곡하게 재회를 원하는 그녀의 현실을 나는 새삼 즐겁게 받아들였다. 언젠가의 첫 여고 동창회가 열렸던 때를 기억하고 있는 까닭이었다. 서울 지역에 살고 있는 동창 명단 중에 불참자가 반 이상이었다. 물론 피치 못한 이유가 있어서 불참한 경우도 있겠지만 졸업 후의 첫 만남에 당당하게 나타날 만한 위치가 아니라는 자괴심이 대부분의 이유였을 것이다.

은자의 전화가 있고 난 뒤 곧바로 전주에서 시외전화가 걸려왔다. 고춧가루는 떨어지지 않았느냐, 된장 항아리는 매일 볕에 열어두고 있느냐 등을 묻는, 자식의 안부보다는 자식의 밑반찬 안부를 주로 묻는 친정어머니의 전화였다. 나는 어머니에게 은자의 소식을 전했다. 이름은 언뜻 기억하지 못했어도 찐빵집 딸이라니까 얼른 "박센 딸?" 하고 받으시는데 목소리에 기운이 없었다. 어머니의 전화는 예사롭게 밑반찬 챙기는 것만으로 그칠 것 같지는 않았다. 따라서 나 역시 은자의 이야기를 길게 늘어놓을 일도 아니었다. 모녀는 잠깐 침묵을 지켰다. 어머니 쪽에서 무슨 말이 나오리라 기다리면서 나는 한편으로 전화 곁의 메모판을 읽어가고 있었다. 20매, 3일까지. 15매, 4일 오전 중으로 꼭. 사진 잊지 말 것. 흘려 쓴 글씨들 속에 나의 삶이 붙박여 있었다. 한때는 내 삶의 의지였던 어머니의 나직한 한숨 소리가 서울을 건너고 충청도를 넘어 전라도 땅의 한 군데에서 새어나왔다.

"아버지 추도 예배 때 못 오겠쟈?"

어머니는 겨우 그렇게 물었다. 노상 바쁘다니

까, 이제는 자식의 삶을 지휘할 수 없다는 것을 잘 아니까 어머니는 오월이 가까워 오면 늘 이렇게 묻는다. 그러나 오늘의 전화는 그것만도 아닐 것이다. 나는 잘 알고 있었다. 어젯밤에도 큰오빠는 어머니의 치마폭에 그 쇳조각 같은 한탄과 허망한 세월을 털어놓으며, 몸이 못 버텨주는 술기운으로 괴로워하며, 그 두 사람이 같이 뛰었던 과거의 행로들을 추억하자고 졸랐을 것이다. 어려웠던 시절의 뼈아픈 고생담을 이야기하면서, 춥고 긴 겨울밤을 뜬눈으로 지새며 앞날을 걱정했던 그 시절의 암담함을 일일이 들추어가면서 큰오빠는 낙루도 서슴지 않았으리라. 어머니는 그런 큰아들 때문에 가슴이 미어지도록 슬펐을 것이다. 그렇지만 나는 끝내 입을 열지 않았다.

"네 큰오빠, 어제 산소 갔더란다. 죽은 지 삼십 년이 다 돼가는 산소는 뭐 헐라고 쫓아가 쌓는지. 땅속에 묻힌 술꾼 애비랑 청주 한 병을 다 비우고 왔어야……."

큰오빠가 공동묘지에 묻혀 있던 아버지를 당신의 고향 땅에 모신 것도 벌써 오래전의 일이었다. 추석날이면 나는 다섯 오빠 뒤를 따라 시(市)의 끝에 놓인 공동묘지를 찾아가곤 했었다. 큰오빠는 줄줄이 따라오는 동생들의 대열을 단속하면서 간혹 "니네들 아버지 산소 찾아낼 수 있어?" 하고 묻곤 했었다. 대열 중에서는 아무 대답도 나오지 않았다. 찾을 수 있거나 찾지 못하거나 간에 큰형 앞에서는 피식 멋쩍게 웃는 것이 대화의 전부인 오빠들이었다. 똑같은 크기의 봉분들이 산 전체를 빽빽하게 뒤덮고 있는 공동묘지에 들어서면 큰오빠는 한 번도 멈추지 않고 단숨에 아버지가 누운 자리를 찾아냈다.

세월이 흐르고 하나씩 집을 떠나는 형제들 때문에 성묘 행렬에 구멍이 생기기 시작하던 무렵, 큰오빠는 아버지 묘의 이장을 서둘렀다. 지금에 와서는 단 한 번도 형제들 모두가 아버지 산소를 찾아간 적은 없었다. 산다는 일은 언제나 돌연한 변명으로 울타리를 치는 것에 다름아니니까. 일 년에 한 번, 딸기가 끝물일 때 맞게 되는 아버지의 추도식만은 온 식구가 다 모이도록 되어 있었다. 그 유일한 만남조차도 때때로 구멍난 자리를 내보이곤 하였지만.

"박센 딸은 웬일루?"

전화를 끊으려다 말고 어머니는 가까스로 은자에 대한 호기심을 나타냈다. 기어이 가수가 된 모양이라고, 성공한 축에 끼였달 수도 있겠다니까 어머니는 "박센이 그 지경으로 죽었는데 그 딸이 무슨 성공을……" 하고는 나의 말을 묵살하였다. 은자의 언니를 다방 레지로 취직시킨 것에 앙심을 품은 망대지기 청년이 장인이 될지도 모를 박씨를 살해한 사건은 그해 가을 도시 전체를 떠들썩하게 했었다. 어머니는 아직도 찐빵집 가족들을 마귀로 여기고 있는 모양이었다. 유황불에서 빠져나올 구원의 사다리는 찐빵집 식구들에게만은 영원히 차례가 가지 않으리라고 믿는지도 몰랐다. 살아남은 자의 지독한 몸부림을 당신만큼은 더할 나위 없이 잘 알면서도 짐짓 그렇게 말하는 건지도 모를 일이었다.

어머니와의 통화는 언제나 그렇지만 마음을 심란하게 만들었다. 늦은 밤이나 이른 아침에 울리는 전화벨 소리가 가슴을 철렁 내려앉게 하듯이 요즘에는 고향에서 걸려오는 전화 또한 온갖 불길함을 예상하게 만들었다. 될 수 있는 한 외출을 삼가고 집에만 박혀 있는 나에겐 전화가 세상과의 유일한 통로인 셈이었다. 아마 전화가 없었다면 이만큼이나 뚝 떨어져 있을 수도 없을 것이다. 싫든 좋든 많은 이들을 만나야 하고 찾아가야 했으리라. 그런 의미에서 전화는 세상을 연결시키는 통로이면서 동시에 차단시키는 바람벽이기도 하였다. 고향에 대해서도 예외는 아니었다. 일 년에 한 번쯤이나 겨우 찾아가면서 그다지 격조함을 느끼지 못하는 이유는 전화가 있기 때문이었다. 또한 찾아가지 않아도 되게끔 선뜻 나서서 제 할 일을 해버리는 것도 전화였다.

마음이 심란한 까닭에 일손도 잡히지 않았다. 대충 들춰보았던 조간들을 끌어당겨 꼼꼼히 기사들을 읽어 나가자니 더욱 머리가 띵해 왔다. 신문마다 서명자 명단이 가지런하게 박혀 있고 일단 혹은 이단 기사들의 의미심장한 문구들이 명멸하였다. 봄이라 해도 날씨는 무더웠다. 창가에 앉으면 바람이 시원했다. 이층이므로 창에 서면 원미동 거리가 한눈에 내려다보였다. 행복사진관 엄씨가 세 딸을 거느리고 시장길로 올라가고 있는 게 보였다. 써니전자의 시내 아빠는 요즘 새로 산 오토바이 때문에 늘 싱글벙글이었다. 지금도 그는 시내를 태우고 동네를 몇 바퀴씩 돌고 있었다. 냉동오징어를 궤짝째 떼어온 김반장네 형제슈퍼는 모여든 여자들로 시끄러웠다. 김반장의 구성진 너스레에 누가 안 넘어갈 것인가. 오늘 저녁 원미동 사람들은 모두 오징어 요리를 먹게 될 모양이었다. 그들이 아니더라도 거리는 소란스럽기 짝이 없었다. 부천시 원미동이 고향이 될 어린아이들이, 훗날 이 거리를 떠올리며 위안을 받을 꼬마치들이 쉴새없이 소리지르고, 울어대고, 달려가고 있었다.

얼마를 그렇게 창가에 있었지만 쓰다 만 원고를 붙잡고 씨름할 기분은 도무지 생겨나지 않았다. 이제 다시 전화벨이 울린다면 그것은 분명코 저 원고를 챙겨가야 할 충실한 편집자의 전화일 것이 분명했다. 그럼에도 불구하고 나는 불현듯 책꽂이로 달려가 창작집 속에 끼어 있는 유년의 기록을 들추었다. 그 소설은 낮잠에서 깨어나 등교 시간인 줄 알고 신발을 거꾸로 꿰어 신은 채 달려가는 이야기로부터 시작되고 있었다. 눈물 주머니를 달고 살았던 그때, 턱없이 세상을 무서워하면서 또한 끝도 없이 세상을 믿었던 그때의 이야기들은 매번 새롭게 읽혀지고 나를 위안했다. 소설 쓰는 것을 업으로 삼는 자가 자기가 쓴 소설을 읽으며 위안을 받는다는 사실을 어떻게 설명해야 할지 모른다. 깊은 밤 한창 작업에 붙들려 있다가도 마음이 편치 않으면 나는 은자가 나오는 그 소설을 읽었다. 시간을 거꾸로 돌려서, 자꾸만 뒷걸음쳐서 달려가면 거기에 철길이 보였다. 큰오빠는 젊고 잘생긴 청년이었고 밑의 오빠들은 까까중머리의 남학생이었다. 장롱을 열면 바느질통 안에 아버지 생전에 내게 사주었다는 연지 찍는 붓솔도 담겨 있었다. 아직 어린 딸에게 하필이면 화장도구를 사주었는지 지금에 와서 생각하면 알 듯도, 모를 듯도 싶은 장난감이었다.

네 큰오빠가 아니었으면 다 굶어죽었을 거여. 어머니는 종종 이런 말로 큰아들의 노고를 회상하곤 했지만 그 말은 사실이었다. 떠도는 구름처럼 세상 저편의 일만 기웃거리며 살던 아버지는 찌든 가난과, 빚과, 일곱이나 되는 자식을 남겨놓고 갑자기 세상을 떠났었다. 가장 심하게 난리 피해를 당했던 당신의 고향 마을에서도 몇 안 되는 생존자로 난리를 피한 아버지였다. 보리짚단 사이에서, 뒤뜰의 고구마움에서 숨어 살며 지켜온 목숨이었는데 도시로 나와 아버지는 곧 이승을 떠나버렸다. 목숨을 어떻게 마음대로 하랴마는 어머니에게 있어 그것은 결코 용서 못할 배반이었다. 나는 그래도 연지붓솔이나 받아보았다지만 내 밑의 여동생은 돌을 갓 넘기고서 아버지를 잃었다. 아버지 살았을 때부터 야간대학을 다니면서 생계를 돕던 큰오빠는 어머니와 함께 안간힘을 쓰며 동생들을 거두었다. 아침이면 우리들은 차마 입을 뗄 수 없어 수도 없이 망설이다가 큰오빠에게 손을 내밀었다. 회비, 참고서값, 성금, 체육복값 등등 내야 할 돈은 한없이 많았는데 돈을 줄 사람은 하나밖에 없었다. 밑으로 딸린 두 여동생들에겐 관대하기만 했던 큰오빠의 마음을 이용해서 오빠들은 곧잘 내게 돈 타오는 일을 떠맡기곤 했었다. 밑으로 거푸 물려줘야 할 책임이 있는 셋째오빠의 푸댓자루 같은 교복이, 윗형 것을 물려받아서 발목이 드러나는 교복 바지의 넷째오빠가, 한 번도

새옷을 입은 적이 없다고 불만인 다섯째오빠의 울퉁불퉁한 머리통이 골목길에 모여 서서 나를 기다렸다. 나는 오빠들이 일러준 대로 기성회비·급식값·재료비 따위를 큰오빠 앞에서 줄줄 외우고 있는 중이었다. 공장에서 돈을 찍어내도 모자라겠다. 그러면서 큰오빠는 지갑을 열었다.

자라면서 나 역시 그러했지만 오빠들은 큰형을 아주 어려워했다. 아무리 맛있는 음식이라도 큰형이 있으면 혀의 감각이 사라진다고 둘째가 입을 열면 셋째도, 넷째도, 다섯째도 맞장구를 쳤다. 여름의 어떤 일요일, 다섯 아들이 함께 모여 수박을 먹으면 큰오빠만 푸아푸아 시원스레 씨를 뱉어내고 나머지는 우물쭈물하다가 씨를 삼켜버리기 예사였다. 두레박으로 물을 길어올려 등멱이라도 하게 되면 큰오빠 등허리는 어머니만이 밀 수 있었다. 둘째는 셋째가, 셋째는 넷째가 서로서로 품앗이를 하여 등멱을 하고 난 뒤 큰오빠가 "내 등에도 물 좀 끼얹어라" 하면 모두들 쩔쩔매었다. 우리 형제들뿐만 아니라 동네 사람들도 큰오빠를 예사롭게 대하지 않았다. 인조 속치마를 펄럭이고 다니면서 동네의 온갖 일을 다 참견하곤 하던 은자 엄마도 큰오빠가 지나가면서 인사를 하면 허둥지둥 찐빵 가게로 들어갈 궁리부터 했으니까.

기다린다아, 고 길게 빼면서 끊었던 은자의 전화를 의식한 탓인지 나는 그날따라 일찍 저녁밥을 마쳤다. 서두르지 않더라도 아홉 시까지는 그 애가 일한다는 새부천클럽에 갈 수가 있었다. 작은 방에서 책을 읽고 있던 남편은 아이야 자기도 재울 수 있으니 가보라고 권하기도 하였다. 소설의 주인공이 부천의 한 클럽에서 노래를 부르고 있다는 사실에 대해 그 역시 은자에게 흥미가 많은 사람이었다. 시간은 자꾸 흘러가고 있었다. 아홉 시가 가까워 오자 아이는 연신 하품을 하기 시작했다. 재울 것도 없이 고단한 딸애는 금방 쓰러져 꿈나라로 갈 것이었다. 집 앞 큰길에는 귀가하는 이들이 타고 온 택시가 심심치 않게 빈 차로 나가곤

하였다. 일어서서 집을 나가 택시만 타면 되었다. 택시 기사에게 "시내로 갑시다"라고 이르기만 하면 되었다. 그런데도 얼른 몸을 일으킬 수가 없었다.

여덟 시 무대를 끝내고 은자는 내가 올까 봐 입구 쪽만 주시하며 있을 것이었다. 아홉 시를 알리는 시보가 울리고 텔레비전에서 저녁뉴스가 시작될 때까지도 나는 그대로 있었다. 아이는 마침내 잠이 들었고 남편은 낚시 잡지를 뒤적이면서 월척한 자의 함박웃음을 부러운 듯이 들여다보고 있었다. 몇 가지 낚시도구를 사들이고, 낚시에 관한 정보를 놓치지 않으려고 귀를 모으면서, 매번 지켜지지 않을 낚시계획을 세우는 그는 단 한 번의 배낚시 경험밖에 없는 사람이었다. 단 한 번의 경험은 그를 사로잡기에 충분하였다. 어느 주말 홀연히 떠나가 낚싯대를 드리우게 되기까지는 그 자신 풀어야 할 매듭이 많은 사람이었다. 어떤 때 그는 마치 낚시꾼이 되기 직전의 그 경이로움만을 탐하는 것처럼 보이기도 하였다. 봉우리를 향하여 첫발을 떼는 자들이 으레 그렇듯 그는 세상살이의 고단함에 빠질 때마다 낚시터의 꾼들 속에 자기를 넣어두고 싶어하였다. 나는 그가 뒤적이는 낚시 잡지의 원색 화보를 곁눈질하면서 미구에 그가 낚아 올릴 물고기를 상상해 보았다. 상상 속에서 물고기는 비늘을 번뜩이며 파닥거리고 시계는 은자의 두 번째 출연시간을 가리키며 째깍거리고 있었다.

다음날 아침 어김없이 은자의 전화가 걸려왔다. 토요일이었다. 이제 오늘 밤과 내일 밤뿐이었다. 은자도 그것을 강조하였다.

"설마 안 올 작정은 아니겠지? 고향 친구 한번 만나보려니까 되게 힘드네. 야, 작가 선생이 밤무대 가수 신세인 옛 친구 만나려니까 체면이 안 서대? 그러지 마라. 네 보기엔 한심할지 몰라도 오늘의 미나 박이 되기까지 참 숱하게도 넘어지고 또 넘어지고 했으니까."

그렇게 말할 만도 하였다. 고상한 말만 골라서 신문에 내고 이렇게 해야 할 것 아니냐, 저렇게 되면 곤란하다, 라고 말하는 게 능사인 작가에게 밤무대 가수 친구가 웬말이냐고 볼멘소리를 해볼 만도 하였다. 나는 아무런 대꾸도 할 수 없었다. 우리들의 대화가 어긋나고 있더라도 수수방관할 수밖에 없었다. 박은자에서 미나 박이 되기까지 그 애는 수없이 넘어지고 또 넘어진 모양이었다. 누군들 그러지 않겠는가. 부천으로 옮겨와 살게 되면서 나는 그런 삶들의 윤기 없는 목소리를 많이 듣고 있었다. 딱히 부천이어서가 아니라 내가 부천 사람이어서 그랬을 것이었다. 창가에 붙어 앉아 귀를 모으고 있으면 지금이라도 넘어져 상처 입은 원미동 사람들의 이야기를 들을 수 있었다. 넘어졌다가 다시 일어나고, 또 넘어지는 실패의 되풀이 속에서도 그들은 정상을 향해 열심히 고개를 넘고 있었다. 정상의 면적은 좁디좁아서 아무나 디딜 수 있는 곳이 아니라는 엄연한 현실도 그들에게는 단지 속임수로밖에 납득되지 않았다. 설령 있는 힘을 다해 기어올랐다 하더라도 결국은 내리막길을 마주해야 한다는 사실 또한 수긍하지 않았다. 부딪치고, 아등바등 연명하며 기어나가는 삶의 주인들에게는 다른 이름의 진리는 아무런 소용도 없는 것이었다. 그들에게 있어 인생이란 탐구하고 사색하는 그 무엇이 아니라 몸으로 밀어가며 안간힘으로 두들겨야 하는 굳건한 쇠문이었다. 혹은 멀리 보이는 높은 산봉우리였다.

은자는 마침내 봉우리 하나를 넘었다고 믿는 사람 중의 하나였다. 노래로는 도저히 먹고 살 수 없어서 노래를 그만둔 적도 있었다고 했다. 처음의 전화 이후, 아니 더 정확히 말하면 내가 허겁지겁 달려나오지 않으리란 것을 그 애가 눈치챈 이후 은자는 하나씩 둘씩 자신의 과거를 털어놓곤 했었다. 싸구려 흥행단에 끼여 일본 공연을 갔던 적이 있었는데 돌아오지 않을 작정으로 마지막 공연날, 단체에서 이탈해 무작정 낯선 타국 땅을 헤맨 경험도 있다는 말은 두 번째 전화에서 들었던가. 그런데 오늘은 더욱 비참한 과거 하나를 털어놓았다. 악단 연주자였던 지금의 남편을 만나 살림을 차린 뒤 극장식 스탠드바의 코너를 하나 분양받았다가 빚더미에 올라앉게 되었던 모양이었다. 은자는 주안·부평·부천 등을 뛰어다니며 겹치기를 하고 남편 역시 전속으로 묶여 새벽까지 기타 줄을 퉁겨야 했다고 하였다. 첫아이를 임신하고 있는 중이었으나 부른 배를 내민 채 술집 무대에 설 수가 없었다. 코르셋으로, 헝겊으로 배를 한껏 조이고서야 허리가 쑥 들어간 무대 의상을 입을 수가 있었다. 한 달쯤 그렇게 하고 났더니 뱃속에서 들려오던 태동이 어느 날부터인가 사라져 버렸다. 이상하긴 했지만 그런대로 또 보름 가량 배를 묶어놓고 노래를 불렀다. 그러고 나서야 병원에 갔다가 아이가 이미 오래전에 숨졌다는 사실을 알게 되었다면서 은자는 이렇게 말하였다.

"유명하신 작가한테는 소설 같은 이야기로밖에 안 들리겠지? 아무리 슬픈 소설을 읽어봐도 내가 살아온 만큼 기막힌 이야기는 없더라. 안 그러면 무슨 소리인지 도통 못 알아먹을 소설뿐이고. 너도 읽으면 잠만 오는 소설을 쓰는 작가야? 하긴 네 소설은 아직 못 읽어봤지만 말야. 인제 읽어야지. 근데, 너 돈 좀 벌었니?"

은자가 내 소설들을 읽지 않았다는 것은 참으로 다행한 일이었다. 바로 어젯밤에도 나는 '읽으면 잠만 오는' 소설을 쓰느라 밤새 진을 빼고 있었는지도 모를 일이었다. 그래 놓고도 대단한 일을 한 사람처럼 이 아침 나는 잠잘 궁리만 하고 있는 중이었다. 그런데 은자 또한 이제부터 몇 시간 더 자야 한다고 말하는 것이었다. 귀가시간은 언제나 새벽이 다 되어서라고 했다. 그 애나 나나 밤일을 한다는 하나의 공통점이 있다는 사실을 떠올리며 나는 씁쓰레하게 웃어 버렸다.

은자는 졸음이 묻어 있는 목소리로 다시 오늘 저녁을 약속했다. 주말의 무대는 평일과 달라서 여덟 시부터 계속 대기 중이어야 한다고 했다. 합창 순서도 있고 백코러스로 뛸 때도 있다면서 토요일 밤의 손님들은 출렁이는 무대를 좋아하므로 시종일관 변화무쌍하게 출연진을 교체시키는 법이라고 일러주었다.

"무대에 올라도 잠깐잠깐이야. 자정까진 거기 있으니까 아무 때나 와도 좋아. 오늘하고 내일까지는 그 집에 마지막 서비스를 하는 거지 뭐. 내 노래 안 듣고 싶어? 옛날엔 내 노래 잘 들어줬잖니? 그리고 말야, 입구에서 미나 박 찾아왔다고 말하면 잘 모실 테니까 괜히 새침 떠느라고 망설이지 마라."

물론 가겠노라고, 어제는 정말 짬이 나지 않았노라고 자신 있게 입막음을 하지도 못한 채 나는 어영부영 전화를 끊었다. 처음 그 애가 "혹시 은자라고, 철길 옆에 살던……" 하면서 전화를 걸어왔을 때의 무작정한 반가움은 웬일인지 그 이후 알 수 없는 망설임으로 바뀌어져 있었다.

은자는 내 추억의 가운데에 서 있는 표지판이었다. 은자를 기둥으로 하여 이십오 년 전의 한 해를 소설로 묶은 뒤로는 더욱 그러하였다. 기록한 것만을 추억하겠다고 작정한 바도 없지만 나의 기억은 언제나 소설 속 공간에서만 맴을 돌았다. 일 년에 한 번, 아버지 추도식에 참석하기 위해 고속버스를 타고 전주에 갈 때마다 표지판이 아니면 언뜻 알아볼 수 없을 만큼 달라져 있는 고향의 모습이 내게는 낯설기만 하였다. 이제는 사방팔방으로 도로가 확장되어 여관이나 상가 사이에 홀로 박혀 있는 친정집도 예전의 모습을 거의 다 잃고 있었다. 옛집을 부수고 새로이 양옥으로 개축한 친정집 역시 여관을 지으려는 사람이 진작부터 눈독을 들이고 있는 중이었다. 집 앞을 흐르던 하천이 복개되면서 동네는 급격히 시가지로 편입되기 시작하였다. 그나마 철길이 뜯기면서는 완벽하게 옛 모습이 스러져 버렸다. 작은 음악회를 열곤 하던 버드나무도 베어진 지 오래였고 찐빵 가게가 있던 자리로는 차들이 씽씽 달려가곤 했다. 아무래도 주택가 자리는 아니었다. 예전에는 비록 정다운 이웃으로 둘러싸인 채 오손도손 살아왔다 하더라도 지금은 아니었다. 은성장여관, 미림여관, 거부장호텔 등이 이웃이 될 수는 없었다. 게다가 한창 크는 아이들이 있었다. 우리 형제들은 물론, 조카들까지 제 아버지에게 이사를 하자고 졸랐었다. 하지만 큰오빠는 좀체 집을 팔 생각을 굳히지 못하였다. 집을 팔라는 성화가 거세면 거셀수록 그는 오히려 집수리에 돈을 들이곤 하였다. 그 동네에서 마지막까지 버티고 있는 유일한 사람이 바로 큰오빠였다.

일 년에 한 번씩 타인의 낯선 얼굴을 확인하러 고향 동네에 가는 일은 쓸쓸함뿐이었다. 이제는 그 쓸쓸함조차도 내 것으로 남지 않게 될 것이었다. 누구라 해도 다시는 고향으로 돌아가지 못할 것이었다. 고향은 지나간 시간 속에 있을 뿐이니까. 누구는 동구 밖의 느티나무로, 갯마을의 짠 냄새로, 동네를 끼고 흐르는 긴 강으로 고향을 확인하며 산다고 했다. 내게 남은 마지막 표지판은 은자인 셈이었다. 보이는 것들은, 큰오빠까지도 다 변하였지만 상상 속의 은자는 언제나 같은 모습이었다. 은자만 떠올리면 옛 기억들이, 내게 남은 고향의 모든 숨소리가 손에 잡힐 듯이 다가오곤 하였다. 허물어지지 않은 큰오빠의 모습도 그 속에 온전히 남아 있었다. 내가 새부천클럽에 가서 은자를 만나버리고 나면 그때부터는 어떤 표지판에 기대어 고향을 찾아갈 수 있을 것인지 정말 알 수 없었다.

은자의 지금 모습이 어떤지 나는 전혀 떠올릴 수가 없다. 설령 클럽으로 찾아간다 하여도 그 애를 알아볼 수 있을지 자신할 수도 없었다. 내 기억 속의 은자는 상고머리에, 때 낀 목덜미를 물들인 박씨의 억센 손자국, 그리고 터진 겨드랑이 사이로 내보이던 낡은 내복의 계집아이로 붙박여 있었다. 서른도 훨씬 넘은 중년여인의 그 애를 어떻게

그려낼 수 있는가. 수십 년간 가슴에 품어온 고향의 얼굴을 현실 속에서 만나고 싶지는 않다, 라고 나는 생각하였다. 만나버린 뒤에는 내게 위안을 주었던 유년의 소설도, 소설 속의 한 시대도 스러지고야 말리라는 불안감을 떨쳐버릴 수가 없었다. 그렇다 하더라도 이미 현실로 나타난 은자를 외면할 수 있을는지 그것만큼은 풀 수 없는 숙제로 남겨 둔 채 토요일 밤을 나는 원미동 내 집에서 보내고 말았다.

일요일 낮 동안 나는 전화 곁을 떠나지 못하였다. 이제 은자는 가시 돋친 음성으로 나의 무심함을 탓할 것이었다. 그녀의 질책을 나는 고스란히 받아들일 작정이었다. 나는 그 애가 던져올 말들을 하나하나 상상해 보면서 전화를 기다렸다. 오전에는 그러나 한 번도 전화벨이 울리지 않았다. 일요일은 언제나 그랬다. 약속을 못 지킨 원고가 있더라도 일요일에까지 전화를 걸어 독촉해 올 편집자는 없었다. 전화벨이 울린다면 그것은 분명 은자라고 나는 생각하였다.

오후가 되어서 이윽고 전화벨이 울렸다. 그러나 수화기에선 쉰 목소리 대신에 귀에 익은 동생의 목소리가 흘러나왔다. 고향에서 들려오는 살붙이의 음성은 모든 불길한 예감을 젖히고 우선 반가웠다. 여동생이 전하는 소식은 역시 큰오빠에 관한 우울한 삽화들뿐이었다. 마침내 집을 팔기로 하고 계약서에 도장을 찍었다는 것과, 한 달 남은 아버지 추도 예배는 마지막으로 그 집에서 올리기로 했다는 이야기였다. 계약서에 도장을 찍은 것은 어제였는데 큰오빠는 종일토록 홀로 술을 마셨다고 했다. 집을 팔기 원했으나 지금은 큰오빠의 마음이 정처없을 때라서 식구들 모두 조마조마한 심정이라고 동생은 말하였다.

집을 팔았다고는 하지만 훨씬 좋은 집으로 옮길 수 있는 힘이 큰오빠에게 있으므로 걱정할 일은 아니었다. 하지만 큰오빠는 어제 종일토록 홀로 술을 마셨다고 했다. 나도, 그리고 동생도 걱정하

지 않을 수 없을 만큼.

"이번 추도 예배는 한 사람이라도 빠지면 안 되겠어. 내가 오빠들한테도 모두 전화할 거야. 그렇지 않아도 큰오빠 요새 너무 약해졌어. 여관 숲이 되지만 않았어도 그 집 안 팔았을 텐데. 독한 소주를 얼마나 마셨는지 오늘 아침엔 일어나지도 못했대. 좋은 술 다 놓아두고 왜 하필 소주야? 정말 모르겠어. 전화나 한번 해봐. 그리고 추도식 때 꼭 내려와야 해. 너무들 무심하게 사는 것 같아. 일 년 가야 한 번이나 만날까, 큰오빠도 그게 섭섭한 모양이야……."

그 집에서 동생들을 거두었고 또한 자식들을 길러냈던 큰오빠였다. 그의 생애 중 가장 중요했던 부분이 거기에 스며 있었다. 큰오빠는, 신화를 창조하며 여섯 동생을 가르쳤던 큰오빠는 이미 한 시대의 의미를 잃은 사람이 되고 말았다. 이십오 년 전에는 젊고 잘생긴 청년이었던 그가 벌써 쉰 살의 나이로 늙어가고 있었다. 이십오 년을 지내오면서 우리 형제 중 한 사람은 땅 위에서 사라졌다. 목숨을 버린 일로 큰오빠를 배신했던 셋째말고는 모두들 큰오빠의 신화를 가꾸며 살고 있었다. 여태도 큰형을 어려워하는 둘째오빠는 큰오빠의 사업을 돕는 오른팔의 역할을 묵묵히 수행하면서 한편으로는 화훼에 일가견을 이루고 있었다. 내과 전문의로 개업하고 있는 넷째오빠도, 행정고시에 합격하여 고급 공무원이 된 공부벌레 다섯째오빠도 큰오빠의 신화를 저버리지 않았다. 고향의 어머니나 큰오빠가 보기에는 거짓말을 능수능란하게 지어낼 뿐인, 책만 끼고 살더니 가끔 글줄이나 짓는가보다는 나 또한 궤도 이탈자는 결코 아닌 셈이다. 아버지가 세상을 뜨던 해에 고작 한 살이었던 내 여동생은 벌써 두 아이의 엄마가 되어 음악 선생으로 일하고 있는 중이었다.

그러나 정작 큰오빠 스스로가 자신이 그려놓은 신화에 발이 묶이고 말았다. 공장에서 돈을 찍어내서라도 동생들을 책임져야 했던 시절에는 우리

들이 그의 목표였다. 새로운 사업을 시작할 때마다 실패할 수 없도록 이를 악물게 했던 힘은 그가 거느린 대가족의 생계였었다. 하지만 지금은 동생들이 모두 자립을 하였다. 돈도 벌 만큼 벌었다. 한때 그가 그렇게 했듯이 동생들 또한 젊고 탱탱한 활력으로 사회 속에서 뛰어가고 있었다. 저들이 두 발로 달릴 수 있게 된 것은 누구 때문인가, 라고는 묻고 싶지 않지만 노쇠해 가는 삶의 깊은 구멍은 큰오빠를 무너지게 하였다. 몇 년 전의 대수술로 겨우 목숨을 건진 이후부터는 눈에 띄게 큰오빠의 삶이 흔들거렸었다. 이것도 해선 안 되고 저것도 위험하며 이러저러한 일은 금하여라, 는 생명의 금칙이 큰오빠를 옥죄었다. 열심히 뛰어 도달해 보니 기다리는 것은 허망함뿐이더라는 그의 잦은 한탄을 전해 들을 때마다 나는 큰오빠가 잃은 것이 무엇인가를 생각해 보지 않을 수 없었다. 내가 수없이 유년의 기록을 들추면서 위안을 받듯이 그 또한 끊임없이 과거의 페이지를 넘기며 현실을 잊고 싶어하는지도 모를 일이었다. 그러면서 한 발자국 한 발자국씩 이 시대에서 멀어지는 연습을 하는지도.

머지않아 여관으로 변해 버릴 집을 둘러보며, 집과 함께해 온 자신의 삶을 안주삼아 쓴 술을 들이켜는 큰오빠의 텅 빈 가슴을 생각하면 무력한 나 자신이 안타까웠다. 아버지 산소에 불쑥불쑥 찾아가서 죽은 자와 함께 한 병의 술을 비우는 큰오빠의 마음을 알 수 있을 것도 같았다. 한 인간의 뼈저린 고독은 살아 있는 자들 중 누구도 도울 수 없다는 것, 오직 땅에 묻힌 자만이 받아줄 수 있다는 것은 의미심장하였다. 동생은 마지막으로 어머니의 결심을 전해 주고 전화를 끊었다. 말하자면 그것은 어머니가 큰아들을 위해 할 수 있는 유일한 방법인 셈이었다.

"오늘 아침부터 엄마, 금식 기도 시작했어. 큰오빠가 교회에 나갈 때까지 아침 금식하고 기도하신대. 몇 달이 걸릴 지 몇 년이 걸릴지, 노인네 고

집이니 어렵하겠수."

교회만 다니게 된다면, 그리하여 주님을 맞아들이기만 한다면 당신이 견뎌온 것처럼 큰오빠 또한 허망한 세상에 상처받지 않으리라 믿는 어머니였다. 어쨌거나 간에 나로서는 어머니의 금식 기도가 가까운 시일 안에 끝나지길 비는 수밖에 다른 도리가 없었다. 동생의 전화를 받고 난 다음 나는 달력을 넘겨서 추도식 날짜에 붉은 동그라미를 두 개 둘러놓았다.

오후가 겨웁도록 은자에게서는 아무런 연락도 없었다. 지난밤에도 나타나지 않은 옛 친구를 더 이상은 알은체 않겠다고 다짐한 것은 아닌지 슬그머니 걱정이 되기도 하였다. 오늘 밤의 마지막 기회까지 놓쳐버리면 영영 그 애의 노래를 듣지 못하리라는 생각도 나를 초조롭게 하였다. 그 애가 나를 애타게 부르는 것에 답하는 마음으로라도 노래만 듣고 돌아올 수는 없을까 궁리를 하기도 했다. 진달래가 흐드러지게 피었더라고, 연초록 잎사귀들이 얼마나 보기 좋은지 가만히 있어도 연초록물이 들 것 같더라고, 남편은 원미산을 다녀와서 한껏 봄소식을 전하는 중이었다. 원미동 어디에서나 쳐다볼 수 있는 길다란 능선들 모두가 원미산이었다. 창으로 내다보아도 얼룩진 붉은 꽃무더기가 금방 눈에 띄었다. 진달래꽃을 보기 위해서는 꼭 산에까지 가야만 된다는 법은 없었다. 나는 딸애 몫으로 사준 망원경을 꺼내어 초점을 맞추었다. 원미산은 금방 저만큼 앞으로 걸어와 있었다. 진달래는 망원경의 렌즈 속에서 흐드러지게 피어났고 새순들이 돋아난 산자락은 푸른 융단처럼 부드러웠다. 그 다음에 그가 길어온 약수를 한 컵 마시면 원미산에 들어갔다 나온 자나 집에서 망원경으로 원미산을 살핀 자나 다를 게 없었다. 망원경으로 원미산을 보듯, 먼 곳에서 은자의 노래만 듣고 돌아온다면…….

마침내 나는 일요일 밤에 펼쳐질 미나 박의 마지막 무대를 놓치지 않겠다고 작정하였다. '검은

상처의 블루스'를 다시 듣게 된다면 더 이상 바랄 게 없겠지만 미나 박의 레퍼토리가 어떤 건지는 짐작할 수 없었다. 미루어 추측하건대 그런 무대에서는 흘러간 가요가 아니겠느냐는 게 짐작의 전부였다. 그렇다 하더라도 내 귀가 괴로울 까닭은 없었다. 나는 이미 그런 노래들을 좋아하고 있었다. 얼마 전 택시에서 흘러나오는, 끝도 없이 이어지는 트로트 가요의 메들리가 그렇게 듣기 좋을 수가 없었다. 부천역에서 원미동까지 오는 동안만 듣고 말기에는 너무 아쉬웠다. 그래서 나는 택시 기사에게 노래 테이프의 제목까지 물어두었다. 아직까지 그 테이프를 구하지는 못했지만 구성지게 흘러나오는 옛 가요들이 어째서 술좌석마다 빠지지 않고 앙코르 되는지 이제는 확실하게 이해할 수 있었다.

새부천 나이트클럽은 의외로 이층에 있었다. 막연히 지하의 음습한 어둠을 상상하고 있었던 나는 입구의 화려하고 밝은 조명이 낯설고 계면쩍었다. 안에서 들려오는 요란한 밴드 소리, 정확히 가려낼 수는 없지만 수많은 사람들이 어우러져 내는 소음들 때문에 나는 불현듯 내 집으로 돌아가고 싶어졌다. 이럴 줄도 모르고 아까 집 앞에서 지물포 주씨에게 좋은 데 간다고 대답했던 게 우스웠다. 가게 밖에 진열해 놓은 벽지들을 안으로 들이던 주씨가 늦은 시각의 외출이 놀랍다는 얼굴로 물었다. "어데 가십니꺼?" 봄철 장사가 꽤 재미있는 모양, 요샌 얼굴 보기 힘든 주씨였다. 한겨울만 빼고는 언제나 무릎까지 닿는 반바지 차림인 주씨의 이마에 땀이 번들거리고 있었다. 가죽문을 밀치고 나오는 취객들의 이마에도 땀이 번뜩거리는 것을 나는 보았다. 계단을 내려가는 취객들의 어지러운 발자국 소리를 세고 있다가 나는 조심스럽게 가죽문을 밀고 안으로 들어섰다.

기대했던 대로 홀 안은 한껏 어두웠다. 살그머니 들어온 탓인지 취흥이 도도한 홀 안의 사람들 가운데 나를 주목한 이는 한 사람도 없었다. 구석

에 몸을 숨기고 서서 나는 무대를 쳐다보았다. 이제 막 여가수 한 사람이 스포트라이트를 받으며 등장하는 중이었다. 은자의 순서는 끝난 것인지, 지금 등장한 여가수가 바로 은자인지 나로서는 전혀 알 도리가 없었다. 내가 서 있는 자리에서 무대까지는 꽤 먼 거리였고 색색의 조명은 여가수의 윤곽을 어지럽게 만들어놓기만 하였다. 짙은 화장과 늘어뜨린 머리는 여가수의 나이조차 어림할 수 없게 하였다. 이십오 년 전의 은자 얼굴이 어땠는가를 생각해 보려 애썼지만 내 머릿속은 캄캄하기만 하였다. 노래를 들으면 혹시 알아차릴 수도 있을 것 같아 나는 긴장 속에서 여가수의 입을 지켜보았다. 서서히 음악이 흘러나오기 시작하였다. 악단의 반주는 암울하였으며 느리고 장중하였다. 이제까지의 들떠 있던 무대 분위기는 일시에 사라지고 오직 무거운 빛깔의 음악만이 좌중을 사로잡았다.

그리고 탁 트인 음성의 노래가 여가수의 붉은 입술에서 흘러나오기 시작하였다. 저 산은 내게 오지 마라, 오지 마라 하고 발 아래 젖은 계곡 첩첩산중…… 가수의 깊고 그윽한 노랫소리가 홀의 구석구석으로 스며들면서 대신 악단의 반주는 점차 희미해져 갔다. 나는 자신도 모르게 한 걸음 앞으로 나가서 노래를 맞아들이고 있었다. 무언지 모를 아득한 느낌이 내 등허리를 훑어내리고, 팔뚝으로 번개처럼 소름이 돋아났다. 나는 오싹 몸을 떨면서 또 한 걸음 앞으로 나갔다. 가수는 호흡을 한껏 조절하면서, 눈을 감은 채 노래를 이어가고 있었다. 저 산은 내게 잊으라, 잊어버리라 하고 내 가슴을 쓸어내리네…… 가수의 목소리는 그윽하고도 깊었다. 거기까지 듣고 나서야 나는 비로소 저 노래를 예전부터 알고 있었다는 데 생각이 미쳤다. 분명 몇 번 들은 적이 있었다. 그랬음에도 전혀 처음 듣는 것처럼 나는 노래에 빠져 있었다. 아니, 노래가 나를 몰아대었다. 다른 생각을 할 틈도 없이 노래는 급류처럼 거세게 흘러 들

이닥쳤다. 아, 그러나 한 줄기 바람처럼 살다 가고파. 이 산 저 산 눈물구름 몰고 다니는 떠도는 바람처럼…… 여가수의 목에 힘줄이 도드라지고 반주 또한 한껏 거세어졌다. 나는 훅, 숨을 들이마셨다. 어느 한순간 노래 속에서 큰오빠의 쓸쓸한 등이, 그의 지친 뒷모습이 내게로 다가왔다. 그 모습을 보지 않으려고 나는 눈을 감았다. 눈을 감으니까 속눈썹에 매달려 있던 한 방울의 눈물이 볼을 타고 흘러내렸다.

노래의 제목은 '한계령'이었다. 그러나 내가 알고 있었던 '한계령'과 지금 듣고 있는 '한계령' 사이에는 커다란 차이가 있었다. 노래를 듣기 위해 이곳에 왔다면 나는 정말 놀라운 노래를 듣고 있는 셈이었다. 무대 위에서 혼신의 힘을 다해 노래를 부르는 저 여가수가 은자 아닌 다른 사람일지라도 상관없는 일이었다. 나는 온몸으로 노래를 들었고 여가수는 한순간도 나를 놓아주지 않았다. 발밑으로, 땅밑으로, 저 깊은 지하의 어딘가로 불꽃을 튕기는 전류가 자꾸 쏟아져 내리는 것 같았다. 질펀하게 취하여 흔들거리고 있는 테이블의 취객들을 나는 눈물어린 시선으로 어루만졌다. 그들에게도 잊어버려야 할 시간들이, 한 줄기 바람처럼 살고 싶은 순간들이 있을 것이었다. 어디 큰오빠뿐이겠는가. 나는 다시 한 번 목이 메었다. 그때, 나비넥타이의 사내가 내 앞을 가로막고 정중하게 고개를 숙였다.

"테이블로 안내해 드릴까요?"

웨이터의 말대로 나는 내가 앉아야 할 테이블이 어딘가를 생각했다. 그리고는 막막한 심정으로 뒤를 돌아다보았다. 뒤는, 내가 돌아본 그 뒤는 조명이 닿지 않는 컴컴한 공간일 뿐이었다. 아마도 거기에는 습기차고 얼룩진 벽이 있을 것이었다. 나는 웨이터에게 무언가를 말하려고 하였다. 하지만 아무런 말도 나오지 않았다. 저 산은 내게 내려가라, 내려가라 하네. 지친 내 어깨를 떠미네…… 더듬거리고 있는 내 앞으로 '한계령'의 마지막 가사

가 밀물처럼 몰려오고 있었다.

집에 돌아와서야 나는 내가 만난 그 여가수가 은자라는 것을 확신하였다. 넘어지고 또 넘어지고, 많이도 넘어져 가며 그 애는 미나 박이 되었지 않은가. 울며울며 산등성이를 타오르는 그 애, 잊어버리라고 달래는 봉우리, 지친 어깨를 떨구고 발 아래 첩첩산중을 내려다보는 그 막막함을 노래 부른 자가 은자였다는 것을 그제서야 깨달은 것이었다.

그날 밤, 나는 꿈속에서 노래를 만났다. 노래를 만나는 꿈을 꿀 수도 있다는 사실을 그 밤에 나는 처음 알았다. 노래 속에서 또한 나는 어두운 잿빛 하늘 아래의 황량한 산을 오르고 있는 한 무리의 사람들도 만났다. 그들은 모두 지쳐 있었고 제각기 무거운 짐꾸러미를 어깨에 메고 있었다. 짐꾸러미의 무게에 짓눌려 등은 휘어졌는데, 고갯마루는 가파르고 헤쳐야 할 잡목은 억세기만 하였다. 목을 축일 샘도 없고 다리를 쉴 수 있는 풀밭도 보이지 않는 거친 숲에서 그들은 오직 무거운 발자국만 앞으로 앞으로 옮길 뿐이었다.

그들 속에 나의 형제도 있었다. 큰오빠는 앞장을 섰고 오빠들은 뒤를 따랐다. 산봉우리를 향하여 한 걸음씩 옮길 때마다 두고 온 길은 잡초에 뒤섞여 자취도 없이 스러져 버리곤 하였다. 그들을 기다려주는 것은 잊어버리라는 산울림, 혹은 내려가라고 지친 어깨를 떠미는 한 줄기 바람일 것이었다. 또 있다면 그것은 잿빛 하늘과 황토의 한 뼘 땅이 전부일 것이었다. 그럼에도 등을 구부리고 짐

꾸러미를 멘 인간들은, 큰오빠까지도 한사코 봉우리를 향하여 무거운 발길을 옮겨놓고 있었다.

그리고 사흘이 지났다. 은자는 늦은 아침, 다시 쉰 목소리로 내게 나타났다.

"전라도 말로 해서 너 참 싸가지없더라. 진짜 안 와버리대?"

고향의 표지판답게 그녀는 별수없이 전라도 말로 나의 무심함을 질타하였다. 일요일 밤에 새부천클럽으로 찾아갔다는 말은 하지 않은 채 나는 그냥 웃어버렸다. 물론 '한계령'을 부른 가수가 바로 너 아니었느냐는 물음도 하지 않았다.

"내가 지금 바쁜 몸만 아니면 당장 쫓아가서 한바탕 퍼부어 주겠지만 그럴 수도 없으니, 어쨌든 앞으로 서울 나올 일 있으면 우리 카페로 와. 신사동 로터리 바로 앞이니까 찾기도 쉬워. 일 주일 후에 오픈할 거야. 이름도 정했어. 작가 선생 마음에 들는지 모르겠다. '좋은 나라'라고 지었는데, 네가 못마땅해도 할 수 없어. 벌써 간판까지 달았는걸 뭐."

좋은 나라로 찾아와. 잊지 마라. 좋은 나라. 은자는 거듭 다짐하며 전화를 끊었다. 그녀가 카페 이름을 '좋은 나라'로 지은 것에 대해 나는 조금도 못마땅하지 않았다. 얼마나 좋은 이름인가. 다만 내가 그 좋은 나라를 찾아갈 수 있을는지, 아니 좋은 나라 속에 들어가 만날 수 있게 되는지 그것이 불확실할 뿐이었다.

[1987]

5부

소재와
상상력의
다양성

5부 소재와 상상력의 다양성

1990년대 이후 소설의 전개과정을 한마디로 요약하기란 쉽지 않다. 전 시대의 소설들을 광주민주화운동에 대한 부채의식과 관련하여 이해하는 것이 가능하다면, 이 시기의 소설은 1990년대 초에 벌어진 동구권 사회주의의 몰락과 연관 지어 이해할 수 있다. 그것은 사회주의 이념의 퇴조가 이데올로기 중심의 인간 이해와 세계 이해의 관습에 충격을 가한 것으로도 말해질 수 있는데, 이를 반증하듯 이 시기의 소설들은 소설의 소재 측면에서나 상상력의 측면에서 아주 다양한 스펙트럼을 보이고 있기 때문이다.

이 시기 크게 유행한 여행기 형식의 선두에 선 윤후명의 소설, 평균연령의 증가로 인해 비로소 문제가 되기 시작한 노년시대를 탐구한 박완서와 최일남의 작업, 완고한 소설적 구성의 강박에서 벗어나 수필적 형식에 다양한 인간 군상의 기이한 삶의 이야기를 담아낸 성석제의 작업, 그리고 1980년대부터 집단적으로 등장한 여성작가들의 본격적인 작품 활동의 연장선에 놓이는 이혜경의 소설 등이 이 시기 소설을 특징짓는다.

분단문제와 역사문제 같은 것들이 뒷전으로 밀려나고 현실에 대한 다양한 전망이 소설적으로 이 시기만큼 많이 제출된 시기는 없는데, 이는 우리 소설의 근본에 대한 자성과도 일정한 연관을 갖는다. 1980년대 실험소설의 연장선상에서 여러 작가가 시도했던 자성적 글쓰기가 메타소설로서 한 범주를 형성한 것이 그 증거이다. 그렇다고 해서 현실을 비판적으로 성찰하는 소설이 위축되었다고 말할 수는 없다. 비판적 현실 성찰의 소설은 여전히 우리 소설사의 중심에 자리 잡고 있다.

이런 다양한 문학적 탐구가 인간과 사회에 대한 보다 균형 잡힌 이해를 도모하게 되는 2000년대 소설의 밑바탕이 된 것은 두말할 것도 없다.

환각의 나비

박완서 (1931 ~ 2011)

경기도 개풍 출생. 서울대 국문과 중퇴. 1970년 「나목」으로 등단. 『부끄러움을 가르칩니다』 『그 가을의 사흘 동안』 『너무도 쓸쓸한 당신』 등의 소설집과 『도시의 흉년』 『미망』 『그해 겨울은 따뜻했네』 등의 장편소설이 있다.

몸집에 비해 큰 승복 때문에 그런지 어머니의 조그만 몸을 날개를 접고 쉬고 있는 큰 나비처럼 보였다. 아니아니 헐렁한 승복 때문만이 아니었다. 살아온 무게나 잔재를 완전히 털어버린 그 가벼움, 그 자유로움 때문이었다. 여태껏 누가 어머니를 그렇게 자유롭게 행복하게 해드린 적이 있었을까. 칠십을 훨씬 넘긴 노인이 저렇게 삶의 때가 안 낀 천진덩어리일 수가 있다니.

1

그 집에는 느낌이 있었다.

그 느낌은 그 집을 지은 자재나 규모 또는 그 집에 사는 사람이 집 간수를 어떻게 했느냐에 따라서 달라지는 보통 집의 표정 같은 것하고는 달랐다. 사람으로 치면 성깔이나 교양, 옷차림 따위에 의해 수시로 변할 수 있는 인상말고 저 깊은 중심에 숨어 있는 불변의 것, 임의로 할 수 없는 것으로부터 풍겨져나오는 예감 같은 거였다. 그 느낌 때문에 동네 사람들은 그 집에 이끌리기도 하고 그집 앞을 돌아가기도 했다. 그 집은 동네에서 떨어진 외딴집이었지만 약수터 가는 길목이기도 했고, 전철역으로 통하는 지름길 가이기도 했다. 행정 구역상으로 그 집이 속한 동네는 서울의 위성도시 중의 하나인 Y시 안에 있었지만 Y시 사람들은 그 동네를 원주민 동네라고 불렀다. 그렇다고 초가집이나 조선 기와집이 남아 있는 건 아니었다. 육십년대에 유행한 슬래브집들이 수리를 안 해 퇴락한 데다가 좁고 더러운 골목길 때문에 실제의 나이보다 훨씬 더 낡고 흉흉해 보일 뿐이었다.

아마 Y시에 새로 들어선 아파트 단지 아이들은 원주민 동네라는 말을 곧이곧대로 믿고 슬래브집을 마치 남태평양의 섬이나 아프리카 오지에 남아 있다는 미개한 종족이 선사 시대부터 오늘날까지 헤아릴 수 없는 세월을 변화시킬 줄 모르고 유지해 온 동굴이나 오두막과 유사한, 우리 본래의 주거 양식으로 여기고 있을지도 모를 일이었다. 그러나 생긴 지 기껏해야 삼십 년이 조금 더 된 동네였다. 땅 임자와 집장수의 합작으로 허허벌판에 새로운 동네가 들어섰을 때만 해도 그 일대는 밭농사와 과수원을 주로 하는 농촌이었고 농사짓는 사람들은 그 동네를 양옥집 동네라고 불렀었다. 그때만 해도 지붕도 없고 두부모를 잘라놓은 것처럼 네모 반듯한 집에다가 벽에는 번들번들한 타일까지 입힌 집이 신기하고 부러운 나머지 그렇게 한껏 높여 부른 거였다. 양옥집 동네가 원주민 동

네가 되는 대는 삼십 년도 채 걸리지 않았다.

그 집은 양옥집 동네가 생겨나기 전부터 있었다. 그 일대의 농촌이 감쪽같이 사라지기 차마 아쉬워 딸군 일점 혈육처럼 여러 번 개조하고 증축한 흔적에도 불구하고 골수에 밴 시골티는 변할 줄 몰랐다. 대청마루가 널찍한 ㄷ자 집이었고, 기둥과 서까래는 육송이었지만 지붕은 회색빛 슬레이트였다. 때에 전 육송 뼈대와 슬레이트 지붕의 부조화는, 문살이 많이 빠진 창호지 덧문과 마루에 새로 해단 유리 분합문과의 부조화와 묘한 조화를 이루었다. 원주민 동네에 오래 산 사람이라면 그 집이 골함석 지붕이었을 적을 기억할지도 모르겠다. 그 전에 이엉이나 양기와 지붕이었을 터이니 삼십 년은커녕 오 년 이상을 눌러산 집도 희귀한 동네에서 목격자를 찾는다는 것은 불가능한 일일 것이다. 원주민 동네라는 별명은 집뿐 아니라 주민에게도 해당되지가 않는 게 전출입이 잦기가 아파트 사는 사람들보다 훨씬 더했다. Y시에서 낸 통계에 의하면 평균 거주 기간이 아파트보다 1년 6개월이나 짧다고 했다. 중개업자의 농간이겠지만 곧 재개발에 들어가리라고 외부에 소문난 것과는 달리 막상 집을 사가지고 들어와보면 그런 기미가 전혀 없는 이상한 동네였다. 재개발이라는 게 나서서 추진하는 사람 없이 저절로 되는 게 아니라는 걸 알고 나서도 앞장설 만한 주변머리도 방법도 모르는 사람은 다시 집을 내놓았고 그래서 혹시나 하는 미련을 못 버린 사람도 세를 놓고서라도 빠져나가고야 말았다. 눈독을 들인 유일한 장점이 가짜였다는 걸 알고 나면 정떨어질 일밖에 없었다.

원주민 동네가 Y시의 섬이라면 그 집은 원주민 동네의 섬이었다.

아파트 아이들이나 원주민 동네 아이들이나 같은 학교에 다녔다. 그러나 아파트 아이들 보기에 원주민 동네 아이들은 어딘지 달라 보였다. 다른 줄 모르다가도 원주민 동네 아이라는 걸 알고 나

면 어제까지 같이 신나게 얘기하던 컴퓨터 게임 얘기가 그럴 리가 없다는 느글거리는 배신감이 되어 그 아이를 뜨악하게 만들었다. 만일 그 집에 아이가 있었다면 그 동네 아이들도 그렇게 뜨악해져서 따돌렸으련만 그 집에 아이가 있었던 적은 한 번도 없었다. 그 집이 농가였을 때는 혹시 아이가 있었을지도 모르지만 그건 아무도 증거할 수 없는 그 집의 선사 시대였다.

2

그 시간에 주차할 자리가 마땅찮은 건 어제 오늘의 일이 아닌데도 영주는 지겹다는 소리를 연거푸 중얼거리고 나서 어린이 놀이터 쪽으로 핸들을 거칠게 꺾었다. 아파트 뒤쪽은 어린이 놀이터이고 놀이터와 녹지대를 타원형으로 둘러싼 아스팔트길은 아이들이 자전거나 롤러를 타던 길이어서 원래는 주차 금지 구역이었다. 거기까지 주차선을 그어봤댔자 언 발등에 오줌 누기였다. 당장은 숨통이 트이는가 싶더니 며칠이 못 가 도로아미타불이었다. 다행히 새벽에도 빼기 쉬운 명당 자리가 남아 있었다. 옆자리에 수북한 짐들을 챙기면서 영주의 입에서 지겹다는 소리가 다시 한 번 새어나왔다. 짐이라야 별것도 아니었다. 벗어놓은 윗도리, 구럭 같은 핸드백, 책 몇 권은 보따리장수 적부터 익숙한 짐이고 오늘은 호박이 두 덩어리 더 있었다. 시골길에 피라미드형으로 쌓아놓고 파는 늙은 호박이 하도 보기 좋아 벼르다가 산 것이었다. 호박장수는 죽을 쑤면 꿀맛이라고 묻지도 않았는데 쑤는 법까지 가르쳐주려 들었지만 귀담아듣지 않았다. 어머니는 틀림없이 호박범벅을 만드실 것이다.

호박범벅을 만들면서 어머니가 신바람을 내셨으면 좋으련만. 영주는 좀 망연해진다. 어머니는 아직도 호박범벅을 만드실 수가 있을까. 이까짓 호박따위로 어머니를 시험하려 들지 말아야 한다. 이해해야 한다. 푸성귀를 다듬어 반찬을 만들고,

생선비늘을 긁어 절이거나 조리고, 국이나 찌개 간을 보는 일을 반백 년이 넘게 허구한 날 되풀이하면서 그때마다 새로운 신바람이 나서 한다면 그게 오히려 이상한 거지, 그 일이 진력이 나서 매사를 시들해하는 걸 이상한 눈으로 볼 게 뭐였을까. 영주는 챙기던 짐을 스르르 밀어놓고 핸들에다 이마를 얹었다. 망연한 불안은 그러나 어머니보다 자신을 향하고 있었다. 보따리장사 육 년 만에 학위 딴 지 삼 년 만에 얻은 전임 자리였다. 수도권 대학은 아니었으나 찬밥 더운밥 가릴 계제가 아니었다. 밥줄을 매단 처지도 아니었는데 그렇게 허둥댄 것은 아마 나이 때문이었을 것이다. 대전까지 출퇴근을 한다는 것은 쉬운 노릇은 아니었으나 불가능하지는 않은 게 그나마 다행이었다. 운전 솜씨도 능숙의 도를 넘어 노숙했고, 중고차만 물려받다가 이 년 전 처음으로 만져본 새 차는 지금 그녀의 몸의 일부분처럼 길들여져 있는 것도 원거리 출퇴근을 겁내지 않을 수 있는 좋은 조건이었다. 그러나 마흔 고개 마루턱에 와 있었다. 쉰까지는 미끄럼 타듯 신속할 터였다. 그 나이에 그것도 여자가 대학에 자리를 얻을 수 있었다는 건, 그 바닥의 사정에 아주 무식한 사람만 아니라면 감지덕지할 행운으로 여겨 마땅했다. 영주도 처음 한 학기 동안은 마침내 해냈다는 성취감에 도취해서 힘든 줄을 몰랐다. 그러나 요새 그녀는 박사나 교수 값이 그동안 너무 싸진 걸 자기만 모르고 있었던 것 같아 차츰 열쩍어지고 있었다. 왜 이제야 그런 생각이 들게 되었을까. 진작만 알았어도 그런 고생은 안 했을걸, 싶다가도 이런 게 바로 공부한답시고 날치던 여자의 한계인 것도 같아 혐오스러워지곤 했다. 싸도 너무 싸졌다고 느끼는 게 그동안 들인 공과 시간에 비해 보수가 너무 낮다는 경제성보다는 존경도에 있었기 때문이다. 겨우 지방 대학 가려고 뼛골 빠지게 박사를 했냐? 이렇게 노골적으로 무시하는 친구도 있었다. 그래 너 따위가 아는 지식의 값이란 평생 서울에 붙어먹고 살

면서, 적당히 즐기고, 품위 유지할 수 있는 자격과 같은 것일 테니까, 이렇게 치지도외할 수도 있었으련만 그래지지가 않았다. 앙심까지 품어지도록 속이 아렸던 것은 바로 자격지심을 건드렸기 때문일 것이다. 가르치는 일, 지식을 풀어먹는 일은 생각보다 보람 있지 않았다. 그 재미없음의 핑계를 학생들의 질이나 자신의 실력 부족으로 돌릴 수도 있으련만 그녀는 지식이라는 것을 통틀어서 비하하느라 허탈해지기도 하고 울적해지기도 했다. 한마디로 아니꼽기 짝이 없는 정서 불안증이었다.

영주가 학위 논문으로 허난설헌의 시 연구를 택한 것은 허난설헌의 시에 끌렸기 때문이고 끌리게 된 까닭은 난설헌의 짧은 생애에 대한 애틋한 감동 때문이었다. 허난설헌에 감동하기 위해 많은 지식이 필요했던 건 아니다. 그 시대 배경이나 집안 환경에 대해서도 보통 사람 수준의 상식이 전부였다. 물론 그녀의 한문 실력으로 난설헌의 한시와 직관적으로 만나지는 건 불가능했다. 그녀가 매혹당한 것은 시 자체의 뛰어남보다는 한 뛰어난 여자를 못 알아보고 기어코 요절토록 한 시대적 사회적 요인들에 대한 자유로운 상상력이었다. 그러나 논문이 필요로 하는 것은 상상력이 아니라 출처가 분명하고 실증할 수 있는 지식이었다. 중학교에서 교편을 잡고 있던 그녀로 하여금 대학원서부터 다시 시작할 수 있도록 충동질한 지도 교수는 그녀의 상상력을 가장 경계했다. 영주가 제일 자주 들은 듣기 싫은 충고는 논문을 쓰면서 소설을 쓰고 있는 것처럼 착각하지 말라는 거였다. 그녀는 박사학위에 걸맞은, 난설헌에 대한 지식을 쌓기 위해 연구라는 걸 하는 동안 난설헌에 대한 매혹과 감동은 온데간데없이 사라지고 난설헌이라면 넌더리가 났다. 난설헌에 대한 감동을 잃은 대신 얻은 것은 난설헌을 그럴듯하게 본뜬 수많은 제웅을 무자비하게 난도질한 한 무더기의 검부러기와 그리고 학위였다.

차 안에 얼마나 그러고 있었을까, 아들이 와서 유리를 두드리는 소리에 비로소 머리를 들었다. 충우는 허름한 트레이닝복 차림에 슬리퍼를 끌고 있었다.

"웬일이냐? 니가 산책을 다 나오구."

"산책이 아니라 할머니 찾아나온 거예요."

영주는 가슴이 철렁했지만 충우는 대수롭지 않게 말했다.

"어쩌다 혼자 나가시게 했냐? 잘 보라고 그렇게 일렀는데."

"요기 어디 계시겠죠, 뭐. 들어가 계세요. 제가 모시고 들어갈 테니까요."

그리고는 휘적휘적 걸어갔다. 부랴부랴 짐을 챙겨가지고 차에서 내린 영주는 아들의 아무렇지도 않아 뵈는 뒷모습에 문득 화가 나서 큰 소리로 불러세웠다.

"언제 나가셨는데 인제 찾아나선 거냐?"

"얼마 안 됐어요."

아들이 머뭇거리는 걸 영주는 그냥 봐넘기지 못했다.

"정확하게 언제냐니까."

"정확하게 언젠 줄 알면 붙들었지 나가시게 내버려뒀겠어요."

영주가 깐깐하게 굴자 충우도 지지 않고 도전적으로 나왔다.

"나가시는 것도 못 봤구나? 도대체 뭘 하구 있었길래."

"전화 걸구 있는 동안 없어지셨어요."

"누구하고? 계집애하고 전화질하느라 정신이 팔렸던 게지? 그치?"

아들은 대꾸하지 않고 획 돌아서서 가버렸다. 영주는 뒤따라 쫓아갈 것처럼 몇 걸음 내딛다 말고 집 쪽으로 돌아섰다. 별로 고약하게 군 적이 없는 아들이건만 상습적으로 고약하게 군 것처럼 취급한 게 금방 후회스러웠다. 정말 왜 이런지 모른다고, 그녀는 요즘 자꾸만 아슬아슬해지는 자신의 자제력을 돌이켜보며 위기 의식 같은 걸 느꼈다.

정수리에서 한 움큼이나 되는 흰머리가 억새풀처럼 힘차게 들고일어나는 게 엘리베이터 속 거울에 비쳤다. 반사적으로 박사학위가 남루처럼 민망하게 느껴졌다. 화장대나 콤팩트의 거울보다 엘리베이터 속의 거울은 인정사정이 없었다. 특히 퇴근길에 볼 때 그러했다. 어깨도, 볼의 살도, 눈썹도, 아침에 드라이해서 한껏 곤두세운 머리도 기진맥진 축 처져 있을 때일수록 그놈의 흰 머리칼은 올올이 들고일어나는 것이었다. 기회 있을 때마다 동생이 비아냥거리는 '언니의 박사 티'였다. 박사 아니라도 오십을 바라보는 나이에 머리가 세기 시작하는 건 흔한 일인데 동생은 볼 때마다 그렇게 놀렸고 영주는 그 소리를 들을 때마다 모욕감을 느꼈다. 집은 비어 있건만 문은 그냥 열렸다. 집 안은 뒤숭숭했다.

지난번 같은 소동 없이 돌아오셔야 할 텐데, 어머니가 건망증이 심상치 않다고 느끼기 시작한 것은 어제오늘의 일이 아니었다. 이 아파트로 이사온 게 작년인데 그 전부터였으니까. 슈퍼에 갔다가도 동호수를 잊어버려서 헤매는 일이 가끔 있었다. 그러나 워낙 오래 살던 단지라 누군가가 데려다주기도 했고 수위 아저씨가 알아보고 인터폰을 넣어주기도 했다. 또 늘 그런 것도 아니고 다시 멀쩡해져서 당신이 그랬었다는 걸 믿지 못하거나 화를 낼 적도 있었다. 그러나 이 아파트로 이사하고 나서 미처 집정리도 안 됐을 적에 있었던 일은 그런 일상적인 것하고는 달랐다. 새벽에 아무도 일어나기 전에 집을 나간 어머니를 찾은 건 그날 밤 자정이 넘어서였다. 찾고 보니 어머니는 그냥 나간 게 아니라 계획적인 가출이었다. 놀랍게도 조그만 보따리와 그동안 얻다 꿍쳐놓았던지 꼬깃꼬깃한 용돈까지 챙겨갖고 있었다. 더욱 기가 찬 것은 고속도로 순찰대가 노인을 발견한 곳이 의왕터널이었다는 것이다. 영주네가 이사온 아파트는 둔촌동이었다. 거기까지 걸어서 간 것인지 무엇을 타고 간 것인지를 어머니한테 상기시키는 건 불가

능했다. 그냥 횡설수설했다. 연락을 받고는 너무 기뻐서 식구들이 몽땅 정신없이 달려갔다. 특히 정이 많은 경아는 보따리를 가슴에 부둥켜안고 텅 빈 시선으로 식구들을 바라보는 할머니 품에 뛰어들어 엉엉 울음을 터뜨렸다. 충우도 할머니의 어깨를 뒤에서 안으면서 볼을 부볐고 남편은 윗도리를 벗어서 가을 밤 기온에 으스스 떨고 있는 노인의 어깨를 걸쳐주면서 순찰대한테 몇 번이나 고개를 숙여 고맙다는 인사를 했다.

영주는 좀 비켜서서 움직이지 않았다. 마음이 차갑게 얼어붙은 걸 그녀 자신도 임의로 할 수 없었다. 아이들이 엉겨붙자 텅 빈 어머니의 얼굴에 차차 표정이 돌아왔다. 그리고 "아이고 내 새끼들, 쯧쯧 어디 갔다 이제야 왔누" 하면서 마주 엉겨붙었다. 어머니의 얼굴이 점점 곱게 펴졌다. 충우 경아 남매는 어려서부터 할머니한테 그렇게 엉겨붙기를 잘했다. 엄마라고 줄창 맞벌이를 하느라 집에서 아이들한테 어리광을 부릴 만한 기회를 줄 새가 없어서이기도 했지만 할머니가 그걸 좋아한다는 걸 아이들은 저절로 알고 있었기 때문이다. 이제 그만 데면데면하게 굴어도 될 만큼 머리가 커진 후에도 아이들은 할머니가 만든 반찬이 특별히 맛있다든가 저희들이 늦게 들어올 때 안 자고 기다리다가 문 열어주고 먹고 싶은 것까지 챙겨줄 때면 답례처럼 서비스처럼 으레 할머니한테 엉겨붙는 장난을 치곤 하는 것이었다. 그렇다고 아이들에게 계산된 간교함이 있는 건 아니었다. 아이들에게도 노인에게도 행복한 장난 이상도 이하도 아니어서 보고 있으면 절로 미소가 떠오르곤 했다. 남 보기에도 여실히 느껴지는 상호간의 완벽한 행복감 때문에 슬그머니 샘이 날 적도 있었지만 섣불리 흉내를 내보고 싶어한 적은 한 번도 없었다. 영주는 낳기만 했지 아이들은 순전히 할머니 손에서 자랐다. 노인에겐 그 어렵고도 장한 일을 한 이의 특권이랄까, 침범할 수 없는 당당함이 있었고, 아이들하고의 자연스러움은 거의 동물적

이었다. 여북해야 셋이서 그렇게 정답게 굴고 있는 것을 볼 때마다 영주는 어머니의 붉고도 부드러운 혀가 아이들을 핥고 있는 것처럼, 세 몸동이 사이를 따숩고 몽실몽실한 털이 감싸고 있는 것처럼 느끼곤 했을까.

그러나 이번엔 달랐다. 가슴이 뭉클해져오는 것까지 자제해야 한다고 생각할 만큼 토라져 있었다. 의왕터널 때문이었다. 노인네를 반기는 태도가 식구들끼리도 이렇게 다른 걸 젊은 순찰대원은 성급하게 고부 갈등으로 짐작한 듯했다.

"이런 효자 아드님 효자 손자들을 두고 왜 집은 나오고 그러세요. 설사 좀 섭섭한 일이 있더라도 노인네가 참으셔야 해요. 세상이 달라졌단 말예요. 이렇게 손자들이 득달같이 달려온 걸 보면 할머닌 복 좋은 줄 아세요. 알아들으셨죠? 이눔의 세상이 어떻게 된 놈의 세상인지 일부러 부모 내다버리는 자식도 많답니다. 그런 자식이 우리가 연락한다고 찾아오겠어요? 못 믿으시겠지만 연락도 헐 수 없게스리 즈이 살던 데를 싹 옮기는 자식도 있으니까요."

영주는 남편하고 시선이 마주치자 고개를 떨구었다. 나쁜 며느리가 된 것보다 더 면목이 없었다. 순찰대원은 일이 순조롭게 풀린 게 기분 좋은 듯 계속해서 명랑하게 떠벌렸다.

"할머니도 꼭 그런 할머닌 줄 알았다니까. 아들네 집에 가야 한다고 보채기는 꼭 고집쟁이 어린 애처럼 막무가낸데 아들네 전화번호는커녕 동네 이름도 모르는 척하는 게 영락없이 버림받고 양로원밖에 갈 데가 없는 노인네들이 하는 짓 고대로더라구요. 그러다 어찌어찌 전화번호를 하나 생각해내시길래 걸어보긴 했어도 기대는 안 했어요. 아니나다를까 그 집엔 그런 분이 없다면서 이사온 지 얼마 안 된다길래 역시나 했지요. 그래도 그 번호가 단서가 되어 어렵사리 댁의 전화를 알아낸 건데 이런 좋은 결과를 맺었으니 참말로 보기 좋습니다."

역시 그랬었구나, 어머니의 목적지는 영주가 짐작한 대로였다. 영주는 말없이 그 자리를 피해 먼저 차로 가서 기다리기로 했다. 그렇게 하는 게 못된 며느리에게 어울릴 것 같아서이기도 했지만 진실이 탄로나는 것을 피하고 싶어서이기도 했다. 남편도 그 점을 이해하고 아들 노릇을 잘해주려니 믿거라 하기로 했다. 어머니도 그걸 바랄지도 모른다고 생각하며 영주는 쓸쓸하게 웃었다.

영주하고 어머니는 고부간이 아니라 모녀간이었다. 그러니까 남편은 어머니의 아들이 아니라 사위였다. 어머니가 언제부터 딸하고 사는 걸 굴욕스럽게 여기게 되었는지 영주도 잘 안다고 할 수는 없었다. 아마 그녀의 남동생이 장가를 들고 나서부터일 것이다. 그때부터 친척이나 친지들이 어머니가 아들네로 안 가는 걸 이상한 눈으로 보기 시작했으니까. 특히 이모들은 딱하게 여기다 못해 불쌍해하려는 낌새까지 드러낼 적이 종종 있었다. "딸네 밥은 서서 먹고 아들네 밥은 앉아서 먹는다는데……" 이러면서 이모들이 쯧쯧 혀를 찰 때마다 영주는 이모들의 우월감에 침을 뱉어주고 싶도록 속이 끓곤 했다. 아들네한테 죽자꾸나 붙어산다는 것밖엔 어머니보다 나을 것이 조금도 없는 이모들이었다. 소녀 적부터 영주는 장차 화려한 성공을 거두어 어머니를 호강시킬 것을 꿈꿀 때가 가장 살맛이 나고 즐거웠다. 그렇게는 못 되었지만 그렇게 되었다고 해도 어차피 어머니의 행복과는 상관이 없었을 것이라는 생각이 그녀를 참담하게 했다. 그녀는 어머니를 누구보다도 잘 알았다. 자식 밥을 얻어먹기 위해서가 아니라 당신 손으로 자식을 벌어먹이기 위해 일생 서서 일하면서 터득한 당당함은 어머니만의 자존심일 터였다. 그걸 함부로 능멸한다는 것은 아무리 어머니의 동기간이라 해도 용서할 수가 없었다.

남동생 영탁이는 막내이자 유복자였고 그녀하고는 열세 살이나 나이 차이가 났다. 어머니는 영주 낳은 지 십 년 넘어 아이를 못 갖다가 아우를 본

게 영숙이었고, 영숙이가 돌도 되기 전에 또 아이가 들어서고 그 아이가 태어나기 전에 과부가 되었다. 아버지의 유산이라고는 집 한 채가 다였다. 당시엔 시골 같은 변두리 동네였지만 다행히 대학이 가까워 어머니는 하숙을 쳤다. 그때부터 영주는 하숙집 딸로 불리었고, 하숙집 딸 노릇을 마치 그렇게 태어난 것처럼 잘해냈다. 반찬가게 심부름은 물론 숭늉 심부름을 입에 혀처럼 잘하다가 방방의 연탄도 꺼뜨리지 않고 갈 수 있게 되었고, 고등학교 적부터는 밤늦도록 어머니와 무릎을 맞대고 가계부를 쓰면서 다음날 식단을 짜고 한 달 예산을 세우고 동생들 장래를 걱정하곤 했다. 입시철이면 메뚜기도 한철이라고 동생들을 독려해가면서 집 안의 방이란 방은 안방까지 내주고 온 식구가 다락에서 새우잠을 잤다. 어머니에게 영주는 딸이라기보다는 동지였다. 함께 일하고 함께 걱정했다. 어머니의 무거운 책임을 덜어주고 싶다는 일념으로 영주는 동생들에게 어머니하고 똑같이 엄하고 짜게 굴긴 했지만 샘을 내거나 경쟁하는 마음은 가져보지 못했다. 여북해야 동생들한테 제까짓 게 뭔데 아버지처럼 군다는 불평까지 들었겠는가.

충우는 혼자서 들어왔다. 풀이 죽어 있었다. 영주는 그럴 줄 안 것처럼 실망하진 않았지만 속에서 불덩어리 같은 게 치밀어올라서 벌떡 일어났다.

"엄마 죄송해요."

아들이 놀란 듯이 영주의 어깨를 잡으며 사과를 했다.

"너한테 화내고 있는 게 아니야."

영주는 어머니가 또 의왕터널에 가 있을 것 같고 그게 그렇게 화가 났다. 의왕터널은 남동생네 가는 길이었다. 어머니가 아들네 갈 일은 일 년에 서너 번도 안 됐지만 그때마다 영주의 차로 모시고 갔고, 전에 살던 과천에서도 여기 둔촌동에서도 의왕터널을 거쳐야 했다. 어머니가 아들네에

이르는 길 중 가장 기억할 만한 특징이 있다면 의왕터널밖에 없었다. 과천터널과 의왕터널이 생긴 건 영주네가 과천에 입주한 지 몇 년 돼서였다. 하숙을 치던 넓은 집에서 처음 이사한 아파트였지만 어머니는 잘 적응했다. 일층이어서 마당을 가꿀 수 있는 재미때문이었는지 이십 평 남짓한 아파트도 답답해하지 않았다. 어머니의 활동 무대는 마당으로부터 청계산으로, 관악산으로, 점차 그 영역을 넓혀갔다. 약수를 하루에도 몇 번씩 길어 날랐고 산나물 하는 데도 선수여서 도시물만 먹은 이웃 노인들이 줄줄이 어머니를 추종했다. 어머니는 약수터 배드민턴 회원이었고 관악 에어로빅 회원에다 청계 노인회원을 겸하고 있었다. 어머니는 당신이 놀던 마당에 굴이 두 개나 생기는 걸 여간 못마땅해 하지 않았다. 특히 의왕터널은 당신이 발음이 잘 안 되니까 더 싫어했다. 그 무렵에 마침 의왕터널 지나서 새로 생긴 단지에 영탁네가 입주하게 되었기 때문에 영주는 어머니가 아들네 가고 싶을 때 질러가라고 생긴 굴이라고 일러드리곤 했다. 그러면 어머니는 활짝 웃으며 편안해지곤 했는데, 실은 어머니의 건망증이 심해져서 집도 잘 못 찾게 된 게 터널이 생길 무렵부터여서 그 소리는 수도 없이 반복되었을 터였다.

"그랴 그랴, 나더러 충우네 휘딱 가라고 그 굴을 뚫어줬다구? 시상에 누가 내 마음을 그리 잘 보살펴줬을꼬."

모녀는 그런 소리를 아마 골백번도 더 주고받았을 것이다. 그러나 어머니에게 영탁이네 갈 일은 자주 생기지 않았다. 아무리 아들네라도 초대받지 않고 불쑥 가는 게 아닌 세상이 된 것은 가르쳐주지도 않았건만 알고 있었다.

그날 어떻게 해서 거기까지 이르게 되었는지는 어머니는 끝내 말하지 않았다. 안 한 게 아니라 못했을 것이다. 의왕터널 외에는 아무것도 확실하게 입력된 게 없었을 테니까. 둔촌동에서 의왕터널까

지 걸어갔다는 게 믿어지지 않았다. 걷기도 하고 타기도 했으리라. 영주는 밖으로 뛰쳐나가려다 말고 들어와서 차 키를 찾았다.

"어디 가시게요?"

"의왕터널."

"또 거길 가셨을라구요."

"그 너머가 바로 외삼촌네니까. 그날 할머니가 거기 계셨다는 건 우연이 아니었잖니?"

"알아요. 그렇지만 과천에서 가깝기 때문일 수도 있어요."

충우가 영주 눈치를 보느라 조심스럽게 말했다. 영주는 과천 소리만 나오면 화를 내기 때문이다. 과천을 향한 노인네의 집착은 영주를 혼란스럽게 했다. 별안간 드러내기 시작한 아들의 보호 밑에 있고 싶다는 갈망은 어쩌면 예정된 것이었다. 이상하다면 그게 너무 늦게 왔다는 것뿐, 이 땅의 모든 어머니들의 유구한 전통이었으니까. 그러나 십 년 넘어 살았다고는 하나 고작 아파트 단지에 지나지 않는 과천에 대한 어머니의 이상한 애착을 영주는 이해할 수 없었고, 설명할 수 없기 때문에 인정하기도 싫었다.

"할머니가 과천을 좋아하신다면 그건 여기보다 외삼촌네하고 훨씬 더 가깝기 때문이니까 그게 그거야."

영주는 필요 이상 차갑게 잘라 말했다.

"그렇게 외삼촌한테 신경을 쓰실 거면 모셔오긴 뭣 하러 모셔오셨어요."

"얘 좀 봐. 너 말하는 투가 할머니를 꼭 남의 식구처럼 여기고 있잖아."

"어머니 고정하세요. 그렇게 생각하는 건 오히려 어머니 쪽이에요. 정말 왜 그러세요. 어머니답지 않게."

"괜히 모셔왔나 봐. 아니 모셔온 것만 못해. 또 거기 가 계신다고 해도 이번엔 외눈 하나 까딱 안 할 거야."

"아무튼 나가신 지 한 시간도 안 됐어요. 그동안 에 무슨 수로 거길 가셨겠어요."

"설마 그때 할머니가 걸어서 거기까지 가셨겠니?"

"그날 할머니 발 생각 안 나세요?"

충우가 약간 이맛살을 찌푸리며 말했다. 온통 으깨지고 물집이 잡힌 발을 더운물에 담그게 하고는 운 생각이 났다. 분하긴 또 왜 그렇게 분했던지. 어머니에게 아들네 집은 얼마나 요원했을까? 그 아득함과 그럼에도 불구하고 이르고야 말겠다는 어머니의 집념이 그 무참하게 으깨진 발가락에 고스란히 드러나 있었다. 그게 안쓰럽고도 징그러워 영주는 잠을 이루지 못했다. 그날 밤을 뜬눈으로 샌 영주는 다음날 영탁이를 불러 어머니를 모셔갈 수 있나를 타진했다. 타진이라기보다는 애원이었을 것이다. 영탁이는 장가들기 전부터 어머니는 자기가 모실 거라고 큰소리를 쳤다. 영주도 그럴 것 없다고 못박지는 않았지만 내심 대견했었다. 언젠가는 어머니를 모셔갔으면 해서가 아니라 내 어머니만은 이 자식 저 자식에게 치이는 천덕꾸러기가 안 될 것 같은 게 고마워서였다. 그 정도면 어머니는 충분히 귀하신 몸일 터인데 왜 애원조로 굴고 있는지, 영주는 자신의 태도가 못마땅했지만 바로 잡아지지가 않았다. 처음부터 그녀가 기대한 것하고는 전혀 다르게 나오는 영탁이의 태도 때문이었을 것이다. 감정을 드러내지 않고 듣기만 하고 나서도 한참 동안이나 우물쭈물하다가 겨우 한다는 소리가 "누나도 별수 없구려"였다. 야유하는 투였다. 무슨 뜻인지 모를 소리였다. 그러나 여간 불쾌하지가 않았음에도 불구하고 한마디도 반박을 못 했다. 노후를 아들에게 의탁하지 못하는 것을 제일 불쌍하고 떳떳지 못하게 여기는 사회적 통념에 결국은 동의하고 만 자신이 싫었기 때문에 불쾌한 꼴을 당해도 싸다 싶었나 보다.

"애 엄마하고 의논해보고 연락 드릴게요."

그렇게 나오는 데는 한마디 안 할 수가 없었다.

"네 생각을 말해. 난 그게 듣고 싶어."

"노인네를 모시는 건 여자 아뉴? 나도 명령은 할 수 있어요. 그렇지만 그러고 싶지 않아요."

영탁이는 몇 해 연애하던 여자와 결혼해 아들딸 낳고 재미나게 살고 있었다. 어머니가 군더더기가 될 건 뻔했다. 군더더기를 받아들이려면 마음의 준비뿐 아니라 실제적 준비도 필요하다는 것을 이해해야 한다고 생각하면서도, 그러고 간 후 함흥차사인 동생을 괘씸하게 여기느라 영주의 심사는 내내 불편했다. 명색이 장남이 어쩌면 그럴 수 있을까? 용서할 수 없는 심정은 내가 어쩌면 이럴 수 있을까 하는 자책과 오락가락해서 자신도 누굴 탓하고 있는지 종잡을 수 없을 지경이었다. 더 참기 어려운 것은 어머니의 달라진 모습이었다. 듣기 좋으라고 그랬는지, 정말 그럴 작정이었는지 영탁이가 어머니한테 곧 모시러 오마고 약속하고 떠난 게 화근이었다. 어머니는 이제 공공연히 보따리를 싸놓고 안절부절을 못했다. "우리 아들이 데리러 온댔는데, 야아가 왜 이렇게 늦나" 걸핏하면 이렇게 중얼거리면서 대합실에 발을 묶인 사람처럼 초조하게 창밖만 내다보기도 하고, 강하게 밀어내는 시선으로 집안 식구를 대하기도 했다. 참다 못해 영주가 먼저 올케하고 직접 담판을 해서 어머니를 모셔가도록 했다.

그러나 어머니는 영탁이네서 석 달도 못 버티고 둔촌동으로 돌아오고 말았다. 실은 버티고 말 것도 없었다. 어머니는 하루하루 자신의 의지라는 걸 상실해갔으니까. 못 버틴 건 어머니가 아니라 영주였다.

어머니를 그렇게 떠맡기다시피 한 영주는 매일매일 문안 전화를 안 할 수가 없었고 어머니는 그럴 적마다 야아, 나 과천 갈란다. 과천 좀 데려다주려무나. 그 말밖에 안 했다. 그 말이 그렇게 애절하게 들릴 수가 없었다. 과천은 영주네가 둔촌동으로 오기 전에 살던 동네였기 때문에 영탁이나 그의 처는 그 말을 딸네로 가고 싶다는 소리와 같은 뜻으로 알아듣는 듯했다. 그러나 두 내외가 다 영주한테 모셔가란 소리는 죽어도 안 할 것처럼 깔끔하게 굴었다. 동생 내외한테서 모셔가란 소리가 안 나오는 게 오히려 야속할 만큼 영주는 어머니가 거기 계신 게 불안했다. 어머니를 동생네로 보내고 하루도 마음 편한 날이 없었던 것은 영주도 어머니의 과천 상성을 딸네 집으로 다시 오고 싶다는 소리로 알아들었기 때문이었다. 장녀로서 동지로서 어머니와 함께해온 수많은 세월을 잊지 않고서는 차마 못 들은 척할 순 없는 애소였다. 그러나 영주는 주리 참듯 참았다. 너희들이 다시 모셔가라고 빌면 모를까, 내 입에서 먼저 모셔오겠다는 소리가 나올 줄 알구, 하는 영주의 앙심과, 한 번 모셔온 이상 누나가 애걸복걸하면 모를까 다시 어머니를 내주는 일이 있어서는 안 된다는 영탁이의 고집은 상반된 것 같으면서도 실은 같은 것이었다. 그들이 모시고자 한 것은 어머니가 아니라, 아들이 있는데도 딸네에 의탁하거나 거기서 죽는 것은 절대로 해서는 안 되는 치욕이라는, 관념이었으니까.

아들과 딸의 이런 보이지 않는 버티기를 아는지 모르는지 어머니의 여기 있으면 저기 있고 싶고 저기 있으면 여기 있고 싶은 증세는 하루하루 더해갔다. 어머니에게는 이미 아들이냐 딸이냐는 그닥 중요하지 않았다. 여기도 아닌 저기도 아닌 데가 과천이었다. 어머니는 겉으로는 지능이 퇴화하는 것처럼 보였지만 발달하고 있는지도 몰랐다. 치사하게 아들네서 딸네로, 딸네서 아들네로 보따리처럼 옮겨다니느니 여기도 아닌 저기도 아닌 과천이란 완충 지대를 만들어놓고 거기 보내달라고 보채고 있으니 말이다. 아들네서도 마침내 가출이 시작됐다. 그러나 영탁이 처가 어떻게 사전 조치를 철저히 해놓았는지 어머니의 탈출은 번번이 그 단지 안을 벗어나지 못했다. 그녀는 그 단지의 부녀회장이어서 발이 넓을 뿐만 아니라 지능적이었다. 그녀는 어머니에게 도저히 외출할 수 없는 옷을 입혀놓았는데 멀리 못 가게 하기 위해 그럴 수 밖에 없다는 것이었다. 잠옷이나 고쟁이 바람의 어머니의 외출은 아이들 눈에도 즉각 띄게 돼 있었고, 눈에 띄었다 하면 경비 아저씨한테 즉시 연락이 가도록 돼 있었다. 그런 모습으로는 그 단지는커녕 아마 자기네 동(棟) 경비 눈도 벗어나본 적이 없었을 것이다. 그래도 어머니의 탈출 시도가 계속되자 영탁이네 현관문엔 자물쇠가 하나 더 달리게 되었다. 보통 아파트 현관문은 밖에서 잠가도 안에서 여는 데는 지장이 없게 돼 있건만 그 집에는 나가는 사람이 밖에서만 잠그고 열 수 있는 장치가 추가된 것이었다. 영주가 그걸 보고 언짢아하자 식구들이 다들 외출할 때는 그럼 어쩌란 말이냐고, 영탁이 처가 유리알처럼 정 없이 빠안한 시선으로 대드는 것이었다. 하긴 노인네를 지킬 사람을 따로 고용하지 않는 한 그런 장치는 불가피할지도 몰랐다. 영주 보기에 영탁이 처가 하는 일은 나무랄 데 없이 완벽했다. 영주는 그녀의 완벽함이 무서웠고, 영주보다 몇 배 더 무서워하며 왜소하고 황폐해지는 어머니의 비명이 들리는 듯하여 섬뜩해지곤 했다. 거기까지는 그래도 참아줄 수가 있었지만 며칠 만에 자물쇠가 하나 더 추가되었는데 어머니를 방안에만 계시도록 하기 위한 방 자물쇠였다. 집 밖에는 절대로 나갈 수 없다는 걸 납득하고 난 어머니는 혼잣말을 중얼대며 온종일 집 안의 문이랑 문을 있는대로 열어보면서 왔다갔다하는 게 일이니 어쩌겠느냐는 것이었다. 열어본 문을 화장실이나 광문까지 열고 또 열어보면서 이방 저방을 기웃대려니 어머니 눈엔 그 집엔 헤아릴 수 없이 많은 방이 있는 것처럼 보였을 것이다.

"여기도 방이 있네, 여기도 방이잖아? 무슨 집이 이렇게 방이 많담, 비워두다니 아까워라. 망할 놈의 여편네 같으니라구, 세나 주지 않구."

이렇게 중얼대면서 온종일 쏘다니는 걸 참다 못한 동생의 댁이 마침내 어머니를 방안에 가둔 것

이다.

"저도 오죽해야 그랬겠어요. 신경이 써져서 살 수가 있어야죠."

그 노릇이 얼마나 못 할 노릇이었나는 그녀의 여위고 스산해진 모습만 봐도 알 수가 있었다. 그러나 영주는 서로의 인격을 죽자꾸나 부정하는 이 무서운 싸움을 짐짓 신경이 써질 뿐이라는 식으로 대수롭지 않게 표현하는 동생의 댁을 가증스러워하는 것만으로도 숨이 찼다. 이제 영주는 그들의 사이가 나아지길 기대하기보다는 빨리 그쪽에서 더는 못 모시겠다고 두 손을 번쩍 들기를 이제나 저제나 바라고 있는 형국이었다. 그러나 그것조차 여의치 않았다.

영주가 어머니를 뵈러 간 날이었다. 언제나처럼 동생의 댁은 감정을 드러내지 않는 냉정한 얼굴로 맞이하고 영주는 너무 자주 드나들어 미안하다는 표정은 만면에 띠고 들어갔다. 동생의 댁은 차까지 끓여오면서도 어머니 방문을 열어주지 않았다.

"어머니는 낮잠을 주무시나?"

"궁금하시면 베란다 쪽으로 나가셔서 창문으로 들여다보시죠?"

"아니 그게 무슨 소리야? 이젠 방문 열어주기도 귀찮아? 해도 너무하는구먼."

"저도 어머니한테 배웠어요."

동생의 댁이 처음으로 눈물을 보이면서 푸념을 했다. 어머니의 증세는 요즘 부쩍 더 심해져서 낮에는 물론 밤에도 창문을 통해 베란다로 나와서 아들 며느리 방을 들여다본다는 것이었다.

"그러다 저하고 눈이라도 마주치면 댁은 뉘시우? 하고 물으실 때 제 기분이 어떤 줄 아세요?"

그녀는 그 기분이라는 것을 더는 설명하지 않았다. 그래도 영주에겐 그녀가 얼마나 진저리를 치고 있나 여실히 느껴졌다. 분노와 모멸감으로 심장이 옥죄는 듯했다. 이윽고 영주는 베란다로 나가서 어머니의 방을 엿보았다. 어머니는 벽에 걸린 거울 속의 늙은이를 노려보면서 "댁은 뉘시우?

웅? 저리 비켜요. 썩 물러나지 못할까" 연방 발을 구르고 있었다. 어머니가 거울에 노파가 누군지 못 알아보는 것처럼 영주는 방안에 갇힌 늙은이가 어머니라는 걸 인정할 수가 없었다. 그동안 더 야위거나 추비해진 건 아니었다. 노인네에 어울리는 편안한 옷을 입고 있어서 속고쟁이 바람으로 있을 때보다 오히려 더 단정해 보였다. 그러나 영주는 어머니의 눈빛이 그렇게 방어적인 걸 본 적이 없었다. 문 열어놓고 사는 집처럼 편안한 어머니였는데…… 눈빛뿐만 아니었다. 그 조그만 몸이 누가 툭 건드리기만 해도 당장 물어뜯으며 덤벼들 것처럼 긴장해서 털끝까지 곤두서 있다는 걸 자기 몸처럼 느낄 수가 있었다. 어머니 혼자서 대항하기에는 이 세상은 얼마나 끔찍한 세상이었을까.

영주는 동생의 댁한테 문을 열어달랠 것 없이 베란다로 난 문을 통해 안으로 들어갔다. 어머니는 뉘시오? 묻지도 않고 덤비지도 않고 방구석에 가서 붙어섰다. 혼자 갈고 닦은 적개심만으로는 도저히 대항할 수 없는 거인을 만난 것처럼 어머니는 두려워하고 있었다. 영주는 어머니를 안았다. 나쁘지 않은 비누 냄새가 났다. 방안도 간소하지만 정결했다. 벽에는 풍경화까지 두어 점 걸려 있었다. 화장실까지 딸린 방이면 아파트에선 안방에 해당할 터였다. 처음부터 동생네가 어머니에게 그 방을 내준 걸 영주는 여간 고맙게 여기지 않았다. 그 기분을 유지해야 된다고 생각했다. 영주는 품안에 들게 작은 어머니 등을 토닥거리다가 살살 쓰다듬기 시작했다. 영주가 지금 쓰다듬고 있는 건 어머니가 아니라 자신 안에서 곤두서려는 분노일 수도 있었다. 어머니를 자기 집으로 모셔 가야 한다고 생각했지만 동생의 댁한테 좋은 말로 그 얘기를 해야지 절대로 얼굴을 붉히거나 해서는 안 된다고 생각했다. 동생은 지금 거기 없었지만 괘씸한 생각이 별로 안 들었다. 어머니와 아내 사이에서 겪었을 그의 마음고생이 어떠했으리라는 것은 헤아리고도 남았다. 나이 차이 때문만이 아니라 태어날 때부터 아버지 없이 태어난 불쌍한 것을 남부럽지 않게 길러내야 한다는 중책을 어머니와 함께 나눠 졌던 세월 때문에 그녀의 동생에 대한 느낌은 동기간의 우애라기보다는 모성애에 가까웠다. 영주는 어머니가 답답해할 때까지 오래 어머니를 쓰다듬고 있었다. 자신의 분심을 억제하기가 그만큼 어려웠던 것이다.

그렇게 해서 다시 둔촌동으로 모셔온 어머니는 믿을 수 없을 정도로 빠르게 그 전의 모습을 회복해갔다. 돌아오는 차 속에서 벌써 남을 무조건 의심하고 경계하는 방어적인 눈빛과 몸짓은 사라진 뒤여서 식구들은 아무도 할머니가 더 나빠졌다고 생각하지 않고 나들이에서 돌아오는 분 맞듯이 했다. 영주도 내가 혹시 잘못 본 게 아닐까, 동생의 댁을 덮어놓고 밉보려는 고약한 시누이 근성 때문에 그리 보였던 건 아닐까, 은근히 자책까지 할 지경이었다. 그래도 가장 경계해야 할 것이 가출인 것은 그때나 이때나 변함이 없는지라 어머니 혼자서 집을 보게 하는 일이 없도록 했다. 전업 주부가 없는 집에서는 그게 가장 어려웠다. 고 2짜리 경아는 빼주고 영주하고 충우가 강의가 없는 날을 서로 당번을 서기로 했지만 그것만으로는 어림도 없었다. 사이사이 파출부를 쓰기도 하고 이모들이 와서 봐주기도 했지만 어머니가 다시 쉬엄쉬엄 집안일을 거들기 시작하고부터는 그나마 조금씩 허술해지던 중이었다. 집안일이래야 별것도 아니었다. 콩나물을 다듬어준다거나, 도라지를 찢어준다거나, 버섯이나 고사리를 보고 이건 우리나라 산이 아니라고 분별해주는 정도였다. 그래도 그런 것도 안 시키면 죽으면 썩을 몸 놀면 뭐 하냐고 섭섭해했다. 영주는 어머니 입에서 그 말을 다시 듣게 된 게 그렇게 기쁠 수가 없었다. 하숙칠 때 어머니가 가장 자주 하던 소리였다. 그 소리를 들으면 마치 어린 날, 늦도록 기다리던 나들이 간 어머니가 저만치 부우연 어둠 속에 나타나는 걸 보고 뛰어가 치마폭에 안겼을 때처럼 마음이 놓이고 푸근해졌다. 더 좋은 건 빨래 개키는 솜씨가 돌아온 거였다. 어머니는 빨래가 약간 축축할 때 걷어다가 어찌나 정성을 들여 반듯하게 펴서 개키는지 내복도 꼭 다림질해놓은 것 같았다. 그건 아무도 흉내낼 수 없는 어머니만의 솜씨였다. 어머니의 손은 아직도 든든하고 예뻤다. 아, 아, 빨래를 꼭 다림질해놓은 것처럼 개키는 우리 엄마 손, 이러면서 어머니 손을 어루만지고 있노라면 경배하며 입맞추고 싶은 따뜻한 충동에 사로잡히곤 했다.

그렇다고 들락날락하는 기억력까지 회복된 건 아닌데도 마음을 너무 놓았나 보다. 정 아쉬울 때는 어머니를 혼자 두고 집을 비울 때도 종종 있었다. 이모들한테 번번이 부탁하는 게 미안하기도 했지만 이모들은 무슨 말끝에고 반드시 죽을 때는 아들네서 죽어야 제대로 된 팔자라는 걸 어머니한테 입력을 시키고 말 것 같아서였다. 이미 확고하게 입력된 관념이 지워졌다고 믿는 건 아니지만 최소한 잠재된 걸 이르집는 짓은 삼가고 볼 일이었다.

3

그 집 처마 밑에 온통 연등이 달렸다.

그 집에 절 표시와 천개사 포교원이라는 간판이 달리고 난 지 몇 달 만이었다. 연등으로 처마 밑을 뒤란까지 두르고 나서도 남아 마당 위에다 줄을 매고도 달아놓았다. 포교원 간판이 붙고 나서 처음 맞는 사월 초파일이었다. 원주민 동네에서 바라보면 연등은 분홍빛 풍선 뭉치처럼 보여서 어느 순간 그 집을 매달고 둥실 승천하는 게 아닌가 하는 기대감을 불러일으켰다. 그런 기대는 허황하지만 기쁨에 충만한 거여서 동네 전체에 축제 분위기를 훈풍처럼 실어왔다. 연등이 달리기 전부터도 동네 사람은 그 집에 절 간판이 붙은 걸 보고 괜히 좋아했었다. 그러나 그 동네에 그 절의 신도는 한 사람도 없었다. 점도 치러 다니고 절에 치성도 드리러 다니면서 신앙이 불교라고 생각하는 집은 그

동네 가구 중 아마 반도 넘을 테지만 그 절의 신도는 한 사람도 없었다. 그런데도 그 집에 연등이 그렇게 많이 달린 걸 보자 생긴 지 얼마 되지도 않은 절에 신도가 꽤 많구나 싶어 기뻐해주고 싶었던 것이다. 남이 잘 되는 걸 별로 좋아해본 적이 없는 마을 사람답지 않았다. 그 집이 절집이 되기 전에 점집이었기 때문에 더 그런지도 몰랐다. 동네 사람들은 점집보다 절집이 격이 높다고 생각했고, 아이들 교육상도 절집이 나을 듯했다. 그렇다고 그 집이 점집이었을 적에 마을 사람들이 배타적으로 군 것은 아니다. 따돌릴 것도 없이 그 집의 위치 자체가 마을로부터 배타적으로 돼 있었다. 낯선 사람이 그 동네에 들어와 처녀점집이 어디냐고 물으면 저어기 저 옛날 집일 거라고 벌판 너머를 가르쳐주곤 했다. 간판이나 깃발 따위 점집의 표시는 없었지만 그 집이 점집이라는 걸 모르는 마을 사람은 없었다. 또한 그 집에선 처녀가 점을 치고 있겠구나 하는 것도 외부 사람들이 그렇게 물으니까 그러려니 할 뿐 그 처녀 점쟁이가 예쁜지 미운지, 용한지 돌팔이인지 아는 사람도 있는 것 같지 않았다. 원주민 동네 사람 중 태반은 하는 일이 뜻대로 안 돼 무꾸리들을 잘 다녔고, 그게 유일한 취미인 사람까지 있었지만 그 집에 가서 점을 쳤다는 이는 아직 한 사람도 없었다. 고향에서 인정을 못 받기는 비단 예수님만이 아닌 모양이다.

파일날도 동네 아이들만이 그 집 앞으로 몰려가 안을 기웃댔다. 바람에도 가벼운 것이 먼저 날리듯이 축제 분위기에도 아이들이 덩달아 들떴을 뿐 그 동네 어른들은 끄떡도 안 했다. 파일날을 명절로 쇠는 집도 아마 각각 다니던 머나먼 절을 찾아 전철로 버스로 나들이를 떠났을 것이다. 그 집 대문은 활짝 열려 있었고 분합문 안엔 금빛 부처님이 비단방석에 앉아 은은한 미소를 짓고 있었다. 많은 신도들이 자기네 식구 이름을 꼬리표로 달고 있는 연등이 어디 있는지 찾아보느라 부산했다. 그들이 차려입은 색색가지 비단 한복이 보기 좋았다.

그 절 스님은 비구니였다. 그 집이 점집이었을 적에 처녀 점쟁이와 지금의 비구니는 같은 사람이었다. 부처님까지도 처녀 점쟁이가 모시던 부처님과 같은 부처님이었다. 다만 절 표시를 붙일 무렵에 금빛이 좀 더 찬란해졌을 뿐. 도금을 새로 했으니까. 신도들도 대부분 그 집이 점집이었을 적부터의 단골들이었고 새로운 신도들이 생겨봤댔자 점집 단골들한테 그 집 부처님이 영험하다는 소문을 듣고 솔깃해진 이들이었다. 단골이자 신도들은 처녀 점쟁이가 스님이 된 데 대해 조금도 이상해하거나 뜨악해하지 않았다. 점쟁이였을 적에도 그 처녀는 부처님을 모시고 있었고, 처녀의 투시력이나 예언 능력이 부처님으로부터 온다고 믿기는 마찬가지였으니까. 점집이었을 적에 단골들이 점을 치러 오면 으레 부처님한테 먼저 절을 하고 나서 점을 쳤고, 점을 다 친 후 또 한 번 부처님한테 절을 하고 물러나는 절차도 절집이 됐다고 해서 달라지지 않았다. 그때나 이때나 신도들은 그녀의 무심히 던지는 것처럼 툭툭 내뱉는 한두 마디에서 남편의 영화나 자식의 출세와 관계되는 영감을 얻으려는 열망 때문에 그 집을 찾기는 마찬가지였다. 그리고 그녀가 영험한 걸 부처님이 영험한 것과 동일시했기 때문에 그녀가 점쟁이였을 적에 깍듯이 보살님이라고 불렀던 것처럼 비구니가 된 그녀를 자연스님이라고 부르는 데 전혀 거부감을 느끼지 않았다.

달라진 게 있다면 한 달에 한 번 법문을 듣는 날이 따로 생긴 것이다. 법문은 천개사에서 내려온 노스님이 했다. 파일이나, 설, 칠석 등 이름 붙은 날이나, 망인의 사십구재 등, 간혹 신도들이 부탁해서 불공을 드릴 일이 있는 날도 천개사 스님이 내려왔다. 그러나 그 절집 신도들은 그 천개사라는 절이 어디 있는지 알지 못했다. 자연스님이 어렵게 대하고, 또 내려오신다는 표현을 쓰니까 머나먼 곳에 있는 수려한 산속의 절을 연상할 수 있을 뿐이었다. 그러나 신도들은 그 천개사 스님을

별로 탐탁하게 여기지 않았다. 나이에 걸맞는 관록은 있어 보였으나 예언 능력을 나타낸 적은 거의 없었다. 신도 중에는 신분을 숨기고 싶어하는 고위층의 사모님도 간혹 있었는데, 그걸 알아보는 능력 하나는 뛰어나다는 것이 신도 사이의 중론이었다. 그런 능력이란 신도 사이의 친목을 해칠지언정 스스로의 권위를 위해서는 결코 득될 게 없었다. 요컨대 신도들은 그 법문 스님을 점집에서 절집으로 변화하는 시기에 있어야 하는 구색 정도로 봐주고 있는 셈이어서 하루빨리 자연스님이 염불을 잘하게 되길 바랐다. 자연스님이 직접 그렇게 말한 적이 없는데도 스님은 지금 불교 배우는 대학에 가려고 공부 중이라고 신도들 사이에 알려지고 있었다.

아직 천개사에서 법문 스님이 내려오기 전이었지만 큰 가마솥이 걸린 부엌에선 음식 장만이 한창이었다. 온갖 과일과 유과와 떡집에서 맞춰온 편과 절편도 부엌에 붙은 찬마루에 즐비했다. 파일이니까 신도들에게 점심은 물론 저녁 밤참까지도 대접할 준비였다. 국 끓이고 나물 무치는 일손도 충분했다. 총지휘를 하는 마금네의 음성은 일흔이 다 된 나이가 믿어지지 않을 만큼 기름지고 극성맞았다. 마금이는 자연스님의 속명이자 호적상의 이름이었다. 마금네가 마금이를 낳고 나서 오늘처럼 행복하고 의기양양한 날은 아마 처음일 것이다. 마금네는 명령만 하고 일은 며느리들이 도맡아 하고 있었다. 마금네가 발기만 써주면 서울의 도매 시장까지 득달같이 달려가서 장을 봐오는 사위도 있었다. 이대로 이 영업이 번창을 하면 아마 이삼 년 안에 이 집을 헐고 크게 짓든지 천개사와는 따로 어디다 절터를 장만하든지 해야 될 것이다. 생각만 해도 어깨가 으쓱했다. 마금네가 그 집을 둘러보는 시선은 탐욕스럽고도 그득했다. 켕기는 구석도 없지 않았다. 흉가를 복가로 탈바꿈시켜 지금 한창 불 일어나듯이 일어나려는 판에 집에 손을 댄다는 것은 복을 쫓는 일이 되는 게

아닐까, 삼가는 마음 때문이었다. 그러나 치미는 욕심이란 늘 삼가는 마음보다 우세하기 마련이다. 오늘 이 좋은 날을 기해 이 자리에 법당을 짓자는 불사를 일으키기로 신도 중 오래된 단골들과 법문 스님과 대강의 합의를 보았으니 반은 성사가 된 거나 마찬가지였다. 마금네가 사람의 마음에 위안과 희망을 주는 이런 사업에 눈을 뜬 지 오래됐다고는 할 수 없어도 확실하게 터득한 것은, 돈 버는 데 있어서 이 사업만큼 땅 짚고 헤엄치기도 없거니와 시작이 반이라는 소리가 그대로 들어맞는 사업도 없다는 사실이다.

마금네는 찬마루에 지키고 앉아 잔소리를 하는 한편 오늘 인등 시주로 들어온 돈, 오늘 안에 불전으로 더 들어올 돈 등을 대충 머릿속으로 굴리기에 바빴다. 그녀의 표정은 싱글벙글했다 시뜩했다 변덕스럽게 변했다. 마침내 궤도에 오른 사업이 꿈인가 생신가 대견하면서도 오늘 같은 날이면 돈을 주체를 못 해 가마니에다 발로 꾹꾹 눌러 담는다고 소문난 어느 큰 절에 비하면 아무것도 아닌 것 같아 속이 부글거리곤 했다.

자연스님의 방심한 듯 흐릿한 표정도 못마땅했다. 모녀간에 손발이 잘 맞아야 이 사업이 번창한다는 걸 아는지 모르는지, 손발은커녕 눈길 한 번 맞추려 들지 않는 딸이 아니꼬워 죽겠는 걸 참자니 그도 못 할 노릇이었다. 지가 뉘 덕으로 이만큼 됐는데, 그 천덕꾸러기가 용 됐다고 감히 이 에미를 업신여겨? 그러나 딸이 그럴 만한 까닭도 충분히 있었기 때문에 안 보는 데서는 눈을 흘기다가도 마주치면 얼레발을 치곤 했다. 그건 그녀도 할 노릇이 아니었지만 딸 역시도 그런 까닭으로 해서 피하려 드는지도 몰랐다. 그러니까 서로 눈도 안 마주치려는 건 모녀간의 묵계 같은 거여서 마금네가 이 집에 드나드는 건 법회나 불공이 들 때뿐이지 평상시에는 자연스님 혼자서 지내도록 내버려두었다. 그러나 처녀 점쟁이일 때나 자연스님일 때나 그녀가 그 집안의 유일한 돈줄인 건 변함이

없었다. 딸은 어머니하고 눈뿐 아니라 입도 잘 어울리려 들지 않았지만 돈주머니는 어머니가 수시로 마음대로 쓰도록 간여하지 않았다. 그녀는 자기가 하루 얼마를 버는지 알지 못했다. 그것을 계산하기 시작하면 식구들과 말을 주고받아야 되기 때문에 그걸 피하려고 스스로를 그렇게 버릇들이고 있는지도 몰랐다. 그녀는 그 집안의 밥줄이고, 그녀 돈은 마금네 돈이고, 마금네 돈은 마금네 돈이었다.

마금네야말로 그 동네의 진짜 토박이였다. 그 집의 선사 시대까지 알고 있었으니까. 그러나 지금 그녀는 원주민 동네에 살고 있지 않았다. 원주민 동네를 눈에 거슬리는 풍경처럼 굽어보는 아파트에 살고 있었다. 마금네는 아파트도 원주민 동네도 생겨나기 전 그 동네가 농촌이었을 무렵 거기 어디서 태어나서 거기 어디로 시집가서 고달프고 어렵게 살았다. 그때부터도 그 집은 들판 한가운데 있었다. 마금네는 그 집보다 훨씬 못한 집에 태어나서 친정보다 더 못한 데로 시집가서 살았고 그 집하고는 아무런 관계도 없었다. 육이오 난리 통에 처음으로 그 동네를 떠났다 돌아와보니 마을은 많이 변해 있었다. 인구의 이동도 심했고 빈집도 많았다. 그 집은 그동안 더 몹시 퇴락한 채로 남아 있었지만 비어 있었다. 주인이 부역을 얼마나 몹시 했는지 가족들이 몰살을 당했다고 했다. 원한을 산 사람한테 죽임을 당한 장소가 그 집이었다고 해서 알 만한 사람은 흉가라고 그 집 앞으로 갈 일도 돌아다녔다. 가끔 거지들의 소굴이 되기도 했다. 집은 점점 흉흉해졌다. 육이오 때 일을 기억하는 사람들이 하나도 안 남아날 만큼 세월도 가고 주민의 변동도 많았건만 그 집이 흉가라는 건 더욱 과장되게 전해져 내려왔다. 마금네는 과수원 날품팔이꾼 남편과의 사이에서 아이를 오남매나 낳아 기르면서 그 동네를 못 떠났고 그동안 한 번도 제 집을 가져본 적이 없지만 그 집을 단 하룻밤의 편한 잠을 위해서도 눈독 들인 적이

없었다. 그 집은 흉가일 뿐 집이 아니었다.

그 흉가에서 어느 날부터인가 가냘픈 연기가 오르기 시작했다. 또 지나가던 거지가 들었나 보다 하는 관심조차 갖는 이가 없었다. 그때는 미처 원주민 동네도 생겨나기 전이었다. 벌판과 과수원에 드문드문 집이 있긴 해도 농촌이 피폐해질 조짐은 완연했다. 그렇지만 그쪽 땅까지 금싸라기 땅이 되리라는 건 아무도 예측하지 못할 때였다. 그 집의 겉모양까지 사람 사는 집 티가 나기 시작할 무렵 그 집을 주목하기 시작한 게 마금네였다. 그 집에 들어와 살기 시작한 이가 몰살을 당한 주인의 살아남은 동생이라는 걸 알아볼 수 있는 사람은 마금네 밖에 없었다. 육이오 때 청년이었던 그는 형 일가가 몰살당하는 걸 목격하고 충격을 받기도 하고 달리 의탁할 가족도 없고 하여 절로 들어가 이십 년 가까이 수도 생활을 하다가 환속을 한 거였다. 마금네는 처음부터 그를 해코지할 구체적인 계획이 있는 것은 아니었지만, 그의 정체를 알고 있다는 건 생각만 해도 근질근질했다. 언젠가는 요긴하게 써먹을 때가 있을 것 같은 막연한 예감 때문이었다. 그 근처 땅값도 만만치 않아지기 시작할 때와 맞물려서 그 집을 지켜보는 마금네의 마음은 날로 팽팽해졌다. 젊음을 절에서 보낸 사내가 어느 날 느닷없이 절을 등진 것은 속세에서 먹고 살 수 있는 길이 기다리고 있어서는 아닌 듯했다. 그 집에 선원(禪院) 간판이 붙었다. 절에서 만든 인간관계도 꽤 쏠쏠했던 듯 지식인풍의 남자들이 발길이 빈번하달 순 없어도 꾸준히 이어졌다. 마금네와 남편이 허드렛일을 거든다고 드나들면서 그 사람들이 한문이나 불경 공부를 하러 온다는 걸 알 수 있었다. 다달이 정기적으로 제법 많은 사람의 모임이 있는 날도 있었다. 마금네는 식구도 덜 겸 겨우 초등학교를 졸업한 마금이를 그 집에 잔심부름꾼으로 들여보냈다. 입에 풀칠도 어려울 때이기도 했지만 중학교도 못 보낸 바엔 기술이라도 가르쳐야 마땅하련만, 계집애가 어려서부터 청승을 잘 떨고 가끔 남의 앞일을 알아맞히는 이상한 능력을 보였기 때문에 귀동냥으로라도 불경을 좀 배워놓으면 쓸모가 있을 듯싶은 생각이 들어서였다.

그때만 해도 원주민 동네를 양옥집 동네라고 부를 때였다. 양옥집 동네 사람들은 무슨 선원이란 간판이 붙은 그 퇴락한 집을 경원했고 그 집에 사는 중도 속한이도 아닌 이상한 남자를 도사라고 불렀다. 물론 양옥집 동네 사람 중 누구도 그 집에 도를 닦으러 가거나 불경 공부를 다니는 사람은 없었다.

마금이가 심부름꾼으로 들어간 지 얼마 안 돼서 도사는 열네 살짜리를 범하고 말았다. 마금이는 다시는 그 일을 또 당하고 싶지가 않았기 때문에 엄마에게 고했다. 마금네는 길길이 뛰며 도사를 협박했고, 도사에게 많은 것을 뜯어내기 위해 도사가 그 집과 텃밭을 정식으로 소유할 수 있도록 도와주는 역할을 했다. 이윽고 그 집은 마금이 소유가 됐고 도사는 남은 공터를 얻었다. 너도 좋고 나도 좋자였다. 마금이는 그 사건으로 남자를 혐오하는 증을 얻은 대신 사람의 표정이나 말투에서 그 사람의 생각을 감지하는 능력은 더욱 예민해졌다. 마금네는 딸의 그런 능력을 최대한으로 이용해 처녀 무당으로 키웠지만 마금이가 변덕이 심하고 돈 욕심이 없어서 그 사업이 마금네 욕심만큼 번창한 건 아니었다. 그러나 누이가 무당인 걸 빌미로 놀고 먹으려는 여러 자식들하고 기생하기에 충분한 수입은 되었다. 처녀점집이 절집으로 탈바꿈하기까지는 텃밭을 처분해서 다시 절을 하나 사가지고 산으로 들어간 도사의 협조도 있었지만 마금이도 순순히 응했다. 공부를 할 뜻을 비친 것도 그녀가 먼저였다.

그러나 그녀는 공부를 시작하기에는 너무 나이배기가 돼 있었고, 타고난 성품도 돈에 관심이 없는 것만치나 공부에 뜻이 없었다. 직감 외에 그녀는 아무것도 믿지 않았다. 그러나 무슨 핑계로든 여기 아닌, 어디로 가고 싶었다. 그녀가 막연히 벗어나고 싶은 건 이 고장이 아니라, 여태껏 인연을 맺어온 사람들인지도 몰랐다. 그녀가 그 나이까지 만난 사람들은 식구건 남이건 하나같이 무슨 수를 써서든지 남의 재물이나 지위를 빼앗고 싶다는 생각밖에 머리에 든 게 없는 사람들이었다. 그걸 일찌감치 간파한 거야말로 그녀가 점을 칠 수 있는 주요한 밑천이었다. 그러나 사람이란 그런 것만은 아닌 것 같았다. 그녀는 아이를 낳아본 적은 없지만 어머니를 보면 어머니는 저런 것은 아닐 것 같은 생각이 들곤 했는데 그게 가장 괴로웠다. 그게 아닐 것 같은 거야말로 자신의 가장 정직한 속내였고 한밤에 문득 깨어나 마주 대하는 부처님의 고요한 미소가 동의해주는 바이기도 했다.

얼마를 벌었는지, 사월 파일을 치르고 난 절집은 그야말로 절간답게 고요하기만 했다. 마당의 연등을 마루 천장에다 옮겨 걸어야지, 그러나 바람에 출렁이는 게 영락없이 연못을 거꾸로 이고 있는 기분이라고, 자연스님은 하늘을 쳐다보며 미소지었다. 그리고 뒤란으로 푸성귀를 뜯으러 나갔다. 그렇게 음식을 많이 했건만 떡은 신도들한테 나누어 주고 반찬은 식구들이 싹 쓸어가 먹을 게 아무것도 없었다. 딸이 한 번도 뭘 맛있게 먹는 걸 본 적이 없는 마금네는 뭘 먹도록 해줄 생각보다는 두면 썩여버릴 거, 하면서 뭐든지 가져가려고만 했다. 그리고는 혼자만 뭘 잘 해먹는 줄 아는지 행여 고기나 비린 건 먹고 싶어도 참아야지 신도 떨어져나간다고 윽박지르는 소리를 잊지 않았다. 음식 만드는 데 취미도 없고 어려서부터 제대로 배운 것도 없어서 그저 아무렇게나 굶어죽지 않을 만큼만 해먹는 게 버릇처럼 굳어져 있었다. 뒤란에 씨를 뿌린 것도 그녀가 아니어서 어떻게 해먹는 푸성귀인지도 모르고 손에 잡히는 대로 한 움큼 뽑아다 다듬으려는데 노파가 한 사람 스르르 들어왔다. 한눈에 점을 치러 온 사람은 아니었다. 계절에 맞지 않은 옷에 비해 환한 얼굴이 까닭없

이 눈부셨다. 노파는 웃으면서 스님을 나무랐다.

"아욱도 다듬을 줄 몰라. 쯧쯧 나이는 어디로 처먹었누."

그러면서 천연덕스럽게 마주앉아 아욱을 다듬기 시작했다. 아욱은 연한 줄기의 껍질을 벗겨가며 다듬는다는 것을 그녀는 처음 알았다.

"다듬을 줄 모르니 씻을 줄을 더군다나 모르겠구먼. 아욱은 이렇게 씻는 거야."

그러면서 수돗가로 가져가더니 푸른 물이 나오도록 북북 으깨서 씻는 것이었다. 쌀뜨물 받아놓은 게 있을라구, 하면서 쌀을 내놓으라고 했다. 쌀 역시 박박 으깨서 한두 번 씻어내고 보얀 뜨물을 받아놓았다. 그리고 그 구식 부엌을 돌아보며 참 좋다고 연신 감탄을 하더니 밥을 안치고 장독에서 된장을 떠다가 국을 끓이는 것이었다. 그 모든 행동이 묵은 살림 하듯 막힘 없이 능수능란했다. 스님은 그 이상한 할머니의 정체를 알아내려고 열심히 머리를 굴렸지만 도무지 짚이는 게 없었다. 대번에 뭐가 딱 와야지 오래 생각을 굴려서 알아낸 건 맞지 않는다는 걸 그녀는 경험으로 알고 있었다. 그러나 그녀는 그게 조금도 낭패스럽지가 않고 기쁨이 스멀스멀 등을 기는 것처럼 즐거웠다. 생전 처음 느껴보는 느낌이었다.

할머니가 차린 상에 두 사람은 정답게 겸상을 했다. 할머니가 끓인 아욱국이 어찌나 맛있던지 국에 말아 한 공기를 다 먹었는데도 할머니는 몸이 그렇게 약해서 어떡허냐고 자꾸 밥을 더 권했다. 누가 손님인지 헷갈리게 하는 할머니였다. 하긴 들어올 때부터 할머니는 자기 집에 들어오는 것처럼 아무렇지도 않게 굴었으니까. 저녁엔 뭘 좀 구미 당길걸 해먹여야 할 텐데…… 다음 끼니 걱정까지 하는 할머니를 보면서 그녀는 슬그머니 어리광을 부리고 싶어졌다. 그런 느낌 또한 처음이었다. 그녀는 남한테 위함을 받아본 적이 없었기 때문에 좋은 꿈을 꾸고 있는 것처럼 현실감 없이 황홀했다. 저녁엔 할머니를 위해서 장까지 봐

왔다. 원주민 동네에 있는 미니슈퍼에 가서 두부도 사오고 콩나물도 사오고 멸치까지 사왔다. 그리고 부엌에 들어서서 할머니하고 주거니받거니 저녁을 차렸다. 아까운 참기름을 그렇게 들이부으면 어떡허냐고 야단도 맞았다. 할머닌 야단을 잘 쳤지만 조금도 무섭지 않았다. 사람이, 아니 노인네가 어떻게 저렇게 거침이 없을까 신기했다. 밤엔 둘이서 나란히 자리 펴고 누웠다. 거침없이 들어왔듯이 잠든 동안 거침없이 나가면 어쩌나 싶어 살며시 할머니 손을 잡았다. 작고 거칠고도 말랑말랑한 손이었다. 옛날 얘기해줄까? 할머니가 손을 마주잡아주면서 말했다.

"옛날, 옛날에 어린 자식 데리고 혼자 사는 과부가 있었더래. 과부는 바람이 났더래. 어린 자식 잠들면 서방 만나러 나가려고 밤마다 옷도 안 벗고 자더래. 에미가 밤이면 몰래 빠져나가는 걸 안 어린것은 손목에다 에미의 저고리 옷고름을 꼭꼭 묶고 잤더래. 새끼가 마음놓고 새근새근 잠들자 에미는 옷고름을 가위로 싹둑 잘르고 풍우같이 달려나갔더래."

"너무 슬프다, 할머니."

그러면서 마금이는 새근새근 잠이 들었다. 몸과 마음이 푹 놓이는 숙면에서 깨어나보니 아침이었다.

할머니는 곁에 있지 않았다. 그러나 밖에서 인기척이 났다. 마루에서 빨래를 개키고 있었다. 늙으면 죽어야지 빨래 걷는 걸 잊어버리고 잤잖아? 그러면서 밤이슬에 눅눅해진 빨래를 어루만지듯 판판하게 쓰다듬어 반듯하게 개키고 있었다. 이따가 한번 더 볕을 뵈야 해. 그래야 부숭부숭해지거든. 이렇게 중얼거리는 소리를 들으며 마금이는 어디서 저런 보물 단지가 굴러들어왔을까, 생각할수록 신기했다. 쥐어짠 채로 털지도 않고 널어서 북어처럼 비뚤어져 있던 그녀의 속옷과 가사가 방금 다림질해놓은 것처럼 반듯하고 얌전해졌다.

이렇게 시작된 할머니의 생활은 꿈같이 편안하고 달콤했지만 어디서 온 할머니인지 어디로 갈 것

인지는 궁금해하지 않기로 했다. 그 집에서 주인보다 더 자기 집처럼 자유자재로 행동한다는 것밖에 할머니의 정체를 알 수 있는 건 아무것도 없었다. 지난날에 대해서는 한마디로 횡설수설이었다. 일부러 그러는 것 같지는 않았다. 말꼬리를 잡고 추궁을 당하면 헷갈리는 표정으로 뭔가를 생각해내려고 애를 쓰다가도 금세 싫증을 냈고, 딴소리를 했다. 한 번은 부처님을 물끄러미 바라보다가 예수쟁이들도 마음이 좋더라고, 하마터면 길에서 병이 들어 죽을 뻔했는데 깨어나보니 예수쟁이들이 기도를 하고 있더라는 소리를 한 적이 있었다. 그러나 다음날 거기 대해 좀 더 자세히 알고 싶어했을 때 전혀 딴소리를 했다. 멀리 보이는 비닐하우스를 바라보면서 요새 허리가 쑤시는 게 저기서 겨울을 났기 때문이라고도 했다. 그 소리 또한 종잡을 수 없기는 마찬가지였지만 아주 헛소리 같지는 않았다. 그녀가 직감으로 알 수 있는 것은 할머니의 기억력이 끊어졌다 붙었다 한다는 것 정도였다. 그러나 지금 이 상태를 만족해하고 있다는 것만은 확실했다. 고기도 놀던 물이 좋다더니, 사람도 살던 데가 이렇게 좋은 것을, 하면서 할머니가 기지개를 켜듯이 마음껏 느긋하고 만족스럽게 굴 적에는 옛날 옛적 이 집에 살던 할머니가 돌아온 게 아닌가 싶기도 했다. 그러나 그런 생각이 조금도 기분 나쁘지 않았다. 자기도 옛날 옛적부터 할머니의 손녀였다고, 지금은 이 세상이 아닌 그 옛날, 전생으로 돌아와 있다고 생각하면 그만이었다.

그러나 어쩌다 텅 빈 시선으로 먼 산을 바라보면서 우리 아들이 곧 데리러 온댔는데 왜 이렇게 안오나? 이렇게 중얼거리는 소리를 들으면 가슴이 덜컥 내려앉으면서 기분이 언짢아지곤 했다. 아들이 곧 모시러 올까 봐서가 아니라 계획적으로 버림받은 노인인 것 같아서였다.

4

어머니가 또 의왕터널 쪽으로 갔으려니 한 영주

의 추측은 들어맞지 않았다. 그날은 뜬눈으로 새우고 다음날부터 가실 만한 데를 모조리 알아보고 나서 결국은 경찰에 신고를 하고 동회와 구청의 가정복지과에도 신고를 했다. 전국적으로 사람만 찾는 전화번호가 따로 있다는 것도 처음 알았다. 백방으로 수소문했으나 아무런 진전 없이 날짜만 흘러갔다. 신문에 광고도 내고, 남편 친구한테 부탁해서 청취율이 높은 시간에 방송도 몇 번 내보냈다. 그러자 제보가 몇 건 들어오기는 했지만 확인해보면 아니었다. 수원역에서 구걸을 하고 있더라는 식의 제보에 울먹이며 달려가기를 몇 번을 했는지 모른다. 내가 지금 바로 그 할머니한테 우동을 사먹이고 있으니 빨리 우동값 갖고 나오라고 하고 나서 어디라는 말도 없이 끊어버리는 장난질도 있었다. 검찰에 변사자 수배도 부탁했다. 그 결과 변사한 얼토당토않은 노인의 시체를 확인해야 하는 곤욕까지 몇 번 겪지 않으면 안 되었다. 그런 못 할 노릇은 주로 남편과 동생이 맡아서 해주었다. 할 수 있는 일은 다 했다고 해서 가만히 앉아서 기다리기만 할 수는 없는 일이었다. 영주는 잠시도 집에 붙어 있지 못하고 차를 몰고 노인네가 갈 만한 데를 찾아나서지 않고는 못 배겼다. 집안 꼴이 말이 아니었다. 그래도 그 결과 과천에는 어머니가 한두 번 나타난 적이 있다는 걸 확인할 수가 있었다. 워낙 오래 살던 아파트라 안면이 있는 사람들이 많아 그 중 어머니를 만났다는 이가 나타났지만 그냥 거기 어디 다니러 오셨다 가는 줄 알고 인사만 하고 말았다고 했다. 언제나처럼 깨끗하고 명랑해서 길을 잃은 줄은 꿈에도 몰랐노라고 했다. 그 사람이 만일 미리 그 사실만 알았더라도 붙들어두고 연락을 해주었을 것이다. 발을 구르고 싶게 억울했다. 때늦은 감은 있지만 사람 찾는 인쇄물을 신문 지라시로 만들어 뿌리기로 했다. 몇 날 며칠을 두고 과천을 중심으로 평촌 산본 안양 일대의 신문 보급소란 보급소는 다 찾아다니면서 그 일에만 종사하다가 신문 독자들이 지라시를 눈여겨보지 않을 게 뻔해서 포스터를 만들어 붙이기로 했다. 평소의 어머니의 행동 반경을 감안해서 그 범위 내만 붙이고 다닌다 해도 식구 단위의 인원만 가지고는 어림도 없는 큰일이었다. 그러나 어머니를 위해서 매일매일 뼛골 빠지게 뛸 일이 있다는 것 자체가 구원이었다.

그렇다고 일일이 손 가고 시간 잡는 일이라 영주네 식구들만 갖고는 태부족이었다. 일손도 나눌 겸, 더 좋은 방법이 뭐 없을까 의견도 교환할 겸 삼남매가 모일 적이 많았다. 모이면 말이 많아졌고 비난의 화살은 으레 영주한테로 집중됐다. 나 같은 죄인이 무슨 할말이 있겠수, 하는 건 영탁이 자주 쓰는 말이었지만, 그 집 식구들이 가장 떳떳해 보였다. 영탁이 처는 이래라저래라 참견하는 법이라고는 없이 싸늘한 태도로 지켜보기만 했지만, 대문과 방문에 자물쇠 채운 게 최선의 방법이라는 게 증명된 이상 무슨 말이 필요하겠느냐는 냉소를 머금고 있는 것처럼 영주는 느끼곤 했다. 영숙이도 그런 걸 감지한 모양이다.

"언니가 그때 조금만 참지, 잘난 척하고 괜히 모셔와서 쟤들만 책임 벗게 됐지 뭐유? 보나마나 올케는 속으로 고소해할 거야."

"지금 누구 잘잘못 따지게 됐니? 어머니가 살아 계신지 돌아가셨는지도 모르고 사는 판에. 그때도 난 어머니가 바라시는 게 뭘까, 그것 먼저 생각하려고 했을 뿐이야. 이렇게 될 줄은 몰랐지만 잘못했다고 생각하진 않아."

"어이구 박사언니의 잘난 척은 하여튼 아무도 못 말린다니까. 경찰에서도 돌아가셨으면 즉시 연락이 닿게 돼 있으니 그 걱정은 말라고 했다며? 지문 조횐가 뭔가로."

"거기다 왜 박사는 갖다 붙이니?"

"언니처럼 알뜰히 어머니 울궈먹은 자식도 없잖우? 그만큼 부려먹고도 뭐가 모자라 박사 욕심까지 내가지고 어머닐 늦도록 딸네 집살이를 못 면하게 하다가 기어코 이 꼴 당한 거 아뉴?"

어쩌면 어머니하고 동생하고 이렇게 다를 수가 있을까. 저희들이 누구 때문에 대학 공부까지 할 수 있었는데…… 그 일을 어머니는 장하게도 여겼지만 그 공의 반은 맏딸한테 돌리면서 늘 미안해하곤 했다. 하숙집 딸 노릇만 안 했어도 박사도 될 수 있는 딸이었는데, 이렇게 못내 아쉬워하는 소리를 한두 번 들은 게 아니어서, 어머니의 한을 풀어드리고 말겠다는 생각이 없었다면 박사를 뒤늦게 할 엄두도 못 냈을 것이다. 하숙집 딸답게 남편을 만난 것도 하숙생 중에서였다. 사정을 빤안히 알고 한 결혼이라 하숙집 딸에서 중학교 교사가 된 후에도 남편은 처가 식구와 같이 사는 걸 조금도 불편하게 여기지 않았다. 겉보리 서 말만 있어도 안 한다는 처가살이를 그는 아무도 불편해하거나 미안해하지 않도록 잘해냈다. 누가 가족 관계를 물으면 장모님 모시고 산다는 소리를 여자들이 시어머니 모시고 산다는 소리와 다르지 않게 떳떳하게 했다. 영주는 그럴 때의 남편이 가장 잘나 보였고 그렇게 자랑스러울 수가 없었다. 어머니 또한 그런 사위를 좋아했다. 지금도 구메구메 어머니 생각을 제일 많이 하는 게 남편이었다.

그런 형부에 대해서도 영숙이는 헐뜯고 싶어했다. 따뜻한 봄날이 계속되어 어머니가 한뎃잠을 주무시는 걸 가상해도 몸이 오그라붙는 느낌이 한결 덜해진 것만도 살 것 같은 날이었다. 남편이 아주 슬픈 얼굴로 어머니가 신 총각김치 줄거리 넣고 지진 청국장 생각이 간절하다고 말했다. 하필 영숙이가 듣는 데서 한 소리였고, 어머니의 그 솜씨가 천하일품이라는 건 다 아는 사실이었다. 남편은 울먹이듯이 비통한 얼굴로 그 소리를 했는데도 영숙이는 자리를 박차고 일어나면서 화를 냈다. 부리던 식모가 나갔어도 그보다는 듣기 좋은 소리를 할 거라는 거였다. 그게 그렇게 어머니에 대한 모욕이요 얕봄이라면 동생이 그리는 어머니는 어떻게 생겼을까. 영주는 빨래를 다림질해놓은 것처럼 얌전하게 개키는 어머니를 생각할 때 그리

움이 가장 절절해졌으므로 남편의 진심을 이해하고도 남았다.

어느덧 어머니가 집 나간 지 반년을 바라보게 되었다. 계절도 초여름으로 접어들었다. 포스터를 천 장씩 몇 번을 더 찍었는지 헤아릴 수 없게 되었지만 서울 시내와 근교를 다 덮기는 아직 멀었으리라. 제보가 끊긴 지도 오래되었다. 영주는 포스터도 붙일 겸해서 여기저기 산재해 있는 노인들의 수용 기관을 찾아다니는 게 거의 일과처럼 돼버렸다. 보건사회부에 등록되지 않은 사설 기관도 많았다. 그런 데는 소문으로 찾아다니는 수밖에 없었다. 그런 데를 한 군데 어렵게 찾아보고 돌아오는 길이었다. 아무 특징도 없는 서울 근곤데 괜히 쉬어가고 싶은 데가 있었다. 그녀는 차에서 내려 우선 공기를 심호흡했다. 특별히 신선한 것 같지도 않았다. 구질구질한 마을 어귀였다. 이 마을에도 포스터를 붙여볼까 하다가 문득 저만치 외딴집이 보였다. 요새도 서울 근교에 저런 옛날 집이 남아 있는 게 신기했다. 문화재적인 옛날 집이 아니라 그냥 나이만 많이 먹은 귀살스러운 옛날 집인데도 영주는 이상한 힘에 끌려 차츰차츰 다가갔다. 다가가면서도 무엇이 이끌리고 있는지 이상해서 주춤거렸다. 느닷없이 하숙 치던 종암동 집 생각이 났다. 그냥 생각이 난 것뿐 비슷한 것 같지는 않았다.

헉 하고 숨을 들이쉬면서 천개사 포교원이라는 간판과 함께 빨랫줄에서 나부끼는 어머니의 스웨터를 보았다. 영주는 멎을 것 같은 숨을 헐떡이며 그 집 앞으로 빨려들어갔다. 마루 천장의 연등과 금빛 부처가 그 집이 절이라는 걸 나타내고 있었다. 그 밖엔 시골의 살림집과 다를 바가 없었다. 부처님 앞, 연등 아래 널찍한 마루에서 회색 승복을 입은 두 여자가 도란도란 도란거리면서 더덕 껍질을 벗기고 있었다. 더할 나위 없이 화해로운 분위기가 아지랑이처럼 두 여인 둘레에서 피어오르고 있었다. 몸집에 비해 큰 승복 때문에 그런지

어머니의 조그만 몸은 날개를 접고 쉬고 있는 큰 나비처럼 보였다. 아니아니 헐렁한 승복 때문만이 아니었다. 살아온 무게나 잔재를 완전히 털어버린 그 가벼움, 그 자유로움 때문이었다. 여태껏 누가 어머니를 그렇게 자유롭게 행복하게 해드린 적이 있었을까. 칠십을 훨씬 넘긴 노인이 저렇게 삶의 때가 안 낀 천진덩어리일 수가 있다니.

암만해도 저건 현실이 아니야, 환상을 보고 있는 거야. 영주는 그래서 어머니를 지척에 두고도 한 발자국도 앞으로 나가지 못했다. 그녀가 딛고 서 있는 곳은 현실이었으니까. 현실과 환상 사이는 아무리 지척이라도 아무리 서로 투명해도 절대로 넘을 수 없는 별개의 세계니까.

[1994]

출처: 『그 여자네 집』 문학동네, 2013

석류

최일남 (1932 ~)

전북 전주 출생. 서울대 국문과 졸업. 1956년 『현대문학』에 「파양」이 추천 완료되어 등단. 소설집으로 『서울사람들』 『타령』 『석류』 등이 있고, 장편소설로 『거룩한 응달』 『숨통』 등이 있다.

이승을 뜰 임시에 하필 먹을 것을 많이 찾는 내림은 무엇을 말하는 것일까. 어쩌면 이 땅 백성들의 관습 아닌 관습으로 일찍 터를 잡은 느낌이 없지 않다. 요절한 이상도 막판엔 레몬인가 오렌지인가를 먹고 싶다고 했다든가. 곧 죽어도 이상의 이상다운 취향이 마침내 상큼하려니와, 아직 살아 숨 쉬는 사람들 역시 그날 그 시각에 이르러 무엇을 청해야 좋을지, 미리미리 요량해 두는 것도 나쁘지 않을 듯하다.

"에 고 이 스 트."

나는 깜짝 놀랐다. 느닷없는 영어 마디를 발음 연습하듯 한 자씩 또박또박 끊어 말한 어머니가 하도 엉뚱하여, 후식으로 나온 단감 조각을 집다 말았다. 당신이 손수 끓인 아욱국을 달게 자신 작은아버지가, 저를 위해서도 형수님이 오래 사셔야겠다는 아부성 덕담을 진상한 끝이다.

"에고이스트라니요?"

지체 없이 되묻는 작은아버지 역시 어머니의 꼬부랑말이 뜻밖이었나보다. 어리떨떨한 눈에 진한 호기심이 겹친다.

"남은 내 명줄이 길수 아버님 입맛이나 보하자고 있는 것도 아닐 텐데 그리 나오니 말이에요. 하긴 뭐…… 어릴 쩍부터 내 것도 내 것, 네 것도 내 것 하던 욕심 어디 갈라고요."

"이런 이런. 아직도 철딱서니 없다는 말씀이신데, 그렇다고 조카 내외 듣는 데서 코흘리개 시절의 제 보로를 까발릴 참입니까."

사촌동생 길수 아버지, 즉 작은아버지의 호들갑에 나와 아내가 웃자 새색시 때부터 시동생을 거둔 어머니의 입가에도 빙그레 미소가 번진다.

한세상 저쪽의 허물을 굽잡아 살짝 구슬리는 족족 밉지 않게 대드는, 어머니와 작은아버지의 삭은 수작이 또 벌어지는가 싶다. 두 분은 흔히 그런다. 오랜만에 만난 자리일수록 심심풀이 입담이 그런대로 걸다. 어머니께서 선수를 치는 예가 많기는 한데 매양 그렇지는 않다. 순서에 상관없이 작은아버지가 먼저 무해무득한 찍자를 부리기도 하는, 혜식은 말장난에 가깝다. 같이 늙어가는 시동생을 아랫식구들 앞에 조리돌릴 형수가 그러므로 아니다. 아니기로는 뽀롱난 자신의 칠칠찮음이나 개구쟁이짓을 길길이 돌이질하고 나서는 시동생 쪽이 더하다. 얼김에 까마득한 유년을 돌이켜 거꾸로 즐기려 든다. 가다가는 칠십 초립동이의 객쩍은 응석 기미마저 풍기기 쉽거늘, 오늘 저녁은 형수 입에서 서슴없이 튀어나온 외래어에 당장 집착하는 눈치다. 팔십이 내일모레인 노친네의 션찮은 학력으로는 입에 올리기 어려운 단어라는 기색이 역력했다. 그건 나도 마찬가지다. 에그 프라이, 핫소스, 크림수프, 칵테일, 스파게티 등속이라면 모를까, 에고이스트는 귀에 퍽 설다. 그 입에 그 말 같은 사람의 언사도 십 년에 한 번 꼴로는 비약의 날개를 다는가. 기어코 캐묻는 작은아버지의 궁금증이 당연하다.

"그건 그렇고, 어디서 그런 인테리 영어를 익히셨습니까."

"왜요. 나는 그런 말 할 푼수가 못 된다?"

"어디가요. 되 글을 말 글로 써먹는 형수님의 총기를 누가 모릅니까. 덕택에 저는 다른 아이들이 엄두조차 못 냈던 하이라이스 같은 박래품 음식을 일찍 입에 댈 수 있었죠."

군밤을 싼 신문지 조각까지 버리지 않고 읽던 어머니의 일된 개명을 은연중 암시하고 나선다. 그만한 노력과 눈썰미가 보통학교만 다닌 형수씨의 세상물정 터득을 한층 도운 사정마저 비친 셈이다. 교실 스토브에 층층이 쌓아올린 알루미늄 벤또의 야릇한 냄새, 장아찌 김치 새우젓이 한꺼번에 타는 찔찔 일색 구미로는 생각지도 못했던 어린 시절, 입 호강의 일시적 감동을 아울러 되새기며.

"이왕 비행기를 태울 양이면 이 집 쥔 살아생전에 태울 일이지. 그 양반은 바로 나의 그 점이 못마땅했어요. 쓸데없는 일에 신경을 쓰니까 음식 솜씨가 젬병이라고 구박이 자심했지. 누가 전기톱으로 나무 타는 업자 아니랄까봐 송충이가 갈잎을 먹으면 죽기 마련인데, 시키지도 않은 오므라이슨가 오무가리밥인가는 왜 만들어 남 생목 오르게 하느냐고 윽박질렀거든요."

"쳇. 형수씨 솜씨가 어때서. 나는 맛만 있대."

"조실부모한 처지에 무엇은 입에 달지 않았을라."

"어리다고 이 맛 모르고 저 맛 모릅니까. 형님은

워낙 입이 짧고 음식타박이 심했죠. 기막힌 음식 솜씨에 반해 첩실로 삼았다던 그 여자는……."

"공연히 없는 사람 얘기를 꺼냈나보네요."

어머니는 급히 작은아버지의 입을 막는다. 내 생각에도 아버지의 그때 외도를 이해하기 어려웠다. 다른 이유로 소실을 얻었다가도 끝내 조강지처의 손맛을 못 잊어 제자리로 돌아온다는 말은 더러 들었다. 아버지는 그런데 정반대의 궁색한 핑계를 앞세워 한동안 첩살림을 차렸다.

온갖 식성에 새큼달큼 영합하는 업소에다 가공품이 곳곳에 널린 세상이 그때는 아니었으므로 남자 유세가 지나칠수록, 부질없는 까탈에 익숙한 가장일수록, 후딱 하면 들먹이기 쉬운 것이 안식구의 음식솜씨였다. 하다가 생긴 미운 털이 조석으로 대하는 국 대접이나 간장 종지에까지 박히면 파장이 오랴. 그럴 수도 있는 일이지만 여간해서 드물다. 아내에게 푹 빠지면 까짓 입맛쯤 대수 아닌 미덕이 그 시절에도 너끈했다. 새록새록 솟아나는 정에 겨워 스스로 입맛을 바꿨다. 뿐인가. 묵은 정을 다독거려, 움막에 단장의 기쁨을 누리면 그만이다. 따라서 짐작하기 어렵잖다. 시앗을 들이는 동기가 제각기 특이하여 일률적으로 판단하기 힘들되 음식솜씨 구박은 나중일 경우가 많다. 대개는 핑계 있는 무덤을 미리 봉곳하게 다진 연후에 반찬타령을 읊어도 읊는 예가 흔하다. 그만한 순서를 무시하고 다짜고짜 시네, 쓰네, 맵네, 다네, 짜네, 싱겁네 따위 투정을 매끼마다 뿌려 상대의 진을 빼기로 들면 벌써 미심쩍다. 의도적으로 너무 일찍 파국의 복선을 깐다고 보아야 한다. 조몰락조몰락 나물을 무치고, 엎었다 뒤집었다 저냐를 부치는 섬섬옥수는 물론, 염장에 절고 갖은 양념에 녹아 까슬까슬할 망정 오만 맛의 원천으로 아름다운 손에 더는 눈을 주지 않는다.

어머니와 아버지의 중간 파탄은 그러므로 시점 구분이 좀 어중간한데, 군이 따지기로는 후자에 가깝다. 파탄이면 파탄이지 중뿔나게 전과 후를

가려 어쩌겠다는 거냐고 물으면 할 말이 없다. 없지마는 어머니의 솜씨에 관한 한 나는 솔직히 아버지 편이다. 어머니의 상처에 거듭 소금을 뿌리고 자식된 도리로도 언감생심 입 밖에 낼 소리가 아니어서 이날 입때까지 그런 내색조차 하지 않았다. 어머니의 손맛이 남달리 처지기 때문이기보다는 내 혀에 밴 똑떨어진 맛의 향수가 별로라는 뜻이다. 떨어져 산 동안이 전혀 없이 줄창 모시고 지냈기 때문인지도 모른다. 할머니의 맛이라든가 어머니의 맛을 그토록 못 잊는 사람은, 그분들의 부재가 안타까워 한층 그러는 것 같다. 지금은 안 계신, 지지리 고생만 하다 가신 어머니의 부드럽기는커녕 바삭 마른 손을, 함께 견딘 모진 세월과 더불어 떠올리며 그리워들 한다. 그래서 숭덩숭덩 썰고 바락바락 치댄달지, 몽당숟가락으로 파내고 긁는 장면이 맛보다 먼저 눈에 아른아른할 터이다. 게다가 회상하는 자의 자유로움으로 다시 초치고 된장을 풀어 상상의 천하진미를 저 좋을 대로 만들고 빚는 것이다. 눈으로 그려 혀에 담되, 가슴도 덩달아 숟가락을 챙겨 같이 먹자고 덤비기 일쑤다. 홀로 먹은들 나쁠 것이 없으나 여럿이 공감하며 헛제삿밥을 먹듯 우루루 달겨들면 더욱 감칠맛이 난다. 시도 때도 없고 물리는 법도 없다. 중늙은이 축에 드는 연배일수록 향수의 으뜸 품목인 할머니와 어머니의 맛을 두고두고 그렇게 탐한다. 저마다의 개인사 속에 고이 받들어 심심파적으로 핥고, 운두 깨진 술잔처럼 들쭉날쭉 어긋나기 십상인 일상의 위안거리로 삼는다.

별로라고 했던 우리 어머니의 손맛 또한 이러한 내력으로 대하면 중은 간다. 말이야 바른대로 말이지 누구네 어머니는 별난가. 입에 길들이기 탓이다. 식성 따라 기호가 조금씩 다를 따름이다. 아욱국 한 대접을 두고 갈린 나와 작은아버지의 차이가 벌써 그렇다. 시식(時食)의 하나로 그냥 후루룩거리는 나는 맛이 그저 그런데, 오랜만에 먹은 작은아버지는 아 개운하다고, 잃어버린 입맛을 되

찾은 것 같다고 되게 즐거워 야단이다.

의도적인 기미가 없지 않다. 변하고 또 변하는 것 투성이인 세속의 복판에서 죽어도 안 변하는 것을 세 치 혀로 확인하고자 기를 쓰는 마음 누가 몰라. 국적 불명의 잡식 편력에 싫증나 더도 덜도 말고 그때 그 수준에 머물기를 바라는 속셈을 충분히 읽을 수 있다. 하다보면 드러나는 식성의 질긴 생명력이 차라리 무섭다. 몸의 기억력이 마음의 기억력을 앞질러 시대 시대의 특성을 되새기도록 부추기는 가운데 역사적 생물 구실마저 하는 것이다. 한낱 음식솜씨의 영원한 내림을 감히 생각하게 만든다.

보자. 그 방면의 노병은 죽지 않고 다만 사라지지조차 않는다. 이를테면 할미 김밥으로 남아 민족의 '러브미(米) 운동'을 돕고, 할미 족발은 젊은 이빨들의 저작력까지 키운다. 그것들은 대를 이어 나날이 새로운 먹성을 손짓한다.

푸우욱 고아 뽀오얀 국물로 담백한 맛을 내는 설렁탕이나 곰탕인들 어느 날 목숨을 다할까. 날계란을 띄워 점정(點睛)을 삼는 멋이 여전하다. 선홍빛 선지를 중심으로, 내포와 우거지와 콩나물을 섞어 끓인 해장국은 또 어떻고. 증조부가 드시던 막사발이랄지 뚝배기 국물을 노랑머리 후손이 오늘 다시 들이마시는 광경이 참으로 오래간다.

뻑하면 들고 나오는 역사에 다들 시들하다면 시들다. 도나캐나 역사를 내세워 궁상에 감상을 덧칠한다든가 전통을 확대해석하려 드는 안목이 딴은 멋쩍다. 하지만 이 땅의 유별난 정황이 그러라고 시킨다. 투박한 그릇들에 담겨 꾸역꾸역 먹을 타고 올라오는 츱츱한 상념을 어쩔 수 없다. 내 의표를 찌르듯 어느새 육이오를 들먹이고 나선 작은아버지의 말을 들어보시라.

"오늘은 이렇게 구수한 아욱국이 동란 때는 징그럽게도 싫드라니. 조카도 생각날 걸. 초등학교 몇 학년이었더라."

"삼 학년요. 그때는 죽이었죠. 국이 아니라."

"퍽이나 징징댔지. 맨날맨날 아욱죽만 먹인다고."

"그러는 작은아버지는요? 잔뜩 부은 얼굴로 어머님 죽솥에 퉤퉤 마른침을 뱉다가 아버지에게 귀쌈까지 얻어맞은 일 제가 다 아는데."

"허. 그랬지. 쌀인지 보린지 하는 알갱이는 십 리에 하나 꼴로 가뭇없고, 미끈둥미끈둥 시퍼런 이파리를 한 달도 더 먹었을 꺼야. 소증은 둘째 치고, 나중엔 보기만 해도 절로 욕지기가 나오더만. 징한 여름이었어."

"배부른 소리. 그마저 없었으면 어쩔 뻔했어요. 여름이라 호박이나 근대도 죽거리로 썼지. 막 거둔 보리 덕이 컸고."

"전쟁이 여름에 터져 그나마 다행이었다는 말씀처럼 들립니다."

"에이그 저 어깃장. 마침 시절이 그런 시절이었다 이 말이지 누가……."

"육이오 전에는 아욱죽을 그다지 안 해먹었던 것 같습니다."

"왜요. 맛맛으로 더러더러 상에 올렸어요. 늦여름 입맛을 돋우는 별식인 걸. 국은 특히 가을이 제철이고요. 가을 아욱국은 사위만 준다는 말이 그래서 생겼겠지."

"뜨물로 물을 잡죠? 오늘 죽도 그랬을 테고."

"그럼."

"이파리보다는 야들야들 씹히는 줄기 맛이 좋아요."

"물론이에요. 껍질 벗긴 줄기와 잎을 박박 주물러 느른한 기를 우선 빼야 돼요. 거기다 체로 거른 된장을 풀어 한소끔 푹 끓인 다음에 쌀을 넣어요. 동시에 불을 뭉근하게 줄여야 쌀알이 잘 퍼진답니다. 식성 따라 파 마늘을 넣기도 하고, 따로 만든 양념장을 얹어 먹기도 하는데, 마른 새우는 꼭 들어가야 제격이에요."

"딴에 제법 손이 많이 갑니다그려."

"흥. 무엇은? 어느 것 하나 저절로 되는 게 있는 줄 아세요. 들일품 다 들이고 채울 시간 다 채워야 입에 넣을 수 있는 것이 우리 음식인 줄 알면서 그러신다. 한마디로 여자들 골 빼먹기 알맞다구요."

"마른 새우는 왜 넣습니까. 부드러운 풀떼기에 어울리지 않게. 고놈의 긴 수염이 입천장을 찌르기 알맞고."

"저런. 멸치 말고도 땅의 푸성귀가 온갖 해물과 만나 우려내는 국물맛의 조화를 설마 몰라서 이러는 건 아니겠지요. 그것도 입이 높은 평상시 때 얘기고 전쟁 무렵엔 그럴 여유가 어디 있었습니까."

"죽은 그렇다 쳐. 하여튼 국물들 좋아해요. 국에다 밥 말아먹는 민족이 온 세상에 또 있을까. 우리 말고."

"아시네. 아셔. 내 말이 곧 그 말 아닙니까. 요새도 아침에 국을 먹지 않으면 어쩐지 성이 차지 않고 속이 허전하다는 사람 많습니다. 아침상에 국이 오를 지경이면 다른 반찬도 뒤따라야지요. 구첩칠첩반상까지는 못 가더라도 비슷하게는 차려야 하지 않겠습니까. 죽어나는 건……."

"주부겠지요."

"남의 팔매에 밤 줍는다더니 장단 한 번 빨리 치시네."

"남의 속에 있는 글도 배우는 저인 줄 미처 모르셨습니까."

"입에 바퀴를 다셨나…… 오늘 따라 청산유수네."

국인즉 탕이다. 국의 높임말이 탕이라는 어의풀이야 어떻든, 나는 속으로 몇몇 종류를 헤아리다 곧 포기한다. 따로따로 놀고 탕반으로 어울려 사람들의 입으로 들어가는 국 국 국, 탕 탕 탕이 얼추 서른 가지를 넘는다고 했다. 어째서 그리 많을까.

이유를 캐지 않고는 못 배기는 이들은 제일 먼저 가난을 꼽는다. 적은 양의 식품으로 우글우글한 식구를 먹여 살리자면 도리 없었다는 것이다. 대가족 제도가 부채질하고, 잦은 전란과 흉년이

'황우도강탕'류 고기국과 섞어찌개 냄비를 불가피하게 이뤄냈다.

그 다음에 농경민족과 유목민족 내지 기마민족의 차이를 들 수 있다. 한 곳에서 대대로 모여 산 우리 삼천만은 유목문화권 사람들처럼 건성(乾性) 식품을 가지고 다닐(portable) 필요가 없었다. 정착 생활의 젖은 음식이 거기서 발달했다. 국물식품을 통해 여럿이 나누어 먹는 미덕과 집단의 동질성을 아울러 확보할 수 있었다. 사람 잡는 악질 백여우만 안 만나면 하룻밤 숙식이 어디서나 손쉬웠던 풍습도 그 덕일 게다. 길 떠난 나그네가 타는 저녁놀을 등지고 남의 집 대문 앞에 선들 어떠리. 멀리서 희미하게 깜박거리는 불빛을 좇아 주인장을 찾아도 야박하게 내쫓지 않았다. 식은 국밥을 데워 먹이는 대접까지 받고 고단한 심신을 뉘었다.

그밖에 몇 가지 더, 국·탕이 주조를 이루는 식문화에 대한 해석이 가능하려니와, 결론은 지극히 간단하다. 척박한 풍토에서 싹튼 빈궁과, 그럼에도 무어 먹을 게 있다고 끊임없었던 외침을 기중 큰 이유로 들 만하다. 그토록 참혹한 수난을 뚫고 살아남은 겨레의 한 끄트머리에 어머니와 작은아버지가 앉아 있는 폭이다. 당신들의 오늘을 있게 한 입의 쇠락과 영화를 도란도란 주고받는다.

"생각나십니까."

"무슨……."

"우리 이웃에 살던 송 아무개가 별것도 아닌 걸 가지고 형님을 반동분자로 꼬아바쳐 보름 가까이 내무서에 갇히게 했던 일."

"어쩌자고 그 얘기는 갑자기."

"아욱죽으로 허두를 뗀 화제가 유죄죠. 자기 아버지가 죽은 후에도 계속 쌀배급을 타 먹다가 형님이 배급통장에서 이름을 지웠기 때문이라면서요. 일제 말기 애국반장을 했던 형님에게 앙심을 품고 지내다 인공이 쳐들어오자 싹 돌아서서……."

"다른 이유가 또 있었을 걸요. 그것 말고도."

"어떤 이유인데요."

"송씨 안사람은 그 뒤로도 큰 일이 있을 때마다 와서 거들었어요. 그런데 하루는 정지에서 명태전을 부치다 말고 넓은 양동이에 가득한 국거리 내장을 한 무더기 부엌칼로 싹둑 잘라, 머리에 두른 수건을 벗어 돌돌 마네. 공교롭게도 나한테 그걸 들켰으니 어떡해."

"물이 질질 흐를 텐데."

"꼭 짜면 감쪽같잖아요. 거기까지는 괜찮아. 내가 잠자코 눈을 흘기자 도로 쏟았으니까. 어느 날인가는 지독하게 쉰 밥을 버리려는데 어디선가 득달같이 나타나 자기에게 달라지 뭡니까. 빨아서 먹겠대요. 그냥 쉬버리면 될 것을 주고도 욕먹을 것 같아 거절했죠. 결국 버렸지만, 일단 밥풀로나 쓰겠다고 둘러댔어요. 아마 육이오 직전이었을 꺼라. 반드시 그 때문에 앙심을 더 먹었는지는 몰라도, 속으로 얼마나 서글프고 자존심이 상했겠습니까. 만일 그게 원인이 되어 그 양반을 해코지했다면 글쎄…… 하찮디하찮은 빌미로 사상이 이쪽저쪽으로 왔다 갔다 하던 시대였으니…… 하고 보면 사상도 별것이 아닌 것 같애. 그런 예가 한둘인가."

"밥을 빨다니요. 빨래도 아닌데."

"헹궈 먹는다는 말이 좀 세게 나왔겠죠. 예사로 있던 일이랍니다. 대바구니에 담아 바람 잘 통하는 대청에 높이 매단 밥도 한여름엔 곧잘 쉬어요. 하면 찬물에 담가 손으로 살살 헹구기를 서너 차례, 쉰 기가 엔간히 빠지면 먹는데, 그렇다고 쉰 냄새가 단박 가시나. 진기 또한 빠져 푸슬푸슬한 것이 불면 날아갈 듯 가볍답니다. 똑 안남미밥 같은 걸. 그런 밥 안 먹어본 사람은 가난의 진짜 설움을 모른다고 할 수 있어요."

"눈물 젖은 빵을 먹어보지 않은 자는 인생을 논하지 말라는 말과 비슷하군요. 김삿갓의 방랑시에도 쉰 밥 타령이 나와요. 스무나무 아래 서러운 나그네, 망할 놈의 집 쉰 밥만 주는구나…… 두 줄이 더 있는데 어떻게 나가드라?"

작은아버지가 나를 겨냥하고 묻는다.

"인간 세상에 어찌 이런 일 있다더냐. 차라리 내 집으로 돌아가 설익은 밥이나 먹으리라. 대강 이럴 걸요."

"맞어."

"거 봐. 내가 안 주기 잘했지. 뒷간에 갈 적 맘 다르고 올 적 맘 다른 것이 여염의 인심이라. 종잡기 어렵거든요."

"그 말도 맞고…… 많이 배운다 오늘."

"내친김에 신 열무김치 빠는 법도 일러드리리까."

"그것도 빨아요? 빠는 것도 여러 가질쎄."

"밥 바구니를 높이 대롱대롱 매다는 것과 반대로, 뒤꼍 그늘진 곳에는 갓 담근 열무김치 단지를 물을 가득 채운 자배기에 둥둥 띄웁니다."

"시지 말라고 다라이에 띄운다."

"다라이는 아직 나오지도 않았을 때에요."

"무슨 말씀. 집사람도 다라이가 입에 붙었던데. 자배기가 외려 어색하게 들려요."

"얼래. 나이 층하는 어따 두고 이러시나. 동서 연세가 얼마길래 나 산 내 나이를 앞질러 팔이 들이굽을까. 이러니 서울 안 가본 놈이 서울 가본 놈을 이긴다는 소리가 나올밖에."

"아이고 형님. 말이 헛나갔군요, 그걸 미처 생각 못했습니다."

이야기가 옆길로 새누나. 뻔할 뻔자 안방 담소의, 언제나처럼 지리멸렬한 갈래 뻗기로 칠 법도 하지만, 그러기엔 일껏 가닥을 잡은 화제가 아깝다. 하나 엉뚱하게 튄 입씨름은 입씨름대로 싫지 않다. 어머니의 재빠른 한 방에는 가시가 없다. 형수의 반격에 아뿔싸 뒷걸음질쳐 두 번씩이나 거푸 머리를 조아린 작은아버지라고 타의가 있을까. 농기 어린 엄살에 불과하다. 말년의 말동무로 이물 없는 두 분이 내내 흐뭇해 보인다. 하노라면 돌아올 것이다. 밑도 끝도 없이 시작하여 애먼 지경을 뱅뱅 헤매다가도 어느 겨를에 출발점으로 낙착을 짓는 것이, 허름한 얘기꾼들의 약조 아닌 약조이기 쉬우니까.

"아깟번에 보로 터뜨리지 말라고 하셨죠."

"……."

"것도 일본 말인데."

"또 잘못됐습니까. 어서 열무 빠는 얘기로 돌아가시잖고."

"그게 아니고…… 참 이상해. 정작 일정시대에는 안 썼던 일본말을 그들이 물러간 뒤에 오히려 많이 되찾아 썼어요. 늙으나 젊으나 지금까지도. 사라, 마호병, 가이바시라, 긴따로, 쓰께다시, 샤브샤브, …… 그리고 또 뭐냐…… 응. 우찌마끼, 소도마끼, 후까시, 소데나시, 히야시, 다노모시, 나까마, 와리, 가오마담……. 어휴 숨차. 왜 그럴까?"

"사바사바, 사꾸라, 곤죠, 아다라시, 가께모찌, 오까네, 기마에, 앗사리, 와이로, 삐끼, 젠또깡, 민나 도로보…… 어렵쇼, 사기(詐欺)는 어쩌자고 한일 간에 음이 같네. 그나저나 저는 형수님의 반도 못 따라 가겠습니다."

작은아버지가 이내 두 손을 드는 척한다. 과장된 제스처로 볼 수 있거니와 웬만해서는 말 잘하는 어머니를 당해낼 재간이 없는 것도 사실이다. 예전과는 썩 다른 모습이다. 젊어서는 말수가 무척 적었다. 오죽하면 아버지로부터 저 사람은 마치 간이역에 핀 맨드라미 같다는 소리를 들었으랴. 어머니는 어떻게 알아들었는지 모를 일이되 진의를 파악하기 힘들었다. 특급은 물론 완행열차조차 거들떠보지 않고 내빼는 간이역, 하고도 맨드라미다. 아버지의 장사꾼 감각으로는 은근히 근사한 표현이었지 뭐냐. 옛 세월 형편으로도 여부가 없는 무공해의 한 가경(佳境)에 빗댄 말이 매우 그럴싸했는데, 문제는 진짜 속내다. 그 정도로 어머니가 다소곳하다는 뜻인지, 꽃 축에도 못 드는 맨드라미가 한역(寒驛)에 오도카니 서 있는 것처럼 생각이 외지다는 뜻인지 아리송했다. 짐작컨대 당신의 말벗으로 곰살궂지 못하다고 내친 혐의가 더 짙다.

하지만 어머니는 아버지와 사별한 후에 엄청 안면을 바꿨다. 말이 많아진 것이다. 아버지로 하여 사레들렸던 목청이 트인 자초지종이야 자세히 알 길이 없는 대로, 신문이나 잡지 같은 가벼운 읽을거리를 열심히 보면서 터득한 지식이랄까 정보에 힘입어 구담이 세어졌다. 말씀이 일일이 분명했다. 몰라서 그렇지 어머니는 아버지 생전에도 눈에 띄지 않게 시시로 입에 말을 담고 산 편이다. 나를 달고 어둑밭 내린 길을 갈 적에는 무엇인가를 입속말로 늘 중얼거렸다. 때로는 제법 큰소리로 누군가와 대화를 하듯 입을 재게 놀렸다. 그런 때는 내가 옆에 붙어 있는 것조차 의식하지 못하거나 무시하는 태도로 나왔다.

좋고 나쁘고를 떠나 또다시 변하지 않고는 못 배기는 게 인간의 일인가 한다. 그렇다고 어머니의 단순한 습성 변화를 사람 사람의 크고 작은 탈각과 맞바로 결부시킬 생각은 없다. 어림없는 노릇이다. 타고난 국량에 어차피 한계가 뚜렷한 어머니의 눈은 여전히 울안을 벗어나지 못했기 때문이다. 오락가락 뻗는 동선 역시 거기서 거기였다. 하지만 줄곧 자기 자리를 지키면서도 이왕 살아낸 발자욱에 남다른 해석이나 부전(附箋)을 달려고 애쓰는 모양이 나로서는 보기 좋다.

그런 예를 열거하자면 끝이 없다. 없는데, 작은아버지가 재촉하고 어머니가 설명하는 열무김치 빨기 대목에 당장 그런 '보기'가 나와 다행이다.

"열무김치는 콩밭 것을 제일로 치는 데서도 알 수 있듯이 여벌로 잠깐 심는 여름 채소 아닙니까. 옛날 노래에도 있었지. 오이김치 열무김치 맛있게 담고, 알뜰살뜰 아들딸 보는 아가씨에게, 누님 누님 나 장가 보내주…… 했던가?"

"아니 그 연세에 대단한 기억력이십니다. 김정구가 부른 '총각 진정서' 아닙니까."

"총각 얘기를 하니까 열무 사촌뻘인 총각김치 생각이 나네."

"알타리무는 어쩌고요."

"정말로 몰라서 묻는 거예요?"

"아 참. 총각이 알타리고 알타리가 총각이구나."

"힘들다. 힘들어. 암튼지 열무는 이파리가 매우 여린 까닭에 풋내가 나지 않도록 살살 씻기부터 잘해야 돼요."

"빡빡 빤다드니."

"더 듣고나서 나와도 나오면 좋겠다."

어머니는 작은아버지에게 냉큼 통을 날렸다.

"밀가루나 녹말가루를 섞어 파·마늘·생강·고춧가루와 함께 버무린 것을 작은 항아리에 담고 간물을 잘박잘박하게 부어 익힙니다. 그러나 먹을 만하게 익자마자 금방 시어꼬부라지기 때문에 철철 넘치도록 물을 부은 자배기에 항아리를 미리 띄워야 해요. 그리고는 하루에도 몇 차례씩 찬물을 갈아주지 않으면 어느새 허연 골마지, 남도 말로 고래기가 낍니다. 하다가 영 못 먹겠으면 그제사 바락바락 빨아도 빨아야지. 무쳐 먹든가 국을 끓이기 위해서."

"아무리 어려운 시절이기로 그렇게까지 재활용을 해요. 확 버려뻔지지. 묵은 김장김치라면 또 몰라."

"저런. 저런. 형제간 아니랄까봐 누구하고 꼭 같네. 바로 돌아가신 양반이 궁상도 지지리 떨다면서 정성들여 빨고 무친 열무 접시를 확 벽에 던져 박살을 내더만…… 그날사 말고 기분 나쁜 일이 있었던가 보던데 그렇다고…… 콩깨묵으로 배 채우던 시절 아닙니까. 번번이 상에 올린 것도 아니고 할 수 없이 내놓은 거였어요. 안식구 입은 입도 아닌가. 험한 음식 가운데서도 먹을 만한 것은 남자 차지고, 여자들은 그만 못한 것을 수채통이나 진배없이 목구멍으로 넘기는 형편에 어쩌다 내놓은 걸 가지고…… 아녀자의 좁은 소견머리 탓인지는 몰라도 그게 그렇습니다. 오래 살면서 느낀 건데요, 크고 중요한 줄거리보다는 몹시 마음 상한 일이랄지 생각할수록 억하심정이 끓는 자잘한 사건이 이루이루 가슴에 못을 박아요. 더군다나 먹는 것으로 해서 생긴, 치사하다면 치사한 기억들이 꾸역꾸역 더해요. 피란 가 있던 집에 어쩌다 들른, 폐병 삼기인 친정 오라버니에게 따스운 밥 대신 강냉이죽을 먹여 보낸 일도 가사 그래요. 오라버니는 돌아가던 길로 곧 세상을 떴답니다."

"따뜻한 밥 한 끼라. 그 말 한마디에 얽힌 희비극이 우리나라엔 숱하지요. 예전에는 가난을 이기고 국제대회에서 금메달을 딴 운동선수 어머니들이 기쁜 눈물과 함께 일쑤 하던 말 아닙니까. 한국인만이 그 정황을 이해할 수 있는, 서러운 회상의 되새김질이지 싶어요."

"그래요. 다른 나라 사람들이 보기엔 우습겠지만, 식은밥과 더운밥의 거리가 어지간히 멀지요. 사람과 사람 사이를 대번에 갈라놓기도 하고 붙이기도 하잖았습니까."

"그토록 경황없는 속에서 만들어주신 하이라이스는 뭡니까. 과거의 큰 경험은 잘 떠오르지 않는 반면, 먹거리와 관련된 사소한 기억은 눈에 삼삼하다는 말씀에 공감합니다. 때문에 저에게 그때 해주신 하이라이스 맛을 아직 못 잊는다구요. 실례올습니다만 형수님 솜씨로는 믿기 어려운 요리드라구요."

장면 전환을 꾀하려는 속셈이겠지. 가년스럽고 지루한 화제를 그만 거두자고 덤비는 작은아버지의 의향이, 일부러 활짝 편 미간에 어린다.

"치켜올렸다가 내려놓았다가, 어느 장단에 춤을 춰야 할지 헷갈리네요……. 그런데 어쩌나. 막상 나는 그런 꼬부랑 음식을 해준 기억이 감감하니. 오므라이스는 알지만 하이…… 머시라고요?"

"하이라이스. 거 있잖아요. 동글납작한 접시에 고실고실한 밥알을 간살스럽도록 얇게 깔고 검붉은 쏘스를 주루룩 부어 먹는 것. 죽은 누님이 그것에 홀려 뚱뗑이 자형에게 까빡 넘어갔다면서요. 그걸 보고 자극을 받으셔서 오랫동안 궁리궁리하다가 만들었다는 말씀, 제 귀로 똑똑히 들었는걸요."

"오옳아. 내 정신 좀 봐. 그 하이칼라 신랑감의

양식 초대를 받은 전날 밤, 고모가 삼지창, 즉 포크와 칼 쓰는 법까지 연습하던 생각이 나네요. 고모도 처음엔 시큰둥했지. 젊은 사람의 허리가 깍짓동만 해서 쓰겠냐는 트집을 잡으며 깔끔을 떨더니만 웬걸, 교제하는 동안에 대접받은 그놈의 라이스라나 비프스데끼나 쇠고기단장(短杖)인가를 한두 차례 맛본 담부터 홀딱했지 뭐예요."

"형수님은 오기가 뻗쳐 손수 만들기를 작정하고……."

"아니 황천길에 오른 사람 앞에서 망측하게 무슨 소리를 그렇게 한대요."

"그게 아니라……."

"아니기는 뭐가 아니에요. 하지만 굳이 발명할 것 없습니다. 말이 얄궂기는 해도 과히 틀린 소리는 아니니까요. 양식당에만 간 줄 아세요? 선물로 들려 보낸 과일은 또 얼마나 고급스러운지. 그 중에 제일 희한한 것이……. 아이고 이름조차 가물가물하네. 왜 있지요? 배꼽이 툭 튀어나온 오렌지 비슷한 것, 불그죽죽한 색에다 씨 없이 달기만 하던."

"네이블인 갑다."

"아마 그럴 걸. 입에 넣으면 살살 녹아. 일본 나쓰미깡도 괜찮은데 그건 너무 시드라고요."

"얼김에 입사치도 했군요."

"그 무렵은 우리 살림도 탄탄했으니까 사 먹자고 들면 못 사 먹을 것도 없었지만서도, 가장의 성미가 원체 신토불이 입맛에 절어 엄두를 못 냈지요. 겨우 흉내낸 것이 하이라이스?"

"맞습니다."

"아이우에오, 가기구게고를 깨친 일본어 초보 실력을 밑천 삼아 어찌어찌 구한 일본 요리책대로 해보았을 따름이에요. 쏘스맛이 기본이죠 뭐. 노릇노릇하게 볶은 밀가루에 빠다 소금 육수를 넣었나? 거기다가 야채 버섯 고기를 섞는데, 빠다가 있어야지. 군기름을 녹여 어물어물 본뜰밖에. 그런 엉터리를 여지껏 들먹이다니, 공치사로 돌릴갑세 싫지는 않네요. 주제넘게 내 입으로 할 소리는

못되지만 양식 요리는 요컨대 쏘스 맛인 것 같애. 애들 따라 더러더러 구경 삼아 간 호텔 식당의 뷔페도 그렇고, 쏘스로 시작해서 쏘스로 끝납디다. 우리 한식은 간에 달려 있고."

"잘 보셨습니다. 해서 드리는 말씀인데, 형수님의 손맛이 밴 우리 식품 가운데 제가 아직껏 못 잊는 것이 그 밖에도 있습니다. 두 가지예요. 하나는 고추김치고 하나는 굴비포에요. 딴 데서는 여간 먹기 어려운 특미……."

"그건 뒤로 돌리고 고모님 아들 필수 이야기를 마저 하고 싶은데……."

"하시죠. 누가 말립니까."

"하라고 멍석까지 펴니 주저되네."

"어째서요."

"너무 절통하잖아요. 어리나 어린 것이 미국 구호식량으로 만든 옥수수빵 한 개 때문에 그토록 허망하게 갔으니."

"……."

"학교에서 저 먹으라고 노나주었으면 그 즉시 먹어 없앨 일이지 지가 무슨 효자라고 가슴에 품고 가. 같은 학교의 덩치 큰 왈패에게 빼앗기지 않으려고 승강이를 벌이다 그만."

"둑에서 저수지로 굴렀댔죠? 누님에 이어 자형마저 죽었을 때 걔를 우리에게 맡겼으면 좀 좋아. 망쪼든 집안에 핏줄 욕심은 있어서."

"누가 아니래요. 심성 여린 필수 고것이 할아버지 할머니에게 우선 보이고 먹어도 먹을 양으로 걸음을 재촉했겠지요."

"즈이 어머니가 잠시 누린 하꾸라이(舶来) 호강과는 딴판으로…… 먹는 것과 함께 떠올린 우리네 생활은 거지반 다 어찌 그리 슬프지요."

"그러게. 영양 부족에 약도 흔치 않아 제 명에 못 산 어린것들이 하나둘이래야 말이지. 그걸 생각하면 나처럼 질긴 목숨이 욕스러워요. 치사하고 요망하고……."

어머니는 무슨 말인가를 보태려다 입을 다문다.

열한 살 되던 해 겨울에 죽은 누이 생각 때문임이 분명하다. 나보다 두 살 밑이었던 숙진이가 장티 푸스를 앓기 시작했을 때만 해도 식구들은 대단찮 게 여겼다. 고열과 오한 끝에 솟은 발진에 잔뜩 겁 을 먹었을망정 제 날짜를 채우고 나면 차츰 회복 하기 마련인, 다 아는 병으로 쳤다. 아닌게아니라 서너 주일도 못 가 열이 많이 내렸다. 더 이상 병 원이나 한약방 신세를 지지 않아도 되려니 마음을 놓았거늘, 그때부터 병세가 갑자기 악화되었다. 폐렴으로 번지고 장출혈마저 일으켰다. 하루가 다 르게 내리막을 굴렀다.

대수롭지 않은 일에 공연히 무렴을 잘 타는 아 이였다. 때문에 한창 어울려 마땅한 또래들과 일 정 거리를 두고 혼자 잘 놀았다. 아이들이 다리 자 른 풍뎅이를 발랑 뒤집어 뱅글뱅글 도는 모양을 즐긴달지, 잠자리 목을 비틀어 허공에 던지며 날 아라 날아라 소리치는 놀이에 울상을 지었다. 가 엾어 못 견디겠는 표시로 어깨를 꼬옥 움츠렸다.

아니 할 말로 그 나이에 벌써 무엇에 씌인 듯 웃 자랐거나 그늘진 마음자리의 반영인지도 몰랐다. 억측이 지나치달 수도 있겠으나 강한 자의식에 여 린 정서를 스스로 주체하지 못하는 듯한 거동을 자 주 보였다. 한 팔로 마루 기둥을 감고 서산에 지는 빨간 햇덩이를 바라보며 흘린 말이 가령 그렇다. '엄마 나는 이런 시간이 가장 좋아' 소리를 나직이 깔자 어머니는 금세 눈이 똥그래졌다. 이윽고 조 르르 다가가 누이의 뒤통수에 알밤을 먹였다. '쥐 방울만 한 것이 웬 청승이냐' 엄포를 놓았다.

그러나 죽기 며칠 전, 어머니가 건넨 탕약 대접 을 본체만체 '석류가 먹고 싶네' 했을 때는 눈물부 터 훔쳤다. '이 한겨울에 어디가서' 했을지언정 어 머니는 그 걸음으로 당장 대문을 나섰다. 그날은 허탕을 쳐 빈손으로 돌아왔으나 다음 날은 어디를 어떻게 뒤졌는지 검붉게 말라비틀어진 석류 두 알 을, 말라빠지기는 매한가지인 누이 손에 쥐어주었 다. 숙진이는 고맙다고 힘없이 웃고, 어머니는 목

이 메는가, 침을 꿀꺽 삼켰다. 그뿐이었다. 둘 다 석류 껍질 벗길 염을 내지 못했다. 손톱마저 안 들 어갈 정도로 굳은 것을 한 눈에 뻔히 알아차렸기 때문일 게다. 아마도 한약방 약재로나 쓰던 걸 사 왔으리라.

이승을 뜰 임시에 하필 먹을 것을 많이 찾는 내 림은 무엇을 말하는 것일까. 어쩌면 이 땅 백성들 의 관습 아닌 관습으로 일찍 터를 잡은 느낌이 없 지 않다. 요절한 이상도 막판엔 레몬인가 오렌지 인가를 먹고 싶다고 했다든가. 곧 죽어도 이상의 이상다운 취향이 마침내 상큼하려니와, 아직 살아 숨 쉬는 사람들 역시 그날 그 시각에 이르러 무엇 을 청해야 좋을지, 미리미리 요량해두는 것도 나 쁘지 않을 듯하다.

여북하면 첨단 의학의 최전선에서 인명을 다루 는 의사들도 하다하다 안 되면 그런 말들을 입에 올릴까. 댁으로 가 푹 쉬면서 먹고 싶은 거나 원 없이 실컷 드시라는 끝내기 위로사가 그거다. 마 지막 선고를 따뜻한 덕담처럼 감싸 정중하게 떠밀 었다.

이 바닥의 지난 세상 사람들이 기세(棄世) 직전 에 흔히 요구한 것은 거창한 만찬류가 아니다. 태 반이 단일 품목이었는데, 애 서는 임산부의 뜬금 없는 입덧마냥 제철과는 동떨어진 과일이며 콜콜 한 음식이기 십상이어서 가족들의 애간장을 한층 태웠다. 우리 어머니도 그래서 누이에게 석류의 한을 풀어주지 못했노라 한탄한다. 요새만 같았 어도 문제가 아닌 것을 못 먹었느니 어쨌느니 복 장 터진다는 투로, 시들방귀 같은 하나마나 소리 를 되뇌신다. 근자에는 표정으로 말을 대신하기도 하는데 누이가 죽은 음력 설 어름에 그러는 수가 많다. 그것도 아파트 창밖이 묽게 쑨 흑임자죽 빛 깔로 을씨년스럽게 내려앉고, 방 안에는 으슬으슬 한기가 도는 저녁 무렵 문득 비친다. 나까지 불현 듯이 당신의 회고 속으로 끌고 들어갈 낌새야 있 고 없고, 우선은 수굿하게 고개 숙이는 시늉이라

도 해야 한다.

석양에 서서 누군가를 생각하고 무엇인가를 간절하게 떠올리는 사람이 어찌 내 누이나 어머니뿐일까. 알고 보면 적지 않은 일종의 일모병(日暮病)이 아닌가 싶다. 누구에게나 조금씩은 있을 법한, 사서 앓고 즐기는, 내게도 있는 질환이다. 따라서 허공에 그리는 상상의 그림이 각기 다르기 마련이겠지만, 내 경우는 이때나 저때나 그 대상이 소박하고 단조롭다.

멀리서 바라본 집집의 뒤꼍과 굴뚝을 뇌리에 항상 그릴 따름이다. 말할 나위 없이 지금은 만나기 힘든 풍경이다. 삐딱하게 굽은 굴뚝에서 마침 저녁 짓는 연기가 세월아 네월아 더디게 올라가면 더욱 좋다. 벽에 걸린 시래기 소쿠리를 눈으로 쓰다듬으며 솥뚜껑 여닫는 소리를 좇아 슬금슬금 들어선 부엌, 아니 정지는 온갖 평화의 냄새와 소리로 그득하다. 너주레한 내면 정경을 자상하게 묘사할 것이 없는 입맛의 원천적 거처다. 거기서 길들이고 굳힌 혀를 두고 장담하건대, 그것은 설익은 이념 못지않다. 찬밥 따스운밥 얘기를 하다가 사상도 별것 아니더라고 했던 어머니의 지적을 넘어 민족의 정체성 운운까지 들먹일 수 있다.

밤이 늦었는데도 갈 생각을 않고 똬리를 튼 작은아버지도 그런 이들 속에 포함시켜 무방하리.

"인명재천인 걸 어쩌겠습니까. 타고난 팔짜가 그것밖에 안 된다고도 볼 수 있고요. 그쯤 접어두시고, 꼭지만 떼다 만 고추김치 얘기나 하십시다. 생각할수록 별나단 말씀이야."

"까짓 게 어쨌다고."

"그것도 공력깨나 들지요? 여자들 골이 빠질 만큼."

"입맛들이 높아서 이제 와 누가 찾을 리도 없지만 다시 하라면 못할 것 같아요."

"씨 빼는 일이 보통 아니던데요."

"제일 귀찮지……."

뜸을 들이듯이 짬짬하던 어머니의 기색이 작은아버지의 거듭된 재촉에 머지않아 풀린다. 자기를 알아주고 자기 말이 소용되는 걸 마다할 사람 없다. 어머니는 하물며. 비집고 들어갈 기회가 좀처럼 드문 생활에 당신의 옛날 솜씨를 조르는 밤이 좋은가, 심란한 생각이 불쑥 끼어들어 보류했던 고추 이야기로 주춤주춤 말머리를 돌린다.

"먼저 고추를 잘 골라야 해요. 끝물 고추 중에서도 독이 잔뜩 오른 놈을 추리되 빨갛게 익은 것은 안 돼. 아주 푸르거나 붉은 기가 엇섞인 것들을 씻어, 씨를 파내기 수월할 만큼만 꼭지 쪽을 칼로 잘라요."

"그때부터가 큰 일이지요."

"아먼. 하나씩 손에 쥐고 쇠젓가락으로 씨를 빼는데 구멍이 나거나 고추 살이 부스러지지 않도록 조심해야 돼요."

"실상 고추맛은 씨에도 있는 것 아닌가요. 햇된장에 찍어 아작 씹을 때는……."

"그러니까 죄다 도려낼 필요는 없어요. 겉가죽만 앙상하게 남으면 되레 맛이 덜하니까요. 속에 든 심줄은 그냥 두고 대강 파낸 후에 미리 마련한 갖은 양념, 파, 마늘, 생강, 통깨, 실고추 버무린 것을 빈 구석 없이 꽉 차게끔 밀어넣습니다."

"본래의 내장을 모조리 들어내고 새 창자를 집어넣는 폭이군요."

"말하는 사람 힘 팡기게 중간에 뛰어들지 좀 말라고 일렀건만."

"타고난 입방정 어디 가겠습니까."

"다 되었으면 작은 항아리에 차곡차곡 쟁여 무거운 돌로 누르고 멸치젓국을 붓습니다. 고추가 모두 잠기도록 가득 부어야 해요. 안 그러면 고추가 물러 못 먹으니까. 달인 젓국을 체로 걸러 넣는 수도 있으나 젓통에서 저절로 우러난 진국을 곧바로 붓느니만 못해요. 마지막으로 항아리 간수를 잘해야지. 바람이 들어가지 않게 아가리를 단단히 봉한 다음 서늘한 곳에서 푹 삭히면 됩니다."

"어이구 듣는 것만으로도 힘듭니다 그려. 먹을 때는 좋더니."

"기왕 말이 나온 김에 말린 굴비 이야기로 넘어갈께요."

"입 아프시면 생략하세요. 그것도 어지간히 복잡할 텐데."

"아니에요. 바로 먹어도 될 걸 가지고 유난을 떨자니 손이 좀 갈 뿐, 대단찮습니다. 여름철 점심상에 딱 알맞은 반찬인데, 시기 선택이 중요해요. 살랑 살랑 산들바람이 부는 오월 단오 무렵에 준비해야지, 그 시기를 놓치면 이미 늦어요."

"말리는 동안에 왕파리가 꾀어 쉬 슬기 쉬우니까."

"잘 아시네 뭐. 굽거나 지져먹기 알맞게 꾸덕꾸덕한 굴비를 바람이 잘 통하는 응달에 짚새기째 매달든가, 대소쿠리나 채반에 널어 한 달가량 바짝 말려요. 벌써 냄새를 맡고 하나 둘 날아드는 파리를 수시로 쫓으며 안팎이 고루 마르도록 뒤집어 간간이 부채질도 해줘야 합니다. 어지간히 말랐다 싶으면 항아리에 담되, 검붉게 절지 않도록 켜켜 사이에 굴비가 안 보일 정도로 보리를 얹습니다. 먹을 때는 한 마리씩 꺼내 다듬잇돌에 올려놓고 방망이로 두들겨 살이 졸깃졸깃 씹을 맛이 나게 만들어요. 비로소 껍질을 벗기고 한 입에 들어가기 좋게 손으로 찢습니다. 성가시게스리 끼니때마다 그럴 것 뭐 있느냐 하겠죠. 그러나 한꺼번에 몽땅 무두질해서 찢어 놓으면 금세 절어요. 맛도 빛깔도 버리기 때문에 도리가 없습니다. 먹다 남은 것마저 한지 같은 걸로 싸둬야지 신문지 따위에 싸 보관했다가는 신문지 냄새가 옮겨붙어 마른 굴비 향이 죽어요. 찝찔한 냄새를 향기로 여기는 게 우스울지 모르지만, 구미 돋우는 데는 그만입니다. 알은 한결 쫀득쫀득 고소하고……. 쌀밥도 좋고 보리밥도 좋고, 그것 한 가지만 있으면 다른 반찬이 무슨 소용입니까. 물에 만 밥에 말린 굴비를 고추장에 찍어 먹으면 잃었던 입맛까지 되찾는 판인데."

"그러고도 남는 것을 고추장에 박으면 굴비 장아찌가 훌륭하고."

"훌륭하다마다."

"한데 고 굴비가 이제는 다 어디로 갔단 말입니까. 전에는 없는 사람들의 밥상에도 예사로 오른, 우리와 생활을 함께했던 것들이."

"말도 마세요. 홍어, 준치, 명태, 청어, 도루묵, 정어리, 꽁치, 하다못해 꼴뚜기까지 예전 같지 않으니……. 정어리는 일정 때 비료로 만들어 쓸 만치 지천이었잖아요. 그렇게 사라진 것들이 이제는 사람 몸값을 넘볼 셈으로 귀물 행세를 하네."

"햐. 사람 몸값을 넘본다? 형수님은 음식솜씨뿐만 아니라 말솜씨도 굉장하십니다. 일찍부터 알아모셨지만 오늘 밤 새삼스럽게 느낍니다."

"또 또 비아냥거리신다……. 이왕지사 결론적으로 말하면, 시간문제라고 했던 사람 팔짜를 그것들도 닮는 모양야. 아니 깔보나 봐요. 흔하면 천하고 귀해지면 존대받는 인간사회 이치를 갸들이 거꾸로 일깨워준달까. 텃밭의 채소마냥 시글시글했던 조기는 특히나."

어머니는 시침 뚝 떼고 격언 같은 소리를 재차 덧붙인다. 전에 없이 언죽번죽한 어머니의 기세에 나 또한 질린다. 하기야 공자님도 자기 입에서 나온 말이 마음에 들면 같은 말을 반복하는 버릇이 있었다고 한다. 이노우에 야스시의 소설 『공자』에 그런 부분이 있다.

전란에 휘말린 춘추시대의 석양녘(이번에도)에 접어든 어느 봄 날, 열흘 동안 아무것도 먹지 못하고 중원을 방황하던 공자 일행이 텅 빈 마을의 오동나무 아래 쓰러졌다. 움직일 기력조차 없이 귀신 형용 몰골로 모두 축축 늘어져 정신이 아득했다. 그런 중에 자로(子路)가 돌연 몸을 일으킨다. 안회(顔回), 자공(子貢)과 함께 공자의 세 고제자 가운데 하나인 그는, 하늘 같은 스승마저 굶주려야 하는 상황이 슬프고 화가 나 견딜 수 없었던 것이다. 마침 칠현금인가를 타고 있던 공자에게 비칠비칠 걸어가 느닷없이 묻는다.

―군자도 궁할 때가 있습니까.

공자가 고개를 들어 대답한다.

―군자는 애초에 궁하다.

뒤미처 부언했다.

―소인은 궁한 즉 어지러워지느니라.

순간 자로는 아, 신음하듯 소리치며 깊이깊이 허리를 접는다. 깨달음의 기쁨에 넘쳐 너울너울 이상한 춤을 추었다. 자공과 안회 역시 기아나 아사가 다 무엇이냐는 감동이 가슴에 차올랐다고 한다. 소설은 소설이므로 믿고 안 믿고는 읽는 이의 자유다. 공자께서 자신이 입에 올린 근사한 말에 스스로 취해 같은 말을 두 번 세 번 되풀이했다는 언급이 이 장면에는 빠졌거늘, 다른 '공자 왈'에는 꽤 자주 출몰한다.

나는 그 부분부분에 매번 혹했다. 구름 위에 뜬 성인군자 대신 땅에 발을 딛고 선 인간의 훈김을 물씬 맡았기 때문이다. 주눅부터 들지 말고 내 말을 오래 씹어 새기라는 뜻에서 부러 그랬을지도 모른다는 유추야 감불생심이다. 가당찮은 노릇인데, 궁하면 어지러워지는(濫) 소인은 상대가 높고 거룩할수록 자신과 닮은 허점이나 틈을 노리든가 발견하기를 좋아한다. 작정하고 덤비는 게 아니다. 그들이 도달한 완벽한 경지를 의심할 여지없이 우러르는 까닭에, 어쩌다 우연히 눈에 띈 세속적 몸짓이 그토록 반갑다. 친근하게 다가갈 계기를 잡은 것 같은 즐거움에 떤다.

작은아버지의 칭찬에 편승한 어머니의 중언부언에 공자를 끌어들인 발상 또한 비슷하다. 아무려나 공자님의 도저한 뜻을 노모의 일시적으로 우쭐한 말발과 같은 반열에 놓다니 무엄하기는 하다. 하지만 천하의 공자님이 누구신가. 전혀 개의치 않고 빙긋 웃어넘길 공산이 크다.

순서가 뒤바뀐 감이 있지만, 맨 처음 화제로 아욱이 나왔을 적에도 나는 정약용의 글 「아욱에 대하여」를 생각했었다. 유배지에서 아들에게 보낸 편지의 하나다. '한자가 생긴 이래 가장 많은 저술을 남긴 대학자'(정인보의 말) 다산의 관심이 아욱에까지 미친 사실이 흥쾌했다. 중국의 옛 농서(農書)를 인용하며 적었다.

―한낮에 부추를 자르면 칼날 닿은 곳이 마르고, 이슬이 있을 때 아욱을 뜯으면 자른 곳에 습기가 배어드니, 무릇 아욱을 뜯는 데는 반드시 이슬이 마른 뒤를 기다려야 한다.―

다른 편지에서는 또 준치 가시에 빗대어 험난한 귀양살이를 슬쩍 짚는다.

―날짜를 헤아려봤더니 지난번 편지를 받은 지 팔십이 일 만에 너희들 편지를 받았더군. 그 사이 내 턱밑에 준치 가시 같은 하얀 수염 일고여덟 개가 길었더군. 네 어머니가 병이 난 것은 그렇다손 치더라도 큰며느리까지 학질을 앓았다니……―

흑산도 유배중에 『자산어보』를 써 남긴 중형 정약전의 크나큰 업적과 더불어, 백성과 함께 가는 실천학문의 저런 궁행(躬行)이 나에게는 그분 형제의 이름으로 다시 새롭다.

'턱밑에 준치 가시 같은 하얀 수염'이라니! 먹어보지 않은 사람은 가시 때문에 더욱 '썩어도 준치'를 못 잊는 연유를 알기 어려울 것이다. 돌아가신 아버지도 비싼 몸값을 유세하듯 가시가 무척 많은 준치를 어지간히 바쳤다. 고양이도 가시에 학질을 떼어 선하품을 한다는 그 준치를.

"사라지는 것이 있으면 돌아오는 것도 있어요. 보십쇼. 그들이 떠난 자리를 메우듯 새로 나타난 외국 음식이 좀 많습니까. 아이들은 물론 어른들 입맛까지 그쪽으로 왕창 쏠리는 바람에 음식수발 고생해서 해방된 여자들이 만세를 부릅니다. 외래식품 제일호인 짜장면은 완전히 우리 것이 됐고요."

"그래도 너 언제 짜장면 먹여줄 거야 소리는 없습디다. 너 언제 국수 먹여줄래 소리는 아직 있어도."

"허 참. 딴전도 잘 피우신다. 보잘것없는 짜장

면의 긴 생명력이 무엇 때문인지 아십니까."

"변한 입맛 탓이라면서요."

"그보담도 값에 있습니다. 어떤 분의 계산에 따르면 백 년에 가까운 역사를 두고 짜장면이 설렁탕 값을 웃돈 적이 한 번도 없대요. 맞는 말 같애. 돼지고기를 조금 더 넣고 물기를 줄인 간짜장이나, 장에 생선을 넣는 삼선(三鮮)짜장 등으로 돈을 올려 받기는 합니다. 그러나 보통 짜장면은 시종일관 설렁탕보다 싸요. 손으로 탕탕 쳐 만든 옛날 짜장면도 마찬가집니다."

"청요리는 어찌 남자들만 할꼬."

"?"

작은아버지의 의아한 표정이 우습다. 가만히 귀를 기울이고 있는 줄로만 알았던 어머니의 독백 같은 질문에 허를 찔린 눈치다.

"그렇잖아요. 여자가 하는 걸 못 봤네."

"중국만인가요. 서양도 일본도 주방장은 모두 남자 아닙니까. 한국도 유명 업소는 전부 남자지요. 주로 외국 요리 전문이지만."

"한국의 전통음식은 왜 주로 안 한 대요. 다들 자기네 고유 음식을 만드는데."

"아직은 우리 음식의 세계화가 덜 된 탓이겠지요."

"중국서는 부엌살림도 남자가 한다지요? 설거지다 뭐다…… 듣기로는 그러한데 한국서는 부엌이 남녀유별의 삼팔선이나 다름없어요."

"그렇게 말씀하시는 형수님께서도 나나 이 사람이 부엌에 얼씬거리지 못하게 막았잖습니까."

고개로 나를 가리키며 힐난하듯 말하는 작은아버지에게 이번에는 어머니가 몰린다.

"그때는 그때고 이때는 이때지요. 그때는 어림없던 것이 이제는 좋아 보이는 심사를 어쩝니까. 시대 따라 다른 풍습이며 식성이 사람의 마음까지 바꿔놓는 걸. 우리 숙진이가 껌으로 벼룩 잡은 일 아마 모르실 꺼야."

"벼룩 등에 육간대청을 짓는다는 말은 들었어

도 껌으로 벼룩 잡는다는 말은 금시초문입니다."

"잡을래서 잡았나. 어쩌다 그렇게 됐지. 미군부대에서 흘러나온 껌을 씹다 씹다 벽에 붙여두고 잠이 든 모양입디다. 한데 아침에 일어나 보니 껌에 벼룩 한 마리가 죽어 있네. 두 마리였나."

"굳기 전에 뛰어들었겠죠? 껌 맛도 모르는 놈이 재수 없이."

"그토록 탐내던 것을 지금 아이들은 거들떠보기나 합니까. 바나나에 도롭뿌스는 안 그런가요. 사라질 만해서 사라지고 나타날 만해서 나타나는 걸 누가 말릴까마는, 그 곡절이 하도 요상하고 잦아 정신이 없어요. 조상들 역시 해마다 다른 제사상 앞에서 하품이 나올 껄."

"걱정 마십쇼. 조상들이라고 눈이 없고 귀가 없겠습니까. 천리안으로 투시하고, 날이면 날마다 들어오는 신참들의 입을 통해 얻어듣는 견문이 어련할라구요."

"몰라…… 내가 들어가면 알게 되겠지만 생소한 음식에 항상 조심스러운 것이 혀니까요."

"그게 곧 혀의 보수성인데, 결국 얘기가 원점으로 돌아온 셈이네요. 간사할 때 간사하더라도 필시 제자리를 찾지 않고는 못 배기는 혀의 기억력이 어디 가겠습니까. 돌고 도는 음식문화의 특성이 아닌가 싶어요. 주린 배 채우기에 급급하다가 형편이 펴지면서 다양한 먹거리에 흠뻑 빠지고, 그것에도 호기심이 가시자 다시 원초적 식성을 그리워하되 반드시 사람을 입회시켜 회상에 기름을 발라요. 조강지처도 좋고 친구도 좋고 헤어진 첫사랑도 좋다구요. 가난이나 곤경을 함께 치른 사람을 끼워넣지 않으면 이야기가 안 돼요."

"그래도 조강지처부터 챙기고 앞세우는 심사, 내가 다 고맙네요. 생각나세요?"

"얼라. 벌써 열 시가 넘었네. 형수님 말씀에 홀려 시간 가는 줄 몰랐군요."

작은아버지는 딴청을 부린다. 어머님 말마따나 일찍 사별한 조강지처 생각이 난 때문일까. 내가 유난히 많았던 집안의 사자들을 꼽을 틈도 없이 작은아버지는 부랴부랴 일어섰다. 현관문을 잡고서야 오랜만에 즐거운 시간을 보냈다는 인사를 한다.

초저녁잠을 설쳤을 어머니는 곧바로 당신의 방으로 들어가셨다. 나는 한동안 응접실을 지켰다. 텔레비전을 보는 둥 마는 둥 멀뚱히 앉았다가 자정 무렵에야 먼저 잠이 든 아내 곁에 누웠다.

부스럭거리는 소리가 먼저였는지 밤오줌이 잦은 내 눈이 먼저 뜨였는지 분명치 않다. 대중하기 어려웠는데, 잠에서 일단 깨는 찰나, 방문 밖 식탁 근처에서 나는 인기척이 더 좀 확실해졌다. 곤히 잠든 아내까지 깨울 일도 아니어서 나는 조용히 일어나 방문을 슬그머니 열었다. 짐작대로였다. 어머니가 식탁 의자에 걸터앉아 입을 오물거리고 계셨다.

"어머니 뭐 하세요."

댓바람에 묻고 벽시계를 얼른 쳐다본다. 새벽 두 시를 지난 시각이다.

"보면 모르냐. 석류 먹는다."

고개를 돌려 정면으로 나를 바라보는 어머니의 얼굴이 섬뜩하다. 형광등 빛에 반사된 창백하고 쪼글쪼글 바스러진 모습에 스친 데스마스크의 전율 못지않게, 떼낸 석류 조각의 시뻘건 더미와 씹어 뱉은 알맹이 찌꺼기가 깊은 밤의 적요를 마구 흩뜨려 가슴이 오싹했다.

"세상 참 좋아졌더구나. 이 겨울에 석류가 어디냐. 크기는 또 얼마나 크다고. 칠렌가 찔렌가 하는 나라에서 수입한 거라는데 맛도 괜찮다. 너도 와서 먹어."

"그렇다고 한밤중에 자실 건 없잖아요."

"아무 때 먹으면 어때. 잠도 안 오고……. 나라도 대신 먹고 가야 숙진이 고것한테 할 말이 있지."

기어이 저승의 소리 같은 말씀을 뇌신다. 그게 그토록 절절했던가. 석류 한 알의 회한이.

나는 냉장고에서 꺼낸 생수를 컵에 가득 부어 벌컥벌컥 들이켰다. 창밖은 온통 시커멓다. 냉장고에 등을 기대자 전해오는 싸늘한 느낌 사이로 미세한 진동이 바르르 등줄기를 타고 내린다. 낮에는 잘 들리지 않던 뱃고동 소리가 난다. 저도 살아 있는 식구인 양 붕, 적막을 뚫고 아는 체를 한다.

[2001]

종탑 아래에서

윤흥길 (1942 ~)

전북 정읍 출생. 원광대 국문과 졸업. 1968년 『한국일보』 신춘문예로 등단. 『묵시의 바다』 『에미』 『완장』 등의 장편소설과 『아홉 켤레의 구두로 남은 사내』 『황혼의 집』 『꿈꾸는 자의 나성』 등의 소설집이 있다.

"제발 부탁이야. 딱 한 번만 내 손으로 직접 종을 쳐보고 싶어."

"종은 쳐서 뭣 헐라고?"

"그냥 그래! 내 손으로 울리는 종소리를 듣고 싶을 뿐이야."

말은 그렇게 했지만 나는 명은이의 진짜 속셈이 무엇인가를 금세 알아차릴 수 있었다. 동화 속의 늙고 병든 백마를 흉내내고 싶은 것이었다. 버림받은 백마처럼 자신의 억울한 사정을 성주에게 호소하고 싶은 것이었다. 다름 아닌 눈을 뜨고 싶다는 소원을 하나님께 전할 속셈임이 틀림없었다. 받는 것같이

1

"대미를 장식헐 만헌 순애보라고 내 입으로 말 허기는 약간 거시기헌 구석이 있지마는……"

인테리어 전문점을 운영하는 최건호였다. 묵비 권이라도 행사하듯 내내 잠자코 앉아 남의 이야 기를 듣고만 있던 그가 뜻밖에도 자진해서 마지 막 이야기 순번을 떠맡고 나서자 그에게도 입이 달려 있었음을 뒤늦게 깨닫고 좌중은 깜짝 반가 워했다.

"반세기가 지나가드락 영 잊혀지지 않는 소녀 가 있다면 혹시 순애보 계열에 턱걸이로라도 낄 수 있지 않을까 싶어서……"

묵적보살처럼 입이 천근이기로 소문난 최건호 가 절대로 허튼소리를 할 리 없다고, 최건호가 순 애보라 주장하면 그건 백발백중 순애보임이 틀림 없다고 모두들 이구동성으로 떠들어댔다. 순애보 여부를 판별하는 첫 번째 기준은 아무래도 발화자 의 과묵성인 듯했다.

"열 살짜리 머시매, 지지배가 사랑을 알면은 뭣 을 얼매나 알 것이냐. 아름다운 러브 스토리허고 는 애시당초 거리가 먼 얘기라서 혹시라도 낭중에 실망허지 않을까 겁난다."

고백성사라도 하려는 사람처럼 최건호의 표정 은 그지없이 진지해보였다. 그 진지한 태도로 미 루어, 본론을 들어보나마나 벌써 순애보가 틀림없 는 줄 알겠다고 한바탕 또 떠들어댔다. 순애보 여 부를 판별하는 두 번째 기준은 아무래도 발화자의 진지성인 듯했다. 모처럼 어렵게 입을 연 최건호 가 일껏 꺼낸 이야기를 도로 주워담는 불상사가 일 어나지 않게끔 좌중은 온갖 발림으로 충동질했다.

"낭중에라도 순애보가 기네, 아니네, 허고 우리 건호한티 시비 거는 놈이 나타났다 허면 당장 내 가 가만 안 놔둔다!"

동창생들의 전폭적인 성원에 힘입어 최건호가 마침내 이야기를 풀어내기 시작했다.

"만세주장 근방에서 살 적에 있었던 일인디……"

2

만세주장 뒷골목에 살고 있었다. 유명한 술도가 를 옆구리에 끼고 산다 해서 특별히 득볼 것도, 해 될 것도 없었다. 날만 궂을라치면 주장 건물 전체 가 모주망태로 흠씬 취해서 문뱃내를 펑펑 풍기듯 찌든 막걸리 냄새를 사방에 퍼뜨리는 바람에 비위 가 많이 상하긴 했지만, 그렇다고 그 집에 따로 유 감이 있는 건 아니었다. 다만, 문제가 있다면 그것 은 지에밥이었다. 볕이 좋은 날 만세주장에서는 도롯가에 멍석을 여러 개 나란히 펴놓고 술밑으 로 쓸 엄청난 양의 지에밥을 말리곤 했다. 입에 넣 고 씹기 딱 알맞을 만큼 꼬들꼬들 마른 상태에서 단내를 확확 풍기는 그 고두밥이 배곯는 아이들을 환장하게끔 만드는 것이었다. 멍석 근처에 가까이 다가갈 적마다 뱃속에서 회가 동하는 바람에 참말 이지 미칠 지경이었다.

목구멍 안쪽에서 마구 고무래질하는 것 같은 유 혹을 견디다 못한 아이들이 학교를 오가는 길에 한줌씩 지에밥을 슬쩍하다가 주장 일꾼인 짝눈이 아저씨한테 들켜 경을 치기 일쑤였다. 나 역시 짝 눈이 아저씨한테 붙잡혀 두 차례나 혼띔을 당했 다. 서로 빤히 얼굴을 아는 이웃지간이라서 나는 다른 아이들보다 훨씬 더 불리한 처지였다. 지에 밥을 멍석 위에 고루 펼 때 사용하는 고무래 자루 를 휘두르며 세상 이쪽 끝에서 저쪽 끝까지라도 그악스레 뒤쫓아올 성싶은 그 성미 고약한 일꾼의 눈을 피하기 위해서는 다른 아이들보다 더 영악스 러워질 필요가 있었다. 짝눈이 아저씨가 짝눈을 한껏 지릅뜨고 주로 감시하는 쪽은 학교가 파해서 집으로 돌아가는 아이들이었다. 주장을 사이에 두 고 학교와는 반대방향에서 하굣길의 아이들 행렬 을 거슬러 움직이며 기회를 엿보는 것이 고무래의 위협에서 벗어날 수 있는 가장 효과적인 방법이었 다. 그러려면 학교에서 집으로 향할 때 부러 가까 운 길을 두고 시내 쪽으로 먼 길을 에돌아가는 수 고를 감수해야만 했다.

내가 그 계집애를 맨 처음 본 것은 봄볕이 다냥하게 내리쬐는 한낮이었다. 아침에 등교하면서 길가에 멍석을 펴는 짝눈이 아저씨를 봤기 때문에 나는 그날도 하굣길에 일부러 네거리 하나를 더 지나 먼 길을 에돌아 집으로 향하고 있었다.

경찰서 앞을 지난 다음 시청 앞에서 잠시 발걸음을 멈추었다. 시청 담벼락을 따라 길게 잇대어 세워놓은 게시판이 큼지막한 벽보들로 더덕더덕 도배되어 있었다. 벽보에는 최근의 전황들이 주먹덩이만한 붓글씨로 짤막짤막하게 적혀 있어 지나가던 행인들을 게시판 앞에 한참씩 붙들어 세우곤 했다. '국군 1사단 평양 입성' '국군과 유엔군 청천강 도하, 압록강 향해 진격중' '중공군 참전 사실 밝혀져' 따위 새로운 소식들을 내가 차례로 접하게 된 것도 그 게시판을 통해서였다. 만세주장 고두밥을 훔쳐먹기로 작정한 날은 덤으로 최근의 전황에 접하는 날이기도 했다.

최전방에서는 중공군의 춘계 대공세가 한창이었다. 국군 또는 유엔군 몇 사단이 무슨 고지 전투에서 북괴군 몇 개 연대를 섬멸했고, 무슨 고지 전투에서 중공군 몇 개 사단을 궤멸시켰다는 등등의 내용을 담은 벽보들이 게시판에 어지럽게 나붙어 있었다. 1·4 후퇴를 거쳐 전쟁은 처음 시작되었던 그 자리로 얼추 되돌아와 삼팔선을 사이에 두고 오랫동안 교착상태에 빠져 있었다. 빼앗아 새로 차지한 땅은 거의 없는 셈인데 국군과 유엔군은 날마다 승승장구하는 반면 북괴군과 중공군은 날마다 무더기로 죽어 나자빠진다는 내용만 벽보에 적히는 그 속내를 나는 당최 이해할 수 없었다.

낡은 양복 차림에 중절모를 눌러쓴, 꽤 유식해 뵈는 아저씨가 곁에서 소리 내어 벽보를 읽고 있는 중이었다. 나는 그 아저씨에게, 섬멸이 무슨 뜻이냐고 물어보았다. 몽땅 씨를 말린다는 뜻이라고 아저씨가 시원스레 대답했다. 그럼 궤멸은 또 무슨 뜻이냐고 다시 물었다. 아저씨는 잠시 뜸을 들이더니만, 겨우 씨만 남기고 나머지는 모조리 다

때려잡는 거라고 일러주었다. 언젠가 벽보에 자주 등장하는 그 말들의 뜻을 아버지한테 물어본 적이 있었다. 아버지는 다짜고짜 화부터 버럭 내면서, 쥐방울만한 녀석이 그런 건 알아서 얻다 쓰려고 묻느냐고, 욕설이나 다름없는 상스러운 말이니까 군이 알 필요도 없다고 사정없이 윽박지르는 것이었다. 아버지는 매번 그런 식이었다.

시청 앞을 떠나 시공관 네거리에서 오른쪽으로 꺾어 돌면 곧바로 익산군청이었다. 나는 군청 입구에서 길바닥에 떨어진 나뭇개비를 찾느라 사방을 두리번거렸다. 그 다음 차례가 익산군수 관사이기 때문이었다. 관사 정원과 도로 사이에 담장 대신 내부가 훤히 들여다보이는 철책이 쳐져 있었다. 철책에 나뭇개비를 대고 이쪽 끝에서 저쪽 끝까지 힘껏 달리면 따발총같이 타타타타 소리가 요란하게 울리곤 했다.

관사 철책에 나뭇개비를 막 갖다 대려다 말고 나는 갑자기 손놀림을 멈칫했다. 며칠 전까지만 해도 나무 몇 그루와 잔디밭만 휑하니 드러내 보이던 정원에서 인기척이 났다. 나하고 동갑 또래로 보이는 계집애였다. 화사한 꽃무늬 원피스 차림에 정갈하게 단발머리를 한 계집애가 한 손에 하얀 고무공을 쥔 채 양팔을 앞으로 나란히 뻗은 괴상야릇한 자세로 도로 쪽을 향해 소리없이 다가오는 중이었다. 계집애가 황금빛 잔디밭 위로 하얀 공을 도르르 굴리면서 말했다.

"나비야! 나비야!"

공은 잔디밭과 철책이 만나는 지점에서 정확히 구르기를 멈추었다. 내가 철책 틈새로 손을 집어넣으면 충분히 공에 닿을 만한 자리였다. 뜬금없이 웬 나비타령인가 의아해서 나는 계집애의 행동거지를 주의 깊게 살폈다. 그때였다. 얼룩고양이 한 마리가 정원수 가지에서 잔디밭 위로 햇솜뭉치처럼 사뿐히 내려앉더니만 공을 향해 달려왔다. 고양이는 철책 너머에 버티고 서 있는 웬 낯선 사람을 뒤늦게 발견하고는 갑자기 달음질을 멈추

었다. 녀석은 노란 눈동자에 잔뜩 경계의 빛을 담아 나를 노려보았다. 나는 뾰족한 근거도 없으면서 옷차림과 용모만으로 계집애를 대뜸 서울 아이라고 단정해버렸다. 그리고 서울내기들은 제아무리 똑똑한 척해봤자 모르는 게 너무 많아 탈이라고 속으로 비웃었다. 멀쩡한 고양이를 나비라 부르다니, 그렇다면 팔랑팔랑 공중을 날아다니는 진짜배기 나비는 대관절 무슨 이름으로 불러야 옳단 말인가?

"거기 누구……."

뭔가 수상쩍은 낌새를 챘는지 계집애가 내 쪽을 멀뚱멀뚱 건너다보며 위 아랫입술을 연방 달막거렸다. 계집애의 행동을 훔쳐보다 들킨 것이 창피해서 나는 슬금슬금 뒷걸음질을 치기 시작했다. 계집애의 눈길이 내 움직임을 제때제때 따라잡지 못했다.

"거기 누구?"

내가 처음 서 있던 그 자리에 아직도 눈길을 고정한 채 계집애는 날카로운 목소리로 다시 물었다. 나는 손에 든 나뭇개비를 아무렇게나 땅바닥에 팽개치면서 담박질을 놓기 시작했다. 당달봉사다! 집 쪽을 향해 정신없이 뛰면서 나는 속으로 부르짖었다. 계집애가 눈뜬장님이란 사실을 최초로 알아차리던 순간의 놀라움이 나로 하여금 만세주장 지에밥을 훔쳐먹으려던 애초의 계획을 깜빡 잊도록 만들었다. 그날 밤이 깊도록 서울 계집애의 그 희고도 곱상한 얼굴이, 그 화사한 옷맵시가, 어딘지 모르게 굼뜨고 어설퍼 보이던 그 행동거지 하나하나가 내 머릿속에서 줄곧 떠나지 않았다.

이튿날 나는 학교가 파하기 무섭게 곧장 익산군수 관사로 달려갔다. 관사 정원에서는 전날과 똑같은 상황이 되풀이되고 있었다. 계집애는 양팔을 앞으로 나란히 뻗은 부자연스런 자세로 거리를 재기 위함인 듯 몇 발짝 조심스레 걷다가는 공을 잔디밭 위로 도르르 굴렸다.

"나비야! 나비야!"

아마도 철책 너머 낯선 사람에 대한 경계심 때문인 듯 나비란 놈은 정원수 가지들 사이에 몸을 숨긴 채 꼼짝도 않고 냐옹냐옹 울어대기만 했다. 공은 전날과 마찬가지로 잔디밭과 철책이 만나는 지점에 거의 정확히 멎어 있었다. 나는 통탕거리는 가슴을 애써 누르면서 철책 틈새로 손을 넣어 공을 집어 들었다. 그리고 계집애를 향해 던져주었다. 공이 발치 가까이에 떨어지는 순간 계집애의 얼굴에는 놀라움인지 반가움인지 모를 괴상야릇한 표정이 떠올랐다.

"거기 누구?"

"사람이여."

"아, 어제 바로 그 애!"

계집애는 말 한마디로 상대방을 단박에 알아맞혔다. 뿐만이 아니었다.

"난 널 알아. 나이는 나랑 비슷해. 키는 나보다 조금 더 커. 그리고 얼굴이 아주 못생긴 애야."

마치 두 눈으로 똑똑히 본 것처럼 자신있게 말하는 것이었다. 심지어 얼굴 못생긴 것까지 정확히 알아맞히는 바람에 나는 가슴 복판이 뜨끔 쑤셨다. 계집애가 내 앞으로 천천히 다가오기 시작했다. 양팔을 앞으로 나란히 뻗지 않은 정상적인 자세로 걷느라고 철책까지 다다르는 데 반나절은 족히 걸리는 듯했다.

"못생겼다고 해서 미안해. 그냥 괜히 해본 소리야."

못생긴 게 사실이라고 나는 하마터면 실토정할 뻔했다. 생기다 만 얼굴 같다고 모두들 나를 놀려대곤 했으니까.

"느그 아부지가 군수냐?"

얼굴 문제에서 빨리 벗어나고 싶어 나는 엉뚱한 데로 말머리를 돌렸다.

"군수가 뭔데?"

"니가 익산군수 딸이냔 말여."

"익산군수가 뭔데?"

군수 관사에 살면서 군수가 뭔지도 모르다니. 역

시 서울내기들은 아는 것보다 모르는 것이 훨씬 더 많은 무지렁이들이라고 생각했다. 서울내기들한 테는 잠자리면 무조건 다 그냥 잠자리에 지나지 않을 뿐이었다. 실잠자리, 기생잠자리, 비단잠자리, 고추잠자리, 된장잠자리, 쌀잠자리, 보리잠자리, 밀잠자리, 말잠자리, 호랑잠자리 등등 가지각색의 수많은 잠자리가 세상에 있는 줄 꿈에도 모르는 버 꾸들이었다.

"난 그런 거 잘 몰라. 외갓집 식구들이 가자는 대로 그냥 여기까지 따라왔을 뿐이야."

계집애가 심드렁한 어조로 중얼거렸다.

"으쩌다가 그러코롬 당달봉사는 되야뿌렀다 냐?"

나는 마침내 용기를 내어 간밤부터 줄곧 품어 나온 의문을 입밖으로 불쑥 털어냈다.

"당달봉사가 뭔데?"

역시 서울내기라서 별수가 없었다. 나는 당달봉 사가 어떤 건지 설명해주려고 철책에 바싹 달라붙 었다. 그 순간 뭔가 이상한 낌새가 퍼뜩 느껴졌다. 나는 반사적으로 고개를 홱 돌려 관사 쪽을 살펴 보았다. 머리가 희끗희끗한 노파가 유리창 안쪽에 서 무시무시한 눈초리로 나를 쏘아보는 중이었다. 어마뜨거라 하고 나는 전날처럼 또 담박질을 놓기 시작했다. 얘, 얘, 하고 다급히 부르는 소리가 등 뒤에서 들려왔지만 나는 뒤도 안 돌아다보고 진둥 한둥 줄행랑을 놓았다.

이튿날은 군수 관사 근처에 얼씬도 하지 않았 다. 그 이튿날도 마찬가지였다. 관사 쪽을 외면한 채 지낸 그 이틀 동안에는 만세주장 앞길 멍석 위 에 널린 지에밥을 봐도 뱃속의 회가 전혀 동하지 않았다. 서울 계집애의 그 새하얀 낯꽃이 끊임없 이 눈에 밟히는 바람에 그러잖아도 재미를 못 붙 여 애를 먹던 학교 공부가 한결 더 부실해졌다.

이틀 동안이 내 인내심의 한계였다. 좀이 쑤셔 서 더 버티지 못하고 나는 사흘 만에 또다시 군 수 관사를 찾아갔다. 정원에는 아무도 안 보였다.

나비란 놈도 안 보였다. 하얀 고무공 하나만이 잔 디밭 한가운데 동그마니 놓여 있을 따름이었다. 한참 더 기다려보다가 관사 안에 아무런 기척도 없음을 거듭 확인하고 나서 무척이나 아쉬운 마 음으로 발길을 돌렸다. 바로 그 순간, 누군가 내 퇴로를 우뚝 가로막고 있다는 사실을 비로소 알 아차렸다. 머리가 희끗희끗한 노파였다. 내가 또 달아나려 하자 노파가 갑자기 내 팔을 덥석 붙들 었다.

"널 혼내주려는 게 아니다. 아가, 겁낼 것 없다."

할머니는 몬존한 말씨로 나를 안심시키려 했다.

"우리 명은이, 지금 병원에 있다. 그저께 밤부 터 갑자기 신열이 끓고 헛소리가 우심해서 병원에 입원시켰다."

노파한테 단단히 붙들려 있던 내 팔이 갑자기 자유로워졌다.

"나는 명은이 외할미다. 우리 명은이 말동무가 돼줘서 고맙구나. 명은이는 아마 내일쯤 퇴원할 게다."

일단 되찾은 팔을 또다시 뺏길까봐 나는 뒷짐을 진 채 명은이 외할머니의 말에 무턱대고 고개를 주억거렸다.

"너는 어디 사는 누구냐? 집이 어디냐?"

나는 대충 만세주장께를 어림하고는 턱짓으로 그쪽을 가리켰다. 그러자 명은이 외할머니가 대뜸 앞장을 섰다.

"나랑 같이 가보자."

집까지 가는 동안 명은이 외할머니는 별의별 시 시콜콜한 것들을 다 물었다. 이름은? 나이는? 부 모님은? 형제자매는? 전쟁 때문에 혹시 불행을 당 한 가족이나 일가친척은?

"건호야, 학교 끝나면 우리 관사에 자주 놀러 와 도 괜찮다. 그 대신 너한테 신신당부할 게 있다. 우리 명은이 듣는 데서는 절대로 입밖에 꺼내지 말아야 될 말들이 있단다."

첫째, 부모 이야기. 둘째, 사람이 죽고 사람을

죽이는 이야기. 셋째, 장님 이야기.

"더군다나 당달봉사 같은 말은 아주 좋지 않은 말이니까 우리 명은이 앞에서 다시는 꺼내지 않도록 단단히 입조심해야 된다. 알겠냐?"

나는 홧홧 달아오른 낯꽃을 들키지 않으려고 부러 두어 발짝 뒤로 처져서 걸었다. 명은이 외할머니는 만세주장 뒷골목까지 나랑 동행해서 기어이 우리 집을 확인한 다음에야 발길을 돌렸다.

"건호야!"

대문간에 막 발을 들여놓으려는 나를 명은이 외할머니가 등뒤에서 큰소리로 다시 불러세웠다.

"우리 명은이, 참 불쌍한 아이다. 제 엄마 아빠가 한꺼번에 죽창에 찔려서 죽는 처참한 꼴을 두 눈 번히 뜨고 지켜본 아이다. 그날부터 제 눈엔 아무것도 안 보인다면서, 저는 아무것도 못 봤다면서 하루아침에 장님이 되는, 아주 몹쓸 병에 걸려 버렸단다. 의사도 못 고치고 약으로도 못 낫는, 아주 고약한 병이란다."

눈물 구덩이에 풍당 빠져 허우적대는 눈동자로 명은이 외할머니는 내 얼굴을 간신히 건너다보았다. 때깔이 고운 한복 차림에 기품이 넘쳐 나던 명은이 외할머니의 모습이 한순간에 와르르 허물어져 내리는 순간이었다. 마땅히 그래야만 될 성싶어 나는 덮어놓고 고개를 끄덕이는 동작만 되풀이했다. 명은이 외할머니가 내 손을 덥석 움켜쥐었다.

"우리 명은이한테 말동무라고는 세상천지 달랑 고양이 새끼 한 마리밖에 없었단다. 앞을 못 보게 된 뒤로 우리 명은이가 고양이말고 사람을 말동무로 삼은 건 건호, 니가 맨 처음이란다."

명은이의 퇴원이 예정된 날은 때마침 주일이었다. 우리 식구들은 서울에서 피란 내려온 막내 이모의 전도 덕분에 수복 직후부터 신광교회에 다니기 시작했다. 교회 사찰인 딸고만이 아버지가 힘차게 울려 대는 종소리에 이끌려 나는 주일 아침에 신광교회로 향했다.

주일학교 반사의 지시에 따라 나는 예배 도중 죄를 고백하는 기도를 드렸다. 이북 피란민 출신으로 중앙시장에서 철물점을 경영하는 홀아비 반사는 매주 공과공부가 끝날 때마다 한 주일 동안 저지른 죄를 모조리 고백할 것을 어린 제자들에게 강요하곤 했다. 전에는 만세주장 지에밥을 훔쳐먹은 죄와 어쩌다 길에서 주운 돈을 주전부리에 사용한 죄 따위가 내 고백 기도의 주된 내용이었는데, 명은이를 만난 후 당달봉사라는 나쁜 말을 사용한 죄 하나가 내 기도 속에 덧붙여졌다.

나는 주일학교를 마치기 무섭게 신광교회에서 곧장 시청을 향해 달려갔다. 명은이에게 건넬 선물을 장만하기 위해서였다. 전황에 대한 새로운 소식은 앞 못 보는 명은이에게 의미있는 선물이 될 뿐만 아니라 내가 결코 시골뜨기라고 만만히 볼 상대가 아님을 서울내기 계집애한테 일깨워주는 확실한 증거물이 될 것이었다.

아무도 없는 정원 내부를 기웃거리며 철책 앞에서 서성거리는 참인데 관사 현관문이 빠끔히 열렸다. 명은이 외할머니가 손짓으로 나를 불렀다. 나는 난생 처음 익산군수 관사 안으로 주뼛주뼛 발을 들여놓았다. 잔뜩 겁을 집어먹은 채 낯선 구조의 양옥집 거실을 통과하는 나를 액자 속의 이승만 대통령이 근엄한 표정으로 내려다보고 있었다. 나는 명은이가 들어 있는 작은 방으로 안내되었다. 명은이 머리맡을 지키고 있던 나비란 놈이 나를 보더니만 냐옹 소리와 함께 냉큼 책상 위로 튀어오르면서 경계의 눈초리를 보냈다. 명은이는 얇고 보드라운 차렵이불로 턱밑까지 가린 채 반듯한 자세로 드러누워 있었다. 며칠 사이에 눈에 띄게 야윈 모습이었다. 그래서 전보다 더욱 새하얗고 전보다 더욱 예뻐 보였다. 멋쩍고 쑥스러운 나머지 나는 괜스레 히죽히죽 웃기부터 했다. 명은이는 보이지 않는 눈을 내 얼굴에 맞추려고 내 웃음소리를 좇아 머리를 움직거렸다.

"재미있는 얘기 나누면서 천천히 놀다 가거라."

명은이 외할머니가 잣알이 동동 뜬 수정과 그릇과 과자가 수북이 담긴 쟁반을 방바닥에 내려놓았다. 명은이 외할머니가 방에서 나가기를 기다려 나는 준비해온 선물 보따리를 다짜고짜 풀어놓기 시작했다. 트루먼 대통령이 맥아더 원수를 유엔군 총사령관 직에서 해임한 소식부터 먼저 전했다. 연이어 의정부 전투에서 국군 1사단과 미군 3사단이 연합작전으로 북괴군 1군단을 포위해서 1개 연대를 섬멸한 소식을 숨차게 전했다.

"명은이 너, 섬멸이 무신 말인지 알어? 몰르지? 몽땅 씨를 말린다는 뜻이여."

초점을 잃은 채 내 얼굴 근처를 헤매던 명은이의 눈이 갑자기 회동그라졌다. 명은이의 그같은 반응을 이를테면 저보다 훨씬 아는 게 많은 상대에 대한 우러름의 표시로 받아들이면서 나는 더욱더 신떨음에 고부라졌다. 내친김에 나는 미군 9군단이 '철의 삼각지' 전투에서 중공군 대부대를 궤멸시킨 이야기를 들려주었다.

"명은이 너, 궤멸이 무신 뜻인지 알어? 몰르지? 씨만 빼놓고 몽땅 다 때려잡는다는 뜻이여."

"과자 안 먹니?"

"뭣이라고?"

"과자나 먹으라고!"

명은이는 핼쑥하게 핏기가 가신 입술을 바르르 떨면서 눈꺼풀을 아래로 착 내리깔았다. 명은이가 눈을 꼭 감자 그때껏 숨어 있던 속눈썹이 기다랗게 드러났다. 명은이의 권유를 받아들여 나는 아무 눈치코치도 없이 쟁반 위의 과자들을 마구 입안으로 걸터들이기 시작했다. 명은이는 끝내 과자에 손도 대지 않았다.

명은이는 단 하루 사이에 놀라우리만큼 기력을 되찾아 이튿날 또다시 정원에서 나비와 함께 공놀이를 시작했다. 나를 피해 정원수 위로 숨어버린 나비를 대신해서 얼른 공을 집어 명은이에게 돌려준 다음 나는 득의에 찬 목소리로 그날치의 선물을 전했다.

"영국군 29여단 글로스터 대대가 육십여시간 사투 끝에 중공군을 무찌르고 적성고지를 사수했디야."

시청 앞 게시판에서 공들여 외워 온 벽보 내용을 뜻도 모르는 채 앵무새처럼 고스란히 옮기면서 나는 명은이의 반응을 살폈다. 아니나다를까, 명은이의 손아귀에서 스르르 힘이 풀리면서 공이 잔디밭으로 굴러떨어졌다. 명은이의 그런 반응을 나는 일종의 감동의 표시로 받아들였다. 서울내기 계집애를 감동시킨 내 솜씨에 자부심을 느끼면서 나는 곧장 다음 소식으로 넘어갔다.

"중부 전선 임진강 전투에서 우리 국군이 중공군 63군 3개 사단을 격퇴허고 대승을 거두었디야."

"듣기 싫단 말야! 제발 그만두란 말야!"

명은이가 쇠꼬챙이 같은 소리를 내지르며 갑자기 잔디밭에 퍼더버리고 앉았다. 전혀 예상치 못한 돌발사태에 별안간 어안이 벙벙해져서 나는 어찌할 바를 몰랐다.

"꼴도 보기 싫어! 가 버려! 가란 말야!"

제 손으로 제 머리칼을 마구 쥐어뜯으며 명은이는 거푸 쇠꼬챙이 소리를 질러댔다. 명은이 외할머니가 해끔하게 놀란 표정으로 관사 안에서 허둥지둥 달려나왔다. 가라니까 가는 수밖에 달리 도리가 없었다. 아직도 영문을 모르는 채로 나는 부리나케 관사를 빠져나왔다. 무엇이 서울 계집애의 성깔머리를 그토록 버르집어놓았는지 당최 알다가도 모를 일이었다. 내 호의가 무시당한 관사 근처엔 앞으로 두 번 다시 얼씬도 하지 않겠다고 다짐하면서 나는 길바닥의 돌멩이를 발부리로 힘껏 걷어차버렸다.

명은이 외할머니의 신신당부를 기억에서 언뜻 되살려낸 것은 집에 거반 다다랐을 무렵이었다. 사람이 죽고 사람을 죽이는 이야기는 절대로 입밖에 꺼내지 말 것. 세 가지 당부 가운데서 나도 모르게 두 번째 당부를 어긴 셈이었다. 시청 앞 게시판을 기웃거리는 버릇이 내게서 영영 떠나게 되리라는 것을 나는 그때 퍼뜩 예감할 수 있었다.

혼자서 다짐했던 대로 나는 하루 동안 관사 근처에 얼씬하지 않았다. 그러나 집안에 머물러 지내는 동안에도 내 마음은 관사 언저리를 줄곧 배회하고 있었다. 꼴도 보기 싫다고 명은이가 지르던 쇳소리가 내 귓바퀴를 끊임없이 맴돌았다. 더는 참을 수가 없어 나는 결국 다음 날 해질녘에 관사를 또다시 찾아가고 말았다.

저녁놀에 물든 발그레한 낯꽃으로 명은이는 정원 한복판에 오도카니 서 있었다. 손에 공이 쥐여 있고 곁에 나비란 놈도 알짱거리고 있었지만 공놀이는 아예 시작할 생각조차 하지 않았다. 하릴없이 먼산바라기가 되어 언제까지고 꼼짝도 하지 않는 명은이 모습을 나는 철책 밖에서 한참이나 몰래 지켜보았다.

바로 그때였다. 종소리가 데엥, 하고 묵중하게 울렸다. 한 번 울리기 시작한 종소리는 짧은 쉴 참을 거친 후 뎅그렁 뎅, 뎅그렁 뎅, 연달아 기세 좋게 울렸다. 명은이는 느닷없는 종소리에 움찔 놀라는 기색이었다. 종소리가 들려오는 신광교회 쪽을 향해 명은이의 고개가 천천히 돌아갔다. 저녁놀에 함빡 젖은 채 종소리에 다소곳이 귀를 기울이는 명은이 모습에서 나는 가슴이 철렁 내려앉으리만큼 묘한 감동을 받았다.

"삼일 종이여."

나는 철책 밖에 내가 와 있다는 사실을 그예 큰소리로 기별하고 말았다. 명은이가 화들짝 놀라는 몸짓을 취했다.

"나비야! 나비야!"

하마터면 잊을 뻔했다는 듯이, 마치 내가 나타나기 전까지 줄곧 나비와 함께 공놀이를 하고 있었던 것처럼 명은이는 공을 잔디밭 위로 도르르 굴리면서 부산을 떠는 시늉을 했다. 겨냥이 지나쳐 공은 철책 밑을 통과해서 내 발치까지 데굴데굴 굴러 왔다. 나는 공을 주워 철책 안으로 던졌다.

"왔으면 얼른 들어와야지 왜 거기 서 있니?"

거기 누구, 하고 묻는 대신 명은이는 나를 책망하는 척했다. 때맞춰 관사 현관문이 활짝 열렸다. 명은이 외할머니가 꾸짖음 반 반가움 반의 어정쩡한 기색으로 나를 맞아들였다. 잔뜩 낯꽃을 붉힌 채 나는 관사 내부를 빠른 걸음으로 통과해서 정원으로 나갔다.

"삼일 종이 뭔데?"

"수요일에 치는 종이여. 교회 사람들은 수요일 저녁 예배를 삼일 예배라고 불러. 저것은 초종이여. 한참 있다가 재종을 칠 거여."

명은이한테 미안해하던 참에 나는 도롱태 굴리듯 빠른 말씨로 한바탕 정신없이 지껄였다.

"어머나, 건호 너 교회 다니니?"

"엉. 딸고만이 아부지가 시방 초종을 치고 있는 중이여. 명은이 너, 딸고만이 아부지가 누군지 모르지? 딸고만이 아부지는……."

야트막한 언덕 위 신광교회 종탑 밑에서 종줄 끝에 대롱대롱 매달려 허공 속을 연방 오르락내리락하면서 신나게 종을 치고 있을 사찰 아저씨의 앙바틈한 모습을 머리에 떠올리니까 절로 웃음이 비어졌다. 다섯 번째로 또 딸을 낳고 나서 지어준 이름이 딸고만이였다.

"딸내미 이름을 그러코롬 엉터리없이 지어놓으면 요담 번엔 틀림없이 아들을 낳게 된디야."

명은이는 한바탕 기분 좋게 깔깔거렸다. 아, 명은이가 웃는다! 내가 서울내기 지지배를 웃게코롬 맨들었다! 나는 득의양양해서 넋이야 신이야 하며 마구잡이로 떠벌렸다.

"딸고만이 아부지가 종 치는 걸 보면 너도 아매 배꼽을 잡고 웃을 거여. 얼매나 괴상허게 생겼는지 알어? 키는 나보담 쬐꼼 더 크고, 머리는 훌러덩 벳겨지고……."

말을 하다 말고 나는 갑자기 입을 다물었다. 명은이가 앞을 못 본다는 점에 뒤늦게 생각이 미친 까닭이었다. 종소리의 꼬리 부분이 긴 여운을 끌면서 저녁하늘 속으로 천천히 사라지고 있었다.

"딸고만이 아버지 얘길 계속해 봐."

명은이가 잔디밭 위에 아무렇게나 퍼벌하고 앉으면서 재촉했다. 나도 덩달아 명은이 앞에 퍽석 주저앉았다.

딸고만이 아버지는 정말 괴짜였다. 교회 종을 치기 위해 이 세상에 태어난 사람 같았다. 종을 치지 않을 때는 우리에게 놀림감이 되지만 종을 치는 동안만큼은 언제나 존경의 대상이 되곤 했다. 마치 종줄의 일부분인 양 앙바틈한 몸집이 굵은 밧줄 끝에 매달려 발바닥이 땅에 닿을 새가 없으리만큼 위로 솟구쳤다 아래로 곤두박질치기를 되풀이하면서 힘차게 종소리를 울려대는 동안 그는 얼굴이 온통 시뻘겋게 상기한 채 꿈을 꾸는 듯한 표정을 짓곤 했다. 종 치는 일이 거반 끝나 갈 무렵쯤 되면 그는 자기 주위로 새까맣게 몰려들어 찬탄어린 눈빛으로 구경하는 조무래기들 가운데서 딱 한 명만 골라 딱 한 차례만 종줄을 잡아당기는 영광을 안겨주곤 했다. 그악스레 뒤쫓아 다니며 딸고만이 아버지라고 놀려먹은 적이 없는 착한 아이한테 대개 특혜를 베푸는 것이었다.

"딸고만이 아버지를 한 번 봤으면 좋겠다."

"나랑 같이 교회 가면 얼매든지 볼 수 있어."

말을 주고받다 보니 뭔가 좀 이상하다는 생각이 퍼뜩 들었다. 앞을 못 보는 명은이가 무슨 재주로 딸고만이 아버지를 본단 말인가.

"눈엔 안 보여도 마음으로는 얼마든지 볼 수 있어."

내 속마음을 읽었는지 명은이가 얼른 어른스럽게 말했다. 기왕 말이 나온 김에 우리는 주일 저녁에 함께 신광교회에 가기로 약속을 정했다.

주일 저녁이 오기까지 시간은 굼벵이 걸음처럼 더디 흘러갔다. 외할머니의 허락을 받고 명은이와 나는 딸고만이 아버지가 초종을 울릴 시간에 맞추어 관사를 출발했다. 명은이 손을 잡고 조심조심 길을 인도하는 탓에 관사에서 신광교회까지 평상시보다 곱절 이상 거리가 멀게 느껴졌다. 먼 길을

걷는 동안 나는 전에 주일학교 반사한테서 들은 이야기를 재탕해서 명은이에게 들려주는 일로 시간을 때웠다.

옛날 어느 성에 용감한 기사와 바람처럼 빨리 달리는 백마가 살고 있었다. 기사는 사랑하는 백마를 타고 전쟁터마다 다니며 번번이 큰 공을 세워 성주로부터 푸짐한 상을 받곤 했다. 전쟁이 끝났다. 세월이 흘러 백마는 늙고 병들게 되었다. 그러자 기사는 자기와 오랫동안 생사고락을 함께한 백마를 외면한 채 전혀 돌보지 않았다. 늙고 병든 백마는 성내를 이리저리 떠돌다가 어떤 종탑 앞에 이르렀다. 누구든지 종을 쳐서 억울한 사연을 호소할 수 있게끔 성주가 세워놓은 종탑이었다. 백마의 눈에 종탑을 휘휘 감고 올라간 칡넝쿨이 보였다. 배고픔에 못 이겨 백마는 칡넝쿨을 뜯어먹기 시작했다. 그러다 종줄을 잘못 건드리는 바람에 그만 종소리를 울리고 말았다. 종소리를 들은 성주가 무슨 사연인지 자세히 알아보도록 부하에게 지시했다. 그리하여 백마의 억울한 사연을 알게 된 성주는 은혜를 저버린 기사를 벌주고 백마를 죽을 때까지 따뜻이 보살펴 주었다.

"억울한 사람은 누구든지 종을 칠 수 있다고?"

느슨히 잡고 있던 내 손을 갑자기 꽉 움켜쥐면서 명은이가 물었다. 나는 괜스레 우쭐해진 나머지 얼김에 말갈망도 못할 허세를 부리고 말았다.

"그렇다니께. 아무나 다 종을 침시나 맘속으로 소원을 빌으면은 그 소원이 죄다 이뤄진디야."

마침내 신광교회 입구로 들어섰다. 아직 이른 시간이라서 그런지 우리말고 다른 교인들 모습은 교회 근처에서 전혀 찾아볼 수 없었다. 하늘로 오르는 사닥다리인 양 높고 가파른 돌계단이 우리 앞을 떡하니 막아섰다. 발을 헛디디지 않게끔 명은이를 단단히 부축한 채 천천히 돌계단을 오르기 시작했다. 돌계단이 거의 끝나가는 지점에서 나는 명은이가 들을 수 있게끔 돌 위에 새겨진 글씨를 큰소리로 읽어주었다.

"내가 곧 길이요 진리요 생명이니 나로 말미암지 않고는 아버지께로 올 사람이 없느니라."(요 14:6)

그게 무슨 말이냐고 명은이가 물었다. 명은이는 툭하면 내가 설명하기 곤란한 것들만 골라 밑두리콧두리 캐묻는, 아주 좋지 않은 버릇을 지니고 있었다. 예수님은 동정녀 마리아에게 나신 여호와 하나님의 아들이란 뜻이라고 나는 엉이야벙이야 제멋대로 둘러댔다. 명은이는 더욱 무슨 말인지 모르겠다는 표정이었다.

돌계단을 다 오르자 비낀 저녁햇살을 듬뿍 받아 아름답게 빛나는 웅장한 석조 교회당이 시야를 그득 메웠다. 우리는 종탑 앞에서 손을 맞잡은 채 때가 되기를 기다렸다. 잠시 후에 교회당 뒤편 사택 쪽에서 딸고만이 아버지가 모습을 드러냈다.

"딸고만이 아부지다."

나는 명은이에게 귀엣말로 가만히 속삭였다. 길게 뻗은 교회당 건물 옆구리를 따라 통로에 깔린 자갈을 밟으며 딸고만이 아버지가 걸어왔다. 명은이는 몹시 긴장한 자세로 저벅저벅 다가오는 발소리에 조용히 귀를 기울였다. 저녁햇살을 함빡 뒤집어쓴 딸고만이 아버지의 민머리가 알전구처럼 반짝거렸다. 나는 최대한 허리를 굽혀 예바르게 꾸뻑 인사를 올렸다. 딸고만이 아버지는 나를 금세 알아보았다. 그러나 낯선 얼굴인 명은이 쪽에 짤막한 눈길을 던졌을 뿐, 여느때와 판판으로 모범생처럼 구는 나를 거들떠도 안 보면서 그는 되우 뻐겨대는 걸음걸이로 종탑에 다가섰다. 그는 몸에 익은 솜씨로 종탑 쇠기둥을 타고 뽀르르 위로 기어오른 다음 아이들 손이 닿지 않을 높직한 자리에 매어놓은 종줄을 밑으로 풀어내렸다. 그가 굵은 밧줄을 힘차게 아래로 잡아당기자 종탑 꼭대기 그 까마득한 높이에 매달려 있던 거대한 놋종이 한쪽으로 휘우뚱 기울어졌다. 또 한차례 줄을 잡아당기자 이번에는 반대편으로 놋종이 휘우뚱 넘어갔다. 오른쪽, 왼쪽, 번차례로 기울어지기를

두 번, 세 번…….

"인제 종소리가 울릴 차례여."

내 말이 끝남과 동시에 데엥, 하고 첫 번째 종소리가 묵직하게 울려 퍼졌다. 갑자기 귀를 먹먹하게 만드는 둔중한 종소리에 놀라 명은이는 눈살을 찌푸리며 잽싸게 손바닥으로 귀를 막았다. 종소리가 차츰 빨라지기 시작했다. 딸고만이 아버지의 앙바틈한 몸집은 어느새 종줄과 한 몸을 이루어 쉴새없이 허공을 오르락내리락하느라 발바닥이 땅에 닿을 겨를도 없을 지경이었다. 뎅그렁 뎅, 뎅그렁 뎅, 기세 좋게 울리는 종소리가 귀싸대기를 사정없이 갈겨댔다. 나는 명은이 손바닥을 붙잡아 귀에 붙였다 뗐다 하는 동작을 되풀이했다. 기다란 종소리의 중동을 뚝 잘라 동강을 내었다가 다시 이어붙이기를 되풀이하는 그 장난이 명은이 얼굴에 발갛게 꽃물이 배게끔 핏기를 돋우었다.

건공중에 둥둥 떠 있던 딸고만이 아버지의 발바닥이 어느새 슬그머니 땅으로 되돌아와 있었다. 종 치는 작업을 마무리하기 위해 종줄 잡아당기는 힘을 적당히 조절하는 중이었다. 나는 실오라기 같은 희망을 품은 채 딸고만이 아버지가 아닌 사찰 아저씨를 향해 최대한 존경의 눈빛을 띄워 보냈다. 하지만 아무 소용이 없는 아첨이었다. 사찰 아저씨 아닌 딸고만이 아버지는 결국 나로 하여금 마지막 순간에 딱 한차례 종줄을 잡아당기게 하는 그 특혜를 베풀지 않은 채 매정하게 종치기를 끝내 버렸다. 주일마다 뒤꽁무니를 밟고 다니며 딸고만이 아버지라고 그악스레 놀려 댄 지난날들이 여간만 후회되는 게 아니었다.

아쉬움을 달랠 요량으로 나는 얼른 고무신을 벗어들었다. 여태껏 늘 해왔던 방식에 따라 나는 바야흐로 저녁하늘 저 멀리 사라지려는 마지막 종소리를 고무신짝 안에 양껏 퍼 담았다. 그런 다음 잽싸게 고무신짝을 명은이 귓바퀴에 찰싹 붙여주었다. 그러자 명은이 얼굴에 해맑은 미소가 가득 번져나기 시작했다. 어미 종은 이미 움직임을 멈추

었지만 고무신짝 안에는 새끼 종이 담겨 아직도 작은 움직임을 계속하고 있었다. 그 종이 꿀벌처럼 잉잉거리면서 대고 명은이 귀를 간질이고 있을 것이었다.

왔던 길과는 달리 돌아가는 길은 호사스런 감동의 보자기에 감싸여 있어서 관사까지 걷는 시간이 조금 전보다 절반 이하로 짧게 느껴졌다. 명은이는 흥분한 기색을 여간해서 감추지 못했다. 관사 앞에서 헤어지기 직전에 명은이는 나에게 고맙다고 말했다. 깍쟁이 서울 계집애 입에서 고맙다는 인사가 나오기는 그때가 처음이었다.

"건호야."

일껏 내 이름을 불러 놓고도 명은이는 한참이나 더 뜸을 들인 다음에야 가까스로 뒷말을 이었다.

"네 얼굴이 어떻게 생겼는지 궁금해. 내 손으로 한 번 만져 보고 싶어."

참으로 난처한 순간이었다. 틀림없이 집 안 어느 구석에서 우리를 지켜보고 있을 명은이 외할머니를 의식하면서 나는 잠시 망설였다. 에라, 모르겠다는 심정으로 나는 결국 명은이 손을 끌어다 내 얼굴에 대주었다. 그리고 두 눈을 질끈 감아 버렸다. 촉촉이 땀에 젖은 손이 내 얼굴 윤곽을 천천히 더듬어 나가기 시작했다. 명은이는 내 이목구비 하나하나를 차례차례 신중히 어루만졌다.

"얼굴이 아주 잘생겼구나. 나한테 얼굴을 보여줘서 고마워."

난생 처음 잘생겼다는 소리를 들었다. 나는 화끈화끈 달아오르는 낯꽃을 주체할 수가 없어 도망치다시피 관사 앞을 떠나버렸다. 관사로부터 멀어지자 나는 껑충껑충 뜀걸음을 놓기 시작했다. 비록 서투른 솜씨나마 휘파람을 후익후익 날리면서 나는 신 나게 집으로 향했다.

명은이가 내게 무리한 부탁을 해온 것은 신광교회 종탑에서 색다른 경험을 한 바로 그 다음 날이었다. 다시 만나자마자 명은이는 나를 붙잡고 엉뚱깽뚱한 소리를 했다.

"건호야, 날 다시 교회로 데려가줘. 내 손으로 종을 쳐보고 싶어."

"그랬다간 큰일나! 딸고만이 아부지 손에 맞아 죽을 거여!"

나는 팔짝 뛰면서 그 청을 모지락스레 거절했다. 하지만 명은이는 나한테 검질기게 달라붙으면서 계속 비라리치고 있었다.

"제발 부탁이야. 딱 한 번만 내 손으로 직접 종을 쳐보고 싶어."

"종은 쳐서 뭣 헐라고?"

"그냥 그래! 내 손으로 울리는 종소리를 듣고 싶을 뿐이야."

말은 그렇게 했지만 나는 명은이의 진짜 속셈이 무엇인가를 금세 알아차릴 수 있었다. 동화 속의 늙고 병든 백마를 흉내내고 싶은 것이었다. 버림받은 백마처럼 자신의 억울한 사정을 성주에게 호소하고 싶은 것이었다. 다름 아닌 눈을 뜨고 싶다는 소원을 하나님에게 전할 속셈임이 틀림없었다. 누구든지 종을 치면서 소원을 빌면 다 이루어진다고 명은이 앞에서 공연히 허튼소리를 지껄인 일이 새삼스레 후회되었다. 대관절 무슨 재주로 딸고만이 아버지 허락도 없이 교회 종을 무단히 울린단 말인가?

"알았다고. 알았다니께."

연방 도리머리를 하는 내 마음과는 딴판으로 내 입에서는 승낙의 말이 잘도 흘러나왔다. 끝끝내 명은이의 간청을 뿌리칠 재간이 내게 없다는 사실을 나는 처음부터 잘 알고 있었다.

"일요일은 절대로 안되야. 수요일도 절대로 안되야."

"그럼 언제?"

보이지도 않는 눈을 반짝 빛내면서 명은이가 대답을 재촉했다. 예배 모임이 없는 평일이라면 어찌어찌 가능할 것 같기도 했다.

"목요일 밤중이라면 혹간 몰라도……."

목요일 아침이 밝았다. 목요일 낮이 지나갔다.

마침내 목요일 밤이 찾아왔다. 명은이는 시내 산보를 구실삼아 외할머니한테 밤마을을 허락받았다. 어둠길을 나서는 우리를 명은이 외할머니가 관사 밖 길가까지 따라나와 걱정스런 얼굴로 배웅했다. 앞 못 보는 외손녀를 걱정하는 백발 노파의 마음이 신광교회까지 줄곧 우리와 동행하는 듯한 기분이었다.

명은이 손을 잡고 신광교회 돌계단을 오르는 동안 내 온몸은 사뭇 떨렸다. 지레 흥분이 되는지, 아니면 두려움 때문인지 땀에 흠씬 젖은 명은이 손 또한 달달 떨리고 있었다. 명은이가 소원을 이룰 수만 있다면 딸고만이 아버지한테 맞아 죽어도 상관없다고 각오를 다지면서 나는 젖은 빨래를 쥐어짜듯 모자라는 용기를 빨끈 쥐어짰다. 돌 위에 새겨진 낯익은 성경 구절이 어둠 속에서 조용히 우리를 맞았다.

내가 곧 길이요 진리요 생명이니……

신광교회는 어둠 속에 고자누룩이 가라앉아 있었다. 이제부터 우리가 저지르려는 엄청난 짓거리에 어울리게끔 주변에 아무런 인기척이 없음을 거듭 확인하고 나서 나는 종탑 가까이 명은이를 잡아끌었다. 괴물처럼 네 개의 긴 다리로 일어선 철제의 종탑이 캄캄한 밤하늘을 향해 우뚝 발돋움을 하고 있었다. 깊은 물속으로 자맥질하기 직전의 순간처럼 나는 까마득한 종탑 꼭대기를 올려다보며 연거푸 심호흡을 해댔다. 그런 다음 딸고만이 아버지가 항상 하던 방식대로 종탑 쇠기둥을 타고 뽀르르 위로 기어올라 철골에 매인 밧줄을 밑으로 풀어 내렸다.

"꽉 붙잡고 있어."

명은이 손에 밧줄 밑동을 쥐여주고 나서 나는 양팔을 높이 뻗어 밧줄에다 내 몸무게를 몽땅 실었다. 그동안 늘 보아나온 딸고만이 아버지의 종 치는 솜씨를 흉내내어 나는 죽을힘을 다해 밧줄을 잡아당기기 시작했다. 종탑 꼭대기에 되똑 얹힌 거대한 놋종이 천천히 한쪽으로 기울어지는 첫 느낌이 밧줄을 타고 내 손에 얼얼하게 전해져왔다. 마치 한 풀줄기에 나란히 매달려 함께 바람에 흔들리는 두 마리 딱따깨비처럼 명은이 역시 밧줄에 제 몸무게를 실은 채 나랑 한통으로 건공중을 오르내리는 동작에 어느새 눈치껏 장단을 맞추고 있었다. 어둠 때문에 잘 보이지 않았지만 내 코끝에 훅훅 끼얹히는 명은이의 거친 숨결에 섞인 단내로 미루어 명은이가 시방 어떤 표정을 짓고 있는지 너끈히 짐작할 수 있었다.

"소원 빌을 준비를 혀!"

내 말이 채 끝나기도 전에 데엥, 하고 첫 번째 종소리가 울렸다. 그 첫 소리를 울리기까지가 힘들었다. 일단 첫 소리를 울리고 나니 그 다음부터는 모든 절차가 한결 수월해졌다. 뎅그렁 뎅, 뎅그렁 뎅, 기세 좋게 울려대는 종소리에 귀가 갑자기 먹먹해졌다.

"소원을 빌어! 소원을 빌어!"

종소리와 경쟁하듯 목청을 높여 명은이를 채근하는 한편 나도 맘속으로 소원을 빌기 시작했다. 명은이가 소원을 다 빌 때까지 딸고만이 아버지를 잠시 귀먹쟁이로 만들어달라고 빌고 또 빌었다. 명은이와 내가 한 몸이 되어 밧줄에 매달린 채 땅바닥과 허공 사이를 절굿공이처럼 오르락내리락하면서 온몸으로 방아를 찧을 적마다 놋종은 우리 머리 위에서 부르르부르르 진저리를 치며 엄청난 목청으로 울어댔다. 사람이 밧줄을 다루는 게 아니라 이젠 탄력이 붙을 대로 붙어버린 밧줄이 오히려 사람을 제멋대로 갖고 노는 듯한 느낌이었다.

한창 종 치는 일에 고부라져 있었던 탓에 딸고만이 아버지가 달려오는 줄도 까맣게 몰랐다. 되알지게 엉덩이를 한방 걷어채고 나서야 앙바틈한 그의 모습을 어둠 속에서 겨우 가늠할 수 있었다. 기차 화통 삶아먹은 듯한 고함과 동시에 그가 와락 덤벼들어 내 손을 밧줄에서 잡아떼려 했다. 그럴수록 나는 더욱더 기를 쓰고 밧줄에 매달려 더욱더 힘차게 종소리를 울렸다. 주먹질과 발길질이 무수히 날아들었다. 마구잡이 매타작에서 명은이를 지켜주기 위해 나는 양다리를 가새질러 명은이 허리를 감싸안았다. 한데 엉클어져 악착스레 종을 쳐대는 두 아이를 혼잣손으로 좀처럼 떼어내기 어렵게 되자 나중에는 딸고만이 아버지도 밧줄에 함께 매달리고 말았다. 결국 종 치는 사람이 셋으로 불어난 꼴이었다. 그 어느 때보다 기운차게 느껴지는 종소리가 어둠에 잠긴 세상 속으로 멀리멀리 퍼져나가고 있었다. 명은이 입에서 별안간 울음이 터져나오기 시작했다. 때때옷을 입은 어린애를 닮은 듯한 그 울음소리를 무동태운 채 종소리는 마치 하늘 끝에라도 닿으려는 기세로 독수리처럼 높이높이 솟구쳐오르고 있었다.

뎅그렁 뎅 뎅그렁 뎅 뎅그렁 뎅······.

3

"아니, 벌써 다 끝난 거여?"

나서기 좋아하는 나서방이었다. 최건호가 고개를 끄덕거렸다. 나중에 순애보가 기네, 아니네, 시비 거는 놈은 가만 안 놔두겠다고 엄포를 놓던 바로 그 나기형이 되레 노골적으로 시비를 걸고 나섰다.

"그것도 순애보 축에 든다고 여태까장 읊어댔단 말여, 시방?"

"미안혀. 실망시켜서······"

"내 복에 무신 얼어죽을 순애보!"

희붐히 터오는 갓밝이 속에서 홍성만이 끄응 소리와 함께 앵 돌아앉는 시늉으로 자기가 느끼는 실망의 크기를 드러냈다. 이를테면 그것은 자신이 바로 앞 순번으로 이야기를 끝마친, 역사는 밤에 이루어진다는, 그 문화영화 제목 같은, 소매치기와 창녀의 사랑이 보다 더 순애보에 가깝다고 주장하는 시위인 셈이었다.

"어째피 순애보는 벌써 물 건너간 꼴이니깨 어쩔 수 없다 치고, 한 가지만 물어보자. 그 명은이

란 지지배는 종소리 울려서 소원을 빈 덕택으로 결국 눈을 떴냐, 못 떴냐?"

나기형은 계속 검질기게 최건호를 물고 늘어졌다.

"잠깐만!"

최건호가 막 입을 열려는 순간, 미술교사 이진원이 손을 번쩍 들어 대답을 중간에서 가로채버렸다.

"진짜 순애보란 게 가물에 콩 나딧기 귀헌 세상에서 우리가 그 이상 뭘 더 바래? 내 기준으로는 오늘밤 요 자리를 통틀어서 건호가 기중 아름다운 사랑 얘기를 들려준 게 틀림없어. 순애보라 불러도 전연 손색이 없다고 믿어. 다만, 그 순진무구헌 애들끼리 주고받은 동화적인 사랑을 우리가 왈칵 순애보로 받아들이지 못허는 이유는 반백 년 세월이 흘러가는 사이에 우리가 늙고 감정이 메마르고 세상 때가 많이 묻어버린 탓에 우리네 심미안에 녹이 슬고 그만침 가치관이 멍들었기 때문이 아닐까?"

"오나, 진원이 너 참말로 잘났다! 오냐, 니 똥 굵은지 다 안다! 칠십 미리 총 천연색 씨네마스코프다!"

작년에도 멍청했고 금년에도 여전히 멍청하다고 핀잔을 듣는 황망근이 또다시 빠드득 이를 가는 시늉으로 좌중을 웃기려 했다.

"좌우지간 건호는 입을 열면 못써."

이진원이 다시 한 번 손을 들어 최건호가 답변할 기회를 가로막았다.

"건호 입에서 사실 여부가 밝혀지는 순간 아름다운 동화는 밋밋헌 다큐멘터리로 변질되고 말어. 명은이가 눈을 떴는지 못 떴는지 그 문제는 각자가 자기 마음속에 여백으로 넹겨두고 그 위에다 자기 상상력으로 그림을 그릴 수 있게코롬 내비두는 것이 좋아."

이진원의 주장에 아무도 이의를 달지 않았다. 그것으로 순애보 여부를 둘러싼 시비는 일단락된

셈이었다. 죽사산 기슭 어디쯤에서 목청 좋은 수탉들이 잇달아 새날이 밝았음을 기운차게 고했다. 모기들이 슬금슬금 자취를 감추기 시작할 무렵에 맞추어 모깃불의 생명을 연장해줄 생초목도 얼추 동이 나버린 상태였다.

"제발 잠 좀 자자. 늙다리 첨지들이라고 인자는 잠도 다 없어졌냐?"

못 자게끔 누가 곁에서 밤새도록 발바닥에 불침이라도 놓은 듯이 이덕주가 불퉁거렸다.

"맞다. 고만 자러 들어가자. 나는 아직도 젊어서 그런지 하루 밤샘 고스톱을 치고 나면 사흘을 내리 뻗는 체질이다."

삼군 소년단에 들어갈 자격을 얻으려는 일념으로 억지 전쟁고아가 되고자 했다던 조만형이 연방 하품을 꺼가며 땅바닥에 뻗어버리는 시늉을 했다. 야전지휘관 격인 김 교장이 제일 먼저 자리에서 일어나더니만 엉덩이에 붙은 모래알들을 툭툭 털었다.

"이 시각 이후부텀 재향 동기놈들이 떼로 몰려와서 기상나팔 불 때 까장 전원 무제한 취침을 실시헌다!"

[2003]

북촌

이혜경 (1960 ~)

충남 보령 출생. 경희대 국문과 졸업. 1982년 『세계의 문학』에 「우리들의 떨켜」를
발표하며 등단. 소설집으로 『그 집 앞』 『틈새』 등이 있고 장편소설로 『길 위의 집』
등이 있다.

　　"근데 기분이 이상해…… 아끼느라고 방에서만 신어보던 새 구두에서 흠
집을 찾아낸 것 같은 기분이야." 대문을 닫고 돌아서는 그의 곁에서 여자가
종알거렸다. "뭐가?" "그 집 주인한테 허락은 받았을 거 아녜요. 그럼 그 집
주인은 먼 길 떠난 게 아닌가봐……" 여자의 마음이 그 집 언저리에서 서성
거리는 게 보였다.

여자는 신부의 등 뒤로 던져지는 부케처럼 골목으로 뛰어들었다. 그가 쓰레기봉투를 내놓고 돌아서던 때였다. 가는 몸매를 감싼 아카시아꽃 빛깔 원피스가 잠깐 골목을 밝혔다. 어느 집으로 가는 걸까. 그가 사는 집은 차 한 대가 다닐 만한 골목에서 두 계단 내려선 좁은 골목 초입에 있었다. 골목 안에는 그의 집 대문과 문이 나란한 한옥 한 채, 그리고 막다른 곳에 난 작은 알루미늄 새시 문, 두 집이 있을 뿐이었다. 설핏 떠오른 궁금증을 누르며 그가 몸을 돌리는 순간, 그를 스친 여자는 열린 대문으로 쓱 들어갔다. 저기요, 당황한 그가 부르자 어느새 대문 안에 몸을 숨긴 여자는 검지를 자기 입에 대며 속삭였다. 쉬잇. 빨리, 빨리 들어와 문 잠그세요. 그는 여자의 음성장치로 움직이는 로봇처럼 그 말에 따랐다. 닫기만 해도 잠기는 문인데, 얼결에 나무빗장까지 질렀다. 저벅저벅, 큰 골목을 지나는 발소리가 들린 것은 오 초도 채 지나서 않아서였다.

"무슨 일입니까?"

그가 물었지만 여자는 말간 눈으로 그를 바라보며 가쁜 숨을 가눌 뿐이었다. 젖살이 덜 빠진 듯 도도록한 볼, 얇게 꺼풀 진 기름한 눈, 반듯한 콧날이며 도톰한 입술, 누구라도 한 번쯤 돌아보게 생긴 얼굴이었다. 유난히 큰 검은자위가 그를 빨아들일 듯했다. 어릴 적, 학교 앞에서 파는 병아리를 손에 쥐었을 때처럼 팔딱거리는 여자의 심장이 느껴졌다. 쌍팔년도도 아니건만, 백주 대낮에 깡패라도 쫓아온 것일까.

"많이 놀라신 모양인데, 여기 잠깐 앉으세요."

그는 문간방의 툇마루를 가리켰다. 대문간에서 툇마루까지는 그의 걸음으로 세 발짝이었다. 여자는 다리에 모래주머니라도 매단 것처럼 느린 걸음으로, 다섯 발짝에 걸었다. 채 식지 않은 용암 위를 걷는 공룡처럼, 여자의 걸음이 그의 마음에 발자국을 찍고 있었다. 그 발자국이 그대로 굳어버릴 듯해서, 그는 서둘러 물을 한 컵 떠왔다. 여자는 힘없이 팔을 내밀어 잔을 받더니 벌컥벌컥 마셨다. 입귀로 흐른 물이 턱을 지나 여자의 가는 목을 타고 흘러내렸다. 등에 고드름이라도 떨어진 듯이 그의 살갗에 잔소름이 돋았다.

손바닥으로 턱을 가볍게 두드려 물기를 말린 여자가 입을 열었다. "만나고 싶지 않은 사람을 우연히 만나게 되었거든요." "인사도 나누기 싫은 사람이었나보죠?" 여자는 더 말하기 싫다는 듯 고개를 마당 쪽으로 돌렸다. 안채의 분합문과 짝짝이 제멋대로 나뒹구는 슬리퍼 한 벌이 올려진 화강암 댓돌을 거쳐 골목 쪽으로 난 담장까지, 경중경중 건너뛰는 시선이었다. 그 눈길처럼, 그의 물음을 건너뛴 채 여자는 입을 열었다. "이 집은…… 꼭 드라마에 나오는 집 같네요. 아침이면 커다란 밥상에 온 식구가 둘러앉아 밥 먹는 집 말예요. 무슨 국 제일 좋아하세요? 미역국? 콩나물국? 무국?" 여자는 내일이라도 이 집 부엌에 차고 들어 날마다 국을 끓여낼 우렁각시라도 되는 듯이 물었다. 여자의 볼에 돋은 솜털이 햇살을 받아 하르르, 금빛으로 빛났다. 그 금빛 털에 손을 뻗치는 순간, 시간이 정지되고 그와 여자가 그대로 화석이 되어버리는, 그런 영상이 그의 눈앞을 스쳤다. 담장 너머로 세월이 흐르는 동안 담벼락 안쪽에 심어진 몇 그루 나무들은 무성해져서 담장을 뒤덮고, 지나던 사람들은 그 초록 잎새며 사이사이 피어난 꽃에 감탄하면서도 그 안쪽, 화석이 되어버린 남녀가 있다는 것은 상상도 못 할 것이다. 마구 뻗치는 생각을 따라 자칫 그 솜털에 손을 뻗칠까 봐, 그는 벌떡 일어섰다. "저기, 제가 어디 가려던 참이라서요."

주말이면 한옥을 구경하는 사람들이 쉴 새 없이 드나드는 골목이 웬일로 비어 있었다. 여자는 그의 곁에서 또각또각 걸었다. 경사진 곳이라서, 여자의 하이힐이 위태롭게 보였다. 그는 문득 눈이 부셔서 무연히 하늘을 올려다보았다. 변압기에서 뻗어나온 전선이 어지러이 하늘을 가르고 있었다.

"여긴 뭐 하는 곳이에요? 카펜가……"

말없이, 따각따각 하이힐 소리를 내며 걷던 여자가 모퉁이에서 문득 걸음을 멈추며 물었다. 황종이에 닿은 성냥개비처럼 그의 가슴에 화락, 작은 불꽃이 일었다. 여자가 그 집을 그냥 지나치지 않은 게 무슨 암시라도 되는 것 같았다.

이사한 뒤 맞은 첫 주말의 산책길, 그는 언덕을 내려가 모퉁이를 돌다가 걸음을 멈추었다. 경사진 땅을 이용해 지은 집이라서, 위쪽엔 이 동네 어디서나 볼 수 있는 한옥이 덩두렷이 올라앉아 있었다. 여느 집이라면 축대가 있어야 할 집 아래, 먼지로 뿌예진 통유리문이 있었다. 그 유리문 안쪽에서 눈에 띈 것은 어느 고관대작의 무덤을 지키다 끌려나온 것 같은 돌해태였다. 그 옆에는 몇 사람의 뼛가루를 한데 넣어도 충분할 만큼 큰 중국풍 도자기가 있고, 개화기에 쓰였을 것 같은 낡은 치과 진료의자가 도자기 곁을 지키고 있었다. 그는 그 집의 정체를 알기 위해 유리에 얼굴을 바싹 댔다. 동남아쯤에서 건너왔을 목각품, 대서양이나 태평양의 어느 섬에서 원주민들이 짰을 듯한 태피스트리, 벌써 오래전에 자취를 감춘 수동식 타자기에 조악한 플라스틱으로 만든 우주소년 아톰 인형 등이 보였다. 나름대로 의미있어 보이는 물건들이, 맥락도 계통도 없이 놓이는 바람에 싸잡아 천격이 되어버린 것 같았다. 안쪽에 고인 어둠 속에 탁자 두어 개가 희붐하게 윤곽을 드러내는 걸로 보아 저녁에나 문을 여는 카페일지 모른다고 그는 짐작했다. 빈집의 적막이 사방에서 조여오는 밤, 슬리퍼 차림으로 가볍게 들어서서 한잔해도 좋을 것처럼 만만해 보였다.

언젠가 자신이 그랬던 것처럼 유리문에 바싹 다가가 안을 들여다보는 여자를 보며, 그의 안에서 미미한 희망이 스멀거렸다. "잘 모르겠어요. 사람이 있는 걸 본 적이 없어요. 문도 늘 닫혀 있고." 저녁 나절, 그 집 앞을 몇 번 지나쳤지만, 유리문 안쪽에 불이 켜지거나 사람이 있는 걸 본 적은 없다. 밤이면, 잠들지 못하는 외눈박이 파충류처럼 아주 조그맣고 빨간 램프 하나가 어둠 속에서 빛날 뿐이었다. 보일러 표시등처럼 보였다.

묵은 먼지가 풀솜처럼 진득하게 내려앉았을 것만 같은 안쪽을 들여다보던 여자의 눈이 유리문 옆 담벼락, 바래고 닳은 나무 쪽에 머물렀다. 그의 손바닥 두 개를 합한 크기의 널빤지는 시간과 볕, 비바람에 닳아서 보호색 가진 동물처럼 담벼락 빛깔이 되어버렸다. 음각된 글자도 뭉개져서 잘 눈에 띄지 않는다.

내 당신을 사랑하는 마음 깊고 넓으나
내 사랑으로 할 수 있는 일은 오직
여기 이 자리에서 세월을 견디며
당신을 기다리는 것뿐입니다.

"어쩌면 이 집 주인은, 누군가를 기다리고 기다리다 결국 찾아나선 것인지도 몰라요." 여자는 그 널빤지에서 눈을 떼지 않은 채 중얼거렸다. 까악까악, 까마귀 한 마리가 새되게 울며 인왕산 쪽으로 날아갔다. 여자는 잠깐 그 새를 좇다 다시 유리문 너머로 눈길을 돌렸다. 감정을 지나치게 드러낸 그 문구가 그에겐 불편하게 느껴졌었다. 여자의 눈길이 닿자 유치하게 느껴졌던 무엇은 절박함으로 바뀌었다. 립스틱이 말라 조금 가스러진 여자의 입술을 보며, 그는 유리문 밖을 지나치는 사람들 눈에 띄지 않는 깊숙한 안쪽에 앉아 묵은 먼지 냄새를 맡으며 결코 오지 않을 누군가를 기다리는 음습한 자신을 떠올렸다. 기다리는 일이라면, 그는 자신 있었다.

"혹시 너도 J 연락 받았냐?" 신문사에 다니던 동창 S가 물어왔을 때 그는 반색했다. "J가 연락했어? 그러잖아도 나 J 연락 기다리고 있었거든. 그 자식 어디서 뭐하느라 그렇게 바빴다니? 사업한다는 애가 로밍도 안 하고 나가고 말이야." S는 혀를 끌끌 찼다. "설마 했는데, 너도 당했구나. 너 같은 애까지…… J 그 나쁜 새끼!" 초등학교 시절, 그와 1, 2등을 다투었던 S는 그의 집안 형편을 잘 알고 있었다. 트럭 한 대를 밑천으로 행상에 나선 부모가 비운 집에서 그가 홀로 할 수 있는 일이 공부뿐이었다는 것도.

사업가 아버지를 둔 J네 집은 초등학교 시절, 그가 자주 드나들던 유일한 집이었다. 공부머리 없는 J의 엄마는 우등생인 그를 J의 단짝으로 만들었다. S가 단짝이 되지 않은 것은, S가 J같은 돌대가리하고는 놀기 싫다는 걸 노골적으로 드러냈기 때문이었다. 그 도시에선 제법 힘있는 집 아들이었던 S로선 J네의 재력 따위가 문제될 일 없었다. 5학년 때 열렸던 88올림픽 경기를, 그는 그때로선 영화관의 스크린처럼 느껴지던 J네 큰 텔레비전으로 볼 수 있었다. 보석반지를 여럿 낀 J의 엄마가 대견한 듯 그의 머리를 쓸었다. 그는 목을 움츠렸다. 자기 머리를 떼어 J의 목 위에 얹고 싶은 사나운 욕망이 그 손길에서 느껴지는 것 같았다. 중학교를 다른 학교로 배정받으며 J와 멀어진 건 차라리 다행이었다. 사교육을 충분히 받을 수 없었던 그는 초등학교 때의 광휘를 다시는 누릴 수 없었으니까.

온갖 아르바이트를 섭렵하며 중위권 대학을 마치고 평범한 중소기업에 들어간 그는 월급의 절반이 넘는 액수를 적금에 쏟아부었다. 지방에 있는, 서울에서라면 소형 아파트 전세금도 안 되는 집 한 채가 전 재산인 부모를 둔 그로선 아주 작은 위험도 피해야 했다. 주식 바람이 불어 다들 눈이 벌게졌을 때도 그는 주식 한 장 사본 적 없었다. 그가 할 수 있는 재테크는 적금과 절약뿐이었다. 세제를 살 때도 그램당 가격을 꼼꼼히 대조했고, 화장실 휴지를 살 때도 몇 겹인지 몇 미터인지, 몇 롤이나 들어 있는지 치밀히 비교했다. 남들 눈에는 어떨지 몰라도 그로선 대견한 금액의 전셋집에 들어가고, 청약저축 말고도 다달이 부은 적금이 꽤 되었다. 빈집에 제 아이를 혼자

남겨두지 않겠다는 결심, 그는 대학시절 잠깐 사귄 여자친구 말고는 여자 한 번 못 사귄 채 서른 살이 되었다. 동창회건 뭐건, 회사 업무와 관계된 모임 이외엔 일절 얼굴을 내밀지 않았다. 움직이면 돈이었다.

해외를 오가며 무역을 한다는 J가 그를 찾아온 것은 지난해였다. 꼭 들여오고 싶은 물건이 있는데, 들여오기만 하면 대박인 상품인데, 돈이 달린다고 했다. 아버지와 사이가 안 좋아져서 아버지의 도움을 받기는 싫다고 했다. 대학에 입학하면서부터 홀로 서야 했던, 남에게 돈을 빌리느니 사흘이고 나흘이고 마냥 굶거나 서너 시간이 걸리더라도 내처 걸었던 그는 생각했다. J처럼 자란 애가 남 앞에서 돈 이야기 하기가 얼마나 어려울까. "다른 건 몰라도 은행 이자만큼은 쳐줄게." J가 터무니없이 높은 이자를 보장했다면, 소심하고 신중한 그는 적금을 깨지 못했을 것이다. J에게 돈을 빌려줄 수 있게 된 자신에 대한 허영도 없지 않았다. 돈을 빌려주는 순간, 빌려준 사람과 빌린 사람의 관계가 역전한다는 것을 그는 몰랐다. J의 사업이 잘되어야 빌려준 돈을 돌려받을 수 있으므로, 그는 두 번째 찾아온 J가 알려준 대로 전세금을 담보로 대출도 받았다. 그는 동창들을 다 거친 S가 마지막으로 찾아낸 축에 들었다. "너한테까지 그럴 줄은 몰랐다. 잊어라. J 그 새끼, 외국으로 튀었다더라." S는 그의 애타는 기다림에 종지부를 찍어주었다.

새로운 기다림. 잠깐 머물렀다 떠나간 여자, 여자의 금빛 솜털이 온 집안에 날린다. 대문간을 넘어설 때, 그는 문턱을 넘어 남의 집으로 무작정 들어서던 여자의 등과 종아리를 떠올린다. 툇마루에 앉았던 여자의 고운 볼을 쓸던 햇살과 그 햇살에 반짝이던 솜털에 발목이 걸려, 툇마루를 지날 때면 굼떠진다. 출근을 위해 방문을 열 때면, 여자가 이 풍경을 보았지, 하면서 빈 집안을 공

연히 휘둘러본다. 여자의 눈에 비친 이 집이 누추한지 고즈넉한지, 그는 가늠할 수 없었다. 아침에 언덕을 내려갈 때, 한눈에 들어오는 인왕산 자락, 초록 숲 사이로 맑게 드러난 바위를 보면 여자의 맑은 이마를 떠올리지 않을 수 없다. 담벼락을 타고 오르며 피어난 능소화를 보며, 그때, 여자가 바라보던 담벼락에 이 꽃이 피어 있었으면 얼마나 좋았을까, 하고 제철에 피어난 꽃을 공연히 타박한다. 관 속같이 좁고 긴 방에 누워, 몇 뼘 안 되는 여분의 공간에 그녀가 누워 있는 듯해 공연히 손을 뻗쳐 방바닥을 쓸어본다. 여자에게 전화번호를 일러주던 자신의 만용이 떠오르면, 홀로 낮이 붉어져 이불을 머리끝까지 뒤집어쓴다.

빈집을 바라보던 여자에게서, 어릴 적, 손가락만한 동물 형상 안에 색색의 물을 담았던 유리인형을 떠올리지 않았다면 전화번호를 알려주는 일 따위, 엄두도 내지 못했을 것이다. 보기엔 아름답지만 아주 작은 충격에도 쉽게 깨어지던 그 얄따란 유리인형. 여자는 그렇게 아슬하게 보였다. 말이 저절로 나왔다. "혹시 또 이쪽에 왔다가 만나고 싶지 않은 사람 보게 되면 전화하세요. 휴대폰 번호 알려줄게요." 말을 하고 나서야, 그는 자기가 비싼 장난감들이 진열된 진열장 앞에 선 가난한 아이처럼 보였을 거라는 생각에 얼굴이 확 달아올랐다. 자기보다 적어도 예닐곱 살은 어려 보이는 여자 앞에서, 왜 이렇게 굽죄는지 몰랐다. 남녀간의 수작을 환히 알고 있다는 듯 빤한 눈으로 그를 바라보던 여자가 휴대폰을 꺼냈을 때 정작 놀란 사람은 그였다. 불러보세요, 하고 여자가 말했을 땐, 네? 하고 반문하기까지 했다. "전화번호요. 번호를 알아야 전화를 하든 말든 하지요." 여자는 그의 맹함에 혀를 차고 싶은 표정이었다. 그는 반신반의하는 심정으로 전화번호를 불러주었다. 그가 이름을 말하려 했을 때, 여자는 폴더를

탁 닫았다. 앞사람을 따라 들어가려던 집 문간, 코앞에서 문이 닫히는 기분이었다. 그는 다시 한 번 얼굴을 붉혔다.

얼굴에 칼자국이 난 자객은 자기의 심오한 예술을 한 번에 알아차리는 상대방에게 놀란다. 지금까지 그가 몸으로 표현한 예술의 작의를 그처럼 대번에 알아준 사람은 없었다. 그 오랫동안, 그의 예술은 우매한 인간들에게 얼마나 수모를 당했던가. 이제야 지음을 만난 감격에 부들부들 떠는 자객. 그 과장된 감동이 그에겐 낯설고, 그래서 더 재미있었다. 그는 휴게실의 다른 사람들이 들을까 봐 소리 죽여 키득거렸다. 부르르, 그의 휴대폰이 진동했다. 낯선 번호였다. 그는 얼핏 J를 떠올렸다. 그러다, 자신이 아직도 미련을 버리지 못했다는 데 실소했다.

J가 연락을 끊었을 때, 처음 그는 무작정 기다렸다. 무슨 사정이 있겠지. 휴대폰은 늘 꺼져 있었다. J가 준 명함의 사무실로 연락하면 여직원은 그때마다 해외출장 중이라고 대답했다. 사무실 전화가 결번이라는 안내 멘트를 듣고선 J와의 나날을 샅샅이 뒤척였다. J를 아직도 기다린다는 걸 S가 알았더라면 뒤통수를 세게 칠 것이다. 얀마, 너 같은 애들 때문에 공부 잘하는 애들은 고지식하다는 소리 듣는 거야, 하면서.

"삼청동에 사는 아저씨 전화 맞지요?" 낯선 여자의 목소리가 낭랑하게 들렸을 때, 그는 차마 여자를 떠올리지 못했다. 평범한 듯하면서 달콤한 목소리, 잠깐이었지만 그의 몸 어딘가에 각인된 목소리였다. 그때, 저 구해주셨잖아요, 하는 설명을 듣는 순간, 갑자기 겨드랑이에서 식은땀 한 줄기가 흘러나왔다. 어쩐지 믿어지지 않아서, 그냥 깨고 나면 허전해서 주위를 휘휘 둘러보게 되는 꿈인 것 같아서, 그는 주위를 휘둘러보았다. 휴게실에 비치된 만화를 보며 머리를 식히거나 시간을 죽이는 사람들, 휴대폰의 진동을 느끼기 전이

나 다름없는 풍경이었다. 주말의 정독도서관은 때 아닌 때 혼자 끼니를 해결하고 지루한 주말을 때우기에 안성맞춤인 곳이었다. 하긴, 한때는 그도 책을 열심히 읽었다. 착하게 살라는 책, 성실히 살라는 책 등등. 살면서, 그렇게 아름다운 말을 하는 사람들이 과연 그렇게 살까 하는 걸 깨닫기 전까지는. 휴게실에 비치된 만화는 별다른 취미가 없던 그에게 새로운 즐거움을 선사했다. 사는 데엔 허술하기 짝이 없지만 결정적인 순간에 나름대로 한소식한 실력을 드러내는 갱들이 모여 사는 만화를 보며 낄낄거리는 데 재미 붙였다. 어쩌면 자기 속에도 세상을 놀라게 하는 그런 무언가가 숨겨져 있을지 모른다는, 덧없는 환상. 아직은 그걸 발견하지 못했을 뿐일 거라는 위안. 여자와 통화를 마치고 났을 때, 그의 겨드랑이는 축축했다. 화장실에서 휴지를 뜯어 겨드랑이의 땀을 닦아내다 말고 그는 거울을 들여다보았다. 그 여자가 전화를 하다니, 어쩌면 내겐 내가 미처 모르는 무엇이 있는지도 몰라.

"속이 좀 상해서, 전화하고 싶어서 휴대폰 전화번호를 검색했는데, 만나고 싶은 사람이 하나도 없는 거예요. 이백 명이 넘는 사람 가운데 아저씨가 당첨이에요."

화병 모양으로 굴곡이 진 오백 시시들이 맥주잔은 여자의 가녀린 손에 터무니없이 커 보였다. 여자는 한 손으로 받치기 힘겨운 듯 맥주잔을 두 손으로 들어올렸지만, 잔 비우는 속도가 그에게 뒤지는 것은 아니었다. 물빛 원피스에 얼금얼금 비치는 흰 볼레로, 그리고 잔을 채운 황금빛이 현란해서, 그는 자주 눈을 깜박거렸다.

여자는 휴대폰의 강씨부터 허씨와 홍씨를 거쳐 황씨까지, 이백여 명 되는 이름을 다 훑어보았다고 했다. 이름은 있지만 누군지는 기억나지 않는 사람이 많다는 걸 새삼스럽게 발견했을 뿐, 홍씨부터 다시 되짚어서 김씨와 권씨, 구씨를 거쳐봐

도 마찬가지였다. 전화번호부의 맨 위에 생뚱맞게 올라앉은 '이름 없음'을 보고 여자는 갸웃했다. 이름 없음이라니, 누구지? 그때 그가 이름을 알려주고 여자가 저장했더라면, 그는 그냥 누구지? 하고 지나치는 이름 중의 하나가 되었을 것이다. "그럼 이제 내 이름으로 저장해두세요. 내 이름은……" 여자가 그의 말을 끊었다. "아저씨랑 통화하고 나서 내 마음대로 저장해놓았어요." "뭐라고 해놓았어요?" "배트맨." "배트맨?" "그날 절 구해줬잖아요. 앞으로도 제가 부르면 달려와서 절 구해줘야 해요. 알았죠?"

여자는 박쥐가 새벽에 동굴로 깃들듯, 주말이면 그의 집으로 찾아왔다. 전세보증금을 날리고 월세로 나앉을 판인 그에게, 영국으로 일 년간 연수를 떠나는 S가 문간방을 쓰며 집을 돌봐달라고 했다. 일 년이면 남에게 전세를 주기에도 어중간한 기간이었다. S가 안채의 두 방문을 잠가놓은 걸 본 그는 보일러를 켤 때 빼고는 안채 출입을 삼갔지만, 여자가 온 뒤로는 안채의 거실과 욕실을 사용했다. 첫날, 국 이름을 고작 세 가지밖에 못 댔던 여자는 음식을 만드는 일엔 젬병이었고, 그는 여자와 함께 있는 시간을 음식 만드는 일 따위로 낭비하고 싶지 않았다. 여자가 오면 밥을 시켜 먹었다. 주말이면 북촌 골목은 동네를 구경하는 사람들로 붐볐다. 빌딩 숲인 서울 한구석의 한옥마을, 사람들은 한옥 담벼락이며 기와지붕의 선에 홀려 카메라 셔터를 누르며 골목을 누볐다. 문간에 가꿔놓은 손바닥만 한 꽃밭조차 새롭게 느껴지는지, 어머머, 감탄하는 소리가 담장을 넘어 들어오기도 했다. 함께 거실에 누워 설핏설핏 낮잠을 자다가 담장 밖, 지나는 목소리에 깨어나 여자의 부챗살 같은 속눈썹을 볼 때면, 세상이 멀찌감치 물러나는 듯했다. J와의 일이 여자를 만나기 위해 치러야 했던 통과의례처럼 느껴지기도 했다.

이맛전에 보송거리던 솜털이 물줄기에 젖어 간 잔지런해졌다. 햇병아리 솜털처럼 보송거리는 그 것에 눈이 가면 이따금 잔소름이 그의 등골을 훑었다. 여자는 고개를 뒤로 젖히고 눈을 감은 채 그의 손길을 기다렸다. 그는 손에 샴푸를 덜어 거품을 낸다. 손바닥에서 부얼부얼 피어오른 거품을 여자의 검은 머리에 바르고 손가락에 힘을 준다. 머리카락 뿌리 쪽의 촘촘한 결이 그의 지문 골골이 맞물리는 듯하다. 고객센터에서 전화를 받는 여자의 목덜미는 모니터를 노려보는 자세와 스트레스 때문에 늘 딱딱했다. 그는 거품 묻은 손으로 여자의 목덜미를 잡고 꼭꼭 힘을 주어 누른다. 여자가 가볍게 진저리친다.

여자의 맑은 이마에 달랑 남아 있는 거품 한 점이 애틋해서, 그는 그 거품을 핥는다. 여자가 날갯죽지 접는 새처럼 어깨를 치키며 몸을 뒤튼다. "뭐하는 거예요?" "가만히 있어. 거품이 남아 있어서 그래." "그걸 입으로…… 가만히 보면 변태야." "거품 좀 씻어주었다고 변태라니. 넌 무슨 말을 그렇게 하나?" "그런데 …… 무슨 맛이에요?" "너도 한 번 먹어볼래?" 그가 혀를 내밀자 여자는 피식 웃으며 고개를 획 돌린다. "그런다고 키스해줄 줄 알고요? 꿈 깨세요." 혀 끝에 감도는 아린 기운을 그는 이 안쪽으로 혀를 굴려서 지워낸다. 끝내 그를 받아들이지 못하고 앙다물린 여자의 몸, 벌써 세 번째다.

처음 여자가 아프다고 했을 때, 그는 놀람을 감추지 못한 채 물었다. "처음이니?" 옷을 벗길 때 여자의 몸에서 긴장이 느껴지지 않아서, 그는 여자가 이런 일에 익숙하리라고 추측했다. "아니에요. 저 많이 해봤어요. 그런데 아파요." "그래, 아프면 그만두면 되지, 뭐……" 여자의 몸속으로 들어가고 싶은 안달과, 여자가 아플지도 모른다는 걱정, 그리고 여자가 자기를 거부하기에 몸을 못 여는 거라는 어림짐작. 아쉬움으로 목줄이 타는 듯해 그는 마른침을 삼키며 여자의 몸에서 내려

왔다. "난 괜찮은데…… 그냥 해도 되는데…… 다들 그러던데 ……" 여자는 번번이 그렇게 말했지만, 그는 여자를 아프게 하고 싶지는 않았다. "그 냥?" 그가 되물었다. "그냥, 내가 아프거나 말거나 ……" 더러운 것을 닦고 난 걸레를 대야에 내던지 듯 자신을 방기한 목소리. 생담배연기를 훅 들이마신 것처럼 그의 속이 아렸다. "왜 그랬어? 아프면 아프다고, 하기 싫으면 싫다고 말하지." "그냥, 그렇게 되면, 그래야 하는 건가 보다…… 그런 마음이 들어요. 그 순간에 말해봤자 듣지도 않고, 내말 들어 준 사람은 아저씨가 처음이에요." 그들은 여자의 말을 묵살하는 대가로, 그가 결코 주지 못할 무엇을 주었을 것이다. 그 또래 여자애들이 혹할 만한 무엇. 그가 결코 해줄 수 없는 그것. "있잖아요, 그날, 아저씨 처음 만나던 날요" 하면서 여자가 말했듯이.

그날, 여자는 친구와 삼청동에서 만나 점심을 먹고 카페에 들어가 수다를 떨었다. 계산을 마치고 나오는데, 여자의 친구가 갑자기 멈칫하더니 말했다. "와, 나 시작했나봐." 때가 지났는데 생리를 하지 않는다고, 콘돔 죽어라 쓰기 싫어하는 자기 애인에게 악담을 퍼붓고 난 참이었다. 친구는 춤추듯 카페의 화장실로 향했고 여자는 계단 아래 길가에 나와 친구를 기다렸다. 길 저쪽에서 오는 키 큰 남자의 재킷이 낯익었다. M도 여자를 알아본 눈치였지만, 그러나 곁에 다른 여자가 있어서 어쩔까, 망설이는 듯했다.

여자가 M과 마지막으로 만난 날은 M이 와이너리를 방문하러 프랑스에 다녀온 며칠 뒤였다. 와이너리에서 몇십 유로짜리 와인은 일단 경매장에서 한 번 몸값이 오른다. 그리고 수입중개상에게서 또 한 번 뛴다. 한국에 들어오는 과정에서 관세를 매기느라 다시 몸값이 오르고, 와인바의 임대료, 인건비, 이윤을 감안해 값이 매겨진다. 결국 어떤 와인은, 와이너리에서 나올 때의 열 배쯤 되

는 값으로 와인바의 리스트에 오른다. M은 와인 바에서 한 병에 몇백만 원이라는 와인의 이름을 들먹이다 말고 탁자 위로 쇼핑백을 내밀었다. 그 와인보다는 값나가는 걸 거야, 하며 내민 것은 샤 넬 백이었다. 그 백이 뭘 의미하는지, 여자는 알 고 있었다. M은 애널에 집착했고 여자는 그것만 은 피해왔다. 백을 포기하든가 애널을 감당하든 가 둘 중의 하나였다. 여자를 구해준 것은 엉뚱하 게도 M의 아내였다. 눈으로 먼저 여자를 벗기던 M은 아이가 다쳐서 병원 응급실로 가는 중이라는 아내의 전화를 받고, 다음에, 하면서 몸을 일으켰 다. 그날부터 여자는 M의 전화며 문자를 무시했 다. 그동안 M에게 몸으로 치른 것만으로도 그 대 가는 충분하다고 생각했다.

뜻밖의 장소에서 M을 만나자, 그날이 먼저 떠 올랐다. 여자는 잠깐, 그 자리에 그냥 있으려 했 다. 다른 여자도 있는데 제가 어쩌겠어, 싶었다. 그러나 몸은 이미 홱 돌려진 뒤였다. 여자는 빠른 걸음으로 골목을 걸었고, 큰 골목에서 갈라진 작 은 골목 안쪽, 대문이 열리며 누군가 나오는 것을 보았다.

"근데 왜 이런 이야길 하니? 이런 이야기 아무 남자한테나 하지마라." "왜요? 날 걸레로 볼까봐 서? 아니면 꽃뱀?" 매운 말을 내뱉을 때도 여자의 눈에선 독기가 느껴지지 않았다. "아니, 그건 아 니지만……" "나 그렇게 바보 아녜요. 아저씨니 까 이런 이야기 하는 거지." 천장을 보고 독백처럼 말하던 여자는 몸을 돌려 베개에 얼굴을 묻었다. 물기가 조금 남은 여자의 머리카락이 베개 위에 해초처럼 넘실거렸다. 살점 없이 날렵한 여자의 견갑골이 들먹였다. 우는 듯했다. 벗겨진 살갗에 독한 용액이 닿은 것처럼 그는 쓰라렸다. 어쩔 바 를 몰라하던 그가 겨우 여자에게 손을 뻗치려 하 는데, 키득거리는 소리가 들렸다. 여자는 웃고 있 었다. "근데 그날…… 아저씨네 집으로 오던 날,

그러지 않아도 되는 거였어요." "그래도, 이별선 물이라고 이름 지은 것도 아닌데 비싼 백 선물 받 고 연락 끊는 건 좀 그러잖냐?" "아저씬 세상을 어떻게 산 거예요? 그러니까 친구한테 당하고 살 지. 그 백이요, 짝퉁이었대요, 글쎄. 그야 숍에서 알았죠. 중고숍요. 샤넬은 중고로 팔아도 백만 원 은 넘게 받거든요. 기분 쭈글쭈글하던 날, 여름휴 가 예약을 해버렸거든요. 휴가비 마련하려 갖고 갔는데…… 특A급이라도 짝퉁은 짝퉁이죠. 처음 엔 창피했는데, 숍에서 나오니까 김이 모락모락 나는 거예요. 누가 실컷 씹다 뱉은 껌이 새 구두 밑창에 들러붙은 것 같은 기분…… 그래서 그날 아저씨에게 전화한 거예요." "그래서, 휴가는 갔 어?" "휴가? 지금 휴가중이잖아요, 나. 여기, 아 저씨네 집에서. 해변에서 마사지 받는 대신 아저 씨가 씻겨주고. 내 평생 이렇게 마음 편한 휴가는 처음이에요."

딸을 리틀 미스 코리아에 출전시켰던 여자의 엄마는 주정뱅이 아빠와 이혼하고 다른 남자를 만나 재혼했다. 새 남편에게 행사하던 자신의 매 력이 닳아버리자, 그녀는 딸에게서 자기 대신 남 자에게 힘을 행사할 수 있는 매력을 발견했다. 여 자가 중학생이던 때부터, 엄마는 의부에게 무언 가를 부탁할 때면 직접 말하지 않고 여자를 시켰 다. 바로 옆에 의부가 있는데도 그랬다. "아빠더 러 엄마 겨울코트 사야 한다고 말씀드려라." "뭐 라구? 탕수육이 먹고 싶다고? 웬 탕수육?" 식탁 앞에 앉아 있던 엄마가 여자를 보며 문득 크게 말 해서 놀란 적도 있었다. 여자는 탕수육 같은 건 떠올리지도 않고 있었는데. 엄마의 부탁에 토를 달던 의부는 여자가 말하면 흐물흐물해져서 허락 했다. 의부에게 전하란 엄마의 말이 여자를 뜀틀 앞으로 내몰았다. 얕아서 넘기 쉬운 것도 있었지 만 도저히 넘을 수 없을 만큼 높은 것도 있었다. 그 높이에 겁먹고 돌아서면, 엄마의 눈물 섞인 푸 념이 여자를 적시고 때려 기진하게 했다. 집안에

있을 때도 여자는 리틀 미스 코리아 대회장의 무대를 걷는 기분이었다. 위에서 내리쬐는 조명처럼 여자의 일거수일투족을 자기 목적에 부합시키려는 엄마와 무대 아래 반짝이는 눈처럼 여자를 지켜보는 의부. 관절염을 앓으면서 흰 머리마저 생긴 엄마에게 자기를 지켜줄 힘도, 마음도 없다는 것을 여자는 알고 있었다. 살얼음판 딛듯 고등학교를 마치자마자 여자는 도시로 직장을 구해 집을 나왔다. 집을 나왔다고 해서 달라질 건 없었다. 여자를 보는 남자들의 눈빛은 한결같았다. 여자는 그저 욕망의 대상일 뿐이었다. 기껏 휴대폰을 바꿔주면서 커플폰 요금을 대줄 뿐인 이 남자만 달랐다. 그가 여자의 몸을 씻길 때면, 여자는 아기처럼 말갛게, 부끄럼도 없이 몸을 맡겼다. 자기를 씻기는 그의 손길 아래서 몸이 허물을 벗는 느낌. 여자를 보면 어째볼 생각부터 하던 다른 남자들의 눈길과 손길에 닳았던 몸에 남자의 지순한 손길이 닿으면, 거실에 누워 바라보는 천장의 들보로 쓰인 나무처럼 미끈하게 새살이 돋는 듯했다. 그 천장을 바라보며 누워 있노라면 담장 너머 지나는 사람들의 발소리며 말소리가 귓전에 작은 파도처럼 잘박이고, 그 소리가 아득하게 물러나는 잠 속에 스르르 빠졌다. 짧은 잠인데도 아주 오래 자고 난 듯 몸이 가벼워졌다.

조명이며 크레인 등으로 골목이 혼잡했다. 저녁을 먹고 동네 구석구석에 박힌 액세서리가게며 소품가게 등을 구경하고 돌아오는 길이었다. 모퉁이 그 집 앞이었다. 그 집의 유리문은 나무패널로 가려져 있었다. 드라마를 촬영하는 모양이었다. "어머, 문이 열렸네?" 여자가 반색하더니 쭈뼛쭈뼛, 사람들 있는 데를 지나 출입문 쪽으로 향했다. 출입문은 열려 있지만 안쪽은 어둑해서 보이지 않았다. 청춘물인 듯 거기 모인 사람은 다 이십대 초반에서 잘해야 삼십대 초반으로 보였다. 누가 연기자인지 누가 스태프인지 구분이 가지 않았다. 문

안쪽을 들여다보려다 실패한 여자는 물러나며 말했다. "알아볼 만한 얼굴이 없는 걸 보니 케이블에서 찍는 건가봐." 말은 그렇게 하면서도 여자는 그 앞을 떠나려 하지 않았다. "가자, 이러고 있다가 너 스카우트 당하면 어떡하나? 저기 있는 여자애들보단 네가 더 돋보이는데." 여자는 눈을 흘기면서도 싫지 않은 표정이었다. "꿈 깨요. 내 나이가 몇인데." 여자는 꿈에서 벗어나려는 듯 몸을 집 쪽으로 휙 돌렸다.

"근데 기분이 이상해…… 아끼느라고 방에서만 신어보던 새 구두에서 흠집을 찾아낸 것 같은 기분이야." 대문을 닫고 돌아서는 그의 곁에서 여자가 종알거렸다. "뭐가?" "그 집 주인한테 허락은 받았을 거 아녜요. 그럼 그 집 주인은 먼 길 떠난 게 아닌가봐……" 여자의 마음이 그 집 언저리에서 서성거리는 게 보였다.

여자가 뭇 남자들에게 자기를 내던지기 시작한 건, 사랑하던 남자가 여자를 버리고 떠난 뒤였다. "그 사람이 차를 바꾼 지 얼마 안 되었을 때였어요. 응, 페라리. 차를 판 회사에서 고객들을 위한 파티를 열었대요. 나도 나름대로 차려입고 갔는데, 그런데 거기 오는 여자들은 정말 다르더라. 왜 무슨 영화제 시상식 있죠? 그런 때나 보던 드레스를 입고 온 거예요. 솔직히, 나보다 안 생긴 여자들도 많았어. 그런데도, 그 여자들 속에 있으려니까 기가 죽는 거야. 뭐랄까, 똑같은 피부인데, 때깔이 다른 것 같았어. 화장실에 가서 거울을 한참 들여다보았다니까. 그 사람도 그걸 느꼈나봐. 파티 다녀오고 난 지 얼마 안 돼서 그러더라고요. 아무래도 우린 안 어울리는 것 같다고." 그 여자들과 같은 때깔이 될 수만 있다면 무엇이든 할 수 있을 것 같았다. 여자는 남자들과 거래를 시작했다.

쾌감은커녕 통증만 느끼는 거래를 견디며, 여자는 내내 그를 기다린 것일까. 알지 못할 욕망이 와락, 그를 덮쳤다. 여자를 거실 바닥에 뉜 그는 여

자의 발가락을 물었다. 여자를 삼키고 싶은 사나운 욕망이 잠깐 이를 드러냈지만, 그는 황급히 제 입술로 이를 덮어버렸다. 여자가 발가락 끝을 갈퀴처럼 오므렸다. 어린 새끼를 씻어주는 어미고양이처럼, 그의 혀는 여자의 몸을 구석구석 핥았다. 여자는 암고양이처럼 소리 없이, 자기 몸에 닿는 감각에 집중했다. 어느 순간, 여자가 몸을 움찔했다. 그는 그 부분을 기억했다. 머릿속에서 여자의 몸을 그리고, 거기에 좌표를 기록했다. 여자가 반응을 보였던 곳을 그는 낱낱이 기억했다. 다른 곳을 돌아다니다 적당한 간격으로 여자가 반응했던 곳으로 돌아갔다. 여자의 반응이 격렬해질수록, 그의 몸은 자신감으로 한껏 부풀어올랐다.

아파서 내는 신음소리에 오히려 흥분하던 남자들, 그때의 그 남자들처럼 진저리치며, 여자의 몸 안에서 이는 진동. 격랑이 지난 뒤에도 여자는 뱃멀미 같은 어지럼증에서 벗어나지 못했다. "맙소사, 이렇게 젖은 걸 본 건 처음이야. 너도 느꼈니?" 여자는 손바닥을 펴서 자기 얼굴을 가리며 고개를 끄덕였다. 여자의 몸에서 진동이 사라진 뒤, 그가 아기를 안아올리듯 여자의 몸을 자기 배 위에 얹었다. 여자는 양발을 개구리처럼 벌린 채 그의 몸 위에 엎어졌다. 다른 사람의 심장, 다른 사람의 복대동맥이 뛰는 게 느껴졌다. 태어나자마자 그랬던 것일까. 언젠가 한 번은 이런 자세로 있었던 듯한 편안함으로, 여자의 눈이 스르스름 감겼다.

집으로 돌아와 신을 벗던 그는 구두 뒤축에서 노르스름한 걸 발견했다. 짓이겨진 은행나뭇잎 쪼가리였다. 삼청동 길에서 묻었을 텐데 어떻게 골목을 걷는 동안에도 떨어지지 않은 것일까. 그가 손끝으로 툭 치는 순간 휴대폰이 울렸다. S였다. "뭐 하냐? 응, 우린 예정대로 내년 초에 돌아갈 거야. 넌 어떻게, 잘되어가냐?" S의 물음은 거처를 구했냐는 뜻이었다. 창고로 쓰던 문간방에

그가 어영부영 붙어살까봐 걱정하는 것일지도 몰랐다. 의례적으로 묻고 난 S는 이내 본론으로 들어갔다.

"내가 말야, 얼마 전에 우연히 한국에서 온 배낭여행객을 만나지 않았겠냐. 한국 사람들, 여기까지 와서 뭉치는 게 싫어서 모른 척하고 지냈는데, 어쩌다보니 이야기를 트게 되었어. 나도 늙나봐. 아니면 그 각박한 한국 사회에서 벗어나서 지내다보니 마음에 여유가 생겼거나. 어쨌거나, 카페에서 그 애들과 커피를 마셨는데, 그 애들이 스페인에서 만났다는 민박집 주인 얘길 듣다보니 J 같은 거야. 걔가 원래 한 덩치 하잖냐. 이름 대신 자기를 홍만이 동생으로 불러달라고 했다는데, 구레나룻이며 없는 것 같은 목이며, 영락없어. 그래서 같이 찍은 사진 있냐고 물었더니, 이상하더라고. 저녁이면 맥주파티를 하고 이런저런 이야기 잘 나누는데도, 사람들과 사진 찍는 것만은 죽어라 피하더라는 거야. 워낙 덩치가 커서 프레임을 다 잡아먹는다고 우스갯소리를 하더라는데, 아이들이 보기에도 뭔가 일 저지르고 한국 뜬 사람 아닌가 싶을 정도로 카메랄 피하더래. 아이들끼리 찍는 사진 뒤편에 우연히 잡힌 옆모습이 꽁지머리이긴 하지만 영락없이 J야. 민박집 인터넷 카페 들어가보니 사진은 없고 예약 계좌 이름은 다른데 그거야 뭐. 지금 만나봤자 소용은 없겠지만, 그래도 너 한번 연락해볼래? 아직 다른 애들한텐 안 알렸어. J 그 자식, 다른 사람은 몰라도 너한텐 그러면 안 되는 건데…… 넌 어떻게, 이사할 집은 알아보고 있지? 어쨌든 내년 봄에 보자."

S는 쏟듯이 말하고 전화를 끊었다. 스페인? 투우사의 빨간 깃발이 그의 눈앞에서 펄럭였다. 그는 닫으려던 폴더를 다시 열어 통화기록을 살폈다. 방울이. 그의 휴대폰에 저장된 여자의 애칭이었다. 방울이와의 통화기록은 이틀 전이었다. 요즘 들어 여자의 휴대폰은 자주 꺼져 있었다. "배터리 갖고 나가는 걸 깜박했어. 내가 전화 안 받아

서 속상했어? 에이, 삐치긴…… 이리 와요, 응?"
여자는 말간 얼굴에 미소를 지으며 그를 향해 양
팔을 활짝 벌리겠지만, 너 나한테 이러는 거 아니
다, 터져나오는 말을 삼키려 그는 그 벌린 팔을 외
면하게 될 것이다. 여자는 똑같은 레퍼토리를 되
풀이했지만, 지난달 여자의 휴대폰 요금은 가파
르게 상승했다. 그가 줄 수 없는 것을 여자에게 줄
수 있는 남자, 버림받은 여자가 막나가게 만든 남
자가 돌아온 뒤부터다. "그 사람, 왜 돌아왔지? 아
저씬 아세요? 난 남자들 마음 모르겠어." 여자는
그 사람이 돌아온 이유를 듣고 싶어했다. 자기의
때깔이 그 여자들과 비슷해진 것이라는 말을 듣고
싶었는지도 몰랐다. 여자의 환해진 얼굴을 보며
그의 가슴이 꺼떻게 무너져내리는 걸 여자는 몰
랐다. 바로 앞에 있는 사람이 무너지는 것도 모르
는 주제에 떠났다 돌아온 남자의 마음을 어찌 알
겠냐, 는 외침을 삼키며 그는 이기죽거렸다. "그
래서? 어사 출두했으니 우리 춘향인 이제 그리로
가야겠네?" 여자는 처음 그의 집 문턱을 넘어서던
때처럼 말간 눈으로 그를 바라보았다. 그것도 잠
깐이었다. "더 모르겠는 건 내 마음인데, 그렇게
아프게 한 사람인데 그래도 그 사람이 좋은 거예
요. 미안, 아저씬 아무리 봐도 설레지는 않거든요.
뭐 어릴 적부터 같이 큰 사촌오빠 같은걸. 그러니,
아저씬 아저씨대로 만나고, 그 사람은 그 사람대
로 만나면 안 될까? 그 사람, 아저씨가 나한테 해
준 것처럼은 절대로 할 수 없는 사람이거든요. 나
그러고 싶어. 그러면 안 될까."

여자를 끝내 자기 옆에 붙잡아둘 수 없다는 걸
처음부터 알고 있었다. 그래도 이렇게 빨리 조롱
을 열고 나갈 줄은 몰랐다. 그에게 털어놓은 뒤로
여자는 자주 전화를 받지 않거나 꺼놓았다. 배터
리가 닳아서 꺼졌을 때의 신호음과 일부러 꺼놓았
을 때의 신호음이 다르다는 것을, 그는 알고 있었
다. 그런데도 자기가 알고 있다는 사실을 여자에
게 말하지 않았다. 뻔한 거짓말을 말간 얼굴로 늘

어놓는 여자에게 그 말을 하고 싶어서 근질거리는
입을 다무느라, 턱이 아플 지경이었다. 빠져나갈
구멍을 주지 않으면, 여자가 비상하는 새처럼 허
공으로 솟구쳐 다시는 조롱으로 돌아오지 않을까
봐서.

겨울비는 우산을 받쳐도 차갑게 느껴졌다. 들들
들들, 새로 산 여행가방의 바퀴가 콘크리트 바닥
에 끌렸다. 삼청동 길 쪽으로 내려오던 그가 잠깐
멈췄다가 방향을 틀었다. 가로등이 비추는 축대
의 화강암은 비에 젖어 더 차갑게 반들거렸다. 어
느 날 갑자기, 유리문을 에워싸며 들어찬 축대. 아
래쪽은 화강암이고 위쪽은 검정 벽돌로 다섯 층을
쌓아서, 이 동네 어디서나 볼 수 있는 담장과 비슷
한 모양새가 된 그 축대 귀퉁이에, 한 사람이 겨우
드나들 만한 문이 나 있었다. 그 문을 열고 들어가
면, 하나하나 뜯어보면 가치있어 보이지만 함께
모임으로써 조악해진 물건들 틈에, 그리움에 절어
미라가 된 무엇이 있을 것만 같았다. 다른 남자를
만나느라 전화기를 꺼놓았다 돌아온 여자를 씻길
때, 목덜미에 얹은 손아귀에 힘을 주고 싶은 걸 억
누르느라 팔이 뻣뻣해졌다. 여자의 가는 목뼈는,
여자를 기다리는 동안 높아진 내압으로 단단해진
그의 악력 아래 쉽게 분질러질 것이다. 제멋대로
날아다니는 새의 날갯죽지를 부러뜨리듯 그렇게.
제멋대로 뻗쳐나가는 상상 때문에 그는 피가 마르
는 기분이었다. 뒷머리가 땅바닥에 질질 끌리는
여자를 안고 빗길을 내려가, 축대 안쪽 어딘가에
여자를 안치해두고, 그 곁, 어둠에 잠긴 여자를 순
연한 그리움으로 환히 지켜보는 그 자신. 한 겹 축
대 옆으로 사람들은 무심히, 셔터를 눌러가며 지
날 것이다.

그는 휴대폰을 꺼냈다. 전원이 꺼져 있어 소리
샘으로 연결되며…… 전원이 꺼져 있다는 사실을
알려주게 되어서 기쁘다는 듯 낭랑한 안내 멘트를
지치도록 그에게 들려주던 휴대폰. 보관함을 열어

그가 여자에게 보낸 애원과 협박의 문자, 질긴 그리움을 싹 삭제했다. 사진보관함에 든 여자의 사진마저 삭제하려다, 그냥 폴더를 닫았다. 여자가 지나다녔던 길목까지는, 여자를 데리고 가고 싶었다. 공항으로 가는 리무진 버스 안에서도 얼마든지 지울 수 있을 테니.

[2009]

출처: 『너 없는 그 자리』 문학동네, 2012

:: 편자 소개

강진호

성신여대 국어국문학과 교수.
『증언으로서의 문학사』『탈분단시대의 문학논리』 등의 저서가 있다.

김경수

서강대 국어국문학과 교수.
『염상섭 장편소설 연구』『한국 현대소설의 형성과 모색』 등의 저서가 있다.

류보선

군산대 국어국문학과 교수.
『한국 근대문학의 정치적 무의식』『경이로운 차이들』 등의 저서가 있다.

박진숙

충북대 국어국문학과 교수.
『소통의 위한 글쓰기』『이태준 문학 연구』 등의 저서가 있다.

박종홍

영남대학교 국어교육과 교수.
『현대소설의 시각』『현대소설원론』 등의 저서가 있다.

서경석

한양대 국어국문학과 교수.
『한국 근대 리얼리즘문학사 연구』『한국 근대문학사 연구』 등의 저서가 있다.

이재봉

부산대 국어국문학과 교수.
『근대소설과 문화적 정체성』『한국 근대문학과 문화체험』 등의 저서가 있다.

장수익

한남대 국어국문학과 교수.
『한국 현대소설의 시각』『한국 근대소설사의 탐색』 등의 저서가 있다.

정호웅

홍익대 국어교육과 교수.
『한국문학의 근본주의적 상상력』『한국의 역사소설』 등의 저서가 있다.

아름다운 우리 소설 34

인쇄 · 2014년 9월 25일 | 발행 · 2014년 10월 6일

엮은이 · 강진호, 김경수, 류보선, 박진숙, 박종홍,
　　　　서경석, 이재봉, 장수익, 정호웅
펴낸이 · 한봉숙
펴낸곳 · 푸른사상
주간 · 맹문재 | 편집, 교정 · 김선도, 김소영

등록 · 1999년 7월 8일 제2-2876호
주소 · 서울시 중구 충무로 29(초동) 아시아미디어타워 502호
대표전화 · 02) 2268-8706(7) | 팩시밀리 · 02) 2268-8708
이메일 · prun21c@hanmail.net / prunsasang@naver.com
홈페이지 · http://www.prun21c.com

ⓒ 강진호, 김경수, 류보선, 박진숙, 박종홍,
　　서경석, 이재봉, 장수익, 정호웅, 2014
ISBN 979-11-308-0255-8 03810

값 24,000원